国家出版基金项目
NATIONAL PUBLICATION FOUNDATION

U0813869

"十三五"国家重点出版物出版规划项目

朝鲜汉文学史

（第一卷）

杨昭全◎著

吉林人民出版社

图书在版编目（CIP）数据

朝鲜汉文学史 / 杨昭全著. -- 长春 : 吉林人民出版社, 2020.3

ISBN 978-7-206-16771-3

Ⅰ. ①朝… Ⅱ. ①杨… Ⅲ. ①汉语—文学史—朝鲜 Ⅳ. ①I312.09

中国版本图书馆CIP数据核字(2019)第275418号

出 品 人：常　宏
选题策划：赵　岩
责任编辑：刘　洋
助理编辑：丁　昊　赵元元　李子木
装帧设计：高振翔　汪　艳

朝鲜汉文学史

CHAOXIAN HAN WENXUE SHI

著　　者：杨昭全
出版发行：吉林人民出版社（长春市人民大街7548号 邮政编码：130022）
印　　刷：吉林省优视印务有限公司
开　　本：880mm × 1230mm　　1/32
印　　张：47.5
字　　数：1200千字
标准书号：ISBN 978-7-206-16771-3
版　　次：2020年5月第1版
印　　次：2021年6月第2次印刷
定　　价：298.00元（全五卷）

如发现印装质量问题，影响阅读，请与印刷厂联系调换。

序　言

杨昭全先生的大作《朝鲜汉文学史》即将问世。这是杨先生的心血之作，也是中朝关系研究领域的新作、力作。朝鲜汉文学既是朝鲜文学的重要组成部分，亦是中朝文化交流的丰硕成果。

中朝两国是近邻，在历史和文化上联系密切，交流频繁，朝鲜汉文学即是典型之一。杨先生在他的著作中以翔实的史料、深入的分析，生动地展示了朝鲜汉文学的历史过程。

中朝两国有许多文化共性。

第一，中朝两国有着共同或相近的文化背景，这就是家族意识、儒家伦理和佛教文化。中国和朝鲜都受儒家和佛教的影响，重视社会整体和人际关系，提倡敬老、节俭、中庸、和平和道义的价值观，注意社会的和谐、人与自然的协调，是中朝两国的普遍文化特征。

第二，中朝两国都有着重视精神文化的历史传统。西方文化把物质与精神、灵魂和肉体分开，东亚文化则把物质和精神、灵魂和肉体视为相互依存相互影响的统一体。儒家讲天人合一，重义轻利。道家讲道化天地，物我两忘。

第三，在现代化的过程中，中朝两国都注意把外来文化与本国文化理智地结合起来，而不是简单地采取全球主义或民族主义的态度，都不同程度地跨越了后发展国家的现代化陷阱，以较小的社会动荡代价迅速在经济上崛起，大大缩小了与发达国家在经济上的差距。

第四，在努力加入经济全球化的同时，中朝两国在文化上采取了主动的发展战略，在积极吸纳外来文化的同时，努力创造有自己特点的新文化。

当然，在加强经济合作的同时，中朝两国也不同程度地遇到了文化矛盾与冲突。全球化不等于西方化，但是人们又必须面对西方化的挑战。在全球化的进程中，谁强大，谁就有发言权、传播权。全球主义与民族主义的冲突是不可回避的。如果我们全球化了，我们变成像西方人了。西方人只能认为我们是一种文化附庸，我们的文化会变得支离破碎，经济成功后面就会是文化的消解。文化的生命力就在于文化的多样化，而不是单一化。

在我们用矛盾的眼光看待全球主义的同时，几乎都遇到了民族主义的挑战。特别是在东亚国家之间发生矛盾的时候，我们常常可以看到民族主义激烈的表演。此时此刻似乎流行一时的全球主义根本不曾存在过。全球化越强，民族主义的反弹会越激烈，文化上的民族主义冲突会造成深刻的文化沟通障碍，对经济和社会合作产生消极的影响。

东亚社会都面临着文化理想主义和文化精英主义的衰退问题。越来越强势的大众文化正一点一点淡化我们共同的传统文化，网络语言正模糊着我们的传统语言，流行音乐和形形色色的文化快餐不断造成文化传承的障碍，佛教信仰也逐渐转化为旅游的附庸。个人主义和功利主义在向儒家文化传统挑战。

因此，我们应该高度重视东亚合作中的文化沟通问题，积极寻找文化共同点，增强对彼此文化特点的理解和认同，注意在制定与邻国相关的经济、政治政策时，充分考虑到邻国的文化特点和民族心理。例如，西方国家的历史往往是相互混合的，如罗马帝国、奥斯曼帝国、神圣罗马帝国，往往涵盖了许多国家和民族。而东亚国家的历史往往是单一的。东亚国家都有长期的、自成一体的历史，各自都有着重视历史的传统，对自身的历史都有属于自己的理解。问题在于，当我们各自解释自己的历史的时候，都必须面对彼此相互交叉的历史问题，完全不顾及对方的认识和感受，我行我素，势必引发彼此的对立和冲突。每个民族都有权按照自己的理解去解释自己的历史，但当这段历史涉及别人，就要防止文化霸权主义和文化自我中心主义。

在全球化的时代，文化不可能是自言自语的个人独白，要充分考虑到文化沟通和文化理解。泛全球主义是不可能的，因为各民族不会很快消亡，文化的完全趋同将是文化灾难，因为文化的本质在于人与人之间、不同人群之间的分化与整合，在于它的多样性。而极端民族主义则与全球化的历史趋势完全背道而驰。加强文化沟通和文化理解，才是全球化时代的正确的文化态度与战略。

杨昭全先生早年求学于北京大学东语系，长期耕耘于中朝关系史研究领域，勤于钻研，长于史料考证，著作等身。我于2001年到吉林省社会科学院任院长，此时杨昭全先生已经退休。为了解吉林省社会科学院的学术特点，我经常在院图书馆翻阅本院学者的著作。通过杨先生撰写的《中朝关系史》、《中朝边界史》、《中朝关系通史》、《中朝关系简史》、《中国、朝鲜·韩国关系史》（上、下）、《中国、朝鲜·韩国文化交流史》（1—4卷）、《中国境内韩国反日独立运动史》（1—2卷）、《大韩民国临时政府史》、《朝鲜义勇军抗日战史》、《朝鲜华侨史》、《朝鲜三一运动史》、《韩国汉诗选》、《中朝关系论文集》等，我眼界大开，对中国与朝鲜半岛的历史关系有了系统的了解。2004年，时任吉林省委副书记全哲洙同志召开工作会议，听取了有关中国朝鲜族历史研究中若干重大历史问题的意见，要求我组织有关专家出席咨询。我推荐了杨先生。杨先生在会上详细介绍了有关中国朝鲜族形成时间、朝鲜独立运动与中国朝鲜族的关系等详细史料与他的见解。杨先生史料厚重的严谨治学态度和如数家珍的学术功底，令我折服。全哲洙同志当场拍板，由杨先生主持承担吉林省重点科研课题——中国首部《中国朝鲜族革命斗争史》。此书于2007年出版，在学术界和朝鲜族干部群众中产生强烈反响。这位80多岁的老人，笔耕不辍，新作泉涌，令我深深感动！

衷心祝愿杨昭全先生精神矍铄，健康长寿，学业长青！

邴 正

2018年12月

绪　论

一、中国汉字传入朝鲜[①]

中国与朝鲜，山水相连。中国东北与朝鲜北境陆地相连。中国辽东半岛、山东半岛距朝鲜海程也很短。地理条件的邻近，为中朝两国人民往来和文化交流，提供了方便的前提。中国的汉字是历史上最悠久的文字之一，不仅是中华文化的结晶，也是世界文明的标志之一，而且一度为朝鲜、日本、越南所接受后使用，对这些国家的文化产生过巨大而深远的影响。

汉字何时传入朝鲜，中外学者观点不一。笔者认为，始于中国殷商之末、西周之初，即箕子率众东入朝鲜时，箕子将包括汉字在内的中国文明传入朝鲜。对此，《尚书大传》《史记》《汉书》《三国志》《三国史记》《三国遗事》等皆有记载。汉字自商朝时箕子将其传入朝鲜后，春秋、战国时期，燕国的货币明刀钱大量进入朝鲜，遂又使汉字更多地进入朝鲜。

明刀钱为战国时燕国流通的一种刀币。这种刀币的正面铸有一个“明”字。背面有的铸有铭文，有的则铸有图形、符号。朝鲜北

① 本书中的朝鲜，指1945年以前的朝鲜。

部慈江道滑原郡龙渊洞曾出土明刀钱400枚，江界郡前川面仲岩洞出土明刀钱250枚，江界郡化京面吉多洞出土明刀钱4000枚。据朝鲜考古学家调查，朝鲜慈江道渭原郡龙渊洞等6个地方共出土明刀钱4694枚，这些明刀钱上所铸之汉字约3000多个。此外，朝鲜西北部、南部也出土过明刀钱。

汉四郡时，大批中国民众来朝鲜居住，遂使包括汉字、汉文书籍等进一步传播于朝鲜。如平壤曾出土汉元帝永光三年（41）铸的“汉孝文庙铜钟”，上面的铭文为“孝文庙铜钟容十斤重三十斤永光三年六月造”。中国汉字在朝鲜被日益广泛深入传播，朝鲜民众由初步接触，逐渐使用，到日趋熟练。中国汉字传入朝鲜，逐渐为朝鲜人民接受和使用，用以表达语言和思想。与之同时，中国儒家经典著作日益广泛传入朝鲜，为朝鲜人民使用汉字撰写汉诗、汉文创造了重要条件。

二、中朝两国历代宗藩关系

古代中朝两国为宗藩关系。中国是宗主国，朝鲜为藩属国。两国政治上的宗藩关系，长期友好，为中朝文化交流奠定坚实基础，为中朝文化交流创造了有利条件。其中，以唐与新罗时期为最。

三、朝鲜汉文学与朝鲜国语文学

朝鲜汉文学之内容包括四个方面：汉文散文（包括赋）、汉诗（包括词、辞）、汉文诗话、汉文小说。朝鲜汉文学为朝鲜文学重要组成部分，为朝鲜文学之瑰宝。

朝鲜汉文学的分期为：统一新罗、高丽、李朝、近现代。

朝鲜汉文学与朝鲜国语文学共同构成朝鲜文学，两者并行不悖。

朝鲜人民虽接受和使用中国传入的汉字，用以记事、交际和写诗撰文，以表达思想与语言。但是汉字毕竟不是本国文字，用异国文字表达本民族的语言，毕竟有些不便。于是，大约在公元7世纪，新罗文人在总结朝鲜人民长期使用汉字之经验，创制吏读。

吏读是一种汉语、朝鲜语混合文字。形式上都是汉字，文句中实词多用汉语，虚词多用朝鲜语（以汉字记朝鲜语音），句法则从朝鲜语，即借用汉字的音和训（词义解释）表记朝鲜语的方法。质言之，吏读的特点是实词用汉语词，在句子中，则依朝鲜语的语序排列，并在其后添加一些汉字标记朝鲜语语法意义的助词，即将汉字朝鲜语句法排列后附上助词。

吏读的创制，使朝鲜人民得以用朝鲜语讲解大量汉文书籍，从而使朝鲜人民学习儒家经典与汉文书籍进入一个新的发展阶段。但是吏读无法根本解决中国汉字与朝鲜语言之间的矛盾，随着社会经济与文化的发展，这种矛盾日益尖锐与突出。在1444年，朝鲜终于成功创制朝鲜民族自己的文字——训民正音。朝鲜创制本民族文字后，遂以本民族文字进行交流，进行文学创作，统称为国语文学。朝鲜创制本民族文字——训民正音后，并未停止使用汉字，也未废止汉文，汉字、汉文仍流行朝鲜社会。但是随着时代的推移，朝鲜国语文学日益兴盛，汉文学日趋式微，终至现代从朝鲜文坛消失。

四、朝鲜汉文学与中国文学

毋庸讳言，朝鲜汉文学深受中国文学之影响。朝鲜汉文学，学习和模仿中国文学，比起中国文学来，迟延一些时间自属正常和自然。仅以朝鲜汉诗为例。新罗时期，时值中国唐代，但新罗仍流行中国六朝时期的四六句；高丽与中国宋元同时代，但盛唐时的诗歌仍在高丽盛行。宋儒理学到李朝中叶方入隆兴。对此，朝鲜李朝诗人李德懋在《青丘馆全书》中曾指出：“东国文教较之中国，大抵每退计数百年始少进。东国始初之所嗜者，即中国衰晚之始厌者。

如岱峰观日，鸡初鸣，日轮已跃，而下界之人尚在梦中。又如峨眉山雪，五月始消。”

朝鲜汉诗是朝鲜人使用中国汉字创作的，从总体上来看，运用汉字创作诗歌，自然不可与中国诗人创作之诗相比，较之逊色自是情理之中。但是不排除崔致远、朴寅亮、朴仁范、李齐贤、李奎报等朝鲜优秀诗人之大量佳作。这些佳作实与中国诗人之诗（如唐诗）不相上下。

从总体上看，朝鲜汉诗与中国诗人之诗歌相较，相对逊色是客观存在，有一定之差距。正如朝鲜文人金农岩在《息庵集序》指出的那样：“一、肤率而不能深切也；二、俚俗而不能雅丽也；三、冗靡而不能简整也。”尽管如此，朝鲜汉诗仍十分出色，相当辉煌，在朝鲜文学史上占有重要和显著地位。

其所以如此，在于朝鲜汉诗虽是朝鲜人学习和模仿中国古诗进行诗歌创作，但是朝鲜诗人在学习中不是剽窃，不是抄袭，而是立意创新，树立自己的诗歌风格，使朝鲜汉诗成为朝鲜民族的诗歌。

正如高丽著名诗人李奎报在《东国李相国集》中所指出：“去陈言，脱窠臼，创新为上。剽窃与拾人余唾，吾虽死不为。”亦如李朝文人徐居正在《东文选》中所说：“我国家列圣相承，涵养百年，人物之生于其间，磅礴精粹，作为文章，动荡发越者，亦无让于古。是则我东方之文，非宋元之文，亦非汉唐之文，尔乃我国之文也。直与历代之文，并行于天地间。”

总之，包括汉诗在内的朝鲜汉文学，虽深受中国文学之影响，但并非简单模仿，照样搬用，而是适应本国民族文化加以创新，形成朝鲜民族风格之汉文学，故而成就卓著，十分辉煌。

中国散文、诗、词、诗话、小说等文学作品大量传入朝鲜，对朝鲜汉文学的发展起到巨大促进作用。如唐代李白、杜甫的诗，对朝鲜汉诗的发展有巨大促进作用。

朝鲜自高丽朝开始，仿效中国，设置科举制度，以中国经典著作为考试内容进行官吏录用，从而极大地促进了朝鲜汉文学的发展。

中朝两国包括文学在内的文化交流中，两国的文人、使节有着巨大的促进作用。朝鲜历代，尤其是新罗、高丽，不少文人赴唐、宋求学，不少使节出使中国。与之同时，中国不少文人移居朝鲜，众多使者出使朝鲜。中朝两国文人、使者极大地促进了中朝两国包括文学在内的文化交流。如朝鲜李朝将出使朝鲜的明朝使臣之诗汇成《皇华集》，中国文人将朝鲜汉诗编成《朝鲜诗选》。因之，朝鲜汉文学的发展与隆兴，中朝两国文人、使臣促进之功不可磨灭。本书所选的人物和著作均以学术价值为主，不代表对其观点的认同。

朝鲜汉文学萌芽于公元前，发展于统一新罗，顶峰于高丽和李朝，式微于近代，绝迹于现代。1895年李朝废除科举制度，自此朝鲜文人无须熟读中国儒学经典应试，此为汉文学式微的一个原因。

汉文，作为异国文字，在朝鲜除了文人，广大民众运用不多，朝鲜文字训民正音创制后尤其如此。近代西方文明的传入，清朝的腐朽与失势，导致中华文化在朝鲜的失色，朝鲜民族意识的觉醒，汉文在朝鲜社会的作用与意义日趋淡化，汉文学遂由式微终至绝迹。

朝鲜汉文学是朝鲜文学的重要组成部分，朝鲜汉文学巨匠如夏夜繁星，汉文学作品汗牛充栋，在朝鲜文学史上占有重要地位。朝鲜汉文学深受中国文学影响，朝鲜汉文学之产生，是中朝文化交流的结晶，对促进中朝两国人民友谊有巨大作用。深入了解朝鲜汉文学的重要成就，有助于促进中朝、中韩三国文化交流，增进中朝、中韩三国人民之友谊。

我国学者研究朝鲜汉文学成就卓著，硕果累累。笔者此前也有两部有关著作问世（《韩国文化史》《韩国汉诗选》）。我愿和我国朝鲜汉文学研究者共同努力，使我国的朝鲜汉文学研究更上一层楼，取得更多硕果。

目　录

第一编

统一新罗的汉文学

第一章　统一新罗前的散文

第一节　概　述

朝鲜位于亚洲东北部，历史悠久。古朝鲜为朝鲜历史上最初建立的奴隶制国家。

汉字、汉文很早就传入朝鲜，朝鲜使用汉字写作。375年，百济博士高兴编纂《书记》。545年，新罗居柒夫等编纂《国史》。统一新罗前汉文学已经产生，汉文学有汉文散文和汉诗。那时的汉文学为朝鲜文学的重要组成部分，是朝鲜文学瑰宝。

第二节　代表作

一、《真兴王巡狩四碑碑志》

《真兴王巡狩四碑碑志》分别立于今朝鲜之昌宁、王汉山、磨云岭、黄草岭。碑志为汉字书写，记载新罗真兴王率众臣巡视开拓疆土之事迹。碑志中有：

联绍太祖之基，纂承王统，兢身自慎，四方托境，广获民土。邻国誓信，和使交通。

碑文显示新罗王朝之兴盛，开疆拓土，结交邻国之盛况。

二、《谏猎文》

新罗真平王不务政事，终日游山玩水打猎。新罗兵部令金后稷见此十分忧虑，遂冒死向真平王谏言，进呈《谏猎文》。

《谏猎文》用汉文写就，共112个汉字，有四层意思。

第一，阐述国王应具有的道德规范：

> 古之王者，必一日万机，深思远虑。左右正士，容受直谏。孜孜矻矻，不敢逸豫，然后德政醇美，国家可保。

第二，指出真平王之不当行为：

> 今殿下与狂夫猎士放鹰犬，逐雉兔，奔驰山野，不能自止。

第三，引用中国古书，规劝国王不再狩猎，去此恶习：

> 老子曰："驰骋田猎，令人心狂。"《书》曰："内作色荒，外作禽荒，有一于此，未或不亡。"

第四，指出危害，忠告国王：

> 由是观之，内则荡心，外则亡国，不可不省也，殿下其念之。

《谏猎文》既阐述道理，又指出国王之荒唐，更有忠言规劝，实为一篇理论性很强的散文，而文字简洁有力，显示作者运用汉文技能之娴熟，实为一篇优秀汉文散文。尽管《谏猎文》情真意切，一片忠臣之情，但是真平王并未纳谏，依然我行我素，不理朝政，沉湎于游玩狩猎。当金后稷死后，真平王始醒悟，后悔不已，遂不再游玩狩猎，致力于朝政。

三、《上义慈王书》

百济义慈王为人昏庸，不理朝政，终日纵情酒色。百济佐平成忠忧国之命运，多次劝谏义慈王。义慈王不仅不听，反而恼羞成怒，将成忠下狱问罪。忠心耿耿的成忠虽身陷囹圄，仍然忧国忧民，在病危临终前，最后一次劝谏义慈王，进呈《上义慈王书》。

> 忠臣死不忘君，愿一言而死。臣尝观时察变，必有兵革之事。凡用兵，必审择其地，处上流以迎敌，然后可以保全。若异国兵来，陆路不使过沈岘，水军不使入伎伐浦之岸，据其险隘以御之，然后可也。

《上义慈王书》充分表达了这位忠臣忧国忧民、高尚的爱国情怀。同时，也显示当时朝鲜文人汉文使用之娴熟，已达较高水平。

四、《武宁王墓志》

百济武宁王亡故，其子圣王于523年为武宁王修墓立碑，《武宁王墓志》为其碑志。但是《武宁王墓志》，仅有安葬年月日等若干刻文流传至今，尽管如此，《武宁王墓志》仍可认为是百济的汉文散文。

> 宁东大将军，百济斯麻王……十二日甲申，安厝登冠大墓，立志如左。

此外，百济还有一些汉文散文。如百济盖卤王于459年写的

《上宋孝武帝表》和472年写的《上魏孝文帝表》，以及兴首的《狱中上书》。

盖卤王的《上魏孝文帝表》，汉文已达很高水平。

> 臣建国东极，豺狼隔路；虽世承灵化，莫由奉藩，瞻望云阙，驰情罔极。……昔唐尧至圣，致罚丹水；孟尝称仁，不舍涂詈。涓流之水，宜早壅塞，今若不取，将贻后悔……长蛇隔路，以沉于海；虽未委当，深感愤恚。昔宋戮申舟，楚庄徒跣；鹞撮放鸠，信陵不食。克敌建名，美隆无已。夫以区区偏郡，犹慕万代之信，况陛下合气天地，势倾山海，岂令小竖，跨塞天逵？今上所得鞍一，以为实验。

盖卤王的这封信充分表达对魏孝文帝的忠心，对中原王朝的归顺。

第二章　统一新罗前的汉诗

第一节　朝鲜最早的汉诗

据载，《箜篌引》为朝鲜最早的汉诗。

箜篌引

公无渡河，
公竟渡河。
堕河而死，
当奈公何。

对这首朝鲜汉诗，众说纷纭，无有定论。

一、关于《箜篌引》之记载

中朝两国一些古书对《箜篌引》均有记载，但又不尽相同。

（一）中国古书之记载

1. 东汉蔡邕的《琴操·九引》载：“箜篌引者，朝鲜津卒霍里子高所作也。子高晨起，刺船而濯。有一狂夫披发提壶，涉河而渡。其妻追之不及，坠河而死。乃号天嘘希，鼓箜篌而歌曰：公无渡河，公竟渡河。公堕河死，当奈公何。曲终自投河而死。子高闻而悲之，乃援琴而鼓之，作箜篌引以象其声，所谓公无渡河曲也。”

2．西晋崔豹的《古今注》载：“箜篌引，朝鲜津卒霍里子高妻丽玉所作也。子高晨起，刺船而濯。有一白首狂夫，被发提壶，乱流而渡。其妻随呼止之，不及，遂坠河而死。于是援箜篌而鼓之，作《公无渡河》之歌。声甚凄怆，曲终，自投河而死。霍里子高还，以其声语妻丽玉。丽玉伤之，乃引箜篌而写其声。闻者莫不坠泪饮泣。丽玉以其曲，传邻女丽容，名曰箜篌引。”

3．东晋孔衍之《琴操》载：“箜篌引者，朝鲜津卒霍里子高所作也。有一征夫，披发提壶，涉河而渡。其妻追止之不及，坠河而死。乃号天嘘希，鼓箜篌而歌曰：公无渡河，公竟渡河。渡河而死，当奈公何。曲终，投河而死。子高援琴作歌，故曰箜篌引。”

此外，唐朝段安节《乐府杂录》、欧阳询的《艺文类聚》、徐坚的《初学记》、后唐马缟的《中华古今注》、北宋郭茂倩的《乐府诗集》、李昉等的《太平御览》、明朝冯惟讷的《古诗纪》、清朝杜文澜的《古谣谚》均有记载。

（二）朝鲜古书之记载

1．李朝朴趾源的《热河日记》载：“《太平御览》云：汉时霍里子高朝鲜人也。晨起刺船。见一白首狂夫，披发提壶，乱流而渡。其妻止之不及遂溺死。妻乃携箜篌鼓之。歌曰：公无渡河，公终渡河。公淹而死，当奈公何。音甚凄切。曲终亦投河而死。子高还，以其声语妻丽玉。丽玉伤之引箜篌写其声，为箜篌引。”

2．李朝柳得恭的《二十一都怀古诗——津吏妇》载：“《古乐府琴操九引》，箜篌引，亦曰公无渡河，朝鲜津卒霍里子高妻丽玉所作。子高晨起刺船，见一白首狂夫，披发携壶，乱流而渡。其妻随呼止之不及，遂溺死。妻乃援箜篌而歌曰：公无渡河，公终渡河，公坠而死，将奈公何。声音凄怆。曲终亦投河而死。子高还，以其事语丽玉。丽玉伤之，乃引箜篌以写其声。”

此外，朝鲜李朝车天辂的《五山说林》、李德懋的《耳目心说》、韩致渊的《海东绎史》中均有记载。

二、《箜篌引》作者

关于《箜篌引》之作者，更是众说纷纭。

（一）霍里子高说

东汉蔡邕的《琴操·九引》认为，《箜篌引》之作者为朝鲜霍里子高。东晋孔衍之《琴操》亦主此说。

（二）丽玉说

西晋崔豹之《古今注》认为，《箜篌引》之作者为朝鲜人霍里子高之妻丽玉。李朝柳得恭亦主此说。

（三）狂夫之妻说

西晋崔豹在《古今注》中，虽开宗明义说：《箜篌引》为朝鲜人霍里子高之妻丽玉所作。但在此文之后部却说：“霍里子高还，以其声语妻丽玉。玉伤之，乃引箜篌而写其声。……丽玉以其声传邻女丽容，名曰箜篌引焉。”这说明，霍里子高回家后，将狂夫之妻所唱之词，唱给妻子丽玉。丽玉则根据丈夫霍里子高的“语其声”而“引箜篌而写其声”。由此可知，这首歌的第一作者为狂夫之妻。霍里子高和其妻子丽玉只是此歌的汉文记录者和传播者。

（四）汉人说

认为《箜篌引》为移居朝鲜的中国文人所作，如《朝野佥》载。其说之根据认为，当时朝鲜人接受汉字时间较短，运用汉文写诗尚未娴熟。又如朝鲜文人李德懋在《耳目口心书》中指出：“案，传箜篌（引）为汉武帝时所作，又曰卫满时抑或为（汉）四郡后时作。霍里子高妻丽玉容，名甚异雅，殊异于夷俗名字鄙陋不可究之类，亦自中国而来居者欤？”

（五）朝鲜民谣说

认为《箜篌引》原为朝鲜民谣，朝鲜文人将其译成汉文。

三、《箜篌引》创作之时代

关于《箜篌引》之创作时代，亦是众说纷纭。笔者赞同公元前1世纪左右说，其依据是：

1. 东汉蔡邕生于132年，卒于192年。蔡邕活动在2世纪，说明《箜篌引》在此之前已被创作并流传下来。

2. 《箜篌引》既有浓厚民间传说色彩，又具西汉乐府诗特色。

3. 《箜篌引》为四言诗，四言诗盛行于先秦。东汉末期始以五言诗代兴。

由此观之，《箜篌引》之创作年代应为公元前1世纪左右。

四、《箜篌引》之创作地域

李朝末期文人韩致渊之《海东绎史》认为，《箜篌引》之创作地域为汉之乐浪郡朝鲜县。李朝文人车天辂认为，《箜篌引》中所说的“河”，为今平壤之大同江。由此二说可断为，《箜篌引》创作地区为汉乐浪郡治平壤。

五、《箜篌引》之重大意义

其一，开创朝鲜汉诗之先河。《箜篌引》为朝鲜最早的汉诗，其意义非常重大。

其二，《箜篌引》具有很高艺术价值。《箜篌引》为四言体，语言生动简练，表明运用乐府已相当娴熟，深刻描绘朝鲜社会底层民众的悲惨生活处境。

其三，对后世之影响深远。《箜篌引》问世后，中朝两国不少文人皆以《箜篌引》为题作诗。三国魏曹植的《箜篌引》，描述交友之道和及时行乐。唐朝李白的《箜篌谣》，哀叹友道之衰微；李贺的《李凭箜篌引》则描述李凭演奏箜篌之高超技能。李朝申钦的

《箜篌引》亦是描写交友之道和及时行乐。

第二节　代表作

一、《太平颂》

（一）作品选读

朝鲜的《三国史记》《三国遗事》和高丽朝文人李奎报的《白云小说》以及中国的《唐书》中均载此诗，但是这些引文个别字句有所不同。金富轼的《三国史记》所载此诗。

太平颂

大唐开洪业，巍巍皇猷昌。
止戈戎衣定，修文继百王。
统天崇雨施，理物体含章。
深仁谐日月，抚运迈时康。
幡旗何赫赫，钲鼓何锽锽。
外夷违命者，剪覆被无殃。
淳风凝幽显，遐迩竟呈祥。
四时和玉烛，七曜巡万方。
维岳降宰辅，维帝任忠良。
五三成一德，昭我唐家皇。

（二）关于作者

一般认为此诗为新罗真德女王作。

韩国学者金台俊在《朝鲜汉文学史》中认为，该诗为新罗著名文人强首所作：“此等美文除强首之外，大概他者是极难作出的。”[①]

无独有偶，中国学者韦旭升在《朝鲜文学史》中也指出：“（此诗）作者不一定是真德女王本人。据推断，可能是当时汉文名叫强首的大诗人所作。”[②]

（三）创作之时代背景

新罗为了消灭同时存在的其他政权，推行联合唐朝的外交政策。

650年，新罗开始采用唐朝永徽年号。与之同时，新罗真德女王将织在锦缎上的《太平颂》，派重臣金春秋之子法敏赴唐，献给唐高宗。用意有二：其一，对唐表示尊敬；其二，结好唐朝，期望与唐联合，击灭其他政权。

（四）社会意义和文学价值

1. 社会意义

《太平颂》增进了新罗与唐之友好关系，其后唐朝两次出兵，与新罗联合作战，为新罗统一半岛奠定坚实基础。

2. 文学价值

《太平颂》全诗20行，盛赞唐朝的繁荣昌盛。全诗气魄雄伟，对仗工整，技巧娴熟，为新罗汉诗中之佳作。因之，《太平颂》备受称赞，并得以广泛流传。

明代文人高棅在《唐诗品汇》中称赞此诗：“高古雄浑，与初唐诸作颉颃。”

陈眉公在《古今女史》中指出：“明良相得，乃克有济。久矣，天子降于卿士，义取诸此。真德（王）见及足濬哲颂并传。”

我国《新唐书》《全唐诗》《唐诗类记》等均收入此诗。

---

① ［韩］金台俊著，张琏瑰译：朝鲜汉文学史，社会科学文献出版社，1996年，第16页。

② 韦旭升：朝鲜文学史，北京大学出版社，1986年，第33页。

高丽朝著名文人李奎报在《白云小说》中说："其诗高古雄浑，比始唐诸作，可相上下。"

李朝文人金万重在《西浦漫笔》中也说："真德（王）织锦颂德诗，全篇典雅，绝无夷裔气。"

文人金升圭在《桂山诗话》中，称赞此诗"辞气婉转，风韵雅丽，深得葩经之体"。

此外，《三国史记》《三国遗事》《东文选》等亦收有此诗。

二、《忧思曲》

《忧思曲》为新罗讷祇王所作。

忧思曲

棠棣花随落扶桑，
扶桑万里何洋洋。
纵有音书那得将，
棠棣花随返鸡林。
鸡林春色拥双阙，
欢歌未断堕残月。

此诗为新罗讷祇王喜迎二弟所作。讷祇王有两个弟弟，一曾作为高句丽人质，另一为倭之人质。后经歃良郡太守朴堤上先后赴高句丽、倭，二弟得以返回新罗。讷祇王设宴与二弟欢聚，于宴席间作此汉诗。诗中描述喜宴欢聚直至深夜。

三、《碓乐》

汉诗《碓乐》为新罗人百结先生所作。

碓　乐

东家砧，捣寒衭。西家杵，舂黍稻。

东家西家砧杵声，岁暮之资赢复赢。
侬家之窖乏甔石，侬家之箱无尺帛。
悬鹑衣，藜羹碗，荣期之乐足饱暖。
老妻老妻莫谩忧，曲肱之乐那可求。

关于作者百结先生和这首汉诗，《朝鲜古诗》序和《海东诗选》皆有记载："百结先生，不知何许人也。居狼山下，家极贫，衣百结若悬鹑，时人号百东里百结先生。尝慕荣启期[①]之为人，以琴自随，凡喜怒悲欢不平之事，皆以琴宣之。岁将暮，邻里舂粟，其妻闻杵声，曰：'人皆有粟舂之，我独无焉，何以卒岁。'先生仰天叹曰：'夫死生有命，富贵在天。其来也不可拒，其往也不可追，汝何伤乎？吾为汝作杵声以慰之。'乃鼓琴作杵声，世传之，名曰碓乐。"

依上述二书记载，百结先生当为新罗慈悲王时期的隐士。

《碓乐》真实反映新罗慈悲王时期文人生活之困境，年终岁尾，邻居舂米，而百结先生家却无米下锅。同时描述百结先生以苦为乐、苦中作乐的乐观精神，"曲肱之乐那可求"。充分展现文人隐士不向恶劣环境低头，不为五斗米折腰的高贵品质。

① 荣启期，春秋时隐士。

第三章　统一新罗的汉文散文

第一节　概　述

669年，新罗统一朝鲜半岛，统一后的新罗文化得到空前发展。

682年，设立国学。

747年，置诸业博士、助学，招贵族子弟学习儒教经典。

788年，设读书三品科。

与之同时，新罗众多学子赴唐求学，应试科举，其中在唐中状元者达58名。赴唐求学的新罗学子回国后，对新罗的汉文学的发展起到无比重大的促进作用，其中以崔致远为最。赴唐求法的新罗僧侣对新罗佛教的发展发挥了重要作用。当然应提及的是，当时的唐朝对新罗友好，关系密切，欢迎新罗学子、僧人来唐求学求法。

统一新罗后的汉文学得到巨大发展，汉文散文、汉诗均有长足进步，还出现汉文传奇，即汉文准小说。这些都是新罗文学的重要组成部分，在朝鲜文学史上具有重要地位。

第二节 代表作家

一、强首

（一）生平

强首（？—692），新罗著名文人、儒学家。历新罗武烈王、文武王、神文王三朝。学识渊博，精通汉文，尤擅外交文书，官至沙飡。强首亦是儒学大师，创办国学，讲授九经。

（二）文学成就

强首以精通汉文著称。新罗与唐、百济之外交文书，多出自强首之手，如《答薛仁贵书》。

对此，曾有史籍称赞强首之汉文文学之才能：“……就读，读孝经、曲礼、文选，所闻虽浅近，而所得愈高远，魁然为一时之杰……唐使至，传诏书，其中有难读处。（新罗）太宗王召闻之，一见说释无疑滞……王命先生撰制回谢唐帝诏书表文，文工而意尽。”

此外，强首还和薛聪一起创办国学，讲授九经。对此，李朝文人权近在《东国通鉴》中称赞说：“强首、薛聪辈通晓义理，以言讲九经后学，为东方一时之杰。”

二、薛聪

（一）生平

薛聪（654—701），新罗著名文人、学者。字聪智，号冰月堂。新罗高僧元晓之子，母为瑶石公主。他先入佛门，后还俗，专攻儒学，为新罗十贤之一，官至翰林，死后赠谥弘儒侯。

薛聪一生成就有三：其一，创办国学，讲授儒学经典；其二，擅汉文，创作《花王戒》《讽王书》；其三，创造吏读。

《三国遗事》载：“（薛）聪生而慧敏，博通经史，新罗十贤之一也。”“（薛）聪……以方言通会华夷方俗物名，训解六经文学，至今海东业明经者传受不绝。”

《东京杂记》载：“聪字聪智……以方言解九经义，训导后生，又以俚语制吏礼，行于官府。”

朴世来的《文献撮要》说：“我国经书口诀释义，中朝所未有，始于薛聪，成于郑圃隐、权阳村云云。”

（二）代表作《花王戒》

1．创作背景

某个夏日，新罗神文王对文臣薛聪说：“今天久雨天晴，风息日朗，高谈善谑比珍馔哀音更能消除寂寞心境。先生必有异闻，请为我说来。”于是，薛聪就讲了《花王戒》故事。神文王听后，颇多感触，遂说：“先生寓言实有深意，请写出来，作为王者戒训。”于是，薛聪遂以汉文写就《花王戒》。

2．作品选读

惟臣闻昔花王之始来也，植之以香园，护之以翠幕，当三春而发艳，凌百花而独出。于是，自迩及遐，艳艳之灵，夭夭之英，无不奔走上谒，惟恐不及。忽有一佳人，朱唇玉齿，鲜妆靓服，伶俜而来，绰约而前曰：“妾履雪白之沙汀，对镜清之海，而沐春雨以去垢，袂清风而自适，其名曰蔷薇。闻王之令德，期荐枕于香帏，王其容我乎？”又有一大夫布衣韦带，戴白持杖，龙钟而步，伛偻而来，曰：“仆在京城之外，居大道之旁。下临苍茫之野景，上倚嵯峨之山色，其名曰白头翁。窃谓左右供给虽足，膏粱以充肠，茶酒以清神，巾衍储藏，须有良药以补气，恶石以蠲毒。故曰：‘虽有丝麻，无弃管蒯；凡百君子，无不代匮。’不识王亦有意乎？”或曰：“二者之来，何取何舍？”花王曰：“丈夫之言，亦有道理，而佳人难得，将如之何？”丈夫进而曰：“吾谓王聪明，识义理，故来焉耳。今则非也。凡为君者，鲜不亲近邪佞，疏远正直。是以孟轲不遇以终身，冯唐郎潜而皓首。自古如此，吾其奈何？”花王曰：“吾过矣！吾过矣！”

3．文学价值

《花王戒》的文学价值甚高，在朝鲜汉文学史中占有重要地位，是一篇寓意深刻的汉文散文。

作者薛聪鉴于新罗神文王的荒淫生活和腐败的朝政，心情忧郁，忧国忧民，遂以寓言形式讽刺和劝谏神文王。文中的“蔷薇”明指宫中美女，艳美绝伦，香气袭人，但只能供观赏，使人迷醉。文中之“白头翁”，忠厚仁义，朴实无华，无动人之貌，但可以祛病延年。“花王”隐喻新罗国王。花王喜爱“蔷薇”，冷淡“白头翁”，而“蔷薇”实指朝中奸佞，“白头翁”实指朝中忠良之臣，隐喻神文王亲近奸佞，漠视忠臣。所以“白头翁”责备“花王”说：“凡为君者，鲜不亲近邪佞，疏远正直……自古如此，吾其奈何？”“花王”于是醒悟，说：“吾过矣！吾过矣！”

《花王戒》比拟生动，叙事简洁，成为朝鲜汉文学中的名篇佳作，其于后世亦有很大影响。李朝文人林悌曾写了一篇讽刺当时朝政腐败的汉文散文《花史》，其蓝本就是《花王戒》。

三、金大问

（一）生平

金大问，生卒年不详，约生活于新罗圣德王年间。其为新罗贵族，曾任汉山州都督。他学识渊博，著述颇丰，为新罗著名汉文大家，著有《高僧传》《汉山记》《鸡林杂传》《花郎世纪》《乐本》等。

金大问的许多著作成为其后高丽著名文人金富轼编纂《三国史

记》的重要史料，惜均已失传。

（二）代表作《花郎世纪》

花郎，新罗时期教育培养贵族青少年的军事习武团体。新罗真兴王时，真兴王选拔贵族美貌少年男子，令其身穿华丽衣服，带领徒众，游山玩水，了解民间善恶的人情世故，向王廷举荐贤良为吏。花郎平时亦进行学习，相聚歌乐，修身养性，加强习武训练，同时进行忠君报国思想教育。一旦国家有事，花郎就应为国尽忠。花郎皆出身贵族，为当时社会所重视和尊重。其后新罗实行花郎制度，王廷从这些花郎中选拔军官。

金大问所著之《花郎世纪》，惜已失传，无法得知此书之详，仅知此书记述新罗花郎的生平事迹。应该说，《花郎世纪》为一部著名汉文散文作品。此外，金大问著的《高僧传》《鸡林杂传》亦已失传。

四、崔致远

（一）生平

崔致远（857—？），新罗著名文人、汉诗人。号孤云、海云。新罗王京（今庆州）沙梁部（一说为湖南沃沟）人。

869年，12岁赴唐求学。

874年，17岁在唐朝中进士。其后在洛阳居住两年，开始写诗著文。

877年，20岁任宣州溧水县尉。

884年，黄巢率起义军攻占唐都长安，唐僖宗逃往四川。此时，崔致远为应“博学鸿词科”试，赴淮南。不久，为淮南节度使高骈聘为从事[①]。

其后，高骈任镇压黄巢起义的诸道行营兵马都统。崔致远作为

① 文书之职。

从事和都统巡官[1]服务于高骈的总本营，曾代高骈书写多篇声讨黄巢起义之檄文和大量表、状、书、启等。

崔致远之文学才能，深得唐僖宗之喜爱，授予承务郎侍御史内供奉，并赐其紫金鱼袋。

885年，28岁以唐使身份回故国新罗。新罗宪康王十分重视他，授其为侍读兼翰林学士、守兵部侍郎知端书监。但是，崔致远屡遭诬陷，先后谪放大山、天岭、富城等地郡守。

893年，36岁为遣唐使节，后因遇阻未成行。

894年，向新罗真圣女王献“时务策”十余条，积极主张改革，力图挽救国家危亡。其后，崔致远被任命为阿飡。但他目睹社会日益混乱，对现实悲观失望，遂辞官不就，隐居乡里。这期间，崔致远支持王建建立高丽王朝，曾致信王建，中有“鸡林黄叶，鹄岭青松”文句。鸡林指新罗，鹄岭指高丽。

最后，举家隐居伽倻山海印寺，与僧贤俊、定玄师结为知友，终老于此。崔致远去世后，高丽王朝始祖王建追赠崔致远为内史令，加谥文昌侯。

（二）代表作《桂苑笔耕集》

崔致远为新罗著名汉文学家，其汉文散文主要载于《桂苑笔耕集》。

《桂苑笔耕集》共20卷，其中第1—19卷，均为汉文散文，内括表、檄书、举牒、斋词、祭文、疏、启、状等。这些汉文散文多为崔致远任从事、都统巡官时，因公写的。

《桂苑笔耕集》中的这些散文，从文体上看，多为骈体，即六朝的四六体。从内容上看，可分为5类。

---

① 军中书记官。

1. 投奔高骈，毛遂自荐

如《初投献太尉启》（《桂苑笔耕集》卷17）：

> ……然则尼父堂中亦有他乡之子，孟尝门下宁无远地之人。片善可称，前贤不让，永能执大邦之政，岂欲遗小国之宾，是以敢写微衷，轻投朗鉴。某新罗人也。身也贱，性也愚，才不雄，学不赡，虽形骸则鄙，年齿未衰。自十二则别鸡林，至二十得迁莺谷，方接青衿之侣，旋从黄绶之官……窃见万物投诚，八纮向德，不谒相公宾阁，不游相公德门者，词人之所怀惭群议之所发诮。某固敢隳肝沥胆，进牍抽毫，不避严诛，辄申素恳……

其后，崔致远又写有《再献启》《长启》等。这些文章具有很强的抒情性，表述自己的生活处境和表达对高骈知遇之恩的深深谢意。

2. 助纣为虐，声讨黄巢

唐代黄巢起义时，崔致远时任镇压黄巢起义军的诸道行营兵马都统高骈的从事、都统巡官，为高骈书写了不少声讨黄巢的文章，如《檄黄巢书》：

> 今我以王师则有征无战，军政则先惠后诛，将期剋复上京，固且敷陈大信，敬承善论，用戢奸谋，且汝素是遐氓，骤为勍敌，偶因乘势，辄敢乱常，遂乃包藏祸心，窃弄神器，侵凌城阙，秽黩宫闱，既当罪极滔天，必见败深涂地……飞吾折简之词，解尔倒悬之急。汝其无成胶柱，早学见机，善自为谋，过而能改。若愿分茅列土，开国承家，免身首之横分，得功名之卓立，无取信于面友，可传荣于儿孙。此非儿女子所

> 知，实乃大丈夫之事。早须相报，无用见疑。……或若狂走所牵，酣眠未寤，犹将拒辙，固欲守株，则乃批熊拉豹之师，一麾扑灭；乌合鸱张之众，四散分飞。身为齐斧之膏，骨作戎车之粉，妻儿被戮，宗族见诛，想当燃腹之时，必恐噬脐不及。尔须酌量进退，分别否臧，与其叛而灭亡，曷若顺而荣贵……

又如，当唐军大胜黄巢时，崔致远又代高骈书写《贺杀戮黄巢徒伴表》。当黄巢起义军撤离长安时，他又代高骈写《贺收复京阙表》。当黄巢兵败被诛时，他又代高骈写《贺杀黄巢表》。

应该说，崔致远这几篇散文表明他助纣为虐，参与唐王朝镇压黄巢农民军起义，尽管为历史局限所致，但也应视为崔致远的一个历史污点。尽管如此，《檄黄巢书》有条有理，层次分明，措词犀利酣畅，气势磅礴，笔力杰出，强劲有力，堪与骆宾王的《讨武曌檄》相媲美。

3. 祭奠亡灵

崔致远《桂苑笔耕集》中有多篇祭文，祭奠亡灵，《寒食祭阵亡将士文》为其中之一。

> 呜呼！生也有涯，古今所叹。名之不朽，忠义为先。尔等弜弩劳身，蒙轮逞力。奋气于熊罴之列，忘形于鹅鹳之前。能衍勇于干戈，固免惭于床笫。今也野草绿色，林莺好音。杳杳逝川，空流恨而无极。累累荒冢，谁验魂之有知。我所念兮旧功劳，我所伤兮好时节。俾陈薄酹，用慰冥游，共谋抗贼于杜回，无效怀归于温序。能成壮志，是谓阴功。

此外，尚有《祭楚州阵亡将士文》等。此等祭文感情深沉凝重，文字优雅简洁。既有对为国捐躯的爱国将士的赞美，也有为这些将士正值美好年华壮烈牺牲的感伤。

4．感谢文章，歌功颂德

《桂苑笔耕集》中有不少感谢文章，《谢许归觐启》便是其中之一。崔致远多次请求唐帝准其回故国新罗，终于获准，于是写下了《谢许归觐启》。

> 某自年十二离家，今已二九载矣。百生天幸，获托德门，骤忝官荣，仍叨命服，一身遭遇，万里光辉，是以远亲稍慰于倚门，游子倍荣于得路。唯仰赵衰之冬日，深暖旅怀，岂吟张翰之秋风，遽牵归思。且缘辞乡岁久，泛海程遥，住伤乌鸟之情，去怀犬马之恋。唯愿暂谋东返，迎侍西来。仰托仁风，永安卑迹。今即将期理棹，但切恋轩，下情无任感戴兢灼涕泣之至。

崔致远的《桂苑笔耕集》有许多歌功颂德的表、状、启等，皆为阿谀奉承之作。

综上所述，《桂苑笔耕集》中的诸多不同形式的汉文散文，充分表明崔致远汉文水平之高超。总括来讲，崔致远的汉文散文具有下列艺术特点：一是结构完整；二是极强的抒情性；三是善于摹状描写；四是语言典雅，用词精当；五是讲究音韵和谐，平仄相对；六是善于用典。这充分表明崔致远擅写各种形式的汉文文章，不愧为新罗著名散文大家。

此外，应提及的是，崔致远的散文除《桂苑笔耕集》外，还有《四六集》1卷、《文集》30卷、《中山覆篑集》5卷，惜已流失未能传世。《唐书·艺文志》载有崔致远的事迹介绍。

（三）历史评价

崔致远的《桂苑笔耕集》在朝鲜汉文学史上具有开创意义，里程碑作用，广为流传，深得朝鲜、中国文人的高度评价。

李朝文人洪奭周在《校印桂苑笔耕集序》中说："吾东方之有文章，而能著书传后者，自孤云崔公始。吾东方之士，北学于中国，而以文声天下者，亦自崔公始。"

李朝文人徐有榘在《校印桂苑笔耕集序》中认为："我东方诗文集之只今传者，不得不以是集为开山鼻祖，是亦东方之艺苑之本始也。"

《唐书》《新唐书》的《艺文志》都收有崔致远的《桂苑笔耕集》。唐朝集部里也收有《桂苑笔耕集》。

现代著名史学家范文澜在《中国通史简编》中，称赞《桂苑笔耕集》是"一部优秀的文集"。

五、慧超

（一）生平

慧超，新罗名僧，生于704年，自幼为僧。

720年，入唐求法，在广州先后师从印度高僧金刚智、中国高僧不空学法。

724年，从广州由海路赴印求法，历时4年。727年，经陆路返唐。

733年始，在长安荐福寺，与师印度僧金刚智研究密宗，并译《千钵文殊经》等，长达8年。

742年，印度僧金刚智圆寂，慧超遂师从中国僧不空继续研究密宗并译经。

774年，不空圆寂，在遗嘱中将慧超定为六大弟子之第三位。慧超成为中国密宗第二代传人。

780年，在五台山笔录所译经书。

787年，在五台山圆寂，享年83岁。另一说，780年圆寂。

慧超在唐求法67年，参与佛经翻译事业，对唐之佛教事业发展贡献甚大。

（二）代表作《往五天竺国传》

1. 写作背景

慧超自唐之广州，取海路赴印求法。先至东天竺诸国，而后中天竺、西天竺、南天竺、北天竺。继之，又辗转中亚各地，最终由陆路返回唐都长安。慧超在此过程中，边求法，边记录，返唐后成书《往五天竺国传》，共上、中、下三卷。慧超的《往五天竺国传》是一部优秀的散文作品，惜其后失传。

1905年，法国人伯希和在敦煌石窟发现楮写本慧超《往五天竺国传》。但此写本并非慧超之原作，只是原作的一个缩略本，仅为一卷，且为残本，首尾残缺。

2. 作品选读

复现的《往五天竺国传》残本，残存文字仅有227行，约6000字。尽管如此，也可看出该书之内容十分广泛，诸如巡访共47个国家、地区，详细记载各国的地理位置、社会政治、军事、经济状况，尤其详细记载各国的佛教古迹、信仰状况、佛教经典，还记载了各国的文物制度、服饰、语言、风俗等。

如记载各地佛教和佛寺状况：

此中天大小乘俱行。即此中天界内，有四大塔。恒河在北岸有三大塔。一、舍卫国给孤园中，见有寺有僧。二、毗耶离城庵罗园中，有塔见在，其寺荒废无僧。三、迦毗耶罗国，即仏本生城，无忧树见在。彼城已废，有塔无僧，亦无百姓。此城最居比，林木荒多，道路足贼。往彼礼拜者，甚难方迷。四、三道宝阶塔，在中天王位城西七日程，在两恒河间。仏当从刀利天变成三道宝阶，下阎浮提地处。左金右银，中吠琉璃，仏于中道，梵王左路，帝释右阶。侍仏下来，即于此处置塔，见有寺有僧。

又如记述天竺国的官富民穷，贫富不均的社会现象：

百姓无别庸税，但抽田子五石与王。王自遣人运将。田主□不为送也。彼土百姓贫多富少。王官屋里，及富有者，著㲲一只，自□一只。贫者半片，女人亦然。

慧超的《往五天竺国传》详尽记载了求法巡访各国的经历，表现了求道的虔诚心情，真实记载了在异国他乡思念故国家乡的惆怅。应该说，这是一部充满感情色彩的优秀汉文旅行文学作品。还应指出的是，《往五天竺国传》不仅在中印两国佛教交流史上占有重要地位，而且成为8世纪前半期中西交通史的重要史料，弥足珍贵。

六、禄贞

（一）生平

禄贞，新罗文臣，姓与字不详。生卒年亦不详。据传其父名为秀奉，曾为吏，任一吉餐湌[①]。

23岁，出任为吏，818年任执事侍郎。

822年，新罗熊川都督金宪昌反叛。在平定金宪昌之乱时，禄贞立有功勋，被封为大阿餐[②]，但禄贞拒而不受。禄贞为人正直，且具文才，《谏忠恭书》可视为其汉文散文名作。

---

① 新罗官职，是十七个等级中的第七位阶。

② 新罗官职，位阶第五。

（二）代表作《谏忠恭书》

1. 时代背景

822年，国王无嗣，立其母弟秀宗为储君。朝政由时任角干[①]的金忠恭把持，内外官吏均由其任命。禄贞对此强烈不满。

一天，金忠恭患病，国医为其诊病，“病在心脏，须服龙齿汤。”于是金忠恭闭门谢客，专心治病。禄贞闻知，遂往探视，但为其所拒。禄贞遂说明来意：“下官……须献一言于左右，以开郁悒之虑。”于是得以会见。在会见中，禄贞向金忠恭提出劝诫。

2. 作品选读

据《三国史记·禄贞传》载。禄贞与金忠恭会见中，对金忠恭进行劝诫。两人对话如下：

禄贞进曰：“伏闻宝体不调，得非早朝晚罢，蒙犯风露，以伤荣卫之和，失支体之安乎？”

（金忠恭）曰：“未至是也，但昏昏嘿嘿，精神不快耳。”

禄贞曰：“然则公之病不须药石，不须针砭，可以至言高论一攻而破之也。公将闻之乎？”

（金忠恭）曰：“吾子不我遐遗，惠然光临，愿听玉音，洗我胸臆。”

禄贞曰：“彼梓人之为室也，材大者为梁柱，小者为椽榱，偃者、植者各安所施，然后大厦成焉。古者，贤宰相之为政也，又何异焉？才巨者置之高位，小者授之薄任。内则六官、百执事，外则方伯、连率、郡守、县令；朝无阙位，位无非人；上下定矣，贤不肖分矣，然后王政成焉。今则不然，徇

① 亦称伊伐湌，为新罗最高官职，只有具有王族血统的贵族方能担任。

私而灭公，为人而择官；爱之则虽不材，拟送于云霄；憎之则虽有能，图陷于沟壑。取舍混其心，是非乱其志，则不独国事混浊，而为之者亦劳且病矣。若其当官清白，莅事恪恭；杜货赂之门，远清托之累；黜陟只以幽明，予夺不以爱憎；如衡焉，不可枉以轻重，如绳焉，不可欺以曲直。如是，则刑政允穆，国家和平。虽曰开孙弘之合，置曹参之酒，与朋友故旧，谈笑自乐可也，又何必区区于服饵之间，徒自费日废事为哉？”

禄贞在谈话中，对位居高官的金忠恭进行规劝，实际也是在责备金忠恭，指责金忠恭“徇私而灭公，为人而择官；爱之则虽不材，拟送于云霄；憎之则虽有能，图陷于沟壑”。

从内容上看，此文义正词严，敢于直面批评金忠恭任人唯亲之错误，充分表明禄贞的为人正直，不畏强权敢于伸张正义，具有高贵的道德品质。

从艺术水平看，此文为主客问答体散文，文字流畅，气势磅礴，充分显示禄贞高超的汉文水平。因之，《谏忠恭书》为新罗时期一篇优秀的汉文散文作品。

从效果看，金忠恭接受了禄贞之规劝，并将此事禀告宪德王。宪德王高度称赞禄贞：“有人直言如此，何喜如焉。”储君得知此事，也称赞说：“尝闻君明则臣直，此亦国家之美事也。”

七、金仁问、金良图

（一）金仁问

金仁问为新罗真平王之次子，生于628年。

651年，23岁“受主命入大唐宿卫。（唐）高宗谓涉海来朝，忠诚可尚，特授左领军将军”。金仁问此后任右骁卫员外大将军临海郡公，转镇军大将军，行右武威卫大将军等。由此，金仁问作为使者，多次往返新罗与唐，充分发挥其外交才能，为唐击灭百济起了很大作用。

653年，受诏令首次回国。

653年末或654年初，第二次入唐。

656年，第二次自唐回国。

659年，第三次赴唐，乞师，共伐百济。而后返回新罗。当新罗与唐军共伐百济时，金仁问任联合征讨军副大总管。

660年，随唐将苏定昌第四次赴唐。

662年，第五次赴唐，向唐贡方物。后返回新罗。

665年，第六次赴唐，参与唐高宗泰山封禅活动。后回新罗。

668年，随唐将李勋第七次入唐宿卫。当时，新罗与唐关系密切，新罗多次请唐出兵，助新罗击灭百济。唐应新罗之请两次出兵，助新罗先后于664年击灭百济。此时正是新罗与唐结盟友好时期。金仁问颇受唐高宗之厚待。

其后，唐高宗于654年手书《万年宫铭》并立碑。该碑阴面有当时扈从唐高宗前往万年宫的三品以上48个众臣僚军将题名。其中作为藩属国家使者新罗人金仁问的名字，也赫然在列，即《碑阴题名下层自右至左第十行下端》“左领军将军臣□仁□”。

694年，客死东都洛阳，享年66岁。

金仁问死后，周则天武后命令“朝散大夫行司礼寺太医署令陆元景、判官朝散郎值司礼寺某等，押送灵柩”返回新罗。

灵柩运抵故国新罗后，新罗王室予以厚葬，并立《金仁问碑》，以彰其功。该碑现藏于韩国庆州国立博物馆，由于年代久远，碑面磨灭，破损严重，只有部分文字可以释读。

总之，金仁问作为新罗、唐交往的重要外交官员，不仅熟练掌握汉语，且具有高超外交才能，对促进罗唐结盟关系有重大作用。

（二）金良图

朝鲜《三国史记》卷46引用《新罗古记》一段话称：“（新罗）文章则强首、帝文、守真、良图、风训、骨番。”惜帝文、守真、风训、骨番四人事迹已湮没无考。仅有金良图的只言片语记载。

在《三国史记·金仁问传》中曾提及金良图：“（良图）同海飧一起六次来往于唐，是为国尽瘁的文人。”由此可知，金良图亦是新罗文人。关于他的生平记述不多，他从事新罗与唐之外交活动，曾六次往返于唐。与强首、金仁问一样，对新罗与唐结盟发挥了很大作用。

669年，时任波珍飡的金良图随角干金钦纯出使赴唐。不幸的是，金良图于同年客死唐都长安。遗憾的是，作为文人，作为外交官员的金良图无有汉文文章流传后世。

第四章　统一新罗的汉诗

第一节　崔致远

一、创作概况

崔致远是新罗著名学者、文学家，尤擅汉诗。他的汉诗被誉为朝鲜汉诗之鼻祖。

崔致远一生创作了大量诗文，计有今体赋5首，1卷；五言、七言今体诗100首，1卷；杂诗赋30首，1卷；《中山覆匮集》5卷，《桂苑笔耕集》第17卷，收有七言纪德诗30首；《桂苑笔耕集》第20卷，收有汉诗30首。可惜的是，崔致远的这些诗文仅有《桂苑笔耕集》存世，其余皆已失传。此外，朝鲜《东文选》中载有崔致远的汉诗30首。《全唐诗》也收有崔致远的汉诗。

由于一些诗集失传，迄今无法知道崔致远一生共创作多少首汉诗。其写作时期，可分为两个时期：其一，在唐朝求学、为吏时期；其二，自唐回归故国新罗时期。

二、汉诗代表作

综观崔致远现存世的一百多首汉诗，从内容上看，可分为以下八类。

（一）怀念祖国，思念家乡

《秋夜雨中》为此类汉诗代表作。

秋夜雨中

秋风唯苦吟，
世路少知音。
窗外三更雨，
灯前万里心。

此诗表现诗人身在异国他乡，秋风萧瑟、秋雨绵绵的深夜，对远在万里的故国和亲人的怀念。同时，因为怀才不遇，“世路少知音”而感到孤独与寂寞。此诗感情真挚，心情沉重。游子思乡，眷恋故国，怀念亲人，人之常情。

《东风》也是一首思故国想家乡之作。

东　风

知尔新从海外来，
晓窗吟坐思难裁。
堪怜时复撼书幌，
似报故园花欲开。

诗人见来自东方故国的风将书架上的帷幔吹起，联想这股来自故国的风，是告诉诗人故国家乡的花正含苞欲放，而勾起诗人的思乡之情。

《山阳与乡友话别》也是怀念故国之作。

山阳与乡友话别

相逢暂乐楚山春，
又欲分离泪满巾。
莫怪临风偏怅望，
异乡难遇故乡人。

诗人在中原遇见来自故国的同胞，异常兴奋，“君自故乡来，应知故乡事”。然而相见时难别亦难，相逢时的短暂兴奋过后，却是分离时的难过与惆怅。

《和友人除夜见寄》也是此类诗作。

和友人除夜见寄

与君相见且歌吟，
莫恨流年挫壮心。
幸得东风已迎路，
好花时节到鸡林。

这是诗人在回国前夕，酬和友人之作。诗人在唐朝长达16年，深深眷恋祖国，深深想念故乡。如今即将成行，返回朝思暮想的祖国，作者抑制不住心中的激动和兴奋，“幸得东风已迎路，好花时节到鸡林。”

而回归故国前夕，崔致远写给高骈的汉诗《陈情上太尉》更是一首情真意切扣人心弦的好诗。

陈情上太尉

海内谁怜海外人，
问津何处是归津。

本求食禄非求利，
只为荣亲不为身。
客路离愁江上雨，
故国归梦日边春。
济川幸遇恩波广，
愿濯凡缨十载尘。

诗人在诗中表达三种情感：一是“本求食禄非求利，只为荣亲不为身”，说明自己来唐求学的目的是实现慈父之嘱托，苦读诗书，谋求功名，光宗耀祖；二是感激高骈知遇之恩，和众多友人之相助；三是怀念故国，想念家乡，“客路离愁江上雨，故国归梦日边春。”

《行次山阳续家太尉寄赐衣缎令充归觐续寿信物谨以诗谢》，描述作者即将回归多年别离的祖国的喜悦之情。

行次山阳续家太尉寄赐衣缎令充归觐续寿信物谨以诗谢

自古虽夸昼锦行，
长卿翁子占虚名。
既传国信兼家信，
不独家荣亦国荣。
万里始成归去计，
一心先算却来程。
望中遥想深恩处，
三朵仙山日畔横。

此诗描绘了885年崔致远以唐使节身份返回故国新罗的喜悦心情。“既传国信兼家信，不独家荣亦国荣。”

此外，崔致远还有一些汉诗为怀念故国想念家乡之作，如《暮春即事和顾云友使》《奉和座主尚书避难过维扬宠示绝句三首》等。

（二）关心民间疾苦

崔致远对民间疾苦十分关心和同情，对骄奢淫逸的封建统治阶级予以辛辣讽刺和严厉抨击。《江南女》即为此类汉诗之代表作。

江南女

江南荡风俗，
养女娇且怜。
性冶耻针线，
妆成调管弦。
所学非雅音，
多被春风牵。
自谓芳华色，
长占艳阳年。
却笑邻舍女，
终朝弄机杼。
机杼纵劳身，
罗衣不到汝。

《江南女》的主要内容有二：其一，如实描述唐朝时江南上层妇女的骄奢淫逸，讽刺这些富贵人家妇女的懒惰，奢侈腐化；其二，充满对劳动妇女的深切同情："机杼终（纵）劳身，罗衣不到汝。"辛辛苦苦织成的绸缎，自己却穿不到，为他人做嫁衣。

此诗采用对比手法，以"江南女"的懒惰对比"邻家女"的勤劳；以“江南女”的不劳而获“性冶耻针线”，对比“邻家女”的劳而无获：“机杼终（纵）劳身，罗衣不到汝。”两相对比，加强此诗的讽刺力度。

（三）憎恨统治阶级

崔致远对新罗统治阶级的极度腐化和争权夺利的斗争，深恶痛绝。《古意》即为此类作品。

古　意

狐能化美女，
狸亦作书生。
谁知异类物，
幻惑同人形。
变化尚非艰，
操心良独难。
欲辨真与伪，
愿磨心镜看。

诗人将统治阶级比喻为狡猾的狐狸。他们满口仁义道德，剥开他们的画皮，是丧尽天良的伪君子、“异类物”。诗人认为只有耿直善良的人，才能不被他们外表所迷惑，不为他们的甜言蜜语所欺骗，才能分辨真伪，识破其伪装的外衣。

《寓兴》也是此类作品。

寓　兴

愿言扃利门，
不使损遗体。
争奈探珠者，

轻生入海底。
身荣尘易染，
心垢非难洗。
淡泊与谁论，
世路嗜甘醴。

诗人将“探珠者”比喻为封建统治阶级，“入海底”比喻这些利欲熏心的封建官僚们争权夺利，最后葬身海底。诗人警告世人不能追求荣华富贵：“身荣尘易染，心垢非难洗。”

《蜀葵花》也是属于此类作品。

蜀葵花

寂寞荒田侧，
繁花压柔枝。
香轻梅雨歇，
影带麦风攲。
车马谁见赏，
蜂蝶徒相窥。
自惭生地贱，
堪恨人弃遗。

此诗表面上描述正在盛开的蜀葵，非常美丽，香气扑鼻，但是因为长在荒凉的田边，无人理会，“自惭生地贱，堪恨人弃遗”。然而此诗之真正寓意是，自己满腹经纶，空有报国之志，然而怀才不遇，不被重视，反而遭到封建统治阶级的排斥和打击。此诗充分表达了诗人对封建统治阶级的不满和愤恨。

（四）描绘风景

崔致远还写作了许多描绘自然风光的汉诗。从时间上看，可分为两个时期。

其一是在唐朝时期。崔致远在《桂苑笔耕集》卷20中说："中和甲辰[①]，季冬十月，奉使东泛，泊舟于大珠山下，凡所入目，命为篇名，啸月吟风，贮成十首。"即《石峰》《潮浪》《沙汀》《野烧》《杜鹃》《海鸥》《山顶危石》《石上矮松》《红叶树》《石上流泉》10首诗。

杜　鹃

石罅根危叶易干，
风霜偏觉见摧残。
已饶野菊夸秋艳，
应羡岩松保岁寒。
可惜含芳临碧海，
谁能移植到朱栏。
与凡草木还殊品，
只恐樵夫一例看。

此诗是诗人观赏杜鹃花有感而作。诗人感叹杜鹃花既不如野菊在秋风中仍然盛开，争奇斗艳，也不如在寒冬傲立挺拔的松柏，而是长在石缝中，备受摧残。可叹的是，樵夫将杜鹃花和枯草残枝一起当作烧柴，隐喻空有才华但怀才不遇的悲哀。与此同时，诗人也被杜鹃花敢于顶风斗雪、不屈不挠的顽强精神所感动，隐喻人要正

① 中和，为唐僖宗的年号。甲辰为干支纪年。中和甲辰即唐僖宗中和四年（884）。

直，坚持真理，敢于斗争。

其二是回到新罗。这期间创作了多首描绘自然风光的汉诗。计有《临镜台》、《芋江驿雪》、《题伽耶山》、七绝《入山诗》、五言律诗《赠智光上人》。

临镜台

烟峦簇簇水溶溶，
镜里人家对碧峰。
何处孤帆饱风去，
瞥然飞鸟去无踪。

此诗描绘了金海附近的黄山江的美丽风光。江水碧绿，清澈见底，风平浪静。山峦云遮雾绕，朦朦胧胧。一只帆船顺风而下，展翅飞鸟翱翔蓝天，真是一幅秀丽的山水画。

（五）酬谢唱和

崔致远寓唐16年，与唐文人广为接触，结为好友，其中有罗隐、顾云、杨瞻、杜荀鹤、吴峦、郑畋、张乔等。彼此间多有酬谢唱和之作，表达深厚友谊。

当崔致远回国前，中朝两国友人深深惜别。唐诗人顾云为崔致远写送别诗，对崔致远的文学成就予以高度评价："十二乘船渡海来，文章感动中华国。十八横行战词苑，一箭射破金门策。"

崔致远临别前，也给中国友人写诗，表示惜别，《酬杨瞻秀才送别》便是其中之一。

酬杨瞻秀才送别

海槎虽定隔年回，
衣锦还乡愧不才。

暂别芜城当叶落，
远寻蓬岛趁花开。
谷莺遥想高飞去，
辽豕宁惭再献来。
好把壮心谋后会，
广陵风月待衔杯。

崔致远在诗中对希望和他一起去新罗的好友杨瞻表达了深深的惜别之情，现在分别在即，但是还“再献来”，后会有期。将来还会欢聚，“好把壮心谋后会”，那时再叙别后的思念，饮酒唱和，该是多么美好呀，此心“待衔杯”。

崔致远此类汉诗很多，如《归燕吟献太尉》《和张进士乔村居病中见寄》《留别女道士》《楚州张尚书水郭相迎因以诗谢》《酬吴峦秀才惜别二绝句》等。

（六）描绘民间歌舞

新罗民间流行假面舞。崔致远写有5首诗描绘这种假面舞，即《金丸》《月颠》《大面》《束毒》《狻猊》。

金　丸

回身掉臂弄金丸，
月转星浮满眼看。
纵有宜僚那胜此，
定知鲸海息波澜。

该诗描绘伎优高超的技巧，快速接抛球丸，“月转星浮”的舞蹈，犹如海中鲸鱼喷水。诗人赞叹说，春秋时楚国的著名勇士宜僚也不能与之相比，完美绝伦。

（七）歌功颂德

崔致远还有献给司徒相公（即高骈）的30首纪德诗，即《兵机》《笔法》《性箴》《雪咏》《射雕》《安化》《练兵》《磻溪》《射虎》《秦城》《生祠》《射鞭》《安南》《天威径》《岩口径》《收城碑》《执金吾》《天平》《钓鱼亭》《相印》《西川》《平蛮》《筑城》《荆南》《漕运》《浙西》《降寇》《淮南》《朝上清》《陈情》。

这30首汉诗都是对高骈的歌功颂德，认为高骈是为唐朝立下汗马功劳的将军。此类纪德诗自然在文学史上没有多大文学价值。

（八）长诗

崔致远还有长诗《双女坟》。该诗63句，共431个字，为朝鲜文学史上第一首长篇叙事诗。

双女坟

草暗尘昏双女坟，
古来名迹竟谁闻。
唯伤广野千秋月，
空锁巫山两片云。
自恨雄才为远吏，
偶来孤馆寻幽邃。
戏将词句向门题，
感得仙姿侵夜至。
红锦袖，紫罗裙，
坐来兰麝逼人薰。
翠眉丹颊皆超俗，
饮态诗情又出群。
对残花，倾美酒，

双双妙舞呈纤手。
狂心已乱不知羞，
芳意试看相许否。
美人颜色久低迷，
半含笑态半含啼。
面熟自然心火烧，
脸红迎假醉如泥。
歌艳词，打欢合，
芳宵良会应前定。
才闻谢女启清谈，
又见班姬擒雅咏。
情深意密始求亲，
正是艳阳桃李晨。
明月倍添枕衾思，
香风偏惹绮罗身。
绮罗身，枕衾思，
幽欢未已离愁至。
数声余歌断孤魂，
一点残灯照双泪。
晓天莺鹤各西东，
独坐思量疑梦中。
沉思疑梦又非梦，
愁对朝云归碧空。
马长嘶，望行路，
狂生犹再寻遗墓。
不逢罗袜步芳尘，
但见花枝泣朝露。

欲断肠，首频回，
泉户寂寥谁为开。
顿辔望时无限泪，
垂鞭吟处有余哀。
暮春风，暮春日，
柳花撩乱迎风疾。
常将旅思怨韶光，
况是离情念芳质。
人间事，愁杀人，
始闻达路又迷津。
草没铜台千古恨，
花开金谷一朝春。
阮肇刘晨是凡物，
秦皇汉帝非仙骨。
当时嘉会杳难追，
后代遗名徒可悲。
悠然来，忽然去，
是知风雨无常主。
我来此地逢双女，
遥似襄王梦云雨。
大丈夫，大丈夫，
壮气须除儿女恨，
莫将心事恋妖狐。

南宋张敦颐的《六朝事迹编类》记载了该诗的写作背景，此二女系“宣城郡（今安徽宣城）开化县马阳乡”人。而《大东韵府群玉》则载此二女系“溧水县（今江苏溧阳）楚城乡”人。此二女一定婚盐商，一许嫁茗佑，“不意父母匹于盐商小竖”。二女为溧水县楚城乡张姓富豪的两个女儿，姐姐18岁，妹妹16岁。在封建礼教的束缚下，封建家长专横，二女不满父母将她们许配盐商茶贩，双双抑郁而死，“以此愤恚而终”。二女同葬一坟，名为“双女坟”。时任溧水县尉的崔致远闻知此事，有感而发，为之创作长诗《双女坟》。

长诗《双女坟》的基本思想是主张摆脱封建礼教的束缚，追求婚姻自主。诗中深刻批判了封建礼教和封建家长制扼杀青年男女追求婚姻自主之罪恶，“人间事，愁杀人”“草没铜台千古恨”。此外，有的学者认为《双女坟》并非崔致远所作，而是朴寅亮所作。

总之，新罗诗人崔致远之汉诗体裁多样，既有五言、七言，又有绝句、律诗，还有古体诗，更有长篇叙事诗。他一生写作的汉文散文约1万多篇，汉诗达300多首。他的汉文学成就甚是辉煌，予朝鲜后世以深远影响。

高丽著名诗人李奎报在《白云小说》中，高度赞誉崔致远：“崔致远孤云，有破天荒之大功，故东方学者皆以为宗。”他认为“我东之以诗鸣于中国，自三子始”。崔致远为三子之首。

李朝文人成伣在《慵斋丛话》中也高度评价崔致远之文学成就：“我国文章，始于崔致远。致远入唐登第，文名大震，至今配享文庙。”

李朝文人徐居正在《东人诗话》中说：“崔文昌侯致远入唐及第，以文章著名。”

清初编撰的《全唐诗》《唐宋百家集》《唐宋五十家集》等都收有崔致远创作的汉诗。

新罗诗人崔致远是朝鲜古代汉文学的奠基人，也是中国文化的积极传播者，为中朝两国文化交流做出了巨大贡献。

第二节 慧 超 金乔觉 王巨仁

一、慧超

新罗名僧慧超在《往五天竺国传》中载有5首汉诗，皆为慧超在天竺巡礼圣迹时有感而作。

至摩诃菩提寺略题

不虑菩提远，
焉将鹿苑遥。
只愁悬路险，
非意业风飘。
八塔诚难见，
参者经劫烧。
何其人愿满，
目睹在今朝。

此诗描述了慧超到达摩揭陀国的菩提寺时的喜悦心情。慧超不惧路途遥远，千里迢迢，“不虑菩提远”“只愁悬路险”，终于来到佛祖释迦牟尼初转法轮之地——鹿野苑。在这里见到佛教的八大灵塔。然而岁月的流逝，风吹雨淋，八塔已破旧损坏。

参南天竺龙树废寺有感

月夜南天路，
浮云飒飒归。
缄书参去便，

风急不听回。
我国天涯北，
他邦地角西。
日南无有雁，
谁为向北飞。

此诗为慧超在求法途中怀念故国思念家乡之作。诗人描述在明月之夜，看见浮云向北飘去，联想到自己现在不能像浮云一样回归故国，十分惆怅。诗人还指出自己故国新罗在北方，而天竺国在西方。可惜的是，没有鸿雁传书给故国亲人，即使自己十分思念故国也是枉然。

那揭罗驮娜寺闻汉僧亡故有感

故里灯无主，
他方宝树摧。
神灵去何处，
玉貌已成灰。
忆想哀情切，
悲君愿不随。
孰知乡国路，
空见白云归。

此诗作于北天竺国某山中的那揭罗驮娜寺。慧超在此诗之注释中说：该寺“有一汉僧……从中天来，明闲三藏圣教，将欲还乡，忽然违和，便即化矣。于时闻说，莫不伤心，便题四韵，以悲冥路”。

在这首汉诗中，慧超表达了对这个西行求法的中国僧人客死他乡的同情和哀悼，也描述了自己对继续巡礼求法路途上的艰险的担心，同时表达了自己不畏艰险、勇往直前的决心。

吐火罗国逢雪述怀

冷雪牵冰合，
寒风擘地裂。
巨海冻墁坛，
江河凌崖啮。
龙门绝瀑布，
井口盘蛇结。
伴火上胲歌，
焉能度播密。

此诗描绘寒冬雪景，白雪漫天飞舞，寒冰结成巨大冰块，茫茫雪海冻成一个铺金饰玉的坛场。在这严寒环境中，人们烤着火，唱着项羽的《垓下歌》，以御严寒，表现作者虔诚求法之坚定意志和顽强精神。

于吐火罗国遇汉使入蕃略题四韵取辞

君恨西蕃远，
余嗟东路长。
道荒宏雪岭，
险涧贼徒倡。
鸟飞惊峭嶷，
人去难偏梁。
平生不扪泪，
今日洒千行。

此诗描述了在异国他乡遇到中国使节的喜悦心情，喜极而泣，“平生不扪泪，今日洒千行。”

慧超这5首律诗，情真意切，结构严谨，音韵流畅，堪称佳作。

二、金乔觉

（一）生平

金乔觉为新罗名僧，法名地藏。生于696年，为新罗王子，自幼为僧。

719年，23岁赴唐求法。唐朝文人黄冠卿《九华山化成寺记》载，金地藏（即金乔觉）从海路入唐求法，径投池州（今安徽省贵池县）九华山习禅修道，精诚至极，艰苦卓绝，乡民为之感动，乃在山上建化成寺，邀其居住弘法。

794年，圆寂，时年98岁。他在唐长达54年，为唐朝的佛教事业做出巨大贡献，九华山亦因此成为中国佛教四大名山之一。

（二）代表作

金乔觉自幼喜爱诗书，来唐求法前，已有很深的汉文造诣。他一生创作了多少汉诗，未见史载，只有2首汉诗传世。

送童子下山

空门寂寞汝思家，
礼别云房下九华。
爱向竹栏骑竹马，
懒于金地聚金沙。
添瓶涧屋休招月，
烹茗瓯中摆弄花。
好去不须频下泪，

老僧相伴有烟霞。

《送童子下山》为一首情真意切的送别诗。一个入寺求法的儿童与金乔觉朝夕相处，晨钟暮鼓，青灯黄卷，使一老一小两个僧人感情深切。然而，儿童童心未泯，贪图玩耍，无心求法，耐不住寂寞，思乡心切，下山回家。老僧金乔觉无奈，只好挥泪相送，还安慰他说："好去不须频下泪，老僧相伴有烟霞。"

这首七言律诗格律严谨，对仗工整，结构完整。这首汉诗把金乔觉对童子的怜爱和慈悲胸怀表现得淋漓尽致，堪称送别诗之佳作。《全唐诗》收有此诗。

酬惠米

弃却金銮纳布衣，
修身浮海到华西。
原身自是酋王子，
慕道相随吴用之。
未敢叩问求他语，
昨叨送米续晨炊。
而今飧食黄精饭，
腹饱忘思前日饥。

金乔觉在九华山修身养性，虔诚研究佛学，但是生活非常艰苦，经常断炊。善男信女十分感动，赶来送米。金乔觉感动至极，遂写此诗，表示感激之情。

金乔觉在诗中，首先回顾了自己本为新罗王子，为了求法，放弃奢侈生活，来唐过着苦行僧生活，经常食不果腹。"弃却金銮纳布衣，修身浮海到华西。原身自是酋王子，慕道相随吴用之。”其次，感谢好心人送米，得以饱食，“昨叨送米续晨炊。而今飧食黄精饭，腹饱忘思前日饥。”

此诗情真意切，感激之情跃然纸上。同时也真实反映了金乔觉苦行僧的生活艰苦和虔诚求法的决心和毅力。

三、王巨仁

（一）生平

王巨仁，新罗真圣女王时文人，生卒年不详。

《全唐诗》载：“朝鲜史略云：新罗女主曼与魏弘通。弘死后，复引年少美丈夫，私之，授以要职。由是妄幸肆志，纪纲坏弛。时有人讥谤时政，榜于路。主疑隐者王巨仁所为，命下狱，将诛之。（王）巨仁愤怒作诗，书狱壁。是夕，忽震雷雨雹。主惧释之。唐僖宗文德（888）事也。”

朝鲜《三国遗事》载：“第五十一真圣女王，临朝有年，乳母凫好夫人，与其夫魏弘匝干等三四宠臣，擅权扰政，盗贼蜂起。国人患之，乃作陀罗尼隐语，书投路上。王与权臣等得之，谓曰：此非王巨仁，谁作此文？乃因巨仁于狱。巨仁作诗，诉于天。天乃震其狱囚，以免之。”

《全唐诗》和朝鲜《三国遗事》中关于王巨仁之记载，大同小异，王巨仁是个敢于坚持真理，敢与邪恶斗争的正直文人。

（二）代表作

正直的王巨仁无辜被囚狱中，愤怒异常，遂在狱中作《愤怨诗》以发泄对腐败的新罗王朝的愤恨。

愤怨诗

于公恸哭三年旱，
邹衍含悲五月霜。
今我忧愁还似古，

皇天无语但苍苍。

王巨仁在诗中，首先引用中国两个古代典故，隐喻自己无辜被陷害。

典故“于公恸哭三年旱”的故事讲的是汉朝时，有个叫周青的女人，为人十分善良。丈夫死后，她仍十分孝顺婆婆。婆婆认为自己身体日益衰老，儿媳才会这么艰难困苦，十分不忍，遂自杀身亡。但周青的妯娌（弟媳）却向官府告发周青，称周青杀了婆婆。有个叫于公的地方官员认为，婆婆确实是自杀，非周青杀害。然而官府并不同意于公的说法，判定周青杀死婆婆，于是把周青杀了。于公闻知，痛哭冤死的周青。从此，该地连续三年旱灾。

典故“邹衍含悲五月霜”讲的故事是邹衍为战国时期的齐国官吏，镇守边塞，建有功勋。但是齐国国王听信谗言，将邹衍投入牢狱。苍天有眼，时值五月，令天降寒霜。

其次，表达了被新罗王廷无辜下狱的不满：如今我也遭此不白之冤，老天爷为什么无动于衷，默不表态，为我申冤呢？“今我忧愁还似古，皇天无语但苍苍”呢？

朝鲜《三国史记》所载王巨仁的汉诗《愤怨诗》与《全唐诗》所载之《愤怨诗》字句有所不同。

愤怨诗

燕丹泣血虹贯日，
邹衍含悲五月霜。
今我失途不似旧，
皇天何事不垂祥。

诗中仍以中国古代典故“燕丹泣血”“邹衍含悲”来譬喻自己

的不白之冤。

总之，王巨仁的《愤怨诗》为一首情感真挚、感天动地的汉诗佳作。

第三节　崔匡裕　崔承佑　朴仁范

一、崔匡裕

（一）生平

崔匡裕，新罗诗人，生卒年不详。与金茂先、杨颖、崔涣等一起赴唐求学，后在唐及第。在唐长达10年之久，后搭乘新罗使节船回国。崔匡裕学识渊博，且擅汉诗。与崔致远、崔承祐、朴仁范等被誉为新罗十贤。

（二）代表作

高丽时刊行的《十抄诗》收有他的汉诗。《长安春日有感》为其汉诗名作。

长安春日有感

麻衣难拂路岐尘，
鬓改颜衰晓镜新。
异国好花愁里艳，
故园芳树梦中春。
扁舟烟月思浮海，
羸马关河倦问津。
只为未酬萤雪志，
绿杨莺语太伤神。

这首汉诗是崔匡裕在唐求学尚未及第时所作。作为在异国他乡求学的学子，看到唐都长安春光明媚，花团锦簇，有感而发。感叹时光之流逝，麻衣未改，颜面已衰，自己虽努力学习，但依然一事无成，尚未及第，壮志未酬，实在有愧于江东父老。

此外，崔匡裕还创作有汉诗《郊居呈知己》《忆江南李处士》《庭梅》等。《东文选》中录有他的10首汉诗。

二、崔承佑

（一）生平

崔承佑，新罗诗人，生卒年不详。890年赴唐求学。892年在唐及第。在唐期间，与唐诗人曹松等友情深厚，后返回新罗。

崔承佑学识渊博，汉文造诣颇深。曾著有诗集《糊本集》，惜失传。汉文散文有代甄萱写的《寄高丽王书》，汉诗有10首传世。

（二）代表作

别

入越游秦恨转生，
每回伤别问长亭。
三樽绿酒应须醉，
一曲丹唇且待听。
南浦片帆风飒飒，
东门驱马草青青。
不唯儿女多心绪，
亦到离筵尽涕零。

此诗写于崔承佑在唐求学期间，描述其身处异国他乡，到处漂泊，别离伤感，愁绪缠绵。这首汉诗格律严密，对仗工整，堪称一首汉诗佳作。

此外，崔还写有多首汉诗，如《送曹进士松入罗浮》《春日送韦太尉自西川除淮南》《关中送陈第先辈赴邠州幕》《忆江西旧游用寄知己》《镜湖》等。

三、朴仁范

（一）生平

朴仁范，新罗诗人，生卒年不详。与金渥一起赴唐求学，后应试中举。回新罗后，历任翰林学士、守礼部侍郎等职。朴仁范学识渊博，擅汉诗。朝鲜《东文选》收有其10首汉诗。

崔致远在《新罗王与唐江西高大夫湘状》中说："顾鸡林之世子，特令朴仁范、金渥双飞凤里，对跃龙门。许列青衿，同趋绛帐。不容丑虏，有玷仙科……伏以朴仁范苦心为诗，金渥克己复礼。获窥乐镜，共陟丘堂。自古以来，斯荣无比。"

朝鲜白云居士说，东方之诗闻名于中国，始于崔致远、朴仁范和朴寅亮三人。

（二）代表作

泽州龙朔寺阁兼柬云栖上人

翚飞仙阁在青冥，
月殿笙歌历历听。
灯撼萤光明鸟道，
梯回虹影到岩扃。
人随流水何时尽，
竹带寒山万古青。
试问是非空色里，
百年愁醉坐来醒。

此诗为朴仁范在唐求学期间，在今甘肃东部泾州（泾川）龙朔寺所作。

该诗描述龙朔寺阁高耸入云，可以听见月宫的笙歌。继之描述阁楼构造之精巧，“灯撼萤光明鸟道，梯回虹影到岩扃。”接着诗人自问自答：“人随流水何时尽，竹带寒山万古青。”最后感慨地说，世界一切现象皆因缘所生，刹那生灭难以预测，因之愁绪万千，“百年愁醉坐来醒”。此诗脍炙人口，堪称冠绝古今。

朴仁范还创作有汉诗《九成宫怀古》《江行吴张秀才》《马嵬怀古》《送俨上人归乾竺国》《早岁书情》等。

第四节　金可纪　薛　瑶

一、金可纪

（一）生平

金可纪（？—858），新罗诗人。曾赴唐求学，应试及第。

《续神仙传》载，金可纪于858年在唐羽化成仙。

（二）代表作

金可纪创作有不少汉诗，惜未传世。《全唐诗》仅收入金可纪的汉诗逸诗散句，可知其创作的汉诗有8首。尽管如此，从中可见金可纪的汉诗水平相当高超。

烟破树头惊宿鸟，露凝苔上暗流萤。（《秋夜望月》）
山人见月宁思寝，更掬寒泉满手霜。（《峡山寺玩月》）
绀殿雨晴香烟散，禅林风起竹声余。（《赠青龙寺僧》）
更有闲宵清净境，曲红澄月对心虚。（《赠僧》）
风过古殿香烟散，月到林前竹露清。（《宿丰德寺》）
寒露已催鸿北去，火云渐散月西流。（《秋夕》）

园梅坼甲迎春笑，庭草抽心待节草。（《早春》）

波冲乱石长如雨，风激疏松镇似秋。（《题游仙寺》）

二、薛瑶

（一）生平

薛瑶（？—693），新罗女诗人。新罗左武卫将军薛承冲之女。15岁，其父病故，遂出家为尼。21岁还俗，嫁与郭元振，夫妻十分恩爱，惜病故早亡。

《郭公姬薛氏墓志铭》记述甚详："姬人性（姓）薛氏，东明国王金氏之胤也。昔金王有爱子，别食于薛，因为姓焉。世不与金氏为姻。其高祖皆金王贵臣大人也，父承仲于唐高宗时与金仁问归国。帝畴厥庸，拜左武卫将军。姬人幼有玉色，发于俶华，若彩云朝升，征月宵英也。故家人美之，少号仙子。闻瀛台孔雀凤凰之事，瑶情悦之。年十五，大将军薨，遂剪发出家，将学金仙之道，而见宝手菩萨。靓心六年，青莲不至。乃作谣，遂返初服，归我郭公。郭公豪荡而好奇者也，杂佩以迎之，宝琴以友之，其相得如青鸟翡翠之婉娈矣。华繁艳歇，乐极悲来，以长寿二年太岁癸巳二月十七日，遇疾卒于通泉县之官舍。"

（二）代表作

薛瑶作为女汉诗人，仅有一首汉诗《还俗谣》传世。

还俗谣

化云心兮思淑贞，
洞寂灭兮不见人。
瑶草芳兮思芬蒀，
将奈何兮青春。

此诗作于决心还俗之时，充分表达了诗人对人间幸福生活的向往，感叹自己出家为尼，在晨钟暮鼓、青灯黄卷中虚度6年青春年华，决心还俗，背弃佛门，追求人间幸福生活。

应提及的是，新罗诗人除上述者外，还有金云卿、金立之皆曾赴唐求学，惜二人的汉诗未传世。《全唐诗》仅收有二人的逸诗散句。如金云卿的汉诗《秦楼曲》仅收有“秋月夜闲闻案曲，金风吹落玉箫声”句。

第五章　统一新罗的汉文传奇

第一节　《新罗殊异传》概述

一、成熟过程

统一新罗时期尚未出现汉文小说，仅有汉文传奇，即小说的前身，也可称之为准小说。

《新罗殊异传》是统一新罗时期的文人将民间口头流传的故事，加以整理辑成汉文传奇集。关于整理者，有两种不同说法。一说为崔致远，另一说为朴寅亮。

后经高丽文人的改编，到高丽中期始定型。李朝初年尚流传于世，惜其后散逸，仅能从古书中见到转录或摘录的一些篇目。

二、现存篇目

《新罗殊异传》全本失传，现今只有一些古书载有其中的10篇。

篇名	出处
《崔致远》	成任《太平通载》卷68
《宝开》	成任《太平通载》卷20
《迎乌郎细乌女》	徐居正《笔苑杂记》卷2

续表

篇名	出处
《首插石楠》	权文海《大东韵府群玉》卷8
《竹筒美女》	权文海《大东韵府群玉》卷9
《老翁化狗》	权文海《大东韵府群玉》卷12
《虎愿》（《虎愿寺》）	权文海《大东韵府群玉》卷15
《心火烧塔》（《火鬼》）	权文海《大东韵府群玉》卷20
《阿道传》	觉训《海东高僧传》卷1
《苏利伽蓝》	徐居正《四佳集·文集》卷2，未引原文

第二节　作品选读

一、志怪题材

（一）《竹筒美女》

金庾信自西州还京，路有异客先行，头上有非常气，息于树下，庾信亦佯寝。客伺绝行人，探怀间出一竹筒，拂之，二美女从竹筒出，共坐语。还入筒中，藏怀间，起行。庾信追询之，言语温雅，同行入京。庾信与客携至南山，松下设寝，二美女亦出参，客曰："我在西海，娶女于东海，与妻归宁父母。"已而风云冥暗，忽失不见。

这篇传奇描述新罗名将金庾信与两个美女神人异术的奇诡故事。原型出自印度佛典《杂比喻经》，与南朝梁英均的《续齐谐记》中之《阳羡书生》相似，与晋时干宝的《搜神记》卷17的《竹中长人》也很雷同。

（二）《老翁化狗》

《老翁化狗》也是描述新罗名将金庾信的传奇。

> 新罗时，有一老翁到金庾信门外，庾信携手入家设筵。庾信谓翁曰："变化若旧耶？"翁变为虎，或化为鸡，终变为家中狗子而出。

这个传奇内容十分简单，人变兽，兽变人，充满怪诞色彩。这种变异型故事深受佛教神变故事和汉魏六朝志怪小说影响。

《新罗殊异传》中志怪题材的传奇还有《迎乌郎细乌女》《善德王》《脱解王》。

二、爱情题材

（一）《心火烧塔》

《心火烧塔》，又名《火鬼》。

> 志鬼，新罗活里驿人，慕善德王之美丽，忧愁涕泣，形容憔悴。王幸寺行香，闻而召之。志鬼回寺，塔下待驾幸，忽然睡酣。王脱臂环，置胸还宫。志鬼闷绝良久，心火出烧其塔，即变为火鬼。王命术士作咒词曰："志鬼心中火，烧身变火神。流移沧海外，不见不相亲。"时俗贴此词于门壁，以镇火灾。

《心火烧塔》描写志鬼暗恋新罗女王善德王的故事。志鬼不顾自己低下的社会地位，竟然爱上美丽的女王，然而未能实现，遂将郁闷之气化为心火，点燃塔和自己。歌颂志鬼对爱情的忠贞和大胆的追求。

（二）《首插石楠》

新罗崔伉，字石南，有爱妾。父母禁之，不得见数月。伉暴死。经八日，夜中伉往妾家。妾不知其死也，颠喜迎接。伉首插石楠枝，分与妾曰：“父母许与汝同居，故来耳。”遂与妾还到其家，伉逾垣而入。夜将晓，久无消息。家人出见之，问其来由。妾具说，家人曰：“伉死八日，今日欲葬，何说怪事？”妾曰：“良人与我分插石楠枝，可以此为验。”于是开棺，视之，尸首石楠，露湿衣裳，履已穿矣。妾知其死，痛苦欲绝，伉乃还苏。偕老二十年而终。

《首插石楠》描述了崔伉与妾真心相爱，冲破封建礼教束缚，大胆追求爱情自由。可以看出《首插石楠》深受汉魏六朝志怪小说之影响。

（三）《虎愿》

《虎愿》又称《虎愿寺》。

新罗俗，每当仲春，初八至十五日，都人士女竞绕兴轮寺塔为福会。元圣王时，有郎金现者，夜深独绕不息，有一女随绕。现遂通而随去。女曰：“妾明日入城为害，则王必募以重爵而扑我矣。君其无怯，追我于林中，吾将待之。但为我创，资报胜，则郎君之惠也。”遂相泣别。翌日，果有猛虎入城中，无敢当者。王令曰：“有能扑虎者，爵二级。”现诣阙曰：“小臣能之。”现持短兵，入北林中，虎变为娘子，笑曰：“昨日缱绻之事，惟君无忽。”乃取现所佩刀，自刎而扑，乃虎也。现既登庸，创寺于西川边，号曰：虎愿。

《虎愿》描写虎女与金现人虎相恋的爱情故事，塑造了虎女大胆追求爱情，甘愿为心爱的人赴汤蹈火的感人形象。这种人虎相恋的故事，在中国唐宋传奇中有很多篇章，如李昉的《太平广记》之《封劭》等。

一然的《三国遗事》中的《金现感虎》与《虎愿》内容相同，更为详尽。

三、佛教题材

（一）《阿道传》

《阿道传》描述了高僧阿道奉母命到新罗传播佛教。其间，新罗公主生病，阿道予以治愈。其后在新罗创建寺院，传播佛教。

《阿道传》依据朝鲜一然《三国遗事》中的《我道本碑》编写。《我道本碑》载：

> 我道（即阿道）高（句）丽人也。母高道宁，正始间曹魏人也。掘摩奉使（高）句丽，和之而还，因而有娠。师生五岁，其母令出家。年十六，归魏省覲掘摩，投玄彰和尚讲下就业。年十九又归宁于母。母谓曰："此国至今不知佛法，尔后三千余月，鸡林有圣王出，大兴佛教……尔归彼而播扬大教，当于东向于释祀矣。"道禀教至鸡林，寓止王城西里，今严庄寺。于时未雏（味邹）王[①]即位二年癸未也。诣阙请行教法，世以前所未见为嫌，至有杀之者，乃逃隐于续林毛禄家。（未雏王）三年，时成国公主疾，巫医不效，勒使四方求医，师率然赴阙，其疾遂理。王大悦，问其所须。对曰："贫道百无所求，但愿创佛寺于天镜林，大兴佛教，奉福家耳。"王许之，命兴工。俗方质俭，编茅葺屋，住而讲演。时或天花落地，号兴轮寺。……未几，未

---

① 未雏王（262—283），新罗国王。未雏王二年，即263年。

雏（味邹）王即（应为“谢”或“却”）世，国人将害之。师还毛禄家，自作冢，闭户自绝，遂不复现。因此大教亦废。

（二）《圆光法师传》

圆光，新罗名僧。曾赴唐求法，历时11年，回新罗后，弘扬佛教，对新罗律学兴起有重大贡献。关于圆光之事迹，朝鲜金富轼《三国史记》、一然《三国遗事》、《海东高僧传》中有记载。中国唐代道宣的《续高僧传》也有记载。《新罗殊异传》中的《圆光法师传》载：

法师（指圆光）俗姓薛氏，王京人也。……（圆光）初为僧，学佛法，年三十岁思静居修道，独居三岐山。……神曰：“……今思法师惟居此处，虽有自利之行，而无利他之功。现在不扬高名，未来不取圣果。盍采佛法于中国，导群迷于东海。”对曰（即圆光）：“学道中国，是本所愿，海陆迥阻，不能自通而已。”神详诱归中国所行之计，法师（圆光）依其言归中国，留十一年，博通三藏，兼学儒术。……真平王二十二年庚申[1]，师将理策东还，乃随中国朝聘使归国。

圆光回国后，那个神仙又来找他，并要求受戒。但是第二天，“有大臂贯云，接于天际。”那个神仙死了，变成一只狐狸，原来是个狐仙。《圆光法师传》描述了圆光和狐仙对佛法的虔诚向往和执着追求。

此外，《宝开》（亦作《宝开祈祷》）也是属于佛教题材的传奇。

综上所述，《新罗殊异传》里的故事离奇古怪，情节生动曲折，人物性格鲜明，不失为统一新罗时期的一部优秀的汉文传奇。

① 真平王（579—631），新罗国王。真平王二十二年，即600年。

第二编

高丽的汉文学

第六章　高丽的汉文散文

第一节　概　述

935年，新罗灭亡，高丽王朝代之而兴。高丽将佛教定为国教，实行儒佛并重政策。

958年，高丽实行科举制，沿用唐制，以诗、赋、颂和时务策取士为吏。992年，成立国子监，各地设立乡校。科举制的建立，促使汉文广泛应用，汉文学得到空前发展，取得巨大成就。高丽时期汉文学范围更加广泛，内容更加充实。

散文以金富轼的《三国史记》和一然的《三国遗事》为杰出代表。诗歌空前发展。前期诗人以朴寅亮为代表；中期诗坛以李奎报、李齐贤最为著称；后期则以李穑、郑梦周为代表。这一时期出现了词这一新的文学形式，词人李齐贤最为著称。还出现了赋以及诗话，亦为一种新的文学形式。高丽时期的传奇、故事众多，实为准小说。

第二节 金富轼

一、生平

金富轼（1075—1151），高丽著名学者、文臣。字立之，号雷川，生于开京（今开城）。

高丽肃宗朝文科及第，历任宝文阁待制、翰林学士、门下侍中、礼部侍郎、御使大夫平章事。

1135年，妙清发动叛乱，任元帅率兵剿灭，功封输忠定难靖国功臣。

1145年，金富轼奉命编纂《三国史记》。

金富轼学识渊博，擅汉文汉诗，著有文集20卷，惜已失传。其著名汉文散文有《圆教国师碑文》《陕川般若寺元景王师碑文》《惠阴寺新创记》等。

1146年，被封为乐浪开国侯。

高丽毅宗年间，主持编纂《仁宗实录》《睿宗实录》。

曾两次出使中国，第二次中途受阻。

1151年，病逝，时年76岁。

二、《三国史记》中的散文

金富轼的《三国史记》是朝鲜历史上一部官修的重要历史学术著作，其中的人物列传实为文学价值很高的汉文散文。人物列传记述朝鲜半岛三国和统一新罗时期的著名将领、民族英雄、文人学士乃至平民百姓50个人，其中有《金庾信传》《乙支文德传》《朴堤上传》《官昌传》《阶伯传》《温达传》《崔致远传》《强首传》《百结先生传》《金生传》《竹竹传》《奚论传》《匹夫传》《都弥传》《薛氏传》《知恩传》《剑君传》

等，均为高丽汉文散文之杰作。篇幅所限，仅举其中著名将领的《金庾信传》和平民百姓的《都弥传》为例。

（一）《金庾信传》

《金庾信传》为《三国史记》中最长的人物列传，共3卷计9000多字，根据金庾信玄孙金长清10卷本的《金庾信行录》改编而成。

文中描写新罗名将金庾信一生的英勇事迹，为新罗击灭百济，建立统一新罗做出了重大贡献。金庾信17岁时，见高句丽、百济经常侵犯新罗，遂立“平寇贼之志”，并向上苍祈祷：“敌国无道，为豺虎以扰我封场，略无宁岁。仆一介微臣，不量材力，志清祸乱。惟天降监，假手于我。”

其中描写金庾信英勇作战、奋勇杀敌之情节：

> （金庾信）进于父前，脱胄而告曰：“我兵败北，吾平生以忠孝自期，临战不可不勇。盖闻‘振领而裘正，提纲而网张’，吾其为纲领乎？”乃跨马拔剑，跳坑出，入贼阵，斩将军，提其首而来。我军见之，乘胜奋击，斩杀五千余级，生擒一千人。

文中还有描写金庾信国事为先的生活情节。金庾信率兵出征，曾两次路过家门而不入，只令人取来家中的水。他喝完家中的水，深情地说：“吾家之水尚有旧味！”充分展示为国尽忠的将军为了保卫国家，国事为先的高贵品质。

《金庾信传》更通过一个事例展示金庾信的大公无私、大义灭亲的高尚道德。金庾信之子一次战败，他主张败军之将应该斩首。但是国王念其子此前之战功，更顾及金庾信之有功于国家，决定赦免。鉴于父亲金庾信军纪严明，其子一直不敢回家，直到金庾信死后，才敢回家。

《金庾信传》真实描绘这位新罗名将的一生，语言生动，形象鲜明，为一篇优秀的汉文散文。

（二）《都弥传》

《都弥传》描写百济“编户小民”都弥妻子坚贞不屈的故事。

都弥妻子年轻貌美，远近闻名，百济国王盖娄妄图霸占。一日，他将都弥召来，对都弥说：“女子虽讲贞操，但如在幽暗之处。以花言巧语引诱，她必然动心。”都弥说，自己妻子品德高尚，性情刚毅，忠贞守身。盖娄王居心叵测，命令都弥外出办事，又令一个心腹臣子扮作国王去都弥家，将其妻诱骗出来。都弥妻子机警勇敢，看穿毒计，遂令婢女代替自己前往王宫。盖娄王受骗，恼羞成怒，令人剜去都弥双眼，并将其妻强掠至王宫。欲行非礼。机警的都弥妻子谎称自己身体正值不洁之时，待数日沐浴再来王宫。愚蠢的盖娄王信以为真，遂令其回家，数日后再来王宫。都弥妻子遂逃到江口，但无渡船，悲恸欲绝，哭天喊地。突然有只小船顺流而来，她立刻登船，漂流到泉城岛，恰巧遇到双目失明的丈夫都弥。夫妻二人后又漂流到蒜山下。此后，都弥夫妻二人终老于此。

《都弥传》充分揭露百济盖娄王的阴险与丑恶，生动描绘都弥妻子不畏强暴蔑视权势的高贵品格，不失为一篇优秀散文。

第三节　一　然

一、生平

一然（1206—1289），高丽著名僧侣、史学家。俗名金见明，字一然，初字晦然，号无极、睦奄。

9岁在海阳无量寺出家。

1227年僧科及第。其后历为三重大师、禅师、大禅师。

1261年，入京都，为禅月寺主持。

1268年，在云海寺主持大藏经落成会，为盟主。

1277年，为云门寺主持。

1281年为高丽忠烈王讲经。

1283年，推为僧侣中最高国尊，授为圆经冲照。著有著名史书《三国遗事》，并著有《语录》《界乘杂著》《重编曹洞五位》《祖图》《大藏须知录》《诸乘法数》《祖庭事苑》《禅门拈颂事苑》等，惜均失传。

1289年圆寂，时年83岁。

二、《三国遗事》中的散文

一然编的《三国遗事》共5卷。第1、2卷为“纪异”，第3卷为“兴法”“塔象”，第4卷为“义解”，第5卷为“神咒”“感通”“避隐”“孝善”。全书共10万余字。

《三国遗事》为一部重要史学著作。该书记述新罗、百济、高句丽三国之历史，此外还记述古朝鲜、卫满朝鲜、马韩、二府、七十二国、乐浪国、辰韩、后百济、驾洛国等之历史。

它还是一部佛教史书。该书以大量篇幅记述高句丽、百济、新罗三国佛教历史，诸如著名高僧、重大佛事活动、著名文物等。它还是一部野史体著作，其中有许多具有很高文学价值的人物传记、神话传说、民间故事等。其中还记录14首乡歌。

总之，《三国遗事》既是一部重要史学著作，也是一部文学著作。在朝鲜史学史和文学史上均占有重要地位。

其中有多篇人物传记，诸如《金堤上》《薯童》《居陀知》等，这些人物传记皆为优秀的汉文散文。

《金堤上》即为其中之一篇人物传记。

新罗使节金堤上奉命出使日本，为营救被日本扣押的新罗王子回国，金堤上诈降日本。他取得日本国王信任后，偷偷放走新罗王子。日本人来查时，他诡称新罗王子尚未起床，骗走了日本人。事情终于败露，金堤上被捕。日本国王严厉责问金堤上，他毫不畏惧地说：“臣是鸡林（即新罗）之臣，非倭国之臣！”日本国王又以高官厚禄诱其降服，金堤上刚毅地说：“宁为鸡林之犬豚，不为倭国之臣子。宁受鸡林之棰楚，不受倭国之爵禄！”日本国王恼羞成怒，命人剥去他脚掌的皮，迫他在尖尖的芦苇茬上走，喝问：“你是哪国的臣子？”金堤上英勇不屈，大声说：“鸡林之臣也！”他最终死于日本国王的酷刑。

一然在《金堤上》中真实塑造了新罗使臣金堤上威武不屈的英雄形象。《金堤上》是一篇优秀的汉文散文。

第四节　李奎报

一、生平

李奎报（1168—1241），高丽著名诗人。初名仁氐，字春卿，号白云居士、止轩。原籍京畿道黄骊（今骊州）。其父李允绥官至户部郎中。李奎报学识渊博，擅汉诗汉文，著有《东国李相国集》《白云小说》等。

1200年起，长期任地方官吏，后历任正言、右司谏知制诰等职。

1230年，流配猬岛。获释后，得到国王和权臣崔忠献、崔瑀父子器重，历任户部尚书、集贤殿大学士、政堂文学等职，为一朝重臣。

1241年，病逝，时年73岁，谥文顺公。

二、代表作

《东国李相国集》（41卷）、《东国李相国集后集》（12卷）收有李奎报的大量汉文散文，其中包括传记、论说、序、跋、记、赋、铭颂、书启、表状、祭诔等，多达500余篇。还收有汉诗2000多首。李奎报创作的人物传记有《曲先生传》《赵冲传》《清江使者玄夫传》《白云居士传》《卢克清传》，皆为优秀的汉文散文作品。他在诗歌和散文方面均取得辉煌成就。

《卢克清传》为李奎报写作的一篇著名人物传记，真实刻画了官职低微的卢克清清正廉洁的故事。

因为生计困难，卢克清只好把房子卖掉以补家用。一日，卢克清因公外出，其妻以白银12斤的价格，将房子卖给另一小官玄德秀。卢克清回家后，感到妻子作价过高，便从12斤白银中取出3斤退还玄德秀，说：此屋买时只用9斤银子，况且居住多年，又未进行修缮，若卖12斤，就是多收3斤银子，于理不合，理应退还3斤银子。而买此房的玄德秀也是正直人士，拒收3斤银子。两人彼此谦让，争执不下，卢克清只好对玄德秀说："你若拒收这3斤银子，我的房子不卖给你了。"玄德秀见此，只好收下这3斤银子。

作者颂扬了卢克清的清廉，同时也鞭挞了当时高丽社会的贪腐之风。

第五节　李齐贤

一、生平

李齐贤（1287—1367），高丽著名汉诗人。初名之公，字仲思，号益斋、实斋、栎翁。原籍庆州。

李齐贤学识渊博，文才超群，既擅诗，又擅词、赋，散文水平亦甚高超。散文结集为《栎翁稗说》，文集《益斋乱稿》，收有诗270首、词53首、文93篇。

1301年，成均试（国子监试）状元。

1304年，进入宦途，历任延庆官录事、司宪纠正、典校寺丞、三司判官、西海道按廉使、进贤馆提学、书筵官、右政丞、门下侍中等高级文职。

1314年，应时在元朝燕京的高丽忠宣王之召，赴中国元朝。

1316年，第二次赴元。

1341年，回国。

1346年，奉命修《忠烈王实录》。

1352年，任右政丞。

1357年，请辞，获准。辞官后，仍致力于国史的撰写，组织史官整理史料。

1367年，病逝，时年80岁，谥文忠公。

二、代表作

李齐贤才华横溢，当时高丽王朝不少重要的国家诏书、外交表状均出自他手。他还写有不少人物传记、碑铭、序等，近100篇文章，其中有许多是优秀的汉文散文。人物传记以《门下侍郎平章事判吏部事赠谥威烈公金公行军记》最为著称。李齐贤既是一位著名汉诗人，也是一位杰出的汉文散文大家。

《门下侍郎平章事判吏部事赠谥威烈公金公行军记》真实描绘了高丽名将金就砺英勇善战，率军抵抗契丹军队的英雄事迹。这篇传记树立了杰出的民族英雄形象，是一篇优秀的汉文散文。

1013年起，高丽连续5年遭到契丹的进攻。

1018年，契丹以萧排押为都统，率10万大军对高丽发动第三次大规模进攻。高丽军民奋勇抗击。高丽名将金就砺统率所部奋勇杀敌，英勇保卫国家。

> 贼不复分兵，聚屯开平驿。三军既至，皆莫敢进。右军据西山之麓，中军受敌于野，小退，屯独山。公（金就砺）拔剑策马，与将军奇存靖直冲贼围，出入奋击，贼溃。追过开平驿，贼设伏驿北，急击中军，公回军击之，贼又溃。……贼布阵墨匠之野，军势甚盛。卢公驰骑召公，且扬墨帜为信，士卒冒白刃争赴，无不一当百。公与文备横截贼阵，所向披靡，三合三克。公之长子死焉。

这段文字描绘了名将金就砺奋勇杀敌的英雄形象，还描写了在这场战斗中，父子齐上阵奋勇杀敌，大获全胜。可惜的是，金就砺的长子阵亡，为国尽忠。

第六节　朴寅亮　崔惟清　金仁存　郑克永　金富佾

高丽的汉文散文作家除李奎报、李齐贤、李仁老外，尚有不少文人撰写了优秀汉文散文。他们均擅汉文，奉命撰写王廷诏令和外交文书。这些文书实为优秀的汉文散文。

一、朴寅亮

朴寅亮擅汉文，曾奉命撰写给辽道宗的《勿收保州表》，其中有："况属四海为家，何求一席之地，率滨既混莫非王土王臣，片地无多，何必我疆我理……归汶阴之故田，抚存褊邑，回长沙之拙袖，抃舞昌辰……"此表堪称一篇出色的汉文散文。

二、崔惟清

崔惟清擅汉文，著有《祝上罗汉斋疏》《先觉国师碑铭》《乾德殿醮礼青词》《贺诞降王太子笺》《回封册表》《谢册表》《王太后玉册文册大宁侯》《告哀表》《告奏表》等散文名篇。

三、金仁存

金仁存奉命撰写高丽王廷不少诏令，并撰《时政策要》《贞观政要注》《论语新义》《海东秘录》。

四、郑克永

郑克永撰有汉文散文《请延访朝臣表》《让卫尉卿翰林学士表》。

五、金富佾

金富佾奉命撰写《谢东北面兵马使判行营兵马事表》《谢赐礼乐祭》《回宣庆表》《聘问表》《三靖表》《上大宋皇帝遣学生请入国学表》等。

第七节 《裴烈妇传》《烈妇崔氏传》

一、《裴烈妇传》

《裴烈妇传》既是一篇动人的人物传记，也是一篇优秀的汉文散文。

1350年，“倭寇固城、竹株、巨济、合浦……倭寇之侵始此。”1351年，倭寇又侵袭庆尚道。裴氏的丈夫从军上前线，家中只有妻子和孩子。一日，倭寇侵入裴氏村庄。裴氏急忙带孩子逃跑，不幸被倭寇发现，倭寇不准她逃跑。但裴氏异常勇敢，宁死不屈，带着孩子投入江中。倭寇赶来，用箭射死裴氏和孩子。

这个传记塑造了高丽妇女英勇不屈的形象。

二、《烈妇崔氏传》

《烈妇崔氏传》塑造了在倭寇屠刀下宁死不屈惨遭杀害的高丽

妇女崔氏的高大形象，歌颂了高丽人民的爱国精神。

第八节　小品文

高丽时期，汉文散文出现一个新的形式，即小品文。小品文既不像政论体文章那样严肃与呆板，也不受诗词格律之限制，而是可以自由表达，富有灵活和生气。

高丽的小品文主要是事理小品。事理小品主要是针对某一事物说明一个道理，表达一个观点。较著名的有李奎报的《舟赂说》《理屋说》《忌名说》《慵讽》《镜说》《碗击贪臣说》。

《慵讽》讲的是有个懒汉，“有宅一区，草秽而慵莫理。有书千卷，蠹虫而慵莫披”，甚至“头蓬慵扫，体疥慵医，慵与人嬉笑，慵与人趋驰”。最后发展到“口慵语，足慵步，目慵顾，踏地触事，无一不慵”，病势沉重。有个客人对患病的懒汉说，我家里现在有上等美酒，还有个能歌善舞的女侍。懒汉闻此言，疾病立刻痊愈，站立起来，“束腰以带，犹恐其晚。纳踵于履，犹恐其迟”，准备去享受美酒与美女。客人见此对懒汉进行冷嘲热讽。懒汉羞愧得无地自容，最后说“吾将移此之心，入于仁义之庐，去其慵而务其劬”。这篇小品文辛辣地讽刺了社会上的两种恶习：酗酒和好色。

李奎报的小品《舟赂说》亦很出色。

> 李子南渡一江，有与方舟而济者。两舟之大小同，榜人之多少均，人马之众寡几相类。而俄见其身离去如飞，已泊彼岸！予舟犹邅回不进。问其所以，则舟中人曰：“彼有酒以饮榜人，榜人极力荡桨故尔。”予不能无愧色，因叹息曰：“嗟

乎，此区区一苇所如之间，犹如赂之有无，其进也有疾徐先后，况宦海竞渡中，顾吾手无金，宜乎至今未沾一命也。”书以为异日观。

这个简短小品辛辣地讽刺了当时高丽社会买卖官职的恶习。有酒有肉，船夫则奋力撑船，否则“遭回不进”。这件简单小事道出深邃的道理，可谓针砭时弊的优秀汉文散文。

第九节　使节文学

一、李承休

（一）生平

李承休（1224—1301），高丽末期文臣。字休休，号动安居士。

高丽高宗年间文科及第，但无意仕途，潜心研究学术。后被荐为书状官随使赴元。在元期间以文才卓越名震一时。

1298年，任翰林侍读左谏议大夫史馆修撰官知制诰，后又任密直列使监察大夫翰林承旨。后辞官隐退，潜心学术。著有《帝王韵纪》《内典录》等。

1301年，病逝，终年77岁。

（二）代表作

李承休作为书状官随使赴元，回国后撰写《宾王录》，内容记述李承休在使元期间在元大都等地的见闻。这部书具有重要意义，开创高丽、李朝出使元朝、明朝、清朝使节撰写的使华录之先河。

一般来说，高丽朝出使元朝、明朝使节撰写的使华录，名称不一致。李朝前期出使明朝使节撰写的使华录，一般称之为《朝天录》。

李朝后期出使清朝使节撰写的使华录，一般称之为《燕行录》。

二、郑梦周

（一）生平

郑梦周（1337—1392），高丽末期文臣，初名梦兰、梦龙，字达可，号圃隐。

郑梦周文才出众，学识渊博。参照《大明律》拟订《新律》；擅诗文、书画；著有大量汉诗，其中一首汉诗《采薇歌》，自喻为中国之伯夷、叔齐，表达对高丽王朝的忠贞，并著有《圃隐集》。

1360年，文科状元及第。历任艺文检阅修撰、卫尉寺丞、东北面都指挥使韩邦信从事官、礼曹正郎兼成均馆博士、成均大司成。

1372年，任书状官随正使洪师范赴明。1374年因反对李仁任等人的排明亲元政策，发配彦阳。1376年任成均大司成。

1383年，被派往日本九州，率被倭掠去的数百名高丽民众回国。

1380年，任助战元帅，参加李成桂指挥的对倭战争。

1382年，再次任使赴明。

1384年，第三次任使赴明。

1386年，任同知贡举。其后，第四次任使赴明。

后因维护高丽王朝，反对权臣李成桂篡位，于1392年被刺死于开城善竹桥，时年55岁。

（二）代表作

郑梦周作为高丽朝使者，曾四次出使明朝，著有《赴南诗》，为出使明朝所作之汉诗。

第十节　赋

一、概述

高丽时期，汉文散文出现一个新的形式——赋。

高丽于958年设立科举制，遴选官吏。各科所考，皆用汉文，考汉文化。明经科主要考中国典籍《周易》《尚书》《毛诗》《春秋》《礼记》等。制述科主要考诗、赋、颂和时务策。因之，赋这一新的汉文散文文体在高丽应运而生。

高丽著名的赋有：金富轼的《哑鸡赋》《仲尼凤赋》，李奎报的《畏赋》《梦悲赋》《放蝉赋》《祖江赋》《春望赋》《陶罂赋》，崔滋的《三都赋》，李承休的《旦暮赋》，李达衷的《础赋》《思亭赋》，李穑的《雪梅轩小赋为日本释允中庵作号息牧叟》《观鱼台小赋》，郑枢的《六友堂赋》，郑道传的《阳村赋》《墨竹赋》《梅川赋》等。

二、金富轼

仲尼凤赋

仲尼乃人伦之杰，凤鸟则羽族之王。句其名之稍异，含厥德以相将。慎行藏于用舍之闲，如知出处；正礼乐于陵迟之后，似有文章。夫子志在《春秋》，道屈季孟。如非仁智之物，孰肖中和之性。相彼凤矣，有一时瑞世之称。此良人何？作百世为师之圣。于以其文炳也，吾道贯之。扬德毛而出类，掀礼翼而聘时。金相玉振之嘉声，八音逸响。河目龟文之伟表，五彩雄姿。斯乃祖述宪章，东西南北。跄跄乎仁义之薮，翙翙乎《诗》《书》之域。过宋伐树，应嫌栖息之危；在齐闻

《韶》，若表来仪之德。则知非形之似，惟智所宜。游于艺而不游于雾，至于邦而不至于歧。受饶瓦甂，乃是不贪之食；兴儒缝掖，那云何德之衰？盖进退訚如，屈舒鸠彼。程公倾盖兮，谅以不似；伯鲤趋庭兮，堪云有子。乐称尧舜，归好生恶杀之时；无道桓文，远毁卵覆巢之里。

于戏！峕峕德义，皓皓威仪。高尼山之岐嶷，非丹穴之栖迟。衰周之七十诸侯，鸱枭竞笑。阙里之三千子弟，鸟雀相随。

小儒青毡早传，镂管未梦。少年攻章句之雕篆，壮齿好《典》《谟》而吟讽。钻仰遗风，勃深期于附凤。

金富轼在这篇赋中，高度称赞孔子，将孔子比喻为百鸟之王凤凰，表达作者对孔子之仰慕。

哑鸡赋

岁峥嵘而向暵，苦昼短而夜长。岂无灯以读书，病不能以自强？但辗转以不寐，百虑萦于寸肠。

想鸡埘之在迩，早晚鼓翼以一鸣。拥寝衣而幽坐，见窗隙之微明。遽出户以迎望，参昴澹其西倾。呼童子而令起，乃问鸡之死生。既不羞于俎豆，恐见害于狸猩。何低头而瞑目，竟缄口而无声。《国风》思其君子，叹风雨而不已。今可鸣而反嘿，岂不违其天理。与夫狗知盗而不吠，猫见鼠而不追。校不才之一揆，虽屠之而亦宜。

惟圣人以教诫，以不杀而为仁。倘有心而知感，可悔过而自新。

作者在《哑鸡赋》中，表面写鸡不报晓，犹如狗见盗不吠，猫见鼠不追。实则抨击当时人们不敢讲真心话，怕遭受迫害的恐惧心理。

三、李奎报

陶罂赋

予蓄瓦罂，以酒不渝味，甚珍而爱之。且有所况，为赋以兴之。

我有小罂，非锻非铸，火与土以相，落埏埴而乃就。颈瘿腹膰，觜侔笙味。譬之瓴则无耳，有耳曰瓴。谓之甀则撇口，瓦罂小口曰甀。不磨而光，如漆之黝。何金皿之是珍？虽瓦器其不陋。适重轻以得宜，合提挈于一手。价甚贱而易求，虽破碎其曷咎。盛酒几何，未盈一斗。满辄斯罄，虚则复受。由陶熟而且精，故不沦而不漏；由旁通而不咽，能出纳乎醇酎。由能出故不倾不覆，由能纳故贮酒斯续。顾一生之攸盛，羌难算其几斛。类君子之谦虚，秉恒德而不惑。嗟小人之徇财，昧斗筲之局促。以有涯之量，趁无穷之欲。积不知散，犹谓不足。小器易盈，颠沛是速。

予置斯罂于座右，戒满溢而自勖。庶揣分而循涯，傥全身而持禄。

作者在这篇赋中详尽描述了自己珍藏的罂（即很小的酒器）。此赋的最后写道，自己之所以把这件小酒器放在身边，目的是来提醒自己，力戒骄傲，激励自己，“戒满溢而自勖”。

此外，李奎报还创作有《畏赋》《梦悲赋》《放蝉赋》《春望赋》。

四、郑梦周

思美人辞　寄浙东郑士安

思美人兮如玉，隔苍海兮共明月。顾茫茫兮九州，豺狼当道兮龙野战。绁余马兮扶桑，怅何时兮与游宴。进以礼兮退以义，搢绅笏兮戴华簪。愿一见兮道余意，君何为兮江之南？

作者的这篇赋为思念故友之作，表达了期望铲除奸佞、政治清明的心愿。

五、崔滋

崔滋著有《三都赋》。三都，指的是西京（今平壤）、开京（今开城）、江都三座城市。《三都赋》赞美这三座城市，歌颂高丽的大好河山，优美景色。

如对西京（今平壤）大同江的美丽风光，描述道：

净铺素练，皎若青铜。两岸垂柳，终日舞风。沙平野阔，落雁鸣鸿。……细雨披蓑，俯见钓翁；夕阳吹笛，远闻于牧童。画图难仿，赋咏未穷。尔乃解锦缆浮兰舟，中流回首，恍然如在镜屏中也。

六、李穑

李穑创作的《观鱼台小赋》描绘观鱼台的美丽风光：

丹阳东岸，日本西涯。洪涛淼淼，莫知其他。其动也，如山之颓；其静也，如镜之磨。风伯之所橐轮，海若之所室家。长鲸群戏而势摇大空，鸷鸟孤飞而影接落霞。有台俯焉，目中无地。上有一天，下有一水。茫茫其间，千里万里。惟台之下，波伏不起。俯看群鱼，有同有异。圉圉洋洋，各得其志。

诗人既描绘远处大海之苍茫，又描绘台下海水之宁静，乃至水中之群鱼“有同有异”“各得其志”。

七、郑道传

郑道传的《墨竹赋》描写画家神奇作画的过程。

陶泓、管城子一日过于无何氏之宅，主人倒屣而出，迎之几席。相与商榷古今、评题品物。吐气霏于云烟，发言铿于金石。于是管城子揖陶泓而作。裸身免冠，以首濡墨。蹁跹跳跃，洒于高堂之壁。乍俯乍仰，或往或复，变态百出，骇人之目。坐客皆顾瞻错愕之不暇，尚安得仿佛其万一也哉！观其如风马奔逸，躩地拏空，电逝兔脱，灭没无踪。如巨舰驾浪，健席高张，瞬息百里，超忽渺茫，何其异哉！莫知其状也。至若挥擢奋迅，如疾雷不及掩耳，非郢人斫鼻端之泥运斤而生风者欤？如矛戟相向，森然其锋，非赴敌之兵鞠走而急攻者欤？不然，蜿蜿如龙蛇屈伸，其草圣之三昧得于剑舞之有神者欤？言未讫，云烟冥迷，风霜淅沥。直干抽簪，逆根埋玉。解箨披披，战叶槭槭。猗然月之姿，苍然烟中之色。呜呼噫嘻！兹非所谓墨君者欤？佳宾满座，相顾大噱。向者之疑，涣然冰释。

画家竟然裸身狂舞，赤身作画，舞出各种姿势，舞毕则一幅墨竹画出现在眼前，令人目瞪口呆。这篇赋读来令人心动，十分奇特，富有趣味，实为一篇优秀的散文。

第七章　高丽前期的汉诗

第一节　郑知常　朴寅亮　崔承老　崔　冲

一、郑知常

（一）生平

郑知常（？—1135），西京（今平壤）人。高丽早期著名汉诗人。郑知常诗作甚丰，惜多失传。现仅传世10余首，散见于《破闲集》《补闲集》《东文选》中。他的汉诗风格清丽，词句艳丽，堪称高丽前期汉诗大家。

1114年文科及第。历任起居注、中书舍人、左正言、左司谏、翰林学士知制诰等职。学识渊博，精通易学、佛典，擅汉诗文，才华横溢，诗名远播。反对模仿、因袭，敢于创新，其诗颇具唐韵，对高丽早期汉诗的繁荣有重大贡献。

1135年，力主迁都西京的妙清发动叛乱，后为金富轼统率的官军平定。郑知常受此事件牵连无辜被诛。

（二）代表作

郑知常的汉诗依题材分类，可分为三类：送友别离；歌颂西都（今平壤）；描绘自然风光。

1. 送友别离

（1）《南浦送人》又名《大同江》

南浦送人

雨歇长堤草色多，
送君南浦动悲歌。
大同江水何时尽，
别泪年年添绿波。

诗人在诗中描写了送别好友的心情。长堤的野草雨后郁郁葱葱，牵动诗人的心，好友别离，情意绵绵。大同江日夜奔流，年年到此送别。诗人的泪水融入其中，使得大同江水滔滔不绝。景物与作者心情交融，浑然一体。此诗成为送别诗中之杰作，千古绝唱。

对这首名作，朝鲜历代文人皆予以高度评价，尤其对“添”字大加称赞。

徐居正在《东人诗话》中说：“诗中一字岂不难乎？郑司谏大同江诗‘雨歇长堤草色多，……’燕南梁载尝写此诗曰：‘涨绿波。’益斋（李齐贤）先生曰：‘作、涨二字皆未园，当是添绿波耳。’”

崔滋在《补闲集》中说：“大同江是西都（今平壤）人送别之渡，江山形胜，天下绝景。郑舍人知常送人云：‘大同江水何时尽，别泪年年添绿波。’当时以为警策。”

金万重在《西浦漫笔》中说：“高丽郑司谏南浦绝句，即海东之渭城三叠也。末句‘别泪年年添作波’，一作添绿波，益斋（李齐贤）谓当从‘绿波’。四佳（徐居正）又作字为胜。按沈休文别赋曰：‘春草碧色，春水绿波，送君南浦，伤之如何’？郑诗正用沈语‘绿波’不可易也。”

（2）《送人》

送　人

庭前一叶落，
床下百虫悲。
忽忽不可止，
悠悠何所之？
片心山尽处，
孤梦月明时。
南浦春波绿，
君休负后期。

此诗亦是郑知常在西京（今平壤）送别好友之作。“南浦春波绿，君休负后期”，今日南浦一别，不要忘记日后重逢相见的诺言。

2. 歌颂西都（今平壤）

郑知常是西都（亦称西京）人，对西都自是情有独钟，《西都》亦是其名作之一。

西　都

紫陌春风细雨过，
轻尘不动柳丝斜。
绿窗朱户笙歌咽，
尽是梨园子弟家。

此诗描绘时为西都（平壤）繁华景象。“绿窗朱户笙歌咽，尽是梨园子弟家”。“绿窗朱户”指富贵人家；“梨园”，为音乐舞蹈之代称。

3. 描写自然景物，讴歌高丽大好河山

（1）《开圣寺》

开圣寺

百步九折登巑岏，
家在半空唯数间。
灵泉澄清寒水碧，
古壁暗淡苍苔斑。
石头松老一片月，
天末云低千点山。
红尘万事不可到，
幽人独得长年闲。

诗中的“石头松老一片月，天末云低千点山”，描写佛寺、老松、新月、白云、众山等自然景物，清纯宁静。对这一佳句，朝鲜文人赞誉不已。

崔滋说：“予尝爱其辞意清绝，时时吟玩。及为全罗道按廉，当二月生明，登边山，不思议房后峰傍有老松参天，新月隐映，下望平原，际天众山，如灸注尘抹云烟。忽忆郑公（指郑知常）诗，沉吟咀嚼，以为不到此境，安知郑公得意之处也。”

李仁老在《破闲集》中说：“荥阳（指郑知常）补阙偶游天磨山八尺房，竟夕苦吟，未能属思，诘旦方回，缓辔行吟，比至都乃得一联云：‘石头松老一片月，天末云低千点山’，策蹇而返，手撼门钮，直入院中，奋笔题于壁还。”

在诗的最后一句“红尘万事不可到，幽人独得长年闲”中，诗人道出佛家看破红尘、超脱世俗的醒悟。

（2）《题登高寺》

题登高寺

石径崎岖苔锦斑，
锦苔行尽入禅关。
地应碧落不多远，
僧与白云相对闲。
日暖燕飞来别殿，
月明猿啸响空山。
丈夫本有四方志，
吾岂匏瓜系此间？

在诗中诗人描绘了山间小径、蓝天、白云、绿草、黄地、寺院老僧，以及天暖时的飞燕、月夜的猿吼，环境十分幽美静寂。然而笔锋一转，“丈夫本有四方志，吾岂匏瓜系此间？”大丈夫志在四方，鹏程万里，怎么能蜗居此地呢？要走出家门，治国平天下。

郑知常的诗还有《边上苏来寺》《醉梦江南》《月咏台》《长源亭》《春日》《新雪》《岭南寺楼》《寄忠州刺史》《醉后》等。

二、朴寅亮

（一）生平

朴寅亮（？—1096），字代天，号小华，雅号文烈，本籍竹山。高丽前期著名汉诗人，文臣。高丽文宗朝文科及第。历任右副承宣、翰林学士承旨、同知中枢院事、礼部侍郎、右仆射、参知政事。他文才出众，擅汉文汉诗。

1075年，辽道宗兴兵欲进击高丽，他奉命撰写陈情表《勿收保州表》。辽道宗阅后，即令退兵。

1080年，和金觐等人随户部尚书柳洪奉使入宋。他和金觐两人的诗文，得到宋文人的高度称赞。对此，朝鲜《高丽史·朴寅亮传》载：“宋人见（朴）寅亮及（金）觐所著尺牍表状题咏，称叹不止，至刊二人诗文，号《小华集》。”

朴寅亮和金秭等人在宋期间创作不少诗文，同样受到宋人的称赞。《文献通考》载：“金秭、朴寅亮、裴谟、李绛孙、卢柳、金化珍等途中唱和七十余篇，自编之为《西上杂咏》，（李）绛孙为之序，宋人汇刻为《高丽诗》三卷。”

《渑水燕谈》亦载：“使臣金秭与朴寅亮诗尤精，如《泗州龟山寺》诗，中土人亦称之。（朴）寅亮以罪废，复与金秭使中国。”

惜《小华集》其后散佚，部分汉诗载于《东文选》等书中。朴寅亮还编有《古今录》10卷，惜亦失传。

1096年，病逝。

（二）代表作

1.《使宋过泗州龟山寺》

使宋过泗州龟山寺

巉岩怪石叠成山，
上有莲房水四环。
塔影倒江翻浪底，
磬声摇月落云间。
门前客棹洪波急，
竹下僧棋白日闲。
一奉皇华堪惜别，
更留诗句约重攀。

按，“泗州龟山寺”，位于今安徽省境内。

诗人在诗中首先描述了龟山寺之山水地势、自然景观，“塔影倒江翻浪底，磬声摇月落云间。”继之，描述人文景观，小舟在浪中激进，僧人在竹丛悠闲下棋。最后表述了惜别之情：“一奉皇华堪惜别，更留诗句约重攀。”此诗结构谨严，音韵铿锵，自然景观与人文景观融为一体，堪称佳作。

高丽著名诗人李奎报在《白云小说》中，高度评价了朴寅亮的《使宋过泗州龟山寺》、朴仁范的《题泾州龙朔寺》、崔致远的《题润州慈和寺》这三首诗：“我东之诗鸣于中国，自三子始。文章之华国，有如是夫。”

《方舆胜览》《名诗选集》等均收入此诗。

2.《舟中夜吟》

舟中夜吟

故国三韩远，
秋风客意多。
孤舟一夜梦，
月落洞庭波。

按，“洞庭”，指湖南省之洞庭湖。

此诗为朴寅亮出使宋朝时游览洞庭湖之作。诗人在诗中表达了思念故国家园之情。秋风瑟瑟，一叶孤舟，圆月皎洁，情不自禁地想念家乡，怀念故国。情景交融，真切动人。

3.《伍子胥庙》

伍子胥庙

挂眼东门愤未消，

碧江千古起波涛。
今人不识前贤志，
但问潮头几天高。

此诗为朴寅亮使宋期间，游历伍子胥庙，有感而作。伍子胥，春秋时期吴国大将，遭人陷害，昏庸的吴王夫差将其处死。无辜的伍子胥在死前要求，死后将他的眼睛挂在吴国都城的东门，他要亲眼看着吴国将怎样被越国灭亡。他的预言果真言中，吴国果被越国灭亡。钱塘江因被无辜处死的伍子胥的悲愤而激起巨浪大潮。

令诗人朴寅亮万分感慨的是，赶往钱塘江观潮的人们只是观看江潮气势何等汹涌，巨波大浪如何拍岸，没有想到钱塘江潮之所以汹涌排天，是为无辜处死的伍子胥鸣冤叫屈，表达愤慨之情。

三、崔承老

（一）生平

崔承老（927—989），高丽早期著名诗人、名臣。其诗格律精工，词语流畅。

高丽成宗时期，任正匡、行选官等职，受勋位为“上柱国”。奉命制定时务策28条，诸如军制的改革、地方官制的增扩等，对高丽王朝初期的政治、经济制度的确立有重大贡献。

983年，任门下侍郎平章事兼知制诰。

988年，升任门下侍中，封清河侯。

989年，病逝，时年62岁。

（二）代表作

1. 《禁中东池新竹》

禁中东池新竹

锦箨初开分节明，
低临辇路绿阴成。
宸游何必将天乐，
自有金风撼玉声。

诗中描写国王车辇常经的小径景象，翠竹枝节分明，路旁绿树成荫，微风吹来，竹声沙沙，悠扬的竹声比宫廷的“天乐”更加动听。此诗隐有劝谏国王之意，要倾听群臣的劝谏和百姓的呼声。

2. 《代人寄远》

代人寄远

一别征车隔岁来，
几劳登睹倚楼台。
虽然有此相思苦，
不愿无功便早回。

此诗为诗人代妇函寄征夫之作。送别征车已有多年，几次登楼远眺盼你归来，但皆失望。即便如此思念，还是不愿你没有战功空手还家，要在战场为国立功。此诗亦表达诗人的爱国之情。

此外，崔承老还创作有一首汉诗《杜鹃花》，以杜鹃花隐祝国王长寿，为歌功颂德之作。

四、崔冲

（一）生平

崔冲（984—1068），高丽前期著名诗人、名臣、学者。字浩然，号惺斋、月圃、放晦斋，雅号文宪，本籍海州。学识渊博，文才出众。著有《崔文宪公遗稿》。

1005年，文科及第。历任翰林学士、谏议大夫、右散常侍、尚书左仆射、参知政事、判西北路兵马事、门下侍中等职。

1013年，任国史修撰官，撰写高丽太祖至穆宗的实录。

1037年，任参知政事，撰写《显宗实录》。

1055年，创设私塾，设九斋学堂，致力于儒学教育，开私学之先河，成绩斐然。当年科考中举者多出其门下。私学的开创与兴盛，积极促进高丽文化发展，为其后高丽文化事业的繁荣昌盛奠定坚实基础。因之，被誉为“海东孔子”。

1068年，病逝，时年84岁。

（二）代表作

1. 《绝句》

绝　句

满庭月色无烟烛，
入座山光不速宾。
更有松弦弹谱处，
只堪珍重未传人。

诗中描绘幽美的夜景，庭院洒满月亮清光，微风迎面吹来，松叶沙沙作响，像是奏夜鸣曲。该诗结构严谨，气韵清丽。

崔滋在《补闲集》中说：“侍中上柱国崔公（即崔冲），功名富贵之极，雅尚出尘，诗语清婉。”

2.《示座客》

示座客

水阁风棂苦见招，
薄书丛里度流年。
朱樱紫笋时将过，
红槿丹榴态亦妍。
病久却嫌邀客饮，
性慵偏喜听客眠。
良辰健日终难再，
急趁花开作醉仙。

诗人劝客人说，光阴似箭，人生苦短，当此繁花似锦的美好时光，何不开怀畅饮，一醉方休，切莫辜负这良辰美景。从中可以领会诗人的简雅诗风。

第二节　郑　叙　郭　舆　高兆基　金黄元　郑袭明

一、郑叙

（一）生平

郑叙，生卒年不详，高丽早期诗人。号瓜亭，东莱人。文才出众，不仅擅汉文汉诗，墨竹画造诣亦很深，著有《瓜亭杂书》。1311年受诚、金存中事件牵连，不得任官职。其后，高丽国王许诺下诏任职，但终未召命，遂撰写忠君之情的《郑瓜亭曲》。

（二）代表作

题墨竹后

闲余弄笔砚，
写作一竿竹。
时于壁上看，
幽姿故不俗。

诗人描述绘完墨竹画，将其贴在墙上，自我欣赏，十分得意，表现了清闲、悠然自得的生活状态。

二、郭舆

（一）生平

郭舆（1058—1130），高丽早期汉诗人。字梦得，号东山处士。文科及第，任职内侍府。1106年，高丽睿宗即位后，任其为国师，深得宠信，常与睿宗谈论唱和，誉为“金门羽客”。

郭舆书、史、道、释无所不通，射、御、琴、棋更为其长。

1130年，病逝，时年72岁，谥号真静。

（二）代表作

长源亭

太平客貌浓骑牛，
半湿残霏过垅头。
知有水边家近在，
从他落日傍溪流。

此诗为郭舆随国王游长源亭时，恰遇老农骑牛而过，奉王命而作此诗。诗人描绘了一幅田园风景，夕阳西下，老农悠闲地骑牛回家。农舍旁流水潺潺，幽静温馨。

三、高兆基

（一）生平

高兆基（？—1157），高丽早期汉诗人，文臣。初名唐愈，号鸡林，济州人。擅汉诗，惜多散佚。

睿宗时期，文科及第。

仁宗时期，历任工部员外郎、台官、礼部郎中。

毅宗时期，历任守司空上柱国、政堂文学判户部事、中书侍郎平章事、中军兵马判书兼西北面兵马判事。后遭弹劾，后历任尚书左仆射、中书侍郎平章事。

1157年，病逝。

（二）代表作

宿金壤驿

鸟语霜林晓，
风惊客榻眠。
檐残半规月，
梦断一涯天。
落叶埋归路，
寒枝挂宿烟。
江东行未尽，
秋尽水村边。

此诗为诗人客居金壤客栈所作，描绘山村次日清晨的景象。鸟儿在挂霜的树林鸣叫，秋风瑟瑟惊醒睡眠中的旅客，房舍屋檐下还可看见半轮残月，地上的枯叶埋没了来路，可是诗人的行程还远未结束，还要继续前进。好一幅山村秋晨画作。

寄　远

锦字裁成寄玉关，
劝君珍重好加餐。
封侯自是男儿事，
不斩楼兰未拟还。

按，“玉关”，此处指边关。

“楼兰”，此处指敌人。

诗人描写了独守空闺的妇人思念远征未归的夫君。然而诗人一反闺妇思征夫之作，没有写红妆守空闺的悲切，没有着墨对夫君望眼欲穿的期望，没有渲染男女缠绵情感，而是鼓励夫君多加饭餐，英勇杀敌，报效国家，“不斩楼兰未拟还”。此诗表达了诗人的爱国情怀。

朝鲜著名诗人徐居正在《东人诗话》中称赞此诗说：“唐诗‘幽闺少妇不知愁，春日凝妆上翠楼。忽见陌头杨柳色，悔教夫婿觅封侯’，古今以为绝唱。曾见高平章兆基寄远诗，……唐诗虽好，不过形容念夫之深，爱妻之笃，情意狎昵之私耳。高（兆基）诗不及唐诗远甚，然先以思念之深信书之劝，继之以征戍之慎饮食之谨，卒勉之以功名事业之盛。无一语及乎燕昵之私。隐然有国风之遗意。诗可以工拙论乎哉。”

四、金黄元

（一）生平

金黄元（1045—1117），高丽早期著名汉诗人，文臣。字天民，原籍光阳。文才出众，尤擅汉诗汉文，为人正直，天性颖悟，被时人誉为“海东第一人”。供职于翰林院，以诗迎接来高丽的外国使节，深得外国使臣称赞，因之，其名远扬国外。但遭权臣李子成所嫉，诬其诗文有伤时俗风化，金遂被罢职。创作了大量汉诗，并著有《分行集》，惜均失传。

1117年，抑郁而逝，时年72岁。

（二）代表作

金黄元传世之汉诗仅有《赠别》中的两句。

其一，金黄元在接待辽使的宴会上，信口拈来一句诗，令辽使叹服不已。

凤衔纶悖从天降，
鳌驾蓬莱渡海来。

其二，金黄元一次登西京（今平壤）浮碧楼，望着山光水色，沉吟片刻，得诗曰：

长城一面溶溶水，
大野东头点点山。

金黄元写作的汉诗中不少描绘夕阳的。高丽著名文人李仁老在《破闲集》中称赞金黄元说："昔闻宋玉悲秋气，今见黄元哭夕阳。"

五、郑袭明

（一）生平

郑袭明（？—1151），高丽早期著名诗人、文臣。文才出众，个性奇特。

曾为高丽毅宗少年时之老师。历任东宫侍读学士、翰林学士。后遭权臣陷害，被迫服毒自杀。

（二）代表作

石竹花

世爱牡丹红，
栽培满院中。
谁知荒草野，
亦有好花丛。
色透村塘月，
香传垅树风。
地偏公子少，
娇态属田翁。

诗人在诗中发泄了对权臣的不满，将奸臣比喻为牡丹，而将自己比喻为田翁。

赠　妓

百花丛里淡丰容，
一夜狂风减却红。
獭髓未能医玉颊，
五陵公子恨无穷。

按，“獭髓”，为獭的骨髓。相传以之与玉屑琥珀相和为药，可治瘢痕。

“五陵公子恨无穷”，五陵指汉朝皇帝的长陵、安陵、阳陵、茂陵、平陵。立陵时将四方富家豪族和外戚迁至陵墓附近居住。其后诗文中常以五陵比喻豪门贵戚聚居之地。

第三节　崔惟清　崔　说　崔　诜

一、崔惟清

（一）生平

崔惟清（1095—1174），高丽早期著名诗人，文臣。字直哉，诗号文淑。原籍昌原。

睿宗时期，文科及第，入翰林院，后为权臣李资谦所诬，罢官。

1142年，任谏议大夫，出使金国。

1172年，任集贤殿大学士、判礼部事。

崔惟清文才出众，学识渊博，通晓经史、佛学，擅汉文汉诗和书法，著有《南都集》《李翰林集注》《柳文事实》《崔文淑公集》等。

1174年病逝，时年79岁。

（二）代表作

初归故园

里闾萧索人多换，
墙屋倾颓草半荒。
惟有门前石井水，
依然不改旧甘凉。

此诗描写诗人被诬罢官回归故里的情景。故居破旧，房倒屋塌，荒草一片。唯一没变的是门前石井的水，依然和以前一样清凉甘甜。心情沮丧的诗人，见到故居的破旧凄凉，心情更加沉重。

偶 吟

老阅诗书手不停，
可怜事业竟何成？
西窗风雪寒萧索，
独对残灯笑一生。

此诗亦是诗人无辜罢官时失意之作。尽管诗人饱读诗书，满腹经纶，却遭诬罢官，无法施展自己的才能，无法建功立业，贡献国家，只得仰天长叹“可怜事业竟何成”，只有面对孤灯，虚度一生。

此外，崔惟清还创作有《杂兴九首》《九日和郑书记》《赋得御苑仙桃》等汉诗。

二、崔说

崔说为崔惟清之长子，擅汉诗，曾为官吏。后与其弟崔诜及张自牧、高莹、白光臣、李俊昌、玄德秀、李世长、赵考等结成耆老会，饮酒作诗，彼此唱和。

崔说创作有汉诗《扈从安和寺应制诗》《马上寄人三首》等，深得国王仁宗的赏识。

三、崔诜

崔诜为崔惟清之次子，崔说之弟。与其兄等结成耆老会。崔诜擅汉文，曾编《续资治通鉴》《正太平御览》。汉诗亦佳，当时文人赞誉他说：“诗妍自可侔西子，笔健还堪搏北宫。”

第四节　金富轼　金富仪

一、金富轼

金富轼不仅是高丽著名史学家，而且是高丽早期著名汉诗人。

观兰寺楼

六月人间暑气融，
江楼终日足清风。
山容水色无今古，
俗态人情有异同。
舴艋独行明镜里，
鹭鸥双去画图中。
堪嗟世事如冲勒，
不放衰迟一秃翁。

此诗为诗人游兰寺楼之作。虽是六月酷暑，此处却清凉得很。山山水水，自古至今无有变化，可是人世间已沧桑巨变。人世间尔虞我诈，钩心斗角，排斥、打击，即便是年迈体弱的老人也不放过。诗人在诗中表达在复杂多变的时代，摆脱官场，淡泊名利，向往自由生活的意愿。此诗流畅明朗，风格疏淡，堪称佳作。

对菊有感

季秋之月百草死，
庭前甘菊凌霜开。
无奈风霜渐飘泊，

多情蛱蝶犹徘徊。
杜牧登临翠微去，
陶潜怅望白衣来。
我思故人三叹息，
月明忽照黄金罍。

诗人此诗描写赏菊之观感。凉秋月夜，花枯草死，但是庭院的菊花仍在傲霜盛开，蜂蝶依然飞舞其中，联想到著名诗人杜牧和陶渊明，不由得仰天长叹，感慨时光流逝，岁月沧桑。

此外，金富轼还创作有《结绮宫》《安和寺致斋》《题松都甘露寺韵》《征西军幕有感》等。

二、金富仪

（一）生平

金富仪，生卒年不详，高丽早期诗人、文臣。初名金富辙，为金富轼之弟。

金富仪擅汉文汉诗，曾出使宋朝。宋帝对其文才深为赞美，以厚礼相待。对此，李仁老在《破闲集》（卷中）中说："（宋朝）皇帝以长句六韵示之，遣中人敦促令和进。公（指金富仪）略不构思，援笔立就。其诗云：'沉香亭畔闻新曲，立礼门前贺太平。无路小酬天地德，唯将碎笔谢生成。'（宋）帝嗟赏不已，赐与尤厚。"

1111年任书状官，随高丽使节金缘使宋。

（二）代表作

江陵送安上人之枫岳

江陵日暖花先发，
枫岳天寒雪未消。
翻笑上人山水癖，

未能随处作逍遥。

按，“江陵”，为今韩国江原道的沿海城市。

此诗为诗人在江陵送好友安上人赴金刚山观光之作。江陵虽已是春暖花开，但是金刚山的冰雪尚未融化。祝愿喜爱游山玩水的好友安上人，在金刚山玩得愉快欢愉。

该诗风格清新，情真意切，不失为佳作。

第五节　义 天 戒 膺

一、义天

（一）生平

义天（1055—1101），高丽名僧，佛教天台宗中兴之祖。原名煦，字义天，雅号大觉国师。国王文宗之四子。

1065年，10岁出家为僧，在灵通寺从师烂圆学习华严教理。

1084年，29岁赴宋求法。先后在启圣寺、相国寺、兴国寺、天台山等地，学习华严、天台宗教义。

1086年，自宋回国，任开京兴王寺主持，校勘从辽、宋、日本购入的经书4740卷，并雕版刊印。

1094年，任国圆寺主持。

1097年，任国清寺主持，设坛讲授教宗，著有《圆宗文类》（22卷）、《新编诸宗教藏总录》、《释苑词林》等。擅汉诗。

1101年，圆寂，时年46岁。

（二）代表作

学院书事

卜居幽静寺，
掩户避喧哗。
有意怜颓景，
何必惜落花。
尘缘那足愿，
吾道可兴嗟。
寂寂无人识，
松窗日又斜。

此诗为诗僧看破红尘之作，愿避开人世间的喧闹，在古刹青灯黄卷中修身养道，修成正果。

二、戒膺

戒膺，生卒年不详，义天之弟子，亦封为国师，擅汉诗。如婉拒国王睿宗相留之汉诗：

圣敕严命辞未得，
岩猿松鹤别江东。
多年幸免鱼吞饵，
一旦翻为鸟在笼。
无限旅愁宫里月，
有时归梦洞中风。
不知何日君恩报，
瓶锡重回对碧峰。

诗中抒发了看破红尘的诗僧不愿再回人间苦海之情。鱼儿侥幸未吞饵，自然不愿成为笼中之鸟，不愿留在宫廷伴随国王，因为伴君如伴虎。

高丽诗僧除义天、戒膺师徒外，尚有惠素、坦然等。

第六节 印 份 李资玄 崔思齐 金仁存 林宗庇 崔 均

一、印份

印份，生卒年不详，高丽早期诗人，擅汉诗。

雨夜有怀

草堂秋七月，
桐雨夜三更。
倚枕客无梦，
隔窗虫有声。
浅沙翻乱滴，
寒叶洒余清。
自我有幽趣，
知君今夜情。

诗人在诗中描写秋天夜雨情景。诗人在夜半三更犹未成眠，窗外的虫鸣和雨声传入耳鼓，孤独寂寞，不由得思念故友。情景交融，思绪万千，堪称一首佳作。

二、李资玄

李资玄（1061—1125），高丽早期诗人。字真精，号息庵。擅汉诗，擅书法。长年在清平山文殊院隐居，过着半仙半儒生活，号称清平居士。

1125年，病逝，时年64岁。

乐道吟

家在青山岭，
从来有宝琴。
不妨弹一曲，
只是少知音。

诗人在诗中描写隐居的生活情景，弹琴消遣，只是难遇知音，寂寞无聊，无以慰藉。

三、崔思齐

崔思齐（？—1091），高丽早期诗人、文臣。

1054年，文科及第。

1081年，任使赴宋。其后任右散骑常侍等职。

1091年，病逝。

入宋船上寄京中诸友

天地何疆界，
山河自异同。
君勿谓宋远，
回首一帆风。

此诗为崔思齐于1081年使宋，在船上致京中诸友之作。天地间本无所谓疆界，只是各国山河不同。不要说去宋路途遥远，帆船顺风很快回归。没有离别的惆怅，不要牵肠挂肚的思念和担心，会平安归来，既是对友人的劝慰，也是诗人对此行成功的信心。词短意长，友谊深厚，令人回味无穷。

四、金仁存

金仁存（？—1127），高丽早期诗人，文臣。初名缘，字处厚。文科及第，历任翰林学士、门下侍中等职。其文才出众，擅汉文。1127年，病逝，谥号文成。

金仁存思维敏捷，聪慧异常。一次与辽使孟初会见时，孟初出一上联“马蹄踏雪轻雷动”，金仁存立即以下联相对“旗尾翻风烈火飞”。

李仁老在《破闲集》中称赞说：“公（指金仁存）在诗坛，所陈皆经国远猷，初若迂疏，利在千载。”

五、林宗庇

（一）生平

林宗庇，生卒年不详，醴泉（今韩国庆尚北道西北部）人。高丽文宗时，以诗文著称于世。

（二）代表作

马上寄人

回首海洋城，
傍城山嶙峋。
山远已不见，
况是城中人。

鼻

长作洛生咏，
思揖龙准公。
何时郢中质，

一遇运斤风。

此诗虽短，却有三处引自中国典故。

“长作洛生咏”中之洛生咏，指带鼻浊音的吟咏，在东晋名士中盛行。《世说新语·雅量》刘孝标注引南宋明帝《文章志》：“（谢）安能作洛下书声吟，而少有鼻疾，语音浊。后名流多学其咏，弗能及，手掩鼻而吟焉。”

“思揖龙准公”，龙准即隆鼻，《史记·高祖本纪》载：“高祖为人，隆准而龙颜。”

“何时郢中质，一遇运斤风”。《庄子·徐无鬼》载：“郢人垩慢其鼻端，若蝇翼，使匠石斫之；匠石运斤成风，听而斫之，尽垩而鼻不伤。”

由此可见，林宗庇汉诗之精，善于运用中国典故。

朝鲜《新增东国舆地胜览》之醴泉郡人物载：“林宗庇，工于四六。”

六、崔均

（一）生平

崔均（？—1174），高丽早期诗人，文臣。文才出众，擅汉文汉诗。字干儒，全州人。高丽仁宗时，文科及第。历任阁门祇候、户部员外郎、礼部郎中兼太子文学。

1173年以正朝使使金。翌年，赵位宠发动叛乱，崔均任东北路都指挥使率军平乱，坚守和州。后城陷，崔均被俘，惨遭杀害，追赠礼部尚书。

（二）代表作

漫　题

清溪碧树远虚堂，

已觉栖迟野兴长。
潇洒轩窗贫亦好，
蹉跎书史老难忘。
花含细雨春阴薄，
山带疏烟晓气凉。
老去酒肠怯涓滴，
客来时复更携觞。

诗人描述自己在书房闲坐寂寞无聊，近看窗外春花细雨，远眺群山云雾缭绕，盼望故友来访，一醉方休。

除上述22人为高丽早期著名汉诗人外，尚有以下众人：

金觐，与朴寅亮一起使宋。金觐的尺牍、表状、题咏深得宋人称赞。宋人将朴寅亮、金觐二人诗文刻印出版，名为《小华集》。

郑克永，曾随使赴宋，郑之诗文深得宋人赞誉。

权适，曾使宋，留宋7年，甲科及第。回国后深得国王睿宗恩宠，授予国子博士。

魏继延，肃宗时，曾历任吏部尚书、礼部尚书。先后七次请辞引退。肃宗不允，说“卿乃词林宗匠，甚惜其去”。擅汉文汉诗，传世者有《贺天安节一表》和《观灯诗》。

李资谅，睿宗时，曾使宋，觐见宋徽宗。在宴席上，李资谅口占一诗：

鹿鸣嘉会宴贤良，
仙乐洋洋出洞房。
天上赐花头上艳，
盘中宣橘袖中香。

黄河再报千年瑞，
绿醴轻浮万寿觞。
今日陪臣参盛际，
愿歌天保永不忘。

此诗深得宋徽宗之称赞。

此外，还有金秭、裴谟、李绛孙、卢柳、金化珍、李之氐、许庆、尹彦颐、崔允仪、崔惟善、崔惟吉、崔思诹、崔思谅等。

第八章　高丽中期的汉诗

第一节　李奎报

一、生平

李奎报是高丽中期最著名的诗人。正值高丽汉诗由学唐转为学宋时期，因之，他的汉诗诗风也体现了这一转变。

李奎报创作的汉诗数量众多，水平高超，依其题材，其汉诗可分为10类。

二、代表作

（一）历史类

1.《东明王篇》

《东明王篇》是李奎报创作的一首气势磅礴、形象丰富的长篇叙事诗。为五言古体诗。该诗除序言外，由序诗（24句）、本章（214句）、尾声（38句）构成，长达276句，共1390字。描述了东明王朱蒙的艰苦创业之丰功伟绩，以丰满的笔触描绘了朱蒙为盖世英雄、明君圣主。该诗结尾为：

自古帝王兴，

征瑞纷蔚蔚。
末嗣多怠荒，
共绝先王祀。
乃知守成君，
集蓼戒小毖。
守位以宽仁，
化民由礼义。
永永传子孙，
御国多年纪。

在诗之结尾，告诫高丽国王，历代先王创业固然艰难，但是子孙守业更为艰难。若奢侈淫逸，终将灭国。寓意深远，实为对当时高丽朝政之担忧，告诫当政者要“守位以宽仁，化民由礼义”。

2.《次韵吴东阁世文呈诰院诸学士三百〇二韵诗》（简称《三百〇二韵诗》）

此诗亦为李奎报所作另一首长诗。该诗热情讴歌了高丽的历史与文化。该诗结构谨严，描述有序，大量典故的引用，使该诗大为增色。

（二）反抗侵略类

1231年，元太宗派撒礼塔率军攻打高丽。元军兵分两路：一路南下攻打西京（今平壤），一路围攻龟州（今龟城）。高丽军民奋勇抗击元军。面对强敌的进攻，时年六旬的李奎报亲自参加了保卫西京的战斗，还创作了许多反抗侵略、热爱国家的汉诗。

闻胡种入江东城自保在省中作

残胡厌鼠逃，
已入围牢内。

得肉幸平分，
万人甘共脍。

诗人描写了敌人已被围困，高丽军民奋战擒敌，将其碎尸万段，共食其肉，以泄愤恨。大有岳飞《满江红》中的“壮志饥餐胡虏肉，笑谈渴饮匈奴血”的壮志与豪情。

二月闻虏兵犹在南

候雁已归北，
胡雏犹在南。
南方朱雀窟，
何不啄皆歼。

按，“南方朱雀窟”，为二十八宿中井、鬼、柳、星、张、翼、轸之总称，指守护南之神。

诗人在诗中说，春暖花开，避寒南飞的北雁已经返回，可是元军还在南方肆虐残害人民，守护南方的神灵为什么不把这些征伐者杀死呢？诗人奇妙的遐想，巧妙的比喻，使此诗令人回味无穷。

闻官军与虏捷战

（二）

胡骑犹未歼，
夜卧难交睫。
邮筒疾似飞，
报道官军捷。
一国喜浓浓，

簇贺如云合。

诗人在诗中表达了由沉重而欢乐的变化心情，强敌入侵，官军屡屡失利，诗人忧心难眠，异常沉重。忽传官军大捷，全国欢庆，喜悦之情跃然纸上。该诗一反诗人一贯意境凝重、抑郁悲凉的诗风，非常轻快明朗。

属于此类的汉诗尚有《九月六日闻虏兵来屯江外，国人不能无惊，以诗解之》、《闻达旦入江南》、《十月电》、《不平》（一、三）等。

（三）关心民间疾苦类

苦寒吟

吾非孔墨贤，
胡为突不黔兮席不暖。
妻儿莫啼寒，
吾欲东伐若木烧为炭。
炙遍吾家及四海，
腊月长流汗。

按，“突不黔兮席不暖”，《淮南子·修务》载：“孔子无黔突，墨子无暖席。”即黔言其突灶不至于黑，坐席不至于暖，历行诸国，汲汲于行道。

诗人表达了对民间疾苦之关心：“炙遍吾家及四海，腊月长流汗。”使天下寒冬腊月衣不遮体、忍饥挨饿的苦难民众，得到关心、温暖，寒冬腊月也热得出汗。

诗人这种以关心天下人为己任的高尚情操，令人肃然起敬。读此诗不由得令人想起唐朝诗人白居易的名诗《卖炭翁》。

雨中观耕者赠书记

一国瘠肥民力内，
万人生死稻芽中。
他时玉粒堆千廪，
请记今朝汗滴功。

按，“书记”，高丽的地方官吏，负责记录农业事务。

描写了大雨滂沱，农夫依然冒雨在辛勤劳作。民以食为天，没有农夫的辛苦劳作，哪能有装满粮仓的粮食？诗人恳请书记在记录粮食丰产时，不要忘记冒雨劳作的农夫，充分体现了诗人对农夫的同情和关心。

孀妪叹

林叶尚青青，
蟋蟀鸣砌底。
妇女已惊秋，
殷勤埋机杼。
独有老孀妪，
拱手愿复暑。
时节固有程，
进退宁为汝？
园枫行欲舟，
尔可寻故絮。
答云是何言，
妾本最贫女。
故絮久已典，

新衣谁复与？
我闻恻然悲，
心若挂私虑。
要尔穷秋时，
只帛期可惠。

诗人描述了秋季的一天，偶遇一个老太太。她说希望永远是夏天，不愿过秋天。因为她家贫，无有冬衣。诗人十分同情老太太的悲惨遭遇，想到深秋时送给老太太一件御寒的冬衣。从这首诗可以看出，诗人关心民间疾苦的可贵品质。

七月三日闻云梯县为大水所漂

汉兴三十年，
河决酸枣地。
后至元光间，
又决于瓠子。
啮弃已漂浮，
东注倾淮泗。
长茭与石甾，
只自烦民耳。
此虽古所嗟，
亦坐居河涘。
我曾见云梯，
正在岩石里。
山有百仞高，
泥潦所不至。
傍无一丈川，

大水何从起?
设有滔天灾,
依山尚可避。
况复今年雨,
平地仅尺咫。
濒江八九郡,
亦无一户弃。
云何此山郡,
乃反化鳣鲔?
初闻未之信,
私心谓非是。
今朝逢旧吏,
本末得细味。
非水能怀山,
山吐不测水。
譬如立屋瓴,
下注势难止。
岂无最高岭?
可接飞鸟翅。
水既从山来,
攀缘路何自?
唯有苦树枝,
其高颇可恃。
捷者最先登,
杳似猿挂臂。
惰者升未能,
呀喘杂愕眙。

何况羸与弱，
萍泛随弥弥。
触石或舂磨，
随搓或彼此。
雨歇浪复干，
如麻哪忍视。
其间猾吏辈，
虽毙固其理。
平生几侵渔，
瘠民以肥己。
愚民本何辜，
未识皇天意。
大禹不复生，
老眼空泫泪。

李奎报在诗中真实描述了云梯县水灾、农民遭没顶之灾的悲惨情景，同时愤怒谴责贪官污吏，认为这些贪官污吏该死。最后作者悲叹，善于治水的大禹不能复生，面对严重水灾，自己只有老泪纵横，无计可施。

属于此类的汉诗尚有《东门外观稼》《新谷行》《渴雨》《四月十九日闻夜雨》《明日大雨复作》等。

（四）谴责权势类

闻国令禁农饷清酒白饭

长安豪侠家，
珠贝堆如阜。
舂粒莹如珠，

或饲马与狗。
碧醪湛若油，
沾洽童仆咮。
是皆出于农，
非乃本所受。
假他手上劳，
妄谓能自富。
力穑奉君子，
是之谓田父。
赤身掩短褐，
一日耕几亩。
才及稻芽青，
辛苦勤稂莠。
假饶得千钟，
徒为官家守。
无可遭夺归，
一介非所有。
乃反掘凫茈，
饥仆不自救。
除却作劳时，
何时饷汝厚？
所要赌其力，
非必爱尔口。
粲粲白米饭，
澄澄绿波酒。
是汝力所生，
天亦不之咎。

为报劝农使，
国令容或谬。
可矣卿与相，
酒食厌腐朽。
野人亦有之，
每饮必醇酎。
游手尚如此，
农饷安可后？

诗人在诗中为农夫鸣不平。终日面朝黄土背朝天的农夫，日夜辛勤劳作。然而王廷下令，农民不得吃米饭，不准喝清酒。可是不劳而获的达官贵人家竟将农夫辛勤劳作生产的粮食去喂马和狗，农夫生产的米谷做成的清酒，连仆人都可以随便喝。这是什么世道？这是什么法令？诗人将矛头愤怒地直指制定这一法令的高丽王廷，“国令容或谬”。

李奎报在诗中不仅为农夫鸣不平，谴责达官贵人的不劳而获和奢侈浪费，更敢于指责制定这一法令的高丽王廷。真可谓勇气可嘉，难能可贵。

代农夫吟

（二）

新谷青青犹在亩，
县胥官吏已征租。
力耕富国关吾辈，
何苦相侵剥及肤？

地里的庄稼刚刚出苗，可是官府就来征租讨税，农夫的生活该怎么过呀？诗人愤怒谴责官府是在吃人肉喝人血！此诗充分表达了对农夫的同情，对官府的严厉谴责。

望南家吟

南家富，
东家贫，
南家歌舞东家哭。
歌舞何最乐？
宾客盈堂酒万斛。
哭声何最烈？
寒厨七日无烟绿。
东家之子望南家，
大嚼一声如裂竹。
君不见，
石将军日拥红妆醉金谷，
不若首山饿夫清名千古独。

诗中深刻揭露了当时高丽社会的贫富不均的现象。富贵人家欢乐，“宾客盈堂酒万斛”。贫苦人家悲哭，“寒厨七日无烟绿”。正如唐诗人杜甫的名句“朱门酒肉臭，路有冻死骨”。诗人在最后两句进一步描写了达官贵人“日拥红妆醉金谷”，而穷苦人只能饿死。对比十分鲜明，揭露异常深刻。

闻郡守数人以赃被罪二首

（一）

岁敛民几死，
唯残骨与皮。

身中余几肉，
屠割欲无遗？

（二）

君看饮河鼹，
不过满其腹。
问汝将几口，
贪吃苍生肉？

诗人在诗中愤怒谴责贪官污吏盘剥百姓的罪行。

（五）清廉自守类

李奎报为官多年，一度身居高位。他为人正直，刚正不阿，清廉自守，厌贪腐。虽居高官，但是家境并不富裕，安于清贫。

近有履位之叹而赋之

三韩宰相几多人，
我亦曾叨宰相身。
不是自清他不尔，
如何独未免忧贫？

从诗中可以看出诗人李奎报的高尚情操。

嘱诸子

家贫无物得支分，
唯是箪瓢老瓦盆。
金玉满籯随手撒，
不如清白对儿孙。

诗人在诗中表示，即使家庭阔绰，金银堆得如山，也不如将清白高尚的道德传给后代。诗人在清廉自律的同时，教育后代也要清廉。属于此类的汉诗还有《送长子涵以洪州守之任有作》等。

（六）与中国友人唱和类

赠欧阳二十九

邈从千里渡沧瀛，
诗韵犹含山水清。
可喜醉翁流远派，
尚教吾辈饱香名。
凌霄玉树高千丈，
瑞世金芝擢九茎。
早挹英风难觌面，
何时亲听咳余声。

按，“派”，水名，发源于山西戍夫山，东汇入海。

此诗为李奎报欢迎宋代著名文人欧阳修十一世孙欧阳二十九东渡高丽之作。诗人在诗中表达了对欧阳修的崇敬之情，并对欧阳二十九东渡高丽表达热忱欢迎之心意。

又以别韵赠欧阳二十九

不作朝臣作散人，
要为天地自由身。
赖君萍泛元无系，
遐若三韩睹瑞獜。
六一云孙世袭馨，

想瞻水玉映人清。
早知四海皆兄弟，
地别何曾隔信情。
问君何事索吾诗，
多是编苫拙速为。
假若回风落中土，
牛童马卒尚应欺。

这首诗的诗眼是“早知四海皆兄弟，地别何曾隔信情”。四海之内皆兄弟也，虽隔千山万水，天各一方，仍然不会隔断兄弟之情、朋友之谊。

（七）推崇中国诗人李、杜、陶

李奎报对中国文化十分熟悉，对唐代著名诗人李白、杜甫等非常崇敬。

晓　望

李杜嘲啾后，
乾坤寂寞中。
江山自闲暇，
片月挂长空。

诗人高度称誉李白、杜甫，哀叹李白、杜甫两位伟大诗人离世后，诗坛一片荒凉。他还在《郁怀有作》诗中，深切怀念李白、杜甫。

郁怀有作

矮屋身隈隐，

一个霜须翁。
有时一滴酒沾吻，
犹未写千愁万虑填胸中。
安得与太白子美对醉横笔陈，
吐出郁气和长虹！

李奎报在《问谪仙行赠内翰李眉叟座上作》中，将富于浪漫精神的高丽诗人李仁老比作李白复生再世，并表达对李白、李仁老之崇敬。

问谪仙行赠内翰李眉叟座上作

我不见太白，
思欲梦见之。
梦亦不可见，
久矣吾之衰。
今日逢君真谪仙，
梦耶觉耶心复疑。
问君天宝中，
幸荷明皇知。
沉香亭前赋芍药，
洒面立进清平词。
……
公之去兮已千载，
胡今眷眷复来思。
……
谪仙谪仙吾已见，
虽使执鞭安敢辞。

按，“李眉叟”，即诗人李仁老。

李奎报还在汉诗《读李白诗》中高度称赞李白的诗作，认为李白是唐代最有成就的伟大诗人。在这首诗中，列举唐代著名诗人陈子昂、韩愈、柳宗元、孟郊、张籍等，但他认为这些人都无法与李白相比，李白的诗歌成就远远超过他们。

李奎报对陶渊明也很推崇，为此曾写有《读陶潜诗》。

读陶潜诗

吾爱陶渊明，
吐语淡而粹。
常抚无弦琴，
其诗一如此。
至音本无声，
何劳弦上指？
至言本无文，
安事雕凿费？
平和出天然，
久嚼知醇味。
解印归田园，
逍遥三径里。
无酒亦从人，
颓然日日醉。
一榻卧羲皇，
清风飒然至。
熙熙大古民，
岌岌卓行士。

读诗想见人，
千载仰高义。

李奎报称赞陶渊明的诗文平淡自然，无雕琢之痕，细细品读，方得其味。

陶潜赞

无弦琴上，
怡怡其心。
人曰无线，
不如无琴。
有琴无线，
安有阕音。
若曰寓意，
凡物皆是。
渊明嗜酒，
惟日以醉。
有盅无酒，
其可醉止。
达士之趣，
人岂易会。
所摄者内，
可遗者外。
苟慕于外，
惟愤之惭。
岂独弦耳，
需索莫厌。

苟遗其内，
短折之招。
真人崇丹，
长生是邀。
酒亦神乐，
不饮病随。
弦宁可忘，
酒不可离。

李奎报对屈原、白居易、苏东坡也很崇敬，在他写的一些汉诗中皆有提及。

（八）描绘自然风光类

兴天寺江上偶吟（二首）

（一）

碧水接天天接水，
薄云如雾雾如云。
村畦稻熟门前获，
野店鸡鸣路上闻。

（二）

滩回山下水环山，
山曲时时路隔滩。
路入孤村残日落，
碧天云破月如弯。

第一首诗描绘远处天水相接，薄云如雾。近处农夫收割庄稼，野店公鸡鸣叫，好一幅田园风光图。

第二首诗描述诗人跋山涉水，历经艰险，终于来到山村，此时已是黄昏“残日落”“月如弯”。全诗结构谨严，风格清新，意境深远，令人回味无穷。

描绘自然风光的汉诗还有《题石泉》《寒泉》《咏雪》《雪咏》《路上咏雪》《妒花风》等。

（九）咏物类

李奎报创作的汉诗中，还有不少是咏物诗。如描写动物的汉诗有《鹦鹉》《咏雁》《憎鸟啼》《闻莺》《啄木鸟》《归燕来》《鹊巢》《奇尚书宅赋怒猿》《鼠狂》《谕犬》《责猫》《伤瘦马》《蝉》《园中蝉》《观菁虫上壁化蝶》《金笼蟋蟀》《蛛网》《游鱼》《稻畦鱼》《蛙》等。

描写植物的汉诗有《玉梅》《蔷薇》《矮松》《松花》《惜花》《木芍药》《冬柏花》《重秋日咏梅》《菊花》《咏菊》《石榴花》《四季花》《咏黍饭花》《海棠》《大树》《相磨木》《咏桐》等。

描写物品的汉诗有《素琴》《竹夫人》《咏笔管》《素屏》《砚池诗》《偶见气球因高意》等。

三、后世之赞誉

高丽著名诗人崔滋在《补闲集》中高度称赞李奎报之汉文学才能：“观其诗文，如日月不足誉。近代律诗，于五七字之中，有声韵对偶，故必俯仰穿琢以应其律，虽宏才伟器，不得肆意放言，披露妙蕴，故例无骨气。公自妙龄，走笔皆创出新意。吐辞渐多，骋气益壮，虽入于声律绳墨中，细琢巧构，犹毫肆奇峭。然以公为天才俊迈者，非谓对律。益以古调长篇强韵险题中，纵意奔放，一扫百纸，皆不蹈袭古人，卓然天成也。”

李朝著名文人徐居正在《东人诗话》中，高度评价李奎报的汉诗《开元天宝四十二咏》说："随事讽咏，抑扬顿挫，沉深痛快，虽置之唐宋作者亦无愧也。"

综上所述，李奎报的汉诗不仅题材广泛，内容繁多，而且对汉诗的各种形式亦很熟练，运用自如。无论是五古、七古，或是近体诗的七律。李奎报所处的时代，正是高丽文学史的学苏时代，即高丽汉诗由学习唐诗向学习宋诗的转折时期。李奎报的汉诗也呈现这一时代的特征，但他不是僵化地模仿苏东坡、黄庭坚的诗作，而是吸收宋诗之特点。故而可以说李奎报的汉诗是高丽汉诗由唐风转为宋韵的典型代表作品，是极其成功的优秀作品。

第二节　李齐贤

李齐贤与李奎报齐名，二人的诗作被誉为高丽汉诗双璧。

一、代表作

（一）关心国家命运类

李齐贤所处之高丽，已为元朝藩属，政治、经济全为元朝控制。

1313年，高丽忠宣王传位于忠肃王。1314年，忠宣王赴元大都，沉迷于诗酒佛事之间。同年，李齐贤应召赴元，陪侍退位的忠宣王。1321年，忠宣王赴江南降香。元帝令忠宣王回大都。忠宣王不肯，元帝遂将忠宣王投狱。元帝迫忠宣王落发为僧，流放吐蕃撒思结。此后李齐贤为营救忠宣王四处奔波。

1323年，李齐贤上书元丞相伯住，请求赦免忠宣王。元英宗将忠宣王改为流放于较近的朵思麻。李齐贤前往拜谒忠宣王。同年，忠宣王获赦回元大都。1325年，忠宣王病逝于元大都。李齐贤在营救忠宣王四处奔波时，深感丧失独立、寄人篱下之苦、之忧，诉之于诗，发泄悲愤之情。

黄土店

（二）

咄咄书空但坐愁，
式微何处是菟裘？
十年艰险鱼千里，
万古升沉貉一丘。
白日西飞魂正断，
碧江东注泪先流。
满门簪履无鸡狗，
饱德如吾死合羞。

诗人既怒斥了阴险小人，又为自己无力为国尽忠深感羞愧。语言沉痛，气势雄浑。

黄土店

（三）

寸肠冰炭敌交加，
一望燕山九起嗟。
谁谓鳣鲸困蝼蚁，
可怜虮虱诉虾蟆。
才微杜渐颜宜赭，
责重扶颠鬓已华。
万古金縢遗策在，
未容群叔误周家。

按，“鳣鲸”，指忠宣王。

“蝼蚁”，指毁谤忠宣王之恶人。

诗人在诗中愤怒斥责诽谤忠宣王之小人，以致忠宣王被诬，流放吐蕃。

《至治癸亥四月二十日发京师》为李齐贤自元大都前往朵思麻拜谒被流放的忠宣王时之作，全诗充满悲愤之情。

至治癸亥四月二十日发京师

主恩曾未答丘山，
万里驱驰敢道难。
弹剑不为儿女别，
引杯聊尽故人欢。
五云回首笼金阙，
片月多情照玉关。
唯念慈亲鬓如雪，
数行清泪洒征鞍。

诗人既悲叹忠宣王之无辜被流放，又对白发慈母深切思念。国仇家恨，诉诸笔端。

阻雨符文镇

峡云蓬勃送秋霖，
野店荒凉生暮阴。
刚厌滩声战窗牖，
更堪山瘴袭衣衾。
百年身世千般计，
万里庭闱一片心。

安得长风吹扫尽，
仰看红日上重岑！

诗人借景抒情，渴望自己国家摆脱元之控制，恢复独立之心情，渴望“安得长风吹扫尽，仰看红日上重岑！”

属于此类的汉诗，尚有《白沟》《题长安逆旅（三）》《感怀（三）》等。

（二）谴责奸佞类

《多景楼陪权一斋用古人韵同赋》为李齐贤痛斥高丽佞臣、黠吏之汉诗。

多景楼陪权一斋用古人韵同赋

扬子津南古润州，
几番欢乐几番愁。
佞臣谋国鱼贪饵，
黠吏忧民鸟养羞。
风铎夜喧潮入浦，
烟蓑暝立雨侵楼。
中流击楫非吾事，
闲望天涯范蠡舟。

按，“权一斋”，高丽文臣，曾与李齐贤赴元。

李齐贤在诗中，严厉谴责高丽那些“佞臣”“黠吏”的误国害民之罪行，预言这些贪官污吏、误国害民之人绝不会有好下场。

送田孟耕禄生司谏按全罗道

田郎作倅吾鸡林，
父老至今怀德音。
拜囊恳恻叫阍辞，
枕戈慷慨从军诗。
晏婴高节凌首阳，
谁贵食粟曹交长。
登车揽辔志澄清，
南方草木亦知名。
南方近者频年荒，
捐瘠往往僵路旁。
守令识字百二三，
坐视弄法犹盲喑。
旋驱农夫防海倭，
贼刃未接先奔波。
大将坐幕拥笙歌，
小将汗马输弓戈。
豪奴联骑攘公田，
官征逋租不计年。
呜呼民生至此极，
谁与吾君宽旰食。
益斋也曾玷廊庙，
受侮老奸并恶少。
乞身自退仅免祸，
此日寻思颜可赭。
田郎夙慕君子儒，
岂比老我空嗫嚅。

往哉问瘼公无私，
驰奏得令明主知。

李齐贤在诗中严厉谴责高丽一些贪官污吏和武将的胆小无能以及地方豪强。同时也反省自己当年未能与之坚决斗争，最后勉励田禄生忠君爱国，造福于人民。此时诗人已辞官隐居。

（三）思念祖国类

泾州道中

出谷天无际，
登坡路始平。
塞云拖雨黑，
野日隔林明。
万里思亲泪，
三年恋主情。
哦诗聊自遣，
渐觉锦囊盈。

诗人在诗中表达了对祖国的思念和对家中慈母的挂念，“万里思亲泪，三年恋主情。”

思　归

扁舟漂泊若为情，
四海谁云皆弟兄。
一听征鸿思远信，
每看归鸟叹劳生。
穷秋雨锁青神村，

落日云横白帝城。
认得莼羹胜羊酪，
行藏不用问君平。

诗人在诗中表述了四处奔波筋疲力尽不胜劳累，思念故国之情。“一听征鸿思远信，每看归鸟叹劳生。”此诗读来使人自然联想到，李齐贤深受陶渊明诗歌之影响。陶渊明的《归鸟》一首中有“翼翼归鸟，晨去于林”。在《归去来兮辞》中有“云无心以出岫，鸟倦飞而知还”。在《归园田居》中更有“羁鸟恋旧林，池鱼思故渊”。

诗人在汉诗《路上》中同样表达了为国奔波，身心劳累，渴望自由自在的心情。

路　上

碧云暮隔鱼凫水，
红树秋连鸟鼠山。
文字剩添千古恨，
利名谁博一身闲。
令人最忆安和路，
竹杖芒鞋自往还。

属于此类的汉诗甚多，如《题长安逆旅》《定兴路上》《豫让桥》《北上》《王祥碑》《辽阳路上》《庚辰四月将东归题齐化门酒楼》等。

（四）关心民间疾苦类

促　织

促织复促织，

哀鸣何恻恻。
终夕弄机杼，
平明无寸缕。
嫠妇才闻泪似泉，
征夫一听凋朱颜。
春风融暖花着子，
夏景舒长燕成垒。
胡为不自谋，
直待霜清露冷方知秋。
促织尔何愚，
日月岂肯为尔留须臾？

诗人借蟋蟀哀鸣，表达对苦难民众的同情与关心。属于此类的汉诗尚有《古风七首》《送金海府使郑尚书得时字》等。

（五）与中国友人唱和类

李齐贤在元朝居住多年，与中国文人广泛交结，友情深厚。其中有诗人姚燧、阎复、张养浩、元复初，画家汤炳龙、朱德润和书法家赵孟頫等。李齐贤和这些中国友人相聚唱和。

奉和元复初学士赠别

昔从倾盖眼能青，
载酒同游遍洛城。
直欲执鞭如鲁叟，
岂惟结袜比王生。
感公灯火三更话，
慰我关山万里行。
更得新诗入囊褚，

剑南人识汝南评。

按，“元复初”，号明善。

“洛城”，指当时元朝之大都。

“剑南”，唐十道之一。

“汝南”，元时，蔡州、豫州为汝南县。

诗人回忆了与元复初深夜会面交谈的愉快情景，“感公灯火三更话，慰我关山万里行”。

简李员外

吾生如寄耳，
方寸只君知。
岁晚深期在，
东归定几时？

李齐贤视李员外为知己，“方寸只君知”。人生得一知己足矣，可见两人友谊之深厚。

属于此类的汉诗尚有《和呈赵学士子昂（二首）》《二陵早发》《张希孟侍郎见示江湖长短句一编，以诗奉谢》等。

（六）描绘中国风光类

李齐贤在元寓居多年，足迹遍及半个中国，无论是北方的元大都，南方江浙山川，乃至西北边陲。李齐贤对这些地方的名胜古迹，游览之余，有感而发，创作了不少描绘这些地方名胜古迹的汉诗。如《过中山府感仓唐事》《井陉》《汾河》《蜀道》《眉州》《诸葛孔明祠堂》《渑池》《渡孟津》《比干墓》《则天陵》《咏汉史》《高亭山》《宿夜安海会诗》《淮阴漂母墓》。诗人在这些汉诗中，或是吟咏古事，或是思古抚今，感情凝重，诗韵深沉，为怀古幽思之诗作。

（七）描绘祖国风光类

九曜堂

溪水潺潺石径斜，
寂寥谁似道人家？
庭前卧树春无叶，
尽日山峰咽草花。

按，“九曜堂”位于高丽都城开京（今开城），为高丽国王醮祭星辰之地。

诗人描绘了九曜堂的美丽风光，潺潺溪水，幽静小路，庭前老树，庭后高耸山峰。

山中雪夜

纸被生寒佛灯暗，
沙弥一夜不鸣钟。
应嗔宿客开门早，
要看庵前雪压松。

此诗为李齐贤在山中某寺做客时所作，描绘了山中雪夜的真实情景。和纸一样薄的被子无法抵御寒冷，雪夜寺中的佛灯昏暗，冻得小和尚都不愿敲钟了，僧人只能报怨客人要早早开门，看寺前被大雪覆盖的古松。

《山中雪夜》这首优秀汉诗得到高度赞誉。

徐居正在《东人诗话》中说：“益斋（指李齐贤）山中雪夜诗……能写出山家雪夜奇趣，读之令人沆瀣生牙颊间。崔拙翁常曰：‘益老（指李齐贤）平生诗法，尽在此诗。’”

徐笏在《惺叟诗话》中说：“人言崔猊山悉抹益斋（指李齐贤）诗卷，只留‘纸被生寒佛灯暗……’益斋大服以为知音，此皆过辞也。益斋诗好者甚多。”

荷洲香月

微波澹澹月溶溶，
十顷荷花一道风。
记得临平山下宿，
清醒身在画船中。

此诗描绘了诗人乘画舫夜赏月色中的荷塘，风格清新。

江天暮雪

柳絮飞空欲下迟，
梅花落地亦多姿。
一樽且尽江楼酒，
看到蓑翁卷钓时。

此诗是李齐贤描绘雪景之名作。

龙野寻春

偶到溪边藉碧芜，
春禽好事劝提壶。
起来欲觅花开处，
渡水幽香近却无。

这是一首描绘自然风光的优秀汉诗。

诗人这些诗作，犹如一幅风景画，达到诗中有画、画中有诗的高超境界。

（八）将高丽民歌译成汉文

李齐贤非常珍视高丽民间歌谣，并将其译成汉文，共10首。如《沙里花》《济危宝》《居士恋》《长岩》《水精寺》等，皆收入其文集《益斋乱稿》卷4之《小乐府》中。

水精寺

都近川颓制水坊，
水精寺里亦沧浪。
上房此夜藏仙子，
社主还为黄帽郎。

这首汉译诗既充分传达原作的意境，又符合汉诗格律，颇得好评。

二、后世之赞誉

徐居正在《东人诗话》中，高度评价李齐贤："乐府句句字字皆协音律，古之能诗者尚难之。吾东方语音与中国不同，李相国①、李大谏②、倪山③、牧隐④，皆以雄文大手未尝措手。唯益斋（指李齐贤）备述众体，法度森严。"

李穑在《益斋乱稿·序》中说："东人仰之如泰山。学文之士，去其靡陋而稍尔雅，皆先生（李齐贤）化之也。"

① 李奎报。
② 李仁老。
③ 崔瀣。
④ 李穑。

南龙翼在《壶谷诗话》中说："至于色韵之精雅，当以李益斋（李齐贤）为宗。"

柳成龙在《重刊益斋集跋文》中说："高丽五百年间，名世者多矣。求其本末兼备，始终一致，巍然高出无可议焉者，惟先生（指李齐贤）有焉。"

金泽荣则说："益斋（李齐贤）诗工妙、清俊，具备万象。"并认为李齐贤为朝鲜汉诗第一大家。

综上所述，李齐贤学识渊博，文才出众，擅汉文汉诗，为高丽汉文学的繁荣昌盛做出重大贡献，在朝鲜汉文学史上占有重要地位，受后人赞誉。

第三节　海左七贤

1170年，高丽武臣郑仲夫发动政变。其后，武臣崔忠献把持朝政，由此开始武臣政权。在武臣残酷的统治下，高丽不少文人被迫隐居山林，或埋头书斋，以避其害。于是结社之风大兴，海左七贤应运而生。

海左七贤为文人团体，由七个文人组成，主要活跃于高丽明宗朝，为仿效魏晋时的"竹林七贤"而结社，有李仁老、林椿、吴世才、赵通、皇甫沆、咸淳、李湛之。七人皆为文人，擅汉文汉诗，成就卓著。他们定期聚会，饮酒唱和，创作出不少名篇佳作。

高丽著名诗人李奎报在《七贤说》中指出："先辈有以文名世者，某某等七人。自以为一时豪俊，遂相与为七贤，盖慕晋之七贤也。每相会饮酒赋诗，旁若无人，世多讥之，然后稍沮。"

一、李仁老

（一）生平

李仁老（1152—1220），字眉叟，号双明斋，初名得玉，原籍仁川。高丽著名诗人。学识渊博，擅汉文汉诗。著有《银台集》（20卷）、《后集》（4卷）、《双明斋集》（3卷）、《破闲集》（3卷），并擅书法。仅有《破闲集》流传后世。

1170年，武臣发动政变。李仁老愤而削发为僧，十年后还俗。

1180年，28岁的李仁老文科及第，补职桂阳管记，迁直史馆。曾作为书记官随使出使中国。后历任吏部员外郎、秘书监右谏议大夫等职。与林椿等结成海左七贤，为该社之灵魂人物。

1220年，病逝，时年68岁。

（二）代表作

1. 《和归去来辞》

中国东晋著名诗人陶渊明写有著名的一篇抒情小赋《归去来兮辞》，该赋集中抒写对归隐生活的热切向往，全篇洋溢着由衷的喜悦之情。李仁老对陶渊明非常崇敬。

和归去来辞

归去来兮！陶潜昔归吾亦归。得隍鹿而何喜，失塞马而奚悲。蛾赴烛而不悟，驹过隙而莫追。才握手而相誓，未转头而皆非。摘残菊而为餐，缉破荷而为衣。既得反于何有，谁复动于玄微。蜗舍虽窄，蚁阵争奔。蛛丝网扇，雀罗设门。臧谷俱亡，荆凡孰存。以神为马，破瓠为樽。身将老于菟裘，乐不减于商颜。游于物而无忤，在所寓以皆安。鳞固潜于尺泽，翼岂折于天关。肯逐情而外获，方收视以内观。途皆触而无碍，兴苟尽则方还。鹏万里以悉适，鷃一枝而尚宽。信解牛之悟惠，知斫轮之对桓。归去来兮，问老聃之所游。用必期于无用，求不过于无求。化蝶翅而犹悦，续凫足则可忧。阅虚白于幽室，种灵丹于良畴。幻知捕影，痴谢刻舟。保不材于栎社，安深穴于神丘。功名须待命，迟暮宜归休。任浮云之无迹，若枯槎之泛流。已矣乎！天地盈虚自有时。行身甘作贾胡留，惶惶接淅欲安之？风斤思郢质，流水忆钟期。……第宽心于饮酒，聊遣兴于作诗。望红尘而缩头，人心对面真九疑。

李仁老在《和归去来辞》中表达了内心的不甘寂寞和对现实的不满。他认为在现实生活中难以施展自己才华，无法实现自己抱负。他归隐的目的是“保不材于栎社，安深穴于神丘”，因为“功名须待命，迟暮宜归休”，表达得蕴藉含蓄，色调灰暗，感情沉重。他的心始终萦绕在官场，时刻等待一线机遇的来临，吟咏《归去来兮辞》实出于无奈。诗中对归隐的吟咏，实际是官场失意后的自慰。

2. 《续行路难》三首

唐代伟大诗人李白写有名诗《行路难》，李仁老也仿李白创作汉诗《续行路难》三首。

续行路难

（一）

登山莫编怒虎须，
蹈海莫采眠龙珠。
人间寸步千里阻，
太行孟门真坦途。
蜗角战甘闹蛮触，
路歧多处泣杨朱。
君不见，

严陵尚傲刘文叔，
七里滩头一竿竹。

（二）

我欲飙轮叩阊阖，
请挽天河洗六合。
狂谋谬算一未试，
蹄涔几岁藏鳞甲。
峨洋未入子期听，
罴虎难逢周后猎。
行路难，歌正悲，
匣中双刃蛟龙泣。

（三）

颜巷枕肱食一箪，
东陵尽膳脯人肝。
世间万事真悠悠，
直道由来作人难。
我欲伸钩斩曲几，
要须平直如金矢。
黄河正涨碧琉璃，
不着一点秋毫累。

诗人在这三首诗中对当时武臣统治下的高丽社会进行严厉谴责。第一首诗描写世道之险恶，“人间寸步千里阻”。第二首诗表达了自己有铲除邪恶廓清天下的理想，但是在这险恶的社会环境只有隐藏起来暗下决心。第三首诗谴责掌握朝政的武臣如吃人肉喝人血的魔鬼，诗人决心要彻底为民除奸，还天下安宁。

3. 《游智异山》

游智异山

头流山回暮云低，
万壑千岩似会稽。
策杖欲寻青鹤洞，
隔林空听白猿啼。
楼台缥缈三山远，
苔藓微茫四字题。
试问仙源何处是？
落花流水使人迷。

按，“会稽”，为会稽山，位于浙江绍兴东南。

“三山”，传说中的三神山——蓬莱、方丈、瀛洲。

“四字”，指智异山双溪寺前雕刻的四个字“双溪洞门”。

“仙源”，指晋朝著名诗人陶渊明《桃花源记》中的武陵桃源。

此为歌颂祖国山河诗作。

4. 《山居》

山　居

春去花犹在，
天晴谷自阴。
杜鹃啼白昼，
始觉卜居深。

此诗为李仁老削发为僧隐居山中时所作，真切描绘了隐居山寺的景色和隐居清闲的生活。

5. 《潇湘夜雨》

潇湘夜雨

一带苍波两岸秋，
风吹细雨洒归舟。
夜来泊近江边竹，
叶叶寒声总是愁。

此诗为李仁老随使节使宋，在中国时所作。

诗人在诗中表达了在异国他乡，秋风萧瑟，夜间泊舟，自然引起乡愁。

李仁老还创作有不少汉诗，如《雪》《过渔阳》《献时宰》《寒松亭》《玉堂柏》《赠接花者》《杏花鸜鹆图》等。其汉诗结构谨严，风格凝重，情感深沉，不愧为海左七贤的灵魂人物。

二、林椿

（一）生平

林椿，生卒年不详，字耆之，号西河。高丽仁宗朝著名诗人。林椿学识渊博，擅汉文汉诗。其诗大部散佚。部分诗文由李仁老编成《西河先生集》6卷，内收汉文散文54篇、汉诗174首。

曾多次参加科举考试，但屡试不中。

1170年，武臣郑仲夫发动政变，全家被杀，仅林椿一人侥幸逃脱，由此开始穷困潦倒的放浪生活。

因怀才不遇，最后抑郁而亡，时年30岁。

李仁老曾有诗赠林椿："昔在文阵间，争名勇先购。吾尝避锐锋，君亦饱毒手。宜停双鸟鸣，须念两虎头。"

李仁老和林椿既是亲密知己，又是竞争对手。李仁老在评论林椿的文章说："李商隐文章多引用古人，冷僻异常，号称西昆体。近来广泛流传的苏黄之文追尚其法，毫无斧凿之痕，可谓出蓝之美。吾友耆之深得其妙。"还在《西河集序》中，高度评价林椿的诗文："先生之文得古今，诗得骚雅之风骨。自海而东，以布衣雄世者，一人而已。"

（二）代表作

次友人韵

十载崎岖面扑埃，
长遭造物小儿猜。
问津路远槎难到，
烧药功迟鼎不开。
科第未消罗隐恨，
离骚空寄屈平哀。
襄阳自是无知己，
明主何曾弃不才。

按，"罗隐"，唐代著名诗人，十年应试不第。

"离骚"，为战国时期著名诗人屈原所作。

"屈平"，即屈原。

诗人在此诗中，自比屈原、罗隐，空有才华却屡试不中，皆因武臣统治下奸人当道，因之愤而作此诗，以泄其愤。故其汉诗多为悲愤之作，风格沉郁，情感抑郁。林椿在给皇甫沆的信中说："近世取士，拘于声律，往往小儿辈咸能取甲乙，而宏博之士，多见摈抑，故朝野嗟冤。"

李朝文人洪万钟在《小华诗评》中说："以公（指林椿）文

章，终未登第，其感慨愁叹之意，可见于诗也。”

与李眉叟会湛之家

久因流落去长安，
空学南音戴楚冠。
岁月屡经羊胛熟，
风骚重会鹤天寒。
十年契阔挑灯话，
半世功名抱镜看。
自笑老来追后辈，
文思宦意一时阑。

按，“李眉叟”，即李仁老，字眉叟。

此诗为林椿与知心好友李仁老会见时的肺腑之言，“十年契阔挑灯话，半世功名抱镜看”。尽管自己才华横溢却屡试不中，犹如水中望月，镜中看花，“自笑老来追后辈，文思宦意一时阑”。诗人在诗中表达了人生的无奈感叹，格调凝重，情感深沉。

萧　寺

早把文章动帝京，
乾坤一介老书生。
如今始觉空门味，
满院无人识姓名。

此诗为林椿愤世之作。林椿为躲武臣政权的迫害，到南方隐居十余年。一次带病回高丽都城开京（今开城）治病，但无立锥之地，无处治病，百感交集，偶到萧寺叹息厄运。寺中老僧不识林椿，问道："君是何人，傲慢如是。"林椿感叹至极，遂写此诗。

诗人在诗中哀叹自己才华横溢，早已闻名全国。而今落魄为老翁，无人知晓。

闻　莺

田家葚熟麦将稠，
绿树初闻黄鹂留。
似识洛阳花下客，
殷勤百啭未能休。

《闻莺》为林椿避难江南时所作。诗人在诗中描绘了江南乡村风光，自己落魄乡村，而黄鹂却啼鸣欢迎自己。诗人百感交集，欣喜不已。

李仁老称赞此诗说："古今诗人托物寓志多类此……有其才不见用，流落天涯、羁游旅泊之状，了了然皆见于数字间，则所谓诗源乎心者，信哉。"

林椿学识渊博，创作有大量优秀汉诗，尚有《寄友人》《戏赠星州卒》等。

三、吴世才

（一）生平

吴世才（1133—1187），字德全。高丽著名诗人，海左七贤成员之一。自幼聪慧过人，擅汉诗。多次参加科举，50岁时才中举。虽经文臣推荐，终因性格耿直未能进入仕途，遂浪迹名山大川。

1187年，东游庆州途中，客死他乡，时年54岁。

吴世才学识渊博，擅汉诗，声名远播，著称于世。李奎报称赞吴世才："虽牛童走卒无有不知者。"

（二）代表作

戟 岩

北岭石巉巉，
邦人号戟岩。
迥撞乘鹤晋，
高刺上天咸。
揉柄电为火，
洗锋霜是盐。
何当作兵器，
破楚亦亡凡。

诗中描绘了形状奇特的岩石，奇崛峻峭，可以“高刺上天”“破楚”。但是，诗人醉翁之意不在酒。他在诗中发泄对现实社会的不满，对自己命运的悲愤。

病 目

老与病相随，
穷年一布衣。
玄花多掩映，
紫石少光辉。
怯照灯前字，
羞承雪后晖。
待看金榜罢，
闭目坐忘机。

诗人在诗中表达了自己已是暮年老翁，两眼昏花，再也不能像年轻人那样应试。感慨万千，对自己一生不幸遭遇的悲叹。风格凝重，情感悲凉。

海左七贤中其他几个诗人皇甫沆、赵通、咸淳、李湛之，虽然也擅汉诗，惜传世者无多。

第四节 陈澕 金克己 崔滋 金之岱 金仁镜 俞承旦 赵冲 李藏用

一、陈澕

（一）生平

陈澕，生卒年不详，号梅湖，骊阳人。高丽中期著名诗人、文臣。学识渊博，擅汉诗。年轻时与李奎报齐名，誉之为“李正言陈翰林”，有《梅湖遗稿》传世。1200年文科及第，登用直翰林院，历任右司谏知制诰、知公州事。

（二）代表作

桃源歌

草角森森东海之苍烟，
紫芝晔晔南山之翠巅。
等是当时避秦处，
桃源最号为神仙。
溪流尽处山作口，
土膏水软多良田。
红尨吠云白日晚，
落花满地春风颠。
乡心斗断种桃后，

世事只说焚书前。
坐看草树知寒暑，
笑领童孩忘后先。
渔人一见即回棹，
烟波万古空苍然。
君不见，
江南村，
竹作户，
花作藩。
清流涓涓寒月漫，
碧树寂寂幽禽喧。
所恨居民产业日零落，
县吏索米长敲门。
但无外事来相逼，
山村处处皆桃源。
此诗有味君莫弃，
写入郡谱传儿孙。

晋代诗人陶渊明的《桃花源记》，描写桃花源的美景和隐居心情。而陈澕的长诗《桃源歌》，描写的是高丽的现实生活。一是作者对隐居生活的向往："乡心斗断种桃后，世事只说焚书前。坐看草树知寒暑，笑领童孩忘后先。"二是指责官府对民间的敲诈勒索，"所恨居民产业日零落，县吏索米长敲门"。指出如果没有官府的敲诈勒索，"山村处处皆桃源"，诗人严厉谴责了官府对民众的剥削压迫。诗的最后两句意义十分深刻，"此诗有味君莫弃，写入郡谱传儿孙"。

这首长篇汉诗结构谨严，思想深刻，对仗工整，语言通俗，为一首优秀汉诗。

春晚题山寺

雨余庭院簇莓苔，
人静柴扉昼不开。
碧砌落花深一寸，
东风吹去又吹来。

《春晚题山寺》又名为《落花》。诗人在诗中描绘山寺雨后景色，清风宁静。崔滋在《补闲集》中称赞陈澕之汉诗说：“补阙陈澕，清雄华靡，变态百出。”

野　步

小梅零落柳慠垂，
闲踏清岚步步迟。
渔店闭门人语少，
一江春雨碧丝丝。

诗人描写在野外散步，梅花已谢，四处飘散，柳丝幽幽，美景如画。由于年老体衰，脚步迟缓，归来时店已闭门，只有一江春水缓缓流淌。此诗不失为一首佳作，深得后人称赞。

徐居正称赞此诗说：“清新闲远。”

许筠在《惺叟诗话》中称赞陈澕说：“陈翰林（陈澕）与文顺（李奎报）齐名，诗甚清邵……清劲可咏。”

咏　柳

凤城西畔万条金，

勾引春愁作暝荫。
无限狂风吹不断，
惹烟和雨到秋深。

诗人既描写了柳树的一年的变化，春天惹愁，秋天惹雨，又描述了柳树与人们的情感思绪息息相关。人们离别时往往折柳相送，柳枝丝丝和人们的思愁绵绵浑然结成一体。

月溪寺上初晴晚眺

小楼高倚碧孱颜，
雨后登临物色闲。
帆闭绿烟归远浦，
潮穿黄苇到前湾。
水分天上真身月，
云漏江边本色山。
客路几人闲似我，
晓来吟到晚鸦还。

此诗结构谨严，对仗工整，风格清新，词语鲜丽，写尽山寺雨后初晴之晚景和诗人的清闲自在，“客路几人闲似我，晓来吟到晚鸦还。”

二、金克己

金克己，生卒年不详，号老峰。高丽中期著名诗人。文科及第，曾任义州防御判官。高丽明宗朝以学行补职翰林院。后奉命出使金国，不幸于回国途中病故。金克己学识渊博，擅汉文汉诗。

高丽《三韩诗龟鉴》称，金克己著有《金居士集》（150

卷）。

据崔利子统计，金克己现存作品有：《东文选》（五言古诗5首、五言律诗5首、七言律诗10首、七言排律1首、七言绝句21首、表笺21篇、状3篇、祝文5篇、青词4篇），《新增东国舆地胜览》（233首），《补闲集》（14首），《三韩诗龟鉴》（五言17首、七言20首）。当然，这里有重复收录，作品数量实际要少于上述数字。

（二）代表作

醉时歌

钓必连海上之六鳌，
射必落日中之九乌。
六鳌动兮鱼龙震荡，
九乌出兮草木焦枯。
男儿要自立奇节，
弱羽纤鳞安足诛！
紫缨云孙始堕地，
自谓壮大陈雄图。
炼石欲补东南缺，
凿石将通西北迂。
嗟哉计大未易报，
半世飘零为腐儒。
不随冯异西登陇，
不逐孔明南渡泸。
论诗说赋破屋下，
却把短布抱妻孥。
时时壮愤掩不得，

拔剑斫地空长吁。
何时乘风破巨浪，
坐令四海如唐虞。
君不见，
凌烟阁上图形容，
半是书生半武夫！

金克己在诗中发泄了郁郁不得志、壮志不得酬的悲愤情感，“时时壮愤掩不得，拔剑斫地空长吁”。但是诗人并不气馁，也不悲观，而是振奋精神，斗志昂扬。“何时乘风破巨浪，坐令四海如唐虞”。

诗人在诗中运用中国一些典故，如钓鳌客、大羿、女娲、武丁等神话传说，还提及中国的古代名人，如孔明等。

乙密台

枕水崔嵬钓月台，
轻桡短棹几沿洄。
一朝鹤驭还三洞，
惟有沙禽去又来。

按，“一朝鹤驭”，传说高句丽始祖朱蒙（即东明王）驾鹤升天。

“三洞”，道家把诸经分为洞真、洞玄、洞神三部分，合称三洞。

诗人描绘在西京（平壤）锦绣山乙密台观看南面的大同江美丽景色。江面广阔，江水平静，大船扁舟，来来往往，鸟儿飞来飞去，十分幽美。此诗结构谨严，诗韵甚浓，风格清爽，不失为一首优秀汉诗。

高原驿

百岁浮生逼五旬，
崎岖世路少通津。
三年去国成何事，
万里归家只此身。
林鸟有情啼向客，
野花无语笑留人。
诗魔触处来相恼，
不待穷愁已苦辛。

按，“高原驿”，位于咸镜道。

“去国”，即离开高丽京城（今开城）。

诗人在咸镜道高原驿，回顾自己的一生，仕途坎坷，世路崎岖，“崎岖世路少通津”，离开京都三年，年近半百，一事无成。“三年去国成何事，万里归家只此身”。

诗人感叹自己命运乖舛，更发泄了对高丽社会的不满与愤怨。

村　家

青山断处两三家，
抱垅萦回一径斜。
纤雨废池蛙阁阁，
相风高树鹊喳喳。
境幽柳巷埋荒草，
人寂柴门掩落花。
尘外胜游聊自适，

笑他奔走觅纷华。

金克己厌恶权势，多在山林吟诗度日。此诗为他闲居山村时之作。诗中描绘山村的安详和幽静。两三人家，通幽小径，池中蛙鸣，树上鹊叫，在这幽静的山村居住，清闲、平淡，十分惬意，嘲笑世上那些为名为利四处奔波的人们。“尘外胜游聊自适，笑他奔走觅纷华。”

黄山江

起餮传舍晓渡江，
江水渺漫天苍茫。
黑风四起立白浪，
舟与黄山争低昂。
津人似我履平地，
一棹渔歌声短长。
十生九死到前岸，
槐柳荫中村径荒。

按，“黄山”，即安徽境内的黄山。

诗人先是描绘了黄山江的美景，“江水渺漫天苍茫”，水天相接，江水滔滔。继之，描写波浪汹涌时，船夫奋力划船，使舟船如履平地，“津人似我履平地”。最后描写船夫虽然奋力将船划到对岸，对岸却是一片凄凉景象，“槐柳荫中村径荒”。

诗人全景式描绘黄山江的美丽景象。此诗结构谨严，对仗工整。

田　家

搰搰田家苦，

秋来得暂闲。
雁霜枫叶坞，
蛩雨菊花湾。
牧笛穿云去，
樵歌带月还。
莫辞收拾早，
梨栗满空山。

诗人在诗中描写了山间农家的自然景象和农夫的辛苦劳作。农夫整年劳作，只是秋天有段短暂休闲。种瓜得瓜，种豆得豆，“梨栗满空山”。“牧笛穿云去，樵歌带月还”，将山村的悠闲安逸舒适描绘得十分真切。

此外，金克己创作的汉诗《田家四诗》四首（春、夏、秋、冬）亦很著名。

三、崔滋

（一）生平

崔滋（1188—1260），初名宗裍、宗安，字树德，号山叟，雅号文清。原籍海州。高丽中期著名诗人、文臣。崔滋学识渊博，擅汉文汉诗。著有诗话《补闲集》、诗集《三都赋》，以及《文清家集》等。高丽康宗朝文科及第。初任尚州司录。其后历任宝文阁学士、国子司成、中书门下平章事、判吏部事。后隐居山林。1260年，病逝，时年72岁。

（二）代表作

南堤柳

南堤一株柳，
濯濯随风飘。

毒虺藏空腹，
娇莺弄细腰。
岁寒无劲节，
春暖有长条。
但问材何用？
休论百尺寿。

按，“毒虺”，即毒蛇。

微风吹来，柳丝飘动，毒蛇藏于树洞，黄莺围着飞舞。严冬时柳枝枯萎，春天时柳枝长长。可惜这种柳树即使高达百尺，也没一点儿用处。诗人在诗中明写百无一用的柳树，实则暗中隐喻一些既无志气又无用处之人。比喻十分恰当巧妙。

闻采真峰鹤唳

云扫长空月正明，
松巢独鹤不胜清。
满山猿鸟知音少，
刷尽竦翎半夜鸣。

诗人在诗中明写孤独的鹤，没有知音，只好长唳夜空，发泄心中苦闷，实则暗喻自己，同样是清高自守，没有知音，孤独苦闷。

崔滋还创作有汉诗《美人歌》《水晶杯》等。

四、金之岱

（一）生平

金之岱（1190—1266），初名仲龙。高丽中期著名诗人、文臣。

1217年，契丹人进攻，时年27岁的金之岱代父从军。翌年文科及第，历任全州司录、宝文阁校勘、全罗道按察使、判秘书省事。

1258年，蒙古人进攻，金之岱签书枢密院事，兼任北界知兵马使。元宗朝初，任政堂文学吏部尚书，后任守太傅中书侍郎平章事。

1266年，病逝，时年76岁。

（二）代表作

代父出征

国患臣之患，
亲忧子所忧。
代亲如报国，
忠孝可双修。

此诗为金之岱代父出征前所作。在诗中深刻描述了代父出征的重要意义：为国尽忠，为父尽孝，“忠孝可双修”。

瑜珈寺

寺在烟霞寂寞中，
岩松滴翠秋光浓。
云间绝磴六七里，
天末遥峰千万重。
茶罢茅檐见明月，
讲阑风榻闻残钟。
溪流应笑玉堂客，
欲洗未洗红尘踪。

按，“瑜珈寺”，高丽佛寺，位于玄风县（今庆尚南道达成郡）。

诗人在诗中描绘了瑜珈寺之自然景观和寺中佛事。佛寺孤零零坐落在群山峻岭中，云雾缭绕。“云间绝磴六七里，天末遥峰千万重”。夜幕降临，可看到明月，可听到钟声。青灯黄卷，晨钟暮鼓，是僧人的生活。俗愿未了的人，能真的脱离红尘，真正进入佛门吗？

次李正夫

十年尘土梦乡关，
犹忆渔舟载月还。
桑柘红庑三径静，
烟波白鸟一天闲。
柿园雨后金丹脆，
栗坞霜前玉壳斑。
秋至欲寻青鹤洞，
锦鞯相约郑平山。

按，“青鹤洞”，在智异山中，距晋州西147里。

此诗为诗人描述思念离别十年的故乡之作。情真意切，情景交融，甚是感人。

重　阳

秋晚长风万里来，
登高极目思难裁。
莫辞白酒殷勤倒，
可惜黄花烂漫开。
怀土士衡犹得信，

登台子美不胜哀。
旧游高契今余几，
感叹诸公骨已苔。

按，“士衡”，即晋文人陆机，字士衡。

“子美”，即唐著名诗人杜甫，字子美。

诗人抒发了在重阳登高望远时的感叹。岁月沧桑，曾经一同在重阳节登高望远的知己健在人世的却寥寥无几。

金之岱还创作有汉诗《日影台》《义城客舍北楼》等。

五、金仁镜

（一）生平

金仁镜（？—1235），初名金良镜。高丽中期诗人，文臣。文科及第。历任直史馆、起居舍人、礼部郎中、枢密院右承宣、王京留守兵马使、中书侍平章事。擅汉诗和时调，书法亦佳。

（二）代表作

石不可夺坚

二仪初判后，
物种万纷然。
有石中含质，
无人外夺坚。
势堪从击破，
性莫失生全。
素受形资地，
难移守自天。
铁惭融作器，
铜耻铸成钱。

此若贤良士，
操心固莫迁。

按，“二仪”，指天地。

诗人在诗中说，石头有质朴的性质，坚硬无比，外力不可将其摧毁，不像铁被铸成工具，铜被铸成货币。而诗人的真实用意，意在鼓励仁人志士要坚持正义、坚不可摧。

六、俞承旦

（一）生平

俞承旦（1168—1232），“承旦”又作“升旦”。初名元淳，仁同人。高丽中期汉诗人、文臣。学识渊博，擅汉文汉诗，惜传世汉诗寥寥无几。

明宗时文科及第，官侍学。

熙宗时，任南京司录、参军。

康宗时，被逐放江华岛。

高宗即位后，历任守宫署丞、师傅、礼部侍郎右谏议大夫。

1227年，任修撰官，参修《明宗实录》。后任枢密院副使右散骑常侍。

1232年，病逝，时年64岁。

（二）代表作

穴口寺

地缩兼旬路，
天低去尺邻。
雨宵犹见月，
风昼不跻尘。
晦朔潮为历，

寒暄草记辰。
胡羌看世事，
堪羡卧云人。

按，“穴口寺”，位于韩国京畿道江华岛。

此诗为诗人被放逐江华岛时所作。风格凝重，感情深沉。

崔滋在《补闲集》中说：“俞文安公升旦，语劲意淳，用事精简。”

七、赵冲

（一）生平

赵冲（1171—1220），字湛若。高丽中期诗人、文臣。

文科及第，历任大司成翰林学士兼同知贡举、东北面兵马使、礼曹尚书。

1216年，任枢密副使翰林学士承旨，兼任上将军。同年，契丹入侵，任行营中军副元帅率兵抵御，获胜。

1217年，于盐州，败战，被免职。其后复出，历任守司空左仆射、政堂文学判礼部事、守太尉同中书门下侍郎平章事。

1220年，病逝，时年49岁。

（二）代表作

阵中吟

万里霜蹄容一蹶，
悲鸣壮气何逸越。
倘教造父更加鞭，
蹋躏沙场摧古月。

按，“造父”，为周时之善御者。传说造父曾取骏马献给周穆王。周穆王赐造父以赵城。

“古月”，即胡，指契丹。

此诗为诗人率兵抵御契丹人进攻时所作，诗中描述疆场杀敌情景，战马悲鸣，战士出征，虽奋勇杀敌，但终失利。

崔滋在《破闲集》中说：“赵文正公器识德行文武兼备，望倾朝野。丙子年（1216）讨丹寇，命元帅公为副，不自颛，制战不利，作诗曰：‘万里霜蹄容一蹶……’”

八、李藏用

（一）生平

李藏用（1201—1272），初名仁祺，字星甫。高丽中期诗人、文臣。学识渊博，擅汉文汉诗，并精音律、律历，乃至医药，著有《禅家宗派图》。文科及第，后任中书侍郎平章事。

1264年，随国王元宗赴元，被誉为“海东贤人”。回国后，升任门下侍郎同中书门下平章事，封为庆源郡开国公。

1266年，奉命修神宗、熙宗、康宗实录。

1269年，任节日使赴元。

1271年，权臣林衍废元宗，李旋被革职。翌年病逝，时年71岁。

（二）代表作

慈悲岭

慈悲岭路十八折，
一剑横当万戈绝。
如今四海自升平，
空有杜鹃啼落月。

按，“慈悲岭”，位于今朝鲜黄海北道瑞兴。

诗人在诗中描绘了慈悲岭山势险要，一路十八弯，易守难攻，“一剑横当万戈绝。”

自 宽

万事唯宜一笑休，
苍苍在上岂容求。
但知吾道何如耳，
不用斜阳独倚楼。

李藏用曾作为使节两次赴元。时高丽为元藩属，对元交涉中颇多受挫。此诗为其在交涉遭挫折时，自我安慰之作，“万事唯宜一笑休”，摆脱受挫的苦闷和烦恼。

李藏用还创作了七律《红树》，为写景抒情之作。

第五节 张 镒 白文节 郭 预 圆 鉴 洪 侃 李 瑱

一、张镒

（一）生平

张镒（1207—1276），高丽中期诗人、文臣。初名敏，字弛之，昌宁人。文科及第。

1228年，任升平判官。

1262年，以殿中侍御使赴元，回国后任国子祭酒。

1265年，以中书舍人赴元。

1266年，任礼部侍郎，以正朝使赴元。回国后任左谏议大夫。

1270年，三别抄军起义，入据珍岛。张镒以大将军任庆尚道水路防护军，镇压三别抄军。

1274年，任同知中枢院事。

忠烈王即位后，任知佥议府事宝文署大学士，奉命修国史。

1276年，病逝，时年69岁。

（二）代表作

过燕子楼

霜月凄凉燕子楼，
郎君一去梦悠悠。
当时坐客休嫌老，
楼上佳人尽白头。

按，“燕子楼”为高丽古迹，位于今韩国全罗南道顺天市。《新增东国舆地胜览》卷40关于顺天都护府古迹载：“燕子楼，旧在城南玉川上……昔太守孙亿眷官妓好好，按部重游，好好已老。”张镒即以此事为题，成诗《燕子楼》。

二、白文节

（一）生平

白文节（？—1282），高丽中期汉诗人、文臣。字彬然。

高宗时文科及第，历任中书舍人、吏部侍郎、国子祭酒。

1269年，元宗复位后，任使节赴元。

忠烈王时任司议大夫，后被投入狱。获释后任国学大司成、宝文阁学士。

（二）代表作

方山寺

树阴无隙小溪流，

一炷清香满石楼。
苦热人间方卓暑，
卧看初日上松楸。

按，“方山寺”，位于韩国江原道境内。

诗人在诗中描绘方山寺之周围景观。寺外树荫遮天，溪水潺潺。寺内佛香缭绕，卧观日出。

三、郭预

（一）生平

郭预（1232—1286），高丽中期诗人、文臣。初名王府，字先甲。

1255年，文科及第，任全州司录。

1263年，任詹事府司录，与洪泞出使日本。回国后任礼宾注簿兼直翰林院。

忠烈王时，历任版图正郎宝文署待制知制诰、国子司业典法总郎卫尉尹春宫侍讲学士、左副承旨兼同知贡举、左承旨国子监大司成文翰学士。

1286年，任知密直司事监察大夫，作为圣节使使元。不幸于归国途中病故，时年54岁。

（二）代表作

赏　莲

赏莲三度到清池，
翠盖红妆似旧时。
唯有看花玉堂老，
风情不减鬓如丝。

诗人在诗中描写了观赏莲花之心情，花红如旧，但人已白发斑斑，感叹岁月沧桑。

四、圆鉴

（一）生平

圆鉴（1226—1292），高丽高僧，松广寺第6代住持。著有《圆鉴集》等。名法桓，后改冲止，自号宓庵，俗姓魏。

1248年，状元及第，历任翰林学士、枢密院副使。曾奉命出使日本。

1255年，入禅源社，成为曹溪山第六祖。

1267年，入甘露社。曾赴元，备受礼遇。

1292年，圆寂，时年66岁，谥号圆鉴国师。

（二）代表作

杂　咏

卷箔引山色，
连筒分涧声。
终朝少人到，
杜宇有呼名。

诗人在诗中描绘了山寺的自然景观，同时描述山寺的寂寞，“终朝少人到”。

贾　生

洛阳才子旧知名，
一遣长沙万里行。
只是谗言成贝锦，
非关圣主不聪明。

按，“贾生”，即汉代著名文人贾谊。汉文帝时任太中大夫，多次谏言，痛斥时弊，为权臣所忌，后被贬。

圆鉴就贾谊被贬之事，十分感慨，正人君子反而被诬，“只是谗言成贝锦”。

五、洪侃

（一）生平

洪侃（？—1304），高丽中期诗人。字平甫、云夫，号洪崖。历任佥议舍人、东莱县令。著有《洪崖集》。

（二）代表作

孤雁行

五侯池馆春风里，
微波粼粼鸭头水。
阑干十二绣户深，
中有蓬莱三万里。
彷徨杜若紫鸳鸯，
倚拍芙蓉金翡翠。
双飞双浴还双栖，
绛羽云衣恣游戏。
君不见，
十年江海有孤雁，
旧侣微茫隔霄汉。
徘徊顾影时一呼，
芦花索莫风霜晚。

按，“鸭头水”，即今中朝界河鸭绿江。

诗人在诗中描述大雁平素结队飞翔，成双成对。然而一旦离开雁群，成为孤雁，处境艰难，因为天气日益渐凉，“芦花索莫风霜晚”。

贫妇吟

云窗雾阁秋夜长，
流苏宝帐芙蓉香。
吴歌楚舞乐未央，
银烛万丈何晖光。
贫家有妇无完衣，
绩纺未成秋雁归。
夜深灯暗双泪落，
一寸愿分东壁晖。

按，“未央”，即未央宫，西汉宫殿名。故址为今陕西省西安市西北长安故城内。

诗人在诗中描述了社会的不平，富贵人家衣食无忧，欢歌笑语。而贫苦妇女无衣无食，夜深人静，伤心落泪，“夜深灯暗双泪落”，充满对贫苦民众的同情。

洪侃还创作有汉诗《上李蒙庵》《次韵李蒙庵西京怀古八韵》。

六、李瑱

（一）生平

李瑱（1244—1321），高丽中期诗人，著名文臣。初名方衍，字温古，号东庵。文科及第，历任广州司录、起居中书舍人、安东府使、军籍总郎。

1297年后，历任右司议大夫、大司成密直承旨、法典判书、判卫尉寺事权授密直副使、政堂文学。

1308年，忠宣王时，历任词林学士试右散骑常侍、左承旨秘书尹知兵曹事词林学士、商议会议都监事、赞成事。

1313年，忠肃王时，任检校佥议政丞。封临海君。

1315年，主持科举。

1321年，病逝，时年77岁。

（二）代表作

山　居

满空山翠滴人衣，
草绿池塘百鸟飞。
宿雾夜栖深树里，
午风吹作雨霏霏。

该诗描绘山居的四周景色，青山翠绿，绿草如茵，池塘波平如镜，鸟雀飞翔，浮云飘飘，细雨霏霏。

第九章　高丽后期的汉诗

第一节　李　谷

一、生平

李谷（1298—1351），高丽后期著名诗人、重要文臣。初名芸白，字仲父，号稼亭，雅号文孝。诗人李穑之父。学识渊博，著述甚丰，擅汉文汉诗。著有《稼亭集》（20卷）。

1320年，22岁文科及第，后赴元。

1330年，32岁在元制科第二甲及第，历任元翰林国史院检阅、徽政院管勾、征东行中书省左右司员外郎。回国后，任判典校寺事。后再次赴元，任元朝中瑞司典簿。

1344年，回国，历任政堂文学、都佥议赞成事，受封为韩山君。后与李齐贤增修《编年纲目》，参与撰写高丽忠烈王、忠宣王、忠肃王三朝实录。

1351年，病逝，时年53岁。

二、代表作

橡栗歌

橡栗橡栗栗非栗，
谁以橡栗为之名？
味苦于荼色如炭，
疗饥未必输黄精。
村家父老裹糇粮，
晓起趁取雄鸡声。
陟彼崔嵬一万仞，
扪萝日与猿狖争。
崇朝掇拾不盈筐，
两股束缚饥肠鸣。
天寒日暮宿空谷，
烧桂燃松煮溪蔌。
夜深霜露满皎肌，
男呻女吟苦凄咽。
试向村家问老农，
老农丁宁为予说：
近来权势夺民田，
标以山川作公案。
或于一田田主多，
征后还征无间断。
或罹水旱年不登，
场圃年深草萧索。
剥肤椎髓扫地空，
官家租税悉由出。

壮者散之知几千，
老弱独守悬磬室。
未忍将身转沟壑，
空巷登山拾橡栗。
其言凄婉略而尽，
听终辞绝心如噎。
君不见，
侯家一日食万钱，
珍馐星罗五鼎列。
驭吏沉酒吐锦茵，
肥马厌谷鸣金埒。
焉知彼美盘上餐，
尽是村翁眼底血。

这首长诗多达36句，深刻揭露了官府对农民的剥削和压迫，“近来权势夺民田，标以山川作公案。或于一田田主多，征后还征无间断”。在这种严酷压迫剥削下，年轻力壮的只好背井离乡，流离失所，而老弱的只得拾橡栗糊口度日。诗中真切描绘拾橡栗之苦，“天寒日暮宿空谷，烧柱燃松煮溪蔌。夜深霜露满皎肌，男呻女吟苦凄咽”。

诗人最后指出达官贵人骄奢淫逸，农民则饥肠辘辘，“焉知彼美盘上餐，尽是村翁眼底血”。这首长篇汉诗深刻揭露了高丽统治阶级对劳苦大众的剥削压迫，对劳苦大众充满同情，不愧为一首优秀的长篇汉诗。有的史料认为此诗为高丽末期汉诗人尹汝衡所作。

街头望西山

却从城里望西山，

隐约城头露翠鬟。
为底相看如不见，
只缘心在名利间。

此诗乍看起来，不过是写景诗。细细品味，方知诗人寓意甚深：人人皆在为名为利奔波，为什么人们“相看如不见”，“只缘心在名利间”。正所谓，人人皆在为名利奔走。

七月四日得家书

去国已五月，
今朝始得书。
得之不敢拆，
书中道何如。
平安无他语，
旅怀今始舒。
菽水欢自足，
箕斗名亦虚。
谁能更拘束，
吾当返吾庐。

按，“菽水”，即豆和水，指粗茶淡饭，生活清苦。

“箕斗”，为二星宿名。《诗经·小雅·大东》载：“维南有箕，不可以簸扬；维北有斗，不可以挹酒浆。”

此诗为李谷在元时思念故国家乡之作，离开祖国高丽已有5月，得到家信，自是欣喜异常，此正是“家书抵万金”。得到家乡来信，自然更是想念故乡，渴望早日回国，“吾当返吾庐”。

李陵台

许国身何有？
成功命不侔。
汉皇虽好武，
飞将未封侯。
苦战知无赖，
生降亦可羞。
高台衔落日，
为尔故迟留。

按，“李陵”，汉朝人，字少卿，名将李广之孙。汉武帝时任骑都尉。公元前99年，率兵5000人攻打匈奴，战败投降。

“飞将”，指李广，即李陵之祖父。李广，善骑射，汉文帝时攻打匈奴有功，为武骑常侍。汉武帝时为右北平太守，匈奴不敢犯境，号曰“飞将军”。李广与匈奴前后70余战，但未得封侯。公元前122年，李广随大将军卫青攻打匈奴，迷失道路受处分，自以为耻，悲愤自杀。

诗人两次赴元，并曾一度为吏。此诗为诗人感叹汉将李广、李陵祖孙二人悲据命运之作，“飞将未封侯”“生降亦可羞”。

七　夕

平生踪迹等云浮，
万里相逢信有由。
天上风流牛女夕，
人间佳丽帝王州。
笑谈款款尊如海，
帘幕深深雨送秋。

乞巧曝衣非我事，
且凭诗句遣闲愁。

按，“牛女”，指牵牛、织女二星。牛女又指牛郎织女。南朝梁殷芸《殷芸小说》载：“天河之东有织女，天帝之子也。年年机杼劳役，织成云锦天衣，容貌不暇整。帝怜其独处，许嫁河西牵牛郎，嫁后遂废织纴。天帝怒，责令归河东，但使一年一度相会。”由此演变为著名民间传说故事。

“乞巧”，中国民间的一种风俗。传说农历七月七日夜，天上牛郎织女相会。妇女于当晚穿针，称为乞巧。

“曝衣”，指古代梅雨季节一种晾晒衣服的习俗。

诗人李谷两次赴元，并曾为元吏，对中国风俗非常熟悉，故有此作。

杂　诗

山居畏虎豹，
水行畏蛟蜃。
人生少安处，
肘下生白刃。

诗人在诗中描述人生之艰难险阻，“山居畏虎豹，水行畏蛟蜃”。人生若想平安，须时刻提高戒备，以防不测，“肘下生白刃”。

李谷还创作有汉诗《途中避雨有感》《燕》等。

综观李谷的汉诗，结构工整，风格深厚，韵味深长，技巧娴熟，情感凝重，不愧为汉诗大家。

第二节 李 穑

一、生平

李穑（1328—1396），李谷之子，字颖叔，号牧隐。高丽后期著名诗人、文臣。学识渊博，擅汉文汉诗，著有《牧隐诗稿》、《牧隐集》（55卷），内收6000余首汉诗和300余篇汉文。

1341年，进士及第。

1348年，赴元，为元国子监生员，研究性理学。

1351年，自元回国。

1352年，上疏建议改革田制、加强国防、振兴教育、抑制佛教。

1353年，以书状官身份赴元。在元任应奉翰林文学承书郎同知制诰兼国史院编修官。回国后，任典理正郎兼艺文应教、中书舍人等职。

1355年，再次赴元，任职翰林院。

1356年，回国，历任吏部侍郎翰林直学士兼史馆编修官知制教兼兵部郎中、右谏议大夫、枢密院右副承宣、知工部事、知礼部书、左承宣、知兵部事、右代言、知军部司事、同知春秋馆事、宝文阁和艺文馆大提学。

1367年，任大司成，致力于传播性理学。

1373年，受封为韩山君。翌年起，历任艺文馆大提学、知春秋馆事兼成均馆大司成，后因病谢退。

1375年，复出，历任政堂文学、判三司事。

1389年，任判门下府事，任为使节赴明。后遭权臣李成桂排挤，流配长湍，后移配咸昌。

1391年，获释，受封为韩山府院君。翌年，复被流配骊兴、长兴。后获释。

1395年，李朝封韩山伯，不受，不事李朝，隐居。翌年卒于赴骊江途中，时年68岁。

二、代表作

李穑汉诗依题材可分为八类。

（一）哀叹高丽将亡，但不事李朝

高 歌

独吟又高歌，
心中血如河。
皇天与后地，
至死矢靡他！
外患似冰雪，
消之将奈何？
春风方将兴，
白日如飞梭。
哀哀君子心，
有泪双滂沱。

李穑为高丽名臣，看到高丽国势危急，权臣李成桂欲灭高丽，建立新朝，异常愤慨，决心为高丽尽忠，至死不变心，“至死矢靡他”，保持晚节，不事新朝。同时，哀叹高丽灭亡在即，作为忠臣却无力挽回，“哀哀君子心，有泪双滂沱”。

演福寺

演福钟声尚未鸣，

拥衾危坐度寒更。
一身衰病乾坤老，
万象森罗日月明。
杵臼肯移存赵志？
华封徒抱祝尧情。
悠悠今古无穷事，
惹起诗肠作不平。

按，“杵臼”，为春秋时营救赵氏孤儿而死的忠臣。

“华封”，指华洲守疆的人。

诗人在诗中感叹自己已年老体衰，目睹高丽国势日危，自己却无能为力，不能像杵臼那样冒死营救赵氏孤儿，也不能像华封那样祝颂。

（二）激励将士杀敌保国

送家僮赴军船因作短歌

国家初置鹰扬军，
部领都府屯如云。
常领海领本何意，
只今添设尤纷纷。
庙堂剑履天陛尊，
不问新旧皆元勋。
奈何代身亦出军，
往与六卫趋海滨。
乘船非渠素所习，
眼花乱坠心如熏。
望风贼遁是天幸，

遇贼亦可周瑜焚。
枪刀一交必相损，
全军而归是十分。
万中有一或不返，
怒浪岂直长鲸喷。
海门缥缈望不极，
飞鸟影外明斜曛。
归来归来好归来，
海晏但见波沄沄。
镌功水边多石崖，
行军司马谁能文。

按，“鹰扬军”，为高丽二军之一。

“都府”，指汉城，今首尔。

“周瑜焚”，指《三国演义》中周瑜火烧曹营战船。

诗人在诗中鼓励家僮要奋勇杀敌，保卫国家，为国尽忠，同时祝愿家僮凯旋。“归来归来好归来”，情真意切，甚是感人。

（三）关心民间疾苦

蚕　妇

城中蚕妇多，
桑叶何其肥。
虽云桑叶少，
不见蚕苦饥。
蚕生桑叶足，
蚕大桑叶稀。
流汗走朝夕，

非缘身上衣。

诗人在诗中描写蚕妇日夜辛勤劳作，采桑叶，喂蚕。然而不是为了自己穿戴，而是为了给富贵人家穿戴。“流汗走朝夕，非缘身上衣”，为蚕妇鸣不平，抨击高丽社会之贫富不均现象。

（四）感叹人生艰辛

自京师东归

病里情怀每自悲，
苍天肯复管安危。
时时对镜怜黄瘦，
事事临机恨白痴。
颇信流光如电影，
又惊芳信到花枝。
牢笼物色知无力，
驱使由来只小诗。

诗人两次赴元，长期寓居元朝，为国奔波，身心疲惫，“时时对镜怜黄瘦，事事临机恨白痴”。

夜　吟

行年已知命，
身业转悠哉。
细雨灯前塔，
名山梳上来。

此诗感叹人生之艰辛。

（五）歌颂祖国大好河山

浮碧楼

昨过永明寺，
暂登浮碧楼。
城空月一片，
石老云千秋。
麟马去不返，
天孙何处游。
长啸倚风磴，
山青江水流。

按，“浮碧楼”，位于西京（即平壤）大同江西岸锦绣山南麓。

“麟马去不返”，传说高句丽始祖东明王（朱蒙）骑麒麟升天。

“天孙”，指高句丽始祖东明王（朱蒙）。

诗人在诗中描绘浮碧楼之幽美景色，皎月当空，清风徐徐，青山翠绿，江水潺潺。

许筠在《惺叟诗话》中说：“李文靖‘昨过永明寺’之作，不雕饰，不探索，偶然而合于宫商，咏之神逸。”

瀼浦弄月

日落沙独白，
云移水更清。
高人弄明月，
只欠紫鸾笙。

骊江迷怀

天地无涯生有涯，
浩然归志欲何之？
骊江一曲山如画，
半似丹青半似诗。

诗人在诗中描绘骊江美景，情不自禁产生隐居之意。

（六）抒发在中国之感受

李穑两次赴元，长期留寓元朝，并曾在元为吏。在异国他乡，感触自然甚深。

早　行

凌晨向前路，
晓色未全分。
带月马头梦，
隔林人语闻。
树平连野雾，
风细绕溪云。
异国堪愁绝，
南天无雁群。

诗人在诗中描写早行的情景，凌晨行走，看不清路，残月尚未下去，云雾也未散去。在异国他乡，十分孤独苦闷，“异国堪愁绝，南天无雁群”。

（七）描写读中国文学之感受

读杜诗

锦里先生岂是贫，
桑麻杜曲又回春。
帘钓丸药身无病，
画纸敲针意更真。
偶值乱离增节义，
肯因衰老损精神。
古今绝唱谁能继，
剩馥残膏丐后人。

诗人对唐代伟大诗人杜甫充满敬意，对杜甫忧国伤时、风格沉郁的诗异常赞赏。属于此类的汉诗尚有《黄花诗》《读汉史》。

（八）与中国友人唱和

李穑与元一些文人结成深厚友谊，彼此唱和，互为酬谢。

寄圭斋欧阳玄

衣钵当从海外传，
圭斋一语尚琅然。
迩来物价皆翔贵，
独我文章不值钱。

此诗为李穑赠给元文人欧阳玄之作。诗人在诗中感叹自己遭时不逢，“独我文章不值钱”。

（九）描绘中国风光

洞庭晚霭

一点君山夕照红，
阔吞吴楚势无穷。
长风吹上黄昏月，
银烛纱笼暗淡中。

此诗描绘中国洞庭湖夕阳西下之美景，如诗似画，异常传神。

李穑诗结构严谨，格调清新，韵味深长，情感充沛。

徐居正在《牧隐诗话精选序》中说：“盖先生（李穑）之文，本之以六经，参之以史汉，润色之以诸子……雄峻如郑圃隐，简洁如李陶隐，豪迈如郑三峰，典雅如权阳村，皆不出先生范围之内，岂非魁然间而卓立者乎？”

权近在《牧隐行状》中说，李穑“凡为文章，操笔即书，如风行水流，略无凝滞，而辞义精到，格律高古，浩浩滔滔如江河注海”。

李詹在《集序》中称赞说：“意雄而辞赡，如黑云四兴，电光恍惚，雨雹交一，及其云散雨止，长空一碧如洗。”

李德洞在《竹意闲话》中说：“简易曰：近观牧隐（李穑）文集碑铭墓志，冠绝古今。东国文章，以牧隐为首。为子孙何必着功于韩柳，读牧隐集可也。”

李穑是高丽后期汉诗大家，汉文学的集大成者，一代巨擘，一代文豪。

第三节　郑梦周

一、生平

郑梦周（1337—1392），高丽后期著名诗人、学者、名臣。初名梦兰、梦龙，字达可，号圃隐。郑梦周学识渊博，擅汉文汉诗，著有《圃隐奉使稿》、《圃隐集》（7卷）。他精通性理学，全力振兴儒学，广设学堂、乡校，参照《大明律》拟订《新律》。

1360年，23岁中文科状元。历任艺文检校、修撰、郎将兼阁门祗侯、卫尉寺丞、典宝都监判官、典农寺丞、礼曹正郎兼成均博士、成均司艺、太常少卿、宝文阁应教兼成均直讲、成均司成等职。

1372年，作为书状官随使赴明。

1376年，任成均馆大司成。因反对权臣李仁任等之排明亲元政策，流放彦阳。

1377年，获释，奉命赴日本，营救被倭掠去的数百高丽民众回国。后历任右散骑常侍、宝文阁提学、知制教、典工判书、进贤馆提学、礼仪判书、艺文馆提学、典法判书、版图判书等职。

1380年，任助战元帅，在权臣李成桂麾下讨伐倭寇。其后历任密直提学、商议会议都监事、宝文阁提学、上护军。

1381年，封为诚勤翊赞功臣。

1382年，奉命使明，未果，自辽东回国。任东北面助战元帅征讨倭寇。

1384年，任圣节使赴明。回国后任同知贡举。

1386年，再次奉命使明。回国后，受封水原君。

1387年，历任三司左使、门下赞成事、知书筵事、艺文馆大提学，与权臣李成桂迎立恭让王。其后历任守门下侍中、判都评议使司兵曹尚端寺事、领景灵殿事、右文馆大提学、谷阻郡忠义伯等职。

1392年，因反对权臣李成桂篡立，被李成桂之子李芳远派人刺死于开京（今开城）善竹桥，时年55岁。

二、代表作

郑梦周的汉诗依题材内容可分为八类。

（一）出使中国

郑梦周曾四次奉命出使明朝（其中一次途中受阻，未果），因之有多首汉诗涉及使明内容。

鸭绿江

义州国门户，
自古重关防。
长城何年起，
屈曲随山冈。
浩浩鞣鞨水，
西来限封疆。
我行已千里，
鹤野天茫茫。

按，“长城”，系指1033年高丽国王德宗令柳韶建造自西海岸经义州至朔州的长城。

“鞣鞨水”，即鸭绿江，时为高丽与明朝的界河。

“义州”，高丽边境城市（今新义州）。

郑梦周奉命出使明朝，自京都开京行至高丽与明的界河时，有感而写此诗。义州为边境重镇，鸭绿江为界河。诗人一行千里迢迢已到边境，远望前方视野茫茫。不知此行能否顺利成功，甚是忧虑。

义顺馆

鞑鞨水边山叠叠，
辽阳城下路茫茫。
夜深逆旅不成梦，
一曲渔歌声短长。

按，“辽阳”，在中国东北地区。

诗人在诗中描述使明过程中，渡过高丽与明的界河，进入明朝的辽东地区之情景。由于奉命出使明朝的任务艰巨，责任重大，请求明朝减少高丽的岁贡，能否顺利得到明廷的允准，实无把握，故而忧心忡忡，夜不能寐，“夜深逆旅不成梦”。

扬子江船上

身随海舶贺王正，
路入江南眼忽明。
地辟天开新建极，
龙盘虎踞旧闻名。

郑梦周在此诗中，盛赞明太祖建立明朝大业，“地辟天开新建极”，同时赞美明都金陵（今南京）的雄伟，“龙盘虎踞旧闻名”。在此诗中，作者表达了慕华亲明的思想和政治立场。

三月十九日过海宿登州公馆郭通事金押马船阻风未至因留诗

登州望辽野，
邈矣天一涯。
溟渤限其间，
地分华与夷。

此诗表达了作者慕华亲明的思想和政治立场。

四月十九日渡江至龙潭驿二绝

（一）
雪落来过鸭绿，
花飞始到龙潭。
隐约钟山苍翠，
白头又踏江南。

（二）
地势中分吴楚，
江源上接湘潭。
紫绶来趋阙下，
青山却望淮南。

郑梦周一行年初农历二月自京城出发使明，四月十九日到达中国龙潭，明朝京城金陵在望，即将进入金陵，心中欣喜异常，遂作此诗。

入　京

江南形胜地，
千古石头城。

绿水环金阙，
青山绕玉京。
一人中建极，
万国此朝正。
我亦乘槎至，
宛如天上行。

按，“石头城”，指南京。

此诗是郑梦周描述经过长途跋涉终于到达目的地——明初的京城金陵（今南京）。诗人在诗中描绘地处江南的明都金陵的美丽风光，青山绿水，新建立的明朝国势强盛，海外诸国赶来朝圣，高丽也不例外，“我亦乘槎至”。“宛如天上行”既描绘了明都的美丽风光，也显示了诗人对明朝的崇敬。

皇都四首

（一）

皇都穆穆四门开，
远客观光慰壮怀。
日暖紫云低魏阙，
春深翠柳夹官街。
锦袍公子乌纱帽，
蒨袖女儿红绣鞋。
宾馆岧峣近天上，
兰舟不用泊秦淮。

（二）

内人日午忽传宣，

走上龙墀向御筵。
圣训近闻天咫尺，
宽恩远及海东边。
退来不觉流双涕，
感激唯知祝万年。
从此三韩蒙帝力，
耕田凿田捻安眠。

（三）

羞将白发客春风，
莺啭江南绿映红。
归马放牛文治盛，
盘龙踞虎帝居雄。
柳藏开国功臣宅，
花覆朝天道士宫。
阙下时时听宣谕，
无缘一上酒楼中。

（四）

尺剑龙飞定四维，
一时豪杰为扶持。
山河带砺徐丞相，
天地经纶李太师。
驸马林地春烂漫，
国公楼阁月参差。
始知盛代功臣后，
共享生平万世期。

这组汉诗的写作背景：1386年，郑梦周第四次奉命出使明朝，此次出使的主要目的请求明朝减少高丽对明的贡品数量。明太祖朱元璋应高丽之请求，为高丽“削去岁贡”，把每年一次的岁贡，削为三年一次，而且只“贡良骑五十匹”。明廷如此满足高丽之请求，作为使节的郑梦周自是欣喜异常，遂作此诗。郑梦周在诗中深深感谢明廷减少高丽的岁贡，“退来不觉流双涕，感激唯知祝万年”。

由于明廷减少高丽的岁贡，无疑使高丽受益，高丽民众亦可受益，“从此三韩蒙帝力，耕田凿田揔安眠”。此诗固然是感激明帝之作，同时也是体现诗人关心国家命运，维护国家利益之作。

皇 州

凤阁祥光动晓螭，
汉廷歌彻大风诗。
山河带砺徐丞相，
天地经纶李太师。
驸马林池春烂漫，
国公台榭月参差。
始知圣泽深无限，
共享升平万世期。

按，“大风歌”，指汉高祖刘邦所作之《大风歌》：“大风起兮云飞扬，威加海内兮归故乡。安得猛士兮守四方？”

“徐丞相”，指明朝开国功臣徐达，任右丞相，封魏国公。

“李太师”，指明朝开国功臣李善长，任左丞相，封韩国公。

郑梦周在诗中描述了明代都城之雄伟，更感谢明帝削减高丽岁贡，并期望高丽与明友好相处，“始知圣泽深无限，共享升平万世期。”

出 京

圣恩偏及远，
何以答生成。
土薄蠲常贡，
天高察下情。
陛辞瞻日表，
舟卧听江声。
半夜潮回急，
须臾带我行。

明帝应高丽之请求，削减高丽的岁贡，郑梦周此次赴明任务完成，目的达到。因之，诗人描述了离开明都金陵时的愉快心情。诗人感激明帝体谅属国高丽之难处，允诺减岁贡，“圣恩偏及远”，“天高察下情”。怎样感谢明帝之“圣恩”，“何以答生成”呢？只有与明友好。诗中最后四句则是表述作者完成使命回国时的欢快轻松心情，“陛辞瞻日表，舟卧听江声。半夜潮回急，须臾带我行”。

次韩总郎鸭绿江诗韵

归来岂待故人招，
拟向南山种豆苗。
受命何曾顾家事，
观光又欲觐天朝。
华风昔慕衣冠美，

土贡今将騄駬骄。
盛代政逢收混一，
江南海北路非遥。

郑梦周顺利完成出使任务，回程心情激动而愉快。回想当国王命他出使明朝时，他毅然接受使命赴明，“受命何曾顾家事”此次赴明可以亲眼看看明朝王廷和中国风光，“观光又欲觐天朝”。

郑梦周政治上亲明反元，文化上慕华。诗中写道“华风昔慕衣冠美”，更希望和明建立友好关系“盛代政逢收混一，江南海北路非遥”。

（二）与明朝官员之交往

太仓赠工部主事胡琏

骏马翩翩事远游，
异乡万里叹淹留。
无人为下陈蕃榻，
有客独登王粲楼。
万户砧声明月应，
一江帆影白蘋秋。
时来饮酒城东市，
豪气犹能塞九州。

按，“太仓”，为京城储粮的仓库，又作地名，今江苏省太仓市。

“胡琏”，明初官吏。

“陈蕃”，东汉官吏，为人刚正不阿，崇尚气节。

“王粲”，汉末文学家，博学多识，官至侍中，为“建安七子”之一。

郑梦周与明官员胡琏关系甚笃，以此诗相赠。郑梦周在诗中引汉时期两位名人的事迹，显现其慕华思想和崇拜华夏文化。

夜 航

昔在夜航上，
轻桡傍钓台。
泛溪携稚戏，
浮月访僧回。
人去谁乘载，
风吹自往来。
君毋思理楫，
盛代急贤才。

郑梦周此诗是赠给明辽东镇抚邵泉的。邵泉的号即为夜航。诗人在诗中的前段描绘夜间行程的夜景，而后段则提醒好友，要提高戒备，因为北元的势力犹在，“君毋思理楫，盛代急贤才”。

行次复州呈王指挥兼简列位指挥相公二首

（一）

诸公逢盛世，
豪气上金台。
早已纡宸眷，
于斯展将才。
城修百雉峻，
障布六花开。
待见功成月，

洋洋奏凯回。

（二）

汲汲趋王事，
胡为留在兹。
静思前路远，
苦待后车迟。
睡觉仍欹枕，
愁来只咏诗。
今朝归意迫，
递送望恩私。

在第一首诗中，作者盛赞镇守复州的明朝将士，守卫边塞重镇，必定会为国建功立业，凯歌高奏，衣锦还乡。第二首诗则是描述在回国途中通关时遇到的行李未到的困难和焦急心情，“睡觉仍欹枕，愁来只咏诗”。

王坊驿赠辽东程镇抚载

君住秦城首，垂钓临洮河。
我居秦城尾，濯足沧浪波。
相去万余里，道路岂不赊。
方今圣天子，六合为一家。
士类布中外，谁肯卧烟霞。
辽东幕中客，俊乂何其多。
夫君乃后至，豪气十倍加。
襟度水澄澈，义胆山嵯峨。
主将重其才，礼貌异于他。

今春朝帝庭，还车自京华。
适余奉国命，跋涉齐东过。
邮亭试相见，为之留马挝。
从容接谈论，鄙吝旋消磨。
又复对灯火，深夜共吟哦。
苟非同王化，此今可得耶。
青青门前柳，起予作离歌。
愧无君子赠，临分为咨嗟。
但愿崇今德，盛世莫蹉跎。

郑梦周此诗描写自明都回国途中，恰与自明都回辽东的明辽东镇抚程载同行。两人一见如故，交谈甚欢，结下友谊，彼此唱和，互为酬谢，“又复对灯火，深夜共吟哦”。

（三）描写中国风物

山东老人

妇去采桑男去耕，
篱间炙背喜新晴。
鬓毛几阅经离乱，
眼孔犹存见太平。
小圃花开亲灌溉，
比邻涌热屡招迎。
坐谈八十年前事，
童稚来听耳共倾。

郑梦周在使明过程中，路经山东，遇见一对老年夫妻仍在田间劳动，甚是感慨，遂创作此诗。诗人在诗中描写这对老年夫妇经过长年战乱，现在明朝建立，终于生活在太平盛世之中，“鬓毛几阅经离乱，眼孔犹存见太平”。在和平年代，辛勤劳动，生活愉快，邻里和睦相处，“比邻涌热屡招迎”，席间回忆辛酸往事，儿孙们围坐倾听。郑梦周这首汉诗犹如一幅明初山东风俗画。

复州驿夜雨

渐近乡关喜可胜，
心忙日日数长亭。
雨声今夜头添白，
山色明朝眼共青。
驿厩荒凉鸣瘦马，
宾轩寂寞点流萤。
却从地主谋归计，
客子狂言肯一听。

郑梦周此诗描写回国途中在复州驿通关受阻，心情焦急烦躁。又值雨夜，更加寂寞无聊。

常州除夜呈书状官

常州城中日云暮，
常州城外人不行。
家家明灯笑语喧，
处处爆竹神鬼惊。
今夕何夕是除夜，
舟中宿客难为情。
我从万里辞故国，
奉使西来朝紫宸。

奉天门前谒天子，
金陵市上醉佳人。
汉家礼乐睹新仪，
禹贡山川寻古迹。
男儿志愿足可赏，
客路岖嵚不须说。
同来使臣五六辈，
年少才高尽豪杰。
移船相就逢底坐，
深夜团圞烧画烛。
纵横雄辩吐虹蜺，
唱和佳联落珠玉。
人生有酒胡不饮，
明年何处逢今夕。

郑梦周在此诗中描述自金陵回国途中，路过江南常州时之情景。适值除夕，诗人在诗中第一部分描写了中国民众欢度除夕的喜悦情景，“家家明灯笑语喧，处处爆竹神鬼惊”。诗人在诗中第二部分，描写自己和同行的官员因为顺利完成出使使命，心情愉快，同样欢度除夕的情景，高谈阔论，吟诗咏志，“纵横雄辩吐虹蜺，唱和佳联落珠玉”。兴奋至极，一醉方休。“人生有酒胡不饮，明年何处逢今夕”。

（四）描绘中国风光

江南柳

江南柳，
江南柳，

春风袅袅黄金丝。
江南柳色年年好，
江南行客归何时。
苍海茫茫万丈波，
家山还在天之涯。
天涯之人日夜望归舟，
坐对落花空长叹。
但识相思苦，
肯识此间行路难。
人生莫作远游客，
少年两鬓如雪白。

诗人在诗中先是描绘江南的春天景色，春风融融，柳丝悠悠，继之，描写思念故国想念家乡的相思之苦，“天涯之人日夜望归舟，坐对落花空长叹”。最后，诗人感慨万千地奉劝世人说：“人生莫作远游客，少年两鬓如雪白。”

扬子江

贯楚吞吴气象雄，
如今四海此朝宗。
溯流若问江源去，
直到峨眉第一峰。

诗人在诗中先是描绘中国长江之雄伟，“贯楚吞吴气象雄”。继之，描述中国明朝的国势昌盛，“如今四海此朝宗”。此诗为郑梦周慕华亲明思想的自然流露。

高邮湖

南归日日是遨游，
湖上清风一叶舟。
两岸菰蒲行不尽，
又随明月宿芳洲。

按，“高邮湖”，又名新开湖，位于今江苏省高邮市西北。

此诗为郑梦周乘舟游高邮湖之作。顺利完成使命，游山玩水，心情十分愉快，遂有此作。

舟　中

湖水澄澄一镜明，
舟中宿客不胜情。
悄然夜半微风起，
千里菰蒲作雨声。

此诗为诗人夜泊高邮湖之作。

综上所述，诗人郑梦周在出使明朝时创作的汉诗，从思想内容来说，皆是慕华亲明之作，视明与高丽为一家，主张两国友好相处。从艺术角度来说，这些诗发自诗人内心深处肺腑之言，情真意切，每首汉诗皆可称为优秀之作。

（五）出使日本

郑梦周于1377年奉命出使日本，其间创作多首汉诗。

客中行

潮落潮生渐远行，
不堪回首望松京。

海门千里来相送，
只有青山最有情。

按，“松京”，即高丽京城开京，今开城，亦称松都。

此诗为郑梦周奉命出使日本之作，“不堪回首望松京”，离开京城，前往日本。

奉使日本

水国春色动，
天涯客未归。
草连千里绿，
月共两乡明。
游说黄金尽，
思归白发生。
男儿四方志，
不独为功名。

郑梦周在此诗中表达在日本滞留多日，抒发思乡之情，“天涯客未归”“思归白发生”。诗的最后两句，表达诗人的人生观、价值观，男人要志在四方，为国尽忠，捍卫国土，不应追求名利。

奉使日本作

（四）

平生南与北，
心事转蹉跎。
故国海西岸，
孤舟天一涯。

梅窗青色早，
板屋雨声多。
独坐消长日，
那堪苦忆家。

按，“南与北”，系指作者多次出使明朝和出使日本。“板屋”，为日本之房屋，为防地震，日本房屋多为木结构。诗人在诗中抒发了思念故国、想念家乡的情感。

奉使日本作

（六）

敝尽貂裘志未伸，
羞将寸舌比苏秦。
张骞槎上天连海，
徐福祠前草自春。
眼为感时垂泣易，
身因许国远游频。
故园手种新杨柳，
应向东风待主人。

按，“苏秦”，战国人，游说燕、赵、韩、魏、齐、楚六国合纵抗秦。

“张骞”，西汉人。公元前139年出使大月氏，经匈奴，被拘十余年，后逃回。其后以校尉从大将军卫青击匈奴，因功封博望侯。公元前115年以中郎将出使乌孙等国。由此西北诸国开始与汉交往。汉朝物产传入西域，西域音乐、葡萄也传入汉朝。

“徐福”，又名徐市，秦朝方士。上书秦始皇，言海中有三神山蓬莱、方丈、瀛洲，内有神仙。秦始皇遂派其带童男童女入海求仙。

诗人在诗中表达了在日本滞留多日，思念故国想念家乡，“故园手种新杨柳，应向东风待主人”。应提及的是，此诗的前两句，《列朝诗集》为：“使节偏惊物候新，异乡踪迹任浮沉。”

闻　雁

行旅忽闻雁，
仰看天宇清。
数声和月落，
一点入云横。
锦字回燕塞，
新愁满洛城。
疏灯孤馆夜，
何限故园情。

诗人在诗中描述在日滞留期间，见到头顶飞过的大雁，不禁引起思乡之情。面对孤灯，自然更是思念故国家乡。

赠日本僧永茂

故园东望隔沧波，
春尽高斋自结跏。
日午南风自开户，
飞来花片点袈裟。

此诗为郑梦周出使日本期间，与日本僧人永茂的唱和诗。

（六）关心民间疾苦

郑梦周不仅关心国家命运，主张高丽应慕华亲明，关心民间疾苦，同情民众的困难处境，尤其同情那些丈夫为国出征的征妇的不幸。为此，郑梦周曾创作两首此类汉诗。

征妇怨

一别年多消息稀，
塞垣存殁有谁知。
今朝始寄寒衣去，
泣送归时在腹儿。

按，“塞垣”，即边境地带。

郑梦周在诗中描写了一个征妇，丈夫从军守卫边塞，送别丈夫时已怀有身孕。可是丈夫此后杳无音信，她日夜挂念丈夫，含泪给丈夫寄去亲手缝制的寒衣。

征妇吟

织罢回文锦字新，
题封寄远恨无因。
众中恐有辽东客，
每向津头问路人。

诗人在诗中描述了一个征妇思念远在边境守卫的丈夫。她为丈夫织了带有诗文的锦缎，可惜的是找不到去辽东的人，无法把这个锦缎带给守边境的丈夫。

上述两首诗真实地描述了征妇对远在边关的丈夫的真挚感情，同时也真实反映了社会底层民众生活的不幸和苦难。

（七）歌颂祖国河山

登全州望京台

千仞冈头石径横，
登临使我不胜情。
青山隐约扶余国，
黄叶缤纷百济城。
九月高风愁客子，
百年豪气误书生。
天涯日没浮云合，
惆怅无由望玉京。

按，“全州”，位于今韩国南部的全罗道。

“百济”，公元前18年建国，公元7世纪灭亡。

此诗之写作背景：1380年，日本侵略高丽，攻陷庆尚、全罗诸州。李成桂率军御敌，郑梦周随军御敌，获胜。凯旋途中，登全州望京台。诗人在此诗中既描写了望京台之山势险恶和雄伟，又抚今追昔，感慨万千，“天涯日没浮云合，惆怅无由望玉京”。

《列朝诗集》载有此诗，但其诗之题目和诗中词句均有不同。

望景楼

百尺楼高石径横，
秋光一望不胜情。
青山隐约扶余国，
黄叶纷纷百济城。
九月西风寒客袂，
百年侠骨误书生。

天涯日没浮云合，
回首依依望玉京。

按，“望景楼”，在汉江边。

定州九日

定州重九登高处，
依旧黄花照眼明。
江浦南连宣德镇，
山峰北倚女真城。
百年战国兴亡事，
万里征夫慷慨情。
酒罢元戎扶上马，
浅波斜日照飞旌。

按，“定州”，位于今朝鲜咸镜南道。

“宣德镇”，为高丽时期东北部重镇，在咸兴府，位于今朝鲜咸镜南道。

诗人在诗中描写重阳节登高望远，感慨万千，沧海桑田，国家兴亡，匹夫有责，“百年战国兴亡事，万里征夫慷慨情。”

九日明远楼

青溪石壁抱周迴，
更起新楼胜自开。
南亩黄云知岁熟，
西山爽气觉朝来。
风流太守二千石，

邂逅故人三百杯。
直欲夜深吹玉笛，
高梦明月共徘徊。

按，“明远楼”，高丽时期之名楼，在永川郡，今韩国庆尚北道东南。

诗人在诗中描述明远楼之地势险要，诗人与知心好友欢聚饮酒赋诗，直至深夜，明月高悬。

（八）与友人唱和

赠永州故人

凉露垂秋夕，
飞云恋故丘。
鱼肥香稻熟，
鸟宿翠林稠。

按，“永州”，高丽时地名，属庆州。

诗人在诗中描述秋天季节稻熟鱼肥，秋风萧瑟，引起秋思，想念知心友人。

蓬莱驿示韩书状

昨日张帆涉海波，
乡山回首郁嵯峨。
地经辽霤军容壮，
路入蓬莱景胜多。
客子未归逢燕子，
杏花才落又桃花。

同行幸有韩生在，
每作新诗和我歌。

此诗作于使明途中次山东蓬莱驿。作为使节的郑梦周和随行的书状官韩某关系甚好，彼此吟诗唱和，“同行幸有韩生在，每作新诗和我歌”。

郑梦周还创作汉诗《铁山》《旅顺驿呈管驿马镇抚》《九城吟》等。

三、后世之赞誉

郑梦周学识渊博，擅汉文汉诗，诗风雄健，深受世人之称赞。将郑梦周（号圃隐）、李穑（号牧隐）、李崇仁（号陶隐）并称高丽末期著名文人“三隐”。

李穑说郑梦周：“豪爽卓越，横说竖说无非得当。”

郑道传在《奉使稿序》中说：“其诗肆以达，典以别，和易平淡，酬唱题咏又皆高妙。”

权采在《集序》中论述其人格卓越后说：“发而为文章者，雄深而雅健，深厚而和平。爱君许国之意，溢于言词之表。有关于人伦世教为甚大，岂止辞语之精、声律之工而已哉。”

第四节　李崇仁　崔　瀣　郑　枢　郑　誧　白元恒　李　詹　元天锡　安　轴

一、李崇仁

（一）生平

李崇仁（1349—1392），高丽后期著名诗人、文臣。字子安，号陶隐。学识渊博，擅汉文汉诗，且精通性理学，著有《陶隐集》。

1352—1374年，文科及第，状元。历任密提学、艺文馆提学、签书密直司事、知密直司事、同知春秋馆事。曾和郑梦周一起修《高丽王朝实录》。

1386年，与门下评理金凑出使明朝。

1389年，郑梦周被暗害后，亦遭流配。

1392年，权臣李成桂篡权，建立李朝，在流放地被杀，时年43岁。

（二）代表作

呜呼歌

呜呼歌，南州消息今如何。
岛夷跌宕入不地，农夫释耒女投梭。
晋阳从古是重镇，人物豪鸷曳落河。
陕郡咫尺接兴安，号称天府山嵯峨。
数百年来自太平，闾阎扑地无扎瘥。
蕞尔妖寇一朝起，迅闪即同风脚驰。
公然白日恣掳掠，窜匿不暇谁敢诃。
合浦金公胆如斗，视此一身真幺麽。
奋髯大呼动天地，冲突直注千丈坡。
马跪不起仍被伤，口犹骂贼手横戈。
诸将傍观色发墨，麾却士卒皆奔波。
遂令齐民血涂野，冤气直上干大和。
鄙夫闻之惨不乐，忽有涕泪双滂沱。
南坡先生丈人行，忧明危理鬓皤皤。
何当往谒说此怀，且寄一曲呜呼歌。

按，“岛夷”，指倭寇。

“陕郡”，今庆尚南道晋州。

“晋阳”，时属高丽之南州。

“兴安”，位于晋州郡。

“合浦”，今庆尚南道昌原。

“金公”，指时任高丽晋阳官吏的金光辅。

李崇仁这首长篇汉诗《呜呼歌》是为悼念高丽晋阳官吏金光辅而作。高丽南州之晋阳，号称“天府”。一次倭寇来侵，当地官吏金光辅率众抗击，不幸受伤，但直至壮烈牺牲仍痛骂倭寇。

诗人在诗中描述了金光辅为国尽忠英勇抗敌的壮烈行动，“合浦金公胆如斗”，不幸受伤后，“口犹骂贼手横戈”，直至壮烈殉国，不愧为爱国的民族英雄。

呜呼岛

呜呼岛在东溟中，
沧波渺然一点碧。
夫何使我双涕零，
只为哀此田横客。
田横气概横素秋，
壮士归心实五百。
咸阳隆准真天人，
手注天潢洗秦虐。
横何为哉不归来，
冤血自污莲花萼。
客虽闻之争奈何，
飞鸟依依无处托。
宁从地下共追随，

躯命如丝安足惜。
同将一刎寄孤屿，
山哀浦思日色薄。
呜呼千秋与万古，
此心菀结谁能识。
不为轰霆有所泄，
定作长虹射天赤。
君不见，
古今多少轻薄儿，
朝为同胞暮仇敌。

按，“田横”，秦朝末年人，为齐王田荣之弟。田荣亡故，田横率兵攻打项羽，收复齐地，并立田荣之子田广为齐王，自为宰相专国政。其后，田广为汉将韩信俘获，田横遂自立为齐王。汉高祖刘邦灭楚，田横遂率其众五百余人逃入海岛。汉高祖刘邦召之曰：田横来，大者王，小者侯，不来且击兵加诛。田横遂与二将赴洛阳，但于途中自杀。汉高祖以王礼厚葬田横，并拜二将为都尉，但二将亦自刎。海岛中的五百余人，闻田横死，亦皆自杀。后人称此海岛为呜呼岛。

“隆准”，为鼻子高，指汉高祖刘邦。

诗人李崇仁在诗中歌颂了田横和其五百人坚贞不屈的高尚品德、威武不屈的顽强性格。诗人在诗的最后两句鲜明指出，古往今来，一些人缺乏这种人间正义，“朝为同胞暮仇敌”。

行路难

行路难，行路难，
我今一鸣君一顾。
平时坦途尽荆棘，

白日大都见豺虎。
万虑烧胸肠欲烂，
听鸡未禁中夜舞。
明朝出门将安如，
水能覆舟山摧车。
君不见，
长安路上富贵儿，
终然不读一卷书。

诗人李崇仁为官多年，屡遭诬陷，惨被流放，有感于此，遂写此诗。“平时坦途尽荆棘，白日大都见豺虎”“明朝出门将安如，水能覆舟山摧车”。更不知明日的命运如何。

诗人在诗的最后两句，对权势人家进行了谴责，“长安路上富贵儿，终然不读一卷书”。

咏史

重关凌晨开，石路高萦回。
紫气凌光景，缥缈东南来。
翩翩彼何客，行行骑青牛。
轻烟覆其上，翠雾承其裘。
惝恍欻明晦，窅眇闻笙竽。
生年不知几，颜色正敷腴。
绀童结皓齿，骨如松鹤臞。
关尹识真人，出拜为踟蹰。
昔为柱下隐，今向寥天游。
人命如蜉蝣，一往不可留。
二气化自然，而我操其躯。

众妙发玄牝，万物毋虚无。
为尹寓微言，永超尘世区。
昆仑渺何许，欲往不可从。
千秋去寥廓，白云无遗纵。

又①：

王风日以降，瞻乌于淮屋。
秦售十二城，赵夸如此璧。
宿昔相如子，风云气绝伦。
忽承赵王命，携璧西入秦。
强秦尚诈术，弄璧城不入。
公子怒见欺，裂眦睨柱立。
全璧归赵廷，位列廉颇左。
计谋日云拙，几作渑池虏。
壮士岂若此，公子非真勇。
暴虎复冯河，事有轻且重。
两国争啮噬，璧乃秦兵饵。
天地相颠倒，血成沧海水。
强弱自有分，竟入秦王府。
邯郸白骨寒，鬼哭千万古。

按，“关尹识真人”，关尹指关令尹喜。《史记·老子列传》载：“（老子）至关，关令尹喜曰：‘子将隐矣，强为我著书。’”其后，道教把老子尊奉为始祖，将尹喜演成人名，附令成仙人。此诗中之“真人”指老子。

此诗描述战国时的赵国名臣蔺相如奉命使秦，完璧归赵的故

---

① 又：指这首诗的不同版本，或另作的同题诗，全书同。

事。因其有功，蔺相如被封为上卿，位在老将廉颇之上。廉颇功高不服，欲辱蔺相如，但蔺相如以国家为重，再三退让。后廉颇醒悟，负荆请罪，遂成“将相和”之美谈。

送权使臣之忠州

犹忆天开寺，
青山带小亭。
到门无俗客，
面壁有高僧。
百尺台临水，
千年木绕藤。
政清多暇日，
时复访禅棂。

按，“权使臣”，指高丽文臣权近。权近于1389年以副使身份赴明。

“忠州”，高丽时为牧，在忠清北道东北部。

“天开寺”，原文误，应为开天寺，位于忠州北部。李崇仁此前曾去过忠州开天寺，故曰“犹忆”。

诗人在诗中描述了忠州开天寺的自然景观“青山带小亭”，“百尺台临水，千年木绕藤”，还描写了寺中佛事活动“到门无俗客，面壁有高僧”。诗的最后两句，劝权使臣空闲时不妨到开天寺一游，“政清多暇日，时复访禅棂”。

又：

净土山多好，
开天寺足微。

踵门无俗客，
面壁有高僧。
百尺台临水，
千年木卧藤。
君归是暇日，
一一访吾曾。

送兴教僧统还山

闭门谢客久，
临水送将归。
晓月袈裟冷，
秋风锡杖飞。
路回千嶂合，
亭小五松围。
去去真佳胜，
风尘足骇机。

按，“兴教”，指兴教寺，在白莲山。位于今韩国京畿道开丰郡。

“僧统”，高丽佛教教宗系统中最高职位，相当于禅宗大禅师。

又：

书生淡生活，
诗句送僧归。
晓月袈裟冷，
秋风锡杖飞。

路回千嶂合，
亭小五松围。
役役吾何事，
名场足骇机。

挽金太常

礼仪今大叔，
史学昔公羊。
四十人间世，
千秋地下郎。
空庭余败草，
老树耿斜阳。
俯仰成陈迹，
经过只自伤。

按，“金太常”，即金九容，高丽后期诗人、文臣。金九容与郑梦周、李崇仁等共倡程朱理学，斥佛崇儒，主张亲明。因反对高丽迎接元使臣而被流放，后获释，仍任为吏。

“太常”，汉代掌管礼乐郊庙社稷之官员。

“公羊”，即公羊高，战国时期齐国人，撰有《春秋公羊传》。

此诗为李崇仁悼念故友金九容之作，情真意切，甚是感人。

岭南楼

高楼登眺若登天，
景物纷然忽后前。
风月双清是古今，

江山十里自中边。
秋深官路映红树，
日暮渔村生生烟。
客子长吟诗未就，
使君樽俎秩初筵。

按，“岭南楼”，位于今韩国庆尚北道密阳。

诗人描绘了登岭南楼看到的美丽景色。“秋深官路映红树，日暮渔村生生烟”。好一幅深秋风景画卷。

林川楼次韵

天涯作客独登楼，
满月风烟暝色浮。
东北云高华岳远，
西南天阔大江流。
万家急杵催深夜，
几度飞鸿入暮秋。
倚柱愁怀不可极，
他乡何事久淹留。

按，“林川”，为高丽地名，位于忠清南道扶余郡。郡有乐山楼。

诗人在诗中描绘了登楼远眺的美丽景观，“东北云高华岳远，西南天阔大江流”。诗人感到景色虽美，但终非故乡，自然流露思乡之情，“倚柱愁怀不可极，他乡何事久淹留”。

僧　舍

山北山南细路分，
松花含雨落纷纷。
道人汲井归茅舍，
一带青烟染白云。

诗人笔下的僧舍十分宁静。

倚　杖

倚杖紫门外，
悠然白昼长。
四山疑列戟，
一水听鸣珰。
鹤立松巅暝，
云生石窦凉。
遥怜十载梦，
端此卜行藏。

此诗描述诗人倚杖观看户外景色，群山耸立，溪水潺潺，十分幽静。

偶　题

赤叶明村径，
清泉漱竹根。
地偏车马少，
山气自黄昏。

诗人在诗中描写了山村之宁静。

杂　题

天净云高秋气新，
倦游无处不伤神。
经过万里仍为客，
惟有南山不负人。

综上所述，李崇仁学识渊博，擅汉文汉诗，其诗高雅，意趣洒脱，深受世人称赞。

李穑称赞李崇仁说："此子文章求之于中国，世不多得……"并在《陶隐斋记》中说："子安氏年十六以辞赋中科，辞气老成。"在《书陶隐诗稿后》中说："陶隐诗语洒落无一点尘。"还说："（李）崇仁，文章简洁高古，间世挺生中国罕，国家词命不可不使此人掌之。"

郑梦周作诗称赞李崇仁："独擅文章继牧翁，粲然星斗列胸中。更将六籍窗前读，手自研朱考异同。"

郑道传在《陶隐集序》中说："子安氏精深明快，度超诸子，其闻先生之说，默识心通，不烦再诘。"

二、崔瀣

（一）生平

崔瀣（1287—1340），高丽后期著名诗人、文臣。字彦明、寿翁，号拙贫、猊山农隐。庆州人。他学识渊博，擅汉文汉诗，编撰高丽名贤诗文集《东人之文》（25卷），著有《龟鉴》《拙藁千百》《农隐集》。

文科及第，历任成均学官、艺文春秋检阅、长沙监务、艺文春秋主簿。

1320年，以长沙兴库使派赴元朝。

1321年，在元应试元制科及第，任元辽阳路盖州判官。后因病回国。回国后任检校成均大司成。后遭流放，获释后隐居务农。

1340年，病逝，时年53岁。

（二）代表作

县斋雪夜

三年窜逐病相仍，
一室生涯转似僧。
雪满四山人不到，
海涛声里坐挑灯。

按，“窜逐”，指被流放。

“一室生涯”，指流放地的简陋房屋。

诗人刚直不阿，心直口快，因之得罪于人，被诬遭流放。此诗为在流配地所作。诗人在诗中描述了被流放三年，住在偏僻而简陋的房子里，悲愤遭此不平遭遇，无法成寐，“海涛声里坐挑灯”。

大同江

浓浓淡淡云烟好，
去去来来客子多。
极口道人难到处，
又因行迫未成歌。

按，“极口”，为尽力褒扬或抨击。

此诗为诗人游历高丽西京（今平壤），在大同江渡口所作。

“浓浓淡淡云烟好”，描绘大同江之景观美丽；“去去来来客子多”，描写大同江渡口的人来人往繁荣景象。

雨　荷

贮椒八百斛，
千载笑其愚。
何如绿如斗，
竟日量明珠。

按，“千载笑其愚”，《朝鲜古诗》载，“笑”为“叹”。

诗人在诗中描写了雨中荷花，雨珠落在荷叶上玲珑清透，宛如珍珠。

乙酉作

塞翁虽失马，
茫叟讵知鱼。
倚伏人如问，
须当质子虚。

按，崔瀣平生没经历乙酉年。乙酉似为己酉之误。己酉当为1309年。

“塞翁虽失马”，引用“塞翁失马，焉知祸福”的典故。

“茫叟讵知鱼”，引用“得鱼忘筌”的典故。

“须当质子虚”，也是引用中国典故。汉朝司马相如假托子虚、乌有先生、亡是公三人为辞，作《子虚赋》。后人谓虚无之事为“子虚乌有”。

此外，崔瀣还有不少汉诗，如《三月二十三日雨》《四皓归汉》《太公钓周》等。

三、郑枢

（一）生平

郑枢（？—1382），即郑公权。高丽末期诗人、文臣。初名枢，字公权，号圆斋，其后以字为名，著有《圆斋集》。

1352—1374年，文科及第，历任艺文检阅、左司议大夫。为人正直，仗义执言。

1366年，弹劾权臣辛吨，险遭杀害，被贬职。后任东莱县令。1371年后，历任左谏议大夫、成均馆大司成。

1374年，辛禑即位后，历任左代言、签书密直事、政堂文学，封为输诚翊祚功臣。

1382年，病逝。

（二）代表作

污吏

城中乌飞啼，
城下污吏集。
府牒暮夜下，
岂辞行露湿。
穷民相歌哭，
子夜诛求急。
旧时千丁县，
今朝十室邑。
君阙虎豹守，
此言无由入。
白驹在空谷，
何以得维絷。

按，“府牒”，指官府的命令。

“白驹”，指仁人志士。

诗人在诗中深刻揭露了高丽末期社会之腐败，愤怒斥责贪官污吏的罪恶，导致民众的空前灾难“旧时千丁县，今朝十室邑”。而正人君子、仁人志士却无能为力，奈何不得，无法生存。“白驹在空谷，何以得维絷”。

蛙夜鸣

（闻倭贼破江华郡，达旦不寐，作蛙夜鸣以叙怀。）

檐溜潺潺雨乍晴，
篝灯荧荧翳复明。
舍南舍北蛙阁阁，
公乎私耶专夜鸣。
我梦将成尔强聒，
我机欲息尔纷争。
听之悚然为有气，
（越王出见怒蛙乃为之轼曰为其有气也，出韩非子。）
翻然起我忧世情。
儿童吟哦杜陵句，
岂意耳边闻战声。
自从西极天柱折，
十载九作兵车行。
去岁红军深入阻，
（至正己亥腊月晦毛居敬陷平壤城。）
河冰野雪尸纵横。
云屯馆谷西京市，

四方绎骚如沸羹。
逢人欲说去年事，
毛骨飒爽先魂惊。
至今辽海上，
千里无人耕。
如何寇至不旋踵，
倭樯又集花山城。
金银佛刹香火冷，
劳民像设空峥嵘。
（谓禅源、龙藏二寺）
王师血溅水草醒，
王怒岂不如雷霆。
终军弱冠请长缨，
班超投笔流芳名。
腐儒空有泪，
无力能经营。
自昔安危庙堂在，
江湖何必忧苍生。
文恬武嬉莫为虑，
我心焉得不茕茕。
城中万家尽坐甲，
海上千村生杞荆。
君不见，
圣神天子御中国，
海水不波河水清。
安得有手斡天运，
坐使群龙洗甲兵。

按，“杜陵”，指唐代大诗人杜甫。

“红军”，指元朝末年之红巾军。

“西京”，即今平壤。

“花山城”，指江华岛。

“班超”，东汉名将。73年班超率36人出使西域，他在西域31年。官至西域都护，封定远侯。

这首长篇汉诗的写作背景是，1376年，倭寇入侵高丽江华岛。诗人闻讯后，义愤填膺，遂写此诗。诗人尖锐地指出，近年来高丽之所以连遭强敌的侵扰，皆是高丽朝廷的腐败无能、文恬武嬉之恶果。

宿清心楼

夜入黄鹂县，舟人欲卧时。
渚行风作暴，楼宿月如期。
无远长江阔，沙明杂树奇。
三更发清啸，更觉舞冯夷。

按，“清心楼”，为高丽时名楼。在黄骊县，即骊州郡，今京畿道东南。

“冯夷”，古代河神名。《庄子·大宗师》载：“冯夷得之，以游大川。”

金刚渊

金刚渊水碧粼粼，
洗尽从前冠上尘。
拟向月精看古塔，
夕阳花竹正愁人。

按，“金刚渊”，位于江原道，五台山月精寺。

此诗为郑枢因弹劾权臣辛旽被贬职时所作。心情悲愤，诉之于诗，无聊、寂寞、苦闷、忧愁。

郑枢还创作有汉诗《演福寺》《万景台》等。

四、郑誧

（一）生平

郑誧（1309—1345），高丽后期诗人、文臣。字仲孚，号雪谷。学识渊博，擅汉文汉诗，且擅书法，著有《雪谷诗稿》《雪谷先生实录》。

1327年，18岁文科及第。以艺文修撰身份出使元朝。回国后升任左司谏。

1340—1344年，因上诉恶政，而被流放。获释后，投奔元朝，但壮志未酬。

1345年，病逝，年仅36岁。

（二）代表作

怨别离

妾年十五娇且痴，
见人惜别常发嗤。
岂知吾生有此恨，
青鬓一夜垂霜丝。
爱君无术可得留，
满怀都是风云期。
男儿功名当有日，
女子盛丽能几时。
吞声听怨别离苦，

静思悔不相逢迟。
归程已过康城县，
抱琴久立江南湄。
恨妾不似江上雁，
相似万里蜚相随。
床头妆镜且不照，
那堪更着宴时衣。
愁来唯欲径就睡，
梦中一笑携手归。
天涯魂梦不识路，
人生何以慰相思。

诗人在诗中充分描述了妇人思念丈夫之苦，“岂知吾生有此恨，青鬓一夜垂霜丝。”其实也是诗人孤独寂寞心灵之真实写照。

雨中邀友

焚香闭阁有余清，
远树飕飕送雨声。
绿暗碧窗春睡足，
不妨来此听啼声。

诗人在诗中描述独居的寂寞，邀友共赏雨景。

送僧达竹游中华

弧矢四方志，
肯守一清灯。
游意正浩荡，

从之我不能。

按，“肯守一清灯”中的“清”，《朝鲜古诗》载，为“青”。

诗人羡慕僧侣可以行走天下，可以云游四方，但凡人俗夫却无法做到。

西江咏

十日秋霖水面肥，
残云更作雨霏霏。
夜来楼下涛声壮，
清晓人家半掩扉。

按，“西江”，《新增东国舆地胜览》卷3载，汉城府山川：“西江在都城西十五里，黄海、全罗、忠清、京畿下流漕转皆集于此。”

此诗描述西江地势之重要和景观。

途　中

驱马悠悠渡小溪，
轻风古道草萋萋。
山村四月行人少，
深树黄鹂自在啼。

诗人描述了游玩时所见之美丽景观。轻风拂面，流水潺潺，林中鸟鸣，十分幽静。

寄宋同年

宦途风味薄如纱，
回首幽居景物佳。
青草满地茅屋小，
开轩终日看荷花。

诗人对知心朋友说，官场凶险，仕途艰难，回乡隐居，生活清闲宁静。

梅　花

可怜玉蕊萎泥沙，
一夜东风可奈何。
纵有清香谁见赏，
满园桃李日来多。

诗人赞美梅花出淤泥而不染，清香扑鼻，但是很少有人欣赏，也是诗人孤独、寂寞心灵的真实写照。

此外，郑誧还创作有汉诗《江口》《西江杂兴（三首）》《梁州客馆别情人》等。

李穑在《雪谷诗稿序》中说："予观雪谷之诗，清而不苦，丽而不淫，辞气雅远，不肯道俗下一字，就其得意，置之唐姚薛诸公间不愧也。"

五、白元恒

（一）生平

白元恒，生卒年不详，高丽后期诗人、文臣。文科及第。

1309—1313年，以知献部事任别监使。

1314年，高丽忠肃王即位，与尹宣佐共同侍讲《资治通鉴》。

1317年，以总部典书担当同考试官，主诠选事。后历任密直使、佥理评议。

1321年，和朴孝修一起赴元。后忠宣王被元廷流徙，曾进文奏请放还忠宣王。

（二）代表作

白丝吟

白丝鲜鲜云华白，
锦上新纹眩红碧。
美人欲裁公子衣，
纤手殷勤把刀尺。
姑恶姑恶姑果恶，
不许侬家事缝作。
古来巧说悦如簧，
使妾掩泣还故乡。
出门背立行风雨，
西北万里云天长。
云天长，君不见，
断蓬路杳心茫茫。
欲弹朱弦世无耳，
空嗟白日东流水。
白丝一染无白时，
弃妾重来应有时。

按，“白丝鲜鲜云华白”，《朝鲜古诗》为“白丝皎皎云华白”。

“不许侬家事缝作”，《朝鲜古诗》为“不许侬家自缝作”。

“云天长，君不见”，《朝鲜古诗》为“云天遥遥郎不见”。

诗人在诗中描写了一个善于缝作的妇人，为婆婆所不容，逼迫回娘家，可悲可叹。但她渴望返回夫家生活，“弃妾重来应有时”。

七月六日夜卧不寐

草堂清夜暑初收，
小雨寒萤湿不流。
独卧床头思往事，
砌虫啼破一帘秋。

诗人描述了在暑天夜晚，孤灯独坐，回忆往事，感慨万千，难以成寐。

春日燕宴禁池

琉璃滑色潋方池，
鱼静无心上钓丝。
柳外曲栏帘半卷，
燕轻微雨小晴时。

此诗描绘池塘美景。

东还访敬斋宅

昼舍清清绝点尘，
满园花草四时春。
客中怀抱凭谁说，
时向莺溪访故人。

此诗为白元恒自元朝回国后，访问知心朋友之作。

夜　坐

满庭花月写窗纱，
花易随风月易斜。
明月应看明白在，
十分愁思属残花。

此诗描述了诗人在夜晚独坐，孤独、寂寞、苦闷、忧愁。

六、李詹

（一）生平

李詹（1345—1405），高丽后期诗人、文臣。字中叔，号双梅堂。学识渊博，擅汉文汉诗。著有《双梅堂集》《楮生传》。

1368年，23岁的李詹文科及第，历任艺文检阅、右正言。

1375年，升任右献讷。后因弹劾权臣李仁任，被流配10年。获释后历任内府副令艺文应教、右常侍。

1391年，历任左代言、知申事，掌监试。后因受金震阳事件牵连，复被流放。

1398年，任吏曹典书。

1400年，任签书三军府事。后任使赴明。

1402年，历任艺文馆大提学、知议政府事，与河崙一起赴明，后官至正宪大夫。

1405年，病逝，时年60岁。

（二）代表作

太平村

谁云此地太平村，
役重居民半不存。

唯有数家能馆客，
食松疑是赤松子。

按，“太平村”，位于庆尚南道星州郡。

“赤松子”，相传晋朝人黄初平放羊，一个道士邀他到金华山石室，服食松脂、茯苓后成仙。此后，松脂又称为赤松子。

诗人在诗中描写了太平村的景象，由于官府苛政，民众背井离乡，村中只有寥寥几家可以接待外来客人。揭露了高丽后期朝政混乱，民不聊生。

潼阳驿

一粟沧波上，
飘飘任此身。
楚山遥送客，
淮月近随人。
衰鬓浑成雪，
征衣易染尘。
那堪行役久，
汀草暗生春。

按，“潼阳驿”，为作者出使明朝时经过的驿站。

诗人在诗中描写了在出使明朝时已年老体衰，不堪辛劳，“衰鬓浑成雪，征衣易染尘。”

偶　成

行旅知多少，
闲人似我稀。

爱山随处住，
得句独吟归。
僧院秋方至，
官途露未晞。
会当容此膝，
江上有鱼矶。

按，“闲人似我稀”句中的“似”字，《朝鲜古诗》为“自”。

“官途露未晞”句中的“露”字，《朝鲜古诗》为“路”。

诗人描述了自己生活之休闲自在，可以游山，可以吟诗，然而仕途却颇多坎坷，两次被流配，不堪其苦。

杂　咏

舍后桑枝嫩，
畦西薤叶稠。
坡塘春水满，
稚子鲜撑舟。

诗人在诗中描绘了山村美景，宛如一幅风景画。

李詹还创作有汉诗《登舟》。

七、元天锡

（一）生平

元天锡，生卒年不详，高丽后期汉诗人。字子正，号耘谷，著有《野史》6卷、《耘谷诗集》5卷。

文科及第，一度为吏。后见高丽末期朝政混乱，内忧外患，遂辞官隐居雉岳山，务农躬耕，但时刻关心国家安危社稷安宁。

（二）代表作

过杨口邑

破屋鸟相呼，

民逃吏亦无。

每年加弊瘼，

何日得欢娱。

田属权豪在，

门连暴虐徒。

孑遗殊可惜，

辛苦竟何辜。

诗人在诗中描述了杨口邑的民不聊生的景象，“破屋鸟相呼，民逃吏亦无”。加之瘟疫、豪强、酷吏，即使活下来的民众又该过怎样的痛苦生活呀！

元天锡还创作有汉诗《挽崔莹将军》《立春》等。

八、安轴

（一）生平

安轴（1289—1348），高丽后期诗人、文臣。字当之，号谨斋。文科及第，历任金州司录、司宪纠正、丹阳府注簿。与李齐贤改撰《编年纲目》，参与撰写忠烈王、忠宣王、忠肃王三朝实录。文才出众，擅汉文汉诗，著有《谨斋集》4卷。

1324年赴元。在元制科及第，任为辽阳路盖州判官，但未赴任。回国后，历任成均学正、右司议大夫、江陵道按廉使、典法判书、监察大夫、检校评理、尚州牧使、知密直司事、佥议赞成事、监春秋馆事等。

（二）代表作

太白山

直过长空入紫烟，
如知登了最高巅。
一丸白日低头上，
四面群山落眼前。
身逐飞云疑驾鹤，
路悬危磴似梯天。
雨余万壑奔流涨，
愁渡萦回五十川。

按，“太白山”，位于江原道。

诗人在诗中描绘了太白山之山势陡峭，高耸入云，群山环绕，“身逐飞云疑驾鹤，路悬危磴似梯天”。

王昭君

君王晓开黄金阙，
毡车辚辚北使发。
明妃含泪出椒房，
有意东风吹鬓发。
汉宫秦塞渐茫茫，
逆耳悲笳秋夜长。
可怜穹庐一眉月，
曾照当年宫里妆。
将身已与胡儿老，
唯恐红颜凋不早。

琵琶弦中不尽情，
冢上年年见青草。

按，“王昭君”，西汉南郡秭归人。名嫱，字昭君。汉元帝宫人。公元前33年，匈奴呼韩邪单于入朝，求美人为阏氏。汉元帝予昭君，以结和亲。昭君戎服出塞，入匈奴，号宁胡阏氏，生一男。后呼韩邪死，子复株絫单于继妻之，生二女。卒葬于匈奴。今内蒙古呼和浩特市南有昭君墓，世称青冢。

诗人描述了王昭君的悲惨命运，远离故国，含泪赴异国他乡，“明妃含泪出椒房”，“逆耳悲笳秋夜长”，最终死在异国他乡，“冢上年年见青草”。

第五节　金九容　权　近　朴椿龄　李　集　李　源　成石磷　宏　演

一、金九容

（一）生平

金九容（1338—1384），高丽后期诗人、文臣。字敬之，号惕若斋。学识渊博，擅汉文汉诗，其诗清淡典雅，著有《惕若斋集》《选粹集》。

1354年，16岁进士试合格，后文科及第，任民部议郎。

1367年，与郑梦周、李崇仁等共倡“程朱学”，主张斥佛崇儒。政治立场主张亲明，反对迎接元使臣，因而被流配。

1381年，获释。历任左司议大夫、大司成、判典校寺事。后任行礼使赴明，但途中在辽东被捕，发配大理，获释后回国。

1384年，病逝，时年46岁。

（二）代表作

武　昌

黄鹤楼前水涌波，
沿江帘幕几千家。
醵钱沽酒开怀抱，
大别山青日已斜。

按，“黄鹤楼”，位于武汉蛇山。

“大别山”，山名，位于河南、湖北、安徽三省边境。

此诗为诗人被流放大理途中经武昌所作。诗中描绘武昌之地势，黄鹤楼高耸，长江汹涌澎湃。

江　水

江水东流不复回，
云帆万里向西开。
菰蒲西岸微风起，
杨柳长堤细雨来。
惊梦远迷箕子国，
旅愁独上楚王台。
行行见说巫山近，
一听猿声转觉哀。

按，“箕子国”，即古朝鲜。

此诗描绘江水之汹涌澎湃。

二、权近

（一）生平

权近（1352—1409），高丽后期诗人、文臣。字可远、思叔，号阳村。性理学者，精通经学。著有《阳村集》《五经浅见录》《四书五经口诀》，编纂《东国史略》。

1368年，16岁的权近文科及第，历任艺文馆应教、礼仪判书。

1375年，与郑梦周、郑道传等主张亲明政策。

1393年，李朝建立后，历任大司成、中枢院使、艺文馆大提学、议政府赞成事。

1409年，病逝，时年57岁。

（二）代表作

宿岛上村家闻邻妇夜

海贼侵孤岛，
空村气惨然。
可怜夫损命，
唯有妇呼天。
清血沾两袖，
哀声彻九泉。
夜深闻愈切，
远客为无眠。

高丽后期，倭寇多次侵略高丽，杀戮百姓，无恶不作。此诗为诗人在朝鲜南海某岛，夜闻一妇人哭泣被倭寇杀害的丈夫，夜不成寐，愤怒至极，遂作此诗。诗人在诗中愤怒谴责了倭寇侵略之罪行，“空村气惨然”，“唯有妇呼天”。

金刚山

雪立亭亭千万峰，
海云开出玉芙蓉。
神光荡漾沧溟近，
淑气蜿蜒造化钟。
突兀岗峦临鸟道，
清幽洞壑觅仙踪。
东游便欲凌高顶，
俯视鸿蒙一荡胸。

按，“金刚山”，朝鲜四大名山之一，位于江原道。南北长60公里，东西宽40公里。

此诗为诗人游览金刚山之作。诗中描绘金刚山之景观，山势雄伟，群山环绕。

三、朴椿龄

（一）生平

朴椿龄，生卒年不详，高丽诗人。

（二）代表作

太原寺

薄岭三年百病身，
禅关虚殿绝飞尘。
高低岩树疑无路，
次第天花别有春。
古洞烟霞俯仰异，
途峰苍翠暮朝新。
远公不用过溪水，

自有山僧解送人。

按，“太原寺”，又称大圆寺。

此诗描绘太原寺之地势和自然景观。

鸡足山定慧寺

鸡足山前数日留，
烟霞清思更悠悠。
参天老树难为岁，
拔地修篁不受秋。
石壁万重云浪拥，
瀑泉千尺玉虹流。
客轩睡美老僧定，
杜宇一声山更幽。

按，“鸡足山”，在高丽顺天都护府，今全罗南道东南。

“定慧寺”，在鸡足山。

此诗描绘鸡足山定慧寺之自然景观。

四、李集

（一）生平

李集（1314—1387），高丽后期诗人。原名元龄。字浩然，号遁村。著有《遁村杂咏》。文科及第，曾一度为吏。后见高丽末期朝政混乱，权臣辛旽乱政，遂辞官避居庆尚北道永川郡。辛旽被诛后复出，官至判奉常寺事。后复辞官，赴京畿道骊州隐居。

1387年，病逝，时年73岁。

（二）代表作

寄郑宗正

平林渺渺抱汀洲，
千顷烟波漫不流。
待得满船秋月白，
好吹长笛过江楼。

按，此诗又名《寄郑相国》。郑相国即为郑梦周。郑梦周曾任高丽守门下侍中，即右政丞，居相位。

李集与郑梦周、李穑为挚友。此诗为李集和郑梦周唱和之作。

竹堂入直

知印尚书最少年，
承恩直到玉墀前。
紫泥湿书青衫袖，
夜半黄麻下九天。

五、李源

（一）生平

李源（1368—1430），高丽后期汉诗人、文臣。字次山，号容轩。著有《容轩集》《铁城联芳集》。

1382年，14岁中进士。两年后文科及第，历任司仆寺丞、礼曹佐郎、兵曹正郎。

1392年，李朝建立，历任持平、左丞旨、恭田安府少尹。后因殴击巡军尹琮，被免职。

1402年，复出，历任京畿左右道都观察黜陟使、丞枢府提学。

后任副使使明。

1404年，历任平壤府尹兼兵马都节制使、参知议政府事、判义勇巡禁司事、大司宪、判汉城府事、庆尚道都观察使、晋封为铁成府院君。

1413年起，历任永吉道巡问察理使、礼曹判书、判右军都总府事、右议政。

1419年，以谢恩使再次赴明。

1422年，升任左议政。

1425年，任贺登极使第三次赴明。

1426年，因多置奴婢遭弹劾，被解职，发配砺山。

1430年，病逝，时年62岁。

（二）代表作

漫　题

短檐临野渡，
斜径出荆榛。
七里当年钓，
三闾此日醒。
烟笼寒水白，
山透小帘青。
地僻经过少，
莓苔自满庭。

按，“七里”，地名，又称七里濑、七里滩、七里泷、富春渚，在浙江桐庐县严陵山西。两山夹峙，水流湍急。相传东汉隐士严光耕于富春，垂钓富春江。后人将其钓处称为严陵濑、严陵钓台。

“三闾”，春秋时楚国官名。著名诗人屈原曾任三闾大夫，其后，三闾专指屈原。屈原忠君，尽责，但遭人诬陷，被放逐，遂作《离骚》。后复遭陷害，再次被逐，遂于农历五月五日投汨罗江而死。

李源此诗虽明写著名诗人屈原遭不平，实则为自己一次次被免职，最终遭弹劾，被流放鸣不平。

赠郑三峰

郑生应似我，
破屋屡迁移。
只赖同年爱，
今为相国知。
借书乘月读，
乞米续晨炊。
莫说三峰隐，
君王亦尔思。

按，“郑三峰”，即高丽后期著名诗人、文臣郑道传。

诗人在诗中向好友郑道传诉说被逐生活之苦，“借书乘月读，乞米续晨炊”。

寻　僧

寻师白云寺，
跻崄入仙宫。
阴壑经春雪，
长松尽日风。
钟鸣山气晚，
门掩月明中。

最爱一宵话，
萧然万籁空。

按，“钟鸣山气晚”句，在《朝鲜古诗》中，“晚”为“晓”。

诗人在诗中描述自己苦闷至极，夜晚拜访名僧，彻夜长谈，心情愉快，“最爱一宵话，萧然万籁空”。

六、成石麟

（一）生平

成石麟（1336—1423），高丽后期诗人、文臣。字自修，号独谷。著有《独谷集》。

1357年，文科及第。历任学谕、直史馆、三司都司、典仪注簿、黄理佐郎、典校副令、典理总郎、成均司成、密直代言、知申事。

1384年，倭寇侵犯高丽，成石麟任密直提学，以助元帅职与元帅杨伯渊率军击退倭寇，成为输诚佐理功臣，升任同知密直司事。

受杨伯渊狱事牵连，发配庆尚道咸安郡。获释后封为昌原君。历任政堂文学、杨广道都观察黜陟使。其后支持权臣李成桂废昌王，立恭让王，成为赞化功臣，封为昌城忠义君，升任艺文大提学、门下赞成书。后遭贬，流放。

1392年，李朝建立，历任门下侍郎赞成事、判开城府事、判汉城府事、西北面都巡察使、平壤府尹、门下右政丞，先后封为昌宁伯、昌宁府院君，后历任左政丞、领议政。

1423年，病逝，时年87岁。

（二）代表作

在固城寄舍弟

举目江山深复深，

家书一字抵千金。
中宵见月思亲泪，
白日见云忆弟心。
两眼昏花春雾隔，
一簪华发晓霜侵。
春风不觉愁边村，
绿树莺声忽落林。

按，“固城”，位于庆尚道。

此诗为诗人被流放到庆尚道时所作。受人罪事牵连，无辜发配，自是怨恨。远离家乡，思念亲人，遂作此诗。

送僧之枫岳

一万二千峰，
高低自不同。
君看日轮上，
高处自先红。

此诗描绘金刚山之美景，高耸入云，更可观日出。

七、宏演

（一）生平

宏演，生卒年不详，高丽僧人、诗人。生平不详。

（二）代表作

游紫清宫

洪崖先生旧所隐，
阶下碧桃花飘零。

夜光出井留琼液，
露浥松根生茯苓。
天女或携绿玉杖，
山人自读黄庭经。
邻寺归来不五里，
回头望断烟冥冥。

按，“洪崖”，为高丽诗人洪侃之号。

“黄庭经”，道经名。道家养生之道，称脾脏为中央黄庭，故名黄庭经。

此诗为诗人游览紫清宫，描绘该处美景之作。

紫霞宫

避暑看山上石台，
紫霞宫殿一时开。
松阴匝地青流嶂，
槲叶连山翠作堆。
童子云中采药去，
野僧竹外抱琴来。
汲泉煮茗浑闲事，
不用葡萄浸酒杯。

按，“紫霞宫”，高丽京城开京（今开城）松岳山下有紫霞洞。

此诗描绘紫霞宫之美丽景色和生活清闲舒适，“汲泉煮茗浑闲事，不用葡萄浸酒杯”。

清玉峡

开元寺里观瀑布，
剑光凛凛常窗前。
山人出定春已老，
樵客采薪花欲燃。
丹极云空群鹤舞，
银河夜涨双龙悬。
题诗最忆谪仙子，
碧海骑鲸今几年。

按，“开元寺”，高丽佛寺，位于咸昌（今庆尚北道尚州郡咸昌面）牢岳山。

“谪仙子”，指唐代著名诗人李白。

此诗描绘青玉峡之美丽景色。

第六节 郑道传 权 遇 郑以吾 赵云仡 尹汝衡 王 伯 韩宗愈 元松寿

一、郑道传

（一）生平

郑道传（1337—1398），高丽后期著名诗人、文臣。字宗之，号三峰。郑道传学识渊博，擅汉文汉诗，精通朱子理学。编撰《朝鲜经国典》，与郑总等撰《高丽史》（37卷）。著作甚丰，著有《三峰集》《佛氏杂辩》《经济六典》等。

1362年，文科及第，历任成均馆博士、太常博士、成均太常博士、成均司艺、艺文应教、知制教。

1375年，因反对权臣李仁任的亲元排明政策，被流放全罗道会津县（今罗州）。两年后获释，返回故乡，后复出。

1384年，任书状官随圣节使郑梦周赴明。回国后，历任成均祭酒、知制教、南阳府使、成均大司成。

1390年，任圣节使赴明。回国后历任司判都评议使司事兼成均大司成、知门下府事兼大司宪、三司副使、政堂文学。后被弹劾流配奉化。翌年获释。与赵浚、南訚等拥立权臣李成桂，建立李朝。

1393年，李朝建立，封奋义佐命开国功臣、开国一等功臣。其后历任门下侍郎赞成事、同判都平议使司事、判户部事、判尚瑞司事、室文剑太学事、知经筵艺文春秋馆事兼义兵亲军卫节制使、封奉化伯。掌管李朝行政、军事、人事、文教大权。后奉命出使明朝。回国后，历任东北面都宣抚巡察使、成均提调。

1398年，因参与宫廷内部斗争，为李朝太祖之五子李芳远杀害。时年61岁。

（二）代表作

中秋歌

去年中秋玩月时，
歌舞纵谑开华筵。
高堂帘卷夜如昼，
清光凝座罗神仙。
醉中呼月作金盆，
玉壶美酒诗百篇。
今年远谪会津县，
竹篱茅屋荒山前。
秋风飕飕动林莽，

物像萧条何悄然。
是时对月倍怊怅，
回首旧游散如烟。
此身由来非异身，
今年明月似前年。
自是人情有异感，
造物赋与原非偏。
为问明月之所照，
几人欢乐几个悲。
明年见月又何处，
欢欤悲欤未可知。
明月无言夜将半，
独立苍茫歌怨诗。

此诗的写作背景是，郑道传因反对权臣李仁任之亲元排明政策而被放逐全罗道会津县。诗人描述了在流放地过中秋节时的心情。去年中秋节全家团圆，欢乐无比，赏月、饮酒、作诗。而今年中秋节却是在流放之地，孤独、荒凉、悲愤。更不知明年中秋节又在哪里过。

草　舍

茅茨不剪乱交加，
筑土为墙面势斜。
栖鸟未知来宿处，
野人惊问是谁家。
清溪窈窕缘门过，
碧树玲珑向户遮。

出见江山知绝域，
闭门还似旧生涯。

诗人郑道传生活在高丽、李朝两朝交替时代，并皆在两朝为官，对高丽末期的腐朽和李朝新建的气象深有感触。在诗中，以“茅茨不剪乱交加，筑土为墙面势斜”比喻高丽，而对新建的李朝，则比喻为“碧树玲珑向户遮，出见江山知绝域”。

二、权遇

（一）生平

权遇（1363—1419），高丽后期诗人、文臣。初名远，字虑甫，初字仲虑，号梅轩。擅汉文汉诗，且擅书法，著有《梅轩集》。

1385年，22岁文科及第，历任成均馆博士、吏曹佐郎。

1393年，李朝建立后，历任校书监丞、军器监丞、艺文馆提学。

1418年，忠宁大君（后为世宗）被册封为世子时，以宾客讲论经史。

1419年，病逝，时年56岁。

（二）代表作

禅兴路上

一别禅兴路，
于今四五年。
寻芳新草木，
访迹旧山川。
断陇犁耕雨，
荒园鸟度烟。
繁华皆已尽，
满月总幽然。

诗人在诗中描述旧日重游，禅兴已今非昔比，昔日繁华，现今荒凉，感叹岁月之沧桑。

题西江亭

爱此江亭好，
登临久不回。
客帆投岸落，
渔艇带潮来。
极浦寒烟积，
遥山返照开。
机心消已尽，
鱼鸟莫相猜。

按，“西江”，指李朝时期京都汉城西15里汉江一带。

“登临久不回”，《朝鲜古诗》为“登临不思回”。

诗人在诗中描绘登西江亭观赏幽美的自然风光，客船投岸，渔舟返航。

三、郑以吾

（一）生平

郑以吾，生卒年不详，高丽后期诗人。擅汉文汉诗，惜其诗文传世者不多。

（二）代表作

次韵寄郑百亨

二月将阑三月来，
一年春色梦中回。

千金尚未买佳节，
酒熟谁家花正开。

按，“郑百亨”，又名伯容，为郑以吾之挚友。

此诗风格清爽，俊逸雅丽。

许筠在《惺叟诗话》中说：“郑（指郑以吾）之二月将阑三月来，……之作，不减唐人情处。”

次茂丰县壁上韵

立锥地尽入侯家，
只有溪山属县多。
童稚不知军国事，
穿云互答采樵歌。

诗人在诗中愤怒谴责权贵掠夺百姓土地之罪恶，“立锥地尽入侯家”。

郑以吾还创作有汉诗《送人出守忠州》，反映农民失地村落荒凉之作。诗人期望赴忠州上任的官员设法解救百姓之苦难。

四、赵云仡

（一）生平

赵云仡（1332—1404），高丽后期诗人、文臣。字石涧。学识渊博，擅汉文汉诗，著有《石涧集》《三韩诗龟鉴》。

1357年，文科及第，历任安东书记、阁门舍人、刑部员外郎。

1363年，因扈从恭愍王避难南方，有功，成为二等功臣。后历任国子直讲、全罗、西海、杨广三道按廉使、典法总郎。

1374年，辞官，隐居尚州露阴山。

1377年，复出，历任左谏议大夫、判典校寺事。

1380年，再次辞官，隐居广州古垣村，建沙平院、板桥院，自为院主。

1388年，又次复出，历任典理判书、西海道观察使、签书密直司事、同知密直司事、鸡林府尹。

1392年，李朝建立。任江陵府使。翌年以病辞职。后被任为检校政堂文学，但辞任不就，隐居广州。

1404年，病逝，时年72岁。

（二）代表作

无　题

柴门日午唤人间，
步出林亭坐石苔。
昨夜山中风雨恶，
满溪流水泛花来。

按，“昨夜山中风雨恶”句，指当时高丽王朝腐败，政局混乱。“满溪流水泛花来”句，指当时高丽恶吏林坚昧、廉兴邦等在被流放途中经过该村。

这首诗又名《即事》。

五、尹汝衡

（一）生平

尹汝衡，生卒年不详，高丽后期诗人。曾任成均馆学谕、阁门祇侯等低级官职，擅汉诗。

（二）代表作

村　居

补国无长策，

抛书学老农。
人疏苔径湿，
鸟集荜门空。
烟淡溪声外，
山昏雨气中。
杖藜成散步，
满袖稻花风。

这首诗为诗人辞官隐居山村之作。

诗人在诗中先是描述辞官隐居山村之心愿，“补国无长策，抛书学老农”。继之，描绘山村的自然幽美景色。

关东旅夜

乾坤荡荡我无家，
一夕挑灯九起嗟。
谁使远游人有耳，
杜鹃啼血杜鹃花。

此诗为诗人在江原道一带浪游时所作，“乾坤荡荡我无家”“杜鹃啼血杜鹃花”表现作者对不平社会之愤怨。

六、王伯

（一）生平

王伯（1277—1350），高丽后期诗人、文臣。本姓金。

高丽太祖对其祖赐姓王，初名汝舟。

高丽忠烈王时，文科及第，历任纠正、左司辅；后被流配海岛；获释后复出，历任右司议、密直副使、执义。高丽忠惠王复位后被削职。

1350年，病逝，时年73岁。

（二）代表作

山居春日

村家昨夜雨濛濛，
竹外桃花忽放红。
醉里不知双鬓雪，
却簪繁萼立东风。

此诗描写山村春天的景色。

七、韩宗愈

（一）生平

韩宗愈（1287—1354），高丽后期诗人、文臣。字师古，号复斋，擅汉文汉诗，著有《复斋集》。

1304年，17岁文科及第。

1352年，任上书筵。

1354年，病逝，时年67岁。

（二）代表作

汉阳村庄

十里平湖细雨过，
一声长笛隔芦花。
直将金鼎调羹手，
闲把渔竿下晚沙。

此诗为诗人仕途坎坷时泄愤之作。

八、元松寿

（一）生平

元松寿（1323—1366），高丽后期诗人、文臣。

文科及第，任春秋馆修撰，后为高丽忠惠王侍讲。

1345—1348年，任献纳。

1349—1351年，任西海道按廉使。

1351年，任内书舍人兼左副代言。

1361年，元末红巾军攻打高丽，扈从恭愍王避难，成为一等功臣。后升任签书密直司事，授忠勤赞化功臣称号。

1364年，任政堂文学。因与权臣辛旽不和，辞职。

1366年，病逝，时年43岁。

（二）代表作

寄内兄

笛气江郡落梅花，
西望长安日已斜。
栗里旧居杨柳在，
不知春色属谁家。

第七节　韩　修　懒　翁　权汉功　金齐颜　姜淮伯　康好文　吉　再　李　稷　卞季良　金仲权

一、韩修

（一）生平

韩修（1333—1384），高丽后期诗人、文臣，字孟云，号柳巷。擅汉文汉诗，且擅书法，著有《柳巷诗集》。

1347年，文科及第，历任政房必阇赤、理部尚书修文殿学士、密直提学、同知密直。后被流配。获释后受封上党君，为输忠赞化功臣。后又改封清城君，任判厚德府事。

1384年，病逝，时年51岁。

（二）代表作

次杜诗韵

此日亦云暮，
百年真可悲。
心为形所役，
老与病相宜。
篆冷香残后，
窗明月上时。
有怀与无晤，
聊和古人诗。

按，“篆冷香残后”，《朝鲜古诗》为“篆没香残后”。

韩修还创作有汉诗《永慕亭行》，表现爱国思想。

二、懒翁

（一）生平

懒翁（1320—1376），高丽后期名僧。俗姓牙，号懒翁、江月轩。擅朝鲜歌辞，亦擅汉诗。

在文庆郡大乘寺修行4年，后赴元朝求法，在法源寺修炼印度名僧指空的心法正脉。回高丽后，继续修炼，研读佛经。与指空、无学一起被誉为当时三大名僧。高丽国王恭愍王拜其为师。

1376年，时年56岁圆寂。

（二）代表作

警　世

终世役役走红尘，
头白焉知老此神。
名利祸门为猛火，
古今烧尽几千人。

懒翁既是名僧，又是诗人，此作警告世人不要为名为利奔波，“名利祸门为猛火，古今烧尽几千人”。

三、权汉功

（一）生平

权汉功（？—1349），高丽后期诗人、文臣，号一斋。

1275—1308年，文科及第。

1294年任圣节使赴元。回国后历任密直副使、佥议评理。后因受贿遭弹劾，被捕入狱。获释后任三司使、赞成事。

1314年，高丽国王忠宣王禅位后赴元。权汉功与李齐贤奉命赴元侍忠宣王。回国后，遭忠肃王拘禁，受杖刑。元帝下诏始得释。其后，拥立沈阳王，迫忠肃王退位，未果。后任都佥议政丞，封醴川府院君。

1349年，病逝。

（二）代表作

癸丑酒酣书于大同江舟中

矶边绿树春阴薄，
江上青山暮色多。
独坐水中迷远近，

芳洲何处竹枝歌。

按，“癸丑”，即1313年。

此诗为诗人乘舟游大同江之作。

四、金齐颜

（一）生平

金齐颜（？—1368），高丽后期诗人、文臣，字仲贤。文科及第。历任左正言、内书舍人、典校副令。

1368年，参与金精等谋杀权臣辛旽，事泄，遭处决。

（二）代表作

寄无说师

世事纷纷是与非，
十年尘土污人衣。
落花啼鸟春风里，
何处青山独掩扉。

按，“无说师”，为高丽后期的名僧。

诗人在诗中表达了多年的宦海浮沉，艰凶险恶，远不如平民百姓生活清闲平安。

五、姜淮伯

（一）生平

姜淮伯（1356—1402），高丽后期汉诗人、文臣。字伯夫，号通亭，著有《通亭集》。文科及第，历任高丽密直司事、大司宪。

1393年，李朝建立，任东北面都巡阅使。

1402年，病逝，时年46岁。

（二）代表作

铁原怀古

孤城芜没带疏林，
断碣烧残岁月深。
鼓角声高风不至，
旌旗影动日将沉。
山含故国千年恨，
雪抱长空万里心。
自古兴亡皆有致，
愿因前辙戒来今。

按，“铁原”，位于江原道，曾为弓裔所建泰封国之京都。

诗人在游历古城铁原时，感慨万千，沧海桑田，今非昔比。劝诫世人，引以为训，“自古兴亡皆有致，愿因前辙戒来今”。

六、康好文

（一）生平

康好文，生卒年不详，高丽后期诗人、文臣。字子野，号梅溪。擅汉文汉诗。

1362年，文科及第，官至判典校寺事。

（二）代表作

闻杜鹃

寻春自幸及花时，
还恨山中有子规。
啼到五更声未歇，
江南词客鬓成丝。

诗人描述了杜鹃夜啼，悲哀凄凉，不忍卒闻。

七、吉再

（一）生平

吉再（1353—1419），高丽后期诗人、文臣。字再父，号冶隐。学识渊博，文才出众，与李穑、郑梦周时称“高丽三隐”。著有《冶隐集》《冶隐言行拾遗》。

1386年，文科及第。历任成均馆学正、门下注书。后见高丽后期政局混乱，辞官返乡，隐居善山林泉。

1393年，李朝建立，任太常博士，但以忠臣不事二朝为由谢绝。致力于讲学，培育人才。

1419年，病逝，终年66岁。

（二）代表作

闲　居

临溪茅屋独闲居，
月白风清兴有余。
外客不来山鸟语，
移床竹坞卧看书。

此诗为诗人辞官隐居山村时作，自在清闲，心情十分愉快，赏清风，闻鸟语，卧看书。

八、李稷

（一）生平

李稷（1361—1431），高丽后期诗人、文臣。字虞庭，号亨斋。学识渊博，擅汉文汉诗，著有《亨斋诗集》。

1377年，16岁文科及第。历任庆顺府注簿、密直司右代言、艺文提学。

1393年，助李成桂称帝，为三等开国功臣，封星山君。历任都承旨、中枢院学士。后奉命出使明朝。回国后，任大司宪。

1399年，倭寇入侵，以中枢院使兼西北面都巡问察理使组织军民反击。后历任参赞门下府事、三司左使、知议政府事。

1400年，辅佐李芳远（后为太宗），成为四等佐命功臣。同年，奉命出使明朝。回国后，任大提学。

1403年，奉王命置铸字所，铸造癸未铜活字。后历任吏曹判书、东北面都巡问察理使永兴府尹、赞成事兼大司宪等职。

1414年，升任右议政。并于同年，再次奉命出使明朝。

1415年，与黄喜一起反对册封忠宁大君（即世宗），被贬于星州。

1422年，放还。

1424年，升任领议政。同年，再次奉命出使明朝。

1426年，转任左议政。后辞官隐退。

1431年，病逝，终年69岁。

（二）代表作

铁　岭

崩崖绝涧几惊魂，
北塞南山道路分。
回首日边天宇净，
望中犹恐起浮云。

按，“铁岭”，位于高丽淮阳府（今江原道东北）北39里。地处要冲，地势险要，一夫当关，万夫莫开。

诗人描述了铁岭之地势险要。还指出现在形势平静，唯恐将来再起战事，不要放松警惕。“回首日边天宇净，望中犹恐起浮云”。

九、卞季良

（一）生平

卞季良（1369—1430），高丽后期诗人、文臣。字巨卿，号春亭，雅号文肃。学识渊博，擅汉文汉诗，亦擅朝鲜时调。参与《李朝太祖实录》的编写和《高丽史》的修纂工作，著有《春亭集》。

1385年，文科及第。历任典校注簿、进德博士。

1393年，李朝建立，历任千牛卫右领中郎将兼典医监丞医学教授官、司宪府侍史、成均馆学正、直艺文馆、司宰少监、艺文馆应教、直提学等职。

1407年起，历任礼曹右参议、艺文馆提学、艺文馆大提学、礼曹判书。

1426年，任判右军都总制府事。在任大提学二十余年期间，大部分外交文书皆出自其手。

1430年，病逝，时年61岁。

（二）代表作

灵泉寺次壁上韵

地僻尘机息，
高栖暑气微。
鸟随鸣磬下，
僧逐暮钟归。
移石云生袖，
看松翠滴衣。
秋霜山果熟，
更此扣柴扉。

按，“灵泉寺”，应为灵通寺。灵通寺位于长湍郡（今京畿道北部）。

诗人在诗中描述了该寺之自然景色。

十、金仲权

（一）生平

金仲权，生卒年不详，高丽后期诗人。

（二）代表作

幽居即事

家贫营产少，
草色满庭除。
妻病惟须药，
儿痴懒读书。
菊从晴后种，
苽向晚来锄。
渐觉幽居好，
门无驷马车。

诗人描述了幽居之困境，“妻病惟须药，儿痴懒读书”。同时描述了幽居之乐趣，栽花种豆，“渐觉幽居好”。因为没有达官贵人来骚扰，“门无驷马车”，可以自由自在地生活。

第八节　金若水　朴致安　李坚干　李子松　朴　浩　李衍宗　柳　葆　禅　坦　具　鸿　蔡　琏　吴　洵　杨以时

一、金若水

（一）生平

金若水，生卒年不详，高丽后期诗人。

（二）代表作

题任实公馆

老木荒榛夹古溪，
家家犹未饱蔬藜。
山禽不识忧民意，
唯向林间自在啼。

诗人没有直接描述百姓之生活艰难困苦，而是巧妙地用人、禽对比，突出百姓生活之苦难。

二、朴致安

（一）生平

朴致安，生卒年不详，高丽后期诗人。

（二）代表作

闻老妓弹琴

七宝房中歌舞时，
那堪寂寞老荒陲。

无金可买相如赋，
有恨空歌班女诗。
珠泪几点吴练袖，
薰香犹拂越罗衣。
夜深窗明弦声急，
只恨生平无子期。

按，“相如赋”，指汉代文人司马相如所作《子虚赋》。

“班女诗”，指汉代女赋家班昭。班昭为皇后、皇妃的教师，擅赋。

“子期”，指春秋楚国人钟子期，此处比喻知音。

诗人在诗中描述了年老寂寞的歌妓，弹琴打发无聊岁月之苦。

三、李坚干

（一）生平

李坚干，生卒年不详，高丽后期诗人。

（二）代表作

关东闻杜鹃

旅馆挑残一盏灯，
使华风味淡如僧。
隔窗杜宇终宵听，
啼在山花第几重。

按，“关东”，指大关岭以东。大关岭在今江原道。

诗人在诗中描述了在旅舍夜闻杜鹃啼声，心情凄凉，引起乡思。

四、李子松

（一）生平

李子松，生卒年不详，高丽后期诗人、文臣。历任密直副使、东北面存抚使。时倭寇入侵高丽，率军在安边等地阻击倭寇。

（二）代表作

驾鹤楼

身倦呀咻独上楼，
沉吟俯槛久迟留。
月圆月缺山依旧，
花落花开水自流。
满目烟霞成活画，
酒帘风雨产清秋。
旁人应笑重来客，
来驲奔驰老未休。

按，“驾鹤楼”，位于咸镜道安边。

此诗为诗人在安边率军阻击入侵倭寇时所作。

五、朴浩

（一）生平

朴浩，生卒年不详，高丽后期诗人。

（二）代表作

太原寺泊

荻花如雪雁南飞，
倚棹行人动所思。
晚浦风微青霭合，

霁江云尽碧天垂。
鸡潮冷溅渔舡枕，
蟹火斜连岛寺篱。
湘瑟未休峰自翠，
钱生新得梦中诗。

按，“太原寺”应为大圆寺。

“湘瑟未休峰自翠，钱生新得梦中诗”句中，钱生，指唐代著名诗人钱起。750年参加进士试，所作《省试湘灵鼓瑟》诗之最后两句为“曲终人不见，江上数峰青”。

六、李衍宗

（一）生平

李衍宗，生卒年不详，高丽后期诗人、文臣。文科及第，历任司宪纠正、监察大夫、密直使等职。后见高丽末期政局混乱，辞官隐居故里。

（二）代表作

苦寒吟

闭塞成冬冬欲竟，
寒气凛凛阴转盛。
平埋聚落雪满川，
着面锥刀风冽猛。
长安居人少出门，
酒价虽高力不竞。
白日短薄易颓光，
霜华凝漆星月冷。
铜壶冻裂响高堂，

邻鸡无声夜何永。
潜身屋底骨欲水，
数挽衣衿深缩颈。
胸次唯留一掬温，
其能保得须臾命。
丝棉吾身尚如斯，
况被褴缕不掩胫。
愿天火急布阳和，
活尽寰中穷百姓。

此诗为诗人辞官隐居故乡时作。诗中描述了百姓生活之贫困、饥饿、寒冷。为了不使穷苦百姓挨冻，乞求上天降天火，使百姓得以度过寒冬，“愿天火急布阳和，活尽寰中穷百姓”。

七、柳葆

（一）生平

柳葆，生卒年不详，高丽后期诗人。

（二）代表作

上朴上人暄

紫微花下仙毫露，
化出人间万树红。
惟有东门一株柳，
年年虚度好春风。

八、禅坦

（一）生平

禅坦，生卒年不详，高丽后期僧人、诗人。

（二）代表作

九日次韵

一曲高歌金缕衣，
黄花无处不扶归。
江湖日月琴樽好，
溪寺烟霞人马稀。
万壑雨惊红叶遍，
四山朝见白云飞。
倚栏满目悲秋意，
水落年年心事违。

九、具鸿

（一）生平

具鸿，生卒年不详，高丽后期诗人、文臣。1393年，高丽权臣李成桂废王自立，建立李朝。具鸿愤而不仕李朝，隐居杜门洞。

（二）代表作

述　怀

不义之富贵，
于我如浮云。
石田王春在，
挥锄朝暮耕。

诗人表达了不仕李朝隐居乡里务农为生之意志，“不义之富贵，于我如浮云”。

十、蔡琏

（一）生平

蔡琏，生卒年不详，高丽后期诗人，号盘涧。

（二）代表作

帘

半卷书窗晓，
新秋霁景澄。
风来一阵雨，
月映万条冰。
暖日筛红晕，
遥山漏碧层。
香闺凉夜水，
几处隔银灯。

十一、吴洵

（一）生平

吴洵，生卒年不详，高丽后期诗人。

（二）代表作

观稼亭

春耕欲耨夏多热，
秋敛未终天已寒。
安得兹亭移辇道，
君王一见此艰难。

诗中描述了农夫一年四季之辛勤劳动，同时讽刺君王对民间疾苦的不关心。

十二、杨以时

（一）生平

杨以时，生卒年不详，高丽后期诗人，文科及第，官至国子教谕。

（二）代表作

题平陵驿亭

稻花风际白，
豆菜雨余青。
物物得其所，
我歌溪上亭。

按，“平陵驿”，高丽驿站，位于三陟郡（今江原道东南部）。

第九节　集句诗

一、概述

集句诗是集合古诗句而成的诗，是诗的一种文体。集句诗需要渊博的学识、出色的记忆力和卓越的文才，集前代数人的诗句而成的集句诗形式的诗集，一般称之为《百家衣》或《百家衣集》。

集句诗创始于中国。何人所创，有两种观点：其一，认为是晋代诗人傅咸所创；其二，认为是宋代王安石所创。王安石喜欢作集句诗，王安石传于后世的集句诗有34辑66首566句，《王安石全集》卷36，全都是由集句诗组成。

中国诗人创造的集句诗传入高丽，高丽遂产生集句诗这一新诗体。高丽集句诗成就卓著的是诗人林惟正。

二、林惟正

（一）生平

林惟正（1159？—1214？），高丽中期诗人。

文科及第，曾任国子监祭酒，后任外官，为边防的文职官，在锦城（罗州）和河东的边防地区任职。

林惟正喜欢集句诗，精于集句诗，其集句诗结集为《百家衣集》，共3卷，五、七言共289首。计：卷1，五言诗（绝句、律诗、排律）95首；卷2，七言诗（律诗、排律）79首；卷3，七言绝句115首。此外，《东文选》收有林惟正的集句诗。《东文选》卷9，收有五言律诗8篇11首；卷13，收有七言律诗19篇26首；卷18，收有七排律1篇1首；卷26，收有七言绝句8篇9首。共计36篇46首，皆选自林惟正的《百家衣集》。

林惟正的集句诗皆用唐宋时期著名诗人的诗句，及佛教书籍和诸子百家的内容集句而成，其集句诗还标出每句所引用的诗人名字。他在《百家衣集》引用中国诗人诗句的次数如下：白居易（220次）、杜甫（104次）、欧阳修（82次）、苏轼（75次）、王安石（55次）、王禹偁（51次）、李白（42次）、苏舜钦（31次）。此外，还引用一两句其他诗人的诗，共有100余名。

（二）代表作

林惟正的289首集句诗内容广泛，可分谢恩、闲游、抒情、自然景观、游历、思乡等。

咏 雪

听怜终夜落　　齐　己
片薄逐风斜　　辛寅逊
幽涧迷松响　　卢　肇

虚庭混月华　　僧止勤
绕墙全剥粉　　李商隐
为报诗人道　　钱　起
前村酒可赊　　郑　谷

此诗为吟咏白雪之作。

赴任耀德次触事有感八首（其二）

道孤还与物情疏　　孙　何
钓直临渊屡失鱼　　韩　驹
月照离庭人去后　　韩　宗
酒醒孤枕雁来初　　杜　牧
春残叶密花枝小　　荆　公
院僻帘深昼景虚　　苏舜钦
若报生涯应笑杀　　乐　天
家徒四壁本无余　　张　据

此诗描述生活之清贫与穷困。

三月晦日闻莺有感

三月更当三十日　　贾　岛
绿窗残梦早闻莺　　贯　休
晓来枝上千般语　　齐　己
似向东风话旧情　　李夫高

此诗描述听莺啼叫的感受，情景交融。

和董文功录事幽居

学堂日无事	韩　愈
引睡卧看书	永　叔
洗杓开新酝	杜　甫
呼儿扫敝庐	司马光
幽花欹满树	杜　甫
凉月巧临除	林　敏
虚室绝尘想	陶　潜
陶潜语不虚	白居易

此诗描述生活之清闲。

（三）历史评价

林惟正学识渊博，对中国诗人的作品不仅予以高度评价，而且十分熟悉，其记忆力惊人，才华横溢，因之他的集句诗得到高度称赞。集句诗虽不是诗人本人创作，但是诗中表达的却是诗人的思想情感。

诗人李德懋在《青庄馆全书》中说："高丽林惟正，工于集句，有百家衣集。如'花非识面迎人笑（齐已），草不知名随意生（李商隐）。能歌姹女颜如玉（李宣），爱酒山翁醉似泥（欧阳修）。岭上晴云披絮帽（苏轼），水中明月卧浮图（苏轼）。劝君更进一杯酒（王维），与尔同销万古愁（李白）。'皆如天衣无缝。"

诗人林惟正的《百家衣诗集》收有其二度创作的集句诗289首。然而，林惟正创作的汉诗一首也未流传于后世。

高丽后期汉诗人尚有许多。如张仲阳（创作有汉诗《成川途中》）、罗兴儒（创作有汉诗《奉使日本》）、柳淑（创作有汉诗《碧澜波》）、李达衷（创作有汉诗《闺情》）、金缘（创作有汉诗《大同江》）、河千旦、白贲华、李混、李百顺、李瑱、李需、李允甫、朴垣、赵通、宋彦琦、金台铉、郑可臣、金坵等。

此外，还有高丽朝多位女诗人，如白莲、动人红、于咄，皆为妓女。

国家出版基金项目
NATIONAL PUBLICATION FOUNDATION

『十三五』国家重点出版物出版规划项目

朝鲜汉文学史

（第二卷）

杨昭全◎著

吉林人民出版社

第十章　高丽的词

第一节　概　述

一、词的定义

词，为中国古代一种韵文形式，由五言诗、七言诗和民间歌谣发展而成。始于唐代，盛于宋代。原是配乐歌唱的一种诗体，句的长短随着歌调而改变。有小令和慢词两种，一般分上下两阕。

由于词的长短随着歌调而改变，因此，有人又将词叫作长短句。但亦有不同意见，认为长短句依然属于诗的范畴，不是词。

二、高丽词的产生

词，为中国古代文学形式之一，后传入高丽。

依现存的资料考证，高丽最早的词作者为高丽宣宗。

《高丽史·睿宗世家》载睿宗作词之事："（睿宗）五年（1110）农历十二月癸丑立春，百官朝于乾德殿，赐春幡子，仍赋迎春词二首。""（睿宗）十年（1115）农历三月壬午，宴群臣于乾德殿，赋万年词宣示左右。""（睿宗）十一年（1116）农历四月庚午，幸金刚、兴福两寺，还至永明寺、御楼船，宴诸王宰枢侍臣，复以御制《仙吕调临江山》三阕，宣示臣僚。"

史载，高丽毅宗二十四年（1170）农历五月，高丽毅宗“御大观殿受朝贺，仍宴文武常参官以上，王亲制乐章五首，命工歌之”。可惜的是，高丽宣宗、睿宗、毅宗所作之词，除宣宗一首外，均失传。宣宗所创之词为《贺圣朝》。

贺圣朝

露冷风尚秋月清，月华明。
披香殿里欲三更，沸歌声。
扰扰人生都似幻，莫贪乐。
好将美酒满金觥，畅欢情。

其后，运用词这一新的文学形式的则是高丽文人。开山者为李奎报，李齐贤则是词坛巨擘。

三、高丽词的内容

高丽词人不少，词作更是众多。其题材内容更是广泛，可分11类。

（一）艳情词

描写两性爱的情绪和动作。如金九容的《画堂春代人》、郑誧的《浣溪沙》。

（二）闺情词

描写闺人的情绪、相思。如金九容的《卜算子》《长相思》。

（三）思乡词

描写思乡的情绪。如李齐贤的《江神子·七夕冒雨到九店》、元天锡的《蝶恋花》。

（四）愁别词

描写离别的情绪。如郑誧的《临江仙·代人作》、金九容的《巫山一段云·送李直门下出按西海》、金克己的《锦堂春》。

（五）悼亡词

描写丧亡的哀感。如元天锡的《鹧鸪天·南溪桥下追凉忆契内张赵二公》。

（六）叹逝词

描写时光之流逝。

（七）写景词

描写自然景观。如金克己的《忆江南》《采桑子》、李齐贤的《巫山一段云·潇湘八景》《巫山一段云·松都八景》、李谷的《巫山一段云·次郑仲孚蔚州八咏》、郑誧的《巫山一段云》、安鲁生和陈义贵的《巫山一段云》。

（八）咏物词

如李奎报的《忆江南·笼中鸟》、李詹的《临江仙·松月亭》《南柯子·竹径烟》《虞美人·惊寒雁》、元天锡的《鹧鸪天·促织词》《鹧鸪天·白鸥词》。

（九）祝颂词

如高丽宣宗的《添声杨柳枝》、无名氏的《瑞鹧鸪》。

（十）咏怀词

如李齐贤的《沁园春·将之成都》《玉漏迟·蜀中中秋值雨》、金九容的《朝中措·骊江》。

（十一）怀古词

如李齐贤的《浣溪沙·黄帝铸鼎原》《蝶恋花·汉武帝茂陵》《洞仙歌·杜子美草堂》《满江红·相如驷马桥》《木兰花慢·长安怀古》。

高丽词可分为前后期，以李齐贤为界。前期词受唐宋词风和词学理念的影响较大；后期词则受金元词风和词学理念的影响较大。

第二节　李奎报

李奎报是高丽著名诗人、文臣，还是高丽著名词作家，且是高丽词学开山者、开拓者。他创作的词共有12首，皆为晚年所作，可分为以下五类。

一、感悟人生

临江仙·希禅师方丈观棋

夜静红灯香落炧，蛇头兔势纵横。但闻玉字响纹枰。谁饶谁胜，山月渐西倾。　　十九条中千万态，世间兴废分明。个中一换几人生，仙柯欲烂，回首忽相惊。

按，“仙柯欲烂”，为晋朝王质的典故。王质入山伐木，走到石室，观看两个老人下棋，就把斧子放在一边，入神看棋。老人给他一个像是枣核的东西，让他吸里面的汁解渴。而后老人对王质说，你来很长时间，该回家了。王质回身拿斧子，可是斧把已经烂了，遂回家。原来世间已过了数百年，亲人早已死去，王质遂入山修行，终成正果。

李奎报这首词表达对人生的感悟。人生在世，犹如下棋，沧海桑田，变幻莫测，胜者王侯败者贼。其所以有此感悟，系因他仕途坎坷，几经沉浮。

望江南·笼中鸟

笼中鸟，竟日几千回？纵有一鸣唇舌在，哪堪四触羽毛摧？馁食益哀哀。　　天上路，回首梦悠哉。再浴凤池犹有意，新栖乌府岂无媒？且复待时来。

按，“乌府”，御史台的代称。

李奎报在词中描述了笼中鸟的遭遇。词的上阕，描写困在笼中的鸟拼命鸣叫，但无人理睬，就奋力冲撞笼子，结果羽毛都撞掉了，加之饥饿，遂哀鸣不止。词的下阕，描写鸟回想以前自由飞翔的时候，相信只要坚持斗争，就会冲出笼子，飞往蓝天，可以到凤池洗澡，到乌府筑巢。

词人虽明写笼中鸟，实则表达自己的理想和信念，尽管仕途坎坷，宦海沉浮，被贬远谪，穷愁困苦，但是只要坚持正义终会拨开乌云见晴天的。

此类词尚有《浪淘沙·两君见和又作》。

二、抚今追昔

桂枝香慢

（一）

光华庆席，正玉笋参罗，迎致嘉客。还有娇花解语，近前堪摘。殷勤好倒千金酒，幸相逢，不妨欢聚。两翁俱老，门生献寿，古今难得。　　念往日，贪游好乐。恨枯瘦如今，何处浮白。多喜开筵，别占洞天仙宅。莫教舞妓停飘袖，顾看看，红日西侧。笑哉残叟，摇肩兼将手双拍。

（二）

笙歌簇席，更锦绣袭熏，琼弁宾客。门拥桃华李艳，往年亲摘。仙香暗动金杯酒，兴飞扬，饮酣谈剧。红妆慢唱，争前祝寿，不教归得。　　记昔日，曾经此乐。俱重到欢场，双鬓添白。侵夕将回，更坐忘还家宅。有时豁起遭牵袖，任蹉跎，乌帽攲侧。笑哉残叟，连呼倡儿促檀拍。

这两首词皆为怀旧之作。两首词的上阕，描述宴会的盛况，高朋满座，尽是豪杰，动听的音乐，美貌的女人，珍馐美味，觥筹交错，喜庆异常。而两首词的下阕，则是怀念往事，景物依如往昔，而人则青春不再，美好年华已逝，黑丝已成白发，甚为惆怅凄凉。

浪淘沙

黄菊趁前期，已满东篱。无人也与泛金卮。赖有诗朋来见访，小酌开眉。　　忆昔少年时，醉插芳枝。狂歌乱舞任人欺。往事追思只自怅，似梦疑非。

这首词也是抚今追昔的怀旧之作。

三、宴饮欢乐

桂枝香慢　又别赠门生

当年试席，在蚁战正酣，谁是门客。经了千淘万汰，始登采摘。天墀拜受黄封酒，便飞荣，翼修鸣剧。奈今开筵，称觞奉寿，此情良得。　　老坐主，乘酣快乐，更呼索华笺，濡染冰白。方信门生，以是良田美宅。起离妓簇香余袖，要归时，扶我身侧。笑哉残叟，洪崖肩高醉堪拍。

按，“黄封酒”，为国王赐给科举及第者酒。

“洪崖”，为传说的古代神仙，为黄帝的乐官，后修道成仙。

这首词描述的是李奎报和门生们宴饮时的欢乐。词的上阕，是回忆当年科举考试时的情景，诸门生在科考中应试，相互竞争，科考宛如战场，过关斩将，终于得中，金榜题名，才得以作为座上宾，为老师祝福。词的下阕，描述了师生团聚欢宴之情景。学生们为感谢恩师，设宴款待老师，祝福老师健康长寿，而后尽欢而散。

清平乐

虚台豁榭，自足清风，未知朱夏。不分豪门亦呼我，宴席绮包罗裹。　　可怜两个红妆，皓齿笑劝玉觞。感极敢辞芳酒，唯愁归路扶将。

李奎报在词中描述应邀赴宴的欢乐情景。词的上阕描述应邀赴宴之欢乐。词的下阕描述两个美女劝酒，词人十分感激，痛快欢饮，但是担心酒醉，回家时要人服侍。

四、好友交往

桂枝香慢

（一）

门人宴席，有贵介满堂，多是亲客。惭我衰鬓浑浩，倩人方摘。金钟电醽流霞酒，顾如侬，饮诚云剧。但无夫子，相酬属寿，靡由邀得。　　竟日暮，吟诗共乐。叹曹在无刘，元在无白。无问谁家，第一养花豪宅。千葩烂映倡儿袖，余无言，解语同侧。可怜衰叟，还图觥船与君拍。

按，“曹在无刘”句，为一典故。但观点不一，有的认为是指三国时代的曹操、刘备，有的认为是指三国时代曹操之子曹植和刘桢，有的认为是指三国时代的曹操和刘琨，还有的认为是指曹子方和刘景文。综合一些史料考虑，此词中之曹刘，指三国时代曹操之子曹植和刘桢的可能性大。

“元在无白”句，亦为典故。元白即唐代诗人元稹和白居易，此二人关系密切，友谊深厚。

李奎报这首词是为知心朋友李需而作。李奎报和李需虽然年龄相差很大，但两人友情深厚，可谓忘年交。这首词的上阕，描述宴席上高朋满座，开怀畅饮，甚是热烈，但是因为没有你李需在，实为憾事。下阕，则是描述文人相聚，吟诗作赋，相互唱和，甚是开心。我还想和你开怀畅饮，共同吟诗作赋，可惜你不在场。

桂枝香慢

（二）

诗筵酒席，自往昔纵游，因号狂客。天上星辰虽远，笔头皆摘。残年遇子同倾酒，与题诗，渐成繁剧。君犹年少，予登老寿，尚皆相得。　已退缩，谁将与乐？恨辜负春风，桃李红白。将予殷勤，不惜往来琼宅。纵欣掷玉堆盈袖，欲亲攀，歌咏陪侧。许容迂叟，词源相夸浪相拍。

李奎报这首词也是描述与李需的深厚友谊的。词的上阕，描述自己年轻时，志高气盛，甚至想摘星采月。而今年老体衰，却喜遇李需你这个知音。下阕，则描述暮年的自己寂寞无聊，希望李需你经常来聚，吟诗作赋，彼此唱和。

五、描绘景象

望江南·衿州客舍次孙舍人留题词韵

衿州好，春景一何奇！芍药娇多工妩媚，海棠眠重正欹垂。把酒惜芳时。　皋壤沃，膏润赖潭池。俗习虽同齐土缓，居民多似老台熙。饥饱卜安危。

词的上阕描绘自然景色，下阕描述世俗民情。

渔家傲

鳞错万家遥可按，玉楼高处褰罗幔。应是筵开红锦烂。方望断，唯闻风送金丝慢。　　缅想倡儿揎露腕，娇颜捧酒流微盼。日脚垂攲人不散，遮老汉，灰心煽起那堪乱。

李奎报被称之为高丽词学的开山者、开拓者，原因有三：其一，在李奎报以前的高丽词的范围不外是歌功颂德和描写山水，而李奎报之词，则将其重心转为饮酒赋诗、观花赏月等日常生活；其二，在其以前的高丽词，多为模仿，而他之词，则大胆创新；其三，其曾任高丽高官，精通汉诗，所创作之词亦十分优美，为高丽当时文坛享有崇高声誉的核心人物。在他的影响和带动下，当时不少高丽文人纷纷学习和运用词这一新型韵文体裁。

第三节　李齐贤

李齐贤不仅是高丽著名诗人，更是高丽词坛巨擘。他创作的词共53首，大部分为其在元朝时所作，可分为五类。

一、咏史怀古

满江红·相如驷马桥

汉代文章，谁独步、上林词客。游曾倦、家徒四壁，气吞七泽。华表留言朝禁闼，使星动彩归乡国。笑向来，父老到如今，知豪杰。　　人世事，真难测。君亦尔，将谁责。顾金多禄厚，顿忘畴昔。琴上早期心共赤，镜中忍使头先白。能不改，只有蜀江边，青山色。

此词感叹世事沧桑，人生苦短，前途莫测，切莫耗费心血，追名逐利，到头来，满头白发了此一生。

人月圆·马嵬效吴彦高

五云绣岭明珠殿，飞燕倚新妆。小辇中有，渔阳胡马，惊破霓裳。　　海棠正好，东风无赖，狼藉春光。明眸皓齿，如今何在，空断人肠。

按，“吴彦高”，即吴激。金代著名词人。创作有词《人月圆·有感》：“南朝千古伤心事，犹唱《后庭花》。旧时王谢堂前燕子，飞向谁家？　　恍然一梦，仙肌胜雪，宫髻堆鸦。江州司马，青衫泪湿，同是天涯。”

这首词是仿效吴彦高之作。词中的马嵬坡，位于今陕西省兴平市西，为唐玄宗爱妃杨贵妃被迫自尽之处。在这首词中，他哀叹当年唐玄宗爱妃杨贵妃被迫自尽，同时哀叹当时高丽忠宣王在元遭遇的不平处境。

二、思国念乡

江神子·七夕冒雨到九店作

银河秋畔鹊桥仙，每年年，好因缘。倦客胡为，此日却离筵？千里故乡今更远。肠正断，眼空穿。　　夜寒茅店不成眠，一灯前，雨声边。寄语天孙，新巧欲谁传？懒拙只宜闲处著，寻旧路，卧林泉。

这首词以七夕牛郎织女相会鹊桥民间故事为题，表达思念故国想念家乡之情感。词的上阕以牛郎织女鹊桥相会，反衬词人身在异国他乡，寂寞孤独，思国想家，望眼欲穿。词的下阕描述孤单至极，想隐退山林，“卧林泉”。

三、缅怀中国古代文人

李齐贤在元朝居住多年，对中国古代文人十分崇敬，创作有多首缅怀中国古代文人的词。

洞仙歌·杜子美草堂

百花潭上，但荒烟秋草。犹想君家屋乌好。记当年，远道华发归来，妻子冷，短褐天吴颠倒。卜居少尘事，留得囊钱，买酒寻花被春恼。　　造物亦何心，枉了贤才，长羁旅、浪生虚老。却不解消磨尽诗名，百代下，令人暗伤怀抱。

按，“杜子美”，即杜甫。

这首词为李齐贤游览杜甫草堂，怀念杜甫之作。既描述了杜甫生活之困境，竟遭妻子冷遇，更描述了杜甫之诗称誉天下，流芳千古。

大江东去·过华阴

三峰奇绝，尽披露、一掬天悭风物。闻说翰林，曾过此，长啸苍松翠壁。八表游神，三杯通道，驴背须如雪。尘埃俗眼，岂知天上人杰。　　犹想居士胸中，倚天千丈气，星虹闲发。缥缈仙踪，何处问，箭筈天光明灭。安得联翩，云裾霞佩，共散骐麟发。花间玉井，一樽轰醉秋月。

这首词中运用多个关于唐朝著名诗人李白的典故，充分表达了对李白之崇敬和仰慕。李白潇洒出尘、傲世独行的形象在词中充分表露出来，同时也体现了李齐贤的思想倾向和精神境界。

四、描绘中国风光

李齐贤久居中国，游历了许多地方，先是和忠宣王畅游江南，后又游览西北、西南地区，足迹遍及四川、陕西、青海、甘肃、江苏、浙江，游览许多名山大川，风景名胜，不仅将这些风景名胜写进汉诗，还写入词中。他的这些词以“巫山一段云”的词牌描绘的潇湘八景最为著称。

李齐贤创作的词“潇湘八景”为：平沙落雁、远浦归帆、山市晴岚、江山暮雪、洞庭秋月、潇湘夜雨、渔村落照、烟寺晚钟，共16首，惜烟寺晚钟已失传，仅剩题目。李齐贤的潇湘八景，写景真切，意境深远。

洞庭秋月

万里天浮水，三秋露洗空。冰轮辗上海门东，弄影碧波中。　　荡荡开银阙，亭亭插玉虹。云帆便欲挂西风，直到广寒宫。

李齐贤以恬淡的心境、清新的笔触，描绘出一幅烟波浩渺、天水相连、皓月当空、明净澄澈的洞庭秋夜图。

远浦归帆

南浦寒潮急，西岑落日催。云帆片片趁风开，远映碧山来。　　出没轻鸥舞，奔腾阵马回。船头浪吐雪花堆。昼鼓殷春雷。

这首词中的“云帆片片趁风开，远映碧山来”，写得十分美妙。从整体看，这首词写得生动灵活，境界富阔，气势磅礴，韵味浓厚。从笔法上看，变化多端，有总写，有特写，犹如电影中的蒙太奇，从远而近，直至眼前。

潇湘夜雨

（一）

潮落蒹葭浦，烟沉橘柚洲。黄陵祠下雨声秋。无限古今愁。　　漠漠迷渔火，萧萧滞客舟。个中谁与共清幽。唯有一沙鸥。

在这首词中，作者先是点出地点，继之描述秋雨。秋，令人伤感；雨，令人忧愁。而后描述作者在这秋风秋雨时节，乘一条小舟，向外看望，夜色深沉，渔火茫茫，万籁俱寂，在这清幽的夜色中，陪伴自己的“唯有一沙鸥”。此真是神来之笔，画龙点睛，奇妙无比。李齐贤在这首词中，将自己身处异国他乡的乡愁和季节的秋思、夜雨，完美地融合在一起。

潇湘夜雨

（二）

暗淡青枫树，萧疏斑竹林。篷窗夜雨冷难禁，倚枕古乡心。　　二女湘江泪，三闾楚泽吟。白云千载恨沉沉，沧海未为深。

这首词引用屈原沉江等典故，发思古之幽情：“白云千载恨沉沉，沧海未为深”。

五、描绘祖国风光

李齐贤在词中描绘了祖国的壮丽河山。其中最出名的是《松都八景》。《松都八景》计有：《紫洞寻僧》《青郊送客》《北山烟雨》《西江风雪》《白岳晴云》《黄桥晚照》《长湍石壁》《朴渊瀑布》。《松都八景》，可以说是篇篇精彩，首首绝伦。

北山烟雨

万壑烟光动，千林雨气通。五冠西畔九龙东，水墨古屏风。　　岩树浓凝翠，溪花乱泛红。断虹残照有无中。一鸟没长空。

按，“五冠”为五冠山，九龙亦为北山地名。

这首词上阕描写雨中景色：云烟笼罩，细雨漫天，山林蓊然，犹如水墨浸润。下阕描写雨后景色：花红叶绿，溪清岩净，彩虹横天，夕阳残照，孤鸟远飞。整首词宛如一幅动静结合、浓淡相宜的山水画。

青郊送客

芳草城东路，疏松野外坡。春风是处别离多，祖帐簇鸣珂。　　村暖鸡呼屋，沙晴燕掠波。临分立马更婆娑，一曲渭城歌。

这首词描写送别好友的心情。尽管是花红柳绿，春风和煦，芳草萋萋，春意盎然，但送别好友，心情还是凄凉悲伤的。

朴渊瀑布

绝壁开嵌窦，长川挂半天。跳珠喷玉几千年。爽气白如烟。
岂学燃犀客，谁期驻鹤仙。淋衣暑汗似流泉。到此欲装绵。

朴渊瀑布为高丽著名风景地。词的上阕描写朴渊瀑布之壮观：峭壁犹如被凿破，瀑布从天而降，寒气逼人，白色烟雾，迷迷茫茫，如此美景，已有千年。下阕描写游人到此游览之感受：夏日炎炎，汗流浃背，来到瀑布，热浪顿消，颇有寒意。

黄桥晚照

隐见溪流转，纵横野垅分。隔林人语远堪闻，村径绿如裙。

鸢集蜈山树，鸦投鹄岭云。来牛去马更纷纷，城郭日初曛。

这首词真切地描绘了黄桥的晚景：夕阳西下，彩霞满天，人还家，鸟归林。

综上所述，李齐贤的《潇湘八景》和《松都八景》可以说是高丽写景词的巅峰之作，因之得到高度赞誉。

著名词人夏承焘对李齐贤的词予以高度评价："益斋（即李齐贤）翘企苏轼，其词虽动荡开阖，尚有不足，然《念奴娇》之《过华阴》，《水调歌头》之《过大散关》《望华山》，小令如《鹧鸪天》之《饮麦酒》，《蝶恋花》之《汉武帝茂陵》，《巫山一段云》之《北山烟雨》《长湍石壁》等，皆有遗山风格。"①

况周颐也高度评价李齐贤的词："益斋（即李齐贤）词《太常引·暮行》云：'灯火小于萤。人不见，苔扉半扃。'《人月圆·马嵬效吴彦高》云：'小鼙中有，渔胆胡马，惊破霓裳。'《菩萨蛮·舟次青神》云：'夜深篷底宿，暗浪鸣琴筑。'《巫山一段云·山市晴岚云》：'隔溪何处鹧鸪鸣。云日翳还明。'前调《黄桥晚照》云：'夕阳行路却回头，红树五陵秋。'此等句，置之两宋名家词中，亦庶几无愧色。益斋词写景极工。《巫山

---

① 夏承焘选校，张珍怀、胡树森注释：《域外词选·前言》，书目文献出版社，1983年，第4页。

一段云·远浦归帆》云：‘云帆片片趁风开，远映碧山来。’笔姿灵活，得帆随湘转之妙。《北山烟雨》云：‘岩树浓凝翠。溪花乱泛红。断虹残照有无中。一鸟没长空。’‘浓凝’‘乱泛’，叠韵对双声，与史邦卿‘因风飞絮，照花斜阳’句同，益斋乃无心巧合耳。”①

李齐贤的文学作品成就很高，对朝鲜后世的汉文学有深远影响，成为后世文人竞相仿效的典范。因之，更得到本国文人的高度评价。

李朝著名诗人徐居正在《东人诗话》中说：“乐府句句字字皆协音律，古之能诗者尚难之。……吾东方语音与中国不同，李相国（奎报）、李元谏（仁老）、貌山（崔瀣）、牧隐（李穑），皆以雄文大手，未尝措手，唯益斋（李齐贤）备述众体，法度森严。”

李朝名臣柳成龙在《重刊益斋集跋文》中说：“高丽五百年间，名世者多矣。求其本末兼备，始终一致，巍然高出无可议焉者，惟先生（李齐贤）有焉。”

第四节　金克己　慧　谌　李承休

一、金克己

（一）生平

金克己不仅擅汉诗，且擅词，传世的词有4首，即《忆江南》《采桑子》《锦堂春》《玉楼春》。

① 况周颐：《蕙风词话》，见《蕙风词话　人间词话》，人民文学出版社，1982年，第80页。

（二）代表作

忆江南

江南乐，灵岳莫高焉。幽谷虎曾跑石去，古湫龙亦抱珠眠。月夜降群仙。　　高下极，一握去青天。松寺晚钟传绝壑，柳村寒杵隔孤烟。鸟道上钩连。

这首词描绘位于罗州东北之锦城山之风光。词的上阕，描绘山势之险峻，突出渲染“高”和“险”。词的下阕，则描绘河川之神奇。上阕为总写，下阕为特写。上阕粗笔勾勒，下阕工笔细描。上阕中的“古湫龙亦抱珠眠”为高丽之典故，即高丽太祖和皇后吴氏之典故。

史载，吴氏“尝梦浦龙来入腹中，惊觉，以语父母，共异之。未几，太祖以水军将军出镇罗州，泊舟木浦，望见洲上有五色云气。至则后浣布。太祖召幸之……遂有娠生子，是为惠宗”。

采桑子

鳌头转处黄金阙，偶落人间，凤辇追欢，一眼琼田万顷宽。　　长风忽起吹高浪，翻涌银山，日已三竿，晓气凄微送嫩寒。

这首词描绘高丽西京（今平壤）著名古迹多景楼之景观。

词的上阕，描写多景楼之雄伟壮观，突兀飞扬，登楼远望，景色优美，“一眼琼田万顷宽”。下阕先是描绘浩浩荡荡、碧波万顷的江南景象，继之，描写长风忽起、骇浪滔天的壮观景象。词人在描绘多景楼之雄壮宏伟和江水之汹涌澎湃后，笔锋一转，“日已三竿，晓气凄微送嫩寒”。神来之笔，妙得很。

锦堂春

翠黛迴浮暮岭，清眸轻剪秋波。珠帘十里笙歌地，飘梗幸闲过。　　潘岳乍烦掷果，谢鲲宁避投梭。凉烟细雨西楼上，争奈别愁何?

这首词吟咏平安道嘉山郡古城。上阕描绘嘉山之山水和嘉山之繁华。下阕则引用两个典故，表达自己的感慨和伤感。

一个典故，是关于美男子潘岳的。南朝宋刘义庆《世说新语》载："潘岳妙有姿容，好神情。少时挟弹出洛阳道，妇人遇者，莫不连手共萦之。"《晋书·潘岳传》亦载："（潘岳）少时常挟弹出洛阳道，妇人遇之者，皆连手萦绕，投之以果，遂满车而归。"

另一个典故是关于谢鲲的。《晋书·谢鲲传》载："（谢鲲）邻家高氏女有美色，鲲尝挑之，女投梭，折其两齿。时人为之语曰：'任达不已，幼舆折齿。'鲲闻之，傲然长啸曰：'犹不废我啸歌'。"

词人金克己引用这两个典故，意在责怪潘岳恩遇却不珍惜，惋叹谢鲲欲蒙青睐却求之未得。最后一句"争奈别愁何"，表达词人之慨叹和伤感。

家园寂寞春将半，随分春光犹烂漫。烟浓柳弱短长垂，雨歇花繁红紫间。　　禁中忆昔同游玩，涕泪交零肠欲断。唯将尺素写幽怀，忘却疏狂诗酒伴。

这首词载于《新增东国舆地胜览》，附在《采桑子·多景楼》之后，但未标明诗词之分。从用韵看，应视为词。这首词上阕描绘春之景色，阳光灿烂，花红柳绿。下阕则抚今追昔，往昔欢聚，今日独处，肠断魂伤，涕泪交零。

二、慧谌

（一）生平

（1177—1234），高丽名僧，俗名崔寔。字永乙，号无衣子。著有《禅门拈颂集》《无衣子诗集》等。慧谌创作有3首词，即《渔家傲（一）（二）》和《更漏子》。

（二）代表作

渔家傲

（一）

一叶扁舟一竿竹，一蓑一笛外无畜。直下垂纶钩不曲，何捞摝，但看负命鱼相触。　　海上烟岑翠簇簇，洲边黄橘香馥馥。醉月酣云饱心腹，自知足，何曾梦见闲荣辱。

这首词描写渔夫的自在清闲，安逸舒适，甘于清贫，与世无争。

上阕先是描写渔夫只有一叶扁舟、一根钓竿、一身蓑衣、一支长笛，再无他物，继之，引用姜子牙钓鱼典故，点明渔夫垂钓，不意在鱼、不计得失的出世心态。下阕虽是写景，却表达了作者自足自乐、无欲无求、胸怀坦荡、神游物外的意愿。

渔家傲

（二）

脱却尘缘与绳墨，腾腾兀兀度朝夕。独是一身无四壁，随所适，自西自东无南北。　　落落晴天荡空寂，茫茫烟水漾虚碧。天水浑然成一色，望何及，更兼芦花秋月白。

上阕描写作者身无余物，无牵无挂，不管东西南北，海角天涯，任意游荡。下阕则是写景，晴空万里，天水相接，浩渺无际，空灵澄澈。

更漏子

秋风急，秋霜苦，岁月看看向暮。群木落，四山黄叶，松筠独苍苍。　　人间世，能几岁，忽忽光阴电逝。须猛省，细思量，无来一梦场。

这首词意在告诫人们，人生苦短，世事虚幻，应早日看破红尘，回头是岸，这自是宣扬佛教教义。上阕，明写秋天景色，肃杀萧瑟，悲凉清苦，实则指出人生苦短，转眼就是百年。下阕则是直言相劝，人生如梦，不要执着幻象，应该超脱尘俗，回头是岸。

三、李承休

代表作

临江仙

水绕山回成别境，昌基谚亦相传。龙飞凤舞共差然。中容千岫辏，外控一江弦。　　四海五湖波正渌，澄澄一点无烟。重瞳舜日正中天，联珠星报瑞，定鼎世增年。

这首词是李承休献给高丽侍中李藏用的，是颂祷之作。文字虽优美，但文学价值不大。

第五节 闵思平 郑誧 李谷 金九容

一、闵思平

（一）生平

闵思平（？—1359），字坦夫，号及庵。著有《及庵诗集》。

高丽忠肃王时及第，历任艺文春秋修撰、艺文应教成均馆大司成监察大夫，封骊兴君。曾随忠定王入元朝觐。

1349年，任佥议参理，赐输诚秉义协赞功臣。

1359年，病故。

（二）代表作

闵思平创作词4首，即《梦仙乡·奉送许存抚使》《朝中措·奉和益斋（一）（二）（三）》。

梦仙乡·奉送许存抚使

关东寒食，碧松沙路。翠盖映，玫瑰红雨。杖节作高游，迎候拥芳洲。　　河内居民借寇，心犹未彻。香案下、来含鸡舌。一笑对天颜，鱼水更同欢。

这首词是送别之作。上阕，着重写景，碧松沙路，玫瑰红雨，送别好友，难舍难分。下阕，憧憬日后，展望未来。下阕中引用了两个典故。

其一为借寇，为汉代寇恂的典故。

《后汉书·寇恂传》载，寇恂曾任颍川太守，为官清廉，政绩甚佳，其后离任。建武七年，光武帝南征隗嚣。寇恂随行，至颍川。当地百姓遮道谓光武帝曰：“愿从陛下复借寇君一年。”

其后，遂有“借寇”作为地方上挽留官员的典故。

另一典故为鸡舌，即鸡舌香，亦即丁香。古代尚书上殿奏事，口含此香。《初学记》卷11引汉应劭《汉官仪》：“尚书郎含鸡舌香伏奏事，黄门郎对揖跪受，故称尚书郎怀香握兰，趋走丹墀。”

作者在词中引用这两个典故，寓意深远，祝愿许存抚使回朝之日，必定得到国王的赏识与重用。

朝中措·奉和益斋

（一）

每闻夫子忆郊扉，何日赋言归。矫首寻常南望，古诗谩咏星稀。　　春回谷口，烟沉钓濑，水满春机。溪友贻书催我，野花几度残菲。

（二）

眼看红雪洒窗扉，赋闲阮郎归。远近云蒸霞蔚，武陵气象依稀。　　琴台锦石，来从底处，织女支机。曲罢宾朋星散，帽檐满插芳菲。

（三）

独怜春色到闲扉，何事忽忙归。莫遣家僮来扫，渐愁地上花稀。　　如今更觉，悠悠世事，苒苒天机。来岁岂无佳节，可辞烂醉芳菲。

这三首词皆为闵思平与李齐贤唱和之作。闵思平年岁较小，但与李齐贤交谊深厚。彼此唱和，切磋学识。这三首词表达文人的清闲自在，潇洒超脱，但艺术价值不高。

二、郑諵

郑諵不仅擅汉诗，亦擅汉词，创作有12首词，其中以《巫山一段云·蔚州八咏》最为著名。

代表作

巫山一段云·蔚州八咏

平远阁

阁外临江寺，门前渡海船。千年遗怨柳堤边，芳草绿芊芊。　　画栋辉朝日，朱栏泛暮烟。游人登览意茫然，满眼好山川。

望海台

绝壁凌晴汉，高台控大洋。遥看水色接天光，百里共苍苍。　　石室知秋草，松扉报晓忙。幽人呼客瞰东方，红日上扶桑。

碧波亭

叠石攲秋岸，丛篁卧晚汀。舟人云是碧波亭，碑坏已无铭。　　雨过沙痕白，烟消水色清。当时歌调不敢听，倚棹涕空零。

隐月峰

天近明河影，峰高隐月华。扶筇远上碧嵯峨，细路入云霞。　　古树含秋色，空岩拂晚霞。深林知有梵王家，钟鼓隔山阿。

藏春坞

骤雨驱春去，群花扫地无。东君疑是此间留，红白满山隅。　　隔水歌声远，连船酒味柔。谁言太守不风流，醉倩翠娥扶。

大和楼

丹槛临官道，苍波隔寺门。喧阗车骑送归轩，歌吹日来繁。　　细雨花生树，春风酒满尊。古今离恨月黄昏。渔唱起前村。

白莲岩

松岭丹青色，苔岩绘绣纹。白衣遗像兀无言，灵感谩前闻。　　泛鋈风声壮，连空海气昏。悠悠心事共谁论，搔首日西曛。

开云浦

映岛云光暖，连江水脉通。人言昔日处容翁，生长碧波中。　　草带罗裙绿，花留醉面红。佯狂玩世意无穷，恒舞度春风。

郑誧的组词《巫山一段云·蔚州八咏》，描绘的是蔚州的风光。蔚州地属庆尚道，山势险恶，风景秀丽。这八景均为蔚州名胜，以大和楼最为著称。《蔚州八咏》显然是受李齐贤《松都八景》的影响，描绘这八处风光，十分壮观，瑰丽雄伟。

巫山一段云·辛水原席上赠妓

明月当歌席，香风泛画堂。佳人笑整越罗裳，脉脉断人肠。　　夜静弦声急，天寒竹影长。酒阑携手起彷徨，一曲满庭芳。

这首词描写和歌妓欢宴歌舞的情景，情意缠绵，真切感人。

临江仙·代人作

萧史吹笙天上去，白云空锁秦城。东风回首涕纵横。至今明月夕，犹想凤凰鸣。　　聚散诚知皆有数，奈何怀抱难平。人生此别最关情。夜阑闻玉笛，浑是断肠声。

这首词描写男女离别之情。人们感情复杂多变，相聚欢乐，离别悲伤，尤其是男女恋人离别更是异常悲伤，可谓动人心魄，极富感染力的佳作。

浣溪沙

（一）

昨夜香闺见玉莲，飘飘巾帔若神仙。拟将歌舞重留连。旧恨新仇浓似酒，相逢即别奈何天。知心唯有使君贤。

（二）

莫笑先生酷爱莲，此花风韵属诗仙。那堪风雨竟连连。曲渚方塘添晚景，红妆翠盖媚秋天。巢龟真个过吾贤。

这两首词既写人又咏物，与上述多首词相较，显得逊色。

三、李谷

李谷不仅擅诗，且擅词，创作有10首词。其中与郑誧唱和的《次郑仲孚蔚州八咏》词最为称著。

代表作

次郑仲孚蔚州八咏

大和楼

铁骑排江岸，红旗出郭门。遨头来此送宾轩，宾从亦何繁。　　水色摇歌扇，花香扑酒尊。但无过客闹晨昏，淳朴好山村。

藏春坞

是处花多少，君家酒有无。人间红紫已难留，曾见衬庭隅。　　世事将头白，余生业舌柔。携壶日日渡溪流，藜杖不须扶。

平远阁

有客登仙阁，何人棹酒船。官游不觉到天边，江路草芊芊。　　极浦低红日，孤村起碧烟。离情诗思共悠然，岁月似奔川。

望海台

自昔闻浮海，吾今信望洋。有时风静镜磨光，一色际穹苍。　　绝岛知谁到，孤帆为底忙。从教日本是殊方，三万里农桑。

白莲岩

宝奁明珠颗，铢衣雾谷纹。白莲嘉瑞岂虚言，时有异香闻。　　客枕凉如水，禅灯耿破昏。谁言儒释不同论，到此任朝曛。

碧波亭

山雨花浮水，江清月满汀。古人诗眼此为亭，谁敢换新铭。　　去国心犹赤，忧时鬓尚青。渔歌正欲共君听，惊起翠毛零。

开云浦

地胜仙游密，云开世路通。依稀罗带两仙翁，曾见画图中。　　舞月婆娑白，簪花烂漫红。欲寻遗迹杳难穷，须唤半帆风。

隐月峰

落霞。恒娥窃药不归家，风露湿纤阿。玉叶收银汉，冰轮溢桂华。　　高峰碍月故峨峨，不待影欹斜。逸兴逢清夜，高吟愧。

李谷这组《次郑仲孚蔚州八咏》，与郑誧的《蔚州八咏》相较，甚为逊色。但其中的《平远阁》较为出色。这首词表达作者在宦海沉浮中身不由己的感叹和无奈。词中的“极浦低红日，孤村起碧烟”意境甚佳。

浣溪沙·真州新妓名词

客路春风醉不归，笙歌缓缓夜迟迟。竹西楼迥月参差。　　行乐雅宜无事地，寻芳却恨未开时。他年谁折状元枝。

这首词的上阕描写词人作客他乡，春风月夜，与妓相遇，笙歌缓缓，十分欢欣。下阕描述虽与妓相聚，但未如意，“寻芳却恨未开时”，甚是遗憾。

南柯子

古木多寒籁，虚檐剩晚凉。秋声无处不鸣商，况是客程佳节，过重阳。　　诗壁笼纱碧，歌筵舞袖香。官奴已老尚新妆，几见使君遗臬，与流芳。

这首词的上阕描写词人客遇重阳的心情，秋风瑟瑟，草木凋零，游子思乡；下阕描写欢宴、高歌起舞的情景。

四、金九容

生平

金九容不仅擅诗，且擅词，创作词7首。

代表作

画堂春·代人

绿杨堤畔杏花香。马头旌旆尽□，阛街珠翠更奔忙。争睹檀郎。　　却恨春宵苦短，锦衾才展鸳鸯。娇娆总是汉宫妆，□暗断肠。

这首词虽有缺字，但从整体来看，这是一首艳情词。词的上阕，描写花红柳绿时节，男女相遇，情投意合，欣喜异常。下阕，描述春宵苦短，男女分离，伤心断肠，十分凄凉。

卜算子·代人

倚户望斜阳，正在孤村树。泪眼昏昏鸟远飞，京国知何处。　　一别似千秋，此恨凭谁语。极目千山又万山，底是郎归处？

这是一首艳情词。描写妇人思念久别的夫君，在晚霞中倚门相望，期盼夫君归来，极目远眺，重重山岭，不知夫君从哪里回来？

长相思·代人

松山青，胜山青，两地相望知几程。难堪送别情。　　独归京，未归京，别后伤心梦不成。满窗寒月明。

这是一首艳情词。词的上阕描写闺中妇人回忆和夫君分离的情景；下阕描写离家外出的人们都回来了，唯独自己的夫君未归，妇人伤感不已，“别后伤心梦不成”，含泪望窗外，“满窗寒月明”。

巫山一段云·送李直门下出按西海

药砌吟诗句，薇垣倒酒杯。一年无事好开怀，送别恨难裁。　　揽辔匡时略，埋轮济世才。风流塩海莫徘徊，恐有铁肠摧。

这是一首送别词，无甚新意，是应酬之作。

鹧鸪天·送薛廉使

持节郎官出凤城，满城花柳雨晴□。先声已逐春光遍，到处歌谣咏太平。　　山缭绕，水澄清。骊江楼上最多情。夜深人静栏杆外，一叶扁舟载月明。

这首送别词描写作者送别好友，春暖花开，山清水秀，洒泪而别，恋恋不舍，孤独惆怅，不胜依依。

少年行·骊江

黄骊古县最风流，江上有高楼。水绿山青，柳荫深处，终日系兰舟。　　纤歌一曲行云遏，芳草恨悠悠。十二栏杆，三行粉面，明月满汀洲。

这首词描绘骊江美丽风光。骊江在骊兴郡。高丽初，改为黄骊县。1305年，升为骊兴郡。

朝中措·骊江

人间万事到头空。春梦百年中。一卧江堧无赖，相从明月清风。　　采山钓水，鲜美满案，贤圣盈钟。独酌独吟终日，平生甘作村翁。

这首词表达了词人的意愿，淡泊名利，与世无争，寄情山水，清闲潇洒，“平生甘作村翁”，隐居山村。

第六节　元天锡　李　詹　安鲁生　陈义贵　成石璘　崔执均

一、元天锡

元天锡不仅擅诗，亦擅词，创作有6首词。

代表作

鹧鸪天·南溪柳下追凉作鹧鸪天忆契内张赵二公

夹岸垂杨弄影微，追凉尽日却忘归。身闲乐土知今是，迹寄名场悟昨非。　　初收暮霭，转斜晖。倚筇时复一凄悕。故人化作松间土，谁识吾行与世违。

这首词是悼念亡友之作。上阕表达了词人弃官归隐，重获自由的喜悦心情，“身闲乐土知今是，迹寄名场悟昨非”，显系引申陶渊明《归去来兮辞》中的“实迷途其未远，觉今是而昨非”。下阕感叹失去两位挚友的孤独与凄凉。

鹧鸪天·促织

风静空阶玉露清，隔窗啾唧动哀情。征夫一听应添恨，寒妇初闻忽暗惊。　　秋七月，夜三更，弄鸣机杼到天明。却嗟尔事如吾事，往往叫阍无助声。

这首词借闻蟋蟀鸣叫，表达了作者关心民间疾苦的情怀。征夫远在外地，家中妇人夜深人静，仍在辛苦织布。

鹧鸪天·白鸥

江海无涯浩荡春，随波逐浪自由身。浮云态度元无定，白雪精神固未驯。　　心绝累，格离尘，淡烟疏雨伴渔人。平生我亦忘机者，莫负前盟日相亲。

这首词虽是描写飞翔海空的白鸥，实是表达作者之悠闲自在、潇洒脱俗的意愿。

鹧鸪天·送竹溪轩信回禅者游江浙词并序

三韩无学，本寂二师，皆懒翁门之秀者也。翁信而待之，异于众。及懒翁示寂之后，一国禅流，敬而致礼，尊荣无待。上人投于二师为弟子，而于懒翁义当门孙也，盖其学道修习，从可知矣。今欲远游江浙，飞锡而去。其意无他，切欲参访明师，亦归敬懒翁旧游之地也。若用其有余力之智行，历参天下善知识，则必于无所得处有所得矣。作短歌以贶行云。

布袜青滕意趣深，欲参天下大丛林。只条杖抹千峰影，一片云含万里心。　　无孔笛，没弦琴。必应今遇知音□。要看普济会游处，须向平山古道寻。

这首词是送别之作，表达词人超脱世俗的思想境界。

阮郎归·名

一区山郡水云清，溪声绕古城。临流可以濯尘缨，幽禽相送迎。　　思许子，久留京。喜闻传美名。愿君安好速回程，林泉无变更。

这首词表达词人隐居山村，清闲自在的生活意愿。

蝶恋花·处

客里应难爰得所。乡思凄然，梦绕秋莲渚。日暮长安愁几许，羡他孤鸟高飞去。　　我亦凉凉无伴侣。阒寂幽居，只有山禽语。忽忆前游多意绪，悠悠往事寻无处。

这首词是忆归思乡之作。久在他乡为异客，思家乡，忆故居，人之常情。

二、李詹

李詹不仅擅诗，亦擅词，创作有5首词。

代表作

临江仙

春濑和烟分远野，官桥杨柳依依。花香苒苒袭人衣。楼台无限好，客子甚时归。　　忆昔泛舟游夜月，鲈鱼跳上渔矶。中流渐觉露华微，此来思往事，黄鹤白云飞。

这首词既写景，又忆旧。春天来了，鸟语花香，春意盎然。回忆昔日月夜泛舟，饮酒吟诗，其乐融融。

克斋杂题三章

（一）临江仙·松月亭

亭畔双松张翠葆，秋来十分蒨葱。幽人衣上露华浓。待看清夜月，耸出乱山中。　　鬼影参差天宇静，一声何处冥鸿。弹琴古调入松风，上浩歌清兴发，莫使酒樽空。

这首词描写松月亭之景色。文人经常来此欢聚，吟诗饮酒，其乐无穷。

（二）南柯子·竹径烟

梨枣通邻圃，桑麻翳古墟。竹枝深处是吾庐。益友平生但与，此君居。　　彭泽休官后，山阴葡筑初。风霜雪露纵怜渠，怎似和烟一簇，暗扶疏。

这首词是描写词人居处的竹林，淡雅清幽。

（三）虞美人·惊塞雁

金河秋畔惊胡管，万里初飞雁。哀鸣轻举趁西风。十载江湖，来往也匆匆。　　去寒就暖谋身巧，弋者徒求饱。尺书谁遣到南州，有客怀归，终日倚江楼。

这首词描写大雁，每当金秋十月，北雁南飞。

三、安鲁生

（一）生平

安鲁生，生卒年不详，号春谷，历任军资少尹、门下舍人、鉴后兵曹总郎、左谏议、知制教、吏曹参议、忠清道观察使等。他擅词，创作有词12首，题为《十二咏》，描绘宁海府的12处风光。

（二）代表作

腾云山

地轴从天北，山根插海中。浮云积翠几千重，云气自冲融。　　古木苍藤老，深崖白日曚。会当登览最高峰，随意倚清风。

这首词描绘腾云山之雄伟壮观。上阕描绘了腾云山山势之雄伟，层峦叠嶂，云雾迷蒙；下阕则描写山中之古树，山深林密，郁郁葱葱。

望日峰

早发寻旸谷，来登望日峰。金鸦飞出碧波中，淑气满长空。　　万物分形影，三元造始终。细推盈昃妙无穷，嘿嘿谢天工。

词的上阕描绘了望日峰的景色，高耸入云，登峰望海，碧海茫茫，天水相接，十分壮观；下阕则是感叹世间万物皆有规律，生死兴亡，有序可循。

丑山岛

地尽沧溟大，云收岛屿开。洪涛汹涌动惊雷，势若雪山颓。　　万竹笼烟静，千帆带雨回。纵然海寇不虞来，知是望风摧。

上阕描绘丑山岛之壮丽景色，大海中的丑山岛巍然耸立，波涛汹涌，海浪触天；下阕描写丑山岛为海防要冲，可防御来犯之敌。

揖仙楼

楼迥云生栋，山高翠滴裳。荷风细细送清香，便是入仙乡。　　木落知秋气，月明生夜凉。倚栏时复引壶觞，身世两相忘。

上阕描写揖仙楼之四周景色，林木郁郁葱葱；下阕则是描写登楼远眺，天高云淡，令人心旷神怡。

奉松亭

海阔波声壮，郊虚飏风侵。松为保障蔚成林，千载翠阴阴。　　芳草青毡软，晴沙白雪深。几人把酒目相寻，乘兴豁烦襟。

这首词描写奉松亭之景色。登亭远眺碧波滔滔，近望松树郁郁葱葱。

观鱼台

石壁千层下，沧溟几丈余。汤汤万里一堪舆，俯瞰数游鱼。　　水落鱼矶出，帆开宿雨疏。若令尚父此来居，西伯便同车。

这首词描绘观鱼台之景色，地势奇险，海波浩荡。

西泣岭

涧道过清浅，峰峦向翠微。三行红粉并鞍归，白日动光辉。　　水逐征骖急，山从祖帐围。离歌未阕已西晖，挥泪更沾衣。

这是一首送别词。西泣岭历来为迎送之地。“离歌未阕已西晖，挥泪更沾衣”，离愁别恨，情意缠绵。

南眠岘

东国龙兴日，三韩虎斗时。只缘历数在君师，大业岂前期。　　和睡登南岘，输肝献一卮。风飞电扫定安危，端拱示无为。

这首词描述高丽太祖的一个典故。据传高丽太祖南征时，曾在此安歇困睡。

燕脂溪

洞密藏仙境，溪回绕妾家。香风和月上窗纱，流影照琵琶。　　手拂青铜镜，头簪白玉珈。晓来妆罢儿如花，水赤拌丹砂。

按，“燕脂溪”，为高丽时官妓所居之地。

这首词描写官妓梳妆打扮，“手拂青铜镜，头簪白玉珈”。

梵兴寺

宝地寻精舍，空门薄世情。赤髭白足出岩扃，松下说无生。　　夜静石泉响，晓寒钟梵声。道心潭影共澄清，趺坐旋忘情。

这首词描写梵兴寺僧侣生活，脱离红尘，超脱世俗，晨钟暮鼓，青灯黄卷，潜心修行。

含恨洞

腰袅紫骝马，夸毗白面郎。金鞭指点百花妆，中有倚新妆。　　纤手开珠箔，明眸出洞房。上楼相对赏春光，一叹已摧肠。

这首词是描写官妓的生活。

贞信坊

有别彝伦正，无非德行清。但因节妇秉心贞，闾井得佳名。　　烈女风犹在，关雎化复行。丹阳礼俗古今成，自是被文明。

这首词宣扬三从四德，赞美贞节烈妇。

四、陈义贵

（一）生平

陈义贵，高丽末期文人。历任郎舍、右常侍。李朝建立后，历任左司谏、礼曹参议。1424年病故。

（二）代表作

其词作颇多，代表作为《巫山一段云·八景》。

龙门送客

野阔山如画，川平草似茵。匏樽木榼送佳宾，别酒莫辞频。　凄断阳关曲，蹉跎末路尘。临分执袂更逡巡，不禁涕酸辛。

这首词为送别之作。江山如画，绿草如茵。饮酒赋诗，洒泪而别。

龟石寻僧

古寺依岑寂，层轩对翠微。穿林石路入烟霏，昼静掩苔扉。　面壁知僧定，寻巢见鹤归。日斜禅榻坐忘机，岚翠欲沾衣。

上阕描写佛寺的景色，深山古刹，寂静至极；下阕描写僧人潜心修行，超凡脱俗。

乱谷牧马

断岸菰蒲绿，层峦踯躅红。良辰秣马碧溪东，雨过草连空。　物外兹游胜，樽前异味重。酒酣长啸兴无穷，欹帽落花风。

这首词描写牧马之乐趣。

潘溪捕鱼

水阔鱼吹浪，风轻燕掠波。横流举网忽盈车，得隽各矜夸。　　斫脍倾杯数，烹鲜溉釜多。沙头尽日饮无何，也任帽攲斜。

这首词上阕描写捕鱼之兴趣，下阕描写吃鱼之欢乐。

杻城白雨

列岫围平野，孤城倚翠巅。风吹雨脚散如烟，山气共悠然。虹断知何处，鸦栖欲暮天。幽人卷箔倚栏边，秋水满前川。

这首词上阕描写雨中景色，狂风大作，暴雨如注；下阕描写雨后景色，天上彩虹，红遍半天，地下水流成溪，最后点睛："幽人卷箔倚栏边"。

椒岭晴云

叠嶂凌清汉，闲意惹碧岑。如绵如雪锁千林，洞壑更幽深。　　鹤去空怀古，猿啼似感今。吟看倚杖思难禁，回首日将沉。

这首词上阕描写山林景色，群山叠嶂，古树参天，山洞幽深；下阕抒发情怀，抚今追昔，感慨万千。

清河褉饮

柳暗藏春色，松疏带雨声。山深白日子归鸣，佳节是清明。　　水送流觞急，风吹舞袖轻。花枝满插接罱倾，扶醉画中行。

这首词描写文人相聚，吟诗饮酒之乐。

黉舍闲吟

山郡携佳客，黉庐谒素王。裴然狂简总成章，相揖共升堂。　　后岭松杉翠，前池菡萏香。论文对榻日偏长，清兴浩难量。

这首词描写文人相聚，切磋学识，彼此唱和，其乐融融。

五、成石麟

代表作

阮郎归·病中赋阮郎归寄呈牛后

春寒悄悄闭重门，疏帘雨气昏。达官厚禄是谁恩，香炉火尚温。　　人语少，鸟声喧。风花飞上轩。园中井水岂无源，汲多能不浑。

这首词作于被贬流放时期，寄语知心好友，发泄郁闷不快，感叹人生遭际，仕途坎坷。

六、崔执均

代表作

剔银灯

昨夜细看蜀志。笑曹操孙权刘备。用尽机关，徒劳心力，只得三分天地。屈指细寻思，何似刘伶一醉。人世都无百岁。少痴孩，老尫悴。　　只有中间，些子年少，忍把浮名牵系。虽一品与千钟，问白发，如何回避。

这首词引用魏蜀吴三国故事，感叹人生苦短，世事沧桑。

高丽词人除上述者，还有一些文人亦有词作，权近有1调8首、权遇有2调9首、李原有1调6首、无名氏有2调2首。[1]

综上所述，高丽时期，词文学得到很好发展，成为高丽汉文学的重要组成部分。但是高丽时期的词文学亦有不足之处：其一，与汉诗人相较，写词作者不多；其二，因前者原因，高丽词作，与汉诗相较，也不多；其三，就词之文学水平，除李奎报、李齐贤词作十分优秀外，鲜有出色之作。

① 李宝龙：《韩国高丽词文学研究》，人民出版社，2011年，第70–72页。

第十一章　高丽的诗话

第一节　概　述

一、诗话的概念

诗话，是中国古代文学的诗论载体，是古代诗歌理论批评的一种主要样式。最著名的为北宋欧阳修的《六一诗话》。欧阳修创始的诗话，最初的含义是“以资闲谈”，论诗及事，重在诗本身的评论，成为诗歌理论批评的一种形式。

其后，诗话的内容逐步扩大，领域扩展，诸如标举论诗宗旨，探索诗派渊源，评论诗人诗作，摘录诗歌佳句，论说诗歌写作技法，叙述诗人轶事，考证诗意掌故，诠释诗句僻典等。

二、高丽诗话之产生

高丽之所以产生诗话，主要原因有二：其一，在高丽朝，汉诗发展达到新的高度，异常繁荣兴盛。高丽汉诗人辈出，星光灿烂，汉诗作品卷帙浩繁，从而为诗话的产生奠定基础，创造必要前提；其二，北宋欧阳修的《六一诗话》、蔡绦的《西清诗话》、阮阅的《诗话总龟》等作品的传入。

高丽文人的诗话，无论是体例，还是写法上，均受中国诗话尤其是欧阳修《六一诗话》的影响。高丽诗话的著名作者及代表作为：李仁老的《破闲集》、李奎报的《白云小说》、崔滋的《补闲集》、李齐贤的《栎翁稗说》。

三、高丽诗话的主要内容

高丽诗话内容众多，十分广泛，评论本国诗人和诗作自是居于首位。历史传闻、名人逸事、民间故事亦多涉及，民间习俗、历史地理、建筑风格也有叙述，中国诗人和诗作也是评论对象。

高丽诗话即高丽诗歌理论，历经三个阶段。第一个阶段，以李仁老的《破闲集》为代表，尚未形成系统的理论，注重形式，讲究词句。第二个阶段，以李奎报的《白云小说》和崔滋的《补闲集》为代表。诗歌理论体系逐步形成。李奎报提出“气”“意”“味”三个相互联系的概念，认为“气”是诗人的气质，“意”是诗之创意、内容，“味”是诗之审美效果。崔滋则予以补充，提出“味”，即诗之整体意境。第三个阶段，以李齐贤的《栎翁稗说》为代表。李齐贤继续发展“味”的概念，主张“意”“味”并重。李齐贤的诗论，是形式、内容均衡的理论。

第二节　《破闲集》

一、概况

李仁老不仅擅汉诗，且是朝鲜诗话的最早开拓者。他的诗话《破闲集》为朝鲜诗话的开山之作，《破闲集》共3卷，成书于1220年。

关于这本诗话，何以名为“破闲”时，李仁老在《破闲集·后记》中阐述说：“吾所谓闲者，盖功成名遂，悬车绿野，心无外慕者，又遁迹山林，饥食困眠者，然后其闲可得矣。然寓目于此，则闲之全可得而破也。若夫汩尘劳役名宦，附炎借热，东骛西驰者，一朝有失，则外貌似闲而中心汹汹，此亦闲为病者也。然寓目于此，则闲之病亦可得而医也。若然，则不犹愈于博弈之贤乎？”

对此，李世黄在《破闲集跋》中亦有论及：“（李仁老）日与西河耆之、濮阳世材辈，约为金兰，花朝月夕，未尝不同，世号‘竹林高会’，倚酣相语曰：‘丽水之滨必有良金，荆山之下岂无美玉。我本朝境接蓬瀛，自古号为神仙之国。其钟灵毓秀间生五百，现美于中国者，崔学士孤云唱之于前，朴参政寅亮和之于后，而名儒韵释，工于题咏，声驰异域者，代有之矣。如吾辈等苟不收录传于后世，则湮没不传，决不疑矣。’遂收拾中外题咏可为法者，编而次之，为三卷，名之曰《破闲》。”

从上述这段话中，可知李仁老编写诗话《破闲集》之目的，在于收集和整理朝鲜汉文学作品并加以评论，以促进汉文学之进步。

二、对朝鲜汉诗人、诗作之评论

李仁老在《破闲集》中评论朝鲜汉诗往往与中国的诗人诗作进行比较，并对朝鲜汉诗人及其诗作进行评论。

（一）评论金永夫有感诗时，首先谈及唐代著名诗人杜甫之忠义，“自雅缺风亡，诗人皆推杜子美为独步，岂唯立语精硬，刮尽天地菁华而已。虽在一饭，未尝忘君，毅然忠义之节，根于中而发于外，句句无非稷契口中流出，读之足以使懦夫有立志，奎珑其声，其质玉乎，盖是也。”而后，评论金永夫有感诗说：“其拳拳忧国之诚，老当益壮，凛然与泰华争高，真可仰也。”

（二）评论华严月师诗风时，与唐朝诗人贾岛相比较：“华严月师少从仆游，自号高阳醉髡，作诗有贾岛风骨。”

（三）评论金黄元《登永明寺》诗，则与战国诗人宋玉《九辩》相比较说：“时人语曰昔闻宋玉悲秋气，今见黄元哭夕阳。”

（四）评论林椿诗“岁月屡惊羊胛熟，飞骚重会鹤天寒，腹中早识精神满，胸次都无鄙吝生”说“亦得其妙”，又说“皆播在人口，真不愧于古人”。又对林椿《侨泊星山郡诗》评论说：“其用事亦精，此古人所谓蹙金结绣，而无痕迹。”

（五）评论吴世才之汉诗及其屡试不中之遭遇说：“文章自有一定之价，富不为之减。故欧阳永叔曰：‘后世苟不公，至今无圣贤。’”

三、对中国诗人诗作之评论

李仁老在《破闲集》中，对中国的诗人诗作亦有多处评论。

（一）高度评价杜甫：“琢句之法，唯少陵独尽其妙。如‘日月笼中鸟，乾坤水上萍’‘十暑岷山葛，三霜楚户砧’之类是已。”“自雅缺风亡，诗人皆推杜子美为独步。岂唯立语精硬，刮尽天地菁华而已。虽在一饭未尝忘君，毅然忠义之节，根于中而发于外，句句无非稷契口中流出，读之足以使懦夫有立志。玲珑其声，其质玉乎，盖是也。”

（二）李仁老还特别推崇苏轼、黄庭坚。如“及至苏、黄则使事益精，逸气横出，琢句之妙，可以与少陵并驾”，“杜门读黄、苏两集，然后语遒然韵铿然，得作诗三昧”，“诗家作诗多使事，谓之点鬼簿；李商隐用事险僻，号西昆体；此皆文章一病。近者苏、黄崛起，虽追尚其法，而造语益工，了无斧凿之痕，可谓青于蓝矣。如东坡‘见说骑鲸游汗漫，忆曾扪虱话悲辛’‘永夜思家在何处，残年知尔远来情’，句法如造化生成，读之者莫知用何事。”

（三）李仁老的《破闲集》除主要评论朝鲜、中国的诗人和诗作外，还载有名人逸事。如“金子仪饮酒”，历史故事如金富轼使宋、花郎道等。民间传说，如桃花源。名胜古迹，如浮碧楼。书法、绘画，如“李宁之画”等。此外，《破闲集》还详细记载了新罗诗人崔致远和唐文人顾云之友好往来：“文昌公崔致远，字孤云，以宾贡入中朝擢第，游高骈幕府。时天下云扰，简、檄皆出其手。及还乡，同年顾云赋《孤云篇》以送之。云：‘因风离海上，伴月到人间。徘徊不可往，漠漠又东还。’公亦自叙云：‘巫峡重峰之岁，丝入中华。银河列宿之年，锦还故国。’”

综上所述，李仁老的《破闲集》作为诗话的开山之作，不仅内容广泛，而且评论得当、剖析深刻，对其后诗话的发展有很大促进作用。

第三节 《白云小说》

李奎报不仅是高丽著名汉诗大家，且是诗歌理论家，创作有诗话《白云小说》。

一、概况

《白云小说》虽称为诗话，但并非李奎报生前撰写此书，而是由李朝文人洪万宗，从李奎报之《李相国文集》中摘录其中有关诗话之文字，别作一编，定名为《白云小说》。《白云小说》刊印时为1714年，此时李奎报已去世473年。

正因为《白云小说》并非李奎报生前撰写此书，《李相国文集》并无此书，其真实性颇遭学者质疑。但是《白云小说》之内容，确实出自《李相国文集》，是从一些文章中摘录出来的，不过有部分出处不明。

二、内容简介

《白云小说》篇幅并不长，仅6000余字，内容却甚丰富。书中囊括了李奎报关于诗歌理论等一系列论述。

创立“意说”。

李奎报在《白云小说》中指出：“夫诗以意为主，设意最难，缀辞次之。意亦以气为主，由气之优劣，乃有深浅耳。然气本乎天，不可学得。故气之劣者，以雕文为工，未尝以意为先也。盖雕镂其文，丹青其句，信丽矣，然中无含蓄深厚之意，则初若可玩，至再嚼则味已穷矣。虽然自先押韵，似若妨意，则改之可也。唯于和人之诗，若有险韵，则先思韵之所安，然后措意也。句有难于对者，沉吟良久不能易得，则即割弃不惜，宜也。方其构思，思若深僻则陷，陷则著，著则迷，迷则有所执而不通也。惟其出入往来，变化自在，而达于圆熟也。或有以后句救前名之弊，以一字助一句之安，此不可不思也。”

李奎报提出“气”“意”“味”，指出“气”是诗人的气质，“意”是诗之创意、内容，“味”是诗之审美效果，并认为“气”决定“意”，“意”决定“味”。所以作诗首先要“气”佳，才能“意”佳，从而有“味”。

关于诗体，李奎报在《白云小说》中有“九不宜”说：“纯用清苦为体，山人之格也。全以妍丽装篇，宫掖之格也。唯能杂用清警雄豪，妍丽平淡，然后备矣。而人不能以一体名之也。诗有九不宜体，是余所深而自得之者也。一篇内多用古人之名，是载鬼盈车体也。攘取古人之意，盖盗犹不可，盗亦不善，是拙盗易擒体也。押强韵无根据处，是挽弩不胜体也。不揆其才，押韵过强，是饮酒过量体也。好用险字，使人易惑，是设坑导盲体也。语未顺而勉引用之，是强人从己体也。多用常语，是村父会谈体也。好犯丘轲，是凌犯尊贵体也。词荒不删，是良莠满田体也。能免此不宜体格，而后可与言诗矣。”

李奎报指出这“九不宜”体，应该作为诗人之警钟。

三、对中国的诗人和诗作之评论

（一）对苏东坡甚为推崇

如“夫文集之行乎世，亦各一时所尚而已。然今古已来，未若东坡之盛行，尤为人所嗜者也”，“东坡近世以来，富赡豪迈，诗之雄也”。

（二）对梅圣俞亦很推崇

如“余昔读梅圣俞诗，私心窃薄之，未识古人所为号诗翁者。及今阅之，外若荏弱，中实骨鲠，真诗中之精隽也。知梅诗然后可谓知诗者也”。

（三）对陶渊明也很推崇

“陶潜诗，恬然和静，如清庙之瑟，朱弦疏越，一唱三叹。余欲效其体，终不得其仿佛，尤可笑已。”

（四）评论中国诗人和诗作时，有的与中国诗人之观点不同，仅举数例于后

如对谢灵运之诗句“池塘生春草”，则有不同看法：“古人以谢灵运‘池塘生春草’为警策，余未证佳处。”

又如对徐凝之诗句“一条界破青山色”：“徐凝《瀑布诗》‘一条界破青山色’，则余拟其佳句，然东坡以为恶诗。”

对此，李奎报说：“由此观之，余辈之知诗，其不及古人远矣。”

第四节　《补闲集》

一、概况

崔滋之诗话，何以命名为《补闲集》？崔滋在《补闲集》序中说：“古今诸名贤编成文集者，唯止数十家。自余名章秀句，皆湮没无闻。李学士仁老，略集成篇，命曰《破闲》。晋阳公以其书未广，命予续补，强拾废忘之余，得近体若干联，或至于浮屠儿女辈，有一二事，可以资于谈笑者，其诗虽不嘉，并录之，并一部分为三卷。”

《补闲集》是延李仁老《破闲集》之作。所以，《补闲集》的评论方法也和《破闲集》一样，即评论朝鲜汉诗人诗作时多与中国诗人和诗作进行比较。

崔滋的《补闲集》为3卷，篇幅很长，内容更为丰富。

二、内容简介

（一）发展李奎报的“意说”

李奎报在《白云小说》中创立“意说”，提出“气”“意”“味”，认为“气”是诗人气质，“意”是诗歌的创意、内容，“味”是诗之审美效果，并认为“气”决定“意”，“意”决定“味”。

崔滋在《补闲集》中，继续发展李奎报的这一理论。指出“诗文以气为主，气发于性，意凭于气，言出于情，情即意也，而新奇之意，立语尤难，辄为生涩。……夫才胜其情，则虽无佳意，语犹圆熟；情胜其才，则辞语鄙靡，而不知有佳意。情与才兼得，而后其诗有可观”。

（二）提出评论诗歌的标准

崔滋在发展李奎报的意说基础上，提出评论诗歌之标准，即以气、骨、意、格、辞、语、声、律作为评诗之标准。

> 文以豪迈壮逸为气，劲峻清驶为骨，正直精详为意，富赡宏肆为辞，简古倔强为体，若局生涩琐弱芜浅是病。若诗则新奇绝妙，逸越含蓄，险怪俊迈，豪壮富贵，雄深古雅，上也。精隽遒紧，爽豁清峭，飘逸劲直，宏赡和裕，炳焕激切，平淡高邈，优闲夷旷，清婉巧丽，次之。生拙野疏，蹇涩寒枯，浅俗芜杂，衰弱淫靡，病也。夫评诗者，先以气骨意格，次以辞语声律。一般意格中，其韵语或有胜劣，一联而兼得尽寡，故所评之辞，亦杂而不同。诗格曰：句老而字

不俗，理深而意不杂，才纵而气不怒，言简而事不晦，方入于风骚，此言可师。

崔滋上述评诗标准为《补闲集》中最具重要意义者。

三、对朝鲜汉诗人和诗作的评论

崔滋的《补闲集》对许多朝鲜汉诗人、诗作进行评论，在评论时多与中国诗人诗作进行比较。

（一）评论李奎报的诗文

文顺公家集，已行于世，观其诗文，如日月不足誉……公自妙龄走笔，皆创作新意，吐辞渐多，驰骋益壮，虽入于声律绳墨中，细琢巧构，犹豪肆齐峭。

今观文顺公诗，虽气韵逸越，侔于李太白，其明道德，陈风谕，略与白公契合。

评李奎报《北山杂题》诗说："此诗置李白集中，未知孰是。"

（二）评金仁镜上进诗

孔子三月无君，则皇皇如也，杜子美在寒窘中，句句不忘君臣之大节，况名爵如公者，虽在阃外，恋恋有爱君之心，固其宜也。

（三）评郑知常新雪诗

此诗和艳富贵，非东坡所谓村学中雪诗也。

（四）评权适的八颠山绝顶楼诗

权学士适为岭南观察，题此楼云：“日月东西三面水，乾坤上下一峰楼”，后人读乾坤之上下，不知其句有味。杜子美登楼诗云：“二仪清浊还高下，上下亦高下，当作乾坤还上下读之，则其妙矣，日月东西亦然。”

（五）评吴世才奉使江南留题诗

奉使江南留题曰：“云霄茅下才连茹，原湿蓬间忽断根。”诗人以为与杜子美“日月笼中鸟，乾坤水上萍”其琢句精工相似。或云此等句格，琢为五字则绝妙，七言则未工。

第五节 《栎翁稗说》

一、概况

李齐贤的诗话《栎翁稗说》为高丽第四部诗话，作于1342年，初刊于1363年，共4卷，分前后集。前集多为王朝故事、群臣逸事，后集为诗歌评论和史实考证。

之所以称《栎翁稗说》，李齐贤在前集《自序》中说：“稗之从卑，亦声也。以义观之，稗，禾之卑者也。余少知读书，壮而废其学，今老矣，顾喜为驳杂之文，无实而可卑，犹之稗也，故名其所录为稗说云。”在后集《自序》中说：“本以驱除闲闷，信笔而为之者，何怪其有戏论也。”

二、内容简介

李齐贤在文学理论方面，继续发展李奎报“意说”，主张

“意”“味”并重，继续发展了“味”的概念：“古人之诗，目前写景，意在言外，言可尽而味无穷。若陶彭泽‘采菊东篱下，悠然见南山’，陈简斋‘开门知有雨，老树半身湿’之类是也。”

李齐贤“意”“味”并重的诗歌理论，是形式、内容均衡的理论，是李仁老和李奎报、崔滋两种理论的融合和发展。

李齐贤以花香的可嗅而不可触来比喻诗之“味”：“予独爱‘池塘生春草’，以为有不传之妙。昔尝客于余杭，人有种兰盆中，以相惠者。置之几案之上，方其应对宾客，酬酢事物，未觉其有香焉。夜入静坐，明月在牖，国香触乎鼻观，清远可爱，而不可形于言也。予欣然独语曰：‘惠连春草之句也。’”以兰香作比喻，生动、准确地诠释和描绘诗歌所产生的“言外之味”的深奥含意。李齐贤在《栎翁稗说》中反复强调的“意在言外”“言外之味”，是其创作审美观念在诗论中的体现和丰富的创作经验在理论上的直接反映。

三、对朝鲜汉诗人诗作之评论

李齐贤在《栎翁稗说》中评论朝鲜汉诗人诗作也多与中国诗人诗作进行比较。

（一）评论崔瀣汉诗“四更吐月后，残夜水明楼，尘匣元开镜，风帘自上钩”中的“尘匣元开镜”句时说，“尘匣元开镜者，非言月而言水明楼者，也比于杜甫夔府咏怀诗中‘拂云言古树，朝海言苍江’，亦诗家一格也”。

（二）评论李奎报题鹭莺图诗，与苏东坡题韩幹十四匹马诗进行比较，而后说：“语虽不侔，其用意同也。”

（三）评李藏用之汉诗时，与金末诗人杨飞卿之诗进行比较，说：“金末诗人杨飞卿题红树云：‘海霞不雨栖林表，野烧无风到树头。’李文真公亦云：‘废院颟顸秋思苦，浅山唐突夕阳明’，飞卿老膝不得不屈。”

（四）评陈正言咏柳诗，与诗人李商隐诗相比较，说："陈盖拟此而作，山谷有言'随人作计终后人，自成一家用逼真'，信哉。"

四、对中国诗人和诗作之评论

李齐贤寓居中国多年，对中国诗人和诗作非常熟悉，而且非常推崇。

在《栎翁稗说》中，李齐贤无数次引示中国诗人和诗作作为典范。上自魏晋，下至宋代，凡千余年来著名诗人及其名作均大加称赞，极力推崇。诸如李白、杜甫、白居易、陶渊明、苏东坡、黄庭坚、刘禹锡、杜牧、欧阳修、谢灵运、王安石、陈简斋等，据不完全统计，共有20人之多。

如称赞杜甫之诗句：

> 杜少陵有"地偏江动蜀，天远树浮秦"之句，予曾游秦、蜀。蜀地西南高东卑，江水出岷山，经成都南，东走三峡，波光山影，荡摇上下。秦中千里，地平如掌，由长安城南以望，三面绿树童童，其下野色接天，若浮在巨浸然。方知此句少陵为秦、蜀传神，而妙处正在阿堵中也。

又如称赞杜牧之诗：

> 常爱杜牧《赤壁》云："折戟沉沙铁未销，试将磨洗认前朝。东风不与周郎便，铜雀春深锁二乔。"《题乌江亭》云："胜败兵家事不期，包羞忍耻是男儿。江东子弟多才俊，卷土重来未可知。"

除对中国诗人、诗作倍加推崇外，也对一些诗人的诗作进行考证。

其一，对李白《蜀道难》中的“西当太白有鸟道，可以隔绝峨眉巅”进行考证，“太白在咸阳西南，峨眉则在成都东北，可谓悬隔。然而自咸阳数千里至成都，或东或西，不一而行。又自成都东行，北转六百余里，然后至峨眉。虽山川道路之迂，度其势，二山不甚相远，人迹固不相及，鸟道则可以横绝云耳”。

其二，对白居易《长恨歌》中的诗句，指出其与事实不合：

> 白乐天《长恨歌》云：“黄埃散漫风萧索，云栈萦纡登剑阁。峨眉山下少人行，旌旗无光日色薄。”此言明皇幸成都时所历也，如其所云峨眉当地剑门、成都之间，而今乃不然，后得《诗话总龟》，见古人已有此论，盖乐天未尝到蜀中也。

《栎翁稗说》内容十分丰富，论述也很详尽，剖析甚是深刻，堪称高丽诗话之佳作。

李仁老的《破闲集》、李奎报的《白云小说》、崔滋的《补闲集》和李齐贤的《栎翁稗说》，这四部诗话使高丽时代的诗歌理论形成体系，对朝鲜其后的文学创作的发展与繁荣有很大贡献。

第十二章　高丽的假传体小说

第一节　概　述

一、假传体小说的概念

假传体小说，是用纪传体的方法描写非人的事物，和史书人物传记一样，一般先介绍传主的籍贯、名号、出身，而后是生平事迹，最后是对传主的评价。

假传体小说的特点是，一笔而写两物，同时传达内涵，而深层次的、隐蔽的含义才是作者最想表述的。因此，假传体小说除了作者游戏笔墨外，还常常用来影射、讥讽时弊，成为托物言志的好工具。

二、中国假传体小说概况

中国假传体小说最早最著称者为唐代韩愈的《毛颖传》《下邳侯革华传》《河间传》，其后较著名者有司空图的《容成侯传》、苏轼的《温陶君传》《黄甘陆吉传》、柳宗元的《蝜蝂传》、秦观的《清和先生传》、张耒的《竹夫人传》等。

韩愈的《毛颖传》借毛笔始而见用，“以老见疏”的故事，讽刺统治者的“少恩”，讥刺那些“老而秃”的无用官僚。柳宗元的

《蝜蝂传》以小虫拟人。司空图的《容成侯传》以铜镜拟人。苏轼的《温陶君传》是以饼拟人。秦观的《清和先生传》是以酒拟人。

三、高丽假传体小说概况

韩愈的假传体小说《毛颖传》和苏轼等人的假传体小说传入高丽。在假传体小说的影响下，高丽文人也创作了假传体小说。

高丽的假传体小说主要有林椿的《曲醇传》《孔方传》、李奎报的《曲先生传》《清江使者玄夫传》、慧谌的《竹尊者传》《冰道者传》、李允甫的《无肠公子传》、息影庵的《丁侍者传》、李谷的《竹夫人传》、李詹的《楮生传》等。

四、高丽假传体小说的特征

高丽假传体小说特征有三：其一，以比拟方法叙述寓言或故事，这种文学作品具有双重结构，即表面的形象与背后隐含精神的、道德的意义共容共存；其二，作品的绝大部分人物和历史事件皆来自中国典籍，即皆为中国人物和事件；其三，与史传密切相联系。这种文学作品仿自史传，往往从籍贯、出身等写起，继之描写传主的生平事迹，最后以“史氏”的口吻予以评论。总括来说，假传体小说语言不生动，描写呆板，依然是史传的笔法。尽管如此，高丽的假传体小说已具备小说的一些特征，应该视为小说的一种雏形。

第二节　林　椿

一、《曲醇传》

林椿不仅擅汉诗，还创作有假传体小说《曲醇传》《孔方传》。

《曲醇传》是以酒拟人的假传体小说，全文900余字。以酒为传主：“曲醇字子原，其先陇西人也。”“尝诣叶法师”，“谈论弥日，一座为之绝倒，遂知名，号为曲处士。”继之，描述醇父酎和徐邈的瓜葛：“自魏时，醇父酎，知名于世，与尚书郎徐邈偏汲引于朝，每说酎不离口。时有白上者，邈与酎私交，渐长乱阶矣。上怒召邈诘之。邈顿首谢曰：‘臣之从酎，以其有圣人之德，时复中之耳。’上乃责之。”

《曲醇传》描写三国曹魏时，徐邈把曲醇的父亲曲酎经常挂在嘴边，实是说徐邈嗜酒贪杯。东汉末年，曹操当政，禁酒甚严。当时人讳言酒字，把清酒称为圣人，把浊酒称为贤人。尚书郎徐邈私饮沉醉，对人称“中圣人”，即言中酒。中酒有酒酣、醉酒两个意思，其后，将喝醉酒叫中圣人，简称中圣。

小说引用清酒为圣人、浊酒为贤人的说法，以酒徒的调侃，将神圣不可亵渎的圣贤推到俗士口中之物的地位，真可以说是俳味十足。充分体现假传体小说俳谐的特征，即隐谐于庄，庄里求谐。

《曲醇传》将拟人化的酒作为传主，描写酒对人们起的负面影响。作品描写传主曲醇以卑微的才德获得郡王的欢心，成为宠臣，由此郡王无心朝政，遭到忠臣的非议，但郡王仍执迷不悟。作品中的传主曲醇明为拟人化的酒，而实际暗指当时高丽毅宗时的奸臣。旨在讽刺和鞭挞误国的国王和朝廷中的奸臣。

二、《孔方传》

林椿的另一篇假传体小说《孔方传》，则是以拟人化的铜钱为传主，描写金钱对人们所起的负面影响。

孔方传

孔方，字贯之，其先尝隐首阳山，居崛穴中，未尝出世为用。始黄帝时，稍采取之，然，性强硬，未甚精练于世事。帝召相工观之，工熟视良久曰：“山野之质，虽磊苴不可用，若得游于陛下之造化炉，垂间而刮垢磨光，则其宝质当渐露矣。王者，使人也器之。愿陛下无与顽铜同弃尔。”由是，显于世，后避乱，徙江浒之炭炉，因家焉。父泉周大宰，掌邦赋，方为人，圆其外，方其中，善趋时应变，仕汉为鸿胪卿。

时，吴王濞骄僭专擅，方与之为利焉。虎帝时，海内虚耗，府库空竭。上忧之，拜方为富民侯，与其徒党盐铁丞仅同在朝。仅每为家兄不名，方性贪污而少廉隅，既总管财用，号权子母轻重之法。以为便国者，不必古在陶朱之术尔。遂与民争锱铢之利，低昂物价，贱谷重货，使民弃本逐末，妨于农要。时谏官多上疏论之，上不听。方又巧事权贵，出入其门，招权鬻爵，升黜在其掌。公卿多扰节事之。积实聚敛，券契如山，不可胜数。其接人遇物，无问不肖。虽市井人，苛富于财者，皆与之交通。所谓市井之交者也，时或从间里恶少，以弹棋格五为事。然颇好然诺。故时人为之语曰：“得孔方一言，重若黄金白金。”

元帝即位，贡禹上书以为“方久司剧务，不达农要之本，徒兴管权之利，蠹国害民，公私俱用，加以贿赂狼藉，请谒公行，盖负且乘致寇至，大易之明戒也。请免官以惩贪鄙。”时，执政者有以谷粱学进，以军资之将立边策，疾方之事，遂助其言。上乃领其奏，方遂见废黜，谓门人曰：“吾顷遭主上，独化陶钧之上，将以使国用足而民财阜而已。今以微罪，乃见毁弃，其进用与废黜，吾无所增损矣。幸吾余息，不绝如线，苟括嚷而不言，容身而去，以萍游之迹，便归于江淮别业，垂缗若冶溪上，钓鱼买酒，与闽商海贾，拍浮酒船中，以了此生足矣。虽千钟之禄，五鼎之食，吾安肯以彼而搏此哉。然，吾之术，其久而当复兴乎。”晋和峤闻其风而悦之，致赀巨万，遂爱之成癖。故鱼峤褒著论非子，以矫其俗，唯阮宣子以放达不喜俗物，而与方之徒杖策出游。至酒垆辄取饮之。王夷甫口未尝言方之名，但称阿堵物耳，其为清义者所鄙如此。

唐兴刘晏为度支判官，以国用不赡，请复方术，以便于国用。语在食货志。时，方没已久，其门徒迁散四方者，物色求之，起而复用，故其术大行于开元天宝之际。诏追爵方，朝仪大夫少府丞。乃炎宋神宗朝，王安石当国，引吕惠卿同辅政，立青苗。时，天下骚然大困。苏轼极论其弊，钦尽斥之，而反为所陷，遂贬逐。由是朝廷之士不敢言。司马光入相，奏废其法，荐用苏轼，而方之徒稍衰减而不复盛焉。方子轮，以轻薄获讥于世，后为水衡令，赃发见诛云。

史臣曰："为人臣而怀二心，以邀大利者，可谓忠乎？方遭法遇主，聚精会神，以握手丁宁之契，横受不赀之宠，当兴利除害，以报恩遇，而助濞擅权，乃树私党，非忠臣无境外之交者也。方没，其徒复用于炎宋，阿附执政，反陷正人，虽修短之理，在于冥冥。若元帝纳贡禹之言，一旦尽诛则可以灭复患也。而止加裁抑，使流弊于后世，岂先事而言者，尝患于不见信乎。"

《孔方传》中描述孔方的祖先至历代后裔的兴衰浮沉史，集中揭露当时高丽社会通过金钱化身——孔方不择手段捞取钱财的贪官污吏的罪行。其主旨则在向人们揭示金钱对道德和社会生活的负面作用。这篇作品具有惩世戒人的讽喻性，林椿在小说中表达了其不愿与高丽武臣跋扈的社会现实相妥协的高尚情怀。

第三节　李奎报

一、《曲先生传》

李奎报的假传体小说《曲先生传》和林椿的《曲醇传》一样，皆以拟人化的酒作为传主，传主为曲圣。故事背景也是中国。

《曲先生传》讲述了曲圣其人，字中之，酒泉人。为人胸怀坦荡，喜交际，和刘伶、陶潜友谊深厚。曲圣后被荐举，入朝为官，封为国子祭酒。深得国君恩宠，深受礼遇。曲圣有三个儿子，恃父宠骄横，被毛颖弹劾，一子被诛，曲圣也被贬为庶人。不久，天下大乱，群盗蜂起，国君遂起用曲圣，任其为元帅，讨伐群寇，平定叛乱。曲圣遂封为湘东侯。其后曲圣辞官隐退，高寿而终。其二子饮桃花汁成仙。

作品讽刺恃宠骄横祸国殃民的奸臣。作者旨在表达对当时高丽武臣专政的不满，渴望朝政清明、国泰民安。

二、《清江使者玄夫传》

假传体小说《清江使者玄夫传》是以拟人化的乌龟作为传主，传主名为玄夫。故事背景是中国，讲述了一个叫玄夫的人，他为人沉着老练，占卜为业，能预测阴阳、寒暑、风雨、吉凶祸福。玄夫自恃才高，国王召见亦不前往，终日披甲防备，以防不测。宋元王时，玄夫被捕，押往朝廷。国王慕其名，任其为大使令，此后国王每遇大事决策时，都征询玄夫。玄夫有两个儿子元绪和元宁。元绪后被人杀害，烹死。元宁有才，人称洞玄先生。其后，玄夫寿终。其后裔颇多，有的得道寿至一千岁，有的或为官，或早逝。

这是一篇讽世之作，旨在劝诫世人，扬善惩恶。

第四节 李谷 慧谌 李詹

一、李谷

李谷不仅擅汉诗，且创作有假传体小说《竹夫人传》。

《竹夫人传》是以拟人化的竹子作为传主，传主名为竹夫人。故事背景在中国，讲述竹夫人祖先为官，曾专司音乐歌舞，后掌管文籍。秦始皇焚书坑儒后，家道日衰。竹夫人自幼正直刚毅。长大后，与松大夫婚配，夫妻十分恩爱。其后，松大夫得道成仙，竹夫人独守空房，饮酒浇愁，渐渐嗜酒，患了枯渴病。病魔缠身的竹夫人，只得依赖于人，但其“晚节益坚”。

作者在这篇小说中，借竹竿的挺直和有节，歌颂竹夫人的坚守节操。作者在最后以“史氏”的口吻称赞竹夫人的贤惠，坚守节操，但又为竹夫人无子而叹息，认为“天道无知”，确非虚语。

作者借此文旨在表达对当时高丽善者不得善报的社会现实的愤慨和不满。

二、李詹

李詹擅汉诗，且创作有假传体小说《楮生传》。

作品背景是在中国，以拟人化的纸为传主，传主名为楮生。楮生为蔡伦的后裔，为人正直善良，常与文雅儒士交往。楮生与毛生友情深厚。楮生掌管账簿，用朱笔记支出，用墨笔记收入，账目清楚，公正清廉，人人赞誉。唐太宗贞观之治时，与褚遂良等参与朝政，有功于朝。宋时，司马光编修《资治通鉴》时，楮生颇多建言，为之助力。王安石实施新政时，楮生被贬。元代，楮生弃文经商，遭人鄙视。明代，楮生再度从文，倍受称赞。其子孙学业有成，或为史家，或为诗人。

作者在小说中描写楮生的一生经历，以表彰纸的功绩，实则赞颂文人儒生的高尚情操。

三、慧谌

（一）《竹尊者传》

假传体小说《竹尊者传》的背景在中国，讲述了竹尊者乐于在渭水和湘水流域游历，与不少文人学士结下友谊。其后，竹尊者为崇德寺僧侣，到处游历，四海为家，宣传佛法，乐善好施，人们赞誉其为“尊者”。

作者本为僧侣，这篇小说旨在宣扬佛法。

（二）《冰道者传》

《冰道者传》是以拟人化的冰作为传主，传主即为冰道者。冰道者，姓阴氏，名凝净，字皎然，原籍水乡。自幼居住偏僻的风穴寺。一天，冰道者与无衣者相遇。无衣者劝冰道者学法，出家为僧。冰道者遂成为僧侣，法名冰道者，潜心修行。数年后，冰道者精通佛学，声名鹊起。太阳寺主持邀其入寺，但为冰道者婉拒。冰道者大力弘扬佛法，门徒日众。

作者在小说中描写冰的透明光亮，实则赞誉文人的铮铮铁骨。

四、息影庵

息影庵，高丽僧人。生卒年不详。擅汉诗，创作有假传体小说《丁侍者传》。

小说背景在中国，是以拟人化的手杖为传主，传主名为丁侍者。一年冬天，息影庵正在寺中，忽有一人来访。此人说，我叫丁侍者。我父为伏羲，母为女娲，出生后即遭遗弃。长大后成为范氏家臣，后又转为赵老侍者。丁侍者又说，我的职责是当别人的侍从，但只有有资格的人才能支使我。可惜至今仍没遇上有资格使唤我的人，因此到处流浪。上天可怜我，让我到花山侍者处投身，所以请千万接纳我。息影庵听后说，您是古圣人转世，我哪有资格接纳您、当您的师父呢？华都里有座山，叫花山，那里有位高僧，您应该去他那里吧。

《丁侍者传》与其他假传体小说表达方式不同。一般假传体小说皆是叙述方式，而《丁侍者传》是对话方式。此外，还有一篇假传体小说《无肠公子传》，但作者是谁存有争议。韦旭升先生认为是李奎报，而王晓平先生认为是李允甫。

综上所述，高丽的假传体小说是高丽汉文学的重要组成部分，为其后汉文小说的产生奠定了坚实基础。

第三编

李朝的汉文学

第十三章　李朝前期的汉文散文

第一节　概　述

1392年，李朝建立。李朝的汉文学随着李朝社会的发展、文化的繁荣进入顶峰时期。

李朝实行斥佛扬儒政策，将程朱理学作为封建统治的思想武器。程朱理学的兴盛，形成这一时期文学创作和文学理论的传统观念。这时期的汉文学得到高度发展，取得巨大成就。汉文散文突出的成就是前期出使明朝使节写的《朝天录》和后期出使清朝使节写的《燕行录》，其中最为著名的是朴趾源的《热河日记》。

汉诗成就最为突出，达到最高峰。汉诗人辈出，汉诗风格迥异。李朝汉诗诗体几经变迁，最尚短律。南龙翼曾对李朝汉诗人之诗风作如下评述："本朝之尤者，如郑三峰道传之凌厉，姜通亭淮伯之开烨，李双梅詹之荣茂，卞春亭季良之练达，徐四佳居正之赡大，李三滩承召之妥适，姜晋山希孟之苍老，金佔毕宗直之劲杰，金梅月时习之神邈，南秋江孝温之激烈，李忘轩胄之高华，郑虚庵希良之炯邃，李容斋荇之圆浑，朴讷斋祥之感慨，金慕斋安国之核激，金冲庵净之简峻，奇服斋遵之悲婉，苏阳谷世让之舒卷，郑湖

阴士龙之炼悍，申企斋光汉之葩秀，林石川亿龄之飞动，郑林塘惟吉之夷旷，李退溪滉之纯静，卢苏斋守慎之渊宏，朴思庵淳之艳洁，李栗谷珥之通明，成牛溪浑之雅正，宋龟峰翼弼之真活，黄芝川廷彧之典特，李鹅溪山海之妍媚，郑松江澈之遒紧，高霁峰敬命之秾富，许荷谷篈之超敏，林白湖悌之爽快，崔孤竹庆昌之清淑，白玉峰光勋之瘦朗，李荪谷达之孤绝，崔简易岦之沉健，李月沙廷龟之和远，申象村钦之粹润，李五峰好闵之颖锐，李芝峰晬光之温淡，车五山天辂之轰浩，李体素春英之骜宕，李东岳安讷之混雄，洪鹤谷瑞凤之警策，金清明尚宪之恬整，张溪谷维之씀达，李观海敏求之闲旷，李泽堂植之精紧，李白洲明汉之豪逸，各臻其极。而至于调格之卓迈，当以朴挹翠闾为主；情境之谐和，当以权石洲韠为宗；体制之奇拔，当以郑东溟斗卿为冠。”

此外，李朝女性汉诗人颇多，以许兰雪轩、黄真伊最为称著。李朝的词、辞、赋也颇卓越。李朝的诗话最为丰富。李朝的汉文小说成就卓越，题材广泛，多达数百部。

第二节　汉文纪实散文

一、柳成龙

（一）生平

柳成龙（1542—1607），著名文臣、学者，字而见，号西崖，雅号文忠，擅汉诗，著有《惩毖录》16卷、《西崖集》、《乱后杂录》等。

1566年，24岁时别试文科丙科及第。历任工曹佐郎、吏曹佐郎、礼曹判书、副提学、大司宪、右议政、左议政等高等官职。

1592年，日本大举入侵朝鲜。时任左议政的柳成龙升任领议政兼都体察使，组织领导抗倭斗争，起用李舜臣、权慄等名将，大力扩充军备、修筑城郭，制造火器，设置训练都监，对抗倭战争的最终胜利有重大贡献。

1598年，遭北人派弹劾，革职为民。

1600年，官复原职，但谢绝，隐居不仕。

1604年，封为扈圣功臣二等。其后，复封丰原大院君。

1607年，病逝，终年65岁。

（二）代表作

《惩毖录》是李朝前期著名的汉文纪实散文作品。身为左议政的柳成龙领导组织抗倭战争，身临其境。他在这部著名汉文纪实散文作品中，详尽记述了自1592年至1598年的抗倭战争的全过程，其中包括倭乱前的对日关系、倭乱发生原因的剖析、李朝王廷的昏庸、官员的贪生怕死、李舜臣等爱国将士的浴血奋战。

《惩毖录》是一部著名的汉文纪实散文作品，也是一部忠实记录抗倭战争始末的历史文献，弥足珍贵。它为其后李朝著名汉文小说《壬辰录》提供史料依据和珍贵素材，创造前提。

二、李舜臣

（一）生平

李舜臣（1545—1599），李朝著名爱国将领，字汝谐。擅汉诗汉文，创作有著名的汉文纪实散文作品《乱中日记》，其遗著辑成《李忠武公全集》（14卷），第1卷为诗、杂著，2~4卷为状启、5~8卷为《乱中日记》、9~14卷为附录。

1576年，武科式年试及第，历任多种微职10年之久。

1591年，任全罗道左水军节度使，全力整顿军备，创制龟船。

1592年，日本发动侵朝战争。李舜臣率部英勇奋战，获得玉浦大捷，切断倭之海上通路。其后数月，率部连续取得唐浦大捷、闲山岛大捷，粉碎倭寇夺取南海、黄海制海权的阴谋，迫其陆军放慢北侵步伐。因连续数次大捷，升任三道水军统制使。

1597年，由于李朝王廷党派斗争激烈，李舜臣被谗，被捕入狱。幸得郑琢等舍命力保，得免于死，以白衣从军。

1597年，日本再次大举入侵，朝鲜水军大败，几至全军覆没。国王宣祖被迫起用李舜臣，再任三道水军统制使，重整水军。复出后的李舜臣率部水军英勇奋战，以12艘战船对阵倭133艘战船，获得大捷。

1598年，所部与来援的明朝水军组成联合水师，在古今岛等地多次取得胜利，其中有稷山大捷。农历十一月中旬，李朝、明朝联合水师在露梁与倭寇鏖战。李舜臣沉着勇敢，指挥若定，大获全胜，击破倭船数百艘，残敌逃回日本，抗倭战争取得最终胜利。不幸，李舜臣在此役中为国捐躯，年仅54岁，死后谥忠武。

（二）代表作

《乱中日记》是李舜臣详细记载率朝鲜水师与倭寇英勇作战的阵中日记。

> 壬辰（李朝宣祖二十六年，1592）五月二十九日晴。右水使（元均）不来，独率诸将，晓发直到露梁……（倭）结阵峰上，泊列其船于峰下，拒战急固。余督令将，一时驰突。射矢如雨，放各样铳筒，乱如风雷。贼徒畏退，逢箭者不知几百数，多斩倭头。军官罗大用中丸，余亦左肩上中丸，贯于背，而不至重伤。射格之中，中丸者亦多。焚灭十三只，退驻。

从上述文字中，可知当时露梁海战中，李朝水师与日本贼寇海战之激烈，更可看见李舜臣这位爱国名将在海战中指挥若定、奋勇杀敌的英雄气概。

在《乱中日记》中不仅记载了统率水师与倭寇海战的全部过

程，而且记载了对国家命运的担忧，对民族未来的牵挂。

三、李廷馣

李廷馣，李朝文人，生于1541年，病逝于1600年，时年59岁。著有汉文纪实散文《西征日录》，记述在壬辰倭乱时的避难生活，同时记载当地反日义兵的抗倭活动。

四、赵靖

赵靖，李朝文人，生于1555年，1636年病逝，时年81岁。他的《南行录》《辰巳录》详尽记载了作者生活的穷困状况和壬辰倭乱时的颠沛流离的生活。

五、郑荣邦

郑荣邦生于1577年，1650年病逝，终年73岁。

1592年，日本大举入侵朝鲜，时年15岁的郑荣邦和全家横遭战乱之祸。全家避难逃亡途中，遭倭寇侵害，其嫂和姐姐为保贞节投江自尽。《壬辰遭变事迹》详尽叙述了作者一家横遭倭侵的悲惨情状。

六、鲁认

鲁认，李朝文人，1566年生，1622年病逝，时年56岁。

1592年，日本大举入侵朝鲜，时年26岁的鲁认被掳往日本，历时一年多的苦难生活。后在一个中国人的帮助下，逃往中国。在中国生活两年后，返回祖国。鲁认在这段苦难岁月中坚持写日记，后成书《锦溪日记》。

在这部汉文纪实散文《锦溪日记》中，详尽描述了作者对祖国亲人的怀念和对日本倭寇的刻骨仇恨。如描述在日本一个村庄与同被倭囚的三个祖国同胞相见共议逃脱的感人情景：

> 初十日晴。终日独卧，百尔思度。则今此倭村，乃绝岛渔家。小艇十余只，泊在前浦。舟楫不收，夜无守直。而我国人

数三，亦在此村。思摸与此辈同谋，则虽必渡中华，庶可以此辈亦尽朝鲜。日暮，潜引此人等，出于浦边，问其姓名居住。则一曰兴阳居正奇孝淳，一曰密阳郑东之，一曰京畿私奴风石。皆俘于壬辰，辗转卖入于此岛者，于今三载。我听此言，堕泪曰："我罗州居别坐某也。而见俘于丁酉，遂入此窟，恋国思亲，日夜涕泣。"李淳等亦皆堕泪。我曰："尔等善亲操舟，则何以囚此窟，而未能逃还耶？尔等本无父母兄弟妻子耶？"孝淳曰："吾等亦岂无之？只缘羁此绝岛，数石粮未能谋得，故仍囚于此。"我即手细言曰："若然回粮数石何难？与我共谋策略逃还。"又以银子三钱，分许三人曰："看尔形容，饥色满颜，当谋酒肉，暂静羁愁。"李等感激叩头曰："此所谓生人之佛，处处有之。"

七、姜沆

姜沆，1567年生，李朝文人，曾任刑曹佐郎。

作者回乡探亲，在海上被倭寇掳往日本，在日本屈辱生活了三年。在这三年中，姜沆异常思念祖国亲人，更对倭寇满怀刻骨仇恨，决心报仇雪恨。三年期间广泛收集倭寇各方面的情况，详加记录，成书《看羊录》，以便有朝一日回国，将这些珍贵资料交给李朝王廷。

李朝前期汉文纪实散文除以上所述外，尚有记述反日义兵将领郭再祐英勇事迹的《忘忧堂先生集》、记述反日义兵将领金德龄英勇事迹的《金忠壮公遗事》和记述泗溟堂率领僧兵英勇抗击倭寇事迹的《奋忠纾难录》等。

第三节　国内纪行散文

一、金净

（一）生平

金净（1486—1521），李朝士林派文臣。

1519年，勋旧大臣南衮、沈贞等诬害赵光祖、金净等士林派，致使士林派或被处死，或被流放，史称“己卯士祸”。金净被放逐南端的济州岛，为期一年多。

1521年，病逝，年仅35岁。

（二）代表作

金净在流放济州岛期间，撰写汉文国内纪行散文《济州风土录》。该书描述济州岛当地居民的生活状况、风俗习惯、宗教信仰等，记述济州岛的动植物、农业状况、土特产等，记述当地官吏的罪行，横行霸道。作者发泄对流放的不满，记述流放生活之窘境。

如记述济州岛的地形、气候等自然状况。“冬或温，夏或凉，变错无恒。风气似暄，而着人甚尖利。人衣食难节，故易于生疾。加以云雾恒阴翳，少开霁。盲风怪雨，发作无时，蒸湿沸郁。”

二、李健

（一）生平

李健（1614—1662），李朝王室成员。

1629年，年仅15岁被逐放济州岛，长达8年之久。

1662年，病逝，年仅48岁。

（二）代表作

在流放期间，李健撰有《济州风土记》，亦是李朝前期汉文国内纪行散文。《济州风土记》记述济州岛的地形、地貌等自然状况，济州岛居民的风俗习惯、宗教信仰。

如描述当地居民的祭祀活动：

> 岛中之人，祀鬼神甚勤。故所谓神堂，处处有之。而南门外，有城隍堂在焉，名曰广壤堂。岛人凡有祸福，无不祈祷于此。颇有灵云。又有神祠在于南门外丛薄之间，名曰阁氏堂。其神亦颇灵异，岛人必以朔望来祀于此，以占将来之吉凶。

记述济州岛居民之生活状况，农田劳作，饲养家禽等。如描述当地妇女汲水的情景，十分生动：

> 岛中女人之汲水者，不戴于头而负于背。作一长桶，如蜂桶之状。汲水负行，见之甚怪。不惟汲水，凡可以戴行之物，皆负而行，如男子负柴。女人有砧杵之役，群聚并力，齐发杵歌。数斛之谷，顷刻舂之。而歌声悲凉，不可闻也。

李朝前期汉文国内纪行散文除上述两部外，较著称者尚有朴继叔（1569—1646）的《赴北日记》、朴就文（1617—1690）的《赴防日记》和丁时翰（1625—1707）的《山中日记》等。

第四节　域外纪行散文

一、申叔舟

（一）生平

申叔舟（1417—1475），李朝著名文臣、学者，字泛翁，号保闲斋、希贤堂。他文才出众，在语言、文学、史学方面均有重大贡献。语言方面与成三问、郑麟趾共同创制本民族语言文字的《训民正音》，并撰有《东国正韵》《四声通考》；史学方面参与撰写《世宗实录》《国朝宝鉴》《国朝五礼仪》《永慕录》《北征录》《东海诸国纪》；文学方面擅汉文汉诗，著有诗文集《保闲斋集》；外交方面，作为通信使卞孝文的书状官，出使日本。

1439年，时年22岁的申叔舟文科及第。历任集贤殿副修撰、副提学等文职，官至领议政。因功封高灵君、翊戴功臣。

1475年，病逝，终年58岁。

（二）代表作

申叔舟作为正使的书状官赴日回国后，将在日本之所见所闻，历时28年，终于撰成《东海诸国记》这部域外汉文纪行散文集。申叔舟在《东海诸国记》中详细记述了日本、琉球等地的政治、经济状况、风土人情、生活习俗等，因而成为李朝前期汉文域外纪行散文的杰出代表作。

该书内容有“日本国记”“琉球国记”“朝聘应接纪”，其中以日本为重点。申叔舟在“日本国记”中，详细记载了日本的政治、经济状况，以及风土人情、生活习惯等。

如关于日本的政治：“天皇之子，娶于其族。国王之子，娶于诸大臣。诸大臣而下，官职世袭。其职田封户，皆有定制。”

关于日本之法律：“刑无笞杖，或籍家产，或流放，重而杀之。”

关于日本之赋税：“田赋，取三分之一，无他徭役。凡有工役，皆募人为之。”

关于日本之兵器：“兵好用枪剑，俗能炼铁为刃，精巧无比。弓长之七尺，取木之理直者，以竹夹其内外而胶之。”

关于日本之饮食用具：“饮食用漆器，尊处用土器，一用即弃，有箸无匙。”

关于日本之男女装束：“男子断发而束之，人佩短剑。妇人拔其眉而黛其额。背垂其发，而续之以髢。其长曳地。男女冶容者，皆黑染甚齿。”

关于日本之风俗习惯：“凡相遇，蹲坐为礼。若道遇尊长，脱鞋笠而过。”

关于日本之建筑：“人家以木板盖屋，惟天皇国王所居及寺院，用瓦。”

关于日本之饮茶：“人喜喝茶，路旁置茶店卖茶。行人投钱，一文饮一碗。”

二、崔溥

（一）生平

崔溥（1454—1504），李朝文臣，号锦南。

1487年，任弘文馆副教理，后赴济州岛任职。

1488年，得知父亲病故，率侍从等共42人，自济州岛乘船赴故乡罗州奔丧。途中遇险，在海上漂流14个昼夜，最终漂至浙江省台州府临海县的牛头山前海域，而后登岸。崔溥一行人登陆后，经宁波、绍兴、杭州，至北京。继之，经辽东，最终回国，共历时148天。崔溥回国后，奉国王成宗之命，撰写《中朝闻见日记》，即《漂海录》。

1504年，病逝，时年50岁。

（二）代表作

《漂海录》（又称《锦南漂海录》）有5万多字，主要内容可分为三个部分。

第一部分，描述自济州岛出发，航船海上遇险，在海上漂流的艰险情景。

初四日，漂入大洋中。是日，雨雹大风，惊涛畏浪，掀天鼓海，帆席尽破。舟以二樯高大，尤易倾挠，势将覆压，命肖斤宝操斧去之，高以福缚草芚附之舟尾以御涛。

初五日，漂大洋中。是日，昏雾四塞，咫尺不辨。向晚，雨脚如麻。至夜，雨少止，怒涛如山，高若出青天，下若入深渊，奔冲击跃，声裂天地，胥溺臭败，决在呼吸之间。莫金、权松等抆泪谓臣曰："势已迫矣，无复望已，请替换衣服，以待天命之至。"臣如其言，怀印与马牌，具丧冠与服，惴惴然挼手祝天曰："……遂擗踊而哭，陪吏以下亦哭泣攒手以祈天佑。"

十一日，漂大洋中。是日阴。清晨至一岛，石壁嵯峨，甚险巇。海波震荡，激上磊岩，几一二丈。舟随波直入，势迫击碎，权山大哭，遂竭力运船。孝子、程保等，亦亲揽帆边阿绚，视风波或纵或引。时则水从海入岛，风从岛出海，舟从风回旋，得免于患。

第二部分，叙述自浙江台州府临海县牛头山登陆，经宁波、绍兴、杭州、苏州至北京，最后经辽东返回祖国之历程。在这部分中，对所经之地的景观和当地风土人情均有叙述，尤其对杭州、苏州和北京描述得更为详尽。

第三部分，概述对所经长江南北两个地区的不同观感。如经济状况，江南十分繁荣：

大概以扬子一江分南北而观，其人烟盛衰，则江以南诸府城县卫之中，繁华壮丽，言不可悉。至若镇、若巡检司、若千户所、若寨、若驿、若铺、若里、若坝所在附近，或三四里，或七八里，或十余里，多或至二十余里间，闾阎扑地，市肆夹路，楼台相望，舳舻接缆。珠玉、金银、宝贝之产，稻粱、盐铁、鱼蟹之富，羔羊、鹅鸭、鸡豚、驴牛之畜，松篁、藤棕、龙眼、荔枝、橘柚之物甲于天下。古人以江南为佳丽地者以此。

而江北则一片萧条：

江以北……人烟不甚繁盛，里闬萧条。通州以东，人烟渐少，过山海关行百里，仅得一里社，不过二三草屋，唯羔羊鸡猪驴骆牛马之畜，笼络原野，杨柳桑枣之树，茂翳交柯。八渡河以南，荒旷无人居。

又如民俗民情，江南、江北亦有很大区别：

人心、风俗，则江南和顺，或兄弟或堂兄弟、再从兄弟，有同居一屋。……江北人心强悍，至山东以北，一家不相保，斗殴之声，炮闹不绝，或多有劫盗杀人。山海关以东，其人性行尤暴悍，大有胡狄之风。

再如房舍建筑，江南、江北亦有不同：

其第宅，则江南，盖以瓦，铺以砖，阶砌皆用炼石，亦或有建石柱者，皆庞壮华丽。江北，草屋矮小者，殆居其半。

《漂海录》也指出江南、江北共同之处：

其所同者，尚鬼神，崇道佛，言必摇手，怒必蹙口唾沫……

综上所述，崔溥的《漂海录》详尽地记载了明代初期的社会面貌，是一部出色的汉文域外纪行散文集。

此外，尚有李志恒的《漂舟录》、张汉哲的《漂海录》、李邦翼的《漂海歌》、文淳得的《漂海录》、崔斗灿的《乘槎录》。

第十四章　李朝前期的汉文使节文学

第一节　历史背景

古代中朝关系的特征是朝贡制度，明清时期朝贡关系进一步强化，将这种朝贡制度作为怀柔和羁縻朝鲜的重要手段。

明太祖朱元璋建国之初，在《明皇圣训》中规定一些不征之国，朝鲜即为其中之一。他认为，“四方诸夷，皆限山隔海，僻在一隅。得其地不足以供给，得其民不足以使令”。[①]李朝建立后，即派使节使明，告之李朝建立，祈求得到明朝之承认。明太祖尊重李朝的建立，表示不干涉其内政：“（李朝）果能顺天道，令使命往来，实尔国之福，我又何诛。”[②]由此明朝与李朝正式建立友好关系，保持两国历代的朝贡关系。

一、出使的使命

（一）分类

明与李朝两国政治交往频繁，使节往返不断。就两国使节来往

---

①《皇明祖训》，箴诫条。

②《明史》卷320，外国一，朝鲜传。

的使命来看，主要有以下几类。

颁诏：明对李朝的命令、要求（包括敕书、咨文）。

封典：建储、嗣位、册妃、追崇、封爵、赐衣等。

告哀：告讣、请谥、赐祭、赐谥。

进贺：登极、尊号、尊谥、册立、讨平、贺正、冬至、圣节[①]、千秋节[②]。

陈慰：李朝对明方面（如哀礼、宫中失火）。

吊祭：明对李朝方面。

赐除：明对李朝大臣授职、授爵。

赙恤：明对李朝大臣赙恤。

要请：明对李朝求医、择送处女、宦官。

谢恩：李朝对明之感谢。

押送：对方送还对方之人、畜、物等。

（二）朝贡

李朝对明朝的朝贡，明朝要求三年一贡。但李朝主张一年三贡，即贺正（农历新年正月）、圣节、千秋节。其后，李朝又改为一年四贡，即贺正、圣节、千秋节、冬至。尽管有此种规定，但实际上，因临时事项，两国使节往来次数相当频繁。

1392—1450年（太祖朝至世宗朝），李朝派往明朝的使节众多[③]。

1392—1398年（太祖朝），计禀、奏闻、谢恩、进表、千秋进贺、圣节、贺正、押马、节日等。

1399—1400年（定宗朝），登极、陈慰、进香等。

---

① 祝贺明帝生辰。

② 祝贺明太子生辰。

③ 依朝鲜《李朝实录》太祖、定宗、太宗、世宗卷统计。

1401—1418年（太宗朝），谢诰、进贺、纳征、告朔、处女进献、唐人押送、钦间起居、种马管押、正朝等。

1419—1450年（世宗朝），承袭奏闻、进献、告讣、咨文赍、押解、进表、进笺、赍进、马籍部咨文赍进、进献纸、贺正、谢恩兼进贺、进献鹰、管押、含誉呈进贺、种马进贡、冠服谢恩、使臣护送谢恩、奏闻兼谢恩等。

二、李朝前期赴明使节

李朝派往明朝的使节状况如下：

太祖朝	在位7年	遣使56次	年平均8次
定宗朝	在位2年	遣使8次	年平均4次
太宗朝	在位18年	遣使137次	年平均7.6次
世宗朝	在位32年	遣使198次	年平均6.4次
成宗朝	在位25年	遣使93次	年平均3.7次
太祖至成宗	84年间	共遣使492次	年平均5.8次

从上表可以看出，李朝前期派往明朝的使节相当众多，次数相当频繁。

李朝前期赴明使节人数众多，现摘其要者简列表。

李朝前期主要赴明使节一览表

时间	赴明使节名称	正使	副使	书状官	随员
1372年			郑梦周		
1389年	签书密直司使				权近等
1468年	承袭使	李石亨			
1481年					成伣
1485年	千秋使	成伣			
1498年	圣节使	曹伟			
1500年	圣节使				李荇
1502年	贺正使	权柱			

续表

时间	赴明使节名称	正使	副使	书状官	随员
1533年	进贺使	苏世让	尹受点	李梦弼	权应昌等
1534年	冬至使	郑士龙			
1537年	圣节使			丁焕	
1539年	奏诸使	任权			权拨
1544年	冬至使	郑士龙			
1548年	冬至使				崔演
1572年	登极贺使	朴淳			许震童
1573年	奏请使		尹根寿		
1574年	圣节使		朴希立	许篈	赵宪
1577年	谢恩使			金诚一	
同年	奏请使				崔岦
1581年	奏请使				崔岦
1587年	陈谢使	裴三益			
1589年	圣节使	尹根寿			
1590年	圣节使			李睟光	
1591年	陈奏使				吴亿龄
1592年	问安使	柳梦寅			
同年	运饷使				李准
同年	请兵陈奏使	郑昆寿			
1593年	奏请使	黄琎			
同年	谢恩使	郑澈			
1594年	奏请使		崔岦		
1595年	圣节使	闵仁伯		成晋善	
同年	冬至使			李廷龟	
1596年	奏闻使	郑期远		柳思瑗	申忠一
1597年	告急奏文使	郑期远			
同年	告急使	权悏	程惟美		
同年	陈慰使	李睟光			

续表

时间	赴明使节名称	正使	副使	书状官	随员
同年					许筠
同年	陈慰使		李尚毅		
1598年	陈奏辩诬使	李恒福	李廷龟	黄汝一	
1599年	谢恩使	李好闵			
同年	陈奏使			赵翊	
1601年	奏请使		李廷龟		
同年	贺进使	郑光绩		李安讷	
1602年	夏节使	金璃			
同年	奏请使		张晚	李民宬	
1604年	奏请使		闵仁伯		
同年	奏请使	李廷龟			
1605年	千秋使			俞昔曾	李祚永等
1607年	圣节使	崔沂			
1608年					苏光震
1609年	告讣请谥承袭使	李好闵			
同年	谢恩兼圣节使			柳梦寅	
同年					许筠
1610年	冬至使	李恂		郑士信	金时让
1611年	奏请使		李睟光		
同年	奏请使	李尚毅			郑弘翼
1614年	圣节使			金中清	
1615年	谢恩使			李馨郁	
1616年	奏请使	李廷龟			
1617年	冬至使	李尚吉	李昌庭	金鉴	
1619年	谢恩兼千秋使	李弘胄	金寿贤	金起宗	
1620年					黄中允
同年					李廷龟
1622年	贺极使	吴允谦			

续表

时间	赴明使节名称	正使	副使	书状官	随员
1623年	奏请使		李民宬		
1624年	奏请使		尹暄		
同年	奏请使	李德泂	吴翩	洪翼汉	蔡济恭
1625年					全湜
1626年	圣节兼谢恩陈奏使	金尚宪		金地粹	南以雄
1629年	谢恩使	李忔			
同年	冬至使	尹安国			
1630年	馆饷使	崔有海			
1631年	冬至使	高用厚			
1632年	奏请使	洪雨宝	李安讷	洪镐	
1636年	春信使	罗德宪			
同年	冬至圣节、千秋陈贺使	金堉			

第二节 《朝天录》

一、概念

李朝前期众多赴明使节自明回国后，许多人撰写了出使明朝的汉文域外纪行散文。有的称之为《朝天录》《朝天日记》《奉使录》《朝天纪闻》《朝天日录》《槎行录》《朝天航海录》《赴京日记》等，统称之为《朝天录》。

二、概况

李朝前期赴明使节撰写的《朝天录》等，记载了出使明朝之历程、在明朝的所见所闻和观感。《朝天录》的文字，绝大多数用汉文写成。《朝天录》文字形式，有的是日记、诗歌、杂录、散文，不拘一格。篇幅各有长短，有的长达数十万字，有的为几万字，也有的仅几千字。《朝天录》的特征是融情、景、议论于一体。它们既是中朝友谊关系史的珍贵史料，也是出色的汉文域外纪行散文，为朝鲜汉文学的重要组成部分。

李朝前期出使明朝使节写的《朝天录》数量众多。

日本人中村荣孝《事大纪行》载，李朝出使明朝、清朝使节写的《朝天录》为105种，其中出使明朝使节写的《朝天录》为40余种，出使清朝使节写的《朝天录》为65种。

韩国人崔康贤在《韩国纪行文学研究》中，附录的《朝天录》为155种。

20世纪60年代，韩国成均馆大学大东文化研究所选取32种《燕行录》（其中31种汉文、1种韩文，包括1部《漂海录》），影印出版《燕行录选集》（2卷）。其中有崔溥的《漂海录》、李朝出使明朝使节许篈写的《朝天录》、权悏的《燕行录》、洪翼汉的《朝天航海录》、金堉的《朝天日录》。其余皆为李朝后期出使清朝使节写的《燕行录》。

1978年，中国台湾珪庭出版社出版李朝前期出使明朝使节写的《朝天录》4册，26种。

2001年，韩国林基中教授编辑的《燕行录全集》（100册），全部为影印。

《燕行录全集》内收李朝前期出使明朝使节写的《朝天录》96种，李朝后期出使清朝使节写的《燕行录》199种，另有3部《漂海录》，共计380余种。

2001年，韩国林基中教授与日本学者夫马进共同编录《燕行录（日本所藏编）》。内收日本所藏李朝前期出使明朝使节写的《朝天录》和李朝后期出使清朝使节写的《燕行录》共33种。

《燕行录（日本所藏编）》收录的《朝天录》和《燕行录》

共33种，但出使明朝使节所写的《朝天录》仅有一部，即柳思瑗写的《文兴君控于录》。其余32种皆为李朝后期出使清朝使节所写的《燕行录》。

韩国林基中教授编辑的《燕行录全集》中的李朝赴明使节撰写的《朝天录》共100种①：

序号	作者	出使年代	朝天录名称
1	李石亨	1459年	《朝天录》
2	成　伣	1468年	《观光录》
3	成　伣	1481年	《辛丑朝天诗》
4	崔　溥	1487年	《锦南漂海录》
5	曹　伟	1498年	《燕行录》
6	李　荇	1500年	《朝天录》
7	权　柱	1502年	《燕行时诸公赠行帖》
8	苏　巡	1533年	《葆真堂燕行日记》
9	苏世让	1533年	《阳谷朝天录》
10	丁　焕	1537年	《朝天录》
11	权　拨	1539年	《朝天录》
12	郑士龙	1544年	《甲辰朝天录》
13	崔　演	1548年	《西征录》
14	辛义立	1557年	《燕行日记》
15	许震童	1572年	《朝天录》
16	赵　宪	1574年	《东还封事》
17	许　篈	1574年	《荷谷朝天记》（上、中、下）
18	赵　宪	1574年	《朝天日记》（上、中、下）

① 此表依林基中著《燕行录研究》（第31—42页，韩国一志社，2002年编制，书目有所删减）。

续表

序号	作者	出使年代	朝天录名称
19	崔　岦	1577年	《丁丑行录》
20	金诚一	1577年	《朝天日记》
21	崔　岦	1581年	《辛巳行录》
22	裴三益	1587年	《朝天录》
23	尹根寿	1587年	《朝天行录》
24	黄　进	1589年	《朝天录》
25	吴亿龄	1592年	《朝天录》
26	郑昆寿	1592年	《赴京日录》
27	李　准	1592年	《燕槎赆诗》
28	郑　澈	1593年	《燕行日记》
29	崔　岦	1594年	《甲午行录》
30	闵仁伯	1595年	《朝天录》（上、下）
31	李廷龟	1595年	《朝天录》（上、下）
32	柳思瑗	1596年	《控于录》
33	申忠一	1596年	《建州见闻录》
34	李尚毅	1597年	《朝天录》
35	李睟光	1597年	《朝天录》
36	许　筠	1597年	《朝天录》
37	权　悏	1597年	《燕行录》
38	李恒福	1598年	《朝天录》（上、下）
39	李恒福	1598年	《朝天日乘》
40	黄汝一	1598年	《银槎录诗》
41	黄汝一	1598年	《银槎录》
42	不　详	1598年	《朝天日乘》
43	李恒福	1598年	《朝天记闻》
44	李廷龟	1598年	《朝天录》（上、下）

续表

序号	作者	出使年代	朝天录名称
45	赵　翊	1599年	《朝天录》
46	赵　翊	1599年	《皇华日记》
47	李安纳	1601年	《朝天录》
48	李民宬	1602年	《燕槎唱酬集》（上、中、下）
49	李民宬	1602年	《朝天录》
50	金　玏	1602年	《朝天录》（上、下）
51	李廷馨	1602年	《朝天录》
52	李廷龟	1604年	《朝天录》
53	不　详	1604年	《朝天日录》
54	李馨郁	1605年	《燕行日记》
55	崔　沂	1607年	《朝天日记》
56	苏光震	1608年	《朝天日录》
57	柳梦寅	1609年	《朝天录》
58	李好闵	1609年	《燕行录》
59	许　筠	1609年	《西行录》
60	黄士祐	1610年	《朝天录》
61	郑士信	1610年	《朝天录》
62	郑□□	1610年	《朝天目录》（上、下）
63	李晬光	1611年	《续朝天录》
64	李尚毅	1611年	《朝天录》
65	郑弘翼	1613年	《燕行录》
66	金中清	1614年	《赴京别章》（上、中、下）
67	金中清	1614年	《朝天诗》
68	金中清	1614年	《朝天录》
69	许　筠	1615年	《朝天录》《乙丙朝天录》
70	李廷龟	1616年	《朝天录》

续表

序号	作者	出使年代	朝天录名称
71	金　鉴	1617年	《朝天日记》
72	李尚吉	1617年	《朝天日记》
73	李弘胄	1619年	《使行日记》
74	黄中允	1620年	《西征日录》
75	李廷龟	1620年	《燕行录》
76	李廷龟	1620年	《朝天纪事》
77	吴允谦	1622年	《海槎朝天日录》
78	赵　溭	1623年	《朝天日乘》
79	李民宬	1623年	《朝天录》（上、中、下）
80	赵　溭	1623年	《燕行录》
81	洪翼汉	1624年	《朝天航海录》
82	尹　暄	1624年	《航海路程日记》
83	不　详	1624年	《朝天录》
84	李德泂	1624年	《朝天录》
85	不　详	1624年	《水路朝天录》
86	李德泂	1624年	《竺天行路》
87	全　湜	1625年	《沙西航海朝天日录》
88	全　湜	1625年	《槎行录》
89	金尚宪	1626年	《朝天录》
90	金地粹	1626年	《朝天录》
91	南以雄	1626年	《市北先生路程记》
92	不　详	1629年	《朝天日记》
93	李　忔	1629年	《朝天日记》
94	崔有海	1630年	《东槎录》
95	高用厚	1631年	《朝天录》
96	洪　镐	1632年	《朝天日记》

续表

序号	作者	出使年代	朝天录名称
97	李安讷	1632年	《朝天后录》
98	罗德宪	1636年	《北行日记》
99	金　堉	1636年	《朝京日录》
100	金　堉	1636年	《朝天日记》

三、使节赴明的路线

（一）明初定都南京

1368年，明朝建立，定都南京。这一时期，李朝前期使节赴明路线为：汉阳（今首尔）—巴州—开城—平壤—安州—义州—（渡鸭绿江）—进入明朝境内—汤站—凤凰城—通远堡—连山站—蚶水站—鞍山驿—海州—盖州—复州—金州—旅顺口—（渡渤海）—蓬莱（登陆）—登州—莱州—青州—淮安—大运河登船—长江—明都南京。

（二）迁都燕京（今北京）

1403年明都迁往燕京（今北京）。李朝前期使节赴明路线为：汉阳（今首尔）—巴州—开城—平壤—安州—义州—（渡鸭绿江）—进入明朝境内—九连城—辽东城—鞍山—牛家庄—沙岭—广宁—小凌河（驿）—沙河（驿）—山海关—抚宁—石门—渔阳—三河—燕京。

（三）明朝末年（后金及清在东北建立）

李朝前期使节赴明路线为：

汉阳（今首尔）—巴州—开城—平壤—在大同江乘船—突石江—龙冈—（渡黄海）—三和—荣岛—德岛—石多山—椵岛—进入明朝海域—大界岛—东牛岛—鹿岛—长白岛—广鹿岛—三山岛—海城岛—平岛—铁山串—旅顺—双岛—南汛浦—早隶头—海平岛—觉华—宁远卫—曹庄—东关—沙河—狗儿浦—前屯卫—高岭—中前

所—望海亭—金山串—津口（登陆）—大丘堡—天津卫—桃花口—杨村—漷县—雪里堡—通州—东岳庙—朝阳门（北京）。

第三节 权 近

一、两次任使赴明

1392年，高丽权臣李成桂废高丽恭让王，自立为王，高丽遂亡，李朝建立。原为高丽重臣的权近，遂成为李朝开国元勋。同年，权近任李朝使臣第一次出使明朝。

1396年，权近复以李朝使节身份第二次赴明。

权近两次赴明出使就是争取明朝对新建立的李朝的承认与支持，正式建立李朝与明朝的朝贡关系。权近一行受到明廷的热情接待，明太祖设宴招待。权近向明太祖献上诗文，与明太祖唱和。明太祖誉其为“老实秀才”，权近圆满完成出使使命。

二、代表作

权近的《奉使录》详尽记述了第二次出使明朝的历程和在明朝的所见所闻，以及真切感受。他在《奉使录》序中说：

> （明朝）城池之大，宫室之壮，甲兵舟车之富，人物、财赋之繁，所见既广，而笔力有所不逮，不能尽其详，故举其略而。
>
> 噫！以海外蕞尔之儒，得逢天下同文之日，御使命而朝帝庭。因以广其观览，以偿平日远游之志，岂不华哉！是以不揆浅陋，几有接于耳目者，必记而诗之。

权近在序言中说：凡是在明朝所见所闻者，“必记而诗之”。

因此，凡遇见一件事都赋诗，即以汉文记事，后以汉诗表达。收录了120余首汉诗，描绘在明朝所见所闻和自己的感受。如在鞍山驿夜宿，作汉诗《宿鞍山驿》。在头馆站近郊夜宿，作汉诗《宿头馆站近郊》。进入辽东城，作汉诗《入辽东城》。至永平卫滦河驿，作汉诗《到永平卫滦河驿》。到北平城原元旧都边的燕台驿，作汉诗《到燕台驿进见燕府》。明太祖在南京文华殿接见权近一行，遂作汉诗《谒文华殿》。权近一行归国前，明太祖再次赐宴欢送，遂作汉诗《初八日进谢赐宴仍作》。

权近用大量汉诗描述他使明的全过程，将在明朝的所见所闻和自己的观感皆用汉诗充分表达出来。这是李朝前期一部优秀的汉文域外纪行散文作品。

在使明过程中，权近还遇见在明朝为武将的三个本国人。当他们一行进入中国境后，赴南京途中，行至仪真时，遇见在明为武官的李喜身。权近在《奉使录》中记载：

过仪真县

自注：路逢本国宣州人李喜身，自言从本国金义征进南蛮，克捷而还。（金）义今为仪真卫指挥，（李）喜身为淮安卫百户，发向本卫。

路逢乡士笑颜开，见说王师万里回。
自是天诛无敢抗，只夸骁将海东来。

权近自南京回国，在途中仍过仪真县，遇见本国人李喜身提及在明为武将的金义和郑郎只夕。对此，权近在《奉使录》中载：

仪真舟上，遇其卫郑郎只夕、金义二指挥，立谈而别。

自注：二人皆本国人也。（郑）郎只夕尝在前元，与崔濡等谋立本国庶孽为王，来侵边境，兵败而走。金义杀朝使蔡斌而逃。皆投纳哈出。又从皈（归）朝得为指挥，征蛮之役，二人皆赴。时义母在本国，义问之，无戚容。

邂逅河堤上，乡音尚自存。
鬓华霜雪落，身事雨云翻。
万里成劳败，三韩有故原。
立谈犹问母，曾是孝心敦。

从上述记载可以看出，权近在使明过程中，先是遇见在明朝任淮安卫百户的本国人李喜身，又遇见在明朝任仪真卫指挥的郑郎只夕和任义真卫指挥的金义。据此可知，明代初年淮扬地区已有高丽人移居此地。《奉使录》不仅是一部汉文学域外纪行散文著作，也具有重要的史料价值。权近在《奉使录》中还表达了其亲明外交理念和对中华文明的崇拜和敬仰。

第四节　李廷龟

一、生平

李廷龟（1564—1635），李朝文臣、学者。字圣徽，号月沙、保晚堂、凝庵。文才出众，精通汉文汉诗，与申钦、张维、李植并称李朝中期汉文四大家，著有《月沙集》《大学讲义》《南宫录》等。

1590年，文科及第，历任兵曹判事、礼曹判事、刑曹判事、右议政、左议政。

1598年，任陈奏辩诬行副使赴明。

1604年，任奏请行正使赴明。

1616年，任正使赴明。

1620年，任辩诬行正使赴明，曾7次任迎接出使李朝明使臣的馆伴。

1635年，病逝，终年71岁。

二、代表作

（一）《戊戌朝天录》

1598年，李朝任兵曹判书李恒福为陈奏辩诬正使赴明，时任兵曹参知的李廷龟为副使。李恒福、李廷龟此行之使命是辩诬陈奏。

明朝兵部主事丁应泰两次参劾曾任援朝明军统帅的杨镐瞒报兵败之事，并指责李朝结党杨镐并通倭寇。李恒福、李廷龟至明都后，向明帝神宗呈上由李廷龟书写的《戊戌辩诬奏》。文中慷慨陈词，极力辩诬，颇具文采，得到明帝准奏和明廷大臣的称赞，辩诬成功。

李恒福、李廷龟在明期间，与明朝文人广泛接触，唱和酬谢。回国后，李廷龟撰写《戊戌朝天录》，收有其与明文人彼此唱和之作。

在山海关，明朝一个姓莫的秀才慕名写信求诗。李廷龟遂赠诗三首：

芳姿皎皎照青春，湖海风流信有人。
同舍忽成倾盖分，异乡俱是旅游身。
关头道驾初腾气，河上仙槎久问津。
多谢华笺映雪色，愧无佳句责行尘。

家在江南佳丽地，苏堤烟月几经过。
何缘一舸随君去，共赏西湖十里荷。

久闻南国多才俊，观子青云美少年。
他日东韩抬诏去，白头重会是前缘。

在广宁，李廷龟与明朝文人程嘉时相遇，亦有唱和之作。程嘉时向李廷龟赠诗，李次韵赠诗一首：

南冠北学慕迁莺，才子风流早有声。
万里乘槎同客梦，一尊倾盖更交情。
传经不堕双程业，作赋争推小陆名。
多荷新诗慰寂寞，明珠何止价连城。

尽管李廷龟与莫某和程嘉时素不相识，但是萍水相逢，唱和酬谢，其乐融融。

（二）《甲辰朝天录》

1604年，李廷龟任奏请行正使赴明。《甲辰朝天录》收有李廷龟在明朝期间与明朝文人唱和之作。在明都北京，一个明朝文人求李廷龟为其三把山水画扇面题诗，他欣然应允，题诗三首相赠。

霜落江天群雁飞，林皋秋色晓依依。
溪翁约伴闲亭上，斜日轻舟罢钓归。

汀草霏霏水岸斜，千章林木护仙家。
山人夜自前滩过，日暮孤舟泊浅沙。

江雨初收江草青，柳风吹面醉微醒。
呼童且试桥头水，不策跛驴傍树停。

（三）《丙辰朝天录》

1616年，李廷龟任正使赴明。《丙辰朝天录》收有李廷龟在明期间与文人唱和之作。

李廷龟赴明都途中，曾在沙河夜宿。应房主郭绍先之求，作诗一首以赠。

君家官道阅人多，郑驿迎宾问几何。
佳节又逢人日至，仙槎幸值客星过。
尊开北海淹行色，图持西湖管物华。
李郭神交应夙分，归时重访满园花。

此外，还收录应明朝诸官员之求所创作的多首汉诗。

在此次出使明朝期间，李廷龟与曾出使李朝的明朝文臣熊化重逢。1609年，熊化作为明使出使李朝。当时负责接待的李朝远接使为柳根，李廷龟时任馆伴。熊化与李廷龟一见如故，彼此唱和酬谢。熊化回国时致书李廷龟，其中有：

不佞之识足下，从羁旅中，倾盖一朝之合也。葭倚至馨，款蔼如旧，浃旬左右，赠缟之情未申，但从唱和中，洒拂霏穆，窃附赏音已耳。

李廷龟在复函中称：

古有旷世相感，倾盖若旧，昔人所云，夫岂不然。乃不佞之倒意倾情，出于衷曲而不能自已，则岂所谓神交有素，宿缘未断而然耶。途中所记《山雨楼记》文，展之粲然，读之锵然有金石声。

熊化和李廷龟在鸭绿江畔分别时，别情依依。李廷龟赋诗三首赠别熊化，其中一首为：

千里逢迎定宿缘，
此言长记寸心边。
清宵山雨楼中醉，
落日杨花渡口船。
几度胜游如梦幻，
一年佳节是离筵。
惟应更卜他生会，
天上人间两杳然。

熊化也赠诗李廷龟：

迢递三韩使者车，
深山落日倍愁余。
同心客路怜分袂，
回首王门怅曳裾。
胜事不常千古叹，
故人无恙数行书。
重来莫订他生约，
曾逐鹓联拜玉除。

7年以后，作为李朝使臣的李廷龟，在明都与熊化重逢。此时熊化官拜御史。两位故友重逢，自是欣喜异常。两人彼此唱和，抒发重逢的喜悦心情。李廷龟作诗相赠。

谢赠熊御史三首

（一）

自从飙驭返瑶空，
九载音容梦想中。
几处珠玑留宝唾，
至今兰雪洒清风。
次生会合诚奇遇，
两地精神或感通。
咫尺仙凡路犹隔，
三韩何况渺天东。

（二）

彤驺肃肃柏台深，
柱史风标世共钦。
海内直声传谏草，
江西清藻动词林。
芳徽旧日蒙波及，
羁旅如今叹陆沉。
闻说丰姿增俊彩，
自怜霜发久盈簪。

（三）

羁栖寂寂似藏逃，
忽荷芝函破郁陶。
千里别怀看彩笔，
百年交义感绨袍。

孤吟落日金台迥，
晚眺东风碣石高。
王事关心长闭馆，
一春佳节等闲抛。

熊化也写诗回赠李廷龟。

奉月沙词文二首

（一）

东使陈情入，
中朝载锡还。
羁栖臣节苦，
慎重主恩偏。
剑佩瞻天近，
干旗向日悬。
到时相劳慰，
莫赋北山篇。

（二）

重来九载后，
相见各依依。
旧句真成谶，
佳期信不违。
才名欣共赏，
容鬓觉俱非。
赠缟情何极，
休令古道微。

李廷龟又作诗回赠。

酬赠熊御史二首

（一）

天上清都十二楼，
玉皇香案彩云头。
何期朽质今三到，
重接仙曹第一流。
映座水壶瞻旧范，
对床霏屑续前游。
兹行幸副余生愿，
不恨周南久滞留。

（二）

湘竹溪藤掌上珍，
拜嘉偏觉爽灰尘。
骊珠满眼琼词动，
宝剑腾光彩墨新。
会合只应天借便，
去留赢得泪沾巾。
清风万里藏怀袖，
把玩长如对玉人。

从上述赠诗可见，熊化与李廷龟友谊之深厚。李朝文人崔有海对此感叹道："华人开心见诚，以文字结义者，未有如月沙、熊公之交际云。"

（四）《庚申燕行录》

1620年，李廷龟任辩诬行正使赴明。

《庚申燕行录》载有李廷龟在明朝期间，与一些明文人之友谊交往。李廷龟与明文臣王孙蕃、陈昌言两人相识，彼此唱和。王孙蕃以诗相赠。

奉呈月沙先生

官舍逢君若有期，
丹心向日涣群疑。
端冠作相公西赤，
羽扇论兵李药师。
千里共堂萍聚处，
一忠同矢盖倾时。
箕封燕市悬相望，
挥手萧萧系我思。

陈昌言赠诗。

奉呈大元辅老先生月沙台下

闻说仙官李月沙，
居然海外一名家。
文章有格宗韩愈，
气节无双识孟嘉。
玉帛只承瞻紫禁，
丝纶颁涣下黄麻。
门前客子空题凤，
尚有芳心问落花。

李廷龟以诗相赠。

次王相公韵，兼示陈相公

余生丘壑是前期，
重入清都梦亦疑。
秀格幸逢真国士，
高文仍睹老宗师。
百年词赋登楼日，
一代声名下榻时。
会合便成离别恨，
金台明月尚相思。

综上所述，李廷龟的《戊戌朝天录》《甲辰朝天录》《丙辰朝天录》《庚申燕行录》真实记载了他四次出使明朝期间，与明文人的友好交往，彼此唱和，充分显现了中朝两国文人的文学交流和深厚友谊，也展现了李廷龟汉文汉诗的文学才能，不愧为李朝中期的汉文汉诗四大家之一。

第五节　李晬光

一、生平

李晬光（1563—1628），李朝著名文臣、学者，字润卿，号芝峰。

1582年，年仅19岁进士及第。

1585年，别试文科丙科及第。历任修撰、大司成、大司宪、吏曹判书等职。

1592—1598年，日本两次大举入侵，壬辰卫国战争由此开始。

壬辰战争前，李睟光任吏曹左郎，壬辰战争爆发后，任防御使从事，赴岭南协助前线反日义兵和官军将领抗战。

1594年起，任宣谕御使，处理与明朝援军的协同作战事宜。其后，改任备边郎、都司迎慰使、右承旨兵曹参知等，负责处理与明朝的事宜和军政事务。

1628年，病逝，时年65岁。

在壬辰卫国战争前后，李睟光曾三次出使明朝，撰有《朝天录》《续朝天录》。在出使明朝期间，接触了西方文化，回国后，将西方自然科学知识和天主教首次介绍到朝鲜，成为实学派的先驱。李睟光目睹李朝封建统治的种种弊端，感触甚深。

在哲学方面，反对儒家学者以孔孟经典为据、盲目崇信的学风，提倡结合实际研究学问的做法。在政治方面，憎恨党派之争，主张吸收外国文明，发展海外通商，反对锁国政策，成为实学思想的奠基人。

文才出众，著作甚丰，以《芝峰集》中的《芝峰类说》最为著称。该书内容十分广泛，涉及天文、历法、地理、医学、生物、政治、经济、历史、语言、文学、宗教、哲学等，为研究李朝政治、经济、文化的重要文献。此外，尚有《采薪杂录》《剩说余篇》《升平志》《纂录群书》。擅汉文汉诗，著有诗文集《芝峰集》。

二、代表作

李睟光曾作为李朝使节三次赴明。1590年，以书状官身份赴明。1597年，任进慰使赴明。1611年农历八月，任奏请使副使赴明，在明朝京城居留140天后，于翌年农历五月返回祖国。先后撰有《朝天录》《续朝天录》。

《朝天录》《续朝天录》记述作为使节的李晬光在三次赴明的观感和创作的汉诗。这两部书充分反映了李晬光的思想和感情以及杰出的汉诗成就，同时真切记载了明朝的社会面貌和风土人情。李晬光的《朝天录》《续朝天录》和权近的《奉使录》一样，采取纪行诗歌集形式。

李晬光在《朝天录》跋中说："凡山川风俗之异，楼台民物之盛，与夫去国羁旅之思，一于诗发之相与白。战有唱辄和诚，不觉道途之远，鞍马之劳也。今略存其概，题曰：《朝天录》。"在《续朝天录》中亦指出："凡山川人物之美盛，城池宫阙之壮丽，古今事迹之可悲可喜，接乎目而感于心者，往往不能排遣，或为之口号，或相与唱酬，总如千篇，裒为一帙。"李晬光在《朝天录》《续朝天录》中，真切记载了在明朝的所见所闻，并创作汉诗，表达其思想情感和真实感受。如汉诗《壮游》表达了他出使明朝的喜悦激动心情。

壮　游

一啸东云别故国，
壮游踪迹半乾坤。
人烟隔岸青斋近，
虏火连山朔漠昏。
抚剑夕风生左海，
赋诗秋色满中原。
浇愁欲典吴姬酒，
唤客青帘出柳村。

又如，进入明朝境内，途经榆关[1]，未免思故国，念家乡。

榆　关

上国山川入亲眼，
风光到处马头新。
榆关树暗看归鸟，
雁塞天清辨虏尘。
二十年间三度客，
四千里外一孤身。
故国回日堪乘兴，
腊后梅花汉水春。

明代的山海关是朝鲜使节赴北京必经之路。李晬光三次使明，往返山海关六次之多。关于山海关，李晬光创作有多首汉诗。

山海关

燕云山海路，
东北一关雄。
锁钥三边会，
梯航九译通。
长城秦代月，
绝塞汉时风。
谁识青牛客，

---

① 榆关，明朝地名，位于古长城之尾迁门镇和永平卫滦河驿之间，为出入山海关必经之地。

重来紫气中。

李晬光一行曾在山海关逗留数日，游览该地的名胜古迹。遂作汉诗《又次梧树韵》，描绘山海关的美丽风光和名胜古迹以及优美传说。

又次梧树韵

关城临绝漠，
迥枕海云偏。
五路通夷译，
三方辏货泉。
皇威雄折箠，
胡意息投鞭。
地轴从东拆，
天文直北悬。
飞亭出鹤外，
危石涌鳌边。
日岛波间国，
神山海上仙。
遐巡嗤汉武，
高蹈慕齐连。
王母桃今结，
安期枣孰传。
长风如可借，
一棹往应便。
宇宙虚无里，
乌蟾当没前。

秦皇求药日，
姜女望夫年。
方士船何处，
瀛洲路几千。
凡踪频涉远，
游袂幸遭牵。
道侣知相待，
襄迟奈莫缘。
登临输我辈，
题咏愧诸贤。
好事还多障，
浮生只自怜。
霞开鲸浪帖，
日射蜃楼鲜。
未纵重来眼，
空吟二妙篇。
望洋心久失，
观海目无全。

李睟光第三次使明，在明都北京居留达140天之久，整个冬天皆在北京度过，1612年农历五月才回国。李睟光在居留明都北京期间，作有歌颂梅花的诗文。

咏腊梅并序

在玉河馆日，有通官秦仁男者，得一盆梅，俾观之。

古干疏枝，清香冷蕊，贞梅中第一品也。其始开者，如姑射仙人，绰约肌肤，临风启齿。其欲吐者，如月宫素娥，身着白霓裳，半露颜面。其蓓蕾而未发者，如苎萝女淡妆雪，含羞不语，而已觉妍媚。其先发而向谢者，又似明妃出塞，洗尽铅粉，玉貌憔悴，而故态犹存。种种奇绝，莫可名状，对之令人不餐而饱。

夫植物之性，随地寒暖，为早晚迟速。梅固得气之先者，而腊月开者尚罕，况比土寒烈冰，雪塞空而乃能回生意于杀节，复阳和于剥阴。吁！亦异矣！

且译者唯利是嗜，而秦也独能外利而嗜，梅发橐中，钱购人之所不嗜，非其胸次淡然有大过人者，能若是乎？又惧梅之难久也，必欲得余诗人，以寿梅于无穷，其志亢可尚已。第鄙拙之词，何足以传，神恐不免梅兄一笑耳。

作者虽在描述不畏严寒的腊梅，实是讴歌那些不畏权势的仁人志士的高贵品质。

《咏腊梅》是李睟光在明都北京创作的一组汉诗。

咏腊梅

（一）

半夜寒庭糁玉尘，
穷冬不觉岁华新。
冰姿月色看相映，
天到梅花与别春。

（二）

素衣三化帝京尘，
物色撩人意更新。
须信圣恩同雨露，

早梅先动腊前春。

（三）

梅兄标格绝缁尘，
最爱清香带雪新。
谁识忘言相对处，
此翁心地一般春。

（四）

骚人胸次本无尘，
诗得梅花别样新。
回暖不烦邹子律，
笔端清唱自阳春。

（五）

梅蕊冲寒不染尘，
客商清兴晓来新。
东风万里江南梦，
吹入孤山雪后春。

（六）

千载逋仙骨之尘，
只今谁复继清新。
天工似与诗人巧，
妆点寒梅分外春。

这组汉诗《咏腊梅》描写了腊梅不畏严寒、傲然挺立、迎风雪而盛开的高贵品质，实际上是在歌颂不畏权势敢于坚持斗争的文人的高贵品质。

再咏腊梅

腊月穷边见物华，
暗香来处影横斜。
骚翁不识春光早，
错认枝头雪作花。

李晬光游历夷齐庙，并创作汉诗赞颂伯夷叔齐："香火千年庙，清见百世师""伦纪君臣兄弟际，姓名天地古今同"。

除撰有《朝天录》《续朝天录》外，他还撰有在使明期间与安南、琉球使明使臣的酬唱之作。《安南国使臣唱和问答录》记载了李晬光在1597年第二次使明期间，与安南使明使节冯克宽的唱和问答，向安南使节冯克宽赠诗。

（一）

万里来从瘴疠乡，
远凭重译谒君王。
提封汉代新铜柱，
贡献周家旧越裳。
山出异形饶象骨，
地蒸灵气产龙香。
即今中国逢神圣，
千载风恬海不扬。

（二）

闻君家在九真居，
水驿山程万里余。
休道衣冠殊制度，
却将文字共诗书。
来因献雉通蛮徼，
贡为色茅觐象舆。
回首炎州归路远，
有谁重作指南车。

按，“休道衣冠殊制度，却将文字共诗书”，此句说，尽管明朝、李朝和安南三地人民风俗习惯迥不相同，但共同使用汉字，使三地人民心灵相通。李朝和安南两地使明使节相互引为知己。

安南使节冯克宽回赠李晬光的诗。

（一）

异城同归礼义乡，
喜逢今日共来王。
趋朝接武殷冠冔，
观园瞻光舜冕裳。
宴飨在庭沾帝泽，
归来满袖惹天香。
唯君子识真君子，
幸得诗中一表扬。

（二）

义安何地不安居，

礼接诚交乐有余。
彼此虽殊山海远，
渊源同一圣贤书。
交邻便是信为本，
进德深惟敬作舆。
记取使轺回国日，
东南五色望云车。

按，“彼此虽殊山海远，渊源同一圣贤书”，此句说，安南和朝鲜相距甚远，两地也有很大不同，但是两地皆深受儒家文化影响，关系亲近密切。

安南使臣冯克宽还请李睟光为其著作《安南使臣万寿圣节庆贺诗集》作序。李睟光在序中称赞冯克宽的诗“词意雄厚”“唾珠玑而声金玉”，予以高度评价。

《琉球使臣增答录》记载了李睟光在1611年，第三次使明期间和琉球使臣蔡坚、马成骥的酬唱之作。琉球使臣蔡坚回赠李睟光的诗。

海外睹面是奇逢，
讵知一见即包容。
皇恩浩荡均沾被，
珠玉淋漓我独深。
长才伟略靡双匹，
干国谋王第一人。
予心感佩真忘寐，
斋俟他年教复临。

第六节　许　篈　赵　宪　李恒福

一、许篈

（一）生平

许篈（1531—1588），李朝文臣，字美叔，世称荷谷先生。文科及第，历任艺文馆检阅、礼曹佐郎。

1574年，李朝赴明正使朴希立使明，庆贺万寿节。许篈随行，任书状官。

1588年，病逝，终年57岁。

（二）代表作

许篈在明都北京期间，除进行公务活动外，还游览了不少名胜古迹。回国后，将在明期间所见所闻，撰成《荷谷先生朝天录》。书中内容广泛，主要分为：

1. 崇尚程朱理学，批判心学

许篈在明都北京时，有四个中国生员来访。许篈在交谈中，用程朱理学的“居敬穷理”“格物致知”之说，批判心学的“致良知”“知行合一”，对王守仁的文章和功业不屑一顾。

2. 推崇伯夷、叔齐

许篈十分敬仰伯夷、叔齐。回国途中，冒雨瞻仰夷齐庙，“行再拜礼，瞻仰回思，心神飒爽。”

3. 关注明代的国防建设

当时明廷将堡垒迁移至险要地带，以防蒙古入侵。许篈对此进行了详细记载。

4. 描述山海关之险要地势

许篈出使明朝，山海关为必经之地。许篈描述山海关之险要和在明朝防蒙入侵的重要意义："大抵自辽至关与贼庭相接，一驰可至，故边备要紧。烟台相望，探哨不绝，秋高木落，则胡骑出没深可畏。"

5. 关注明朝宗教信仰

明朝宗教信仰风俗为"尚道佛崇鬼神"，许篈此前曾有怀疑。通过出使明朝的所见所闻，始知果然如此，说"斯言诚不诬矣"，并感叹"怪且骇"。

6. 关心民间疾苦

许篈在往明都北京途中，曾夜宿渔阳驿莫违忠家。

莫违忠对许篈说当时赋税徭役之重："一顷为百亩，凡耕一顷田者，岁中最丰则纳银七八两，不稔则二三两。此外又有杂役，如出牛驴、酿官酒、养苑马之类，色目繁多，贫者则至典子卖女以偿之……而今者赋役极重，一顷之出不足应县官之所虚，故民胥怨咨焉。"

许篈听后，感叹"诚可痛悯"，并联想李朝同样是赋税繁重："盖中朝凡在官者力足以庇其族，此所以富益富而贫益贫也，诚可痛悯。余尝患我国之贡额繁重，民不堪命。今闻中朝亦如此，则愁怨之声举普天下皆然矣。夫华夷虽有内外，而真违忧怀惠之性则环四海如一，此仁人君子之所宜动念也"。这段话反映了许篈之关心民间疾苦。

7. 描述明朝江南文化昌盛，文人众多

如描述明朝秀才朱邦教："秀才朱邦教来见，言读书经稍解文字，余欲观其所作，邦教取其自制经书义三道来示余，仍请余出题以试……成，粗可观。"

又如，问南昌文人俞良杰："汝府中儒学者有几人？曰：'秀才甚盛。今年捷进士者十七人，府中可中选者不止于此。'"

8. 描述明朝之兴盛繁荣

许篈描述了明朝之兴盛繁荣景象："皇都宫室、城池之壮丽，舟车百物之凑集，士人四方之交会，其所见益大而所得益富矣。”

9．记述明朝地方官吏的明索暗取

入明境后，许篈在前往明都北京途中，曾遭辽东都司都指挥陈言的敲诈。陈言索取的物品没有得到满足，“怒气现于颜面”，遂笔书所要之物品：海獭皮、满花席、白布、花砚、整参、帽缎二匹、罗一匹，并厉声说：“以此换前物来。”

10．记述明朝王廷官员的索贿

许篈一行不仅遭到明朝地方官员陈言的敲诈勒索，还遭到明朝王廷官员——主事的直接索贿，而中央王廷的官员——此主事索贿更加虚伪狡诈，假意地推辞，更显其老奸巨猾。当朝鲜使臣宋大春给主事送礼时，主事却假意推辞：

> 主事取（礼）单见主，多有喜色，谓（宋）大春曰：“书砚是文房物，故余受之。余不敢领。”（宋）大春曰：“此是陪臣诚心奉献之物，望老爷留以赏人。”主事曰：“余为陪臣诚心不敢违，谨受。”

11．记述明朝贪官许继儒遭流配事

> 盖本国人货卖多禁物，如黄紫色段、《史记》等册皆中朝不许出境者。故序班持此恐吓，称之曰：“过关人情”。（许）继儒要我人出白布五十匹，我人无以应之。（徐）继儒方怒之际，又以事殴馆夫。馆夫奔告于主事钱拱辰，细陈其故，且引通事吴淳以为证，（钱）拱辰召（吴）淳问之，果如馆夫言。（钱）拱辰即上章曰：“（许）继儒乃衣冠之盗贼，馆伴之虎狼，请以重论奉。”圣旨发边充军，即谪戍山海关，且以银一两准白布一匹征三倍而没官。（许）继儒家本贫，尽

卖田宅以偿，其母因缢死。

综上所述，许篈的《荷谷先生朝天记》真实记载了在出使明朝时之所见所闻，详细记载了明朝的政治、经济、军事和风土人情。

二、赵宪

（一）生平

赵宪（1544—1592），李朝文臣。字汝式，号重峰。文科及第。

1574年，任质正官[1]随使节赴明。

1592年，病逝，年仅48岁。

赵宪从明朝回国后，将在明朝之所见所闻撰成《朝天日记》，并先后向李朝王廷提出学习中华文明的“八条”“十六条”。

> 质正官赵宪返自京师，谛视中朝文物之盛。意欲施措于东方，及其迫也，草疏两章。切于时务者，八条；关于要本者，十六条。皆先引中朝制度，次及我朝时行之制，讲论得失之故，百折衷于古义，以明当今之可行。

八条为：

> 一曰圣庙配享；二曰内外庶官；三曰贵贱衣冠；四曰饮食宴饮；五曰士大夫揖让；六曰师生接礼；七曰乡间习俗；八曰军师纪律。

---

① 质正官的任务是“质正华欲于中朝”，因之“必以博文详雅之士充之”。

十六条为：

曰格天之诚，曰追孝之本，曰陵寝之制，曰祭礼之礼，曰经筵之规，曰视之朝之仪，曰听言之道，曰取人之方，曰饮食之节，曰饩廪之称，曰生息之繁，曰士卒之选，曰操练之勤，曰城池之固，曰黜陟之明，曰命令之严。

尽管其后“八条”“十六条”未得全面付诸实施，但这些措施的提出显现了作为质正官的赵宪对中华文明的向往和主动吸收的积极态度。

（二）代表作

《朝天日记》采取日记形式，详细记述了其在出使明朝的所见所闻和自己的观感。正如他自己所说，“入中国数月，途店之次，求访咨询，殆无遗漏”。《朝天日记》内容甚是广泛，记录甚详，其主要内容分为：

1. 记载赵宪使明期间的政治活动

诸如官吏的任免，各部奏文等。

2. 盛赞明朝名将戚继光

戚继光为明朝抗倭名将。赵宪在《朝天日记》中盛赞戚继光：

忠诚甚笃，文字兼美，其闻世名将也……与岳公（岳飞）无异，今镇北方，善谋善御，有急必援，虏不敢近。

称赞戚家军，军令严明

……憩于白润铺南村，见兵车数十。车上有楼，可容四人者二，有栖而悬鼓者二，一面板隔如防牌者数十，盖将到于水口城绝之处以防胡也，俱驾于驴或骡也。步卒数十，担荷军器以行。问之则曰鞑子四十万弥漫于石门寨长城之外，故戚总兵中军将倪善将二万众以赴之。军不掠途人，驴不饲田禾，非中国政令之严曷臻是哉？

3. 记述明朝赋税状况

赵宪一行经通远堡、连山关，借宿麂洞彭文珠家，询问主人当地民众赋税状况。主人说："这地方都司岁征人银一两。若有十男之家，则岁纳十余两银。如之，何不穷也。"

赵宪在蓟州，又询问当地田税状况。回答说："好收之年一顷可出二百担，担当东方工小担云，收税几至七六两。又有丁徭、马牛骡役、车徭、官司酒钱，民不能支，至于典儿卖女云。"

4. 记述明朝民众服饰

始见上国之人，皆戴帽子，身服玄衣，旁身袄子仅庇其臀，袖窄圆领，玄裳窄下，女人俱缚其足，其趾不长。

5. 记述明朝丧葬习俗

赵宪一行过九连城后，见当地丧葬习俗："自是山上无坟，田中或家后园多置棺材，露置土上，上盖以草。"询问当地居民："北家田中露置棺材是何故也？"回答说："死者子孙……遇吉日然后乃克葬。"

6. 记述明朝祈神风俗

赵宪一行赴明都途中，在七家岭刘姓人家借宿。刘家比较富裕，"虽是市人，而深宫固门严隔内外，一如士大夫家"，"儿得小痢辄邀巫，设纸钱以祈于神"。

7. 记述明朝婚嫁习俗

土民之俗，或用银百余两以备纳币，且行亲迎之礼。而及其夫死，将嫁他人，则其妇备还百两于舅家，然后乃嫁他人。犹有旧胡之习也。

8. 记述明朝地方官员之敲诈勒索

赵宪一行入明境后，遭到明辽东都司掌印大人陈言的敲诈：

（六月二十三日）陈言以通事不备所望，移怒于其吏，事事叱詈，甚以贼奴目之。通事呈咨文，厉声读之。又以前使之行自误报单，见推于朝廷，用此追咎通事之不即纳贿以图无事，将为请罪之咨以付还日也。……（陈）言怒其《皇华集》、黑笠子之不来，力要印送，于后行手写作欲之物以求之。无廉耻如此！

赵宪一行被迫向陈言行贿，陈言立即转怒为喜，设宴款待：“……（宋大春）多以土产之物（人参几至四十斤、砚四、弓一、文席、米货、纸卷等物）往遗陈言。（陈）言甚喜，令其家人盛备酒食，引坐（宋）大春于正堂之上，欣然礼待，如见大宾也。且出缎数匹，俾于还时持去。”

综上所述，赵宪在《朝天日记》详尽记述了出使明朝的所见所闻，包括明朝的政治、经济、军事、文化乃至风土习俗，弥足珍贵。

三、李恒福

（一）生平

李恒福（1556—1618），李朝文臣，字子常，号白沙、弼云、清化真人、东风。文才出众，著有《青丘永言》《白沙集》《北迁日记》《四礼训蒙》。且擅汉文汉诗、汉文小说，《白沙集》收有汉文小说《柳渊传》。

1580年，文科及第，历任兵曹判书、礼曹判书、右议政等高等文职。

1592年，日本大举入侵，李朝开始壬辰卫国战争。时任右议政的李恒福积极组织抗倭战争。

1598年，任陈奏使赴明。翌年农历四月返回祖国。

1618年，病逝，终年62岁。

（二）代表作

李恒福一行于1598年农历十月二十一日赴明，翌年农历正月二十三日到达明都北京。农历三月十八日动身回国，四月二十四日返回祖国京城。李恒福在明居留时间半年之久。他将在出使明朝期间的所见所闻，撰成《朝天记闻》《朝天日乘》。《朝天记闻》记录使明的所见所闻。《朝天日乘》则记载了每日行程，尤其是每日路程，多则80里，少则30里。

《朝天记闻》真实记录在明朝的所见所闻，范围很广，内容丰富，尤其对明朝的政治、经济、军事状况记载甚详。

如明朝的苛捐杂税：

> 行至广宁，留一日。时一城商贾皆闭铺不坐市，列肆寂然。下人凡有所需，多不得买卖。怪问其由，广宁人言都御史李植将拓地于辽右，驱除鞑虏，筑城于旧辽阳，发民起戍役，加征科外商税，至于人家间架皆有税，以助其役。辽民大怒，一时废肆。

又如，明朝捐税繁重，民不聊生，卖儿卖女，流离失所：

关内连岁大饥，流民满道。有老妇行乞过门，泣且言，有子年今十岁，前月卖与城里，家受银一钱半，未过十日已吃尽无余。此后吾亦无策，村氓卖子者，在在皆然，多不过三四钱，小或一钱，气象甚惨。

第七节　李安讷　金尚宪　洪翼汉　权　拨

一、李安讷

（一）生平

李安讷（1571—1637），李朝文臣。字子敏，号东岳。他文才出众，擅汉文汉诗。与权韠并称诗坛两大支柱。诗作多达5000余首，著有《东岳先生集》（13册）、《北塞录》、《朝天录》等。

1599年，文科及第，历任礼曹正郎、吏曹正郎、礼部判事、艺文馆提学。

1601年，农历四月，随进贺使郑光绩赴明，任书状官。

1637年，病逝，终年66岁。

（二）代表作

李安讷于1601年任书状官随使赴明。回国后，撰写《朝天录》。在明期间，他广泛与明朝文人交流。《朝天录》详细记载了与孔子第六十二代孙孔闻漂交往的情形。记载了孔闻漂的身份、出生年月、功名和任职等状况："（孔闻漂）号观生，乃孔子六十二代孙也，曾祖彦龄，祖承寿，万历癸巳十一月十五日生，天启壬戌科进士，时为礼部主事。"李安讷和孔闻漂结识后，友好往来密切，彼此赋诗唱和酬谢。

李安讷赋诗为：

辛丑曾瞻衍圣公，
长身今又拜南宫。
大明周室千年后，
曲阜箕封万里中。
礼乐诗书传世远，
文章道德比天崇。
鲤生敢说通家义，
独喜朝京每震衷。

蛙井窥天鲽域东，
文宣王后马牛风。
凤麟忽睹威仪异，
河海方知气象同。
耳食几多资画虎，
舌耕徒解费雕虫。
传心法在阵编外，
傥乞微言破瞽聋。

孔闻漂与之唱和酬谢：

马首牵无东，
得闻赋八风。
目因骨气别，
不止书文同。
午梦生春草，
寒冰语夏虫。
君行谁振铎，

愁我作龙聋。

二、金尚宪

（一）生平

金尚宪（1570—1652），李朝文臣。字叔度，号清阴、石室山人。他文才出众，擅汉文汉诗，著有《野人谈录》《丰岳问答》《南汉记略》《清阴集》《朝天录》等。文科及第，历任大提学、礼曹判书、吏曹判书、刑曹判书、右议政、领敦宁府事。

1626年，以圣节兼谢恩陈奏使出使明朝。

1652年，病逝，终年82岁，谥号文正。

（二）代表作

金尚宪是由海路使明，皆因中国东北地区后金（清）崛起。李朝使明路线改为海路，即自朝鲜出发，渡海至登州，经山东境内，进入明都北京。金尚宪出使明朝期间，广泛接触明朝文人，其中之一为登州的吴大斌。《朝天录》详细记载和明朝文人吴大斌的友好往来，彼此唱和酬谢，“越人吴大斌久居辽东，避乱来住登州，号晴川”。

吴大斌向金尚宪赠诗：

凄凄切切不胜情，
恍惚梅花美月明。
莫问故乡音信断，
东风一放到边城。

金尚宪赠诗以示劝慰：

离居悄悄易伤情，

更值清秋月正明。
何处西风吹玉笛，
一时流恨满江城。

吴大斌慕金尚宪之才学，请其为著作《辽海遗踪》作序。金尚宪欣然为之作序：

> 昔丁令威弃家登仙，千载然后归。其身与心固已俱化矣。……辽之与鲜，隔一衣带，同仁之内，四海兄弟。今睹吴晴川先生辽海遗踪一编，抚迹起兴，增豪剧俊，咏其诗想其境，感慨怀旧，自不觉潸焉泣涕。岂当时预知今日之变，而若有所启发，俾补辽志之亡欤？亦异矣哉！方今圣德日新，群贤辅佐，殊方不庭，自格于两阶之下，彼蕞尔丑虏，假气游魂，可不月而扫除矣。晴川公涉登溟抵辽岸，彷徨啸咏于华表之墟，重赋遗踪，播之远近，不佞当沥酒而遥贺焉。虽然，登高能赋，可以为大夫，岂有有才如晴川而终屈于圣明之世者乎？

金尚宪还赋诗劝慰吴大斌：

海上秋月风欲斜，
一樽沽酒一声歌。
旁人莫怪轻垂泪，
从古英雄感慨多。

当金尚宪和吴大斌分别时，还赋诗相赠：

会稽山水秀而清，

清淑之气钟豪英。
中有玉立晴川翁，
长身白眉仍青瞳。
意气峥嵘隘区宇，
才华俊逸凌徐虞。
汉代相如差可伍，
燕家郭隗何须数。
金台已墟梁苑空，
万里飘飘客辽东。
辽东城入犬羊天，
避地东牟又三年。
他乡为客风俗薄，
故国思归音信隔。
箧里诗篇富恒溢，
床头酒钱贫屡缺。
世上不乏有心人，
一朝契合如有神。
三韩使节蓬莱岛，
倾盖论交一倾倒。
把君之袂执君手，
为君沽酒向君寿。
君不见，
东京名士梁伯鸾，
栖栖庑下饥且寒。
君不见，
四海文章李谪仙，
白首长歌行路难。

当时富贵谁记某，
独有斯人名不朽。
请君尽醉扫苛礼，
人生落地皆兄弟。
明朝别后燕山道，
黄筑白云愁欲老。

金尚宪在诗中引用倾盖论交、梁伯鸾、李白的故事来安抚和鼓励异国知己。

金尚宪还创作有多首描绘明朝名胜的汉诗，如赞叹蓬莱阁雄伟壮观的汉诗《登蓬莱阁》。

登蓬莱阁

登州楼观跨虚空，
势压沧溟万里穷。
桥石已从秦帝断，
星槎惟许汉臣通。
乾坤荡漾洪波里，
日月分开积气中。
半世远游今白发，
百年奇绝此难同。

描绘济南趵突泉的汉诗。

趵突泉

灵源喷玉泻滔滔，
水面跳珠一尺高。

倒浸雪楼涵气象，
百年文字作浪涛。

描绘济南大明湖的汉诗。

大明湖

济南官府右名都，
楼观苍茫压太湖。
天借地形雄海岱，
人添物色拟蓬壶。
分栽细柳三千树，
疏凿方塘一万区。
安得荷花明日夜，
兰舟直上泛虚无。

该汉诗清新脱俗，对蓬莱阁、趵突泉、大明湖美丽景色描写得真切而富于诗意。

金尚宪和吴大斌唱和的诗作中，还有《次吴晴川大斌韵三首》，其中第一首为《庙岛停舟》。

庙岛停舟

淡云轻雨小姑祠，
佳菊衰兰八月时。
矶石近依牛女渚，
桂花低映广寒枝。
梦回孤枕鲸涛撼，
风散遥空雁列差。

无限旅愁消不得，
喜君诗句慰羁离。

与金尚宪一同出使明朝的李朝文臣、书状官金地粹也与明朝文人吴大斌友好交往，彼此唱和。金地粹作有《同清阴次吴晴川自嘲韵》《长歌行赠吴晴川》等诗。

长歌行赠吴晴川

辽河之水日夜流，
壮士击剑蓟门秋。
秦皇筑后城雉古，
唐帝征余边草愁。
少年豪气君不除，
生来不愿高民侯。
一日辞家向北方，
骏马长鸣发南州。
山阴路接金陵驿，
河阳岸尽邯郸陌。
由来此地盛繁华，
桃叶青青柳花白。
只喜飞出柴荆塞，
非关附度黄沙碛。
阵氛沉沉朔野茫，
都护筵中剑歌长。
满堂谁识孟劳贵，
任他飘沦古狱旁。
行寻废寺宿寒雨，

过吊荒陵悲夕阳。
郎今辽上胡寇居，
若亦避寇东牟乡。
东牟海市天下奇，
蓬莱仙人多见之。
观奇访道且可乐，
犹自舍情知为谁。
御史魂飞太子河，
牛毛岭前将军死。
有时飒飒北风吹，
壮胆轮困成坐起。
人生相会本不期，
见我一出临海诗。
诗辞激昂感慨多，
皓首襄颜非归时。
山川悠远白云飞，
何处清秋无别离。
若在尊前须痛饮，
慎莫轻言其友知。

三、洪翼汉

洪翼汉，李朝文人，曾出使明朝，回国后将在明朝之所见所闻，撰成《朝天航海录》。其中盛赞途经明朝龙山驿一带的经济发达景象：

数日来，所经田野，都是木棉花，白云平铺，弥亘数百里。闾阎扑地，半是高楼杰阁。而树林葱蒨，杂植于田亩间者，皆梨、栗、柿、枣、胡桃；而所种行列甚整，远近如一。时果烂熟摆落覆地，群儿过之者视若不见，不取一介而咬。

又如记述明朝山东济南的繁华景象：

城郭人民之盛，第宅牌楼之多，甲于山东城外，店舍市铺，环拥数十余里。往来车马，骈阗道路。香街绮陌，酒楼青帘，扑地鳞次。粉颊云鬟交倚市门者，亦百其群。古称天下之府库，信不虚矣。

四、权拨

权拨，李朝文人，曾出使明朝。回国后，将在明朝期间所见所闻撰成《朝天录》。在明朝期间，他曾瞻仰夷齐庙，记载甚详：

夷齐庙在滦河上流土城中，城门书孤竹城，下书仁贤旧居，中门书敕赐清节庙，东西小门一书天地纲常，一书古今师范。内有楼门，门楣书上古逸民，下书伯夷叔齐。楼上巨碑，未遑登眺。内庭有阁，刻孔孟曾三圣赞言，为三碑鼎立之阁，门书孔孟称贤。庭之左右碑阁，时人所述，内有神门，书明朝庙祀。围以石栏，铺以大砖，塑像俨然，瞻拜肃然。左右立庖厨长廊，庭亦有碑。庙后墙门刻古贤肇迹，门内楣书滦河上流，内构揖逊堂，左右立斋明之。廊后筑清风台，台上采薇亭，亭门有二，东书高蹈风尘，西书大观寰宇。入门渐高，又有二门，左书百代山仰，右书万古云霄。倚亭举目，极为洞豁。

权拨在出使明朝期间，也遭到明朝礼部官员的敲诈勒索，其《朝天录》载：

礼部主客司外郎王相、马证、李学夔等，执笔吏也，以奏事来索人情，各给白布等物。外郎不肯，曰：“宗系改正，尔国之大事，人情何若是略少耶？”又加给砚面。

第八节　金　堉　黄士祐　李　珥　崔有海　卞　献　柳思瑗

一、金堉

（一）生平

金堉（1580—1658），李朝文臣，字伯厚，号潜谷。文才出众，擅汉文汉诗，著作甚丰，主要有《潜谷笔谈》《皇明纪略》《海东名臣录》《朝天日记》等。参与编纂《仁祖实录》，精通性理学、天文、地理、兵略、卜书、律历等。

1624年，文科及第，历任汉城府尹、都承旨、右议政、左议政、领议政等高等文职。对经济政策具有远见，实施大同法，利用牛车，铸造常平通宝、制造活字，出版图书等事业有很大成就。

1636年，出使明朝。

1658年，病逝，终年78岁。

（二）代表作

金堉使明回国后，将在明朝的所见所闻，撰成《朝天日记》。载有金堉经永平府至明都北京途中，所见明朝商业活动繁荣状况：

商旅络绎不绝，十数为群，所骑所驮，非驴则骡，大车则驾十余或五六头，小车则或牛或驴二三头，挽辂则独轮而一人推之，所载则一马之驮也，载重则前有一人挽之，加重则驾以驴、骡，前挽者执鞭以驱。

记载了遭遇明朝高官敲诈勒索的情形：

礼部尚书姜逢元，渎货无厌。顷以咨文事归罪小甲于文，累次杖之，仍为拘系冷堡，盖索贿也。于文每来恐吓云：“尚书甚贪，不可不行赂以免我罪”，驿官等书示：人参三斤。于文抵地曰，必三十斤乃可。

金堉感叹说：“外有奴贼，内有流贼，天旱如此，而朝廷大官只是爱钱，天朝之事亦可忧也。”

二、黄士祐

黄士祐曾出使明朝，回国后，将在明朝之所见所闻，撰成《朝天录》。他在《朝天录》中感叹明都北京壮丽的同时，也流露出对尊明和慕华鄙夷的思想情绪：

辽、金、元虽于此建都，然皆以夷狄入主，不足以当中国之正。至太宗文皇帝实龙潜于此，及承大统，遂建为北京而迁都焉，于以统万邦而抚四夷，真足以当形制之胜，而为万岁不拔之鸿基也。

三、李珥

（一）生平

李珥（1536—1584），李朝文臣、学者。名见龙，字叔献，号栗谷、石潭、愚斋。文才出众。哲学思想方面，继承徐敬德的学说，发展了“主气说”。擅汉文汉诗，著有《栗谷全书》，该书不仅对儒学研究，且对李朝的政治、思想、社会制度的研究，亦有重要价值，并擅书法、绘画。

1548年，12岁时进士初试及第。

1564年，生员试、式年文科试皆为状元。历任正言、副校理兼春秋馆记事官、大司宪兼艺文馆提学、两馆大提学、吏曹判书、刑曹判书、兵曹判书、右参判等职。

1568年，任书状官随使赴明。

1584年，病逝，年仅48岁。

（二）代表作

李珥的《朝天录》记载在明朝的所见所闻，并赋诗表达观感。如《次思可燕京韵》，描述明都北京的美丽风光。

次思可燕京韵

万雉皇城气象专，
玉河秋月驻吟鞭。
明朝环珮随仙仗，
远客心苏紫闼前。

四、崔有海

（一）生平

崔有海（1587—1641），李朝文臣，字大容，号默守堂。

1613年，文科及第，历任弘文馆副修撰、应教、校理、承政院副承旨、平安道评事、安边府使、扬州牧使、定州牧使、吉州牧使等职。

1641年，病逝，终年54岁。

（二）代表作

1629年，崔有海出使明朝。此时明朝国势危弱，后金（清）已在辽东崛起。鉴于此，崔有海一行改由海路赴明，在登州登陆，由原路返回李朝，未能完成使明任务。著有《东槎录》记述此次未能完成的出使明朝始末。

据《东槎录》记载，崔有海于1629年农历十月三日，以赍咨使身份从李朝汉阳出发，前往宁远卫进见明朝著名将领、辽东经略袁崇焕。

但因明朝国势危急，辽东形势也岌岌可危，崔有海一行无法前往辽东的宁远卫，改由海路赴登州。在登州，崔有海与明朝文人吴大斌、宋献、王善述、张可度、杨国东、梁之垣、程僖、张可大、张瑶、刘性成、张联台、李元善等广泛结交彼此唱和酬谢，后于翌年农历三月仍由海路回国。

崔有海一行往返海程为李朝平安道某地—椵岛（皮岛）—黄骨岛—石城岛—长山岛—广鹿岛—三山岛—旅顺口—猪岛—双岛—皇城岛—登州—登州水城—庙岛—皇城岛—长山岛—平岛—椵岛。

崔有海的《东槎录》虽仍可视为出使明朝的《朝天录》，但实际上，崔有海一行并未抵达明都北京，拜谒明帝，只是与登州的明朝文士交往，唱和酬谢。收录的仅是崔有海及其随行文人卞献与在登州的明朝文人的唱和之诗作。

李朝方面，有崔有海汉诗121首、卞献汉诗17首、金尚宪汉诗7首；明朝文士方面，有吴大斌诗9首、宋献5首、王善达5首、张可度4首、杨国东2首、梁之垣1首、程僖1首、张可大1首、张瑶1首、刘性成1首、张联台1首、李元善1首。

五、卞献

（一）生平

卞献（1570—1636），原为僧侣，字时哉，号三一山人。壬辰卫国战争时期，卞献参加义军抗倭，成为一名僧将，其后还俗。

卞献文才出众，成为著名儒家文士，并随崔有海出使明朝。卞献在出使明朝过程中，创作有17首汉诗。

（二）代表作

泊猪岛

衰草寒烟一径微，
下寻洲渚得渔矶。
沙鸥轻逐风潮起，
水豹横吹雪浪飞。
古庙有基迷药蔓，
废垣无主点苔衣。
徘徊此地忧能老，
怅望神州几日归。

此为与崔有海酬唱的汉诗，诗中描述出使之艰辛，也描述了猪岛上的荒凉，隐谕明朝已是日薄西山，岌岌可危。

赠给皇城岛海潮寺住持的汉诗《赠海潮寺住持宝上人》。

赠海潮寺住持宝上人

寺在皇城岛，
停舟试一过。
入门礼僧宝，
设榻点香茶。
说法龙参席，
翻经天雨花。
吾今亦忘我，
愿托梵王家。

赠与明朝文人吴大斌的汉诗《赠别吴晴川》。

赠别吴晴川

海上频倾盖，
沙边共岸巾。
诗清知和寡，
酒绿见情亲。
白鹭飞如雪，
红梅已放春。
却怜从此别，
千里独归人。

这首诗充分表达了卞献与吴大斌的深厚友情，一朝离别，后会无期，知音难觅，万分悲痛。

次金元瑞即事韵

舢棱飞耸紫霄瑞，
蔼蔼祥云拥画栏。
风拂琳琅鸣委珮，
霜严獬豸整峨冠。
香清更喜从空下，
天近谁言坐井观。
只祝远猷寰宇内，
两阶干羽万邦欢。

《次思可登天坛韵》，描绘北京天坛之壮丽。

次思可登天坛韵

（一）

肃肃宏庭碧树高，
五云台殿势雄豪。
圜丘盛礼无由睹，
管里窥斑恨我曹。

（二）

雕栏碧瓦入云高，
玉砌珠帘制作豪。
想得汉皇朝帝日，
九霄笙鹤下仙曹。

（五）

碧烟飞尽玉栏高，
宫观何殊上界豪。
翠柏受风交乱影，
依稀如见舞干曹。

六、柳思瑗

（一）生平

柳思瑗（1541—1608），李朝文臣，字景晤。

1595年，李朝王廷派郑期远为奏闻使赴明，柳思瑗任书状官。柳思瑗回国后，因出使期间有功，封为文兴君。

1608年，病逝，终年67岁。

（二）代表作

1592年，日本丰臣秀吉派大军侵略李朝。李朝不支向明朝求援。明廷应邀派李如松率军入朝，与李朝军民共御倭寇，取得重大胜利。

1595年，李朝王廷得知日本丰臣秀吉准备再次侵略李朝的情报，遂急派郑期远为奏闻使赴明，向明廷奏报此情况，时柳思瑗为书状官。柳思瑗自明回国后，撰写《文兴君控于录》。

《文兴君控于录》记载了此次使明之历程。柳思瑗一行于1595年农历十二月六日，渡鸭绿江，农历十二月十三日至辽东（辽阳）。翌年农历正月十四日至明都北京，农历二月十五日离开明都北京回国，农历三月十三日渡鸭绿江，至义州。

书中详细记载了他们一行向明廷奏报倭寇准备再次侵略之情报，并记载了明廷和战论争之情况。对于是否派军援朝御倭，明廷大臣分为两派。一派主战，即明廷大臣给事中。一派主和，以兵部尚书石星为首。当时，李朝国王请求明神宗派军援朝御倭。明神宗谕令兵部进行研究，提出对策。兵部尚书石星等奉命商议后，向皇帝提出《兵部覆奏》。

当时兵部尚书石星已派杨方亨和沈惟敬赴日，试图封丰臣秀吉为日本国王，并且得到即将获得成功的情报。所以《兵部覆奏》中，主张和，不派兵，并认为李朝不应过多地依赖明朝，而应依靠本国力量保卫国家，进而对李朝王廷进行抨击：

> 一则，曰从前未有费兵饷而代外戍者。凛凛天语，中外闻知。屡经臣等申饬，又不啻至再至三。今彼此讲封，已越五载，罢兵省费，又复三年。曾不闻该国君臣痛加振励，积饷练兵，以为预备之计。乃一经虚喝，便自张皇驰报。
>
> 今如该国所请，不如练兵，长（似疑为“常”）以中国之

兵为兵，不自积饷，长（似疑为“常”）以中国之饷为饷，已享其逸而令人居其劳，已享其安而令人蹈其危。即小邦不能得之于大国，况属藩可得之于天朝乎？

柳思瑗还记述了明廷六科给事中皆反对兵部尚书石星主和主张之事，该书记载他在农历二月三日，目睹明廷主和、主战两派之论争：

臣等进往六科衙门，衙门皆在阙内，六科给事各坐本衙。吏科门外书揭刘道享（应为“亨”）参论石（星）尚书文，兵科门外书揭徐成楚参论石（星）尚书文，若榜示者然。人多聚读，亦有奏书者。

作为李朝奏闻使的郑期远和柳思瑗见明廷六科给事中如此决意主战，十分欣慰，遂向这六科提交《呈六科文》，对六科主战，派兵援朝，表示万分感谢。与之同时，郑期远和柳思瑗还于农历二月五日，派通事（翻译）前往兵部尚书石星私邸与其进行交涉。

《文兴君控于录》载，当时石星答复说：

（石星）尚书曰：尔等不知天朝文体。我当初题覆之意，亦非全弃尔国而不救。文体自不得不如是也。今则已行文与督抚作速议定具奏矣。前主封是我，今主战是孙老爷。我之主封者，是保全尔国，羁縻日本。三年中使尔国便于修守练兵积饷，以待不虞。

《文兴君控于录》还记载农历二月九日，柳思瑗等前往午门探听消息，伺机向明都察院呈交“呈文”之情况：

（二月）初九日庚午，晴。留玉河馆。臣等早往午门外，俟都察院入朝房。臣等立于户外，使下人入送呈文，则披见还给，曰呈于诸会处。寻已科道诸官一时来到。臣等进前跪伏泣诉，科道等官曰：起来。臣等不起，愈叩头，使李海龙（即通事、翻译）毕陈情理。科道等官曰，今日会议正为此事云。臣等起立，科道等官过，向兵部朝房而去。

有顷，石（星）尚书自其朝房变服出，向阙外去。问其故，则人皆曰，科道对面切责。且曰，今日所议事也，（石星）尚书何敢得与云，故去也。

九卿以下齐会于五凤楼下，左右序立将入门。臣等进前，手持呈文，叩头号泣，令李海龙毕陈悯迫之状。

九卿以下互相论议，使下吏受呈文。答曰：今日会议政（疑为“正”）为此事，尔等伺候于兵部。

从这段文字记载，可知当时作为兵部尚书的石星因主和，遭到主战的科道官员的指责，被逼无奈的石星尚书只得更衣后离开兵部朝房。

柳思瑗在《文兴君控于录》中记载，李朝使节使明的诸多事项，其中一些事项为正史所不载，弥足珍贵，具有重要史料价值。

第九节　明朝使臣出使朝鲜录

一、倪谦

（一）生平

1439年，应试，第一甲第三名进士。历任多种官职，后官至礼部尚书。

1450年，任正使出使李朝，副使为刑科给事中司马恂。倪谦此行出使李朝，是向李朝王廷宣布明代宗继承皇位。

（二）代表作

倪谦回国后，撰写了《朝鲜纪事》。《朝鲜纪事》为日记体，记述出使李朝的日程。该书记载，倪谦一行于明代宗景泰元年农历正月初十自辽阳出发，正月十六渡鸭绿江，入朝鲜境内。倪谦一行在李朝共47天，其后离汉城回国，农历二月三日渡鸭绿江，入本国境。

倪谦的《朝鲜纪事》收录了他和李朝接伴使申叔周、郑麟趾、成三问等人的唱和诗文。

二、张宁

（一）生平

1460年，时任明礼科给事中张宁任正使出使李朝，副使为锦衣卫带俸都指挥武忠。

张宁一行出使李朝，是向李朝国王世宗问罪。事件起因是当时生活在图们江上游和中游的毛怜卫的女真族人与李朝地方官员发生争执。李朝官员将毛怜卫都督佥事浪孛儿罕及其子孙等16人掳走，并全部杀害。浪孛儿罕的族人为其复仇，掳掠李朝会宁城。同时，明建州卫都指挥和毛怜卫指挥向明王廷通报此次冲突事件。明廷遂派张宁、武忠出使李朝，向李朝国王世宗问罪。

（二）代表作

张宁的《奉使录》（2卷），记载了此次出使李朝之历程。张宁一行于明英宗天顺四年农历二月三日离开北京。农历三月二日，至李朝京都汉城，向李朝国王宣读敕书问罪。农历三月十日，离汉城返程。农历三月二十二日至明境内的凤凰山。

《奉使录》上卷收录三个题本、一份敕书和由明都北京附近的丰润至东北地区辽阳途中所作的数十首诗和游凤凰山记。三个题本之一为《朝鲜国回还复命题本》，是向明帝英宗奏报出使李朝之始末。《奉使录》下卷，收录了他在李朝期间和李朝文臣互相赠答的诗文。

三、董越

（一）生平

1488年，时任明右春坊右庶子兼翰林院侍讲董越任宣诏正使出使李朝，副使为工科右给事中王敞。此行向李朝国王宣诏明孝宗继承皇位。

（二）代表作

《朝鲜赋》的主要内容有二：一是记录出使李朝之历程，另一是用赋的文体扼要介绍李朝风土人情。

董越一行于明孝宗弘治元年农历二月二十五日渡鸭绿江，进入李朝境内。农历三月十三日至李朝京都汉城。农历三月十九日离开汉城，踏上返国路程。农历四月四日至李朝边境城市义州，而后渡鸭绿江，回到国内。

在李朝期间，董越、王敞与李朝远接使许琮友好相处，彼此唱和。许琮时任李朝兵曹判书，他赠给董越一部《朝鲜帖》（又称《风俗帖》），董越的《朝鲜赋》每段皆附有注释，扼要记述李朝的自然（山水）、风俗、人情、衣食、居住和制度等，实为介绍李朝的百科全书。

四、龚用卿

（一）生平

1537年，时任翰林院修撰龚用卿任正使出使李朝，副使为吴希孟。此行是向李朝王廷宣敕明世宗皇太子诞生。

（二）代表作

龚用卿的《使朝鲜录》（2卷），主要内容是记录李朝的各种仪式。在“出使之礼”中，有迎诏之仪、沿途迎诏之仪、开读之仪、谒庙之仪等。在“邦交之仪”中，记载李朝国王茶礼之节等8个项目，诸如筵宴的顺序和礼仪。在“使职之务”中，记载自李朝边境城镇义州至京都汉城沿途的各站馆舍名称、距离、李朝各地出迎官吏的官职、姓名以及驿站名称。

收录龚用卿、吴希孟两人发出的三份文书。一为在鸭绿江渡江出国前，致明辽东都司的文书。二为要求将成化、弘治、正德、嘉靖年间翰林院、六科给事中出使李朝的资料送来。三为说明进入李朝时，有家人、书吏、儒生等十余人同行，将此事通知李朝。

五、吴希孟

（一）生平

1537年，时任户科给事中吴希孟任副使，与正使龚用卿出使李朝，向李朝王廷宣敕明世宗皇太子诞生。

（二）代表作

吴希孟的《使朝鲜集》（10卷）。该书内容为制诏、章疏、与李朝王廷文臣之赠言致词和李朝的山川、建置、迎候、礼义、风土、习俗等。他自李朝回国后，不仅撰写了《使朝鲜集》，还撰写了有关李朝诸多方面的法帖，并把这本法帖赠给1538年李朝出使明朝的使节许宽。许宽回国后，奏报出使明朝状况时，谈及吴希孟赠送的法帖内容：

> （吴希孟）又以法帖一件遗臣。其帖内连帖我国单子，备悉朝鲜始末、四郡、三韩，及自义州到京（汉城）一路院驿、京都（汉城）、木觅山、济川亭、汉江、杨花渡、望远亭、各司名号、宰相诸臣，下及三品堂上之名、《及第榜目》，又宣慰使、远接使、从事官、各官各员，凡通事姓名至于花草之

名，无不记载，作为一册。[1]

六、许国

（一）生平

1567年，时任翰林院检讨许国任正使出使李朝，副使为兵科左给事中魏时亮。许国、魏时亮此次出使李朝，为宣告穆宗即位诏书。

（二）代表作

许国的《朝鲜日记》（3卷），载有李朝国王挽词4首和30首出使李朝时之诗作。

七、黄洪宪

（一）生平

1582年，时任翰林院编修黄洪宪任正使出使李朝，副使为工科右给事中王敬民。黄洪宪、王敬民此次出使李朝，是向李朝国王颁诏明神宗之皇太子诞生。黄洪宪在李朝期间，与时任远接使的李朝文臣许篈友好交往，彼此唱和。

（二）代表作

黄洪宪的《朝鲜国纪》（1卷）内容为记载朝鲜历史。始自周代箕子受封为朝鲜国王，直至1575年。他还著有《碧山学士集》，第19卷《使朝鲜稿》，收录出使李朝时的诗作，还有《书箕子实纪后》《恭题高皇帝御制诗章后》《与（李朝）远接使帖》《朝鲜国纪》。

八、朱之蕃

（一）生平

1595年，殿试钦点状元。1606年，时任明翰林院修撰朱之蕃任

---

① 吴晗辑：《朝鲜李朝实录中的中国史料》，中华书局，1980年，第1260页。

正使出使李朝，副使为礼科左给事中梁有年。

（二）代表作

朱之蕃的《奉使朝鲜稿》（1卷）收录其自明都北京至李朝京都汉城的往返途中所作之诗文。

朱之蕃、梁有年于1606年农历二月十六日，离开明都北京，农历三月二十四日渡鸭绿江至李朝边境城镇义州。农历四月十一日抵达李朝京都汉城，并于当日举行颁诏仪式。他们与李朝远接使许筬及其弟许筠结交甚厚，彼此唱和酬谢。在李朝京都汉城逗留十天后，他们踏上归国之途，农历七月七日回到明都北京。

《奉使朝鲜稿》主要收录他往返李朝京都汉城途中所作的诗文。附录中，收录时任李朝议政府左赞成柳根撰写的《东方和音》，内收李朝许多文人与朱之蕃彼此唱和的赠答诗。

九、姜曰广

（一）生平

1619年，应试为进士。

1626年，任正使出使李朝，副使为工科给事中王梦尹。姜曰广为人清正廉洁，出使李朝时，“一携中国一物往，不取朝鲜一钱归”《明史·姜曰广传》（卷274），朝鲜人为立怀洁之碑。

姜曰广自李朝回国后的第二年，遭明掌权的宦官魏忠贤迫害，罢官。明思宗崇祯初年官复原职。

1644年，明朝灭亡后，姜曰广积极参加南明政权的活动。

（二）代表作

姜曰广的《輶轩纪事》（1卷），记载其出使李朝的历程。

此前明朝使臣出使李朝，皆由陆路，即自明都北京出发，经辽东地区，渡鸭绿江，进入李朝境内，但姜曰广、王梦尹此行赴李朝则是经海路前往。原因是后金崛起于明之辽东地区。

早在1619年，后金与明军激战萨尔浒，大胜。后金于1621年相继攻占沈阳、辽阳，其后占领辽河以东地区。由是明与李朝经明东北地区的辽阳至李朝的贡道为之切断。明与李朝的贡道只好改由海路。

明使此行之主要任务是向李朝王廷宣诏皇太子诞生，此外尚有其他目的，即观察李朝局势和本国辽东地区之局势。此时明将毛文龙自辽阳战斗失利后，退居李朝的椴岛，继续开展与占领辽东地区的后金的战斗。观察明将毛文龙抵抗后金情况亦是其目的之一。

姜曰广的《𬨎轩纪事》载，他们一行于1626年农历四月二十二日在山东省登州乘船由海路赴李朝，农历五月二十日到达李朝椴岛。姜曰广与毛文龙会面。农历六月十三日抵达李朝京都汉城，并于当日宣读诏书。

农历六月二十三日，姜曰广一行启程返国。农历闰六月十六日，到达椴岛，再次会见毛文龙。而后渡海返国。农历七月十四日抵达山东登州。农历八月二十三日到达明都北京。关于姜曰广此行情况，朝鲜的《迎接都监都厅仪轨》亦有记载。

明使此行出使李朝，为明朝灭亡前最后一次出使李朝。姜曰广的《𬨎轩纪事》记载了明朝灭亡前与明将毛文龙、李朝以及已占领辽东地区的后金等之关系，因而弥足珍贵。

第十五章 《皇华集》

第一节 明使节出使李朝

一、出使使命

1368年，明朝建立。1393年，朝鲜李朝建立。

李朝建立后，迅即遣使赴明，明遂与李朝建立正式外交关系，继续保持宗藩朝贡关系。李朝不断遣使赴明，明朝也频繁遣使赴李朝。

作为宗主国明朝赴李朝的使节，主要使命是维护并增强与李朝的宗藩关系。具体地说，主要有以下几类：

颁诏　颁明皇登极诏、颁立皇太子诏、颁皇太子诞生诏等。

封典　嗣位、册妃、追崇、封爵、赐衣等。

赐除　对李朝大臣授职、授爵。

吊祭　吊祭李朝前王。

赙恤　对李朝大臣赙恤。

要请　求医、择送处女、宦官。

押送　送还李朝之人、畜、物。

敕谕　对李朝王廷的警告、训诫。

二、出使状况

（一）李朝初期，明朝遣使次数为[1]

1393—1398年，明使赴李朝9次，年平均1.3次。

1401—1418年，明使赴李朝50次，年平均2.8次。

1419—1450年，明使赴李朝为36次，年平均1.1次。

李朝太祖、太宗、世宗三朝，明朝遣使赴李朝共95次，年平均1.9次。有明一代242年，遣使赴李朝共186次。

（二）李朝境内路线

明使渡鸭绿江后，在李朝境内路线，经过平安道、黄海道、京畿道直至京城汉城。

具体路线为：平安道的义顺馆、所串馆、良策馆、车辇馆、林畔馆、云兴馆、新安馆、嘉平馆、安兴馆、云岩馆、肃宁馆、安定馆、大同馆、生阳馆等馆驿；黄海道的贮福院、齐安馆、沙里院、洞仙馆、剑水馆、龙泉馆、安城馆、宝山馆、金岩馆、兴义馆、金郊馆等馆驿；京畿道的开城府太平馆、长湍府东坡馆、坡州坡州馆、高阳郡碧蹄馆、汉城慕华馆等馆驿。

三、出使路线

明朝境内路线。

（一）1393—1621年，出使路线为陆路路线，即北京—顺天府—永平府—辽东都司三个大辖区。[2]

顺天府主要经过潞河驿、三河驿、渔阳驿、阳樊驿、永济驿、义丰驿等驿站；永平府主要经过七家岭驿、滦河驿、芝峰口驿、迁安驿、榆关驿、山海关等驿站；辽东都司主要经过高岭驿、沙河

---

① 依朝鲜《李朝实录》太祖、太宗、世宗卷和《明史·朝鲜传》统计。

② 杜慧月著：《明代文臣出使朝鲜与皇华集》，人民出版社，2010年，第25—26页。

驿、东关驿、曹庄驿、连山驿、杏山驿、小凌河驿、十三山驿、闾阳驿、盘山驿、高平驿、沙岭驿、牛庄驿、海州卫、鞍山驿、辽东都司（辽阳）、甜水站、连山关、通远堡、凤凰城、汤站堡、九连城（镇江堡）。

明使而后渡鸭绿江至李朝。

（二）1621年起，因辽东地区后金（清）崛起，改由海路路线，即自北京至山东登州，自登州渡海至李朝。

四、出使人员情况

明朝派往李朝的使节，主要由文官、宦官、东北地区军事长官三部分人组成，其中文官占50%、宦官占40%，这两部分使节并无常例人选。

1449年起，明朝派往李朝的使节皆为官阶较高并富有文采的文官充任使节。是年，明朝派赴李朝的正使为六品官阶的翰林院侍讲倪谦。随其前往的是刑科给事中司马恂。

明朝为李朝的宗主国。作为藩属国的李朝，选定富有文才的文臣作为远接使，负责接待明使的工作。

第二节　《皇华集》总论

一、编纂与刊印

明朝使节和李朝远接使皆为颇有文采的文人，双方相见交谈甚欢，以文会友，互相唱和酬谢。明朝使节倪谦、司马恂和李朝远接使郑麟趾、申叔舟、成三问彼此唱和，为明朝与李朝文学交流开创先河，奠定基础。

1457年，明派遣翰林院修撰陈鉴、太常博士高闰出使李朝。李朝任朴原亨为远接使，热情接待陈鉴、高闰。陈鉴、高闰、朴原亨三人亦以文会友，彼此唱和酬谢。

李朝国王世宗将陈鉴、高闰、朴原亨三人的唱和诗文合辑刊印为《皇华集》。《皇华集》的参与者为两部分人，其一为明使，其二为李朝的远接使和其他文人。此后，明文臣出使李朝并与李朝文人远接使彼此唱和酬谢，成为一种定例。原因有二，一是表示对宗主国的尊崇；二是广播明使之诗，促进李朝汉文学的发展。

刻印历次明使与李朝文臣唱和诗文的《皇华集》于1457年，首次在李朝刻印。此后，明朝文臣出使与李朝文臣的唱和诗文皆编纂成《皇华集》，刊印成书。

二、收录情况

自1450年至1633年共183年期间，出使李朝的明朝使臣和李朝文臣的唱和活动有25次。参与唱和的明使臣有43人，朝鲜文臣达300多人，结集《皇华集》共25部：

《庚午皇华集》（1450年）
《丁丑皇华集》（1457年）
《己卯皇华集》（1459年）
《庚辰皇华集》（1460年）
《甲申皇华集》（1464年）
《丙申皇华集》（1476年）
《戊申皇华集》（1488年）
《壬子皇华集》（1492年）
《丙寅皇华集》（1506年）
《辛巳皇华集》（1521年）
《丁酉皇华集》（1537年）
《己亥皇华集》（1539年）
《乙巳皇华集》（1545年）

《丙午皇华集》（1546年）
《丁卯皇华集》（1567年）
《戊辰皇华集》（1568年）
《戊辰皇华集》（1568年）
《癸酉皇华集》（1573年）
《壬午皇华集》（1582年）
《壬寅皇华集》（1602年）
《丙午皇华集》（1606年）
《己酉皇华集》（1609年）
《辛酉皇华集》（1621年）
《丙寅皇华集》（1626年）
《癸酉皇华集》（1633年）

三、内容简介

《皇华集》为中朝文人唱和诗总汇，内容有三：其一，明使出使李朝，在明朝境内的纪行诗。如倪谦《宿连山关》《辽左道中》，金湜《夜宿高平》《过连山关》，祁顺《登山海镇东楼》，韩世能《宿七家岭驿》，黄洪宪《孤竹城谒夷齐庙》，朱之蕃《丰润道中大风》《薄暮登鞍山游安福寺》等；其二，明使出使李朝，在李朝境内的纪行诗。如刘鸿洲《三月十日渡鸭绿江》，龚用卿《义州城义顺馆》，倪谦《义顺馆晓发》，张珹《入平壤》，张承宪《洞仙馆》，张瑾《至龙泉馆》，倪谦《开城府》，陈鉴《游汉江》，王梦尹《谒孔子庙》，董越《吊箕子墓辞》等；其三，李朝远接使和李朝文人的唱和诗。如徐居正次韵张瑾《过临津江舟中》，郑惟吉次韵韩世能《新安道中》，许琮次韵王敞《晚宿安定歌》，金守温次韵祁顺《汉江舟中和张左司大人一律》等。

四、文体形式

《皇华集》文体繁多，多彩纷呈。

（一）诗体

四言（《诗经》体）；五言（五古、五律、五绝）；六言（六言绝句）；七言（七古、七律、七绝）；杂言（乐府歌行、《楚辞》体）等；神智体（东坡体）；回文体；蝉联体。

（二）文类

赋、序、跋、杂记、铭箴、论文、祭文、揭帖、书柬等。

五、作品选读

《皇华集》是中朝两国文人唱和诗集，其中著名文人众多，佳作不计其数。

（一）律诗

1．五律

明使张宁的《登汉江楼》十首：

登汉江楼

（一）

东国有高楼，
楼前汉水流。
光摇青雀舫，
影落白鸥洲。
望远天疑尽，
凌虚地欲浮。
八窗风日好，
下榻重淹留。

李朝文臣申叔舟、朴原亨、尹子云、李克堪等皆有次韵张宁

《登汉江楼》诗十首。以下为申叔舟次韵《登汉江楼》第九首：

登汉江楼

（九）

春光方浩荡，
岚翠转霏微。
雪浪摇歌扇，
汀兰袭舞衣。
素鳞时泼泼，
轻燕已飞飞。
景物真如此，
从教缓缓归。

2. 七律

李朝文臣徐居正的无题诗：

楼中佳丽锦筵开，
楼外青山翠似堆。
风月不随黄鹤去，
烟波长送白鸥来。
登临酬唱三千首，
宾主风流一百杯。
更待夜深吹玉笛，
月明牛斗共徘徊。

明朝使臣祁顺的次韵无题诗：

楼前风卷白云开，
坐看群山紫翠堆。
百济地形临水尽，
五台泉脉自天来。
题诗愧乏崔郎句，
对酒难辞太白杯。
花鸟满前春景好，
不妨谈笑更迟徊。

明使王敞的《晚宿安定馆》诗：

晚宿安定馆

斜阳林外数归鸦，
倦客凭阑忽忆家。
一雨乱披书带草，
东风开遍未囊花。
空梁乳燕营新垒，
静院黄蜂课晚衙。
懒把诗篇破孤闷，
瓷瓯闲试早春芽。

李朝文人许琮的次韵《晚宿安定馆》诗：

晚宿安定馆

帘外东风噪晚鸦，
天涯游客苦思家。
茶翻云脚浮铜叶，

袖拂星芒动剑花。
诗社每输青玉案，
客窗长梦紫宸衙。
凤池龙沼春如海，
红药当阶已茁芽。

（二）绝句（七绝）

明使王敞的《松林晚照》诗：

松林晚照

空山落日翠烟微，
点点归鸦向北飞。
坐久酷怜风景好，
春寒不觉透罗衣。

李朝文臣徐居正次韵张瑾《过临津江舟中》诗：

过临津江舟中

黄犊坡南白鸟波，
春江无际冻痕多。
诗成却怕蛟龙听，
袖手低吟缓棹过。

（三）古体诗

1. 五言古诗

明使史道的《留别国相李相》诗：

留别国相李相

行行复行行，
已到离别时。
离颜人共见，
别况谁则知。
鸭江一分首，
两地各风吹。
胡马与越禽，
北风与南枝。
生地自有限，
所适不可移。
相思岂相见，
有梦常相随。
莫愁去时路，
且倒会时卮。
与君期痛饮，
醉中相别离。

李朝文人李荇次韵史道的《留别国相李相》诗：

留别国相李相

萍蓬两相值，
邂逅亦暂时。
形影一已异，
会合那得知。
夜月莫须出，
天风休更吹。

月明有惊鹊，
风吹无定枝。
我怀只如此，
耿耿终不移。
愿将耿耿怀，
常作魂梦随。
且歌白云篇，
莫劝金屈卮。
醉中意逾苦，
此别非生离。

2．七言古诗

明使朱之蕃《车辇馆以蟠松著闻近已化去仅存枯干前后峰间松皆苍郁可爱遂命篇》诗：

车辇馆以蟠松著闻近已化去仅存枯干前后峰间松皆苍郁可爱遂命篇

老龙蜕骨睡未足，
龙种成群争起伏。
昂藏各抱千年姿，
天性谁云蟠者独。
吼风喷雨声铿訇，
宿雾屯云颜肃穆。
幽邃自能辞剪伐，
养成鳞甲栖岩谷。
或奋青宵作霈霖，
或对苍峦卧麋鹿。
冰鉴时来访伏龙，

清光相对人如玉。

李朝文人柳根的同题次韵诗：

苍髯翠盖环山足，
见说蛰龙地底伏。
其中古干最蜿蜒，
受命于天岂是独？
蝼蚁能教苦心死，
竽籁不复清风穆。
无乃变化腾云去，
尚留新松满山谷。
仍悲尔生未得所，
何以青山伴白鹿。
若不托根官道傍，
古今难遇人如玉。

（四）四言体

明使吴希孟《云冈学士与予自齐安馆凌晨渡溪时郑判书偕李观察邀泛中流捕鱼为乐索予名溪故作簇锦嘉主也》诗：

云冈学士与予自齐安馆凌晨渡溪时郑判书偕李观察邀泛中流捕鱼为乐索予名溪故作簇锦嘉主也

有澄者溪，
其流汪汪。
我山我水，
载浮载光。

未见君子，
忧心惶惶。
既见君子，
泛舟中央。
于胥乐兮。

有澄者溪，
其流泱泱。
鲤鲫鳟鲂，
载罹于网。
君子觐只，
有佩其玱。
君子嘉只，
有兰其芳。
于胥乐兮。

有澄者溪，
其流汤汤。
万青叠翠，
百花凝妆。
文成锦绣，
声杂笙簧，
载瞻鸳鸯，
载牵我裳。
东西其美，
中外其康。
坎坎鼓吹，

悠悠帆樯。
名曰簇锦，
云胡不臧。
于胥乐兮。

李朝文臣徐居正的无题诗：

望彼白云，
载飞载扬。
我有萱草，
言树之堂。
王事靡监，
有母不将，
胡然我心伤。
望彼白云，
于彼神京。
我有天只，
念我独行。
岂不怀归，
王事有程。
庶几勤止，
无忝我所生。
望彼白云，
曰亦暮春。
四月维夏，
九日其辰。
言念初度，

我思我亲。
我有兄弟，
能念我远人。

（五）赋体

明使董越《吊箕子墓辞》第一章为：

云冥冥兮树阴，雨濛濛兮山深。憩骖騑兮中路，瞻埋玉兮遥岑。石嶙嶙兮苔藓侵，一瞻拜兮泪沾襟。慨斯情兮曷以，不少问兮古今。吁嗟不死兮，维人之心。

李朝文臣徐居正次韵《江之水辞》为：

汉之水兮悠悠，朝鲜邈在兮天一头。謇使华兮弭节，驾兰舟兮横中流。雨师溘以清尘兮，重阴卷兮长风驱。凤凰纷纷其翔集兮，鱼鳖鳞鳞其媵余。我思微人兮如玉，胡荒陬兮久留滞。采幽兰于九畹兮，搅江蓠于江之际。将以遗兮所思，伤余心兮极浦。捐余佩兮江中，吾将舍子而谁与？

（六）六言诗

次喜晴六言叠韵（其四）（明使董越）

寒鸡喔喔闻三，
戍鼓声声报五。
梦回青草池塘，
肠断绿荷风雨。

喜晴复用前韵漫成七首（其四）（明使王敞）

鸭江远路三千，
凤阁去天尺五。
不辞涉水登山，
却喜清尘微雨。

次韵（其一）（李朝许琮）

半岭斜阳欲没，
一眉新月高悬。
兴至悠然倚杖，
隔林啼鸟春天。

（七）词

满江红（明使祁顺）

汉水风光，人尽道、海邦希有。莫不是，天生奇胜，地分灵秀。金马郡城传自昔，新罗人物皆非旧。记唐家、都府亦留名，熊津口。　　鸥鸟狎，鱼龙吼；山入画，江如酒。使游人到此，贪欢忘久。佳会合超滕阁上，幽情不在兰亭后。恐明朝，一别隔层云，空回首。

满江红　效颦（李朝徐居正）

尺五城南，形胜地、畜眼未有。自太古、尾星分野，巨鳌孕秀。宅都定鼎金汤坚，分裂元非丽济旧。兰桨桂棹，风流行乐，汉江口。　　鹢首飞，鼍面吼；琉璃钟，琥珀酒。使佳会安得，天长地久。江山是壶中物外，人物非王前卢后。明日参商南北何处，空搔首。

（八）赋

雪霁登楼赋（明使倪谦）

维圣皇之御极，颁正朔于八荒。胜东藩之有国，限衣带以相望。羌尽忠而尽礼，时来享而来王。宜优异以加赉，锡九重之诏章。爰命词臣，皇华遣行。乃渡马訾，载经乐浪。泛星槎于沧海，弭使芦于华阳。

次韵雪霁登楼赋（李朝申叔舟）

翰林先生学究天人，胸吞四荒。冰霜雅操，圭璋令望。却纷华而味道，斥偏霸而谈王。承新命于九重，历蓟辽以周章。至下国而驻节兮，拜后尘于趋走之行。曰或清而或浊兮，顾将不遗于沧浪。接谈笑之芬芳兮，蹇有脚之春阳。

第三节 《皇华集》分论（一）

一、倪谦、司马恂与《庚午皇华集》

（一）倪谦生平

倪谦（1415—1479），字克让，别号静存，浙江钱塘人。

1439年，进士及第，任翰林院编修。

1450年，任正使，出使李朝。

1479年，病逝，终年64岁。

（二）司马恂生平

司马恂（？—1466），历任刑科给事中、左春坊左赞善、国子监祭酒等职。擅书法。

1450年，任副使，随倪谦出使李朝。

（三）出使李朝

1449年农历十二月十三日，倪谦、司马恂自明都北京出发，经辽东，渡鸭绿江至李朝义州。

李朝任尹炯为远接使（后改为郑麟趾），迎接明使。1450年闰正月初一，一行人至汉城，向李朝世子宣读明帝诏书。而后倪谦对明“土木堡之变”、英宗被俘之事作出解释。

他们与李朝文臣广为接触，深入交往。李朝文臣郑麟趾、申叔舟、成三问任馆伴。他们在一起交流明朝韵书、科举、律文、庙制等问题，明使向三位李朝馆伴赠送书画、历书等。他们频繁交往，友谊深厚，以文会友，互相唱和酬谢。

他们在李朝京都汉城，游览了汉江、杨花渡、加乙头峰，拜谒箕子庙、箕子墓等。在游览名胜古迹时，明使与李朝三位馆伴互有唱和。

正月二十日，一行回国。临别前，李朝首阳大君及诸王子、百官为之饯别。倪谦、司马恂诗文和李朝馆伴郑麟趾、申叔舟、成三问三人次韵之作，辑录成集，即《庚午皇华集》。

《庚午皇华集》辑录中朝两国文臣的诗文为：

明使倪谦诗111首（包括在明境内辽阳至鸭绿江之诗作），司马恂诗11首。倪、司马二人所作之诗，多为在李朝京都汉城时所作。

李朝工曹判书郑麟趾诗7首、承文院副知院事申叔舟诗6首、承文院前知院事成三问诗6首。

明使倪谦、司马恂在李朝，与李朝文臣间的唱和，开创中朝两国文人文学交流之先河，而将中朝两国文人的唱和辑成《皇华集》，也为其后中朝两国文人唱和的《皇华集》开拓广阔前景。

二、陈鉴、高闰与《丁丑皇华集》

（一）陈鉴生平

陈鉴（1415—1471），字缉熙，江苏长洲人。

1448年，廷试擢第一甲第二人，历任翰林院编修、修撰。

1457年，任正使出使李朝。

1471年，病逝，终年56岁。

（二）高闰生平

高闰，生卒年不详，字居正，号易庵。文科及第，任太常博士。

1459年，任副使，随正使陈鉴出使李朝。

（三）出使李朝

1457年农历三月，陈鉴、高闰一行离明都北京赴李朝。渡鸭绿江后，进入李朝义州。李朝任命户曹判书朴原亨为远接使迎接陈鉴、高闰一行。

农历六月初三，一行人至李朝京都汉城，首先在景福宫向李朝国王世祖颁诏。主要为明帝英宗复位，继续保持与加强中朝宗藩关系。

他们在汉城观光游览汉江、加乙头峰等。在游览途中，李朝有诸多文人相伴，中朝两国文人唱和。他们在汉城广泛结交李朝文人，如申叔舟、权擥、李克堪、金守温、徐居正、李坡、姜希孟、朴原亨、郑麟趾、卢叔仝、洪允成等，频繁交往，互相唱和。

一行人回国前，李朝国王世祖在勤政殿设宴饯行，并以“感皇恩，莫相忘”六字相赠。李朝将陈鉴、高闰在李朝所作之诗文和李朝文人的唱和诗辑录成《丁丑皇华集》。

《丁丑皇华集》诗作约156首。其中明使陈鉴有49首、高闰有46首；李朝文臣户曹判书朴原亨有18首、仁顺府尹金守温有12首、领议政郑麟趾有10首、礼曹参判卢叔仝有10首、议政府右赞成申叔舟有4首、礼曹判书洪允成有4首，兼成均馆司成金钩有1首，兼成均馆司成金末有1首、左承旨曹锡门有1首。赋2篇。

三、陈嘉猷与《己卯皇华集》

陈嘉猷（1421—1467），字世用，浙江余姚人。

文科及第，历任礼科给事中、刑科给事中、通政使司右通政。

1459年，刑科给事中陈嘉猷奉命出使李朝。

农历三月三日，陈嘉猷一行自明都北京出发。同月二十四日，渡鸭绿江，至李朝义州，李朝刑曹参判朴原亨为远接使迎接。

农历四月八日，一行人至李朝京都汉城。陈嘉猷向李朝国王世祖颁明英宗诏敕。英宗诏敕中肯定李朝事大之诚，同时，指责李朝国王擅授女真人职事。

陈嘉猷在李朝京都汉城观光游览汉江、乙头峰等地。在观光途中，李朝文臣朴原亨、权擥、洪允成、金守温等随行，中朝两国文臣相交甚欢，彼此唱和酬谢。

明使陈嘉猷和李朝文臣的唱和诗辑录成《己卯皇华集》。《己卯皇华集》收录两国文人唱和诗如下：明使陈嘉猷26首；李朝文臣所作均为次韵。刑曹判书朴原亨8首、议政府右赞成权擥2首、礼曹判书洪允成1首、礼曹参判曹效门1首、行佥知中枢院事金守温1首、都承旨尹子云1首、左副承旨李克堪1首。

四、张宁、武忠与《庚辰皇华集》

1460年，明朝遣张宁为正使、武忠为副使出使李朝。

明使张宁、武忠于1460年农历一月，自明都北京出发使朝鲜。同年农历三月二日，至李朝京都汉城。李朝派刑曹判书朴原亨为远接使迎接明使。李朝国王世祖率百官迎接。其后，李朝国王世祖于景福宫迎敕。明英宗敕书责备李朝国王杀害女真浪孛儿罕。张宁亦对李朝国王世祖进行劝说。其后，张宁、武忠游览李朝京都汉城，如汉江等地。李朝文臣相伴，中朝两国文臣唱和酬谢。张宁、武忠回国前，李朝国王世祖设宴饯行。

明使张宁与李朝文臣唱和之诗辑录成《庚辰皇华集》。《庚辰皇华集》收有明使张宁诗35首。李朝刑曹判书朴原亨4首、左议政申叔舟10首、右议政权擥11首、都承旨尹子云10首、左承旨李克堪10首。

五、金湜、张瑊与《甲申皇华集》

（一）金湜生平

金湜，生卒年不详，字本清，号太瘦生。

1441年，文科及第，历任中书舍人、太仆寺丞。

1464年，金湜任使出使李朝。

（二）张瑊生平

张瑊，生卒年不详，字世连。曾任中书舍人。

1464年，张瑊与金湜出使李朝。

（三）出使李朝

1464年，农历三月二十四日，金湜、张瑊离明都北京，出使李朝。李朝派礼曹判书朴原亨为远接使，朴原亨和兵曹判书尹子云为馆伴。

农历五月十八日，一行人至李朝京都汉城。李朝世祖在景福宫勤政殿受诏敕。

一行人在汉城观光游览汉江等。李朝文臣郑麟趾、孙昌孙、洪允成、朴原亨、尹子云等陪同，中朝两国文臣彼此唱和。

农历六月二日，李朝世子代国王饯别明使。明使金湜、张瑊和李朝文臣彼此唱和诗，辑成《甲申皇华集》。

《甲申皇华集》收有明使金湜诗82首、张瑊诗66首，李朝礼曹判书朴原亨诗27首、工曹判书金守温诗6首、领议政府事申叔舟诗6首、右承旨李坡诗6首、兵曹判书尹子云诗4首、议政府左参赞崔恒诗3首、工曹参判姜希孟诗3首、刑曹参议李芮诗3首、佥知中枢金寿宁诗3首、尚瑞录事柳允谦诗3首、艺文提学李承召诗2首、中枢院副使徐居正诗2首、判中枢洪允成诗2首、都承旨卢思慎诗2首、司宪监察金宗直诗2首、刑曹参判任元濬诗2首、工曹佐郎鱼世恭诗2首、判汉城府事李石亨诗1首、吏曹参判洪应诗1首、刑曹佐郎金轺诗1首、中枢院副使李文炯诗1首、同知中枢宋处宽诗1首、艺文检阅成伣诗1首、议政府左舍人朴健诗1首、议政府右舍人成允文诗1首、艺文检阅李琼仝诗1首、成均直讲郑承通诗1首、仁寿府尹姜希颜诗1首、工曹正郎崔灏诗1首、成均学谕金纽诗1首、吏曹正郎李孟贤诗1首、吏曹佐郎闵粹诗1首、河东府院君郑麟趾诗1首、蓬原府院君郑昌孙诗1首、吉昌府院君权擥诗1首。

六、祁顺、张瑾与《丙申皇华集》

（一）祁顺生平

祁顺（1434—1497），字致和，号达庵、巽川居士。历任兵部主事、员外郎、郎中、江西左参政、右布政、山西右参政等。

1476年，奉命出使李朝。

1497年，病逝，终年63岁。

（二）张瑾生平

张瑾，生卒年不详，字廷玉，曾任行人司左司副。

1476年，与祁顺同使李朝。

（三）出使李朝

1476年，祁顺、张瑾一行离明都北京出使李朝。1477年农历二月二十日，至李朝京都汉城。李朝任议政府左参赞徐居正为远接使，左赞成卢思慎和徐居正为馆伴，李朝国王成宗迎诏敕。

一行人在李朝京都汉城观光游览了汉江等。李朝文臣徐居正、卢思慎、尹子云、金守温、任元濬、成任、李丞召等陪游。中朝两国文臣唱和酬谢。

一行人回国前，李朝国王设宴饯别。

明使祁顺、张瑾与李朝文人唱和诗辑成《丙申皇华集》。

《丙申皇华集》收有明使祁顺诗142首、张瑾诗47首。李朝议政府左参赞徐居正诗212首、成均馆司成许琮诗4首、成均馆大司成李石亨诗3首、都承旨柳轾诗4首、成均馆司成李继孙诗2首、右副承旨任士洪诗6首、茂松府院君尹子云诗2首、永山府院君金守温诗3首、西河君任元濬诗2首、卢思慎诗5首、知中枢府事成任诗5首、礼曹判书李承召诗3首、参判李克墩诗2首、都承旨柳睠诗2首。

第四节 《皇华集》分论（二）

一、董越、王敞与《戊申皇华集》

（一）董越生平

董越（1431—1502），江西宁都人，字尚矩。

1470年，进士及第，历任编修、侍读、经筵讲官。

1488年，任正使，出使李朝。后任南京工部尚书。

1502年，病逝，终年71岁。

（二）王敞生平

王敞（1453—1515），浙江西安人。字汉英，号竹堂。

1480年，文科及第，历任刑科给事中、工科右给事中、左给事中、兵部左侍郎、兵部尚书。

1488年，任副使，随正使董越出使李朝。

（三）出使李朝

明使董越、王敞于1488年闰正月中旬，离开明都北京出使李朝。李朝任许琮为远接使。许琮、郑兰宗为馆伴。

1488年农历二月末，渡鸭绿江，在许琮等陪同下，抵平壤，拜谒箕子庙等。

农历三月十三日，抵李朝京都汉城。李朝国王成宗迎诏敕于景福宫。

在汉城观光游览了汉江、济川亭、杨花渡、望远亭等。李朝文臣徐居正、任元濬、鱼世谦、李季男、宋瑛、许琮、郑兰宗陪同游览。其间中朝两国文臣彼此唱和。

农历三月十八日，李朝国王成宗设宴为明使饯行。农历四月九日，渡鸭绿江，回到国内。农历五月初，返回燕京。

明使董越、王敞与李朝文臣唱和之诗辑成《戊申皇华集》。《戊申皇华集》收有明使董越诗94首、王敞诗114首，李朝吏曹判书许琮诗165首、西京观察使成伣诗7首。

二、艾璞、高胤先与《壬子皇华集》

（一）艾璞生平

艾璞（1450—1512），字德润，号东湖，南昌人。进士及第，历任工部都水、兵部武选主事、武选郎中、通政司左通政、光禄寺卿、都察院右司都御史、巡抚苏松诸郡总理粮储。

1492年，任正使出使李朝。

1512年，病逝，终年62岁。

（二）高胤先生平

高胤先，生卒年不详，字世德，湖南宜章人。历任行人、御史等职。

1492年，与艾璞出使李朝。

（三）出使李朝

1492年农历五月十六日，艾璞、高胤先一行渡鸭绿江，至李朝义州。李朝任卢公弼为远接使迎接明使。

农历五月二十八日，至李朝京都汉城。李朝国王成宗迎诏于景福宫。一行人先翌日谒成均馆、文庙，后起程回国。李朝国王成宗设宴饯别。

明使与李朝文臣彼此唱和，辑成《壬子皇华集》，收有明使艾璞诗15首，李朝户曹判书卢公弼诗14首。

三、徐穆、吉时与《丙寅皇华集》

（一）徐穆生平

徐穆（1468—1511），江西吉水人。字舜和。历任编修、经筵讲官。

1505年，任正使出使李朝。

1511年，病逝，年仅43岁。

（二）吉时生平

吉时，生卒年不详，陕西长安人。曾任给事中、吏科给事中。

1505年，任副使出使李朝。

（三）出使李朝

1505年农历八月，明朝遣徐穆为正使，吉时为副使出使李朝。李朝任吏曹判书任士洪为远接使。

1506年农历三月十日，徐穆、吉时至李朝京都汉城。李朝国王燕山君率众官迎接诏敕。两天后徐穆、吉时返还，李朝国王设宴饯行。

明使徐穆在李朝曾作诗7首，其后辑成《丙寅皇华集》。

四、唐皋、史道与《辛巳皇华集》

（一）唐皋生平

唐皋，生卒年不详，字守之，号心庵。文科及第，历任翰林修撰、侍讲学士。

1521年，任正使出使李朝。

（二）史道生平

史道（1485—1554），河北涿郡人，字克弘。历任翰林院庶吉士、兵科给事中、左佥都御史、兵部左侍郎、兵部尚书。

1521年，任副使出使李朝。

1554年，病逝，终年69岁。

（三）出使李朝

1521年农历八月，唐皋、史道离北京赴李朝。农历十一月二十日，渡鸭绿江。李朝任命李荇为远接使、郑士龙、苏世让为从事官。

农历十二月七日，至李朝京都汉城，李朝国王中宗于慕华馆迎诏敕。

农历十二月十日，明使回国，李朝国王中宗设宴为明使饯行。

农历十二月二十三日，渡鸭绿江，返回国内。

明使唐皋、史道与李朝文臣唱和酬谢，其后辑成《辛巳皇华集》。《辛巳皇华集》收有明使唐皋诗104首、史道诗85首、李朝议政府右参赞李荇诗162首、弘文馆典翰郑士龙诗18首、弘文馆下场提学苏世让诗18首、礼宾夺副正李希辅诗16首、刑曹判书李沆诗16首、议政府左议政南衮诗11首、议政府领议政金诠诗6首、承政院都承旨尹希仁诗6首、承政院右副承旨徐厚诗4首、礼曹判书洪淑诗3首、工曹参议成世昌诗2首、京畿道观察使成云诗3首、兵曹判书张顺孙诗2首、知中枢府事韩亨允诗2首、副护军黄琟诗2首、弘文馆副提学金安老诗2首、弘文馆直提学蔡忱诗2首、司宪府掌令表凭诗2首、弘文馆副修撰沈思顺诗2首、承政院注书宋纯2首。

五、龚用卿、吴希孟与《丁酉皇华集》

（一）龚用卿生平

龚用卿（1500—1563），字鸣治，号云冈。历任翰林院修撰、左春坊左谕德、翰林院侍读直经筵、南京国子监祭酒等职。

1536年，任正使，出使李朝。

1563年，病逝，终年63岁。

（二）吴希孟生平

吴希孟，生卒年不详，字子醇，号龙津。直隶武进人。

1532年进士。历任户科给事中、兵科右、江西左参议、江西广信府知府。

1536年，任副使，出使李朝。

（三）出使李朝

1536年农历十二月十六日，明使龚用卿、吴希孟自明都北京出发出使李朝。

1537年农历二月二十日，渡鸭绿江，至李朝义州。李朝任郑士龙为远接使。

农历三月十日，至李朝京都汉城。李朝国王中宗迎诏于慕华馆。

龚用卿、吴希孟在汉城观光游览，李朝文臣郑士龙等陪同。中朝两国文臣唱和酬谢，辑成《丁酉皇华集》。

《丁酉皇华集》收有明使龚用卿诗220首、吴希孟诗194首。李朝刑曹判书郑士龙150首、吏曹判书沈彦光30首、议政府左议政金安老21首、礼曹判书尹仁镜7首、议政府右参赞许洽5首、吏曹参判许沆5首、议政府左参赞金麟孙4首、承政院都承旨朴洪鳞4首、汉城府判尹吴洁4首、户曹判书苏世让3首、同知中枢府事李希辅3首、平安道观察使李龟龄2首、承政院右副承旨黄琦2首、户曹参判郑百朋2首、承政院同副承旨朴守良2首、议政府领议政金谨思1首、议政府右议政尹殷辅1首、承政院左承旨黄宪1首、开城府留守韩胤昌1首、京畿观察使金希说1首。另有词8首。

六、华察、薛廷宠与《己亥皇华集》

（一）华察生平

华察（1497—1574），字子潜，无锡人。历任侍讲学士、翰林修撰、侍读。

1539年，任正使，出使李朝。

1574年，病逝，终年77岁。

（二）薛廷宠生平

薛廷宠，生卒年不详，字汝承。曾任给事中。

1539年，任副使，出使李朝。

（三）出使李朝

1539年农历二月，华察、薛廷宠一行自明都城北京出发出使李朝。

农历三月二十六日，渡鸭绿江，至李朝义州。李朝任苏世让为远接使迎接明使。

农历四月十日，至李朝京都汉城。李朝国王中宗迎诏于慕华馆。

在汉城观光游览，李朝文臣苏世让等陪同。中朝文臣唱和酬谢，辑成《己亥皇华集》。

《己亥皇华集》收有明使华察诗131首、薛廷宠诗145首。李朝议政府左赞成苏世让238首、刑曹判书金安国47首、户曹判书尹仁镜11首、礼曹判书李廷龟11首、议政府左参赞柳灌11首、议政府领议政尹殷辅9首、议政府左议政洪彦弼9首、议政府右议政金克成9首、汉城府判尹郑士龙9首、承政院都承旨黄琦9首、吏曹判书成世昌7首、工曹判书尹世豪3首、承政院左承旨申瑛3首。另有赋5篇。

第五节　《皇华集》分论（三）

一、张承宪与《乙巳皇华集》

张承宪，生卒年不详，字监先，号白滩。直隶华亭人。曾任吏科给事中。

1544年，张承宪作为副使，随正使司礼监太监郭璈出使李朝。他们此行为赐祭赐谥李朝前国王中宗。

明使入李朝境，李朝任申光汉为远接使，柳仁淑为馆伴。至李朝京都汉城，李朝新王仁宗于慕华馆迎诏。张承宪在汉城游览观光，李朝文臣陪同。他们回国时，李朝新王仁宗设宴饯别。

明使张承宪与李朝文臣唱和酬谢，辑成《乙巳皇华集》。

《乙巳皇华集》收有明使张承宪诗81首、李朝吏曹判书申光汉诗73首、议政府右赞成柳仁淑诗2首、黄海道观察使权应挺诗2首、成均馆司艺林亨秀诗2首、礼曹正郎李洪男诗2首、户曹参判沈连源诗1首。

二、王鹤与《丙午皇华集》

王鹤（1516—？），字子皋，号于野，陕西长安人。历任工科给事中、户科右、刑科左、吏科都、兵科都、太常寺少卿。

1545年农历十一月，王鹤作为副使，随正使司礼监太监刘远出使李朝。

明使刘远、王鹤进入李朝境内，李朝任郑士龙为远接使迎接明使。至李朝京都汉城，李朝新王明宗于慕华馆迎接诏敕。

明使在汉城游览观光，李朝文臣陪同，启程回国前，李朝国王明宗设宴饯别。与李朝文臣唱和酬谢，辑成《丙午皇华集》。

《丙午皇华集》收有明使王鹤诗59首、李朝吏曹判书郑士龙诗48首、工曹判书任权诗30首、兵曹参判申瑛诗5首、议政府左参赞申光汉诗4首、开城留守李灿诗3首、京畿道观察使宋麒寿诗3首、承政院左副承旨洪叙畴诗3首、议政府领议政尹仁镜诗2首、议政府右议政林百龄诗2首、礼曹判书尹溉诗2首、承政院都承旨崔演诗2首、吏曹参判慎居宽诗2首、成均馆大司成李润庆诗2首、奉常寺佥正朴忠元诗2首、礼曹正郎李洪男诗2首、黄海道观察使权应挺诗1首。

三、许国、魏时亮与《丁卯皇华集》

（一）许国生平

许国（1527—1596），字维桢，号颖阳。安徽歙县人。历任翰林庶吉士、翰林检讨、编修、右春坊右赞善、国子祭酒、礼部尚书兼东阁大学士、太子太保等职。

1567年，许国任正使出使李朝。

1596年，病逝，终年69岁。

（二）魏时亮生平

魏时亮（1529—1591），字工甫，江西南昌人。历任中书舍人、吏科给事中、户科给事中、太仆寺少卿、都察院副都御史、工部侍郎、南京刑部尚书等职。

1567年，任副使，出使李朝。

1591年，病逝，终年62岁。

（三）出使李朝

1567年，明朝正使许国、副使魏时亮出使李朝。

他们此行是颁明穆宗即位诏。李朝任命礼曹判书林忠元为远接使、议政府左赞成洪暹任馆伴、弘文馆典翰李后白、议政府舍人奇大升、吏曹佐郎李山海为远接使从事官。

至李朝京都汉城颁诏，在汉城观光游览，李朝文臣陪游。中朝两国文臣唱和酬谢。

自李朝回国，他们将与李朝文臣唱和之诗辑成《丁卯皇华集》。《丁卯皇华集》收有明使许国诗22首、魏时亮诗23首、李朝工曹判书朴忠元诗2首。

四、欧希稷与《戊辰皇华集》

欧希稷，生卒年不详，湖南衡阳人。历任福建按察司按察副使、江西左参政、河南右布政使。

1567年农历十一月，任副使出使李朝，正使为太监张朝。李朝任朴淳为远接使，辛应时、李山海为从事官，朴承任为制述官。

明使于翌年农历二月三日至李朝京都汉城。李朝国王率百官迎接，行赐祭礼，颁赐谥诏、赐赙敕。与李朝文臣唱和酬谢。回国前，李朝国王设宴饯别。

明使欧希稷与李朝文臣唱和之诗辑成《戊辰皇华集》。《戊辰皇华集》收有明使欧希稷诗23首、李朝吏曹判书朴淳诗20首、吏曹正郎诗3首、校书馆校理辛应时诗3首、议政府左赞成洪暹诗1首。

五、成宪、王玺与《戊辰皇华集》

（一）成宪生平

成宪，生卒年不详，河北蓟县人。历任编修、两京祭酒等职。

1568年，任正使出使李朝。

（二）王玺生平

王玺，生卒年不详，江西南丰人。字子信，号见竹。历任庶吉士、工科给事中、礼科右、户科左、直隶太平府知府、广东按察使。

1568年任副使出使李朝。

（三）出使李朝

1568年农历四月，明使成宪、王玺离明都北京出使李朝。李朝任朴淳为远接使，宋麟寿为馆伴迎接明使。

农历七月一日，至李朝京都汉城。李朝国王迎敕于勤政殿。

游览汉城，李朝文臣陪同，唱和酬谢。农历七月五日，李朝国王为明使设宴饯行，明使回国。

明使成宪、王玺与李朝文臣唱和之诗辑成《戊辰皇华集》，其中收有明使成宪诗16首、王玺诗8首、李朝朴淳诗25首。

六、韩世能、陈三谟与《癸酉皇华集》

（一）韩世能生平

韩世能（1528—1598），字存良，号敬堂。江苏长洲人。历任翰林院编修、侍讲、右春坊右谕德兼翰林侍讲、国子监祭酒、经筵讲官等职。

1572年，明穆宗崩，明神宗即位。韩世能奉命出使李朝，任正使。

1598年，病逝，终年70岁。

（二）陈三谟生平

陈三谟，生卒年不详，字汝明，号锦江，浙江仁和县人。历任江西永新知县、刑部主事、刑科给事中、吏科右、吏科左、吏科都、太常寺少卿等职。

1572年，任副使出使李朝。

（三）出使李朝

1572年农历十月十一日，明使韩世能、陈三谟渡鸭绿江，至李朝义州。李朝远接使郑惟吉、馆伴卢守镇迎接明使。

农历十一月一日，明使至李朝京都汉城。李朝国王出迎并于勤政殿迎诏敕。明使在汉城观光游览，李朝文臣陪同。中朝两国文臣唱和酬谢。同月九日，李朝国王为明使设宴饯行。明使回国。

明使韩世能、陈三谟与李朝文臣唱和诗辑成《癸酉皇华集》，其中收有明使韩世能53首、陈三谟86首，吏曹判书卢守慎12首、奉常寺正权擘6首、议政府参赞朴忠元3首、黄海道观察使李拭2首、兵曹判书金贵荣2首、承政院都承旨睦詹2首、刑曹判书元混1首、礼曹判书朴永俊1首、汉城府判尹姜暹1首、弘文馆副提学柳希春1首、成均馆大司成洪天民1首、议政府领议政权辙1首、汉城府左议政洪暹1首、户曹参判尹铉1首、司宪府大司宪李阳元1首、吏曹参判李后白1首等。

第六节 《皇华集》分论（四）

一、黄洪宪、王敬民与《壬午皇华集》

（一）黄洪宪生平

黄洪宪（1541—1600），字懋忠，号葵旸。历任翰林庶吉士、编修、少詹事兼侍读学士、经筵讲官等职。

1582年，任正使出使李朝。

1600年，病逝，终年59岁。

（二）王敬民生平

王敬民，生卒年不详，字用司，号儆吾。河南西华县人。历任山东东昌府推官、吏科给事中、工科右、吏科左、工科都。

1582年任副使出使李朝。

（三）出使李朝

1582年农历九月十九日，明使黄洪宪、王敬民出使李朝，其使命为颁皇子诞生诏敕。

农历十月十七日，明使渡鸭绿江，进入李朝。李朝任李珥为远接使、郑惟吉为馆伴，以迎接明使。

农历十一月一日，明使至李朝京都汉城。李朝国王宣祖迎诏。

明使和李朝文臣唱和之诗辑成《壬午皇华集》。《壬午皇华集》收有明使黄洪宪诗58首、王敬民诗61首、李朝议政府右赞成李珥诗62首、吏曹判书郑惟吉诗14首、议政府领议政朴淳诗1首、议政府左议政金贵荣诗1首、议政府右议政郑芝衍诗1首、刑曹判书柳典诗1首、议政府左参赞沈守庆诗1首、兵曹判书李阳元诗1首、礼曹判书金添庆诗1首、知中枢府事姜暹诗1首、承政院都承旨柳成龙诗1首、成均馆司成许篈诗5首、司瞻寺佥正高敬命诗5首、吏曹佐郎金瞻诗9首。

二、顾天埈、崔廷健与《壬寅皇华集》

（一）顾天埈生平

顾天埈，生卒年不详，字升伯，昆山人。历任编修、左谕德等职。

1601年，任正使出使李朝。

（二）崔廷健生平

崔廷健，生卒年不详，字孟乾。官至按察司副使。

1601年，任副使出使李朝。

（三）出使李朝

1601年农历十一月，明使顾天埈、崔廷健离京师赴李朝。翌年农历闰二月进入李朝。李朝李好闵任远接使、沈喜寿任馆伴，迎接明使。农历三月九日，明使至李朝京都汉城，李朝国王迎诏。明使与李朝文臣唱和酬谢。同月十九日，明使回国，李朝国王设宴饯行。

明使顾天埈、崔廷健与李朝文臣唱和之诗辑成《壬寅皇华集》。

《壬寅皇华集》收明使顾天埈诗5首、崔廷健诗18首、李朝礼曹判书李好闵诗24首、兵曹正郎许筠诗4首、成均馆直讲李安讷诗4首、工曹判书沈善寿诗3首、议政府左参赞郑昌衍诗3首、议政府领议政李德馨诗2首、刑曹判书黄琎诗2首、户曹参判申湜诗2首、弘文馆副提学奇自献诗2首、承政院右承旨姜绖诗2首、承政院都承旨徐渻诗1首、成均馆大司成郑光绩诗1首。

三、朱之蕃、梁有年与《丙午皇华集》

（一）朱之蕃生平

朱之蕃（？—1626），字元介，山东茌平县人。历任翰林院修撰、少詹事、南京礼部侍郎、吏部右侍郎。

1605年，任正使出使李朝。

（二）梁有年生平

梁有年（？—1614），号惺田，广东顺德人。历任吏科给事中、户科右、刑科都谏、河南按察使、湖广按察使、浙江右布政使。

1605年，任副使出使李朝。

（三）出使李朝

1605年农历十二月，明使朱之蕃、梁有年出使李朝。此次使命是诏谕皇孙诞生。

1606年农历三月二十四日，明使渡鸭绿江，入李朝境内。李朝任柳根为远接使、李好闵为馆伴迎接明使。

农历四月十一日，明使至李朝京都汉城。李朝国王于慕华馆迎诏敕。明使在李朝文臣陪同下游览汉城，两国文臣唱和酬谢。

农历四月二十日，李朝国王为明使设宴饯别。明使回国。

两名明使与李朝文臣唱和之诗辑成《丙午皇华集》，其中收有明使朱之蕃诗261首、梁有年83首、李朝议政府左赞成柳根184首、领中枢府事李好闵27首、成均馆司艺李志完10首、承政院都承旨尹昉8首、议政府领议政柳永庆8首、礼曹判书李廷龟7首、户曹判书韩浚谦7首、兵曹判书许筬7首、判敦宁府事李光庭6首、工曹判书徐渻6首、汉城府判尹申钦6首、礼曹佐郎赵希逸5首、知中枢府事郑昌衍2首、议政府左参赞宋言慎2首、成均馆大司成洪履祥2首、京畿观察使李弘老2首、成均馆典籍宋硕祚1首、兵曹佐郎权昕1首、成均馆典籍金寿贤1首、成均馆直讲权缙1首、成均馆直讲睦长钦1首、成均馆直讲赵存世1首、礼曹正郎沈諿1首、礼曹正郎宋某1首、司䮽寺正赵良辅1首、成均馆司艺丁好善1首、成均馆司成李湛1首。

四、熊化与《己酉皇华集》

熊化（？—1649），字仲龙，清江人。历任监察御史、太仆寺少卿。

1609年，任使出使李朝。

1609年，明使熊化离明都北京出使李朝。

农历四月八日，明使渡鸭绿江入李朝境内，李朝远接使柳根、馆伴李廷龟迎接明使。同月二十五日，至李朝京都汉城，李朝新王光海君迎诏。明使在李朝文臣陪同下游览汉城，中朝两国文人唱和酬谢。

农历五月六日，李朝国王为明使饯行。明使回国。

明使与李朝文臣唱和之诗辑成《己酉皇华集》，其中收有明使熊化诗50首、李朝领中枢府事柳根22首、兵曹判书李廷龟8首、领中枢府事李德馨4首、领中枢府事李好闵3首、议政府舍人金尚宪3首、议政府左议政李恒福2首、领中枢府事尹根寿2首、议政府右赞成郑昌衍2首、工曹判书黄慎2首、司宪府大司宪洪履祥2首、承政院都承旨金尚容1首、承政院左承旨朴震元1首、成均馆直讲赵希逸1首。

五、刘鸿训、杨道寅与《辛酉皇华集》

（一）刘鸿训生平

刘鸿训（1565—1634），字默承，长山人。历任翰林院编修、少詹事、礼部尚书兼东阁大学士、太子太保等职。

1621年，任正使，出使李朝。

1634年，病逝，终年69岁。

（二）杨道寅生平

杨道寅，生卒年不详，福建晋江人。历任庶吉士、太常少卿。

1621年，任副使，出使李朝。

（三）出使李朝

1621年，明使刘鸿训、杨道寅离明都北京，出使李朝。

农历三月十日，渡鸭绿江，进入李朝境内。李朝远接使李尔瞻、馆伴李庆全迎接明使。

农历四月十二日，明使至李朝京都汉城，李朝国王恭迎诏敕。

农历五月一日，李朝国王为明使设宴饯别，明使刘鸿训、杨道寅回国改经水路，渡海回明。

明使刘鸿训、杨道寅与李朝文臣唱和之诗，辑成《辛酉皇华集》，其中收有刘鸿训、杨道寅和李朝文臣李明汉、柳梦寅、李廷龟、成文睿等人之诗。

六、姜曰广、王梦尹与《丙寅皇华集》

（一）姜曰广生平

姜曰广（1583—1649），字居之，新建人。历任庶吉士、编修、右中允、吏部右侍郎、南京太常卿、礼部尚书兼或阁大学士。与史可法、高弘图为南中三贤相。

1626年，任正使，出使李朝。其后清军南下，逼近南昌，避居山中。

1648年，与左良玉部将金声桓坚守抚州。

1649年，清军破城，自尽。

（二）王梦尹生平

王梦尹，生卒年不详，字叔任，宁晋人。历任工科给事中、太堂寺少卿、副都御史等职。

1626年，任副使，出使李朝。

（三）出使李朝

1626年农历四月，明使姜曰广、王梦尹因后金已占据辽东，改从海路出使李朝。李朝远接使金瑬、馆伴李廷龟迎接明使。

农历六月十八日，明使至李朝京都汉城。李朝国王于崇政殿受诏敕。明使在汉城游览，李朝文臣陪同，互相唱和酬谢。二十一日，李朝国王为明使设宴饯别。明使仍经海路回国。

明使姜曰广、王梦尹与李朝文臣唱和之诗，辑录成《丙寅皇华集》，其中收有明使姜曰广诗43首、王梦尹61首、李朝领中枢府事兼吏曹判书金瑬78首、领中枢府事兼礼曹判书李廷龟36首、议政府右议政申钦14首、承政院都承旨李弘胄14首、兵曹参判赵希逸12首、户曹参判金荩国12首、知中枢府事郑经世12首、知中枢府事吴允谦11首、吏曹参判张维10首、同知中枢府事金尚宪10

首、弘文馆修撰李昭汉6首、弘文馆副应教郑万昌4首、吏曹正郎郑弘溟4首、平安道观察使尹暄3首、议政府左参替金尚容2首、同知成均馆事郑光绩2首、成均馆大司成金德诚2首、同知成均馆事徐渻1首。

七、程龙与《癸酉皇华集》

（一）程龙生平

程龙（？—1637），字飞生，安徽歙县人。曾任副将、副总程等职。

1633年，奉命出使李朝。

1637年，清军南下攻太湖。程龙与潘可大率军御敌于邦家店，兵败，引火自焚。

（二）出使李朝

1633年农历十月，程龙奉命由海路出使李朝。此行使命劝诫李朝不要与后金交往为其提供援助。李朝接伴使辛启荣迎接明使。

农历十一月六日，李朝国王在南别宫接见明使，程龙出示兵部咨札二道。

1634年农历二月，程龙自海路回明。

明使与李朝文臣唱和酬谢，其后将双方唱和之诗辑成《癸酉皇华集》，其中收有明使程龙诗168首、李朝兵曹参议辛启荣12首、礼曹参判尹昕12首、成均馆司艺许启9首、原任水部郎中林川守黄一皓6首、礼曹参判赵希逸5首、吏曹正郎具凤瑞5首、户曹参判南以恭5首、吏曹正郎沈东龟4首、工曹判书具宏3首、承文院正字崔文湜3首、行吏曹判书崔鸣吉3首、原任吏曹判书张维2首、承政院都承旨李敏求2首、原刑曹判书金荩国2首、京畿观察使李圣求2首、世子侍讲院辅德申敏一2首、黄海道观察使吴䎘2首、弘文馆教理柳颖2首、弘文馆修撰李时楷2首、承政院注书李时万2首、原任汉城府左尹许樀2首、行副护军李景仁2首、兵曹参议李景宪2首、司谏院正言卞时益2首、吏曹正郎赵锡胤2首、东阳尉申翊圣1首、议政府领议政尹昉1首、议政府左议政吴允谦1首、议政府右议政金瑬1首、原任议政府右议政李廷龟1首、原任议政府右议政金尚容1首、原任议政府右议政李庆全1首、原任议政府右议政洪宝1首、原任议政府右议政韩汝溭1首、兵曹判书洪瑞凤1首、议政府右参赞朴东善1首、礼曹判书赵翼1首、户曹判书金起宗1首、原任知敦宁府事李显英1首、同知中枢府事李弘胄1首、司宪府大司宪金尚宪1首、顺兴君金庆征1首、行佥知中枢府事郑广成1首、汉城府右尹郑广敬1首、工曹判书崔来吉1首、吏曹参判金寿贤1首、刑曹参判金�1首、尹晖1首、行司直睦长钦1首、原任司谏院大司谏吕尔征1首、工曹参议李明汉1首、刑曹参判洪命亨1首、弘文馆副提学郑百昌1首、原任判决事金蓍国1首、承政院都承旨权镬1首、承政院左承旨赵邦直1首、承政院右副承旨赵廷虎1首、承政院右副承旨李行远1首、参议李基祚1首、原任刑曹参议睦叙钦1首、司谏院大司谏徐景雨1首、原任刑曹参议赵国宾1首、原任承政院右副承旨李昭汉1首、原任承政院左承旨崔惠吉1首、兵曹参知韩必远1首、吏曹参议李植1首、弘文馆典翰金槃1首、原任议政府舍人李景曾1首、司谏院司谏俞省曾1首、议政府舍人李省身1首、济用监正洪宪1首、司宪府执义崔葕1首、弘文馆校理任絖1首、原任侍讲院弼善郑维城1首、司宪府掌令宋时吉1首、司宪府掌令李尹永1首、世子侍讲院弼善郑百亨1首、弘文馆副校理李尚质1首、原任司谏院献纳郑太和1首、世子侍讲院文学黄胤后1首、兵曹正郎安时贤1首、吏曹正郎李命雄1首、礼曹正郎廉友赫1首、礼曹正郎元振河1首、兵曹正郎成汝宽1首、原任司宪府掌令林埬1首、弘文馆修撰尹坵1首、弘文馆修撰李元镇1首、兵曹正郎柳硕1首、弘文馆副修撰姜大遂1首、兵曹佐郎朴日省1首、兵曹佐郎金镤1首、兵曹佐郎柳䓪1首、原任司谏院正言李海昌1首、原任弘文馆修撰郑致和1首、礼曹佐郎李稠

1首、原任礼曹佐郎权堣1首、艺文馆奉教李一相1首、艺文馆检阅俞棿1首、艺文馆检阅金益熙1首、承文馆副正字梁曼容1首、承文院副正字洪柱一1首、承文院副正字李行遇1首、承文院副正字李尚载1首、两西饷使金光煜1首。

第七节 《皇华集》的重要意义

一、巩固与发展明朝和李朝的宗藩关系

朝鲜李朝建立于1393年，明朝与朝鲜李朝建立宗藩朝贡关系始于1393年，保持宗藩朝贡关系200多年。

明朝与李朝宗藩关系十分密切友好，尤其是1592年至1598年李朝壬辰卫国战争时期，明朝应李朝之请，两次派大军入朝，与李朝军民共同抵抗倭寇之侵略，最终将倭寇驱入大海，捍卫李朝国土，保障李朝的独立，从而使明朝与李朝的友好关系发展到新的高度，李朝君臣视明朝有再造之恩。其后，中国明朝衰落，后金崛起，李朝依然与明朝保持友好的宗藩朝贡关系，直至1636年农历十二月，皇太极率兵攻打朝鲜，订立城下之盟。和约规定，朝鲜断绝与明朝关系，向清称臣。

在200多年间，明朝与李朝两国之所以保持和平友好的宗藩关系，首先取决于明朝皇帝、李朝国王和两国王廷坚持巩固与发展两国的宗藩关系。

其次，两国的使节，尤其明朝出使李朝的使节功不可没。出使李朝的明使与李朝国王、李朝王廷重要大臣和诸多文人广泛接触，友好交往开展词赋外交，贡献很大。

二、弘扬华夏文明

有明一朝出使李朝的使臣众多，其中与李朝文臣唱和辑成《皇

华集》的共41人。

1450年出使的倪谦、司马恂。

1457年出使的陈鉴、高闰。

1459年出使的陈嘉猷。

1460年出使的张宁。

1464年出使的金湜、张珹。

1476年出使的祁顺、张瑾。

1488年出使的董越、王敞。

1492年出使的艾璞。

1506年出使的徐穆。

1521年出使的唐皋、史道。

1537年出使的龚用卿、吴希孟。

1539年出使的华察、薛廷宠。

1545年出使的张承宪。

1546年出使的王鹤。

1567年出使的许国、魏时亮。

1568年出使的欧希稷。

1568年出使的成宪、王玺。

1573年出使的韩世能、陈三谟。

1582年出使的黄洪宪、王敬民。

1602年出使的顾天埈、崔廷健。

1606年出使的朱之蕃、梁有年。

1609年出使的熊化。

1621年出使的刘鸿训、杨道寅。

1626年出使的姜曰广、王梦尹。

1633年出使的程龙。

中国是文明古国，儒教文化浓厚，孝悌忠信礼义廉耻为华夏文明之核心内容。

在上述41个出使李朝的明朝使臣中，多数使臣为人正直忠厚清正廉洁，在出使李朝期间，深受李朝君臣高度称赞。这些使节将华夏文明弘扬光大，仅举数例于后。

（一）1459年出使的陈嘉猷，其高尚品德深受李朝文臣之称赞。

李朝文臣成伣在《慵斋丛话》中说：（陈嘉猷）“为人美容姿，须髯如画，信乎人与才两美也。”

李朝文臣徐居正在《笔苑杂记》中说：“陈给事嘉猷宽平正大，观其气象，知其为大人君子；文章亦平淡。”

（二）1460年出使的张宁。

李朝文臣徐居正在《笔苑杂记》中说：“张给事宁，其文章可伯仲于陈（嘉猷），而言行颇有强作处，然亦君子人也。”

（三）1476年出使的祁顺、张瑾，在李朝期间，多次拒受李朝国王赠送之礼物。二人的清廉深得李朝文臣称赞。

李朝文臣徐居正在《笔苑杂记》中说：“祁户部顺笃实有节行，文词亦纯正，其陈（嘉猷）、张（宁）两给事之俦乎！张行人瑾文章操行，不及祁（顺），而在其范围之内耳。”

（四）1545年出使的张宪，在李朝期间，一则因李朝适值国丧，谢拒李朝君臣邀其游览汉江；二则拒受李朝国王例赠物品，仅求四书五经和《东国地志》。

对此李朝《仁宗实录》卷2载，张宪就此事说：“新君诚意至此，可嘉。而但欲受之，则恐其辱帝命耳。岂足云使乎？而吾身大义，亦不可不自重耳。”张宪“使于四方，不辱君命”的廉洁自好深受李朝君臣称赞。

（五）1606年使朝的朱之蕃、梁有年。在李朝期间，谢拒李朝君臣之赠物。

李朝《宣祖实录》卷198载："两使俱不受礼单。两使令撤去卓（桌）面油蜜果，仍为分付曰：'此虚费甚多，前头一切勿为'，……观其辞色，极为厌苦，出于至诚。"

（六）1609年出使的熊化，在李朝期间，也谢拒李朝例赠的物品。

（七）1626年出使的姜曰广、王梦尹，在李朝期间更是廉洁自律，谢拒李朝一切赠物。

对此，李朝《仁祖实录》卷13载："今番诏使清俭，近古罕闻。两西人心皆欲立碑以颂清德。"

1633年，李朝立姜（曰广）、王（梦尹）去思碑，以感念两位明使之廉洁。

中国《明史》第274卷的《姜曰广传》亦载："天启六年奉使朝鲜，不携中国一物往，不取朝鲜一钱归。朝鲜人为立怀洁之碑。"

上述的陈嘉猷、张宁、祁顺、张瑾、张宪、朱之蕃、梁有年、熊化、姜曰广、王梦尹等10位明使，实是明朝文臣在域外弘扬华夏文明的优秀典范，使华夏文明在域外发扬光大。出使李朝的41个明使中，也有品德恶劣遭到李朝君臣不满和责备的，有的以上国天使自居，刁难李朝君臣；有的贪婪勒索李朝财物。

三、弘扬中华文化

上述41个明使在出使李朝期间创作诗赋等大量文学作品，皆载入相关的《皇华集》中。

《庚午皇华集》收有倪谦诗111首、司马恂诗11首，共122首。

《丁丑皇华集》收有陈鉴诗49首、高闰诗46首，共95首。

《己卯皇华集》收有陈嘉猷诗26首。

《庚辰皇华集》收有张宁诗35首。

《甲申皇华集》收有金湜诗82首、张城诗66首，共148首。

《丙申皇华集》收有祁顺诗142首、张瑾诗47首，共189首。

《戊申皇华集》收有董越诗94首、王敞诗114首，共208首。

《壬子皇华集》收有艾璞诗15首。

《丙寅皇华集》收有徐穆诗7首。

《辛巳皇华集》收有唐皋诗104首、史道诗85首，共189首。

《丁酉皇华集》收有龚用卿诗220首、吴希孟诗194首，共414首。

《己亥皇华集》收有华察诗131首、薛廷宠诗145首，共276首。

《乙巳皇华集》收有张承宪诗81首。

《丙午皇华集》收有王鹤诗59首。

《丁卯皇华集》收有许国诗22首、魏时亮诗23首，共45首。

《戊辰皇华集》收有欧希稷诗23首。

《戊辰皇华集》收有成宪诗16首、王玺诗8首，共24首。

《癸酉皇华集》收有韩世能诗53首、陈三谟诗86首，共139首。

《壬午皇华集》收有黄洪宪诗58首、王敬民诗61首，共119首。

《壬寅皇华集》收有顾天埈诗5首、崔廷健诗18首，共23首。

《丙午皇华集》收有朱之蕃诗261首、梁有年诗83首，共344首。

《己酉皇华集》收有熊化诗50首。

《辛酉皇华集》收有刘鸿训和杨道寅诗之数量不详。

《丙寅皇华集》收有姜曰广诗43首、王梦尹诗61首，共104首。

《癸酉皇华集》收有程龙诗168首。

上述25部《皇华集》中，收录41位明使创作之诗2903首。

这41位出使李朝的明使均为饱学之士，富有文才。他们创作的2903首诗，实是弘扬中华文化之举，确切地说是在域外弘扬中华文化之举。

四、展示李朝前期汉诗成就

上述25部《皇华集》收有李朝文臣所作之汉诗以及汉文写的序、跋等散文，充分展示李朝前期汉文学之成就。

仅以李朝文臣所创作之汉诗为例，可谓十分丰富。

《庚午皇华集》收有李朝4位文臣的汉诗19首。

《丁丑皇华集》收有李朝9位文臣的汉诗61首。

《己卯皇华集》收有李朝7位文臣的汉诗17首。

《庚辰皇华集》收有李朝5位文臣的汉诗55首。

《甲申皇华集》收有李朝41位文臣的汉诗106首。

《丙申皇华集》收有李朝14位文臣的汉诗255首。

《戊申皇华集》收有李朝2位文臣的汉诗172首。

《壬子皇华集》收有李朝1位文臣的汉诗14首。

《丙寅皇华集》收有李朝文臣的汉诗情况不详。

《辛巳皇华集》收有李朝20位文臣的汉诗283首。

《丁酉皇华集》收有李朝20位文臣的汉诗249首。

《己亥皇华集》收有李朝13位文臣的汉诗376首。

《乙巳皇华集》收有李朝6位文臣的汉诗82首。

《丙午皇华集》收有李朝16位文臣的汉诗113首。

《丁卯皇华集》收有李朝1位文臣的汉诗2首。

《戊辰皇华集》收有李朝4位文臣的汉诗27首。

《戊辰皇华集》收有李朝1位文臣的汉诗25首。

《癸酉皇华集》收有李朝18位文臣的汉诗123首。

《壬午皇华集》收有李朝14位文臣的汉诗104首。

《壬寅皇华集》收有李朝12位文臣的汉诗50首。

《丙午皇华集》收有李朝27位文臣的汉诗300首。

《己酉皇华集》收有李朝13位文臣的汉诗53首。

《辛酉皇华集》收有李朝文臣的汉诗情况不详。

《丙寅皇华集》收有李朝18位文臣的汉诗233首。

《癸酉皇华集》收有李朝106位文臣的汉诗293首。

上述25部《皇华集》共收有李朝372位文臣的汉诗3012首。

这372位李朝文臣创作的3012首汉诗，充分显现李朝前期汉诗之繁荣状况，成就卓著。

五、促进明朝与李朝汉诗交流

上述25部《皇华集》收录明使在出使李朝期间，与李朝文臣之唱和，充分显现了明朝使臣与李朝文臣的文学交流。因之，这25部《皇华集》是显现明与李朝文学交流的瑰宝，弥足珍贵。

《庚午皇华集》收有明使倪谦、司马恂二人的诗122首，收有李朝4位文臣的汉诗19首。

《丁丑皇华集》收有明使陈鉴、高闰二人的诗95首，收有李朝9位文臣的汉诗61首。

《己卯皇华集》收有明使陈嘉猷诗26首，收有李朝7位文臣的汉诗17首。

《庚辰皇华集》收有明使张宁诗35首，收有李朝5位文臣的汉诗55首。

《甲申皇华集》收有明使金湜、张珹二人的诗148首，收有李朝41位文臣的汉诗106首。

《丙申皇华集》收有明使祁顺、张瑾二人的诗189首，收有李朝14位文臣的汉诗255首。

《戊申皇华集》收有明使董越、王敞二人的诗208首，收有李朝2位文臣的汉诗172首。

《壬子皇华集》收有明使艾璞诗15首，收有李朝1位文臣的汉诗14首。

《丙寅皇华集》收有明使徐穆诗7首。

《辛巳皇华集》收有明使唐皋、史道二人诗189首，收有李朝20位文臣的汉诗283首。

《丁酉皇华集》收有明使龚用卿、吴希孟二人诗414首，收有李朝20位文臣的汉诗249首。

《己亥皇华集》收有明使华察、薛廷宠二人诗276首，收有李朝13位文臣的汉诗376首。

《乙巳皇华集》收有明使张承宪诗81首，收有李朝6位文臣的汉诗82首。

《丙午皇华集》收有明使王鹤诗59首，收有李朝16位文臣的汉诗113首。

《丁卯皇华集》收有明使许国、魏时亮二人诗45首，收有李朝1位文臣的汉诗2首。

《戊辰皇华集》收有明使欧希稷诗23首，收有李朝4位文臣的汉诗27首。

《戊辰皇华集》收有明使成宪、王玺二人诗24首，收有李朝1位文臣的汉诗25首。

《癸酉皇华集》收有明使韩世能、陈三谟二人诗139首，收有李朝18位文臣的汉诗123首。

《壬午皇华集》收有明使黄洪宪、王敬民二人诗119首，收有李朝14位文臣的汉诗104首。

《壬寅皇华集》收有明使顾天埈、崔廷健二人诗23首，收有李朝12位文臣的汉诗50首。

《丙午皇华集》收有明使朱之蕃、梁有年二人诗344首，收有李朝27位文臣的汉诗300首。

《己酉皇华集》收有明使熊化诗50首，收有李朝13位文臣的汉诗53首。

《辛酉皇华集》收有明使刘鸿训、杨道寅二人诗数量不详，收有李朝文臣的汉诗数量不详。

《丙寅皇华集》收有明使姜曰广、王梦尹二人诗104首，收有李朝18位文臣的汉诗233首。

《癸酉皇华集》收有明使程龙诗168首，收有李朝106位文臣的汉诗293首。

上述25部《皇华集》中收有41位明使之诗2903首、李朝372位文臣的汉诗3012首。这41位明使和李朝372位文臣唱和之诗总计为5915首。这25部《皇华集》收录的41位明使与李朝372位文臣的唱和诗5915首，成为明朝与李朝文学交流的瑰宝，弥足珍贵。

第十六章　李朝中期的汉文散文

第一节　月、象、溪、泽四大家

一、生平

在唐朝著名散文家韩愈、柳宗元的文风和文章影响下，李朝中期起，汉文散文领域也出现革新运动，汉文散文涌现了月、象、溪、泽四大家，创作了不少感怀言志的汉文散文佳作。

月、象、溪、泽四大家，即月——月沙李廷龟；象——象村申钦；溪——溪谷张维；泽——泽堂李植。

（一）李廷龟生平

见本书第十四章第四节。

（二）申钦生平

申钦（1566—1628），李朝文臣、学者。字敬叔，号象村、玄轩，文科及第，为吏。擅汉文汉诗，著有《象村集》（30卷）。

1613年，癸丑狱事，被罢职流放春川。

1621年，获释。

1623年，复出，历任礼曹判书兼任大提学、右议政。

1627年，升任左议政。同年，丁卯战役（后金攻打李朝）。陪世子避难全州，升任领议政。

1628年，病逝，终年62岁，谥号文贞。

（三）张维生平

张维（1587—1638），李朝文臣。字持国，号溪谷、默所、支离子、臞癯子、点所子。文才出众，尤擅汉文汉诗，著有《溪谷漫笔》《溪谷集》。且精天文、地理、医术、兵书、书法。

1605年，进士及第。

1623年，参与正祖反正，有功。历任吏曹佐郎、吏曹正郎、罗州牧使等职。张维多次任馆伴，并出使日本。

1636年，后金第二次攻打李朝。时任工曹判书的张维与崔鸣吉力主议和。后因参与撰写屈辱的《三田渡碑文》备受指责和排挤。

1638年，病逝，年仅51岁，谥号文忠。

（四）李植生平

李植（1584—1647），李朝文臣。字汝国，号泽堂、泽癯居士。文才出众，擅汉文汉诗，文名大振，弟子辈出。著述甚丰，主要有《泽堂集》（34卷）、《初学者训增辑》、《杜诗批解》、《水城志》、《野史初本》等。

1610年，文科及第，历任说书、北评事、宣传官等职。

1618年，废母论兴起，隐退。

1623年，复出，任职。

1646年，再度辞官隐退。

1647年，病逝，时年63岁。

二、文学评价

李廷龟、申钦、张维、李植深受唐宋八大家文章、文风之影响，四人文章清新淳正，为李朝文人和明朝文人高度称赞。

（一）月沙李廷龟

月沙李廷龟之文才，已在前述之有关朝天录中详加介绍。李廷龟的汉文文章极其出色，如行云流水。出使明朝时所作的《戊戌辩诬疏》更是名篇佳作。

同为四大名家之一的李植高度称赞说："月沙文章并非刻意学古，但赡富无敌，其《戊戌辩诬疏》堪称第一。"李廷龟逝世后，李植挽词为"礼乐因时制，经纶尽至言"。

（二）象村申钦

申钦身居高官，汉文文章亦出众，著有《象村集》63卷，展示其卓越文才。

同为四大家之一的李廷龟对其文才评论说："象村东国百余年第一家，其文章、事业兼而得之，伟哉！"

金清阴为之作序时说："先生之文，概括百家，资料取之经骚众体，极拯言雅。"

同为四大家之一的张维为其文集作序时说："公之文词，盖得之天授。其在朝时著述甚富。而颇放失。自癸丑来，居困处约者逾十稔，遂专精覃思，上下千古蔚然成一家言。其为诗不主一格，大抵出于唐人，而杂取中晚以及盛宋。诸子举皆割荣，而攘揄焉。"

张维还说："其古文词遵逸俊发，光芒绚烂，学于皇明诸大家，更有与之争壮并驱之势。"

（三）溪谷张维

同为四大家之一的李植高度评价张维之文才："气不累调，思不逾格，出之也肆篇成章。其理则孔孟，其材则秦汉，其模范则韩、柳大家，以至骚赋词律，各臻古人之阃奥，绝无世俗奇偏饾饤之病，自成一家语。于乎公之斯艺，可谓真善俱美，而无遗憾也。"

张维曾任罗州牧使，后为营救罗万申被革职。李廷龟闻讯上书劝谏说："张维文章才学，为当今一流。现任大学士被革除百里之宰，此乃前所未闻。近年事大交邻之文书，莫不出于其手，万请措置机宜。”

李宜显在《云阳漫录》中评价说：“溪谷之文，虽无动人气焰，妥帖称停，无一字一句偏侧生拗。凡作文快意处，例多洋溢滥飞，而此却潘然如平盘储水，行文又极雅洁。”

张维在《溪谷漫笔》中自我评论说：

余少治文词，今已白首。组织蹊径，而遽以老病废业，岂天意欲高其地，以不使更进耶？平生著述，尽失于江都地难，意谓无复遗者，幸而复得之所轶，则十之一耳。尝妄自评骘曰：词赋学骚选者之七篇，当与丽朝李文顺雁行。盖文顺笔力可畏，而典则或不足耳。古文合作者数十篇，进之中国则不敢，厕诸东选亦不屑。惟诗本晚学，而才亦不能胜学。其所自信者，气能充体，语能畅意，终不失步于小家数中。未知后人题品，处我于国朝何等诸公间也。

（四）泽堂李植

李植文章缜密，堪称上乘之作。著有《泽堂集》34卷，其中诗文10编为其自选。

李植主张学诗应归宿于杜甫；学文，则为韩愈。在《作文模范》中说：

古今风俗事情悬殊，而文章词会通于其间。虽使古人生于今世，必为今之文。此与诗学不同，当以唐宋以下为法，惟其本源来历，不可不溯求而知之也。诗书正文，孟子正文，论语庸学，并传注，为先熟读，终身温习，此义理本源，不可一日塞也。荀杨乃韩文之所从出，数十篇抄读。此外，易系辞、春秋三传中之左传、礼记等书，有余力则熟视采获。韩文，文之宗，不可不先读。七八十首抄读，若得臭味，仍以为终身模范可也。

李植力主学文学中国之韩愈，并且身体力行，其文章皆效中国之韩愈。

李朝文人金昌协在《农岩杂识》中，对月、象、溪、泽四大家之文综合评论说：

泽堂文，体段浑成不如溪谷，而结构精密过之。溪之词赋，泽之骈俪，又足相当。比之于古，殆似韩柳。近世蔡湖州每称张、李，云泽堂诗胜溪谷，此又与子厚、退之相似。

泽堂文太密塞，文字外不见有余地，此不及溪谷处。然，如疏札论事之文，精核初祥，不似溪谷平泛，无激发处。

象村天才敏妙，而深厚不足。又学诸子及国策，且喜皇明诸大家，故其文态度俊廉，光彩绚烂，但少质实之意，隽永之味。月沙天才华赡，而高简不足。且不规矩于古人之绳墨，出之甚易。故其文纡余通畅，绝无艰难拘窘之态，但体裁欠典严，格调不古雅。两家长短概不出此。

李朝文臣金允植在《云养续集》评论说：

象村之文，镕炼淘洗，有明末清初文气。月沙之文，不以雕彩为工，行文驯熟，尽其所欲言而止。论者又言，溪谷天才优，泽堂人工胜，盖各有所长也。

上述两人之评论甚是公允得当。

第二节　洪奭周

一、生平

洪奭周（1744—1842），李朝文臣、学者。擅汉文汉诗，著有《渊泉集》（44卷）、《鹤冈散笔》（8卷）、《尚书补传》（10卷）、《续史略翼笺》（21卷）。

1795年，文科及第，历任抄启文臣、艺文馆检阅、司谏院正言、奎藏阁直提学、吏曹判书、兵曹判书、左议政等职。

1803年，任书状官随正使沈能建出使清朝。

1831年，任正使出使清朝。

1842年，病逝，终年98岁。

二、代表作

洪奭周是李朝中期汉文散文大家。他的汉文散文范围广泛，诸如议论、抒情、记事，皆质朴流畅，内容充实，具有很高艺术成就。其汉文散文佳作诸如《书义烈女传后》《答舍弟宪仲书》《玄岩遗稿序》《答金平仲论文书》等。

《书义烈女传后》之写作，由李朝文人金绍行的汉文小说《香娘传》引起。

《香娘传》描写香娘的不幸和贞节。香娘嫁后，饱受丈夫的虐待，最终竟被赶出家门。香娘被迫回娘家生活，却又遭继母的白眼。无奈之下，香娘去其舅家借宿，而其舅父却逼其改嫁。走投无路的香娘最终投河自尽。

洪奭周对香娘的忠贞表示崇敬，在《书义烈女传后》中说：

> 子信以香娘为拘，拘一匹妇自经于沟渎者而止耶？姑恶甚

矣，而不敢怨七姑。夫也不良，而不敢背其夫，隐约幽忧，人所不堪，而处之泰然，不见织芥。古之君自达于大义，而不以穷泰动其心者，有遇是乎？夫已绝矣，家已丧矣，三从尽矣，无可往矣。富是之时，其生之苦，有甚于死，而自然守影，独保其志，若将以有得者，古之志士审于死生之际，而坚忍以就大事者，有遇是乎？

当然应指出的是，由于时代的局限，洪奭周对香娘忠贞的歌颂，实际也是维护封建社会的三从四德观念。

第三节　宫廷女性汉文散文

李朝中期汉文散文中，除前面所述者，尚应提及的是女性宫廷汉文散文。这一时期的宫廷女性汉文散文是这一时期女性文学中的瑰宝。

一、无名氏的《癸丑日记》

《癸丑日记》（上、下卷）为汉文散文，又名《西宫录》《西宫日记》。

书中真实记述了李朝第15代国王光海君的诸多恶行。光海君不仅杀害其亲弟临海，并将年仅8岁的永昌大君赐死，软禁仁穆王后。书中将光海君这个昏君、暴君的诸多暴行揭露得淋漓尽致。如描绘年仅8岁的永昌大臣被强行带走时的惨景：

大君用头，撞之人背，号哭曰："母亲来救我！"无人应答，又喊道："姐姐来救我！"哭声传内外，天地震动。

二、无名氏的《仁显王后传》

《仁显王后传》也是用汉文书就，又名《仁显王后德行录》《仁显圣母闵氏德行录》《仁显王后闵氏德行录》，讲述的是李朝肃宗的仁显王后悲欢离合之遭遇。仁显王后为人善良，但因未能生育而失宠，后又遭谗言，终被流放。其后，肃宗失悔，并识破谗言，遂召还仁显王后，恢复其王后身份。

书中描写其重返王宫的欢乐场面说：

> 入宫阙，登高楼，万民欢呼雀跃。宫门开，心惶惶，侍从护驾出门。上曰："郑重迎接。"宫女从之。予曰："罪之人过，何有颜面见殿下。"遂不敢出轿子。上亲自掀起门帘，拿扇子吹风，退让。圣恩浩大，感激涕零，盛情难却。

三、惠庆宫洪氏的《闲中录》

《闲中录》，又名《闲中漫录》《恨中录》，既有朝文本，又有汉文本。汉文本又名《泣血录》。作者为惠庆宫洪氏，即献敬王后。共4部，描写1727年到1815年的宫廷生活。第一部描述作者在宫中的成长经历，第二、三、四部真切地描述了宫廷的残酷斗争。

第四节　徐荣辅

一、生平

徐荣辅，生卒年不详，李朝文臣。字景在，号竹石。他文才出众，擅汉诗汉文，著有《万机要览》《交抄考》等。

1789年，文科及第。历任礼曹判书、大司宪、弘文馆学、知中枢府中等职。

1790年，任书状官随正使张濂出使清朝。

二、代表作

游记《枫岳记》描绘了朝鲜名山金刚山的美丽景色，开头描写道：

> 东国之名山之元曰枫岳之山，其木多枫故名，亦曰金刚之山，曰怾怛之山。山之迹发自僧徒，故冒以佛氏语。是山临于东海之上，北迤南播，为万物肖之洞，过温井之岭为毗卢之峰，布条支，穷变化，磅礴蜿蜒，丛抽骈秀，横于高城，盘于淮阳，东曰外山，西曰内山。其峰之耸然高者，盖不可胜数也。而毗卢特尊，面南盘踞。前为众香之城，弥而复竦而为望高之台。左为具其之渊，右为九龙之瀑布。其后内水之砧，山之表里，于是乎界。其洞天之著者，曰长安寺之洞。内山之第一曲也。曰灵源之洞，曰百塔之洞，曰百川之洞，一山众水之所会也，溯而上曰表训寺之洞，大伽蓝一焉。其上曰正阳寺之洞。又数里，左挟青鹤之台，右挟小香炉之峰，曰万瀑之洞，过都弥水。又北而上曰八潭之洞，曰迦叶之洞。其在众香之下曰白云之洞，在毗卢之下曰圆寂之洞。逾内水砧而为晓云之洞，未数里曰船潭之洞。又数里曰榆岾寺之洞，府洞宏敞，佛宇瑰丽，曰百川桥之洞，曰钵渊之洞，与百塔之洞，相表里以居。望高之台，淑气亭毓而为此也。曰百川桥之洞，曰钵渊之洞，曰神溪寺之洞，诸洞皆有水出焉。盖其峰皆堆皑叠镂，其水皆嫩玉鸣瑶。其洞或曲折纡回，或幽森邃夐，或昭旷可乐，或峭凛不可久居，可以栖隐沦，可以宅灵仙。

这篇游记描绘真切生动，令人心旷神怡，堪称汉文散文佳作。

此外，描绘金刚山美景的汉文游记，还有李宜显的《游金刚山记》、金元根的《慈庆志咸行日记》等。

第十七章　李朝后期的汉文使节文学《燕行录》

第一节　李朝后期与清朝的宗藩关系

一、与明、后金、清关系

1616年，明辽东地区建州女真首领努尔哈赤建立后金。后金的兴建，使中国与朝鲜之间形成明朝、后金、李朝三角关系。在这三角关系中，朝鲜的李朝介在其间，左右为难，穷于应付20年之久。

日趋衰弱的明朝企图借助李朝抵御后金，新兴的后金则期望争取李朝中立免除后顾之忧，全力打败明朝。李朝王廷素与明朝保持和平友好宗藩关系，又兼明廷两次派援军协助李朝驱逐入侵之倭寇，对李朝有再造之恩。因之，李朝王廷实行尊明亲明政策。但是崛起的后金日益强盛，对仅有一江之隔的李朝构成巨大威胁，为保持国家安全，李朝王廷对后金不敢得罪，只好对明、后金站在中间立场，实施两面政策。

二、萨尔浒之战

1618年农历六月，明与后金双方集结大批兵力，将一决雌雄。

此时作为宗主国的明朝，要求藩属国李朝出兵助明。李朝王廷派姜弘立为都元帅率领13000名士兵援明，于1619年农历二月，渡鸭绿江，与明将刘綎军会合于宽甸。同年三月，明军和李朝援军与后金激战于萨尔浒。明军大败。李朝援军都元帅姜弘立率军投降。

1621年，后金攻陷沈阳、辽阳，并以辽阳为临时国都。后金势力强盛。后金与李朝关系日益紧张恶化。

三、丁卯之役

1622年，明将毛文龙为后金所败，退驻李朝皮岛（椵岛）继续反后金斗争。李朝王廷为防备后金发兵，大力支援明将毛文龙。

1627年农历一月，后金派大军攻打明将毛文龙和李朝。后金发兵，李朝不支，后金侵占安州、平壤。李朝被迫与后金议和。于江华岛焚书盟誓“两国君臣，各守信心，共享太平”，结成兄弟之盟。李朝被迫向后金入质纳贡，并去明年号。此役史称“丁卯之役”。

四、丙子之役

1632年，后金遣使赴李朝，要求将此前签订之“兄弟之盟”改为“君臣之盟”并增加岁贡。李朝王廷不允，后金遂提出交换条件，要求李朝出兵助后金攻明。李朝王廷仍不同意。

1636年，后金改国号为清。同年农历十二月，清派大军第二次攻打李朝。翌年一月，清军占领李朝京都汉城。李朝王廷向清求和。在三田渡举行城下之盟，正式结成君臣之盟，建立宗藩朝贡关系，向清遣使纳贡。奉大清正朔，废明年号，断绝与明交往。此役史称“丙子之役”。

五、李朝后期与清之宗藩关系

李朝后期自1637年农历一月，与清正式建立宗藩朝贡关系，至1895年农历四月，《中日讲和条约十一款》（即《马关条约》）规定，清与李朝宗藩朝贡关系正式完全废除，共258年。这258年期间，可分为三个阶段。

（一）第一阶段——尊明反清

自1637年至1661年这24年期间，为李朝与清的宗藩朝贡关系的第一阶段，即尊明反清。原因是多方面的。

第一，李朝建国后，与明朝保持密切、和平的宗藩朝贡关系，尤其是1592—1598年日本两次入侵李朝，李朝不支，求助于明廷。明廷应邀两次派大军入朝，与李朝军民共同作战，将入侵的日本侵略军驱下大海，保卫了李朝国家的独立和领土完整。因之，李朝视明朝有再造之恩。

第二，清两次攻打李朝，李朝不支，被迫签订城下之盟，被迫与清建立宗藩朝贡关系。李朝视清为仇敌，虽被迫向清称臣纳贡，自不甘心，只是形式上保持宗藩朝贡关系，内心仍是尊明反清。

第三，李朝深受程朱理学“夷狄”观念影响，以小中华自居，认为清为夷，野蛮、愚昧，文化落后，野蛮成性。明朝为中国正统王朝，而清乃蛮夷，非正统政权。礼义之邦的李朝将向清称臣纳贡视为莫大耻辱。

第四，明朝全国性政权虽被推翻，但南明政权犹在，李朝对南明政权还抱有幻想，认为清朝不过是昙花一现，“胡无百年之运”。李朝甚至设想与南明政权、台湾的郑氏（郑成功）政权，以及宿敌日本联合起来共同攻打清朝。

正是以上原因，李朝王廷仇视、卑视清朝，兴起“北伐论”，企图北伐中原，推翻清朝，恢复明朝的汉家江山。这期间北伐论甚嚣尘上。李朝制定尊明反清政策，对清采取消极反抗态度。诸如国内文书仍书明朝年号，向南明政权泄露军事秘密，并从水路私通南明政权。对清的征兵助粮的要求，故意拖延，延误日期，乃至制造借口，“海上沉粮”。

最强烈的反清活动是李朝孝宗的北伐大计。孝宗以光复明朝天下为己任，为此积极扩军备战，将驻京都汉城的御营厅军由7000

名扩增为21000名，禁军由600名扩至1000名，并全部改编为骑兵，还计划将守卫京都汉城的训练都监军增至10000名，御营厅军增至20000名。尽管这一期间，清帝顺治对李朝已由镇压强制政策改变为怀柔政策。诸如减轻李朝岁贡数额等，使与李朝的关系有所缓和，但李朝仍奉行尊明反清政策。

（二）第二阶段——和平密切

自1662年至1862年这200年间，清与李朝的宗藩朝贡关系的特点是和平、密切，即两国宗藩关系和平友好，交往密切。其所以如此，原因有六。

第一，李朝国王孝宗制订的北伐计划，因李朝经济困难，军备薄弱，难以实施。1659年，李朝国王孝宗病逝，北伐论和北伐计划终成泡影，逐渐消失。

第二，残存的南明政权于1661年被清灭亡。李朝联合南明，推翻清朝，恢复明朝的愿望彻底破灭。

第三，1662年，清帝康熙对李朝政策改为恩威并施的怀柔政策。其后的清帝一直遵循这一政策。

第四，清统一全中国，国势日趋强盛，尤其是康熙、雍正、乾隆三朝国势甚是强盛。李朝一度以为清无百年之运的预言彻底破灭。

第五，清朝统治者意识到儒家思想的重要性，不遗余力地“慕效华制”“力学中华”，使满族文化融入中华文化。

第六，清朝统治者尊重汉文化，尊重汉族文人，积极促进中华文化发展，使中华文明、中华文化得到迅速发展，成就卓著。令李朝王廷和文人异常钦佩，进而效法、学习中华文明和中华文化。

（三）第三阶段——控制与反控制

自1863年至1895年的32年间，清与李朝的宗藩朝贡关系特点为控制与反控制。

进入近代，清与李朝皆成为资本主义列强的侵略对象。清廷为了自身的安全和保护藩属国李朝，加强对李朝的控制，而日本和俄国则与清争夺李朝。李朝王廷在日、俄怂恿支持下，企图摆脱清之束缚，实行独立。终至中日甲午战争，清廷战败，《马关条约》规定清与李朝宗藩朝贡完全废除。

第二节　李朝后期出使清朝状况

一、与清之宗藩关系

1637年丙子战役后，后金与李朝正式建立宗藩朝贡关系。李朝与清之宗藩朝贡关系主要表现在以下几个方面。

（一）政治方面

年号——李朝使用清之年号。

历法——李朝使用中国历法。

干政——清朝干预李朝政治。

陈奏——李朝向清奏报李朝国内情况，或就清廷诘问进行解释。

倭情——李朝向清报告倭情。

洋舶——李朝向清报告西方入寇。

人质——李朝向清派送人质。

通婚——两国宫廷通婚。

（二）经济方面

朝贡——李朝每年向清一年四贡：冬至、正朝、圣节、岁币。

特贡——李朝向清献生口、妇女、宦者以及动物（马、鹰）等。

回赐——清廷向李朝王廷回赐物品。

蠲免——清减免李朝进贡之物品。

（三）礼仪方面

封典——清对李朝嗣位国王之册封及册妃、封爵、追崇、赐衣等。

告哀——李朝向清告讣、请谥；清廷之赐祭、赐谥。

进贺——李朝向清新帝即位、讨平等。

陈慰——李朝向清慰问重大哀事（清帝病故、宫中大火等）。

赐除——清对李朝大臣授爵、授职。

赙恤——清对李朝大臣之抚恤。

谢恩——李朝对清的谢恩。

（四）军事方面

请兵——两国向对方请兵。

派援——两国向对方请援。

此外，尚有诸如就边界划定、流民返还、军人犯越和进行贸易、边境地带设互市贸易，以及使节赠书、僧道徒往来、学子入学等。

二、使臣赴清路线

（一）清军入关前

1644年清军入关前，清之都城设在盛京（今沈阳）。

清军入关前，李朝使节出使清朝的路线：

李朝京都汉城—义州—（渡）鸭绿江—镇江城（九连城）—汤站—栅门—凤凰城—镇东堡—镇夷堡（通远堡）—连山关（鸦鹘关）—甜水站—辽东—十里堡—盛京（今沈阳）。

（二）1644年清军入关后至1679年

李朝京都汉城—义州—（渡）鸭绿江—镇江城（九连城）—汤站—栅门—凤凰城—镇东堡—镇夷堡（通远堡）—连山关（鸦鹘关）—甜水站—辽东—沙河—鞍山—海州（海城）—平家庄—沙

岭—高平驿—盘山驿—闾阳驿—石山站（十三山）—小凌河—杏山驿—连山驿—宁远驿—曹庄驿—东关驿—沙河驿—前卫屯—高岭驿—山海关—深河驿—抚宁县—永平府—七家岭—丰润县—玉田县—蓟州—三河县—通州—北京。

（三）1679年以后

李朝京都汉城—义州—（渡）鸭绿江—镇江城（九连城）—汤站—栅门—凤凰城—镇东堡—镇夷堡（通远堡）—连山关（鸦鹘关）—甜水站—辽阳—十里堡—盛京（今沈阳）—边城—巨流河—白旗堡—二道井—山黑山—广宁—闾阳驿—石山站（十三山）—小凌河—杏山驿—连山驿—宁远驿—曹庄驿—东关驿—沙河驿—前卫屯—高岭驿—山海关—深河驿—抚宁县—永平府—七家岭—丰润县—玉田县—蓟州—三河县—通州—北京。

三、使臣赴清的时间

正常情况下，李朝后期出使清朝的时间为每年农历十月末或十一月初，自李朝京都汉城出发，十二月末前到达清都城北京。李朝使臣在清都北京时间一般为1—2个月。

翌年农历二月中旬自清都北京出发，返程回国，三月末或四月初回到李朝京都汉城。

四、遣使赴清状况

李朝后期出使清朝的使臣，一般由三名官员担当，即正使、副使、书状官。

自1637年至1881年的244年期间，李朝历代出使清朝次数如下：

1637年，李朝派出7次使节赴清。

1638年，李朝派出13次使节赴清。

1639年，李朝派出13次使节赴清。

1640年，李朝派出8次使节赴清。

1641年，李朝派出6次使节赴清。

1642年，李朝派出3次使节赴清。

1643年，李朝派出6次使节赴清。

1644年，李朝派出5次使节赴清。

1645年，李朝派出4次使节赴清。

1646年，李朝派出4次使节赴清。

1647年，李朝派出3次使节赴清。

1648年，李朝派出3次使节赴清。

1649年，李朝派出4次使节赴清。

1650年，李朝派出5次使节赴清。

1651年，李朝派出4次使节赴清。

1652年，李朝派出4次使节赴清。

1653年，李朝派出5次使节赴清。

1654年，李朝派出5次使节赴清。

1655年，李朝派出5次使节赴清。

1656年，李朝派出2次使节赴清。

1657年，李朝派出6次使节赴清。

1658年，李朝派出5次使节赴清。

1659年，李朝派出4次使节赴清。

1660年，李朝派出4次使节赴清。

1661年，李朝派出4次使节赴清。

1662年，李朝派出3次使节赴清。

1663年，李朝派出4次使节赴清。

1664年，李朝派出4次使节赴清。

1665年，李朝派出1次使节赴清。

1666年，李朝派出6次使节赴清。

1667年，李朝派出5次使节赴清。

1668年，李朝派出2次使节赴清。
1669年，李朝派出1次使节赴清。
1670年，李朝派出3次使节赴清。
1671年，李朝派出2次使节赴清。
1672年，李朝派出2次使节赴清。
1673年，李朝1次遣使节赴清。
1674年，李朝5次遣使节赴清。
1675年，李朝3次遣使节赴清。
1676年，李朝2次遣使节赴清。
1677年，李朝2次遣使节赴清。
1678年，李朝2次遣使节赴清。
1679年，李朝2次遣使节赴清。
1680年，李朝3次遣使节赴清。
1681年，李朝4次遣使节赴清。
1682年，李朝4次遣使节赴清。
1683年，李朝1次遣使节赴清。
1684年，李朝3次遣使节赴清。
1685年，李朝3次遣使节赴清。
1686年，李朝4次遣使节赴清。
1687年，李朝2次遣使节赴清。
1688年，李朝4次遣使节赴清。
1689年，李朝4次遣使节赴清。
1690年，李朝4次遣使节赴清。
1691年，李朝4次遣使节赴清。
1692年，李朝2次遣使节赴清。
1693年，李朝3次遣使节赴清。
1694年，李朝2次遣使节赴清。

1695年，李朝2次遣使节赴清。

1696年，李朝2次遣使节赴清。

1697年，李朝3次遣使节赴清。

1698年，李朝3次遣使节赴清。

1699年，李朝2次遣使节赴清。

1700年，李朝1次遣使节赴清。

1701年，李朝3次遣使节赴清。

1702年，李朝2次遣使节赴清。

1703年，李朝2次遣使节赴清。

1704年，李朝4次遣使节赴清。

1705年，李朝2次遣使节赴清。

1706年，李朝2次遣使节赴清。

1707年，李朝2次遣使节赴清。

1708年，李朝1次遣使节赴清。

1709年，李朝2次遣使节赴清。

1710年，李朝3次遣使节赴清。

1711年，李朝5次遣使节赴清。

1712年，李朝5次遣使节赴清。

1713年，李朝3次遣使节赴清。

1714年，李朝2次遣使节赴清。

1715年，李朝4次遣使节赴清。

1716年，李朝2次遣使节赴清。

1717年，李朝3次遣使节赴清。

1718年，李朝2次遣使节赴清。

1719年，李朝3次遣使节赴清。

1720年，李朝3次遣使节赴清。

1721年，李朝4次遣使节赴清。

1722年，李朝2次遣使节赴清。

1723年，李朝6次遣使节赴清。

1724年，李朝3次遣使节赴清。

1725年，李朝4次遣使节赴清。

1726年，李朝2次遣使节赴清。

1727年，李朝3次遣使节赴清。

1728年，李朝4次遣使节赴清。

1729年，李朝3次遣使节赴清。

1730年，李朝4次遣使节赴清。

1731年，李朝3次遣使节赴清。

1732年，李朝2次遣使节赴清。

1733年，李朝4次遣使节赴清。

1734年，李朝2次遣使节赴清。

1735年，李朝5次遣使节赴清。

1736年，李朝3次遣使节赴清。

1737年，李朝3次遣使节赴清。

1738年，李朝3次遣使节赴清。

1739年，李朝3次遣使节赴清。

1740年，李朝4次遣使节赴清。

1741年，李朝2次遣使节赴清。

1742年，李朝1次遣使节赴清。

1743年，李朝3次遣使节赴清。

1744年，李朝3次遣使节赴清。

1745年，李朝1次遣使节赴清。

1746年，李朝2次遣使节赴清。

1747年，李朝2次遣使节赴清。

1748年，李朝5次遣使节赴清。

1749年，李朝3次遣使节赴清。
1750年，李朝5次遣使节赴清。
1751年，李朝1次遣使节赴清。
1752年，李朝2次遣使节赴清。
1753年，李朝1次遣使节赴清。
1754年，李朝3次遣使节赴清。
1755年，李朝3次遣使节赴清。
1756年，李朝3次遣使节赴清。
1757年，李朝6次遣使节赴清。
1758年，李朝1次遣使节赴清。
1759年，李朝1次遣使节赴清。
1760年，李朝4次遣使节赴清。
1761年，李朝2次遣使节赴清。
1762年，李朝4次遣使节赴清。
1763年，李朝4次遣使节赴清。
1764年，李朝3次遣使节赴清。
1765年，李朝1次遣使节赴清。
1766年，李朝1次遣使节赴清。
1767年，李朝1次遣使节赴清。
1768年，李朝1次遣使节赴清。
1769年，李朝1次遣使节赴清。
1770年，李朝1次遣使节赴清。
1771年，李朝2次遣使节赴清。
1772年，李朝1次遣使节赴清。
1773年，李朝1次遣使节赴清。
1774年，李朝3次遣使节赴清。
1775年，李朝2次遣使节赴清。

1776年，李朝4次遣使节赴清。

1777年，李朝3次遣使节赴清。

1778年，李朝4次遣使节赴清。

1779年，李朝1次遣使节赴清。

1780年，李朝3次遣使节赴清。

1781年，李朝1次遣使节赴清。

1782年，李朝1次遣使节赴清。

1783年，李朝2次遣使节赴清。

1784年，李朝3次遣使节赴清。

1785年，李朝2次遣使节赴清。

1786年，李朝3次遣使节赴清。

1787年，李朝1次遣使节赴清。

1788年，李朝2次遣使节赴清。

1789年，李朝1次遣使节赴清。

1790年，李朝3次遣使节赴清。

1791年，李朝2次遣使节赴清。

1792年，李朝1次遣使节赴清。

1793年，李朝1次遣使节赴清。

1794年，李朝2次遣使节赴清。

1795年，李朝3次遣使节赴清。

1796年，李朝2次遣使节赴清。

1797年，李朝1次遣使节赴清。

1798年，李朝1次遣使节赴清。

1799年，李朝3次遣使节赴清。

1800年，李朝5次遣使节赴清。

1801年，李朝5次遣使节赴清。

1802年，李朝1次遣使节赴清。

1803年，李朝3次遣使节赴清。

1804年，李朝1次遣使节赴清。

1805年，李朝5次遣使节赴清。

1806年，李朝2次遣使节赴清。

1807年，李朝3次遣使节赴清。

1808年，李朝3次遣使节赴清。

1809年，李朝4次遣使节赴清。

1810年，李朝1次遣使节赴清。

1811年，李朝2次遣使节赴清。

1812年，李朝3次遣使节赴清。

1813年，李朝3次遣使节赴清。

1814年，李朝1次遣使节赴清。

1815年，李朝1次遣使节赴清。

1816年，李朝1次遣使节赴清。

1817年，李朝1次遣使节赴清。

1818年，李朝3次遣使节赴清。

1819年，李朝2次遣使节赴清。

1820年，李朝4次遣使节赴清。

1821年，李朝4次遣使节赴清。

1822年，李朝2次遣使节赴清。

1823年，李朝2次遣使节赴清。

1824年，李朝1次遣使节赴清。

1825年，李朝1次遣使节赴清。

1826年，李朝1次遣使节赴清。

1827年，李朝2次遣使节赴清。

1828年，李朝2次遣使节赴清。

1829年，李朝4次遣使节赴清。

1830年，李朝3次遣使节赴清。
1831年，李朝3次遣使节赴清。
1832年，李朝1次遣使节赴清。
1833年，李朝3次遣使节赴清。
1834年，李朝3次遣使节赴清。
1835年，李朝3次遣使节赴清。
1836年，李朝2次遣使节赴清。
1837年，李朝3次遣使节赴清。
1838年，李朝1次遣使节赴清。
1839年，李朝1次遣使节赴清。
1840年，李朝2次遣使节赴清。
1841年，李朝1次遣使节赴清。
1842年，李朝2次遣使节赴清。
1843年，李朝2次遣使节赴清。
1844年，李朝1次遣使节赴清。
1845年，李朝1次遣使节赴清。
1846年，李朝2次遣使节赴清。
1847年，李朝2次遣使节赴清。
1848年，李朝1次遣使节赴清。
1849年，李朝2次遣使节赴清。
1850年，李朝6次遣使节赴清。
1851年，李朝2次遣使节赴清。
1852年，李朝2次遣使节赴清。
1853年，李朝3次遣使节赴清。
1854年，李朝1次遣使节赴清。
1855年，李朝4次遣使节赴清。
1856年，李朝2次遣使节赴清。

1857年，李朝2次遣使节赴清。

1858年，李朝1次遣使节赴清。

1859年，李朝2次遣使节赴清。

1860年，李朝2次遣使节赴清。

1861年，李朝3次遣使节赴清。

1862年，李朝2次遣使节赴清。

1863年，李朝2次遣使节赴清。

1864年，李朝3次遣使节赴清。

1865年，李朝1次遣使节赴清。

1866年，李朝4次遣使节赴清。

1867年，李朝1次遣使节赴清。

1868年，李朝3次遣使节赴清。

1869年，李朝1次遣使节赴清。

1870年，李朝1次遣使节赴清。

1871年，李朝2次遣使节赴清。

1872年，李朝2次遣使节赴清。

1873年，李朝2次遣使节赴清。

1874年，李朝1次遣使节赴清。

1875年，李朝6次遣使节赴清。

1876年，李朝3次遣使节赴清。

1877年，李朝1次遣使节赴清。

1878年，李朝2次遣使节赴清。

1879年，李朝1次遣使节赴清。

1880年，李朝1次遣使节赴清。

1881年，李朝3次遣使节赴清。

综上所述，李朝历代遣使赴清共计661次：李朝仁祖朝73次，孝宗朝45次，显宗朝46次，肃宗朝123次，景宗朝15次，英祖朝135

次，正祖朝51次，纯祖朝80次，宪宗朝26次，哲宗朝34次，高宗朝33次。

自1637年至1881年的244年间，李朝共向清遣使661次，年平均遣使2.8次强。

第三节 《燕行录》概况

一、数量

由李朝赴清使节（或随员）撰写的汉文使节文学，统称为《燕行录》，但其书名各异。

李朝后期汉文使节文学——《燕行录》之数量，无有确切数字。

1960—1962年，韩国成均馆大学大东文化研究院选取31部《燕行录》（内汉文30部、韩文1部），影印出版两卷本《燕行录选集》。2001年，韩国东国大学林基中教授编的《燕行录全集》出版，内收《燕行录》199部。据称，《燕行录》推测约500余部，现已收集380部。同年，韩国东国大学教授林基中和日本学者夫马进共同编辑的《燕行录全集：日本所藏编》，内收《燕行录》33部。

二、书目

李朝后期出使清朝的使节（或随员）撰写的《燕行录》，由于年代久远，保留困难，实难全部收录。

（一）韩国林基中教授编辑的《燕行录全集》

该书载关于李朝后期出使清朝使节写的《燕行录》，如下表[①]：

① 此表依［韩］林基中著《燕行录研究》编制，韩国一志社，2002年，第31—42页。有所删减。

作　者	出使年代	燕行录名称
洪翼汉	1637年	《北行录》
不　详	1637年	《沈阳日记》
不　详	1637年	《沈阳日记》
金　堉	1637年	《朝天录》
不　详	1637年	《沈阳日记抄》
金宗一	1637年	《沈阳日乘》
不　详	1637年	《乘槎录》
不　详	1637年	《使行录》
不　详	1637年	《沈阳日记》
不　详	1637年	《同行录》
申　濡	1639年	《沈馆录》
不　详	1641年	《沈阳日记》
李景稷	1641年	《赴沈日记》
李昭汉	1643年	《沈馆录》
不　详	1644年	《西行日记》
不　详	1644年	《沈阳日记》
李　淯	1645年	《燕行诗》
成以性	1645年	《燕行日记》
李景奭	1646年	《燕行录》
李　瑛	1649年	《燕行录》
郑太和	1649年	《朝天日录》
郑太和	1649年	《饮冰录》
申　濡	1652年	《燕台录》
沈之源	1653年	《燕行日录》
金南重	1656年	《燕行录》
金一相	1656年	《燕行诗》

续表

作　者	出使年代	燕行录名称
李　㝊	1656年	《燕途纪行》（上、中、下）
沈之源	1657年	《燕行日乘》
姜柏年	1660年	《燕行路程记》
姜柏年	1660年	《燕京录》
赵　珩	1660年	《燕行日记》
郑太和	1662年	《饮冰录》
李　俣	1663年	《燕行录》
洪命夏	1664年	《燕行录》
南龙翼	1666年	《燕行录》
许　积	1666年	《燕行录》
林世堂	1668年	《西溪燕录》
成后龙	1669年	《燕行日记》
闵鼎重	1669年	《燕行诗》
闵鼎重	1669年	《燕行记》
孙万雄	1677年	《燕行日录》
金海一	1678年	《燕行录》
金海一	1678年	《燕行日记》
申　晸	1680年	《燕行录》
不　详	1682年	《沈行录》
韩泰东	1682年	《燕行录》
尹　攀	1683年	《燕行日记》
金锡胄	1683年	《捣椒录》（上、下）
南九万	1684年	《燕行杂录》
吴道一	1686年	《燕行日乘》
吴道一	1686年	《燕槎录》
南九万	1686年	《燕行杂录》

续表

作　者	出使年代	燕行录名称
任相元	1687年	《燕行诗》
金海一	1689年	《燕行日记》
金海一	1689年	《燕行续录》
徐文重	1690年	《燕行杂录》
徐文重	1690年	《燕行日录》
申厚天	1693年	《燕行日记》
柳命天	1693年	《燕行日记》
吴道一	1694年	《后燕槎录》
柳命天	1694年	《燕行别曲》
朴　权	1694年	《西征别曲》
俞得一	1694年	《日记草》
不　详	1695年	《燕行日录》
洪受畴	1695年	《燕行录》
崔锡鼎	1697年	《椒余录》
崔锡鼎	1697年	《蔗回录》
李健命	1698年	《使行日记》
尹弘禽	1698年	《沈行录》
姜　铣	1699年	《燕行录》
不　详	1701年	《燕行录》
姜　岘	1701年	《看羊录》
李颐命	1704年	《燕行诗》
李颐命	1704年	《燕行杂识》
俞得一	1706年	《燕行日记抄》
不　详	1708年	《燕行日录》
赵荣顺	1711年	《燕行录》
闵镇远	1711年	《燕行日记》

续表

作　者	出使年代	燕行录名称
金昌业	1711年	《燕行塤篪录》
洪致中	1712年	《燕行录》
崔德中	1712年	《燕行录》
金昌业	1712年	《燕行日记》
韩泰东	1713年	《燕行录》
赵泰采	1713年	《燕行录》
李　泽	1714年	《燕行日记》
赵荣福	1719年	《燕行日录》
赵荣福	1719年	《燕行别章》
李宜显	1720年	《燕行杂识》（上、下）
李宜显	1720年	《燕行诗》
李器之	1720年	《一庵燕记》
李正臣	1721年	《燕行录》
俞拓基	1721年	《燕行录》
赵锡命	1722年	《燕行诗》
黄　晸	1723年	《燕行录》
李宜万	1723年	《入沈记》（上、中、下）
权以镇	1724年	《燕行日记》
赵文命	1725年	《燕行录》
金兴庆	1725年	《燕行诗》
金舜协	1729年	《燕行日录》
金舜协	1729年	《燕行录》
赵文命	1731年	《燕行录》
赵尚絅	1731年	《燕槎录》
李宜显	1732年	《燕行杂识》
韩德厚	1732年	《燕行日录》

续表

作　者	出使年代	燕行录名称
李宜显	1732年	《燕行诗》
韩德厚	1732年	《燕行日录》
赵最寿	1732年	《燕行日记》
韩德厚	1732年	《承旨公燕行日录》
黄　梓	1734年	《燕行录》
李哲辅	1737年	《燕槎录》
李哲辅	1737年	《燕行日记》
金相国	1738年	《燕行赆行帖》
金昌汉	1740年	《燕行日记》
赵显命	1743年	《归鹿集》
赵显命	1743年	《燕行录》
赵观彬	1745年	《燕行诗》
赵观彬	1745年	《悔轩燕行诗》
尹　汲	1746年	《燕行日记》
洪景海	1747年	《随槎日录》
俞彦述	1749年	《燕京杂识》
黄　梓	1750年	《燕行录》
俞拓基	1754年	《沈行录》
不　详	1755年	《燕行日录》
李基庆	1755年	《饮冰行历程》（上、下）
不　详	1760年	《燕行录》
金钟正	1764年	《沈阳日录》
洪大容	1765年	《湛轩燕记》
洪大容	1765年	《乙丙燕行录》
洪大容	1766年	《燕行杂记》
李心源	1767年	《燕槎录》

续表

作　者	出使年代	燕行录名称
李器之	1768年	《燕行诗》
严　琦	1773年	《燕行录》
不　详	1776年	《燕行录》
李　押	1777年	《燕行纪事》
蔡济恭	1778年	《题李竹泉航海胜览图后》
蔡济恭	1778年	《含忍录》（上、下）
李德懋	1778年	《入燕记》（上、下）
朴趾源	1780年	《热河日记》
卢以渐	1780年	《随槎录》
洪良浩	1782年	《燕云纪行》
不　详	1782年	《燕行纪著》
李鲁春	1783年	《北燕纪行》
李晚秀	1783年	《辅车集》
不　详	1784年	《燕行录》
李鼎运	1784年	《燕行录》
沈乐洙	1786年	《燕行日乘》
俞彦镐	1787年	《燕行录》
金祖淳	1789年	《燕行录》
徐浩修	1790年	《燕行记》
徐浩修	1790年	《热河纪游》
金箕性	1791年	《燕行日记》
金士龙	1791年	《燕行日记》
金士龙	1791年	《燕行录》
李在学	1793年	《燕行日记》（上、中、下）
李在学	1793年	《燕行诗》
金正中	1793年	《燕行录》

续表

作　者	出使年代	燕行录名称
李在学	1793年	《燕行纪事》
洪良浩	1794年	《燕云续咏》
李邦翼	1796年	《漂海歌》
不　详	1798年	《燕行录》
徐有闻	1798年	《燕行录》
徐有闻	1798年	《戊午燕录》
朴齐仁	1800年	《燕行日记》
柳得恭	1801年	《燕台再游录》
柳得恭	1801年	《热河纪行诗》
柳得恭	1801年	《并世集》
不　详	1801年	《蓟程诗稿》
柳得恭	1801年	《燕台录》
柳得恭	1801年	《辽野车中杂咏》
李基宪	1801年	《燕行日记》
李基宪	1801年	《燕行诗轴》
徐长辅	1803年	《蓟山纪程》
元在明	1804年	《芝汀燕记》
李凤秀	1805年	《赴燕诗》
李始源	1805年	《赴燕诗》
不　详	1807年	《入燕记》
不　详	1808年	《西行录》
李敬镐	1809年	《燕行录》
申　纬	1812年	《奏请行卷》
李时秀	1813年	《续北征诗》
李肇源	1816年	《黄梁吟》
崔斗灿	1817年	《乘槎录》

续表

作　者	出使年代	燕行录名称
成佑曾	1818年	《茗山燕诗集》
李好敏	1821年	《北游温录》
金学民	1822年	《蓟程散考》
权　复	1822年	《随槎散笔》
金鲁敬	1822年	《燕行录》
徐有素	1822年	《燕行录》
不　详	1825年	《随槎日录》
洪锡谟	1826年	《游燕稿》
金芝叟	1828年	《西行录》
朴思浩	1828年	《心田稿》
不　详	1828年	《赴燕日记》
不　详	1829年	《随槎日录》
姜时永	1829年	《辅轩续录》
朴来谦	1829年	《沈槎日记》
郑元容	1831年	《燕行日录》
不　详	1831年	《燕行日录》
郑元容	1831年	《燕槎录》
不　详	1831年	《燕行日录》
金景善	1832年	《燕辕直指》
任百渊	1836年	《游燕日录》
金贤根	1837年	《玉河日记》
韩弼教	1839年	《随槎录》
崔浩溥	1839年	《桑蓬录》
赵凤夏	1842年	《燕蓟纪略》
朴永元	1846年	《燕行日录》（上、中、下）
李遇骏	1848年	《梦游燕行录》（上、下）

续表

作　者	出使年代	燕行录名称
黄□□	1849年	《燕行日记》
李启朝	1849年	《燕行日记》
不　详	1849年	《燕行日记》
权时亨	1850年	《石湍燕记》
金景善	1851年	《出疆录》
姜时永	1853年	《輶轩三录》
郑德和	1854年	《燕槎日录》
申佐模	1855年	《燕行杂记》
申佐模	1855年	《燕槎纪行》
徐庆淳	1855年	《梦经堂日史》
朴显阳	1855年	《燕行日记》
姜长焕	1855年	《北辕录》
金直渊	1858年	《燕槎日录》
高时鸿	1859年	《燕行录》
不　详	1860年	《燕行日记》
申锡愚	1860年	《入燕记》
朴齐寅	1860年	《燕行日记》
李恒忆	1862年	《燕行日记》
崔秉翰	1862年	《燕槎从游录》
郑义永	1863年	《燕槎日记》
不　详	1866年	《燕行路程记》
洪淳学	1866年	《燕行录》
洪淳学	1866年	《燕行歌》
柳寅睦	1866年	《北行歌》
柳厚祚	1866年	《燕行日记》
成仁浩	1869年	《游燕录》

续表

作　者	出使年代	燕行录名称
李承辅	1869年	《燕行诗》
不　详	1869年	《游燕录》
姜　玮	1873年	《北游日记》
郑健朝	1873年	《北渣谈草》
沈履泽	1874年	《燕行录》
李裕元	1875年	《蓟槎日录》
林翰洙	1876年	《燕行录》
南一佑	1879年	《燕记》
金允植	1881年	《天津谈草》
金允中	1882年	《西征记》
权复仁	1882年	《燕行诗》
李承五	1887年	《燕槎日记》
洪钟永	1890年	《燕行录》

（二）［韩］林基中与［日］夫马进共同编录的《燕行录全集（日本所藏编）》中的《燕行录》书目

作者不详（或为麟坪大君）的《松溪纪稿》（《沈阳日记》）。

作者不详的《沈阳质馆同行录》（《沈中日记》）。

作者不详的《沈行录》。

李泽的《燕行日记》。

赵观彬、吴瑗的《悔轩燕行诗》（附《月谷燕行诗》）。

尹汲的《燕行日记》。

李心源的《丁亥燕槎录》。

作者不详的《燕行记著》。

金箕性的《燕行日记》。

吴载绍的《燕行日记》。

作者不详的《燕行诗》（《蓟程诗稿》）；

作者不详的《中州偶录》（《入燕记》）。

李敬卨《燕行录》。

作者不详的《蓟程录》。

金学民的《蓟程散稿》。

作者不详的《随槎日录》。

曹凤振的《燕槎酬帖》。

金贤根的《玉河日记》。

赵凤夏的《燕蓟纪略》。

朴永元的《燕行录》。

黄某的《燕行日记》。

李启朝的《燕行日记》。

郑德和的《燕槎日录》。

金直渊的《燕槎日录》。

作者不详的《游燕录（燕行日记）》。

姜玮的《北游日记》。

沈履泽的《燕行录》。

李裕元的《蓟槎日录》。

南一祐的《燕记》。

李承五的《观华录》。

三、文字、文体形式

《燕行录》的绝大部分都用汉文写成，如朴趾源的《热河日记》等，概称为汉文《燕行录》。也有用朝鲜文字写的，即国语《燕行录》，如洪大容的《乙丙燕行录》、徐有闻的《戊午燕行录》等。还有汉文、朝文混用的《燕行录》。《燕行录》的文体最多的是汉文散文体裁，其次是汉诗，再次为日记。

四、内容介绍

上述由数百名李朝赴清使节（或随员）撰写的数百部《燕行录》的内容，十分广泛，生动具体，可以概括为以下15个方面。

（一）出使清朝的路线与日程

有的《燕行录》详细记录出使清朝的路线，具体每日的路线，各驿站间之距离，何时起程，何时住宿。详细记载一路上之所见所闻以及在清都北京的朝拜礼仪。

（二）描述满族人形象

清朝为满族建立的政权，《燕行录》特别是早期的《燕行录》对满族人怀有敌视、仇视、鄙视，认为满族人野蛮、愚昧、残酷，特别记述了清军的残暴。李朝麟坪大君李㴭撰写的《燕途纪行》最为突出。金昌业的《老稼斋燕行日记》也有大幅描述。

（三）描述清帝形象

清帝皇帝成为《燕行录》着重描述的对象。

清帝顺治为清朝第二位皇帝。李朝麟坪大君李㴭撰写的《燕途纪行》，既描述顺治的暴虐、荒淫，又肯定顺治的慕效华制。

清帝康熙更是多部《燕行录》描述的对象。李朝使节金昌业在《老稼斋燕行日记》中的康熙形象是正面的，神气清明、朴素节俭、文武兼备、励精图治、尊礼崇儒、崇经重道，可谓明主圣君。而同为李朝使节的闵缜远，在其撰写的《燕行录》中描述的康熙，则是一个贪财好色、颇有民怨的昏君。

清帝乾隆也是多部《燕行录》的描述对象。李朝使节李押在《燕行纪事》中，充分肯定清帝乾隆，将乾隆描述为理想化的君主形象。李朝使节郑存谦的《燕行录》、李朝使节赵宗铉的《燕行录》也描述清帝乾隆的仁慈和善。然而李朝使节洪大容在《湛轩书》中则描述乾隆的奢侈腐化。李朝使节朴趾源在《热河日记》中，描述的乾隆则是专横独断的暴君。

（四）描述清廷大臣

清廷大臣也是一些《燕行录》的描述对象。在这方面，以李朝使节朴趾源的《热河日记》描述的清廷大臣和珅最为突出。在朴趾源笔下，和珅是个利欲熏心、阿谀逢迎的贪官。

清廷大臣吴三桂也是一些李朝使节关注的对象。

吴三桂曾为明朝大臣，后叛明，降清，成为清廷重臣，其后又起兵叛清，自号周王。吴三桂这个仕明——降清——叛清的人物，一些李朝使节在《燕行录》中也是褒贬不一。李朝使节金昌业在《老稼斋燕行日记》中，对吴三桂的起兵叛清复明抱有希望，因之，对吴三桂持肯定态度。李朝使节李基宪在《燕行诗轴·山海关次正使韵》中对吴三桂予以谴责和讽刺："我国知吴亦罪吴。"李朝使臣金庆门在《译官金庆门所记吴三桂事》中，斥责吴三桂："其罪有浮于（李）自成，天下万世之逆贼也。"

（五）描述清之文人

出使清朝的李朝使节在北京期间，与清文人广为接触，交往密切，切磋学识，交换看法，友谊深厚。因之，李朝一些使节在其撰写的《燕行录》中详尽记述了与文人之交往和友谊。李朝一些使节在清期间，广泛与中国汉族文人交往，诸如严诚、潘庭筠、李调元、王民皞、李鼎元、翁方纲、纪昀、阮元、唐乐宇、祝德麟、沈醇心、李鼎元、李骥元等。

在这方面，李朝使节洪大容在《湛轩燕记》中详细记载了与"古杭三才"的相遇相知，而李朝使节朴趾源在《热河日记》中也详载了与清文人王民皞的笔谈。在这些李朝使节的《燕行录》中，皆对中国文人予以肯定，认为学识渊博、重情重义。

（六）描述清都北京

出使清朝的李朝使节的目的地是清都北京，因之，一些李朝使臣在《燕行录》中充分描述清都北京。在这些《燕行录》中，描述北京的庄严、雄伟、肃穆，尤其详细描写北京的城中城——紫禁城建筑的威严、华贵、尊崇。在这方面，李朝麟坪大君李㴭的《燕途纪行》和朴趾源的《热河日记》中均有详述。

（七）朝拜仪式

出使清朝的李朝使节到清都北京后，自然要叩拜清帝。因之，一些《燕行录》详尽描述了这种恢宏、华贵的朝拜仪式。李朝麟坪大君李㴭的《燕途纪行》记述甚详。

（八）清朝经济的繁荣

清军入关，定都北京，继之统一全国，社会安定，经济得到长足发展，呈现一片繁荣景象，其中以康熙、雍正、乾隆时期为最。

出使清朝的李朝使臣在《燕行录》中均有详尽描述。尤其是李朝北学派人士撰写的《燕行录》十分突出，赞叹清朝经济之繁荣景象。洪大容的《湛轩书》和朴趾源的《热河日记》对此描述甚详。

（九）学习清朝的利用厚生、重视商业

李朝使节朴趾源在《热河日记》中主张“北学中国”，提出社会改革、利用厚生的理论。

李朝使节朴齐家《楚亭全书》的“北学议”内篇中，主张借鉴清国经济繁荣，提出贸易富国主张。

（十）学习清朝的工农业先进技术

李朝使臣朴趾源《热河日记》和朴齐家的《楚亭全书》中，详尽介绍清朝工农业的先进生产技术，诸如水车等，对清之运输业、建筑业亦有详尽介绍。

（十一）购买汉文书籍

出使清朝的李朝使节在清都北京，为政府大量购买汉文书籍，主要是中国经学著作、史学著作、文学著作。李朝使臣朴趾源、洪大容、李德懋、朴齐家、柳得恭等皆曾前往北京琉璃厂购买汉文书籍，在他们撰写的《燕行录》中均有详述。

（十二）创作汉诗与清文人唱和

李朝一些使清使节的《燕行录》收录在出使期间自己创作的汉诗，或者与清文人的唱和之作。如李民宬的《燕槎唱酬集》（上、中、下）、高用厚的《朝天录》等。

（十三）创作汉文小说

有的出使清朝的李朝使节在撰写的《燕行录》中，载有自己创作的汉文文学作品，最突出的例子是朴趾源在《热河日记》中，载有创作的汉文小说《虎叱》。

（十四）与西方传教士交往

李朝出使清朝的使臣，有的在清都北京与西方传教士接触。如李朝使节朴趾源、洪大容、李德懋、金昌业等，在清都北京皆参观了北京天主堂，访问西方传教士。上述李朝使节在其撰写的《燕行录》中皆有记述。

概括起来，李朝使节与西方传教士之交往，主要有两个方面内容。其一，双方交换礼物，西方传教士向李朝使节赠西书、西画、西器，如乐器、千里镜、自鸣钟。其二，通过笔谈，了解天主教义和西学（如天文知识）。

（十五）引入汉译西学书籍

李朝使节在清都北京购买许多汉译西学书籍。这些汉译西学书籍主要有两类：一是科学书籍；二是天主教义。

第四节　《燕行录》的重要意义

一、促进李朝与清的和平宗藩关系

自1637年至1881年的244年期间，李朝共向清遣使661次。李朝每次向清派遣的使节，一般由3名官员组成，即正使、副使、书状官，并有多名随员随行。以每次遣使官员3名计，赴清使节多达2000名。

这2000名赴清使节在清朝期间，目睹了满族皇帝统治下的繁荣景象，社会安定，文化进步，从而彻底抛弃“胡无百年之运”的错误观念，转变仇视、鄙视清朝心理，转而产生尊崇、钦佩乃至学习清朝的心理，在他们撰写的数百部《燕行录》中充分表达出来。应该说，李朝与清保持长达244年的和平宗藩朝贡关系，赴清的近2000名李朝使节功不可没，他们撰写的数百部《燕行录》亦有重大贡献。

二、李朝学习清朝的北学议思想形成

在近2000名赴清使节中不乏明智之士，由羡慕清之经济繁荣，进而探索清之所以繁荣的原因，目的是学习清朝，改革李朝朝政，以促进李朝的社会进步，国家富强。

朴趾源、洪大容、朴齐家、李德懋等赴清使节从清之繁荣原因，认识到李朝必须北学中国，因而北学议兴起，北学派形成。他们主张李朝应进行改革，发展经济，利用厚生，促进商业，兴办运输航运等，从而对其后李朝社会之经济发展、社会进步有重大促进作用。

三、引进西学，促进李朝社会近代化发展

一些赴清的李朝使节在清期间，参观天主教堂，会见西方传教士，经过笔谈了解西方科学文明。西方传教士向其赠送西书和西方科技器物（千里镜等）。赴清使节在清京城购买大量汉译西学书籍。引入的西学书籍，一类为自然科学书籍，如历法、天文、数学、医学，具体有《天文略》《几何原本》《数理精蕴》《泰西水法》等。另一类则为天主教教理、哲学、伦理、修德等。

西学的引进，对促进李朝社会的近代化发展有重大作用。而西方天主教义等书的引进，为其后天主教徒的进入李朝，天主教日益在李朝传播创造前提，更为其后李朝王廷数次镇压天主教徒的教案埋下祸根。

四、促进李朝与清之文化交流

使清的李朝使节在清都北京期间，大量购买汉文书籍，主要是中国的经学著作、文学著作、史学著作，如《图书集成》（5000卷）、《朱子全书》、《全唐诗》、《性理大全》等。

使清的李朝使节与清文人广泛结交，密切来往，友谊深厚，倾心笔谈，彼此唱和，互赠书籍、诗文。诸如洪大容、朴趾源、朴齐家、李德懋等与清文人纪昀、潘庭筠、李鼎元、翁方纲等密切交往。两国文人之友好往来，两国文化之密切交流，自然对李朝的文化发展有重要促进作用。

五、促进李朝汉文学发展

前述数百名李朝赴清使节撰写的汉文《燕行录》，本身就是李朝汉文学散文作品，是李朝汉文学的重要组成部分。而上述数百部《燕行录》载有这些赴清使节创作的汉诗，以及他们与清文人的唱和诗，也是李朝汉诗的重要成果。

总之，数百名赴清使节撰写的《燕行录》是李朝汉文学的重要成果，展示李朝汉文学取得的重大成果，成就卓著，进一步促进了李朝汉文学的发展。

第十八章　四部重要的《燕行录》

第一节　《燕途纪行》

一、作者生平

麟坪大君（1622—1658），姓李，名㴭，字用涵，号松溪。李朝第13代国王仁祖之第三子。文才出众，擅汉文汉诗，且擅书法、绘画，著有《燕途纪行》《松溪集》《山行录》。

1636年，清军第二次大举征伐李朝。李朝不支，被迫与清签订城下之盟《永定规则》，向清投降称臣纳贡，建立宗藩朝贡关系。

依《永定规则》之规定，李朝国王仁祖之长子（即明显世子）及再一子（次子风林大君）作为人质赴清。明显世子和风林大君先后在清盛京之沈馆和北京作为人质，长达8年之久。而作为李朝国王仁祖第三子的麟坪大君也作为人质，入住盛京，随清军四处征战。一年以后，他被释放回国。

1650年，作为使节出使清朝。其后又多次作为使节，出使清朝。

1658年，病逝，年仅36岁。

二、内容介绍

（一）思想倾向

《燕途纪行》的思想倾向是仇视、鄙视清朝和慕华思明。

麟坪大君李窅为李朝国王仁祖的第三子。目睹仇敌清军大举入侵，李朝被迫签订城下之盟，投降清朝，向清称臣纳贡，此是国仇。自己的长兄明显世子和二兄凤林大君作为人质，在清居住8年之久，而自己也作为人质，被迫随清军征战一年之久，此是家恨。既有国仇又有家恨的他自然仇视清朝。素以小中华自居的李朝视统治中国的清廷是蛮夷，是愚昧、野蛮的，因之对统治中国的满族充满鄙视。作为出使清朝使节的麟坪大君李窅，从感情上仇视清，从思想上鄙视清。仇恨清、鄙视清成为他撰写的《燕途纪行》的基调。

同时，麟坪大君目睹清朝统治下的中国经济繁荣，都城北京的雄伟，情不自禁产生羡慕之情，不由得思念明朝。因之，慕华思想又是《燕途纪行》自然流露出的真实感受。

（二）鄙称满族人为胡

麟坪大君李窅认为，满族是蛮夷，因之，他撰写的《燕途纪行》中满族人成为负面形象，比比皆是。在《燕途纪行》中，麟坪大君李窅写有多首汉诗，在这些诗作中，称满族为胡、胡人，意即愚昧、野蛮、残暴的民族，如“燕都守岁忆京华，半夜胡霜拂剑花”。将清朝官吏称之为狞胡，如“狞胡催迫更难留，回头泣望燕山路”。将清之音乐，称之为胡笳，如“事去未闻持汉节，愁来那忍听胡笳”。将满族女子称之为胡姬，如“爆竹声中一岁除，客心寥落夜窗虚。胡姬滔薄难排闷……”

（三）描述清军之残暴

麟坪大君曾做人质，随清军征战，为期一年，目睹清军之残暴，烧杀抢掠，在《燕途纪行》中不乏记载。

十五日暮宿丰润县，是处适逢曹姓士人，从容接谈……且问关内外民情便否？则答云：

……清人辈恣意夺掠，居民之稍有田财者，鲜能自保。

此日丘墟曾壁垒，昔年屠戮及孩提。

盖闻伊时，孤城事去，守城战死，戎伍未卒并效忠贞，无一降者，以故清人大肆屠戮，人无噍类。

锦松虽陷，古塔誓死不降，及城破，人皆死节。清人怒其久不降下，夷城三山，屠城锦州。

独蒙兵数千仗义不屈，清人大怒，诱以宴会，使去弓箭，驱出平野，以铁骑蹂之。

（四）描述清之酷政

所过郡邑以铁锁项封罪人相望于道，意以为流窜远地，详问其概：凡民山罪，构以重辟，押送极北日可地，换以黑貂、黑狐云。清国之政，无异剪径，生民涂炭，胡至此极可谓惨矣。

（五）描述清帝顺治的两面形象

麟坪大君李㴭在《燕途纪行》中描述清帝顺治的两面性。

一是清帝顺治的暴虐、荒淫。

李㴭曾朝觐清帝顺治，他写道：

细看清主状貌，年甫十九，气象豪俊，既非庸流，眸子暴狞，令人可怕。

……金汝辉来谒，赠礼物，详问阙中事情。渠云：

儿皇……气象桀骜……然气狭性暴，拒谏太甚。

顺治命令畿辅州府方抄选良家美女以充后庭。阙额三千，计数分定，高揭榜文。

宫中贵妃一人，曾是军官之妻也。因庆吊出入禁闼，帝频私之，其夫则构罪杀之。勒令入宫，年将三十，色亦不美，而宠遇为最，其父兄赏赐累巨万，仍册封东宫正后，定日乃今月二十日也。

于是感叹道：“人民愁叹，清主之荒淫概可想矣。”

另一是清帝顺治的“慕效华制”。《燕途纪行》载：

金汝辉来谒，赠礼物，详问阙中事情。渠云：儿皇力学中华文字，稍解文理，听政之际，语多惊人，气象桀骜，专厌胡俗，慕效华制，暗造法服，时或着御，而畏群下不从，不敢发说。

（六）描述清都北京建筑之宏伟

描述北京承天门（即今之天安门）之雄伟：

（承天门）上有九间层楼，金碧辉煌。下开三座洞门，西门间俱隔二间，所经深邃，广可开五间。门内亦有一双擎天白玉柱，其制与门外玉柱同。

如描述承天门前金水桥畔的“石狮”“玉柱”：

桥北有大石狮一双，桥南又有大石狮二，坐暨擎天；白玉柱一双，柱最高约五丈，精雕云龙，极其壮丽。狮亦过丈，……门内亦有一双擎天白玉柱，其制与门外玉柱同。

（七）描述北京紫禁城建筑之宏伟

如描述北京紫禁城之建筑布局：

从端门左夹入，制同承天门。楼内流贼（指李自成）所焚，尚未重构。自承天门抵端门百余步，左右长廊只余旧基，瓦砾添满，想亦兵火后未构者。自端门至午门约三百步，左右长廊亘连，云是各寺朝房。端门左右廊基后、午门左右长廊后，真松凤尾，极目森罗。东是太庙，西延社稷。抵午门外少憩，其制亦同承天，当中连开三门，左右俱置掖门。迤南稍曲相向，杜拾遗晚出右掖者是也。午门是紫禁城南门，上有九间层楼，从左右掖门，上城迤南状如凹字形，两角勾楼，疑如敌楼。自午门层楼至两角敌楼畔，左右行阁相连，金碧灿烂，朝日初射，光耀不能正视。

又如描述紫禁城内三大殿之一的太和殿为：

由长安门右夹入约五十步，渡御沟石桥。桥是三跨三座石桥，上下御沟俱植石栏，纵横峥嵘。瞻望太和殿，十丈黄屋，三级石栏，台是三层，高又五丈，日射金碧，光耀夺目，烟浮曲栏，香气袭人，殆非尘里世界。

（八）描述朝拜清帝顺治之庄严仪式

礼官引副贰以下列立庭中，卤簿下导余从蒙王后登御桥西夹桥，使坐台西，从者只徐孝男也。台上卤簿是清制。台边安十二古铜大香炉，高亦过丈，殿檐亦设箫鼓，威仪严敬。长安门内浑是黄屋，日华浮动，地皆布砖，尘沙不起。钟鼓和鸣，笙簧齐奏，警跸声高。清帝高坐，蕃汉侍臣鹄立成班行朝谒礼。蒙王三人先行，余从后行礼，副贰以下亦行礼于庭中，叩拜既毕，余从蒙王入坐殿西，……殿制东西十一间，南北五间，总铺华氍毹，四翼巍巍，檐用层屋，高际云霄。副贰以下亦许上殿，副贰行台中使坐余后，正官十三坐檐外。……率副贰以下从贞庆门午门出，憩曲城，旁卤簿纷纷罢出，具鞍象，驾銮舆，驷马御銮驾，銮铃齐鸣。小国管见，来见天子威仪，可谓盛哉，而恨不得瞻望。……明朝文物想象之际，徒切慨惋。

第二节　《老稼斋燕行日记》

一、作者生平

金昌业（1658—1721），李朝文人，字大有，号老稼斋，文才出众，擅汉文汉诗，并擅绘画，但从未出仕，隐居田间。

1712年，其长兄金昌集任使节赴清，随长兄赴清，回国后撰写《老稼斋燕行日记》。著有《老稼斋集》。

1721年，病逝，终年63岁。

二、内容介绍

（一）描述满族人之野蛮、凶狠

在以小中华自居的李朝文臣和学士的眼中，满族人是蛮夷，是凶猛、残暴、无知、愚昧的。在金昌业的《老稼斋燕行日记》中，亦是如此描述满族人，将满族人仍称之为胡。

如描写满族官员，极力丑化：

兀喇总管睦克登，……人小而眼有英气，语时如笑，甚慧黠，亦非雄伟人。

清阁老一松柱，一温达。温达短小，容貌古怪而有猛意，面赤黑须，髯少，一目眇。……尚书清人而身小，眼有精神，举止轻率。

与之相反，描写汉人官吏则大加褒奖：

汉阁老一李光地，福建安溪人，容貌端整，眉目清明，须髯白。……一王琰，江南太仓人，有文雅气而容貌丰盈，精彩动人。……侍郎在右者汉人，容仪魁伟，沉静有威，不轻瞻视。

又如描写满族人野蛮、凶狠。金昌业一行入清境后，在途中借住民宅。民宅主人为满族人，蛮横无理：

朝饭行，主胡嫌房钱少，执申之淳不放，余以一扇与之，始免。

主胡出来有所言，而不可解，令书之文，亦不可解。见其大意，欲加得房钱也。副使裨将两人先入此家，余来而移住他处，故胡主以此归咎于余，欲以两人所许房钱并讨于我也。……主胡深怀恨怒，喃喃不已，遂锁房门入去，不复出，烛为风所灭，求火，而亦不应，狼狈。

更有甚者，甚至和满族人发生冲突：

有一醉胡自殿内出来，面目甚顽，见余睨视，若将相侵。……醉胡又来，执元建缠带，探出所盛之物，大枣也，遂夺取。其胡却跳，工龟头，手杖挥之，使不得见碑。……其胡又追至，以先夺大枣还之，又与一大柏，余皆却而不受，其胡固与之，意欲寻闹。……其胡又执元建带不放。……顾见其胡挥杖而来，……其胡以刀割其囊而走，追至，大路南边小巷中，入一人家，仅推还其囊，而囊中所置银子四钱，竟为所夺。视者皆言，此人素行本如此，此处亦畏之云，盖光棍之流也。

（二）描写满族人之剽悍、凶猛

《老稼斋燕行日记》中多处描写满族人之骑马狩猎场面，显现满族人之剽悍、凶猛。

胡五六骑引两犬驰野中，乍近乍远，不知逐何兽也。

路中遇四胡骑马，各臂一鹰过去。

有两胡一路同行，忽有兔起路下，两胡抽矢欲逐之，兔截路而走，望之如飞，两胡度不可及，勒马而回。

（三）描写清帝康熙的两面形象

在《老稼斋燕行日记》中，描述清帝康熙的两面性。

关于清帝康熙的负面形象：

旧闻皇帝于畅春园作离宫十五处，贮以北京及十四省美女，宫室制度及衣服饮食器皿，皆从其地风俗，而皇帝沉湎其中。

皇帝向西盘膝而坐，广额，颔稍杀，髯犯颊而斑白，雌雄眼，神气清明。其衣帽皆黑，与凡胡无异。

关于清帝康熙之正面形象：

而以康熙之俭约，守汉宽简之规模，抑商贸以劝农，节财用以爱民，共享五十年太平，宜矣！

钦佩康熙的励精图治，不仅有赫赫武功，且尊孔崇儒，读经重道：

若治尚儒术而能尊孔朱，躬修孝道而善事嫡母，则虽比于魏孝文、金主雍无愧矣。

又如描写清帝康熙赠给李朝书籍时，对李朝使臣说：

尔国书册少，清朝多，新书今赐四部，毋坏伤，归致国王，东国诗赋杂文，朕欲览，可付来使。

清帝康熙命清廷宦官向李朝使节送书：

（宦官）抱书来，立于侍郎之右以授通官，开各书头卷示使臣曰："题目皆皇帝笔云。"其书《渊鉴类函》二十套、《全唐诗》二十卷、《佩文韵府》十二套、《古文渊鉴》四卷，其三百七十卷也。

在金昌业的眼中，尽管对清帝康熙既有贬，又有褒，但最终还是不太钦佩清帝康熙：

其为人明秀有余，而浑厚不足，才多故好自用，量狭故喜自矜。虽以今番事观之，颁书于我国，以录序文与题目，所以矜文翰也。……其人长短得失可知也。

（四）描写汉人的剃发易服

清军入关后，强迫汉族男人必须剃发易服。而汉族自幼接受“身体发肤受之父母，不敢毁伤”的儒家思想影响，认为剃发就是不孝，认为剃发是落后、愚昧、凶暴的“蛮夷”“胡虏”的陋习。

同时，认为剃发易服是背叛明朝投降清朝的可耻行为。不仅中国汉族有此种观念，出使清朝的李朝使臣也执这种观念。因之对剃发易服的汉人予以鄙视，认为这些人为了活命，丧失应有的气节。

金昌业在《老稼斋燕行日记》中，记载他就此向汉人张奇谟问道：“剃头尔意乐乎？何不存头如我们？”

张奇谟说：“剃是风俗，不剃是礼。”

金昌业又问：“鞑子剃头，你们亦剃头，有何分别中国、夷狄？”

张奇谟如实说：“我们剃头有礼，鞑子剃头无礼。”

金昌业满意地说：“说得有理，你年少能知夷狄、中国有别，可贵可悲。高丽虽曰东夷，衣冠文物皆仿中国，故有小中华之称矣。今此问答，泄则不好，宜秘之。”

（五）对吴三桂的评价

吴三桂身为明将，曾任明宁远总兵、平西伯，镇守山海关。其后叛明，降清，后又叛清，自立为王，妄图推翻清朝，取而代之。人们对吴三桂这个变色龙、野心家予以谴责痛斥。而金昌业对吴三桂却感情复杂，经历三种变化。

其一，为吴三桂开脱罪责。

吴三桂叛明降清，引清军入关，本是大逆不道的祸国大罪，而金昌业却为其开脱罪责：

> 吴三桂闻京师陷，帝后殉难，遂缟素发丧，乞师于清。讨贼传檄远近，李自成闻之大惊，胁三桂父襄作书招三桂，令旧将唐通遗三桂书劝降，且言“东宫无恙”。三桂不答，上书其父，略曰：“父既不能为忠臣，桂亦安能孝子。桂与父诀，请自今日。”书至，自成益惧。三桂以忠义激将士曰：“吾不忠不孝，何颜立天地间！”欲自刎，其下俱曰：“将军何至此？吾辈当死战。”于是，京城外遍张吴三桂檄约，士民缟素复仇，一时都人皆密制素。
>
> 世或以三桂开关纳清兵为罪，此不然也。当时，皇城已陷，帝殉社稷，天下亡矣。三桂虽欲独保关门，得乎？其势不破于自成则破于清兵，不由三桂主张也。且自成之罪，为大明臣子者所宜不反兵而讨者也？三桂弃必破之关而复君父之仇，仓猝处义，可谓得矣。若使三桂徒守一切之义，不与清兵并力，则毕竟见破于自成，而清兵亦自入关矣。天下事亦何益哉？但襄死而三桂死，则善矣。而不能死，此三桂罪也。然隐忍三十年，白手举事使天下振动，其所为亦壮哉！

其二，寄吴三桂叛清以期望。

1674年农历三月，身为清平西王的吴三桂叛清，打着蓄发复衣冠的旗号号召天下。崇明并力求复明的李朝君臣对吴三桂之叛清举事寄予期望，身为李朝使节的金昌业也不例外，期望吴三桂举事推翻清朝，恢复明朝。

其三，对吴三桂自立为帝深感失望。

举事叛清的吴三桂野心勃勃，从未想过恢复明朝，而是为自立为帝。李朝君臣自是大失所望，金昌业对此也是深深失望。

第三节 《湛轩燕记》

一、作者生平

洪大容（1731—1783），李朝著名文臣、北学派实学家。字德保，号湛轩、洪之，历任监察、荣州郡守等职。他著述甚丰，著有《湛轩说丛》、《乙丙燕行录》（朝文）、《乾净胡同笔谈》、《湛轩燕记》（6卷）、《林下经纶》、《四书问疑》、《三经问辨》、《筹解需用》等。

1765年冬，以子弟军官身份，随任冬至谢恩使行书状官的叔父洪檍出使清朝。

1783年，病逝，终年52岁。

洪大容为李朝实学派的代表人物，与朴趾源、朴齐家、李德懋、柳得恭等结成北学派，注重研究有关经济、军事等问题。主张学习中国和通过中国传入的西方文化。文才出众，擅汉文汉诗。对经义、政治、经济、性理、天文、历史等亦有很深造诣。

自清回国后，介绍西方近代天文学和数学，主张地球自转说，反对阴阳五行说。关于政治经济制度方面，主张均田制，耕者若去世，3年后其土地转给他人。

在哲学方面，持唯物主义观点，认为“充塞天地者只气而已，理在其中”。在认识论上，认为人只有通过耳、口、鼻等感觉器官才能认识事物。

二、实学派之形成

李朝实学派之产生有其深刻历史背景。早在李朝中期，由于后金（清）两次进军，其后又发生多起农民起义，李朝政权不稳，经济衰微。与之同时，代表统治阶级利益的朱子学堕落为空谈。

自17世纪中叶起至19世纪中叶，一些进步的士大夫和知识分子产生反省和社会改革思潮。他们反对程朱理学的清谈空论，提出“实事求是”“经世致用”“利用厚生”以达到“国富民强”的一系列改革方案。李朝实学可分为三个阶段。

第一阶段，自17世纪中叶至18世纪前期。以李睟光、柳馨远、李瀷为代表的经学派时期。他们对性理学进行反思，批判其中的一些清谈空论，主张改革政治、经济、军事、教育等方面的弊端，呼吁研究朝鲜的历史、地理、风俗、语言以及自然科学。

第二阶段，从18世纪中叶至后半期，以朴趾源、洪大容为主要代表的北学派。主张学习清朝之先进文化，促进商品流通、发展工商业和海外贸易，引进西学，发展自然科学。

第三阶段，为19世纪前半期，以金正喜为代表的“实事求是派”，大力倡导“实事求是”，提出尚实学、重实证，讲求经世致用，反对空谈心性。

李朝各个时期的实学派虽其所主张的具体内容有所不同，但在注重现实、提倡实事求是、学以致用、富国强兵等核心观点是相融汇的。实学派的出现，有力地促进了李朝中后期社会的发展，对李朝政治、经济、文化的发展及其最终走向近代化有巨大贡献。

三、内容介绍

（一）洪大容在清都北京期间的活动

1765年，洪大容随其叔父出使清朝。农历十一月二十七日渡鸭绿江，十二月二十七日至清都北京。

在清都北京期间，与入京赶考的清文人潘庭筠、严诚、陆飞等人结识。遂在潘庭筠等居住的正阳门外干净胡同的天升店，先后进行8次笔谈，交往甚欢，几乎每天皆有书函往来。洪大容与潘庭筠、严诚、陆飞友谊深厚。潘庭筠赠送洪大容《感旧集》，严诚赠送《汉隶字源》，陆飞赠送诗稿。此外，洪大容还与吴湘、彭冠、蒋本、周应文等结交笔谈。洪大容和清文人笔谈之内容为诗、画、儒佛道三学、天主学、朱子学、地理、风俗等。他在北京期间，还到琉璃厂采购书籍。

洪大容在北京期间，4次访问天主教堂，并与刘松龄、鲍友官进行笔谈。洪大容向刘、鲍两人赠送细面布二匹、状纸二束、扇子六把、诗笺二束、清心元三丸。刘、鲍二人则赠送洪大容小印画二张、绫花二、苦果四个、吸毒石两个。

1766年农历三月一日，洪大容随其叔父离开北京，返回李朝。

（二）作品选读

《湛轩燕记》共6卷，第1—2卷为途中见闻，第3卷介绍中国名胜，第4卷介绍中国文物及作者观感。其中详细记载洪大容与清文人潘庭筠、严诚、陆飞等人的笔谈。

如记述与严诚、潘庭筠初次见面的情景：

> 余曰：两位尊府在浙省何县？严君曰：同住杭州钱塘。余目诵：楼观沧海日。严君继诵：门对浙江潮。潘君闻平仲之姓，问曰：君知贵国金尚宪乎？余曰：金是我国相公，能诗能文，又有道学节义。尊辈居八千里外，何由知之耶？严君即持一册子示之，题云：感旧集。盖清初有王渔洋者，集明清诸诗，而清阴以朝天时路出登莱，与其人有唱酬，故选入律绝数十首。余乃曰：我们此来非偶然也。[1]

洪大容和潘庭筠、严诚、陆飞笔谈8次。双方笔谈的话题甚是

① 洪大容：湛轩燕记，林基中编：燕行录全集（第4卷），韩国东国大学出版社，2001年，第14-15页。

广泛，诸如诗歌、绘画、儒教、佛教、道教、朱子学、天主学、历史、地理、风俗习惯等。此外还谈及清朝的国事、个人处世态度等。其中涉及衣冠的话题有5次之多。

如洪大容一次与潘庭筠、严诚两人笔谈时又涉及衣冠问题：

余曰：中国非四方之宗国乎？君辈非我辈之宗人乎？见君辈之鞭丝，安得不使我腐心而烦冤乎？两生相顾错愕无语。兰公（即潘庭筠）又戏云剃头甚有妙处，无梳髻之烦、爬痒之苦。科头者想不识此味，故为此语也。……余曰：网巾虽是前明之制，实在不好。力暗（即严诚）曰：何故？余曰：安于古常，且不忍忘明制耳。余又曰：妇人小鞋始于何代？兰公曰：此无明证，但传云始自南唐李窅娘。余曰：此亦甚不好。余尝云网头缠是乃中国厄运之先见者。力暗颔之。兰公曰：余尝取优人网巾细着之，甚不便。余戏之曰：越人无章甫。两生大笑，亦有愧色。……余又曰：十年前关东一知县遇东使，引入内堂，借着帽带，与其妻相对即泣。东国至今传而悲之。力暗垂于默然。兰公叹曰：好个知县。又曰：苟有此心，何不弃官去？又曰：此亦甚不易。吾辈所不能，何敢责人？皆愀然良久。①

从上述可见，洪大容和潘庭筠、严诚三人言谈话语中的尊明思想情感。

再如，洪大容和严诚两人的笔谈，涉及儒学和佛学：

余曰：《楞严经》论心尽有好处，若至因果报应则已平平

① 洪大容：湛轩燕记，林基中编：燕行录全集（第43卷），韩国东国大学出版社，2001年，第75—77页。

矣，为西林惜之。力暗（即严诚）曰：此经即弟亦喜观之，以之治心最好，其论心之处，原与吾道无大分别，而竟至大分别者堕于空耳。余曰：吾儒论心，自有乐地，何必求之外道。力暗曰：在释氏，则楞严；在道家，则黄庭；而吾儒则惩、忿、窒、欲、矫、轻、警、惰八字。弟之粗得乎儒家者如此而已。至于正心诚意，尚大难。又曰：弟之看楞严，乃是病危垂死之时，颇于身心有大裨益，亦一贴清凉散也。彼时觉得地水火风四大假合，何事不可放下，竟以此疾愈，此后亦不复尔矣。然吾辈易为外物所扰之人，正是如经中阿难之多闻一样，读之亦觉切中弊病，故偶观之耳。今弟乃觉得不如儒书远甚，且此种道理儒书至为切实平易，又何必远取异端。余曰：脱逃佛老，何伤于终归醇。如幸勿往而不返。力暗曰：如濂溪先生亦从佛氏入手，后万归于正耳。余曰：所谓今之惑人也，曰其高明。力暗曰：宋儒虽僻佛而其著书则往往掺入佛经语。如云真积力久，如云活泼泼地，如云语录等语，皆非吾儒所有也。余曰：只取其文字，何妨。且如瑞严僧主人翁惺惺并其义而取之，此是儒者活法。余又曰：宋儒虽僻佛云云，似有讥嘲之意。力暗掉头曰：不过云吾儒亦时有取乎佛氏云尔。又曰：操则存，合则亡。出入无时，莫知其乡，此即惺惺寂寂之说也，何必外求耶。又曰：昌黎亦第辟得福田利益之僧耳，其实亦未深究佛事之旨趣。又曰：弟不敢作谎话，其实亦不能不有取于佛经也。但佞佛而谈因果，则俗僧之所为而不图，西林先生亦出于此。余曰：取其长以补吾治心之切，亦何伤乎？……[1]

---

① 洪大容：湛轩燕记，林基中编：燕行录全集（第43卷），韩国东国大学出版社，2001年，第54—55页。

从上述可知，洪大容和严诚两人虽皆崇儒排佛，却认识到佛学亦有长处，应取佛学之长为儒学所用，以促进儒学之发展。由此可见洪大容在学术思想方面持相对包容和开放态度。此外，洪大容还和潘庭筠、严诚、陆飞三人笔谈朱子学、阳明学等。

洪大容在《湛轩燕记》中还对中国名胜古迹记载甚详，如山海关的姜女祠：

贞女庙在山海关外十里。野中小麓陡起，土石相参。石色苍润，环以松树，筑砖为道，可数十级，夹以石栏，雕镌颇巧，上有望夫石。长丈余，广七八步，左有微坳如凿，传谓贞女足迹云。庙中有贞女塑像，村妆纯素。左右童子，又有持伞，像其携子寻夫时事也。朱联一对，传是文丞相笔，曰："秦皇安在哉，万里长城筑怨。姜女不死也，千秋片石留贞。"余就塑像前嗟叹而出。……庙后有观音殿。……庙后有题刻御制七律及"振衣亭""作如是观"等字，皆今皇作也。

洪大容还记述做客清太师少卿郑功秀家，两人进行笔谈。

花柳交椅相对而置，主客落座，下人献茶。杯精而细美，置于盅托之上，注满香茗，以礼劝品。少呷细饮，满口生香。然彼方语言，与我不同，主客相对，无以通情，安坐良久，似哑似聋。幸天下文字相同，决意笔谈。遂置砚磨墨，各持毫管，书以诗笺，终通语言。来往问答，坦然自然，肝胆披沥，情曲相通。

书中还记述与清文人相聚彼此唱和：

上述诸公，皆文章才士，笔端之下，溢彩流霞。诗近晚唐，相和酬答。众公善书，字有王羲之神韵，相互品评自乐。余虽无识，文笔不足，亦当场联句，即时和答。诗虽简陋，但具联形，故而博得公众称赞，责以过谦。

洪大容在清都北京期间，拜访天主教堂，与西方传教士交谈，互赠礼物。他在书中描述在天主教堂所见的西洋乐器——风琴。“西十余步，亦有木柜。两间有暗穴，以通风路。西柜上设皮囊，可容数石。以重板结囊，板有柄加于柜旁横木。一人接柄，而举板，囊饱而气充于中。盖底有风户，随以开闭，舍柄而板中，压囊而不能下者，风户已闭，而气无所泄也。气无所泄，则随风路，而喷薄干镴筒矣。筒底有孔，将以受气，而别有物以闭之，则囊尚饱气无泻，而筒亦无声矣。筒孔之闭开，机系于旁橛，乃以手指，轻按其橛，而筒声发矣。”（洪大容《湛轩燕记·刘鲍问答》）

李朝使节洪大容在清期间，不仅与潘庭筠、严诚、陆飞等人广泛交往，进行笔谈，并和他们彼此唱和，结下深厚友谊。与之同时还接触西学，将西方科学文明引进李朝，对其后李朝社会之北学议形成，促进李朝社会趋向近代化，有很大贡献。而其所著之《湛轩燕记》可谓李朝使节撰写的《燕行录》中之杰出著作，亦是李朝汉文散文的代表作，为李朝汉文学中之优秀作品。

第四节 《北学议》和《燕京杂绝》

一、作者生平

朴齐家（1750—1805），李朝著名学者、诗人，实学家代表人物之一。字次修、在先、修其，号楚亭、贞蕤、苇杭道人。他文才出众，擅汉文汉诗，为实学派文学后期四位代表诗人之一，著述甚丰，有《北学议》《燕京杂绝》《明农草藁》《贞蕤稿略》等传世。

1769年，19岁时，在朴趾源门下研究实学，与李德懋、柳得恭、李书九等实学家切磋实学，并与三人结集出版《巾衍集》，由此闻名全国。曾为吏，历任奎章阁检书官、五卫将、永平县监等职。

1778年，与李德懋一起作为清使书状官的随员赴清。

1790年农历六月，与柳得恭作为李朝副使徐浩修的随员，第二次赴清。同年农历十月，“复以赍表官，升军器正，再赴燕京。”

1801年，与柳得恭一起作为使节随员，第四次赴清。后因祸事牵连，发配钟城。

1805年，获释。同年，病逝，终年55岁。

朴齐家为李朝著名实学家，北学派代表人物之一，主张吸收中国清朝的生产技术和科学成就和传入中国的西方科学技术。

在政治方面，主张废除对农民的残酷剥削以发展农业；强调商业、外贸对国家经济发展的重要意义，主张发展商业，实行国际通商，为此要发展造船业和航运。

二、代表作

（一）《北学议》

1．朴齐家在清期间的活动

与清文人广泛结交，切磋学识，彼此唱和，互赠礼物，为朴齐家在清都北京的主要活动。

朴齐家第一次赴清，与清文人广泛交往，计有李鼎元、潘庭筠、李骥元、徐绍薪、唐乐宇、祝德麟、沈心醇，共7人。

朴齐家第二次赴清，与更多清文人交往。计有纪昀、潘庭筠、李鼎元、李骥元、罗聘夫妇、吴白庵、熊方受、蒋祥墀、铁保、张向陶、石韫玉、钱东壁、袁丹林、王学浩、辛从益、方训、王苹溪、翁方纲、钱东垣、江德量、蔡炎林，共22人。

朴齐家第三次赴清，与清文人交往人数较少，但仍有李骥元、翁方纲、曾燠、张向陶、崔景偁、罗聘、彭元瑞，共7人。

朴齐家第四次赴清，与清文人交往人数增多，计有徐鹤龄、纪昀、翁方纲、罗聘、孙星衍、洪亮吉、铁保、伊秉绶、陈崇本、龚协、赵德润、孙衡、张向陶、张道渥、李鼎元、吴照、熊方受、潘有为、江德量，共19人。

朴齐家与诸多清文人交往，切磋学识，友谊深厚。

第二次赴清时，与清著名文人潘庭筠相会于“太和殿宴礼”时，“相逢于午门前”。两人交谈相欢。朴齐家第四次赴清时，潘庭筠南下，在临行前赠诗朴齐家，并“书云：大约浓厚处莫留连”。朴齐家为此作诗曰：“潘公南下，仓卒尺书凭，浓厚莫回头，此语当镂膺。”

朴齐家赴清时，还与清著名文人纪昀相见。两人进行笔谈，相得甚欢。他回国前，纪昀赋诗相送。回国后，纪昀还托使清的李朝使节带去寄怀之诗，其中有曰：

偶然相见即相亲，
别后匆匆又几春。
倒履常迎天下士，
吟诗最忆海东人。
关河两地无书札，
名姓频年问使臣。
可有新篇怀我未，
老夫双鬓渐如银。

2. 内容介绍

朴齐家在1778年第一次赴清，目睹耳闻清朝文化之昌盛，经济繁荣，社会安定，感触甚深，回国后撰写《北学议》。

他在《北学议》序文中说："今年夏有陈奏之使，余与青庄李君从焉。得以纵观乎燕蓟之野，周旋于吴蜀之士。流连数月，益闻其所不闻，叹其古俗之犹存，而前人之不欺余也。辄随其俗之可以行于本国，便于日用者，笔之于书，并附其为之利与不为之弊，而为说也。取《孟子》陈良之语，名之曰《北学议》。"

按，"北学"之名来自孟子所谓楚之陈良"北学于中国"，可见朴齐家崇清慕华之心多么强烈。

《北学议》内容甚丰，主要有以下几个方面：

（1）强调要学习中国

朴齐家看到"我国既事事不及中国"，"衣食之丰足，最不可当"，而"凡尽我国之长技，不过中国之一物"，认为其所以如此，皆因李朝"不学中国之过也"。因之力主学习中国。

朴齐家在《北学议》的"尊周论"中写道：

> 昔赵武灵王卒变胡服，大破东胡。古之英雄，有必报之志，则胡服而不斥。今也以中国之法而曰可学也，则群起而笑之。匹夫欲报其仇，见其仇之佩利刃也，则思所以夺之。今也堂堂千乘之国，欲申大义于天下，而不学中国之一法，不交中国之一士，使吾民劳苦而无功，穷饿而自废，弃百倍之利而莫之行，吾恐中国之夷未暇攘，而东国之夷未尽变也。故今之人欲攘夷也，莫如先知夷之为谁。欲尊中国也，莫如尽行其法之为逾尊也。若夫为前明复仇雪耻之事，力学中国二十年后，共议之未晚也。

他在文中指出“今之人欲攘夷也，莫如先知夷之为谁”，明确阐述“尊华攘夷”“师夷制夷”“知夷攘夷”之观点。对蔑视清朝，不理解清朝文化的陋见，进行深刻驳斥。朴齐家等北学派的新华夷论对其后李朝社会发展具有划时代的重要意义，认为只有学习中国，迅速发展李朝的经济、文化，方能达到富国裕民之目的。

（2）描述清朝之经济繁荣

如描述清都北京经济繁荣景象：

燕京九门内外，数十里之间，除官府衙门及极小胡同外，凡夹路两边皆市廛，村店亦然，如衣之有缘，各有牌号及发卖物货名字，横揭竖挂，金字辉映，大道加设板屋……廛中人常稠叠若现场。又有东岳庙、隆福寺等处别开市之日，珍宝奇怪百出。我人创见中国市肆之盛，而曰专尚末利，此知其一未知二者矣。

（3）主张重视商业

夫商处四民之一，以其一而通于三，则非十之三不可。今夫人食稻而衣锦，则其余皆为无用之物，然而不有无用之用以济其有用，则所谓有用者举将偏滞而不流，单行而易匮也。

今我国方数千里，民户非不多也，土产非不备也，山泽之利不尽出，经济之道未尽善也，日用之事废而不讲，见中国之车马、官室、丹青、锦绣之盛，则曰奢侈已甚。夫中国固以奢而亡，吾邦必以俭而衰，何也？夫有其物不费之谓俭，非无诸已而自绝之谓也。今国无采珠之户，市无珊瑚之价，持金银而入店，不可以买饼饵，岂其欲之真能好俭而然欤？特不知所以用之之术耳。不知所以用之，则不知所以生之，不知所以生之，则民日穷。

夫财，譬而井也，汲则满，废则竭。故不服锦绣，而国无织锦之人，则女红衰矣；不嫌窳器，不事机巧，而国无工匠陶冶之事，则技艺亡矣。以至农荒而失其法，商薄而失其业，四民俱困，不能相济，国中之宝不能容于域中而入于异国。人日益富而我日益贫，自然之势也。今钟阁十字街市楼连接者不满一里，中国过去村店率皆衣被数里，又其委输之盛，品目之多，皆全国之所不及，非一店之富于国也。通与不通之故也。

（4）提出贸易富国主张

中国之人，贫则为商贾，苟贤矣，其风流名节自在也。故儒生直入书肆，宰相或亲往隆福寺买古董。

我国之俗，尚虚文而多顾忌，士大夫宁游食而无所事，农在于野，或无有知之者，其有短襦箬笠，呼卖买而过于市，舆夫持绳墨，挟刀凿，以佣食于人家，则其不惭笑而绝其婚姻者几希矣。故虽家无一文之钱者，率皆修饰边幅，峨冠阔袖，以游辞于国中，夫其衣食者，从何出乎？于是不得不倚势而招权，请托之习成，而侥幸之门开矣。此将市井之所不食其余。故曰：反不如中国商贾之事为明白也。

（5）主张发展运输业

朴齐家通过在清朝之考察，认为中国经济之繁荣，由于商人利用各种车辆将当地的商品、物资及时运输到全国各地。利用车辆运输，使货物交流十分广泛而顺畅，因之国家富裕起来。反观本国李朝经济不发达，国不富原因之一是因为“车不行域中”。运输业不发展，致使李朝“岭南儿不识虾盐，关东之民沉楂代酱，西北之人不辨柿柑，沿海之地以鳀鳅粪田”，因此“民生日用而不可阙”的商品“此贱而彼贵，闻名而不见”。

为此，朴齐家在清朝考察中国的各种车辆：人乘坐的太平车、载物的牛、马、骡、驴拉的大车，以及独轮车。

关于中国的独轮车，朴齐家描述道：

> 小商多用之，轮不包铁，差小而薄，舆前广后狭，可腋而驱。轮之半，出舆之上，随其形而裹隔如坐鼓，所以防泥。右悬木如弓，既载之后，夹而约于中，以代椆椭。又有如兀，附于辕后，行则常举，止则舆轮俱停，所以不倾。一人从后推之，重则一人在前，曳之如牵绳，可敌两马背之力。尝见四妇人，列坐左右，又载水东西各六桶；又尝见因风挂帆而去者，想与船同功。

朴齐家在主张发展陆路运输业的同时，主张发展水路运输业，包括内河和海上运输业。他指出：

> 我国国小而民贫，今耕田疾作，用其贤才通商惠工，尽国中之利，犹患不足。又必通运方之物而后货财殖焉，百用生焉。夫百车之载，不及一船。陆行千里，不如舟行万里之便利也。故通商者，又必以水路为贵。

他描述清朝水路运输之繁忙景象：

> 东潞河去燕京四十里，抱通州城，合玉河，而南入渤海。海运之入皆自此望见河口，百里之间，柁樯密于竹林，船旗各

书浙江、山东、云贵等号，闻山东督抚何裕城运领小米三十万右方在船中……其船大而丽，使臣及余与懋官登焉。船长十余丈……桥板滑而弯动升降，可惧。

朴齐家主张学习清朝先进造船技术，建筑大型船舶，大力开展内河和海上运输，不仅开展国内内河航运，更可开展通往清朝的海上航运。

（6）发展建筑业

朴齐家在清朝期间，考察清朝之房屋建筑以及建筑材料——砖。认为清朝建筑技术精密，尤其是建筑之材料——砖是用“不尽之土”和“不穷之薪”烧制而成，是取之不尽的物质。

（7）描述清农业发达，民众富足

朴齐家在清朝考察清朝农业和农民之状况，认为农业发达，农民富足：

中国之民虽荒村小户，率皆灰筑数间之库，不用斛包，直输谷于中。或全库、或半库、或环篁于屋中，如大钟高楼于梁梯而下之多者可百斛，少者不下二三十斛，往往一室之内有数堆焉。我国小民之生，皆无朝夕之资，十室之邑，日再食者不能数人，其所谓阴雨之备者不过蜀黍数柄、番椒数十，悬之于蓓屋烟煤之中而已。

朴齐家认为，清朝经济繁荣文化昌盛，所以呈现一派繁华景象。他指出：

中国无京外之别，其大都会如江南、吴、蜀、闽、粤之远，而其繁华文物反胜于皇城；我国都城数里之外，风俗已有村意，盖其衣食不足，货财不通，学问惑于科举，风气限于疆域，见闻无由而博，才识无由而开也。若是而已，则人文晦而制度坏，民日众而国日空。

综上所述，朴齐家四次出使清朝，目睹清朝经济繁荣，文化昌盛，一派繁华景象，因之，积极力主“北学中国”。通过对清之各种具体事物的考察，找出清朝之长处和李朝之短处，从而提出如何学习清朝，在哪些方面学习清朝，以达到促进李朝经济发展，文化进步，国富民强之目的。

（二）《燕京杂绝》

作为李朝使节的朴齐家，在1801年第四次出使清朝。回国后，朴齐家将在清朝的所见所闻和感触，写成140首汉诗即《燕京杂绝》，全称为《燕京杂绝，赠任恩叟姊兄，追忆信笔，凡得一百四十首》（以下简称为《燕京杂绝》），共有140首汉诗，皆为五言绝句。依其内容，这140首汉诗，可分为以下7类。

1. 力主学习清朝

慕斋愿入学，
潜谷志行车。
二公岂私好，
大计关国家。

按，“慕斋”，为李朝文臣金安国之号。

“潜谷”，为李朝文臣金堉之号。

朴齐家在这首汉诗中，盛赞李朝金安国、金堉两位文臣，“二公岂私好，大计关国家”，为官公正，对国家经济发展有重要贡献。在这首汉诗中，钦佩金安国、金堉两人之功，立志效法，为李朝国家发展做出自己贡献。

2．描述清朝之经济繁荣、文化昌盛

入栅呈荒绝，
家家女插花。
凤城三十里，
已是报繁华。

家家照墙根，
花草丛相映。
处处琉璃盆，
朱鱼呷藻荇。

五芯珊瑚干，
铜兰宛飞舞。
玻璃作屏风，
慎勿手抚摩。

无时不管弦，
无地不观剧。
夜市接元宵，
红灯连九陌。

目虽不识丁，
口出皆文话。
岂非名士哉，
市井列书画。

朴齐家在上述5首汉诗中，充分描写清朝经济发达、文化昌盛的情景。

3．描述与清文人之友好交往

朴齐家在清期间与许多清朝著名文人交往，彼此唱和，友谊深厚。在《燕京杂绝》里对清著名文人纪昀、翁方纲、洪良吉、洪亮吉、张闻陶、孙星衍、张道岳、李调元、潘庭筠等20多人有所评述，描述这些人的文学活动。

描述清著名文人金石学家翁方纲、画家罗聘、学者孙星衍、诗人洪良吉之汉诗：

金石正三公，
丹青罗两峰。
清修比部衍，
钜鹿北江洪。

4．描述清帝乾隆之专制统治和文化统治

《燕京杂绝》中描述清帝乾隆之专制统治。乾隆北上沈阳拜陵时，黎民百姓所遭之苦：

皇帝拜陵时，
曾于沈阳见。
直道三千里，
都将碌碡碾。

又如清朝实施文化统治，大兴文字狱，对进步文人顾炎武、戴震进行迫害。朴齐家写道：

天子之所都，
海涵而地负。
欲言尽河汉，
辩士钳其口。

辩能诎亭林，
戴氏东原出。
近颇祧右军，
得天司寇笔。

5．描述清朝汉族和满族之不同

清朝统治者为满族，中国大多数人为汉族。满族、汉族两者有什么不同，两者的生活方式、伦理风俗习惯等有何区别，朴齐家在清期间考察甚细，《燕京杂绝》中多有表达。

汉女袜如杯，
扶节多乞食。
满女不持针，
步鞋高一尺。

骏马索偏貂，
臂鹰骑在后。
不须问姓名，
敢是八旗部。

村中小儿女，

扫额鬓犹分。
侬自缝鞋底，
非关要赠君。

6. 描述清之先进生产技术

作为实学家力倡北学议的朴齐家，不仅在思想观念倡导北学议，而且实地考察清朝之生产技术。在《燕京杂绝》中，创作有描述清朝磨面和织布之先进技术，以及水车之利和拾粪造肥之诗。

伊轧踏面机，
面在屉中飞。
丈人且安坐，
喝送磨驴唯。

草综八十斤，
车搅日中毕。
生布爽过忙，
研光三百匹。

井上作辘轳，
车轮与覆盖。
左右绠双旋，
厥功已加倍。

佃夫拾马通，
持筐逐马尾。
马如立地溲，

掘取其泥滓。

7. 主张对外开放和对外贸易

朴齐家在清朝目睹清朝经济之繁荣，航运之发达，因之，在《北学议》中，力主李朝应发展运输业，开展海上贸易。在《燕京杂绝》中，亦有此类汉诗，力主对外开放和开展对外贸易。

如描述清朝海运之发达：

轟轟江南船，
通州城下泊，
城里苦多尘，
却忆船中乐。

第十九章　《燕行录》的顶峰之作——《热河日记》

第一节　朴趾源生平

朴趾源（1737—1805），李朝著名学者、文学家、实学派代表人物之一。字仲美，号燕岩。文才出众，擅汉文汉诗。在文学方面反对盲目仿古和追求技巧的形式主义，主张“文以写意”、“法古创新”和“模写真境”。在文学方面获有巨大成就。

《热河日记》是一部优秀的汉文散文作品。创作有汉诗40余首，在创作汉文小说方面，更是成就卓著。其著述长期以抄本传世。1900年，始有一部两卷的文集问世。1916年，李朝著名文人金泽荣将其著作编为《燕岩集》6卷出版。

1753年，从实学派思想家李亮天学习汉文；从实学派学者李君文、洪大容学习数学、地球自转说等西方科学知识。未应科举。

1769年始，32岁的朴燕岩隐居黄海道金川郡燕岩峡，研究农耕之法。其后遍游李朝名山大川，广泛接触民众，研究社会民情。

1780年，其堂兄朴明源作为使节赴清，时年43岁的朴趾源随行赴清。

1786年，时已49岁的朴趾源始入仕途，历任监役、汉城府判官、安义县监、沔川郡守、襄阳府使等职。

朴趾源继承李朝实学派先驱柳馨远和李瀷的先进思想。哲学上持唯物主义观点，认为宇宙是客观存在，且是无限的。认为天地万物有同一的始源，并按客观规律而运动变化。与洪大容、朴齐家、李德懋、李得恭等形成北学派，主张北学中国，学习清朝的先进科学文化，提倡研究现实问题，主张改革现行不合理制度，反对“空理空谈”和“浮文虚礼”。反对儒家的“修身齐家”和“治心养性”，主张“利用厚生”。

1798年，奉命撰《农书》（两卷），在书中提出限制土地所有和改进农耕方法等主张。

1805年，病逝，终年68岁。

第二节　朴趾源的实学思想

进入17世纪，李朝社会内部矛盾加剧。李朝后期商品经济萌芽并逐渐发展，而旧的意识形态已不能满足社会经济之发展，人们开始对传统的儒家思想产生怀疑。李朝的进步文人意识到国家的落后和危机，开始将注意力集中到社会发展和改革方面。

当时的清朝，以黄宗羲、顾炎武为代表的文人提出改革土地赋税制度、发展工商业等进步思想。清朝文人这种“经世致用”的务实思想给李朝进步文人以很大启示。他们倡导学习中国先进的科技和文化，并以此来推动社会的进步和发展。同时，他们还通过清朝接触了西方的进步思想和科技。西方的自然科学和清朝的进步文化给李朝进步文人以巨大冲击。他们提出北学思想，希望通过“实事求是”“利用厚生”等进步思想改革李朝社会的弊端，实现李朝社会的国富民强。

李朝北学派文人中最具代表性的就是朴趾源。他潜心学习实学，并把“实事求是”“利用厚生”等思想贯彻到研究学问之中。将实学思想广泛应用于政治、经济、科技、文学等领域，提出很多积极的改革措施，具有较为进步的近代意义。提倡社会改革，主张摆脱朱子性理学的思想束缚，积极投身于商业发展，通过自己实干最终实现国富民强。当然，由于时代的限制和其自身思想上的局限性，他提出的经济治国的思想带有浓厚的封建色彩。他认为农业生产不仅关系到国计民生，对教化民众同样具有重要作用，它关系到国家的秩序和社会的安定。

朴趾源继另一实学家洪大容提出的“均田”的思想，主张“禁绝兼并”，实现“分田制产”后，提出“限田”主张，期望通过“限田”实现“均田”。朴趾源在《燕岩集·卷17·限民名田议》中指出：“限田而后，兼并者息。兼并者息，然后产业均。产业均，然后民皆土著。各耕其地而勤惰者矣，勤惰者而后，农可劝而民可训矣。”他主张全国土地应按户分配，不准多占土地，只有这样才能防止兼并，农民才能安于劳作，才能实现生活的富足。

他不仅提倡解决土地问题，对农业其他方面的问题也十分关心。诸如对垦荒、肥料、水利、农业机械、耕作方面提出改革措施，并在其《燕岩集·卷16·课农小抄》中详述选种、收割、打谷等农事的操作方式。

朴趾源以实学思想为指导，主张学习清朝的先进农业生产技术，以促进李朝农业之发展。他指出：“圣人之利用厚生之道，唯恐其巧之未尽也”；“工欲善其事，必先利其器。器械不利而能善其事者，未之有也。……如欲利其器械，则莫如学中国。学中国者，学古圣人之法也。将谓今日之中国，非古之中国而耻学焉。”

朴趾源不仅主张在农业机械、水利方面学习清朝的先进技术，在农业耕作和粪肥方面也应学习清朝农业的科学经验，以实现真正的“利用厚生”。在文学创作方面他主张，一方面要借鉴前代的优秀文学作品，同时还应依据时代的变化有所创新，不应拘泥于古代的词法，提出具有进步意义的“法古创新”的文学创作思想。他认为，“法古”而能“创新”，“知变”又可做到“能典”，才是真正的文学创作。在自然科学方面，他对天体宇宙认识方面也具有进步性。他和另一实学家洪大容的观点一致，否定“传统地圆说”和“星纪分野说”，提出“地动说”和“宇宙无限说”。洪大容较早提出“地球自转说”，朴趾源对此表示认同。不仅如此，朴趾源肯定“地圆说”，并在此基础上，提出“地动说”。

综上所述，朴趾源在实学思想指导下，将“利用厚生”与社会现实人们生活结合起来，提出一系列改革主张和具体措施。朴趾源以“利用厚生”为主导的实学思想既丰富了李朝实学的内涵，同时，也为李朝社会的发展起到重要的促进作用。

第三节　朴趾源在清期间的活动

朴趾源随其堂兄朴明源赴清。

1780年农历六月中旬，从李朝京都汉城出发。

农历六月二十四日，渡鸭绿江，进入清朝境内，经辽阳徒步向盛京（今沈阳）进发。

农历七月十日至盛京（今沈阳）。在盛京，朴趾源接触多名中国的“吴蜀客商”“蜀绵竹人”“蜀成都人”“庐龙县人”“太原人”“山海关人”，进行笔谈。具体来说，与中国商人吴复、李龟蒙（东野）、费生、田仕可、裴宽、马耀如进行笔谈。

其后离盛京（今沈阳）。农历七月十五日，到新广宁。七月十六日从新广宁出发，向山海关进发。七月二十三日到达山海关。

农历七月二十四日，自山海关向清都北京进发。

农历八月一日，到达清都北京。此时，清帝乾隆驻跸热河。朴趾源等在北京休息数天后，转赴热河。农历八月九日，到达热河。

农历八月十一日，朴趾源随其兄朴明源谒见清帝乾隆。在热河期间，朴趾源在太学馆与多位清朝文人、官员会面笔谈。其中有举人王民皞（号鹄汀）、山东都司郝成（字志亭，号长城）、贵州按察使奇丰额、通奉大夫尹嘉铨（号亨山）。笔谈共进行6天。

农历八月十六日，自热河出发，回北京。农历八月十九日到北京西山，而后回到北京。

与清文人敬旬弥、邹舍是、穆春、俞世琦（字式韩，号黄圃）会见并进行笔谈。去琉璃厂参观书店，采购书籍，并与俞世琦会见，进行笔谈。参观天主教堂。

此前，朴趾源在热河与清文人王民皞笔谈时，曾向王民皞询问，能否通过他结识西方传教士时，被拒。王民皞以“道不同不相为谋”“不必枉劳”予以回复。其后，离开清都北京，回国。朴趾源随其堂兄在清朝活动，历时3个月。

第四节　《热河日记》概　述

朴趾源自清回国后，将在清朝之所见所闻，撰成《热河日记》，共26卷，用汉文写作，约25万字。《热河日记》由两部分组成。

第一部分第1卷《渡江录》至第7卷《还燕道中录》，为日记形式，其中包括：

《渡江录》记述自1780年农历六月二十四日渡鸭绿江入境清

朝，至辽阳的15天的见闻。

《盛京杂识》记述农历七月十日十里河至小黑山的5日见闻。

《驲汛随笔》记述农历七月十五日新广到山海关的9日见闻。

《关内程史》记述农历七月二十四日山海关至清都北京9日间的见闻，其中收录汉文小说《虎叱》。

《漠北行程录》记述农历八月五日燕京至热河的5日间见闻。

《太学留馆录》记述农历八月九日到达热河，在太学馆6日期间，与清数名文人笔谈之内容。

《还燕道中录》记述自热河返回北京之见闻。

第二部分第8卷《倾盖录》至26卷《盎叶集》，采取一事一议纪事体形式。

其中包括《倾盖录》《黄教问答》《班禅始末》《扎什伦布》《行在杂录》《忘羊录》《审势编》《鹄汀笔谈》《山庄杂记》《幻戏》《避暑录》《口外异闻》《玉匣夜话》《杨梅诗话》《黄图纪略》《谒圣退述》《铜栏涉笔》《盎叶集》。此外，汉文小说《许生传》收录于《玉匣夜话》中。

这部分内容十分广泛，包括政治、经济、哲学、宗教、文学、艺术、天文、农业、考据、医学、历史、地理、器物等。

朴趾源作为实学家，北学派的重要代表人物，自入清朝之日始，着重考查清朝的政治、经济、文化，期望将在清之所见所闻和所得撰写成书，诉诸王廷和国人，“他山之石，可以攻玉”，以促进李朝之社会发展，实现国富民强之愿望。

因此，他回国后撰写的《热河日记》内容非常广泛，记录了在清朝的所见所闻所思所得，详尽而具体，既有实录，又有建言。

一、新华夷观

李朝自建立后，即与明朝建立和平友好的宗藩朝贡关系。1592年起，日本先后两次大举入侵李朝，明朝应李朝王廷之请，先后两次派大军入朝，与李朝军民共御倭寇，保卫了李朝的领土。李朝视明朝有再造之恩，从而在政治上、外交方面与明保持更为密切的和平友好宗藩朝贡关系。

文化方面，李朝尊崇儒教，素以小中华自称。

后金（清）崛起于辽东后，明与后金进行了长时期军事斗争。

素与明保持和平友好宗藩朝贡的李朝，从政治上、文化上、心理上皆倾向于明，以致遭到后金的两次攻打，即丁卯之役、丙子之役。李朝被迫降清，向清纳贡称臣，被迫与清建立宗藩朝贡关系。但是，李朝王廷仍视清为夷，文化方面更是鄙视清朝。

1644年明亡。尽管明朝已亡，李朝王廷在政治外交方面被迫向清称臣纳贡，但在背后仍然怀念明朝，鄙视清朝，仇恨清朝。

1780年，距明亡已136年，尽管李朝与清的宗藩朝贡关系较前已大为和缓，李朝王廷在政治外交仍是被迫与清保持事大主义，向清称臣纳贡，但在背后和内心依然怀念明朝。以小中华自居的李朝，在文化上依然是鄙视清朝。这种矛盾状态在朴趾源随其堂兄朴明源出使清朝时依然存在。故此，朴趾源在《热河日记》中说：

> 曷不称崇祯？将渡江，故讳之也。曷讳之？江以外清人也，天下皆奉清正朔，故不敢称崇祯也。曷私称崇祯？皇明中华也，吾初受命之上国也。崇祯十七年，思宗烈皇帝殉社稷，明室亡，于今百三十余年。曷至今称之？清人入主中国，独守先王之制度，是明室犹存于鸭水以东也。虽力不足以攘夷除戎狄，肃清中原，以光复先王之旧，然皆能尊崇祯以存中国也。崇祯百五十六年癸卯。

更在《热河日记·渡江录》中写道：

曷为后三庚子？记行程阴晴，将年以系月日也。曷称后？崇祯纪元后也。曷三庚子？崇祯纪元后三周庚子也。何不称崇祯？将渡江，故讳之也。曷讳之？江以外清人也，天下皆奉清正朔，故不敢称崇祯也。曷私称崇祯？皇明中华也，吾初受命之上国也。崇祯十七年，思宗烈皇帝殉社稷，明室亡，于今百三十余年。何至今称之？清人入住中国，而先王之制度变而为胡。环东土数千里画江而为国，独守先王之制度，是明室之存于鸭水以东也。虽力不足以攘除戎狄，肃清中原，以光复先王之旧，然皆能尊崇祯以存中国也。

朴趾源在《热河日记》中的两处表白，生动说明李朝王廷和文人在明清交替后政治行为和文化心态矛盾状况。在政治、外交方面，李朝必须向清称臣纳贡，但在内心充满对明朝的尊崇和对清的鄙夷，所以明亡130多年后李朝仍暗行明朝崇祯年号。

朴趾源之所以依然保持华夷观，原因之一是当时李朝王廷和大臣、文人皆以小中华自居。对此，朴趾源在热河太学与清文人王鹄汀的笔谈中坦然而真诚地说李朝是小中华。当时王鹄汀问朴趾源“朝鲜地方几何时？”朴趾源回复说：“至于鄙邦，专尚儒教，礼乐文物皆效中华，故有小中华之号。”

二、提出“师夷攘夷”说

朴趾源通过在清朝的所见所闻所思所得，提出“师夷攘夷”说。尽管朴趾源坚持华夷观念，但也不得不承认此时的清朝政治稳定，经济发展，文化繁荣和人民生活安定，认为李朝只有北学清朝，方能使李朝富国裕民。故此，朴趾源在给其弟子朴齐家著的《北学议》序文中写道：

吾东之士，得偏气于一隅之土，足不蹈函夏之地，目未见中州之人，生老病死，不离疆域，则鹤胫乌黑，各守其天，龟井鴳枯，独信其地。谓礼宁野，认陋为俭，所谓四民，仅存名目。而至于利用厚生之具，日趋于困穷。此无他，不知学问之道也。如将学问，舍中国而何？然而其言曰：今之主中国者，夷狄也，耻学焉。并与中国之故常而鄙夷之。彼诚剃发左衽，然其所居之地，岂非三代以来汉唐宋明之函夏乎？其生于此土之中者，岂非三代以来汉唐宋明之遗黎乎？苟使法良而制美，则固将进夷狄而师之。况其规模之广大，心术之精微，制作之宏远，文章之焕赫，犹存三代以来汉唐宋明固有之故常哉！以我较彼，固无存长，而独以一撮之结，自贤于天下曰，今之中国，非古之中国也。其山川则罪以腥膻，其人民则辱之以犬羊，其言语则诬之以侏儒，并与中国固有之良法美制而攘斥之，则亦将何所仿而行之耶？

朴趾源在《热河日记》中，明确提出“师夷攘夷”说：

我东士大夫之为《春秋》尊攘之论者，磊落相望，百年如一日，可谓盛矣。然而尊周自尊周也，夷狄自夷狄也。中华之城郭、宫室、人民固自在也，正德、利用、厚生之具固自如也。崔、卢、王、谢之氏族固不废也，周、张、程、朱之学问固未泯也，三代以降圣帝明王，汉唐宋明之良法美制固不变也。彼胡虏者，诚知中国之可利而足以久享，则至于夺而据之，若固有之。为天下者，苟利于民而厚于国，虽其法之或出于夷狄，固将取而则之，而况三代以降圣帝明王、汉唐宋明固有之而常哉！圣人之作《春秋》，固为尊华而攘夷，然未闻愤夷狄之猾夏，并与中华可尊之实而攘之也。故今之人诚欲攘夷也，莫如尽学中华之遗法，先变我俗之椎鲁，自耕蚕陶冶以至通工惠商，莫不学焉。人十己百，先利吾民，使吾民制梃而足以挞彼之坚甲利兵，然后谓中国无可观可也。

朴趾源以其亲眼所见所闻，充分认识到为李朝鄙视为夷的清朝夺取中国后，政治清明，经济发达，文化繁荣，人民生活安定，诚具有“中华可尊之实”，实在不可“攘”之。他还就此批评李朝王廷及一些保守大臣的“攘清论”，并指出若要“攘”之，应取其“利于民而厚于国”之法，学习它，并超过它，好“师夷之技以制夷”的“利用厚生”。

朴趾源的“知夷攘夷”“师夷攘夷”在当时李朝社会发展中具有划时代的意义。

同时，朴趾源在《热河日记》中，还对李朝王廷和一些保守的大臣“鄙夷”和“攘斥”清朝的观点进行深刻批判：

游中国者有五妄。地阀相高，本是国俗之陋习，有识之居国也，且耻言两班，况以外藩土姓，反陵中州之旧族乎？此一妄也。中州之红帽蹄袖，非独汉人耻之，满人亦耻之。然其礼俗文物，四夷莫当，顾无寸长可与颉颃中土，而独以一撮之鬓自贤于天下。此二妄也。昔月汀尹公根寿奉使皇明，道逢御史汪道昆，屏息路左，瞻望行尘，尤以为荣。今函夏虽变而为胡，其天子之号未改也。奉使者自有见官之礼，而耻其公庭拜揖，辄图宽免，遂成规例。时有接遇，率以亢简伪证，恭谦为辱，彼虽不与苛责，安知不侮我之无礼乎？此三妄也。自知文字以来，莫不借读于中州，谈说历代，无非梦中占梦，乃以功会之余习，强作无致之诗文，忽谓中土不见文章。此四妄也。中州之人士，康熙以前皆皇明之遗黎也，康熙以后即清室之臣庶也，固将尽节本朝，遵奉法制。若造次谈论，输情外藩，是固当世之乱臣贼子也。然而，一遇中州之士，见其夸张休泽，则辄谓一部《春秋》无地可读，每叹燕赵之市未见悲歌之士。此五妄也。

朴趾源对李朝王廷和一些保守大臣的狭隘的自尊自大的五种形态予以无情鞭挞。

三、详述满族的习俗

《热河日记》中，详述了满族的各种习俗。

（一）描述满族善骑射，技艺高超

十六日壬戌，晴。平明发行，到王家营中火。过黄铺岭，在少年贵人，年可二十余，帽戴红宝石，悬翠羽，骑骊马，翩翩而去。只一骑在前，而从者三十余骑，皆金鞍骏马，帽服鲜侈，或佩弓箭，或负鸟铳，或擎燕炉，驰骤如电而不除呵喝，但闻马蹄之声。询于从骑，曰皇帝亲侄号豫王者也。

（二）描述满族围场射猎的情景

今见诸公子围场，驰骤如此轻豪，盖其家法也。

从上述文字，可见清乾隆年间满族骑射之盛。而骑射技艺超群，对“富中强兵”十分重要。朴趾源之所以关注满族骑射，意在学习清朝“富国强兵”之道。

（三）描述女人发式

《热河日记》多次描述满族不同年龄女人的发式。如少女发式：“处女髻发中分，绾上，以此为辨貌。”

《热河日记》描述满族不同身份女人的头饰为：

女子出嫁时有髻无笄，无论贫富。民妇无冠，惟命妇有冠，各随夫职。簪钗有品，如顶帽之制。双凤钗为顶品，而亦有飞凤、立凤、坐凤、戢凤之别，以至翡翠簪，俱有品职。

（四）描述女人装扮

满髻插花，金钗宝珰，略施朱粉，身着一领黑色长衣，遍锁银钮，足下一对靴子，绣得草花蜂蝶。盖满女不缠脚，不着弓鞋。帘中转出一个处女，年貌似是廿岁以上，处女髻发中分绾上，以此为辨，貌亦杰悍而肌肉白净。

这里的“插花”，是指把山野的野花插在女人头上，为满族女人的一种习俗。

这段文字中，朴趾源观察到满族妇女“不缠脚，不着弓鞋”，这与当时汉族妇女缠足“三寸金莲”迥不相同。

（五）描述男人装扮

《热河日记》称赞满族男人袍服的“紧窄”的好处，指出李朝男人“宽衣大袖”之不便：

盖我东御马之法极危，衣袖既阔，沣衫又长，裹缠两手，按辔、扬鞭俱所妨碍，第一危也。……武将所服，谓之贴里，是为戎服，世安有名为戎服，而袖苦僧衫乎？今此八危，皆由阔袖沣衫，而犹安其危。

满族男人短衣、左衽是满族服饰特点。这种衣冠具有实用性，袍服短，衣袖窄紧，既可防冷风，更便于打猎骑射、征战。

（六）描述满族男人的发式

满族男人的发式是前顶及周围发际剃光，颅后留发，编结为辫，垂于脑后，俗称小辫子。不仅如此，早在清世祖顺治元年（1644），强令全国官民男人必须剃发、易服。朴趾源在清期间，所见满族男人发式皆是留有小辫子。在《热河日记》中多次提及，为“光头垂辫”。朴趾源就此问题不仅揭示清廷对汉人、李朝之不同政策，更揭示满族男子这种发式与满族善骑射有关：

> ……清之初起，俘汉人必随得随剃。而丁丑之盟独不令东人开剃，盖亦有由。世传清人多劝汗（指清太宗）令剃我国，汗默然不应。密谓诸贝勒曰：“朝鲜素号礼义，爱其发甚于其头。今若强拂其情，则军还之后必相反覆，不如因其俗以礼仪拘之。彼若反习吾俗便于骑射，非吾之利也。遂止。”

由此可见，清廷将满族男人发式（留辫）作为其骑射民族的外部标记。

（七）描述满族见面时的礼节

执手问安礼和抱腰胁礼。如朴趾源向一位满人借书时，对方向朴趾源施抱腰胁礼：

> 余（朴趾源）向前肃揖，那老者不意抱余腰胁，尽力舂杵，又把手颤颤，满脸堆笑。余初则大惊，次不甚喜。

朴趾源在《热河日记》中还记述了满族的其他习俗，诸如好烟、婚俗、丧俗等。

四、关于清帝乾隆记述

朴趾源随其堂兄抵达清都北京时，清帝乾隆在热河的避暑山庄，他们只好又自北京奔赴热河。他在《热河日记》中，对此分析道：

> 皇帝年年驻跸热河。热河及长城外荒僻之地也。天子何若而居此塞裔、荒僻之地乎？名为避暑，而其实天子身自备边，然而蒙古之强可知也。皇帝迎西番僧王为师，建黄金殿以居其王，天子何若而为此，非常僭多之礼乎？名为侍师，而其实因之金殿之中，以祈一日之无事，然则西番之尤强于蒙古可知也。

朴趾源在这里深刻分析了清帝乾隆之所以选在偏僻的热河避暑，是有深刻原因的，避暑为名，实则是“备边”，一是防蒙古兵变；二是稳定西藏。正所谓“醉翁之意不在酒”，一针见血，入木三分。

朴趾源等到热河后，不仅参加在热河举行的庆祝乾隆诞辰的万寿节，还谒见清帝乾隆。

对此，他在《热河日记》中，描述清帝乾隆的容貌：

> 皇帝方面白皙而微带黄气，须髯半白，若六十岁，蔼然有春风和气。

还记述了清帝乾隆性格暴躁、独裁、多疑、严酷：

> 皇帝春秋高，多躁怒，左右数被挞。

清帝乾隆强令李朝使节到扎什伦布寺拜见班禅额尔德尼。

当时的李朝推崇程朱理学，排斥其他学术思想和宗教。清帝此举自然遭致李朝使节的不满，但李朝使节迫于形势，只好违心地服从清帝乾隆的旨令。对此，朴趾源在《热河日记》中记述道：

> 西藏之人冠服皆黄，蒙古效之而亦尚黄，则以皇帝之横暴，何独不忌此黄花之谣耶？额尔德尼非西僧之名，西番之地亦有此号，鬼怪荒唐，难得要领矣。（李朝）使臣虽勉强就见，内怀不平。……为万邦之主，弗可不慎其一举措也。

朴趾源还指责清帝乾隆崇尚异端法术，拜胡僧为师、过于推崇班禅等行为：

> 古之帝王，能学焉而后臣之，故益圣；以天子而友匹夫，不贬其尊，故益大。后世无是道也。独胡僧方术、左道异端之流，不耻以身下之者，何也？余今目击其事，彼班禅，若果贤者也。黄金之屋，今皇帝之所以不能居也，彼班禅何人者，乃敢晏然而据之乎？

在《热河日记》中，清帝乾隆皆为负面形象，而在李朝其他使节笔下的清帝乾隆为正面形象，诸如形容乾隆“和颜喜色”“仁慈和善”。

五、《鹄汀笔谈》简介

朴趾源在清朝期间，在盛京（今沈阳）与清商人吴复、李龟蒙、费生、田仕可、裴宽、马耀如会面并笔谈。笔谈内容见载于《热河日记》的《粟斋笔谈》和《商楼笔谈》。

通过这些笔谈，使朴趾源对清朝的一些事物有了初步了解。虽也具有重要意义，但对朴趾源意义更为重要的是在热河与清文人、官员如王民皞、郝成、奇丰额、尹嘉铨的连续6天的笔谈。朴趾源在《热河日记·鹄汀笔谈》中详载了这6天的笔谈。

王民皞（号鹄汀），清举人。《热河日记》载：

> 王民皞，江苏人也，时年五十四。为人淳质少文，去年创承德府太学，一如皇京。今年春，功告讫，皇帝亲试才。王君以举人，方藏修此中。今年四月，不赴会试。八月中，皇帝以七旬大庆，特命重回，而亦不赴。

朴趾源在与王民皞笔谈时，经常有尹嘉铨或郝成参与。他与王民皞等的笔谈内容十分广泛，见解十分深刻。和王民皞交谈最多的是历史，纵论历代的兴亡成败。

王民皞不仅谈古史，更据以喻今，使朴趾源“不无河汉之惊”，钦佩其论高远，“非拘儒陋见所可几及”。如王民皞谈及圣人之义理与治国之术实际上不能相通，理想与现实不能一致时说：

> 大约天下事，不可诡遇获禽，亦不可枉尺直寻，如此处置，都无说话。仲尼之门，五尺之童羞称五霸，如此立论，更无一事。韩昌黎所谓人其人、火其数，还应天下太平；董仲舒所谓正其谊、不谋其利，还应天下路不拾遗。且道先王三代已下，经书做治，还得几人？仓公医人，火其汤要煎大黄四个，二百年之间，张仲景八味汤已用附子五两。转头之顷，古今不同。伯夷、叔齐叩马之时，还有扶去之太公望。若道天下无两是无双，则这两老子中，一个当不免黑龙江刺配。大约天下事，比如两头引絙，引絙绝处，短者先沛，更不言初时力敌。故天下有逆顺而无是非。既有皎然成败之迹，则逆顺二字还为灯后耳语。凡谈道者，如鸟藏肉。鸟之藏肉也，望云而识之，云则去矣，藏失故处。无下无凿成底义理，随时推移。经生措

事，多少望云客。

自古义理比如熔金铸范，金无自成，随范为器；又似观贝，自有定色，而观者正侧各自不同。决东决西，只此一水。

朴趾源还与王民皞谈及宇宙问题。王民皞问："月中若有世界，世界如何？"对此，朴趾源答复说：

以吾等尘界想彼月世，则亦当有物积聚凝成。如今大地一点微尘之积也。尘尘相依，尘凝成土，尘粗为沙，沙坚为石，尘津为水，尘暖为火，尘结为金，尘荣为木，尘动为风，尘蒸气郁，乃化诸虫。今夫吾人者，乃诸虫之一种族也。若使月界以阴为地，则其水其尘也，雪其土也，冰其木也，其火水晶，其金琉璃。未必月世真切入时，虽鄙人情景设辞，然亦安有许大成形，比德于阳，配体于日，而独无一物气聚蠕化乎？今夫吾人者，入火则焦，入水则溺，然未尝离火离水。以他界视此，则虽谓之居水居火可也。今夫诸虫水居，不独鱼鳖，虽鳞介为主，亦有羽毛之族种种为宾，虽鱼鳖置路则死，亦有乎深藏淤泥，是鳞介之族亦未尝离土也。

王民皞对朴趾源之见解，颇感"尘烦顿除"。

朴趾源与王民皞等的笔谈中，还涉及儒教、佛教、经书、西学、时政、几何、音调、乐律、食器等。

通过笔谈，切磋学术，朴趾源和王民皞等双方皆感获益良多。对此，朴趾源称赞说："盖鹄汀敏于酬答，操纸辄下数千言，纵横宏肆，扬扢千古，经史子集，随手拈来，佳句妙偈，顺口辄成，皆有条规，不乱脉络，或有指东击西，或有执坚谓白，以观吾俯仰，以导余使言。可谓宏博好辩之士。"

六、关于清朝经济的记述

朴趾源在《热河日记》中记述清朝经济繁荣之处甚多。

（一）栅门

栅门是清朝在鸭绿江边设立的税关关门，只是一个仅有二三十户人家的小村庄，也有酒店。朴趾源在《热河日记》记述这个小镇的繁荣、整洁景象：

望见栅内，闾阎皆高起五梁，苫草覆盖，而屋脊穹崇，门户整齐，街术平直，两沿若引绳。然墙垣皆砖筑，乘车及载东，纵横道中。摆列器皿，皆花瓷，已见其制度绝无村野气……栅内人家，不过二三十户，莫不雄深轩豁。柳荫中挑出一竿青帘，相携而入，东人已弥漫其中矣。赤脚突鬓，骑椅呼努……其桌上列置斟器，自一两至十两，各有其器，皆以锡镴造觯，出色似银，唤四两酒，则以四两觯斟来。沽酒者更不较量多少，其简便如此。酒皆白烧露，味不甚佳，立醉旋醒。周视铺置，皆整饬端方，无一事苟且弥缝之法，无一物委顿杂乱之形。虽牛栏豚栅，莫不疏直有度。柴堆粪痔，亦皆精丽如画。嗟呼！如此然后，始可谓之利用矣！利用然后，可以厚生；厚生然后，正其德矣。不能利其用而能厚其生，鲜矣！

（二）辽阳

辽阳为清东北地区重镇，其经济更为繁荣：

入旧辽阳，其繁华富丽十倍凤城……车马轰殷，聚观者到处成群。酒楼红栏高临大道，飏出一面金字酒旗，书着“闻名应驻马，寻香且停车”，吾可以饮矣。环观者弥众，人肩相摩。雅闻此处奸宄极多，初行者专心游览，不善省察，必有所失。往岁一使行，多率无赖为伴，当上下数十人皆初行，衣装鞍具颇为华侈。入辽阳游览之际，或失鞍甲，或失镫子，无不狼狈。

（三）盛京

盛京为清室发源之地。清世祖顺治元年（1644）清兵入关，定都北京，定盛京为陪都。盛京经济自是更为繁荣。《热河日记·盛京杂识》载：

入外郭门，郭内民物之繁华、市肆之侈盛，十倍辽阳矣。……城周十里，砖筑八门，楼皆三檐，护以瓮城。瓮城左右亦有东西大门。通衢筑台，为三檐高楼。楼下出十字路，毂击肩摩，热闹如海。市廛夹道，彩阁雕窗，金扁碧榜，货宝财贿牣其中，坐市者皆面皮白净、衣帽鲜丽。

（四）山海关

山海关为清东北与关内的交通咽喉要地。《热河日记》记述山海关之经济繁荣景象：

闾舍市井，盛过盛京，车马最盛。士女尤为都冶，其繁华富丽，沿路莫比，盖此为天下雄关。

（五）通州

通州时为清北方水陆交通枢纽和市集中心之一，位于清都北京之东。《热河日记》记述通州之经济繁荣景象为：

天下船运之物，皆凑集于通州。不见潞河之舟楫，则不识帝都之壮也。……下船登岸，车马塞路不可行。既入东门，至西门五里之间，独轮车数万，填塞无回旋处。遂下马，入一铺中。其瑰丽繁富，已非盛京、山海关之比矣。艰穿条路，寸寸前进。市门之扁曰“万艘云集”，大街上建二檐高楼，题曰“声闻九天”。

（六）北京

清都为北京，经济繁荣景象更至顶峰。《热河日记·盎叶集》载：

（皇城）廛铺罗列，车马热闹，不独市日为然也。余谓《史记》苏秦说齐王曰“临淄之道，车毂击，人肩摩，挥汗成雨，连袂成帷”，始以为过矣，今观于九门，信然。诸寺如报国、隆福，皆如九街，然后益知古人言语文字不为虚辞夸炫也。列国之时，日寻干戈，而都邑之富庶能若彼，况升平天子之都乎？

从上述可见，朴趾源笔下清朝乡村、城镇乃至清都北京经济繁荣之景象。

七、关于清朝农业的记述

朴趾源在《热河日记》记述当时清朝东北地区的农业，既有旱田，又有水田，民众既吃细粮（白米），又吃粗粮（谷黍）之状况：

或曰康熙皇帝为《耕织图》《农政》等书。今皇帝实是老农家子弟，非不知关外青黧土为上上田，第以关外之地为自家根本之乡，水稻腴香，饭颗润烂。使民恒服，则筋解骨软，难以用武，不如常食黍粱、旱稻，教民善耐饥、壮血气而忘口腹也。宁弃千里膏沃之野，令作瘠土向义之民，此其深长虑也。

此外，朴趾源在《热河日记》中记述清朝的农业技术，如利用水车灌溉、人粪积肥等。

八、关于清朝商业的记述

朴趾源在《热河日记》记述清朝商业状况时，首先提出进步的商业观，正确阐述“利用”“厚生”“正德”之三者关系。他在《热河日记》中说：

利用，然后可以厚生。厚生，然后正其德矣。不能利其用，而能厚其生，鲜矣。生既不足以自厚，则亦恶能正其德乎？

朴趾源在这里将“利用”“厚生”“正德”三者关系进行因果排序，即“利用”是“厚生”的前提，“厚生”是“利用”的结果，而“利用”与“厚生”是“正德”的基本前提。如果这一基本前提不具备，“正德”只不过是句空话，而儒家传统的三者关系为“正德，利用，厚生”。意即端正德行为，为头等重要大事，而“利用”“厚生”为次要地位。

朴趾源认为社会若不发展经济，不能使人们生活富裕，要端正人们的德行是很难做到的。这种物质基础决定人们意识的理论观点无疑是正确的。将“利用”“厚生”“正德”三者关系重新排序和重新定位，在18世纪的李朝是极富新意和现实指导意义的理论观念。

其次，清朝商人地位较高。在李朝社会阶层为“士、农、工、商”，既是职业概念，更是身份贵贱高低之象征。朴趾源在

《热河日记》中记述了他在盛京与多名商人会面笔谈，在“商楼笔谈”“粟斋笔谈”中详述笔谈的内容。涉及职业意识、生计状况、四民之间通婚、四民社会地位的变化等。如清朝商人离开家乡不仅可以成为生员，甚至可以为官。还记述参与笔谈的清朝商人文化素质很高，如古董商人田仕可“丰彩烨然，多识古器来历，与人款洽”；李龟蒙“面似傅粉，朗然读书，声出金石”，费生“工书画，善雕刻，亦能谈说经义，而家贫好济人，为其多子，养福也”。朴趾源通过与清商人的笔谈，感到清商人学识丰富、文采优秀，并具有明确生计观念。他们不认为商业是末业，而是“极乐界”“快活林”，比当书生更有现实好处。

再次，记述清商业状况。除记述清朝经济繁荣景象（如上节）外，更详尽记述了清朝当时商业状况。

其一，铺户贸易，即商家临街设店坐市。如记述盛京街道：“通衢筑台，为三檐高楼。楼下出十字路，毂击肩摩，热闹如海。市廛夹道，彩阁雕窗，金扁碧榜，货宝财贿充牣其中，坐市者皆面皮白净，衣帽丽。”

其二，定点集市，即定期集市。有州东关集场、州北关集场、张家湾集场、燕郊集场、宏仁集场、郭城内集场、永乐店集场、马关店集场、牛堡屯集场、于家务集场。另外，燕京城内有寺院定期庙会，如报国寺庙会集市，“月三五为市日，海内百货辏集佛殿。三寮厢周遭，而居僧鲜少，皆京外商旅，无异阛贵……中间为大路，里铺罗列，车马闹热，不独市日为然也。”又如隆福寺庙会：“百货盈庭，珠玉珍宝之物磊落宛转于履屐之间，令人足踏如也，心怵如也，而视瞿瞿也。”

其三，流动买卖，小商小贩串街走巷买卖。如“小贾之行于道路者，或高声叫卖……周回街坊，不撤敲响，则人家门里，走出小孩叫之，未尝见大声叫卖者，但闻敲响，则已辨其货物”。

其四，行业市场，即不同行业之固定地点的市场。如米市、柴市、猪市、牛市、鱼市、（水）果市、骡马市、菜市、草市、钱市等。

其五，行业店铺，有酒楼、锦缎铺、当铺、首饰铺、面铺、花鸟铺。

其六，具有资本主义萌芽性质的商贸经营形式，即手工业，雇佣“伙计”。如在前屯卫一家毳帽厂雇佣百余人进行生产：“共有三铺，一铺为三五十间，铺中所造工人，不下百人。……造铺者皆脱衣工作，手若风雨。”

又如琉璃厂，“今为厂，造诸色琉璃瓦砖。厂禁人出入，燔造时尤多忌讳，虽匠手皆持四月粮，一人毋敢妄出。”

九、关于清朝畜牧业的记述

在热河期间，朴趾源目睹了清畜牧业繁荣发展情况。《热河日记·太学留馆录》载：

> 余偶出门外，有马群数百匹，过门而去。一牧童骑绝大马，持一葛黍柄而随之。又有牛三四十头，不穿鼻，不羁角。角皆长尺余，牛多青色，驴数十头随之。而牧童持大杖如杵者，尽力一打在前者青牛，牛犇突腾踏而去，群牛皆随此牛，如队伍行阵。盖朝日放牧也。于是闲行察之，则家家开门，驱出马、驴、牛、羊，辄不下数十头。回看馆外所系，我东虤者，可谓寒心。余尝与郑石痴论土产马价贵贱。余曰：不出数十年，尝喂马枕边，以火铁筒为槽。

朴趾源在这里见到清朝畜牧业甚是繁荣，牲畜体肥体大，而来自李朝的马则体小瘦弱，担心李朝马种将逐渐退化。而马既是农业重要畜力，又是国防骑战必备坐骑，同时也是交通工具。因之，朴趾源进而认为李朝其所以如此，在于不重视养马。要改变落后状况，必须重视马政。《热河日记》载有朴趾源对李朝马政的七件“寒心事”：

我东牧场，惟耽罗最大，而马皆元世祖所放之种也。四五百年之间，不易其种，则龙媒渥洼之产，末为果下款段，理所必然。以果下款段上阵赴敌乎。此寒心者一也。自内厩所养，至武将所骑，无土产，皆辽沈间所购。一岁中所出者，不过四五匹。若辽、沈路断，马何由来？此寒心者二也。陪扈之班，百官多相借骑。又乘驴从贺，不成仪典。此寒心者三也。父臣乘轺以上，无所事骑。又难喂养，已去其骑，子弟代步。仅养小驴。古百里之国，其大夫已备十乘。则环东土数千里之国，其卿相可备百乘。今吾东大夫之家，虽数乘安从生乎。此寒心者四也。三营哨官，此百夫之长也，贫不能备骑，月三操习，或有临时贳骑者。贳马赴阵，不可使闻于邻国。此寒心者五也。京营将官如是，则八道所置骑士，其名存实无，从可知已。此寒心者六也。国中所在驿置，皆土产之所优者。一经使客，马不死则病。何也？使客所坐双轿已重，而必四隶护杠，左右载身，以防簸摇。马之所载既重，则其势不得不快走，逾压逾驰。所以不死则病也，马死日多，而马价日增。此寒心者七也。马背载物，天下无是也。

朴趾源认为，李朝之所以不重视马政，是因为李朝统治阶级的官僚习气所致。因之，在《热河日记》中指责道：

我东士大夫，不亲庶事。古有众会，戒仆益马豆，见枳于铨郎。近有一学士，性颇癖马，其相之术无益伯乐。论之者，以为古有烂养都尉，今有理马学士。其严如此，不虑有国之大政，而以羞耻。付之仆隶之乎，虽职居监牧，人是流品，而固不识牧马之方。非不能，乃不肯学也。此其官昧攻驹者也。

朴趾源认为，应借鉴清朝的马政经验，以振兴李朝的马政：

唐初得马牝牡三千匹于赤岸，徙之陇右，使太仆张万岁掌之。自贞观至麟德，马蕃息为七十万匹。武后时马潜耗，明皇时犹有马二十四万匹，以王毛仲、张景顺为闲厩使。十余年之间，有马四十三万匹。开元十三年，明皇东封泰山，以马数万匹，从色为队，望之如锦。此官得其人也。诚得癖于马而晓其牧养之方者，任之以攻驹之政，则虽被论于学士，而于太仆可谓得人矣。

此外，朴趾源还对清朝养马、饲马的具体技术问题进行了深入考察和研究。

十、关于清朝建筑的记述

朴趾源在清朝期间详尽考察了各种房舍建筑。《热河日记》对清朝各种房舍建筑均有记载。

《热河日记·渡江录》载满族民居：

复至栅外，望见栅内，闾阎皆高起五梁，苫草覆盖，而屋背穹崇，门户整齐，街术平整，两沿若引绳，然墙垣皆砖筑，乘车及载车纵横道中，摆列器皿皆画瓷。已见其制度，绝无村野气。栅内人家不过二三十户，莫不雄深轩씑。

汉族民居：

又入一宅，其壮丽，更胜于康家，而其制度大约皆同。凡屋室之制，必除地数百步，长广相适，剷划平正，可以测土圭安针名盘，然后筑台。台皆石址，或一级，或二级、三级，皆砖筑而磨石为甃。台上建屋，皆一字，更无曲折附丽，第一屋为内室，第二屋为中堂，第三屋为前堂，第四屋为外室。外室前临大道，为店房，为市廛。每堂前，有左右翼室，是为廊庑寮厢，大约一屋长必六楹、八楹、十楹、十二楹。两楹之间，甚广，几我国平屋二间，未尝随材长短，亦不任阔狭，必准尺度，为间架，屋皆五梁或七梁。从地至屋背，测其高下，檐为居中故，瓦沟如建瓴，屋左右及后面，无冗檐，以砖筑墙，直埋椽头，尽屋之高。东西两墙，各穿圆窗，面南皆户，正中一间为出入之门，必前后直对，屋三重四重，则门为六重八重，洞开则自内室门至外室门一望贯通，其直如矢。所谓洞开重门，我心如此者，以喻其正直也。

这栋汉族住宅高大、规准、平直、均衡。

《热河日记·驲汛随笔·市肆》中记载城镇的市铺店舍为：

所经市铺，若凤城、辽东、盛京、新民屯、小黑山、广宁等处，不无大小奢俭之别，而盛京为最，皆纹窗绣户，夹路酒肆，金碧尤盛，而独怪其金栏绿槛，架出檐外，新经夏潦，丹碧不渝。凤城乃东尽头，边门僻奥，更无进步之地。而不特椅桌、帘帷、毡毯、器什、花草俱是并刃老见，其招牌，认榜，竞侈争华，即其观美，浪费不啻千金。

牌楼为纪念性建筑。如宁远城中的祖家牌楼：

宁远城中大街上，对立祖家牌楼，两楼之间，俱数百步，两楼皆三门，每柱前坐数丈石狮子。一祖大乐牌楼，一祖大寿牌楼，高皆六七丈，而大寿楼高小巽，皆以白石之莹泽如玉理者层层架起。榱桷梁椽，甍檐窗楹，不资寸木。大乐楼，以五色文石，架起两楼，缔起之功，殆非人力之所能。大乐楼列书三代诰赠，曾祖祖镇，祖祖仁，父祖承教，前面书元勋初锡，后面书登坛峻烈，最上层书玉音，刻柱联曰：松木贾如初，庆善培于四世；琳琅有赫，贲永于千秋。后面柱联曰：桓赳兴歌，国倚干城之重；丝纶锡宠，朝隆铭鼎之褒。

从上述描绘中，可知当时清朝牌楼建筑融题字、书法、雕刻、装饰于一体，用牌楼这一建筑显扬祖姓家族的地位与声望。

烟台城关为军事设施。《热河日记》记述山海关的将台：

未及山海关一里东向，有一座方城，高十余丈，周数百步，一面皆七堞，堞下为圭窦，可藏数十人。土窦共二十四，城下之体，又穿四圭窦，以藏兵器，下为隧道，水通长城之内。

描述山海关之地势和建筑：

（山海关）前临辽野，右挟沧海。

长城从医巫闾山委蛇而下，至角山寺，峰峦皆有墩台，入平地而置关，缘长城行十五里，南入于海……

铁关扉，虹楣刻，威镇华夷第二关，为四层敌楼，虹楣刻

“山海关”。第三关，为三檐楼，立扁曰：“天下第一关”。

称赞山海关和将台：

日经数城，而今验之长城，其设施设置，莫不效法于此关，然皆儿孙耳。

不见万里长城，不识中国之大；不见山海关，不识中国之制度；不见关外将台，不识将帅之威尊矣。

《热河日记·盛京杂识》载盛京（今沈阳）建筑：

城周十里，砖筑八门，楼皆三檐，护以瓮城。瓮城左右亦有东西大门。

盛京皇宫之建筑：

正门曰“太清”，遂进步入门……遂走至前殿，扁曰“崇政”，又有扁曰“正大光明殿”，左曰“飞龙阁”，右曰“翔凤阁”。殿后有三檐高楼，曰“凤凰楼”，有左右翊门。……层楼复殿，叠榭回廊，皆覆以五色琉璃瓦。两檐八角屋曰“太政殿”。大清门东有神祐宫，安三清塑像，康熙皇帝御笔题曰“昭格”，雍正皇帝御笔题曰“玉虚真帝”。

热河为清帝乾隆避暑行宫。《热河日记·漠北行程录》载：

累日行山谷间，既入热河，宫阙壮丽，左右市廛连亘十里，塞北一大都会也……热河城高三丈余，周三十里……城上虽无施堞，无异墙垣，不及所经郡县城郭。有三十六景。

《热河日记·黄图纪略》中详尽记述清都北京的建筑，主要有四个方面。

其一，皇宫建筑，如皇城九门、金鳌桥、太和殿、文华殿、文渊阁、武英殿、擎天柱、午门、五凤楼等。

其二，皇家园林，如瀛台、太液池、五龙亭、九龙壁、紫光阁、万佛楼等。

其三，皇家祭天祭祖坛庙，如天坛、地坛、庙社等。

其四，寺刹，如弘仁寺、报国寺、天宁寺、白云观、法藏寺、药王庙、斗宫、关帝庙等。

详尽记述当时清朝的建筑状况，目的是介绍给本国，从而“利用厚生”，富国裕民。

十一、关于清朝运输的记述

朴趾源在清朝期间考察清朝经济之所以繁荣的一个重要原因是交通运输发达，陆上的车，河上的船，对经济发展有巨大作用。

他观察到清朝的车，分为三种，一是乘坐出行的车，即太平车。《热河日记》载：

（太平车）轮高及腑，三十辐共一毂，枣木团成，铁片铁钉，围遍轮身。上为圆屋，可容三人。屋以青布，或绫缎，或羽缎为帐，或垂细帘，用银纽开闭左右。傅玻璃为窗，屋前设横板，以坐御者，屋后亦坐从者。驾一驴（儿），远道则益（易）马与骡。

还介绍清朝从事运输的大车：

载物曰大车……载准八百斤，驾两马。八百斤以外，量物加马。……载重者驾出轮外，高或数丈，引马多至十余匹。

介绍独轮车，用以运送小宗物品：

独轮车，自后一人腁辕而推之。……载物重且阜，则一人牵绳也曳之，或二人三人，如船之牵缆。

朴趾源观察清朝的车，还有“灌田曰龙尾车、龙骨车、恒升车、玉衡车，救火有虹吸、鹤饮之制，战车有炮车、冲车、火车”等。为此，朴趾源在《热河日记》中赞叹说：

诚以利生民之日用，而有国之大器也，今吾日见闻可惊可喜者，惟此车制而万事可征也。

朴趾源对有人以李朝“街巷之狭隘，岭厄之险峻”不宜用车不必制车的观点进行驳斥：

我东未尝无车，而轮未正圆，辙不入轨，是犹无车也。然而人有恒言曰“我车岩邑，不可用车”，是何言也？国不用车，故道不治耳。车行则道自治，何患乎街巷之狭隘，岭厄之险峻哉？“传”曰：“舟车所至霜露坠”，是称车之无远不屈出。中国固有剑阁九折之险，太行羊肠之危，而亦莫不叱驭而过之。

朴趾源还对清朝的航运工具——船，进行考察。《热河日记》载：

（潞河）河广且清，舟楫之盛可敌长城之雄，巨舶十万艘皆画龙……船旗大书“浙江”“山东”等号，沿河百里之间密如竹林，南通至直沽，自天津卫会于张家湾，天下船运之物皆凑集于通州。不潞河之舟楫，则不识帝都之壮也。

十二、清朝的文化活动

《热河日记》中多处记述清朝人的文化活动。在“戏台”中描述戏台构建状况：

寺观及庙堂对门必有一座戏台。皆架七梁，或架九梁，高深雄杰，非店舍所比。……沿道千里，往往设芦簟为高台，像楼阁宫殿之状，而结构之工，更胜瓦甍。

并记述清朝演戏、看戏之热情：

小小村坊，无庙堂处，则必趁上元、中元设此簟台，以演诸戏。曾于左家铺道中，车乘联络不绝。女子共载一车，不下七八，皆凝妆盛饰。阅数百车，皆村妇之观小黑山场戏，日暮罢归者。

看戏之人，竟达百辆车，可见其众多。至于戏曲的剧目则为：

道旁连簟蔽阳，处处设戏。有演《三国》者，有演《水浒》者，有演《西厢记》者。高声唱歌，弹吹并作。

十三、清朝的山川

《热河日记》中多处描绘清朝山川美丽风光。如描绘清朝的群山景象：

幽冀山势扶舆磅礴，太行西来，环拥燕都；医巫东驰，以作后镇。龙飞凤舞，至于角山而大断，为山海关。入关以来，诸山益脱大漠粗壮之气，向南开面，清秀明嫩。至昌黎诸滨海之县，山气尤佳。

描绘白河水势之壮观：

河出两山间，触石斗狠，其惊涛骇浪、愤澜怒波、哀湍怨濑，奔冲卷倒，嘶哮号喊，常有摧破长城之势。战车万乘，战骑万队，战炮万架，战鼓万座，未足论其崩塌溃压之声。沙上巨石屹然离立，河堤柳树窈冥鸿蒙，如水祇河神，争出骄人，而左右蛟螭试其拿攫也。或曰："此古战场，故河鸣然也。"此非为其然也，河声在听之如何尔……今吾夜中一河九渡。河出塞外，穿长城，会榆河、潮河、黄花镇川诸水，经密云城下，为白河。

十四、文学体裁

朴趾源在《热河日记》中充分展示自己的高超文学才能。

其一，纪行散文。

朴趾源在《热河日记》中有多处写景状物的优美文字，十分精彩。如描写在渡白河时，突遇狂风暴雨之景象：

方渡至中流，忽有一片乌云裹黑风，自西南飘转而来。飞沙扬尘。如烟如雾，顷刻尽晦，莫辨咫尺。既下船，仰视天色，黝碧绀黛。而层云襞折，亭毒硼怒，电萦其间，如滕金线为千朵万叶，霆车雷鼓旋辗郁叠，疑有墨龙跳出也。望密云城，近数里，促鞭疾驰，望城而行。风雷益急，雨脚斜掷，猛如拳捣，势不能支。

其二，汉文小说。

《热河日记》中载有两篇汉文小说《虎叱》和《许生传》。关于这两篇汉文小说，将在其后李朝汉文小说章节中予以详细阐述。

十五、重要意义

李朝实学家朴趾源的《热河日记》具有十分重大的意义。

（一）珍贵的思想价值。充分展示朴趾源“利用厚生”“经世济民”的实学思想，北学清朝，力图使李朝能“富国强兵，国富民强”。

（二）重要的史学价值。既是朝鲜民族实学史的重要文献，也是记载清代中朝关系史的重要文献。

（三）很高的文学价值。可以说是一部优秀的文学作品，汉文散文隽永，《虎叱》《许生传》为两篇优秀的汉文小说。

（四）很高的民俗学价值。详载当时清朝东北和关内（华北）一带的民俗。

（五）中朝两国文化交流的丰硕成果。记载朴趾源与清文人的会面笔谈，成为两国文化交流的丰硕成果。

国家出版基金项目
NATIONAL PUBLICATION FOUNDATION

『十三五』国家重点出版物出版规划项目

朝鲜汉文学史

（第三卷）

杨昭全◎著

吉林人民出版社

第二十章　别具特色的《燕行录》
——《蓟山纪程》

一、作者生平

李海应（1775—1825），李朝文人，字圣瑞，号东华。

1803年，以文人身份随李朝“冬至进贺使”赴清朝。翌年回国。

1825年，始为生员（类似中国之秀才）。李海应一生科举不顺，以生员终老。

1825年，病逝，时年50岁。

1867年，李海应的儿子李云皋有功，追封三代，李海应追赠为左承旨，即左副承旨。

二、写作背景

1803年李朝遣冬至进贺使赴清。正使为闵台爀，副使为权𥜥，书状官为徐长辅，时年28岁的文人李海应随团赴清。是年农历十月二十一日，自李朝京都汉城出发赴清。翌年农历三月二十五日，自清返回汉城。此次赴清往返共153天、6183里。[①]随使赴清的李海

① 刘顺利：《朝鲜文人李海应〈蓟山纪程〉细读》，学苑出版社，2010年，第3页。

应，在赴清往返途中，逐日记述日程，最后成书《蓟山纪程》。

三、作品介绍

《蓟山纪程》用汉文书写，全书共5卷。第1~4卷是记述往返清朝的日记和汉诗。每篇日记记载所见所闻，一般说来文字较少，言简意赅。每篇日记之后，多有一首汉诗。据笔者统计，李海应在往清朝途经本国境内地区创作有汉诗99首。入清朝境内创作汉诗242首、返程在清朝境内创作汉诗49首、返程在李朝境内创作汉诗18首，《蓟山纪程》全部汉诗共408首，其中往返本国境内创作汉诗117首、往返清朝境内创作汉诗291首。第5卷为附录。

四、作品选读

（一）汉诗

1. 赴清途中，李朝境内创作的汉诗

离　家

燕游，夙愿也。秋阳徐学士充岁币书状官，谋与余伴行。金存根、景博亦以戎衣从事。是日同发。

书生裘马戒平明，
今□中厚万里程。
拜退高堂迟作步，
妻儿又管送人情。

这首诗描写作者随使的喜悦心情，多年向往赴清，今日得以成行自是喜悦。离家时拜别高堂、妻子儿女相送，祝福平安。

砺岘道中

自弘济院以后，皆属生面。从山曲溪，种种佳丽，浩然有万里之志。

邮亭朝把故人卮，
十月天寒万里之。
已出都门京国远，
一登征马道途迟。
北方此去饶名胜，
东土元来重别离。
学士今行多旧伴，
缅思南汉读书时。

这是作者怀旧之作，李海应曾与好友李光文等一起在此读书。

松京怀古

入松界，多可观处。吹笛橐驰，亦名胜之桥。路有一柱石灯，檠七层石浮图。盖高丽旧迹也。从城南门入，市肆繁丽，仿佛京城。城之制，如半月形。

落日高丽国，
寒风易水招。
山川犹胜地，
民物似前朝。
寺废撑孤柱，
城荒荫万条。
百年仙笛杳，
归□泛平桥。

松京曾为高丽王朝国都，繁华异常，而今天“山川犹胜地，民物似前朝”，只是昔日高丽国都的繁荣不再，“寺废撑孤柱，城荒荫万条”。

练光亭

三使行查对讫，设伎乐于练光。临水轩敞，江山形胜皆属眼景。扁楣有“第一江山”四字。又柱联有曰“长城一面溶溶水，大野东头点点山”。是朱使之蕃笔。盖模写全形，为千古格语。

伎有《离舟曲》《旋风舞》，为沿邑最。盖箕之为都，市肆栉比，巷里连绵，亦是伯仲京都，而第地狭人众，闾舍逼仄。晚入上营贰衙，“宣化堂”亦系杰构。

楼台胜状冠西关，
饮客词人日往还。
散地江澜铺白练，
浮天山势点青鬟。
王孙麟马传名迹，
妓女鸾笙倚笑颜。
落日层栏虚极目，
万家烟柳匝城圜。

按，“练光亭”，位于今平壤大同门附近。亭上对联为明朝使节朱之蕃所题。

这首汉诗描述在练光亭欢宴观伎乐的愉快心情。

箕子墓

……松杉束立，方垣四围，中有箕子墓。墓方而上尖，高数丈。前有短碑，刻“箕子墓”三字。又有一碑，中折。只存一“墓”字，用铁钉合之。……

箕城城北路，
石马荒原中。
巘嶂千重势，
松杉万古风。
断碑苔蚀字，
方暮草成丛。
土俗修香火，
公灵地水同。

按，“箕子墓”，位于平壤。
此诗描述箕子墓之荒凉，野草成丛。

客馆志怀

今日，慈闱生辰也，怀绪倍觉难抑。

关云千里杳萱闱，
游子前宵梦远飞。
定识山妻香箧里，
纤尘点积老莱衣。

这首汉诗描写老母生辰，游子在外不得还家祝贺的内疚之情。

鸭绿江

……鸭绿古称“马訾”水也。江有三条，以界两国。鸭绿与中江、小西江是已。江冰未坚，布笆篱其上而渡之。

红裙歌咽绕重茵，

鸭水东头万里人。
直向边风身劲快，
忽当西日胆轮菌。
森阴雪木荒如猬，
峭峻云峰翠葺鳞。
故国山川从此尽，
举鞭时复首回频。

这首汉诗描写作者渡鸭绿江的心情，无限惆怅和留恋，“举鞭时复首回频”。

2. 赴清途中，清朝境内创作的汉诗

栅　门

门在龙山下，设木为栅，高不过肩，疏可容一人出入。栅之设，北自嗒喇地，南至海门，二千余里，设七十所。此其一也。盖示定界之意……我国使行到栅，先通“城长”等官，始临门许入。……

结栅齐人髻，
门通左海途。
计疏樊折柳，
谓我视瞿瞿。

此诗描述作者一行过栅门的惶恐、谨慎心情。

凤凰城

过凤凰山而城屹平地。周围方正，楼谯甚飘渺，有城将主之。

……

街坊井井，左右货铺皆华构杰阁，各标揭主卖之名。

凤城高百雉，
门远小于轮。
草店如宫室，
茶房总货珍。

此诗描述凤凰城经济繁荣景象，“草店如宫室，茶房总货珍”。

黄家庄，裁家书

李译义成痈肿忽剧，落后径还。因便，上家书。

东客径还远寄音，
吾行利涉瓮河浔。
霜前白雁从今新，
莫谓高堂恋子心。

这首汉诗表达作者在异国他乡思念故国想念家人之心情。

沈　阳

沈阳，古肃慎、挹娄之地。……清属奉天府，亦曰盛京。即清人首业地也。……

重城雉列地龙蟠，
兴业骄胡莫巩安。
千里东西辽野路，
八门傍侧沈河澜。
市珍山积联金牓，

殿瓦云飞屹玉栏。
为是先王居馆地，
行人不改汉衣冠。

这首汉诗描述沈阳之雄伟地势和经济繁荣景象。然而作者最后一句“行人不改汉衣冠”，意思是说我们李朝使节一行依然穿着正统的汉族服装，而不是满族衣服，蔑视、鄙视清朝的情绪溢于言表。

永安桥

永安桥桥广而长，架三虹为门，以青石造之。设栏而雕刻之，傍有宽温皇帝敕建碑。……

月偃虹飞水绿漪，
两栏蹲向石狮儿。
胡皇岁筑先陵路，
不复横流散野陂。

按，“宽温皇帝”，即皇太极。
这首汉诗明显表达作者对清之不满，称皇太极为胡皇。

大陵河

河甚广大，去海八十里，三面皆大野，即明季战争地也。

明将刘綎尝勒众拒贼……不意贼兵迫在阵头，未及整伍，迎刃崩溃，綎遂死之……

停马风前倚半醺，
大陵哭鬼若将闻。
战场白骨悲寒月，

野渡黄沙起恶氛。
鞮汗无当骄冒顿，
睢阳有死义将军。
河流未洗男儿恨，
王气金陵冷水云。

按，“鞮汗”，穿着皮靴的野蛮人头领，这里指当时领兵作战的后金将领。

这首汉诗凭吊明清交战时战死之明将刘綎。从此诗中亦可感到作者对清之蔑视。

姜女庙

行未至八里堡数里，折而南行，有庙在高阜上。庙塑一女子，旁有二童侍立……

哭郎娘死哭娘谁？
怨入长城玉塞迟。
若为芳魂长住处，
石头何不起神祠？

此诗既钦佩孟姜女，又感叹其厄运。

山海关

关有两重门，门皆有谯楼，而亦有濠堑及瓮城。城高四丈余，外门楼二檐，内门楼三檐。第一门外匾曰“山海关”……

地利天设险，
有国山河宝。
渤海东抱野，

巫闾迥插昊。
中间大辟关，
百雉雄城堡。
曲附秦时筑，
直抵辽阳道。
扁门李斯笔，
齐谐谈海枣。
扃镝难恃固，
大盗闯机早。
白日断城腰，
刃头多芟草。
七门东正开，
天兵廓如扫。
诸夏无君长，
故国泣父老。
行人立马看，
谩说关防好。

此诗描述山海关之地势险峻。

皇都

燕京属顺天府……城周四十五里，高三丈五寸，城门凡九。

皇基似邮传，
几人替开国。
山河古名都，
王气相消息。
函谷秦鹑醉，

洛水周龟食。
地轴应乾文，
五纬合拱极。
渤海溯折东，
居庸远枕北。
粤惟永乐帝，
广辟都城域。
快洗金元陋，
丕阐唐昊德。
庭衢八荒迩，
阊阖九天直。
悉仿南都制，
更加边幅饰。
礼乐弥寰宇，
衣冠灿光色。
庙社分左右，
馨德荐黍稷。
璧沼槐荫合，
青衿弄翰墨。
侍臣日捧觞，
共祝千万亿。
痛哭渃滩岁，
北寇侵孔棘。
天地尽腥秽，
气数方晦塞。
玉玺元无主，
女真敢为贼。

蟒衣高垂拱，
太和空翼翼。
四门巩锁钥，
百蛮总部勒。
居民杂满汉，
服人徒威力。
胡命亦能久，
一理难推识。
胁令东方人，
岁述侯甸职。
依旧前朝月，
来照玉河侧。
起听城头笳，
巡卒夜警敕。
会待重明世，
太阳久薄蚀。

这首汉诗既描写燕京之地势，又描述燕京的历史变迁。

午门观跸

因主客司知委，三使率任译，往候星驾之诣太庙。余亦随之。……

皇帝始出，驾乘黄屋轿……

路直重门列应阜，
倌人传跸早鸣鼗。
虹桥侧畔双龙柱，
青锁东西九蟒袍。

太极楼台诚壮观，
女真皇帝亦雄豪。
鸾旗影下凝眸立，
黄屋流苏象背高。

太和殿

由午门入，有太和门。……太和殿在门内。……

皇帝出御，受朝贺。分列仪仗于东西，文武官依青铜品石而立。我国使臣则立九品之外西班最后列。……

禁城春色早，
朝士绣轮停。
羽仗环如栅，
鸾轿屹似亭。
擎天龙柱白，
啮火兽炉青。
千载虞《韶》远，
寥寥凤舞廷。

这首汉诗描写清帝早朝的威严气势。

3. 记述李朝国内名胜古迹

武烈祠，位于平壤，祠奉明朝尚书石星和明军将领李如松等。《蓟山纪程》载：

壬辰，倭寇入据牡丹峰，李将军如松，属游击吴唯忠攻之。阴取西南，以倭易朝鲜兵，合祖承训等，为效装潜伏。李将军鼓行，抵城下。倭炮矢如雨。杨元等登小西门，李将军从大西门继进。火药并发。唯忠中铜洞胸，犹奋呼督战。倭遂气夺，宵遁。歼其酋宗逸、平秀忠、平秀信。余死于火，又跳出车城，溺死无计，得级数千。此天兵大捷地也。

1592年，日本大举入侵李朝，李朝不支，求救于明，明先后两次派援军入李朝，与李朝军民共御倭寇，最终将倭寇驱入大海，获得全胜。李朝视明有再造之恩。石星时为明朝尚书。李如松为明军统帅。杨元、吴唯忠、祖承训皆为明军将领。

箕子墓，位于平壤。李海应《蓟山纪程》载：

朝发，由七星门出。西行之路，本由普通门，而今则为访箕子墓故也。

松杉束立，方垣四围，中有箕子墓。墓方而上尖，高数丈。前有短碑，刻“箕子墓”三字。又有一碑，中折。只存一“墓”字，用铁钉合之。昔在壬辰，倭虏折碑，后人改竖，而寓“图新存旧”之意，仍复合石云。丁字阁中，揭一二诗板。

按，“箕子”，为殷商重臣。《史记·宋微子世家》载：“（周）武王既克殷，命召公释箕子之囚。”

《尚书大传·洪范》载：“箕子不忍周之释，走之朝鲜。武王闻之，因以朝鲜封之。”

4. 记述清朝城镇

辽城（今辽宁省辽阳市），《蓟山纪程》载：

……城北有土屯，周遭如丘垄，乃旧城之基。城周二十里，高五六丈。外设睥睨，内障女垣。城上开坦路，五马可队。城外有壕引，引太子河注之。城四门曰：“绥运”“丰乐”“顺安”“拱极”。门有丽谯及瓮城。瓮城亦有门，不扇矣。扁门于城额，又旁译以清书。城内有都督、守尉、驿丞之官。

从东门入，路左右列肆相映，百货堆积，各立旗榜，而多以金字填之。古诗所云“旗亭百队开新市”者也。

从上述可知辽城城市之建筑结构和经济繁荣景象。

沈阳，《蓟山纪程》载：

沈阳，古肃慎、挹娄之地。……城内外人家，合一万五六千户，而城周五里，其形如斗，盖方城也。每面九十，每堞十卒守之。城四角有三层铺楼，每铺百六十卒守之。每城中百卒守之。

入里门而有瓮城。城有内城，亦有左右门，门外有壕。城凡八门。南曰“德盛”，小南曰“天祐”；东曰“抚近”，小东曰“内治”，西曰“怀远”，小西曰“外攘”，北曰“福胜”，小北曰“地载”。有六部衙门，亦设侍郎以下官，盖官府之制。

市肆之盛，亚于燕京。

从中可见沈阳的城市建筑格局和经济繁荣昌盛。当时城内外人口已有一万五六千户，“市肆之盛，亚于燕京”。

山海关，《蓟山纪程》载：

关有两重门，门皆有谯楼，而亦有濠堑及瓮城。城高四丈余，外门楼二檐，内门楼三檐。第一门外匾曰“山海关”，世称李斯笔。……

至第二门，门内匾曰“天下第一关”。或云陈姓人摹朱子笔揭之。又云明萧显所书。南北又各有重城。设门而建二层楼。下架虹霓，行路四达。南走澄海楼，北通党山寺。城内民居，则不若沈阳之栉比。

遂西出。两重城亦有瓮城及谯楼。其内门曰“祥霭榑桑”。自外城门凡九重关，即古之榆关。隋开皇三年所筑，而唐谓之“五花城”。至明时徐中山达增修之。

从上述可知山海关之建筑之宏伟。

皇都，即清之国都北京。

《蓟山纪程》载：

燕京属顺天府，本尧时幽都。辽号曰南京幽都府。宋宣和中，改名“燕山府”。寻复入金，称燕京，已而改号“中都”。元初为“燕京大兴府”，皇明洪武初，为“北平府”。永乐初，改为“顺天府”。自南迁都，号曰“北京”。十八年庚子，宫城门阙，悉放南京，而壮丽过之。其地北枕居庸关，西峙太行，东连山海，南俯中原。然北距塞不□二百里，异乎居中而应四方矣。

城周四十五里，高三丈五寸，城门凡九。

上述文字记述燕京之历史沿革及其地势。

通州，《蓟山纪程》载：

路由通州，行至八里桥。桥长约百余步，其高可容帆樯之出门。天下漕船，皆萃于此。桥南数帿，立石而题其面曰“漕船大泊处”。由通州西门入。匾曰“神京左辅”。闾阎市肆，亚于皇城。

上述文字表明通州为航运中心，经济繁荣。

5. 记述北京名胜古迹

隆福寺，《蓟山纪程》载：

寺在雍和宫近地。寺中例，开月三市，而自八日至十日始撤。诸人多有观光者，余亦从焉。

寺中殿宇重叠，像设侈丽。前后左右，各列市货，必以各种而区别之。如书册则列于东边，珠玉则列于西边。买者、卖者匼匝扰攘，可谓挥汗成雨，连袂成帷。赏玩各品，不觉日已晡矣。

从上述文字中，可知燕京的隆福寺庙会之繁荣热闹。

雍和宫，《蓟山纪程》载：

……余从左夹门至昭泰之内。雍和门又在其内，而门内即雍和宫也。门设阿弥宫，安大塑像。庭有乌铜炉，大可数丈。后殿曰“永佑”，安三佛，而左右又置琉璃厂，厂中佛像无数。卓前亦如之，而其余珍宝之物，罗列如市榻。佛经文贴于殿后壁，形如白塔，而如是者三处。

自永佑而入法轮殿。殿凡二层，殿中央设宝榻，是皇帝幸行时所御。殿中恰铺画文戎毡。虽十间之广，必以一张铺之，无贴连者。榻前有金鼎，鼎刻一童子及双龙，皆活动可观。盛白米于鼎中。又设卓而奉金屋，佛龛燃长明灯于前。以花草言之，皆以金、铁、铜、玉雕刻枝叶花实。后壁以楠木为假山，高丈余，广则倍之。其棱脊之凹凸，有若天造，而千百金佛，横竖倒立，望之若千树万枝，花叶满发。又设卓而列沉香佛龛三座，熏香喷鼻。龛顶各嵌以真玉。前后左右，皆刻成浮屠形。其丽亦不亿。

从上述文字，可见雍和宫之富丽堂皇。

琉璃厂，《蓟山纪程》载：

……从桥右而至琉璃厂。市楼排立，金碧玲珑，此是城内外大都会也。如入波斯之市，令人心目俱惊。

每当路分处立牌门，而匾“某胡同”。……

街头种种设倡戏，人多往见者。

从上述可见琉璃厂之繁华热闹。

圆明园，《蓟山纪程》载：

……日晡时，因通官指导，入圆明园。园在畅春之北。……

园之周十里，东西长而南北短。筑土为阜陵，种林木其间，而回迂作作，路介然而入。园门而设蒙古毳幕，其制如茅亭。

按，圆明园此时尚未被焚。60年后，1860年，为入侵清都的英法联军焚毁。

西山（今颐和园），《蓟山纪程》载：

路由西山。盖西山，即太行之别阜。遂由神佑门出。东有“阅武楼”。……又过一碑门。门匾前曰“罨秀”，后曰“涵虚”。其内有一行廊阁，如阙中朝房。此为西山之址。而湖水环其后。北望山麓上彩亭耸出，绮组璀璨，虚明恍惚，袅袅若万朵红莲，开而不遂，其妙制也。

遵湖而南，湖之广数百步，以石筑两旁，整整无罅缝。西山一面，皆瑶树琦楼。自西山顶至山脚，高下横竖，疏洁明丽，错出并耀，万类不同。皆覆以琉璃瓦，五彩灿然。上承日影，下涵湖光。周驰为阁道，直抵峰头。雕阑彩棂，委曲旁通。百千万间，皆可循除而行。从湖边回首，愈出而愈奇。……

过此而有长桥跨于湖，穹然如垂虹。下为十七虹门，故名“十七桥”。其中可通百丈楼船。……但伫立凭瞩，如在画图中。楼台相映，白塔挺出，虽非天作之尽然，而以人力言之，天下大铺叙也。

从上述可见，颐和园之秀丽风光。

北海五龙亭，《蓟山纪程》载：

自万佛迤而西北，五亭翼然相对，若行龙蜿蜒之势，曰浮翠亭、涌瑞亭、龙泽亭、澄祥亭、滋香亭，总而名之为“五龙亭”。瑶树琼檐，左右拱向，皆中立四楹，外则十二楹也。……

琼华岛顶上，环以太湖石。中建浮图，高十余丈，张铁丝而维之。……

瀛台左右，广寒楼、勤政殿、知稼轩、丰泽苑、秋云亭、蕉园、临漪亭、水云榭、紫光阁、承光殿诸胜。琼岛皆奇石，巉岩磊砢，下瞰池水，栋宇翚飞，依然蓬莱仙府也。禁中人称瀛台为“南海”，蕉园为“中海”，五龙亭为“北海”。

从上述可见北海五龙亭之幽美景色。

天坛，《蓟山纪略》载：

坛在永定门内。……

中有三层圆阁，高入云霄。楹凡十二，而墙壁皆涂以鸦苍色，葺以青绿瓦，上插金顶。檐桷栋椽，皆正圆，盖以像天圆也。匾曰祈年殿。……坛埤之左右路两旁者，环之以栏，意其各有所祭神出。《一统志》云，每年冬至，大祀于圜丘。日、月、星、辰、云、雨、风、雷，分四从坛，其制度三成。……先农坛与天坛外门相对。

从上述可见天坛气势之雄伟。

6. 记述清朝的寺院

太公庙，《蓟山纪程》载：

庙在城内东街，有两牌门相对。庙门之匾“西表海东钓璜”。外门曰“棂星门”。又曰“鹰扬庙”。门匾“允文允武”四个大字，乾隆御笔也。殿中安姜太公神位。两楹及神龛左右皆揭长联。

壁东西各有配位从享。西配张良、郭子仪，东配位诸葛亮、吴司马孙公。西从享岳飞、田穰苴、范蠡、韩信、管仲、刘基。东从享乐毅、李靖、曹彬、周亚夫、裴度。一仿文庙四圣十哲之位也。

两庑又列享历代名将。东则以邓禹为首，其次张飞、班超、赵云、吴汉、姜维、樊哙、赵充国、程不识、臧宫、李广、皇甫规、皇甫嵩、祭遵、耿弇、周勃、李存恭、李晟、李存参、白起、王翦、吴起、李牧、常遇春、王僧辩、龚遂、卫青、冯异、马援、彭越、贾复、寇恂、曹参、羊祜、冯奉世、岑彭、吴隆、陶侃、霍去病、谢玄、杜预。

西则以檀道济为首，其次狄青、邓清、范仲淹、杨业、寇准、韩琦、邓艾、王畯、霍震、李存恭、李光弼、颜真卿、尉迟敬德、薛仁贵、李勣、吴明彻、王镇恶、刘琦、韩世忠、文天祥、赵口、毕再遇、李显忠、吴阶、田单、斛律光、长孙晟、杨素、陆逊、陆抗、伍员、周瑜、徐达、孙膑、赵奢、廉颇、慕容恪、王彦章、韦叔裕、宇文宪，共九十八人。

庭有乾隆时丁桂蓥所撰碑。内外门竖武庙创建碑，万历间右侍郎北海刘应节所撰也。

按，“太公庙”，即姜太公庙，又称武庙。殿内除供奉姜太公外，还配享98人，这98人皆系中国各代著名文臣武将。在清朝供奉如此众多文臣武将的庙宇，实属罕见。

“李存恭”，东西庑或叠误，或皆有之，原稿注。

顺安门外关庙，《蓟山纪程》载：

……桥之北，有关帝庙，象设极伟壮。戟门左右，建钟鼓楼。左曰“龙吟”，右曰“虎鸣”。殿中塑像，几三丈余。匾楣多赞圣句语。配张飞、赵云东西庑，而前有一塑，为被缚状，力士以刀拟之。其人仰视张飞，若无怖意，是蜀将严颜也。门外竖双竿，高十许丈。每月朔望，插旗于竿头，击二楼钟鼓，必焚香云。

按，“关庙”，即关公庙，清时关庙各地甚多。

（佛寺）广慈寺，《蓟山纪程》载：

寺在沈阳土城外一里。殿奉阿弥三座，前作琉璃龛三层，安九身小金佛。左右又作青琉璃龛。一阁一佛，而制甚奇巧。又刻五百罗汉于左右层板上，小皆盈寸，以黄金涂之。

庭有碑阁，其记文略曰：盛京四面，皆建庄严宝寺。每寺中大佛一尊、菩萨八尊、天王四位、浮图一座。东曰“慧灯朗照”，为永光寺；南曰“普安众庶”，为广慈寺；西曰“虔祝圣寿”，为延寿寺；北曰“流通正法”，为法轮寺。

有居僧七八人，而其中黄衣者，西番喇嘛僧也。

按，“佛寺”，清朝各地众多，诸如万寿寺、法藏寺、万佛寺、卧佛寺、广济寺、妙应寺等。

东岳神庙，《蓟山纪程》载：

广宁东城外数里，依山而庙。庙材不用木，以砖壁为榱甍栋桷。门圆如虹，殿无梁脊。匾其殿曰“仁圣殿”。殿奉岳神，冕旒板笏，俨有神王威仪。右翼室塑夫妇并肩，左右又有列神像，而左男右女也。各抱一小儿，而或有双胎儿者。似是妇人祈嗣之所。……

按，“东岳神”，姓名有不同说法：一是“东岳君讳区更生”，一是“东岳泰山君姓玄丘讳目陵”。

娘娘庙，《蓟山纪程》载：

过连山西五里余，有一峰特出。上有娘娘庙，是丛祠也。路出山下，石磴回抱，左环巨川之流。棠、梨、杨、榛森然，如麻列。

三义庙，《蓟山纪程》载：

庙在罩罗山下，奉汉昭烈像。左关右张，并辔而立。谓之“三义”者，此也。大抵塑像无三分之肖。庙前塑一人被发系柱，而一人以剑刺之，刃几没头，是曾窃赤兔马者。

庭有康熙重修碑。有僧徒居在西夹室，壁揭观音像。

按，“三义庙”，供奉三国时期刘备、关羽、张飞“桃园三结义”。

姜女庙，《蓟山纪程》载：

行未至八里堡数里，折而南行，有庙在高阜上。庙塑一女子，旁有二童子侍立。左者持伞，右者持带，是女子之两儿也。观其塑像，如哀号嚬蹙之状。庙额曰“芳流辽水”。外匾曰“劲节凄风”。庙龛左右各竖一碑，左是《重修贞女祠记》也。……右碑即万历壬子菊秋，主关海若王致中同萧馥亭都护《出塞诗》也。……

又云：关外二舍许，海洋中有立石二，殊有人形。又卧石三，皆相枕。世传为姜女坟。

按，“姜女庙”，又称贞女祠。

夫子庙，《蓟山纪程》载：

庙在安定门内。……铺甓为阶砌，筑中央而为神道，抵于戟门之内。正殿以黄瓦设二层椽架，匾额于上层曰“大成殿”。……中安先圣位板，题曰“至圣先师孔子神位”，以黄金填其字，左傍以满洲字译之。……东西配位从享……翼庑享历代先儒。右则以林放为首，清人陆陇其跻其末。

按，“夫子庙”，即孔庙。

文丞祠，《蓟山纪程》载：

祠在顺天府学之旁，即古之“柴”市也。元人杀文山于此，既而名曰“教忠坊”……设龛安塑像，面方而丰下。眉目清爽，但额庭甚窄。身穿大袖朝袍，头戴四角幞头，垂绅而晋搢笏，此宋制也。题位板曰“宋丞相信国公文公神位”。

龛左傍立方石，色淡黑，角文山像。

历代帝王庙，《蓟山纪程》载：

庙在阜成门内景福街之间，匾外门曰“帝王庙”，内门曰“景德门”。正殿曰“景德崇德之殿”。殿设七龛，而第一龛在中央，奉伏羲、神农、轩辕三王神牌。左二龛奉五帝。右三龛奉夏禹以下十四世、商汤以下二十六世。左四龛奉周武王以下三十二世。右五龛奉汉高帝以下十世、光武帝以下八世及昭烈帝、晋元帝以下七世，宋文帝以下三世及齐武帝、魏武帝以下八世，陈文帝、宣帝。左六龛奉唐高祖以下十六世及后唐明宗、后周世宗、宋太祖以下十四世、辽太祖以下六世。右七龛奉金太祖以下六世、元太祖以下十一世、皇明太祖以下十三世，而周之幽、厉，汉之平、桓、灵，晋之惠帝、皇明神宗，皆不与焉。外此，亡国见弑之君，亦不得列。

殿内揭“报功观德”四字。又东西庑奉历代名臣。

东则以风后为首，其次仓颉、夔、伯夷、商伊尹、傅说、周召公、毕公、召虎、仲山甫，汉张良、曹参、周勃、魏相、邓禹、耿弇、诸葛亮，唐房玄龄、李靖、宋璟、郭子仪、许远、李晟、裴度，宋曹彬、李沆、王曾、富弼、文彦博、李纲、韩世忠、文天祥，金宗翰，元穆呼哩、布呼密，明徐达、常遇春、杨士奇、于谦、刘大夏等四十人。

西则力牧、皋陶、龙、伯益、商仲虺，周周公、太公、吕侯、方叔、尹吉甫，汉萧何、陈平、刘章、丙吉、冯异、马援、赵云，唐杜如晦、狄仁杰、姚崇、张巡、李泌、陆贽，辽耶律赫噜，宋吕蒙正、寇准、范仲淹、韩琦、司马光、赵鼎、岳飞，金宗望、干鲁，元把延、托克托，明刘基、李文忠、杨荣、李贤等三十九人。

香花庵，《蓟山纪程》载：

白涧店路侧，有香花庵。……庵系崇德时所建。人传崇德帝妹早寡为尼，常居此。及其殿，仍作愿堂。尚今有尼姑主持。……

庵匾曰“香林法界”。庭立乾隆御制碑，匾曰“古刹香花庵”。入门，有佛宇，设三菩萨。……

两廊亦多尼徒，而年少者，则羞见外人，不出户外。

按，“香花庵”，应为“香华庵”，即尼姑庵。

杨妃庙，《蓟山纪略》载：

下自盘山，路左山顶有一庙，乃世所谓“杨贵妃庙”也。

云有金像女人戴花冠，而面貌端丽。盖此处本多娘娘庙，而此特在古渔阳地，故强名为杨妃庙。

清圣庙，《蓟山纪略》：

入城百余步，夷齐庙在其中。前的牌楼，匾曰“敕赐清节庙”。……

又有一门，于门内门廊立三碑，而一则孔子曰“不降其志，不辱其身”一章也；一则孟子曰“伯夷叔齐，圣之清者”一章也；一则曾子曰“伯夷叔齐，死于沟浍之间，其仁成名于天下。夫二子者，居河济之间。非有土地之厚，货粟之富也。言为文章，行为表缀于天下”一章也。

过碑屋而有正殿。自碑楼至此，可数百步。殿内设一龛，匾曰“古之贤人”，即乾隆笔。有两塑像，并肩而坐，东夷西齐，而其像酷相类，但伯像差瘦劲。俱戴冕，被衮捧笏，而俱王者仪。

按，“清圣庙”，即夷齐庙。

7. 记述清帝嘉庆

午门观跸，《蓟山纪程》载：

因主客司知委，三使率任译，往候星驾之诣太庙。余亦随之。

夜五鼓，由东长安门入。行百余步，路折而北。历东朝、天安两门。是晓，皇帝将祫祭于太庙。卫卒已集，红灯扑地照耀。至午门下。午门。端门之内也。遂入憩于主客司朝房。东方始晢，而鼓声出午门内，众官肃然无哗。门内外火光，一时吹灭。只有羊角灯数十双，列行而导之。

皇帝始出。驾乘黄屋轿，仪仗旗帜，皆用黄色，仪仗甚草草，而左右寂寂，只闻路上马蹄声。

黎明，有播鼓声出端门楼上，五凤楼撞钟相应。少顷，左右鼓角，一时齐鸣。笙乐之声，自远而近。及驾过，三使皆跪而仰视，是为“瞻仰”也。

夹驾侍卫之例。黄凉伞用黄金镫，略施淡黑云纹，以曲柄竿承之，其长二丈余。一人捧之。又一人捧流苏之下垂者。骑者十数人，随驾而入，此则亲王及阁老也。黄屋轿则如我国双轿，而四面皆环以阑干，饰以珠翠，而以黄金障之，左右贴琉璃。其它如日月扇、斧、节，亦各有定。

卫而无随行之例。执仗卫士，皆着绣衣，帽上竖一枝黄色羽。

禁中一日守直，凡八千人云。有五象在午门外，其大如屋。皇帝动驾时，鞴金鞍而驾黄屋者也。

记述清帝嘉庆去太庙祭祀时出行的盛况。

紫光阁，《蓟山纪程》载：

是日，皇帝设紫光宴，三使入参，余亦从焉。

天明，由西华门入福华门内。皇帝乘黄流苏屋轿。侍臣数人，奉黄金炉盏等器，左右分列而前导。皇帝露面顾视，可一见而祥矣。须髭颇小，面方而丰下，盖深黄色。

三使随入宴班，而余则自外观之。杯盘狼藉，磬筦俱作。

有百十红衣军，手奉一队黄布帐，自西而前。瞬息间遮其庭，设为三门，而场戏之具，皆从门入。各藏假面。其阔袖、圆领、幞头、大带，一应先王法服，或绝类东制。此所谓“礼失而求诸野”者也。皆执一木板，而以金字各书一字于一板，合而看之，则“嘉庆万寿”。

又作假花如羽扇样，执而摇之，低昂合节。又摇尻折腰，雀跃蟹行。其枝酷似我国花郎，而可谓曲尽其妙。

又立一大柱，使八九岁儿，裸身登柱。倒悬横立，若踏平地。其余角抵戏、狮子舞及红棒环逐之状，皆次第设戏。

皇帝还驾，颁赏有次。

宴罢入阁。阁凡二层，而匾曰“紫光阁”。

记述清帝嘉庆宴饮之盛况。

皇帝发圆明园，《蓟山纪程》载：

天明入天安门，即三座门外也。皇帝发圆明园，众官从卫。仪仗则只有貂尾旗十数双，而千骑画沓黄勒者，皇帝也。右执鞭，左执辔，衣黑貂裘，而自御马。无牵夫、扶属之例。天下威仪，简易若是。

记述清帝嘉庆前往圆明园之情景。

8. 记述与清文人笔谈

张士毅书堂，《蓟山纪程》载：

甜水村有讲堂，在九圣祠内。

群童匝坐，有读《诗》、读《论语》、读《春秋》者，而齐声噪噪，不辨其句读、音语。案有《八股诗》《五经辨》诸书，是场各体也。有一学究，方对案教授。遂略与笔谈。叩其姓名、乡贯，则答姓张士毅，直隶遵化州丰润县人。问丰润闻士为谁，答昔有谷应泰，名士也。今张庭槐、孙鹏越、鲁凤喈，皆解元也。文章推郑征。书画皆推曹庆篁为最著云。

从上述可知，张士毅为清私塾先生。

程伟元书斋，《蓟山纪程》载：

号小（泉），能诗文字画，家在城内西胡同。因沉教习仕临，往见之。程出，肃延座。题一绝曰：

国语难传色见春，
雅材宏度尽精神。
贱生可幸逢青顾，
片刻言情尽是真。

程本系河南籍，伊川先生三十一世孙，见授沈阳学掌院。

按，“程伟元”，为清文人，一生未仕。为北宋著名学者程颐三十一世孙。

徐绍薪庄，《蓟山纪程》载：

（徐）绍薪，进士鹤年子也。鹤年曾与东人多结交，余亦雅闻名矣。遂访其家，则绍薪现任山东诸城县令已十年余，留亲族在家。

有张、翟二秀才，是洞里人，适来笔话。

遗憾的是未记述三人笔谈之内容。

李饶亭美书斋，《蓟山纪程》载：

（李）美，永平府秀才也。迎余，进饽饽相劝。遂题示一律曰：

风雅通中外，
相寻驻使车。
名虽千里表，
自愧七旬余。
春作云峰际，
山瞻岱华初。
居行方异趣，
圣治沐安舒。

又出所著诗藁十卷，题曰《清华堂诗集》。

座有三四士友。名曰“铉铭”者，其门生云。

按，“李美”，清嘉庆朝秀才。李朝正祖六年，李朝使节洪良浩出使清朝时，曾与李美结识。

次巨川季廷铨诗韵，《蓟山纪程》载：

（季）巨川，亦书斋讲生也。秀俊有风格。饶亭席上参笔话，仍书示一绝曰：

粗材久负秀才名，
风雅林中愧我生。
此日幸逢东海客，
披云拨雾眼重明。
从古诗人自爱名，
一场佳话尽平生。
殊怜海客东归后，
千里相思共月明。

按，“季廷铨”，号巨川，李美之弟子。季廷铨赠给李海应的诗，感情真挚：“殊怜海客东归后，千里相思共月明。”

谷连恒夜至，《蓟山纪程》载：

> （谷）连恒，明巡抚使谷峤六世孙，而号曰“岳北”，家住丰润城内。是夜访余，至店舍。叩其学术，亦有可观。因言《皇明纪事》其先世所著，而以时禁，一未得见云。

按，“谷连恒”，清嘉庆朝文人，明朝巡抚使谷峤六世孙。《皇明纪事》指的是清朝提督两浙学政佥事谷应泰撰写的《明史纪事本末》。

王景文明鉴斋，《蓟山纪程》载：

> 王，山东人也。业造眼镜，门揭“明鉴斋”。诸译中有与王素知者。王欣然接延坐，办酒馔供之。遂略与笔谈。盖能文、识多、气节者也。

按，“王”，即王景文，清嘉庆朝时京都眼镜商店老板，但文化素质很高。

书楼遇佟翰林贻恭，《蓟山纪程》载：

> 自西（夕）照寺，历入琉璃厂书楼，抽阅书卷。有一朝士，下车而入，揖余做话曰：“偶行暂过，幸会，幸会。”遂相示姓名官乡，方做翰林，做事者。余曰：“观风上国，偶接清范。岂非萍水之幸欤？”一场谈次烂漫。佟乃书示曰：“仆方有公干，离馆出城。故未图再会。恨何可言？”相送而罢。

按，李海应会面笔谈的清文人为佟贻恭，清嘉庆朝翰林。

王时斋副榜韵席，《蓟山纪程》载：

朝出琉璃厂，入一书画铺。有一人容仪端雅，方阅画帖。见余到门，注目良久，便欣然喜也。取笔书示曰："萍水相逢，未识客官尊姓大名。"余曰："班荆之座，偶接倚葭之皃。莫是萍水中一奇会期耶？仆姓名某，有季札观周之志，作书记从戎之行"。因叩其姓名。则曰："弟姓王，名庶绩，江西九江府德化县人。壬子科副榜。本以末学，浪迹京华。恭逢威仪，三生有幸。请问尊寓，以便他日请教。"余曰："见寓玉河馆内。"

又问其交游中谁某。则曰："有翰林李鸿宾者，再有喻姓名林者，亦系举人。文章书法，见重一时。如不我遐，敝寓有李笔对联，当奉送，以志一时见过之欢。且久闻四海皆兄弟，故北风尘，见得光仪，今虽不能畅叙，弟还有十余日闲暇。请光临仆寓，副此悬望。"余曰："受赐也多，谨当遵命，而茅万户垂杨，不知君家阿那。"王曰："去尊寓不远，仆寓前门内西皮市四眼井登墀堂客舍。"

余问年与号。王曰："贱辰丙申。字敷九，号时斋。"仍又问余。余曰："愧添一庚。字曰圣瑞，匾其室曰东华。"王曰："长仆一岁，是兄也。"余曰："贱齿何足道哉？有先后进之别。"王曰："尊言或是太谦，大要以学文为主。君不闻艰于一第者，乃大器晚成耶？"余曰："学文于我何有？若是以定甲乙，尤全未、全未。"王曰："第几行？弟之行七。"余曰："行九"。

又曰："再晤有命，不可不指日期会。"王曰："即以初十日早饭罢为期。弟在寓所等候。"

他余零碎，不录。遂同起出门。

从上述可知，李海应与清文人王庶绩交谈甚欢。

桂风山秀才客馆，《蓟山纪程》载：

王庶绩约与今日相会，故早期按地至登墀堂。

王适出门未返，有一士人，在邻馆迎接。略与笔谈，则是桂姓，号风山，原系江南六安州人。余曰："畴昔奉王时斋先生于琉璃厂书楼，趁今日为约再晤，而所恨题凤，偶接芝宇，可谓倾盖如故。……"桂曰："一见客官气概如此，可知学问高明。钦佩之至，恨之晚也。王七今正启馆，若要相见，少俟之。鄙年三十五岁，二十入秀才，就寓京师。……"

因求见其平日所著诗文。桂出《四书论》……见其文，颇纯淡。余曰："掷地金声。如弟者不得不袖手旁观。"桂又出一律示之曰："前日，舍侄因事赴居庸关。余口占送别。"其诗曰：

一策匆匆等断篷，
长城北走万山中。
囊垂可赋青钱句，
裘敝谁弥紫塞风。
村翳尘沙人绝迹，
谷回石磴路盘空。
此行辛苦须知奋，
穷苦元来大有功。

余曰："始知文章有力。弟可以拙句步就。"即席构写。桂因举笔，加圈两联曰："真是宿学，诗法工部却过。"……

桂又曰："客官今下顾敝寓，一见如故。异日显达，那时到此，请勿弃我。"余曰："弟东海鄙人，且无素蕴，何言显达？”桂曰：“客官如此器宇，兼才学优深，安有虚度？但愿卜日奉教。”

时斋方自外至，邀致他馆。

从上述可知，李海应与清文人桂风山会面笔谈之欢快情景。王七时斋书室，《蓟山纪程》载：

王出自桂馆迎余，相肃。取笔书曰：“中孚者，信也。君子不失信于人。然父在斯，为子凡事当禀命而行。弟因于初八日启馆，云今日有约，特来一会。有失倒屣，望祈恕罪。”余曰：“五伦有次序。兄禀命之行，可谓自亲而始。弟今奉约委进，聊志抱住之谊。贵驾方旋，从此作尽日之欢。”

……

因问：“大兄被选于何榜耶？”王曰：“举人为正榜。正榜后，另一榜十余人为副。不中正榜，终身不得为官。弟则如今年甲子开乡科应试后，中正则正。不中仍是如此。”……

余曰：“李翰林诸先生，未得约今耶？”王曰：“伊官翰林。此处律例，不许居官者交游外国人。且弟等见接者，亦不过瞒公不瞒私。”余曰：“敝邦人前此来游者，多与做官文士追随结交，是诚何例？”王曰：“或亦有私无公。”因出诗一律曰：“此立春题诗也。一篇尚未完，代弟结下韵一联，用祈兄台步韵的好。不要笑弟。”其诗曰：

晓窗司启报青归，
帘卷东轩见雪飞。
腊意迈针寒几许，
条风轻扇暖些微。
谩裁彩胜簪疏鬓，

且翦宜春贴板扉。

余即续就一句曰：

会待曲江红杏节，

少年争夺锦花衣。

因曰："貂不足耶。以弟荒拙。续之甚悚。"王一咏曰："兄与我新年之愿即此也。"又曰："弟前日不知干例，约至敝寓相见。后告之父即同寓诸人，皆云不可。此地近刑部、都察院、大理寺等衙，巡人最密。若见外国人往来亲近，恐生嫉妒，可以为口宝。"余曰："区区律例，赚得男儿拘束。"王曰："所谓生于斯，长于斯，即得交此一番拘束。且父在，子不得自专。弟父年老，过虑恐致有慄。只可偶然逢接，长则不便。"余曰："既丞此示，益觉黯然。从此一去，无由再会。"王曰："既阻于时，又阻于势。弟在他乡，只可作一千里神交、心间往来耳。"

烦烦者漏载。遂临门送余，愀然若缱绻。

从上述文字，可知清廷当时严禁清朝官员与外国人接触。
王柘庭𣓨客馆，《蓟山纪程》载：

景渊近与柘庭亲知，因绍介约一会矣。今日一早，同车出馆。

王见住于春树胡同关帝庙中。入门座定，余擎笔书示曰："夤缘敝友，夙仰高名。故此逶进，得接光仪，可谓三生有幸。"王曰："贱学无识，叨荷光顾，感与惭并。"

蝶庄王陈锡，𣓨之弟也。但闻其名，而未识其面。故余又书问曰："仄闻白眉同寓，见今当座否？座上诸君子，仆未知某某。"王曰："颇似丰而微发者，为敝乡同方乾一，在国监作举子业；腴而黄髯者，为家表兄张秀三孝廉。其年幼者，为四舍弟。”

余曰：“仆之此行，非直为山川楼观之胜，切欲求吾所欲见者。今焉邂逅，东海鄙人，何以得此奇会！”王曰：“私衷切欲假丛之胜，足以游赏者，奉屈文宗，作竟日欢。因不识风禁，不敢冒昧。兼置新正酬应，鄙俗砺碌纷弃。兹闻行期又迫，殊深局促惋慽之至。敝俗与识好中，有连句之会。本拟会集以畅，此来之雅会惜二三友，均惮贻笑，不肯与会，亦缺陷事也。”

余曰：“如我遐弃则已。不然，则贻笑之教，仆不敢当。或者仆之好缘，终此尽耶？”王曰：“再会之期，欲于二十二日。滨剧粗，期一聚。兄可详之。”

余曰：“二十二之约如宛，则可晤。”又曰：“刘石庵笔法，仆已稔知矣。闻兄有雅分，借得数三幅挥洒否？如蒙珍诺，仆当带纸伻报。亦不可无兄笔迹，以作日后珍玩。”王曰：“石庵相国书，似集诸家之大成。如叨赏鉴，当得转浼。至棨，蔑识焉，敢妄作以污大雅之清瞩耶？”

遂与留二十日约而还。

按，“景渊”，即李景渊，为此次李朝使节赴清随行人员。

王棨为清文人，号柘庭。

从上述可知，李海应与王棨等之会面笔谈情景，非常融洽，约定日后再次会面笔谈。

柘庭酒席与引泉刘绍叔共赋，《蓟山纪程》载：

是日，为践柘庭约，往至其所。主人已立门久矣。

延余坐，呼茶讫，余与刘引泉作肃，叩其姓名。刘曰：

“仆姓刘，名绍叔，号引泉，柘庭之内弟。因今日台驾惠临，特来仰瞻丰采。一见雅人深致，使我敬佩之至。”余曰：“东海鄙人，观风上国，已极蓬莱之愿，而况今日得接光仪。未知先生与石庵相公，有亲谊乎？”刘曰：“石庵相公，系仆同宗祖行，且常至其府中。仄闻先生欲觅其书法，此事至易。昨闻柘庭言，已面求之矣。今携来石庵、覃溪二公真草《心经》墨各二张，聊当见面之贽。不知肯留纳否？此石系晓岚尚书家所刻。先生知翁覃溪其人否？”余曰：“畴昔果仰恳柘庭，欲得石庵书，今示如是，谋忠之谊，若是挚乎！草法双擎玩阅，百朋之锡，蔑以加矣。晓岚尚书仆已饱闻，而第未知翁覃溪何如人？”刘曰：“翁覃溪，官至侍郎，为大兴才子之冠。少与晓岚齐名。其诗文书法，今颇难得。”

……

余又曰：“石庵、晓岚文章，有贤愚否？”刘曰：“石庵诗文，质实近理，有相国风度；晓岚则词林妙品而已。”余曰：“仆有若干首诗，拟欲一质高眼。吾谁适从？”刘曰：“如肯见示，当与诸词人共相赏识，兼呈石庵品评。”余曰：“若如尊教，感幸何极！且有敝友零星诗文，而恐不一挂清鉴。此是西涧昆弟所著也。”刘曰：“诗文原系公诸同好之物，一并求教何如？”余曰：“仆所恳诸笔。既不鄙余留诺，且欲得先生书法，未知如何？贵寓亦未闻知。是庸泄泄？”刘曰：“敝书庸拙，毫无可当高人青眸。既承雅属，当勉书一联，三日后奉赠。”……

王命进馔，转眄门，可谓食前方丈。劝余下箸。余曰：“珍馐旨酒，停当醉且饱。第恐不当嘉宾之燕敖。”王曰：“粗肴享大宾，惭悚之至。幸祈畅饮，一快生平，切勿过谦。”……

余因五律一首诗以示，曰：“适构荒拙，惟只祈斧正。”王、刘俱以笔圈其一联曰：“诗固佳绝，愧不敢当。”刘又续和，曰：

高情素笔墨，
疏懒拟云林。
倾盖留佳话，
萍踪惜寸阴。
论文称国士，
走笔见芳心。
流水高山在，
抚琴有足音。

余朗吟一遍曰：“始得琼报，鄙什益惭其不称，仆则不敢加评。”

……

刘又问曰：“贵邦名胜何地？祈示一二。”余曰：“山有金刚、俗离、九月、妙香、水落、白头。水有豆满江、瀛海等处。此其大略也。”刘曰：“神往久矣，未能一游为憾。……”

刘又曰：“江浙胜景，可能一游乎？”余曰：“只就旧书卷中，略知其某处。平生愿一游览，而局局海陬，鹏图莫展，往往驰神。……”

……

刘问曰：“贵邦风俗礼仪，亦与此不同否？”余曰：“敝邦则只遵《礼记》《家礼》及朱夫子《礼训》耳。”刘曰：“礼书有真有伪，不可不辨。惟朱夫子《家礼》可遵。然亦必循时而行。且《大清会典》，昭若日星。率土皆所奉行耳。”余曰：“不可不因时酌宜。而同者同，异者异。若欲论同异之辨，则盖常曰，千里不同风也。”刘曰：“大抵皆遵时王之制。人心之安者，即为礼。四方幅员万里，不过一心之所安而已。即如上国，本系箕子受封之土，是以与我国，衣让礼仪，从古不衰。所谓水有源、木有本也。先生有志抗论礼经，非人中之杰而何？愿努力典籍，为一代文献为幸。”余曰：“杞犹不足征也。仆以小国庸才，何敢当一代文献之主？”刘曰：“《语》云：十室之邑，必有忠信；五步之泽，必有芳草。况朝鲜大邦，岂乏俊哲？先生可勿太谦。”余曰：“泽之庆忌，川之产花。岂谓如仆者流耶？”

……

余因起揖，王、刘俱深醉苦挽。余曰：“城门下钥，则仆将中路经夜。”二人哂而送至门。

从上述可见李海应与清文人王桀、刘经叔三人会面笔谈，最终吟诗饮酒之欢乐情景。

乐志轩和蝶庄韵，《蓟山纪程》载：

王、刘诸人，以今日为约，故往会于乐志轩。絅庵、秋阳次第出来。入其门，主人出迎，而蝶庄及陈孝廉范川，已先到矣。

陈举笔相酬曰：“素闻贵国人文之盛，自愧学槙芜累，未敢奉陪。敢问尊姓名及号。贱名治鸿，号范川。孝廉，即举人也，现尚未受职。”余举手揖而书曰：“莫是陈孝廉先生？曾因柘庭、引泉二先生，久慕鸿名。何幸今日之奉陪。仆姓某，名某，号曰某。”

因问：“尊位本住顺天府耶？”

曰：“浙江佳（嘉）兴人。”

……

陈又曰："向见贵国朴名齐家集一本，而有策一首，极古博，诗亦清老。想亦一著作手。"

曰："朴果贞蕤也。诗文何以得见？柳泠斋得恭，时亦同游京师。多有所著。见之否？"

曰："朴诗于友人斋头见之，盖曾到京。其诗集，大半与京中文人赠答之作。集系浙江人陈姓者为之代刻，而陈君想但与朴君相识耳。"

陈又曰："敝邦文人雅士，今皆以公务繁制，不暇交游。今有船山、寿民辈，皆诗酒之雄。惜先生不能逗留，久与盘桓也。"余曰："船山莫非张翰林耶？仆且愿晤，而不可得者。……荏苒之间，行期不远。仆之奇缘，于此尽耶？"陈曰："船山姓张，名问陶。既悉其人，初旬原期约会。惜出月二日，上幸翰林院。皆有所司，故未能邀晤耳。"余曰："敝友于野李光稷，诗酒豪散人也。往年来游上国，与张船山逐日觞咏，相托深契矣。这次此友亦来，而以不得见船山，念念心头不舍。"

陈又与絅庵、秋阳迭相酬和。

……

余遂裁抵引泉书，仍出示西涧诗文曰："此是与引泉有约者也。"王曰："谨当转致尊命。"

……

因说酒馔，各种珍错，比昨尤胜。余曰："真率之会，何必盛备乃尔？茶熟香清，有客到门，岂非可喜事耶？"

……

王曰："舍弟企佘已深，终以不能朝夕奉教为歉。……今当曜灵匿景，含意未伸，敬以一律藉呈。尚乞先生借不律，作缟纻之投。何如？”

其诗曰：

观光齐凤阙，
佳语出鸡林。
乞字看云储，
倾觞到月阴。
神交由我好，
眉语识仙心。
更感《皇华》咏，
嘉宾惠德音。

……

余曰：“拭眼奉玩，可见月露上神造。厚谊难孤，敢露拙手。”遂步韵酬还。王兄弟曰：“拜读佳什，不啻百朋之锡，谨当十袭珍藏。”

仍与叙别而罢。

上述文字，显现李海应与清文人会面笔谈之欢乐情景。

纪晓岚尚书宅，《蓟山纪程》载：

余欲一见晓岚，遣人探候，约与今日会话。故从崇文门出，曲转而过五里许，至其门，门小，仅容一人。遂入，其坐外炕。其管家数人劝茶，虚座为主客之礼，曰：“大人今日在家等候，俄被皇帝召命，才离驾矣。可于一二日后再枉否？”

余遂唯唯而还。路琉璃厂，入王景文铺。小醉馆中，诸人亦多来会此者。

按，“王景文”，时为清朝京都眼镜铺“明鉴斋”主人。

访晓岚不见，《蓟山纪程》载：

朝又往至晓岚家。晓岚自阙晓出，而见方以风眩伏枕，未遑接客云。故余遂呈刺，而跋其尾曰：“海外疏踪，饱仰鸿名。再造门屏，三生缘薄，未奉光仪，恨何有既？第有零星诗文，带来行橐，欲一质高明者雅矣。或可暇日尘正，兼赐弁卷之章。谨当归托东偶，庸替古人三壮（状）元之一也。惶恐手报，兼以湾尹文藁同封。”

授管家，管家闻命而入。少顷来报曰：“大人强起，读一篇未了，旋又按枕眩晕。犹未得奉达华刺，可胜悚叹。今方邀医入诊。老爷须臾卜后日。”

余又自外而还，诗文则谓以展在几案，当俟抖擞评览云。

李海应再次造访，适纪晓岚病，未能得见，憾甚。
《春树拈》赠王陈锡，《蓟山纪程》载：

自芦沟桥还，适过春树胡同，为访柘庭兄弟也。

柘庭出迎曰：“明月拟造馆谒，荷此枉顾，感谢感谢。”余曰：“素闻芦沟桥为皇都八景之一，今晓率意独往，一晌眺望而还。日势尚未尽，故历进门屏，明日枉顾之示，诚不胜欣荣……”

……

余曰：“……晦日约，诚万幸。向日蝶庄所属诗拈，余已带去馆中，构一律书之。又求馆中如干诗，完成一帖，而题其帖曰《春树帖》。今日之行，命人带来矣。”

仍问：“蝶庄令季，适值驾言耶哉？原帖奉完，而但恨诗无足观。”王展阅一篇曰：“尊什既佳，而情致缠绵。

令人读不失手。舍弟在城内，今日且有友人，招饮于广德楼。当于晦日，同进致谢。”王又曰：“欲得尊笔，以侈藏玩。”

仍出我国状纸一张，属余下笔。余曰：“笔拙可愧。且南人以竹为薪，北人以竹为梡。此纸手熟，仆不欲书。”王笑曰：“贵馆絅庵大人以此纸二十张见惠。岂数见不鲜，而谓西施，可唐突耶？”又出粉唐纸二片，再三苦恳。故余以宋诗二绝，书赠之。

相逢却恨晚相知，
萍水浮踪未定期。
春树街头高士馆，
秋山幅里故人诗。
传觞尽日摩青眼，
倚玉清风见白眉。
怊怅东溟归去路，
带君琼墨慰余思。

按，“王陈锡”，号蝶庄，王棨之四弟。
乐志轩留别，《蓟山纪程》载：

朝诣柘庭所，为谢昨访，兼叙明别也。

余曰：“昨日适离馆。贵驾虚辱，可胜悚怅。明将离发，不得不一别。故摆却临行事务，冒雪委进。聋岩未得偕，要我转谢。”王曰：“昨日奉应，不值为怅。荣行在即，后会无期。耿结之衷，纵不洒临歧之泪，终难免悲从中来。”余曰：“一别在迩，再晤无期。耿结之衷，犹属歇后语。昨承珍贶，将补归橐。铭谢那道留别表悃，略以橐中余存者藉呈。惟足下昆季笑领否？睹物知心，则是所幸也，而惭愧无地。”

遂以纸、梳、笔、墨之属赠之。

……

蝶庄出砚一方贶余曰：“歙砚一方，不堪持赠，聊以此藉临岐赠言之意。”余曰：“文旁结友，百年寄情。证此金石之交，悲不感且好，而物厚人鄙，恐不敢承当。”王曰：“金石结心，磨以不磷之意。”余曰：“心如石矣，何待砚方？”王曰：“可卷而怀之，聊结心交。”仍授余从者。

余曰：“千金送人，终须一别。万端情绪，书不尽意。仆请告别。从今以后，只作万里神交，往来一心上也。”王曰：“骊歌顿唱，五内若煎。惟愿劳力前程，鄙人静听好音。遥以申贺。”遂握手一别。

柘庭与蝶庄，俱作凄咽状。

若凭千里信，当慰百年心。

远道难寻约，洪乔等如今。

按，“洪乔”，即“洪乔故事”，是李朝使节洪大容在清都燕京，与清文人严诚结下深厚友谊的感人故事。

9．记述清朝文化活动

观戏猿，《蓟山纪程》载：

有牵嗾猴戏者来到馆中，作诸般戏。猴二，白羊一，狒狒一。狒狒即犬子，差少于猫，而戏者牵而前，以韦辔系猴颈，駈羊而使之随。则辄手握其辔，跃腾羊背，骑而驰走。

又以一猿，穿红衣青袴，头着假面女髻，足蹑胡鞋，而高坐一柜上，恰如数三岁孩儿矣。一人鼓锣，叫声，则一猴自开柜，出帽而着之。一开而一着，乍着乍脱。其冠帽之属不一。或作人步，或跪或卧，或持枪作击赖状，或扶筇作伛偻状。

又以两木交植左右，横索其上，而人又喝声道辞，则猴辄缘木而上，驰走横索之上，少无差蹶，而或踞坐于木末，或立悬于索间，若自经状。一猴则翻身回转。人若从后暗打，则坐不安席，流睨侧眄。或曰：若见人打之，则必向人帖身，破肤裂冠云。

猴之小，亦与狒狒相等。手足如人形，而臂长手厚。面貌间则无一茎毛，但斑斑然浅赤。

又以筛轮四介相对如串字，或相比如连环，或分置四隅，或加轮于轮上，而辄敲锣嗾犬，则犬乃回身转入。或一直穿过，或腾身跳上，或曲腰折入，而一不触动其轮。其巧异物也。

有小儿从旁突出，曲折其身，如弄绕指之铅。倒竖横立，摇头转足，示其便俐之容。问其年，则甫八岁云。又有十余岁儿，持一面磁盌子，以尖小尺寸之木，撑其底，而又以一木，含其端于口，其一端则横连撑盌之木。仍中道辞，而一手击盌，使回回不已。则盌辄应手摇旋，而又以两针，各系一竿，使针末相连而摇之。又于竿头，效人踞坐状。又以烟竹样，连其端而撑之。彼盌子一不违落于地。

又以红木丸子三个，向空投上，迭手受之。乍投乍收，不知何丸之从何手投受也。又以嵌穴一小筒，系在顶门上，有时受丸之落。此虽与幻术有异，而亦属妙入神者。

上述文字记述清之民间艺人为李朝使节表演的耍猴。

幻戏，《蓟山纪程》载：

是日，招致幻术人，作戏于馆中。戏凡十余种。

其一，手执五六铁环，环正圆无罅缝，贯于指旋转良久，却交贯为连环。旋则分之为各环。或两人各持一环，互相投掷。则又合为连环。

其一，两人各持黑白弹子，如鸡子大，纳于口，吞下。旋又自手中出之。或自脑后吐之，或吐白于吞黑者之口，或吐黑于吞白者之口。其吐吞之状，可谓神出鬼没。

其一，铁剑长数尺，纳其刃于口，冉冉刺喉，几没其刃头。辄伏于地，阖眼作闷绝状。已而若将推而上，张口拔其刃，涎津渍湿，斑斑有血痕。

其一，横竹吸烟，没头吞下。又破竹两条，其长数尺，纳诸鼻孔，而用力插入之。瞬目张口，为吞下状，而又若忍痛者然。久之引而出之，意其长，而皆湿血涎。其烟竹则火犹不灭。

其一，覆空帕于地，转身回旋。念念作口中语。俄而去其帕，则有二大画圆楪，而一盛赤枣，一盛花菜杂种。

其一，扯碎白粉纸，条条相连，无一片粘联之痕，因两手交引之，如蚕丝缫出，不知为几十尺。有二禽雏，从纸中飞出。观者皆叫惊。

……

其一，立一柱木于庭，负其手，而令人从后缚之，欲紧紧不解。仍覆帕于手缚处，则瞬目间，负手移步，其缚手则不解，而所立柱，在于缚手之外矣。

其一，竖竿摇楪。或倾壶酒，酌而尽之。复倾而复饮，空壶之酒，津津不已。此果一定是幻术，而用法之荒忽，举一可知千百也。

按，“幻戏”，即魔术和杂技。

登（灯）戏，《蓟山纪程》载：

众灯毕呈，天色向暝。于是，令张灯阁檐于庭栏。皆列羊角灯檐际，两房各立彩棚阁。阁中有青石假山，而左右前后，亦皆此灯也。

又两边立飞檐，一大柱八面悬八行数十层灯。灯脚翻风，猎猎有声。

又设一架，如碑门形，而悬一大鼓，鼓底垂火绳而燃之。一燃而绳尽，则鼓底一板，打开自落，而鼓中一块纸裹，飞破四散。忽焉有彩衣仙童、丹楹画榭、奇禽异兽，层生而叠出，皆是灯形之不同，而不可名状。于焉间大光自燃，一时齐明于百十灯中。正如银汞点缀，散落于空中。又火尽，则先出者尽堕于庭。又有层出者如前，而或有瓶灯、西瓜灯、樽灯。鼓内每一下，皆不下十数，而行凡十余。如是者又三四层，而复替悬方鼓。不图一鼓中藏置累千百灯也。

又于两边之架，各悬大柜形。柜中所出者，则形如列磬之架。火明光白，层列井井。其奇巧之状，诚而所难测也。

又于庭东西，各设一间彩阁。以锦缎障面，及复斋卷，则灯火状人形，晶莹若仙人。衣上、满身着琉璃玉佩。

又庭前罗立者，各捧江园灯。每设一架于一灯。其跪起进退，一如献寿之状。

又有百数人，各捧方灯一颗。或罗立，或跪坐，或分别周行。终又登列卓之上，层层罗立，而最上头捧一灯，形如人首，其左右次第，作全身形。奉灯者，皆呼：“嘉庆万万岁”。

又有塔灯、七宝灯。火燃于七宝，若金缕而纱笼者。

又作落火戏。别植红纸筒于庭，如箭筒形。燃火绳于筒口，则火自筒中嘘起窸窸之声，如雷轰天，而铃铃飞散。散而复落于庭，若一围风炉，覆自空中而散下。

盖计其糜费，非但十万为计。虽有千万之费，不可学得者，其奇技妙法也。

元宵观戏，《蓟山纪程》载：

三使朝入“正大光明殿”，参放生宴。此圆明（园）之正殿也。放生者，鼓贮各种禽，使之一时飞散云。晡后，又入水长阁，观灯戏及落火。阁上窗帘，皆贴楪大琉璃，红绿隐映于中，必妃嫔自内窥视者也。

灯戏讫，又作“埋火戏”。自阁檐连横索于庭前两架。架后悬灯之棚，又有四五十处。及诸棚，色色不同。有莲藕奉朵之形，有当筵列樽之形。自阁前连索处，有两道火块，疾于流星，而走扑前架，则次次散连，而无数悬棚之灯，一时雷轰。火声震地，烟气蔽天。纸炮皆自灯中散出，冉冉如挂空之虹。盖此法用之库中，暗惊贼阵散溃者也。

按，李朝使节等观戏之处，为圆明园内之正大光明殿和水长阁。

倡戏，《蓟山纪程》载：

中前所城南门外，以自簟构二层屋，架设倡戏于前。观者云屯。

有两人装以女子红妆，其云髻粉白，少无毫发之殊。手持画扇一把，翻而摇之，齐声作艳唱。其声袅袅。虽不知为何语，而浓脸倩笑，莲步轻盈。百般情态，眩人观瞻。此真以声音笑貌者也。

翻然入绛帐中。又有白发二老人，联臂而出。其发白者，亦假面也。一着阔袖团领，头帽腰带，一应我国朝士之服。跪揖进退，皆中节奏。大抵胡儿见我国朝服之人，则必曰“倡氏”云者，盖以此也。

按，从上述文字看，似是京剧演出。

10. 《附录》介绍

李海应的《蓟山纪程》卷5为《附录》，内容共23项，主要有两个部分。第一部分，有关清与李朝宗藩朝贡关系的，计有行总、沿邑、官衙、岁币、食例、赏赐、公役、道里、使行排站。第二部分，关于清朝的事务，计有山川、皇都八景、城阙、宫室、衣服、饮食、器用、舟车、风俗、科制、畜物、言语、胡藩、贡税。

（1）第一部分

行总，记载李朝使节赴清人员之构成：

冬至进贺正使正宪大夫

军官四、伴倘、干粮官、别陪行、中房、跟奴、书者、马头、左牵、笼马头、日伞奉持、引路二、轿扶嘱四、军奴二、干粮库直、马头、厨子二。

上骑一匹、中骑三匹、笼马一匹、兼济马二匹、海营先生马二匹。

副使通政大夫

军官二、伴倘、干粮官、别陪行、中房、书者、马头、轿扶嘱四、左牵、笼马头、日伞奉持、干粮库直、马头、厨子二。

上骑一匹、中骑二匹、笼马一匹、兼济马二匹。

书状官通善郎、弘文馆校理

军官、伴倘、干粮官、别陪行、中房、干粮库直、书者、马头、左牵、笼马日头、日伞奉持。

上骑一匹、中骑一匹、笼马一匹。

译官二十二员、一堂上四、别启请、汉学上通事、清学上通事、公干、掌务官十三、偶语别差、医官、写字官、画员、日官、湾上军官二、表咨文马头、方物马头二、木物马头、岁币米马头。

沿邑，记载李朝接待赴清的李朝使节的地方官员。
官衔，记载清朝接待李朝使节的地方官员。
岁币，记载李朝向宗主国清朝缴纳之岁币（即物品）。
万寿圣节进贺御前礼物：

黄细苎布十匹、白细苎布二十匹、黄细绵绌二十匹、紫细绵绌二十匹、龙文帘席二张、黄花席二十张、满花方席二十张、杂彩花席二十张、獭皮二十张、白绵纸一千四百卷、粘六张厚油纸十部。已上，今年则前方物移准。

中宫前礼物：

红细苎布十匹、白细苎布二十匹、紫细绵绌二十匹、白细绵绌十匹、黄花席十张、满花方席十张，杂彩花席十张。已上，今年则前方物移准。

冬至令节进贺御前礼物：

黄细苎布十匹、白细苎布二十匹、黄细绵细二十匹、白细绵细二十匹、龙文帘席二张、黄花席二十张、满花席二十张、满花方席二十张，补进。杂彩花席二十张、白绵纸一千三百卷。已上，今年则前方物移准。

中宫前礼物：

螺钿梳函一事奉进，红细苎布十匹补进，白细苎布二十匹、紫细绵细二十匹、白细绵细十匹、黄花席十张、满花席十张、杂彩花席十张。已上，今年则前方物移准。

正朝令节进贺御前礼物：

黄细苎布十匹、白细苎布二十匹、黄细绵细二十匹、白细绵细二十匹、龙文帘席二张、黄花席十五张、满花席十五张、满花方席十五张，补进。杂彩花席十五张、白绵纸一千三百卷。已上，今年则前方物移准。

中宫前礼物：

螺钿梳函一事奉进，红细苎布十匹，补进。白细萱布二十匹、紫细绵细二十匹、白细绵细十匹、黄花席十张、满花席十张、杂彩花席十张。已上，今年则前方物移准。

进贡御前礼物：

白苎布二百匹、红绵紬一百匹、绿绵紬一百匹、白绵紬二百匹、白木绵一千匹、木绵二千匹、五爪龙席二张、各样花席二十张、鹿皮一百张、獭皮三百张、好腰刀十把、好大纸二千卷、好小纸三千卷、粘米四十石。

食例，清廷规定，清对来到燕京的李朝使团每日免费提供之生活用品。

顺治以后，户部供粮料，工部供柴炭、马草、器皿、光禄寺供各样馔物。

三使臣：水稻米二升、鸡一只、鹅一只、鱼一尾、猪肉半斤、汉羊半只、牛乳半锭、白面二斤、酱瓜四两、清酱六两、腌（淹）菜三斤、黄酒六壶、豆腐二斤、酱六两、醋十两、香油一两、茶叶一两、花椒一钱、盐一两、灯油二两。

已上每日应各给。

苹果七十五枚、葡萄七斤半、沙果一百二十枚。已上每五日应共给。

大通官三员、押物官二十四员：白米一升、鸡一只、猪肉二斤、面一斤、腌（淹）菜一斤、黄酒一壶、盐一两、豆腐一斤、清酱二两、香油四钱、酱四两、灯油二两、椒五分、茶叶五钱。

已上每日应各给。

得赏从人二十九口：白米一升、猪肉一斤半、白面半斤、腌（淹）花八两、盐一两。

已上每日应共给。

无赏从人二百四十二口：白米一斤、猪肉半斤、腌菜四两、酱二两、盐四两。

……

路费：汉羊每四日一给。正、副使二只、书状官一只。大通官三十斤、押物官二十斤、从人十斤。

光禄寺路费，羊折银五十八两。大通官各一两九钱，押物官各一两二钱，从人各八两。

赏赐，即清朝皇帝赏赐李朝之物品。

国王前：

冬至——彩缎五表里、银二百五十两；

正朝——彩缎五表里、银二百五十两、骏马一匹、玲珑鞍辔全备；

圣节——彩缎五表里、银二百五十两、骏马一匹、玲珑鞍辔全备；

年贡——彩缎五表里，银二百五十两。

银共一千两。代貂皮三百张。

正副使：冬至——大缎紬二表里红由、银五十两、黄绢二匹；正朝——大缎紬三表里、银五十两、鞍具马一匹、黄绢二匹；圣节——大缎紬三表里、银五十两、鞍具马一匹、黄绢二匹；年贡——大缎紬二表里、银五十两、黄绢二匹。

书状官：冬至——大缎紬一表里、银四十两、黄绢一匹；正朝——大缎紬一表里、银五十两、黄绢一匹；圣节——大缎紬一表里、银五十两、黄绢一匹；年贡——大缎紬一表里、银四十两、黄绢一匹。

道里，记载自渡鸭绿江入清朝境内，经栅门、山海关直至清都

燕京之里程。

山川，记载自渡鸭绿江入清境内，赴清都燕京所经过山岭、河流，甚是详细。

皇都八绝，记述清都燕京的八个名景：

一琼岛春阴。在承光殿北孤屿，瞰临北海。……

一太液秋风。在西垣中。宜长桥列二华表，曰金鳌、玉蛛。北为北海，南则瀛台。

一玉泉垂虹，或称趵突。西山泉皆洑流至玉泉。山势中豁，泉喷跃而出，雪涌涛翻……

一西山晴雪。峰岭层叠，不可殚记。居京城右辅，政以西山概焉高寒，故易积雪，望如削玉。构静宜园于香山。……

一蓟门烟树。在都城德胜门外土城关。……傍多林木，蓊翳苍翠。……

一芦沟晓月。……

一居庸叠翠。……

一金台夕照。……

城阙，记述清都燕京之都城建筑。

……城凡九门：南曰正阳……东曰崇文……南之西曰宣武……东曰朝阳……东之北曰东直……西之南曰阜成……西之北曰西直……北之东曰安定，北之西曰德胜。

从城南又筑重城，自东抱西，南北短而东西长。城周二十里。……亦有七门：南曰永定，南之东曰疆擦，内扁曰左安。南之西曰草桥，内扁曰右安。东曰广渠，……西曰广宁……东北曰东便，西北曰西便。

统称都城曰皇都，称宫城曰皇城，亦曰紫禁城。……

宫城占都城之半。周十八里，高五丈余。城如筑墙制，而内外俱涂丹垩，葺以黄瓦，所以名紫禁城也。有四门：南“大清”，东“东安”，西“西安”，北“地安”。……

宫城之内，又有内宫城，周六里。……城之四角，俱有彩楼。高可百尺，规制奇丽。天安门之内，端门次之，午门又次之。午门即内宫城之正南门。东曰东华，西曰西华，北曰神武，过午门而有太和门。……

太和殿在太和门之内，即古“皇极殿”。……前楹十二间，玉陛九级，石栏三重，而皆刻作龙身，迤从阶隅而出。……中和殿在其后，保和殿又在其后。

过此则乃乾清宫，乾清之后，有坤宁宫，此内殿也。

衣服，记述清朝平民百姓和官员的服装。

服色专尚黑，而贫贱者多衣青。……

无论老少贵贱，衣凡三重。上衣曰褂子，即半臂之制……衬身之短衣曰袄子，着于袄上曰袍子，其长及踝。……

衣皆无缨，系以单纽结之。……

衣皆无领。冬用毛皮别作一领，而环于项。……

袜用青黑衣，其长可以束股。……

朝服皆蟒袍，……圆裁绵幅，贯项而加肩。……

僧徒以黑绵巾为方冠而着之。衣用黄黑间色。……

女子衣髻，犹存华制。裳必襞积，而幅用前三后四。上穿长衣，其长曳地。袖口阔于男衣。袴亦同男制，而稍阔焉。除非贫穷农家，悉用绮罗锦缎。……

四五岁童子，皆剃发加帽。……

汉女之鞋，前后尖锐而弯曲，非着趾着踵，则不贴地，所谓弓鞋也。满女则鞋底高厚如着屐。……

饮食，记述清朝人之饮食。

朝夕之馈，或饭或粥。男女围一卓（桌）而坐，各以小钟子分食。一器尽，又添一器。随量而止，其简率极矣。飨宾之礼，主客共一卓（桌）。客至数人，亦不别设。但于每人面前，各置一箸一杯。从者持壶斟酒，随饮随斟，不卒则止。……

寻常饭供，村家不过一碟茉酱，而富豪者家，盛设亦不过炒猪肉、热锅汤。大抵简约。

待客必以茶，而行茶如行酒，各人各钟，随饮斟，而茶要极热。……

茶有各种，其名不一，如龙井茶是上品，……

酒铺所卖，无清酒浊酒之名，只有黄酒、烧酒。……

人无男女老少，皆吸烟茶……

所谓柔薄儿，以面造之，……其馅以猪肉和蒜以实之，饼饵中最佳。

又以面作团并，熬以牛、猪油，轻脆易碎，或和以糖屑……

面曰“纥络”，馅以猪肉、和面曰粉汤。杂以葱、蒜、猪肉曰馄饨。……

关内外所食，率用小米、蜀黍，而蜀黍居多，间有旱稻米……

关内外炊饭烧炕，率用蜀秸。……

酱用大豆和小麦为之。……

菜有各种。……

鱼肉大抵油腻，饼饵多是甜嫩。

羊猪肉用最广，牛肉亦出市上，而食之者少。

北俗不食生物。……

正阳门外市铺，羊、豕、鹅、鸭，乱叫相聒。鱼大丈尺者，皆贮水于长槽而售卖。……

柑桔之属，凡有六七种，而味皆佳。……

西瓜形长，而瓤黄子黑，班者多，味亦佳。市上多西瓜子。虽冬春，必蒸干而卖之，男女老少，行坐皆吃。

器用，记述清朝之工具和器皿。

治大石为圆盘，而微卷其端，正中插一木柱。另以大圆石为枕，径数尺许，穴其中而贯木作活机，一头维于盘柱，一头则驾以驴旋转之，盘曰碾。……

水车之制，多作梧机如车轮。其圆中规，贯轴而转之。……夹其机而左设扇，右设壶，其数不限多少，设架于水中，……机径十尺者，扬水高八尺。……

佩刀刃长柄短。以一双牙箸插于鞘，以代尖子。……

鸟铳亦如我国之制，而长几一把，必竖而负之。……

舟车，记述清之车、船。

海上漕船，略似我国龟船。上设板屋，用粉灰涂隙。板门仅容一人之出入，荡橹收轴，皆由屋中。……屋下亦铺板而作厅，坐卧干净。……

津船不用摇橹，两岸植铁钉如柱，截津施絙 ，维共端于钉，刺船缘絙而进，虽风浪汹涌，绝无倾覆之虞。……

溪间小艇，形如马槽，用全木凿，仅容二人之坐……

任载之车，双轮正转而不荡……

一车驾以骡马七八头。……

独轮小车，轮径不过二周尺，一人推而行之，为筐箱而载物，或设两箱，一载什物，一载老弱。一人推之，一人引绳而挽之，或驾一驴运之。……

朝士三品以上，乘四人轿，亦名坐椅轿。……

风俗，记述清朝的风土人情。

宰相赴衙，则既入门，一人前行呼唱在道，则太学士以下，无喝路之规。虽舆台贱人，亦骑而冲过，少无顾忌。唯道逢皇子及亲王，则大小人员皆下马。

汉人仕宦，则辄学习清语，盖公会则用清语。奏御文字，皆译以清语。然闾巷则满汉通用汉语。

官员之行，一骑持坐席前行。……

贵人之行，一骑着车前导之，从而后者，或至数十骑。……

男子凡于生业，力役勤苦，日不暇给。缝衣、织布、舂米、炊饭，亦自为之，女子则虽贱人妇，家稍赢余，辄安坐炕上，徒事冶容。其所业，唯袜、鞋底之缝造。……

男子生而剃发，独留一掬发，辫于脑后，是谓辫子。……
……

汉女缠足，满女则否，盖未详其建自何时。女生而至四五岁，则辄缠之，行步摇摇，若将颠覆。……

汉人羞与满人婚。……

凡场市众会处，绝不见女子之杂于其间。……

……

有村必有寺庙，如辽阳、沈阳、山海关等处最多。……

家家奉关帝画像或塑像，朝夕拈香，店肆亦然……

关庙必供佛，佛寺必供关帝。……

乡村皆有七圣祠，或五圣、九圣祠。……

凡相见之礼，揖而不拜。致敬则鞠躬，致谢则叩头。……

见客之礼，送迎必出门，客在前，主人必后。……

人多直肠，若知理屈，则言下即服，无强聒之例。……

小商各有标号……

市铺必高竖牌竿……

用银换钱之法，随物价而轻重，今年则丁银一两，换钱七两。……

耕垦之法，关内外则农器便利，或以驴耕之，或以人引之，而不尽驾牛。……

科制，记述清朝之科举制度。

试士只取五经中每经出四题而试之。应试者，虽尽通五经，必专一经，谓之本经。……

凡省试第一场，试以四书文三篇。性理论一篇。一昼夜而毕。此场最费力。

第二场，试以经文四篇，排律一首，一日而毕。

第三场，试以策五道，亦一昼夜而毕。一篇不下千言，少则七八百言，会试亦同。

殿试以策一道，限一昼夜。一篇至万余言，又格式无一差误，然后乃选入翰林。……中选则有朝考，试以诏、诰、谕、诗，亦限一日而毕。

乡试则百人取一，会试则三十取一，殿试则应试者皆中选，但分一二三甲。……

登第者，一甲三人，即状元、探花、榜眼。……

满、蒙、汉八旗禁旅，分驻京城。……

畜牧，记述清朝之畜牧业。

胡藩，记述清朝周围之外国，如蒙古、俄罗斯、暹罗、安南等国之概况。

贡税，记述清朝之赋税状况。

北直隶

九府，二十州，一百二十县。地丁银二百四十五万一百九十二两。盐课银四十三万七千九百四十九两。关税银六万五千四百六十两。合银二百九十五万三千六百一两。

盛京……

江南省……

江西省……

福建省……

浙江省……

湖广省……

河南省……

山东省……

山西省……

陕西省……

四川省……

广东省……

广西省……

云南省……

合银三千三百三十六万八千八百七十三两，米八百五十万八千一百一石……

综上所述，可见《蓟山纪程》附录之内容广泛，资料十分丰富，不啻一部关于清朝的百科全书。

五、重要意义

李海应的《蓟山纪程》有别于洪大容、朴齐家、朴趾源等人的《燕行录》，具有重要意义。

（一）具有很高的文学价值

在408首汉诗中，有的描绘李朝的名胜古迹、名山大川，有的描绘清朝的山川美景、名胜古迹，有的抒发观感，有的是思乡之作。这些汉诗充分展现了李海应的文学才能，具有很高的文学价值。

（二）具有很高的史学价值

《蓟山纪程》中既记述了李朝的多处名胜古迹，也记述了清朝大量的名胜古迹，既记述了名胜古迹之优美，又抒发了自己之观感，抚今追昔，不胜感慨。

迄今，无论是书中记述之李朝名胜古迹，或是清朝之名胜古迹，有的已不复存在，如平壤之箕子墓。《蓟山纪程》为中朝两国后人了解当时本国的名胜古迹提供了宝贵的资料。

（三）具有重要的宗教价值

在《蓟山纪程》记述了清朝多所寺庙，计有关帝庙、东岳庙、太公庙、三义庙、夫子庙、姜女庙、杨妃庙、娘娘庙、文丞相祠、清圣庙（夷齐庙）、刘猛将军庙、历代帝王庙。李海应在记述这些寺庙时，不仅介绍了庙宇之地理位置、地势，还详尽记述了庙宇中所奉之人物。

《太公庙》，即姜太公庙，又称武庙。供奉之神位多达98位。该庙殿中供奉姜太公神位。东西配享张良、郭子仪、诸葛亮、司马孙公（孙武）、岳飞、田穰苴、范蠡、韩信、管仲、刘基、乐毅、李靖、曹彬、周亚夫、裴度。两庑列享198位文臣武将，十分详尽。

《历代帝王庙》，记述该庙供奉中国历代帝王和历代名臣。该庙之正殿第一龛，供奉伏羲、神农、轩辕三皇神牌，右二龛供奉五帝，其后是夏禹以下十四世、商汤以下二十六世，直至明太祖以下十三世。东西庑供奉中国历代名臣武将，东庑为40位，西庑为39位。

该书记述清朝的这些庙宇，至今早已不复存在。但该书之记述，为后人提供了弥足珍贵的史料，具有很高的历史价值。

（四）对于中朝文化交流具有很高价值

李海应在《蓟山纪程》中，记述他在清朝期间与文人张士毅、程伟元、徐绍薪、李巨川、李廷铨、谷连恒、王景汉、佟贻恭、王庶绩、李美、桂凤山、王柘庭、王陈锡、张秀三、刘绍叔、张秀才、翟秀才等17人会面，进行笔谈，互为唱和，彼此酬谢，结下深厚友谊。记述中朝两国文化交流十分详尽，为中朝文化交流史上重要篇章。

（五）丰富了中朝朝贡关系史料

在《蓟山纪程》的附录中，记述了大量中朝关系重要史料，诸如李朝每年向清的朝贡物品（种类、数量），清朝回赐李朝的物品（种类、数量），李朝派遣赴清的各种使团人员构成，清朝的风俗习惯、建筑、器具、文化活动、科举制度、赋税状况乃至清朝与周边国家之关系等。这些珍贵的史料，弥补了中朝两国正史之不足。

综上所述，李海应的《蓟山纪程》可以说是一部关于中朝朝贡关系和清朝政治、经济、文化方面的百科全书。从这个意义上讲，李海应的《蓟山纪程》其重要意义不亚于洪大容、朴齐家、朴趾源等人的《燕行录》。

第二十一章　李朝前期的汉诗

第一节　金守温　李石亨　李　塏　郑　招　申叔舟　朴彭年

一、金守温

（一）生平

金守温（1409—1481），李朝文臣。字文良，号乖崖、拭疣。文才出众，曾参加编撰《医方类聚》，增修《释迦谱》，制定《四书五经口诀》，谚解《明皇诫鉴》等，著有《拭疣集》。

1441年，文科及第，历任承文院校理、兵曹正郎、典农寿少尹、佥知中枢院事、成均馆司艺。

1457年，任副使赴明。其后历任同知中枢府事、汉城府尹、知中枢院事、工曹判书、中枢府事。

1481年，病逝，终年72岁。

（二）代表作

次李奎报

廿载东西逐转篷，

登楼聊喜使君同。
雨声长在芭蕉叶，
春风深留芍药丛。
身世已拼杯酒外，
光阴虚度路歧中。
醉余犹忆江南梦，
万树荷花十里红。

此诗为诗人怀念李奎报之作。

述乐府辞

千月层冰上，
寒识竹叶栖。
与君宁冻死，
遮莫五更鸡。

此诗为乐府诗，歌颂爱情之作。

二、李石亨

（一）生平

李石亨（1415—1477），李朝文臣。字伯玉，号樗轩。擅汉文汉诗，与郑麟趾等编撰《治平要览》《高丽史》，著有《樗轩集》。

文科及第，历任司谏正言、吏曹参判、京畿道观察使、户曹参判、判汉城府事、判中枢府事。

1469年，任使节赴明。

1477年，病逝，终年62岁。

（二）代表作

呼耶歌

呼耶呼耶在南北，
呼耶之声何时息？
千人输一木，
万人转一石。
华山之石拔几尽，
白云之木斫几秃！
石尽木秃宁可虞，
填坑仆谷民可惜！
民可惜谁能识？
恶卒捶督如电击。
朝未食夕未餐，
可怜腰间空垂囊。
犹唱呼耶口吻燥，
口燥喉嗄声难作。
声哀力尽一僵仆，
尘飞溅血万人足。
我愿天公生大材，
不置山林置君侧。
作我堂堂大厦之柱石。
不劳万民力，
不为万姓瘼。
莫使呼耶在山谷！

按，“呼耶”，为搬运木材、石头时之劳动号子。

此诗为诗人关心民间疾苦之作。

寒碧楼

山势岧峣控海来，
际天形势望中开。
云飞万古曾何恨，
鹤去千秋不复回。
断岸有沙明浩月，
残碑无字隐苍苔。
悠悠往事凭谁问，
长长高风酒一杯。

按，“寒碧楼”，位于朝鲜忠清北道堤川郡，为名楼。
诗人描述了登寒碧楼之感慨，当年何等富丽，而今如此荒凉。

蔚珍东轩韵

高城越绝镇边陲，
直压沧溟势最奇。
逐浪雄风吹海倒，
干霄老木拂云垂。
思乡肯作登城赋，
把酒聊吟问月诗。
邂逅相看尽萍水，
欲忙归去去还来。

按，“蔚珍”，李朝时期县郡名，位于庆尚南道东端。
“东轩”，为高丽文人李藏用之号。

三、李垲

（一）生平

李垲（1417—1456），李朝文臣，字清浦、伯高，号白玉轩。他文才出众，学识渊博，擅诗并擅书法，编撰《明皇戒鉴》，参与创制朝鲜文字——训民正音。

文科及第，历任多种官职，官至直提学。

1456年，与成三问、河纬地、柳诚源、俞应孚、朴彭年等人密谋端宗复辟，未果，被处死，为“死六臣”之一，时年39岁。

（二）代表作

无　题

禹鼎重时生亦大，
鸿毛轻处死犹荣。
明朝不寐出门去，
显陵松柏梦中青。

按，“显陵”，即端宗之父文宗之陵墓。文宗去世前，曾向李垲等人托孤，要他们辅弼端宗。

本诗是诗人临刑前的绝命诗，表现了诗人大无畏的气节。为了实现先王的托孤，即使被处死，也无遗憾。

四、郑招

（一）生平

郑招（？—1434），李朝文臣、学者。字悦之。文才出众，学识渊博。通经史、历算、卜筮。与郑麟趾等议定历法，编撰《会礼文武乐章》，与李蒇一起制造浑天仪，编撰《三纲行实图跋》。

1405年，文科及第。历任左正言、执义、判军资监事、判承文院事、右司谏、工曹参议、礼曹参议、右代言、左代言、礼曹参判、咸吉道都观察使、刑曹参判、左军总制、工曹判书、艺文值大提学。

（二）代表作

过僧舍

东岭临初日，
寻师叩石门。
宿云留塔顶，
积雪拥篱根。
小径连深洞，
疏钟彻近村。
从来吟未已，
清兴动黄昏。

诗人在诗中描述了清晨拜访名僧，两人交谈甚欢，直近黄昏。又：

独访青溪寺，
萧然殿宇寒。
庭空花影转，
树密鸟声间。
小径通林外，
寒泉积翠间。
更逢邻叟话，
竹下暂盘桓。

诗人在诗中，再次描写了去拜访名僧的情景。先是描写佛寺之自然景观，鸟语花香，曲径通幽，但是名僧未在寺中，于是和邻近老翁攀谈，畅谈甚欢。

五、申叔舟

（一）生平

申叔舟（1417—1475），李朝文臣、学者。字泛翁，号保闲斋、希贤堂。文才出众，学识渊博，著述甚丰，撰修《国朝五礼仪》《东国正韵》《国朝宝鉴》《正祖实录》《永慕录》《保闲斋集》《北徵录》《海东诸国集》《四声通考》等，在语言、文学、史学方面卓有建树。

1439年，文科及第。历任典农寺直长、集贤殿副修撰。

1443年，任书状官随通信使卞孝文出使日本。后任集贤殿修撰。多次奉命与成三问共同赴明，曾拜访被流配辽东的明朝林学士黄瓒，学习音韵知识。后历任执义、副提学。

1452年，任书状官随首阳大君出使明朝。后历任副承旨、都承旨、艺文馆大提学。

1455年，任奏闻使第二次赴明。其后历任判中枢事兼判兵曹事、右赞成兼判兵曹事、大司成、左赞成、右议政、左议政、领议政。

1475年，病逝，终年58岁。

（二）代表作

阿赤河阵中

虏中霜落铁衣寒，
突骑横行百里间。
夜战未休天欲晓，
卧看星斗正阑干。

此诗为诗人任咸吉道体察使时所作。诗人描述了在北方边塞与敌激战之情景，天寒地冻，与敌夜战，直至天明。“夜战未休天欲晓，卧看星斗正阑干”，形象十分鲜明。

寄权正卿

东极来千里，
边城月再盈。
隔江皆虏裂，
问地半胡名。
鼙鼓连天动，
风沙拂面生。
和戎谋已拙，
两鬓雪花明。

按，“权正卿”，即权擥，李朝文臣，字三卿，号所闲堂。1450年文科状元，历任多种官职，官至艺文馆大提学，著有《所闲堂集》。

此诗是诗人任咸吉道体察使时所作。诗人告诉友人权正卿自己在北方边陲，敌我两军对峙之情景。

六、朴彭年

（一）生平

朴彭年（1417—1456），李朝文臣。字仁叟，号醉琴轩。

1434年，文科及第，历任集贤殿学士、刑曹参判。文才出众，参与训民正音的创制。

1456年，与成三问等人图谋端宗复辟，未果，被处死，时年39岁，为“死六臣”之一。

（二）代表作

无　题

庙庭深处动哀思，
万事如今总不知。
柳绿东风吹细细，
花明春日正迟迟。
先王旧业抽金柜，
圣主新恩倒玉卮。
不乐何为长不乐，
赓歌醉赋太平时。

诗人在诗中描述了世事艰险，难以预料，“万事如今总不知”，并且预感到残酷的宫廷斗争即将降临，“柳绿东风吹细细，花明春日正迟迟”。

第二节　成三问　俞应孚　徐居正　成　任　姜希孟　成　侃　崔应贤　鱼世谦

一、成三问

（一）生平

成三问（1418—1456），李朝文臣、学者。字谨甫、讷翁，号梅竹轩。文才出众、学识渊博，著有《成谨甫集》。与申叔舟编撰《礼记大文谚读》，与郑麟趾、申叔舟等创制训民正音。

1447年，文科状元，历任集贤殿学士、修撰、直集贤殿。

1456年，与朴彭年等人密谋端宗复辟，未果，被处死，为“死六臣”之一，年仅38岁。

（二）代表作

夷齐庙

当年叩马敢言非，
忠义堂堂日月辉。
草木亦沾周雨露，
愧君犹食首阳薇。

按，“当年叩马敢言非”，讲述周武王伐纣，伯夷、叔齐二人曾叩马谏阻的故事。

成三问曾赴中国瞻仰过伯夷、叔齐庙，甚是感动，故作此诗。诗人颂扬了伯夷、叔齐之骨气，同时表达了诗人不畏艰险，坚持斗争之决心。

绝命词

击鼓催人命，
西风日欲斜。
黄泉无酒店，
今夜宿谁家。

此为诗人临刑前之绝命诗，表达了坚持斗争、视死如归的无畏精神，令后人感佩。

杂　诗

清兴因诗得，
幽怀用酒除。

三春残客路，
一路隔家书。

诗人在诗中描述了身在异地他乡，饮酒吟诗，思念故乡。

二、俞应孚

（一）生平

俞应孚（？—1456），李朝文臣。字信之、善长，号忠穆。武科及第，历任平安道节制使、同知中枢院使。

1456年,与成三问、朴彭年、李垲、柳诚源、河纬地密谋端宗复辟，事败，被处死。

（二）代表作

无　题

将军持节镇戍边，
沙塞尘清士卒眠。
骏马五千嘶柳下，
豪鹰三百坐楼前。

金宗瑞1433年任咸吉道观察使，设六镇，加强西北边防。此诗为俞应孚赞颂金宗瑞功绩之作。

三、徐居正

（一）生平

徐居正（1420—1488），李朝诗人、学者。字刚中，初字子元，号四佳亭。文才出众，学识渊博，擅汉文汉诗，并擅书法。所著《东人诗话》为李朝时代最有代表性的诗话，编辑的《东文选》为李朝一部珍贵的文学选集，还著有《四佳亭集》《太平闲话》《笔苑杂记》等。精通文史，著有《三国史节要》，在天文、地理、医药、卜筮方面亦有造诣，参与编撰《经国大典》《东国通鉴》《东国舆地胜览》。

1444年，文科及第。历任集贤殿博士、副修撰、应教、工曹参议、礼曹参议、吏曹参议。

1461年，任谢恩使赴明。其后历任大司成、两馆大提学、六曹判书、左赞成。

1488年，病逝，终年68岁。

（二）代表作

菊花不开怅然有作

佳菊今年皆较迟，
一秋清兴谩东篱。
西风大是无情思，
不入黄花入鬓丝。

此诗为诗人慨时之作，菊花应开花时却不开，感叹时光催人老。

春　日

金入垂杨玉谢梅，
小池新水碧于苔。
春愁春兴谁深浅，
燕子不来花未开。

此诗为诗人闲居咏春之作。

苦雨叹

苦雨生白发，
一滴生一白。
半为忧民生，
半为破茅屋。
破屋尚可补，
民死那可赎？
朝来揽清镜，
捻白增太息。

此诗为关心民间疾苦之作。诗人担心连续苦雨，并不是担心自己的破茅屋，而是苦雨给百姓带来的灾难。“破屋尚可补，民死那可赎？”

老牛叹

老牛老牛何觳觫，
疮背血殷乌尽啄。
田家近日催春畴，
耕儿叱驱嗔不休。
归来长夜不充肚，
水冷箕枯亦少豆。
明朝且复事石田，
羸瘦可堪受铁鞭。
生来为人力穑事，
力尽置身无寸地。
君不见，
淮阴兴汉多奇功，

飞鸟已尽俄藏弓。
老牛老牛功亦成，
桃林早放休就烹。
何不学鼠窃天仓，
饱肥不暇宁忧伤。

按，“淮阴兴汉多奇功”，汉朝名将韩信助汉高祖刘邦建立汉朝有功，封为楚王。其后，有人告韩信有意谋反，汉高祖遂将韩信降为淮阴侯。

诗人明写老牛命运的悲惨，实是为百姓穷困处境而感叹，寄予无限同情。

即　事

老子老持律，
诗篇已戒荒。
溪山起我病，
冯妇下车忙。

按，“老子”，即老聃，中国春秋战国时楚国人，为道家学派鼻祖，著有《老子》（又名《道德经》）。

“冯妇下车忙”，出自《孟子·尽心下》：“晋人有冯妇者，善搏虎，卒为善士。有众逐虎，虎负嵎，莫之敢撄，望见冯妇，趋而迎之。冯妇攘背下车，众皆悦之，其为士者笑之。”其后，以“冯妇”比喻重操旧业者。

即　事

小沼如盘水浅清，

菰蒲新发荻芽生。
连筒引却前溪水，
养得芭蕉听雨声。

诗人在诗中描述了溪水潺潺情景。

雪

禅家初喜皓然至，
诗垒还逢白也来。
差作癫狂春絮后，
相从淡薄腊前回。

此诗为咏雪之作。

七月诞辰贺礼作

诞辰陈贺紫宸朝，
稽颡遥迟拜赫袍。
金瓮初开千日酒，
玉盘齐献万年桃。
奇逢韦际云龙会，
霈泽除涵雨露饶。
醉饱小臣赓大雅，
更伸华祝颂唐尧。

此诗为诗人庆贺新王成宗即位之作。诗中充满颂扬之词，尤其是用祝颂尧君的“华祝”贺成宗即位，实为粉饰太平之作。

又用前韵呈乖崖

乖崖高调倒蒙庄，
载笔何须数子长。
灏噩文词追典诰，
铿锵诗律中宫商。
闲抽龙藏三千轴，
静写鹅经一两章。
如傍故人空短拙，
欲寻随绪奈茫茫。

按，“乖崖”，为朝鲜诗人金守温之号。

诗人在诗中表达了对前辈金守温的崇敬之情。

徐居正还创作有汉诗《东家叹》。诗中对比东西人家，东家诗书传家却一贫如洗，西家则“金屋贮姬娥，歌舞事燕乐”。诗人对东家充满同情，对西家表示厌恶。此诗描述了现实社会的不公，诗人感叹“两家邻咫尺，贫富迥相隔”。

四、成任

（一）生平

成任（1421—1484），李朝文臣。字重卿，号逸斋。文才出众，擅汉文汉诗，著有《逸斋集》。尤擅书法，参与编撰《经国大典》《舆地胜览》，修改《五礼》。

1447年，文科及第。历任兵曹佐郎、集贤殿副校理、吏曹正郎、判军器监事、都承旨、吏曹参判、判中枢府事、左参赞。

1484年，病逝，终年63岁。

（二）代表作

倚云楼

登临无限意，
春尽独搔头。
虚榻松鸣雨，
村田麦偺秋。

此诗为明代吴明济编辑的《朝鲜诗选》（卷6）所载，但朝鲜《新增东国舆地胜览》（卷39）载，该诗为：

倚云楼

登临无限景，
春尽独搔头。
虚榻松鸣雨，
远村麦偺秋。
关山劳北望，
身世付东流。
日夕愁云合，
归心烂不收。

按，“倚云楼”，位于玉果县，今全罗北道谷城郡玉果面一带。

诗人描绘了倚云楼之风光美景。

五、姜希孟

（一）生平

姜希孟（1424—1483），李朝文臣、学者。字景醇，号淑斋、菊坞、云松居士、万松岗，雅号文良。文才出众，学识渊博，著有《淑斋集》《衿阳杂录》《国朝五礼序例》。与申叔舟编撰《世祖实录》。通晓经史，并擅书画。

1447年，文科及第，任中枢院副使。

1463年，任进贺副使赴明。后历任知春秋馆事、集贤殿直提学、兵曹佐郎、吏曹判书、左赞成。

1483年，病逝，终年59岁。

（二）代表作

病愈吟呈崔势远

南窗终日坐忘机，
庭院无人鸟学飞。
细草暗香难觅处，
淡烟残照雨霏霏。

此诗为诗人病愈后，心绪恬淡，终日休闲，观看庭景。

芭　蕉

叶展鸾生屋，
心抽帛卷书。
为因听夜雨，
移得近窗西。

诗人喜爱芭蕉，乐闻雨打芭蕉声，故有此作。

湘水驿

立马临湘水，

登楼望翠峦。
乱峰来暝色，
破葛集轻寒。
回野涛声壮，
长天雁影阑。
百年愁是伴，
卮酒强为欢。

按，“湘水驿”，故址在京畿道涟川郡积城面。
“破葛集轻寒”，又作“破葛杂轻寒”。
“回野涛声壮”，又作“江回涛声壮”。
诗人在诗中描述了湘水驿的地势和景色。

归来亭

归去来何事，
长天村事忙。
趁晴还刈麦，
乘雨更移秧。
供馌炊新笋，
携筐摘小桑。
委心聊自适，
风丽葛衣凉。

按，“归来亭”，位于平安南道淳昌郡，为朝鲜名亭之一。

诗人在诗中描述了山村农夫，农事忙碌，辛勤劳作。诗人也参与其中，怡然自娱。

又：

归去来何事，
贪看泉石奇。
江奔平野阔，
山拥小亭危。
种竹庭偏静，
看花席屡移。
委心聊自适，
渐与世相违。

诗人陶醉于亭之幽美环境，悠然自得。

又：

归去来何事，
菁川坐濯缨。
竹深村坞寂，
江阔河桥平。
带月闲垂钓，
乘春独就耕。
委心聊自适，
何用绊浮名。

诗人描述了亭之幽美环境，江宽水阔，渴望在此安居，江中垂钓，田中耕作，远离那你争我夺的世俗世界，何等欢欣。

姜希孟的《归来亭》等汉诗，充满诗人陶渊明隐居田园的思想。它们虽无陶诗的恬淡韵味，却着力描绘大自然景色之绚丽。

次金太守田家

细雨霏霏湿马蹄，
暖烟桑柘鹁鸠啼。
阿童解事阿翁健，
刳竹分泉过岸田。

竟长亩

竟长亩，亩正荒，
日煮我背汗翻浆。
大郎不及小郎强，
争咫尺手勤脚忙。
竟长亩，回头笑大郎。
大郎却惭小郎强，
竟长亩，亩正荒。

《选农讴》全诗14首，诗人将农民劳动歌谣改写成不拘格式的汉诗，诗中描述农民锄草的辛苦情景。

六、成侃

（一）生平

成侃（1427—1456），李朝文臣，字和仲，号真逸斋。文才出众，擅汉文汉诗，著有《真逸斋遗稿》。

1453年，文科及第，任集贤殿学士。惜英年早逝，年仅29岁。

（二）代表作

老人行

垄草萋萋雉双飞，
垄边老人长叹息。

自道余生今七十，
手脚冻皲面黧黑。
男婚女嫁知几时，
短衣褴衫才过膝。
前年招募度黄沙，
万死归来鬓如霜。
今年把锄事耕耨，
石田荦确牛蹄脱。
……

诗人在诗中描述了七十老翁的悲惨命运。体现诗人关心民间疾苦。

怨　诗

蓐食向东阡，
暮返荒村哭。
衣裂露两肘，
瓶空无储粟。
稚子牵衣啼，
安得饘与粥！
里胥来索钱，
老妻遭缚束。
踰墙陟峥嵘，
十日窜荆棘。
潜身草间行，
日落山谷黑。
魑魅凭岸啸，

凄风振林木。
凛然魂魄虩，
一步三四息。
嗟嗟黠吏徒，
诛求一何速？
公门非不仁，
汝辈心甚毒！

诗人深刻揭露了官府对劳苦民众压迫剥削之残酷：“嗟嗟黠吏徒”“汝辈心甚毒”，并表达诗人对劳苦民众之深切同情。

古　曲

龙门百年桐，
几日凌霹雳。
裁为膝上琴，
宛抱咸池曲。
高歌试一弹，
中夜山鬼泣。
君子亦如此，
盖棺事乃毕。

按，“龙门”，指龙门之木，高百尺。
此诗描述古曲之妙。

游南城

铅椠年来病不堪，
春风引兴到城南。

阳坡草软细如织，
正是青春二月三。

诗人在诗中描述了大病初愈后观赏春季美丽风光。

啰唝曲

（一）
郎如车下谷，
妾似路中尘。
相近仍相近，
看看不得亲。

（二）
绿竹条条动，
浮萍个个轻。
愿郎如绿竹，
不愿似浮萍。

这是诗人写的两首情诗。

第一首，描述妙龄少女暗恋美男子，但不能接近倾诉衷肠，若有所失，惆怅异常。

第二首，描述一对美满少年夫妻，少妇希望郎君要像绿竹一样忠贞，莫像浮萍一样轻浮。情真意切，真挚感人。

七、崔应贤

（一）生平

崔应贤（1428—1507），李朝文臣。字宝臣，号睡斋。

1454年，文科及第，历任司成、执义、永文院参校、吏曹参议、户曹参议、同副承旨、同知中枢府事、庆州府尹、大司宪、同知成均馆事、工曹参判、刑曹参判、兵曹参判。

1507年，病逝，终年79岁。

（二）代表作

次庆州壁上韵

风尘回首几番春，
案牍堆前白发新。
夜半惯成林下梦，
明朝依旧未归人。

诗人描述了自己一生为官，仕途艰难，不胜劳累。

八、鱼世谦

（一）生平

鱼世谦（1430—1500），李朝文臣。字子益，号西川，诗号文贞。文科及第，历任礼曹参判、户曹参判、刑曹判事、兵曹判书、大提学、知成均馆事、领经筵监、左议政。曾任奏闻使，多次赴明。

1500年，病逝，终年70岁。

（二）代表作

入山海关

跋马长途日又斜，
入关真是个中华。
金汤自有城千雉，
烟火何从邑万家。
南汹海涛鹏鼓舞，

北躯山势虎腾拏。
明朝可共赎春酒，
二月清明已杏花。

按，“雉”，城墙长3丈、宽1丈为雉。

诗人出使明朝，入山海关时之作。诗中描述了山海关之雄伟，战略地位之重要，为中国关内关外之咽喉要地。

第三节　金宗直　金时习　洪贵达　柳文通　李承召　成　倪　金克俭

一、金宗直

（一）生平

金宗直（1431—1492），李朝文臣，学者。字季昷、孝盥，号占毕斋。文才出众，学识渊博，门生众多，为士林派（又称岭南学派）首领。在政治上，与勋旧派分庭抗礼。在文学观念上，为道学派首领，与徐居正为首的辞章派对立。著作甚丰，增修《东国舆地胜览》，编撰《东文粹》《一善志》。著有《占毕斋集》。

1459年，文科及第，历任校理、监察、经筵官、咸阳郡守、都承旨、吏曹参判、同知经筵事、汉城府尹、工曹参判，刑曹参判。知中枢府事。

1492年，病逝，终年61岁。

1498年，勋旧派以其生前所撰《市义帝文》为口实（《市义帝文》，通过批判秦末项羽杀害义帝，影射李朝世祖篡位），制造“戊午士祸”，将其剖棺斩尸，门生亦遭迫害。

（二）代表作

鵄述岭

鵄述岭头望日本，
粘天鲸海无涯岸。
良人去时但摇手，
生欤死欤音耗断。
长别离，
死生宁有相见时。
呼天便化武昌石，
烈气千载干空碧。

按，“鵄述岭”，位于庆尚道。

“武昌”，指中国之武昌。

此诗描述朝鲜古代一个历史故事：新罗第19代王讷祇王之弟味斯欣在日本做人质。新罗人朴堤上赴日营救，让味斯欣逃回新罗，自己作为人质留在日本，最后被日本人活活烧死。朴堤上的妻子登鵄述岭，日夜遥望东海，盼丈夫平安归来，等啊等，她最终变成望夫石。

金宗直即是为此而作，歌颂朴堤上之忠义，歌颂朴堤上之妻的坚贞。

黄昌郎

若有人兮才离龆，
身未三尺何雄骁。
平生汪踦我所师，
为国雪耻心无憀。

剑镡拟颈股不战，
剑锷指心目不摇。
功成脱然罢舞去，
挟山北海犹可超。

按，明代吴明济编辑的《朝鲜诗选》（卷2）所载该诗有所不同。

黄昌郎

若有人兮方离龆，
身不三尺一何骁。
平生汪锜我所师，
为国雪耻心无憀。
剑镡向颈股不栗，
剑锷指心目不摇。
嗟尔千乘如蓬蒿。

按，“汪锜”，另说汪踦，春秋时期鲁国的童子。鲁哀公十一年，汪锜与齐师战于郎而死。鲁国人因其死于国事，以成人之礼葬之。新罗8岁童子到百济王宫，佯跳剑舞，刺杀百济王。

诗人为此之作，赞扬了新罗童子的英雄行为。

宝昌滩即事

桃花浪高几尺许，
狼石没项不知处。
两两鸬鹚失旧矶，
衔鱼飞入菰蒲去。

按，“宝昌滩”，位于庆尚道。

诗人游览宝昌滩，故有此诗，描述了宝昌滩之自然美景。

题济川亭壁

雪里寒松雨后兰，
看时容易画时难。
早知不入时人眼，
宁把胭脂写牡丹。

按，“济川亭”，位于李朝京都汉城。

诗人第一次科举未中，落榜后在济川亭壁题写此诗，表达对考官之不满情绪。

会苏曲

会苏曲，会苏曲。
西风吹广庭，
明月满华屋。
玉姬压坐理缫车，
六部女儿多如簇。
尔筐既盈我筐空，
釃酒揶揄歌相逐。
一妇叹，千室劝。
坐令四方勤杼轴。

按，“釃酒揶揄歌相逐”，《大东诗选》为“釃酒揶揄笑相谑。”《大东诗选》载，该诗最后还有两句：“嘉俳纵失闺中仪，犹胜跋河争嗃嗃。”该诗前有小序：“七月望日，新罗儒理王使王女各率六部女子绩于广庭。八月望日，乃考其工，负者设酒，相与歌舞，百戏皆作，谓之‘嘉俳’。是时，有贫家女儿起舞而歌，曰会苏。后人因其声而歌云。”

诗人即为此传说而作诗。

佛国寺

为访招提境，
松间紫翠重。
青山半边雨，
落日上方钟。

诗中描述了佛国寺之自然景观。

圣母寺祷雨

神母庙前岚气薰，
瑶浆一奠雨纷纷。
回头却向青山望，
猿鹤松杉尽白云。

诗中描述了久旱不雨祈祷求雨之情景。

又：

前峰已失后峰青，
屏翳撩人不解晴。
谁画遨头一蓑笠，
满村风雨看苗生。

此诗亦是诗人描述祈雨之情景。

七夕邀友人

河边灵匹度云车，
世上穿针术已疏。
学士楼前月如练，
请君好晒腹中书。

诗人在诗中描述了七夕邀友人相聚饮酒赋诗之欢乐情景。

华山畿

冢上青青连理枝，
行人争唱华山畿。
野棠花发当寒食，
几度春魂化蝶飞。

按，“华山”，位于李朝京都汉城之北。

“华山畿”，为一种流行歌曲。李朝前期文人卞季良曾创作有《华山别曲》。其一章为：“华山南，汉水北，朝鲜胜地……”

诗人所作《华山畿》或指此《华山歌曲》。

诗中描述了华山景色之美。

答晋山相公

村南村北祝豚蹄，
榆柳阴阴鸟雀啼。
身遇太平生事足，

日斜扶醉断桥西。

此诗为诗人答谢友人之作。

送李节度赴镇

鳌背楼台一俯凭，
海波万里碧天澄。
太平未试龙韬策，
射雉还过竹院僧。

按，“李节度”，为李朝名将李季仝，武科状元，曾任永安北道兵马节度使。永安道为咸镜道之旧称。

此诗为诗人送别李季仝之作。

寒食村舍

禁火之辰春事多，
芳菲点检在农家。
鸠鸣谷谷棣棠叶，
蝶气款款芜菁花。
带樵垄上乌犍返，
挑菜篱边丫髻歌。
有田不去恋五斗，
天亮人笑将奈何。

诗中描述了农村过寒食节的快乐情景，充满温馨，充满快乐，好一幅田园生活画卷。

二、金时习

（一）生平

金时习（1435—1493），李朝诗人、学者、小说家。字悦卿，号梅月堂，法号雪岑，“生六臣”之一。幼时聪慧过人，有神童之誉。15岁去三角山读书堂学习。创作大量汉诗，并创作汉文小说《金鳌新话》，为李朝第一部汉文小说。金时习文才出众，创作大量汉诗、汉文小说，并著有《岩游关西录》、《岩游关东录》、《岩游湖南录》、《山居百咏后志》、《岩游金鳌录》、《关东日录》、《溟州日录》、《梅月堂文集》（19卷）、《梅月堂诗集》（15卷）、《梅月堂诗四游录》等。他的哲学思想，以“气”解释世界的起源，认为“理”“气”是统一体，但“理”又体现“气”本身运动规律，从而批判程朱理学，给朝鲜唯物主义哲学发展以很大影响。

1455年，世祖逐端宗篡政为王。金时习对此不满，焚烧书籍，撕碎儒服，削发为僧，法号雪岑。四处云游，开始文学创作生涯。

先在庆州金鳌山居住6年。李朝世祖曾召他进京为官。后移居京畿道扬州郡水落山。

1481年，46岁的金时习进京并还俗，娶妻。后妻子病故，又隐遁于关东地方。

1493年，病逝于忠清道鸿山无量寺，终年58岁。

（二）代表作

《咏山家苦》共8首，选第4首。

咏山家苦

（四）

农夫挥汗勤终岁，
蚕妇蓬头苦一春。

醉饱轻裘满城市，
相逢尽是自安人。

诗中的前两句描述农村的农夫、农妇终年劳动甚是辛苦。后两句则是描述城市的富人不劳而获却生活得十分幸福。两相比较，表达诗人对劳苦民众的深切同情，对不劳而获的富人的谴责。

快意行

（一）

我有一长剑，
紫气凌斗牛。
一拟苍崖裂，
再击狻猊吼。
直走无当前，
旅距无赶后。
尽芟不平者，
然后退靖守。

按，“狻猊”，古代传说中的一种猛兽。

此诗为诗人游历江原道江陵一带所作，描述自己手握长剑，驱斩外敌，以捍卫国家。

渔　夫

去年官家渔税讨，
挈家远入碧海岛。
今年里胥来催科，
卖家买艇倚寒藻。

诗中描述了官府对渔夫苛捐杂税之繁重，去年渔夫为此逃遁远海，今年则破产卖船。

山行即事

儿扑蜻蜓翁补篱，
小溪春水浴鸬鹚。
青山断处归程远，
横担乌藤一个杖。

诗中描述了山村的景象，老翁补篱，幼童扑蜻蜓，小溪潺潺，鸬鹚游来游去。

啄 木

啄木啄木尔何穷，
啄我庭树声丁东。
啄之不足鸣恰恰，
畏人避向深林中。
林深山静啄愈响，
惧机槎牙枝上虫。
蠹多虫老饥汝腹，
尔于啄蠹多全功。
世上蠹物害民者，
千百其数无人攻。
纵汝利嘴除木灾，
人间蠹灾讵能空？

诗中描述了啄木鸟啄树上的害虫，使树能以正常生长，进而希冀人间也能有啄人间害虫的“啄木鸟”，寓意十分深刻。

书事

（一）

中泽鸿雁飞，
饥羸走中路。
是谁衣冠子，
亦复跣徒步。
十蹶九回首，
吐辞还错误。
哽咽在喉吭，
细语谁肯顾。
自言苦饥馑，
官家召作务。
儿童卧啼号，
不免事驰骛。
愿下哀痛诏，
使民薄徭赋。

（二）

今年旱不雨，
又复冬无雪。
溪涧洞枯渴，
不得活鱼鳖。
亢阳方用事，
今已十余月。

大风振林木，
天谴难可逭。
皇天岂不仁，
下民岂无舌。
纵爱不能复，
可语向谁说。
从此感气多，
召此旱焚烈。
哀哉燮理者，
何为徒就列。
愿使铨选公，
齐门窃吹绝。
民劳可小康，
为与且瞻说。

诗人在（一）中，描述官府强迫百姓服劳役，希冀国王下诏，减轻徭役。诗人在（二）中，描述天旱农事颗粒无收，希冀量才授官的官员杜绝白吃饭的窃贼。这两首诗皆为诗人同情民间疾苦，抨击封建王廷对百姓的剥削与压迫。

呜呼歌

呜呼复呜呼，
为谁长潸然。
再歌民亦劳，
悠悠望苍天。
阿房复道横，
兀尽西山木。

佚乐不旋踵，
楚炬燎奕赫。
靓轮芜没生春草，
结绮荒凉走麋鹿。
雕楹刻桷事奢丽，
卒岁田家无短褐。
可惜木石本无胫，
哀哉苍生皮有血。
剥皮浚血既割骨，
侈欲靡靡不知歇。
前车覆辙载青史，
故乃壅君犹未彻。
君不见，
一宇成时十口逋，
负载踉跄啼聒聒。

按，“阿房”，指秦始皇所建之阿房宫。

“靓轮”，为古代宫殿名。

“结绮”，为南朝陈后主所建之宫殿。

此诗之写作背景是，李朝世祖在京都汉城兴建圆觉寺，劳民伤财。作者借秦始皇兴建阿房宫，隐喻世祖大肆兴建佛寺之不当。

莫　匪

候人何戈殳，
彼子三百芾。
眄彼鸢与鸱，
纵啸高飞疾。

亦复掠街巷，
搪突攫腐鼠。
我欲厕其间，
偓促数寒暑。
白昼恣飞翔，
强梁犹不足。
群鸟亦随后，
啄乱人家屋。
墉狐亦何事，
奔走争先后。
□鼠觇其隙，
依穴或穿牖。
后来效此者，
纷纷在左右。
竟顾一身计，
又作模棱手。
獬豸不触邦，
指佞不辨奸。
嗟嗟赤子辈，
不识何以安。
思之空辗转，
不觉悌汍澜。

按，“莫匪”，由《诗经·国风·邶风》中的《北风》篇中“莫赤匪狐，莫黑匪乌”句引出的诗名。“莫”为不是之意。

“候人”，《诗经·国风·曹风·候人》篇中的“候人”，是迎来送往客人的小官。

诗中用拟人法讽喻剥削压迫民众的贪官污吏。

有　客

有客清平寺，
春山随意游。
鸟啼孤塔静，
花落小溪流。
嘉莱知时秀，
香茵过雨柔。
往来仙洞古，
已过百年忧。

按，“清平寺”，位于江原道春城郡北山面清平里，始建于973年，名为白岩禅院。其后多次重建，先后改名为普贤庵、清平寺。

诗中描述了这所名寺之自然环境，十分幽静。

自　适

自少无关意，
而今惬素心。
种花连竹坞，
莳药避棠阴。
苔藓人踪没，
琴书树影深。
幽情无与晤，
石上有横琴。

按，“琴书树影深”中之“深”，又作“分”。

诗中描述了悠闲自得的愉快心情。

山　中

石径经春涩，
柴扉卓午开。
窗寒深涧绕，
野尽叠山来。
药向云中采，
花因雨后栽。
却憎野叟过，
屐齿破苍苔。

按，“却憎野叟过，屐齿破苍苔”，《朝鲜古诗》为“翻嫌邻叟过，芒履破苍苔”。

诗中描绘了山中景色。

水落庵

遥山伐木响丁丁，
云逐闲禽下晚汀。
棋罢溪翁归去后，
绿阴移案读黄庭。

按，“水落庵”，位于京畿道中部的水落山。

“黄庭”，即《黄庭经》，道经之一种。

无　题

石泉冻合竹扉关，
剩得心闲事事闲。
帘影入窗初出定，
时闻霁雪落松间。

此诗亦是描述清闲自得的愉快心情。

三、洪贵达

（一）生平

洪贵达（1438—1504），李朝文臣、学者，字兼善，号虚白堂、涵虚亭。洪贵达学识渊博，曾参与编纂《世祖实录》，改订《五礼仪注》《续国朝宝鉴》《历代明鉴》。

1460年，文科及第。历任艺文馆奉教、世子侍讲院说书、吏曹佐郎、春秋馆编修官、直提学、同副承旨、都承旨。

1479年，因反对废燕山君生母尹氏妃位而入狱。获释后。

1481年，任千秋使赴明。此后历任忠清道观察使、刑曹参判、吏曹参判、庆州府尹、大司成、知中枢府事兼大提学、户曹判书、左参赞、京畿道观察使。

1504年，因孙女入宫事忤王命，受杖刑流配庆源，后为尾随而至的承命官绞杀于端川，终年66岁。

（二）代表作

秋　怀

一面青山三面水，
枫林如染竹林青。
主人不解红尘意，
闲却一秋江上亭。

诗人描述了秋天景色和诗人之感怀。

四、柳文通

（一）生平

柳文通（1438—？），李朝文臣，字贯之，号槐亭。

1460年，文科及第，历任礼山县县监、司谏、尚州牧使。

（二）代表作

郊　行

东风信马过长堤，
两岸春深草色齐。
江南不知衣带湿，
隔林茅舍午鸡啼。

诗中描绘了春天郊游的美景。

五、李承召

（一）生平

李承召（1442—1484），李朝文臣、学者，字胤保，号三滩。李承召学识渊博，曾谚解《明皇诫鉴》，与申叔舟等编撰《国朝五礼仪》，著有《三滩集》。

历任副校理、应教、集贤殿直提学、艺文馆提学、忠清道观察使、大司成、户曹参议。

1459年，任谢恩使副使赴明。后历任吏曹参判兼艺文馆提学、礼曹判书、右参赞、正宪大夫、左参赞。

1484年，病逝，终年42岁。

（二）代表作

义州候天使次朴判书

旅馆偏惊变物华，
风吹杨柳翠偏斜。
山城地僻余寒在，
五月初看芍药花。

按，“朴判书”，即朴元亨，时任吏曹判书，并任远接使迎接明使。

此诗描述了诗人与朴元亨到边境城镇义州迎接明使之情景，时届初春，春光灿烂。

六、成伣

（一）生平

成伣（1439—1504），李朝文臣、学者，字磬叔，号慵斋、浮休子、虚白堂、菊坞。学识渊博，与柳子光合著《乐学轨范》，此书为朝鲜音乐之集大成。著有《慵斋丛话》（10卷）、《虚白堂诗文集》、《风雅集》、《锦囊行踪》、《桑榆备览》、《风骚轨范》、《浮休子谈论》。

1462年，文科及第。历任艺文馆修撰、大司成、工曹判书兼大提学。曾先后随其兄成任、韩明浍赴明。

1485年，任使赴明。

1504年，病逝，终年65岁。

（二）代表作

乙密台

云开锦绣山光浓，

牡丹紫翠环重峰。
台空石老荒苏合，
仙子一去寻无踪。
东风幻出韶机早，
烂漫群红复芳草。
都人丝管竟良辰，
酒酣齐唱春光好。

按，“乙密台”，位于平壤锦绣山。

“仙子”，指高句丽始祖朱蒙。

诗中描绘了锦绣山乙密台之美丽风光，花开似锦，春光灿烂。

七、金克俭

（一）生平

金克俭（1439—1499），李朝文臣。

1499年，逝世，终年60岁。

（二）代表作

闺　情

未授三冬服，
空催半夜砧。
银釭还似妾，
泪尽却烧心。

此诗描述独守闺房的妇人思念远在边陲从军的夫君，望眼欲穿，期盼夫君归乡团聚。

第四节　南　怡　李弘玮　俞好仁　卢公弼　金　䜣　郑汝昌　曹　伟　南孝温　金宏弼

一、南怡

（一）生平

南怡（1441—1468），李朝著名武将。

1457年，武科状元。

1467年，李施爱叛乱，南怡任右将军率兵讨伐，获胜，封为义山君。

1468年，升任兵曹判书。同年为权臣柳子光谋害，被杀，年仅27岁。

（二）代表作

白头山

白头山石磨刀尽，
豆满江水饮马无。
男儿二十未平国，
后世谁称大丈夫。

按，本诗又名《北征》。

“白头山”，指长白山。

“豆满江”，即今中朝界河，中国称图们江。

这首汉诗表达了作为李朝武将保卫祖国、英勇杀敌的英雄气概，是一首优秀的汉诗。然而李朝权臣柳子光竟将此诗中的“未平国”，改成“未得国”，进行陷害。而新帝睿宗信以为真，遂以谋反罪将南怡杀害。此诗给作者引来杀身之祸。

二、李弘玮

（一）生平

李弘玮（1441—1457），李朝第六代国王，即端宗。

1452年，文宗病故，11岁的李弘玮即位，是为端宗。由皇甫仁、金宗瑞、朴彭年、成三问等大臣辅弼。

1455年，端宗之叔首阳大君篡夺王位，是为世祖。同年，朴彭年等六大臣密谋端宗复位，事败，被杀。

1457年，端宗被贬为鲁山君，放逐宁远。同年，锦城大君复谋端宗复位，但亦失败，端宗再贬为庶人。同年底遭杀害，年仅16岁。

（二）代表作

宁越郡楼作

一自冤禽出帝宫，
孤身只影碧山中。
假眠夜夜眠无假，
穷恨年年恨不穷。
声断晓岑残月白，
血流春谷落花红。
天聋尚未闻哀诉，
何奈愁人耳独隐。

此诗为端宗被贬为鲁山君，放逐宁越时所作。诗中充满对篡夺王位的叔父（世祖）的愤恨。诗中描述被贬的悲惨处境，“假眠夜夜眠无假，穷恨年年恨不穷”。诗之最后怨恨老天爷耳聋，听不见人世间如此不平和不幸的哭诉。

三、俞好仁

（一）生平

俞好仁（1445—1494），李朝文臣。字克己，号林溪。历任掌令、陕川郡守。参与编撰《东国舆地胜览》，擅诗文，书法超群，被誉为诗、文、书法“三绝”，著有《俞好仁诗稿》。

（二）代表作

梳

木梳梳了竹梳梳，
乱发初分虱自除。
安得大梳千万尺，
尽梳黔首虱无余。

按，“黔首”，指劳苦民众。

诗人在诗中表达了对掌握朝廷大权的权臣的不满，期望将其铲除，为民除害。

四、卢公弼

（一）生平

卢公弼（1445—1516），李朝文臣。字希亮，号菊逸斋。

1466年，文科及第。历任弘文馆典籍、副提学、兵曹参议、吏曹参议，礼曹参议、都承旨、大司宪、六曹判书、京畿道视察使、参赞、赞成。

1504年，甲子士祸，杖配茂长。

1506年，复出，历任右赞成、领经筵事。翌年，任使赴明。后任领中枢府事。

1516年，病逝，终年71岁。

（二）代表作

风月楼

蔷薇花发续残春，

风月楼高已绝尘。

烂醉欲归归未得，

满地明月更留人。

按，“风月楼”，位于平壤，著名楼宇。

诗中描述了在风月楼饮酒吟诗的欢乐情景。

五、金䜣

（一）生平

金䜣（1448—？），李朝文臣，字君节，号颜乐堂。

1471年，中文科状元，历任直提学、参议、吏曹参判，曾出使日本。

（二）代表作

游梅林寺

闲携筇竹杖，

重访薜萝门。

笋迸添新籜，

潮生涨旧痕。

云霞藏佛殿，

烟火隔渔村。

一夜僧堂宿，

悠然远世氛。

按，“笋进添新箨”句中的“进”，《朝鲜古诗》为“送”。

诗中描述了游海林寺之情景。

对马岛舟中夜坐

独泛孤篷卧未安，
西风一夕晚潮寒。
海天秋色寻燕处，
却向潘郎鬓上看。

按，“对马岛”，日本岛屿，位于朝鲜半岛南端和日本九州海面。

此诗为诗人出使日本时所作，描述了在舟中夜坐的情景。

六、郑汝昌

（一）生平

郑汝昌（1450—1504），李朝学者，号一蠹，性理学者，精通经学，著名性理学家、经学家，著有《庸学注疏》。

1490年，文科及第。

1498年，戊午士祸，被流放钟城。

1504年，去世，时年54岁。

（二）代表作

游头流山到花开是作

风蒲猎猎弄轻柔，
四月花开麦已秋。
看尽头流千万叠，
孤舟又下大江流。

按，“头流山”，又名智异山。

诗人在文科及第前，曾赴头流山学习五经和性理学，为期三年。此诗即为在头流山学习性理学时所作。诗人虽是描述游历头流山、花开县沿途美丽风光，但是表达其在头流山学习经典，钻研性理学，最后悟到性理的根本，油然产生的喜悦心情。

七、曹伟

（一）生平

曹伟（1454—1503），李朝文臣、学者，字太虚，号梅溪。曹伟精性理学，擅汉文汉诗，曾参与编撰《成宗成录》，著有《梅溪集》。

1474年，文科及第。历任检阅、永安道敬差官、持平、文学、应教、咸阳郡守、检详、掌令、同副承旨、都承旨、户曹参判、忠清道观察使、大司成、知春秋馆事、同知中及府事兼副总管。

1498年，任圣节使赴明。同年，戊午士祸，回国途中，在义州被捕入狱，后被杖流。

1503年，死于配所，终年49岁。

（二）代表作

桐花寺

云开深洞府，
一径入烟霞。
树密补山翠，
溪明添日华。
出墙垂露竹，
绕砌落天花。
丛桂堪栖隐，
徘徊动晓鸦。

按，“桐花寺”，又称桐华寺，位于庆尚北道达咸郡八山面八公山，为朝鲜名寺。

诗中描述了桐花寺之美丽景色。

寄　弟

迢迢关塞长，
默数家山路。
何时连夜床，
共听梅堂雨。

诗人在诗中怀念兄弟，期盼有朝一日团聚“共听梅堂雨”。

八、南孝温

（一）生平

南孝温（1454—1492），李朝文臣。字伯慕，号秋江、杏雨、最乐堂。著有《秋江集》《秋江冷话》《师友名行录》《鬼神论》《文臣传》，并创作汉文小说《爱香记》。

1478年，身为官吏的南孝温上疏成宗请复昭陵。昭陵即李朝文宗之皇后、端宗之母的陵寝。李朝世祖篡位后，命掘昭陵，且以民礼迁权氏之墓葬于水滨。南孝温对此不平，重提旧事，遭到勋旧派大臣之谴责，遂愤而辞官，隐居山林。南孝温与洪裕孙、秀泉正、茂丰正揔、禹善言、赵自知、韩景琦等结成竹林七贤。南孝温为竹林七贤之首。竹林七贤作为士林团体中诗人兼处士的代表，饮酒自放，与勋旧派抗争。南孝温与李孟专、赵旅、元昊、成聃寿、金时习等六人不满国王成宗，弃官不就，被称为“生六臣”。

1492年，逝世，年仅38岁。

1504年，甲子士祸，即南孝温死后12年，被剖棺斩尸，其子亦遭斩刑。

李朝中宗时期，追复昭陵之位，南孝温名誉始获洗冤，被追赠左承旨。李朝正祖时被追赠为吏曹判书。

（二）代表作

曳履高歌

累我以利名，
辱我以爵位。
与君改初服，
宁守我敝屣。
曾闻一贯语，
岂无东周意。
方圆知不周，
商歌彻天地。

此诗为诗人不满王廷愤而辞官隐退山林时之作。

西江寒食

天阴篱外夕寒生，
寒食东风野火明。
无限满船商客语，
柳花时节故乡情。

按，“西江”，位于李朝京都汉城西15里。

“寒食”，节令名，在农历清明前一天。相传春秋时晋国介之推辅佐晋文公回国后，隐居于山中。晋文公烧山逼他出来，但介之推抱树而死。晋文公为悼念介之推，禁止介之推死日用火，只吃寒食。后相沿成俗。

诗中描述了在西江过寒食节的情景，思念家乡。

九、金宏弼

（一）生平

金宏弼（1454—1504），李朝文臣、学者。字大犹，号寒暄堂、蓑翁，著有《寒暄堂集》《家范》《景贤集》。

曾任刑曹佐郎。潜心研究六经，精通性理学，门生众多，赵光祖、李良坤、金安国等岭南学派巨儒皆出其门下。

1498年，戊午士祸，先后被流放熙川、顺川。

1504年，甲子士祸，被赐死，时年50岁。

（二）代表作

书　怀

处独居闲绝往还，
只呼明月照孤寒。
凭君莫问生涯事，
万顷烟波数叠山。

这首诗表达了作者不问功名，潜心研究学术的高尚情操。

第五节　安应世　郑希良　李达善　朴㧑谦　朴遂良　李　婷　李希辅　李　荇　朴　訚

一、安应世

（一）生平

安应世（1455—1480），李朝文人，号月窗。

1480年，病逝，年仅25岁。

（二）代表作

秋　晚

黄菊开残故国花，
寒衣未到客思家。
边城落日连衰草，
啼杀秋风一树鸦。

诗中描述了时已深秋，菊花已谢，寒衣依然未到，边塞征人思家忆乡的惆怅情怀。

二、郑希良

（一）生平

郑希良（1469—？），李朝文人，字淳夫，号虚庵。

1495年，文科及第，曾任翰林。擅推卜。

（二）代表作

有　怀

我爱权氏子，
相从自结发。
伯也负意气，
仲也挟奇骨。
吾常倚其间，
屹立而鼎足。
宿昔互争霸，
诗酒作勍敌。
决志恐难全，

敛刃各坚壁。
今也吴蜀魏，
长江限南北。
形影已寂寥，
魂梦亦缅邈。
思之不可见，
独立歌伐木。

按，“今也吴蜀魏”句中的吴蜀魏，指三国时期的魏蜀吴三国。

此诗为怀念故友之作。

送友人

玉衡指南陆，
熏风忽西吹。
徘徊登高原，
悠悠劳我思。
浮云日西征，
游子将何之。
丈夫多意气，
不作儿女悲。
人生非参商，
会合谅有时。
但愿崇令德，
功名及芳菲。

此诗为诗人送友人之作。描述了男人相别，不似女人那么伤感流泪，今朝分别，定有重逢再聚的时候，“人生非参商，会合谅有时”。

感怀寄沄之

迢迢山上云，
莹莹涧底水。
百年与人事，
迁移当何已。
思与君会合，
星散不可止。
君辞云山游，
我隐薜萝里。
别时秋尚素，
倏忽向穷冬。
昔作云时雨，
今为离土蓬。
岁晏高风起，
山色日峥嵘。
良时难再得，
君手念友生。

按，“百年与人事”句，《朝鲜古诗》为“年华与人事”。“今为离土蓬”句，《朝鲜古诗》为“今为篱土蓬”。此诗为怀念友人之作。

挽　歌

浮生一虚梦，

举世皆未觉。
靡靡空中絮，
东西互飘泊。
譬如归山云，
徐疾纷相错。
日暮淡无踪，
鸟没天寥廓。
乃知昧者悲，
至人脱羁缚。
深松间茂柏，
地下正相乐。
捐弃勿复道，
天地会销铄。

按，“日暮淡无踪”句，《朝鲜古诗》为“日暮澹无踪”。“至人脱羁缚”句，《朝鲜古诗》为“至人免羁缚”。诗中描述了人生如梦，转眼已百年。

夜　雨

九嶷嵯峨楚云碧，
鹧鸪啼雨湖江夕。
寒声淅沥何凄凄，
竹间哀泪悬余滴。
楚些为招帝子魂，
月恨风愁天亦泣。
孤帆一夜滞未归，
远客萧萧生白发。

诗中描述了夜雨之情景。

秋　望

秋光浓淡雨复晴，
海波不动含深绿。
沙平若剪云嵯峨，
雁背斜光断还续。
西风吹影落鱼矶，
字字新出临池墨。
何处稻粱惊网弋，
急向芦花深处宿。

诗中描绘了秋天之景色。

又：

渡头枫树霜初结，
海风吹滴猩猩红。
秋光上下镜面平，
清光一片琉璃彻。
沙头眠鸥忽惊起，
客帆飞去波明灭。
烟水苍茫野牧归，
数声短笛吹新月。

此诗亦是描绘秋色之作，江面波平如镜，秋风瑟瑟，扁舟驶来，惊起眠鸥，牧人归来，短笛声声，新月初升。

江　村

青山影空钓石寒，
海门秋色浓可掬。
渔人带蓑卧不惊，
沙鸟欲起还相逐。
一声欸乃又暮归，
南邻唤酒酒初熟。
丝丝细雨急收网，
一抹斜阳挂枯树。

诗人描绘了渔村之美景，渔民生活之愉快，劳动归来，开怀畅饮。

秋　月

湖水澄澄秋影寒，
露洗风吹凉桂魄。
君山玉树森可数，
老虬抱珠眠不得。
夜深哀响落云间，
朱弦玉柱随风发。
骨清水冷我欲仙，
拟向蓬蒿访金阙。

诗中描绘了秋天月夜之美景。

寄京洛知己

岁月伽倻国，

飘雪识楚臣。
数回寒暑变，
空使鬓毛新。
度岭乡昼晚，
还家夜梦频。
风台春又地，
肠断望归人。

按，“京洛”，指李朝京都汉城。

“伽倻”，又称“驾洛”，传说为朝鲜古国，建于洛东江下游。

诗中表达对友人之思念，期望早日重逢相聚。

过孙氏园亭

卜筑青山下，
园林数亩荒。
松为一柱观，
菊作百和香。
冷砌兰承露，
疏离柿满霜。
主人年八十，
宴坐惜颓光。

诗中描述了孙氏园亭之美景，果实累累，园林老翁，热情招待。

塞　上

雉堞连云地势雄，

笛声吹彻戍楼空。
将军射透三重甲，
壮士弯开八石弓。
胡地牛羊随放牧，
汉家关塞绝传烽。
我来更觉无余事，
日日城头数断鸿。

诗中描述了边塞古城地势险要，昔日曾是战场，如今已荒芜凄凉。

偶　题

十年磨剑远平戎，
勋业萧条叹转蓬。
瘴气横空云似墨，
胡山如削雪为峰。
地连龙穴天多雨，
门对鲸波昼亦风。
几被故人吟桂树，
客窗落寞傲归鸿。

诗中描述了为了消灭敌人，十年磨剑，最终寸功未立，十分遗憾。

漫　书

鸭江如带去悠悠，
岁月无声暗逐流。

万里胡天云出塞，
一声羌笛客登楼。
长风吹送燕山雨，
断雁归来鹤野秋。
对酒却歌乡国异，
孤城落日独搔头。

按，“鸭江”，即今中朝界河鸭绿江。

诗中描述了游历边陲城市的感受。

又：

满目风烟碧海头，
旅怀憔悴强登楼。
四山到野天疑尽，
一水涵空地若浮。
长日晴看黄犊草，
轻风醉泛白蘋洲。
已知圣代多豪俊，
似我端宜老钓舟。

此诗亦是诗人描述边陲要塞之作。

三、李达善

（一）生平

李达善，生卒年不详，李朝文臣，字兼之。

1486年，甲科及第，曾任尚衣院正知制教。

（二）代表作

神勒寺

禅房僧已寂，
独坐夜将分。
暗里渔舟过，
江心人语闻。

按，“神勒寺”，朝鲜名寺，位于京畿道骊州郡北内面上洞桥。

诗中描述了神勒寺更深夜静时之情景。

四、朴扮谦

（一）生平

朴扮谦，李朝世祖朝武将。武科及第，出任部将。多次率军抗击敌军，立有战功。后辞官隐退乡里天安。

（二）代表作

从　军

十万貔貅拥戍楼，
夜深边月冷狐裘。
一声长笛来何处，
吹尽征夫万里愁。

按，“貔貅”，为猛兽，此处借喻勇猛之士。

此诗为诗人隐退乡里，回忆当年征战之作。最后两句回忆当年征战之苦，思乡之切，“一声长笛来何处，吹尽征夫万里愁”。

五、朴遂良

（一）生平

朴遂良（1470—1552），李朝文臣，字君举，号三可亭。他历任龙宫县监、司赡寺主簿，著有《三可亭集》。

1519年，己卯士祸，被革职，回归乡里，以诗酒终其一生。

1552年，病逝，终年82岁。

（二）代表作

浪　吟

口耳聋哑久，
犹余两眼存。
纷纷世上事，
能见不能言。

诗人在诗中愤怒谴责李朝国王成宗和勋旧派对文人的残酷压迫，“能见不能言”。

六、李婷

（一）生平

李婷，生卒年不详，李朝国王成宗之兄，字子美，号风月亭，擅汉文汉诗。

7岁受封月山君。1471年，进封月山大君。

（二）代表作

古寺寻花

春深古寺燕飞飞，
深院重门客到稀。
我正寻花花落尽，

寻花还为惜花归。

诗中描述了寻花未得之惆怅。

七、李希辅

（一）生平

李希辅（1473—1548），李朝文臣，字伯益，号安分堂，擅汉文汉诗，著有《安分堂诗集》。

1501年，文科及第。历任礼曹正郎、直提学。后被革职。

1509年，复起用，历任善山府使、工曹参议、罗州牧使、大司成、佥知中枢府事。

1548年，病逝，终年75岁。

（二）代表作

挽　诗

宫门深锁月黄昏，
十二钟声到夜分。
何处青山埋玉骨，
秋风落叶不堪闻。

诗人奉李朝国王仁宗之命，悼念亡姬之诗。

八、李荇

（一）生平

李荇（1478—1534），李朝文臣，字择之，号容斋。他多才多艺，擅汉文汉诗，并擅书法、绘画，曾任《舆地胜览》修撰堂上，编撰《新增东国舆地胜览》。

1505年，乙丑士祸，谪居忠州、巨济岛等地，后被起用。

1531年，因反对权臣金安老，复被流放。

1534年，病逝，时年56岁。

（二）代表作

八月十五日夜

平生交旧尽凋零，
白发相看影与形。
正是高楼明月夜，
笛声凄断不堪听。

诗中抒发中秋月夜重逢旧友之伤感，情真意切，今人读之怆然。

风　树

风树多危叶，
秋山易夕阳。
雁行斜度汉，
蛩韵冷依床。
痛欲侵年至，
愁是抵夜长。
知音空海内，
谁与一商量！

诗中抒发被贬时孤独、无奈的情怀。

记　事

朝闻老翁啼，
暮听老妪哭。

啼哭一何苦，
恻悯额为蹙。
生男不如女，
生女不如独！
丁男尽徭役，
结束卖牛犊。
室中有少女，
朝夕具饘粥。
梨园子弟多，
选纂至白屋。
四壁杼轴空，
何以备新服。
督促勿稽留，
恶吏恣鞭扑。
去者当日远，
存者谁抚育？
拊膺呼苍天，
死亡今在目。

按，李朝第10代国王燕山君残酷压迫百姓，荒淫无度，派采红使、采青使到各地抢夺民女。

诗中谴责了燕山君之荒淫和恶吏的暴行，真切描述这对老夫妻在暴政下儿女离散，无法终其天年的苦境，“去者当日远，存者谁抚育？”

又闻熊川城陷

闻道全城没，

终无一室遗。
围非悬布劲，
守异所骸炊。
小坚惟身计，
当刑不汝私。
谁知天下士，
独泣向王师。

诗人在诗中愤怒斥责入侵李朝的倭寇，同时无情谴责疏于防备、贪生怕死守城的官员和士兵。

李荇还创作有五言古诗《旱》《夏雨叹》，表达对农事之关心。而汉诗《初五日闻倭寇沿海我城失守》《又闻熊川城陷》《累累吟》则真切描述倭寇入侵，百姓遭殃之惨状。

好友朴訚去世，李荇十分悲痛，含泪写下了挽诗：

斯人合在白云乡，
一谪尘区海变桑。
痛哭广陵今已绝，
此生无复听峨洋。

九、朴訚

（一）生平

朴訚（1479—1504），李朝文臣、学者，字仲说，号挹翠轩。文才出众，擅汉文汉诗，为海东江西派重要代表人物，著有《挹翠轩遗稿》。

历任弘文馆正字、修撰、经筵。后遭权臣柳子光陷害，被革职。

1504年，复起用，任知判教官。同年甲子士祸，被革职流放至东莱，旋即被处死，时年仅25岁。李朝文人金春泽为此惋惜地说：“东方诗，翠轩为最，使假之年，胜于东坡。”

（二）代表作

福灵寺

伽蓝却是新罗旧，
千佛皆从西竺来。
终古神人迷大隗，
至今福地似天台。
春阴欲雨鸟相语，
老树无情风自哀。
万事不堪供一笑，
青山阅世只浮埃。

按，“福灵寺”，位于朝鲜开城。

“伽蓝”，为梵文僧伽蓝摩之略称。意译为“家园”或“僧院”。其后将佛寺称之为伽蓝。

“西竺”，指古代印度。

“天台”，指浙江的天台山。

诗中描述了游福灵寺之感受。福灵寺虽有人视之为福地，给人能带来幸福。但诗人看来，只是人间的虚幻：“万事不堪供一笑，青山阅世只浮埃。”诗中的“春阴欲雨鸟相语，老树无情风自哀”两句，内容深刻，寓意深远，被视为名句。此诗被公认为海东江西派的开山之作。

二十九日出猎

春草绿未长，
春树叶未敷。
辕门日岑寂，
部伍饱欢娱。
有勇思一试，
鼓角以前驱。
平原忽迢迢，
乱山郁崎岖。
因高植置纲，
林表春猎徒。
得隽竞相夸，
初不数封狐。
山前有穷雉，
出没依林隅。
苍鹰欻起身，
逸翮与风俱。
盘回惜不击，
狙伏未能趋。
一攫足为健，
令人生壮图。
适意斯可已，
禽兽戒尽屠。
巨觥酌无算，
洗我诗肠枯。
醉中走马回，
豪气弥九区。

男儿始堕地，
蓬矢与桑弧。
固将北防狄，
亦当西戍胡。
何为守窗牖，
空成浅丈夫。

诗人在诗中描述了骑马打猎的兴趣，抒发男子汉要为国立功的决心，意志坚决，气势豪迈，堪称一首优秀汉诗。

第六节　申光汉　苏世让　金　净　徐敬德　李　胄　李彦迪　奇　遵　林亿龄

一、申光汉

（一）生平

申光汉（1484—1555），李朝文臣，字汉之、时晦，号企斋、骆峰、石仙斋、青城洞主，著有《企斋集》。

1510年，文科及第。历任弘文馆典校、大司成。

1519年，己卯士祸，被革职。

1537年，复起用，历任吏曹判书兼弘文馆大提学、右参赞兼两馆大提学、左司成。

1555年，病逝，终年71岁。

（二）代表作

书　事

从儿课旧业，

谢客闭重关。
老去难禁病，
时平只爱闲。
蔬繁微雨后，
饭熟午眠间。
幸作无忧者，
宁知世事艰。

诗中描述了生活之休闲自在。

忆马浦别业

久厌称朝士，
深思做老农。
新庄风寺下，
破屋竹林中。
异地寻常忆，
邻朋邂逅逢。
村谈不知罢，
江月上庭松。

按，“破屋竹林中”句中的“屋”，《朝鲜古诗》为“壁”。

此诗为诗人被革职时所作。诗中表达了不愿为官、甘愿为农之意愿，“久厌称朝士，深思做老农”。诗人深感仕途凶险，宦海沉浮，故有此作。

次华使张承宪公游汉江

天上河源落五台，

楼前澄影隔尘埃。
杨花春尽帆归远，
楮岛烟消雁影来。
物色不随游子去，
芳樽今为使君开。
三韩胜地皆方丈，
更借仙风倾一杯。

按，1545年，明廷司礼太监郭璇、行人司行人张承宪出使李朝。时申光汉任李朝远接使。

“楮岛”，即楮子岛，位于李朝京都汉城汉江。

诗人作为远接使陪伴明使张承宪游汉江，故有此作，诗中描绘了汉江之美景。

癸巳三日寄茅洞端山

去年三月初三日，
燕已归巢花已开。
人事天时多异态，
别情春思重相催。
前村后谷应无恙，
旧约同游底下来。
茅洞风流还可继，
善山虽去端山回。

诗人在诗中回忆与友人去年三月春游之兴事，曾约来年再游。但今年三月好友爽约，无法结伴重游，深为憾事。

又：

三三九九年年会，
旧约犹存事独非。
茅草踏青今日是，
清樽浮白故人违。
风前燕语闻初嫩，
雨后花枝看亦稀。
茅洞丈人多不俗，
可能无意典春衣。

诗人此作依然是观赏春色之作。

晚眺书怀

独成闲眺望，
久住此山川。
鹤立青郊回，
龙移黑雨悬。

诗中抒发山居远眺之观感。

暮　景

树密深浓翠，
孤烟淡作云。
前村闻犬吠，
暗路草中分。

诗中描绘了山村黄昏景色。

绝　句

雪迷江路曲，
人指暮山远。
赖有沙树叟，
相招过石桥。

诗中描述了雪后踏雪观景。

次太平馆韵

故国几愁思，
远游人未归。
几将黄鸟葛，
来换暮春衣。

按，“太平馆”，位于开城，为李朝时期明朝使臣居住馆舍。诗人曾作为远接使招待明使，故有此作。

江上送朴永川璨还任

君为岭桥离乡客，
我作江南去国人。
社燕秋鸿来去异，
黄花愁映白头新。

诗人送好友还任之作。

寄稷山宰闵君

招寻相对县西陵，
白日玲珑看纳冰。
被酒夜归深似梦，
小村时点绩麻灯。

按，“稷山”，即稷山县，位于朝鲜忠清南道天原郡。

此为诗人寄友人之作。

望三角山有感

孤舟一出广陵津，
十五年来未死身。
我自有情如识面，
青山宁忆旧游人。

按，“三角山”，又名华山、北汉山，在李朝京都汉城北，为王京镇山。

“广陵津”，广陵为汉城府之别名。广陵津即汉城所在汉江渡口。

此诗为诗人重游王都汉城之作，再次见到三角山，看见汉江渡口，劫后余生，感慨万千。

书 事

归思无端梦自迷，
先生今老小村西。
杏花绕屋繁如雪，
春雨霏霏山鸟啼。

二、苏世让

（一）生平

苏世让（1486—1562），李朝文臣，字彦谦，号阳谷，诗号文靖。他擅汉文汉诗，并擅书法，著有《阳谷集》。

文科及第，历任吏曹正郎、黄海道观察使、吏曹判书、大提学、左赞成。

1532年，任使节赴明。

1545年，遭弹劾，革职。

1562年，病逝，终年76岁。

（二）代表作

燕京即事

宴开迎饯一旬间，
三月皇州尚未还。
柳絮白于衰客鬓，
桃花红胜美人颜。
春意黯黯连空馆，
归兴翩翩落故山。
早晚勾当公事了，
拂衣长啸出秦关。

按，“秦关”，即山海关。

诗人曾任李朝使节赴明，此诗为其在明都北京时所作。诗中描述在明都的生活，如宴会等。

题尚左相震画雁轴

萧萧孤影著江浔，
红蓼花残两岸阴。
漫向西风呼旧侣，
不知云水万重深。

诗人应尚左相之请，为其画雁轴题诗。此诗含意深远，描述逼真，不失为一首好诗。

三、金净

（一）生平

金净（1485—1520），李朝文臣、学者，字元冲，号冲庵，著有《冲庵集》。

1507年，增庆文科状元。历任正言、淳昌郡守、副提学、同副承旨、都承旨、吏曹参判兼弘文馆提学、大司宪、刑曹能判兼艺文馆提学。

1519年，己卯士祸，被捕入狱，后杖配锦山，再置济州，后赐死，时年35岁。

（二）代表作

题路旁松

海风吹去悲声壮，
山月高来瘦影疏。
赖有直根泉下到，
雪霜标格全未除。

诗中虽是描述路旁古树不畏严寒雪霜，实则寓意深远，隐喻自己虽被流配，但毫不畏惧，表现出文人傲骨。

游郑氏池亭

主人发天秘，
篱落成沧浪。
孤亭如凫翳，
载我浮中央。
清飙扇巾帻，
山翠滴壶觞。
游鱼聚檐影，
飞絮罥海棠。
聊将倦游客，
一笑酬年光。
森森万竿竹，
飒沓驱商羊。
镜面乱浮沫，
藻荇相扶将。
须臾动涟漪，
草木耿斜阳。

按，“郑氏”，或为郑梦周。
此诗为诗人游览池亭之作，描述池亭景色之美。

祷龙潭

猿呼鸟复噪，
四山忽已暮。
回汀搴杜若，
夜夜沾凉露。

聊就菰蒲眠，
秋声在高树。

按，“聊就菰蒲眠”句，《朝鲜古诗》为“聊取菰蒲眠”。诗中描述了龙潭的秋天景色。

赠觉海上人

苦海航难越，
迷津信可跻。
举头犹有日，
虚走邓林西。

按，“邓林”，为神话中的桃林。典出《山海经·海外北经》。

佳　月

佳月重云掩，
秋声动客愁。
清光远可待，
深夜倚江楼。

诗中描述了中秋月夜勾起乡愁的情景。

村　舍

水乡丰德郡，
萧寺远浮烟。
地近村灯近，

天垂水气连。

诗中描述了村舍夜色之美。

旅 怀

江南残梦昼厌厌，
愁逐年华日日添。
莺燕不来春又去，
落花微雨下重帘。

诗中描述了旅途之景色。

江 兴

远峰天外翠娥浮，
烟树重重暗浦头。
一两沧江归棹晚，
雁横寒渚荻花秋。

诗中描绘了江之秋色。

四、徐敬德

（一）生平

徐敬德（1489—1546），李朝著名学者、唯物主义哲学家。字可文，号复斋、花潭。他擅汉文汉诗，著有《花潭集》《大虚说原》。

1519年，被荐应贤良科考试，但无心求仕，隐居开城花潭，潜心研究学术。

1531年，遵母命应生员试及第，仍无心求仕，唯致力于学术研究。

1544年，朝廷重臣金安国荐其为厚陵参奉，未就任，潜心研究学术。

1546年，病逝，终年57岁。

徐敬德擅性理学、数学、道学、易学等。在哲学上，首创“气不灭”学说，认为天地万物都是人的意识以外的客观存在，处于不断运动变化之中。“气”是世界的起源，一切事物，包括人和精神在内，都不过是“气”的不同的积聚状态。在认识论上，强调“精思自得”“观物工夫”。

徐敬德反对程朱理学，为朝鲜古代唯物主义哲学家。他的哲学主张，特别是有关自然界的学说，对朝鲜唯物主义哲学发展有深远影响。

（二）代表作

有物吟

（一）

有物来来不尽来，
来才尽处又从来。
来来本自来无始，
为问君初何所来。

（二）

有物归归不尽归，
归才尽处未曾归。
归归到底归无了，
为问君从何从归。

此诗即从哲学角度提出物质的产生与灭亡问题。

山　居

花潭一草庐，
潇洒类仙居。
山簇开轩面，
泉弦咽枕虚。
洞幽风淡荡，
境僻树扶疏。
中有逍遥子，
清朝好读书。

诗中描述了隐居山村之悠然自得的潇洒心境。

溪　声

聒聒岩流日夜鸣，
如悲如怨又如争。
世间多少衔冤事，
诉向苍天愤不平。

诗中描述了山中溪水流淌之声，“如悲如怨又如争”，由此联想人世间有不少冤屈不平之事，借景寄情，简洁平易，却凄楚动人。

五、李胄

（一）生平

李胄（？—1504），李朝文臣，字胄之，号忘轩，擅汉文汉诗，著有《忘轩集》。

1488年，文科及第，历任检阅、正言。

1498年，戊午士祸，革职发配。

1504年，甲午士祸，被处死。

（二）代表作

题忠州自警堂诗

池面沉沉水气昏，
夜深鱼擲枕边闻。
明宵迫近骊江月，
竹岭横天不见君。

按，“骊江”，位于京畿道骊州。

“竹岭”，位于京畿道。

此诗为在忠清北道莲亭与故友离别时所作，心情沉重，惆怅之情，流露笔端。

六、李彦迪

（一）生平

李彦迪（1491—1553），李朝文臣、学者，字复古，号晦斋、紫溪翁。著有《晦斋集》，编纂《中庸九经衍义》《奉先杂仪》。

1514年，文科及第，历任侍讲官、直提学、左赞成。后遭弹劾，革职。

1547年，复流配江界。

1553年，病逝，终年62岁。

李彦迪为李朝前期著名性理学者，尤其是他的“主理”学说对后世影响很大。在政治上提出“中和”理论。在哲学上主张“太极”乃“道之本体”“万化之领要”，认为“理”和“气”虽不可分，但“有理而后有气”，精神先于物质。李彦迪的这种理先气后的客观唯心论为朝鲜封建统治阶级的阶级压迫提供理论基础，宣扬三纲五常，要求民众服从封建统治阶级。

（二）代表作

无　为

万物变迁无定态，
一身闲适自随时。
年来渐省经营力，
长对青山不赋诗。

诗人为性理学者，此诗亦是其从性理学的思维方式和世界观出发写就的。

观　物

唐虞事业巍千古，
一点浮云过太虚。
潇洒小轩临碧涧，
澄心终日玩游鱼。

此诗作于诗人被贬之后。该诗前两句将尧舜的太平盛世比作天上浮云，可望而不可即。后两句抒发亲近自然修身养性，怡然自得的心情。

七、奇遵

（一）生平

奇遵（1492—1521），李朝文臣，字子敬，号服斋、德阳，著有《德阳集》。

文科及第、历任典翰等职。因遭士祸，先后两次被杖配牙山、稳城。

1521年，病逝，年仅29岁。

（二）代表作

日暮登城

残营收夕雨，
孤堞属春晴。
落日长江远，
顽云古塞平。
野深天气黑，
峰回戍烟青。
漠漠三城北，
惟闻边笛声。

此诗为诗人第二次被流配到咸镜北道稳城时所作。描述日暮登城之观感，边塞古城满目荒凉，苍凉沉郁，意境幽远，展现诗人忧念国事的耿耿丹心。

八、林亿龄

（一）生平

林亿龄（1496—1568），李朝文臣，字大树，号石川，著有《石川集》。

1525年，文科及第。初任锦山郡守。

1545年，乙巳士祸，辞官，隐居。

1552年，复出，历任副承旨、兵曹参知、江原道观察使、潭阳府使。

1568年，病逝，终年72岁。

（二）代表作

偶　吟

志与江湖远，
形随草木衰。
美人嗟已暮，
楚客几生悲。
网密鱼偏骇，
机心鸟自疑。
非无流水曲，
何处遇钟期。

按，“钟期”，即春秋楚人钟子期。钟子期精于音律。伯牙鼓琴，志在高山流水，子期听而知之。子期死，伯牙谓世无知音，遂绝弦破琴，终身不复鼓琴。

诗中感叹人生难觅知音。

绝　句

祼谌谋远野，
子厚爱愚溪。
挹翠来松下，
观鱼到水田。

按，“祼谌谋远野”句，典故出自《韩诗外传》（卷1）：“邵伯暴处远野，庐于树下，百姓大悦，耕桑者倍力以劝，于是岁大稔，民给家足。”

“子厚爱愚溪”句，子厚即唐代著名文学家柳宗元。愚溪，水名，本名冉溪，位于湖南零陵县西南。柳宗元谪居于此。

赠玉上人

老去爱山水，
林间叩石扉。
问法知前妄，
休官悟昨非。

示友人

古寺门前又送春，
残花随雨点衣频。
归来满袖清香在，
无数山蜂又赶人。

按，此诗为诗人写给好友李兰（字子芳）的第三首诗。

第二十二章　李朝中期的汉诗

第一节　曹　植　李　滉　金忠烈　林亨秀　金　澍　郑惟吉　卢守慎　杨士彦

一、曹植

（一）生平

曹植（1501—1572），李朝学者，字健仲，号南冥。他无心求仕，隐居山村，潜心研究学术，精通性理学；门生众多，其中以金孝元、金宇颙最为著称；擅汉文汉诗，著有《南冥集》《破闲杂记》，文学作品有《南冥歌》《劝善指名歌》《王弄歌》。

1572年，逝世，终年71岁。

（二）代表作

无　题

请看千石钟，
非大叩无声。
万古天王峰，
天鸣犹不鸣。

人之爱正士，
爱虎皮相似。
生前欲杀之，
死后方称美。

按，“天王峰”，为朝鲜智异山的一个高峰。

诗人不满社会之腐败，终生不入仕，潜心研究学术，致力于教育、培养众多门生。此诗即为诗人抨击当时的世道和“生前欲杀之，死后方称美”的社会风气。

无　题

鲁野麟空老，
岐山凤不来。
文章今已矣，
吾道竟谁依。

按，“文章”，指的是灿烂的文物和典章。

诗中借麒麟空老和凤凰不来来描写社会现实是对当时社会现实的否定，亦是对当时社会的尖锐抨击。

漫　成

天风振大漠，
疾之粉蔽亏。
鸢腾固其宜，
乌戾而何为。

诗中的第一、二句描写令人窒息的黑暗现实。狂风席卷的沙漠上空，乌云密布，暗指明宗统治下的社会现实。诗人不愿像乌鸦一样被疾风吹落，更愿如鸢一样超越黯淡的社会现实而直入云霄，这种气概正是诗人高尚精神境界的体现。

书剑柄

离宫抽太白，
霜拍广寒流。
牛斗恢恢地，
神游刃不游。

这是诗人送给状元及第走上仕途的赵瑗的诗。诗中忠告赵瑗应具有雄浑的气魄。诗人想借此表现自己高尚的精神世界，展示自己的剑光划过广寒宫，直至牵牛星、北斗星，而在广阔宇宙中自由游荡。

浴　川

全身四十年前累，
千斛清渊洗尽休。
尘土尚能生五内，
至今刳腹付归流。

诗中描述了诗人在山脚下小溪与友人共浴，要用“千斛水”把沉积40年的陋习洗掉。这种大胆的想象自然不会实现，只是诗人浪漫的幻想而已。但这种主观激烈的感情吐露，足以引起人们的共鸣，其实也是诗人表达对当时社会现实的极度不满。

寄西舍翁

万叠青山万市岚，
一身只爱一天函。
区区诸葛终何事，
膝就孙郎仅得三。

诗中表达对诸葛亮出山，与孙权合谋三分天下，视为下策的主张。认为诸葛亮出山很难说有多大功绩，不如隐居“万叠青山万市岚”。在此诗中诗人真正意图是，诸葛亮这样的伟人因出仕的错误而导致失败，忠告世人在出仕问题上不要草率，反倒不如隐居。

二、李滉

（一）生平

李滉（1501—1570），李朝文臣，著名学者，字景浩，号退溪、退陶、陶翁。

1534年，文科及第，历任博士、修撰、副提学、右赞成、两馆大提学。

1569年，回归故里。

1570年，病逝，终年69岁。

李滉长期潜心研究朱子学，成为朝鲜朱子学集大成者、朱子学派的主要代表、“立理论”的岭南学派的首领。著有《朱子书节要》《启蒙传疑》《宋季之明理学通论》。发展了朱子的“理气二元论”，以理气互发说为思想核心，主张“理发气随”即四端，“气发理乘之”即“七情”。他既反对以徐敬德为代表的唯物主义，又反对主观唯心主义，而推崇朱熹的客观唯心主义。认为“天地之间有理有气”，但理乃先于事物的绝对之物，是产生万物之源。“理在气先”，“理是气之帅，气是理之卒”。

李滉还致力于教育，创办陶山书院，广收门徒，传授程朱理学；宣扬三纲五常是“人道之大本”，对朝鲜后世有极大影响。李滉与李珥为朝鲜儒家之双璧。

在文学方面，他亦有很大成就，用朝鲜语创作许多时调、歌辞，名作《陶山十二曲》为著名时调。亦擅汉诗，尤以咏梅诗为最。《梅花诗帖》收有咏梅诗62题91首（其中五言诗7首、七言诗84首。）

李滉晚年隐居南山，创作有著名的《陶山杂咏》汉诗集。录有26首五言绝句，还各附上一首四言诗，共74首，均为表现隐居之乐和山林之趣。其著作甚丰，尚有《朱子节要记疑》《圣学十图》《退溪集》《退溪全书》。

（二）代表作

野　池

露草夭夭绕碧波，
小塘清活净无沙。
云飞鸟过元相管，
只恐时时燕蹴波。

按，“野池”，位于朝鲜忠清北道安东郡。

此诗为诗人18岁时游览野池所作。诗中描述野池之美丽风光。

湖堂梅花暮春始开幕用东坡韵二首

（一）

芳心寂寞殿残春，
玉貌绰约迎初暾。
伴鹤高人不出山，
辞辇贞姬常掩门。

（二）

藐姑仙人腊雪村，
炼形化作寒梅魂。
风吹雪洗见本真，
玉色天然超世昏。

诗中以“芳心寂寞”“玉貌绰约”描述梅花内在的精神和外在的风貌之美。诗人特别欣赏梅花孤傲不群、冷静自处的精神。而梅花的高洁淡泊、不畏风雪的特性，正是代表隐逸人士的人格之美。诗人将梅比喻神仙。

红梅韵

玉骨丹砂略试装，
群芳甘与让韶光。
嘉栽已得来同社，
不分君家独檀香。

诗中赞颂梅花之高尚品质。

都下盆梅好事金而精付安道孙儿船载寄来喜题一绝

脱脚红尘一万重，
来从物外伴癯翁。
不缘妙事君思我，
即是年年冰雪容。

溪斋夜起对月咏梅

群玉山头第一仙，
冰肌雪色梦娟娟。
起来月下相逢处，
宛带仙风一粲然。

诗中仍然将梅比喻为神仙。

孤山咏梅

一棹湖游鹤招还，
清本梅月称盘桓。
始知魏隐非真隐，
睹得幽居帝画看。

此诗为赞美宋代隐士林逋之作，赞美林逋隐逸的高节，也表明诗人的高尚情操。

综上所述，李滉上述几首咏梅诗，都赋予梅花节烈冷彻、坚贞弘毅的特征，而这正是代表古代隐逸之士的人格之美。

次韵金道盛三绝

闻昔浔阳归卧客，
结庐人境每关门。
平生叹仰高风处，
不要逃喧自绝喧。

按，“归卧客”，指中国著名诗人陶渊明。

“结庐人境”，取自陶渊明诗《饮酒》中的“结庐在人境，而无车马喧”。

此诗阐明诗人景仰陶渊明的理由在于坚决与仕途决裂，毅然回归田园，追寻真我。

暮

童子寻山采蕨薇，
盘飧自足疗人饥。
始知当日归田客，
夕露衣沾愿不迟。

诗中表达田园生活的清贫平淡，自足自适，深深体会到陶渊明“夕露沾衣”不足惜，但使“愿不违”的恬淡心态。

栗里归耕

卯金窃鼎势滔天，
撷菊江城有此贤。
饿死首阳无乃隘，
南山佳气更超然。

诗中将刘裕的篡权与陶渊明的归隐两相对照，高度赞美陶渊明之贤者品格。诗之最后“南山佳气”，取自陶渊明《饮酒》诗的“悠然见南山，山气日夕佳”。

观澜轩

浩浩洋洋理若何，
如斯曾发圣咨嗟。
悖然道体因兹见，

莫使功夫间断多。

这首诗是为了铭记孔子、朱子的教诲。孔子望着潺潺的流水，感叹“逝者如斯夫，不舍昼夜”，即所谓的“川上叹”。朱熹将其比喻为川流不息的“道体之本然”，意指学者应努力学习，从不间断。此诗是为了铭记孔子、朱熹的这些教诲，并将自己建造的轩取名为“观澜”。

钓　矶

弄晚竿仍袅，
来多石亦温。
鱼穿青柳线，
蓑带绿烟痕。

这首诗描述隐居山村之乐趣。河边钓鱼主要是为了休闲自乐，长时间钓鱼把石头都坐热了。钓上鱼，而后兴冲冲地回家，身上的蓑衣也带着夜色的朦胧。

盘陀石

黄浊滔滔便隐形，
安流帖帖始分明。
可怜如许奔冲里，
千古盘陀不转倾。

按，“盘陀石”，指在河中宽阔而平坦的岩石。

诗中描述了大雨滂沱黄浊滔滔时，河中的盘陀石被水淹没。当雨停水位低落河水清澈时，盘陀石则又显露出来。这种情景正是诗人自己处世的态度，即当政局混乱时退身隐居，当政局清明时重新出仕。

三、金忠烈

（一）生平

金忠烈（1503—1560），李朝文臣。文科及第，历任汉城判官、京畿都事、春秋馆编修官。参与编撰《中宗实录》《仁宗实录》。曾任书状官随正使赴明。后遭流配。获释后，被起用，任朔宁郡守。

1560年，逝世，终年57岁。

（二）代表作

塞下曲

萧条独上李陵台，
落日悲风万里来。
陇水亦知征战苦，
至今呜咽向人哀。

按，“陇水”，甘肃省境内之河流。

此诗作于诗人出使明朝时，描述边塞之荒凉凄惨。诗之最后两句“陇水亦知征战苦，至今呜咽向人哀”暗示此处为昔日之战场。

四、林亨秀

（一）生平

林亨秀（1504—1547），李朝文臣，字士遂，号锦湖。擅汉文汉诗，著有《锦湖遗稿》。

1531年，文科及第，历任注书、记事官、会宁判官、副提学。

1545年，乙巳士祸，革职。

1547年，复被赐死，时年43岁。

（二）代表作

无　题

憎憎此物孰胚胎，
生世偏长虐下才。
绝谷当年胡不死，
既经佥正又重来。

诗人曾在吏曹任下官，时吏曹正郎虐待下属。此诗谴责吏曹正郎行为之不当。

五、金澍

（一）生平

金澍（1512—1563），李朝文臣，字应霖，号寓庵。擅汉文汉诗，亦擅书法，草书尤精，著有《寓庵遗集》。

1539年，文科及第，历任庆尚道观察使、礼要参判。

1563年，任使赴明，后因病客死明朝，时年51岁。

（二）代表作

寄夫人柳氏

泷树苍苍寒日昏，
白山云雪照离樽。
君今莫恨天涯别，
我是归人亦断魂。

此诗为诗人在明朝时所作，描述诗人夫妻恩爱，情意缠绵。最后一句中的“我是归人”，却因病客死在异国他乡，未能返回祖国与妻子团圆。

六、郑惟吉

（一）生平

郑惟吉（1515—1588），李朝文臣，字吉元，号林塘、尚德斋。

1538年，文科状元。历任典籍、工曹佐郎、正室、吏曹佐郎、中枢府都事、大司宪、礼曹判书兼大提学、吏曹判书、庆尚道观察使、京畿道观察使、礼曹判书、工曹判书、右议政、左议政。

1588年，病逝，终年73岁。

（二）代表作

野　兴

一年乾没度愁分，
荷落寒塘菊吐芬。
闻道西邻足佳致，
漫看平野割黄云。

诗中描述了田野之气候变化，荷花谢，菊花开，风光无限。

七、卢守慎

（一）生平

卢守慎（1515—1590），李朝文臣。字寒梅，号蕴斋。

1543年，文科及第。

李朝明宗时选入湖堂，后蛰居珍岛。

1567年，官至领议政。

1590年，逝世，终年75岁。

（二）代表作

十六夜唤仙亭

二八初夜秋，
三千弱水前。
升平好楼阁，
宇宙几神仙。
曲槛清风度，
长空素月悬。
愀然发大啸，
孤鹤过蹁跹。

诗人此作描述十六月明之夜登唤仙亭的感怀。万里无云，明月高照，站在唤仙亭，仰天望月，仿佛置身于世外，没有世俗的束缚，没有追逐名利的烦恼，如高悬夜空的明月，又如蹁跹而过的孤鹤。此诗显现诗人的诗风豪迈奔放，沉郁老练。

卢守慎的汉诗《端午登教陵》亦很出色。

八、杨士彦

（一）生平

杨士彦（1519—1584），李朝文臣。字应聘，号蓬莱、海客。擅汉文汉诗，并擅书法，绘画。著有《蓬莱诗集》。

1546年，文科及第。历任郡守、副使、府尹。

1584年，逝世，终年67岁。

（二）代表作

万里台

九霄笙鹤下珠楼，

万里空明灏气收。
青海水从银汉落，
白云天入玉山浮。
长春桃李皆琼蕊，
千载乔松尽黑头。
满酌紫霞留一醉，
世间无地起闲愁。

按，“万里台”，位于金刚山。

诗中描述了万里台的美丽景观。全诗形象生动，高雅脱俗。

第二节　休　静　白光泓　朴　淳　郑石磒　黄廷彧　高敬命　宋翼弼

一、休静

（一）生平

休静（1520—1604），李朝名僧，又名西山大师。俗姓崔，字玄应，号清虚、西山。著述甚丰，主要有《清虚堂集》，对朝鲜佛教的发展有重要贡献。擅文学，著有歌辞《回心曲》。

1534年，14岁时削发为僧。

1549年，僧科及第，任教宗判事兼禅宗判事，为奉恩寺主持。

1592年，日本丰臣秀吉命令大批倭军入侵李朝，休静依王命任八道十六宗总摄，统率15000名僧兵英勇御敌。功勋卓著，任国一都大禅师禅教都总摄扶宗树教普济登阶尊者。

1594年，隐居妙香山圆寂庵，继续从事佛学研究。

1604年，圆寂，终年84岁。

（二）代表作

绝　句

春去山花落，
子规劝人归。
天涯几多客，
空望白云飞。

按，“子规”，即杜鹃。

此诗抒发长期浪迹天涯的游人，盼归故里思乡之情。

无　题

爱国忧宗社，
山僧亦一臣。
长安何处是，
回望泪满巾。

按，“长安”，代指李朝京都汉城，壬辰卫国战争时，倭寇曾占领汉城。

此诗为诗人统率僧兵抗击倭寇时所作。倭寇入侵，并侵占京城，虽是僧人，但也应该抗击倭寇，保卫国家。

登香炉峰

万国都城如蚁垤，
千家豪杰若醯鸡。
一窗明月清虚枕，
无限松风韵不齐。

按，“香炉峰”，位于朝鲜金刚山。

此诗为诗人游览金刚山香炉峰之作。

龙湾书事

国事苍黄日，
谁育郭李忠。
去邠存大计，
恢复仗诸公。
痛哭关山月，
伤心鸭水风。
朝臣今日后，
宁复更西东。

按，“谁育郭李忠”，指郭再祐、李舜臣。

1592—1598年，倭寇两次大举入侵李朝。李朝京都汉城沦陷，国王避难于平安北道义州。此时，李朝名将李舜臣和义兵将领郭再祐率军抗击，又有明军来援，终将倭寇驱入大海，获得最后胜利。而当此国家危难之际，一些朝臣仍分成东人、西人两派继续党争。诗人在诗中高度赞扬李舜臣、郭再祐的爱国壮举，严厉抨击东人、西人的两派党争。

战场行

忆曾当日水战时，
万艇飞海为天鹘。
两兵交攻杳莫分，
忍痛大声波欲渴。

霜剑如林翻日色，
斩尽千头为一发。
茫茫碧海惊魂泣，
夜月寒沙照白骨。
百里水林燕子飞，
柳村无人莺语滑。
君不闻，
太平日久人心顽，
放逸懈怠天亦罚。
客过秋风一杖去，
古寺断碑荒草没。

此诗为诗人晚年回顾1592年壬辰战争时，李朝军队抗击入侵倭寇的激烈战争情景。诗人最后告诫国人，太平年月，勿忘武备，要居安思危。

二、白光泓

（一）生平

白光泓（1522—1556），李朝文臣。字大祐，号岐峰。曾任平安道评事。擅诗文，著有《关西别曲》《岐峰集》。

1556年，逝世，年仅34岁。

（二）代表作

题崔孤竹扇

关西名胜大江三，
处处花亭驻客骖。
君到百祥楼下问，
碧窗应有梦江南。

按，“关西”，即平安道。

“大江三”，指鸭绿江、清川江、大同江。

“崔孤竹”，即崔庆昌，孤竹为其号。

此诗为诗人在平安道任评事时，在平安道安州赠给好友崔庆昌之作。该诗描绘关西之美丽景色。

三、朴淳

（一）生平

朴淳（1523—1589），李朝文人，字和叔，号思庵。擅诗文，著有《思庵集》。

1589年，去世，终年66岁。

（二）代表作

湖堂口号

乱流经野入江沱，
滴沥犹残槛外柯。
篱桂蓑衣檐晒网，
望中渔屋夕阳红。

此诗为诗人在早年学堂读书时所作。当时室外下雨，雨后夕阳景色格外壮观。学士们每人作诗一首描绘此景。诸学士认为朴淳此作最佳。

送退溪先生南还

乡心不断若连环，
一骑今朝出汉关。
寒勒岭梅春未放，

留花应待老仙还。

按，“退溪”，即李朝著名学者李滉，退溪为李滉之号。“汉关”，指京关，即李朝京都汉城。

此诗为诗人送别李滉回故乡之作。

访曹云伯

（二）

醉睡仙家觉后疑，
白云平壑月沉时。
翛然独出修林外，
石径筇音宿鸟知。

此诗为诗人拜访好友曹云伯作。

自龙山归汉江舟中作

霞带夕晖红片片，
雨增秋浪碧漫漫。
江蓠叶悴骚人怨，
水蓼花残宿鹭寒。

诗中描绘了汉江美丽夜景，于飘逸潇洒之中，带有悲凉气氛。景中寓情，情景交融。

四、郑石磌

（一）生平

郑石磌（1526—？），李朝文臣，字景舒，号万竹轩、岁寒堂、逍遥山人、耐辱居士。官至海州府使。擅诗，书法尤精，著有

《万竹轩遗稿》。

（二）代表作

海州芙蓉堂

荷香月色可清宵，
更有何人吹玉箫。
十二曲栏无梦寐，
碧城愁思正迢迢。

按，“碧城”，即海州城。

诗中描绘了海州夜景，荷香明月，飘来箫声，引起诗人思乡之情。

五、黄廷彧

（一）生平

黄廷彧（1532—1607），李朝文臣。字景文，号芝川，诗号文贞。文科及第。擅汉文汉诗，并擅书法，著有《芝川集》。

1584年，任使节赴明，后历任礼曹判书、兵曹判书。

1592年，壬辰倭乱时，与林海君、顺华君一起被俘。因劝降事件，第二年被流放吉州。后虽获释，但未官复原职。

1607年，逝世，终年75岁。

（二）代表作

官罢向芝川坐楼院

午憩东楼卸马鞍，
穷阴忽作暮天寒。
青春漫说归田好，
白首犹歌行路难。

天或试人聊自遣，
雨还留客暂求安。
明朝刮目乡山碧，
且费今宵一梦阑。

此诗为诗人被罢官回归乡里时所作。诗人表达了郁闷不满的心情：“青春漫说归田好，白首犹歌行路难”。

六、高敬命

（一）生平

高敬命（1533—1592），李朝文臣、义兵将领。字而顺，号斋峰、苔轩。擅汉文汉诗，并擅书法，著有《斋峰集》《游瑞石录》。文科及第。历任户曹佐郎、正言、英阳郡守。曾任书状官随正使赴明。

1592年，倭寇大举入侵，高敬命募集义兵抗击倭寇。因寡不敌众，英勇战死于锦山。

（二）代表作

渔舟图

芦洲风飐雪满空，
沽酒归来系短篷。
横笛数声江月白，
宿禽起飞渚烟中。

诗中描绘了一幅美丽的景观：江水滔滔，渔舟归帆，沽酒买醉，明月高悬，笛声悠扬，炊烟袅袅。

无　题

桃花晴浪席边多，
摇荡兰舟送棹歌。
醉倚红装应不忘，
小风轻飏幕生波。

诗中描述了初春与心爱女子泛舟游玩之欢愉，但又劝诫不要沉湎于酒色。

七、宋翼弼

（一）生平

宋翼弼（1534—1599），李朝文臣。字云长，号龟峰，诗号文敬。擅诗文。

1599年，逝世，终年65岁。

（二）代表作

山雪诗

连霄寒雪压层台，
僧在他山宿未回。
小阁残灯灵籁静，
独看明月过松来。

诗中描述了山中雪景，连夜暴雪，雪厚过膝，灯光微弱，明月高悬，银白世界。

第三节　郑　澈　李　珥　白光勋　尹根寿　金诚一　李山海　崔庆昌　崔　岦

一、郑澈

（一）生平

郑澈（1536—1593），李朝文臣、著名诗人。字季涵，号松江，雅号文清。文学方面才华横溢，歌辞上，有卓越贡献。先后创作国语歌辞《星山别曲》、《训民歌》（16首）、《思美人曲》、《续美人曲》、《关东别曲》，使歌辞文学到达鼎盛。亦擅时调和汉诗，著有《松江集》《松江歌辞》。

1561年，进士试及翌年别试文科皆中状元。历任献纳、暗行御史、吏曹判书、大司宪。

1589年，任左议政，后为李山海陷害，被革职流配。

1592年，壬辰倭乱，应国王之召，护送国王自平壤避难至义州。

1593年，任使节赴明请援。其后任体察使留驻江华岛。

1593年，逝世，终年57岁。

（二）代表作

金沙寺

十日金沙寺，
三秋故国心。
夜潮分爽气，
归雁有哀音。
虏在频看剑，
人亡欲断琴。

平生出师表，
临乱更长吟。

按，“出师表”，指三国时期蜀相诸葛亮两次北伐前所作。

诗人在壬辰卫国战争期间，任体察使留驻江华岛。此诗为其赴任时途经黄海道金沙时所作。他在诗中描述自己在金沙岛逗留期间，时刻担心国家安危。倭寇正在侵略国家，频频看手中利剑，以杀敌卫国。诗人平日爱读诸葛亮的《出师表》，如今国难当头，更是诵读《出师表》，坚定驱倭卫国的决心和信心。

乘船下防踏浦

战舸张帆截大洋，
乱峰无数剑攒铓。
东边直捣扶桑穴，
不用金汤御犬羊。

按，“防踏浦”，为朝鲜全罗南道的一个浦口。

诗人描述乘船赴全罗南道防踏浦时所作，表达了直捣倭寇巢穴，保卫国家的决心。

追饯退溪先生

追至广陵上，
仙舟已杳冥。
春风无限意，
斜日独登亭。

按，“广陵”，位于李朝京都汉城。

“退溪先生”，即李朝著名学者李滉。

诗人得知李滉将乘船离开的消息，赶往广陵饯行，但为时已晚，为之深深遗憾。

咸兴客馆对菊

秋尽关河候雁哀，
思归且上望乡台。
殷勤十月咸山菊，
不为重阳为客开。

按，“关河”，即朝鲜咸镜南道城川江。

此诗为诗人任咸镜道暗行御使赴任时所作。诗人在诗中描述了金秋十月，大雁南飞，菊花盛开，不禁勾起思乡之情。

二、李珥

（一）生平

李珥（1536—1584），李朝文臣、著名学者。雅名见龙，字叔献，号栗谷、石潭、愚斋。文才出众，学识渊博，文学亦有很深造诣，创作有时调、歌辞和汉诗。

1564年，生员试、式年文科试皆为状元。历任正言、副校理兼春秋馆记事官、大司宪兼艺文馆提学、两馆大提学、吏曹判书、刑曹判书、兵曹判书、右参判。

1568年，任书状官随正使赴明，后两度辞职还乡。

1584年，逝世，时年48岁。

李珥为朝鲜著名哲学家，继承徐敬德学说，发展了“主气说”，以“气发理乘一途说”为基本思想，与李滉主理的“理气二元论”相对抗。他的哲学思想虽包含不少唯物论和辩证法，但毕竟未能摆脱客观唯心论的窠臼。

政治上，李珥对封建社会的矛盾采取揭露态度，并提出一些方案。在他的思想中，贯穿谋求封建国家繁荣富强的爱国思想，对后世实学思想的形成有很大影响。著有《栗谷全书》，该书不仅对儒学研究，而且对当时的政治、思想、社会制度亦有深刻研究。

（二）代表作

谒退溪先生

溪分洙泗派，
峰秀武夷山。
活计经千卷，
生涯屋数间。
襟怀开霁月，
谈笑止狂澜。
小子求闻道，
非偷半日闲。

按，“洙泗”，中国古时二水自今山东泗水县北合流西下，至曲阜北，又分为二水，洙水在北，泗水在南。春秋时为鲁国地。孔子居于洙、泗之间，教授弟子。后人以“洙泗”作为儒家的代称。诗中的“溪分洙泗派”，是指洙泗二水分成两个支流。

此诗为诗人1559年赴礼安拜谒李滉研讨哲学时所作。李滉长李珥35岁，时李滉已58岁。诗人在诗中表示向李滉求教的谦虚态度，并描述两人倾心交流之欢乐，“襟怀开霁月，谈笑止狂澜”。

三、白光勋

（一）生平

白光勋（1537—1582），李朝诗人，字彰卿，号玉峰。曾任宣陵参奉、制述官，后辞官隐退山林，专事汉诗创作。

1582年，逝世，时年45岁。

白光勋的汉诗题材广泛，体裁亦多样，他的汉诗注重表现人的情感世界。恬淡闲适的生活情趣，脱离尘世的超然境界，人间的欢聚离愁，人世无常的内心感悟，皆为其诗的内容。

白光勋与崔庆昌、李达三人，被誉为“三唐诗人”。三人的汉诗如同盛唐之诗那样纯熟，故有此誉。

（二）代表作

悬津夜泊

旅泊依山口，
重游属暮年。
钟声隔岸寺，
人语渡湖船。
月上蒹葭远，
烟沉岛屿连。
更深风更急，
落雁不成联。

此诗为诗人夜泊渡口时所作，流露出对人世无常的内心感悟。语言洗练，意境苍凉幽远，颇有唐诗风格。

题弘庆寺

秋草前朝寺，
残碑学士文。
千年有流水，
落日见归云。

按，“弘庆寺”，位于忠清道稷山。

此诗为诗人游弘庆寺所作。秋草衰败，残碑犹存，溪水潺潺，残阳如血，满目凄凉景色。

幽　居

幽居地僻少人来，
无事柴门昼不开。
花满小庭春寂寞，
一声山鸟下青苔。

诗人远离仕途，在幽静的山水间过着恬淡闲适的生活。此诗即是诗人对隐居山村生活的真实写照，山村僻静很少有人来，柴门白天也不打开，只有满庭的花草和山鸟的鸣声。

宝林寺

古殿云生壁，
晴山鸟下空。
闲眠午斋后，
一枕水声中。

诗中表述徜徉山水、享受闲情逸致的生活情趣。诗人融入自然的生活，追求解脱人世羁绊的超然境界。

寄孤竹

斋居寂无事，
闭门春日迟。
幽卉渐映砌，

新流已满地。
复此时雨霁，
好鸟鸣高枝。
相思不在此，
谁可共华兹？
日夕西南望，
默默中自悲。

按，“孤竹”，即李朝著名诗人崔庆昌，孤竹为崔之号。

诗中表达对知音好友崔庆昌的深切思念：“日夕西南望，默默中自悲”。

白光勋的汉诗感情充沛，才思敏捷，诗句美妙而洗练。在创作风格上，学习唐诗的含蓄、凝练，追求幽远的意境。

四、尹根寿

（一）生平

尹根寿（1537—1616），李朝文臣、学者。字子固，号月汀、畏庵。文才出众，学识渊博，精通性理学。擅汉文汉诗，亦擅书法。著述甚丰，著有《四书吐释》《松都志》《朝天录》《月汀集》《月汀漫笔》。

1558年，文科及第，历任注书、奉常寺主簿、涟川县监、副修撰、检校、兵曹佐郎、知制教、吏曹佐郎、校理、舍人、执义、应教、副承旨、大司成。

1573年，任奏请副使赴明，后历任副提学、大司宪、京畿道观察使。

1578年，被弹劾革职。

1579年，复起用，历任开城府留守、黄海道观察使、吏曹参判、工曹参判。

1589年，任圣节使赴明，其后历任刑曹判书、大司宪、吏曹判事。

1590年，任使赴明。后升任右赞成。

1591年，因西人郑澈建储问题牵连，被革职。

1592年，壬辰倭乱，再起用，历任礼曹判书、两馆大提学、知春秋馆事、知成均馆事、左赞成兼判义禁府事。

1616年，逝世，终年79岁。

（二）代表作

送义严上人还金刚山

飘然杖锡去如飞，
坐听钟声出翠微。
更上毗庐山顶望，
南天空阔晓岚微。

按，“金刚山”，为朝鲜名山。

诗人此作为送义严上人还金刚山，眼望义严上人飘然而去的远影，不胜惆怅。

野　兴

柴门终日掩清幽，
只许青山入我楼。
乐便吟哦慵便卧，
更无闲事到心头。

诗中描述了山居生活之悠闲自在，无有烦恼。

赠陶若水

十日辽阳鬓欲华，
懒从墙外听琵琶。
闲愁满眼凭谁说，
望断归鸦逐暮霞。

按，“辽阳”，为当时明代辽东之辽阳。

尹根寿曾两次作为使节赴明都北京。此外他还3次赴明之广宁（为明卫所，今辽宁省北镇县），6次赴明之辽东。此诗即为诗人在明辽东时之作。诗人在诗中向友人表达在异国他乡思念家庭之乡情。

五、金诚一

（一）生平

金诚一（1538—1593），李朝文臣。字士纯，号鹤峰。潜心研究性理学，造诣很深。著有《鹤峰集》《丧礼考证》《海槎录》。

1568年，文科及第。历任副提学、罗州牧使、庆尚右道观察使。

1590年，任通信副使与黄允吉赴日。

1593年，逝世，时年55岁。

（二）代表作

母别子（节选）

嗟余生长田家中，
惯看黎民休与戚。
数载蒙恩仰太仓，
寒有余衣饥有食。

诗人描述了目睹生活于水深火热困境中的母子被迫离别的悲惨情景，情不自禁地为这对母子伤心流泪。

六、李山海

（一）生平

李山海（1539—1609），李朝文臣。字汝受，号鹅溪。擅汉文汉诗，尚擅山水墨画。著有《鹅溪遗稿》（6卷）。

1561年，文科及第。历任多种官职。

1588年，升任领议政。后被革职，隐居。

1600年，复起用，重任领议政。

1609年，逝世，终年70岁。

（二）代表作

此　翁

花开日与野僧期，
花落经旬掩竹扉。
共说此翁真可笑，
一年忧乐在花枝。

诗中描述了诗人爱花养花之乐趣与担忧。

即　事

晚潮初长没汀洲，
岛屿微茫雾未收。
白鱼满船归棹急，
数村门掩豆花秋。

诗中描述了渔村晚景。夕阳已落，晚潮涌来，满载而归的渔船疾驶回村，其乐陶陶。

七、崔庆昌

（一）生平

崔庆昌（1539—1583），字嘉运，号孤竹。擅汉文汉诗，著有《孤竹遗稿》。崔之汉诗题材广泛，其汉诗与中国盛唐诗歌一样纯熟。

1568年，文科及第。历任北评事、大同道察访、钟城府使、成均馆直讲。

1583年，逝世，时年44岁。

（二）代表作

浿江楼舡题咏

水岸悠悠杨柳多，
小舡遥唱采莲歌。
红衣落尽秋风起，
日暮芳洲生白波。

诗人描述了乘船游览之美景。江水悠悠，杨柳轻拂，歌声悠扬，秋风初起，掀起微波。

箕城闻白评事别曲

锦绣烟花依旧色，
绫罗芳草至今春。
仙郎去后无消息，
一曲关西泪满巾。

按，“箕城”，即平壤。

“白评事”，即白光勋。

“锦绣”，即平壤城东的锦绣山。

“绫罗”，即平壤东边大同江中的绫罗岛。

“仙郎”，指高句丽东明王。传说他在平壤大同江，骑麒麟升天。

“一曲关西”，指白光勋所作之《关西别曲》。

诗人与白光勋为挚友，听说好友创作《关西别曲》，欣然写诗庆贺。在诗中描绘了平壤之美丽景色，锦绣山花开似锦，绫罗岛绿草如茵，高句丽东明王由此升天，好友所作之关西别曲，情真意切，感人至深。

古意

辚辚双车轮，
一日千万转。
同心不同车，
别离时屡变。
车轮尚有迹，
相思不见人。

此诗借车之两个车轮表现世间男女之爱情，“车轮尚有迹，相思不见人”。

题高峰郡山亭

古郡无城郭，
山斋有树林。
萧条人吏散，
隔水捣寒砧。

诗中描述了古郡的萧条景象，城郭毁灭，官员匿迹，隐约传来隔岸捣砧洗衣声。

边　思

幼小离家音信稀，
秋来犹着战时衣。
城头画角吹霜急，
一夜黄榆叶尽飞。

此诗描述驻守边塞的战士深夜思乡的心境。此诗情感真实充沛，意境苍凉幽远，颇具唐诗风格。

寄玉峰

昨夜山中雨脚催，
苍崖飞瀑激成雪。
惊吾脉脉相思梦，
只到金刚岭上回。

按，“玉峰”，即白光勋。白之号为玉峰。

诗人与白光勋为挚友，抒发了对挚友白光勋的思念，感情真挚，含蓄凝练，颇具唐诗风韵。

白云洞

寻行白云洞，
洞虚溪潺潺。
白云朝出去，
日夕犹未还。

此诗写景抒情，清新，幽远，很有唐诗意境。

田　家

田家无宿粮，
日日摘新麦。
摘多麦已尽，
东邻犹未获。

此诗描述农家生活之艰难，文字简练，描写生动，为关心民间疾苦之作。

雨　雹

萧条如经乱，
山谷多空村。
老弱服耒耕，
辛苦良难言。
才喜春苗成，
夏淹又浑浑。
……
四邻绝昏烟，
但闻哭声喧。

诗中描述了农民生活之艰难困苦，“四邻绝昏烟，但闻哭声喧”。

八、崔岦

（一）生平

崔岦（1539—1612），李朝文臣。字立之，号简易、东皋。文才出众，精通易学，擅汉文汉诗，尚擅书法，以松雪体著称。著有

《简易集》。

1561年，文科状元。初任刑曹参判。后随使赴明。

1612年，逝世，终年73岁。

（二）代表作

三日浦

晴峰六六敛螺蛾，
白鸟双双弄镜波。
三日仙游犹不再，
十洲佳处始知多。

按，“三日浦”，位于江原道古城郡。

“三日仙游”，相传新罗时，永郎、述郎、南石郎、安祥郎四个花郎游三日浦。本拟一日即返，但因景色秀美，连游三日始返。此后，此地称三日浦。

此诗描述游历三日浦之美景。

第四节　柳成龙　尹国馨　李纯仁　赵　宪　泗溟堂　李舜臣　林　悌

一、柳成龙

（一）生平

柳成龙（1542—1607），李朝文臣、学者。字而见，号西崖，雅号文忠。文才出众，学识渊博，擅汉诗、书法，以其道学、文章、德行、书法名闻全国。著述甚丰，主要有《惩毖录》（16卷）、《西崖集》、《乱后杂录》等。

1566年，文科及第。历任工曹佐郎、吏曹佐郎、礼曹判书、副提学、大司宪、右议政、左议政。

1592年，倭寇大举入侵，任领议政兼都体察使，大胆起用李舜臣、权慄等名将，对卫国战争胜利起到重要作用。力主扩充军备，设置训练都监、制造火器，在对敌斗争中发挥了重大作用。

1598年，遭北人派弹劾，革职为民。

1600年，复起用，官复原职，但谢绝，隐居不出，潜心研究学术。

1604年，封为扈圣功臣二等，丰原大院君。

1607年，逝世，终年65岁。

（二）代表作

至渡迷峡望三角山

田园归路三千里，
帷幄深恩四十年。
立马渡头回首处，
终南山色故依然。

按，“终南”，即李朝京城汉城南山之别称。

此诗为诗人被革职，隐居山村之作。诗中流露对遭谗革职的不满和对隐居山村清闲生活之适意。

斋居有怀

细雨孤村暮，
寒江落木秋。
壁重岚翠积，
天远雁声流。

学道全无力，
临歧有晚愁。
都将经济业，
归卧水云陬。

此诗亦是诗人遭贬隐居山村时所作。诗中描述山村之荒凉，同时表达学富五车终被革职，晚景堪忧，“学道全无力，临歧有晚愁”。从今而后，隐居山村，潜心研究学术之决心。

柳成龙还写过一首汉诗七律《哀李统制》，表达对为国捐躯的李朝名将李舜臣的哀思：“当时百战李将军，只手亲扶天半壁。”诗中还高度赞颂李舜臣不畏小人构陷的高尚精神：“功高不免谗妒构，性命鸿毛安足惜？”最后，对统治阶级将李舜臣的巨大功勋忘于脑后感到深深不平。

二、尹国馨

（一）生平

尹国馨（1543—1611），李朝文臣。字粹夫，初名先觉，号恩尚、达川。著有《闻韵漫录》《甲辰漫录》。

1568年，文科及第。历任正言、应教、副提学、左承旨、忠清道观察使。

1592年，倭寇大举入侵，虽率兵抗倭，但兵败，被免职。其后被起用，历任忠清道巡边使、兵曹参判、同知中枢府事、备边司堂上、工曹判书。

1611年，逝世，时年68岁。

（二）代表作

感怀呈子鱼吴参军

麻衣偏拂路歧尘，

鬓改颜衰晓镜新。
上国好花愁里艳，
故园芳树梦中春。
扁舟烟月思浮海，
匹马关河倦问津。
七载干戈汉离别，
绿杨莺语太伤神。

按，“子鱼吴参军”，即明朝人吴明济，号子鱼，职务为参军。壬辰卫国战争期间，应李朝之请，明廷派援军入朝参战。吴明济作为徐司马公的幕僚东援李朝。

此诗载于吴明济编辑的《朝鲜诗选》（卷50）。但是署名作者的尹国馨却在其所著《甲辰漫录》中否认此诗为其所作。

三、李纯仁

（一）生平

李纯仁（1543—1592），李朝文人。字伯生，号孤潭。

1572年，文科及第，但不入仕途，隐居乡里，擅诗文。

1592年，逝世，时年49岁。

（二）代表作

雪后偶吟

市郭人声绝，
苍茫冻树昏。
还如去年雪，
寂寞卧江村。

此诗为诗人雪后观景之作。

汉江送退溪先生

江水悠悠日夜流，
孤帆不为客行留。
家山渐近终南远，
也是无愁还有愁。

按，“退溪先生”，即李朝著名学者李滉。

“终南”，位于朝鲜全罗南道罗州。

此诗为诗人在汉江送李滉返乡之作。江水悠悠，李滉先生乘船而下，眼望远去的孤帆，别离之愁不能抑制，也是无愁还有愁。

四、赵宪

（一）生平

赵宪（1544—1592），李朝著名义兵将领。字汝式，号重峰、陶原、后栗。

1567年，文科及第。历任定州教授、户曹佐郎、通津县监。曾三次被革职流配。

1592年，倭寇大举入侵，赵宪于忠清道沃川组织千余名义兵队伍，英勇抗敌，保卫国家，收复清州。在攻打锦山战斗中，壮烈牺牲，年仅48岁。

（二）代表作

师渡荆江有怀高而顺敬命

东土貔貅百万师，
如何无术济艰危。
荆江有约人何去，
不耐秋风击楫时。

按，“高而顺敬命”，即高敬命，号而顺，是壬辰卫国战争时期的义兵将领。

此诗作于诗人率兵抗击倭寇之时，率师渡江，怀念战友，共同抗倭，保卫国家。

五、泗溟堂

（一）生平

泗溟堂（1544—1610），李朝著名武僧。号惟政、松云。为著名爱国僧人西山大师弟子。

1592年，倭寇大举入侵。泗溟堂率义兵抗击倭寇，取得巨大胜利。后赴日本谈判，外交上卓有贡献。

1610年，逝世，时年66岁。

（二）代表作

奉李统制使舜臣

征南节度大将军，
威震蛮荒静海氛。
节入生辰重九日，
月明歌吹动辕门。

诗中热情歌颂爱国名将李舜臣的丰功伟绩，全诗充满乐观情绪和无比自豪的心情。

六、李舜臣

（一）生平

李舜臣（1545—1599），李朝爱国名将。字汝谐，擅诗文，著有《李忠武公全集》（15卷）、《乱中日记》。

1576年，武科式年试及第。历任各种微职10年之久。

1591年，任全罗道左水军节度使，全力整顿军备，创制龟船。

1592年，倭寇大举入侵，李率所部水军英勇抗敌，先后取得玉浦大捷、唐浦大捷、闲山岛大捷。遂升任三道水军统制使。

和平交涉时期，被谗入狱，幸得郑琢等力保，免死，白衣从军。

1597年，倭寇第二次大举入侵，李朝水兵大败。在此危难时期，李舜臣被重新起用，再任三道水军统制使，重整水军。同年农历九月，在鸣梁率水军与明水军联合对倭寇进行抗击，获胜。同年农历十一月，在露梁率水军与明水师联合对倭作战，大胜，将倭寇驱入大海。李在此役中壮烈殉国，时年54岁。李舜臣文韬武略，堪称一代帅才。

（二）代表作

闲山岛夜吟

水国秋光暮，
惊寒雁阵高。
忧心辗转夜，
残月照弓刀。

按，“闲山岛”，位于庆尚道南海。

此诗为李舜臣任水军节制使在南海闲山岛备战时所作。诗人描述了自己的心情，为国担忧彻夜不眠，窗外残月照着弓与刀。诗的意境悲壮深沉。

无题六韵

萧萧风雨夜，
耿耿不眠时。

怀痛如摧胆，
伤心似割肌。
山河犹带惨，
鱼鸟亦吟悲。
国有苍黄势，
人无任转危。
恢复思诸葛，
长驱慕子仪。
经年防备策，
今作圣君欺。

按，“诸葛”，即三国时期蜀相诸葛亮。

“子仪”，即唐代名将郭子仪。

李舜臣身为李朝水军统帅，在诗中表达忧国忧民的沉重心情。目睹朝廷腐败无能，疏于战备，以致倭寇来侵，国土被占，百姓遭殃。因之彻夜不眠，心如刀割，“怀痛如摧胆，伤心似割肌”。

阵中吟

天步西门远，
东宫北地危。
孤臣忧国日，
壮士树勋时。
誓海鱼龙动，
盟山草木知。
仇夷如尽灭，
虽死不为辞。

诗人表达了决心誓死抗击倭寇入侵。为了保卫国家和百姓，即使壮烈牺牲，也心甘情愿，“仇夷如尽灭，虽死不为辞”。此诗共两首，本诗为第一首。

赠别宣水使居怡

北去同勤苦，
南来共死生。
一杯今夜月，
明日别离情。

按，“居怡”，此前曾和李舜臣一起与入侵的女真人作战，大败敌军。壬辰卫国战争中，和李舜臣共同与入侵的倭寇作战。

李舜臣在诗中表达战友惜别的悲壮心情。

七、林悌

（一）生平

林悌（1549—1587），李朝文臣、诗人、小说家。字子顺，号白潮、谦斋、枫江、啸痴。擅汉文汉诗，其诗风豪放、明快。还创作了多篇汉文小说。著有《白潮集》《浮碧楼觞泳录》和汉文小说《花史》《愁城志》《元生梦游录》《鼠狱说》等。

1577年，文科及第。历任北评事、礼曹正郎、知制教。

后因不满朝廷东、西两派的党争，愤而辞职，游历名山大川和名胜古迹，以诗酒自娱。

1587年，逝世，年仅38岁。

（二）代表作

元帅台

立马摩天岭，

云霞趁晓清。
台存元帅号，
客偿壮游情。
万里碧波外，
一轮红日生。
鲸鲵敢骄横，
长啸气难平。

按，“摩天岭”，位于咸镜北道城津，东临大海。

“鲸鲵”，即鲸鱼。雄性为鲸，雌性为鲵。此处指倭寇。

此诗为诗人任北评事时所作。诗人在摩天岭眺望万里碧波，见海中鲸鲵骄横，联想大海对岸的倭寇，警告国人不要放松保卫祖国的警觉。其诗气势如虹，语言铿锵有力。

无语别

十五越溪女，
羞人无语别。
归来掩重门，
泣向梨花月。

此诗描述少女与情郎离别之缠绵，情真意切。真切描述少女出门会情郎的羞涩动作“无语别”，而回来时则“泣向梨花月”，掩面哭泣的生动场景。

自　挽

江汉风流四十春，
清名赢得动时人。

如今鹤驾超尘网，
海上蟠桃子又新。

此诗是诗人为自己写的挽歌。表现诗人一生有才华而不拘礼法，厌恶世俗，超然洒脱，摆脱世上名利羁绊，辞官隐退浪迹天涯海角，升到上天，享受清福。

送黄景润为镜城判官

元帅台前海接天，
曾将书剑醉戎毡。
阴山八月恒飞雪，
时逐长风落舞筵。

按，“元帅台”，为咸镜北道东海岸的小镇。
“阴山”，为中国山名。此处指镜城和中国阴山一样。
此诗为诗人送好友黄景润离别时作。

远　戍

闺人秋早寄寒衣，
雪满交河乡信稀。
纵有囊资可买褐，
岂将身暖救肠饥。

按，“交河”，指朝鲜京畿道。
“褐”，为用粗毛或粗麻织的短衣。
此诗描述戍边征人之苦，天寒地冻，衣不保暖，食不果腹，音信稀少，思念家乡，想念亲人。

苦　寒

山下孤村深闭门，
溪桥日晚青烟起。
石泉冻合无人踪，
知有山妻炊雪水。

此诗描述山村农民生活之苦境。

驿　楼

胡虏曾窥二十州，
当时跃马取封侯。
如今绝塞烟尘静，
壮士闲眠古驿楼。

诗中描述了诗人在驿楼看到兵卒们闲眠，一片宁静和平景象，回忆当年跃马横刀杀敌卫国之事，感慨万千。

蚕岭闵亭

东溟有长鲸，
西塞有封豕。
江障哭残兵，
海徼无坚垒。
庙算非良筹，
全躯岂男子。
寒风不再生，
绝景空垂耳。

谁识衣草人，
雄心日千里。

按，“东溟有长鲸”，指东海对岸有倭寇。

“西塞有封豕”，指北方的女真人。

“寒风”，传说善相马的人，也作“韩风”。

诗人描述了国家东有倭寇，北有女真，本应加强战备，以御强敌。朝廷内部却热衷于党争，腐败无能。而有志报国的仁人志士却不被重用，空有报国心，无有报国门，令人愤慨、痛心。

浿江歌

（六）

浿江儿女踏春阳，
江山垂杨正断肠。
无限烟丝若可织，
为君裁作舞衣裳。

（七）

妾貌如花红易减，
郎心如絮去何轻。
愿移百尺清流壁，
遮却兰舟不放行。

按，“浿江”，即大同江。

“清流壁”，位于大同江畔锦绣山下。

此诗为诗人游历平壤所作。

戏题生阳馆

羸骖载倦客，
日晚发黄州。
堪恨踏青节，
未登浮碧楼。
佳人金缕曲，
江水木兰舟。
寂寂生阳馆，
相思夜似秋。

按，“黄州”，位于平安南道。

“浮碧楼”，位于平壤锦绣山南，青流壁上。

“金缕曲”，词调名，亦名贺新郎。

“生阳馆”，位于平安南道。

诗中描述了诗人想从平安南道黄州到平壤游玩，观览平壤名胜古迹，欣赏金缕曲，兴奋之极，是夜如度三秋。

亡女奠词

尔貌秀于人，
尔德出于天。
膝下十五岁，
于归今六年。
事亲我所知，
事姑姑曰贤。
天乎鬼神乎，
此女何咎愆。
一病遽玉折，

兹事岂其然。
我病不能去，
呼恸气欲填。
尔今入长夜，
见儿知无缘。
尔母在汉北，
尔外祖母前。
若使闻尔死，
残命恐难全。
闻讣第四日，
望奠锦水边。
薄以酒果设，
满盂汲新泉。
母远父在此，
魂兮归来焉。
泉以濯尔热，
酒果沃尔咽。
哭罢一长恸，
尔死重可怜。
秋空莽九万，
此恨终绵绵。

按，“汉北”，即汉城。

“锦水”，即全罗道荣山江。

此诗为诗人祭奠爱女之作。白发人送黑发人，本身就是一件令人痛心之事，何况诗人对爱女生前的疼爱，死后的伤悲，真是声声泪，字字血，无不浸透着慈父失去爱女的悲痛心情，情真意切，感人至深。

峡　民

山坂年年种瞿麦，
绿江板屋无乡聚。
穷山莫道少征徭，
青鼠乌貂入官府。

诗中描述了官府对猎民剥削惨重，他们打来的兽皮、兽毛被官府勒索。诗人无情地揭露了官府的掠夺行为，抨击官府对山民的剥削压迫。

马牛歌

世有病心人，
骑牛马载去。
用之既违材，
鞭策不少恕。
太行之路青泥板，
马蹶牛偾将何助。
吁嗟，
健牛良马一时毙，
谁为负也谁为驭。

诗中猛烈抨击朝廷用人制度之不当，进而表达对国家前途和命运的担忧。

秋千曲

（三）

误落云鬟金凤钗，
游郎拾取笑相夸。
含羞暗问郎君住，
绿柳竹帘第几家。

此诗共三首，现为第三首。

诗中描述了一对情窦初开的少男少女。少女荡秋千时，不意金钗失落于此。少男拾取笑着送还少女。少女萌生爱意，含羞脉脉，与少男交谈，甚至问及住处，以便他日寻觅相会："含羞暗问郎君住，绿柳竹帘第几家"。少女娇羞的形态，跃然纸上。

第五节　许　篈　郭再祐　李好闵　李基卨　车天辂　柳梦寅

一、许篈

（一）生平

许篈（1551—1588），李朝文臣。字美叔，号荷谷。文科及第，历任典翰、昌原府使。著有《荷谷集》《北边记事》。

1574年，曾任书状官随正使赴明。回国后撰写《荷谷朝天录》。后被流放。

1588年，逝世，年仅37岁。

（二）代表作

谪中送外甥

尔去向庭闱，
余还掩旧扉。
重逢难自料，
一别更谁依。
北阙春云满，
西山夕照收。
当筵欲忍泪，
不觉已沾衣。

诗人曾被流放咸镜北道钟城。此诗即在钟城所作。外甥自远地赶来探视，自是欣喜异常。然分别时自是伤悲。今日一别，何时相逢，无法预期。

二、郭再祐

（一）生平

郭再祐（1552—1617），李朝著名义兵将领。字季绥，号忘忧堂。

1585年，文科及第。

1592年，倭寇大举入侵，郭再祐于庆尚道宜宁组织义兵英勇抗倭，先后收复三嘉、陕川，并取得晋州大捷。

1598年，壬辰卫国战争取得胜利。

战后，郭再祐历任庆尚道兵马节度使、汉城府左尹、咸镜道观察使。后朝政混乱，遂辞官隐居乡里。

1617年，逝世，终年65岁。

（二）代表作

退居琵琶山

朋友怜吾绝火烟，
共成衡宇洛江边。
无饥只在啖松叶，
不渴唯凭饮玉泉。
宁静弹琴心淡淡，
杜窗调息意渊渊。
百年过尽亡羊后，
笑我还应称我仙。

诗人辞官隐归故里时作，描述了隐居生活之无忧无虑，心情愉快。

三、李好闵

（一）生平

李好闵（1553—1634），李朝文臣。字孝彦，号五峰。擅诗文，著有《五峰集》。

1584年，文科及第。

1592年，倭寇大举入侵。李好闵时任吏曹佐郎，护送国王避难义州。奉命赴明请援。

1598年，壬辰卫国战争最终获胜。战后历任大提学、左赞成。

1615年，遭权臣郑仁弘陷害，革职戴罪7年。

1634年，逝世，终年81岁。

（二）代表作

龙湾行在闻下三道兵进攻汉城

干戈谁着老莱衣，
万事人间意惭微。
地势已从兰子尽，
行人不见汉阳归。
天心错莫临江水，
庙算凄凉对夕晖。
闻道南兵近乘胜，
几时三捷复王畿。

按，“老莱”，相传春秋时期的老莱子行年七十，父母犹在，对父母至孝。

“兰子”，即鸭绿江中的兰子岛。

“王畿”，指李朝京都汉城。

壬辰卫国战争初期，李朝京都汉城沦陷，国王避难义州，并议论是否渡鸭绿江避难明朝。作者含泪写成此诗，力劝国王不要渡江赴明避难，因为前方军民正在英勇抗敌，京都汉城一定会光复。诗中的“天心错莫临江水，庙算凄凉对夕晖”，真切描述了当年李朝君臣在鸭绿江边义州一筹莫展，议论是否渡江赴明。这两句横绝今古。

四、李基卨

（一）生平

李基卨（1556—1622），李朝文臣。字公造，号莲峰。精通经学、天文、地理、律学，兵术亦有很深造诣。著有《莲峰集》。

文科及第，历任户曹正郎、祥原郡守、延安府使、礼宾寺正。后不满朝政，辞官，隐居乡里，潜心研究学术。

1622年，逝世，终年66岁。

（二）代表作

征妇词

碧窗纤手剪刀寒，
裁得春衣送玉关。
玉关此去三千里，
一夜残魂几往还。

此诗描述征妇思念远在边塞丈夫之深情。

五、车天辂

（一）生平

车天辂（1556—1615），李朝文臣。字复元，号五山、兰嵎、桔室、清妙居士。擅汉文汉诗，文章出众，著有《五山集》。时李朝向明朝呈报的文书大都出于其手，被誉为东方文士。尚擅歌辞，创作有《江村别曲》。

1577年，文科及第。

1589年，随黄元吉出使日本。

1615年，逝世，终年59岁。

（二）代表作

寒食伏枕，慷慨口占，呈药圃五首

（四）

骄虏麻牙割海壖，
至今烽火照甘泉。
云腥草木妖氛满，
日瘦川原杀气缠。

此诗为作者愤怒控诉壬辰年间倭寇入侵朝鲜之罪行。

天将战阵粉壁图

汉将长驱十万兵，
歉山欲野乌云横。
寒天杀气生戈剑，
落日高风送旆旌。
铁马不鸣军令肃，
玉龙才吼凯歌声。
坐看东海鲸波净，
更有何人敢请缨？

按，“壬辰年”，倭寇入侵李朝，李朝求援于明朝。明朝派李如松率军援朝御倭。

此诗为盛赞明军之作。应指出的是，诗人还创作不少赞扬明军将领的汉诗，其中《送李提督百首》，赞扬明军统帅李如松的汉诗达一百首。

奉次使相腊月廿四夜绝句十首

（四）

肉缓筋驽懒是真，
白头何事走风尘。
涓埃未效丘山重，
不为浮名不为身。

诗中表达诗人深厚的爱国情怀。

秦州杂诗韵十五首

（二）

风起乱云动，
日斜高鸟归。
长吟正愁绝，
一念更依微。
乡里不知远，
音书还觉稀。
仍嫌回望处，
千迭暮山围。

诗人思乡之作。

练光亭

练光横带石头城，
城上危亭丹碧明。
雨气垂天红日隐，
山光入槛白云生。
登临未作千杯兴，
感慨空余万古情。
且泛画船移棹晚，
不妨沿月并洲行。

诗中描绘练光亭之美丽景色。

静夜思

相思无路莫相思，
看雨遥云只暂时。
孤梦不知关塞远，
夜随明月到天涯。

此诗描述征妇对远在边陲的丈夫的思念之情。彻夜无眠，梦中相会。

无　题

华山北骨盘三角，
汉水东心出五台。
无端岁月英雄过，
有此江山宇宙来。

按，“华山”，位于汉城北。

“五台”，即五台寺，亦称水精寺。

此诗歌颂祖国大好河山。

无　题

古寺萧然御沟旁，
夕阳乔木使人愁。
烟霞冷落残僧梦，
岁月峥嵘破塔头。
黄凤羽归飞鸟雀，
杜鹃花发牧牛羊。
神崧忆得繁花日，

岂意为今春似秋。

按，“黄凤”，指国王。

“鸟雀”，指为官。

“神崧”，指高丽京都开城。

此诗为对高丽京都开城的怀旧诗。

六、柳梦寅

（一）生平

柳梦寅（1559—1623），李朝文臣。字应文，号於于堂。擅书法，精通篆书、隶书、楷书、草书。著有《於于野谈》《於于集》。

文科及第，曾任吏曹参判。后因党争奇自献案，逃往扬州西山隐居，后被捕入狱。在狱中仍坚持创作汉诗，以期减刑，但被处死。时年64岁。

（二）代表作

孀妇词

七十老孀妇，
靖居守空虚。
仿人劝之嫁，
善男颜如槿。
颇颂女史诗，
稍知妊姒训。
白首作春容，
宁不愧脂粉。

按，“槿”，即木槿花。

“姒”有两个含义，一为古代同夫诸妾年长者；一为妯娌间年长者。

诗中描述了年老寡妇坚守贞节，保持晚节。意在表达诗人对国王的忠节之心。

无　题

满城花柳拥春游，
玉手停杯咏柏舟。
壮士忽持长剑起，
醉中当斫老奸头。

按，“柏舟”，为《诗经·国风·邶风》中的第一首诗。

“老奸头”，指当时权臣李尔瞻、柳希奋。

诗人当时遭李朝权臣李尔瞻、柳希奋的排斥打击，故有此作。对他们给予猛烈抨击，恨不得杀之而后快。

襄阳途中

贫女鸣梭泪满腮，
寒衣初欲为郎裁。
朝来裂与催租吏，
一吏才归一吏来。

按，“襄阳”，位于庆尚道。

此诗作于赴襄阳途中，目睹贪官污吏残酷压榨织布妇人，而有此作。

第六节　黄　慎　朴仁老　金尚容　李德馨　李　达　李晬光　李廷龟　白振南

一、黄慎

（一）生平

黄慎（1560—1617），李朝文臣。字思叔，号秋浦。著有《秋浦集》。

1588年，文科及第。历任监察、户曹佐郎、兵曹佐郎、折衡将军，同知中枢府事、户曹判书。曾任通信使赴日。

1613年，癸丑士祸，被革职流配。

1617年，死于配所，时年57岁。

（二）代表作

入日本时乘海船

丈夫不怕死，
怕死不丈夫。
白刃尚可蹈，
鼎镬尚可趋。
所愿全吾节，
安得全吾躯。
千载鸡述郎，
至死心不渝。

按，1592年倭寇大举入侵李朝，李朝由此开始壬辰卫国战争。在此期间，诗人多次任通信使赴日，此诗即为诗人乘船赴日时所作。表达了诗人大无畏的英雄气概，激昂慷慨，为了保卫国家，刀山敢上，火海敢闯。

二、朴仁老

（一）生平

朴仁老（1561—1642），李朝著名诗人。字德翁，号芦溪、无何翁。文才出众，擅歌辞、时调。歌辞名作有《太平词》等，时调有名作《思亲》等。朴仁老与郑澈、严善道被誉为朝鲜国语文学“三大高峰”。亦擅汉诗，著有《芦溪集》。

1592年，倭寇大举入侵李朝。朴仁老投身军旅，保卫国家。在义兵将领郑世雅部任别侍卫，立有战功。其后进入水军为将，战功卓著。

壬辰卫国战争胜利结束后，历任水门将、助罗浦万户、宣传官、统舟师等武职。

后因朝廷党争，辞官隐退，潜心研究文学，创作大量诗歌。

1642年，逝世，时年81岁。

（二）代表作

戴胜吟

午睡频惊戴胜吟，
如何偏促野人心。
啼彼帝京华屋角，
会人知有劝农禽。

按，“戴胜”，即布谷鸟。

“帝京”，即李朝京都汉城。

诗人明写布谷鸟，但意在说明帝王将相应了解农民对国家、社会之重大贡献。

松

池上亭亭百尺松，
寒天斜日翠浮空。
四时不变专孤节，
肯畏严霜与疾风。

诗中赞扬了松树四时不变气节，意喻做人也要有威武不屈的高尚品质。

三、金尚容

（一）生平

金尚荣（1561—1637），李朝文臣。字景择，号仙源。擅汉诗、时调。著有《仙源遗稿》《读礼随抄》。

1590年，文科及第。历任承旨、都承旨、刑曹判书、吏曹判书、礼曹判书。

1627年，丁卯胡乱，任留都大将。

1636年，丙子胡乱，从王族逃亡江华。

1637年，江华城陷，金尚荣自杀，时年66岁。

（二）代表作

锦　江

江南江北草萋萋，
满目春光客意迷。
愁上木兰寻古迹，
青山无语鸟空啼。

按，“木兰”，落叶乔木，用以造船。木兰即小船。

此诗描述了诗人乘小舟寻访百济的古迹，愁绪笼罩心头，又见满目荒凉古迹，愁上加愁。

四、李德馨

（一）生平

李德馨（1561—1613），文臣、学者。字明甫，号汉阴、双松，雅号文翼。擅汉诗和时调，著有《汉阴文稿》。

1580年，文科及第。历任礼曹参判、右议政、左议政、领议政。

1613年，因反对对永昌大君的处刑和废母言论，被革职，发配杨根，终了一生，时年52岁。

（二）代表作

寄邻丈

平原经雨草根柔，
隔屋春山翠欲流。
赛社醉归桑柘晚，
远村烟含月如钩。

按，“赛社”，指一年农事完毕，农民陈酒食以报田神，聚饮作乐。

此诗为诗人为邻居老人李仁甫写的一首诗。诗中描述山村农家之乐。

五、李达

（一）生平

李达（1561—1618），李朝文人。字益之，号荪谷、东里。曾任汉吏学官。文才出众，擅汉诗，亦擅书法。著有《荪谷诗集》。

因庶民出身，不得参加科举。空有才能和抱负，无法施展，只得靠饮酒赋诗和培养后人了此一生。其诗率直自然，清雅洗练，风格一如其人。其诗具有唐诗风格。与白光勋、崔庆昌被誉为三唐诗人。

1618年，逝世，时年57岁。

（二）代表作

拾穗谣

田间拾穗村童语，
尽日东西不满筐。
今岁刈禾人亦巧，
尽收遗穗上官仓。

此诗借助村童拾穗，真实反映了统治阶级压迫剥削农民之惨重。

别李礼长

桐花夜烟落，
梅树春云空。
芳草一杯别，
相逢京洛中。

诗人与好友分别，作诗相赠，依依不舍，今朝离别，期盼他日重逢。

祭冢谣

白犬前行黄犬行，
野田草际冢累累。
老翁祭罢田间道，

日暮醉归扶小儿。

此诗描述老翁祭坟之情景。

采莲曲次大同楼船韵

莲叶参差莲子多，
莲花相问女郎歌。
来时约伴横塘口，
辛苦移舟逆上波。

此诗为诗人步高丽诗人郑知常大同江韵而作。

锦带曲赠孤竹使臣

商胡卖锦江南市，
朝日照之生紫烟。
佳人正欲作裙带，
手探妆奁无直钱。

按，“孤竹”，即崔庆昌，号孤竹。
诗人为崔庆昌无钱买锦作裙带而做。

刈麦谣

田家少妇无夜食，
雨中刈麦林中归。
生薪带湿烟不起，
入门儿女牵衣啼。

此诗描述农家少妇生活之艰难。最后一句“入门儿女牵衣啼”，把少妇生活之艰难描述得非常真实贴切。

关山月

关山月，
月出关山照秦京。
郎君远向秦京道，
何处登楼见月明。
郎有心，
妾有情，
独自随君千里行。
长相思，
泪纵横。

此诗描述妻子对远行丈夫的深切思念，期盼夫君早日还乡，团圆欢聚。

画　鹤

独鹤望遥空，
夜寒举一足。
西风苦竹丛，
满身秋露滴。

诗中描述了茫然所失的孤鹤，实是为自己画像。空有才华和抱负却不能施展，犹如孤鹤一样，不能展翅飞翔，翱翔太空。

上思庵相公

带剑淮阴市，
悲歌东洛原。
城边无漂母，
胯下有王孙。
断雁遥空外，
秋虫苦竹根。
艰难昧生计，
何处觅桃源？

诗人描述了自身困境，怀才不遇，意境苍凉，充满悲怆。悲愤至极，仰天长叹，人世间为何如此不公？

题长沙倅绫阳幽居四时

（一）

新结茅茨复石坛，
竹篱苔径翠微间。
柴门竟日无人到，
处处春云生远山。

（二）

二月春江春水平，
江沙如雪荻芽生。
儿童急报河豚上，
船尾持罟傍举行。

诗中描绘了山村春天美丽景色，万物复苏，春意盎然。

移家怨

老翁负鼎林间去，
老妇携儿不得随。
逢人都说移家苦，
三载从军父子离。

诗中描述了一对老夫妇的悲惨处境，儿子从军三年未归，受生活所迫只得离开故土，远走他乡。

扑枣谣

邻家小儿来扑枣，
老翁出门驱小儿。
小儿还向老翁道，
不及明年枣熟时。

诗中描述了种枣树老人的贫困生活。

六、李睟光

（一）生平

李睟光（1563—1628），李朝文臣、著名学者、实学派先驱。字润卿，号芝峰。文才出众，学识渊博，著述丰富，其中以《芝峰类说》为最，其内容广泛，涉及天文、历法、地理、医学、生物、政治、经济、历史、语言、文学、宗教、哲学，为研究李朝政治、经济、文化的重要文献。擅诗文，著有《采薪杂录》《剩说途篇》《升平志》《纂录群书》《芝峰集》。

1585年，文科及第。历任修撰、大司成、大司宪、吏曹判书。

1592年，壬辰卫国战争前后，三次出使明朝。在出使明朝期间，接触西方文化，并把西方自然科学知识和天主教介绍到李朝，成为实学派先驱。

1628年，逝世，终年65岁。

在哲学上，他反对儒家以某一学派的经典为依据，盲目崇信的学风，提倡结合实际研究学问的做法。

在政治上，憎恨王廷的党派斗争。主张吸收外国文明，发展海外通商，改变封闭的锁国政策。他的这些观点后被称之为“实学”，成为实学思想的奠基人。

（二）代表作

途　中

岸柳迎人舞，
林莺和客吟。
雨晴山活态，
风暖草生心。
景入诗中画，
哀鸣谱外琴。
路长行不尽，
西日破遥岑。

此诗描述外出途中所见美好景色，柳舞、莺吟、雨晴、风暖，诗中有画，画中有诗，陶醉于大自然美好风光中。

春宫怨

禁苑春晴昼漏稀，
闲随女伴半芳菲。
落花也被东风误，

飞入宫墙更不归。

按，“漏”，为漏水，利用其制作的计时表。

此诗描述宫女一生的悲惨命运。

赠泗溟山人往日本

盛世多名将，
奇功独老师。
舟行鲁连海，
舌骋陆生辞。
变诈夷无厌，
羁縻事恐危。
腰间一长剑，
今日愧男儿。

按，“鲁连海”，为战国时人。

“陆生辞”，为西汉时的陆贾，善辩。

“泗溟山人”，即李朝时期名僧，壬辰卫国战争期间率众僧抗击倭寇。后又赴日本谈判。

此诗为诗人送泗溟大师赴日谈判时所作。诗中高度赞扬泗溟大师在壬辰卫国战争中立下的功勋，并祝愿此去谈判获得成功。同时为自己在壬辰卫国战争中没有做什么贡献而惭愧。

题忠武祠

第一中兴将，
艰危活我东。
山河余怒气，

宇宙有雄风。
对马春涛息，
扶桑曙霭空。
至今沧海上，
谁复嗣戍功？

诗人高度赞扬李朝名将李舜臣在壬辰卫国战争中的丰功伟绩。

七、李廷龟

（一）生平

李廷龟（1564—1635），李朝文臣。字圣征，号月沙、保晚堂、凝庵。文才出众，擅汉文汉诗，与申钦、张维、李植并称为李朝中期四大文章家，著有《月沙集》《南宫录》。

1590年，文科及第，历任兵曹判事、礼曹判事、刑曹判事、右议政、左议政。多次出使明朝，多次作为远接使迎接明使。

1635年，逝世，终年71岁。

（二）代表作

大同江

芳草萋萋雨后多，
夕阳洲畔采菱歌。
佳人十幅绡裙缘，
染出南江春水波。

按，“绡”为生丝织成的薄纱。

诗人为次郑知常《大同江》韵而作。“染出南江春水波”句，一个“染”字比喻新颖奇特。

八、白振南

（一）生平

白振南（1564—1618），李朝诗人。字善鸣，号松湖。擅汉诗，擅书法。

1590年，进士试合格。

1592年，倭寇大举侵略李朝。曾避难于李朝名将李舜臣营中，其后应李朝之请求，明派大军入朝，与李朝军民共御倭寇。遂与明军将领季金、皮承德结识，友好交往。

1600年，明使朱之蕃出使李朝，随馆伴柳根迎接明使。

1618年，逝世，时年54岁。

（二）代表作

上季都护凯还天朝二十韵并序

衔命辞江左，
专征出海东。
楼船千艘壮，
龙虎六韬雄。
独负刘生侠，
争传却谷风。
誓江躬奋棹，
说剑气凌虹。
妙略超三杰，
神兵似八公。
为书思约矢，
励志愧和戎。
鼓角鸣沧海，
旌旗拂采龙。

长鲸还筑观，
封豕岂逃置。
既断巴近象，
还逢渭水熊。
投醪知士奋，
分食与人同。
自是无双将，
终收第一功。
风流安石老，
矍铄伏波翁。
归意宁弹铗，
穷愁浪抚桐。
惭非草檄手，
徒切愤时忠。
幸得干戈里，
优容气概中。
范袍情似旧，
陈辖意难穷。
客恨怜淮月，
乡心逐楚鸿。
岘山碑堕泪，
交趾柱留铜。
塞草今抽绿，
烽烟已断红。
旗杆枭秀吉，
归献大明宫。

按，“季都护”，明军将领，姓季，名金，台州（今浙江临海县）人。

“三杰”，指汉朝的张良、韩信、萧何。

“八公”，指安徽凤台县西北之八公山。

“安石”，即北宋的王安石。

“伏波”，即汉代的马援。

“秀吉”，即日本之丰臣秀吉。

李朝壬辰卫国战争获胜，明援军回国。诗人此诗即是送别明将季金之作。

诗人在此诗之前，写有序：

> 都护公奉圣天子命，将越甲之千余人，东援小国……与倭奴战于曳桥。公身先士卒，被伤，犹裹疮力战，士卒奋勇，无不一当百，倭奴大败……公，儒将也，雅善诗文，一见如平生欢。自是旦暮相集，每酒阑，赋诗以舒豪怀。公今凯旋，恐会晤之难期，潸然出涕。惜别之情，咸尽于诗。

从诗及序中可见，诗人与明将季金友谊深厚，分别之时自是伤悲不已。

第七节 权 韠 许 筠 朴忠侃 梁亨遇 卞 献 金尚宪

一、权韠

（一）生平

权韠（1569—1612），李朝文人，著名诗人。字汝章，号石洲。擅汉诗和汉文，李朝中期汉诗最有成就者，其汉诗与汉文均享盛誉。

曾参加科举，一度为吏，历任童蒙教官、制述官。后被免职。全心致力于私塾教育。

1592年，壬辰卫国战争爆发，投笔从戎，抗击倭寇入侵。

战后，返归故乡玄石江，隐居。权韠性格刚毅不畏权势，因抨击朝政，被流放。在流放途中，题诗壁上又惹祸端。

1612年，被处死，年仅44岁。

（二）代表作

马上口占

国在艰虞日，
朝无老大臣。
岭南犹战伐，
关北尚风尘。
耿耿此时恨，
悠悠何处人。
长吟出师表，
涕泪满衣巾。

按，“艰虞日”，艰难的日子。

“岭南”，指南部的庆尚南道。

“关北”，指北部的平安北道。

“出师表”，指三国时蜀相诸葛亮所作之《出师表》。

诗人在壬辰卫国战争爆发后，投笔从戎，抗击倭寇入侵。此诗即为此时所作。诗中记述倭寇入侵，国势危急，全国军民英勇抗击敌寇的景况。

婵娟洞

年年春色到荒坟，
花似新妆草似裙。
无限芳魂飞不散，
至今为雨更为云。

按，“婵娟洞”，位于平壤，埋葬妓女的古冢。

“至今为雨更为云”，战国楚襄王与宋玉游于云梦之台，望高唐之观，其上有朝云。王问何谓朝云。玉曰：昔怀王游高唐，怠而昼寝。梦见一妇人，曰：妾巫山之女也，为高唐之客。闻君游高唐，愿荐枕席。王因幸行。妇人去而辞曰：妾在巫山之阳，高丘之阴，旦为朝云，暮为行雨，朝朝暮暮，阳台之下。

抒发观看埋葬妓女的古冢之感想。

过郑松江墓

空山木落雨潇潇，
相国风流此寂寥。
惆怅一杯难更进，
昔年歌曲即今朝。

按，“郑松江”，即郑澈。

“相国”，官职。李朝之领议政、左议政、右议政等高官的统称。

“风流”，指郑澈创作的歌辞《关东别曲》《思美人曲》《星山别曲》等。这些歌辞风靡一时。

“昔年歌曲即今朝”句，郑澈在《将进酒》中有“死后谁劝一杯酒”句，意即死后即使劝酒也无法喝。

诗中表达对著名歌辞大家郑澈的崇敬与怀念。

偶　题

老去仍多病，
生涯任陆沉。
云山千里梦，
霜鬓百年心。
晓雨莺声滑，
春江柳色新。
如何艳阳节，
悄悄动悲吟。

诗人文才出众，才华横溢，但是怀才不遇，遗恨终生。诗人此作即是这种情感的自然流露。

贼退后入京

故园荆棘没黄埃，
归家空携一影来。
千里山河流几血，
百年城阙有荒坛。
南天画角何时尽，
西塞鸣銮几日回，
独向松郊寻旧路。
断云乔木有余哀。

按，“画角”，古乐器名，竹制或铜制，用于军中，发声鸣鸣，令人闻之兴奋。

“鸣銮”，銮，系在马颈或车前横木上的铃。此处指国王出行。

“松郊”，即高丽故都开城郊外。

壬辰卫国战争时，李朝京都汉城曾为倭寇侵占，后收复。此诗为诗人战后返汉城之作。诗人描述遭受倭寇蹂躏的国都的悲惨景况，“千里山河流几血”句，愤怒谴责倭寇的侵略罪行。

梦得一小册及金德龄诗集也

将军昔日把金戈，
壮志中摧奈命何。
地下英灵无限恨，
分明一曲醉时歌。

按，“金德龄”，李朝义兵将领。壬辰卫国战争时，组织义兵，英勇抗击倭寇，后遭人陷害，被捕入狱，冤死狱中。

诗人真切表达对义兵将领金德龄的无限崇敬，对其冤死狱中深深惋惜，同时严厉抨击当时朝政的紊乱与腐败。

闻任茂叔削科

宫柳青青莺乱飞，
满城桃李眉春晖。
朝家共贺升平乐，
谁遣危言出布衣。

按，“任茂叔削科”句，任茂叔即任叔英，于李朝光海君四年参加科考，因其策文历数戚臣的种种罪恶，本可入甲科或乙科。但国王光海君阅此文后，愤怒至极，将其逐出科场。经领议政李恒福谏止，令任茂叔丙科及第。

“宫柳”，指国王光海君的王妃柳氏。

“莺乱飞”，“乱飞”，指王妃之兄柳希奋之罪行。

“满城桃李”，指向王妃柳氏和其兄柳希奋献媚的高官。

“布衣”，指任茂叔。

此诗是对当时王妃柳氏及其兄柳希奋紊乱朝纲进行严厉谴责，更是对国王光海君纵容戚臣的枉法行为进行猛烈抨击。

切切何切切

切切何切切，
有妇当道哭。
问妇何哭为，
夫婿远行役。
谓言即愿返，
三载无消息。
一女未离乳，
贱妾无筋力。
高堂有舅姑，
何以备饘粥。
拾穗野田中，
岁暮衣裳薄。
北风吹郊墟，
寒日惨将夕。
独归茅檐低，
哀怨岂终极。

诗人用现实主义手法真切描述官府对平民百姓的残酷压迫与剥削。丈夫远征服役三年未归，一切灾难都落在农妇身上，幼儿未断乳，公婆年老体弱，家中无粮，只好拾穗，天凉衣薄，真是呼天不应，叫地无门，农妇惨景不忍见不忍闻。

该诗表达了对劳苦人民的无限同情，对腐败朝廷的猛烈抨击。

忠州石

忠州美石如琉璃，
千人劚出万牛移。
为问移石向何处，
去作势家神道碑。
神道之碑谁所铭，
笔力倔强文法奇。
皆言此公在世日，
天恣学业等超夷。
事君忠且直，
居家孝且慈。
门前绝贿赂，
库里无财资。
言能为世法，
行是为人师。
平生进退间，
无一不合宜。
所以垂显刻，
永永无磷缁。
此言信不信，
他人知不知。

遂令忠州山下石，
日销月砾今无遗。
天生顽物幸无口，
使石有口应有辞。

按，“忠州石”，忠州位于忠清北道，该地之石，美如琉璃。“神道碑”，两班官僚为了宣扬他们一生的美德和业绩，叫人用忠州石做神道碑。碑上刻他们一生如何“事君忠诚”“孝顺父母”“拒绝贿赂”“库里无财”等虚假文字。

诗中对两班官僚这种虚假行为进行了无情抨击和辛辣讽刺，真是入木三分。结尾两句异常精彩：“天生顽物幸无口，使石有口应有辞。”石头若是能说话，一定会愤怒揭露两班官僚的丑恶行为。

驱车儿

驱车儿三十四犹总角，
有庐不居田不耕，
年年伐木在山谷。
借问伐木何所用？
长安城中起楼阁。
楼阁连云山木尽，
官家催起无虚日。
城南昨夜泥雨滑，
陌上春泥深没膝，
竟日十步五步间，
牛饥无草儿不食。
儿不食尚可，
牛饥恐失足。

驱车儿　儿有辞，
旁人闻之亦悽恻。
儿驱车，牛驾车。
牛蹄趵趵车辘辘。
辘辘趵趵十余岁，
儿身无子牛无犊。
一朝牛毙儿亦死，
官家何处施鞭扑?
愿将此意叫天阍，
及时下令除苦役!
儿但与牛相对眠，
日长村巷桑麻绿。

按，“总角”，朝鲜古代男女未成年前束发为两结，形状如角，故称总角。总角泛指未结婚的成年男子。

“长安”，唐朝都城，此处指李朝京都汉城。

“天阍”，即朝廷。

诗中描述了赶车男子的困境。朝廷修建宫室，迫令他年年上山伐木，并将木材运到京都。致使他无暇结婚，甚至牛也没下犊。“辘辘趵趵十余岁，儿身无子牛无犊。”在诗之最后期盼朝廷免除劳苦民众劳役，使劳苦民众安心务农，生活安定。

九日对酒作

丧乱看今日，
凄凉异故园。
风尘桃竹杖，
江海菊花樽。

古戎遥闻角，
荒城早闭门。
兵戈满天地，
漂转更堪论。

诗中描述了壬辰战争期间，倭寇侵略李朝，给李朝人民造成的深重灾难。

送李安讷出守端川

国家新去乱，
忧虞方未毕。
黎元困征赋，
愁痛未忍说。
官吏恤供给，
割剥到膏血。
向来百家村，
所存无十室。

此诗为诗人送好友李安讷到端川为官之作。诗中描述劳苦民众的悲惨境地，倭寇侵略已使民众遭受巨大灾难，民不聊生，而朝廷恶吏贪污赈济灾民粮食，使劳苦民众雪上加霜，以致十室九空，“向来百家村，所存无十室”。诗人在诗中既愤怒谴责倭寇的侵略行径，也抨击朝廷的贪官污吏。

斗狗行

谁投与狗骨，
群狗斗方狠！

有盗窥窬欲乘衅，
小者必死大者伤。
主人抱膝中夜泣，
天雨墙坏百忧集。

诗中辛辣讽刺朝廷热衷于党争的官吏为群狗，而将觊觎朝鲜国土的倭寇比喻为强盗，无休止的党争将会给倭寇以可乘之机进行侵略。诗人将无数正直忠诚的爱国者比喻为“主人”，只有这些人才是爱国志士，是真正的爱国者。他们为国担忧，一旦外敌入侵定会英勇保卫国家。此作委婉含蓄，意味深长，耐人寻味。

咏　史

戚里多新贵，
朱门拥紫薇。
歌钟事游燕，
裘马斗轻肥。
只可论荣辱，
无劳问是非。
岂知蓬屋底，
寒夜泣牛衣？

诗中愤怒谴责外戚柳希奋等人的种种丑行，抨击他们祸国殃民的罪行。

高判书敬命改葬挽章

重江失险两京墟，
玉辇远驻西塞隅。

谋臣卷舌壮士泣，
国事已去谁能扶。
公时陆沉田野间，
欻然奋起思捐躯。
登坛示众天为悲，
风云惨淡随旌旗。
孤军抗贼众知雄，
为国一死心所安。
雄图未骋将星落，
日明晦蒙神鬼哭。
公侯将相不可计，
独使书生办此事。
男儿殉国古来有，
父子三忠世无偶！

按，“高判书敬命”，高敬命为李朝义兵将领。壬辰卫国战争时，组织义兵部队抗击倭寇，取得很大胜利。其后不幸战死，为国捐躯。随其从军的两个儿子也壮烈牺牲。

诗中高度赞扬高敬命父子三人在壬辰卫国战争中英勇抗击倭寇的壮举，并对高氏父子三人壮烈牺牲表示万分惋惜。与之同时，对国难危机时畏缩不前的文武大臣进行了辛辣讽刺和猛烈抨击。

绝　笔

平生喜作俳谐句，
惹起人间万口喧。
从此括囊聊卒岁，
向来宣圣欲无言。

诗人性情耿直，忧国忧民，疾恶如仇，对当时腐败的朝政，无休止的党争，祸国殃民的外戚，敢于辛辣讽刺和猛烈抨击，因此遭到一些权臣的非难与排斥，但他坚贞不屈。此诗为诗人临终前所写，再次显示与黑暗势力做斗争的决心，决不屈服于权势。此诗也是诗人一生的真实写照。

读杜诗偶题

杜甫文章世所宗，
一回披读一开胸。
神飙飒飒生阴壑，
天乐嘈嘈发古种。
云尽碧空横快鹘，
月明沧海戏群龙。
依然步入仙山路，
领略千峰更万峰。

诗中高度赞扬唐朝诗人杜甫的诗歌成就，并表达对这位异国“诗圣”的崇敬。

述　怀

朝日自何来，
昔日向何去。
一朝复一夕，
白发遽如许。
少年志气壮，
长啸望伊吕。

方圆岂相谋，
与世实钼铻。
始也多毁誉，
终焉寡俦侣。
况逢干戈际，
漂泊思羁旅。
沟壑幸而免，
疾病固其所。
皎皎平生心，
抑郁谁与语。
手掇秋菊英，
愿胜高丘女。
佳期未易得，
岁暮徒延伫。

诗中表达心中的郁闷，空有雄心，空有才华，却无法施展。欲诉苦闷，又无知音。苦恼，伤心，失望，绝望。

病中闻夜雨有怀草堂二十四首

（二十）

素心元不在荣名，
欲佐明君致太平。
人莫我知斯已矣，
白头重觉负平生。

（二十一）

读破兵书五十家，

少年豪气向人夸。
晚知弓箭非吾事，
归去清江钓浅沙。

诗中表达的仍是怀才不遇的苦恼与忧伤，无奈的叹息，苦涩的绝望。

二、许筠

（一）生平

许筠（1569—1618），李朝文臣、诗人、小说家。字端甫，号蛟山、惺所、白月居士。文才出众，学识渊博，擅汉文汉诗。创作有汉诗集《枫岳纪行》，内收汉诗47首。一生创作汉诗达749首。创作国语第一部小说《洪吉童传》，著有《蛟山诗话》《屠门大嚼》《识小录》《闲情录》《惺所覆瓿稿》《国朝诗选》《秘闲情录》《惺叟诗话》《白月居士集》《青竹集》。

1594年，文科及第。历任世子侍讲院说书、春秋馆记注官、承文院副提调、左参赞。

1609年，任书状官随使赴明。

1614年，任千秋使第二次赴明。

1615年，任冬至副使第三次赴明。

1618年，与金闿、辛光业、河仁俊等密谋推翻国王光海君，事泄，被凌迟处死，时年49岁。

（二）代表作

老客妇怨

东州城西寒月曛，
宝盖山高带西云。
皤然老妪衣褴褛，

迎客出屋门柴户。
自言京城老客归，
流离破产依客土。
顷者倭奴陷洛阳，
提携一子随姑郎。
重趼百舍窜穷谷，
夜出求食昼潜伏。
姑老得病郎负行，
跖穿峥山不遑息。
是时天雨夜深黑，
坑滑足酸颠不测。
挥刀二贼从何来，
闯暗蹑踪如相猜。
怒刃劈脰脰四裂，
子母并命流冤血。
我挈幼儿伏林薮，
儿啼贼觉驱将去。
只余一身脱虎口，
苍黄不敢高声语。
明朝来视二骸遗，
不辨姑尸与郎尸。
乌鸢啄肠狗啮骼，
藁里欲掩凭伊谁。
辛勤掘得三尺窟，
手拾残骨闭幽次。
茕茕只影终何归，
邻妇哀怜许相依。

遂从店里躬井臼，
馈以残饭衣敝衣。
劳筋煎虑十二年，
面黧发秃腰脚顽。
近者京城消息传，
孤儿贼中幸生还。
投入官家作苍头，
余帛在笥困食稠。
娶妇作舍生计足，
不念阿娘客他州。
生儿成长不得力，
念之中宵泪横臆。
我形已瘁儿已壮，
纵使相逢讵相识。
老身沟壑不足言，
安得汝酒浇父坟。
呜呼何代无乱离，
未若妾身之抱冤。

按，“东州”“宝盖山”，位于朝鲜江原道铁原附近。

“洛阳”，为中国古都，位于河南省。此处指李朝京都汉城。

此诗描述壬辰卫国战争时期，入侵李朝的倭寇给朝鲜人民带来的痛苦和灾难。描述老妇人的悲惨遭遇，“呜呼何代无乱离，未若妾身之抱冤”。

平壤送吴子鱼大人还天朝

公子中州彦，

缅邈青云姿。
诗情敌谢朓，
赋笔凌左思。
慷慨请长缨，
万里东海涯。
壮志未剷轝，
归骖忽西驰。
箕郊尚秋热，
行李多崄巇。
知音既云稀，
况复将远离。
长路漫浩浩，
念之涕双垂。

按，“吴子鱼”，即明朝吴明济，号子鱼。时吴明济出使李朝，与许筠结识，两人友好往来，结成深厚友谊。吴明济编选《朝鲜诗选》，许筠鼎力相助。

诗人此诗为送吴明济回国之作。诗人与吴明济友谊深厚，好友离别，自是难舍难分，异常伤悲。诗之最后四句，写得十分动人：“知音既云稀，况复将远离。长路漫浩浩，念之涕双垂。”两个知心朋友，洒泪而别。

又：

弱龄有遐思，
栖迟在丘壑。
玩世笑东方，
隐几师南郭。

中年来城市，
误为簪组缚。
谁言珥彤管，
素志非黄阁。
公子稽山秀，
为说稽山乐。
万壑夹崖流，
千岩当镜落。
天台与雁岩，
相峙对冥莫。
所恨天一方，
不得凌垠崿。
尚冀通关梁，
东南骋行脚。
徘徊云门寺，
携手翔廖廓。

按，“稽山”，即浙江绍兴县东南的会稽山。
“天台”，即浙江天台县北之天台山。
“燕崖”，即朝鲜忠清南道北部牙山郡的燕崖山。
“云门寺”，位于朝鲜庆尚北道清道郡云门面虎距山。
此诗亦是诗人送异国友人吴明济之作。

送吴参军子鱼大兄还天朝

国有中外殊，
人无夷夏别。
落地皆兄弟，

何必分楚越。
肝胆每相照，
冰壶映寒月。
倚玉觉我秽，
唾珠复君绝。
方期久登龙，
遽此成离诀。
关河路险巇，
秋郊方爞热。
此去慎行休，
毋令阻回辙。
东垂尚用兵，
海峤日流血。
须冯鲁连子，
却秦掉寸舌。
勿嫌九夷陋，
勉徇壮夫节。

按，“须冯鲁连子，却秦掉寸舌”句中的鲁连，即鲁仲连，战国齐国人。时秦国围赵，魏使新垣衍建议向秦投降，鲁仲连力言不可。令信陵君率魏兵至，秦军撤退。

此诗亦为诗人送吴明济回明之作，可称为中朝文士深厚友谊之代表作。该诗情真意切，感人至极。尤其是开头几句：“国有中外殊，人无夷夏别。落地皆兄弟，何必分楚越。肝胆每相照，冰壶映寒月。”

蕊珠曲戏呈子鱼先生并引

云窗雾阁何夜长，
湘帘明月低银床。
玉斧真人年正少，
罗衾好绾双鸳鸯。
兰灯荧荧照画阁，
栏外绛河犹未落。
宿香乍染翡翠衾，
娇云未散芙蓉幕。
佳人风骨广寒仙，
霞裾六叶裁轻烟。
羽盖朝朝回玄圃，
蟠桃花发三千年。

按，“蕊珠曲”，道教传说天上上清宫有蕊珠宫，神仙所居。道经有《蕊珠经》。

此诗为诗人戏呈异国友人吴明济之作。

吴子鱼先生赠画，诗以谢之

妖氛七载暗海城，
天子侧席求群英。
锦鞯晓发蓟门树，
宝弓夜渡浿江雨。
浿江南去是王京，
暂解雕鞍□□□。
相逢逆旅开襟期，
识我故抱烟霞姿。

开囊遗我一幅画，
高价已超韩幹马。
杏花如笑鸟如歌，
新词烂烂飞天葩。
近世虽称七才子，
如君雅调犹名家。
令我幽居忽生色，
中夕摩挲三叹息。
虎头功合冠烟阁，
白眼吾堪置丘壑。
功成他日访玄度，
写我骑驴入庐霍。

按，“浿江”，即浿水，即今朝鲜大同江。

“韩幹马”，唐代著名画家韩幹善绘人物，尤工鞍马。

“七才子”，为中国明代文学流派的代表人物。前七子为：李梦阳、何景明、徐祯卿、康海、王九思、边贡、王廷相。后七子为：李攀龙、王世贞、谢榛、宗臣、梁有誉、吴国伦、徐中行。这里指后七子。

“玄度”，为东晋之许恂，字玄度。善清谈。

陪吴参军子鱼甫登义城

迥野垂天末，
长江接海流。
雨余多牧笛，
风急少行舟。
一鹗穿云去，

双凫就渚浮。
相怜无限思，
空倚仲宣楼。

此诗描述与友人吴明济在义州城楼登高远眺，江水、水鸟、蓝天、白云，景色宜人。

送吴参军子鱼大兄还天朝

悢悢初相识，
行行生别离。
惊魂知有梦，
此别恐无期。
马首西风换，
云端秋雁悲。
今朝明镜里，
青鬓定成丝。

诗人与友人吴明济友谊深厚，离别之际，悲痛异常。诗中表达了相见恨晚，一朝分别，后会无期之慨。

次吴子鱼先生南庄归兴

早卜青山架竹楼，
卧看晴日渐悠悠。
泉流药圃春偏静，
雨足花栏晚更幽。
悔向风尘趋北阙，
何当烟月醉西畴。

长安道上薪如桂，
勿负今朝季子裘。

按，“薪如桂”，比喻物价腾贵。
“季子”，指战国时的苏秦。
又：

松关竹径带晴烟，
家住溟州第二天。
绕屋溪声来更远，
卷帘山色自堪怜。
家人宿火炊烟来，
坐客清谈汲茗泉。
偏缚尘缨为傲吏，
几将乡思赋归田。

按，“溟州”，为江原道江陵之古称。
“第二天”，朝鲜名胜，有十二洞天之称。即第二洞天。

柬吴子鱼先生

夜月初生露洗空，
玉阶梧叶响西风。
清宵独掩纱窗寂，
万里稽山入梦中。

按，“稽山”，即会稽山，位于浙江绍兴县东南。

又：

野馆荒凉门半开，
入帘残月影徘徊。
露虫偏向秋林织，
今夜故人来不来。

诗人思念好友，渴望好友再度来访欢聚。诗之最后一句“今夜故人来不来”，语言通俗，颇为诙谐幽默。

彩毫咏次贾司马戏赠吴子鱼先生

香雾笼春醉海棠，
高烧银烛照轻芳。
郎心愿作连枝树，
莫学东风柳絮狂。

又：

双鸾明镜罢朝妆，
斜辫鸦雏试采裳。
开却玉屏迎绛节，
满身花气袭人香。

又：

鸾扇玲珑隐醉颜，
自矜娇艳出人间。
天花满袖君知否，
曾到瀛州海上山。

又：

虾须初卷玉钩收，
珠翠秾花插满头。
自爱娇颦倾越女，
谩将鸾镜学春秋。

按，“贾司马”，亦是明朝将领。

“瀛州”，应为“瀛洲”，为古代传说仙人所居之山。

诗人在组诗中表达了对友人吴明济的深厚友谊，两人关系相当密切。

三、朴忠侃

（一）生平

朴忠侃（？—1601），李朝文臣。字叔精。历任户曹正郎、载宁郡守、刑曹参判。

1592年，倭寇大举入侵，时任巡检使负责筑城，以与倭寇战斗逃亡罪被革职。

1593年，复起用，历任户曹判书、赈恤使、巡检使、缮工监提调。

（二）代表作

山海关怀古

天设雄关碧海头，
连云粉堞限中州。
可怜万世无穷计，
未得骊山土一丘。

按，“骊山”，位于陕西省西安市临潼区东南。山北有秦始皇陵。

诗中描述了山海关雄踞要地，联想到在此修筑长城的秦始皇。秦始皇当年雄心勃勃修筑长城，防御敌人，但是最终也没能阻止秦朝的灭亡。

又：

骄逸初萌六国平，
痴心还是一卢生。
胡儿岂独亡秦物，
无限英雄据此城。

按，“卢生”，为战国时燕人，术士。

此诗亦是诗人关于秦始皇之作。当年秦始皇灭六国，一统中国，其后求长生药，祈求千秋万代，但终不过幻想而已。

四、梁亨遇

（一）生平

梁亨遇（1570—？），李朝文臣。

1616年，文科及第，任献纳。

（二）代表作

游龙山呈吴子鱼先生

桃花开后杏花稀，
客子来时燕子飞。
山郭数对芳草合，
野篱三面乱峰围。
风尘歧路何年尽，
破帽长裾此计非。

遥忆故乡归不得，
白鸥春水掩柴扉。

按，“龙山”，即李朝京都汉城附近之蚕头山。

“吴子鱼”，即明朝文人吴明济。

此诗描述陪同友人吴明济游龙山之情景。

闺　怨

妆楼凝晓思，
翠袖掩双颐。
芳草复芳草，
年年长别离。

此诗描述闺中少妇思念边陲的征夫。

五、卞献

（一）生平

卞献（1570—1636），李朝文人。字时哉，号三一山人、八溪后人、寓墉。曾为僧。擅汉诗，擅书法。

1592年，倭寇大举入侵，加入僧军，英勇抗敌，立功。后还俗，任司果。

1610年，文科及第，但被弹劾，取消资格。后以布衣身份随使赴明。

1636年，逝世，终年66岁。

（二）代表作

戏柬吴子鱼先生

碧砌朝来渐有霜，

葛衣新透玉肌凉。
王孙不解悲秋赋，
只喜深闺夜渐长。

按，“吴子鱼”，即明朝文人吴明济。

诗人与吴明济友好相处，友谊深厚，故有此戏作。

六、金尚宪

（一）生平

金尚宪（1570—1652），李朝文臣。字叔度，号清阴、石室山人。著有《野人谈录》《丰岳问答》《南汉记略》《清阴集》。擅汉文汉诗，擅书法。文科及第，历任大提学、礼曹判书、吏曹判书、刑曹判书。曾任使赴明。

1636年，丙子之役时，主张斥和，被罢官。

1639年，因反对应清要求出兵，被清俘至沈阳。回国后，历任左议政、领敦宁府事。

1652年，逝世，终年82岁。

（二）代表作

沈狱送秋日感怀

忽忽殊方断送秋，
一年光景水争流。
连天败草西风急，
羃碛寒云秋日愁。
苏武几时终返国，
仲宜何处可穷楼。
骚人烈士无穷恨，
地下伤心亦白头。

按，“苏武”，为西汉中郎将，出使匈奴，被羁留19年，坚守气节，不降。后终归汉。

“仲宣”，即东汉文人王粲，为建安七子之一，曾在他乡写《登楼赋》抒发思乡之情。

此诗为诗人在沈阳狱中所写之诗，表达不畏强敌，即使被囚，也坚守气节，坚决斗争的决心，并以苏武、王粲的事迹激励自己。

蚤　春

（一）

水际城边野马飞，
渐闻宫漏昼间稀。
东风日夜蘼芜绿，
塞北江南总忆归。

（二）

王滩流水绕江涯，
江上松林是我家。
昨夜梦寻乌石路，
山前山后蚤梅花。

按，“蘼芜”，香草名。

“蚤梅花”，即早梅花。

诗中描述了居处的环境幽美，溪水潺潺，花红草绿，春风徐徐，松林郁郁。

第八节　金　瑬　李安讷　郑荣邦　沈光世　李　植　崔奇男　张　维

一、金瑬

（1）生平

金瑬（1571—1648），李朝文臣。字冠玉，号北渚。擅汉文汉诗，擅书法。著有《北渚集》。

1596年，文科及第。历任承文院、江界副使、嘉善大夫。后因反对国王的废母论，被革职。

1623年，复起用，历任兵曹判书、吏曹判书、领议政。

1636年，丙子胡乱，因主张和议，被革职。

1645年，复起用，重任领议政。

1648年，逝世，终年77岁。

（二）代表作

付书沈阳

高梧叶落雨凄凄，
塞路三千梦亦迷。
欲向征人寄消息，
一行书又万行啼。

此诗是诗人写给被囚在沈阳的李朝文臣金尚宪。诗中对爱国文臣金尚宪无限崇敬。

二、李安讷

（一）生平

李安讷（1571—1637），李朝文臣。字子敏，号东岳。擅汉文汉诗，创作有汉诗5000余首，并精通道学。著有《东岳先生集》（13卷）、《北塞录》、《朝天录》。

1599年，文科及第。历任礼曹正郎、吏曹正郎、礼曹判事、艺文馆提学。

1637年，逝世，终年66岁。

（二）代表作

闻　歌

江头谁唱美人词，
正是孤舟月落时。
惆怅恋君无限意，
世间唯有女郎知。

按，“美人词”，指郑澈所作的歌辞《思美人曲》《续美人曲》。

此诗赞美郑澈创作的歌辞《思美人曲》和《续美人曲》。

东莱四月十五日

四月十五日，
平明家家哭。
天地变萧瑟，
凄风振林木。
惊怪问老吏，
哭声何惨怛？

壬辰海贼至，
是日城陷没。
惟时宋使君，
坚壁守忠节。
阖境驱入城，
同时化为血。
投身积尸底，
千百遗一二。
所以逢是日，
设奠哭其死。
父或哭其子，
子或哭其父。
祖或哭其孙，
孙或哭其祖。
亦有母哭女，
亦有女哭母。
亦有妇哭夫，
亦有夫哭妇。
兄弟哭姊妹，
有生皆哭之。
蹙额听未终，
涕泗忽交颐。
吏乃前致词，
有哭犹未悲。
几多白刃下，
举族无哭者。

此诗为诗人任东莱府使时所作。诗中描述农历四月十五日成为东莱祭日之原因。壬辰卫国战争期间，东莱官民抗击倭寇，不少人为之壮烈殉国。诗人既愤怒谴责倭寇的侵略行径，又对东莱官民抗倭斗争高度称赞。

三、郑荣邦

（一）生平

郑荣邦（1577—1650），李朝学者。字庆辅，号石门。进士试合格，但未入仕途。擅汉诗，著有《石门集》。隐居故乡，潜心研究性理学。

1650年，逝世，终年63岁。

（二）代表作

寄申汝诗楫

南浦波恬采绿苹，
故人江海久相分。
愁来欲奏相思曲，
落尽江花不见君。

此诗为诗人赠好友申汝涉之别诗，好友离别，自是伤感。诗之最后两句写得甚是出色，“愁来欲奏相思曲，落尽江花不见君。”

四、沈光世

（一）生平

沈光世（1577—1624），李朝文臣。字德显，号休翁。著有《休翁集》《海东乐府》。

1601年，文科及第。初任侍讲院说书。后因劝谏国王不要迷信巫术而遭歧视，愤而辞职。

1604年，复出，旋又流放。

1623年，再次被起用，任校理。

1624年，逝世，年仅47岁。

（二）代表作

思乡吟

怀人独自立黄昏，
旧宛烟生月一痕。
北望乡关何处是，
碧云芳草总销魂。

此诗为诗人思念故乡，怀念亲人之作。

沈光世还创作有汉诗《朝廷沉》，借喻高丽武臣之乱，表达对李朝朝政混乱、权臣相互倾轧之不满。《落花岩》为一首反映壬辰卫国战争的咏史诗。

五、李植

（一）生平

李植（1584—1647），李朝文臣。字汝固，号泽堂。擅汉文汉诗，著述颇丰，著有《泽堂集》《初学者训增辑》《杜诗批解》《水城志》《野史初本》。

1610年，文科及第。历任说书、北评事、宣传官。

1618年，废母论甚嚣尘上时，辞官隐退。

1623年，复出任吏。

1646年，辞官隐退，致力于学术研究，门生众多。

1647年，逝世，时年63岁。

（二）代表作

送松云使日本

制敌无长算，
云林起老师。
行装冲海远，
肝胆许天知。
试掉三禅舌，
何烦六出奇。
归来报明主，
依旧一筇枝。

按，“六出”，指三国时蜀相诸葛亮六出祁山。

壬辰卫国战争时，松云（即泗溟堂）出使日本。此诗为诗人送别松云出使日本时作。诗中祝愿此去顺利，完成使命。

咏新燕

万事悠悠一笑挥，
草堂春雨掩松扉。
生憎帘外新归燕，
似向闲人说是非。

诗中描述了新燕啼叫惹人心烦，真实意图为谴责小人挑拨是非。

六、崔奇男

（一）生平

崔奇男（1586—1665），李朝文人。字英淑，号龟谷、默轩。

出身低下为宫奴，但才华出众。与南应琛、郑礼南、金孝一、崔大立、郑楠等合编《六家杂咏》共收261首汉诗。著有《龟谷集》，其中《龟谷诗稿》收有汉诗447首。

1643年，随通信使赴日。

1665年，病逝，终年79岁。

（二）代表作

伤　秋

久客西风泪满裳，
伤心不必是重阳。
孤云落日秋光淡，
极浦遥山暝色苍。
感慨有愁吟似病，
昏冥无酒醉如狂。
黄花赤叶徒相艳，
四海凋枯万姓疮。

诗中描述了秋天的悲凉，其实也是诗人表达对社会黑暗现实的不满和义愤。

贫　居

寒天尽日掩柴门，
穷巷跫音寂不闻。
鼠走空厨烟火绝，
西山风雪落纷纷。

诗中描述了贫苦农民生活之惨状。

七、张维

（一）生平

张维（1587—1638），李朝文臣。字持国，号溪谷、默所。文才出众，学识渊博、精通天文、地理、医术、兵书。擅汉文汉诗，亦擅书法。著有《溪谷漫笔》《溪谷集》。

1605年，进士及第。历任吏曹佐郎、吏曹正郎、工曹判书。

1638年，逝世，时年51岁。

（二）代表作

翁刈稻

翁刈稻稻未熟，
妇舂稻稻带湿。
吏来索租声如虎，
倾盎欲与吏转怒。
请吏且住何怒为，
伏雌可烹黍可炊。
吏诟而去首不回，
明朝定有追符来。

诗中愤怒谴责官府恶吏对劳苦民众的残酷欺压与剥削，对劳苦民众苦难充满无限同情。

洗　锄

田翁白竹笠，
田妇青布裙。
烹匏斫瓜荐虾鱼，
老瓦盆盛黍酒浑。

青莎原头桑叶荫，
坐来四座丰谈喧。
东家耘较西家晚，
低田禾比高田繁。
少年行酒长老醉，
短袖起舞何蹲蹲。
一年作苦一日欢，
田家此夕百忧宽。
君不见，
去年吏到索租时，
翁媪狂弄三日饥。
田家乐事岂易得，
劝君醉饱无遽归。

按，“洗锄”，指农村农事完毕，男女老少欢聚痛饮，以资庆祝。

诗中既描述农事完毕农民相聚庆祝的欢乐情景，又谴责官府恶吏对农民的残酷剥削与压迫。真切描述了农民之困苦，难得欢乐，“一年作苦一日欢”“田家乐事岂易得”。

放　言

（一）

大虫吃小虫，
强者饱弱肉。
吞啖世界内，
物物相残贼。
强者岂常强，

有时遇劲敌。
任力力无尽，
任智智相百。
至人断人我，
心与虚空廓。
虚空不胜物，
物亦胜不得。

诗人此诗共三首，现为第一首。诗人在诗中将朝廷党争的大臣比喻为虫，动物生存法则是弱肉强食。争名夺利的党争只能使朝政腐败，百姓遭殃。诗人最后劝诫这些官员要淡泊名利。

第九节 许 穆 李明汉 姜 瑜 郑斗卿 李之馨 申仪和 金得臣 洪宇远 吴达济 南龙翼

一、许穆

（一）生平

许穆（1595—1682），李朝文臣、学者。字文父、和甫，号眉叟、台岭老人。潜心研究学术，著有《心学图》《尧舜禹传授心法图》。擅汉文汉诗，并擅书法、绘画。

文科及第，历任持平、掌令、大司宪、吏曹参判。

1679年，罢职，回乡。

1682年，逝世，终年87岁。

（二）代表作

题蒋明辅江舍

江水绿如染，
天涯又暮春。
相逢偶一醉，
皆是故乡人。

此为诗人在同乡好友蒋明辅江舍所题之诗。江水绿波，暮春时节，同乡相逢，饮酒吟诗，自是欣喜异常。

二、李明汉

（一）生平

李明汉（1595—1645），李朝文臣。字天章，号白州、月沙。著有《白州集》。

1616年，文科及第。历任大司宪等高等文职。

1643年，被诬，革职发配。

1645年，去世，终年50岁。

（二）代表作

闻玉俄歌故寅城郑相国思美人曲

十年湘浦采江篱，
望断瑶台怨别离，
儿女不知时世态，
至今空唱美人辞。

七娥已老石娥死，
今待能歌号阿玉。

高堂试唱美人辞，
听之不似人间曲。

按，“郑相国”，即郑澈，作有歌辞《思美人曲》。

“江篱”，亦名江离，香草名。

诗人抒发闻阿玉唱郑澈歌辞《思美人曲》的感慨。年老歌女或死或老，只有年轻的阿玉继续唱《思美人曲》。

白马江

何处高台何处楼，
暮山千叠水西流。
龙亡花落他时事，
漫有浮生不尽愁。

按，百济为朝鲜古国，建立于公元前18年，亡于660年。

诗人游览古国百济遗址白马江，触景生情，感慨万千，既为古国灭亡感叹，又为当今朝廷担忧。

三、姜瑜

（一）生平

姜瑜（1597—1668），李朝文臣。字公献，号商谷，诗号忠宣。著有《商谷集》。

文科及第，历任多种官职，官至户曹参议。曾任使节赴清。

1668年，逝世，终年71岁。

（二）代表作

夜闻歌管有感

急管繁弦对月明，

夜深行乐满江城。
三年不见干戈事，
莫是朝廷已太平。

此诗讽刺不顾国家安危，仍日夜寻欢作乐的两班官僚。

四、郑斗卿

（一）生平

郑斗卿（1597—1673），李朝文臣。字君平，号东溟。擅汉文汉诗。一生创作汉诗1200余首。其汉诗深受中国汉魏乐府和唐诗影响，其汉诗具有浓厚唐诗韵味。著有《东溟集》（11卷）。亦擅书法。

1629年，别试甲科状元及第，历任成均馆典籍直讲、礼曹佐郎、大提学、工曹参判。

1669年，辞官隐居。

1673年，逝世，终年76岁。

（二）代表作

登磨天岭

驱马磨天岭，
层峰上入云。
前临有大泽，
盖乃北海云。

按，“磨天岭”，应为“摩天岭”，位于咸镜道。

“北海”，即今俄罗斯的贝加尔湖。

诗人描述登摩天岭之观感，放眼远眺，山高入云，前有大海，好一派大好风光。此诗气势雄健磅礴。

田园即事

（二）

垂柳荫中一径微，
杂花生树草芳菲。
骚人独酌有诗句，
村老相逢无是非。
春水白鱼争泼泼，
野田黄雀自飞飞。
翟公未解闲居兴，
枉恨门前车马稀。

诗中描述了农村一片宁静欢乐景象，酷似一幅田园风俗画。

寄青霞子

虚室本生白，
寒松常自清。
俗流尽奔走，
之子独沉冥。
初服芰荷制，
古文龙虎经。
无由向南极，
空望老人星。

按，“青霞子”，即权克中，号青霞。潜心研究《龙虎经》。

“龙虎”，即《龙虎经》，该书论述炼丹。宋人王道为之注疏。

此诗为诗人赠好友权克中之诗，为典型的游仙诗。

送枫岳悟山人

海上日云间，
苍苍皆骨山。
山僧飞锡去，
笑问几时还。
故人不可见，
音信隔云端。
别后相思意，
凭传释道安。

此诗表达诗人辞官隐居的休闲自得心情。

五、李之馨

（一）生平

李之馨（1598—？），李朝文臣。字子昂。
文科及第，曾任微吏。

（二）代表作

悼节死妓

征西诸将总名卿，
几个男儿拥重兵。
唯有女郎知死义，
九重曾不荷恩荣。

按，“九重”，宫中，此处指朝廷。
此诗回顾名妓桂月香之死，称颂其死节。

六、申仪和

（一）生平

申仪和（1604—1634），李朝文人，号四雅堂。

自幼聪慧过人，有神童之誉。惜英年早逝，时年仅30岁，有诗文传世。

（二）代表作

雪 后

屋后林鸦冻不飞，
晚来琼屑压松扇。
应知昨夜山灵死，
多少青峰尽白衣。

此诗描绘雪后之景色。

七、金得臣

（一）生平

金得臣（1604—1684），李朝文臣。字子公，号柏谷。擅汉文汉诗，著有《柏谷集》《终南丛志》。

1662年，文科及第。官至嘉善大夫。

1684年，逝世，终年80岁。

（二）代表作

无 题

湖西踏尽向秦关，
长路行行不暂闲。
驴背睡余开眼看，
莫云残雪是何山。

按，“湖西”，即忠清道。

“秦关”，即李朝京都汉城。

诗中描述赴京城汉城途中景色。

田　家

篱坏翁嗔犊，
呼儿早闭门。
分明雪中迹，
昨夜虎过村。

此诗描述山村田家之生活情景。此作质朴恬淡，令人称赞。

龙　湖

古木寒云里，
秋山白雨边。
暮江风浪起，
渔子急回船。

诗中描述了一派深秋景色，树叶落尽，凉风瑟瑟，风急浪高，渔舟返航。

八、洪宇远

（一）生平

洪宇远（1605—1687），李朝文臣。字君征，号南坡，诗号文简。

文科及第，历任翰林注书、玉堂修撰官。后因姜嫔狱事牵连，革职返乡。获释后，复出，历任经筵参赞官、礼曹判书，官至左参赞。

1680年，庚申黜陟，再次革职返乡。

1687年，逝世，终年82岁。

（二）代表作

从政图

固知名利本来浮，
自笑还从纸上求。
一场宠辱浑闲事，
疑是邯郸梦里游。

按，“从政图”，为朝鲜古代一种游戏。在纸上画九品到一品的官职名称，掷骰子视所见点数颜色为胜负。

“邯郸梦”，唐人小说，卢生在邯郸旅店，遇道者吕翁。翁以枕授生，生睡入梦，梦中历经数十年富贵荣华。及醒，主人炊黄粱尚未熟。

诗人借朝鲜的从政图和唐人小说邯郸梦，辛辣讽刺一心追逐名利之徒，入木三分。

九、吴达济

（一）生平

吴达济（1609—1637），李朝文臣。字季辉，号秋潭，诗号忠烈。

文科状元。历任多种文职，官至副校理。后因积极主张抗击后金（清）被罢职。

1636年，丙子之役，清军入侵。吴复主抗清，为清军所俘，押至沈阳。

1637年，被处死，年仅28岁。

（二）代表作

思亲诗

风尘南北各浮萍，
谁谓相分有此身。
别日两儿同拜母，
来时一子独趋庭。
绝裾已负三迁教，
泣线空巷寸草情。
关塞道修西景暮，
此生何路再归宁。

按，“三迁”，相传孟轲幼年时，邻里环境不好，孟母三次迁居，使孟轲得到较好的学习环境。

此诗作于沈阳狱中。诗人被囚于异国狱中，思家乡，想亲人，心中悲愤，但仍不屈于清，意志坚定。

十、南龙翼

（一）生平

南龙翼（1628—1692），李朝文臣。字云卿，号壶谷。擅汉文汉诗。著有《扶桑录》《壶谷诗话》。编撰《箕雅》，该诗集收录自新罗崔致远至李朝显宗时金锡胄的497位汉诗人的汉诗，影响颇巨。文科及第，历任礼曹参议、成均馆大司成、吏曹判书。

1655年，任从事官随使赴日。

1666年，任副使随正使出使清朝。

1692年，逝世，终年64岁。

（二）代表作

与金柏谷得臣

客散西原路，
云屯上党城。
西风吹落叶，
归马踏秋风。

按，“西原”“上党城”，皆为朝鲜清州的古名。

此诗为好友金得臣送别所作。秋天本是令人伤感的季节，和好友离别，更令诗人为之伤情。送君千里终有一别，伤悲，惆怅自是涌上诗人心头。

过江西寺

为访江西寺，
仍径水上村。
草深分鹭色，
沙软落潮痕。
远树重重合，
轻霞点点昏。
清晨鼓棹去，
微月在山门。

诗中描述了前往江西寺的一路风光，清晨乘船，绿草、白鹭、沙滩、远树、晚霞、微月，傍晚始抵江西寺。此诗写景如画，美妙绝伦。

第十节　朴世堂　金万重　金昌协　洪世泰　金昌翕　金昌世　高时彦　郑来侨　申维翰　李　瀷　金履万　李秉渊　郑敏桥

一、朴世堂

（一）生平

朴世堂（1629—1703），李朝文臣。字季肯，号西溪。擅诗文，著有《思辨录》。

1660年，文科及第。历任黄海道暗行御史、礼曹正郎、判中枢府事。曾出使赴清。

1703年，逝世，终年74岁。

（二）代表作

送吕圣济赴北暮

长白东连铁岭高，
关山风雪拥征袍。
封侯本自男儿事，
况是君家有宝刀。

按，“铁岭”，位于朝鲜江原道。曾为古泰封国的都城。

此诗为诗人送好友吕圣济赴任之送别诗。

二、金万重

（一）生平

金万重（1637—1692），李朝文臣、小说家。字重叔，号西浦，雅号文孝。文才出众，擅汉文汉诗。著有《西浦集》《西浦漫笔》。在小说方面卓有成就，创作有汉文长篇小说《谢氏南征记》《九云梦》。

1665年，文科状元。历任同副承旨、礼曹参议、大司谏、弘文馆大提学、判书。时党争激烈，金属西人老论派，和南人派相对立。

1687年，被革职流放。

1689年，复被流放。

1692年，逝世，终年55岁。

（二）代表作

送姜校理叔夏擢守钟城

侍臣增秩领边州，
千里龙光玉陛头。
壮志已经云岭险，
惠声应共豆江流。
平郊快马秋观猎，
红烛青蛾夜打球。
遥识致成饶乐事，
愁城从此不须愁。

按，“豆江”，即中朝界河图们江。

“愁城”，指李朝京都汉城。

“钟城”，位于咸境北道。

此诗为诗人送好友就任钟城郡守之作。诗中指出，钟城位于边陲，期盼好友坚守边陲，国家安宁有了保障，“愁城从此不须愁”。

三、金昌协

（一）生平

金昌协（1651—1708），李朝文臣、学者。字仲和，号农岩、三洲。擅汉文汉诗，著有《农岩集》《四端七情辨》。擅书法。

1682年，文科状元。任成均馆大司成。

1689年，己巳士祸，其父被诬陷，遭流放、赐死。金辞官隐居。

1694年，甲戌狱事，其父之冤得到申雪。金亦被任为礼曹判书、大提学，但谢绝不就。潜心研究学术。

1708年，逝世，终年57岁。

（二）代表作

山　民

下马问人居，
妇女出门看。
坐客茅檐下，
为客具饭餐。
丈夫亦何在，
扶犁朝上山。
山田苦难耕，
日晚犹未还。
回顾绝无邻，
鸡犬依层峦。
山林多猛虎，
采藿不盈盘。
哀此独何好，
崎岖山谷间。
乐哉彼平土，

欲往畏县官。

诗中描述了山间民众生活之困境，山地难耕，林中有虎，道路崎岖，山菜难采。很想移居平原地带，但是惧怕官府的剥削和压榨。“欲往畏县官”句，描述苛政猛如虎的社会现实非常深刻。

钟城客馆

愁州城外野茫茫，
碛草连天落日黄。
客船已临胡地尽，
乡心直共暮云长。
烽传远火明孤戍，
江涌寒波下大荒。
不恨楼笳侵晓梦，
归魂元自阻关梁。

按，“愁州”，为钟城的古称。

诗中描述了愁州的风光。诗人此前曾来过愁城，再次游历，怀旧思绪，思乡愁绪，一起涌上心头。

江　行

蒹葭片片露华盈，
篷屋秋风一夜生。
卧溯清江三千里，
月明柔橹梦中行。

此首写景诗，景物如画，含义深婉。

四、洪世泰

（一）生平

洪世泰（1653—1725），李朝文人。字道长，号柳下、沧浪。通晓经史，诗才出众，但因胥吏出身，社会地位低下。著有《柳下集》《海东遗珠》。

1725年，逝世，终年72岁。

（二）代表作

登宜川倚剑亭忆金将军应河

当日宜川守，
深河战不归。
大东臣独有，
中国事全非。
尺剑余秋色，
孤城半落晖。
悲歌塞天阔，
倚马看云飞。

按，“金将军应河”，为李朝将领。明朝建州卫发生叛乱，朝鲜亦出兵助战。金应河不幸战死。

“宜川守”，金应河曾任京畿道宜川郡守。

“大东”，即李朝。

“中国事全非”，指当时明将刘綎轻率用兵，导致战败。

诗中深切缅怀朝鲜将领金应河之功绩。

送郑惠卿往日本

此去扶桑大壑东，
孤帆上拂日轮红。
曾闻汉使从天上，
郎见蛮夷坐岛中。
瘴海风涛何日息，
仇廷玉帛至今通。
君能用笔如霜戟，
一扫殊邦亦战功。

按，“扶桑”，古国名。《梁书·扶桑国传》：“扶桑在大汉国东二万余里，地在中国之东，其土多扶桑木，故以此为名。”按其方向、位置约相当于日本。故后世为日本的代称。

“殊邦”，亦是指日本。

此为诗人送好友郑惠卿出使日本所作。诗人祝愿好友不辱使命，为国立功。“一扫殊邦亦战功”。

满月台

故国青山在，
荒台落日斜。
当时一统地，
残郭几人家。
玉树翻樵唱，
铜驼隐野花。
千年有衰柳，
夜夜怨啼鸦。

按，“满月台”，位于开城。开城为高丽都城。

“故国”，指高丽王朝。

“一统地”，指高丽实现朝鲜半岛统一。

此诗为诗人游览高丽古都开城满月台之作。诗人感叹世事沧桑，当时高丽统一朝鲜半岛，何等强盛，而今故都荒凉，仅有残垣断壁。

铁车牛行

大车彭彭服两牛，
前牛后牛皆垂头。
牛罢车重行不得，
十步之内五步休。
借问车中载何物，
官家铸钱须铜铁。
此钱由来出南蛮，
莱州大商缘其间。
沧溟万舸簇蛸毛，
釜山挂帆来龙山。
长安六月烘如火，
铁车相连北山下。
将军幕府压山谷，
万夫橐籥张炉冶，
炉中一日得千万，
铁货更与莱商贩。
莱商日富钱日贱，
九府何曾救人困。
还闻细民窃为币，

往往私铸干邦宪。
官家着牛亦有食，
车丁岁饥分牛饭。
我谓车丁鞭莫疾，
牛蹄蹶兮车轴折。
车轴折尚可，
牛毙不可说。
弓牛之角甲牛皮，
官家铸钱何时毕。

按，“莱州”，即东莱，位于庆尚南道釜山之北。

“龙山”，位于汉城附近。

“长安”，指李朝京都汉城。

“橐籥”，古代冶炼时用的鼓风器具。外为橐，内为籥。橐为鼓风器，籥为送风的管子。

此诗反映官府铸钱，驱使民众为之运输铜铁。反映了民众的劳役之困苦情景。

苦寒行

（三）

东邻布衣空白首，
闭户读书甘自守。
心中郁闷万古事，
夜起彷徨看北斗。
岁暮天寒地冻裂，
严风烈烈吹飞雪。
朱门酒肉烂如土，

貂裘豹炭坐生热。
焉知路旁有饿莩，
惜我无力能汝活。

诗中描述了社会的不公，富贵人家有衣有食，“朱门酒肉烂如土”，贫苦人民无衣无食，甚至冻饿而死。诗人表达了对贫苦人民的无限同情，但却力不从心，“惜我无力能汝活”。

临谷七歌

（一）

有客有客字道长，
自谓平生志慨慷。
读书万卷何所用，
迟暮雄图落草莽。
谁教骐骥伏盐车，
太行山高不可上。
呜呼一歌歌欲发，
白日浮云忽隐结。

诗中表达了对社会现实的强烈不满。诗人才华横溢，只因出身低下，而不被王廷所用，慨叹英雄无用武之地，“读书万卷何所用，迟暮雄图落草莽”。

杂　兴

田家有老牝，
省得天马驹。
龙鬓五花文，

神骨世所无。
里间不见异，
争借驾柴车。
垂耳逐羊牛，
终日数里余。
长安有大道，
此马终村墟。

诗中描述了一匹能日行千里的千里马，因为没遇到伯乐，不能发挥其特长，只能埋没在山村里。诗人虽写的是马，其实是感叹自己空有抱负，但不得施展，怀才不遇的怨恨之情油然而生。

抄丁行

吁嗟褓襁尔莫诉，
有在腹中先作名。
猾吏操权坐索钱，
东村无事西村落。

诗中描述了官府对百姓压迫剥削之残酷。

五、金昌翕

（一）生平

金昌翕（1653—1722），李朝文臣。字子益，号三渊。

1673年，进士及第，但未入仕，潜心从事汉诗创作。

1722年，逝世，终年69岁。

（二）代表作

红衣将军歌（节选）

登阵白马似横行，
一望红衣众倭惊。
逡巡不敢与交锋，
及至相搏风火生。
炮丸雨落雪鬣腾，
铁甲渐退霞袍轻。

诗中歌颂了义兵将领郭再祐的英勇事迹。当身着红衣骑白马的郭再祐出现在战场上，众倭惊惧，节节败退。

访俗离山

江南游子不知还，
古寺秋风杖履间。
笑别鸡龙余兴在，
马前犹有俗离山。

诗中描述了从鸡龙山出发，游历俗离山之历程，一路风景如画，诗人游兴未尽，从中显示诗人的喜悦心情。

檗溪杂咏

泱甸莲雾里，
稀少见星时。
院溽苍苔产，
篱歌杂卉支。

蛇骄探省鷇，
燕弱挂蛛丝。
物态供孤笑，
诗成半俚辞。

此诗为诗人移居檗溪后所作，作品清新自然。

葛驿杂咏

寻常饭后出荆扉，
辄有相随粉蝶飞。
穿过麻田迤麦垄，
草花芒刺易罥衣。

诗中描述了诗人的日常生活，平淡、清新、自然。

六、金昌世

（一）生平

金昌世（1658—1721），李朝文人。字大有，号老稼斋。潜心研究学术，擅道学和汉文汉诗，著有《老稼斋集》《燕行日记》。擅绘画。终生未仕。

1712年，其兄出使赴清，金作为随员同行。

1721年，逝世，终年63岁。

（二）代表作

练光亭

普通门外草青青，
浮碧楼前春水生。
谁道吾行归未晚，

杏花如雪满江城。

按，“练光亭”，位于平壤大同江畔。

“普通门”，为平壤城内的一个城门。

“浮碧楼”，位于平壤大同江畔清流壁。

诗中描述了游历平壤之情景，春意盎然，江水悠悠，绿草如茵，鲜花灿烂，好一派风光。

七、高时彦

（一）生平

高时彦（1671—1734），李朝文臣。字国美，号省斋。精通汉文，亦擅汉诗。著有《省斋集》，编辑《昭代风谣》，该书收录162首诗。

1687年，译科及第，作为通事，多次赴清，官至二品。

1734年，逝世，终年63岁。

（二）代表作

晓出东郭

晓嶂尚依微，
林风吹淅淅。
马嘶临寒流，
残星落如雪。

诗人描述了清晨赶路所见的一路风景。

月　夜

短褐徘徊小院东，
惊语一叶乍金风。

孤城月挂虫吟里，
万树秋涵露气中。
今古纷纭何日了，
乾坤辽阔此途穷。
家贫无恤还忧国，
自笑愚衷漆室同。

诗中表达怀才不遇的遗憾。尽管如此，诗人仍然忧国忧民，“家贫无恤还忧国”。但又无可奈何，只好“自笑”，实是苦笑。

八、郑来侨

（一）生平

郑来侨（1681—1757），李朝文臣。字润卿，号浣岩。司马试及第，历任吏文学官、制述官。鉴于朝廷两派斗争，辞职隐居。

1757年，逝世，终年76岁。

（二）代表作

成欢店

嗟尔店舍翁，
为生良独拙。
茆茨不见日，
褴褛足虮虱。
蓬头与垢颜，
出没炀灶间。
劳劳迎且送，
未得一息间。
客多钱亦随，

应接不言疲。
终然计其赢，
不过锥刀微。
艰哉尔所业，
快足在何时？

诗中描述了开店的老翁终日忙碌，不得空闲，而所得微薄。最后为老翁感叹：“快足在何时？”

东阳书斋

垂老吾多病，
胡为滞海西。
开门千树色，
高枕一莺啼。
酒榼空仍卧，
书签散不齐。
羁愁兼别恨，
是故暮云低。

诗中描写诗人年老多病的晚年不幸生活。

九、申维翰

（一）生平

申维翰（1681—1752），李朝文臣。字周伯，号青泉。文科及第，曾任制述官。著有《海槎东游录》《日本竹枝词》。

1719年，随通信使洪致中赴日。

1752年，逝世，终年71岁。

（二）代表作

日本竹枝词

黄金船舶紫绫帏，
大阪繁华第一奇。
二十四桥江桔里，
家家珠箔锁名姬。

此诗描述日本大阪的繁荣景象。

十、李瀷

（一）生平

李瀷（1681—1763），李朝文人，著名哲学家，字子新，号星湖。

1705年，增广文科应试，未中，遂断仕途，潜心研究学术。

1763年，逝世，终年82岁。

李瀷为实学派著名代表人物，对实学思想的发展具有重要贡献，上承李珥、柳馨远，下启丁若镛，成为实学派中祖，并对洪大容、朴趾源一派有很大影响。

在哲学上，持唯物主义观点。在认识论上，主张“格多则知进”，人靠头脑认识事物，但又认为“上智下愚不移”。

在政治上，批判等级制度，认为土地私有制是封建社会万弊之首。立足重农思想，主张均田制，限制土地兼并。

在自然科学方面，相信地圆说，但未能理解地转说。

此外，对数学、医学、农学亦有深入研究。对历史、文学、语言、风格、艺术亦有深入研究。著述甚丰，著有《星湖塞说》《藿忧录》《星湖文集》《四七新编》《丧威前后录》《自卜编》《百谚解》。

（二）代表作

木棉歌

檀花白叠流中国，
别有异草名状同。
不见广中黄始祠，
伏臈芬苾走村翁。
结实三瓣析细绵，
白毳可敌桑蚕功。
衣被天下及下贱，
万古余惠传无穷。
何人东走种下种，
至今共说江城公。
郑家缫车益出奇，
弹弓卷筵教愚蒙。
处处萆维万缕抽，
七综九升机不空。
用为袍著挟纩温，
用为缝裳女手工。
齐纨鲁缟今可扔，
花绣云纹但侈风。
可笑繁华斗靡子，
一生罗绮纷成丛。

按，“檀花”，即棉花。

“广中”，指广东等地。

“黄始祠”，指元朝黄道婆，善纺织技术。死后，邑人为之立祠，曰先棉祠。

“江城公”，指高丽的文益渐。文将棉花传入高丽。

“郑家”，即文益渐的舅父郑天益。郑将文益渐带来的棉种种植成功。

“综”，丝缕经线与纬线交织曰综。

“升”，布八十缕为升。

“靡子”，指奢侈的富家子弟。

诗中描述了棉花自中国传入后，高丽人民种植棉花之历程。既歌颂棉花对高丽民众之贡献，更称赞棉农、纺织工人和缝制衣服女工的辛勤劳动。

十一、金履万

（一）生平

金履万（1683—1758），李朝文臣。字促绥，号鹤皋。文科及第，历任多种官职，官至佥知中枢府事。

1758年，逝世，终年75岁。

（二）代表作

双　燕

双燕衔虫自忍饥，
往来辛苦哺其儿。
看成羽翼高飞去，
未必能知父母慈。

此诗描述燕子哺乳之难，而幼燕长大，未必知恩，以此劝谕世人应对父母尽孝道。

十二、李秉渊

（一）生平

李秉渊（1691—？），李朝文人。字一源，号槎川。擅诗，有诗集传世。

（二）代表作

故　都

海雨霏霏过午天，
斜阳一半碧澜船。
西风秣马高丽国，
流水声中五百年。

按，“碧澜船”，为高丽礼成江下游的一个渡口，专为迎送使节而设。此处指该处的渡船。

“五百年”，高丽建立于918年，亡于1392年，其存世474年，故称五百年。

此诗为对高丽故都开城的怀古诗。

十三、郑敏桥

（一）生平

郑敏桥（1697—1731），李朝文人。

1731年，逝世，年仅34岁。

（二）代表作

军丁叹

夫死常有儿遗腹，
生男毛发尚未燥。
里任报官充军额，

襁褓儿付壮丁案。
县官惟知畏上司，
利己宁复恤民戚。
只存虚名混侵虚，
白骨之征尤为酷。

按，“白骨之征”，在军籍簿上注册的男子即便死了，也必须由其亲属代交人头税。

诗中描述了李朝征兵制给百姓带来的灾难。新寡妇女生下的遗腹子，就被录入军籍簿，被迫缴纳人头税。

国家出版基金项目
NATIONAL PUBLICATION FOUNDATION

『十三五』国家重点出版物出版规划项目

朝鲜汉文学史

（第四卷）

杨昭全◎著

吉林人民出版社

第二十三章　李朝后期的汉诗

第一节　李用休　申光洙　李献庆　蔡济恭　洪良浩　朴趾源　严启膺　朴准源

一、李用休

（一）生平

李用休（1708—1782），李朝文臣，学者。字景命，号惠环斋。擅汉文汉诗，对音韵、天文、兵事、农事亦深有研究。文学方面卓有成就，为一代宗师。著有《㞘𠣝集》。

进士及第，任佥知中枢府事。

1782年，逝世，终年74岁。

（二）代表作

送申使君光洙之任涟川

世俗有恒言，
文人无所用。
公为一洗之，
使知文人重。

涟川僻且小，
其显乃以人。
请借日月石，
照察民嚬呻。
字不著杯觞，
语不及风月。
惟说职所管，
是为真文章。

按，“涟川”，位于朝鲜京畿道。

此为诗人送好友申光洙赴涟川任职之作。诗中高度赞扬好友道德品质的高尚，由于申光洙的高尚道德，改变人们轻视文人的偏见。期盼好友此去涟川任职，更加体贴下情，勤俭奉公，关心民间疾苦，造福一方。

二、申光洙

（一）生平

申光洙（1712—1775），李朝文臣。字圣渊，号石北、五岳山人。文科及第，官至承旨。擅诗文，汉诗尤佳。著有《浮海录》《石北集》。

1775年，逝世，终年63岁。

（二）代表作

桂月香

青阳馆里小西飞，
血溅鳞身透铁衣。
当日剑痕犹着柱，
将军不与桂仙归。

按，“桂月香”，李朝平壤名妓。壬辰卫国战争时，倭军将领小西飞攻占平壤后，迫桂月香陪侍。一日夜，李朝名将金应瑞单枪匹马进平壤来寻桂月香。桂月香遂引金进入小西飞卧室。金将小西飞杀死后，偕桂月香骑马逃出平壤。不幸桂月香中弹而亡。此后人称爱国妓女。

“青阳馆”，小西飞在平壤的住所。

“鳞身”，传说小西飞浑身长鳞。

“当日剑痕犹着柱”，传说金应瑞砍下小西飞脑袋后，马上带桂月香跳到梁上。没有脑袋的小西飞找到自己的刀往梁上砍，梁没砍断却被劈开。小西飞血尽而死。金应瑞和桂月香跳下梁后，观看梁没被砍断，是因为里面有根铁柱，上写“某年某月某时，金宗瑞将军在此杀死小西飞”，为西山大师所写，即所谓“当日剑痕犹着柱”。

诗中热情讴歌桂月香和金宗瑞的英勇杀敌事迹。

采薪行

贫家女奴两脚赤，
上山采薪多白石。
白石伤脚脚见血，
木根入地镰子折。
脚伤见血不足苦，
但恐镰折主人怒。
日暮载薪一束归，
三合粟饭不疗饥。
但见主人怒，
出门潜啼悲。
男子怒一时，

女子怒多端，
男子犹可女子难。

诗中描述了给富人家当奴婢的贫家女儿的悲惨情景，上山采薪不慎镰断脚伤，“脚伤见血不足苦，但恐镰折主人怒”。果然遭到富人家男女主人的虐待，“男子犹可女子难”。贫家女儿只得“出门潜啼悲”。诗人为贫家女儿的不幸遭遇悲叹，读之使人心情沉重。

三、李献庆

（一）生平

李献庆（1719—1791），李朝文臣，字梦瑞，号艮翁。文科及第，曾任正卿。著有《艮翁集》。

1791年，逝世，终年72岁。

（二）代表作

樵　童

山险樵童小，
雪中取湿薪。
暮归石似虎，
岭上急呼人。

诗中描述了樵童上山采薪的艰苦情景。年小体弱冒险登山，雪中采薪之难可想而知。采了一天，背薪下山，暮色苍茫，误将大石当成老虎，吓得大呼救人。此作清新可喜。

四、蔡济恭

（一）生平

蔡济恭（1720—1799），李朝文臣。字伯规，号樊岩，诗号文肃。参与《国朝宝鉴》的编撰，著有《樊岩集》。

1793年，任领议政，为信西派领袖。

1799年，逝世，终年79岁。

（二）代表作

新婚别

托身二三载，
河汉一以隔。
未曾识君声，
何论见颜色。
时时入梦姿，
仿佛苦难的。

此诗描述新婚少妇对夫君的思念，情意缠绵。

五、洪良浩

（一）生平

洪良浩（1724—1802），李朝文臣、学者。原名洪良汉，字汉师。文才出众，参与编撰《英祖实录》《国朝宝鉴》《同文汇考》。著作甚丰，有《耳溪集》（50卷）、《耳溪外集》（12卷）、《六书经纬》、《万物原始》、《牧民大方》、《朔方拾遗》、《高丽大事记》、《七情辨》、《北塞记略》、《海东名将传》。擅汉文汉诗，擅书法。

1752年，文科及第，历任修撰、庆兴府使、汉城府右尹、两馆大提学。曾任使赴清。

1802年，逝世，终年78岁。

（二）代表作

青丘短曲

园中竹

青青园中竹，
雪压枝半披。
莫以枝暂披，
遂谓节可移。
苟无岁寒不改操，
安得雪中青如斯。

按，“披”，随风倒伏。

诗中描述了在寒冬大雪中的青竹不改节操，比喻为人也应不畏权势，坚持真理，坚守节操。

舟中望皋兰寺

江雨霏霏满客船，
扶余王气冷如烟。
惆怅千年歌舞地，
短灯疏磬一僧眠。

按，“皋兰寺”，位于百济旧都。

“扶余”，百济君王自称源出朱蒙，王室以扶余为姓。

诗人描述舟中遥望百济旧都皋兰寺。岁月沧桑，昔日都城，一片荒凉。

流民怨（节选）

……

县吏日至门，
叫呶何太急？
奔走备酒食，
征责殊未已。
乳下数岁儿，
又充闲丁籍。
家中无所有，
厩上一黄犊。
将犊之东市，
输官有余逋。
机中断几匹，
尽作京军袍。
宁留尺寸布，
可以掩吾髀。
无衣复无食，
何以卒此岁？
……

诗中描述世代为农的农夫一家，既受沉重的官税剥削，又遭天灾，被迫离乡背井，流浪他乡的悲惨境遇。

六、朴趾源

代表作

田　家

翁老守雀坐南坡，

粟拖狗尾黄雀垂。
长男中男皆出田，
田家尽日昼掩扉。
鸢蹴鸡儿攫不得，
群鸡乱啼匏花篱。
小妇戴棬疑渡溪，
赤子黄犬相追随。

按，“鸢蹴”，俗称鹞鹰，老鹰抓食物。
“匏花”，即葫芦花。
“棬”，为木条编成的盂。
诗中描述了农家田园生活劳碌和田园风光。

燕岩忆先兄

我兄颜发曾谁似，
每忆先君看我兄。
今日思兄何处见，
自将巾袂映溪行。

按，“先君”，即父亲。
“巾”，为冠的一种，以葛或缣制成，形如帢，横着额上。
“袂”，古代衣袖统称为袂。细言之，袖口为袂。
“巾袂”，此处指衣冠。
诗中深切怀念兄长，情真意切。

丛石亭观日出

行旅夜半相叫鹰，

远鸡其鸣鸣未应。
远鸡先鸣是何处，
只在意中微如蝇。
村里一犬吠仍静，
静极寒生心兢兢。
是时有声若耳鸣，
才欲审听檐鸡仍。
此去丛石只十里，
正临沧溟观日升。
天水溷洞无兆朕，
洪涛打岸霹雳兴。
常疑黑风倒海来，
连根拔山万石崩。
无怪鲸鲲斗出陆，
不虞海运值搏鹏。
但愁此夜久未曙，
从今混沌谁复征。
无乃玄冥剧用武，
九幽早闭虞渊冰。
恐是乾轴旋斡久，
遂倾西北隳环绖。
三足之鸟太迅飞，
谁咒一足系之绳。
海若衣带玄滴滴，
水妃鬓鬟寒凌凌。
巨鱼放荡行如马，
红鬐翠鬣何鬅鬙。

天造草昧谁参看，
大叫发狂欲点灯。
欃枪拥彗火垂角，
秃树啼鹳尤可憎。
斯须水面若小疖，
误触龙爪毒可痒。
其色渐大通万里，
波上邃晕如雉膺。
天地茫茫始有界，
以朱划一为二层。
海涩新惺大染局，
千纯湿色縠与绫。
作炭谁伐珊瑚树，
继以扶桑益炽蒸。
炎帝呵嘘口应喝，
祝融挥扇疲右肱。
虾须最长最易爇，
蛎房逾固逾自胚。
寸云片雾尽东辏，
呈祥献瑞各效能。
紫宸未朝方委裘，
陈扆设黼仍虚凭。
纤月犹宾太白前，
颇能争长薛与滕。
赤色渐淡方五色，
远处波头光自澄。
海上百怪皆遁藏，

独留羲和将骖乘。
圆来六万四千年，
今朝改规成四楞。
万丈海深谁汲引，
始信天有阶可升。
邓林秋实丹一颗，
东公彩毬靥半登。
夸父殿来喘不定，
六龙前道颇夸矜。
天际黯惨忽颦蹙，
努力推毂气欲增。
圆未如轮长如瓮，
出没若闻声砯砯。
万物咸睹如昨日，
有谁双擎一跃腾。

按，“虞渊”，古代神话所说日没之处。

“三足之鸟”，古代神话中太阳内的神鸟。

“扶桑”，中国《梁书·扶桑国传》：“扶桑在大汉国东二万余里，地在中国之东，其土多扶桑木，故以为名。”按其方向、位置约相当于日本。故后为日本的代称。

“炎帝”，传说中的古帝。姜姓，因为火德王，故称炎帝。

“祝融”，相传祝融死后为火神。

“邓林”，神话中的树木。

“东公”，神话中管春天之神。

“夸父”，古代神话人物。《山海经·海外北经》载：“夸父与日逐走，入日，渴欲得饮，饮于河渭。河渭不足，北饮大泽。未至，道渴而死。弃其杖，化为邓林。”

此诗为诗人风景诗名作，诗中详尽描述观看日出之历程。夜半启程，去丛石亭，夜色犹浓，万籁寂静。天色微明，太阳初升，“其色渐大通万里，波上遂晕如雉膺。天地茫茫始有界，以朱划一为二层”。太阳高升后，“赤色渐淡方五色，远处波头光自澄”。诗人以丰富的想象力和浪漫手法，歌颂祖国大自然的壮丽景象。

七、严启膺

（一）生平

严启膺（1737—1816），李朝文臣。字稚受，号药坞、燕石。擅诗、书法，绘画亦精。文科及第，官至同知中枢府事。

1816年，逝世，终年79岁。

（二）代表作

林中实记

村女往舅家，
舅家在他乡。
今日为新妇，
临水照严妆。
大兄担橡栗，
小兄持壶觞。
原头拜阿母，
垂涕遥相望。
萋萋芳草路，
驾牛故彷徨。

按，“舅家”，即夫家。

诗中描述山村婚嫁之情景。新娘含泪拜别娘亲，走了很远还回头遥望娘亲，不禁痛哭流涕，描述得十分真切细腻，甚是感人。

八、朴准源

（一）生平

朴准源（1739—1807），李朝文臣。字平叔，号锦石，诗号忠献。擅诗文，著有《小学问答》《金石集》。司马试合格。历任吏曹参议、户曹判书、刑曹判书、禁卫大将。

1807年，逝世，终年68岁。

（二）代表作

翻风兮谣

风兮莫吹木叶落，
日月莫逝父母老。
叶落犹可明春在，
父母一老不复少。

诗中虽是描述风吹叶落，其真实意图是劝诫世人，要孝顺父母，“父母一老不复少”。

第二节　李彦慎　李德懋　李家焕　柳得恭　朴齐家　车佐一　李书九　李承薰

一、李彦慎

（一）生平

李彦慎（1740—1766），李朝文臣。字虞裳，号松穆馆、湘藻。译官家庭出身。曾任主簿。著有《松穆馆集》。

1763年，任李朝通信使赵曮之译官赴日。

1766年，逝世，年仅26岁。

（二）代表作

壹阳舟中

阴谋妻子计，
专意学皇初。
牛背看前史，
航头得古书。
余粮分与鼠，
残脍弃为鱼。
肠肚无腥腐，
新诗气笋蔬。

按，“皇初”，东晋十六国时期后秦高祖（姚兴）的年号。学皇初，泛指读书。

诗中描述了读书须专心致志，不计其余。

日本台岐岛

蛮奴赤足貌魑魅，
鸭色袍背绘星月。
花裙蛮女走出门，
头梳未竟髽其发。
小儿号嗄吮母乳，
母手拍背声呜咽。
须臾擂鼓官人来，
万目围绕如活佛。
蛮官膜拜献阙珠，

珊瑚大贝擎盘出。
真如哑者设宾主，
眉睫能语笔有舌。
蛮府亦解围林趣，
栟榈青橘配庭实。

按，此诗亦名《胜米海》。

诗人此作描述自己随使赴日，在台岐岛受到的热情欢迎和盛情款待。与之同时，诗中还描述了日本当地的民俗风情。

山寺题壁

宝殿凌霄压化城，
夜深岩壁寂逾清。
岳虚星斗摇潭影，
树静烟霞湿磬声。
佛座常令龙象护，
梵书还有鬼神惊。
可怜一片云间月，
独照吾师不染情。

诗中描述了山中孤寺的夜间景象，月明星稀，风息树静，真是古寺无灯凭月照，山门不锁待云封。此诗虚实相间，相映成趣。

除此诗外，诗人的《游仙词》亦很出色。

二、李德懋

（一）生平

李德懋（1741—1793），李朝文臣，著名学者、实学派文学家。字懋官，号炯庵、雅亭、青庄馆、东方一士。擅汉文汉诗，与朴齐家、柳得恭、李书九为实学派后期四位代表诗人。四人合刊《四家诗》，录有390余首汉诗。亦擅书法、绘画。文才出众，但因庶子出身，未被重用。著有《青庄馆全书》（71卷）、《清脾录》、《雅亭遗稿》、《入燕记》。

1778年，作为书状官，随正使沈念祖赴清，与清文人广为结交。

1779年，始任奎章阁检书官，后任积城县监。

1793年，逝世，终年52岁。

（二）代表作

碧蹄馆

（一）

往往锄头触铁丸，
村娥缀佩爱团团。
太平生长那由识？
透甲曾成壮士瘢。

按，“碧蹄馆”，位于京畿道扬州。壬辰卫国战争时，明援军将领李如松率军与倭寇在此交战。

此诗为回顾壬辰卫国战争之作。碧蹄馆当年的战场硝烟早已消散，兵器业已埋入泥土。和平年代，农民在耕耘时，挖出埋在泥土中的当年兵器，已铁锈斑斑。诗人感叹，如果没有壬辰卫国战争的胜利，驱走倭寇，哪有今天和平宁静的生活。

碧蹄馆

（二）

天兵癸巳齿倭锋，

铁马蹄劳腻土浓。
未抵轻儇蝴蝶阵，
临风痛哭李如松。

诗中怀念壬辰卫国战争时期，统率明军援朝御倭的明将李如松。

善竹桥

血激轰推走水中，
群鱼拂郁鲠皆红。
挥毫满蘸桥痕紫，
写出悲词泣鬼神。

按，“善竹桥”，高丽末年，高丽重臣郑梦周强烈反对权臣李成桂篡位，而被杀害于善竹桥。

诗中怀念高丽重臣郑梦周，对其被杀害寄予无限同情。此诗格调慷慨，气氛悲壮，气势雄浑。

延安府

申公城筑炳几先，
毕竟奇功李月川。
败叠蜿蜒逋草寇，
崇碑赑屃辨龙年。
池莲适用还征税，
野鹤横罹亦直线。
饭夥延州谁识美，
秋荒禾黍剧萧然。

按，“延安府”，位于京畿道西海岸。

“申公”，即申恪。

“李月川”，即李廷馣。壬辰卫国战争时，率军在延安城与倭寇交战，获胜。

“草寇”，此处指入侵李朝的倭寇。

“龙年”，指壬辰年（1592）。

诗中描述了延安府在壬辰卫国战争期间曾是抗击倭寇获胜的地方，而今却成为官府残酷压迫剥削百姓的地方。

观斋离秋雨

会心之树屋头疏，
坐卧方便静者居。
细瓣香留情胜友，
红犀瓜类骨多肉。
乍棱眉颊新凉值，
微润巾衫小雨余。
隐几神游圆悟境，
禅经画传卷而舒。

诗人与朴齐家、柳得恭等人友谊深厚，经常一起饮酒赋诗。描述了与好友朴齐家、柳得恭等饮酒赋诗的欢乐情景。

秋夜吟

一夜新凉生，
寒蛩入户鸣。
野泉穿竹响，

村火隔林明。
山月三更吐，
江风十里清。
夜阑星斗灿，
玉宇雁群横。

诗中描述了山村夜景，山泉、村火、秋月、江风融为一体，犹如一幅风景画。

题田舍

（一）

豆壳堆边细经分，
红暾稍遍散牛群。
娟青欲染秋来岫，
秀洁堪餐霁后云。
苇影幡幡奴雁骇，
禾声瑟瑟婢鱼纷。
山南欲遂诛茅计，
愿向田翁许半分。

诗中描述了农村秋天景色，收割的谷物晒在场院，牛群轻松地吃草，秋风瑟瑟，北雁南飞。

岁时杂咏

（三）

大妹炊白饼，
小妹熨茜裳。

稚弟拜阿兄，
阿兄拜阿娘。

（十）

二女轻如凫，
低仰白板头。
袅袅繁鸣佩，
个个高出楼。

（十一）

小儿剖赤柚，
拟作骰子投。
四仰四俯欢，
一白三红愁。

这组汉诗描述逢年过节的欢乐情景。其三，描述做面饼，准备新衣，兄弟互贺，子女跪拜双亲。其十，描述女孩子玩跳板的欢乐。其十一，描述男孩子玩“掷柶”游戏。诗人将人们欢度节日的情景描述得生动逼真。

三、李家焕

（一）生平

李家焕（1742—1801），李朝学者，字廷藻，号锦带。著有《锦带遗稿》。其叔李承薰为李朝最早天主教徒。受其叔影响，亦加入天主教。李朝正祖时期，视天主教为异教邪说，对天主教进行镇压。其叔李承薰被处死。

1801年，被处死，终年59岁。

（二）代表作

练光亭次郑知常韵

江楼四月已无花，
帘幕熏风燕子斜。
一色碧波连碧草，
不知别恨在谁家。

仁圣遗祠岁月多，
朝天旧石足悲歌。
大同门外长江水，
不见回波见逝波。

按，“练光亭”，位于平壤大同江畔。

“郑知常”，高丽汉诗人。

“仁圣”，指高句丽第一代王朱蒙。

“朝天旧石”，传说朱蒙在朝天石骑麒麟升天。

此诗为诗人步高丽诗人郑知常韵而作，描述登练光亭观看大同江美景。

又次多字韵

牡丹冢上野花多，
乐府犹传石北歌。
惆怅红阑亭子望，
练光依旧写秋波。

长堤终古解携多，

一半离家杂擢歌。
自是征人轻远行，
江中日日足风波。

按，“牡丹冢”，指牡丹峰上的坟。

此诗为在平壤大同江畔的送别歌。江水滔滔，好友离别，孤帆远影，不胜惆怅。

四、柳得恭

（一）生平

柳得恭（1749—？），李朝文臣、学者、实学派文学家。字惠风、惠甫，号冷斋、冷庵、古芸裳。文才出众，擅汉文汉诗。亦擅文史，为实学派文学家。与朴齐家、李德懋、李书九四人合刊《四家诗》，内收汉诗390余首，为李朝后期一部重要汉诗集。著作颇丰，著有《渤海考》《京都杂志》《四郡记》《盎叶记》《冷斋遗稿》《古芸堂笔记》《燕台再游录》《热河纪行诗》。

历任奎章阁检书官、抱川郡守、杨根郡守、佥知中枢府事、丰田府事。

1777年，随使赴清。其后，两次随使赴清。

（二）代表作

西京杂绝

（一）

练光亭子浿江边，
浿水西流似逝年。
才子佳人回首地，
匆匆歌舞夕阳前。

按，“浿江”“浿水”，均指平壤的大同江。
“西京”，指平壤。
此诗为观赏平壤大同江所作。

西京杂绝

（三）

乙密台西春日曛，
婵娟洞里草如裙。
可怜今日西游客，
又断情场苏小坐。

按，“婵娟洞”，位于平壤牡丹峰，为妓女公墓。
“苏小”，即苏小小，为宋代钱塘名妓。
诗中描述了朝鲜和中国两个名妓。

恭呈家叔游燕六首

（一）

佳菊衰兰映使车，
淡云微雨九秋余。
欲将片语传中土，
池北何人更著书。

（四）

浅碧深红二月时，
软尘为粉梦为丝。
杭州才子潘香祖，
可怜佳句似南施。

（五）

有个诗人郭执桓，
淡园联唱遍东韩。
至今三载无消息，
汾水悠悠入梦寒。

按，“家叔”，即其叔柳琴。

“潘香祖”，即清文人潘庭筠。作者随使赴清时，曾与潘相见。

“郭执桓”，清文人。作者随使赴清时，曾与郭结识。

“汾水”，指汾河，位于山西省中部。

此诗为送家叔赴清之作，并对结识的清文人致以问候。

二十一都怀古诗·檀君

大同江水浸烟芜，
王俭春城似画图。
万里涂山来执玉，
佳儿尚忆解夫娄。

按，“檀君”，传说为朝鲜民族的始祖。

“解夫娄”，传说为檀君之子。

此诗为描述朝鲜民族历史的史诗，在朝鲜文学史具有重要文学价值，备受称赞。

二十一都怀古诗·高句丽

孤矢横行十九年，
麒麟宝马去朝天。

千秋霸气凉于水，
墓里消沉白玉鞭。

诗中热情赞扬高句丽始祖朱蒙的丰功伟绩。

二十一都怀古诗·百济

落日扶苏数点峰，
天寒白马怒涛汹。
奈何不用成忠策，
却恃江中护国龙。

按，“奈何不用成忠策”句，指661年新罗与唐联军攻打百济。百济国王义慈王不听忠臣成忠的劝谏，执意孤行，最终为罗唐联军所灭，义慈王被俘，押至唐朝，不久死在唐朝。

诗中对百济国王义慈王的昏庸予以严厉鞭挞。

五、朴齐家

（一）生平

朴齐家（1750—1805），李朝文臣、学者、北学派文学家。字次修、在先、修其，号楚亭、贞蕤、苇杭道人。历任奎章阁检书官、五卫将、永平县监。文才出众，学识渊博，擅汉文汉诗。与柳得恭、李德懋、李书九四人为实学派文学家。并擅书法、绘画。著述甚丰，著有《北学议》《明农草藁》《贞蕤稿略》《蕤亭集》。

1778年，随谢恩使蔡济恭赴清。其后又三次赴清，与清文人广泛结交。后因受牵连，发配钟城。

1805年，逝世，终年55岁。

朴齐家为著名实学家，《北学议》为其实学名著。该书以实事求是思想为基础，在内篇中论述生活器具与设施的改革问题，在外篇中论述庶政的改革方案。朴主张吸收中国明末清初的生产技术、科学成就和传入中国的西方科学技术。

在政治上，主张废除对农民的残酷剥削以发展农业；强调商业和外贸的重要性，主张发展商业和航运。

（二）代表作

春　词

劈去秋千一顿空，
饱风双袖似开弓。
争高不觉裙中绽，
并出鞋头绣眼红。

按，此诗又名《春词仿王仲初》。

诗中描述了春天少女荡秋千的欢乐情景。

牧　童

雨牧风樵十岁初，
村童生长野中居。
生丝解捕云中雁，
赤手还探浦里鱼。

诗中描述了牧童不仅放牧，而且捕雁捉鱼，聪明机智，十分可爱。

戏仿王渔洋岁暮怀人六十首

青庄山人李德懋

青庄饥死也无妨，

纵死诗书骨亦香。
寂寞繁华知一改，
莫将荣悴问行藏。

按，“王渔洋”，为清文人王士祯，号渔洋山人，曾作怀人诗六十首。诗人仿效王士祯作怀人诗六十首。

此诗即为怀念好友李德懋。

戏仿王渔洋岁暮怀人六十首

朴燕岩趾源

燕岩文笔马韩兼，
竖古横今悟字拈。
自是经纶驰骋到，
计生不信是虬髯。

按，“马韩”，朝鲜古国，位于朝鲜半岛南部。

此诗怀念好友朴趾源，盛赞其文学才能和政治抱负。

戏仿王海洋岁暮怀人六十首

柳冷斋得恭

知己天涯自有邻，
诗名远播蜀江滨。
怜君姓柳真相似，
已有钱塘画柳人。

按，“蜀江滨”，即四川的江滨。

“钱塘”，旧县名，秦置钱唐县，属会稽郡。唐代以“唐”为国号，改称钱塘。

诗中盛赞柳得恭之文才出众，声名远扬，中国清文人对其诗深为称赞。

戏仿王渔洋岁暮怀人六十首

李姜山书九

一代风流海外存，
十季长对炯庵门。
他人尽道姜山冷，
不见霏霏半夜言。

按，“炯庵”，为李德懋的号。

诗人此作怀念好友李德懋。

戏仿王渔洋岁暮怀人六十首

李惠寰用休

惠寰超妙出清新，
譬似莲花不染尘。
一自词家开法眼，
东方无个读书人。

诗人此作怀念好友李用休。

北汉文殊寺

天光漏处乍窥关，
鸟道萦回总是攀。
落日烟生悬度国，

秋风客在铁围山。
形如倒瓮三峰坼，
鸣似冲牙一水还。
初到寺前频顾影，
红明衣袂入枫间。

此诗描述文殊寺之自然景观，情景交融，意境幽深，流畅自然，堪称佳作。

把清亭五首

（二）

摇摇两蜻蜓，
飞去不知处。
白云过墙来，
高树碧无语。

此诗描述把清亭之自然美景，蜻蜓飞来，白云悠悠，老树耸天，碧绿葱郁。

家居绝句三首

（一）

天光正绿阁，
今日好逍遥。
白云望可饱，
行吟以为谣。

诗中描述了家居之幽静与休闲，去室外，望天空白云飘飘；回室内，欣然创作诗文，诗情画意，展现诗中。

厕上

墙头日上花影短，
墙根泼泼玄蚁散。
土解石洞虫子出，
弄腹伸股皆蠢蠢。
青山绿碧春无涯，
天际孤云亦一时。
忽忽东风来去中，
但看芽草日参差。

诗中描述了春天万物复苏，生机盎然的景象。诗人观察十分仔细，着笔十分细腻，墙头花影，墙根蚁散，青山绿碧，白云悠悠，暖风吹来，草木生长。

晓坐书怀

掘地得黄金，
万斤空饥死。
入海采明珠，
百斛换狗矢？
狗矢尚可粪，
明珠知奈何？
陆货不通燕，
海贾不逾倭。
譬如野中井，
不汲将自竭。

安民不在宝，
生理恐日拙。
太俭民不乐，
太窭民多穷。

诗人是实学派诗人，主张繁荣经济，发展商业，促进对外贸易，以利国利民。此诗即是为此而作。诗中指出李朝既不与清发展贸易，也不与日本开展航运，犹如青蛙坐井观天，闭关自守，终将会影响李朝社会发展，影响国计民生。

商舶议

新罗处海滨，
八分今之一。
句丽方左侵，
唐师由右出。
仓庾自有余，
犒馈礼无失。
细究此何故，
其用在舟车。
舟能通外国，
车以便马驴。
二者不可复，
管晏将如何？

此诗一如前诗，主张繁荣经济，发展贸易，并以历史上新罗之所以强盛为例。

定　平

异哉无车国千里，
万马谁怜疮背死。
平生颇喜谈考工，
眼明驱车定平始。
草草作轮失其毂，
以辕为轭仍曲木。
蒙元遗制固可叹，
犹能载重逾山麓。
闻道海西亦行车，
今之议者徒纷如。
难破悠悠一俗字，
却忆天门曾献书。

按，“定平”，为朴齐家《燕京杂绝》140首汉诗中的一首。

这组《燕京杂绝》140首汉诗，充分表达其“北学中国”的殷切心情。而在这首诗中，诗人详细描述清朝运输车的功能。物资流通，只有靠运输车运输。

寄李调元

生来不见看云楼，
万里人归磊落州。
蜀道青天嗟远别，
素风白露又深秋。
才闻宦迹追贻上，
还把文章配用修。
留得十载香一瓣，

乐浪西畔梦悠悠。

诗人曾四次随使赴清。在清期间与清文人李调元等广泛接触，友谊深厚。此诗中盛赞李调元的高尚情操，表达对他的深切思念之情。

六、车佐一

（一）生平

车佐一（1753—1809），李朝文人。字叔章，号四名子。武科及第，历任知世浦、兼二浦万户。但无意仕途，辞官隐居，潜心研究学术，擅诗文、书法，绘画亦佳。著有《四名子诗集》。

1809年，逝世，终年56岁。

（二）代表作

出　山

道上多行人，
东西各自去。
问君何尔为，
非利即名处。

此诗揭露世人皆为名利奔波，十分深刻，耐人寻味。

农　夫

农夫最可怜，
秋获又春耕。
一岁汗几斗，
孜孜少不宁。
白手谁家子，
临风又锦扇。

露寒天回际，
夺尽满畴功。

诗中描述了农夫之劳作辛苦，同时谴责富人不劳而获。揭露社会的不公，为此诗之灵魂。

七、李书九

（一）生平

李书九（1754—1825），李朝文臣、学者、实学派文学家。字洛瑞，号惕斋、姜山。文才出众，学识渊博，编撰《庄陵志》《春秋》《正祖实录》。擅汉诗，尤擅五言古诗。与朴齐家、李德懋、柳得恭并称汉诗四家，为实学派文学家。著有《姜山集》《惕斋集》。

1774年，庭试文科丙科及第。历任持平、弘文、刑曹判书、大司宪、右议政。

1825年，逝世，终年71岁。

（二）代表作

晚憩西冈口作

被酒村南去，
溪山入回眺。
雨余积翠多，
樵径隐半峤。
深崦起暮烟，
晴川媚潇照。
遥见巷中返，
时闻水禽叫。
田园洵可乐，

尘世臂已掉。
永怀苏门子，
振策发孤啸。

按，“苏门子”，指晋之阮籍、孙登等人。

“发孤啸”，本源于苏门啸。晋人阮籍与隐士孙登相会于苏门山，畅言抒感。此处比喻隐士的情趣。

此诗描述隐居山村田园之乐。

晓头观潮

篙子宿寒雨，
夜闻篷底语。
朝来两岸树，
不见停舟处。

此诗描绘清晨观潮之景色。

江　夕

家近碧水头，
日夕溪风急。
修林不逢人，
水田鹭影立。

此诗描绘江上晚景，格调清新，冲淡闲远。

晚自白云溪复至西冈口少卧松荫下作

读书松根上，

卷中松子落。
支筇欲归去，
半岭云气白。

此诗高洁清雅，意境如画，堪称佳作。

哀道殣

春风是何物，
浩荡不可名。
阳和鼓群动，
所遇皆发生。
穹壑雪渐消，
平原草已萌。
林峦改旧容，
禽鸟有新声。
万类欣自得，
见此天地情。
念彼沟中瘠，
独非同胞氓。
黄坏莫肯受，
白日尚遗明。
乃知位育功，
始自南亩耕。
尧汤岂不仁，
雨阳犹隔并。
安得造元化，
枯槁亦敷荣?

诗人虽任高官，但忧国忧民，关心民间疾苦。此诗先是描述春意盎然的景象，继之描述社会的凄惨情景，最后表达诗人想为百姓创造安定祥和的生活环境，“枯槁亦敷荣”。诗人忧国忧民关心民间疾苦的汉诗，除此首外，尚有《禾积渊》《奉旨按廉领右早渡汉江》《永平邑内》。

蝴　蝶

蝴蝶双双弄晚晦，
绿荫繁密片红稀。
怜渠不作林间梦，
犹为残香贴地飞。

诗中虽是描述“不作林间梦”，而作“贴地飞”的蝴蝶，实则讥讽社会上终日为名利奔波的人。

郡斋夜宴赠江界老歌姬二首

（一）

青山螺黛敛双眉，
宛转歌喉似旧时。
鲜唱关西新乐府，
灯前泪落竹田词。

诗中描述了官妓的生活，歌喉虽然依旧，但岁月无情，青春不再，人老珠黄，只有悲叹。其实诗人也是感叹岁月的流逝和诗人本身的衰老。

水洞道中

飘然行橐倦长途，
马上披看列国图。
红树遥分弓裔国，
苍山横断貊王都。
萦云石栈归僧见，
旁水芦田落雁孤。
薄暮将寻萧寺宿，
残碑落日访彭吴。

按，“水洞”，位于朝鲜江原道高城郡。

“弓裔”，泰封国王。918年，为王建推翻，被杀于平康。

“彭吴”，汉武帝时人。

“残碑”，即彭吴碑，位于春川。

此诗回顾历史，意在激励国人热爱国家，培养民族感情。

除此诗外，同类题材汉诗尚有《达川吊古》《统军亭》《途中纪兴五首》等。

送馆师金士润参奉之任古乐浪

秋风吹到洞仙关，
匹马行装好挂鞍。
绛帐曾开群弟子，
乌纱新著小郎官。
檀君殿古长林近，
王俭城高一水寒。
最是亲朋多落魄，
天涯解手苦为难。

按，“铜仙关”，位于朝鲜黄海道凤山郡。

“乐浪”，汉武帝时，在朝鲜建立的乐浪郡（汉四郡之一）。

“王俭城”，为乐浪郡郡治，即今平壤。

此诗虽为送友离别之作，却在描述朝鲜的历史，以激励国人，热爱国家，培养民族感情。

诗人还创作有《村暮》《自白云溪复至西冈》，亦为优秀的五绝汉诗。

八、李承薰

（一）生平

李承薰（1756—1801），李朝最早的天主教徒。

1780年，进士及第，一度为官，后被弹劾罢职。

1783年，随其父（时任书状官）赴清。在北京接触西方天主教传教士，并接受洗礼，入天主教。回国后，在汉城等地设教堂传播天主教义。

1801年，李朝辛酉邪狱，镇压天主教，李被捕，被处绞刑。时年45岁。

（二）代表作

乌谷田家杂咏

独木桥西石径斜，
飞飞鸟雀乐山家。
春来门巷皆相似，
红豆棚前白杏花。

此诗描述农家田园生活之安逸。用木桥、石径、豆棚、杏花，烘托田园的宁静气氛。此外，还创作有五绝汉诗《促织》。描述深夜虫鸣，充满乡土气息。

第三节　千寿庆　张　混　丁若镛　赵秀三　金　鑢　申　纬　李学逵　李亮渊

一、千寿庆

（一）生平

千寿庆（1758—1818），李朝文人，委巷文学代表人物。字君善，号松石园、松石道人。文才出众，从不入仕，从事教育事业，受业弟子多达数十人。并常与诗友饮酒吟诗，结成松石园诗社（亦名西社、西园诗社、玉溪诗社）。常来此聚会吟诗的有庶民出身的诗人张混、朴允默、赵季三、车佐一等，史称庶民文坛。与张混编撰诗集《风谣续编》，内收333名庶民诗人所创的汉诗。

1818年，逝世，终年60岁。

（二）代表作

日涉园

堆霞复举石，
上有松树间。
诛茅实为此，
紫扉溪上关。
轩窗容我膝，
林木怡我颜。
有时看白云，
镇日对青山。
生事自萧条，

不似在人间。

此诗描述诗人隐居脱离世俗融入田园生活的愉悦心情和怡然自得的状态。

二、张混

（一）生平

张混（1759—1828），李朝文人，字元一，号而已广、空空子。庶民出身，从未入仕。与千寿庆等结成“松园诗社”，饮酒吟诗。著有收录中国自古至明代的《诗集》（26卷），并著有《而已广集》、《篚段集》（20卷）、《诗宗》、《唐律集英》、《利见》。

1828年，逝世，终年69岁。

（二）代表作

暮春集松石园

石头苍然带竹身，
幽居多日喜相亲。
醉于故旧输情极，
老向林丘试脚频。
涧水碧邻风似缕，
庭花红糁雨如尘。
数篇诗律还无赖，
春事堂堂肯为人。

诗中描述了诗人和诗友一起饮酒吟诗的欢悦情景，酒逢知己千杯少，诗友们彼此唱和，友谊更加深厚。

答　宾

篱角妻舂粟，
树根儿读书。
不愁迷所处，
即此是吾庐。

诗中描述了诗人脱离世俗悠然自得的心情。

君善偶至效陶体

羌有人兮，
不娶不官。
虽则苦贫，
其心则晏。
乐之嘐嘐，
弹咏以间。
物自各适，
鹏无笑鷃。

按，“君善”，即千寿庆，号君善。

“陶”，即东晋诗人陶渊明。

诗中描述了诗人一生作为平民的生活，好友相聚，饮酒吟诗，其乐融融。

三、丁若镛

（一）生平

丁若镛（1762—1836），字美镛、颂甫，号俟庵、茶山、三眉、与忧堂。李朝文臣，著名学者，实学派集大成者，著名文学家。擅汉文汉诗，创作汉诗2500余首。著述甚丰，著有《牧民心声》、《经世遗表》、《丁茶山全集》（156卷）、《与犹堂全书》（503卷）。

1789年，文科及第，历任检阅、持平、弘文馆修撰、京畿道暗行御史、同副承旨、兵曹参议、刑曹参议。

1801年，辛酉教难，受此牵连，先后流放康津、茶山。

1818年，始获释。

1836年，逝世，终年74岁。

丁若镛潜心研究学术，为实学派思想之集大成者。继承柳馨远、李瀷的思想，并与朴趾源等的北学派思想结合，成为实学派思想集大成者。对政治、经济、医学、天文均有深入研究，卓有成就，对西方文明亦有深刻认识。

在哲学上，坚持唯物主义，主张实践，主张研究学问应以“利用厚生”为目的，反对空谈。

政治上，反对门阀等级和世袭制度。提出“农者得田，不农者不得之”主张，提倡土地公有、共同耕作的闾田制。

（二）代表作

忧　来

（一）

唇焦口既干，
舌敝喉亦嗄。
无人解余意，
骎骎天欲衣。

（二）

醉登北山哭，
哭声干苍穹。

傍人不解意，
谓我悲身穷。

（三）
虎狼食羊羖，
朱血膏吻唇。
虎狼威既立，
狐兔赞其仁。

诗中既表达对豺狼虎豹恶行的愤恨，同时对弱者向强者阿谀奉承的世道深感忧虑。

龙山吏

吏打龙山村，
搜牛付官人。
驱牛远远去，
家家倚门看。
勉塞官长怒，
谁知细民苦。
六月索稻米，
毒痛甚征戍。
德音竟不至，
万命相枕死。
穷生尽可哀，
死者宁智矣。
妇寡无良人，
翁老无儿孙。

泫然望牛泣，
泪落沾衣裙。
村色剧疲衰，
吏坐胡不归。
瓶罂久未罄，
何能有夕炊。
坐令生理绝，
四邻同呜咽。
脯牛归朱门，
才谞以甄别。

此诗为丁若镛著名的《三吏》中的一首，另两首为《波池吏》《海南吏》。《三吏》皆为其关心民间疾苦之作。

这首《龙山吏》愤怒揭露官府对劳苦农民的压迫和剥削，并予以严厉鞭挞，而对劳苦农民表示无限关心与同情。

诗人尚创作有《三别》，即《石隅别》《沙泙别》《龙潭别》，亦是关心民间疾苦之作。

饥民诗

（一）

人生若草木，
水土延其支。
俯焉食地毛，
菽粟乃其宜。
菽粟如珠玉，
荣卫何由滋。

槁项颣鹄形，
病肉绉鸡皮。
有井不晨汲，
有薪不夜炊。
四肢虽得运，
行步不自持。
旷野多悲风，
哀鸿暮何之。
县官行仁政，
赈恤云捐私。
行行至县门，
喁喁就汤糜。
狗彘弃不顾，
乃人甘如饴。
亦不愿行仁，
亦不愿捐赀。
官筐恶人窥，
岂非我所羸。
官厩爱马肥，
实为我肤肥。
哀号出县门，
眩旋迷路岐。
暂就黄莎岸，
舒膝挽啼儿。
低头扑虮虱，
汪然双泪垂。

（二）

悠悠大化理，
今古由谁知。
林林生烝民，
憔悴含疮痍。
槁莩弱不振，
道涂逢流离。
负戴靡所聘，
不知竟何之。
骨肉且莫保，
迫厄伤天彝。
上农为丐子，
叩门拙言辞。
贫家反诉哀，
富家故自迟。
非鸟莫啄虫，
非鱼非泳池。
颜色惨浮黄，
鬓发如乱丝。
圣贤施仁政，
常言鳏寡悲。
鳏寡真足羡，
饥亦是己饥。
令无家室累，
岂有逢百罹。
春风引好雨，
草木发荣滋。

生意蔼天地，
赈贷此其时。
肃肃廊庙贤，
经济仗安危。
生灵在涂炭，
拯拔非公谁。

（三）

黄馘索无况，
枯柳先秋萎。
伛偻不成步，
循墙强扶持。
骨肉不相保，
行路那足悲。
生理梏天仁，
谈笑见尫羸。
宛转之四邻，
里俗本如斯。
羡彼野田雀，
啄虫坐枯枝。
朱门多酒肉，
丝管邀名姬。
熙熙太平象，
俨俨廊庙姿。
奸民好诈言，
迂儒多忧时。
五谷且如土，

惰农自乏赀。
林葱何其繁，
尧舜病博施。
不有天雨粟，
何以救岁饥。
且复倒一壶，
曲觞春迷离。
沟壑有余地，
一死人所期。
虽有乌昧草，
不必献丹墀。
兄长不相怜，
父母安施慈。

诗中愤怒谴责了官府的虐政，富贵人家的“朱门酒肉臭”，贫苦人家饥寒交迫，表达了对劳苦民众的深切同情。

夏日对酒

后王有土田，
譬如富豪翁。
翁有田百顷，
十男各异宫。
应须家十顷，
饥饱使之同。
黠男吞八九，
痴男库长空。
黠男粲锦服，

痴男苦尫瘇。
翁眼苟一盼，
恻怛酸其哀。
任之不整理，
宛转流西东。
骨肉均所受，
慈惠何不公。
大纲既隳圮，
万事窒不通。
中夜拍案起，
叹息瞻高穹。

诗中深刻揭露了封建土地制度的不合理，愤怒谴责封建社会的苛捐杂税和高利贷剥削，同时对封建等级制度和科举制度进行深刻批判。

苦雨行

苦雨苦雨雨不休，
烟火欲绝巷人愁。
灶门水生深一尺，
稚子还来泛芥舟。
乃翁光年所不免，
举头欲嗔还自羞。
我今钞书不出户，
良由气衰非学优。

诗中描述了农民生活之不幸，不仅遭到官府的残酷压迫和剥削，更遇上连天大雨，人祸天灾一起袭来，真是雪上加霜。

哀绝阳

芦田少妇哭声长，
哭向县门号穹苍。
夫征不复尚可有，
自古未闻男绝阳。
舅丧已缟儿未澡，
三代名签在军保。
薄言往愬虎守阍，
里正咆哮牛去皂。
磨刀入房血满席，
自恨生儿遭窘厄。

诗中描述了官府对黎民百姓的残酷压迫和剥削，沉重的兵役、劳役、繁重的苛捐杂税使百姓处于水深火热之中。特别是服兵役，即使是新生男孩也要登记军籍，将来祖孙三代一起服兵役。悲愤至极的丈夫“绝阳”做废人，以示抗拒。更令人惨痛的是耕田的黄牛又被官府强行拉走，真是悲惨至极。

狸奴行

南山村翁养狸奴，
岁久妖凶学老狐。
……
皇天生汝本何用？
令汝捕鼠除民痛。
……

汝今一鼠不曾捕，
顾乃自犯为穿窬。
鼠本小盗其害小，
汝今力雄势高心计粗。
鼠所不能汝唯意，
攀檐撤盖颓壁涂。
自今群鼠无忌惮，
出穴大笑掀其须。
聚其盗物重赂汝，
泰然与汝行相俱。
……
我今彤弓大箭手射汝，
若鼠横行宁嗾卢。

按，“狸奴”，即小猫。

诗中将贪婪成性的官员比喻为老鼠，将无能的监司比喻为小猫。猫本应捉鼠，而今猫鼠勾结，一起祸害人们。

诗人还创作有《猎虎行》亦是揭露官府残酷压迫和剥削劳苦民众之作。

打麦行

饭罢取枷登场立，
双肩漆泽翻日赤。
呼耶作声举趾齐，
须臾麦穗都狼藉。
杂歌互答声转高，
但见屋角纷飞麦。

诗中描述了农民打麦的愉快欢乐场面。

鬐城杂诗

（八）

一片孤帆云海间，
藁砧新自隅陵还。
相逢不问风涛险，
钊竹盈船便解颜。

按，《鬐城杂诗》共27首。此诗为第8首。

“藁砧”，捶打衣服。此处象征丈夫回来后，夫妻团聚的欢乐。

耽津农歌

（一）

洌水之间丈二锹，
健夫齐力苦酸腰。
南童只手持短锸，
容易治畦引灌遥。

按，《耽津农歌》共10首。

诗中描述“南童”和“健夫”的不同劳动效率，意在表达改良农具提高产量的重要性。

耽津农歌

（五）

秧雇家家妇父狂，

不曾割麦助盘床。
经违李约趋张召，
自是钱秧胜饭秧。

按，“盘床”，指妇人之丈夫。

诗中描述了农村出现雇佣劳动力现象。

长鬐农歌

（二）

秧歌哀婉水如油，
嗔怪儿歌别样羞。
白苎新襦黄苎帔，
笼中十袭待中秋。

按，《长鬐农歌》共10首。

“儿歌”，指新婚少妇。

“白苎”“黄苎”，指布。

诗中描述了妇女在插秧时的劳动情景。

诗人还创作了《耽津村谣》（20首）、《耽津渔歌》（10章）。

四、赵秀三

（一）生平

赵秀三（1762—1849），李朝文人、诗人。初名景濰，字芝园，号秋斋、经畹。生于庶吏家庭。文才出众，学识渊博。对风度、诗文、动令、医学、奕碁、字墨、强记、谈论、福泽、寿考研究卓有成就，并精通医学、书法、棋艺。虽有才华，但因出身难以施展才华，只任过武官中的末职。他的卓越成就是汉诗，为委巷文学的领军人物，被誉为“词坛老将”。尤擅写组诗，创作有《北行百绝》（100首）、《秋斋纪异》（71首）、《次耕织图韵》（46首）、《陇城杂咏》（22首）、《高丽宫词》（22首），著有《秋斋集》。

1789年始，6次游历清朝。

1849年，逝世，终年87岁。

（二）代表作

德津采莲

莲唱初高刺棹频，
水禽惊起绿粼粼。
画舫渐入花深处，
一色红妆不见人。

按，“德津”，位于临津江下游。

诗中描述了采莲女采莲的情景，小船悠悠，小鸟惊起，小船驶入深处，不见踪影，只见一片红莲，只闻采莲女的歌声。

北行百绝

（六）

残山弓裔国，
古木铁原城。
有墓无人祭，
年年入火耕。

按，《北行百绝》共100首汉诗。1823年3月，诗人从李朝京都汉城出发，向北游历，同年10月返回汉城。1824年秋创作《北行百绝》。这组汉诗主要描述咸镜道边境民众的悲惨生活。

诗中描述了游历弓裔泰封国之遗迹，岁月沧桑，昔日繁华不再，荒凉至极，“有墓无人祭”。

北行百绝

（九十三）

天意悯东方，

沧溟续土疆。

冷山幽宋使，

何处旧看洋。

按，“冷山”，地名，宋使洪皓出使金国，被囚于冷山10年之久。

“看洋”，李朝壬辰卫国战争期间，李朝文人姜沆被日本人掳至日本，但姜坚贞不屈。

诗中高度称赞宋使洪皓和李朝文人姜沆两人的高尚品德，坚贞不屈，也是诗人向往和坚持的文人气节。

次耕织图韵

（四十六）入仓

牛车儋石各纷然，

输入官仓十月天。

租税毕来无宿计，

唯将旨蓄御残年。

按，《次耕织图韵》共46首汉诗，描绘农村生活。这首《入仓》即为其中之一。

诗中描述农民秋收后，被迫将粮食送往官仓，揭露官府对农民的残酷压榨。

秋斋纪异

（七十一）一枝梅

血标长记一枝梅，
施血多输污吏财。
不遇英雄千古事，
吴江昔认锦帆来。

《秋斋纪异》这组汉诗，描述李朝社会底层民众的生活困境。

此诗描述的是侠盗一枝梅的侠义行为。他专偷食官污吏的钱财，而后救济贫困民众。

采桑女

五亩之田八口家，
有女有女采桑女。
女年十六女工勤，
不随柳傍秋千侣。
十里公幸春栽阳，
晓起碧窗闻鸠语。
柔条飘拂翠鬟低，
沃叶葱茏纤手举。
攀条摘叶日向午，
绿荫如烟隔野墅。
绁筐盈盈滴汗粉，
采之缬之随意贮。

双蛾窈窕自春色，
五马徘徊何意绪。
归来阿母问多少，
好向春闺养蚕所。
蚕到三眠欲成茧，
且待促织鸣我杼。
可怜蚕女空辛苦，
官箱匹帛皆出汝。

诗中描述了采桑女的悲惨遭遇，辛辛苦苦采桑养蚕、织绸，最终织成的丝绸都落入官府。此作深刻揭露官府对劳苦民众的压榨，对辛苦的采桑女寄予无限同情。

使君行

三寒递四温，
昔闻老农言。
朝州而幕京，
今见使君行。
使臣行不驭五马，
短衣官童鞭果下，
府吏执册从马后。
册中饥民殆万口，
催赈请粜不惮频，
按使睢盱丞相颦。
往往来来何屑屑，
蔀屋无烟天雨雪，
嗷嗷眼穿继流血。

为乐府诗。诗中描述了寒冬时节，饥民们苦苦等待官府赈济粮的悲惨情景。

西寇梼机（节选）

匪贼死以贼，
难数某甲乙。
幽冤干天和，
疫疠蒸污蔑。
生者未耕田，
死后鸣鹍鴂。
病死十之五，
饥死十之八。
饥病苦费日，
病死快俄忽。

《西寇梼机》为一首长诗，长达572句。

诗中描述匪贼（实为农民起义军）被官军镇压之惨景。

善竹桥

波咽桥根幽草没，
先生于此乃成仁。
乾坤弊尽丹心在，
风雨磨来碧血新。
纵道武王扶义士，
未闻文相作遗民。
无情有恨荒碑湿，

不待龟头堕泪人。

按，“善竹桥”，为高丽末年忠臣郑梦周遇害之地。

“义士”，指伯夷、叔齐。

“文相”，指文天祥。

诗中深切缅怀高丽末期忠臣郑梦周，并联想到伯夷、叔齐、文天祥，亦是坚贞不屈的仁人志士。诗中对郑梦周等人既表示无限崇敬，也是诗人坚持高尚情操的自然表白。

妙香山

地古多灵迹，
山深闻妙香。
中兴恭释将，
首出有檀王。
听法鱼龙泣，
飞筇虎豹藏。
佛天名枳怛，
东国是西方。

按，“檀王”，传说中朝鲜民族始祖檀君。

“听法鱼龙泣，飞筇虎豹藏”句，是说壬辰卫国战争期间组织僧兵抗击倭寇的著名僧侣西山大师的神通广大。西山大师说法可使鱼龙哭泣，而扔手杖能使虎豹纷纷躲藏。

诗中描述了朝鲜名山妙香山的美丽景观，歌颂祖国的大好河山，表达高度的民族自豪感。

悼 亡

几度叩盆歌不成，
蒙庄非达薄于情。
他年我亦同归穴，
易地君何认独生。
明月影孤鸾镜舞，
春风耦失鹿门耕。
晓来偶得还家梦，
依旧中畿倒屣迎。

按，“叩盆歌不成”，指庄子丧妻，“鼓盆而歌”。

诗中深切表达对亡妻的思念，以致梦见亡妻回家，诗人赶忙跑去迎接。此情此景，真切感人，催人泪下。

五、金鑢

（一）生平

金鑢（1766—1821），李朝文人。字鸿豫、士精，号潭庭、归玄子。文才出众，著述甚丰。著有《谭庭集》《谭庭丛书》《寒皋观外史》《仓可楼外史》。创作多篇汉文小说，如《琉球王世子外传》《贾秀才传》《索囊子传》《蒋生传》《韩淑媛传》《李安民传》，并创作有乐府诗《思牖乐府》和诗集《艮春呓集》。

历任黄山县令、咸阳郡守，后辞官隐退。因信奉天主教，曾被流放。

1821年，逝世，终年55岁。

（二）代表作

凶 年

夜久厨人暗噫嘻，

齐言乙亥死亡时。
麦苗焦尽牟苗冻，
怎耐今年又苦饥。

按，诗集《黄城俚曲》中的一首，该诗集收有205首七言绝句。

“乙亥”，即1815年，是年灾害严重。

此诗描述庄稼遭受自然灾害的悲惨情景。

采野菜根之癸田村姑

青木棉裙短布褌，
癸田阁氏泪潜吞。
朝朝约伴携筐去，
采得畦头苜蓿根。

按，此诗为诗人诗集《黄城俚曲》中的一首。

“癸田”，为地名。

诗中描述了农民遭受自然灾害，庄稼颗粒不收，只得挖野菜根充饥的悲惨情景。

聪耳酒

村婆瓮酿鸭头浓，
昨夜香泥肇坼封。
沽得一杯聪耳酒，
五更三点冷浇胸。

按，组诗《上元俚曲》中的一首。这组诗共25首。

“聪耳酒”，民俗，清晨饮一杯冷酒，称之为“聪耳酒”。

此诗即描述这一风俗。

跳　板

邻丫跳板板桥西，
阿姊全高阿妹低。
不念儿家身忒健，
呢喃骂姊苦难齐。

按，组诗《上元俚曲》中的一首。

“跳板”，亦是民俗，两名少女踏板两头相跳，跳得高者为胜。

诗中描述了少女踏板的欢乐情景，语言生动，情感丰富。

六、申纬

（一）生平

申纬（1769—1847），李朝文臣、诗人。字汉叟，号紫霞、警修堂。文科及第，历任兵曹参知、谷山府使、春川府使、都承旨、礼曹参判、兵曹参判、户曹参判。文才出众，擅汉文汉诗、书法、绘画。除创作有大量汉诗外，还创作有200余首题画诗，集诗歌、绘画、书法于一体。著有《警修堂集》（12册）、《梵余录》、《申紫霞诗集》，编辑《东人论诗绝句35首》，内收新罗至李朝著名诗人之汉诗。

1812年，任书状官随正使赴清。后被罢官，隐居乡里。

1847年，逝世，终年78岁。

（二）代表作

朴　渊

俯栈盘盘下，
回看所历悬。

岩飞山拔地，
溪立瀑垂天。
空乐自生听，
众喧殊寂然。
方知昨宿处，
幽绝白云岭。

按，“朴渊”，瀑布，为朝鲜著名景观，位于天磨山。诗中描述了朴渊瀑布的美丽景色，使人叹为观止，流连忘返。

秋雨叹

城中十日雨，
柴商不入城。
无柴尚毁车，
无火炊不成。
衾裯任凄湿，
墙屋日颓倾。
一晴待已久，
百忧何时平。
厨烟不起寂无事，
已到午时钟自鸣。

此诗描述秋天苦雨给人们生活带来不便。

杂书五十首

（一）

有才无用岂天意，

烜赫家门禁锢民。
四海九州千万古，
再无待选这般人。

（二）

家门贩卖遥遥胄，
闾里横行岌岌寇。
吞噬生灵作家什，
不知朝会不知官。

（三）

病民蠹国岂无由，
我亦不眠不食求。
钱与两班而已矣，
噫非一夕一朝忧。

上述三首诗系诗人创作的《杂书五十首》中的三首。诗人揭露了封建社会任人唯亲、不任贤才的黑暗状况。

观剧绝句十二首

（一）

春香扮得眼秋波，
扇影衣纹不自由。
何物龙踵李御史，
至今占断剧风流。

（二）

高宋廉牟嗓海陬，
狂欢引我脱诗囚。
淋漓慷慨金龙运，
演到荆钗一雁秋。

按，“李御史”，即《春香传》男主角李梦龙。

“高、宋、廉、牟”，为当时名演员高寿宽、宋兴禄、廉启达、牟兴甲。

此作为诗人观赏唱剧《春香传》之作。

春日山居

县市人心恶，
山村物性良。
茅柴三四屋，
鸡犬尽羲皇。

诗中描述了“县市”与农村的差异，“县市”世风日下，农村淳朴敦厚。

西京次郑知常韵

急管催觞离思多，
不成沉醉不成歌。
天生江水西流去，
不为情人东倒波。

按，“西京”，即平壤。

“郑知常”，高丽著名诗人。

诗中描述了人们离别的惆怅心情，依依惜别。

松坡画像

松坡无一偈，
画僧无一言。
言说尚可离，
安事生销矶。

按，“松坡”，为李朝名僧松坡长老，14岁为僧，90岁时眉毛雪白，虽不识字，但一生快乐。

此前，诗人曾创作汉诗《松坡长老》。诗人此诗为题画诗，既画有松坡长老像，又有汉诗，还有书法。

自题碧庐舫图

无多容膝小于舟，
芦叶芦花作意秋。
一自凉棚添设后，
更堪风雨打篷愁。

按，“碧庐舫”，为诗人的居室。

此诗是题画诗，既绘有碧庐舫，又有汉诗、书法，亦是一首山水诗。诗中描述了自己居室虽然狭小，但是怡然自得。

题锦城女史艺香画兰

画人难画眼，
画兰难画香。

画香兼画眼，
应断画时肠。

此诗亦是题画诗。诗中描绘了兰花，兰花象征品质高洁。

钓台望月

溶溶波上月，
涂涂叶间霜。
霜光与月色，
并堕烟渺茫。
钓台一片石，
据此水中央。
不知夜深浅，
渐见人影长。

诗人的诗意悠远，给人以幽深、恬静、清雅的美感。

蝴　蝶

白蝴蝶汝青山去，
黑蝶团飞共入山。
行行日暮花堪宿，
花薄情时叶宿还。

按，此诗原为无名氏的时调，诗人将之译成汉诗七言绝句。

诗中描述蝴蝶和花的关系。诗人不仅把用朝鲜文写就的时调译成汉诗七言绝句，还译成汉诗的乐府诗，多达40首。

七、李学逵

（一）生平

李学逵（1770—？），李朝文臣。字享叟，号洛下、文漪堂、因树屋。文科及第，历任校正等文职。学识渊博，曾校正《奎章全韵》《弘斋全书》。擅汉诗，著有《岭南乐府》《洛下集》。

1801年，辛酉狱案受牵连，流放庆尚南道金海。

1826年，始获释。

（二）代表作

两头纤纤

两头纤纤江上舟，
半黑半白翁口头。
腷腷膊膊起惊鸥，
磊磊落落大星流。

两头纤纤枣子核，
半黑半白兀上册。
腷腷膊膊爆竹柝，
磊磊落落枕流石。

两头纤纤蚯蚓出，
半黑半白羔毛笔。
腷腷膊膊爆黑栗，
磊磊落落霜后橘。

两头纤纤织梭度，

半黑半白碁子布。
腷腷膊膊埘上羽，
磊磊落落数姜芋。

两头纤纤月初肥，
半黑半白鹊毛衣。
腷腷膊膊荷两翻，
磊磊落落曙星稀。

两头纤纤唇朱横，
半黑半白目中睛。
腷腷膊膊炭火生，
磊磊落落中酒情。

按，为古乐府体裁之一。诗人此作亦是沿用这种体裁。

“腷腷膊膊”为象声词。《古文苑》卷9载《两头纤纤》诗：“此为鸡鸣鼓翼声”。

“磊磊落落”亦为象声词，形容流星移动声音。

诗中描述了生活中种种“半黑半白”的事物，黑白对比，十分鲜明。

山有花歌

郎骑绝景骍，
妾歌山有花。
轻装白布幞，
生态洛东家。
溢口下洛东，

所见不无差。
江流石黛色，
枫树多于麻。
初声乱心绪，
切切为私语。
中声初徘徊，
掩抑自如许。
草木漭含光，
长浦怅何所。
终声继以偯，
两泪风江渚。
上山采花天，
下山插秧田。
羡伊下江女，
鸦头最少年。
南中自喜哭，
喜哭即可怜。
歌哭本同声，
举声唏嘘然。
有闻湖南色，
有卒应袴褶。
其妇念别离，
手拍儿呜呜。
至今失其辞，
有声如忧泣。
女心有善怀，
怀之长悒悒。

按，“山有花”，系百济民间流传的歌曲。传说庆尚北道善山邑的一个少妇，被丈夫遗弃，欲投洛东江自尽。时遇一个挖野菜的小姑娘，遂教给小姑娘一支歌曲，并让小姑娘传唱下去，而后少妇投江自尽。

“洛东”，指洛东江，该江发源于太白山黄池，流经庆尚北道、庆尚南道的岭南地区，由釜山入海。

“湖南”，为朝鲜全罗南道、全罗北道之合称。

诗人这首诗即是描述这一传说。

八、李亮渊

（一）生平

李亮渊（1771—1853），李朝文臣。字晋叔，号临渊。著有《石潭酌海》《嘉礼备要》。

文科及第，历任户曹参判、同知义禁府事。

1853年，逝世，终年82岁。

（二）代表作

蟹鸡苦

太守赋一蟹，
未足为民瘠。
一蟹为一鸡，
万鸡凋人域。
苟然充王厨，
耕牛吾不惜。

诗中揭露贪官污吏压榨民众之丑行。

田　家

耕田卖田籴，
来岁耕何地。
愿生伶俐儿，
学书作官吏。

诗中描述了农民被迫卖地的悲惨境遇。

避税怨

我无一亩田，
而有百亩税。
卖鼎有瓦罐，
卖衣奈岁寒。
十家九家空，
九税萃一家。
县令不能贷，
岂尽私自多。
提携向南适，
更有北来客。

诗中深刻揭露官府对民众的压榨，“我无一亩田，而有百亩税”，“十家九家空，九税萃一家”。

第四节　洪奭周　金迈淳　金若愚　李友信　金正喜　李汇宁

一、洪奭周

（一）生平

洪奭周（1774—1842），李朝文臣。字成伯，号渊泉。著有《渊泉集》。擅汉文汉诗，参与编撰《纯祖实录》。

1795年，文科及第。历任实录厅总裁官、领中枢府事、左议政。

1842年，逝世，终年68岁。

（二）代表作

东游杂兴

碧水成潭尽日闲，
奔流何事到人间。
桃源未必无寻处，
争夺渔郎半岛还。

按，“桃源”，此处指东晋诗人陶渊明所作《桃花源记》中的桃花源。

此诗为诗人游历山川时所作之即兴诗。

江上春意

每恨留春春易去，
今春幸有晚开花。

夜半错惊寒雪止，
一江明月在清沙。

此诗为诗人咏晚春之作。

长　林

潇潇寒雨正催诗，
十里平林又一奇。
浓翠连绵秋色里，
半江隐见夕阳时。
轻舟渺渺随桃叶，
远岸依依唱竹枝。
不尽台城杨柳感，
东明旧国几回移。

按，“东明旧国”，指东明王朱蒙建立的高句丽。

诗中缅怀建立高句丽的东明王朱蒙的丰功伟绩。

二、金迈淳

（一）生平

金迈淳（1776—1840），李朝文臣。字德叟，号台山。擅汉文汉诗。著述甚丰，著有《台山集》《篆余日录》《台山公移占录》《朱子大全札问标补》《洌阳岁时记》。

1795年，文科及第。历任检阅舍人、礼曹参判、江华府留守。

1840年，逝世。终年64岁。

（二）代表作

咏金烈士事

（一）

深河高柳老难僵，
猿鹤悲吟古战场。
长遣胡儿浇马酒，
三韩烈士死堂堂。

（二）

华阳钮笔日星悬，
夷忧高名仰铁园。
未遇韩公赓后叙，
谁从楚国传先贤。

按，“金烈士”，为李朝将领金孙国。1619年，李朝遣军助明与后金交战，金亦随军助战，不幸战死。

“华阳”，县名，属成都府。

“钮笔”，指李朝文臣宋时烈。

“夷忧高名仰铁园”，金应河碑在江原道的铁原。

“未遇韩公赓后叙”，指烈士金孙国的事迹，李朝无有记载。

诗中缅怀李朝将领金孙国的壮烈事迹，并为其英烈事迹李朝未予记载鸣不平。

咸从道中

磴道千回并涧斜，
马蹄磊落踏崩沙。

崖缝紫菊无人嗅，
自向寒天尽意花。

诗中描述了菊花，不畏严寒，迎风傲雪，无比鲜艳。寓意为人也应坚持真理，不畏权势。此诗托物寓意，意境高远。

三、金若愚

（一）生平

金若愚（？—1813），李朝文人。字希颜，号弦斋。

（二）代表作

矗石楼

晋阳城外水东流，
丛林芳兰绿映洲。
天地极君三壮士，
江山留客一高楼。
歌屏日暖潜蛟舞，
剑幕霜侵宿鹭愁。
南望斗边无战气，
将坛笳鼓伴春游。

按，“矗石楼”，位于晋州。

“晋阳”，即晋州，位于庆尚南道。

“三壮士”，指壬辰卫国战争时，壮烈牺牲的三壮士黄进、崔庆会、金千镒。诗人为游历晋州矗石楼之作，既描述美丽风光，又缅怀壬辰卫国战争期间壮烈殉国的三壮士。

四、李友信

（一）生平

李友信（？—1822），李朝文臣。字益元，号文原、竹村、睡山。著有《睡山遗稿》文科及第，历任经筵官、谘议。

1822年，逝世。

（二）代表作

山有花

（一）

官堤三月柳藏鸦，
十里郎家草色遮。
何许城中高髻女，
插花临水领编斜。

（二）

珠勒金鞭白鼻䯄，
忆郎三夜宿侬家。
侬家六尺珊瑚树，
苦畏春寒不作花。

诗中描述了闺中妇女思念远地丈夫的深情。

五、金正喜

（一）生平

金正喜（1786—1856），李朝文臣、诗人、金石学家。字元春，号阮堂、秋史、礼堂。文才出众，学识渊博，擅汉文汉诗，尤擅金石学、考古学，为朝鲜金石学创始者，称之为阮堂大师。著述甚丰，著有《阮堂集》《覃研斋诗稿》《礼堂金石过眼录》。擅书法，创立独特的秋史体，亦擅绘画。

1809年，文科及第。历任成均馆大司成、兵曹参判。曾随其父金敬鲁赴清。

1840年，被流放济州岛。

1848年，获释。

1851年，因宪宗庙迁问题所牵，流放咸镜道北青。翌年获释。

1856年，逝世，终年70岁。

（二）代表作

骤　雨

树树熏风叶欲齐，
正浓黑雨数峰西。
小蛙一种青于艾，
跳上蕉梢效鹊啼。

诗中描述了暴风雨前之情景，特别是描述小青蛙的动态，“跳上蕉梢效鹊啼”，非常活泼，全诗清新爽朗，情趣盎然。

哭　内

聊将月老诉冥府，
来世夫妻易地为。
我死君生千里外，
使君知有此心悲。

按，“来世夫妻易地为”句，意为下辈子丈夫变成妻子，妻子变成丈夫。

诗人被流放济州岛时，得知妻子在故乡病故，悲痛至极，遂有此作，深切哀悼心爱的妻子，相许来世仍做夫妻。情真意切，感人至深。

辨　诗

唐宋皆伟人，
各成一代诗。
变出不得已，
运会实迫之。
格调苟沿袭，
焉用雷同词。
宋人生唐后，
开辟直难为。
一代只数人，
余子故多疵。
敦厚旨则同，
忠孝无改移。
元明不能变，
非仅气力衰。
能事有止境，
极诣难角奇。
奈何愚贱子，
唐宋分藩篱。
哆口崇唐音，
羊质冒虎皮。
习为廓落语，
死气蒸伏尸。
撑家陈气象，

桎梏立威仪。
可怜馁败物，
欲代郊庙牺。
使为苏黄仆，
终日当鞭笞。
七字推王李，
不免贻笑嗤。
况说土木形，
浪拟神仙姿。
李杜若生晚，
亦自易矩规。
寄言善学者，
唐宋皆吾师。

按，“苏黄”，即宋代诗人苏轼、黄庭坚。

“李杜”，即唐代著名诗人李白、杜甫。

诗中阐述关于诗歌创作之见解，当时有人主张学中国元代诗，诗人则力主学习唐宋诗。

水仙花

一点冬心朵朵圆，
品于幽澹冷峻边。
梅高犹未离庭砌，
清水真看解脱仙。

诗中描述了水仙花之高洁清香。

六、李汇宁

（一）生平

李汇宁（1788—1861），李朝文臣。字君睦，号古溪。潜心研究性理学，并擅汉文汉诗。著有《古溪集》。

进士试合格，历任多种官职，官至副总管。

1861年，逝世，终年73岁。

（二）代表作

万瀑洞

大壑砰訇响九河，
穷岩劈破洞门豁。
万峰流水青天落，
五月深山白雪多。
散忽跳腾珠点缀，
悬才卧铺石盘陀。
神工排置皆公物。
元化题归八字何。

按，“万瀑洞”，位于金刚山。

诗中描述了金刚山万瀑洞瀑布之壮观情景。

第五节　权用正　李尚迪　朴文逵
金　笠　玄　镒　郑芝润

一、权用正

（一）生平

权用正（1801—？），李朝学者。字谊卿，号小游。

终生未仕，潜心研究地理、历史、农学。

（二）代表作

南汉山感旧

旄头夜炫九重惊，
朔雪边风卷地声。
生死纲常三学士，
存亡社稷一孤城。
来禽花落青将晚，
立马峰高月自明。
二百年间如梦寐，
长官无事坐谈兵。

按，“南汉山”，位于李朝京都汉城附近。

“三学士”，指1636年，清打李朝。洪翼汉、吴达济、尹集三人在抗清斗争中牺牲。

“来禽花”，即苹果花。

“立马峰”，为南汉山的一座山峰。

此诗为诗人游历李朝京都汉城附近的南汉山城怀古之作。

二、李尚迪

（一）生平

李尚迪（1804—1889），李朝文臣。字惠吉，号藕船。擅汉文汉诗，书法、金石亦有很深造诣。著有《恩诵堂集》。编辑《海邻尺书》，该书介绍清代39位诗人的诗作。其诗文集《恩诵堂集》亦在清朝刊行。

译科及第，历任温阳郡守、知中枢府事。作为译官，先后12次随使赴清。

1889年，逝世，终年85岁。

（二）代表作

题路旁去思碑

去思横敛刻碑钱，
编户流亡孰使然。
片石无言当路立，
新官何似旧官贤。

按，“去思碑”，官吏离任后，念其“恩德”立的碑，和颂德碑一样。

诗中猛烈抨击封建官僚，在任时残酷压榨百姓，而离任时却立去思碑，为其歌功颂德。

车中记梦

坐拥貂裘少睡温，
依依归梦访家园。
雪晴深馆无人扫，
一树梅花鹤守门。

诗中描述了梦中回故乡，故乡破落凄凉的景象。

还发委延留赠白瞿山赵绛雪

归旌东指路无穷，
靺鞨遗墟落照红。
山泽气蒸常作雨，
铙笳声咽故多风。
他时我恋空桑宿，
今日谁推大树功。
离思乡愁同错莫，
戍楼西去月如弓。

按，“靺鞨”，指我国古代东北的民族。

诗人此诗作于从清都北京返国途中。诗中记述在途中所见的历史遗迹，同时表达思念故国想念家乡的情感。

老　鼠

厕中行迹社中身，
为国争堪有盗臣。
试看张汤公按狱，
欲投忌器是何人。

诗中猛烈抨击陷害贤良的无耻小人。

南　警

三南濒告警，

扰扰涨烟尘。
租使惩贪吏，
何忧靖乱民。
平淮会几岁，
谕蜀又今晨。
取次歼魁止，
仁天雨露新。

按，“三南”，指全罗道、庆尚道、忠清道，三道皆位于朝鲜半岛南部。三南当时爆发了农民起义。

诗中描述了三南地区爆发农民起义，并指出官府残酷压迫剥削民众是爆发起义的根源。

三、朴文逵

（一）生平

朴文逵（1805—1888），李朝文臣。字霁鸿，号天游子、云巢子。擅汉诗。著有《云巢山房集》《天游集古》。

文科及第，历任兵曹参议、嘉善大夫、行龙骧卫护军。

1888年，逝世，终年83岁。

（二）代表作

过振威县素沙坪

八月湖南宿雨晴，
黄沙漠漠展归程。
凫臾敌国江山在，
麻贵新营草树平。
地向烟尘皆廓落，
秋高云日倍清晶。

自怜劳碌终何事？
白首为儒愧此行。

按，“振威县素沙坪”，位于京畿道。

“湖南”，指全罗南道和全罗北道。

“敌国”，指扶余国。

诗中描述了路经素沙坪的观感。

四、金笠

（一）生平

金笠（1807—1863），李朝著名讽刺诗人。原名金炳渊，字性深，号兰皋。创作有大量汉诗，其诗多描述贫苦民众的困苦生活，尤以讽刺诗著称。著有《金笠诗集》《金笠诗话》。

1811年，洪景来农民军起义。其祖父时任宣川府使金益淳投降农民起义军，后被朝廷处死。因之遭排斥，不能为官。由此家庭没落，金自青年时代始，浪游各地。

1863年，逝世，时年56岁。

（二）代表作

寒食日登北楼吟

十里平沙岸上莎，
素衣青女哭如歌。
可怜今日坟前酒，
酿得阿郎手种禾。

诗中描述了年轻寡妇生活的艰辛凄苦。

淮阳过次

山中处子大如娘，
缓着纷红短布裳。
赤脚踉跄羞过客，
松篱深院弄花香。

按，“淮阳”，位于江原道。
诗中描述了山中少女生活的困苦。

贫　吟

世今随富不从贫，
谁记山村冷瘦人。
唯有乾坤无厚薄，
寒门茅屋亦生春。

诗中表达对贫苦民众的深切同情。

咏　笠

浮浮我笠等虚舟，
一着平生四十秋。
牧竖轻装随野犊，
渔翁本色伴沙鸥。
醉来脱挂看花树，
兴到携登咏月楼。
俗子衣冠皆外饰，
满天风雨独无愁。

诗中虽描述头上的斗笠，饱受风吹雨打，实是隐喻诗人遭受的社会不公。

是非歌

是是非非非是是，
是非非是非非是。
是非非是是非非，
是是非非是是非。

诗中讽刺是非颠倒的李朝封建社会。

路上见乞人尸

不知汝姓不识名，
何处青山子故乡？
蝇侵腐肉喧朝日，
乌唤孤魂吊夕阳。
一尺短筇身后物，
数升残米乞时粮。
寄语前村诸子辈，
携来一蒉掩风霜。

诗中描述了见到路上讨饭乞丐的尸体，惨不忍睹，产生无限怜悯之情。

钱

周游天下皆欢迎，
兴国兴家势不轻。

去复还来来复去，
生能死兮死能生。
苛求壮士终无力，
善用愚夫必有名。
富恐失之贫愿得，
几人白发此中成。

诗中描述了钱的用处和威力之大。

两班论

彼两班此两班，
班不知班何班。
朝鲜三姓其中班，
驾洛一帮在上班。
来千里此月客班，
好八字今时富班。
观其两班厌真班，
客班可知主人班。

按，“两班”，李朝上朝时，东西列有文武两班。后以两班泛指官僚贵族。

“三姓”，指朝鲜姓氏最多的金、李、朴三姓。

“驾洛”，朝鲜古国。公元42年，金首露所建之国家。

诗中猛烈抨击李朝社会严格的门第等级制度。

嘲两班儿

方冠长竹两班儿，

新买邹书大读之。
白昼猴狲初出袋，
黄昏蛙子乱鸣池。
威因老释能成喝，
学优樵童强作师。
若使红牌浮水去，
今年及第舍渠谁。

诗中尖锐讽刺两班为了科举，忙于备考的可笑情景。

元生员

日出猿生员，
黄昏蚊檐至。
猫过鼠尽死，
夜出蚤席射。

诗中用“猿生员”“蚊檐至”“鼠尽死”“蚤席射”，讽刺元生员、文佥知、徐进士、赵硕士四个地方两班土豪劣绅的狼狈和丑态。

尽日垂头客

唐鞋宋袜数斤绵，
踏尽清霜赴暮烟。
浅绿周衣长曳地，
真红唐扇半遮天。
诗读一卷能言律，
财尽千金尚用钱。

朱门尽日垂头客，
若到乡人意气全。

诗中辛辣讽刺衣着华丽而胸无点墨却又装腔作势的两班贵族。

无　题

二十树下三十客，
四十家中五十食。
人间岂有七十事，
不如归家三十食。

诗中描述了自己曾被迫沿街乞讨的惨景。

逢雨宿村家

曲木为椽檐着尘，
其间如斗仅容身。
平生不欲长腰屈，
此夜难谋一脚伸。
鼠穴烟通浑似漆，
篷窗茅隔亦无晨。
虽然免得衣冠湿，
临别殷勤谢主人。

诗中描述了借宿村家的情景，房屋虽破旧，但仍感激主人的盛情借宿。

无　题

四脚松盘粥一器，
天光云影共徘徊。
主人莫道无颜色，
吾爱青山道水来。

诗中描述了诗人在别人家吃饭的凄惨情景。诗人四处流浪，生活无着，有时不得不沿街乞讨。有时好心人热心给他饭食，此作即是描述这一惨景。

矗石楼

燕赵悲歌士，
相逢矗石楼。
寒烟凝短堞，
落叶下长洲。
素志违黄卷，
同心已白头。
明朝南海去，
江月五更秋。

诗人才华横溢，却因其祖父被处决一事受牵连，遭社会排斥，无法施展才华，因之心情沉重。此诗即是诗人发泄心中愤怨之作。

五、玄镒

（一）生平

玄镒（1807—1876），李朝文臣。字万汝，号皎亭。著有《皎亭诗集》。

曾任涟川郡守。

1876年，逝世，终年69岁。

（二）代表作

山 居

落絮缤纷日欲斜，
门前种柳是谁家。
山中富贵无人管，
个个樵童一担花。

诗中描述了山村美丽景色。

六、郑芝润

（一）生平

郑芝润（1808—1858），李朝文人。字景颜，号夏园。富有才华，擅汉诗，从未入仕，一生自由放浪，以布衣诗人自居。其汉诗多为讽刺权贵之作。著有《夏园诗抄》。

1858年，逝世，终年50岁。

（二）代表作

白云楼

白能一举做神仙，
遗落尘埃道路边。
斜日统泉今去去，
幽花闲草归年年。
我生自有天生趣，
愚死何如醉生贤。
避暑因或兼避世，
山中事事却飘然。

诗人不满社会黑暗，终生未仕，终日饮酒吟诗，自娱人生。诗人此作，即是描述隐居生活，聊以自慰。

第六节　李瑞胄　李匡吕　李观吾　李用一　李根洙　李　擘　李容白　李之馨

一、李瑞胄

（一）生平

李瑞胄，生卒年不详，李朝文人。字敬心，号义湖。

进士及第，但无意仕途，潜心研究学术，擅诗。

（二）代表作

鹰

蹁跹仍矫企，
日暮意何骄。
草动留双眼，
风鸣忆九霄。
千林羽毛静，
百里窟巢摇。
安得人如尔，
奸凶气自消。

诗中描述了矫健豪迈的苍鹰，希望人和鹰一样把世间奸凶全部消灭。

二、李匡吕

（一）生平

李匡吕，生卒年不详，李朝文人。字圣栽，号月岩、七滩。擅诗，著有《李参奉集》。曾任参奉。

（二）代表作

章台柳

章台路旁树，
东风二三月。
妾身此一枝，
只许一人折。
望郎在天上，
天上隔无期。
亦知君怜妾，
宁知妾死时。

按，“章台柳”，唐朝韩翃有姬柳氏，安史之乱时，两人失散。柳氏出家为尼，韩翃为平卢节度使侯希逸书记，使人寄柳氏诗曰：“章台柳，章台柳，昔日青春今在否？纵使长条似旧垂，亦应攀折他人手。”其后，柳氏为番将沙托利所劫，侯希逸部将许俊以计助韩翃夺还，两人团圆。此处之章台柳用以借喻爱情。

此诗描述闺中妇女思念远在他乡的丈夫，情意缠绵。

次郑知常韵

日见箕都行乐多，
兴亡今古棹人歌。

长江亦自西流去，
莫道春来还归波。

按，“郑知常”，高丽诗人，创作有汉诗《西都》，描绘平壤风光。

“箕都”，箕子朝鲜的国都，即平壤。

“长江”，指大同江。

此诗为诗人游历古都平壤怀旧之作。

咏　梅

满户影交修竹枝，
夜分南阁月生时。
此身定与香全化，
嗅逼梅花寂不知。

诗中赞叹梅花之美。

三、李观吾

（一）生平

李观吾，生卒年不详，李朝文臣。字圣应，号竹鸟。曾任正郎。

（二）代表作

忠烈祠

匹马南来往事寻，
数间祠宇竹林深。
风涛时作将军怒，
星月照临烈士心。

云销闲山沧海远，
桥横凿浦晚潮侵。
至今拥节多遗裔，
龟首艨艟系古浔。

按，“忠烈祠”，纪念李朝壬辰卫国战争期间不幸壮烈殉国的名将李舜臣。

“龟首”，指李舜臣发明的龟船。

诗中缅怀在壬辰卫国战争时，统率水军抗倭，立有赫赫战功、不幸壮烈殉国的李舜臣将军。

四、李用一

（一）生平

李用一，生卒年不详，李朝文臣。字德如，号海观。曾任判官。

（二）代表作

题泛波亭壁上

石冈花树绿参差，
野色苍茫白日迟。
安得泛波亭下水，
年年作雨插秧时。

此诗为诗人游泛波亭之作。

五、李根洙

（一）生平

李根洙，生卒年不详，李朝文人。字琢源，号韦士。进士及第，但无意求仕，热衷于文学，擅诗。

（二）代表作

竹枝词

送君远向渡头去，
忆君时向渡头来。
人情不似东流水，
日日潮回君未回。

诗中描述了闺中妇女思念远在他乡丈夫的情意，情意缠绵。“人情不似东流水，日日潮回君未回”句，比喻十分恰当妥帖。

六、李璧

代表作

梦长源

悠悠一远别，
终岁无消息。
今夜入我梦，
情亲慰斯忆。
关塞道路长，
怪君主羽翼。
告归何匆匆，
欲挽安可得。
微风动帘栊，
謦欬犹在侧。
愿言频会面，
无使我心恻。

诗中描述了老友一别，杳无音信，经常思念，终入梦中，梦中相见，相逢甚欢。

七、李容白

（一）生平

李容白，生卒年不详，李朝文人。字俊白，号又青。

（二）代表作

别舍弟

凄恻复凄恻，
岁暮将别离。
聚首无多日，
匆匆欲何之。
山中少鸡黍，
一樽未相持。
家贫已如此，
亲发又加丝。
出门重踟蹰，
执手问手裘。
北风卷长道，
落日下山头。
瞻彼双鸿鹄，
一举各悠悠。
岂不恋同群，
各为稻粱谋。

诗中描述了与其弟离别的情景，一母同胞，即将分别，自是难分难舍，情意缠绵，不胜依依。

八、李之馨

代表作

悼节死妓

征西诸将总名卿，
几个男儿拥重兵。
唯有女郎知死义，
九重曾不荷恩荣。

按，“节死妓”，指壬辰卫国战争时，平壤妓女桂月香参加抗击倭寇的战斗，不幸牺牲。

诗中歌颂妓女桂月香的壮烈事迹，同时对那些怕死的李朝军官进行严厉谴责。

第七节　金益精　金德龄　金洛瑞　郑昌海　郑钦之　安　璲　曹　庶　曹尚治　鱼无迹　朴原亨

一、金益精

（一）生平

金益精，生卒年不详，李朝文臣。

1396年，文科及第，历任吏部参判、大司宪。

（二）代表作

送　秋

砌下虫声断，
天涯雁影稀。

山应别离瘦，
叶为送行飞。

诗中描写晚秋之景色，虫声已断，雁已南飞，树木凋零，落叶纷飞。

二、金德龄

（一）生平

金德龄，生卒年不详，李朝义兵将领。曾任官吏。

壬辰卫国战争时，金在潭阳组织义兵抗击倭寇。后因奔丧，暂离战场。后为人陷害，以通敌嫌疑，被捕入狱，冤死狱中。

（二）代表作

作诗见志

弦歌不是英雄事，
剑舞要须玉帐游。
他日洗兵归去后，
江湖渔钓更何求。

诗中表达抗倭胜利后，回归故里，安度田园生活。

三、金洛瑞

（一）生平

金洛瑞，生卒年不详，李朝文臣。字文初，号好古斋，曾任奎章阁胥吏。擅诗文。

（二）代表作

永丰铜矿

白山西北来，

磅礴起铁岭。
绵连共四郡，
棋置千里境。
永丰积余气，
郁结而不骋。
其阴产青铜，
鼓铸权所秉。
藏命桀黠奴，
争趣为市井。
畚鍪役万夫，
千寻开坎阱。
曲折架危栈，
缩缩行不并。
负出一篑土，
辛苦几食顷。
窃窱烛松肪，
蹭蹬垂麻绠。
敲吹觇髓脉，
挽掣候动静。
海眼恐趵突，
云根妨悍犷。
旁岐及黄泉，
若螬食李杏。
往往遭沦塌，
不预老曹邴。
曹邴既不死，
他山且无幸。

民生有本业，
不过务俭省。
何必横黄金，
万死冀一逞。
安得陶匀手，
日见大奸屏。
熙熙天地内，
人人礦自矿。

按，“白山”，指长白山脉。

诗中描述了18世纪初，李朝开采铜矿的情景。

四、郑昌海

（一）生平

郑昌海，生卒年不详，李朝文人。字文若，号愚隐。

广读诗书，但无心求仕，一生隐居乡里，吟诗自娱。

（二）代表作

六臣祠

行人莫唱子规词，
此曲当年不尽悲。
唯有六臣长夜泪，
鲁陵松柏洒无枝。

按，“六臣”。李朝第六代王端宗为其叔李瑈（世祖）所废，贬为鲁山君。1456年，成三问、朴彭年、河纬地、李恺、柳成源、俞应孚六大臣图谋端宗复位。事泄，六臣皆被处死。后称“死六臣”。

“子规词”，端宗被贬为鲁山君后所作的汉诗。

“鲁陵”，端宗被贬为鲁山君后，又被世祖杀害，鲁陵为鲁山君（原端宗）之墓。

诗人在诗中歌颂“死六臣”之壮烈行动。

五、郑钦之

（一）生平

郑钦之，生卒年不详，李朝文臣。历任中枢院使、咸吉道观察使。

（二）代表作

甲山邑馆

绿水青山几万里，
青烟掩霭有无中。
居民但有知耕凿，
淳朴依然太古风。

按，李朝自1416年至1443年，为加强西北边防，先后设置闾延郡、慈城郡、茂昌郡、虞芮郡，简称“四郡”。

诗人时任咸镜道观察使。此诗为诗人赴甲山时所作。

六、安璲

代表作

疲兵行

关云漠漠关雪堆，
北风惨惨山木摧。
长河冰合马蹄滑，
沙塞日夜胡笳哀。

……

兜鍪零落铁衣寒，

击折中宵十指直。

枵腹不得一饱饭，

垢面常常三年土。

……

自言少年系军籍，

伤心几度关山苦。

……

将军好拥黑貂裘，

一貂皮当金十斤。

将军好食大牢味，

一日军中九牛死。

……

鼎中粒，机中布，

一一输入将军库。

将军日肥士日瘠，

欲往诉之逢彼怒。

……

虫蝗水旱无岁无，

不闻赈恤闻催租。

一家丁壮十余口，

过半相携逃入胡。

胡中艰苦不可说，

犹胜将军浚膏血。

将军将军胡不去，

去为公卿军则悦。

君门杳杳但回首，
御使纷纷犹闭舌。
廉颇李牧难再见，
激烈中宵肠内热。

这首长诗共279个字，可以说是字字血泪，将李朝将军压迫、剥削士兵的恶劣行径揭露得淋漓尽致，由此长诗可见李朝封建统治之黑暗。

七、曹庶

（一）生平

曹庶，生卒年不详，李朝文臣。

曾任使节赴明。后被流放。

（二）代表作

五灵庙

村南村北雨凄凄，
五庙灵宫杨柳低。
十里江山和睡过，
竹林深处午鸡啼。

此诗前，有小序：

“庶使大明，流于金齿国，道经于此。”

按，“金齿”，本唐代傣族先民居地。明代金齿，指永昌城（今云南保山县城）。

八、曹尚治

（一）生平

曹尚治，生卒年不详，李朝文臣。字子景，号丹皋、静斋。文科及第，历任正言、集贤殿副提学。

（二）代表作

奉和端宗《子规词》

子规啼，子规啼，
夜月空山何所诉。
不如归，不如归，
望里巴岑飞欲渡。
看他众鸟总安巢，
独向花枝血漫吐。
形单影孤貌憔悴，
不肯尊崇谁尔顾。

呜呼，人间冤恨岂尔独，
义士忠臣增慷慨，
不平屈指难尽数。

诗中对国王端宗被贬为鲁山君鸣不平。

九、鱼无迹

（一）生平

鱼无迹，生卒年不详，李朝诗人，字潜夫，号浪仙。原为金海地区官奴。擅诗。

（二）代表作

流民难

苍生难，苍生难，
年贫尔无食。
我有济尔心，
而无济尔力。
苍生苦，苍生苦，
天寒尔无衾。
彼有济尔力，
而无济尔心。
愿回小人腹，
暂为君子虏。
暂借君子耳，
试听小民语。
小民有语君不知，
今世苍生皆失所。
北阙虽下忧民诏，
州县传看一虚纸。
特遣京官问民瘼，
驲骑一驰三百里。
吾民无力出门限，
何暇面陈心内事。
纵使一郡一京官，
京官无耳民无口。
不知唤起汲淮阳，
未死子遗犹如救。

按，“北阙”，李朝京都汉城的宫殿。此处指李朝国王。

诗中真实描述贫苦民众被官府压迫剥削，流离失所的惨景。

十、朴原亨

代表作

登汉江楼次张黄门韵

远岫横如黛，
芳郊绿渐平。
归鸦翻夕照，
啼鸟哢春晴。
暂得新知乐，
还教别恨生。
关山逾万里，
何处望燕京。

按，“张黄门”，即明使张宁。1460年，张宁奉命出使李朝。李朝王廷任命文臣朴原亨为其馆伴。

“汉江楼”，位于李朝京都汉城。

“燕京”，即明之国都北京。

此诗即为诗人作为馆伴陪明使张宁游览汉江楼之作。

第八节　许　琮　柳方善　琴　恪　刘光泽　崔大立　丁学渊　辛应时　黄　五　马尚远

一、许琮

（一）生平

许琮，生卒年不详，李朝文臣。

（二）代表作

安兴道中次王黄门韵

韶光如酒着人迷，
漫把霜毫取次题。
山北山南春雨歇，
隔林红日鹁鸠啼。

按，“王黄门”，即明使王敞。1488年，王敞奉令出使李朝。李朝王廷任许琮为其馆伴。

此诗即为许琮作为馆伴陪明使王敞游历时之和诗。

二、柳方善

（一）生平

柳方善，生卒年不详，李朝文臣。

宦途坎坷，多次流配。后致力于教育，培育生徒，颇有成就。

（二）代表作

偶　题

结茆仍补屋，

种竹故为篱。
多少山中味，
年年独自知。

此诗为诗人遭流配时作，描述流配生活的孤寂与苦闷。

三、琴恪

代表作

杨柳词

送君心逐狂风去，
去挂江头绿柳枝。
绿柳能知心里事，
烟丝强欲系郎衣。

诗中描述了妻子送夫君远行之情景。夫妻恩爱，离别痛苦异常。妻子舍不得夫君远行。

佳人行

佳人一笑重千金，
万呼千唤犹背立。
秋波未回翠雾低，
含态含娇情不一。
贞心岂是陌上罗，
背面故似图中舫。
路旁知有眠寒客，
欲语踟躕空断肠。

诗中描述了封建社会受三从四德束缚的妇女形象，男女授受不亲观念严重，不敢关照受冻挨饿的男人。

四、刘光泽

（一）生平

刘光泽，生卒年不详，李朝文人，字云卿。饱读诗书，无心求仕，一生隐居乡间，务农为生，吟诗自娱。

（二）代表作

贫家女

拾穗山田薄暮归，
稚儿匍匐啼柴扉。
吹火湿薪烟不起，
夕餐还到鸡鸣时。

诗中描述了农村妇女生活之艰难困苦。

五、崔大立

（一）生平

崔大立，生卒年不详，李朝文人。字秀夫，号苍涯、�潭。庶民出身，曾任译官。

（二）代表作

丧事后夜吟

睡鸭薰消夜已阑，
梦回虚阁枕屏寒。
梅梢残月娟娟在，
犹作当年破镜看。

按，“睡鸭”，古代的一种香炉，造型为凫鸭入睡状。

诗人在诗中沉痛哀悼亡妻，情真意切。

六、丁学渊

（一）生平

丁学渊，生卒年不详，李朝文人。字稚修，号西山。

（二）代表作

秋　砧

百济城高一雁飞，
忆郎秋夜减腰围。
西北关塞无征衣，
只是忠州估客衣。

按，“百济”，朝鲜古国之一。

“忠州”，今忠清北道首府。

诗中描述了闺中妇女思念远在边陲的夫君，担心其冷暖饥寒。

七、辛应时

代表作

送欧大行还朝（节选）

鸭绿江头送棹声，
东风吹泪若为情。
人间离别伤今日，
天上音容隔此生。

按，“欧大行”，为明使欧希稷（号大行）。1568年奉命出使李朝。李朝任命辛应时为其馆伴。

此诗即为诗人时任馆伴送明使欧希稷之作，两人友谊深厚，自是难分难舍，今朝一别，今生恐无相逢机会。

八、黄五

（一）生平

黄五，生卒年不详，李朝文人。字四衍，号汉案、绿此。著有《绿此集》。

（二）代表作

秋千词

小姑十四大于余，
学得秋千飞燕如。
隔窗不敢高声语，
柿叶题投数字书。

诗中描述了情窦初开的少男少女的羞涩爱情。

九、马尚远

（一）生平

马尚远，生卒年不详，李朝文人。字而重，号八垓。饱读诗书，但无心求仕。终生务农，吟诗自娱。

（二）代表作

咏 怀

浮世百年来，
此生能几何。
中宵弹铗处，
万事一长歌。

诗中表达了诗人无心求仕之心愿。

第九节　李恪夫人　成　氏　申师任堂
桂　生　俞汝舟妻　李玉峰

一、李恪夫人

（一）生平

李恪夫人，生卒年不详，李朝女诗人。其夫李恪为李朝文臣，历任兵曹参判、同知中枢院事。

（二）代表作

送夫出征

何处沙场驻翠旗，
戍歌羌笛梦中悲。
陌头杨柳何须怨，
只待归鞍系月支。

按，“月支”，练习射箭的箭靶。

此诗为女诗人送丈夫前往任所戍边之作。

二、成氏

（一）生平

成氏，生卒年不详，李朝女诗人。李朝文臣成熺之女。成熺，字用晦，号仁斋。著有《仁斋集》。

1450年，文科及第。历任承文院校理、府尹。

1456年，成三问等图谋端宗复位，事泄被诛。受此牵连革职，安置于金海。

（二）代表作

书怀次叔孙兄弟

事随流水远，
愁逐晓春生。
野色开烟绿，
山光过雨明。
帘前双燕语，
林外数莺声。
独坐无多兴，
伤心妆不成。

按，“愁逐晓春生”句，《朝鲜古诗》作“愁逐乱云生”。“帘前双燕语”句中的“双”，《朝鲜古诗》作“听”。诗中描述了苦闷孤独的心情。

三、申师任堂

（一）生平

申师任堂（1504—1551），李朝女诗人、画家。号师任堂、思任堂、任师斋。擅汉文汉诗，并擅绘画，誉为李朝第一女画家。

1551年，逝世，时年47岁。

（二）代表作

思　亲

千里家山万叠峰，
归心常在梦魂间。
寒松亭畔双轮月，

镜浦台前一阵风。
沙上白鸥恒聚散，
波头渔艇每西东。
何时重踏临瀛路，
采舞斑衣膝上缝。

按，“寒松亭”，位于江原道江陵。

“镜浦台”，位于江原道江陵。

“采舞斑衣”，传说春秋时期的老莱子十分孝顺父母。虽年已七旬，却常穿五色斑衣，作婴儿戏，故意扑地，以博父母一笑。

诗中描述了思念故乡想念双亲的殷切心情。

四、桂生

（一）生平

桂生（1513—1550），李朝女诗人。姓李，本名香今，号梅窗。系名妓，色艺双全，且擅汉诗。著有《梅窗集》，内载汉诗58首。

1550年，逝世，年仅37岁。

（二）代表作

愁　思

（一）

雨后凉风玉簟秋，
一轮明月挂楼头。
洞房终夜寒蛩响，
捣尽衷肠万斛愁。

按，“玉簟秋”，词调名，即一剪梅。

“洞房”，指连接相通的房间。

“斛”，古代以10斗为1斛。

诗中抒发在月光下弹“一剪梅”时的愁思。

赠醉客

醉客挽罗衫，
罗衫随手裂。
不惜一罗衫，
但恐恩情绝。

诗中描述了和醉客相处时制止其无礼行为，以保全自己的节操。

愁　思

（二）

相思都在不言中，
一夜心怀鬓半丝。
欲知是妾相思苦，
须试金环减旧围。

诗中用一夜变白头和消瘦的身子描述相思之苦。

故　人

松柏芳盟日，
恩情与海深。
江南青鸟断，
中夜独伤心。

诗人描述与心爱的人海誓山盟恩爱情深，但是分别以后杳无音信，以致夜夜思念，难以成眠。

病　中

不是伤春病，
只因忆玉郎。
尘寰多苦果，
孤鹤未归情。

诗人在诗中坦然说，我之所以病，“只因忆玉郎”，因为心爱的人久去未归，“孤鹤未归情”。

写　怀

结约桃源洞里仙，
岂知今日事凄然。
幽怀暗恨五弦曲，
万意千思赋一篇。
尘世是非多苦海，
深闺永夜苦如年。
蓝桥欲暮重回首，
青叠云山隔眼前。

诗中先是描述独守空房的寂寞与思念之苦，“深闺永夜苦如年”。继之感叹妓女的身份难与心爱的人成眷属，因为隔着一座座大山。

春　怨

竹院春深鸟语多，
残妆含泪卷窗纱。
瑶琴弹罢相思曲，
花落东风燕子斜。

闺中怨

琼苑梨花杜宇啼，
满庭蟾影更凄凄。
相思欲梦还无寐，
起倚梅窗听玉鸡。

上述两首诗中描述思念情人无法成寐的愁苦心情。

自恨薄命

举世好竽我操琴，
此日方知行路难。
刖足三慚犹未遇，
还将璞玉泣荆山。

诗中描述了诗人的悲惨命运。

弹　琴

几岁鸣风雨，
今来一短琴。
莫弹孤鸾曲，
终作白头吟。

按，“白头吟”，为中国典故。卓文君与司马相如相恋婚配，为爱情佳话。但其后司马相如欲娶茂陵女为妾。卓文君遂作《白头吟》，表达对司马相如的忠贞爱情。诗中运用这个典故，表达对忠贞爱情的渴望。

笼　鹤

一锁樊笼归路隔，
昆仑何处阆风高。
青田日暮苍穹断，
缑岭月夜魂梦劳。
瘦影无俦愁独立，
昏鸦自得满林噪。
长毛病翼摧零尽，
哀唳年年忆九皋。

诗中描述了孤独愁苦惆怅伤感。

赠　别

堪嗟时事已如此，
半世功夫学画油。
明日浩然归去后，
不知何地又羁游。

诗人在送别情人时，不知今日一别，何年重逢。

病中愁思

空闺养拙病余身，
长任饥寒四十春。
借问人生能几许，
胸怀无日不沾巾。

诗人在诗中描述了为情为爱导致的饥寒交迫，病魔缠身，殷切盼望情人早归来重享爱情幸福。

综上所述，桂生的这些汉诗既有对爱情大胆热烈的追求，又有对忠贞爱情的渴望，更有对不平人生的抗争。桂生的汉诗多为描述由情引发的压抑、伤感、凄惨和悲哀。这也是作者作为妓女对封建社会妇女悲惨命运的悲戚、哀叹、忧愤。

五、俞汝舟妻

（一）生平

俞汝舟妻，生卒年不详，李朝女诗人，姓金。其夫俞汝舟，书法家。

1519年荐举贤良科。后己卯士祸，返归韩山，以读书、书法为乐，著有诗集。

（二）代表作

别　赠

恨别逾三岁，
衣裘独御冬。
秋风吹短鬓，
寒镜入衰容。
旅梦风尘际，
离愁关塞重。

徘徊思远近，
流叹满房栊。

诗中描述了与夫君离别之愁苦和思念。

六、李玉峰

（一）生平

李玉峰，生卒年不详，李朝女诗人，擅汉诗，著有《玉峰集》。《嘉林世稿》收其汉诗35首。其父为李逢，李朝宣祖时任沃川郡守。为赵瑗之妾。

（二）代表作

古别离

西邻女儿十五时，
笑杀东邻苦别离。
岂知今日坐此恨，
青鬓一夜垂霜丝。
爱郎无计系骢马，
满怀都是风云期。
男儿功名自有日，
女子盛岁忽已驰。
吞声那敢叹别离，
掩面却悔相见迟。
闻郎已过康城县，
抱琴独对南江湄。
妾身恨不似江雁，
翩翩羽翮遥相随。
妆台明镜弃不照，

春风宁复舞罗衣。
天涯魂梦不识路，
人生何用慰愁思。

诗中描述了与夫君离别之苦。

归来亭

解绂归来早，
亭开一水分。
溪山知有主，
鸥鹭得为群。
秫熟先充酿，
心闲欲化云。
菟裘终老地，
非是傲徵君。

诗中描述了归来亭之自然景观。

谩兴赠郎

柳色江头五马嘶，
半醒半醉下楼时。
春江欲瘦临妆镜，
试写纤纤却月眉。

此诗为诗人赠予夫君之作。

登　楼

红栏六曲压银河，

瑞雾霏霏湿翠罗。
明月不知沧海暮，
九嶷山下白云多。

按，“九嶷山”，位于湖南省宁远县南。诗中描述了登楼远眺之情景。

自　适

虚檐残溜雨纤纤，
枕簟轻寒晓渐添。
花落后庭春睡美，
呢喃燕子要开帘。

秋　思

翡翠帘疏不避风，
新凉初透碧纱栊。
涓涓玉露团团月，
说尽秋情草下虫。

诗中描述了秋天的景色。

七　夕

无穷会合岂愁思，
不比浮生有别离。
天上却成朝暮会，
人间漫作一年期。

诗中描述了牛郎织女每年相会一次的传说。

宝泉滩即事

桃花高浪几尺许，
银石没项不知处。
两两鸬鹚失旧矶，
衔鱼飞入菰蒲去。

按，“宝泉滩”，位于庆尚北道东南部。

诗中描述了宝泉滩之美丽景色。

诗人尚有其名作《夫因戎事在京》《宁越途中》《闺情》等。

第十节　许兰雪轩　金三宜堂　桂　月　黄真伊　金芙蓉　朴竹西　一枝红　福　娘　洪　娘　柳　丝　琴　仙

一、许兰雪轩

（一）生平

许兰雪轩（1563—1589），李朝女诗人。本名楚姬，号兰雪轩，别号景樊。嫁与进士金诚立。后家庭频遭不幸，命运多舛，夫君死于国难，二子夭亡。其兄许篈、其弟许筠多次被流配，万念俱灰，遂为道士。擅汉诗，著有《兰雪轩集》，录收汉诗210首、汉文3篇。

1589年，逝世。年仅26岁。

（二）代表作

贫女吟（二首）

（一）

夜久织未休，
轧轧鸣寒机。
机中一匹练，
终作阿谁衣。

（二）

手把金剪刀，
夜寒十指直。
为人作嫁衣，
年年终独宿。

诗人以女性细腻的手法，描述贫家女儿终日为他人织布作嫁衣的悲惨情景。

无　题

锦带罗衣积泪痕，
一年芳草怨王孙。
瑶琴弹罢江南曲，
雨打梨花昼掩门。

诗中描述了自己生活的凄苦悲凉。

筑城怨

（一）

千人齐抱杵，
土底隆隆响。
努力好操筑，
云中无魏尚。

（二）

筑城复筑城，
城高遮得贼。
但恐贼来多，
有城遮未得。

按，“云中无魏尚”，云中，地名，指战国时赵地。魏尚，汉文帝时为云中太守。

诗中抨击筑城造成的劳民伤财。

秋千词（二首）

（一）

邻家女伴竞秋千，
结带蟠中学半仙。
风送采绳天上去，
珮声时落绿杨烟。

（二）

蹴罢秋千整绣鞋，
下来无语立瑶阶。

蝉衫细湿轻轻汗，
忘却教人拾堕钗。

诗中描述了邻家女儿结伴荡秋千的欢乐情景。

感　遇

盈盈窗下兰，
枝叶何芬芳。
西风一夕起，
零落悲秋霜。
秀色总消歇，
清香终不死。
感物伤我心，
流涕沾衣袂。

诗中描述了秋之凄凉，秋之感伤。

又：

古屋昼无人，
桑树鸣鸺鹠。
苍苔蔓玉砌，
鸟雀巢空楼。
向来车马地，
今成狐兔丘。
信哉达人言，
戚戚复何求。

此诗仍是女诗人感伤之作。

又：

梧桐生峄阳，
凤凰翔其旁。
文章烂五色，
喈喈千仞冈。
稻粱非所慕，
竹实乃其飧。
奈何桐树枝，
栖彼鸱与鸢。

诗人因与其夫不睦，在诗中隐隐表述自己情感的失落与悲伤。

寄伯氏篈

暗窗银烛低，
流萤度高阁。
悄悄深夜寒，
萧萧秋叶落。
关河音信稀，
沉忧不可释。
遥想青莲宫，
山空萝月白。

按，此诗在《兰雪轩集》中，题为《寄荷谷》。

“篈”，即许篈。许篈，李朝文臣，字美叔，号荷谷。文科及第，历任吏曹佐郎、典翰、昌原府使。曾任圣节使书状官赴明。后遭弹劾，流放。著有《荷谷集》。许篈为诗人许兰雪轩之长兄。

此诗为诗人思念其长兄之作。

莫愁乐

家住石城下，
生长石头城。
嫁得石城婿，
来往石城游。

按，“莫愁”，中国古代一位善歌的女子。《旧唐书·音乐志》记载：“莫愁乐，出于石城乐。石城有女子名莫愁，善歌谣……”

“石城”，在竟陵县，县西有莫愁村。

望仙谣

瑶花风细飞青鸟，
王母麟车向蓬岛。
兰旌蕊帔白雉裘，
笑倚红栏拾瑶草。
天风吹擘翠霞裳，
玉环金珮声琅琅。
素娥两两鼓瑶瑟，
三花珠树春云香。
平明宴罢芙蓉阁，
碧海青童来白鹤。
紫霄声里彩云飞，

露湿银河晓星落。

按，《朝鲜古诗》还收有女诗人另一首《望仙谣》。

望仙谣

玉乔呼我游，
期我库伦墟。
朝登玄圃峰，
遥望紫云车。
紫云何煌煌，
玉蒲正渺茫。
倏忽凌天汉，
翻飞向扶桑。

湘弦曲

薰花泣露湘江曲，
点点秋烟天外绿。
水府凉波龙夜吟，
蛮娘轻戛玲珑玉。
离鸾别凤隔苍梧，
雨气浸江迷晓珠。
神弦声微石苔冷，
云鬟雾鬓帝江姝。
瑶望星汉高超忽，
羽盖金支五云没。
门外渔郎唱竹枝，
银潭半挂相思月。

四时歌

春　歌

院落深深杏花雨，
莺声啼遍辛夷坞。
流苏罗幙春尚寒，
博山轻飘香一缕。
鸾镜晓梳春云长，
玉钗宝髻蟠鸳鸯。
斜卷重帘贴翡翠，
金勒雕鞍叹何处。
谁家池馆咽笙歌，
月照清尊金笸箩。
愁人独夜不成寐，
鲛绡晓起看红泪。

夏　歌

槐荫满地花荫薄，
玉簟银床闭朱阁。
白苎新裁染汗香，
轻风洒洒摇罗幙。
瑶阶飞尽石榴花，
日辗晶帘影欲斜。
雕梁昼永午眠重，
锦茵扣落钗头凤。
额上鹅黄腻晓妆，
莺声啼起江南梦。

南塘女儿木兰舟，
采莲何处归渡头。
轻桡漫唱横塘曲，
波外夕阳山更绿。

秋　歌

纱橱爽气残宵透，
露滴虚庭玉屏冷。
池莲粉落夜有声，
井梧叶下秋无影。
金壶漏彻生西风，
珠帘唧唧鸣寒虫。
金刀剪取机上素，
玉关梦断罗帷空。
缝做衣裳寄远客，
兰烛荧荧明暗壁。
含啼自草别离难，
驿使明朝发南陌。

冬　歌

铜壶一夜闻寒枕，
纱窗月落鸳鸯锦。
乌鸦惊起辘轳长，
楼前倏忽生曙光。
侍婢金瓶泻鸣玉，
晓帘水涩胭脂香。
春山欲描画不得，

栏杆伫立寒霜白。
去年照镜看花柳，
琥珀光深倾夜酒。
罗帐重重围凤笙，
玉容今为相思瘦。
青骢一别春复春，
金戈铁马瀚海滨。
惊沙吹雪冷黑貂，
香闺良夜何迢迢。

这首长诗描述一年四季之气候和诗人的不同心情。

寄女伴

结庐临古道，
日见大江流。
镜里鸾将老，
园花蝶已秋。
寒山新过雁，
暮雨独归舟。
寂寞窗纱掩，
那堪忆旧游。

诗人此作遥寄女伴，聊表思念之情。

送兄筬谪甲山

远谪甲山去，
江陵别路长。

臣同贾太傅，
主岂楚怀王。
河水平秋岸，
关门但夕阳。
霜风吹雁翼，
中断不成行。

按，“送兄篈谪甲山”，题目似有误。诗人父许晔，李朝文臣，文科及第，历任大司成、知制教。许晔有三子一女。长子许筬，文科及第，历任礼曹判书、兵曹判书、吏曹判书。次子许篈，文科及第，历任吏曹佐郎、典翰、昌原府使。后遭弹劾，流配钟城。一女，即许兰雪轩。三子许筠，文科及第，历任刑曹正郎、司艺、遂安郡守。多次被革职，最后以“逆贼”罪名处死。从上述情况看，许兰雪轩的长兄许筬并未被流放，而其二兄许篈被流配。因之，女诗人的这首诗题为《送兄筬谪甲山》，似有误，应为《送兄篈谪甲山》。

“甲山”，位于咸镜南道东北部。

“江陵”，位于江原道，亦是江原道旧称。

“贾太傅”，指汉代贾谊。

“楚怀王”，为战国时楚国君。

效李义山

镜暗鸾休舞，
梁空燕不归。
香残蜀锦被，
泪湿越罗衣。
惊梦迷兰渚，

轻云落粉帏。
西江今夜月，
流影照金微。

按，此诗在《兰雪轩集》中为《效李义山体》。

“李义山”，为唐代诗人李商隐。李商隐诗别具一格，与杜牧齐名，被称为“小李杜”。

又：

月隐竲鸾扇，
香生簇蝶裙。
多娇秦氏女，
有泪卫将军。
玉匣收残粉，
金炉冷旧薰。
回头巫峡外，
行雨杂行云。

按，“秦氏女”，《乐府杂曲》中有歌辞《秦女休行》。

“卫将军”，为汉代名将卫青。

此作系效仿唐代诗人李商隐之诗体。

效崔国辅体（三首）

（一）

妾有黄金钗，
嫁时为首饰。
今日赠君行，

千里长相忆。

（二）

池头杨柳疏，
井上梧桐落。
帘外候虫声，
天寒锦衾薄。

（三）

春雨暗西池，
轻寒袭罗蒂。
愁倚小屏风，
墙头杏花落。

按，“崔国辅”，为唐朝诗人，首创幽怨体。此作为效崔国辅所作之幽怨诗。

遣兴（八首）

（一）

我有一端绮，
拂拭光凌乱。
对织双凤凰，
文章何灿烂。
几年箧中藏，
今朝持赠郎。
不惜作君袴，
莫作他人裳。

诗中描述将多年珍藏之锦缎为夫君做衣裳，使夫君日夜穿在身上。妻子对夫君之爱写得淋漓尽致。

染指凤仙花歌

金盆夕露凝红房，
佳人十指纤纤长。
竹碾捣出卷松叶，
灯前勤护双鸣珰。
妆楼晓起帘初卷，
喜看火星抛镜面。
拾草疑飞红蛱蝶，
弹筝惊落桃花片。
徐匀粉颊整罗环，
湘竹临江泪血斑。
时把彩毫描却月，
只疑红雨过春山。

此诗描述凤仙花之美。

又：

精金凝宝气，
镂作半月光。
嫁时舅姑赠，
系在红罗裳。
今日赠君行，
愿君为杂配。

不惜弃道上，
莫结新人带。

此诗亦真实地描述妻子对夫君之爱。

哭　子

去年丧爱女，
今年丧爱子。
哀哀广陵土，
双坟相对起。
萧萧白杨风，
鬼火明松楸。
纸钱招汝魂，
玄酒奠汝丘。
应知弟兄魂，
夜夜相追游。
纵有腹中孩，
安可冀长成。
浪吟黄台词，
血润悲吞声。

老来丧子，白发人送黑发人，向为人生三大悲剧之一。更何况诗人去年丧女，今年丧子，心中之悲苦，尽在此诗中。

二、金三宜堂

（一）生平

金三宜堂（1769—1823），李朝女诗人。遗有诗集《三宜堂金夫人遗稿》，卷1为汉诗，共253首。

1823年，逝世，时年54岁。

（二）代表作

梨　花

梨花多意向人开，
郎未来时春又来。
唯有檐前无数燕，
双双飞带夕阳回。

诗中描述了春天之景色。

纱窗日暮

人静纱窗月色昏，
落花满地掩重门。
欲知一夜相思苦，
试把罗衾捡泪痕。

诗中描述了闺中妇女思念远地夫君之作，情意缠绵，情真意切。

送兄于归（三首）

（一）

瞻彼东园，
有桃夭夭。
我兄其归，
六辔是调。
于彼城南，
去路迢迢。

未作同归，
我心如焦。

（二）

瞻彼泉源，
征车涉津。
我兄其归，
宜其家人。
于彼贤门，
爱迎其新。
志不同行，
嗟我女身。

（三）

瞻彼长程，
白云初起。
我兄其归，
远从吉士。
于彼离亭，
夕阳十里。
怅望行尘，
我心如毁。

按，女诗人在诗中的“兄”，并非其兄，而是其姐。

诗中的末句“我心如焦”“我心如毁”为描写女诗人与姐姐分别时的心情。

十月望日

秋事前村已涤场，
动家速舅杀羔羊。
郎君不到重门掩，
蟋蟀何必入我床。

诗中描述外面十分热闹，而自己因丈夫未归独守空房，十分寂寞，乃至蟋蟀叫声进入诗人耳鼓。

春恼曲

春光有信到吾家，
杨柳青青拂地斜。
帘箔中间双燕子，
园篱上下数桃花。
物华已见江山好，
书锦何迟乡里夸。
独闭重门空寂寂，
相思一梦又天涯。

此诗为思念夫君之作。诗之开头，描绘春光明媚，桃花盛开，继之思念远行的夫君，自己独守空房，异常孤独寂寞。

春闺词

杨柳阴中书掩门，
东园春晚百花繁。
双双燕子低飞处，
独有愁人暗断魂。

此诗也是思念夫君之作：“独有愁人暗断魂”。

三、桂月

（一）生平

桂月，生卒年不详，李朝平壤名妓，文才出众，擅汉诗。

（二）代表作

赠别李匡德

流泪眼看流泪眼，
断肠人对断肠人。
曾在卷里寻常见，
今日那知到妾身。

按，“李匡德”，李朝英宗朝文臣，官至大提学，后纳桂月为妾。后李遭流配。此诗即为女诗人送夫君李匡德流配时作，夫妻泪别，情意缠绵。

四、黄真伊

（一）生平

黄真伊，生卒年不详，李朝女诗人，进士庶女，开城名妓。一名真娘，妓名明月。才华出众，擅汉诗、音律。且擅朝鲜时调。

黄真伊曾与贵族公子碧溪守相恋，两人情投意合，海誓山盟，长达数月。其后，碧溪守终因黄真伊妓女身份，离她而去。黄真伊悲愤交加，抑郁成疾。40岁时便离开人世，临终前嘱咐家人说：“我为天下男子，不能自爱以至于此。即我死勿入棺埋葬，举暴尸于古东门外沙水，叫蝼蚁狐狸得食我肉，令天下女子以真为戒。”

（二）代表作

黄真伊一生创作有汉诗8首。

咏半月

谁断昆山玉，
裁成织女梳。
牵牛一去后，
谩掷碧空虚。

按，“昆山”，指昆仑山。

“谩掷”，又作愁织。

诗中描述了月夜景色，联想到牛郎织女传说，将半月比拟为织女的半个梳子，构思可谓奇特。

送别苏判书世让

月下庭梧尽，
霜中野菊黄。
楼高天一尺，
人醉酒千觞。
流水和琴冷，
梅花入笛香。
明朝相别后，
情与碧波长。

按，“苏判书世让”，即李朝诗人苏世让。苏世让与黄真伊曾经相爱，经常吟诗唱和。

此诗为诗人赠别苏世让之作，情意缠绵，“明朝相别后，情与碧波长”。

朴　渊

一派长川喷壑砻，
龙湫百仞水粼粼。
飞泉倒泻疑银汉，
怒瀑横垂宛白虹。
雹乱霆驰弥洞府，
珠舂玉碎澈晴空。
游人莫道庐山胜，
须识天磨冠海东。

按，“天磨”，即朝鲜天磨山，开城之东，朴渊瀑布所在地。诗中描述了朴渊瀑布之胜景。

满月台怀古

古寺萧然傍玉沟，
夕阳乔木使人愁。
烟霞冷落残僧梦。
岁月峥嵘破塔头。
黄凤羽归飞鸟雀，
杜鹃花发牧羊牛。
神松忆得繁华日，
岂意如今春似秋。

此诗为女诗人怀古之作。

无　题

三世金缘成燕尾，
此中生死两相知。
扬州芳约吾无负，
恐子还如杜牧之。

五、金芙蓉

（一）生平

金芙蓉（1800—1860），号云楚堂，曾为妓，后嫁金履阳为妾。擅汉诗，著有《云楚堂诗稿》，收汉诗189首。

1860年，逝世，终年60岁。

（二）代表作

戏　题

芙蓉花发满池红，
人道芙蓉胜妾容。
昨日妾从堤上过，
为何人不看芙蓉。

诗人在诗中自豪地夸奖自己貌美，胜过芙蓉。

孤愤（二首）

（一）

兰茗花发在芳蹊，
留待三春翡翠栖。
毋宁寂寞捐林莽，
羞逐狂风落溷花。

（二）

寒梅孤着可怜枝，
殢雨颠风困委垂。
纵令落地香犹在，
胜似杨花荡浪姿。

诗中描述了诗人未来的归宿。

敬次渊泉相公（三首）

（一）

仙府先期酿绿醅，
新妆蕉室锦筵开。
巫山如舞生颜色，
为是渊泉我相来。

（二）

降仙浮碧最东方，
几个名公夸破荒。
暗里尚藏真面目，
千年留待大文章。

（三）

何事文章早不游，
丹峰锦水正含愁。
造翁深意人谁识，
故待晚年笔力遒。

按，“渊泉”，即金履阳。诗人嫁与金履阳为妾。

金芙蓉还创作有不少与金履阳有关的汉诗，如《奉次渊泉阁下》（三首）等。

雨中书怀

一别成都恼远思，
庭花如雨滴霏霏。
檐鹊数声慵罢梦，
梦中归路细如丝。

此诗为女诗人思乡怀旧之作，尚有《次燕亭赠别韵》《中秋对月，用仙楼前韵》等。

六、朴竹西

（一）生平

朴竹西，生卒年不详，李朝女诗人，有16首汉诗传世。

（二）代表作

除　夜

无情又遣今年去，
有力难回此夜穷。
万古消磨应是梦，
人生老在不知中。

诗人在除夕之夜感叹人生之短促。

七、一枝红

（一）生平

一枝红，李朝名妓，擅汉诗。

（二）代表作

上泰川洪衙内

马驻仙楼下，
殷勤问后期。
离筵樽酒尽，
花落鸟啼时。

诗中描述了与情人分别时的悲苦和惆怅。

上方伯尹尚书

前年降节菊花时，
何幸荣名耀一枝。
闻道春巡才北过，
胡然仙驾此愆期。

诗中描述了此前得到尹尚书的宠爱，而今他却路过也不愿相见，“胡然仙驾此愆期”，表达诗人内心深切的痛苦和无奈。

八、福娘

（一）生平

福娘，李朝名妓，擅汉诗。

（二）代表作

赠李丞旨德一

杨柳枝词唱得低，
离亭新雨早莺啼。
洲芦短短江蓠绿，

之子归时没马蹄。

诗中表达希望情人早日归来的情感。

九、洪娘

（一）生平

李朝名妓，擅汉诗。

（二）代表作

寄崔孤竹

相看脉脉赠幽兰，
此去天涯几时还。
莫唱咸关旧时曲，
至今云雨暗青山。

诗中试探情人今日分别，何时回还。

十、柳丝

（一）生平

柳丝，李朝名妓，擅汉诗。

（二）代表作

别郑秋郎

风尘南北各分离，
独夜箕城掩泪时。
千古阿瞒一去后，
更无人赎蔡文姬。

按，“阿瞒”，即三国时的曹操。

“蔡文姬”，三国时代人。

诗中引用曹操、蔡文姬典故，殷切期望，情人一别，以后会重逢。

十一、琴仙

（一）生平

琴仙，李朝名妓，擅汉诗。

（二）代表作

敬致碧城戏赠韵九首

（一）

一枝园中花，
含香只自惜。
风前娇无语，
雨后谁先摘。
我有一张琴，
岂动君子吹。
古调虽自爱，
今人何敢弹。

诗中描述了与情人离别的思念与痛苦。

李朝女诗人除上述人等外，尚有许多。如浩然斋金氏（1681—1722）、令寿阁徐氏（1753—1823）、幽娴堂洪氏（1791—？）、金氏（约1575—？）、张氏（1598—1680）、任氏（1721—1793）、申氏（1732—1791）、姜氏（1772—1832）等。

第二十四章　李朝乐府诗

第一节　李朝前期的乐府诗

乐府诗为汉诗的一种形式。李朝前期的乐府诗以金宗直的《东都乐府》和沈光世的《休翁乐府》最为著称。

一、金宗直

（一）生平

金宗直（1431—1492），李朝文臣、学者，字季温、孝盥，号占毕斋。文科及第，历任都承旨、吏曹参判、工曹参判、汉城府尹、知中枢府事。学识渊博，为岭南学派之宗师、性理学家。擅汉诗，著述颇丰。

（二）代表作

《东都乐府》收录7首乐府诗，均以朝鲜半岛三国时期历史事件或故事为题材。

会苏曲

会苏曲！

会苏曲！

西风醉广庭，
明月满华屋。
王姬压坐理缫车，
六部儿女多如簇。
尔篓既盈我筐空，
酾酒揶揄笑相谑。
一妇叹！
千室劝！
坐令四方勤杼轴，
嘉俳纵失闺中仪，
犹胜跋河争噱噱。

诗中描述新罗国王琉璃王时期宫廷宴会时歌舞之情景。此类作品尚有《怛忉歌》。

阳山歌

赳赳花郎徒，
报国心靡遑。
荷戈诀妻子，
漱泉啖糗粮。
贼人夜劘垒，
毅魂飞剑铓。
回首阳山云，
矗矗红晛光。
哀哉四丈夫，
终是北方强。
千秋为鬼雄，

相与歃椒浆。

诗中描述了朝鲜半岛三国时期四位将领为国捐躯的英雄事迹。

碓歌

东方砧，
春禾稻。
西家杵，
捣寒袄。
东家西家砧杵声，
卒岁之资嬴复嬴。
侬家窖，
乏甔石。
侬家箱，
无尺帛。
悬鹑衣兮藜羹椀，
荣期之乐足饱暖。
糟妻糟妻莫谩忧，
富贵在天那可求。
曲肱而寝有至味，
梁鸿孟光真好逑。

诗中描述了百结先生生活虽穷困，但坚贞的节操，应该予以赞颂。

忧息曲

棠棣花，

随风落扶桑。
扶桑万里鲸鲵浪，
纵有音信谁得将。
棠棣花，
随风返鸡林。
鸡林春色拥双阙，
友于欢情如许深。

诗中描述了新罗讷袛王弟弟作为人质归来的情景。

二、沈光世

《休翁乐府》共44首乐府诗，皆以朝鲜历代历史事件或故事为题材。主要有《再请妻》《三事知》《避姓行》《贵人死》《阿也麻》《骆驼桥》《落花岩》《朝廷沉》《乌衔书》《种穄田》《八关会》《龙齿汤》等。

再请妻

前请饰婢子，
后请有月事。
但怒今日欺，
不念后日嗤。
平生不二心，
耿耿留至今。

此诗以百济国王欲侮辱平民都弥妻子为题材。诗人在诗中对百济平民都弥和其妻子寄予无限同情，同时无情抨击百济国王的道德败坏。

朝廷沉

毅王好文事游宴，
墨客词臣相狎款。
延福亭前筑储水，
昼御龙舟夜未央。
君王一动从扈多，
醉饱者谁饥者怨。
手搏见辱烛燃须，
锋刃奋起真斯须。
文官杀死武官呼，
积尸如苇沉前湖。
王身国事从此休，
袭明若在有是不。

此诗以高丽时期的武臣之乱为题材。诗中真实描述了高丽毅宗时武臣郑仲夫等发动叛乱的情景。

撤城怨

丽代昔被兵，
入避海岛中。
积甲江拟渡，
筑城防其卫。
立国不见强，
还撤不旋踵。
始也虏兵抗，
终焉虏命用。

此诗以高丽王朝时期为阻蒙古军队入侵在江华岛筑城墙为题材。诗中无情谴责高丽王廷在外来侵略面前的软弱无能。

古长城

古长城，
基尚在。
尾都连，
首国内。
二十五尺高，
一千三百里。
筑此防胡虏，
劳苦亦云至。
我朝据天堑，
重关仍复岭。
地理陪古胜，
如何犹不竟？
苟能守其要，
虏岂敢窥境。

诗中对统治阶级的软弱无能进行猛烈抨击。

入山哭

无声烦我心，
有声落人耳，
两思无一可。
不如走入深山里，
声声终日哭。

父子之情岂终极，
肠寸断，
眼长枯，
梦里曾见此事无。

按，高丽末期著名学者、诗人李穑，有两个儿子都官居高位。高丽权臣李成桂推翻高丽王朝建立李朝。但李穑的两个儿子坚持不仕新朝，均被杀害。李穑闻讯，到深山恸哭，悼念两个儿子。其后，李穑隐居乡里，不事李朝。

此诗即是以此为题材，高度赞扬李穑的高尚气节。

寿尽坊

寿尽坊，开甲第。
相公一时官济济，
富贵功名称吾意。
但愿百年长保此，
寿尽名坊良有以。
寿尽坊，连北阙。
街前甲骑纷如雪，
祸机之来真一发。
小臣措使定可知，
谁使从前尔反复。
勿多言，口亦肉。
犹未已，颈血注。
寿尽坊，尸横路。

按，郑道传为高丽王朝末期大臣。高丽权臣李成桂推翻高丽王朝，建立李朝。郑道传遂效忠李朝，成为李朝开国元勋。郑道传在开城盖了一所房子，名叫“寿尽坊”。但郑道传后被李朝太宗赐死。

诗中谴责了郑道传屈服于权势背弃信义的可耻下场。

知己死

三军苦战力已竭，
国事安危在一决。
士为知己死无辞，
不然安用丈夫为。
宁丁一语付仆夫，
归奉郎君事老母。
气义所激谁能禁，
子死于孝奴死主。
流芳千千万万古，
呜呼！
遗君后亲更何人，
有不向者宜书绅。

按，朝鲜半岛三国时期，百济军队攻打新罗抚山城。新罗将领丕宁子和其子以及仆人先后战死沙场。新罗士气大振，最终获胜，击退百济军队。

诗人即以此为题材，在诗中高度赞扬他们的英勇事迹。

第二节　李朝后期的乐府诗

一、海东乐府

李朝后期乐府诗发展为海东乐府。海东乐府的代表人物和作品主要有[①]：

沈光世的《海东乐府》（40篇）、林昌泽的《海东乐府》（41篇）、李瀷的《海东乐府》（120篇）、吴光远的《海东乐府》（28篇）、安鼎福的《观东史有感效乐府体》（5篇）、李匡师的《东国乐府》（30篇）、申光洙的《关西乐府》（108篇）、李令翊的《东国乐府》（30篇）、金寿民的《箕东乐府》（385篇）、金鑢的《思牖乐府》（290篇）、李学逵的《岭南乐府》（68篇）等。

二、林昌泽

（一）生平

林昌泽（1682—1723），李朝文人。字大润，号崧岳。司马试及第。

（二）代表作

塞上谣

今花玉甲塞上明，
夜拜煌煌文曲星。
牧马莫放鸭江东，

① 李岩等主编：朝鲜文学通史（下），社会科学文献出版社，2010年，第1082—1083页。

高丽侍中姜令公。

诗中高度赞扬英勇杀敌保卫祖国的高丽名将姜邯赞。

嘉郎歌

嘉郎一去无生死，
父欲嫁妾妾为愁。
今夕何夕郎归来，
喜欲迎郎还自疑。
阿翁一何痴，
不解女儿悲。
南邻竞来说，
北富炫财资。

按，新罗时期薛氏女与嘉实相爱。嘉实后去远地服军役。薛氏女之父欲将其女嫁与别人，但遭薛氏女反对。最后嘉实回归故里，和薛氏女团圆婚配。

诗中赞颂薛氏女对爱情的忠贞。

银尚书

有腹莫藏珠，
藏珠其腹剖。
有口莫吃银，
吃银蹴其口。
蹴其口，
何曾惩前辈，
天下半是银尚书。

诗中猛烈抨击封建社会的贪官污吏。

何以办

延福亭下酒为池，
众美亭前役夫饥。
役夫饥欲死，
役妇来饷之。
家贫何以办，
无乃与人私？
貌恶畴肯愿，
视妾发尽削。
忍毁父母体，
充军一日食。
妾发亦有数，
明日将奈若。
芦花未发凫雁惊，
普贤院里风雨作。

诗中真切描述役夫之妻的悲惨生活状况。

三、李学逵

杨水尺

杨水尺，
汝亦人之子。
胡为乎生男为人奴，
生女为人婢？

杨水尺，
汝亦天之民。
胡为乎男不为诗礼，
女不为组？
屠牛织柳自生理，
摈不齿人谁其使？
君不闻，
车单铁骑躏东津。
又不闻，
假倭灯市行掠人。
杨水尺，
苟亦天之民人之子，
中藏怨毒固其理。

按，杨水尺是高丽时期的社会下层，遭受社会不公待遇。他此后加入契丹部队，侵犯李朝，又佯作倭寇，侵扰李朝，最终成为国家和民族的罪人。

诗中描述了杨水尺由值得同情的社会底层人物变成祸害国家的民族罪人的过程，从而揭露李朝封建社会的黑暗。

四、申光洙

潜女歌

忽学凫雏没无处，
但见匏子轻轻水上浮。
斯须涌出碧波中，
急引匏绳以腹留。
一声长啸吐气息，

其声悲动水宫幽。

按，组诗《耽罗录》中的一首。

诗中描述了海女生活之艰苦情景。

诗人还创作有《关西乐府》《今马别歌》。

五、洪良浩

牧羊客

借问金华牧羊客，
何事人间久游遨。
得非误读黄庭，
无乃暗偷碧桃。
答云北方多名山，
玉帝遣我采风谣。

按，组诗《北塞杂谣》（48首）中的一首。

诗中描述了边塞农民的生活。

叱　牛

叱牛上山去，
山高径仄牛喘急。
把犁将发土，
土硬人汗犁不入。
牛兮努力莫退却，
尔喘我汗亦奈何。
今也不耕时不及。

按，组诗《北塞杂谣》（48首）中的一首。

诗中描述了农民耕种时之艰难情景。

晓 起

晓起排户视，
夜来雪数丈。
门经高没头，
邻里塞来往。
引索通汲路，
穴里人相呼。
纵然得水来，
其奈薪米无。

按，组诗《北塞杂谣》（48首）中的一首。

诗中描述了农民生活之悲惨情景，先是大雪封门，继之寻水，水有以后，又无柴无米，“纵然得水来，其奈薪米无”。

一 日

一日如三秋，
一月当几秋？
徒知眼前乐，
不念闺中愁。
尔虽不我念，
我思那能休。

诗中描述了闺中少女思念情郎之心情。

六、金鐻

盐价贵

问汝何所思，
所思北海湄。
岭北铁盐胜土盐，
味甘色白柔且纤。
盐贱三斗米一斗，
盐贵与米只相耦。
而来盐价忽刁蹬，
盐一米五犹无有。
北关父老长太息，
对饭呕血何由食。
吃淡六朔不见盐，
今年尽蒙巡相力。

按，组诗《思牖乐府》（290首）中的一首。
诗中描述富宁地区观察使等贪污、压榨盐商之情景。

富宁官吏

问汝何所思，
所思北海湄。
富春牢子总跋扈，
尔辈真是点鬼簿。
李哥三横狼与豺，
性敢杀越喜推埋。
向来生心陷都护，

兄弟同谋焚殿牌。
更有得玄兼德弼，
阴鸷桀黠尤奸遹。
黄肠令公坐定时，
尔辈得意始横逸。

按，组诗《思牖乐府》（290首）中的一首。

此诗前注释说：“李凤石、（李）凤参、（李）凤华、金得玄、（金）得弼，都护李汝节事见《烟窨随笔》。黄肠令公柳相亮。”诗人在诗中揭露了富宁的贪官污吏为非作歹的罪恶行径。

七、南九万

（一）生平

南九万（1629—1711），李朝文臣、学者。字云路，号药泉、美齐。

文科及第，历任多种官职，官至领议政。南人得势后，流放江陵。获释后，重任领议政，后隐退，潜心研究学术，著有《药泉集》。

1711年，逝世，终年82岁。

（二）代表作

东方明

东方明否，
鸧鹒已鸣。
饭牛儿，
胡为眠在房？
山外有田亩，
今犹不起何时耕？

按，组诗《翻方曲》（11首）中的一首。

诗中劝告农夫及时耕种，勿违农时。

八、李衡翔

（一）生平

李衡翔（1653—1733），李朝文臣。字仲玉，号瓶窝。擅汉诗，著有《瓶窝文集》。文科及第，历任济州牧使、嘉善大夫、汉城府尹。

1733年，逝世，终年80岁。

（二）代表作

自在吟

青山自在自在，
绿水自在自在。
山自在水自在，
吾亦自在渠亦自在。
既自在自在，
吾将自在自在。

按，组诗《今俗行用歌曲》（59首乐府）中的一首。此诗描述“自在”之奥妙，隐含人生哲理。

诗人还创作有组诗《浩皤讴》，内收16首乐府诗。

第二十五章　李朝的赋

第一节　李承召　姜希孟　申用溉　金驲孙　李　荇　李彦迪　曹　植　卢守慎　康惟善　李　珥　郑　澈

一、李承召

（一）生平

李承召（1422—1484），李朝文臣。字胤保，号三滩。著有《三滩先生集》（14卷）。文科及第，状元。历任副修撰、春秋馆记注官、直提学、礼曹参议、户曹参议、艺文提学、忠清道观察使。

1484年，逝世，终年62岁。

（二）代表作

椒水赋

吾闻清州之境，椒水之里。山高水丽，风淳俗美；闾阎扑地，桑梓翳墟。伟泉而土肥，匪盘谷之所如。信川泽之迂吁，同韩土之孔乐。何南州之佳丽，抑灵泉之不涸？将圣泽之滂沛，寔南方之先及。宜富媪之效职，讫呈祥于兹邑。原夫至治馨香，大化氤氲，二仪相交，百灵胥欣。召阳侯于海底，役神龙于池中。引灵泉乎坎一，刳巽木以连筒。斯二气之相济，含椒味而流芳。羌觱沸而瀵涌，遂盈科而汪洋。取无尽而用不竭兮，诞弘济于民瘼。调阴阳于荣卫，扫三彭于一勺。爽精魂于盥濯，陋瞑眩之良乐。医民生之夭折，跻一世于仁寿。并湛恩而不息，擅奇功于宇宙。

吾又疑夫渊泉之下，窈冥之里，神农尝其味，扁鹊逞其技，采五岳之精英，流沆瀣之仙液。扇至和以调剂，疏灵脉于东国。利群物而不遗，彰好生于圣德。

呜呼！肌肤脂泽，御寇所以诧神瀵之名也；痼疾皆愈，魏征所以颂醴泉之铭也。安知郑公之词，徒欲炫美于来世；而列子之书，尽是寓言于当时者乎？曷若椒水之瑞兮，应千载河清之期也！矧今圣上下纶音于枫宸，协灵辰以日仪，将幸临于椒水，驻翠华于中沠，映龙衮于寒波。涵日月之余光，懿汤盘之一俗。资圣算于无强，与周王之寿考，当并美于作人。抑东民之何幸，永涵浴于深仁。余然后知椒水之出，天地之所以厚于圣人，而亦所以爱养斯民也。

按，“椒水”，朝鲜清州境内的河流。

“神农”，即炎帝。

“扁鹊”，战国时名医。

“五岳”，五大名山之总称。即北岳恒山（位于山西省）、西岳华山（位于陕西省）、中岳嵩山（位于河南省）、东岳泰山（位于山东省）、南岳衡山（位于湖南省）。

此赋中借赞颂椒水，歌颂李朝当时的朝政清明，太平盛世。

赵稚圭瑾哀辞　并序

韩山赵君稚圭甫，以俊迈之资，承过庭之训，学甚粹而文甚雄。筮仕于朝，声光赫然，位至亚卿。年俯六旬，亦不可谓穷且夭矣。然于君才德之施，人不能无憾焉者。其友阳城李胤保，叙而哀之。辞曰：

昔余之游于太学兮，年既稚而且痴，多士滃以云集兮，蔚龙章而凤仪。余惝恍而睢盱兮，怅怅乎迷不知所之。唯君侯之俊朗兮，超众轨而高驰。既知余之可与进取兮，又悯余之无所依归。相道余以先后兮，指往哲而为期。藏修游息汩如不及兮，勤搜剔而孜孜。漱芳润于六艺兮，矢初心之不欺。暨登名于仕版兮，便同游于禁闱。喟名缰之牵率兮，遂俯首尚就羁。虽东西以役役兮，日延宁乎相思。幸萍蓬之一会兮，喜黄色之浮眉。叙绸缪之永怀兮，謇日夕而忌疲。誓同心于事国兮，踵先正之猷为。何倚伏之难谌兮，天自不乎慭遗。呜呼，天道幽而叵测兮，孰主张乎纲维？忠贤有时而莫达兮，仁未必寿祺。历万古而遐观兮，每舛戾而参差。

呜呼！谓君不达兮，黄金横带而陆离。谓君不寿兮，行年已知乎五十之非。在凡人而谓夫荣兮，岂君德之攸宜？呜呼，三槐六棘尚有坦途兮，君独窘步乎险巇。鹤算龟龄物亦犹然兮，君独未老而先衰。夫惟君之达观兮，固顺受而无疑。慨情钟乎我辈兮，乃上尤乎造物之私。呜呼，百年如寄，浮生有涯。虽修短之不齐兮，夫孰到此而能辞。念故旧之凋零兮，益永叹乎增悲。

呜呼！昔余之来兮，言笑怡怡。今余来哭兮，穗帷披披。岂出涕之无从兮，恸夫君之永违。

呜呼！即远有期，輀车载脂。揭丹旐之发晓兮，歌薤露之易晞。望佳城而郁郁兮，想梁月之依希。背膺牉以交痛兮，泪迸泉而沾衣。

按，“赵稚圭”，李朝文人。

诗人在赋中深切哀悼赵稚圭。此前诗人与赵曾同在太学学习，深得赵之帮助。此赋情真意切，哀痛感人。

二、姜希孟

燕山辞三叠　并序

夫士之操守，不可以言语求。士之才能，不可以形貌知。是以，闻名不如见面，见面不如同事。至于同事则其人心术之微，莅事之能，足以详知其奥矣。景醇筮仕以后，出入南宫三十有余年矣，屡面崔君于诸舌人中而心之矣。或有誉君者言方直而有干能，然亦无一日之雅，未敢深知其为人。岁辛丑春，圣天子敕赐王妃诰命，章服，礼币，加等。时郑、金两太监衔命而来，殿下拜感皇恩之罔极。命臣某傧于国境，馆待比旧有加。某念惟宾主交际之间，导宣德意，达我诚款，则专在乎舌人，其任固不轻也，筹其人而不得则乃以崔君为请。偕至于境上，崔君稽古证今，先意导之，多所裨益。及乎应对之际，言辩而貌合，礼恭而心正，毅然有儒生之风。加以学问精熟多能，又至于善诗，盖人杰也。同事往来，一年之中，至于再四，则虽谓之详知其奥可也。竣事还朝之后月，崔君来辞于余曰：“今正朝之行，殿下特命臣为通事官。今将行矣，盍赐一言以侈吾行。”景醇尝许君之为人，苟无言以贶行，非情也，遂作燕山辞三叠赠行云。辞曰：

燕山缥缈兮黄金堆，五云深锁兮藏蓬莱。

今君贺正兮去优哉，朔天飞雪兮雁号哀。

觐天子兮达下怀，完使事兮好归来。

燕山杳茫兮横云赭，双阙苕荛兮在其下。
薄薄我驱兮向中夏，王事有程兮靡遑舍。
辽之水兮蓟之野，水焉乘舟兮陆焉马。
抱弧矢兮宁暂舍，使四方兮君健者。

燕山一望兮在帝乡，杳千里兮隔汉阳。
觐天庭兮走梯杭，纷玉帛兮萃多方。
参霞佩兮观国光，曷云产兮于要荒。
谒黄门兮道予详，云一别兮遥相望。
送君行兮益凄伤，金风振荡兮天雨霜。

诗人应即将出使明朝的崔君之请，为其作《燕山辞三叠》，祝愿崔君顺利完成使命，平安归来。

三、申用溉

（一）生平

申用溉（1463—1519），李朝文臣、诗人。字溉之，号二乐亭、松溪、休休子、睡翁。著有《二乐亭集》（15卷）。

文科及第，历任多种文职，官至左议政。

1498年，戊午士祸，被捕入狱。

1504年，复遭流放。曾任使节赴明。

1519年，逝世，终年56岁。

（二）代表作

焚书坑儒赋

猗至道之原于天兮，寓圣人而乃行。厥初画三而启蒙兮，揭万象于文明。自五帝而三王兮，极道备而治亨。明彝伦以照后兮，亦礼乐之大成。嗟圣去而言留兮，曰《坟》《典》与诰训。所贵载道而不遗兮，孰精微之幽隐。该《诗》《礼》，而达百家兮，羌条贯而不紊。顾后儒之诵法兮，志抽绪而发蕴。虽未全于古之道兮，并遵教而仪刑。宣后王之崇右兮，恢治化于六经。何世降而醇兮，纷众欲之役于形也。善治浸淫而日下兮，道又岐于九流也。功利于《春秋》兮，孔圣卒老于删修。纵横于战国兮，子舆终返乎鲁邹。

王之道霸而不返兮，又继之以暴秦。残仁义于首功兮，祖刑名于韩申。鞭四海以一之兮，合万邦以为臣。灭侯王而郡县兮，销锋镝为金人。宫阿房以壮内兮，城万里以威边。自以为德兼三皇兮，视百王余谁先。登泰山而告天兮，巡东海而问仙。驱寰宇于一法兮，擯千古而独理。灭裂《诗》《书》之正道兮，陈迹圣贤之遗轨。弃修齐而不本兮，恶经制之害己。既所行之乖刺兮，又焉用夫典记。惟斯也之背师道兮，鼓群心而益肆。穷旁搜而远收兮，付炎火之烈炽。灰万书于一焰兮，鏖心法而同弃。士学古而触纲兮，人习令而师吏。嗟先王之善度兮，若苏者之刍狗。涂堙天下之心目兮，将以愚夫黔首。然斯道之在人兮，固心传而不口。与天地而同运兮，岂随烬于文字？欲烧书而塞源兮，秖自见其不智。诸生之不量力兮，复何为乎讥议？既刚戾莫与仁兮，谁与之回其志也。道之厄如火之益炎兮，非口舌之扑灭也。徒鼓乱而起暴兮，触忤君之酷烈。一网张天而掩地兮，连四百以自列。邈骊山之硎谷兮，瓜胡为乎冬实。哀吾儒之不辜兮，惨同坑于一穴。自生民以来兮，祸谁酷于此极。

君之心忌克而暴怒兮，发于政而残刻。视吾道如仇雠兮，拟根株之并绝。知祸机之伏兹兮，见防川之大决。缅怀古之哲王兮，咸扶翼夫斯道。心典学而尊儒兮，德易成于日造。遵善制于羲轩兮，式圣谟于典诰。环率土以归极兮，若禹水之顺导。极治功于熙皞兮，齐历年于覆焘。夫何背道而追曲兮，操刑戮以为教。子产列国之卿相兮，犹不毁夫乡校。因取善而改恶兮，卒理国而收效。闻下民之怒骂兮，宜敬德而自淑。彼重威以止谤兮，适危亡之自速。观嬴氏之御示世兮，足兴嗟而起譆。夫既逆行而倒施兮，又济之以淫虐。人心与天命俱去兮，曾不知国脉之自铄。岂民愚而可欺兮，岂人杀而我从？泽乡之戍夫一呼兮，挥棘矜以争锋。鹿走原而横逸兮，众掎角而机陷。囚独夫于函关兮，掷乾坤于一剑。岂料夫传祚之才二兮，倏宫火之照红。祸自伏于不虑兮，术反资于英雄。是谁为之厉阶兮，亦可伤夫焚坑。然天心未丧斯文兮，岂秦威而重轻。超兵燹于孔壁兮，或寓传于伏生。抑炎汉之表章兮，焕文治之有声。惟石渠与白虎兮，亦三老与五更。咸世重而不怠兮，足贲饰乎治平。况董韩与周程兮，复张朱之迭鸣。总培根而导源兮，续不传之圣学。是固知道心之不泯兮，不秦熸而汉复。然后世之无善治兮，道不行于天下。虽文化之间见兮，或名存而实寡。

皇天眷东而圣作兮，志每箴于满假。述尧舜于帝典兮，宪文武于《周雅》。学缉熙而日就兮，心精一而执中。开道原于往圣兮，阐文教于吾东。自秘书而八方兮，盛经史之旁通。心孔孟而口诗书兮，蔚庠序之儒风。兹圣化之酝酿兮，轶汉唐而三五。

顾微臣之颛蒙兮，嗟学芜而心鲁。乏赡才于杨马兮，愧善讲于祖禹。久吹竽于金闺兮，恐负恩于圣主。常存心于赞扬兮，庶摹写乎天地。驾文武之全德兮，颂礼乐之明备。复何说夫狂秦之自愚兮，唯寄兴于美刺。

按，“焚书坑儒”，指秦始皇焚烧书籍、坑杀儒生。

诗人申用溉命运多舛，朝鲜国王燕山君时两次士祸，申一次入狱，一次流放，对此暴政自是愤恨至极。在赋中，诗人虽明为谴责秦始皇之暴政焚书坑儒，实则意在抨击燕山君的暴政。

诗人还创作有《饿死台城赋》。

四、金驲孙

（一）生平

金驲孙（1464—1498），李朝文臣。字季云，号濯缨子、伊堂、云溪隐士、少微山人、咏归学人、卧龙樵夫、磻溪居士。著有《濯缨先生文集》（8卷），《续集》（2卷）。士林派代表人物。

曾官至吏曹正郎。

1498年，因将影射世祖篡位的《吊义帝文》收录《成宗实灵》而获罪，被处死，年仅34岁。

（二）代表作

秋怀赋

癸丑之秋，余在书堂。苍茫岁暮，玩愒流光。破万卷之未了，羲驭忽以西藏。景晖晖以苦短，夜漫漫以渐长。梁燕翩翩以辞巢，塞雁嗈嗈以叫霜。叶槭槭以归根，蛩唧唧以近床。感时物之易变，增余怀之悲惊。对案掩卷，心焉若忘。不言不笑，忽乎迷方。乾愁苦恨，万事亡羊。木溪子在旁，怪而问之曰：何为其然耶？身际文明，主圣臣良。翘馆储材，博选朝行。溉根食实，不遗斐狂。于我厦屋，讨论皇王。珍分御厨，廪继太仓。荣幸无比，乐且无央。落霞兴杳，湖山满眶。和余倡余，峨峨洋洋。造物为徒，心与道昌。一抔乾坤，信手低昂。四时运转，天道之常。苦何为而戚戚，怀楚客之悲伤？

呼童子以进酒，当浮君以羽觞，余默然不应，汪然涕滂。木溪子起而更言曰：我知之矣。霜露履滂怆，丘垄荒者耶？鹤发倚门，母未将者耶？鸰原情苦，陟彼冈者耶？莼鲈兴发，忆江乡者耶？闲情远别，恼闺房者耶？好古生晚，心远地偏，独怅怅者耶？行与世违，命不身谋，强趋跄者耶？佳山好水，高栖遐遁，未得其臧者耶？苍生系念，白屋有冤，思济时康者耶？日耕《坟》《典》，心游宇宙，恨未置身于虞唐者耶？感慨忠良，愤疾凶邪，谩颦蹙于前代之兴亡者耶？抑或幼学无成，壮恨面墙。拟溯伊洛，反航绝潢。汩没尘埃，世累仓皇。上负圣教，下孤时望。耗公廪而费日，省吾私兮不敢当。临长途而景迫，企古人兮力不遑。然犹得余馥于陈编，自以为九畹之国香。抱献芹之微诚，徒哺啜而周章。思美人之迟暮兮，鹈鴂鸣而不芳。游子于是百感集而攻肠。

噫！人生天地之若寄，此身杳于粃糠。少壮不懋而老将至兮。输百年于寻常，与草木而同凋。卒澌尽于一场，岂不悲夫？吾观一元之运，不息自强。人生禀赋，气通阴阳。春思骀荡兮，夏气舒长，秋怀憭慄，冬念矜庄。一心随感，与时弛张。含生大同，不分毫芒。惟秋之气，独克以刚。共万类而于悒，实元化之所戕。然君子之节情，要中正以自防。吾将与子而赏秋，请登山临水而徜徉。

余犹不应，袖手思量。取琴浪抚，万古一忙。风萧萧而打扉，有声锹锹若金枪也。起而开窗，则庭空叶积，天宇高旷，水落江清，野色苍黄。

赋中借秋怀，劝诫世人应珍惜光阴，奋发图强。

疾风知劲草赋

岁晏穷庐，窗扉自语。一室图书，闭户独处。忽有声兮迅疾，掠庭柯兮摵摵。钬钬然铮铮然，如铁骑之奔突。忽披重裘，开户骋目。旷野茫茫，万窍一号，刁刁弗弗，窣窣骚骚。草上之风必偃，举百卉而靡然。柔茎晚叶与蓬俱转兮，莫不飘飘而随烟。爰有一草，特秀前阡。其劲也曾不少摇，根着地兮枝参天，余于是乎有所感矣。

神农所尝，《尔雅》所传。尧朝指佞，正气凛专。智矣寸草，今亦凌风。人之与物，理无不同。何异夫板荡之世，拔千丈之孤忠？有如元圣，遭时之蹇。三监流言，冲子阙衮。大风拔木，禾黍尽偃。毅然居东，天知诚悃。楚国多谗，郢路将荒。荃蕙为茅，兰亦容长。泽畔制荷，北风其凉。麦秀故都，猗兰道旁。滔滔一世，贤圣独伤。俯视千载，人物呜呼。本初之徒，无异于千里草。元亮之忠，岂同于刘寄奴？巡远之于唐家，文谢之于宋室。风尘澒洞于六合，孰超然而不涅？满朝卿相，望风投降，甘为奴虏兮。渠独九死而全节！是皆为疾风之劲草，等岁寒之松柏。

吾观夫午桥庄边，小儿坡上，茂草盈野，春风生养，争抽青而抹绿。信众草之一色，逮严霜之下降。金风索然而摧折，始知劲者本不萎苶。当朝野之清平，享高爵与厚禄。混薰莸之同班兮，尽衣冠而搢笏。一遇盘错，鲜不变节以从俗。草草浮生，如轻尘之栖弱兮，竟同腐于草木。唯不为流俗之所移者，擅芳名于今昔。唐宗一句，取赏萧直。为臣之劝，古今一律。士生斯世，慎尔所为，守死善道，勿为物移。埋轮慷慨，不必乱离。揽辔澄清，岂害明时？虽然木秀于林，风必折之，折之亦何伤兮？恨吾力之不支，方寸万古，袖手倚壁。恐鹈鴂之先鸣兮，溯西风而悒悒。

赋中慨叹疾风知劲草，告诫当朝的大臣也应效法疾风中之劲草，不畏权势，保持高尚情操。

五、李荇

挂冠东门

所贵夫明哲之为道兮，卓见几而高蹈。庶激扬乎浊世，岂吾身之足保？伟若人之耿介，值汉室之末造。巨滔天以行诈，已名分之颠倒。嗟士之生于斯世兮，亦将何以为心？纷纷颂德者三万余人，无复天彝之可寻。彼张孔既不足诛兮，虽清静犹浸淫。视予心之激烈，望首阳之高岑。若一日与之比肩，是马牛而裾襟。顾吾身之何有，戴岌岌之危冠。既不可使涂炭，又欲谁为之弹也？出东门以高挂，始觉身之平安。

周道蹩蹩靡所骋兮，但东海之漫漫。国无人莫我从兮，将与鲁连而盘桓。然臣子之事君，在夷险而一致。苟洁身之是尚，君谁与乎共理？况天下无不可为，亦有请剑之槐里。傥能沮抑其帝秦之谋兮，又何必蹈东海而死也。

曰：履霜之渐，胡不知兮？大厦之倾，不可支兮。挂冠归来，莫我绊兮。东海清风，开东汉兮。

赋中表达了厌恶无休止的党争，不愿在朝廷与贪官污吏为伍，想要辞官隐居乡里的意愿。

除此赋外，尚创作有《南薰琴》《哭秦廷》《登瀛洲》《义田》等。

岁寒松柏

繄阴阳之迭运兮，四序纷其交错。品汇寓形于两间，寄生死于造物。春阳煦以生育，冬威凛而肃杀。靡万类而从之，谁贯寒暑而一色？惟亭亭之松柏，抱落落之劲节。不借荣于雨露，且傲视夫霜雪。当春风之骀荡，纷群卉之敷荣。各乘时以自夸，畴敢贵夫坚贞。逮玄冥之行令，惨天地之冱塞。木何盛而不瘁，草何蘩而不索。在冬夏而青青，独松柏之受命。干排风以特立，节凌寒而愈劲。吾知尔之后凋，故见称于孔圣。

寤求则之不远，指若木以为正。彼青紫之扬扬兮，竞招权而窃柄。皆自以为刚直，若可恃为柱石。迨国家之板荡，孰授命而委质？或摇尾而乞怜，或屈膝而求活。振槁之辈，固不足责。果此节之孰获？采西山之薇蕨，耻周粟而饿死。餐北庭之毡雪，杖汉节于卧起。董强项于治朝，万乘为之自屈。云折槛于危邦，丧佞臣之胆魄。等孤芳之处林，树风声于万叶，匪惟岁寒之足珍，视夷险其如一。

谇曰：四时一节，惟松柏独也。我求之人，孰松柏若也？知之不难，其于平时，敢谏得也。

按，“西山之薇蕨”，指伯夷、叔齐隐居首阳山，不食周粟，最后饿死，以坚持气节。

“餐北庭之毡雪，杖汉节于卧起”，指汉时使臣苏武被匈奴单于所拘流北海放羊，但苏不屈服，坚持气节。

“董强项”，指东汉的董宣。

“云折槛”，指西汉的朱云。

赋中赞颂寒冬时节傲风雪的松柏，并赞颂古代伯夷、叔齐、苏武等人坚持气节。诗人托物言志，以此表达自己坚持正气、不畏权势的决心。

哀晁错

余哀晁错之死忠兮，后千祀而流涕。夫何经国之远虑，反为谗贼之所制。彼吴濞之逆谋，匪一日与一岁。自博局之构衅，未尝暂忘乎西噬。从太宗之克恭，锡几杖而保惠。铸山煮海而招纳亡命，意固不止于东帝。顾霸陵之既土，又何有于后裔。吁嗟夫子兮，适独当此际也。众皆顾望而容默，谁复为国而深计？刘氏之安危，固一身之所系。

昔诗人之取譬，随浅深而厉揭。谓景帝可与尽忠，何夫子之不慧？悦袁生之巧舌，反以我为罪鳌。杀忠谏以快仇雠，岂人臣之可励？纵悔悟其云晚，胡不取彼以为殪？伏梁剑其非冤，信天道之昭晰。

重曰："谓夫子愚兮，知图大于其细。谓夫子智兮，曾葵足之莫卫。一死固不足惜，反作戒于来世。使贾生后夫子兮，岂但痛哭于当今之势也哉。

按，"晁错"，西汉时大臣。他提出削夺藩王封地政策以加强中央王权。刘濞为首的七国以清君侧之名发动叛乱。汉景帝迁怒于晁错，将其处死。

赋中哀叹西汉忠臣晁错的冤死，同时，表达了自己忠君爱国的决心。

马嵬驿

揽余辔而西征兮，遄余迈乎马嵬。路郁纡而未平，水鸣咽而余哀。访古驿之遗址，抚往事而徘徊。悲乎四纪之天子，竟何至于此哉？顾蛾眉而莫之救，空掩泪而肠摧。但寄怨于淋铃，胡不思夫祸胎？当开元之励精，仰隆古而思恢。蔚花萼之相辉，肯自比于《新台》。嗟人情之无常，遽侈欲之一开。既彝伦之自斁，无怪夫孽胡之潜媒。

亭沉香而池凝碧，竭万姓之生财。纷霓裳与羽衣，又羯鼓之相摧。慨韩休之莫起，宁谏疏之复来。惟尤物之移入，鲜不遗其殃灾。殷妲周褒，尤为远代，曷不戒夫前隋之颠颓？倡渔阳之鼙鼓，积战骨而成堆。俄九庙之不守，宗祏化为烟煤。使明皇少有人心，于此时何以自裁？宜悔悟之不暇，反为妃子而首回。事有可哂而不可吊，罪难逃于九垓。历千载犹遗臭，安得湔洗以雨雷？问往事而无凭，莽千里兮黄埃。

按，“马嵬驿”，亦称马嵬坡，位于陕西省兴平市西北。安史之乱时，唐玄宗逃往西蜀，途中，唐玄宗被迫诛杀杨国忠，杨贵妃也自缢于马嵬驿。

赋中描述唐玄宗被迫令杨贵妃缢死的事件。诗人在赋中劝诫帝王不应耽迷于女色，更不要任用奸臣。

薏苡化明珠

余嫉夫谗人之罔极兮，致白黑之变迁。伏利刀于谈笑，毒浩浩而滔天。嗤人主之喜听，反不信其仁贤。溯往古之载籍，慨亲疏之何偏。虽光武之英明，尚未免夫厥訾。痛伏波之尽忠，羌终始之不全。

当草昧之未创，推赤心而周旋。迨后日之安枕，何恩义之易捐？嗟骄人之好好，每乘间而巧舌。指薏苡为明珠，又文犀之连毂。纵形似之可化，亦聚米之在目。大功之终不取信，益叹夫荃心之反复。然至人之垂训，戒知足而不辱。功既成而勇退，乃保身之良策。陋据鞍之顾眄，谩自矜其矍铄。竟裹革于壶头，愧乡里之下泽。始择君而遨游，孰不赞其明识。在东隅而非失，至桑榆而颠倒。岂功名之易昏，抑盛满之难保。非文叔之少恩，恨尔悟之不早。伟赤松之请从，卓有见夫斯道。谷亦可辟而终身，奚轻身之足宝？

呜呼？君臣之际，顾不难矣乎？光武非始明而终暗，马援岂初智而后愚？颠沛则胡越同心，宴安则室家异区。天下未定，轻重一躯，虽有明珠，岂有谗夫？四海既平，名与位俱，虽无薏苡，岂无谗夫？前车既覆，戒在后途。

按，“薏苡”，为多年生草本植物。

“马援”，为东汉名将。

赋中描述东汉名将马援死后被诽谤之事，表达对进谗坏人之憎恶。同时，劝诫世人警惕，不要相信小人谗言。

问　津

惟圣人之受命兮，为生民而立极。苟一夫之不获，寔已推于沟壑。想夫子之问津，亦岂吾之得已？视天下无不可为，古与今其一轨。方洪水之滔天，禹过门而不子。使吾民免于为鱼，功万世而永赖。顾今日之乾坤，岂但怀襄之为害？举四海而沦胥，混东西以无际。彼滔滔其皆是，余不知其攸济。既《河图》之不出，徒临川而叹逝。然皇天生德于予，盖有意于援溺。虽胼胝其不恤，奚复暇乎暖席？

羌接淅以周流，指西方而洄溯。纷厄蔡而围匡，孰导吾夫先路？已矣乎！梦犹不复，奄年岁之迟暮。苟用我以为政，虽朞月而亦可。余既不难夫闭户，故眷眷而未果。彼耦耕其何人，谓鸟兽之可群。唯知逸居而苟安，孰四体之云勤？曾不思耕食而生生，非圣功其谁赖？是欲洁其一身，竟乱伦之为归。嗟夫子之用心，岂暂忘其东周。知吾道终不可行，故兴叹于乘桴。

乱曰：圣之得时，济生民兮。圣之不遇，泽后人兮。夫子之功，与天均兮。为我指南，是知津兮！

赋中高度赞扬大禹为民治水的爱民精神，并表示也要以大禹为榜样，为民做事。

六、李彦迪

问津赋

有周之衰，世极与否。王纲不振，海内萎靡，民坠涂炭，嗷嗷罔依。世无哲王，孰济斯时？伟我仲尼，天纵其德。道揖尧舜，仁并覆育。责既重于生民，忧亦大于天下。谓吾道之将行，施木铎之教化。扶民彝于几泯，泽区夏于既涸。夫何卒不得其志兮？空问津以汲汲，虽志切于济世兮，只以招尤而速累。想其所有者德，所无者位。道虽至大，蕴而莫施。十年辙环，东西北南，卒老于行，时无知音。

晏婴止泥溪之封，武叔毁日月之明。视雁有慢贤之色，受乐无尊德之诚。滔滔者天下皆是兮，嗗枘凿其奚合？然圣人未尝忘天下，席不暖于一夕，罢弦歌于陈蔡，又应聘于楚王。偶临河而迷津，渺烟波之苍茫，遂停骖而延伫，蹇欲济而无梁。遇沮溺之耦耕，乃使问其津渡。既不闻其指示，反逢彼之讥侮。彼固避世之士兮，独非圣人而自是，彼焉知君子之仕兮，乃所以行其义也！岂不厌世道之幽昧，岂不知可卷而怀之？惟鸟兽不可与同群，余独离世而何为？矧今天下之溺矣，其敢独善于已。

盖天地高厚，并包万类，博施雨露，无一物不遂其性。圣人之量，与天地并。四海之内，吾将施德而陶之。万姓之众，吾将流泽而膏之。既无不可化之人，又无不可为之时。庶几一行其道兮，俾域中群生，举得所而熙熙。岂若小丈夫然兮，果于忘世，坐视垫溺而不救。而且贤人不时出，圣人不世有。上而为君，尧舜汤禹；下而为臣，伊周稷契，彼皆经纶宇宙，化育民物，际天极地，咸受其泽。当今之世，非我伊谁？生民之休戚，天下之安危，责实在我，其敢不力？此夫子所以汲汲于斯世，而沮与溺之所未识者也。岂知大旱之焦土兮，龙无所用其神，慨司寇三月之化兮，卒未能大施于斯民。

念皇天之生是元圣兮，岂无期于下国？继统绪于百圣，开盲聋于千亿。兹寄托之至伟，故赋与之特厚，胡独吝于天位，俾赤子而失乳。伊龙德之正中，宜厥施之斯普，竟问津而周流，叹已极于乘桴。空怀宝而踽踽一世兮，邈天意之难求。

重曰：二帝世远，三王迹熄。继天立极，谁任其责？道大莫容，天下之不幸。下悲人穷，上畏天命，遑遑栖栖，不敢自暇。彼耦耕流，岂知圣者！

赋中对孔子怀才不遇感慨万千，同时，表达自己虽然也是怀才不遇，但愿效法先贤，坚持为国效力为民谋福的决心。

七、曹植

军法行酒赋

酒犹兵也，不戢将自伐矣，矧乎乐胜则乱，固宜折冲樽俎之列。独何人兮刘氏子，堂堂气耸之如山。毅然制非常之法，以处夫非常之艰。是直拨乱反正之器，夫岂小丈夫然哉。曾乃祖之好武，慢礼义而不先，酗拔剑而击柱，无孰宾交之秩秩？顾家老之既亡，纷众孽之兟兟。毋罵子庸臣慠，邦之危兮杌陧。彼诸吕之睥睨，谓吾家之阛阓。与之夺之自我，又济之以杀戮，焚如突如死如。一室之内，尽是敌国。

当是时也，欲以糠粃之礼而制之，比拔山其犹难。循循然俯首而听命，又非朱虚之所安。视盘筵之叫呶，等操戈而入室。奚至于相犹而已，蔓难图矣非日。差差白刃之在腰，奋一击而欲袭。矧军令之所尚，乃汉氏之家法。是吕氏之所安，亦不忤而见许。俄一人之干令，遽首足之异处。四座相顾而失色，非但股栗而胆亦掉，亦皆曰失酒而可斩，苟犯义者何保？刘氏章者最可畏，吾等谨避而已。昔也狼戾而虎嗥，今焉稽首而就尸，终吕氏而莫敢谁何？实由于今日之酒，使之屹然镇一代金汤之险，视绵蕞其何似。

是知人不可无义气，无义气男子可烹。独惜夫汉家之无法，以军法而为例。王庭非流血之地，刀钜异钟鼓之声。曷若制之以礼，君君臣臣，分如天渊。衽席之犹不可乱，而况于穆穆天子之前？体天险者，无如礼矣，人孰胜夫天哉？

一介孤孙，得之则刘，失之则吕，盖亦匹夫之行矣！重叹夫无礼则国亡，刘不吕者幸矣！

按，“刘章”，中国人。据史载，吕后在宫中设宴，命刘章作监酒。刘章说以军法行酒，吕后一族人避醉逃席，遂被他刺死。

诗人在赋中赞赏刘章的行为，强调法治的重要性。

八、卢守慎

续续杞菊赋

稣斋先生，古之愚也。区区玩物，养其小者。乃叹曰："古人有或一视丰约，耻食苟且，咸兹笃嗜，岂云矫假？予又万死余生兮，宜居夷而背夏。尚莫沉于湘渊兮，且俟夭乎羽野。"

伊终岁不饱葵兮，况清晨之菜把。瞻彼二莳，我忧以写。雨苗春浃，露叶夏洒，于以烹之。于石于瓦朝餮馋饕，暮馇侈哆。栖迟乐饥，婉晚秋社。金英吐黄，玉乳弹赭。炼之伏鼎，酤而注斝。烦秽涤除，性灵陶冶。聊适口而怡神，讵祈寿而邀嘏。

呜呼！穷安环堵，富悦广厦。惟子张子，位非贱下，就此淡简，谢彼胾鲊。不淫于得，不失其雅，绰绰有余，克操靡舍。顾余不得已而效嚬兮，沾赧汗其如泻。腹既虚而心则实兮，纷纷坐驰夫意马。正孟子所谓："其为人也多欲，虽有存焉者，寡矣。"赋以自警，揭之僦舍。客来有问，先生哑哑。

按，唐朝诗人陆龟蒙创作有《杞菊赋》。其后，南宋张早创作有《续杞菊赋》。诗人此赋即是续诗人张早的《续杞菊赋》之作。

诗人在此赋中抒发对隐居乡里田园生活之向往。

九、康惟善

（一）生平

康惟善（1520—1549），李朝文臣。字元叔，号明庵、舟川。

1537年，司马试合格。曾任吏。

1541年，因赵光祖案牵连，被捕入狱3年。

1549年，逝世，年仅29岁。

（二）代表作

一将功成万骨枯赋

沵迤平原，沙平蓬短。垒毁草枯，巨港骨积。空谷鬼呼，满目战场，刀痕箭瘢。于是仆本志士，俯仰长叹：“哀哀齐民，而有何辜？”无少无长，骨寒魂孤，将之者谁？莫之敢指。驱我苍生，远戍千里。才成一功，四野骨白。民生到此，胡宁忍说？俶在上古，俗美风淳。好大无君，喜功无臣。耕食凿饮，安尔室家如何叔世？乱日常多，君无明哉，将喜徼功。驱兵深入，暮西朝东。兵戈日寻，四海同尘。饮血裹疮，重功轻身。策民卒之疲乏，希侥幸于万一。凯歌间奏于一隅，鬼哭已遍于四域。一将饮至策勋，万骨空暴霜雪。

长平一战，士卒如麻。星火矢石，澒洞干戈。四十万卒，一时就坑。天愁地惨，兽骇鸟惊。秦筑长城，用防蛮戎。谁尸厥功？曰：“维蒙公。”功高位尊，赫赫将军。骨暴血溅，哀我民斯。离邦去里，怨魂畴依？粉堞东西，总是白骨。

汉叶传六，武皇乘极。君喜拓地，臣饕功名。赳赳武夫，踊跃用兵。枕骸遍野，王庭远移。燕衍山上，虚立颂碑，兹三数人，残民乱坑者，谓创国业。虐民筑郭者，谓虑后日。穷兵黩武者，谓拓邦基。出师虽异，戮民则一；成功班师，将得其乐。填港之尸，亦独何罪？生者生还，蹈舞奏凯。死者何为？异域怨魄。瞻彼将士，既欢且悦。寂寞战地，鬼号啾啾。家山万里，骸骨谁收？桓桓将军，佩紫列侯。孑孑孤魂，百年流落。抱恨积怨，将向谁说？孰无父子？孰无夫妇？慈孝唱随，寔天所赋。胡为是日，遭世不淑。远赴征戍，死生谁识？父子永隔，夫妇难寻。

日居月诸，愤惋益深。欲树功而鏖万姓，吾不知何有于为国？是岂特庸将之过，亦可刺当时之人牧。尚焉忍驱吾之赤子，寄身命于锋镝。仁义利于甲兵，地利不如人和。行王道而字吾民，庶可以尘不起兮海不波。不必从事于征战，顽苗自格兮猃狁自逐。咄彼后主之昏惑，谩徒事乎兵革。徒注心于开边，日穷黩而未已。小功无补于大患，根本已摇兮，能国者鲜矣。

今悲古兮后悲今，洞古今兮长太息。故于末而并录，愿以闻乎后来之谊辟也。

赋中描述战争之残酷，表达对战争之厌恶。

一竿渔夫傲三公赋

泽国秋晴，水府波残；红蓼花边，眠凫闲闲。扁舟短棹者谁氏子？蓑衣箬冠，雪鬓霜髭。云锁篷窗，月印波头。生涯一竿，身世虚舟；一箪一瓢，百年契阔。我之无荣，人孰我辱？我之无非，人孰我是？

咫尺人间，远如千里；安分身闲，负乘寇至。古今宦海，几度翻覆；牵犬难再，逐兔不复。富贵须臾，勋业亡羊；何如江上，万事都忘。濯缨濯足，清浊沧浪；兴亡何知，进退无心。邯郸梦绝，桃源可寻。一身何管，满江清兴。时移节换，景物纷更；闲立矶头，我兴则一。

方其春回水满，风恬波寂；千棹百桨，满步星列。纲而不钓，罟必用数；不夺不厌，取必盈欲。篗篗竹竿，所乐何乐！行止食饮，只从其意适而已。及夫秋来风急，水落石出；

樯倾楫摧，十步九溺。前不知戒，后不知惩；载胥及溺，覆辙相仍。芦花江渚，所忧何忧？临风钓雨，抵足于浮体而已。孰为可贺，孰为可吊；其忧其乐，总是自召。江东一帆，桐江一裘；荣耶辱耶，乐耶愁耶。所谓万事无心一钓竿，三公不换此江山者乎。

噫！彼皆知所乐之为可慕，而不知此乐之可以慕。此亦知所乐之为可久，而不知彼乐之可以久。彼所慕者为可久耶？宦海迅驶，此所乐者为不可久耶？江山无事，如处之则将焉取乎？乐乎乐乎泛于水，愿同归于扁舟子。

按，“一竿渔夫”，指东汉的严子陵。严子陵与汉光武帝刘秀同窗。刘秀称帝，请他做官，但为严所拒，仍隐居乡里。

“三公”，官名合称。周代三公，有两种说法，即司马、司徒、司空。另一说为太师、太傅、太保。西汉则为大司徒、大司马、大司空。明清三公则为太师、太傅、太保。

赋中赞赏淡泊名利的渔夫。

十、李珥

浴沂辞

春风兮习习，春日兮迟迟。我服既成兮我友同游。瞻彼沂水兮浴乎清漪。振余衣兮弹余冠，风一阵兮于舞雩。观物化兮咏而归，达一本兮通万殊。仰天兮俯地，鱼跃兮鸢飞。勋华已逝兮吾谁与归？乐彼杏坛兮爰得我师。

诗人在赋中表达了人生难得一知己的感慨。此外，诗人还创作有《理一分殊赋》《画前有易赋》《次天王使箕子庙赋韵》《镜浦台赋》《游伽耶山赋》《青蝇赋》《空中楼阁赋》《纳约自牖赋》。

十一、郑澈

春秋成　麟至　此下科作

原相感之一理，悟有孚于声气。德在我而既大，祥不期而自至。

成鲁史于麟至，伟有利于夫子。应笔削之神化，表一世之休祥。人一去于西土，凤不鸣于岐罔。楚泽舟兮已溺，故宫黍兮离离。悲王政之一息，慨天纲之陵夷。人类变于禽兽，诸夏杂于蛮貊。幸斯文之不丧，圣尼丘之有作。拟古道之欲迴，謇周流于四国。

歌非兕兮无托，响水铎兮谁知？卷兼济之大道，指故国而言归。念天地之易位，悯冠屦之倒置。苟傍视而恝然，竟莫救于坠绪。然无益于空言，曷若见诸行事？期假权于南面，挈无形之斧钺。王正同于既春，大一统于万国。严尊卑之有序，抑名分之斯定。褒而贬兮昭昭，是与非兮井井，阳或舒于春生，阴亦惨于秋杀。扶已颓之三纲，揭既晦之九法。乱臣见而畏惧，贼子闻而战慄。自圣经之一修，致元气之不灭。世虽入于长夜，道唯存其一脉。爰有兽兮四灵，稟振振之仁性。俟河清于一千，翼自鸣于圣游。欲跄跄于虞庭，九嶷郁其云愁。思文归于周道，丰之水兮空流。

赖凤兮之枉鲁，文已具于制作。固志气之交感，伊舍此而安适。斯出野而贲然，实先天而不违。痛时人之盲目，谓不祥而弃之。拭悲泪于反袂，痛斯道之益非。天胡为乎邈邈，事已矣于绝笔。

圣前后之无异，奚若遇之不一？龟呈瑞于文命，凤仪韶于雍熙。是知理之当然，叹斯麟之犹尼。噫！上天之生圣，胡无期于下士？倘施设于当日，致天地之位育。岂特鸟兽之咸若，同人于仁泽。

赋中高度赞扬孔子的节操，期盼李朝也能出现孔子一样的圣人，使李朝成为国强民富的国家。

鸣琴百泉上

别一区之天地，藏遁世之高迹。山靡靡而旁围，水泠泠而注玉。寂万壑兮鸣玉琴，姚子能追《考槃》。仲尼颜子乐处，应寻得于一班。

际翔云而晦塞，但绝学于此庭。悲濂溪之响绝，恨关闽之阻敻。抱白雪之高调，鼓聋聩之韶磬。众淫哇而都好，琴虽工而谁听。进既不遇夫知音，退将修吾初服。

苏门山兮何处？实隐者之攸宅。泉百道而飞来，可尘缨之一濯。左《图》兮右《书》，聊俯仰而自适。前圣兮后贤，俨无邪于对越。然性情之陶写，盖莫先于音乐。乃求峄阳之孤枝，乃絙《清庙》之朱弦。盘白石兮永夕，望素月于凉天。弹南薰之妙曲，激清商之雅调。谒虞舜于彷徨，觌文王之遗操。和舞雩之遗咏，继河汾之余音。见凤凰之百鸟，闻沧海之龙吟。疑孙登之遗啸，似弘景之松风。不见是而无闷，声洩洩而融融。怨世人之不听，时凄凄而切切。寡鹤助兮嘐亮，石泉资其清绝。

但见山高而水深，岂必世上之钟期？邈高韵之难追，有斯人于此时。使有得于依归，应与点瑟同科。然君子之出处，有成法于丘轲。倘磨磷于涅缁，读圣贤书何事？

梁甫吟之孔明，待昭烈而乃起。何《南风》之不歌兮，奏韶武于聋俗。笃南声之一缺，徒北鄙之杀伐。想燕狱之吟啸，怀文山兮不设。

赋中表达了因社会黑暗而萌生辞官隐居田园的意愿。

第二节 林 悌 朴 敏 赵纬韩 李安讷 金光煜 金 堉 尹善道 沈东龟 李回宝 金庆余

一、林悌

意 马

某粗豪人耳，早岁失学。颇事侠游，娼楼酒肆，浪迹将遍。年垂二十，始志于学。而其所学亦不过雕章绘句，务为程文，眩有司之目，而图当世之名矣，其后屡屈科场。无适俗之调，忽起远游之志。在庚午秋，为千里之鱼，而得一拜于床下。从容函丈，便有不忍舍去之意。而势难久住，怅然而辞。辛未丧母，持服南归。癸酉冬，又一历拜。虽为人事所拘，奔走风埃。而向慕之心，岂尝一日离于床下乎？今法寺于钟谷，只隔数重山。虽未能朝夕执弟子之礼，而屡次承颜，顽质几化。昔公明宣游曾子之门，三年不读书，而亦未尝不学焉，何也？其言动接物之际，自有做出人处。据此言之则文字，外也。义既如此，身得依归。情欲结茅于山中。买数顷石田，陪杖屦以送百年。而有累之身，何可必也？拜辞在迩，不胜怆恨。永叹之余，偶成一赋。赋六十七句，凡七百二十余言。命之曰意马，犹禅家者曰心猿。

词曰：爰有一物参天地者，主宰方寸，乃神明舍。动而无形，假象曰马。不毛不鬣，何以四蹄为哉？放之则横驰千里，收之则立脚灵台。非造父之所驭，岂穆王之可骑？项负拔山之力，只制乌骓。布有使戟之雄，赤兔徒羁。悠悠兮今古，几失驭而颠蹶。曩吾人之肉走，信马行而纵恣。日周道之荒芜，迳缤纷其东西。杨朱之泪空洒，阮籍之途长迷。或危而高，或仄而低。平地波澜，暗谷魑魅。奔走不一，大概有四：其一则长安雨歇，五陵春融。金鞍醉月，玉勒嘶风。当貂裘于酒肆，狎胡姬于红楼。重然诺兮一寸心，报知己兮双吴钩；其一则幽燕健儿，秦陇壮士，奇韬龙虎，按阵天地。饮铁马于渤海，驻大旆于王庭。归明光兮谒天子，焕麟阁之丹青；其一，则青琐列班，金门通籍。鸣珂赤墀，跃马紫陌。唤风霜于一语，树桃李于千门。水榭春兮杨柳暗，舞筵香兮罗绮翻；其一则饭颗戴笠，灞桥骑驴。瘦生语苦，耸肩吟孤。传闲情于月露，写清思于云烟。得一句兮三年，或潭底兮水边。

呜呼！谈兵者近于乐祸，好侠则无奈贼义。雕虫之小技徒工，赵孟之富贵可愧。去此以往，安适而可。释老以清虚诱我，申韩以刑名啗我。非我思之所存，来违弃而改求。岁忽忽其不淹，结兰佩而周流。若有大人先生闷余怅怅曰：去尔之伎俩，遵汝马于大方。夫大方者，非高非远。约而在腔子里，散而为万化本。受之于天，物我同得，罔于圣丰，罔于愚啬。未发则一片止水，既发而几分善恶。不离道曰涵养，谨其独曰省察。守不失兮应无差，乃吾身一太极。在天者日月风霆，在人者喜怒哀乐。鸢飞鱼跃，上下察也。阴阳代序，鬼神迹也。此之谓天人合德，非蒙学之所能识。故知道者，道之所在，无适无莫。可行则行，可止则止。千驷万钟，何加于己？箪食瓢饮，乐亦在中。有何一点浮云敢渣滓于太空？然则斯道也，达而尧舜周公，穷而孔孟颜渊。万古同符，千圣相传。

余闻之，初似茫昧，致曲而明。革去旧服，知至而诚。调六辔兮如琴，忽乎吾将行。嘐嘐然曰：古之人，况亲炙之功程。遂浩歌曰：我思硕人，山前水北；白屋萧然，南阮之宅；琴中岁月，静处乾坤。看意思之庭草，铸唐虞于一樽。哀末路不可为也，深闭柴扉，愿从游兮《考槃》，复驾言兮焉归？

诗人在赋中表达了脱离世俗的高尚情怀。赋中多处引中国典故。此外，诗人还创作有《夏载历山川赋》《哭卒却敌赋》。

二、朴敏

（一）生平

朴敏（1566—1630），李朝文臣。字应星、行远，号凌虚、郑述。著有《凌虚集》《凌虚关漫稿》。曾为吏，官至左承旨。

1630年，逝世，终年64岁。

（二）代表作

三不朽

托名者于盘于量，颂美者敦之铏之。兹皆有时而销泐，外矣奚取于斯。历万古不朽其三，君子身焉有之。既所修出类而拔萃，宜芳名不歇于永久。钟岳渎非常闲气，优优哉身上抱负。惟皇所畀如许不贫，蔼蔼乎众美俱翕。其处则桂郁兰芬，其出则漓光吐质。夫岂若草木然哉，灭没之化为飞尘？

肆贤喆求于在己，锦而褧兮椟而珠。饱仁义而腴道德，既和顺之内积。践之笃兮力之久，自英华之外发。省不疚而行有裕，在家邦必闻必达。可以为百代之师表，可以作后学之矜式。夫然后无愧于德行，嘉声与天地不灭。穷之所养达之所施，功业自分内做出。立大纪兮陈大经，天理民彝之不忒。调玉烛兮焕皇猷，斯世斯君乎致泽。礼乐刑政之彬彬，典章文物之秩秩。构乾元而树真宰，莫非施云于事。弥千载兮永万年，能不泯者在是。有吴道必有是文，得之心而发之言。理之莹如金精玉粹，词之溢如大河深源。以之而阐经，道德性命之精章矣。以之而辨事，得失安危之机判矣。况衮钺直笔之严正，是非也善恶也自别。犹天之日月，犹地之草木。有目皆可得以觌也，庖牺后兮缺吾未见。即此而磨灭，经古今如须臾。俨若朝夕之对越，化化进而物物衰。不衰者三也其独，如使不朽而可朽，天不天地不地人不人矣。

仰前修之长鸣，纷不知其有几。周孔之德颜曾之学，至今愚夫妇口耳。周程之业张朱之道，炳然方策中如昨。唯其积实之功至，所以悠远而不熄。何世人立一节鸣一艺，营营汲汲拟万古不死？是犹涸其源而望流之长，一夕薰沉响绝而止耳。岁换而不换，时移而不移，岂若此三者如一日哉？若有人兮唔咿，恨多年之耳食。独睘睘而守真，惟卓轨焉是学。着一脚于□地，庶勉勉于笃实。宁同鸟兽之好音，期大鸣于千亿。

按，“三不朽”，《左传》载：“太上有立德，其次有立功，其次有立言，虽久不废，此之谓三不朽。”

诗人在赋中阐述“三不朽”，抒发诗人不与世俗合污的高尚情操。

诗人还创作有《风》《和述病怀》《伽耶琴》《痛哭昭烈庙》。

三、赵纬韩

（一）生平

赵纬韩（1567—1649），初名绍韩。字持世，号素翁、玄谷。李朝文臣、诗人。

1589年，文科及第，历任监察、知中枢府事、资宪大夫。

1613年癸丑狱事，被捕入狱，后被流放。

1623年获释，任司成。后辞官返回故里，从事文学创作。著有《玄谷集》（14卷），内收汉诗684首。

1649年，逝世，终年82岁。

（二）代表作

河　图

厥初伏羲，继天立极。至化块圠，神功不测。《乾》《坤》定位，《坎》《离》对峙。众妙无门，斯文未备。于时荥河日稷，采雾祥云。龙驹跃波，背负星文。山川献瑞，神物效灵，是曰《河图》。厥数纵横，一三为奇，二四为偶。阴成六八，阳著七九。森布列而不错，俨相对于十五。进取为法，天俄可度。极其数而测天，达其变而析理。日月有迟速而道分赤黄，星辰有经纬而不失躔次。二仪扶舆兮雨暘时若，六气调和兮风雷顺轨。人文焕然大彰，天道昭乎可纪。夫岂独观乎天文，以化成天下？亦可以见天地之心矣。然则是图也。体天地协阴阳，具众理统万方。受符于上帝，为瑞于圣王。覆载以之平成，昏明以之有常。物得其宜，人得其道。为纲常于万古，作栋梁于宇宙。由是推衍四象，创画八卦。参奇偶而表里，合阴阳而终始。其理则甚微甚妙，其象则至简至易。幽而为鬼神，大而为天地。近而民彝物则，远而千世之日至。莫不炳炳焯焯，昭布罗列于方寸之中。直与《洛书》并美匹休，同作指南于群蒙。

是知圣人御世，与天为徒。天不爱宝，地不秘灵。产祥锡瑞，拔蔀开冥。输乾坤于数点，该万物于一画。主宰于两仪之橐钥，元气于空中之细物。虽复洪水滔天而不能溺，大旱流金而不能铄；后羿之艺而不能射，共工之力而不能触；女娲炼石而不能补其数，蚩尤干纪而不能乱其度。生天而生地，终古而不老。帝得之而为帝，王得之而为王。高辛氏、尧舜氏、大禹氏、殷汤氏，咸得之而不倍，作传授之心法。猗欤休哉，灵莫测兮。虽然，道不常亨，一治一乱。否泰迭承，污隆相间。一自姬辕不西，文运告讫。纲坏纪铄，大业溃裂。抛畴范于草莽，磔象数于战伐。皇灵晦蚀，芜没于豺狼之场。帝象流离，消沉于风雨之域。以其时考之，天未欲乎平治。诞生宣尼，文不在兹。接百王之统，继千圣之绪。构乾坤而树正气，廓《屯》《蒙》而扫污秽。修《春秋》制礼乐而与天下更始，其为事功，与庖羲以并驾。将见《图》出而凤至，应玄圣之神化。天何为而惜此，发浩叹于夫子。我知之矣，天之生大圣，岂偶然而已哉？天既生庖羲于大道未显之前，而使彝伦肇修于元始。天又生尼父于大道既熄之后，而使彝伦复明于叔季。则前圣也后圣也，易地则皆然。惟彼图之出不出，无益损乎上天之载。

呜呼！圣人既出，虽无此图何害？圣人不出，虽有此图何贵？图则为圣人出，圣人非有意于符瑞。然其有有圣人而图不出之时，未有无圣人而图虚出之世。此图之所以只见于庖羲之御天下之日，而总皇王兮冠六经者也。厥今黄河清泰阶平，调玉烛穆璇衡。登万姓于春台，囿一世于寿域。黄龙紫凤赤雁白雉之属，骈进而迭兴。景贶殊徵，肸蚃而毕集。所未臻者唯图也，盖有之矣，我未之见耶。

遂作颂曰：于穆皇道，隐于沕芒。微莫显兮，握乾酌元。探玄赜黄，帝所眷兮。有矫风骊，超波跳沫。背负《图》兮，受而为则。象天图物，至德符兮。

按，《河图》，《易·系辞上》载："河出《图》，洛出《书》，圣人则之。"《河图》和《洛书》为《周易》和《洪范》之来源。

赋中详尽阐述了《河图》的重要意义，并阐述了诗人崇尚礼仪之观点。

四、李安讷

次归去来辞韵

归去来兮，昔何来思今何归！惟生民与我同胞，念穷人其可悲。仰周任之格言，愿陈力而相追。荷蒉果于忘世，谅前圣之所非？故王曾之雅志，匪饱食而暖衣。冀司檝而畜蕃，不量德之纤微。越兹端州，受命骏奔。岁丁大侵，渔夺多门。哀彼流氓，十户一存。非无柔瑟，亦有清樽。惨顑悴而疾首，赧忸怩其厚颜！啖民脂以自饫，岂余心之忍安？顾百里之分符，异晨门之抱关。彼外本而内末，曷远抱而大观？谓割剥以为贤，孰遁逃之复还。膰不至而去鲁，乃见几于季桓。

归去来兮，且卒岁而优游。伊磁石之引针，固同气其相求。凿既圆而枘方，宁括囊以违忧。瞻江汉之一曲，有先人之遗畴。惟山可屐，惟水可舟。振鹭飞而遵渚，嘉木蔚其蔽丘。陟云岩而高步，时容与而溯流。聊厉深而揭浅，信生浮而死休。

已矣乎，俟河之清果何时？日月逝矣岁不留，于嗟乎舍此其安之。贫贱不足耻，圣贤以为期。爰左《图》而右《书》，式春耕而夏耔。契幽贞于羲《易》，咏硕迈于《卫》诗。得所归以勇往，固守吾志有何疑！

按，《归去来辞》为东晋诗人陶渊明所作。

此赋为诗人效法陶渊明之作，描述了自己辞官隐退的田园生活情景。

诗人还创作有《雪赋》《拟长门赋》《孔雀赋》《凤凰翔于千赋》《弄雏赋》《东门柳赋》《樽酒乐余春赋》《次王粲登楼赋韵》。

五、金光煜

（一）生平

金光煜（1579—1656），李朝文臣。字晦而，号竹所。文才出众，擅汉文汉诗，且擅朝鲜文时调。著有《长陵志状》（内有汉诗344首）。

文科及第，历任承文院待教、奉教、兵曹佐郎、正言、副修撰。

1615年，因废母论牵连，革职，隐居。

1641年，复出，先后任兵曹参议、刑曹判书、京畿监司、左参赞、副承旨。

1656年，逝世，终年77岁。

（二）代表作

剑　赋

剑之时义远矣哉。耶溪之铤，赤山之精，祝融嘘焰，女娲镕形，销以羊头，被以龟章。质耀晴雪，采动华星，陆刲特犀，水截奔鲸，风湖为之骨惊，薛烛为之心折。一挥而雷电走，再振而魑魅泣，指郑则三军白首，麾晋则千里流血。仆本好剑之人，请言其始：想其季子西迈，聘于上国，万里随身，三尺雪锷，一朝过徐，徐君嗫嚅，归来挂墓，宿草荒芜。至如平原适楚，毛遂颖脱，两言利害，日中不决，拔刃直前，白马盘血，堂下十九，成事碌碌。若乃荆卿入秦，白虹贯日，图穷督亢，匕首忽发，揕胸未及，环柱袖绝，易水风寒，壮士不越。及夫渑池一会，赵瑟秦缶，辱甚偏鼓，十城虚寿，一介英蔺，猛气咆勃，突刃五步，虎狼褫魄。至若项王虎斗，八千雷奔，宰割山河，指挥中原，楚歌一夕，盖世心违，帐中起舞，泣挫雄威。又如胯下少年，仗剑归汉，一拜金坛，三军竦叹，蹴项锄嬴，千金漂母，伪游云梦，兔尽烹狗。乃有炎祚中缺，王氏弄权，朱云抗直，愿斩佞臣，天威霆震，忠愤缧绁，大呼攀殿，殿槛遂折。至乃天地军麾，山河鼓角，倚楼行藏，看镜勋业，江边老病，剑外衰草，崆峒未倚。壮志已老独惜乎？镯镂之赐惨矣，大夫之死哀矣，武安之刎忠矣。豫让之击壮矣。暨夫宋玉之倚天外，周穆之切和氏，专诸之置鱼腹，张陵之夺梁冀，虞公之指日，侯生之刎颈，冯驩之弹铗，伊吾之抵掌，东海之勇妇，公孙之剑舞。冒凶徒之烈□，对汉使之陵母。或大试而小试，或有遇而未遇，历万古而无穷，羌难得而备悉也。

若余者，勤十年磨，耻一人敌，陋匹夫之疾视，愤太阿之倒持。将欲轩陛之下，有先意顺旨者，以此剑诛之；庙堂之上，有蔽贤蒙恶者，以此剑麾之；朝廷之中，有附邪背正者，以此剑击之；四海之内，有谋逆乱纪者，以此剑斩之。庶使奸臣气丧，佞人胆慄，国家清明，邪气消灭，则剑之功也，不其大矣乎？不然埋石函于丰城，吐紫气于灵岳，待雷焕之一掘，庶得试于他日。

诗人在赋中历数中国历史与剑相关的事件与人物，并表达诗人用剑斩尽奸佞伸张正义的意愿。

诗人还创作有《饭桶投水赋》《窃酒赋》《忧道不忧贫赋》《忆禹功赋》《登单于台赋》。

六、金堉

（一）生平

金堉（1580—1658），李朝文臣。字伯厚，号潜谷。文才出众，学识渊博。参与编撰《仁祖实录》。精通性理学，天文、地理、兵略、卜书、律历均有深入研究。著述甚丰，著有《潜谷笔谈》《皇明纪略》《海东名臣录》《潜谷遗稿》《朝天日记》《朝天日录》《朝天录》。

1624年，文科及第，历任持平、汉城府尹、都承旨、左议政、右议政、领议政。曾任副使出使中国。

1658年，逝世，终年78岁。

（二）代表作

登海峤赋

泊余舟兮南汛，阻北风而凝滞。经旬日而未发，念归程而空计。怀郁郁而不可更兮，余将陟彼而远睇。

遂举趾而登陆，步从容于水澨。过长堤而游览，指山樊而奋袂。石崎岖兮丛林密，无径路之可逝。乘陵冈以登降，羌十步而一憩。忘险阻而直前，志升高之甚锐。凌绝顶而遂息，见浮屠之高揭。积瓴甓而层成，妙刻画之古制。经浩劫而突兀，有浮云之相卫。何凶贼之坏破？佛无灵于尽殪。

望大海而开襟，渺接天而无际。觉华岛兮宁远山，露云端之双髻。余何日兮彼岸？恨孤舟之一系。天清朗而气爽，廓四举而无翳。通万里而一瞩，但目力之不逮。东方杳兮何许？望美人兮迢遰。红云拥兮紫阏远，向扶桑兮挥余涕。极壮观于中天，信乐极而悲继。痛金虏之猾夏，几鲸吞而虎噬。衣冠变兮为左衽，暗腥尘于辽蓟。嗟无辜之黔首，发何为而皆剃？村庐尽于兵燹，惨满目之凋敝。鞠茂草于丘墟，余石砾于墙砌。稽天讨于十年，孰斯民之能济？落旄头兮何时，无善射之如羿。

余多感于平昔，况燕赵之徂岁。承王命而泛海，贺佳辰而执币。思夷险之不贰，尽臣节而自励。波涛壮兮何畏？愿乘风而谒帝。仗忠信而独往，质神明以为誓。惟一生之用功，岂今日而可替？秋声动于碧落，归雁叫而鹤唳。览众芳之凋歇，色不渝于松桂。趁暮色以归船，已篷窗之皆闭。舒中情之纡轸，咏新词而叩枻。

乱曰：君子为学贵造诣兮，尧舜之道惟孝悌兮。为忠移孝若左契兮，阨穷患难任时势兮。登高行远有次第兮，自强不息何相戾兮？

赋中描绘了登高远眺之景色，表达了诗人忧国之心情。

诗人还创作有《哀江南赋》《次濯缨感归游赋》《归山居赋》。

七、尹善道

（一）生平

尹善道（1587—1671），李朝文臣。字约而，号孤山、海翁。擅汉文汉诗，并擅朝鲜文时调。著有《孤山遗稿》（6卷），内收汉诗358首、时调75首。

文科及第，历任兵曹佐郎、工曹佐郎、工曹参议、同副承旨、礼曹参议。时朝廷党争激烈，曾4次革职流放。

1671年，逝世，终年64岁。

（二）代表作

著书藏名山赋

唯史之作，自有文字；唯书之行，人各有异。或传民间，或暴于市。粲一家之载籍，藏名山兮谁氏？

余相感于俟后，岂独取于良史。汪洋气兮伊人，牛马走兮自称。书林式游，庭训是承；手披家传，口吟国乘。下自焚书，上至结绳，经传乎贯穿，古今乎驰骋。琢以金椎，汲以修绠。耳溢前言，目富往行。盖有意于壮行，不谓抱此而究竟。如何一言之不中，遂有奇祸之相随。非自作而不逭，奈家贫而数奇。于是自比无目之丘明，又拟断足之孙子。知不用于斯世，故著述焉大肆。搜罗宇宙之放失，夷考天人之终始。采摭涉猎殆数千载，是是非非，乱乱治治，信信疑疑者凡五十二代。其文也俊逸，其辞也条达。言直而事覆，广博而纤悉。泓涵演夷，磅礴磊落。诚百世不易得之文，抑万古不可无之书。而此汗牛充栋之缥帙，安得经历久远而藏诸？思寿其传，置彼乔岳。护之以芸，韫之以椟。然后山之高也书与之倚薄，山之久也书与之不灭。唯山也与天共长，唯书也与山并立。涉其流者于斯，采其端者于斯。薰浓香兮几人，咀嚼味兮亿兹。书固赖山而远传，名亦赖书而长垂。

虽然，文者载道之器也，不深于道而能文者，未有伊人也。不求正于周公孔子之道，独于文堂艺院而翱翔宿留。是以其才也莫及，其勤也良苦，而其立言也多疵。先黄老而后六经者何说，退处士而事奸雄者何意？至于崇势利羞贫贱，虽实愤激而发之，宁无愧于正议。

是故，世儒或多不取，而考亭夫子至以读其书者为被其病。乃知立言者不可徒尚文辞，为文者不可不理情性。且夫书苟尽善，不必求传而自不得不传。书苟有不善，传之愈久而其疵愈闻。但可图吾书之尽善，何必图世传之永久。其不尽在我之实，而要名誉之不泯，无乃近于沉碑之太守。然其辩而不华，质而不俚，不隐恶不虚美，终有可取。而朱子《纲目》抑或有因于此者，以俟君子之愿得遂，而余之有感于太史令者在是也。

按，“藏名山”，出自司马迁的《报任少卿书》一文。

赋中赞扬司马迁的藏名山观点。

八、沈东龟

（一）生平

沈东龟（1594—1660），李朝文臣。字文征，号晴峰。著有《晴峰集》（6卷）。

1615年，中进士。历任泰陵参奉、注书、翰林、春秋馆知制教。为人刚正不阿，多次被贬流放。

1660年，逝世，终年66岁。

（二）代表作

次欧阳公病暑赋

吾将避暑于东瀛兮，登万仞之碧峰。憩扶桑之森翳兮，扣云阙之玲珑。王乔邀我之快游兮，两腋翼翼生清风。茫乎邈无所倚兮，安得太乙之舟渡海如飘蓬？吾将避暑于西昆兮，轶于埃壒之外。隐日车之所没兮，栖若木之所蔽。来金飙于万里，浴黄河之九脉。飞升不可以学幻于仙术兮，奈积苏之翻坠。欲整驾而征南兮，洪炉爇焰而烁骨。何异求解于沐浠兮，又若荫偈于烈日。欲抽身而走北兮，羌蛮鬼魅之杂聚。穷荒涸阴吁可畏兮，岂人类之攸处？东西南北皆不得以往兮，噫噫！生灵孰焉能夫所逃？

四序迭运于冥机，宁自安于所遭。实天道之常则兮，吾何怨乎独劳？当朱明之用事兮，谅无物而不焦。忽阴阳之变节兮，有一气之盈缩。火龙既毒我肝肠兮，玄冥又闭我室屋。余一生之所慕兮，贯四时之松竹。又于世之所惧兮，惨俱焚之玉石。知其天理自然而顺之兮，乃至人之高躅。漠寂漠而凝神兮，庶寒暑之忘酷。

按，“欧阳公”，指宋代诗人欧阳修。

“病暑赋”，欧阳修所写之文。诗人依欧阳修之《病暑赋》写成，告诫自己酷暑时要安之若素，隐喻在宦海中要坚定，坚持真理，任其沉浮。

九、李回宝

（一）生平

李回宝（1594—1669），李朝文臣。字文祥，号石屏。

历任成均馆典籍、工曹佐郎、户曹郎、兵曹佐郎、司仆寺正。

1669年，逝世，终年75岁。

（二）代表作

民安为甲兵赋

举目乾坤，修我古今。象弭鱼服，贝胄朱绶。于斯乎别有甲兵，异于前所云。非戈戟之耀目，岂旌旆之彗云。

普天之下，率土之滨。宁邦有物，百万斯民。苟世君之拊此，任御侮于同胞。戎不待于诘尔，有自然之戈矛。安之如何？发政施仁。机有余布，俾也丝身。廪有余粟，使之谷腹。上怙恃兮下幼弱，计常裕于事育。无一夫之失所，有万姓之安堵。

岂弟君子，民之父母。孰不亲上？抚我则后。曰："吾君"而愿戴，尽赤子之攸塈。顾奠民之衽席，有盘石之国势。坚藏荷笠，利隐把锄。四境欢歌，万里军声。允矣民斯，非兵而兵。岩已壮于黎庶，尘自靖于幅员。谁知边圉之无警，赖畎亩之息肩。是所谓之甲兵，不血刃而万全。金鳞向日，顿觉无功。雪锷磨空，竟失其锋。犹无形之有险，岂观兵之所及。

笄往古之圣君，咸以此而为国。帝舜敷德，顽苗自格，文王若保，崇密是忽。却猃狁于劳来，遏峦方于质尔。歧兵于世降，叹阅武之徒事。民前后之不殊，兵昔今之胡异？秦皇黩武，未免戍卒之叫。汉帝修兵，终致萑蒲之盗。

嗟尔世辟，本固邦宁。胡然昧此，民外求兵。藏坚锐于庶民，伟我王之耀德。既有备于苏瘽，可无畏于御敌。九重如何，宵旰深忧。顾瞻四方，民亦劳止。盍言加惠，俾厥忧泄。

诗人在赋中阐述说，如果君主能很好地治理国家，使百姓生活富裕，则百姓就是最好的甲兵，保卫国家。

诗人还创作有《岁寒知松柏》《迷楼》《无尽藏》。

十、金庆余

（一）生平

金庆余（1596—1653），李朝文臣。字由善，号松崖。著有《松崖先生文集》（6卷），另有《续集》（2卷）。

历任礼曹正郎、持平、直讲、司书、正言、忠清道观察使。

1653年，逝世，终年57岁。

(二)代表作

游仙枕赋

若有枕兮，异粲兮角。殊色绫木，光凌七宝，制蔑琥珀，是适用于假寐。胡尔名之游仙？羌琼楼之一款，遍弱水之三千。想夫叶累仙李，有君不羁。红尘局束，悲志气之衰。长啸宇宙，惊两鬓之霜。千秋往事，一枕黄粱。波寒鼎湖，云断苍梧。

呜呼已矣！吾宁从赤松而优游！于是集迂兮燕齐，采药兮蓬莱。黄鼎十年，青鸟不来。丹砂九转，真诀难传。三清何处，十洲笼烟。求之不得，寤寐思服。

龟兹有国，码碯纳锡。苟枕此者，足以凌倒景而出寥廓，皇心如有所得。受言置之卧榻，将秦帝之肆志。枕宰予之日午，无何，蝴蝶导前，睡魔在后，鸾车已□，鹤驾催行。羽其腋兮飘如，倏尔举兮上征。披赤城之丹霞，袭桂府之清泠。祥云兮叆叇，瑞气兮珑玲。瑶草兮长春，紫芝兮不老。会穆王于瑶池，集群仙于北斗。人间天子，上界堪舆。不出门庭，办胜游兮。谁谓无仙，一枕幻之。谁谓渺茫，一梦游之。忘凡骨之未蜕，喜夙愿之今偿。谓神仙之可能，永玉舄于灵境。渔阳之鼙鼓忽警，邯郸之惊梦匆匆。仙都玉京之茫茫，一华清之老翁奇游。捕风之莫及，引领兮长嗟。

呜呼！明王御极，吉梦维何。恭默之朝，帝赉良弼。慎德之时，朕梦协卜。不梦此而游仙，胡唐帝之迷溺。而况术涉诡诞，天下宁有秦暨汉，鲜能之久。仙茎虽擢，萧萧茂陵之雨。童女不返，惨惨骊山之树。既妖妄之若兹，讵一枕之能致。嗟帝之梦，梦中之梦，终然莫辨夫真伪。致风尘之鸿洞，凄凉断肠之雨，几无寐而反侧。回首向来之一梦，何所益于人国。昔尔祖之寅畏，不安枕于丙夜。

按，“游山枕”，为传说中的枕头名。

诗人在赋中借《游仙枕传记》，讽刺历代君王封建迷信追求长寿。

第三节　申翊全　任守干　蔡彭胤　韩元震　蔡之洪　丁范祖　成海应

一、申翊全

（一）生平

申翊全（1605—1660），李朝文臣。字汝万，号花川、东江。参与修撰《仁祖实录》。著有《东江遗集》《密阳志》。

历任春秋馆同知事、汉城府左宰相、右宰相、都承旨。曾被贬外放。

1660年，逝世，终年55岁。

（二）代表作

次陶渊明归去来辞

乙酉仲冬，余有出宰光山之役。马上忽忆渊明《归去来辞》，感而和之，实以寓怀，匪关效嚬云频尔。

归去来兮，乘兹五马将焉归！如摘埴之无相，抚身名而堪悲。偭淳熙其既逖，佩训谟犹可追。忆稚龄之蛾术，矢寡过于知非。质菲薄其难化，慨未遂乎初衣。遵功令而随众，所学之日微。

荏苒凉燠，星岁其奔。云余奏策，于彼金门。纡青拖紫，荣利攸存。璞丧以制，木灾而樽。羌束带而立朝，几踽影而腼颜。际风尘之多警，痛邦家之靡安。伊薛公之魁然，尚被拘于函关。矧事变之纠缠，孰先几而大观。噫颓波之汩汩，繄东注以不还。抱《麟经》而沉思，宜圣笔之褒桓。

归去来兮！愿轻举而远游。玄圃漭以空阔，舍斯道而何求？期謇謇以匪躬，欲少纾乎主忧。众皆竞进而好朋，昧道王于箕畴。太行摧车，瞿塘覆舟。见险止之称智，趾拟贲于林丘。时反顾而永怀，泫余涕之横流。稽前修之逸迹，唯一行与一休。

已矣乎！太上避世次避地，轨躅虽殊皆莫留。胡为乎营营若失之？其去固靡追，其来有如期。伊天植之根我，宜日耘而日耔。既允执之载书，亦毋邪之咏诗。不敏而可已，庶致工于无疑！

诗人在赋中表达了对朝廷腐败朝政的厌恶和对隐退田园生活的向往。

此外，诗人还创作有《拟蝉赋》。

二、任守干

（一）生平

任守干（1665—1721），字用誉，号遁窝。精通经史，对音律、象数、地理、书法亦有深入研究，著有《东槎日记》。

历任修撰、校理、正言、副修撰、吏曹佐郎、承旨。

1710年，任副使赴日。曾被陷害，罢职，入狱。

1721年，逝世，终年56岁。

（二）代表作

烟茶赋

凡人口之于味也，有同嗜者。刍豢之腴，脍炙之美是也。或物有至微而为人喜者，若文王之于昌歜，子木之于荷芰，此所独也，非正味也。至如茶之为草，著于唐季。公家收榷之利，比于鎈金。宾主献酬之礼，进于酒醴，噫其盛矣，于是乎有烟茶者继而出焉。不见于神农之《药经》，未列于园官之蔬品。其食之者，非若芝术之采，而饵之也，非若芽茗之煎，而饮之也。必也切而烧之，所服者其烟，故命之曰烟茶。天下之人，皆味其无味。岂所谓正味者非耶？乃知天地之生物，至叔世而方侈。抑或人性之嗜好，与时俗而推迁者乎？或云烟茶者，出自南荒之外，可治痰癖之疾，人多试之，未见其益。奈何猗傩一草，非莸非薰。今为贵贱之所同好，夷夏之所同珍。民之所须，急于粱肉。

何卉物之有幸，为众口之所悦？若乃郭外良畴，村边闲圃。播子宜早，趁东郊青阳之晨。移根欲密，带南国黄梅之雨。溉其畎浍，恐其土脉之未融。摘其糵芽，恶其邪枝之旁吐。既粪既培，乃锄乃治。俾尽地利，毋愆天时。民功已齐，物性方遂。干高耸擢，凌众卉而标青。叶大扶疏，蔽骄阳而笼翠。碧蕉初展，听雨声之偏多。青梧未老，伫凤鸟之或至。铅华才绽于其抄，灵气继升于其柢。其始也膏液潜滋，流通无滞。日夜上注，洋溢涯际。隐辚晻薆，肸响必咈。惟其叶之皴蹙，敷鲜碧之沃若，受金精之正气，钟香味之酷烈。方椒桂而弥辛，比姜棘而愈辣。乃俟其时而摘取，若兰佩之杂缀。迎以零露，曝以秋日。英华内敛，芳馨外彻。绚若摛绣，或黄或赤。于是悬昆吾之宝刀，压岷峨之梓木。将参差之叠绮，羌缤纷而镂切。千箱忽以烟霏，寸刃霍其电掣。纤若游丝，乍离披而轻盈。方如叠璧，顷嵬峨而委积。于是乃范铜锡，以为器围，可容乎一指。撮圭剂而盛之，取火食之余旨。承修茎而曲项，洞窅冥而疏中。炉上之芳薰既爇，腔里之烟气潜通。试启齿而一飡，阳和透乎灵宫。吸青蔼之氤氲，觉丹田之冲融。故能通乎神明，去其浃浊，安和中腑，消除宿食。玉炉底清，胸中之邪气净尽。丹液屡咽，脐下之金光焕发。是以天下之人，莫不馋然耽嗜。宁可三月忘肉，不能无此味者。

伊昔建溪之茶，阳羡之茗。虽擅美价于一世，殆不及矣。若乃通邑大都，分队列肆。家积人藏，霞驳云委。攘袂按刀者，皆夸挥霍之精切。持钞抱缗者，无不杂沓而争市。远近之所凑集者，伙于果布；驵侩之所居积者，尚乎金绮。或笼取低昂，独擅其利。富埒素封者，往往有之。乃知山东千树枣，秦中千亩葰，非独为富给之资也。

至如西第将军，南园公子，击钟饷宾，开筵娱士。金蝉狎座，伶优奏技。绮肴纷而山错，美酒湛而河倾。方欢娱之既洽，厌珍羞之迭呈。犀筋抛而不下，羽觞停而未行。探文梓之髹柜，引镕金之修竹。咽薰气之辛散，下腴旨之滞积。龙团凤味，于斯无功。珍果美蔬，为之掩色。又如侠客冶游佳人狎欢，或走马章台，或拾翠江干。伫良会于月下，滞佳期于桑间。解佩纕而欲赠，惧冒礼而为猜，方新知之脉脉，美目盼而善睐。倾腰间之香帏，何以畀之之子？传银竿而递饮，接欢意之在此。或如子云穷居，草《玄》发白，自守淡而不渝，牢愁反而弥结。囊萤乾于秋夜，淫雨滞于夏日。笔床掩而尘栖，茶灶倾而烟熄。情纡轸而靡托，飡香薰而不掇。又有妾家城南，君戍塞北。悲年光之递谢，感容华之易歇。璇闺掩兮昼不暮，锦帐空兮夜何长。青缸翳兮寒焰，金炉烬兮余香。离愁苦于尝胆，怀郁郁而焉泻？抗彤管之有炜，送青氛之袅娜。疑楚岫之行云，宛夭桃之沉烟。又有孤臣罹谗，飘摇流迁。纫江蓠而为珮，集芙蓉而为服。秋菊落英，不足以充虚；木兰坠露，不足以疗渴。遂滋九畹之灵根，嘉枝叶之峻茂。精琼糜以为粻，芳与辛其杂糅。又有征客天涯，戍卒陇右。方其侵星而远迈于长程，望月而独倚乎荒城。微此烟茶，则无以慰夫感愤羁旅之情。又有雪径樵子，沧江渔父，当其弛肩担于遥野，卷钓纶于极浦。微此烟茶，则无以畅其幽适闲远之趣。虽复罄渭川之竹，殚中山之兔，使严乐尽其笔精，渊云骋其秘思，唯此烟茶之为美，曾不足以缕数而殚记。而况仆本野人，久安藿食。色难腥腐，味甘淡薄。持粱食肉，非所愿也。

抱瓮灌园，乃其分也。有田数亩，宜此茶也。爰收一囷，为岁计也。飡烟袭馨，聊自洁也。旨哉气味，适吾口也。虽商岭之芝，烨烨可疗饥也；蓬岛之药，煌煌可度世也。伊兹茶之可珍，吾不欲以易彼也。

赋中描述了烟的有关知识，表达了诗人对田园生活的向往。

三、蔡彭胤

（一）生平

蔡彭胤（1669—1731），李朝文臣。字仲耆，号希庵、恩窝。擅汉诗和书法。

历任多种文职，官至东部承旨。后被革职流放济州。

1731年，逝世，终年62岁。

（二）代表作

病驹赋

赵简子猎于泾阳之林，有物濩略而起者。命左右緤而致之，乃駃騠也。观其夹镜之瞳荧以方也，流星之尾梢以长也。头若削成，骨类峰生。夭夭矫矫，眄影长鸣。

简子异之，使驾先辂。左右笑曰之："马也，生乎寥廓之墟，逸乎莽唐之薮。而君得之，卒施羁䍁。是虽崒其相，绚练其步，顾焉知八銮之节与中黄之度哉？”邮无正进曰：“不然，是天下之良驹也。臣之相马多矣，未其有若此者也。君其试之。”于是络以金组，雕以翠绿。宝绞盘陁，流藻繁缛。鸣龢铃而不惊，啮玉勒而顺志。前驱动桧，趑夫纵辔。巾輶轩而蚪耸，应华鼓而龙趙。超常山之修坂，骋长子之通馗。飙奔电迈，若灭若没。影不追形，尘不及辙。秋秋跄跄，至于东城。简子怡然而称曰：“沛艾乎！斯可与遗风并骛，逸景齐声。飞兔骈衡，紫燕方驾。”乃荐之皂栈之上，置之华屋以下。被以缋绣之衣，饲以太官之粟。拦以金埒，借以文席。鞭策不加，鞧鞍不服。不顿高深，不蒙霜露。

居三月，圉人复曰：“泾阳之马病。”简子惊曰：“何哉？”对曰：“臣观其始来也，雄姿逸发，猛气凭怒。一食粟一石而犹饥，一饮水一斛而犹渴。顾天闲而自得，抗群龙而超绝。自数月以来，毛若萧条，形若消削。火热内攻，瘭痒外作。隘横圈以俯仰，掣靰镳以拳跼。闻北风以骧首，望飞鸿而踠足。”简子咨嗟良久。召邮无正具以告，且问已病之术。无正闻之，辟席再拜曰：“宜其病也。今夫浚其滮池，甃以瑶碧；而使江河之鱼处之，则必拨刺而不适矣；扃以绮笼，饰以雕栏，而使昆阆之鹤居之，则必奋迅而不安矣。固亦物之性也。夫君诚念是马者，何不以时驰于四达，亍于迥场。牧于呕夷之陂，放于武遂之阳。凌西极越河朔，洗黄河刷碣石。踰天垠跨地络，穷汗漫之游迹，蹑华胥之神躅。周流裔皇，腾翥万里。然后归之内厩，属之上驷。弭霜蹄而畜锐，振云鬣而待御。而乃束其夐绝之志，郁其凌厉之气。一入君门，载迁节序。怒焉未渫，蹩乎靡试。匪惟恋华山之丰草，想泾水之清沚。是亦欲效长短之寸力，酬剪拂之洪赐。岂徒费红粟之秩，枯立于濯龙之中而已耶？殆必以是病也。君欲已之，斯于何有？”

于是简子嘿然若有所思，无正逡巡降阶而辞焉。

按，战国时代赵王赵简子得一宝马，用好饲料喂养，但是马病了。遂召来擅养马的邮无正，问其原因。邮无正借医马之时，劝赵王要知人善用。

诗人此赋即是描述此事，表达怀才不遇的感慨。

除此赋外，诗人还创作有8篇赋。

四、韩元震

（一）生平

韩元震（1682—1751），李朝文臣、学者。字德昭，号南塘。学识渊博，潜心研究经史，卓有成就。对天文、地理、兵学亦有深入研究。著有《南塘先生文集》《朱书同异考》。

历任副率、经筵官。后被罢职，隐居乡里。

1751年，逝世，终年69岁。

（二）代表作

次归去来辞

归去来兮！江湖有庐吾将归。神农虞夏忽已远，抚千古而潜悲。愧我才之脆薄，企前哲其焉追。进无补于治乱，谩招人之是非。出国门而济汉，掩余涕之沾衣。望故园而遄驱，觉兴情之不微。

海山郁纡，长川其奔。我家何在？倚岩开门。茅茨昼静，图书俱存。饥饭蔬食，渴饮匏樽。处陋巷而犹乐，窃庶几乎希颜。知富贵之在天，从吾心之所安。览万物之荣谢，窥造化之机关。齐得丧而两忘，一死生而达观。怜孤云之独归，叹众流之不还。彼危涂之日履，胡志气之桓桓。

归去来兮！聊卒岁而优游，喜我所之今得。悼少日之妄求，得知音于埙篪，日歌咏而忘忧。天地优我以佚老，乐尧舜于田畴。倦我荫松，兴至驾舟。时童冠之从游，或于川而于丘。共万类而乐生，悟上下之同流。贫且贱兮何伤，惟作德为日休。

已矣乎！万事忧乐各付时，一心廓然无滞留。胡为乎憧憧自小之？溪山为我辟，风月与之期。欸风藏而《图》秘，甘没世于耘耔，岂敢蕲于示后？时自见于叙诗。既吾道之自信，不关人之疑不疑。

诗人在赋中表达了厌倦官场，憧憬隐居田园生活的心愿。

五、蔡之洪

（一）生平

蔡之洪（1683—1741），李朝文臣。字君范，号凤岩、凤溪、三患斋、舍藏窝。潜心研究经史，对天文、地理、象数亦有深入研究。著有《凤岩集》《性理管窥》《洗心要诀》《读书填补》《天文集》。

曾为吏，后辞官隐居乡里。

1741年，逝世，终年58岁。

（二）代表作

观物赋

昔屈原作《离骚》，举天下之草木而取舍之之以寓《春秋》褒贬之意。今观其辞，嘉卉美木，尚多有见漏者，不独梅花一树而已。兹敢采摭平日闻见之所及者，作为此赋。盖亦窃取屈子作经之余旨，而时之所处有不同者，故不敢张皇以己事，或不为僭亵之归也耶。

孔子曰：“多识乎草木之名，此亦初学之所以不可废者。”

斯作也虽其陋拙，庶有助于博物之工云尔。间余手探乎月窟兮，浑物类而冥观。纷二气之化化兮，亦一理之无间。林慈芽甲之芸芸职职兮，各成形之不侔。体固有大小强弱之异兮，发亦有香色臭味之殊。禀一定而不移兮，夫孰非其本然？循厥性而品节兮，悟裁相之由人。梗楠豫章之瑰伟而森蔚兮，合栋梁与榱桷。桑麻苎葛之丛苞而蕃茂兮，备缯帛与絺绤。桐柒材中于琴瑟兮，藤谷用代于简策。梓材著于《周书》兮，《伐檀》咏于《魏风》。盘根可别其利器兮，连抱不弃于良工。曲为轮而直为矢兮，刳为舟而剡为楫。屈之而作杯棬兮，叩之而节音乐。枯朽者为薪爨兮，翘天者为刍牧。无一微之或遗兮，随所用而各适。

惟淇园之菉猗兮，与栗里之精英。邻君子之有斐兮，媲逸士之高风。松千岁而方偃兮，桧九泉而无曲。凌霜雪而不变兮，彪后凋之贞节。荷香传于十里兮，在淤泥而无污。桂树生于山中兮，结幽期于岁暮。彼桃李之媚春兮，余惟恶其婵妍。最西湖之“仙客”兮，雪其肤而冰魂。虽晚遇其何伤兮，冠群英而驰芬。春兰异于秋兰兮，古蕙别于今蕙。芳菲菲而袭人兮，何一般之意趣？花王见知于则天兮，徒富贵焉是取。芍药始盛于维阳兮，与鼠姑本同而末异。金灯可取而读书兮，芭蕉最效于行墨。牵牛难以服箱兮，金钱贵于铜锡。瑞香沉水而薰笼兮，郑花借矾而成色。蔷薇陈戒于荐枕兮，茱萸传异于系臂。连理有夫妇之情兮，棠棣有兄弟之义。晦书杉于传注兮，杜讳棠于诗句。高人骋怀于茉莉兮，忠臣洒涕于红豆。哀杜宇之染血兮，哭年年于冬青。菱出水而背日兮，葵卫足而倾阳。

固智愚之相反兮，何顺逆之不同。草何为而忘忧兮？木何为乎合欢？杞何久而为狗兮？枫何老而为人？气固有此相感兮，变化故而不一。宫掖邃而椒涂兮，衮服华而藻饰。配绮丽于琼瑶兮，埒文章于黼黻。木槿不保于朝夕兮，冥棂不纪其岁年。谅修短之有定兮，果孰悲而孰欣。山茶艳于雪中兮，决明鲜于秋后。邹圣垂训于养樻兮，陶令寄意于种柳。紫荆特书于小学兮，黄杨移植于鄂官。木绵贵于斑枝兮，踯躅爱其映山。远志小草之入贵出贱兮，女萝菟丝之异名同根。杨藤水仙之一杂二色兮，野蔷檐蔔之六出四出。缤轮囷而虬蟠兮，竞绮离而丽郁。或耳名于花史兮，或鼻观于林皋。申娱玩之无已兮，策果下而逍遥。含桃之发面红兮，叔孙始荐于宗祧。来禽之集众鸟兮，逸少所嗜于平生。杨果非稽山之族兮，木瓜传宣城之种。蔗一嚼而千金兮，榧为仇于三彭。马乳水晶移来于西域兮，橙糖荔枝独称于南国。虬卵传法于三咽兮，牛心擅誉于七绝。安石之榴为三尸之酒兮，董仙之杏售一器之粟。鸭脚腾价于帝苑兮，鸡头并美于骊珠。木奴收千匹之帛兮，陆吉敌千户之侯。蒟有似乎覆盆兮，榑亦称以羊矢。胡桃桃实而核美兮，海松松身而子异。

一损百益者枣兮，百损一益者梨。山则猕桃蘡薁枳榛奈楂之属兮，苓蕺芎归参术之类。菜则菰茄堇芋苣蓿匏菁之美兮，姜芥□□薤韭之香。悦口而润肠兮，与菽粟而齐功。蘋蘩合于豆实兮，郁鬯交于神明。槟斥暑而醺颊兮，薏胜瘴而轻身。蓍千岁而藏龟兮，蒲九节而引年。模楷效灵于圣庙兮，蓂荚呈瑞于帝庭。伊金光与四照兮，暨石楠与女贞。珊瑚琳琅之珍兮，枇杷棕櫖之异烂。灵烨而杂错兮，羌不可以殚记。葩经所不能尽载兮，农师亦有所阙遗。

花好者未必有佳实兮，实佳者未必有材美。有花而有实者莲梅桃李兮，宜实而宜材者维栗杏榧。形形色色各属于五行兮，一太极之咸备。自其同者而观之兮，统乾元之资治。自其异者而观之兮，千千万万之不类。弥乎六合之广而为用兮，藏乎一尘之微而为体。大化块圠而不穷兮，一气樛流而无滞。孰主张而纲维兮？悦物物之雕锼。精粗贵贱之自在兮，纷可好而可恶。反以观夫吾人兮，有正而有邪。览察草木其有得兮，何殊类而同科。三间之著经兮，续春秋之遗旨。斥萧艾而不服兮，集杜衡与芳芷。佩缤纷其繁饰兮，芬至今犹未已。

余蓬藁于四方兮，哀圣路之荒塞。制芰荷而为衣兮，葺辛夷而为屋。托鷦栖于枳林兮，断蚁梦于槐国。和遗曲于咏芝兮，挹清风于采蕨。凤欲集而无珍木兮，礜斯翱翔乎蒿下，隐蔓茅于深谷兮，蔽荆棘于崇阿。固宜樗栎之见弃兮，敢恨藜藿之不充？徒有志于献芹兮，本无心于食萍。蒹葭忽已带霜兮，有谁传其馨香？蹑余薰于《离骚》兮，追绝笔于麟经。不以物而观物兮，指非人而喻人。世幽昧而莫吾知兮，将以俟夫后来之子云。

诗人在赋中描述了许多花草树木有好有坏，进而论述，人亦有正有邪，“观夫吾人兮，有正而有邪”。

此外，诗人还创作有《述志赋》。

六、丁范祖

（一）生平

丁范祖（1723—1801），李朝文臣。字法正、法世，号海左。曾为吏，参与编撰《正宗实录》。

1801年，逝世，终年78岁。

（二）代表作

鹿皮带赋

许子将行，握手叙别。言念旧要，情怀绖结。爰解鹿皮乌带，赠余曰："出之胸臆，奉以肝肠。"余乃惄焉伤神，感而成章。

想夫苍鹿在山，甡甡以遨碧涧，润虞清霞，泽毛肥革之理，腻滑若油。虞人设机，缚而载归。雕俎登肉，鸾刀剥皮。铲纤毫之毹毹，剪素鞟之皓皓，沉兰膏而化柔，染松肪而深黑。度便便之腰腹，制鞙鞙之衣带。其质则春絮茸茸，秋绵蔼蔼。展贴如意，宛转多态。其文则乌云凝采，玄璧含精。色相俱泯，乃合涬溟。

尔乃岩穴真儒，山林硕士。陈经史而讲道，溯天人而析理。松风韵而度席，涧月朗而通帏。揽兹带而雍容，增厥仪之雅美。至若烟霞跌宕，海岳方羊。招象外之胜侣，整物表之轻装。独鹤翩而随屐，孤云渺而绕裳。曳兹带之陆离，觉神体之轻扬。彼其白玉为钩，黄金在绶，意气横生。朱毂碓骛，虽姱丽而匪分，亦泰侈而违道。惟韦带之委蛇，信布衣之纯素，佩柔克而申警，象玄默而自葆。常缠绵于薄躯，永弗忘于惠好。

诗人在赋中讲述了鹿皮乌带之制作过程，同时感叹怀才不遇之困境。

除此赋外，诗人还创作有《诘梦》赋。

七、成海应

（一）生平

成海应（1760—1839），李朝文臣。字龙汝，号研经斋、兰室。曾任文职。著有《研经斋全集续集》《正统论》等。

1839年，逝世，终年79岁。

（二）代表作

彩花辞

戊寅正月，尹圣愈书报余，梦余折遗三色花，甚芬馥可爱，恨其不得移植以玩云。其翌年二月，圣愈以疾不起，余殊未知折花之意。然意花者所以识圣愈之德也，折者不可复续也。悲苦之极而为之辞曰：彼美之荧荧，颜若花之荣兮。要眇兮其色，绍缭兮其情。同心之言，臭若兰兮。譬诸松柏，葆岁寒兮。戊寅之春，发诸梦兮。云自我所，折花以送兮。虽其折矣，芳菲菲兮。恨不移种近庭除兮，冲和之气为馨香兮，入子之室薰难忘兮。人之为德禯晚节兮，相花之衰芬不绝兮。子之清兮来照映矣，我之怀兮亦灵晟矣。友道之贞俗所弃兮，沐斯浴斯更壹志兮。思而不见作然疑兮，因依之馥感有时兮。自崖而返窅以幽墨兮，迹之不昧兮涕泗交流。

诗人在赋中深切怀念故去的好友。

诗人还创作有《吊四皓赋》《丹丘赋》等。

第二十六章　李朝的诗话

第一节　徐居正　成　伣　曹　伸　南孝温　金安老　金正国　权应仁　沈守庆　李济臣　尹根寿

一、徐居正

代表作《东人诗话》

《东人诗话》成书于1474年，为上、下卷，徐居正时年54岁。

1．内容简介

（1）关于诗歌的理论

徐居正认为，诗“当先气节而后文藻”，即以气象为先。所谓气，即诗之雄深、豪放、劲健、旷达。他力主诗应含蓄，“诗贵含蓄不露，然微词隐语不明白痛快，亦诗之大病”。认为诗贵在独创。“诗忌蹈袭，古人曰文章当出机杼成一家风骨，何能共人生活耶？”倡导“诗之老熟”：“诗虽细事，然古人作诗，必期传后，故少陵有老去，新诗谁与传。”“古人谓子美夔州诗以后诗尤好，盖愈老愈奇也”。

徐认为诗要加强锤炼，不断进行修改：“古人诗，炼格炼句炼字”；“古人诗不厌改”；“凡诗，妙在一字，古人以一字为师”。诗要追求意境：“作诗非难，能造情境，横写形容，一言而尽，此古人所难。”

关于高丽朝和李朝两朝汉诗之演变，徐居正认为：“文章所尚，随时不同。古今诗人推李杜为首。然宋初杨大年以杜为村夫子，酷爱李长吉诗，时人效之。自欧、苏、梅、黄一出，尽变其体，然学黄者尤多，西江宗派是已。高丽文士专尚东坡，每及第榜出，则人曰：‘三十三东坡出矣。’”

高丽前期推崇杜甫，高丽末期、李朝初期则崇尚欧、苏、梅、黄，但以崇苏为最，继之崇黄日益增多。

（2）关于朝鲜历代汉诗人及其诗作之评论

徐居正在评论朝鲜历代汉诗人及诗作时，皆与中国诗人及诗作进行比较。

①评论新罗诗人崔致远的《登润州慈和诗上房》

> 崔文昌侯致远，入唐登第，以文章著名。题润州慈和寺诗，有“画角声中朝暮浪，青山影里古今人”之句。后鸡林客，入唐购诗，有以此句书示者。

②评论高丽朝的李齐贤

> 古人称杜甫非特圣于诗。诗皆出于忧国忧民，一饭不忘君之心……高丽忠宣王被谗窜西蕃，益斋李文忠公万里奔问，忠愤蔼然。
>
> 益斋《山中雪夜诗》，……能写出山家雪夜奇趣，读之令人沆瀣生牙颊间。崔拙翁常曰“益老平生诗法，尽在此诗”。

③评论高丽末、李朝初的李陶隐（李崇仁）、郑三峰（郑道传）

梅圣俞、苏子美（皆为中国诗人），齐名一时。二人诗格不同。苏之笔力豪俊，以超迈横绝为奇。梅则姸精覃思，以深远闲淡为高致。……李陶隐、郑三峰齐名一时。李清新高古，而乏雄浑。郑豪逸奔放，而少锻炼，互有上下。

④评论高丽诗人李奎报

一日，濮阳吴群世文，与金东阁瑞庭、郑员外文甲置酒林亭，文顺（即李奎报）亦与会。吴以行著律诗三百二韵索和，文顺援笔步韵。韵愈强而思愈健，浩瀚奔放，虽风樯阵马未易拟其速，东方诗豪一人而已。古人诗集中，无律诗三百韵者。虽岁锻月炼，尚不得成，况一瞥之间，操笔立成乎？

⑤评论高丽诗人李谷（号稼亭）、李穑（号牧隐）父子

稼亭、牧隐父子，相继中皇元制科，文章动天下，今二集盛行于世。牧隐之于稼亭，犹子美之于审言。

⑥评论崔恒的《黑豆》诗

古之诗人，托物取况，语多精切。如东坡咏海棠云：“朱唇得酒晕生脸，翠袖卷纱红映肉”，以妇人譬花也。山谷咏荼蘼云：“露湿何郎试汤饼，日烘荀令炷炉香”，以丈夫譬花也。崔文靖恒咏黑豆云：“白眼似嫌憎客意，漆身还有报仇心”，以文人烈士譬里豆，用事奇特，殆不让二老。

⑦评论金莘尹的《重九》诗

文丞相天祥《重九》诗，“老来忧患易凄凉，说到悲秋更断肠。世事不堪逢九九，休言今日是重阳。”高丽毅宗朝金尚书莘尹，重九有诗云：“辇下风尘起，杀人如乱麻，良辰不可负，白酒泛黄花。”盖庚癸之乱，无可奈何。然白酒黄花，聊复自觉，则金老忧世之情，犹或可言。丞相值宋室阳九之厄，又逢九九，世事已去，虽有白酒，又何暇自慰哉，其言休说重阳，慷慨忧国之辞，甚于金老。

⑧评论郑郊隐之诗

郑郊隐守一善郡，《春日西郊》诗：“衙罢乘闲出郭西，僧残寺古路高低。祭星坛畔春风早，红杏半开山鸟啼。”雅丽清便，虽置之唐诗，亦无愧。

⑨评论高兆基的《寄远》诗

唐诗“幽闺少妇不知愁，春日凝妆上翠楼。忽见陌头杨柳色，悔教夫婿觅封侯”，古今以为绝唱。曾见高平章兆基《寄远》诗，……唐诗虽好，不过形容念夫之深，爱夫之笃，情意狎昵之私耳。高诗不及唐诗远甚，然先以思念之深、信书之勤，继之以征戍之慎、饮食之谨，卒勉以功名事业之盛。无一语及乎燕昵之私，隐然有国风之遗意，诗可以工拙论乎哉。

（3）考评朝鲜历代一些汉诗之出处

徐居正在《东人诗话》中考证朝鲜历代一些汉诗之出处，皆源于中国。

如某诗人之诗作《浮碧楼》：“永明寺中僧不见，永明寺前江自流。山空孤塔立庭际，人断小舟横渡头。长天去鸟欲何向，大野东风吹不休。往事微茫问无处，淡烟斜日使人愁。”

徐居正考证指出，该诗第一、二句，本李白“凤凰台上凤凰游，凤去台空江自流”。第四句本韦苏州“野渡无人舟自横”。第五、六句本陈后山的“度鸟欲何向，奔云亦自闲”。第七、八句，本李白的“总为浮云蔽白日，长安不见使人愁”，“句句皆有来处”。

（4）指出朝鲜有些汉诗蹈袭中国诗

①徐居正在《东人诗话》中，指出郑知常之汉诗“三丁烛尽天将晓，八角章成桂已香。落月半庭人扰扰，不知谁是状元郎”，蹈袭唐代诗人韦永贻的《试罢》诗：“三条烛尽钟初动，几转丹成鼎未开。明月渐低人忧忧，不知谁是谪仙才。”

②徐居正在《东人诗话》中，指出李崇仁（号陶隐）有的诗句亦蹈袭唐代诗人杜牧：

> 李陶隐诗“如何钓竿手，策马向京都”，皆不免相袭之病。杜牧诗曰：“惆怅江湖钓竿手，却遮西日向长安。”

2. 评价

徐居正的《东人诗话》是李朝初期一部著名诗话，得到李朝文人的高度称赞。

姜希孟在《东人诗话》序中指出：“吾东方诗学大盛，作者往往自成一家，备全众体，而评者绝无闻焉。及益斋先生《栎翁稗说》、李大谏《破闲集》等编作，而东方诗学精粹，得有所考。厥后百余年间，莫有继者，岂非诗学之一大概也。”姜希孟这段话认为，徐居正的《东人诗话》为承先启后的一部重要诗话。

崔国华在《东人诗话》后序中指出：“吾东方诗学……盛于高丽，极于圣朝。其间斧藻裁品者，若郑中丞嗣文、李大谏眉叟、金文正台铉、崔平章树德、李益斋仲思，皆有裒集之勤，然不无疏略细琐之病，吾恩门达成徐相国（即徐居正），尝手采东人诸作，著诗话二篇，合诸家之精，……文简旨远，言畅意赅，自有诗话以来，未有如此精切者也。”

金文良也指出：“今达成先生（即徐居正）……撰东人诗话二篇，其记闻之博，识见之高，真所谓在堂上而辨曲直，诗道之集大成者也。”

应提及的是，徐居正除撰有《东人诗话》外，还撰有《笔苑杂记》。该书成书于1486年，杂论经史诗文稗说，其中评论汉诗者，仅有17条。

综上所述，徐居正这位文坛巨匠在《东人诗话》中详尽阐述诗歌创作、发展的是非曲直，记录大量文人的史实和逸事，显示其诗话的价值取向，因之，李朝初期奉为诗学典范，学诗之“正”“道”。

此外，从《东人诗话》的“东人”二字，也显示朝鲜诗学建立自己的诗学典范、诗学传统的伟大构想。

二、成伣

代表作《慵斋丛话》

《慵斋丛话》（10卷），并非一部专门阐述诗歌理论、诗歌评价的诗话。内容十分广泛，诸如文话、书话、画话、史话、人物评价、音乐、地理、科举、风俗、宴戏、佛教、岁时记、俚谈、妓谈、格言、诗话。作为诗歌评论的诗话，仅为该书的一部分。而其诗话夹录在各卷中，多以摘句，很少详品论断，并以评论朝鲜汉诗人及其诗作为主。

1. 诗辨

成伣论诗之理论为气象雄健。在诗歌技巧方面，力主譬喻含蓄。

2. 评论朝鲜历代汉诗人及其诗作

书中对朝鲜历代汉诗人及其诗作均有评价。诸如新罗的崔致远、高丽的金富轼、郑知常、李奎报、林椿、申硕亭、李齐贤、郑道传、郑梦周以及李朝初期的汉诗人及其诗作。

①评论新罗的崔致远

我国文章，始发挥于崔致远。致远入唐登第，名文大振，至今配享文庙。今以所著观之，虽能诗句，而意不精，虽工四六，而语不整。

②评论高丽李奎报

李奎报诗“最雄健”。

③评论金文平之诗

金文平雄浑，泛驾纵横，专访司马子长之轨，举世无与支吾。而其诗亦豪健，深得骨髓。然性不拘节，押韵不正，故皆谓诗不如文，其实诗文两赡也。

④评论黄石奇之《宴集诗》

辞虽不妙，想见一时诸老之气象也。

⑤评论李朝姜晋山、李阳城之诗

晋山诗文典雅，天机自熟，于诸子最为精绝。阳城诗文俱美，如巧匠雕镌，自无斧凿痕。

⑥评论李朝国王太宗之扇诗

帝王文章亦未有如此之奇巧者，其引物譬喻，涵蓄意趣，非圣人不能也。

⑦评论李朝徐居正之诗

达成文章华美，而其为诗专仿豪健，人无与争其锋，然性无检束，故诗之押韵多错不中窠臼。

⑧评论其兄成任之诗

伯氏之诗，得晚唐体，如行云流水之无碍。

⑨评论偰长寿之诗文

偰斯之长寿，元人也。其父逊，元末避乱来奔，朝廷爵之，能诗文，有《近思斋集》问世。斯文登清州壬寅科……亦能诗文，有《芸斋集》行于世。

3. 评论出使李朝的明朝使臣之诗文

成伣在《慵斋丛话》中评论多名明朝使臣在李朝所作之诗文：

天使到我国者，皆中华名士也。

景泰初年，侍讲倪谦、给事中司马恂到国，不喜作诗。谦虽能诗，初于路上，不留意于路上，不留意于题咏。至谒圣之日，谦有诗云："济济青襟分左右，森森翠柏列成行。"是时，集贤儒士全盛见诗，哂之曰："真迂腐教官所作，可袒一肩而制之。"及游汉江，作诗云："才登杰构纵奇观，又棹楼船泛碧湍。锦缆徐牵缘翠壁，玉壶频送隔雕栏，江山千古不改色，宾主一时能尽欢。遥想月明人能敌，白鸥飞占镜光寒。"又作《雪霁登楼赋》，挥毫洒墨，愈出愈奇。……

其后，给事中张宁以我国擅杀野人事来问，《平壤舟中》诗云："平壤孤城发晓装，画船箫鼓丽春阳。鸟边云尽青山出，渡口潮通碧海长。共喜皇恩同大地，不知身世是他乡。清樽且莫频相劝，四牡东风路渺茫。"游汉江，作诗十首。其一曰："东国有高楼，楼前汉水流，光摇青雀舫，影露白鸥洲。望远天疑尽，凌虚地欲浮。入窗风日好，下榻更淹留。"余九首亦佳。又作《豫让论》，论古人所不言之事。大抵诗文皆飘飘然有凌空出尘之思，非他俗子所可仿佛也。

其后，太仆丞金湜、中书舍人张城到国。金湜善诗，尤长于律；笔法臻妙，画竹入神。人有求画者，以左右手挥洒与之。又画一簇呈于世祖，世祖令画士移描加采，又令文士作诗，言夺胎换骨之意。请宴之日，挂诸壁间，太仆初见不识，熟视大笑曰："此大王颠倒豪杰处也。"天使诗曰："新试东藩雪苧袍，夜深骑鹤过江皋。玉箫声透青天月，吹落丹山白凤毛。……"

其后，户部郎中祁顺与行人张瑾一时而来。户部纯谨和易，善赋诗，上待之甚厚。户部慕上仪采，曰："真天人也。"卢宣城、徐达成为馆伴，余与洪兼善、李次公为从事官，以备不虞。达成曰："天使虽善作诗，皆是宿构，不如我先作诗以希赓韵，则彼必大窘矣。"游汉江之日，登济川亭，达成出呈诗数首曰："文人逸韵，仆未能酬。今缀芜词，仰希高和。"户部微笑一览，即拔笔写下，文不加点，如"百济地形临水尽，五台泉脉自天来"之句，"倚罢高楼不尽情，又携春色泛空明。人从竹叶杯中醉，舟向杨花渡口横"之句。又作《江之水辞》，"乘舟顺流而下，至于蚕岭，不曾辍咏。达成胆落，岸帽长吟而已。"

从上述文字可知，成伣在《慵斋丛话》中对出使李朝的明朝使节的诗文十分赞赏，真实记载了中朝两国文人的友好交往和中朝两国文化的密切交流。

三、曹伸

（一）生平

曹伸（1450—？），李朝文臣。字叔奋，号适庵。著有《谀闻琐录》、《曹伸诗稿》（5卷）。初任译官，后历任六承旨、司译院正。

1478年，随通信使申叔舟赴日本。后又赴日2次。先后7次赴明。

（二）代表作《谀闻琐录》

1. 诗歌理论

曹伸评诗于立意清新，蕴藉含蓄。造语则主雅健而工。他将诗分为七格：浑厚、沉痛、工徽、豪壮、雄奇、闲适、枯淡。并认为，深厚、沉痛、豪壮、雄奇为壮美，工徽、闲适、枯淡为优美。

2. 对高丽、李朝汉诗人及其诗作之评论

曹伸依其七格之划分，认为高丽、李朝汉诗人的一些诗作具有不同风格。深厚，如，李穑、郑浦；沉痛，如，李穑、李齐贤、偰逊；工徽，如，李穑、郑梦周、李崇仁、徐居正、金宗直；豪壮，如，李穑、李齐贤、郑梦周、徐居正、金宗直；雄奇，如，李穑、李齐贤、偰逊；闲适，如，李穑、郑道传、偰长寿、徐居正、金宗直；枯淡，如，李穑。

曹伸在评论朝鲜历代汉诗人的诗作时，往往与中国诗人的诗作进行比较。

如评论李穑之诗时，指出"'寄怀云霭霭，乘兴夜沉沉'，云霭霭谓诗，夜沉沉谓酒，此用古人语法，考'停云霭霭'，出陶靖节停云诗，故云'云霭霭谓诗'；又杜少陵醉时歌云：'清夜沉沉动春酌'，故云'夜沉沉谓酒'，而皆古人语法也。"

曹伸最为推崇高丽诗人李穑。李穑创作有汉诗《洞庭晚霞》："一点君山夕阳照，阔吞兵楚势无穷。长风吹上黄昏月，银灯纱笼暗淡中。"对李穑此诗高度评价说："于东方，横绝古今。"

四、南孝温

代表作《秋江冷话》

《秋江冷话》为1卷本，成书于1492年。

1. 对朝鲜汉诗人诗作之评论

《秋江冷话》全书共67条，其中谈诗24条。

南孝温评朝鲜诗人之汉诗时，亦多与中国诗人之诗作进行比较。评论申用溉《杨花渡》诗“沙暖集群鸟，江清浮太阳”两句时，引其友余庆曰：“此子此诗，盛唐韵也。”

又评其父《贺崔国华及第诗》：“将军本无敌，三箭定天山。凯旋朝野喜，丹墀近天颜。”云：“先君三十二而终，无多好句，只有此诗，脍炙人口，唐人所谓‘诗贵传远不贵多’也。”评崔教止与李尹宗之《次韩明浍狎鸥亭》诗说：“李诗太露，不若崔诗之温淳典重。”

2. 对中国诗人及诗作之评论

南孝温在《秋江冷话》中对中国诗人之诗作评论有两条：

> 得天地之正气者人，一人身之主宰者心，一人心之宣泄于外者言，一人言之最精且清者诗。心正者诗正，心邪者诗邪。商周之《颂》、桑间之《风》是也。然太古之时，四岳之气完，人物之性全。樵行而歌咏者，为《标枝》《击壤》之歌；守闺而咏言者，为《汉广》《摽梅》之诗；初不用功于诗，而诗自精全。自后人心讹离，风气不完。《风》变而《骚》怨，《骚》变为五言支离，五言变而律诗拘束。汉而魏晋而唐，浸不如古矣。虽以太白、宗元为唐之诗伯，而所以为四言诗，所以为“平淮雅”者，犹未免时习。视古之稚人妇子，亦且不逮远矣。是故，士君子莫不于诗下功焉。如杜诗“读书破万卷，下笔如有神”，欧阳子从“三上”觅之。而晚唐之士，积功夫或至二三十年，始与《风》《雅》仿佛者，间或有之。夫岂偶然哉？
>
> 郑自勖有周、程、张、朱之见，穷通五经，独不取攻诗

之士，曰："诗，性情之发，何屑屑强下工夫为？"其意虽不为诗，德备而经通，则亦何为病？总如此，与腐儒之见无异。如古之十二律、八音、五声，消融渣滓，动荡德脉，故圣贤人无不知之习之。然不可生知，故孔子从苌弘学之。诗功于人亦然，使人清其心，使人虚其怀，使人无邪心，使人养浩然；牢笼百态，弥漫乎天地之间。不得如古人自然而诗，则必若勉思积功，然后庶几乎万一。是故邵子、周子，亦未免于好诗。而朱文公晚年好读杜诗、后山，而注《楚骚》，或与释相酬唱。衡山之诗，五日之内百余篇。自勖以诗为异端，则亦端周、邵公乎？晦庵乎？占毕斋金先生曰："诗陶冶性情。吾从师说。"

按，占毕斋金先生，即李朝诗人金宗直。

五、金安老

（一）生平

金安老（1481—1537），李朝文臣。字颐叔，号希乐堂、龙泉、退斋。著有《龙泉谈寂记》。

1506年，文科及第。

1519年，任大司练时，己卯士祸，受牵连，被流放。

获释后，于1522年起，历任副提学、吏曹判书、左议政。后又遭流放。

1537年，复遭流放，并被处死，时年56岁。

（二）代表作《龙泉谈寂记》

金安老的《龙泉谈寂记》主要记述出使李朝的明朝使节与李朝文臣之间的酬唱之作。

如记述明使祁顺与李朝远接使徐居正等人的唱和诗作：

成庙朝，祁户部顺来颁帝命。道途所由，览物兴咏。远接使四佳徐先生以为平平，心易之。竣使事明日，四佳以汉江之游请。顺曰：“诺。在途酬唱，客先主人；明日江上，主人先客以起兴可也。”四佳予述一律，并录夙制《永川明远楼》诗韵，曰：“当竖此老降幡矣。”到济川亭，酒未半，于座上微吟，若为构思之状，索笔书呈一联，有曰：“风月不随黄鹤去，烟波长送白鸥来。”顺即席走毫，曰：“百济地形临水尽，五台泉脉自天来。”顾四佳曰：“是否？”笔锋横逸，不可枝梧，四座皆色沮。乖崖亦预席，当和押，有“堆”字，苦吟思涸，攒眉顾人曰：“神耗意竭，吾其死矣。”久乃仅缀云：“崇酒千瓶肉百堆。”尔后，又有“头”字押，乖崖云：“黑云含雨已临头。”顺曰：“可洗肉百堆。”乘舟放棹，顺流而下，江山役神，觞豆疲形，操觚沥精，不暇流眄。而西日半衔，夕波微兴，倚醺瞑目之顷，舟至蚕头峰下。户部开目曰：“是何地名？”舌者曰：“杨花渡。”即吟一律：“人从竹叶杯中醉，舟向杨花渡口横。”四佳次云：“山似高怀长偃蹇，水如健笔更纵横。”二公巧速略相似，犹两雄对阵，持久不决，奇正变化，莫不相谙。锋交战合，电流雷迅，揖让之风存乎旗鼓之间。虽堂堂八阵，举扇指麾；而仲达之算无遗策，亦未易降也。顺尝曰：“先生在中朝，亦当居四五人内矣。”行返到临津舟上，四佳先赋古风长韵，顺卷纸尾置案上，手披徐徐，览一句辄成一句，手眼俱下，须臾览讫，而步韵亦讫。步讫而笔犹不停，连书竟纸，飒飒风驰雨骤，而一篇又成。四佳心服之，顾从事蔡懒斋曰：“速矣，多矣。额稍蹙然，即连赓两什，意思泉涌，浩浩莫竭。彼一再唱而和必重累，以多为胜，此亦希世之捷手也。”

金安老的《龙泉谈寂记》除记述明使祈顺和徐居正之唱和外，还记述多名明使与李朝文臣之唱和，计有：明使陈鉴与李朝文人金守温之唱和；明使董越与李朝文人成伣之唱和；明使董越与李朝文人许琮之唱和；明使唐皋与李朝文人李容斋之唱和。

六、金正国

（一）生平

金正国（1485—1541），李朝文臣。字国弼，号思斋。擅汉文汉诗，著有《思斋诗文集》《性理大全节要》《思斋摭言》。

1507年，中司马两试。历任承旨、兵曹参议、工曹参议、礼曹参议。

1541年，逝世，终年57岁。

（二）代表作《思斋摭言》

金正国的《思斋摭言》主要评论朝鲜汉诗人之诗作。

评论郑士龙《别昌原妓》："断尽愁肠无一寸，桧山情刃太尖铦"，认为是"哀而不伤"。

评论奇遵梦中作近伴一首："士林传诵，莫不嗟惋。"

评论文昌继别赠李沆诗："传播于士林间，士林侧足。"

金正国在评述朝鲜汉诗人的诗作时，仅有一次与中国诗进行比较。

评论成梦井的《舟过楮子岛》，登临权上舍顺衡江亭一诗的末句"朱栏大抵多空寂，携酒来凭是主人"，指出："尝观白乐天诗曰：'多少朱门锁空宅，主人到了不曾归。'司空曙诗云：'黄金散尽教歌舞，留与他人乐少年'，虽本此二诗，然亦佳。"

七、权应仁

（一）生平

权应仁（1517—1584），李朝文臣。字士元，号松溪。擅汉文汉诗，著有《松溪漫录》。

曾为吏，7次赴明，3次赴日本对马岛。

（二）代表作《松溪漫录》

《松溪漫录》为2卷。

1. 对朝鲜汉诗人及其诗作之评论

权应仁在评论朝鲜汉诗及其诗作时，亦多与中国诗人之诗作进行比较。

①评徐居正《次明使祁顺诗》一联说：

> 专用元人语句。

②评宋颐庵《赠西原妓诗》说：

> 甚得香奁体，可爱。

③评李彦迪的庆州县东轩诗中“鸣鸠枝上七，飞燕雨中双”说：

> 不专于诗学，而自发于性情，是知品质高明，则自然不劳而得也。

④评钟征君的一首诗中的“天高头肯俯，地窄膝犹舒”说：

> 此等作，虽置于古人集中，其亦无愧矣。

⑤评苏亨震《题汉江楼》说：

令人涌出豪气。

2. 对出使李朝的明朝使节诗作之评论

①关于明使祁顺等

古今天使无高下，仆品题于湖阴，祁顺为首，倪谦、董越次之，金湜七言律极好，张宁似为未熟云。

②关于王敬民

明使敬民之《早行颁诏》诗云："天威咫尺颁殊渥，东国衣冠尽拜稽。"远接使栗谷李相公珥甫次其韵云："殷殷呼嵩腾瑞雾，三韩厥角一时稽。"盖稽首之稽，皆用仄声，而王公既误，栗谷袭谬何邪？

③关于罗万湖

中朝有罗万湖者，以诗鸣于世。万历壬午，诞生皇太子，此人将奉诏东来。以其年老，换黄公洪宪。罗之《蓟门见猎》诗云："满目丘墟百战余，旅情衰草共悽如。寒山古堠逢秋猎，远水孤灯见夜渔。家在潇湘多暮雨，雁来湓浦少乡书。故人一别三千里，惆怅东西未定居。"句法圆活，所谓阪上走丸也。此乃传闻者，以所作之不多得为叹也。

④关于许国、魏时亮

许天使国、魏天使时亮之下也，朴骆村、忠元甫为远接使。行到嘉山，阐明庙升遐。天使虽有作，以国恤不答。许之文章，于东国罕有并肩者，如《谒箕子庙辞》，求于古人之中未易多得。若迭相唱和，不知骆村当输几筹邪?

⑤关于明朝的少年刘应箕之诗

嘉靖丙辰年间，大明人刘应箕见执于倭寇。在寇船中，为我国人所擒。

（刘）到王京作诗曰："只怨干戈不怨天，离乡去国路千千。愁缠病骨哀哀运，泪洒红颜泣盛年。见月思归西塞外，看云心逐北堂前。旄丘见葛何多日，尾琐孤臣困此边。"

李宰相鹅溪公少时次其韵云："鲲海鲸波杳接天，南荆迢递几三千。流离异国唯孤影，漂泊他乡是弱年。蝶梦有时传塞外，雁书无路抵家前。知君夜夜思亲处，秋雨萧萧客枕边。"

时刘十五六，鹅溪年十七八，年皆幼稚，诗已成章。自古早达者必夙成，鹅溪今为宰执，不知刘亦既达雅邪? 或云登第已久，未知其果然否也?

⑥极度推崇宋代诗人苏东坡

今世诗学，专尚晚唐，阁束苏诗。湖阴闻之笑曰："非卑之也，不能也。"退溪亦曰："苏诗果不逮晚唐邪？"

愚亦以为东坡诗所谓“岂意青州六从事，化为乌有一先生”“冻合玉楼寒起粟，光摇银海眩生花”“风花误入长春苑，云气长临不夜城”，不知晚唐诗中有敌此奇绝者乎？高丽时每榜云：“三十三东坡出矣。”丽代文章优于我朝，而举世词宗，则东坡诗不可谓之卑也。若薄其为人，则晚唐诗人贤于苏者几何人邪？唯退溪相公好读坡诗，常诵“云散月明谁点缀，天容海色本澄清”之句，其所著诗，使东坡语者多矣。

八、沈守庆

（一）生平

沈守庆（1516—1599），李朝文臣。字希安，号听天堂。著有《遗闲杂录》（1卷）。

1546年，文科及第。历任直提学、八道监司、左参赞。

1599年，逝世，终年83岁。

（二）代表作《遗闲杂录》

《遗闲杂录》评论朝鲜汉诗人诗作不多。

评论林亿龄之汉诗：“为诗俊逸清新。”

评论朴彭年之汉诗：“文章冲淡，笔法高妙。”

评论中国诗人诗作也不多。

引白居易自警诗：“偶览白诗，深有所感焉。”

关于朝鲜汉诗学习中国诗之情况，指出：“余少时，士子学习古诗者，皆读韩诗、东坡，其来古矣。近年士子以韩、苏为格卑，弃而不读，乃取李、杜诗读之。”

九、李济臣

（一）生平

李济臣（1536—1583），李朝文臣。字梦应，号清江。著有

《清江诗话》《倏鲭琐语》。

1558年，司马试合格。历任承文院权知正字、典籍、学官、晋州牧、咸镜北道兵马节度使。曾任从事官赴明。

1583年，逝世，年仅47岁。

（二）代表作《清江诗话》

李济臣评诗以气象为标准，所谓气象，即流露于外的气质，是否雄浑。

评俞孚一首汉诗末句“良马五个嘶柳下，秋雁三百坐楼前”，认为“足以见其气象”。

评尚震《梦于高楼》诗句“百尺高楼倚半天，三行粉黛列华筵”，认为“气量甚好”。评李良国之汉诗，“颇有气目高，不循绳墨。”

评赵龙门少时泛舟汉江时所作之诗中的“青山面面立，汉水悠悠下”，为“一座惊叹”，也是指其诗之雄浑。

评苏世良罢居湖南时所作之汉诗，“太逼画样，可谓绝唱。”

评朴淳在骤雨过后，夕阳鲜明时所作之诗句“乱流经野入江沱，滴沥犹残槛外柯”，为“诸公叹美，以为真有声之画”。

十、尹根寿

代表作《月汀漫笔》

《月汀漫笔》共两卷，成书于1597年，作者时年60岁。

书中评论的对象为明代诗人李梦阳、王世贞等，并对出使李朝的明朝使节的诗作进行评论。

1. 评论明代诗人李梦阳

通官高彦明谓余曰：“昔年曾见李堂和宗则，言辛巳年嘉靖登极，诏使唐修撰皋出来时，远接使容斋李公问天使曰：

‘当今天下文章谁为第一？’唐答曰：‘天下文章以李梦阳为第一。’其时崆峒致仕，家居汴梁，而名动天下。我国不知，虽闻此言，亦不肯访问于中原，可叹！近世始得《崆峒集》者，而始知诗文两极其至。王、李诸公极其推尊，我国之知崆峒子矣。”

2. 关于出使李朝的明朝使节

恭宪王朝，黄洪宪天使有先声，一日于经席问郑林塘唯言曰：“我国诏使所著诗，谁为第一？”林塘对以祈顺，张宁次之。以今观之，张靖之诗，篇篇皆绝唱，合其第一；而林塘之对云然，何邪？

第二节 高尚颜 车天辂 柳梦寅 李睟光 申 钦 梁庆遇 许 筠 张 维 郑斗卿 任 璟 鱼叔权 金 渐

一、高尚颜

（一）生平

高尚颜（1553—1623），李朝文人，字思勿，著有《效颦杂记》。

1623年，逝世，终年70岁。

（二）代表作《效颦杂记》

《效颦杂记》共两卷。

对唐代著名诗人李白之诗作有如下评论：

谪仙《宫中行乐词》及《清平词》，皆含讥讽之意，寓规谏之诫。而深切著明，惟《清平词》“解释春风无限恨”一句耳。当是时天下粗安，金瓯无缺，而三春行乐，八音迭奏，又对妃子而赏名花，有何恨而可解释乎？愚以为是时明皇崇信奸回，内而不保其子，宠爱胡雏，外而倒持太阿。忧虞之象，坚冰之渐，有不可胜言者，此所谓无限之恨也，而明皇恬不知怪。所谓“解释”者，犹言“忘却”也。“忘却”字太露，故借“解释”为言耳。一得如此，未知博雅者以为何如也。

按，《清平词》应为《清平调》。

二、车天辂

代表作《五山说林》

《五山说林》共8卷，成书于1611年。

1. 对朝鲜汉诗人之诗作的评论

车天辂评论朝鲜汉诗人之诗作时，多与中国诗人之诗作进行比较。

评论李士洪的汉诗中的两句“海衔天去尽，山戴石来多”，指出：“自以为冠绝古今，然唐李频已有‘野衔天去尽，山夹汉来深’之句。”

2. 对中国诗人杜甫诗作之评论

老杜《谒先主庙》：“锦江元过楚，剑阁复通秦。”注：“过楚通秦，则本可以混一，而今不能，盖伤之也。”殊失作者之意。锦江自蜀过荆州始入海，此言荆州本为先主之有而见失于东吴也。秦惠王时，张仪始通蜀道，今蜀为魁所容，则是剑阁复通于秦也。

《史记·信陵君传》：“如以肉投馁虎。”班孟坚用此文而略之曰：“如以肉餧虎。”此言以肉予饿虎也。按《说文》及《韵书》，餧，喂，字音义同。杜草堂不解《汉书》之义，乃于《洗兵马》：“回纥餧肉葡萄宫。”苏过《咏鼠须笔》：“磔肉餧饿猫”。皆以“餧”为“馈”字之义，盖子美误也。

杜诗：“枇杷树树香。”说者以为枇杷无香，误也。余往日本也，于一古奇见一树甚茂郁，数丈以下叶大而圆，以上叶椭而稍小，状如樗叶。十月花盛开，状如梨花，香气酷烈，不风而闻数亩。老僧谓之卢橘，冬结实，至五月而熟。唐诗“卢橘花开枫叶衰”，相如《上林赋》“卢橘夏熟”，信然。

杜诗《望岳》：“安得仙人九节杖，拄到玉女洗头盆。”《读杜诗愚得》“拄到”作“挂倒”，其“注”意以玉女比杨妃，乃曰“安得仙人九节之杖，挂倒杨妃之洗头盆也”云，不成文理。剡人单元阳，可谓真愚也已。

三、柳梦寅

代表作《於于野谭》

《於于野谭》原为10卷，其第12世孙柳济汉重修为5卷，计人伦篇、宗教篇、学艺篇、社会篇、万物篇。其中的学艺篇，收有诗话。

1．诗之理论

主张诗应本乎自然：“诗者，出乎性情，无心而发，终亦有征”。诗者，出性情虚灵之府，油然而发，不期然而然，非诗能穷人，人自穷也。

2．对朝鲜汉诗人汉诗之评论

评论朝鲜汉诗人之诗作时，多与中国诗进行比较。

①评郑宗荣戒子孙不学诗，指出：“余以为其虽善身谋，殊无古人三百篇遗义也。”

②评洪庆臣游三角诗，指出：“其格调近唐，若使益进不已，岂止今日之庆臣乎？不可使之无传焉。”

③评崔庆昌寻僧寺，入山谷忽失踪而作“危石才教一径通，白云犹自秘仙从，桥南桥北无人问，落木塞流万壑同”，指出：“其失亦栖遑之恨，在于言表，吟之怅然。”

④评郑士龙《桃花赋》，指出：“望夷虐秦之语，岂合于应教之制乎？”“诗关风教，非直哦咏物色，古者采风者，采而载之风雅，至唐时犹有此风”，杜诗曰：“采诗倦跋涉，载笔尚可记。”

⑤评白光勋之诗，指出：“白光勋以能诗，善草书，名于湖南为第一。”

3．对中国诗人诗作之评论

①关于出使李朝的明朝使节之诗

> 《皇华集》非传世之书，必不显。于中国使臣之作，不问美恶，我国不敢拣斥，受而刊之。我国称天使能者，必曰龚用卿，而问之朱之蕃，不曾闻姓名。祁顺、唐皋铮铮矫矫，而亦非诗家哲匠。张宁稍清丽，而软脆无指，终于小家。其余何足言。徐居正对祁顺敢为先唱若挑战者，然困于“百济地形临水尽，五台山脉自天来”之句。栗谷讥之曰：“四佳有似角抵者，先交脚，后仆地。下邦人待天使，宜奉接酬和而已，何敢先唱？”此真识者之言也。我国待华使，纠集一时之文人稍能解诗者以酬应，而择焉而不精，贻笑天人何恨？郑士龙虽称骚将，而其诗全无成篇，疵病自露。独李荇浑然成章，而调格甚

卑，有类应科之文。每作暂时仰屋，应手沛然；而其对宛转无疵，非娴熟于平素不能。朱之蕃之诗驳杂无象，反不如熊天使化之萎弱。

②关于杜甫之诗

万历丁酉年戊戌间，中原发舟师防倭。天将陈璘等到泊南海，鳌城行府院君李公候焉。天将有一人，于箧中出宝藏，以锦楮十袭，次第开之。其中有一书乃杜子美手稿。“倚江楠树草堂前”者，古诗也。句句字字皆点窜无完语，只“东南飘风动地至”一句无点化处，其余皆浓墨以改之，其字体颇拙。子美著心辛苦，缘诗致瘦可想。以诗中之圣，必枸草笔削，不敢等闲作一语；况后之人下此且千百倍，而欲随意挥洒者，虽快于一时，其于传后也何如？

③关于李白、杜甫之诗

蔡祯元，儒士也，好古文，虽不自工其文，论文有佳处。尝曰：“司马长卿《长门赋》记一日之事；登兰台，下兰台；朝修薄具，夜梦君王；昼阴夜明，极其愁思；毕昴既出，廷廷复明；皆一日之事。以究年岁不能忘结之，此其妙处了。”又论《舞鹤赋》，极道其清冽，言“冰塞长河，雪满君山；星翻汉回，晓月将落”；寒极于冬，清极于晓；古人措意，迥出后世文字可想。或问李、杜优劣，答曰：“李诗曰：‘柳色黄金嫩，梨花白雪香’。杜曰：‘红入桃花嫩，青归柳叶新。’‘赋花柳一也，而李自然，杜雕琢，优劣可立辨。’”

四、李睟光

代表作《芝峰类说》

《芝峰类说》共20卷，其中第8—14卷为诗话。刊行于1614年。

1. 诗歌理论和评诗标准

李睟光诗歌理论主气骨。认为气须稳，骨须隐。主张诗应典重而豪爽，格律要雅语圆熟。

2. 评论朝鲜汉诗人及其诗作

李睟光评论朝鲜汉诗人及其诗作时，亦多与中国诗进行比较。指出李朝当时汉诗诗风推崇唐诗："我东诗人，多尚苏黄，二百年间，皆袭一套。至近世，崔庆昌、白光勋始学唐。"

①评论朴淳之诗

> 朴思庵仪容美皙如冰玉，诗亦清峭近唐。为远接使年仅四十五，举止端雅，天使亟称之。既免相退居永平，绝竟世事，清苦一节，老而弥邵。近世大臣，进退终始如公者少矣。

②评论崔庆昌之诗

> 崔庆昌、李达一时能诗者也。其诗最近唐，而但作句多袭唐人文字，或截取全句而用之。令人读之，有若读唐人诗者。故骤以为唐而喜之。然其得于天机，自运造化之功似少，若谓夺胎换骨，则恐未也。

③评论崔岦之诗

崔岦于诗好后山（中国的陈师道），常言诗须以用意为工，我国人诗无意味，所以未善也。

④评论车天辂之诗

车五山天辂，文章雄健奇壮，不事精炼，如长江巨海，愈泻而愈不穷，尤长于偶对之文。

⑤评朴訚的《题永保》诗

忠清水营水保亭为第一胜地，自古题咏甚多，惟朴訚“地如拍拍将飞翼，楼似摇摇不系蓬”一联最为脍炙。余亦有一联曰：“秋色磨清铜上下，夜光浮碧玉东西”，真所谓唐突西施。

⑥评李容斋《与金瞻赠别》诗

李容斋赠别诗曰：“老去分衿重，情多出语迟。”金校理瞻诗曰：“在生难免别，垂老最关情。”语意相似，而金尤胜矣。

⑦评杨士彦与车天辂之《月出峰》诗

语皆奇爽，未知孰胜。

⑧评李纯仁《与河应临之送人》诗

此二作俱佳，而李尤近唐。

⑨评李达与崔庆昌之诗

此二作俱佳，而崔诗末句，押傍韵部，尽可惜矣。

3. 评论中国诗人及其诗作

应指出的是，李睟光的诗论的核心是尊唐。在《芝峰类说》中指出："诗至于唐而大成"。"今成双泉汝学言：'诗至盛唐，无以复加，虽使圣人见之，亦必称善。'余以为然。"高度推崇唐诗，积极倡导学习唐诗，并以唐诗作为评价诗之优劣标准。

在《芝峰类说》中说："余尝赠诗，有曰：'惟追唐李杜，不学宋陈黄。'"

①评论李白之诗

李白诗："郎今欲渡缘何事，如此风波不可行。"余常喜诵之。

李白乐府曰："独漉水中泥，水深不见月。不见月当可，水深行人没。"此词句法出于戏语，而有爱人之意，为可喜耳。

李白《凤凰台》诗，起结两句全袭崔颢法。第二联是寻常怀古诗，且与五言诗"古殿吴花草，深宫晋绮罗"同意。第三联视"晴川历历汉阳树"，太不侔矣。且既曰"江自流"，而又曰"二水中分"，似叠。余妄谓李白此诗，虽不作可也。

李白作《永王东巡歌》，褒扬太过。有曰："我王楼舰轻秦汉，却似文皇欲渡辽。"又曰："但用东山谢安石，为君谈笑静胡沙。"噫！不识永王之为人，而推许如此，其志大才疏可知。迫胁之辱，夜郎之窜，盖其自取也欤！

李白《蜀道难》，《唐诗解》以为玄宗幸蜀。太白作此诗，首言蜀道之难，非天子所宜幸；末言蜀中险恶，非王者所居；盖欲乘舆速返耳。余谓此言似得。按李白《剑阁赋》曰："送佳人兮此去，复何时兮归来。望夫君兮安极，我沉吟兮叹息。"亦此意也。

李白诗曰："出门妻子强牵衣，问我西行几日归。来时倘佩黄金印，莫学苏秦不下机。"按"不下机"乃苏秦妻事，直谓苏秦"不下机"，则未稳。

李白《庐山瀑布》诗曰："初惊银汉落，"又曰："疑是银河落九天。"盖形容矣。陈抟诗曰："银河泻落翠光岭。"石曼卿诗："玉虹垂地色，银汉落天声。"皆袭李诗也。

杜甫《北征》诗，李白《天上白玉京》诗，韩愈《南山》诗，古今长篇中最为杰作。而反复详味，则李诗气力不及《北征》，雄浑不及《南山》，乃知尺有所短耳。

②评论杜甫之诗

李睟光在《芝峰类说》中同样尊崇杜甫，评论杜诗多达135条。

李白之乐府古诗，少陵、王维之五言律，沈、宋、王、岑之七言律，王昌龄、李白之绝句，韩、柳之杂著，左氏、班、马之叙事，庄周之寓言，屈原之赋骚，皆文章之妙也。

古人谓李白为"仙才"，李贺为"鬼才"。又谓李白为

“诗圣”，杜子美为“诗史”。胡宗愈言：杜子美凡出处去就，悲欢忧乐一见于诗，读之可以知其世，故谓之“诗史”。余谓诗而为史，亦诗之变也。

杜子美送人迎养诗曰：“青青竹笋迎船出，白白江鱼入馔来。”杨用修以为此句用孟宗姜诗事，“青青”自好，“白白”近俗。韦苏州送人省觐诗云：“沃野收红稻，长江钓白鱼。”杜不如韦多矣。余谓用修所见似是，但韦诗“红稻”“白鱼”，皆是泛说，则恐不如杜之用事亲切也。

杜诗“红入桃花嫩，青归柳叶新”，李白“寒雪梅中尽，春风柳上归”，王荆公诗“绿搅寒芜出，红争暖树归”。此三诗皆用“归”字，而古人以荆公诗为妙甚。余谓不然，老杜巧而费力，荆公欲巧而尤穿凿，李白为近自然。

《早朝大明宫》诗，古人以岑参为第一，王维为第二，杜甫为第三，贾至为第四。余谓四诗俱绝佳，未易优劣。……大抵四诗皆用凤池，所谓和也，杜作乃用凤毛以结之，最妙。

③评论李商隐之诗

李商隐诗曰：“夜半宴归宫漏永，薛王沉醉寿王醒。”《鹤林玉露》以为词微而显，得风人之体。余谓寿王心事未必然矣，而强挥隐微，笔之于诗如此，非君子忠厚之意也。风人之体，岂若是乎？

李商隐《华清宫》诗：“华清恩幸古无伦，犹恐蛾眉不胜人。未免被他褒女笑，只教天子暂蒙尘。”审此诗意，则必如幽王之祸，然后为快也。虽诗格尚新，而辞旨未稳，非唐世臣子所忍道者。杜诗云：“朝廷虽无幽王祸，得不哀痛尘再蒙。”乃仁人君子之言也。

李商隐诗：“海外徒闻更九州，他生未卜此生休。空闻虎旅鸣宵柝，无复鸡人报晓筹。此日六军同驻马”云云，此诗世所传诵，而观其句语，不甚承接。“徒闻”与“空闻”“此生”与“此日”，亦字叠未稳。

李商隐诗曰：“夕阳无限好，只是近黄昏。”杨诚斋谓此句喻唐祚之将衰亡也。余则以为不过吟暮景耳。……唐人作诗多在有意无意间，情景宛然，而观者辄以有意求之，恐不免穿凿。

④评论王维之诗

对王维亦是推崇的，谈及王维的主要有三处。

其一，王维诗是否袭用他人诗句

《小说》云王维诗“行到水穷处，坐看云起时”，《文苑英华》集中句也。“水田飞白鹭，夏木啭黄鹂”，李嘉佑诗也。至以好窃人作訾之。按嘉佑乃维后辈人，维岂至于生吞活剥者乎？恐不然矣。

李晬光在《芝峰类说》中认为王诗并非抄袭他人。

其二，关于王维《早朝》诗之高下

《早朝大明宫》诗，古人以岑参为第一，王维为第二，杜甫为第三，贾至为第四。余谓四诗俱绝佳，未易优劣。……王维诗叠使衣色字，且“翠云裘”“冕旒”“衮龙”等语，似叠矣……余僭论至此，不敢质言，故着六“似”字以俟知者。

其三，关于王维之诗风

王维诗曰：“轻阴阁小雨，深院昼慵开。坐看青苔色，欲上人衣来。”又“人家在仙掌，云气欲生衣”。孟浩然诗：“微云淡河汉，疏雨滴梧桐。”皆佳，而不载本集，可惜。孟诗主于恬淡，而读王维“云气生衣”之句，令人飘飘有凌云想。

除李白、杜甫、李商隐、王维外，李睟光在《芝峰类说》中还对唐朝诗人孟浩然、王昌龄、岑参、韩昌黎、元结、刘禹锡、温庭筠、元稹、李贺、陆龟蒙等人之诗作进行评论。

除对唐代诗歌进行评论外，李睟光还对宋诗、元诗进行评论，对明诗也进行评论，但多为对出使李朝的明朝使节之诗进行评论。

①评论明使董越之诗

董越天使诗：“江雨酿寒来树杪，岭云分暝落岩阿。”乃用王荆公“岭云分暝与黄昏”之句，且格律非甚高妙，而郑湖阴最喜此句，常吟咏称誉云，未可知也。

②评论明使熊化之诗

熊天使《赠馆伴李好闵》诗曰：“白岳重来访尚禽。”李公谓余曰：“未知尚禽何义也？”余按汉尚长字子平，隐居不仕，与北海禽庆俱游五岳名山，不知所终。

③评论明使刘黄裳之诗

天朝员外刘黄裳，东征时有诗曰："鱼鞍耀朝日，貂扇引江风。"盖讥国欲以鱼皮裹鞍，冬寒以貂毛为扇也。

综上所述，《芝峰类说》中，对唐、宋、元、明诸代诗人之大量诗作进行评论，其中既有赞美和盛誉，但也有商榷和批评。这些评论至今对我国诗人和文学评论界亦有很重要的参考价值。

五、申钦

（一）生平

申钦（1566—1628），李朝文臣。字敬叔，号象村、玄轩。擅汉文汉诗，且擅朝鲜文时调。著有《象村集》（60卷）、《晴窗软谈》（3卷）。

1586年，文科及第，初任文吏。

1613年，癸丑士祸，罢职，流放春川。

1623年，获释，历任礼曹判书兼大提学、右议政、左议政、领议政。

1628年，逝世，终年62岁。

（二）代表作《晴窗软谈》

《晴窗软谈》主要评论朝鲜汉诗人之诗和中国诗人之诗作。

1．评论朝鲜汉诗人之诗作

申钦在评朝鲜汉诗人之诗作时，多采用以下两种方式。

其一，将朝鲜汉诗人之诗作和中国诗比较，且多与唐诗进行比较。

其二，指出朝鲜汉诗人之诗作源于中国诗。

上述两种方式，也是李朝诸多诗话作者评论朝鲜汉诗人之诗作时经常采用的形式。申钦在评论朝鲜汉诗人之诗作风格时，分为三种，即淡雅、奇健、清邵。申钦指出：

我朝作者，代有其人，不啻数百家，以近代人言，途有三焉：和平淡雅，或一家言者，容斋李荇、骆峰申光汉。而申较清，李较圆，大家则徐四佳居正，当为第一，而占毕斋金宗直、虚白成伣次之；如讷斋朴祥、湖阴郑士龙、苏斋卢守慎、芝川黄廷彧、或简易崔岦，以险环奇健为之，能至于得正觉者犹不多。思庵朴公淳，近来稍涉唐派，为诗甚清邵。

申钦以此三种风格，对朝鲜诸多汉诗人之诗作进行评论，多达两千多人，限于篇幅，不一一叙述。

2. 评论中国诗人之诗作

①评论唐宋两朝之诗

唐诗如南宗，一顿即本来面目。宋诗如北宗，由渐而近，尚持声闻辟支果，以唐宋之别也。

②评杜甫之诗

古之论者，以子美为出于灵运，太白为出于明远，子美固有依形而立者，若太白天仙也，如优昙钵花，变现于空中，特其资偶与明远相类耳。

杜诗，古人比之周公制作，诚的论也。

③评李白

太白仙人也，集中所载，无一可疵。虽有后之善摘瑕者，亦难容其三尺之喙矣。如上云乐、菩萨蛮、独漉篇、天姥吟等作，俱是钧天帝律，岂世间嗥呓者所仿佛耶？

后世作乐府者多，不能仿佛太白《忆秦娥》《菩萨蛮》万一，太白难可及也。

④评温庭筠之诗

温庭筠之诗，专主艳冶，而其渭上诗，有理致，意亦自高。

⑤评杜牧之诗

樊川之诗，固变音也。然其才横逸豪俊不可当，意者其人，亦必似其诗乎？

⑥评刘禹锡之诗

刘禹锡诗，才冠一时，论者言其诗，为才所累者多，后来坡公，少时学禹锡云。

⑦评苏东坡诗

东坡诗文，俱神境也。世之学唐者，常訾之，若简摘其艳丽，略为数卷书行于世，何遽不若唐家时世妆耶？

六、梁庆遇

（一）生平

梁庆遇（1568—？），李朝文臣。字子渐，号霁湖。著有《霁湖集》《霁湖诗话》。

1597年，文科及第。官至奉常佥正。

（二）代表作《霁湖诗话》

《霁湖诗话》中对朝鲜汉诗人之诗作和中国诗人之诗作进行评论。在评论诗之风格时，强调是否深厚奇健。

1．评论朝鲜汉诗人之诗作

①评李安讷之诗

安讷诗格，深厚秾丽。

②评林悌之诗

有拔俗气象。

③评洪千璟之诗

平生喜赋诗，往往奇健。至如科场之作，落笔风生，语可惊人，亦一时豪才。

④评朴守庵之诗

格高意玄，人莫能及。其咏崔孤云诗曰："孤云唐进士，初不学神仙。蛮触三韩日，风尘四海天。英雄安可测，真诀本无传。一去留双鹤，清风五百年。”深味之，有不尽底意思。

⑤评许筠之诗

真绝代诗才也，调格之高，同景樊堂（许兰雪轩）而无虚诞也。

⑥评许篈之诗

虽赡裕不竭，格律甚卑，不可同日而道也。

⑦评权应仁《松溪集》

句法圆熟，押韵不窘，下笔成篇，跄去跄出，如富家畏者贱用粟帛，亦文章乎？

2. 评论中国诗人之诗作

对中国诗人杜甫、杜牧、王维、李商隐、欧阳修、苏东坡之诗作进行评论。还对唐诗、宋词进行评论，从其评论中可以看出他尊崇唐诗：

世之论诗者曰唐体，曰宋体。近世学唐者，出于晚唐。盛唐与晚唐迥然不侔，取盛唐诸诗熟玩，则可知已。学晚唐者指用事曰：“非唐也。”盛唐用事处亦多，时时有类宋诗，然句法自别，世人鲜能知之。

七、许筠

代表作《惺叟诗话》《鹤山樵谈》

1.《惺叟诗话》（1卷）

（1）对朝鲜汉诗人诗作之评论

许筠评论朝鲜汉诗人之诗作时，亦多与中国诗人之诗作，尤其是唐诗进行比较。

①评论郑以吾之诗

郑以吾创作汉诗《次韵寄郑百亨》："二月将阑三月来，一年春色梦中回。千金尚未买佳节，酒熟谁家花正开。"许筠赞许说："不减唐人情趣。"

②评论崔致远之诗

崔孤云学士之诗，在唐末，亦郑谷、韩偓之流，卒佻浅不厚。唯秋风唯苦吟，世路少知音，窗外三更雨，灯前万里心，"一绝最好"。

③评论李齐贤之诗（《山中雪夜》）

人言崔猊山悉抹益斋诗卷，只留"纸被生寒佛灯暗……"，益斋大服以为知音，此皆过辞也。益斋诗好者甚多。

④评论李穑之诗（《浮碧楼》）

李文靖"昨过永明寺"之作，不雕饰，不探索，偶然而合于宫商，咏之神逸。

⑤评论陈烨之诗

陈翰林与文顺（即李奎报）齐名，诗亦清邵，……清劲可咏。

⑥评论金宗直之诗

其《宝泉滩即事》曰：“桃花浪高几尺许……”，最位高。

⑦评论李胄之诗

李忘轩胄诗最沉着，有盛唐风格。

其通州诗曰：“通州天下胜，楼观出云霄。市积金陵货，江通扬子潮。寒烟秋落渚，独鸟暮归辽。鞍马身千里，登临故国遥。”亦咄咄逼王（王之涣）孟（孟浩然）也。

⑧评论李荇之诗

我国诗当以李容斋为第一，沉厚和平，淡雅纯熟。其五言古诗，入杜（甫）出陈（子昂），高古简切，有非笔舌所赞扬。

李荇之汉诗《八月十五夜》：“平生交旧尽凋零，白发相看影与形。正是高楼明月夜，笛声凄断不堪听。”许筠赞许此诗说：

吾平生所喜咏一绝："平生交旧尽凋零，……"无限感慨，读之怆然。

⑨评论朴誾之诗（《福灵寺》）

朴誾之诗，不可易得，此语诚然。朴之诗虽非正声，严缜劲悍，如"春阴欲雨鸟相语，老树无情风自哀"之句，学唐纤丽者，安敢超其墨乎?

⑩评论金净之诗

金冲庵诗："落日临荒野，寒鸦下晚林。空林烟火冷，白屋掩柴门。"酷似刘长卿。其牛岛歌渺冥惝恍，或幽或显，极才人之致。申企斋推以为长吉之此也。

⑪评论苏世让之诗（《题尚左相震画雁轴》）

该诗含思深远，尚见而嗟悼之。

⑫评论高敬命之诗（《渔舟图》）

高霁峰诗，亦于闲废中，方觉大进。乃知文章不在于富贵荣耀，而经历险艰，得江山之助，然后可以入妙。

⑬评论林亿龄之诗

林石川为人高迈，诗亦如其人。洛山寺咏龙升雨降之状，文势飞动，殆为奇观。故其壮丽。

⑭评论李山海之诗

近代馆阁，李鹅溪为最。其诗初年法唐，晚年谪平海，始造其极。

⑮评论崔庆昌之诗

孤竹诗，篇篇皆佳，必炼琢之，无歉于心，然后乃出故耳。

⑯评论李达之诗

崔（庆昌）诗悍劲，白（光勋）诗枯淡，具不失李唐跬迳，诚亦千载希调也。李益之（即李达）较大包崔孕白，而自成大家也。

⑰评洪侃之诗

洪舍人侃诗，浓艳清丽，其懒妇引，孤雁篇最好，似盛唐人作。

⑱评论郑梦周之诗（《在北关作》）

音节跌宕，有盛唐风格。

⑲评论李崇仁之诗（《呜呼镐岛》）

引用李穑之评语“以为可肩盛唐”。

⑳评论李阳城之诗（《燕》）

酷似唐人调格。

（2）对中国诗人及诗作之评论

《惺叟诗话》中，对中国诗人之评论达20多人，如李白、杜甫、王维、孟浩然、李贺、柳宗元、孟郊、贾岛、王昌龄、苏东坡、陶渊明、陈师道、朱之蕃等。

2.《鹤山樵谈》（1卷）

（1）对中国诗人之评论

其中对明代诗人评论甚多。

明人以诗鸣名者：何大复景明、李崆峒梦阳，人比之李、杜。

一时称能者：边华泉贡、徐博士祯卿、孙太白一元、王检讨九思。何、李之长篇、七律俱善。

近古李于鳞、王元美亦称二大家，而吴国伦、徐中行、张佳胤、王世懋、李世芳、谢榛、黎民表、张九一等，皆并驱争先。

（2）对朝鲜汉诗人及诗作之评论

①评论黄廷彧之诗

长溪文章矫健不俗。国朝以来典文柄者，皆由于赐暇读书之人，而长溪则否，世皆荣之。

②评论宋翼弼之诗（《山雪诗》）

宋翼弼者亦能诗，《山雪诗》曰，……句格清绝。

③评论崔庆昌、李达、白光勋之诗

崔、李、白三人诗，皆法正音。崔之清劲，白枯淡皆可贵重，然气力不逮稍失事厚。

④评论许筠之诗

仲氏晚年之文，酷似子厚，画寒亭记逐疠文等作，可与戴氏堂逐毕方等文相上下。

仲氏诗初学东坡，故典实稳熟，及选湖堂熟读唐诗品汇，诗始清健。晚年谪甲山，持李白诗一部以自随。故谪还之诗，深得天仙之语。

⑤评论许兰雪轩之诗

许氏诗文俱出天成，喜作游仙诗，诗语皆清冷，非烟火食之人可到也。文南倔奇，四六最佳，白玉楼上梁文传于世。

八、张维

代表作《溪谷漫笔》

1. 诗之理论

张维认为诗应以华实兼备为主。

夫文有华有实，辞者其华也，理者其实也。圣贤之文，华实俱备。自诸子以下，始歧而二矣。文之至者，必华实兼。然与其华而不实，宁实而不华也。

诗固小艺也，不足拟于道德之大，然而较诸富贵外物，盖亦天所界者耳。畅性情之微，探造化之奥，文绣不足以侔其华，金玉不足以比其珍，明可被管弦，幽可以感鬼神，夫得是而有之者，岂亦偶然而已哉？殆是之精，赋其灵性，化工假其妙思，日星之光华，风云之变化，举不能独擅其功用，故虽一艺之微，而实与大化相流通。

诗，天机也，鸣于声，华于色泽，清浊雅俗，出乎自然，声与色可为也，天机之妙不可为也。

2．评论朝鲜汉诗人之诗作

张维在评论朝鲜汉诗人之诗作时，也往往与唐代诗人之诗作进行比较。如评论金悦卿之汉诗《咏渭川垂钓图》时，与中国诗人温庭筠之诗进行比较：

温庭筠有《渭上题》诗曰：“吕公荣达子陵归，万古烟波绕钓矶。桥上一通名利迹，至今江鸟背人飞。”我朝金悦卿《咏渭川垂钓图》曰：“风雨潇潇拂钓矶，渭川鱼鸟亦忘机。如何老作鹰扬将，空使夷齐饿采薇。”二诗俊爽，颇相类焉。然温诗直以名利讥太公，殊无意致。悦卿诗用意深远，有关世教，识者自能辨之。

3．评论中国诗人之诗作

如高度赞许杜甫之诗：

诗有未可废者，则杜诗，何可不读。读杜诗而有谚解，其不犹迷途之指南乎？

自书契之作也，著述浸广，体裁区别，记载世变，昭示得失者，谓之史。陶冶性情，叶之管弦者，谓之诗。此二者不可混，亦不能兼也……历数终古，究观艺林，兼斯二美，一举而两至者，其唯唐杜甫诗史乎？……诗而史，史而诗，不经而得经之旨，持一艺而兼作者之长者，非吾杜甫氏诗史乎？呜呼至矣！不可而加矣！

九、郑斗卿

代表作《东溟诗说》

《东溟诗说》有别其他诗话。此书主要是阐述诗之理论，在阐述诗之理论时涉及中国诗人之诗作。

《东溟诗说》中指出：

诗又以正为宗，当以“三百篇”为宗主，而古诗、乐府无出汉魏。曹、刘、鲍、谢诸名家，暨陶靖节、韦右司，冲淡深邃，出于自然，可以寻常读诵。律诗拘于定体，固不若古体之高远，然对偶音律亦文辞之精者，当以盛唐诸子为法。赵宋诸诗，虽多大家，非诗正宗，不必学也。初学之士，熟习浸吟，则体格渐堕。

郑斗卿首先强调了《诗经》是诗的本原即“正”。其次，指出古诗和乐府也是以《诗经》为宗主，并学习中国的曹植、刘祯、鲍照、谢灵运、陶渊明、韦应物等名家的诗风。再次，提倡创作古体诗。最后，主张学习汉魏盛唐，不应学宋。

阐述作诗之原则与方法：

初学之士，熟习浸淫，则体格渐堕。人虽生晚，学古则高，不必匍匐于下乘也。且凡为文，必须多读博观，撑肠五个卷，纳石渠天禄于胸中。引纸数万言，倾滟灏瞿塘于笔底；随意纵横，自然成章，方称作者。而至于作诗，先须立意。意存闲适，则以淡雅之言发之。意在哀伤，则以凄惋之言发之。意在怀古，则以后感慨之言发之。一篇之中，必先得意；一意之中，必先得句；一句之中，必先得字。字欲活而句欲圆，意在新而理欲深，才欲纵而气欲不恣，言欲简而事欲不晦。心与境会，境与天会，宫商自谐，华实兼备。

从上述文字可知，郑斗卿主张诗人必须大量阅读经典诗文，在创作时要认真刻苦。

十、任璟

（一）生平

任璟，生卒年不详，字景玉，号玄湖。著有《玄湖琐谈》。

曾为吏，后被罢官，隐居乡里。

（二）代表作《玄湖琐谈》

1. 诗歌理论

认为“诗者心声”，“诗者，志之所之也，在心为志，发言为诗，情动于中，而形于言”。主张诗以理为主，“大抵泥于意趣，坠失格律，诗家之禁。而专务格律，失其意趣，尤不可也。趣属乎理，格属乎气，理为之主，气为之使”。

2. 评论朝鲜汉诗人之诗作

①评论郑澈之诗（《统军亭》）

能托兴于意象之表，趣格飘逸，与兹亭相侔也。

②评论郑斗卿之诗（《登摩天岭》）

气象雄浑，其余古律诸篇，杰然特出，泱泱乎如击洪钟然，我东作者，鲜有其比。

③评洪柱世之诗

为文专尚儒家，不务词华，而诗亦闲远。

④评车天辂之诗

五山诗高处，虽老杜无以过之。如余寒冰结失江声之句，今人何尝道得？

⑤评论无名氏所作之诗

无名氏诗曰："驴背春眠稳，青山梦里行，觉来知雨过，溪水有新声。"世称绝佳，余以为不然。雨过而有水声，则雨之暴也。遇暴雨，而不觉犹作驴背之梦，语不近理。唐人诗"春眠不觉晓，处处闻啼鸟"，趣真而语自成韵格，诗当如此矣。

3. 评论中国诗人之诗作

关于出使李朝的明朝使节唐皋之诗：

华使唐皋之来，容斋为傧相，湖阴郑士龙、退休堂苏世让、安分堂李希辅为从事。华使绝不吟咏。到安州，始次板上韵两联云："佳句偶来楼上见，旅怀祇向客边伤。龙飞有诏颁高丽，凤去何人叹楚狂。"华使以示傧伴诸公，安分易之，颇摘疵病。

退休以为句语深厚，必是大手。湖阴亦以为然。

容斋曰："'丽'字音'尼'，恐失平仄。"

退休曰："不然，高丽之名，本取山高水丽之义。中国人虽做'尼'音，我国则犹从仄音，华作必因是也。"

容斋然之。

自此以后，酬唱不绝，华作愈出愈好。容斋乃叹曰："天才也。"

华使亦推容斋为骚坛老将，戒副使切勿浪作云。

十一、鱼叔权

（一）生平

鱼叔权，生卒年不详，李朝文臣、学者。号也义堂。擅诗文，知识渊博，精通吏读文和汉语。著有《稗官杂记》《考事摄要》。

曾为吏，官至吏文学官。

1541年，随贺节使赴明。

（二）代表作《稗官杂记》

1. 对朝鲜汉诗人及诗作之评论

①评论李容斋之诗

李容斋之《咏朱云》云："腰间有剑何须请，地下无人亦足游。可惜汉庭槐里令，一生惟斩佞臣头。"

古今咏朱云者，无此意思，虽置之唐宋集中无愧矣。

②评论苏相公汉江诗

苏相公创作有一联："缥缈三山看覆鼎，逶迤一带接投金。"

> 果为天成，虽荆公复生无愧矣。（荆公，指宋代诗人王安石）。

2. 对中国诗人及诗作之评论

高度称赞中国诗人杜甫、李白、白居易等人之诗，特别喜爱王安石之诗文。

十二、金渐

（一）生平

金渐，生卒年不详，李朝文人。

（二）代表作《西京诗话》

《西京诗话》为三卷，主要内容有二：其一，评论朝鲜汉诗人之诗作；其二，评论中国诗人之诗作。

评述了唐代至明代的诗人之诗作，并用较长篇幅评论出使李朝的明朝使臣在朝鲜所作之诗文：

> 近代有《皇华集》，皆明使臣诗也。如倪尚书谦、陈祭酒鉴、张给事宁、金太仆湜、祁郎中嘉、董尚书越、王给事敞、龚祭酒用卿、华学士察、张给事承宪、唐太史皋、史给事道、许阁老国、魏给事时亮、朱太史之蕃、梁给事有年、姜阁老日广、王给事梦尹、熊行人化、刘学士鸿训辈，皆极一代之选。然兴象唐，理趣不如宋，是明人而已矣。
>
> 朱天使之蕃之来，柳西垌根为傧接使，许筠为从事。天使曰："沿路馆壁，何无贵国诗乎？"筠曰："诏使所经，不敢以陋诗尘览，故例□去之。"天使曰："国虽分夷夏，

诗岂有内外？况天下一家，四海兄弟，僚与君俱落地为天子臣庶，可渠以生中国自夸乎？”吁！我国之恪谨，天朝之一视，可谓两得之矣。朱天使自练光亭溯江至浮碧楼，叹曰：“此小金陵也。”又曰：“在小邦，故以小目之；其实胜金陵也。”吾姑举《皇华》诸作以证之。如：“江水不随乡国异，声同扬子共淙淙。”此朱之蕃之句也。“大江欲衍辟群山，德严旋作落星湾。”此刘鸿训之句也。此所谓小金陵也。“怪石槎枒撑砥柱，灵源迢递接银河。”此陈嘉猷之句也。“贮得楼头风月满，城闉疑是蕊珠宫。”此梁有年之句也。“夜来举火明额字，此亭恍疑斗牛间。”此刘鸿训之句也。岂真胜金陵而已？

熊天使化《游南浦》诗：“来往成陈迹，江山自胜游。盛衰多感慨，今古一沉浮。积水通鳌极，晴云结蜃楼。趁兹风月好，但碎莫浔愁。”信笔挥洒，若有得色。傧相柳根即席和进曰：“故国千年地，清樽半日游。雨晴云叶散，风急浪花浮。赤壁苏仙月，青山谢朓楼。江南宛相似，莫作异乡愁。”天使读至腰联，不觉击节曰：“语意浑然天成，无一定勉强处，即置盛唐中，不须多让。今日可以屈居吾膝矣。”夫以属国偏师，抗衡中夏者，宁独一乙支文德哉？不亦至乎，天朝之遇我也。

薛庭宠《游平壤记》云：“遂谒箕子。”又云：“复谒檀君东明。”谒，下见上也。王梦尹诗曰：“莫问前朝事。”又云：“王伯千秋尽。”前朝字尊，王伯字大。刘鸿训即云：“为问鼎湖何处是，空留石窟老江乡。”姜曰广则云：“麒麟一去何时返，练光望断飞龙秋。”此则比东明于皇帝，至箕子尤致敬笃焉。董越诗曰：“高风谩说凌三代，遗教犹闻守八条。”陈鉴则云：“言垂千载存洪范，人到三韩谒旧祠。”王鹤云：“中原道统推使授，绝域民风赖肃雍。”若乃张承宪云：“圣朝皇极中天运，海国文物遍地舒。”足以弊短。

律绝佳者如张宁《大同江》云：“平壤孤城发晓装，画船箫鼓丽春阳，岛边云尽青山出，渡口潮通碧海长。已喜皇恩同天地，不知身世在他乡。清樽且莫频相劝，四牡东风路渺茫。”金湜则云：“浪高如屋雨如拳，人在江头泊画船。咫尺楼台飞不上，寻常诗酒惯相牵。便拼客路三千里，算作浮生五百年。安得鱼龙齐起跃，扫开云雾看青天。”

龚用卿《望月亭》云：“亭子傍山隈，云光夜夜开。层檐非近水，为有月明来。”魏时亮云：“来时月不见，去路月生迟。独有吟弄意，惺惺常自知。”……朱之蕃《风月楼》云：“池上楼台蘸绿波，海风吹送月明多。为怜夜气清如许，不种蔷薇种芰荷。”梁有年则云：“荷香暗递风多力，酒盏明催月有功。贮得楼头风月满，城闉疑是蕊珠宫。”吾尝笃而论之：鹿峰岳岳，唐公折其角；张也堂堂，鸿山落其距；魏之与龚则望洋矣，梁之与朱亦隔尘也。

第三节　金得臣　李　植　南龙翼
金万重　任　埅　洪万宗

一、金得臣

代表作《终南丛志》

1. 关于诗之理论

凡诗得于天机，自运造化之功者为上，此则世不多有。其次学唐学宋者，各得其体，则俱有可取。

评论诗时，主张豪健清绝。不能“以名取诗”，不能“以时之先后，人之贵贱”来评诗。

关于诗之创作，金得臣认为要“辞理俱到，用破一生心”。首先，诗人要有“自运造化之功”，才能创作“辞理俱到，有无限趣味”的诗作。

> 世传一诗曰：“我生后彭祖，彭祖不如余。蜉蝣出我后，我生犹不如。往古不必羡，采短方有余。”此未知谁氏之作，而辞理俱到，有无限趣味，虽在唐宋之间，而若非自运造化者，安能比?

其次，主张“作诗用尽一生心力”，“用破一生心”。

> 李唐诸子作诗用尽一生心力，故能名传世后，如“吟安一个字，捻断数茎须”，“吟成五字句，用破一生心”，“两句三年得，一吟双泪流”，“欲识为诗苦，秋霜若在心”。

再次，主张要多读书，多读名诗。

> 我东文章巨公，多读书者亦可历数，世传余乖崖（金寒温）闭门读书，不窥外，下堂见落叶，始知天秋。成虚白（成伣）昼读夜诵，手不释卷，如厕或忘返……李东岳（李安纳）读杜诗数千周。

2. 评论朝鲜汉诗人之诗作

对朝鲜汉诗人之诗评论时，多与中国诗人进行比较。

①评论任叔英之五言排律

五言排律，始见于初唐。而杜子美为一百韵，丽朝李相国奎报为三百韵，至我朝疏庵任叔英为七百韵，……虽以老杜大手，尚上百韵，后世诗人，亦无如此大作，而疏庵始创立，可见其困廪之当也。

②评论任叔英（疏庵）和郑斗卿（东溟）之诗

评者谓我国之文，超越前代，可与中国并驱者有二：疏庵之骈丽，东溟之歌行云。

3. 评论中国诗人之诗作

在评论朝鲜汉诗人之诗作时，多与中国诗人之诗进行比较。被例举中国诗人达十余人，其中有李白、杜甫、孟浩然、王维、高适、岑参、李益、谢逸、郑谷、朱之蕃。

二、李植

（一）生平

李植（1584—1647），李朝文臣、学者。字汝固，号泽堂。擅汉文汉诗，著述颇丰。著有《泽堂集》《初学者训增辑》《杜诗批解》《水城志》《野史初本》《学诗准的》。

1610年，文科及第。历任说书、北评事、宣传官。

1618年，辞官隐退。

1623年，复出，任职。

1646年，辞官隐退。

1647年，逝世，时年63岁。

（二）代表作《学诗准的》

《学诗准的》中主张学诗要以中国《诗经》为宗，强调学习唐诗，特别推崇杜甫之诗。

《书》曰："诗言志，歌永言。"《记》曰："温柔敦厚，诗之教也。"此周诗《三百篇》宗旨也。韩子曰："诗正而葩。"朱子取之，此诗之体格也。反是而志尚颇僻，流荡词意，粗浊险怪，皆诗之外道也。今当以《三百篇》为宗主，熟读而讽咏之□，此诗学之本也。

李白古诗飘逸难学，杜诗变体，性情词意，古今为最。记行及《吏》《别》等作，分明可爱者，不可不熟读摹袭，以为准的。其大篇如《八哀》等作，非学富才博不可学，亦非诗之正宗，姑舍之。

然唐以下律诗，百家浩瀚，必须精选熟读，又必多有习作，可以谐适音韵，名世擅场可期也。初唐则沈、宋之流若干篇，可以抄览。盛唐则王、孟、青莲近于古诗，不可学也。高（适）、岑（参）、李（颀）、崔（颢）若干篇可观。所当专精师法者，无过于杜，为先熟读吟讽。然其横逸艰晦之作，不可学，专取其精细高迈者以为准的。然不参以唐律，则自不免堕于宋格。须以韩、柳、韦、钱（起）、皇甫（非一人）、窦（五窦之类）、两刘数百首参之（长卿诗多抄）、摹袭其声色，方为专美。

绝句则律诗类也。五言绝则无出右丞（王维）。同时名作近于右丞者，略取之。

七言绝则初唐不可学，太白以下皆可取，晚唐绝句亦佳，并抄诵数百首以为准的。

七言歌行最难学，才高学浅者，韦、柳、张（籍）、王（建），如权石洲所学，庶可企及，然未易学也。

李、杜歌行，雄放驰骋，必须健笔博才，可以追蹑。然初学之士学之，易于韦、柳诸作，以其词语平近故也。逼不得已，姑学李、杜，参以苏、黄诸作，以为准的。

排律虽当以杜诗为主，然甚无次第，不可学。学短篇绝妙者，且不易学，须参以韩、柳律，以为准的。七言排律古无可法，须从俗酬酢，无过二十韵。

最后，指出朝鲜汉诗人学习中国诗人诗作之状况：

近代学诗者，或以韩诗为基，杜诗为范，此五山、东岳所教也。石洲虽终学唐律，初亦读韩。崔孤云末年才涸气萎，亦读韩诗。吾虽学浅，殊不欲读韩，既被诸公劝诱，熟观一遍，其律绝固唐格也，不妨与杜诗并看。

三、南龙翼

代表作《壶谷诗话》

《壶谷诗话》具有与前述诗话之不同特点。

其一，评论朝鲜汉诗人之诗作，为数众多，评论高丽王朝和李朝的汉诗人之诗作，多达77人。

其二，评论高丽王朝、李朝汉诗人之诗作，多进行对比，对其诗风相较。

以企斋敌司谏，石洲敌益斋，东溟敌文顺。

金冲庵之“江南残梦昼厌厌，愁逐年光日日添，双燕来时春欲暮，杏花微雨下重帘”可敌郑知常之“桃花红雨鸟喃喃，绕屋青山问翠岚，一顶乌丝慵不整，醉眠花坞梦江南”。

其三，没有专门评论中国诗人之诗作，只是在评论朝鲜汉诗人诗作时与中国诗人之诗作进行比较。

我朝之有权（石洲）、李（东岳），比之于盛唐李、杜与明之沧（溟）、弇（州）。而李之慕权，又如子美之于太白、元美之于于鳞。

排律，创于初唐，沈宋四杰，诸人之作皆妙，至老杜至于百韵，则已患其多，弇州挽沧溟之作亦百韵，而不无疵病。丽朝李文顺，巨笔滔滔，而亦不过三百韵。任疏庵乃有七百六韵，此古今所无。

此外，《壶谷诗话》中还对朝鲜汉诗人之诗作进行评论。

①评论李晬光之诗

李芝峰（李晬光）一生攻唐，闲淡温雅，多有警句，而所乏者气力。

②评论朴誾之诗

或云，国初以来专向东坡，而挹翠忽学山谷（中国宋朝之黄山谷），故侪流皆屈服云，此说近是。

③评论崔岦之诗

（崔）简易自许以天下文章，不可草草自奉……，平居必锦帐绣袍，接待朝士极傲，而其时文人皆受以不忤。

④评论许筠之诗

百体具备，妙解旁通。虽盛代，无出（许）筠者。

⑤评论郑斗卿之诗

张溪谷每云：闻郑诗来，则有雷霆霹雳，令人自怕。

⑥评论李朝汉诗人之诗风

本朝之尤者，如郑三峰道传之凌厉，姜通亭淮伯之开烨，李双梅詹之荣茂，卞春亭季良之练达，徐四佳居正之赡大，李三滩承召之妥适，姜晋山希孟之苍老，金占华宗直之劲杰，金梅月时习之神邀，南秋江孝温之激烈，李忘轩胄之高华，郑虚庵希良之炯邃，李容斋荇之圆浑，朴讷斋祥之感慨，金慕斋安国之核激，金冲庵净之简峻，奇服斋遵之悲惋，苏阳谷世让之舒卷，郑湖阴士龙之炼悍，申企斋光汉之葩秀，林乃川亿龄之飞动，郑林塘惟吉之夷旷，李退溪晃之纯净，卢苏斋守慎之渊宏，朴思庵淳之艳洁，李栗谷珥之通明，成千溪浑之雅正，宋龟峰翼弼之真活，黄芝川廷彧之典特，李鹅溪山海之妍媚，郑松江澈之遒劲，高霁峰敬命之秾富，许荷谷篈之超敏，林白湖悌之爽快，崔孤竹庆昌之清淑，白玉峰光勋之瘦朗，李荪谷达之孤绝，崔简易岦之沉健，李月沙廷龟之和远，申象村钦之粹润，李五峰好闵之颖锐，李芝峰睟光之温淡，车五天辂之轰浩，李体素春英之骜宕，李东岳安讷之浑雄，洪鹤谷瑞凤之警策，金清阴尚宪之恬整，张溪谷维之鬯达，李观海敏求之闲旷，李泽堂植之精紧，李白洲明汉之豪逸，各臻其极。

而至于调格之卓迈，当以朴挹翠訚为主；情境之谐和，当以权石洲韠为宗；体制之奇拔，当以郑东溟斗卿为冠。

余欲以企斋敌司谏，石洲敌益斋，东溟敌文顺，具眼者以为如何?

四、金万重

代表作《西浦漫笔》

《西浦漫笔》为上、下两卷，内容广泛，包含政治、经学、宗教、文学、考证、诗话，诗话仅为《西浦漫笔》中的部分内容。

1. 诗之理论

金万重认为，诗应观人穷达，感人至深："古人谓诗可以观人之穷达，信矣""古人以诗验人之穷达"。关于诗风、诗格，主张以气为主。评论他人诗作，注重诗之典雅清新。

关于李朝汉诗诗体变化，有精辟分析：

本朝诗体，不啻四五变。国初承胜国之绪，纯学东坡，以迄于宣靖，惟容斋称大成焉。中间参以豫章，则翠轩之才，实三百年一人。又变而专攻黄陈，则湖苏芝，鼎足雄峙。又变而反正于唐，则崔白李其粹然者也。夫学眉山而失之，往往冗陈，不满人意。江西之弊，尤拗拙可厌。崔白之于唐，五律七绝，仅窥晚李藩篱，沾沾一脔，不足以果腹，其可及人夫？权汝章以布衣之雄，起而矫之，采掇唐宋，融洽雅俗，磨砻刷治，号称尽美。东岳和之，加以富有；泽堂嗣兴，理致尤密；遂使残膏剩馥，沾丐至今，可谓盛矣。而末流之弊，全废古学，空疏鄙俗，比前三李，抑有甚焉。唐宋遗风余音，至此扫地，而诗百六之穷，未有甚于此时也。若学明一派，滥觞于月汀玄轩诸公，近代李子时其成家者，盖东诗构出之枝也。

金万重将朝鲜的汉诗诗体，分为六期，即先专学东坡，次专攻黄陈，继之反正于唐，而后采掇唐宋，而后全废古学，最后学明。

2. 评朝鲜汉诗人之诗作

①评论新罗真德女王诗

真德织锦颂德诗，全篇典雅，绝无夷裔气。尔时三韩文字，恐不能如此，无以万金购于华人耶？不然，则徐贤妃之流玉也。

②评论郑知常之诗（《南浦送人》）

高丽郑司谏南浦绝句，即海东之渭城三叠也。末句“别泪年年添作波”一作添绿波，益斋谓当从“绿波”。四佳又作字为胜。按，沈休文别赋曰：“春草碧色，春水绿波，送君南浦，伤之如何？”郑诗正用沈语“绿波”不可易也。

③评论许兰雪轩之诗

兰雪轩许氏诗出自李荪谷及其仲荷谷，功夫不及玉峰诸公，而慧性过之，海东闺秀唯此一人。

④评论许筠之诗

（许）筠四部稿，士大夫间颇有传之者，体格不甚高，而才情有过人处，如宫词绝句、竹西楼赋等诸篇。洲岳诸公不能为焉。

⑤评论权韠之诗

近来，洲岳溟三家，相继而兴，谈艺者各有所在，而右袒石洲者居多云。

⑥评论李泽堂之诗

李泽堂杞城郡莲池绝句，精深伟丽，无论东方作者，虽苏黄集中，亦所罕见。

⑦评论李达之诗（《采莲词》）

李达《采莲词》："莲叶参差莲子多，莲花相开女郎歌"，真绝唱，惜其结语不称，不然当与王昌龄荷叶罗裙并驱也。

⑧评论郑澈之诗

松江关东别曲、前后思美人歌，乃我东之离骚，而惜其不可以文字写之，故唯乐人辈只相授受。

3. 评论中国诗人之诗作

①评论司马迁、韩愈、屈原、杜甫

窃谓自古文章之大家，只有四人，司马迁、韩愈之文，屈原之骚，杜甫之诗是也。是皆具四时之气焉。不然不为大家，史记之酷吏平准，昌黎之志铭、楚辞之九章天问、子美之夔后，皆秋冬之霜雪。

②评论李白、杜甫

李杜齐名，而唐以来，文人之左右袒者，杜居七八，白乐天、元微之、王介甫及江西一派等尊杜。欧阳永叔、朱晦庵、杨用修等右李、韩退之，苏子瞻并尊者也。若明弘嘉诸公，同亦并尊，而观其旨意，率皆偏向少陵耳。诗道至少陵而大成，古今推以为大家无异论，李固不得与也。

③评论宋朝、明朝之诗文

明文固不如宋，而诗则似当别论。今且以东坡弇洲，比并而观之，则坡工于意，弇洲工于辞，盖各有所长。

④评论明代诸人之诗文

皇明诗，济南吴郡之七言律、信阳武昌之五言律、北地之歌行、苏门之选体，皆其至者也。

五、任埅

（一）生平

任埅（1640—1724），李朝文臣。字大仲，号水村。著有诗文集和《水村谩录》（1卷）。历任户曹正郎、义禁府都事、工曹判书，议政府右参赞。后被谗，罢官流放。

1724年，逝世，终年84岁。

（二）代表作《水村谩录》

《水村谩录》评论的均是朝鲜汉诗人之诗，评语甚是简略，并多与中国诗人诗作进行比较。

1. 评论金得臣之诗

金柏谷得臣，平生工诗，雕琢肝肾，一字千炼，必欲工绝，其贾岛之流乎？

2. 评论金锡胄与金永叔之次和高叔嗣试院韵诗

两作俱有古意，比诸颜谢，亦无愧矣。

3. 评论李泽堂之诗（《解职归峡之什》）

典重雅健，恐当压卷。

4. 评论洪万洪与李瑞雨之诗（《赠妓》）

洪诗风韵浏浏，八句俱圆。李诗调格萎弱。

5. 评论洪桂世之诗

以辞达理畅为主，不尚浮华险奇，溪谷泽堂，俱称为大手。

6. 评论金昌协之诗（《宿山寺归路》）

词格绝高，超出尘臼。

六、洪万宗

（一）生平

洪万宗（1643—1725），李朝学者。字于海，号玄默子、长洲。对传统诗文不感兴趣，致力于诗话和小说创作。著述甚丰，著有《东国历代总目》《诗话丛林》《小华诗评》《海东遗迹》《诗评补遗》《增补历代总目》《旬五志》《东国地志略》《东国乐谱》等。

文才出众，从未入仕。

1725年，逝世，终年82岁。

（二）代表作《小华诗评》

《小华诗评》分为上、下两卷。

1. 诗歌理论

洪万宗诗歌理论的核心是尊唐。他认为好诗的标准是“立意深浅”、“造语巧拙”和“格律清浊”。他在南宋诗学理论大家严羽的“兴趣说”基础上，提出“含蓄为佳”的诗歌标准：

凡为诗意在言表，含蓄有余为佳。若语意呈露，直说无蕴，则虽词藻宏丽侈靡，知诗者固不取矣。

2．阐述朝鲜历代汉诗历史的渊源流变和文体成熟

我东之通中国远自坛箕，而文献盖茂茂，隋唐以来始有作者……而至于唐侍御使崔致远，文体大备，遂为东方文学之祖。

3．阐述高丽、李朝的诗体

丽朝规模大而近宋，我朝格调清而近唐。

4．评论朝鲜汉诗人的诗作

对朝鲜历代607名汉诗人的诗作进行评论。时代之久远，范围之广泛，人物之众多，既有帝王，又有名臣；既有著名诗人，又有贫寒诗人；既有男诗人，又有女诗人，实为李朝诗话中评论朝鲜汉诗诗作最多者。还应指出的是，在评论朝鲜汉诗人之诗作时多与中国诗人之诗作进行比较，尤其是与唐诗进行比较。也可以说，洪万宗是用唐诗标准进行评论的。

①评论崔致远、朴寅亮之诗

我东以文献闻于中国，中国谓之小中华，盖由崔文昌致远

唱之于前，朴参政寅亮和之于后，文昌入唐赋诗，脍炙人口。

②评论朴訚之诗

容斋曰：“其诗出人意表，自然成长，不假雕饰，殆千古希音。”

③评论宋翼弼之诗

龟峰宋翼弼虽出卑微，天品甚高，亦能文章，其望月诗（“未园常恨就园迟，园后如何易就亏。三十夜中园一夜，百年心事总如斯。”）语甚精到。

④评论李山海之诗（《梦觉》）

清婉圆转，若鹅溪者，可谓能尽少时之才者也。

⑤评论崔庆昌之诗

余尝闻诸先辈为我东之诗雄，唯崔孤云终始学唐，不落宋格，信哉！

⑥评论崔岦之诗

许筠以为简易诗，本无师承，自创为格，意渊语杰，非切磨声律、采掇花草者所可企及。吾以简易诗为胜于文云。

⑦评论许筠之诗

溪谷称东国诗人中，荷谷为最，霁湖亦言绝代诗才。余尝见其古城秋怀诗（诗略），方信二人所言。

⑧评论车天辂之诗

五山天辂文章，李奎报后一人……世或病其蛟螭蚯蚓相杂。余则以为五山诗长篇大作，滚滚不竭，其驰骤不际，不遑择言，虽有小疵，此犹邓林枯枝，沧海流芥。

⑨评论崔承老之诗

崔承老诗曰：“有田谁布谷，无酒可提壶。山鸟何心绪？逢春谩自呼。”辞语清绝，意味深长，颇有古人赋比之体。……布谷提壶亦皆鸟名，此诗得韩（昌黎）法。

⑩评论李仁老之诗（《幽居》）

酷似唐家。

⑪评论李穑之诗（《入觐大明殿》）

词极典雅，可为唐人早朝之亚。

⑫评论郑梦周之诗（《奉使南京》）

非徒理学为东方之主，其文章亦唐诗中高品。

⑬评论高敬命之诗（《渔舟图》）

声韵格律，极逼唐家。

⑭评论李达、白光勋之诗（《登广寒楼次韵》）

荪谷、玉峰，最逼唐韵。

⑮评论郑斗卿之诗

俊逸中极娴雅，风神骨骼，酷似太白。

⑯评论郑之《会饮统军亭》

气格遒健，仿佛老杜。

⑰评论金得臣之诗（《木川途中》）

极逼唐家。

⑱评论洪锡謩之诗（《晓行》）

晚洲尤逼真，当与贾岛鸡声茅店诗相伯仲。

⑲评论许兰雪轩等女诗人之诗

古之妇人能文者如曹大家班姬……我朝郑氏……兰雪轩许氏……赵承旨瑗之妾、杨斯文士奇之妾……各臻其妙，自是闺房之秀。

古人才妓能诗者如薛涛、翠翘之辈颇多……语皆工丽。

⑳评论高丽李穑等12人之诗风

丽朝作者，各自成家，不可枚举，赵石磵称丽朝十二家，盖金诗之典雅，郑学士之婉丽，金老峰之巧妙，李双明之清丽，梅湖之浓艳，洪崖之清邵，益斋之精灏，愓若之清胆，圃隐之豪放，陶隐之蕴藉，各擅其名，而白云之高瞻，牧隐之雅健，尤杰然者也。

㉑评论李朝李崇仁等诗人之诗风

郑学士《咏杜鹃》诗……怪其工艳。

李云《德渊院》诗……慕其孤高。

占毕斋《仙槎寺》诗……嗟其清亮。

金冲庵《寒碧楼》诗……喜其豪壮。

李容斋《溪上即事》诗……想其奇工。

郑湖阴《感怀》诗……觉其清切。

崔东皋《除夕》诗……欢其奇健。

孤五山《咏孤雁》诗……畏其秀逸。

崔孤云《姑苏台》诗……凄婉。

林西河《赠人》诗……寒苦。

金老峰《泒洲》诗……纤巧。

李益斋《晓行》诗……清广。

李陶隐《元日早期》诗……典丽。

金占毕《伏龙途中》诗……古朴。

朴挹翠《永保诗》诗……奇逸。

郑湖阴《旅舍》诗……奇妙。

崔东皋《客中》诗……锻炼。

车五山《咏怀》诗……感慨。

权石洲《幽居漫兴》诗……神妙。

李东岳《江亭》诗……浏亮。

李泽堂《丽江》诗……凄切。

郑东溟《北关》诗……奇壮。

5. 评论中国诗人之诗作

洪万宗在《小华诗评》记述多名出使李朝的清朝使节之诗作。

诏使华察《鸭绿江》诗曰："春江三月送浮槎，日落潮平两岸沙。天地本来分异域，风尘此去愧皇华。波翻鸭绿初经雨，柳带鸦黄未着花。四海东书今一统，东溟文物自帝家。"

远接使阳谷苏世让次曰："溶溶清浪泊灵槎，骑从如云簇晚沙。始识天公分物色，故教仙客管春华。烟含濯濯江边柳，雨浥离离岸上花。一脉斯文情谊在，车书同属帝王家。"诏使叹赏。

敕使之来，蔡相（济贡）为远接使。敕使见我国衣冠尚依大明之制，作诗曰：“星槎昨夜出东坰，谁识衣冠在幕庭。”令济贡续之。济贡慌忙未及对。

僧有一适在旁，代作曰：“一片丹心君莫变，首阳山色古今青。”以送之。

敕使曰：“俺观接伴之相，不过小国相位，今见其诗，有王者气象。”

《小华诗评》对后世影响很大。金得臣指出：“以余观之，徐世家之诗话，精而不博；梁霁湖之诗话，稳而久少。今于海之所著也，精而稳，博而赅。虽谓之度越两公，亦非僭也。”

第四节　金昌协　李宜显　申靖夏　李　瀷　李德懋　李朝正祖

一、金昌协

代表作《农岩杂识》

诗话《农岩杂识》共4卷，载于《农岩集》中。

1．诗歌理论

余谓诗者，性情之物也。惟深于天机者能之。苟以龌龊颠冥之夫，而徒区区于声病格律，掏擢胃肾，雕镂见工，而自命以诗人，此岂复有真诗也哉。

诗者，性情之发，而天机之动也。唐人诗有得于此，故无论初、盛、中、晚，大抵皆近自然。

2. 坚持宗唐的原则

明人称诗，动言汉、魏、盛唐。汉、魏固远矣，其所谓唐者，亦非唐也。余尝谓唐诗之难，不难于奇俊、爽朗，而难于娴雅；不难于高华、秀丽，而难于温厚、渊澹；不难于铿锵、响亮，而难于和平、悠远。明人学唐也，只学其奇俊、爽朗，而不得其从容、娴雅；只学其高华、秀丽，而不得其温厚、渊澹；只学其铿锵、响亮，而不得其和平、悠远，所以便成千里也。

诗固当学唐，亦不必似唐。唐人之诗，主于性情、兴寄，而不事故实、议论，此其可法也。然唐人自唐人，今人自今人。相去千百载之间，而欲其声音、气调无一不同，此理势之所以必无也。强而欲似之，则亦木偶、泥塑之像人而已。其形虽俨然，其天者，固不在也，又何足贵哉？

3. 关于朝鲜汉诗人学习唐、宋诗存在之弊病

世称本朝诗，莫盛于穆庙（指高丽）之世。余谓诗道之衰，实自此始。盖穆庙以前，为诗者，大抵皆学宋，故格调多不雅驯，音律或未谐适。而要亦疏卤、质朴、深厚、老健，不为涂泽、艳冶，而各自成其为一家言。至穆庙之世，文士蔚兴，学唐者寝多。中朝王（世贞）、李（攀龙）之诗，又稍稍东来，人始希慕仿效，锻炼精工，自是以后，轨辙如一，则其人犹可见，而读穆庙以后诗，其人殆不可见，此诗道盛衰之辨也。

4. 关于朝鲜历代汉诗与中国诗之不足、差距

盖尝谓我东之文，其不及中国者有三，肤率而不能切深

也，俚俗而不能雅丽也，冗繁而不能简精也。故其情理未晰，风神未畅，则无可观。

5. 评论朝鲜汉诗人之诗作

①评论李荇之诗

容斋诗虽格力不及挹翠（朴訚），而圆浑和雅，意致老成，足为一时对手。其五言古诗往往有绝佳者，非东岳（李安讷）所及也。

②评论朴訚之诗

挹翠轩虽学黄（山谷）、陈（师道），而天才绝高，不为所缚。故辞致清浑，格力纵逸，至其兴会所到，天真烂漫，气机净溢，似不犯人力。

③评论崔岦之诗

（崔）简易文章名世，人谓诗非本色，而要以苏芝（指卢守慎、黄廷彧）之类，其风格豪横，质致深厚，不及苏斋（指卢守慎）而镵画矫健过之，其惊绝处，声响铿然，若出金石，要非后来诗人所能及也。

④评论郑斗卿之诗

郑东溟出于晚季，能知有汉魏古诗乐府为可法，歌行长歌，步骤李、杜律绝近体，模拟盛唐，不肯以晚唐苏、黄作家，计亦伟矣。然其才具气力实不及挹翠诸公，又不曾细心读书，深究诗道，沉潜自得，充拓变化，徒以一时意气，追逐前人影响，故其诗虽清新豪俊，无世俗龌龊庸腐之气；其精言妙思，不足以窥古人之奥，横骛惊交驱，又未能极诗家之变，要其所就未能超石洲、东岳而上之也。

⑤评论李奎报之诗

李奎报文章为东国之冠，余意此论殊不然。奎报诗擅名东方久矣……然其学识鄙陋，气象庸下，格卑而调杂，语琐而意浅。

⑥评论卢苏斋诗

卢苏斋诗，在宣祖初，最为杰然，其沉郁老健，莽岩悲壮，深得老杜格力。

6．评论中国诗人之诗作

①评论宋诗

宋人之诗，以故实议论为主，此诗家大病也；明人攻之是矣。然其自为也，未必胜之，而或反不及焉，何也?

宋人虽主故实议论，然其问学之蓄积，意志之所蕴结，感激触发，喷薄输写，不为格调所拘，不为涂辙所窘，故其气象豪荡淋漓，时有近于天机之发，而读之犹可见其性情之真也。明人太拘绳墨，动涉模拟，效颦学步，无复天真，此其所以反出宋人下也欤!

宋诗如山谷、后山，最为一时所崇尚。然黄之横拗生硬，陈之瘦劲严苦，既乖温厚之旨，又乏逸宕之致；于唐固远，而于杜亦不善学，空同所讥不色香流动者，诚确论也。

简斋虽气稍诎，而得少陵之音节；放翁虽格稍卑，而极诗人之风致。与其学山谷、后山，无宁取简斋、放翁，以其去诗道犹近尔。

苏、黄以前，如欧阳、荆公诸人，虽不纯乎唐，而其律绝诸体，犹未大变唐调。但欧公太流畅，荆公太精切，又有议论故实之累耳。自东坡出而始一变，至山谷、后山出，则又一大变矣。

②评论明诗

明诗如徐昌谷、高子业，虽与李、何相和应，而其天才自近唐人，故所就高出一时。徐以神秀胜，高以幽淡胜，而子业于性情尤近。此外如唐应德、蔡子木诸人皆学唐，而其诗冲和闲静，无叫呼激诡之习。

高子业之诗，隐约幽古，冲深温雅，虽语气似简短，而旨味实隽永。其光黯然，其声漻然，使读者反复吟咀而不能已。使在唐时，亦当不失为名家。尝见其自序数篇，亦大类其诗，甚爱之，惜不多得耳。

弇州辈虽崇尚空同，而其论常若有所不满，盖以其淘洗刻削之功未尽也。然今观空同之长，在于莽苍劲浑倔强疏卤，正以其淘洗刻削之功未进而真气犹有不丧耳。至弇州诸人，揣摩愈工，锻炼愈精，而真气则已丧，此所以反逊于空同也。

何大复天才温雅，故虽以学古自命，而不至如后来诸人之矫激。其诗虽少真至警绝，然宽平和雅，犹有诗人之度。

二、李宜显

（一）生平

李宜显（1669—1745），李朝文人，著有《陶谷集》。

1745年，逝世，终年76岁。

（二）代表作《陶谷杂著》

关于中国诗人诗作之评价：

唐以辞采为尚，而终和且平，绝无浮慢之态，所以去古最近。末流稍趋于下。则宋苏、陈诸公矫以气格，后又不免粗卤之病。而元人欲以华腴胜之，靡弱无力，愈离于古而莫可返。于是李、何诸子起而振之，其意非不美矣，模拟之甚，殆同优人假面，无复天真之可见。钟、谭辈厌其然，遂揭“性灵”二字以哗世率众，而尤怪僻鄙倍，无可言矣。钱虞山至比天宝入破曲，以为国运兆于此，非过论也。

此四代诗学迁变之大较也。

诗以道性情。《诗经》三百篇，虽有正变，大要不出“温柔敦厚”四字，此是千古论诗之标的也。屈原变而为《骚》，深得《三百篇》遗音。西京建安卓矣，无容议为。下及陶、谢、江、鲍，又皆一时之杰然者。至唐益精炼，众体克备，而杜陵集大成，此又诗家正脉然也。为诗而偭此矩则，不可谓之诗矣。宋人虽自出机杼，亦各不失其性情，犹有真意之洋溢者。至于明人，浮慕三百篇汉魏，鄙夷唐以下，而究其所成就，正如仲默所谓古人影子，不能自道出胸中事。吟咀数三，索然无意味。以余揆之，反不如宋也。譬之则《三百篇》、《楚辞》、汉魏以至盛唐李、杜诸公，其才虽有等差，而皆是玉也。玉亦有品之高下故也。宋则珉也，明则水晶琉璃之属也。

宋诗门户甚繁，而黄、陈专学老杜，以苍健为主。其中简斋语深而意平，不比鲁直之崚嶒，无己之枯涩，可以学之无弊，余最喜之。放翁如唐之乐天、明之元美，真空门所谓广大教化主，非学富不可能也。朱夫子于诗亦一意诠，古选体诸作俱佳。《斋居感兴》以梓潼之高调，发洙泗之妙旨，诚千古所未有；余窃爱好，常常吟诵焉。

明诗虽众体迭出，要其格律无甚迥绝。称大家者有四：信阳温雅美好，有姑射仙人之姿，而气短神弱，无耸健之格。北地沉鸷雄拔，有山西老将之风，而心粗材驳，欠平和之致。太仓极富博，而有患多之病。历下极轩爽，而有使气之累。一变而为徐、袁，再变而为钟、谭，转入于鼠穴蚓窍，而国运随之，无可论矣。

三、申靖夏

（一）生平

申靖夏（1680—1715），李朝文人。字正甫，号恕庵。著有《恕庵集》。

1715年，逝世，年仅35岁。

（二）代表作《恕斋诗评》

载于《恕庵集》，其中关于中国诗人诗作之评论：

梅圣俞为宋诗组，自欧公盛推服。然其诗过苦寒不可学。放翁亦以为置字如大禹之铸鼎，炼句如后夔之作乐，成篇如周公之致太平。此语唯老杜近之，圣俞恐不得当也。

东坡《夷中乱山行》曰：“江寒晴不知，远见山上日，朦胧含高峰，晃荡射峭壁。横云忽飘散，翠树纷历历。行人挹孤光，飞鸟投远碧。”坡诗大抵皆妙，而亦无如此语之妙者。

仆于明人最爱唐顺之，如“独树春深初著蕊，空山行遍不逢僧”“居并野僧方结夏，身随枯叶又经秋”，其高妙殆非明人语也。

四、李瀷

代表作《星湖塞说》

1. 评论李白、杜甫之诗

李白喜言仙言酒，如屈原之荃蕙菌桂，即有托意者在耳。杜甫作《饮中八仙歌》，夫仙者养寿而饮促命，仙者断嗜而饮伤饕，彼数人者与仙何涉？李白称仙，以诗非以酒也，盖从其所好，不以世味经心者，惟仙是已。甫也忧国无裨，宁欲漠然相忘而不可得，故乃指饮者为仙。古谚云：“嬉笑之怒，过于裂眦；长歌之哀，甚于恸哭。”杜甫有之。

李太白五言绝句尤佳。

屈原之作《离骚》，其志洁，故其称物也芳，兰蕙菌荪揭车杜衡之属，烂然于齿颊之间，其芬馥便觉袭人；所以为清迥孤绝，能泻注胸臆之十怨九思也。后惟李白得其意，就万汇间取其清明华彩馨香奇高陶铸为诗料，一见可知为胸里水镜、世外金骨也……白之得于古人者可知耳……至于杜甫，却是句句气力，字字精神，如冲车拐马，方隅勾连，但欠参伍机变之术。若三大篇溶溶洴洴，无容议论。至《八哀诗》亦恐有累句间之，只是江汉之大，腐胔不恤也。

余尝读李白《鸣皋歌》、杜甫《角鹰歌》，为千古绝唱，非后人之所及。二诗亦有所祖。试诵《招隐词》一篇，更觉迴溢于言辞之外；白与甫却在廊庑之间。

2. 评论王维之诗

王维诗《白石滩》诗曰：“家住水东西，浣沙明月下。”“沙”本沙石之沙，今本改作“纱”，不知浣纱是甚是趣？浣沙者，是浣濯之沙也。……所谓“家住”乃指已之家居云尔，非指闾里之家户也，如此看始得。余又最喜王维《栾家濑》诗曰：“跳波自相溅，白鹭惊复下。”此言可以喻道。波自无心，故虽禽鸟惊而终无猜也；得庄生虚舟之喻，而意想更高。

3. 评论韩愈之诗

韩退之一生慕效李、杜，然比诸李风神不足，比诸杜气骨不足。李诗：“回飙吹散五峰雪，往往飞花落洞庭。”韩则曰：“冲风吹破落天外，飞雨白日洒洛阳。”效不得也。杜诗：“悲台萧瑟石巃嵸，哀壑杈枒浩呼汹。”韩则曰：“山狂谷根相吐吞，风怒不休何轩轩。”效不得也。

又如韩退之，笔力往往有冗卑下乘之语，然细详之，非退之之不及，乃故为此延绵气脉，以待激昂奋发。比如山势逶迤，峻必有低，过峡则陡巘，天秀自露。不然，只剑脊鳝走，不与化工相肖也。如是看，方得退之圈套。

韩愈以赋为诗创作了《南山》诗。该诗描述南山的方位、气势、四周环境、四季景色变化、南山的远眺近望以及登山的见闻。

中朝两国诗人对韩愈这首以赋为诗的《南山》褒贬不一。清代诗人赵翼在《瓯北诗话》中予以否定。而李瀷在《星湖塞说》中却予以肯定，指出：“读其诗，如丝竹曲拍，进退应节，表里纤末，无不毕具，诗家之妙，至其极矣。盖露一生傲物性，五十个‘或’字中，人之情状备矣。”李瀷对韩愈诗《南山》表示肯定。

李瀷在《星湖塞说》中，还评论了中国其他诗人，如苏东坡、陶渊明、欧阳修等。

五、李德懋

代表作《清脾录》

《清脾录》共4卷，收于《青庄馆全书》。主要内容有诗歌理论、评论朝鲜汉诗人之诗作、评论中国诗人之诗作、评论日本汉诗人之诗作。

1．诗歌理论

李德懋评诗之理论是“知人论世”，他运用此方法评论诗歌。

首先评论诗人的生平、品行。继之评论诗人之才思、性情、气质、学识，以及考虑到诗之创作时代背景。

2．对朝鲜汉诗人诗作之评论

①评论申光洙之诗

申宁越光洙号石北，少以诗歌擅名场屋，尝作关西竹枝词一百八首，极其繁华骀宕之状。

②评论朴趾源之诗

燕岩古文词，才思益发，横绝古今。时作平远山水，疏散幽迥，优入“大米”（米芾）之室，其行书小楷，得意时作，逸态横生，奇奇怪怪，不可方物。

③评论柳得恭之诗

冷斋诗，余以为近世绝品，有才有学，无题不备。博观诗家，自毛诗离骚古歌谣，汉魏六朝唐宋金元明清，以至三国高丽李朝，傍及日本，以为选抄，箱溢几满，日不暇给，不唯其才妙绝，其为专门，今世罕比。

④评论朴齐家之诗

楚亭之诗，才超而气劲，词理明白，亦能记实，……其为诗，大处磊落，纤处娟妙，落笔唯奇，人不可当，亦近世罕有之才。

⑤评论李书九之诗

姜山妙年英才，问学日富。其为诗也，根据乎全经全史，篆籀分隶，以秀其气，卉木禽虫，以致其材，运之以性灵，会之以鉴识，古淡幽洁，亮亮闲远。

⑥评论李奎报之诗

李奎报字春卿……唯其敏速富，故人皆畏之。

⑦评论李晬光之诗

李芝峰……诗学唐中、晚而渊博，东国之升庵。

3. 评论中国诗人之诗作

①评论王士祯之诗

王士祯字贻上，号阮亭。后避雍正讳，改名士正，亦号渔洋山人。济南新城人，顺治乙未进士，康熙朝，官至刑部尚书。善为诗，大率清秀娴雅，淡静流丽，淹洽宏肆。其老来诸作，尤磊落槎牙，为海内诗宗者，迄今百余年，无一人异辞。

②评论潘庭筠之诗

潘庭筠字兰公，一字香祖，号秋串，乾隆壬戌生。美姿容，藻思警发，书画双绝。

③评论袁枚之诗

袁枚字子才，李雨村称之曰："子才当今第一才人。子才著述甚富，年今七十余。以庶吉士改上元知县，官止于此。然天下知与不知，皆称道。……最工怀古。"

④评论孟郊、白居易、岑参等之诗

孟郊诗："故人独自归，苦泪满眼黑。"元使臣诗："白酒红人面，黄金黑吏心。"岑参诗："雨过风头黑，云开日脚黄。"白居易诗："天黄生飓母，雨黑长风人。"四"黑"字俱妙。

⑤评论毛西河之诗

毛西河奇龄全集，诗文高华逸宕。

4. 记述中朝两国文人的友好交往唱和酬谢

如中国陆飞、严诚、潘庭筠与李朝洪大容等之交往：

陆飞字起潜，号筱饮，……乾隆丙戌，洪湛轩大容随其季父书状官檍、金养虚在行随其宗人副使善行入燕京，适遇钱塘名士严诚、潘庭筠，俱以举人计偕来燕京。湛轩、养虚与之证交甚欢。陆为同年解元，后数日而至，始闻之大喜，即夜剔烛，草画五绡。画竟，漏下已三鼓，并《筱饮斋稿》五册，以代羔雁。仍贻书于洪、金二公曰："生平以朋友为命，况值海外奇士不止一人，如竟不获附严、潘两友之末，则飞抱终身不解之妒。"其后与严、潘会金、洪于邸舍，把臂引觞，欢笑淋漓。

起潜为人长者，疏髯皤腹，磊砢可观。严生曰："此公所居，有荷风竹露草堂，偃仰其中，享尽清福。"湛轩问曰："兄平居何为？"起潜笑曰："心耕笔织。"一坐皆大笑，其风采概可想矣。

起潜曰："湛轩、养虚，居然一以我为弟，一以我为兄。以此生此世，生生死死、不可再见之人，作此杳冥恍惚之绸缪，岂非痴绝？"赠养虚诗有曰："别愁个斛斗难量，不得临歧尽一觞。直恐酒悲多化泪，海风吹雨湿衣裳。"又于便面墨画荷花，题诗以赠曰："开宜明月下，种爱碧池浑。清旷有如许，谁知多苦心。"

养虚归国后，起潜寄书曰：“一时萍聚，淋漓跌宕，忽而庄语，忽而谐语，极天下之至文，尝谓真气不死，真情不断，千里万里，窈窈默默，游丝袅空，不可踪迹，皆情境也。非阿兄绝妙文心，不足以状之。”

起潜与养虚肮脏不羁，气味吻合，故尤相好云。

六、李朝正祖

（一）生平

李朝正祖（1752—1800），李朝第22代国王。名祘，字亨运，号弘斋。在位时，奖励儒学，喜好文学。著有《弘斋全书》《日得录》，编辑《诗观义例》《杜律分韵》《陆律分韵》。1776年继王位。

1800年，逝世，在位24年，终年48岁。

（二）代表作《日得录》

《日得录》共18卷，涉及文学的有5卷。

1. 李朝正祖喜爱中国诗，编辑《诗观义例》，内收中国历代诗人之诗作，共560卷。

《日得录》对此有详细记载：

予于万机之暇，唯以经史翰墨自娱。近又就历代诸诗蒐辑为一部，全书凡例规模，今已就绪。盖上溯三百篇，中历先秦汉魏，下迄唐宋明。自风谣雅颂，大家名家，正始正变，羽翼旁流，以及于金陵之诸子，雪楼之七家，无不俱收并蓄，广加集成，为五百余卷。……

亲撰义例曰：《诗经》风、雅、颂三百十一篇，笙诗之无词者为六篇，此则阙而不录，凡六卷。逸诗武王、穆王、祭公谋父与阙名之作共七十首，为一卷。古逸自黄帝、宁封子，下至屠门高、百里奚妻八十七人，并歌谣轶词为三百八十四首，凡四卷。两汉至蜀汉二十七人而五十四首，为一卷。魏二十八人而二百八十二首，吴二人而四首，凡二卷。晋一百三人而五百三十六首，凡五卷。宋四十三人而四百九十三首，凡五卷，齐三十三人而三百二十首，凡二卷，梁一百五十五人而一千八百六十七首，凡十三卷。陈七十三人而五百五十二首，凡四卷。北魏二十四人而四十三首，北齐二十二人而七十一首，为一卷。北周十三人而三百二十五首，凡三卷。隋八十七人而三百三十七首，凡三卷。汉魏至隋失名之诗五百五十二首，各以时代附载。共为古诗五十卷，而录诗六千一百七十七首。诗至于有唐而可谓大盛，上下三百年之间，作者名家，磊落可数者，盖累百有余。……共为唐诗一百二十七卷，录诗一万六千四百五十首。宋诗盖能变化于唐，而以其所自得者出之，所谓毛皮尽落，精神独存者也。……宋诗之观，至此而亦稍备，共为一百九十七卷，录诗二万七千六百四十七首。……全诗十卷，录诗二万五千七百七十七首。凡《诗观》之录诗七万七千二十八首，而为五百六十卷，诚壮观也已。

2. 评论中国诗人杜甫、陆游之诗

唐之杜律，宋之陆律，即律家之大匠。况少陵稷契之志，放翁春秋之笔，千载之下，使人激仰，不可但以诗道言；……或以陆诗之太圆熟雌黄之，而予之所取，政在圆熟。

陆游诗多为今人所不取，而予则酷好之。盖其词意之忠厚敦实，近我国人声气。而其人平生所秉，又是尊王攘夷之义也。

3. 评论中国唐代诗人之诗

王勃命辞赡缛，属对精切。杨炯思如悬河，酌之不竭。卢照邻之悲壮顿挫，骆宾王之尤工五言，此其并驱于子安、盈川也。陈子昂承徐、庾骈俪靡曼之余，制颓波而归雅正。李峤富于才思，文章为一时之取法。沈佺期、宋之问约句准篇，如锦绣成文；《比肩》之语，可见时人之推崇。杜审言其自语曰："吾文章合得屈宋作衙官。"世讥矜诞，而即其自负，则盖如此。张说、苏颋、燕、许大手笔，能鸣国家之盛。张九龄风度蕴藉，人谓仙鹤下人间，而诗亦如其为人。王维秀词雅调，意新理惬，诗中有画。孟浩然伫兴而作，超然独妙，气象清远，采秀内映。李白上薄曹、刘，下凌沈、鲍，纵逸跌宕，若无法度而从容于法度之中，飘飘凌云，信乎其为谪仙人。杜甫浑浩汪茫，千汇万状，兼古今而有之。又以忠君忧国、伤时念乱为本旨，读其诗，可以知其世；谓之诗史，不亦宜乎？若有词气风调之光滔万丈，具有古人之定论。贾至素推馆阁之哲匠。高适以气质自高。岑参清切孤秀，多出佳境。李颀沉郁抑扬，神情俱诣。储光羲淡而远、幽而雅，洵为王、孟流亚。王昌龄绪密而思清。钱起理致赡远。刘长卿五言长城，几呼宋玉为老兵。常建通衢野径，终归大道。韦应物闲淡简远，居然陶潜之遗韵。韩翃兴致繁富，一篇一咏，人所共珍。卢纶妙语透彻。韩愈骋驾气势，汪洋大肆，如金鸥擘海，铁骢跑埒。柳宗元下笔创思，与古为侔，精裁密致，灿若珠贝。刘禹锡锋颖森然，若剑花星芒。张籍长于乐府，忒多警隽。卢仝之险，李贺之诡，俱极诗家之变，取之者乃以备众体也。白居易叙情铺事，直写胸臆，委曲浓畅，可许以达观旷韵、元稹平易明白，与香山好对唱酬之手。杜牧清励豪迈，词辄可讽。温庭筠艳丽清拔，尤擅神敏。李商隐造意幽深，托情微婉。许浑偶对精妍。王建缀词绮艳。唐诗之瑰观，可无外于此。若郊、岛之寒瘦，往往令人幽悄不乐。皮、陆之僻俚，晚季风气，如醇酒之醨，醨糟不足啜。

4．评论中国宋朝诗人之诗

王禹偁学李、杜而未至焉者也；首排西昆之萎弱，倡以雄深之调，其功固伟矣。林逋平淡邃美，趣向博远，辞主静正而不露刺讥。韩琦意思深长，有锻炼所不及，吟弄之间，亦见其识度。苏舜钦轩昂不羁，出于性情；超迈横绝，别有机杼。欧阳修以气格为主，而不作排奡之句，一归之于敷愉，略与其文相似。梅尧臣涵演闲远，气完力余，老而益劲。王安石得深婉不迫之趣，精严简赅，能步骤老杜。邵尧夫玩心高朋，穷诣理奥，有如繇象之辞，非深于《易》者不能读。苏轼气象洪阔，铺叙宛转，深得子美之法；然而用事太多，不免失之丰缛；即其才学之所溢也。黄庭坚会萃百家句律之长，究极历代体制之变，自成一家，为江西诗派之宗祖。但本领为禅学，不能脱苏门习气，是为沈肓之病。陈师道法严而力劲，学赡而用变，非冥搜旁引，莫窥其用心处。秦观以声韵胜，追逐而泓渟，体格高古，陈与义体物寓兴，深邃纡徐，高举横厉，上下陶、谢、韦、柳之间。范成大缛而不酿，缩而不窘，清新俊伟，当推南渡之秀。陆游记闻足以贯通，力量足以驱使，才思足以发越，气魄足以凌暴；若游者学杜甫而得其心者矣。又其忠爱之诚见乎辞者，真可谓每饭不忘，故其诗浩瀚融贯，自有神合，此其所以为大家也。……而朱夫子之中和条贯，浑涵万有，金声而玉振之者，即亦后六经之三百篇也。此皆和顺之英华，天纵之余事，有不可篇章声格论其兴观之旨也。杨万里超悟自得，逼绝境思。宋诗之观，至此而亦稍备。

5. 评论中国明代诗人之诗作

刘基声容华壮，如河朔少年，充悦慷健。高启矩矱全唐，风骨秀颖，才具赡足。宋濂严整要切，能亚于其文。陈献章殊有风韵，冲淡而兼能洒脱。李东阳如陂塘秋潦，渺浵淡沲；而澈见底里，高步一时，为何、李倡。王守仁博学通达，诗亦秀发，如披云对月，清辉自流。李梦阳才气雄高，风骨遒利，鏖白战而拥赤帜，力追古法，能成雄霸之功。何景明清藻秀润，丰容雅泽，不作怒张之态。杨慎朗爽可喜，秾婉有余。李攀龙如苍崖古壁，周鼎商彝，奇气自不可掩。王世贞著作繁富，才敏而气俊，能使一世之人，流汗走僵。吴国伦雅炼流逸，情景相副。张居正华赡老练，足称词馆之能手。

李朝诗话除上述者外，尚有金正喜的《阮堂杂识》、姜沆的《睡隐诗话》、郑载仑的《闲居漫录》、申靖夏的《恕庵诗评》、金春泽的《囚海录》、申景濬的《旅庵诗则》、申昉的《屯庵诗话》、朴趾源的《杨梅诗话》、李学逵的《声韵说》、成海应的《兰室诗话》、李圭景的《诗家点灯》、任廉的《旸葩谈苑》、洪奭周的《鹤岗散笔》、李圭景的《五洲衍文长笺散稿》、金渐的《西京诗话》、朴性阳的《芸窗琐录》、林文镐的《壶山诗文评》、无名氏的《青丘诗评》和另一无名氏的《古今诗话》。

国家出版基金项目
NATIONAL PUBLICATION FOUNDATION

『十三五』国家重点出版物出版规划项目

朝鲜汉文学史

（第五卷）

杨昭全◎著

吉林人民出版社

第二十七章　中国明清小说传入李朝

第一节　概　况

中国明清两朝为小说创作繁荣时代。明代产生著名小说《三国演义》《水浒传》《西游记》《金瓶梅》等，清代产生著名小说《聊斋志异》《儒林外史》《红楼梦》《老残游记》等。

中国明清小说传入李朝书目如下：

1.《剪灯新话》，明代瞿佑撰，4卷，附录1卷，共21篇。《剪灯余话》，明代李昌祺撰，5卷，22篇。《效颦记》，明代赵弼撰。《娇红记》，作者不详。

1506年，燕山君令谢恩使在明购买《剪灯新话》等中国小说："《剪灯新话》《剪灯余话》《效颦集》《娇红记》《西厢记》等，令谢恩使贸来。"[①]

2.《剪灯新话句解》，明代瞿佑撰，胡子昂集释。

① 吴晗：朝鲜李朝实录中的中国史料，第2册，中华书局，1980年，第824页。

3.《醒世恒言》，明代冯梦龙纂辑，共40篇。

《型世言》，明代陆人龙撰。

李朝完山李氏《中国历史绘模本》序文引录该书目及书名，可见该书已传入李朝。

4.《今古奇观》，明代抱瓮老人辑，40篇。

李朝完山李氏《中国历史绘模本》序文引录该书名。可见，该书已传入李朝，该书并有《绘图今古奇观》《绘图今古奇观续集》《绣像今古奇观》《大学今古奇观》等不同版本。

5.《三国演义》，全称《三国志通俗演义》，又称《三国志演义》。明代罗贯中撰。明嘉靖本最早，为24卷，240则。清初毛宗岗修改，为120回本。

1569年，李朝文臣奇大升启奏国王宣祖说："顷日张弼武引见时，传教内张飞一声走万军之语，未见正史，闻在《三国志演义》云。"可见该书已传入李朝。

6.《绣像后三国演义》，又称《后三国演义》，陈元评释。

7.《后三国石珠演义》，清代梅溪遇安撰。

8.《封神演义》，又称《新刻钟伯敬先生批评封神演义》。明刊本卷2题钟山逸叟许仲琳编辑，一说陆西星作，明人钟惺批，共100回。

李朝学者李圭景在《五洲衍文长笺散稿》卷7中，称中国东传小说有："……《红楼梦》《续红楼梦》《续水浒传》《列国志》《封神演义》《东游记》，其他为小说者不可胜记。"可见该书已传入李朝。此外，尚有《绘图封神演义》《增像全图封神演义》《绣像封神演义》。

9.《东国列国志》，又名《东国列国全志》。明代冯梦龙改编余邵鱼之《列国志》为《新列国志》，108回。清代蔡元放修订并加评语，改称《东周列国志》。

李朝学者洪万宗在《旬五志》谈及中国东传小说时，指出：“古话之表表可称者，《西游记》《水浒传》外，如列国、东西汉、齐魏、五代、唐、南北宋，皆有演义，皆行于业。”可见《东周列国志》已传入李朝。此外，尚有《增像全图东周列国志》《绣像东周列国志》。

10．《后列国志》，又称《后列国志·万仙斗法》，作者不详，并有《绘图增像后列国志·万仙斗法》《绘图后列国志》。

11．《隋唐演义》，清代褚人获撰，20卷，100回。

李朝诗人许筠在《惺所覆瓿稿》中指出：“余得戏家说数十种，除三国、隋唐外……”可见《隋唐演义》已传入李朝。

此外尚有《绘图改正隋唐演义》《绣像绘图隋唐演义》《绘图隋唐演义》《绣像隋唐演义全传》《精绘全图改正隋唐演义》《绘图绣像重订通俗隋唐演义》《新刻出像玉鼎隋唐演义》。

12．《三遂平妖传》，又称《平妖传》，明代罗贯中撰20回，明代冯梦龙增至40回。

13．《西汉演义》，明代甄伟撰，明代钟惺批评。《东汉演义》，谢诏撰，明代钟惺批评。

李朝诗人许筠在《惺所覆瓿稿》中指出：“余得戏家说数十种，除三国、隋唐外，而两汉齬……”

按，“两汉”，指西汉、东汉，两汉演义即《西汉演义》《东汉演义》。

此外，尚有《绣像西汉演义》《增像全图西汉演义》《绣像东汉演义》《增像全图东汉演义》《绘图后汉通俗演义》。

14．《残唐五代史演义》，明代罗贯中撰，明代李贽批评。

李朝诗人许筠在《惺所覆瓿稿》中指出：“余得戏家说数十种，除三国、隋唐外，而两汉齬，齐魏拙，五代残唐率……”可见《残唐五代史演义》已传入李朝。

15. 《英烈全传》，又名《云合奇踪》《皇明英雄传》，明代徐渭撰。

李朝完山李氏在《中国历史绘模本》序中，曾引录该书。可见《英烈全传》已传入李朝。此外，尚有《绣像云合奇踪》《绣像英烈全传》。

16. 《续英烈传》，空谷道人撰。

17. 《英烈传演义》（续），作者不详。

18. 《开辟演义全传》，又名《开辟衍义通俗志传》，明代周游撰。此外尚有《绣像绘图开辟演义全传》《全图开天辟地全传》。

19. 《水浒传》，又名《忠义水浒传》《第五才子书水浒全书》，明代施耐庵撰，100回本、120回本两种版本。清代金圣叹删为70回本。

李朝诗人许筠在《惺所覆瓿稿》引袁宏道《政觞》："传奇则《水浒传》《金瓶梅》为逸典，不熟此典者，保面瓮肠，非饮徒也。"可见《水浒传》已传入李朝。此外尚有《绘图增像第五才子书水浒全书》《评注图像水浒传》《评注绘图五才子书》。

20. 《水浒全图》，明代刘晚荣撰。

21. 《续水浒传》，又名《续水浒全传》《荡寇志续水浒传》，清代俞万春撰。

22. 《荡寇志》，又名《续水浒传》《后五才子征四寇》《后水浒传》，清代俞万春撰。此外尚有《绘图荡寇志演义》。

23. 《西游记》，又名《西游真诠》，明代吴承恩撰，100回。

李朝诗人许筠在《惺所覆瓿稿》中指出："余得戏家说数十种……《西游记》云出于宗藩，即玄奘取经记而衍之者。"可见，《西游记》已传入李朝。此外，尚有《绘图增像西游记》《增像全图加批西游记》《绘图增批西游记》《绘图批点西游记》《绣像西游记全传》《增图加批西游记》《新说西游记》《新说西游记图像》《绣像西游记》。

24. 《金瓶梅》，又名《第一奇书》，明代兰陵笑笑生撰。

李朝诗人许筠在《惺所覆瓿稿》中引袁宏道《政觞》："传奇则《水浒传》《金瓶梅》为逸典，不熟此典者，保面瓮肠，非饮徒也。"可见《金瓶梅》已传入李朝。此外，尚有《全像金瓶梅》《新刻金瓶梅奇书》《绘图真正金瓶梅》《新刻绣像评点金瓶梅》《增图像足本金瓶梅》。

25. 《续金瓶梅》，清代紫阳道人撰。此外尚有《绣像续金瓶梅》。

26. 《绿牡丹全传》，又名《龙潭鲍骆奇书》《四望亭全传》，明代吴炳撰。此外尚有《绣像绿牡丹全传》。

27. 《情史》，明代詹詹外史评辑。此外尚有《绘图情史》《情史类略》。

28. 《龙图公案》，又名《包公演义》，作者不详。

29. 《包教肃公神断百家公案演义》，作者不详。此外尚有《绘图包龙图判断奇冤》《绣像包公案鼓词全传》。

30. 《觅灯因话》，又名《慆青阁编录》，明代赵弼撰。

31. 《醉醒石》，明代东鲁古狂生撰。

32. 《孙庞演义》，又名《孙庞斗智演义》，作者不详。

李朝完山李氏在《中国历史绘模本》序中，引录此书名。李朝曾将此书名改为《齐魏》。李朝诗人许筠在《惺所覆瓿稿》中，指出："余得戏家说数十种，除三国、隋唐外，而两汉齬，齐魏拙……"可见《孙庞演义》已传入李朝。

33. 《东游记》，顾道民撰。

李朝完山李氏之《中国历史绘模本》序中，引录此书名。可见，《东游记》已传入李朝。

34. 《西洋记》，又名《三宝太监西洋记通俗演义》，明代二南里人撰。

李朝完山李氏之《中国历史绘模本》序中，引录此书名。可见《西洋记》已传入李朝。

35. 《梼杌闲评》，又名《明珠缘》，明代无名氏撰。

36. 《韩湘子》，明代杨尔康撰，明代泰和仙客批评。

37. 《亘史》，明代潘之恒撰。

38. 《西周志》，作者不详。

李朝完山李氏之《中国历史绘模本》序中，引录此书。可见《西周志》已传入李朝。

39. 《薛仁贵传》，作者不详。

40. 《何氏语林》，明代何良俊撰，明代茅坤批评。

41. 《杨家将传》，又名《新刻玉茗堂批点按鉴参补杨家将传》，明代王元美撰，明代研石山樵订正。

42. 《绣像南北宋志传》，明代研石山樵订正，织里崎人校。

43. 《狯园志异》，又名《狯园》，明代钱希言撰。

44. 《鸦村丛话》，明代胡应麟撰。

45. 《北方真武玄天上帝出身志传》，又名《北游记》，明代余象斗撰。

46. 《隋史遗文》，明代吉衣主人撰。

47. 《五显灵官大帝华光天王传》，又名《南游华光传》，明代余象斗撰。

48. 《啖蔗》，姑苏抱瓮老人选辑（共28篇小说，其中26篇选自《今古奇观》）。

49. 《四游全传》，明代吴元泰等撰，凌云龙等校。

50. 《虞初志》，明代陆采辑。

李朝李圭景之《小说辨证说》引录此书。可见该书已传入李朝。

51. 《西湖游览志》，明代田汝成撰。

李朝诗人许筠之《闲情录》引录此书名。可见该书已传入李朝。

52. 《委巷丛谈》，明代田汝成撰。

李朝李圭景之《小说辨证说》引录此书。可见该书已传入李朝。

53. 《语林》，又名《何氏语林》，明代何良俊撰。

李朝诗人许筠之《闲情录》引录此书名。可见该书已传入李朝。

54. 《四友斋丛说》，明代何良俊撰。

李朝诗人许筠之《闲情录》引录此书名。可见该书已传入李朝。

55. 《稗史汇编》，明代王圻撰。

李朝诗人许筠之《闲情录》引录此书名。可见该书已传入李朝。

56. 《艳异编》，明代王世贞撰。

李朝郑泰齐在《天君衍义》序中称“近来小说杂行于世间者固多，而以其中著者言之，来自中国者，《剪灯新话》《艳异编》……”可见《艳异编》已传入李朝。

57. 《山中一夕话》，明代李卓吾撰。

李朝完山李氏在《中国历史绘图模本》序中，引录此书名。可见该书已传入李朝。

58. 《林居漫录》，明代袁萃撰。

李朝诗人许筠之《闲情录》中引录此书名。可见该书已传入李朝。

59. 《稗海》，明代商浚撰。

李朝诗人许筠之《闲情录》中引录此书名。可见该书已传入李朝。

60. 《五杂俎》，明代谢肇淛撰。

李朝李圭景之《小说辨证说》中引录此书名。可见该书已传入李朝。

61. 《太平清话》，明代陈继儒撰。

李朝诗人许筠之《闲情录》中引录此书名。可见该书已传入李朝。

62. 《文苑楂橘》，明代佚名氏撰。

李朝完山李氏在《中国历史绘模本》序中，引录此书名。可见该书已传入李朝。

63. 《小窗清纪》，明代吴从先撰。

李朝诗人许筠之《闲情录》中引录此书名。可见该书已传入李朝。

64. 《拍案惊奇》，明代凌濛初撰。该书分初刻、二刻两辑，简称“二拍”，各40篇。

李朝完山李氏在《中国历史绘模本》序中，引录此书名。可见该书已传入李朝。

65. 《石点头》，明代天然痴叟撰。

66. 《剪灯丛话》，明代自好子撰。

李朝完山李氏在《中国历史绘模本》序中，引录此书名。可见该书已传入李朝。

67. 《豆棚闲话》，清代艾衲居士撰。

68. 《聊斋志异》，清代蒲松龄撰。李朝李圭景在《五洲衍文长笺散稿》中，指出：“有《聊斋志异》蒲松龄者，稗说中最为可观。”可见此书已传入李朝。

69. 《后聊斋志异图说》，清代王韬撰。

70. 《虞初新志》，清代张潮辑。

71. 《虞初续志》，清代郑澍若辑。

72. 《广虞初新志》，清代黄承增辑。

73. 《女聊斋志异》，清代贾茗辑。

74. 《阅微草堂笔记》（24卷），清代纪昀撰。

75. 《儒林外史》，清代吴敬梓撰。

76. 《红楼梦》，原名《石头记》，又名《金玉缘》，共120回。前80回为清代曹雪芹撰，后40回为清代高鹗续。

李朝李圭景在《五洲衍文长笺散稿》中，指出：“《桃花扇》《红楼梦》《续红楼梦》……其他小说者不可胜记。”可见，《红楼梦》已传入李朝。此外尚有《增评补像全图金玉缘》《增评加批金玉缘图说》《增评加批金玉缘》《绘图增批金玉缘》《增评全图足本石头记》《增评补图石头记》《新刻全部绣像红楼梦》《绣像红楼梦》《新评绣像红楼梦》。

77. 《红楼梦影》，清代西湖散人撰。

78. 《增刻红楼梦图咏》，清代王芸阶撰。

79. 《红楼梦曲谱》，清代黄兆魁撰。

80. 《续红楼梦》，清代雪坞子撰。

81. 《后红楼梦》，清代逍遥子撰。

82. 《红楼复梦》，清代南阳氏撰。

83. 《补红楼梦》，娜嬛山樵撰。

84. 《红楼梦补》，归锄子撰。

85. 《燕山外史》，清代陈球撰，若矣子辑注。

86. 《镜花缘》，清代李汝珍撰。此外尚有《绘图镜花缘》《绘图增像镜花缘》《图像镜花缘》《第一奇谚》。

87. 《儿女英雄传》，清代文康撰。此外，尚有《绘图正续儿女英雄传》《儿女英雄传平话》。

88. 《续儿女英雄传》，清代文康撰，我书室主人评。

89. 《三侠五义》，又名《忠烈侠义传》。清代据石玉昆说唱的《龙图公案》及其笔录本《龙图耳录》改编而成，共120回。后经俞樾修订，改名为《七侠五义》。此外尚有《绣像七侠五义传》《绣像绘图七侠五义传》。

90. 《小五义》，又名《忠烈小五义》。清代无名氏撰。此外尚有《绣像绘图小五义传》《绣像全图小五义》。

91. 《续小五义》，清代无名氏撰。此外尚有《绘图小五义全传》《增像小五义全传》《新刻全图续小五义》《绣像忠烈续小五义》。

92. 《小八义》，清代无名氏撰。

93. 《七剑十三侠》，清代唐芸洲撰。此外尚有《绣像七剑十三侠全集》《足本大字绣像七剑十三侠初集》。

94. 《好逑传》，又名《第二才子书》《义逑传》。清代名教中人撰，游方外客评。

95. 《平山冷燕》，又名《第四才子书》。清代荻岸山人撰，天花才子评。

李朝金春泽在《北轩居士集》中指出："小说无论《（太平）广记》之雅丽，《西游》《水浒》之奇变宏博，如《平山冷燕》又何等风致……"此外尚有《新刻批评绣像平山冷燕》《绣像四才子平山冷燕》。

96. 《海公大红袍全传》，明代李春芳撰。

97. 《施公案》，又名《施案奇闻》，清代施仕伦撰。此外尚有《绣像施公案》《大字足本绣像施公案全传》。

98. 《彭公案》，清代贪梦道人撰。

99. 《续彭公案》，清代无名氏撰。

100. 《绣像三公案鼓词全传》，清代无名氏撰。

101. 《于公案》，清代无名氏撰。

102. 《济癫大师醉菩提全传》，又名《济癫全传》，清代天花藏主人撰。

103. 《绣像评演前后济公传》，清代无名氏撰。

104. 《绣像济公传后传》，清代无名氏撰。

105. 《再续济公传全部》，清代无名氏撰。

106. 《四续济公案传》，清代周霁山撰。

107. 《六续济公案传》，清代杭余生撰。

108. 《说唐演义》，又名《说唐全传》《唐书演义》，清代无名氏撰，鸳湖渔叟校订。

109. 《说唐前后传》，清代无名氏撰。此外尚有《绣像说唐演义全传》《重刻绣像说唐演义全传》。

110. 《增异说唐秘本全传》，清代鸳湖渔叟撰。

111. 《说唐后传》，又名《后唐全传》，清代无名氏撰，如莲居士编次。此外尚有《新刻增异说唐秘本后传》。

112. 《南唐演义全传》，清代无名氏撰，如莲居士编次。

113. 《说唐三传》，又名《异说后唐传三集薛丁山西征樊梨花全传》，清代无名氏撰，中都逸叟编。

114. 《说唐漫抄》，作者不详。

115. 《说岳全传》，清代邹元标撰。

116. 《精忠演义说本全传》，又名《说岳全传》。清代钱采撰，金丰增订。此外尚有《增订精忠演义说本全传》《增订绘图精忠说岳全传》《新增精忠演义说本岳王全传》。

117. 《武穆王精忠传》，清代熊大本撰。

118. 《西来演义》，又名《梁武帝西来演义》，清代天花藏主人撰。

119. 《五虎平西前传》，又名《异说五虎平西珍珠旗演义狄青前传》，清代无名氏撰。

120. 《后续五虎平南狄青演义》，清代无名氏撰。

121. 《艳史》，又名《隋炀帝艳史》，清代齐东野人撰，不经先生批。

李朝完山李氏在《中国历史绘模本》序中，引录此书名。可见此书已传入李朝。

122. 《升仙传演义》，又名《升仙传》，清代倚云氏撰。

123. 《前后七国志》，又名《前后七国演义》，清代无名氏撰。

124. 《征东全传》，清代无名氏撰。

125. 《二十四史演义》，又名《二十四史通俗演义》，清代吕抚撰，吕维垣等校。

126. 《飞龙全传》，又名《飞龙传》《说闲飞龙全传》，东隅逸士吴璿撰。

127. 《洪秀全演义》，又名《洪杨演义全集》，清代黄世仲撰。

128. 《吴三桂演义》，又名《明清两国演义》，清代无名氏撰。

129. 《白圭志》，又名《第八才子书》，清代崔象川撰，何晴川评。清末江左书林刻本，改名为《第十才子书绣像白圭志》。

130. 《花月痕》，又名《花月因缘》，清代眠鹤主人撰，栖霞居士评。

131. 《青楼梦》，清代慕真山人撰，潇湖馆评。

132. 《西湖佳话》，又名《西湖佳话古今遗迹》，清代墨浪子撰。

133. 《西湖拾遗》，清代陈树基撰。

134. 《锦香亭记》，古吴素庵主人撰。

135. 《里乘》，清代许奉恩撰。

136. 《右台仙馆笔记》，清代俞樾撰。

137. 《池上草堂笔记》，又名《劝诫近录》，清代梁恭辰撰。

138. 《野叟曝言》，清代夏敬渠撰。

139. 《品花宝鉴》，清代陈森撰。

140. 《新齐谐》，又名《子不语》，清代袁枚撰。

141. 《希夷梦》，汪寄所撰。

142. 《文明外史》，清代李宝嘉撰。

143. 《雪日梅传》，又名《儿女浓情传》，清代陈郎撰，董孟汾评。

144. 《古今奇闻》，燕山逸史重订，耕余主人校。

145. 《挑灯新录》，清代吴荆园撰。

146. 《道听途说》，清代潘纶恩撰。

147. 《四梦汇潭》，清代吴绍箕撰。

148. 《淞南梦影录》，清代黄协埙撰。

149. 《宋人百家小说》，作者不详。

150. 《梦中录》，清代孝子乾撰。

151. 《说库》，清代王文濡撰

152. 《芙蓉洞全传》，清代杨秋亭撰。

153. 《十粒金丹》，作者不详。

154. 《说冷话》，清代禚钀道人撰。

155. 《五雷陈全集》，作者不详。

156. 《李翠莲施钗》，作者不详。

157. 《双奇缘全传》，清代王茗堂评。

158. 《五美缘》，清代寄生氏撰。

159. 《瑶华传》，清代丁秉仁撰。

160. 《二度梅》，清代惜阴堂主人撰。

161. 《义妖传》，清代陈遇乾等撰，陈士奇等评。

162. 《善恶图全传》，作者不详。

163. 《绘芳录》，清代西泠野樵撰。

164. 《四海堂全传》，作者不详。

165. 《女仙外史》，清代吕熊撰。

166. 《英云梦传》，清代松云氏撰，扫花头陀评。

167. 《萃忠全传》，清代孙高亮撰。

168. 《女才子传》，又名《女才子》，清代烟水散人撰。

169. 《玉娇梨》，又名《双美奇缘》，清代张匀撰。

170. 《秋灯丛话》，清代王椷撰。

171. 《梨花雪》，清代杨容甫鉴定，徐鄂填词。

172. 《增补记事珠》，清代张以谦撰，王燮延校，王刚订。

173. 《谐铎》，清代沈起凤撰。

174. 《萤窗异草》，清代长白浩歌子撰，袁枚评。

175. 《客窗闲话》，清代吴芗斥撰。

176. 《壶天录》，清代百一居撰。

177. 《归天琐记》，清代梁章钜撰。

178. 《绿野仙踪》，又名《绿野仙踪全传》，清代李百川撰。

179. 《万花楼全传》，又名《万花楼杨包狄演义》，清代李雨堂撰。

180. 《宋艳》，清代徐士銮撰。

181. 《东西南北四游记》，东游——吴元泰撰；西游——杨志和撰；南北游——余向斗撰。

182. 《玉连环》，清代朱素仙撰。

183. 《八仙缘》，清代朱梅庭撰。

184.《英雄大八义》，作者不详。

185.《第十才子书》，又名《双美缘》，清代吴航野客撰，水若散评。

186.《麒麟豹》，又名《珍珠塔》，作者不详。

187.《正德游江南全传》，清代何梦梅撰。

188.《删补文苑楂橘》，作者不详。

189.《三世报》，又名《隔帘花影》，作者不详。

190.《续五龙传》，作者不详。

191.《我佛山人札记小说》，清代吴趼人撰。

192.《再生缘》，又名《龙凤配再生缘全传》《再生缘全传》，清代香叶阁主人撰。

193.《前笑中缘金如意》，作者不详。

194.《禅真逸史》，又名《仙真逸史》，清溪道人撰。

李朝完山李氏在《中国历史绘模本》序中，引录此书名。可见此书已传入李朝。

195.《禅真后史》，清溪道人撰。

李朝完山李氏在《中国历史绘模本》序中，引录此书名。可见此书已传入李朝。

196.《醒风流》，清代鹤市道人撰。

197.《引凤箫》，枫江伴云友撰。

李朝完山李氏在《中国历史绘模本》序中，引录此书名。可见此书已传入李朝。

198.《凤啸梅》，又名《凤啸媒》，作者不详。

李朝完山李氏在《中国历史绘模本》序中，引录此书名。可见此书已传入李朝。

199.《归田琐记》，清代梁章钜撰。

200.《吴越春秋》，赵晔撰。

李朝诗人许筠之《闲情录》引录此书名。可见此书已传入李朝。

201. 《涿鹿演义》，作者不详。

李朝完山李氏在《中国历史绘模本》序中，引录此书名。可见此书已传入李朝。

……

中国明清小说传入李朝者，有300多部。笔者认为，明清小说传入李朝之数量恐不止于此。

传入李朝的中国小说，其中最受欢迎的有10部，依其著作时代先后为①：《世说新语》《太平广记》《剪灯新话》《三国演义》《东周列国传》《东西汉演义》《水浒传》《西游记》《今古奇观》《红楼梦》。

正是由于朝鲜文人的珍爱与保藏，《文苑楂橘》《型世言》《啖蔗》《九云记》等在中国久已失传的小说，得以在朝鲜半岛保存下来，成为海内外孤本。

1997年，中国学者王汝梅、韩国学者朴在渊主编的《韩国藏中国稀见珍本小说》，汇编在中国已失传或残缺的中国古代小说稀见孤本或孤本10种小说，即《啖蔗》《包阎罗演义》《剪灯新话句解》《新增才子九云记》《删补文艺楂橘》《奎章阁藏本型世言》《包公演义》《燕山外史》《红风传》《英雄泪》。

至1995年，韩国首都汉城（今称首尔）的四所著名图书馆馆藏中国古代小说的状况：

1. 韩国国立中央图书馆藏

《山海经》《说苑》《列女传》《西京杂记》《洞冥记》《世说新语》《世说新语补》《世说新语姓汇韵分》《皇明世说新语》

① ［韩］闵宽东：中国古典小说在韩国之传播，学林出版社，1998年，第367—372页。

《宣和遗事》《三国演义》《后三国石珠演义》《隋唐演义》《英烈全传》《醉醒石》《花阵绮言》《啖蔗》《人中画》《虞初新志》《阅微草堂笔记》《济癫大师醉菩提全传》《女才子传》《尧山堂记》《野叟闲谈》《溪蛮丛笑》，共25部。

2. 韩国精神文化研究院图书馆藏

《山海经》《穆天子传》《列女传》《世说新语》《世说新语补》《酉阳杂俎》《型世言》《残唐五代史演义》《孙庞演义》《西周志》《聊斋志异》《红楼复梦》《补红楼梦》《红楼梦补》《施公案传》《说唐三传》《武穆王精忠传》《升仙传演义》《玉钏缘全传》《禅真逸史》《醒世奇观》《太原志》，共22部。

3. 汉城大学奎章阁藏

《山海经》《烈女传》《典故烈女传》《烈仙传》《博物志》《广博物志》《搜神记》《世界新语补》《增补世说新语》《独异志》《宣室志》《吕祖全传》《正续太平广记》《福寿全书》《冷斋夜话》《过庭录》《闲农括异志》《溪蛮丛笑》《癸未杂识》《剪灯新话句解》《醒世恒言》《今古奇观》《三国演义》《封神演义》《东周列国志》《隋唐演义》《三遂平妖传》《续英烈传》《水浒传》《水浒全图》《续水浒传》《西游记》《金瓶梅》《包孝肃公神断百家公案演义》《觅灯因话》《西洋记》《梼杌闲评》《韩湘子》《江邻几杂志》《画史》《玉壶冰》《何氏语林》《杨家将传》《狯园志异》《鸦村丛话》《隋史遗文》《语林》《后聊斋图说》《虞初续志》《广虞初新志》《儒林外史》《红楼梦》《增刻红楼梦图咏》《续红楼梦》《燕山外史》《镜花缘》《平山冷燕》《海公大红袍全传》《彭公案》《南唐演义全传》《精忠演义说本全传》《西来演义》《五虎平西全传》《二十四史演义》《飞龙全传》《吴三桂演义》《花月痕》《西湖佳话》《西湖拾遗》《里乘》《池上草堂笔记》《品花宝鉴》《新齐谐》《希夷

梦》《挑灯新录》《道听途说》《四梦汇潭》《淞南梦影录》《宋人百家小说》《梦中录》《说库》《说冷话》《双奇缘全传》《五美缘》《瑶华缘》《二度梅》《义妖传》《善恶图全传》《绘芳录》《四海堂全传》《女仙外史》《英云梦传》《萃忠全传》《女才子传》《混元盒全传》《反唐四望亭》《莲子瓶全传》《夜雨秋灯录》《夜雨秋灯续录》《秋灯丛话》《梨花雪》《增补记事珠》《谐铎》《萤窗异草》《壶天录》《天宝图》《四游记后传》《醒风流》《品花宝鉴》《梦中缘》《莲子瓶全传》，共113部。

4. 高丽大学图书馆藏

《山海经》《列女传》《世说新语》《世说新语补》《太平广记》《儒林公议》《侯晴录》《夷坚志》《剪灯新话》《三国演义》《封神演义》《东周列国志》《隋唐演义》《三遂平妖传》《西汉演义》《东汉演义》《东西汉演义》《英烈前传》《水浒传》《西游记》《金瓶梅》《东游记》《豆棚闲话》《阅微草堂笔记》《红楼梦》《七剑十三侠》《于公案》《绣像济公传后传》《再续济公传全部》《四续济公案传》《增异说唐秘本全传》《精忠演义说本全传》《艳史》《白圭志》《青楼梦》《锦香亭记》《雪月梅传》《十粒金丹》《英云梦传》《可惊可愕集》《走马春秋全传》《我佛山人札记小说》，共42部。

上述韩国首都汉城4个重要图书馆共藏有中国古代小说达202部。此外，韩国学者闵宽东在《中国古典小说在韩国之传播》中，有详尽的记载。

综上所述，李朝时期中国小说大量传入，其中以明清小说为最，为李朝汉文小说的产生与发展，提供了借鉴。

第二节　李朝对中国小说之排斥

由于对小说的性质、地位、功用的不同认识，朝鲜对中国小说有两种截然不同的态度，即排斥与收容（即接受）。这两种态度贯穿朝鲜历代王朝，尤其是李朝。

同样的原因，朝鲜文学中的小说体裁，也是在压抑与发展的两种态度、政策历程中成长与发展起来的。朝鲜李朝是中国小说传入最多的时期，也是对中国小说排斥与收容态度最鲜明和争论最激烈时期。

综观朝鲜对中国小说采取的态度与政策之原因，主要有非正统性、非伦理性、非史实性、淫乱性。

一、非正统性

朝鲜历代王朝尊崇自中国传入之儒学。至李朝，中国的程朱理学备受推崇，成为李朝王廷的官方哲学、思想行动的准则。李朝的一些国王、重臣和文人，援引孔孟或程朱之著述，对中国古代小说采取排斥态度，甚至禁止之政策。

李朝宣祖朝的理学家奇大升为排斥论之最激烈者。他依据董仲舒的理论，将孔孟程朱等至贤经传之外的书籍全部列入应排斥打击之列，认为小说杂驳无益，甚害义理。他在得知国王宣祖也在阅读《三国演义》时，遂在讲解朱熹著作时，劝谏国王宣祖说：“古人云：‘一道德’。又曰‘一大统’。董子（即董仲舒）亦谓诸不在六经之科者，请皆绝之云。王者导民，当禁不正之书，此其为害，与小人无异也。”

二、非伦理道德性

此观点认为小说危害封建王朝的统治，危害封建道德。

李朝文人李植在《泽堂先生别集》卷15《杂著》中说：“世传作《水浒》人，三代聋哑，受其报应，为盗贼尊其书也。许筠、朴烨等好其书以其贼将别名各占为号以相谑。（许）筠又作《洪吉童传》，比拟《水浒》。其徒徐羊甲、沈友英等躬蹈其行，一村齑粉，（许）筠亦叛诛，比甚聋哑之报也。”

李朝文人李颐命说：“世传，作《三国演义》者，病暗而死，云，诚不无此理。其诬诸葛以怪神者，亦足受此罪矣！至于《水浒》，则极形容群盗，猖獗横行之状。故明末流贼，悉效此，其标立名称以阎天王之类，即梁山泊、玉麒麟、九纹龙之遗法，其弊已明著矣。今闻‘清人发令禁小说’云，果然，则此必有所惩者而然矣。其他淫执荒怪之作，愈出愈奇，足以乱天下风俗耳。”

又如李朝文人李德懋认为：“小说最坏人心术，不可使子弟开看。一看于此，沦没者多。”

再如李朝文人丁若镛说：“稗官小品之弊，大小词命之作，臣于平日，窃有所慨然者，兹不敢隐也。臣以为彗孛虹霾，谓之天灾，旱涝崩渴，谓之地灾。稗官杂书，是人灾之大者也。淫词丑话，骀荡人之心灵，邪情魅迹，迷惑人之智识，荒诞怪诡之谈，以骋人之骄气，靡曼破碎之章，以消人之壮气。子弟业此，而笆篱经史之工；宰相业此，而弁髦庙堂之事；妇女业此，而织纫组之功遂废矣。天地间灾害，孰甚于此。”

三、非史实性

李朝文人李植认为：“（小说）流传既久，真假并行，其所载之言颇采人类书，文章之士，亦不察而混用之。”“今历代各有演义，至于皇明开国圣典，亦用诞说敷衍”。因而，他认为应禁止小说之流传，效法中国之秦始皇，将小说全部烧毁。

而李朝文人洪万宗之观点尤为激烈：“古话之表表可称者，《西游记》《水浒传》外，如列国、东西汉、齐魏、五代、唐、南北宋，皆有演义，皆行于世。至大明末，诸文士尤尚浮藻，凿空构虚，辄成一部，至于生衙按符之官，越视职事，务得所语，得一款则附会增演，作为卷帙。故其为书也，汗牛马充栋宇，指不胜屈。徒为好事者传玩，而仍成习俗，竞相慕效，遂使世道萎靡，竟致宗社之瓦裂，有若晋代之传以清谈误世不胜叹哉。”

四、淫乱性

此观点尤其认为爱情题材之小说“淫乱”不可读。

李朝文人柳梦寅在《於于野谈》中，提及由中国传入的70部新版小说，皆“淫亵，不忍睹闻”。

李朝文人李德懋认为：“演义小说，作奸诲淫，不可接目，切禁子弟，勿使看之。”

由于上述四种原因，又兼受中国明、清两朝王廷禁毁小说之影响，李朝王廷也多次禁毁中国小说和朝鲜本国之小说。

1786年，李朝国王正祖采纳大司宪金履素之奏文，下令禁毁中国小说：“丙午十年春正月，大司宪金履素奏言，近来燕购册子不经书籍，左道之炽盛，邪说之流行，职由于此，请严禁。从之。”

李朝国王正祖认为“稗官小品之书最害人心术”，决定禁止从中国输入小说：“（而）近来士趋渐下，文风日卑。虽以功令文字观之稗官小品之体，人皆仿用，经传菽粟之味使归弁髦浮浅奇刻，全无古人之体，噍杀轻薄，不似治世之声。有关世道，实非细忧，以予矫救之苦心至意，至有发策之举。而苦徒说，其弊而未责实效，亦何益哉。如欲拔本而塞源，则莫如杂书之初不购来。前此使行固已屡饰，而今行则益加严饰，稗官小说姑无论，虽经书史凡系唐板者，切勿持来。还渡江时，一一搜验。虽军官译官辈如有带来者，使即属公于校馆，俾无广布之弊。”

李朝于1788年、1791年、1792年、1793年颁令禁毁小说，并严禁从中国输入小说。但是效果不佳，中国古代小说仍源源输入。

李朝纯祖朝也曾禁毁中国古代小说。1808年纯祖准吏曹判书南公辙之奏，禁毁小说，并严禁从中国输入小说。

南公辙之奏文称："稗官小说一切严禁，并与经史而姑令勿为购来事。昔日之圣教，出于一时矫俗之意，而正经正史久不出来，间或潜出，又犯违令，请自今正经正史及先辈醇儒文集等书许其出来。杂书稗乘小说之害吾道蛊人心者，一依先朝法令而禁之，著式遵行，从之。"

尽管李朝正祖、纯祖朝多次颁令禁毁小说，并严禁从中国输入中国古代小说，但是效果并不理想。中国古代小说仍大量秘密传入，而且传播得更为广泛。

第三节　李朝对中国小说之收容

李朝朝野对中国小说采取肯定、收容、接纳态度的主要原因：消遣性、功利性、文学性、实用性。

一、消遣性

消遣解闷为主要原因之一。

李朝文人梁诚之认为："至于稗官小说，亦儒者，以文章为剧谈，或资博闻，或因破闲，皆不可无也。"

李朝文人李德洞也认为："抄本小说，以备闲览。言虽俚野，不无有助于名教也。"

二、功利性

李朝文人李瀷认为："夫历代之有小说诸书，所以资多闻，证故实，亦不可少也。"并引用孔子的主张："虽小道，必有可观者焉。"

李朝文人副墨子认为："诗三百无非闾巷歌谣，又况淫莫如郑卫而为夫子，系之二南之下，其劝善惩恶之旨，严矣畏哉。览是书面，善则为法，恶者为诫，随事自警，则淫言野语，何有于我哉。”能在封建社会时代认识到小说劝善惩恶之社会效应，委属不易。

三、文学性

李朝著名小说家金万重认为：“稗官小说之丛，谈天雕龙，靡不历历贯牙。”并进一步指出：“东坡志林曰：涂巷中小儿薄劣，其家所厌苦，辄与钱，令聚坐听说古话。至说三国事，闻刘玄德败，颦蹙有出涕者；闻曹操败，即喜唱快。此其罗氏演义之权舆乎。今以陈寿《史传》、温公《通鉴》，聚众讲说，人未必有出涕者，此通俗小说之作也。”

四、实用性

学习汉字、汉文之需要。朝鲜古代使用从中国传入之汉字、汉文，科举考试以中国经传为考试内容。通俗易懂、故事生动、情节多变的中国古代小说，则为朝鲜普通百姓学习汉字、汉文的普及教材，所以，受到广泛欢迎。

唯其如此，李朝国王燕山君下令注解中国古代小说《剪灯新话》：“以文字注解开刊。”文人林芑为之注释。《剪灯新话》注释本，由李朝校书馆刊行。后又多次再版刊行。注释本的刊印，充分表明李朝王廷对中国古代小说具有利于学习汉字、汉文之认同与重视。因此，中国古代小说《剪灯新话》成为李朝家喻户晓之书。

正如李朝文人尹春年在《剪灯新话》注释本之跋中所说：“上自儒生，下至胥吏，喜读此书，以为晓解文理之捷径。”林芑对中国古代小说《剪灯新话》之注释，被誉为“扶助名教之一助”。

由于上述四种原因，李朝一些文人、文臣乃至国王主张对中国古代小说采取接纳、收容政策，并针对李朝一些人士对中国古代小说主张排斥之理由，加入驳辩。

如针对排斥论的“非圣之书勿读，无益之文勿观”，主张接纳论者则从不同角度批评“非圣之书勿读”的观点，并以《礼记》孔子所说的“一张一弛，文武之道也”为依据，从小说的娱乐功能出发，肯定其存在的必要性。李朝文人李承召指出：“于岑寂伊忧之际，得此（小说）而观之，则如与古人谈笑戏谑于一榻之上，无聊不平之气，将涣然冰释而足以疏荡胸怀矣，斯岂非一张一弛之道乎？”

针对奇大升认为小说“杂驳无益，甚害义理”的观点，主张接纳论者则指出，小说只是一种文学体裁，其思想内容绝非天然地与经传相悖，而是“亦能褒善贬恶，动存鉴戒”。并进一步指出，有些小说甚至是宣传圣贤之道的最好读物，及其至也，使人喜，使人愕，有可以范世，有可以警世，其所以扶树民彝、有功于名教者不一。人们可以由小说得到启发，从而，“内无色荒，夫妇之伦正矣”“家无乱正，而上下之分定矣”，以及“辅主之忠得矣”，“安危逐渐分著矣”，即小说与圣贤经传同样有着修身齐家治国平天下之功效，以之修身，则身不得不修；以之齐家，则家不得不齐。推而达之天下，安往而不致其功哉。古者圣贤垂世之教之言，亦不过如斯而已。此外，李朝主张接纳、收容中国古代小说的文人，还从教化与传播的角度论证小说存在的必要性。

李朝文人高并在《五伦全备记》序中指出：“（经书）其辞雅奥而理深邃，非自幼习儒书以为士者，不能尽通也，而况市井里之人哉，又况于妇人女子哉。……（《五伦全备记》）所述者，无非《五经》、十九史、诸子百家中嘉言善行之可以为世劝教者。言虽俚近而至理存乎其中，其比之县市示教属民读法者，读尤为详备，况又体之以人身，见之于行事，言而易知，行而易见，凡天下之大彝伦大道理，忠君孝亲之理，处常应变之事，一举而尽在是焉。其间虽能无诙谐之谈，然皆不失真正，盖假此以诱人之观听，不然则不终卷而思睡矣。”

主张接纳、收容论者还指出，中国小说已在李朝社会广泛传播，甚至深闺中的妇女也热衷阅读中国小说：“近世闺阁之竟以为事者，惟稗说是从，日加月增，千百其种。侩家以是净写，凡有借鉴，辄受其值以为利。妇女无见识，或卖钗钏或求债铜，争相贯来，以消永日。”而且进一步指出，既然广大百姓对小说“争相传习，家藏而人诵”，那么，“若因其所明，就其所好，则其开导劝诱之方见不易耶？”须知这样“于国家化民成俗之意，深有所补助”。

正是基于上述对中国古代小说之接纳、收容观点，李朝一些国王有的下令从中国输入小说，有的针对某些大臣的排斥观点加以驳斥，还有的不仅自己阅读，而且作为礼物送人。

李朝国王世宗针对一些认为中国小说中有淫邪、神怪不经之观点指出，宋代朱熹《通鉴纲目》中也载有唐明皇闻空中神语一类诞妄之事予以反驳。

李朝成宗朝弘文馆副提学金堪等劝谏国王成宗不要阅读《酉阳杂俎》等书：“臣等窃惟，帝王之学当潜心经史，以讲究修齐治平之安，治乱得失之迹耳。外此皆无益于治道，而有妨于圣学。”

对此，国王成宗驳斥道：“如尔等之言，以《酉阳杂俎》等书为荒诞不经，则国风在传所载书尽皆纯正欤……若曰人君不宜观此等书，则当只读经书乎？”

李朝国王燕山君于1506年令谢恩使在明朝购买《剪灯新话》等小说：“《剪灯新话》《剪灯余话》《效颦集》《娇红记》《西厢记》等，令谢恩使贸来。”[1]李朝国王宣祖甚至将《包公

① 吴晗：朝鲜李朝实录中的中国史料，第2册，中华书局，1980年，第824页。

案》赐予正淑公主之驸马："且四书一帙，书信故事一帙，《包公案》一帙，赠送驸马。《包公案》乃怪妄之书，只资闲一哂而已。"

此外，李朝国王燕山君令文人注解中国古代小说《剪灯新话》，李朝王廷组织人员翻译中国古代小说《红楼梦》。

李朝国王和王廷大臣的这种接纳、收容态度与政策，更进一步促进中国小说在李朝之广泛传播。

第四节　中国小说在李朝之传播

中国小说传入李朝数量达300多部，其主要传播手段和途径有：抄录、重刊、注解、汇编、翻译、改作、口传（说书）。

一、抄录

即将传入之中国小说进行原文抄写，即写本，亦称手抄本。

迄今尚存藏于韩国一些图书馆的中国古代小说手抄本有：《山海经》《山海经抄》《世说新语》《世说新语汇韵分》《世说新语补》《世说新语抄》《世说抄》《世说》《增补世说》《太平广记》《穆天子传》《述异记》《神异经》《溪蛮丛笑》《剪灯新话》《型世言》《今古奇观》《新刊校正古本大字音释三国志通俗演义》《三国志》《东周列国全志》《新刻剑啸阁批评西汉演义传》《西汉演义》《评论出像水浒传》《水浒传》《西游记》《新评龙图神断公案》《续红楼梦》《后红楼梦》《红楼复梦》《补红楼梦》《红楼梦补》《好逑传》《说唐漫抄》《删补文苑楂橘》《啖蔗》《残唐五代史演义》《岳武穆精忠传》《大明英烈传》《开天辟地全传》《薛仁贵》《红楼梦》《后水浒传》等。

应提及的是，其一，韩国一些图书馆馆藏的中国古代小说手抄本，多为李朝后期所抄；其二，有的手抄本在抄写过程中有所改动，如《啖蔗》手抄本即是。

二、重刊

李朝将传入的中国小说重新刊印，再次出版。有的中国小说还多次重刊，以致出现许多不同版本，如《列女传》《世说新语》《酉阳杂俎》《太平广记》《剪灯新话》《文艺楂橘》《三国演义》《水浒传》《西游记》《今古奇观》《型世言》《金瓶梅》《列国志》《西汉演义》《隋唐演义》《儒林外史》《说岳传》《聊斋志异》《红楼梦》等。这些中国小说有的版本达数十种之多。

应提及的是，木版雕刻者很少，多为活字印刷；重刊年代，多为李朝，且多为李朝后期。

三、注解

为便于朝鲜人阅读中国小说，李朝文人将中国小说中的一些字、词、句加以注解。最典型是对中国小说《剪灯新话》的注解。

《剪灯新话》为明代瞿佑所著的传奇志怪小说。该书传入李朝后，李朝文人林芑（又称垂胡子）对该书中的一些字、词、句进行注释，成书为《剪灯新话句解》，并于1549年出版。1559年出版该书之修订本，即由尹春年（沧洲）校正、林芑集释的《剪灯新话句解》。该书的注解相当详细，注解之内容，主要是年号、人名、地名、官名、语意、语源等。

《剪灯新话句解》其后还传入日本。日本据此出版3种《剪灯新话句解》的翻排本。李朝文人除注解《剪灯新话》外，还对《太平广记》进行注解，成书为《太平广记详解》（50卷）。

此外，李朝文人还有对中国小说的字、词和难句用汉文进行解释的“语录”，类似今日的《字典》，如《水浒传语录》《西游记语录》《三国演义语录》《西厢记语录》。其中以《西游记语录》词条最多，达1856个。《水浒传语录》词条为1371个，《三国演义语录》为159个词条。

四、汇编

即从多部中国古代小说中，各选取若干篇汇编成新书。

1983年，韩国发现的《啖蔗》手抄本，此书共收28篇，分两册，乾册15篇，坤册13篇。中国台湾学者魏子云认为，《啖蔗》为一部李朝文人读中国古代小说“三言两拍”的选抄本。即抄自《喻世明言》6篇、《醒世恒言》9篇、《警世恒言》7篇、《初刻拍案惊奇》5篇、《二刻拍案惊奇》2篇。但学者王汝梅则认为，《啖蔗》是李朝文人依据明代小说《今古奇观》的26篇作品缩写而成。

应提及的是，李朝文人在选编和抄写过程中，对原文有所改动。由于《啖蔗》（手抄本）未注明著作时间，且又无其他古典文献关于《啖蔗》的记录或同类型的版本，因之，对《啖蔗》的成书时间迄无定论。主要分歧有二：其一，认为《啖蔗》成书于《三言两拍》《今古奇观》之后，故此，认定《啖蔗》为选取《三言两拍》《今古奇观》之若干篇而汇成；其二，认为《啖蔗》为《三言两拍》《今古奇观》之祖本，即先有《啖蔗》，后有《三言两拍》《今古奇观》，且认为《啖蔗》为中国明人所创。

尽管《啖蔗》之成书年代迄无定论，但李朝文人从多部中国小说中，各选取若干篇汇编成新书，这种推广中国小说之传播形式确实存在。且在选取、汇编过程中，对原文有所改动。

五、翻译

李朝文人用本国文字翻译，当时称之为“谚解”，即用谚文（朝鲜文）解释之意，翻译中国古代小说有以下几种形式。

1．全译

即对中国古代小说全文进行翻译。

1543年翻译的《列女传》（译名为《古列女传》），为李朝翻译中国古代小说之始。

韩国一些图书馆现藏中国古代小说之朝文译本，数量众多，计有《今古奇观》《南溪演谈》《唐晋（秦）演义》《大明英烈传》《武穆王贞忠录》《补红楼梦》《北宋演义》《三国志》《三国志演义》《西周演义》《封神演义》《仙真逸史》《雪月梅传》《醒风流》《续红楼梦》《孙庞演义》《女仙外史》《瑶华传》《残唐五代演义》《忠烈小五义》《忠烈侠义传》《平山冷燕》《平妖记》《红楼梦》《红楼梦补》《红楼复梦》《水浒传》《后水浒传》《后红楼梦》《聘聘传》《麟凤韶》《珍珠塔》《快心编》《包公演义》《型世言》《太原志》《镜花缘》《薛仁贵传》《西汉演义》《东汉演义》《春秋列国志》《东游记》《好逑传》《玉娇梨传》《玉壶冰心》《绿牡丹》《西游记》《锦香亭记》《隋唐演义》《金瓶梅》《聊斋志异》《南宋演义》《开辟演义》《伍子胥传》《苏云传》《麒麟传》等。

2．中、朝注音对照注释

即对中国小说进行中、朝注音对照的注释。

迄今此种译本仅发现一部，即韩国精神文化研究院图书馆发现的中朝注音对照注释的《红楼梦》（手写本）。该书将《红楼梦》原文、朝鲜语口语译音与朝鲜文译文合并在一起。其格式为中文原文在每页之上方右侧；朝鲜文译文在每页之中下方；朝鲜音译部分在每页之左侧，即在中文原文之旁。

此书为《红楼梦》全译本，成书约在1884年前后，为世界最早之《红楼梦》之全译本。该书之原本以王希廉评本120回为主。此书不仅对朝鲜人阅读、理解《红楼梦》有莫大助益，且对朝鲜人学习汉文亦有很大作用。

3. 节译

即对中国古代小说的部分章节进行翻译。

近年，在韩国不仅发现在中国失传的《型世言》全书（40回），而且发现该书的朝文译本。《型世言》朝文译本，即为节译本。全书为40卷40回。《型世言》朝文译本，仅翻译原书中的15篇，即该书之第5回、7回、11回、12回、13回、14回、15回、17回、18回、19回、20回、21回、23回、24回、28回。

还应提及的是，《型世言》译本对原书每回开头的开场诗和入话、正文中的诗词、结尾的散场诗和回后评皆略去不译。此译本之成书不晚于18世纪左右。除《型世言》译本外，朝文节译中国古代小说中，较著者有《今古奇观》的朝文节译本。现存的《今古奇观》的朝文节译本，节译《今古奇观》原书之第1回、3回、6回、7回、11回、12回、18回、19回、20回、21回。[①]李朝文人对中国古代小说之节译，尚有另一种形式，即对中国古代小说的某一部分或某几部分加以翻译，而译本之书名则冠以新的书名。

如《三国演义》，将第43回至50回关于赤壁大战，进行翻译，译本名曰《赤壁大战》；第36回至50回进行翻译，译本名曰《三国大战》；第37回至50回进行翻译，译本名曰《华容道实记》；第105回至120回进行翻译，译本名曰《大胆姜维实记》。《西游记》卷10至卷12进行翻译，译本名曰《唐太宗传》。

这里应提及三点：其一，中国小说之朝文译本，绝不限于此；其二，有些中国小说有多种朝文译本，且多次刊印，如《三国演义》《水浒传》《西游记》等；其三，中国小说之朝文译本，多为

① ［韩］闵宽东：中国古典小说在韩国之传播，学林出版社，1998年，第250页。

手抄本。

六、改写

以中国小说为版本，经过模仿、拟作并融合当时的朝鲜社会现实与作者自我意识，将中国小说的故事情节加以改变、扩编、浓缩或删减、变更，然后以新的面貌出现，冠以新的书名，此即改作，亦称翻版、翻案。

朝鲜以中国小说为版本之改作小说（翻版小说、翻案小说）是以中国小说的体裁、结构、情节内容、思想与背景为模仿对象的特殊文学作品。其写作技巧是兼容并包，其内容采取创作方式与翻译方式，又有些部分与模仿、借用相似。因之，可以说它是一种兼用创作、翻译、模仿、借用等写作方法的文学作品。

朝鲜以中国小说为版本的改作小说众多。如《姜太公传》，取材于《西周志》；《苏秦张仪传》，取材于《东周列国志》；《张子房传》《楚霸王实记》《项羽传》《鸿门宴》《楚汉传》《楚汉战争实记》，皆取材于《西汉演义》；《桃园结义录》《独行千里五关斩将》《关云长实记》《华容道实记》《三国大战》《赤壁大战》《张飞马超实记》《大胆姜维实记》《鸡鸣山》《山阳大战》《赵子龙实记》《黄夫人传》等，皆取材于《三国志演义》；《梁山泊传》，取材于《喻世明言》；《唐太宗传》《孙悟空》，取材于《西游记》；《武松打虎》，取材于《水浒传》；《薛仁贵传》，取材于《薛仁贵征东》；《月峰山记》《酒中奇仙李太白实记》，取材于《警世通言》等。

七、口传（说书）

即口耳相传，由“说话人”（类似我国之说评书者）将中国小说之内容，口传给朝鲜听众。

李朝出现伎艺人说书。如，以“善读”而致听众“傍观匝围”的专业“传奇叟”、说书能“随书之境而各逞其态”的伎艺人李业福等。

综上所述，中国小说传入李朝，经过李朝文人的抄录、重刊、注解、汇编、翻译、改作和口传7种途径，使中国古代小说在李朝得以广泛传播。

第五节　中国小说对李朝汉文小说之影响

一、概况

（一）小说体裁、题材方面

1．稗说体作品（即稗官小说）

李朝文人模仿中国《搜神记》《世说新语》《酉阳杂俎》等志怪、志人与杂俎等古代小说，如李朝鱼叔权的《稗官杂记》、姜希孟的《村谈解颐》、成伣的《慵斋丛话》、南孝温的《秋江冷话》、柳梦寅的《於于野谈》等书中，皆载有不少志怪故事等稗官小说。

2．寓言小说

模仿中国托物拟人而寄情寓意，以劝谕或讽刺之短篇小说，如李朝李詹的《楮生传》，权韠的《郭索传》，李德懋的《管子虚传》，林悌的《花史》《鼠狱记》《悉城志》。

3．传奇小说

受明代《剪灯新话》等传奇小说影响，李朝文人创作许多传奇小说，其中最著名的是李朝金时习创作之《金鳌新话》。

4．军谈（军功）小说

受《三国志演义》《东周列国志》等战争题材小说之影响，李朝文人创作很多战争题材之小说，谓之军谈（军功）小说。如《泗溟堂传》《壬辰录》《甲辰录》《林庆业传》《赵雄传》《苏大成传》《刘忠烈传》《越王传》《黄云传》《张风云传》《张国镇传》《张敬传》《杨丰传》《玄寿文传》《双珠奇缘传》《玉珠奇缘》等。

5. 爱情小说

受中国古代小说《红楼梦》等爱情小说之影响，李朝也出现不少爱情题材小说。

6. 梦幻小说

受中国古代梦幻题材小说之影响，李朝也出现一些梦幻题材小说。

（二）小说形式方面

1. 小说之篇目

中国古代小说多为章回体。其章回篇目，大都为七言、八言律诗体。

如《西游记》第一回：“灵根育孕源流出，心性修持大道生”；《水浒传》第一回：“张天师祈禳瘟疫，洪太尉误走妖魔”。

李朝许多汉文小说亦仿此。如《玉麟梦》第一回“祈玄妙诞生玉麟，救忠良披沥丹墀”；《破唾篇》卷上为“择夫婿慧婢识人”；《东野汇辑》卷4为“扼猛兽救甦夫命”。

2. 小说章回之开头与结尾

中国古代小说章回之开头，通常使用“话说”“却说”“且说”。结尾多以“且听下回分解”“未知如何，且看下文分解”“毕竟如何，下回便见”等。

李朝汉文小说亦多仿此开头和结尾。如《玉麟梦》第一回开头为“话说江西南昌府十里许……”；《玉仙梦》第九章开头为“却说驸马自钱塘还……”；《玉楼梦》第二十三回开头为“且说红娘在鹧鸪城……”；《汉唐遗事》第一回结尾为“未知起兵的事如何？且看下回分解”；《玉楼梦》第五十八回结尾为“未知胜负如何？且看下回。”

3．小说内容方面

（1）主题思想

李朝汉文小说在主题思想方面亦如中国古代小说，不外忠君报国、孝悌持家、夫妻恩爱、信义交友、行侠好义、劝善惩恶、戒盗戒淫。

（2）时代背景

李朝许多汉文小说皆以中国历代王朝为其时代背景，且多以明代为时代背景，借用中国舞台展开其故事情节。

（3）人物形象

李朝汉文小说中，出现许多中国历史人物或中国古代小说中的人物，诸如秦汉以降，直至清代，举凡著名帝王将相、文臣武将、巨儒才子、后妃淑女等。有的中国人物仅在作品中一提而过，昙花一现，而有的中国人物则成为作品中的重要主人公，以其为中心展开故事情节。或则成为作品中主要人物之一，参与故事情节之展开。如描绘李朝壬辰卫国战争的长篇小说《壬辰录》中，出现的明代援朝军队统帅李如松的人物形象即为其中突出例证。

（4）故事情节

李朝汉文小说中，有不少借用中国古代小说中的故事情节，以其为素材展开故事。

如汉文小说《九云梦》，借用《三国演义》中的刘、关、张桃园三结义之故事情节，描绘六娘子与两公主仿桃园三结义为八义姐妹。

汉文小说《玉楼梦》第十七回借用《西游记》中的“变身法”，描绘祝融之变人法。第四十回借用《三国演义》张飞喝断长坂桥之情节为素材，描绘董超亦仿张飞作疑兵吓退敌将。

（5）小说语言方面

李朝汉文小说在语言方面仿效或借用中国古代小说中之文句，更是不胜枚举。

①人物外貌

如李朝汉文小说《玉楼梦》卷一之人物外形，描绘道："身长十尺，面如锅底，虎眼熊腰"；卷二之人物外形，描绘道："身长十余尺，面色青黑，环眼虎发"。皆仿自《三国演义》卷一之"身长八尺，豹头环眼，燕颌虎鬓"和卷四之"身长九尺，面黑睛黄，熊腰虎背"。

②人物动作

李朝汉文小说《金鳌新话》中之《醉游浮碧楼记》有："生再拜稽首曰：下士愚昧，甘与草木同腐。"显然仿自明代小说《剪灯新话》中之《鉴湖夜泛记》中的"分言离席而言曰：'下界愚昧，甘与草木同腐。'"

③其他

如李朝汉文小说《玉楼梦》第十一回、四十回描绘元帅杨昌曲所布之八卦阵，显受中国《三国演义》中，魏将曹仁、蜀将姜维所摆八卦阵之影响。

李朝汉文小说《金鳌新话》中之《龙宫赴宴录》之"敝居僻陋……今欲别构一阁，命名嘉会，工匠已集，木石咸具，而所乏者，上梁文耳，侧文秀才……幸为寡人制之"。显然与中国明代小说《剪灯新话》中《水宫庆会录》之"敝居僻陋……今欲别构一殿，命名灵德，工匠已举，木石咸具，所乏者，惟上梁文尔，侧文君子……幸为宴人制之"雷同。

二、代表作品

下面具体探讨几部中国古代小说对李朝汉文小说之影响。应指出，其一，有的中国古代小说不仅影响李朝一部汉文小说，而且影响多部李朝汉文小说；其二，有的李朝汉文小说不仅受一部中国古代小说的影响，而且受多部中国古代小说之影响。

（一）《剪灯新话》

中国古代小说《剪灯新话》对李朝汉文小说之影响，最著者莫过于《金鳌新话》。李朝文人金时习创作的汉文小说《金鳌新话》，现仅存五篇传奇：《万福寺樗蒲记》《李生窥墙记》《醉游浮碧亭记》《南炎浮州志》《龙宫赴宴记》。

《金鳌新话》深受《剪灯新话》之影响，借鉴与模仿之处主要表现在以下几个方面。

1．文体方面

《金鳌新话》中之五篇作品，皆仿《剪灯新话》，为传奇小说。

2．题材方面

《金鳌新话》中之《万福寺樗蒲记》《李生窥墙记》《醉游浮碧亭记》与《剪灯新话》中之《滕穆醉游聚景园记》《富贵发亦司志》《绿衣人传》《联芳楼记》《渭塘奇遇记》《爱卿传》《翠翠传》《鉴湖夜泛记》一样，同为爱情题材；《金鳌新话》中之《南炎浮州志》《龙宫赴宴录》与《剪灯新话》中之《水宫庆会录》《龙塘灵会录》一样，皆为神鬼题材。

3．故事情节方面

《金鳌新话》中之《万福寺樗蒲记》《李生窥墙传》《醉游浮碧楼》与《剪灯新话》中之《滕穆醉游聚景园记》《联芳楼记》《渭塘奇遇记》《鉴湖夜泛记》一样，同为表现封建社会时代，青年男女倾心相爱，不顾封建礼教之束缚，不畏强暴，大胆追求，勇敢地相爱，终于自由地结合。

《金鳌新话》中之《万福寺樗蒲记》，描写书生梁某与一美女相遇，一见钟情，继之交欢结合。相处三日后始知美女为鬼，其后，梁生寻至该女子之坟，哀恸祭奠，为之招魂。最终该女子超度转生。

此作仿自《剪灯新话》中之《滕穆醉游聚景园记》，该作亦描写死者魂魄复现与活人成婚之故事。两则故事框架相同，所不同的，只是作者在细节上有所改动。

《金鳌新话》中之《李生窥墙传》，描写一对青年男女秘密相爱，结成佳偶，后女子亡故，男子继续与女子亡魂朝夕相处，恩爱如旧。此作显受《剪灯新话》中之《联芳楼记》《爱卿传》《渭塘奇遇记》《翠翠传》之影响，故事相似，情节相同。

如《李生窥墙传》描写李生与崔娘幽会情节为：“（崔娘）以秋千绒索，系竹兜下垂，（李）生攀缘而逾。”此与《剪灯新话》中之《联芳楼记》中，描写二女（兰英、蕙英）与薛生幽会情节雷同：“二女（兰英、蕙英）以秋千绒索，垂一竹兜，坠于其前，薛生乃乘之而上。”两者皆由男子逾情与女子幽会，而逾墙之工具皆为秋千绒索、竹兜。

再如，《李生窥墙传》描写李生与崔娘通过彼此赠诗表达相互爱慕之情，此点亦与《联芳楼记》薛生与兰英、蕙英二女互赠诗歌表达爱情相同。

《金鳌新话》中之《南炎浮州志》《龙宫赴宴录》与《剪灯新话》中之《令狐生冥梦录》《太虚司法录》《水宫庆会录》《龙塘灵会录》，皆描写作品主人公为人正直刚强，不畏权势，不敬鬼神，因之被抓到阴间，但是阎王钦佩他们高尚情操，将其还回阳间。如《金鳌新话》中之《南炎浮州志》中的朴生，和《剪灯新话》中之《令狐生冥梦录》的令狐生相同。

4. 语言方面

《金鳌新话》作品中之语言，雷同于《剪灯新话》中之作品者为数众多。

如《金鳌新话》中之《醉游浮碧楼记》："生再拜稽首曰：'下士愚昧，甘与草木同腐。"此语显与《剪灯新话》中之《鉴湖夜泛记》中之语雷同："分言离席而言曰：下界愚昧，甘与草木同腐。"

又如《金鳌新话》中之《万福寺樗蒲记》有句为："漆灯无焰夜如何。"显与《剪灯新话》中之《滕穆醉游聚景园记》中之句雷同："漆灯无焰夜如年"。

再如，作品开头、结尾亦雷同或相近。如《金鳌新话》中之《龙宫赴宴录》开头为："松都有天磨山，其山高插而峭秀，故曰天磨山。山中有龙湫，名曰瓢渊。乍而深，不知其几丈，溢而为瀑，可百余丈，景概清丽，游僧过客必于此而观览焉。夙著灵异，载诸传记。"

显然与《剪灯新话》中之《龙堂灵会录》开头近似："吴江有龙王堂，……或以为石崖陡出，若塘岸焉，故又谓之龙王塘。其他左吴淞而右太湖，风涛险恶，众水所汇，过者必致敬于庙庭而后行，夙著灵异，具载范石湖所编《吴郡志》。"

又如作品结尾，亦多雷同。如《金鳌新话》中之《万福寺樗蒲记》之结尾为："生后不复婚嫁，入智异山采药，不知所终。"显与《剪灯新话》中之《滕穆醉游聚景园记》结尾雷同："生后终身不娶，入雁荡山采药，遂不复还。"

（二）《太平广记》

中国小说《太平广记》对朝鲜汉文小说《金鳌新话》《周生传》《云英传》《九云梦》均有影响。

1. 对《金鳌新话》之影响

如《金鳌新话》之《万福寺樗蒲记》中有个插话：某书生夜半偶入某宅，与美女邂逅交欢，并获信物。翌日一看，某宅却为一堆坟冢，而信物则为棺中之陪葬物。此则故事，与《太平广记》卷

328之《王者》故事、卷324之《素树》故事相同。

又如描写梁生痛叹无妻时，女鬼出现之情节，与《太平广记》卷295之《赵文昭》故事相同；而梁生设斋祭奠，亡女出现，赠信于梁生，互相寒暄，继而语言相戏之情节，则与《太平广记》卷324之《崔茂伯》故事相同。

再如，梁生与女鬼作别时，与四个邻女有过诗会。其中之郑女的诗为："一春心事已无聊，寂寞山中几度宵；不见蓝桥经过客，何年裴航遇云翘。"

按，此诗出自《太平广记》卷50之《裴航》。

还应指出的是，《金鳌新话》中之《李生窥墙传》的人鬼相恋故事情节，亦与《太平广记》卷332的《唐晅》故事雷同。

另，崔氏因兵祸而死，其灵魂出现，向李生讲述的"倩女再返于阳间……"等倩女返魂故事，亦与《太平广记》卷358的《王宙》故事相同。

再者，李生初见崔氏时，曾写三首诗系在瓦片上，扔进墙去。其中诗句有："好姻缘耶恶因缘，空把愁肠日抵年。二十八字媒已就，蓝桥何日遇神仙。"

按，此诗句见载于《太平广记》卷5之《裴航》。

2．对《周生传》（李朝权鞸作）之影响

《周生传》之故事情节为，书生周生与名妓俳桃成婚。俳桃原为良家妇女，因其祖获罪沦为妓女。其后周生受聘为卢丞相之子国英之师，遂与卢丞相之女仙花相识，坠入爱河。俳桃因而得病，周生遂为之返乡，俳桃枕在周生膝上而逝。

此故事显与《太平广记》之《霍小玉》雷同：书生李益与名妓霍小玉相爱成婚。小玉本为霍王之女。霍王死后，沦为妓女。两年后，李益登科任吏，又与他女成婚。小玉闻讯遂病。一侠客遂将李益挟持至小玉家。小玉枕在李益膝上，决意成为冤鬼而死。

尤其是《周生传》中之俳桃与周生成婚时，俳桃要求周生仿效李益写誓约给霍小玉订终身之故事，亦与誓约：“（俳）桃收泪改容曰：……郎君不见李益霍小玉之事乎？郎君若不我遐弃，愿立盟约。乃出鲁缟一尺授生。生即挥笔之曰：青山不老，绿水长存，子不我信，明月在天。写毕，（俳）桃心封血缄，藏之裙带中。”由此再可见，《周生传》受《太平广记》之影响。

《周生传》亦受《太平广记》卷488《莺莺传》之影响。

如描写周生潜往卢丞相之女仙花闺房，行至墙下，忽闻脚步声，惊吓而欲避开时：“曳履者低声语曰：周生无恐，莺莺在此。（周）生方知为仙花所误。乃起抱腰曰：何欺人若是？仙花笑曰：岂敢诬郎？郎自怯耳。（周）生曰：偷香盗璧，安得不怯？”此一情节，显然与《莺莺传》中，张生因莺莺婢女红娘之助，才得与莺莺幽会交欢情节雷同。

3. 对《九云梦》（李朝金万重作）之影响

李朝汉文小说《九云梦》与《太平广记》中之《枕中记》《樱桃青花》《南柯太守传》等相同。而《九云梦》中之杨少游与白凌波之婚姻故事，显与《太平广记》中之《柳毅传》酷似。皆为救助龙王之女，受到龙王盛情款待，继之成婚之故事。所不同者为人物姓名，《九云梦》中之杨少游，相当于《柳毅传》中之柳毅，《九云梦》中之白凌波，相当于《柳毅传》中之洞庭龙女。而《九云梦》《柳毅传》中之龙王皆名为洞庭龙王。

又如，《九云梦》中杨少游换装弹琴的故事情节，又雷同于《太平广记》中《王维传》之换装弹琴故事。而且文中特意提及王维换装弹琴之事：“昔王维学士，着乐工衣服，弹琵琶于太平公主之第，乃占状元，至今为流传之美谈。杨郎（即杨少游）即为求淑女，换着女服，实多才之人。”

4. 对《云英传》之影响

李朝汉文小说《云英传》受《太平广记》卷50《裴航》、卷194《昆仑奴》、卷491《非烟传》等影响，其部分情节与上述几部中国古代小说近似或雷同。作品中之女主人公皆被迫为人之妾，备受虐待，而男主人公则逾墙与之幽会交欢，后不幸败露，酿成悲剧。而《云英传》中还直接提及女主人公云英阅读《太平广记》："妾（云英）开纱窗，明玉灯面坐……展《太平广记》一卷，见（金）生至，起而迎拜……"

（三）《三国志演义》

在李朝传播最为广泛、影响最为巨大的中国小说中，当首推《三国志演义》。究其原因，主要有二：

其一，1592—1598年间，李朝连续两次遭日本的野蛮侵略。在1627年、1636年两次遭到后金（清）的征伐，使李朝遭受严重损失，人民陷于水深火热之中。但也空前提高朝鲜人民的斗争意识，因之迫切希望出现更多的救国救民的英雄人物。

朝鲜人民这种社会心理，使他们非常喜欢《三国志演义》中的诸葛亮、关羽、张飞、赵子龙等英雄人物。正是在李朝这种崇尚《三国志演义》英雄社会风潮影响下，李朝文人借鉴与仿效《三国志演义》，创作描写朝鲜在抗击日本侵略和后金征伐时的爱国将领英雄事迹的一批汉文军谈（军功）小说。如《壬辰录》《玉楼梦》《林庆车传》《赵雄传》《苏大成传》《刘忠烈传》《黄云传》《张国镇传》《杨丰传》《杨朱凤传》《张翼星传》《玄寿文传》等。

上述这些汉文小说都不同程度地借鉴了《三国志演义》的创作手法，作品中的英雄人物所具有的雄才大略、奇谋胜算、赤胆忠心、机智勇敢、嫉恶如仇、豪爽刚直等性格特征，与《三国志演义》中的诸葛亮、关羽、张飞、赵云等人物十分相似。而其故事情节、战斗场面、人物外貌等方面有雷同或近似之处。

当然，李朝军谈小说也颇受中国《东周列国志》之影响。

其二，李朝国王光海君为恶名昭著之暴君，骄奢淫逸，横征暴敛，朝鲜人民渴望宽仁待民的明君。“拥刘反曹”的《三国志演义》中的刘备明君形象正是朝鲜人民所渴求的，而坚决拥刘反曹的诸葛亮、关羽、张飞、赵云等英雄人物也受到尊崇。

1. 对《壬辰录》之影响

李朝汉文小说《壬辰录》，为李朝一部著名长篇军谈小说。该书描述1592—1598年，朝鲜军民奋起抗击日本野蛮侵略战争，在明军的支援下，朝鲜军民取得最终胜利。《三国志演义》对李朝汉文小说《壬辰录》之影响，主要表现在以下几点：

（1）人物形象

《三国志演义》中的人物，出现在李朝汉文小说《壬辰录》中最多者为关羽。每当李朝危急时刻和李朝将领与日本将领厮杀时刻，关羽则在空中显灵帮助李朝。

如日本将领加藤清正与朝鲜将领交战正酣时，关羽忽然在空中显灵，参加战斗：“只听空中一声呼喊：敌将休走，吃我一刀！声如霹雳，（加藤）清正大吃一惊，举目一望，只见一员大将，头戴闪闪金盔，三角须，手提青龙偃月刀，跨坐青骢马——蜀汉大将关云长来也！（加藤）清正惊慌失色……”

又如，关羽显灵助李朝士兵大战日本兵：“忽然灵风大起，神云四起。有一员大将，面如红枣，丹凤目，三角须，乘赤兔马（于）空中杀伐。倭兵惶怯昏倒，自毙不起，一阵皆死。”

韩国学者苏在英对李朝21种版本《壬辰录》之统计，关于关羽显灵帮助李朝抗倭之描写，共有7种：托梦给李朝国王，告之倭寇将侵略李朝；托梦给明帝神宗，劝说明廷派兵援朝；担任李朝军队之保护神，保护李朝士兵之安全；出现于战场，助李朝将领杀退日本士兵；告诉李朝国王及时避难和回宫；推荐李朝名将，并助其作战；关羽被奉为保护神，奉祠纪念。

（2）故事情节

如《三国志演义》之诸葛亮草船借箭故事，《壬辰录》加以仿效：李朝名将李舜臣将草人置于船中欺骗日本士兵，耗尽倭寇箭丸，而后击败倭寇。

又如，《三国志演义》诸葛亮“七擒七纵”孟获所使用之佯败战术，《壬辰录》也加以仿效：描写李朝名将郭再祐佯败退兵五十里，而后伏兵出现，郭率兵与伏兵共同歼灭倭寇。

此外，《壬辰录》还采用《三国志演义》中之关羽温酒斩华雄、诸葛亮嘲笑周瑜“赔了夫人又折兵”等故事情节。

（3）战斗场面

《壬辰录》关于李朝军队与日本军队两军交战场面之描写，亦如《三国志演义》，主要集中描绘双方将领对打、格斗、交刃、厮杀，而对千军万马的交战动作与具体行动，则很少表现和描述，仅简略地写“喊声震天”“十万之众”“人马都看呆了”“尸积如山”而已。

2. 对《玉楼梦》（李朝南永鲁著）之影响

《玉楼梦》是一部军谈小说，该书描写明代元帅杨昌曲统率大军南征北战之故事。《玉楼梦》受《三国志演义》之影响，表现在以下几个方面：

（1）人物形象

《三国志演义》中的蜀相诸葛亮，出现在《玉楼梦》中为杨昌曲元帅排忧解难。

如当杨昌曲率军南征，在盘蛇谷遇到昔日蛮兵鬼魂纠缠难以继续行军时，诸葛亮显灵来至帐中，告知已制止昔日蛮兵鬼魂之纠缠和平定鬼魂之策：“孔明笑曰：老夫曾杀藤甲兵数万名于此处。每当天阴雨湿之时，则贻恼过往行人，今又妄犯大军，故老夫今已禁制。然而，元帅如能以数头牛羊，馈其久饥冤魂，则可安宁。杨昌曲继之向诸葛亮请教破敌之计。诸葛亮笑曰：先击猕猴洞可也，说罢，飘然而去。”

（2）故事情节

《玉楼梦》仿效《三国志演义》之故事情节处很多。

如仿效诸葛亮七擒七纵孟获故事。《玉楼梦》描写杨昌曲率军南征途中，几次都可擒住蛮王哪吒，而故意放走时，对部将说：“吾欲服南蛮之心，……将军岂不闻诸葛武侯七擒七纵之意？”

又如，描写杨昌曲率军抵盘蛇谷，遭昔日蛮兵鬼魂纠缠，以致兵员突患恶病无法行军时，杨昌曲遂拜谒诸葛武侯祠堂，祈求诸葛显圣解困之情节，与《三国志演义》中，诸葛亮征蛮回军泸水遇毒泉时，前往马援庙求祈，马援显圣教其渡泸水之法雷同。

再如，《三国志演义》中，有诸葛亮在阵前骂死王朗故事情节。《玉楼梦》亦仿此，描写杨昌曲在阵前怒骂奸臣卢均为“犯十五条弥天大罪”的“乱臣贼子”，结果“（杨）元帅骂毕，卢均颜醉而气丧，疾呼一声落马”。

（3）战斗场面

《三国志演义》中许多战斗场面和战术等之描写，亦为《玉楼梦》所借鉴与仿效。

如《三国志演义》中，有魏将曹仁布“八门金锁阵”、蜀将姜维“按武侯八阵之法”布阵、魏将邓艾“见姜维布成八卦，乃亦布之”等。《玉楼梦》也有杨昌曲元帅在黑风山布“八卦阵”、江南红在贺兰山下“更结八八六十四阵”等情节。

又如，《玉楼梦》描写明将董超“即时于北岸及东西两旁柳木之间，多张旗帜，各埋伏一百军，使之曳木起尘，为疑兵。……董超挥鞭，匹马单骑，诣单于之阵前挑战”。此与《三国志演义》

中，张飞在长坂坡作疑兵，吓退曹兵之故事情节雷同。

3. 对《九云梦》之影响

《九云梦》仿效《三国志演义》之故事情节有二：

其一，杨少游之二妻六妾仿《三国志演义》中刘、关、张桃园三结义，亦结义为姐妹："郑夫人曰：刘、关、张三人君臣，终不废兄弟之义，我与春娘，自是闺中管鲍之交也，为兄为弟，何不可之？"

其二，杨少游率军攻打吐蕃，至盘蛇谷，士兵饮白龙潭水而成哑巴，幸经龙女白凌波之助，重新服其水而痊愈。此与《三国志演义》中，诸葛亮率军平南蛮，至盘蛇谷，士兵饮毒水而成哑巴，幸获万安隐士之助而康复之情节雷同。且盘蛇谷地名亦相同。而《三国志演义》中之四个毒水哑泉、天泉、黑泉、柔泉，亦反映在《九云梦》中，只不过将"泉"字易为"水"字。但描述哑水"其水颇甜，人若饮之，则不能言"，与《三国志演义》中之哑泉描写相同。而描写黑水"其水微清，人若溅之在身，则手足皆黑而死"，也与《三国志演义》中之黑泉描写相同。

此外，李朝汉文小说，尤其是军谈小说仿效《三国志演义》者仍有很多。

如李朝汉文小说《申遗腹传》中之申遗腹寻访日向道士，即仿效《三国志演义》刘备三顾茅庐访诸葛亮之情节："都督（即申遗腹）无法，坐在庵上，待至日暮，仍无踪迹。都督不知理由何在，迷惘之中，忽忆刘皇叔苦待孔明先生画寝往事，乃泰然心安，以精诚之心等待。"

又如，李朝汉文小说《郭海龙传》中，描写郭海龙施用道术战胜敌军之情节："元帅（指郭海龙）急施遁甲，五方神将与三个神兵乃齐出，攻入敌阵，行呼风唤雨之法，施山变为海之术，敌阵四周，已被大水所盖……而元帅又举赤露剑，由四面掩杀，刀剑所至，火光冲天，张元之首，如秋风落叶……不亚于古时诸葛武侯七擒七纵之才。”此一情节与《三国志演义》诸葛亮征南时与南蛮木丽大王交战，驱虎豹以获胜之情节雷同。

（四）《西游记》

明代小说《西游记》，也是对李朝汉文小说影响巨大的一部作品。

1. 对《洪吉童传》（李朝许筠作）之影响。

李朝汉文小说《洪吉童传》仿自《西游记》之处甚多。主要表现在故事情节之仿效方面。

（1）分身法

《西游记》中孙悟空多次施用分身法。《洪吉童传》中主人公洪吉童为避官军的围剿，编扎7个草人，念了真言，集得魂魄，变成7个洪吉童，分别在8个地方济贫扶弱。此外，洪吉童还多次施用分身法。这显然与《西游记》中的分身法雷同。

（2）缩地术

《西游记》中之缩地术，《洪吉童传》亦仿效：特才在华兰指使下，欲杀害洪吉童。洪遂在房中施用缩地法，将特才引到山中，将其杀死。

（3）升天腾云驾雾

《西游记》中之孙悟空升天入地，腾云驾雾。《洪吉童传》亦仿此，洪吉童多次升天腾云驾雾。

（4）退妖魔救美女

《西游记》中，多次出现孙悟空打败妖魔救出美女之故事情节。《洪吉童传》亦仿此。描写洪吉童入芒砀山降伏妖怪，救出被妖摄走的白小姐和赵小姐。

2. 对《田禹治传》之影响

李朝汉文小说《田禹治传》仿效《西游记》之处亦有多处。

（1）升天腾云驾雾

《田禹治传》之主人公田禹治在作品中，多次升天腾云驾雾，显然仿效《西游记》中孙悟空之腾云驾雾情节。

（2）变身术

《西游记》中，孙悟空与妖魔打斗时，多次使用变身术。《田禹治传》之田禹治亦对奸臣王延喜之妻子闵氏念动真言，使闵氏变成大蟒。

又如，田禹治趁王延喜不在家时，变成王延喜，进入王家。当王延喜回家时，田禹治念动真言，将其变成九尾狐，并将其驱逐出王家。

（3）下油锅

《西游记》中，孙悟空与羊力大仙赌跳沸腾之油锅，羊力大仙烫死，而孙悟空在油锅中“翻波斗浪，就似负水一般玩耍”。《田禹治传》亦仿此。田禹治被捕后，官府将他扔入滚开油锅中。田禹治在油锅中自由自在，仍然不死。

3. 对《玉楼梦》之影响

《玉楼梦》仿效《西游记》之处亦多。

（1）分身术

《玉楼梦》亦仿效《西游记》中之分身术。

如书中的女主人公江南红与单于交战时，“单于喷气冲天，投枪回刺，红娘（即江南红）已无去处，铿然剑声又出于空中。单于大声一呼，更举枪而顾后，则红娘在后，望前则红娘在前，顾左顾右都是红娘，单于举枪莫知所投。”

又如书中之小菩萨亦施用分身术：“数个妖鬼自山而出，各执兵器。其中一个妖鬼，身着五色衣，粉面红妆的，实小菩萨。红司马大怒。战至数合，红司马举双剑而击之，小菩萨化为千万个小菩萨。”

（2）变身术

《玉楼梦》多处仿效《西游记》之变身术。

如女主人公江南红与祝融大王交战时，两人先后多次变身。祝融大王先后变为百余尺高的巨人，如豆小人、一条黑气、白猿、蛇。江南红则先后变成百余尺高的巨人，如豆小人、一条青气、弹丸、霹雳、大风。

（3）念咒作法

《玉楼梦》仿效《西游记》中念咒作法之情节很多。

如云龙道人之念咒作法："云龙道人望见阵势有惧，忽然念咒，拔剑指四方，风雨大作，雷声震动，无数神将鬼兵团击明阵，至半晌不能破。"又如，祝融大王之念咒作法："祝融……急挥旗而念咒文，忽然狂风大作，阴云飞扬之处，无数鬼兵以奇怪之形，眩荒之仪，满山遍野，以助三将之威势，冲突明阵。"

再如，江南红之念咒作法："红司马（即江南红）高坐阵中，举芙蓉剑而指南……而火光冲天，指北涌六坎水，而大海茫茫，指东西，则雷雨大作，大泽当前。"

（4）武器之威力

《西游记》中，孙悟空之金箍棒威力无比，变大变小，变长变短，变成多个，成为降妖伏魔之武器。《玉楼梦》也仿此，女主人公江南红使用之芙蓉剑亦威力无比。《玉楼梦》中之芙蓉剑与《西游记》中之金箍棒的共同特点是，皆为宝贝，皆为仙界奇珍异宝之兵器，可变多，可变少，可变大，可变小，坚硬无比，随意转变方向等。

此外，《西游记》还对李朝汉文小说《九云梦》《雍固执传》《朴氏传》《淑香传》等亦有很大影响。

（五）《水浒传》

中国古代小说《水浒传》对李朝汉文小说亦有很大影响。

1. 对《洪吉童传》之影响

中国古代小说《水浒传》对李朝汉文小说《洪吉童传》之影响，主要表现在主题思想方面和题材方面，与中国《水浒传》相同。

《洪吉童传》主人公洪吉童，以义贼自称，站在贫苦民众一边，惩治贪官污吏，为民除害。此与《水浒传》之以宋江为首的梁山好汉，替天行道，为民除害相同。但应指出的是，在细节方面却很少见《洪吉童传》受《水浒传》之影响。

2. 对《洪允成传》之影响

李朝汉文小说《洪允成传》，描写李朝名将洪允成为被害的胞兄洪允大申冤雪耻，怒杀淫荡的嫂子薛氏及其奸夫太万石。此与《水浒传》中，武松为胞兄武大报仇，怒杀淫妇潘金莲及其奸夫西门庆雷同。

（六）《三言》和《今古奇观》

中国古代小说《三言》，即明代冯梦龙创作之《喻世明言》《警世通言》《醒世恒言》，《三言》共收录小说120篇；《今古奇观》为明代抱瓮老人所编。该书从《三言》中选入29篇，从《两拍》中选入11篇，共计40篇。

中国古代小说《三言》和《今古奇观》也是对李朝汉文小说产生很大影响的作品。

1. 对《彩凤感别曲》之影响

李朝汉文小说《彩凤感别曲》，描写彩凤与张弼成相识、相爱之经历，与《警世通言》卷34《王娇鸾百年长恨》（《今古奇观》为卷35）之王娇鸾与周生结识、相爱过程相似。

《彩凤感别曲》不但借用《王娇鸾百年长恨》开头男女主人公相识过程，而且将传情之诗歌亦加借用。即两部作品中之男主人公向女主人公传情之诗均为："帕出佳人分外香，天公教付有情郎。殷勤寄取相思句，拟作红丝入洞房。”

2. 对《弄假成真双新郎》之影响

李朝汉文小说《弄假成真双新郎》，其故事取自《醒世恒言》卷7之《钱秀才错战凤凰俦》（《今古奇观》为卷27），仅将年代改为李朝哲宗年间；地点由中国苏州改为李朝水原，将原作中之颜俊改作孙吉星、钱青改为崔应焕、高秋芳改作张毕爱；吴江县知县改为水原知府李世臣。

3. 对《朴文秀》之影响

李朝汉文小说《朴文秀》中之第二回故事，取材于《醒世恒言》卷1之《两县会竞义婚孤女》（《今古奇观》卷2）。

上述几部李朝汉文小说之故事发生时代、地点、人名都将中国古代小说原作由中国改为朝鲜。

（七）《金瓶梅》

《金瓶梅》虽在朝鲜流传，但李朝文人仿此创作之小说很少。

近年，在日本发现李朝文人石泉主人于1809年创作的汉文小说《折花奇谈》（手写本）。此书恐是迄今发现的唯一一部仿中国古代小说《金瓶梅》之汉文小说。李朝汉文小说《折花奇谈》之故事梗概为：主人公有妇之夫李生在井边遇见有夫之妇舜梅，魂飞意荡，托媒婆为之传情。两人虽相恋长久，由于媒婆之中间弄奸，舜梅之犹豫不决，兼有舜梅之姨母的阻挠，这对情人一次幽会偷欢后，则再未能见面，永远离别。

这部汉文小说亦为章回体。该书作者之友南华散人在该书之序文中指出：“今此折花之说，即吾友李某之实录。详考一篇旨意，则大略与元稹之遇莺娘，恰相仿佛。……又与《金瓶梅》之西门遇潘娘，太类相似。”

（八）《红楼梦》

清代小说《红楼梦》在朝鲜广为传播，且有朝鲜文字之全译本。此外，《红楼梦》之续书，如《红楼梦补》《续红楼梦》《后红楼梦》《红楼梦复》《补红楼梦》等亦传入李朝。但是，《红楼梦》较之《三国志演义》《水浒传》《西游记》，乃至《三言》和《今古奇观》对李朝汉文小说之影响则相当微弱。仅在韩国岭南大学图书馆收藏之《九云记》中，发现受《红楼梦》影响之痕迹，即该书插有《红楼梦》中之诗句。

此外，中国古代小说对李朝汉文小说产生影响者，当不只此数部，但由此一斑可窥全豹。还应指出的是，其一，中国古代小说不仅对李朝汉文小说、李朝朝鲜文小说有重大影响，对朝鲜的时调、歌辞、俚谚、杂歌、唱剧等也有很大影响。

如朝鲜的时调中，就有关于《三国志演义》中的诸葛亮、刘备、关羽、张飞、赵云、庞统、马超、黄忠、严颜、曹操、曹仁、曹植、蔡瑁、徐庶、徐盛等15人之故事，多达59首。而朝鲜现存旧剧脚本1000余种，其故事出自中国古代小说《三国志演义》之脚本的有三分之一以上。

其二，除中国古代小说外，如元曲，亦对朝鲜其他文学形式之作品有很大影响。最突出的表现，即为《西厢记》对朝鲜唱剧《春香传》之影响。当然，《春香传》亦颇受中国古代小说《太平广记》卷488《莺莺传》之影响。

中国古代小说在朝鲜广泛传播，深受朝鲜社会的欢迎，并对朝鲜汉文小说产生巨大影响，对朝鲜汉文小说之萌芽、发展、繁荣做出重大贡献。也应指出的是，尽管朝鲜汉文小说，其主题、创作方法多借鉴中国古代小说，且用汉文写就，并以中国为背景者占三分之一。但朝鲜汉文小说之主流思想，反映了朝鲜社会思想意识的时代动向，表现朝鲜民族力求摆脱封建与外来势力束缚，追求自由、独立、发展之意志。诸如，《壬辰录》《朴氏夫人传》中反侵略的爱国思想；《洪吉童传》中的反对嫡庶差别的建设理想国的社会变革思想；《春香传》中的反对封建暴政；《彩凤感别曲》等爱情小说所共有的反封建礼教，争取爱情自由的思想；《裴裨将传》中对封建官僚丑恶面目的揭露与讽刺；《玉楼梦》《申遗腹传》等军谈小说中强烈的民族独立意识；对爱国女性的热情歌颂等。上述作品反映出朝鲜社会政治、经济之发展、社会思潮之变迁、国际环境之变化等。

上述作品是朝鲜文学家借鉴中国文学，为本民族文学开辟了新道路，为争取朝鲜民族文化之繁荣取得了丰硕果实。

第二十八章　李朝汉文小说概况

第一节　李朝汉文小说之类别与数量

中国明清小说的大量传入，为李朝汉文小说的产生创造了有利条件，奠定了坚实基础。

15世纪中叶，李朝文人金时习创作了朝鲜文学史上第一部具有近代短篇小说因素并具有一定规模的汉文传奇集——《金鳌新话》，标志朝鲜汉文小说之产生，为朝鲜汉文小说之嚆矢。这是一部相当成熟的具有很高思想和艺术水平的汉文短篇小说集。它上承《新罗殊异传》中的《仙女红袋》等前期的简单传奇故事的传统，下开金万重的《九云梦》等浪漫主义小说的先河，在朝鲜汉文小说史上具有极其重要的意义。其后，朝鲜汉文小说如雨后春笋般涌现，不仅有汉文短篇小说，而且产生汉文长篇小说。

17世纪中叶，李朝文人金万重创作的《谢氏南征记》《九云梦》，开朝鲜汉文长篇小说之先河。

由此，李朝汉文小说创作进入繁荣时期，不仅短篇、长篇体裁众多，而且题材十分广泛，既有寓言小说，又有传奇小说；既有军谈小说，又有爱情小说；既有宫廷小说，又有高官大吏的家门小说。

朝鲜汉文短篇无法数计，亦难列举。朝鲜长篇汉文小说亦相当众多，在这方面，中国台湾学者和韩国学者编辑的朝鲜汉文小说目录，提供了可靠资料。

一、中国台湾学者林明德编辑的《韩国汉文小说全集》（9卷）

该书共收录在韩国现存汉文小说共369部，计有：

卷1　梦幻　家庭类　《玉麟梦》

卷2　梦幻　理想类　《玉楼梦》

卷3　梦幻　梦游类

《安凭梦游录》《浮碧梦游录》《金华寺梦游录》《寿圣宫梦游录》《达川梦游录》《江都梦游录》《元生梦游录》《大观斋梦游录》《皮生冥梦游录》《琴生异闻录》《龙宫赴宴录》《南炎浮州志》《调信梦生》《王郎返魂传》《梦缘录》《玉仙梦》《九云梦》

卷4　历史　英雄（上）

《帷幄龟鉴》《三韩拾遗》《崔孤云传》《壬辰录》

卷5　历史　英雄（下）

《六美堂记》《汉唐遗事》《南洪量传》《洪景来》

卷6　拟人　讽刺类

拟人类

（1）动物拟人

《老鼠择婿》《鼠大州传》《鼠狱记》《虎叱》《虎睨》《虎阱》《虎语》《虎变》《论虎林》《兔公传》《兔先生传》《龟兔说话》《乌园传》《清江使者玄夫传》《郭索传》

（2）植物拟人

《花史》《花王传》《花王戒》《抱节君传》《竹尊者传》

（3）事物拟人

《竹夫人传》《曲先生传》《女容国传》《却老先生传》《酒肆丈人传》《丁侍者传》《冰道者传》《孔方传》《楮生传》《曲醇传》《枫岳奇遇记》《醉乡记》

（4）心性拟人

《心史》《天君实录》《天君演义》《愁城志》《义胜记》《南灵传》《冰壶先生传》《嚬笑先生传》

讽刺类

《笔工毛粪》《名唱朴男》《用计得官》《知奸饰愚》《衙婢待客》《督债见辱》《必题我来》《殴打家长》《道学先生》《禁酒禁督》《洪生饿死》《水皮》《宋有元》《金仲真》《矿山村》《广作》《舟贩》《古谈》《谐乘》《观相》《背信》《代杖》《两班传》《闵翁传》《马驵传》《许生传》《虞裳传》《金神仙传》《乌有兰传》《广文者传》《秽德先生传》《烈女咸阳朴氏传》《琉球王世子外传》《东方一士传》《金刚诞游录》《洪生远游记》《韩淑媛传》《蒋奉事传》《柳光亿传》《捕虎妻传》《峡孝妇传》《寓言》《黜僮文》《施赛传》《崔生员传》

卷7　爱情　家庭类

《谢氏南征传》《李生窥墙传》《醉游浮碧亭记》《万福寺樗蒲记》《彰善感义录》《金申夫妇传》《汉文春香传》《双女坟》《崔陟传》《淑香传》《周生传》《沈生传》《钟玉传》《芝峰传》《春香传》

卷8　笔记　野谈类

东国拾遗

（1）传奇志怪类

《轿中纳鬟诳贼师》《老翁禳星话天数》《泄天机祈星救友》《投柜烧火除妖物》《赤兔神将扫贼兵》《还狐裘新旧合缘》《导

射夫报仇话恩》《授神诀药铺对话》《听街语柿蒂奏功》《倒骑牛归冥升贵》《蒋督令授丹酬德》《建碑书喻示大义》《海岛觅画慑狡酋》《苽田接客夸奇术》《识宝气倡楼取炉》《接神赠骖苏痘儿》《匿尸身海倅偿恩》《馈饭卓见困鬼魅》《逢丸商穷儒免死》《听骤雨药商得子》《听街语柳医得名》《老学究借胎生男》《还玉童宰相偿债》《老翁犯提督骑牛》《获重宝慧妇择夫》《失佳人数叹薄幸》《换衣寻郎谐宿约》《择夫婿慧婢识人》《掘银老寡成家》《落小岛炮匠获货》《学士赘隐柳器匠》《怜穷儒神人贷柜银》《权斯文避雨逢奇缘》《赴南省张生漂大洋》《朴同知为统帅散财》《拟腴邑宰相偿旧恩》《怜樵童权老续断弦》《绿林客诱致沈上舍》《林将军山中遇绿林》《肆旧习与熊斗江中》《大人岛商客逃残命》

（2）侠义人物类

《赢万金夫妻致富》《转忠思孝投金橘》《塞程疾驰请援帅》《水军都督杨武功》《六臣立节伏危忠》《三士成仁明大义》《戏衲友发奸置法》《试青萍为师报仇》《救四命占山发福》《苍头鸣铮雪诬冤》《触天怒忠谏尽节》《宋使馆中和诗韵》《乡辩自随统帅后》《过锦江急难高义》《矜草商高义让财》《往南京郑商行货》《擅场屋秀才对策》《粥蛇角绿林修贡》《开科声梦蝶可征》《两驿吏各陈世阀》《三知印竞夸渠乡》《吓禁吏善谑免拒》《吹鹤胫丹山脱祸》《焚笔谈呈文陈情》《金贡生聚子授工业》《入吏籍穷儒成家业》《田统使微时识宰相》《论义理群盗化良民》《补犷贼具名唱权术》《李武弁穷峡格猛兽》《斗剑术李裨将斩僧》

（3）社会事态类

《弈手逞术致横财》《贶碎银图占仕路》《贤妇放婢受报恩》《北牖接绿衣行检》《一池放生施阴德》《茅庵喝僧见神鉴》《城里埋药怯诏使》《输一石父子叙伦》《锁客囊道伯弄友》《义狗救

人且复仇》《旧仆刺针保恩情》《红紬三裁大官服》《藏扇币童女证约》《授简书老妇垂诫》《笃友爱避居获银》《扼猛兽救甦夫命》《葛布独处命妇筵》《获奇遇二妾列屋》《保家业一听智妇》《尼庵逢郎问登科》《咸关对唱娥留期》《劫旧主叛奴受刑》《老媪虑患纳小室》《秋妓临老说故事》《穷儒诡计得科宦》《行胸臆引弁背义》《逐长官知印打颊》《获生金父子同宫》《安贫穷十年读书》《历三国一家团聚》《场戏窥钱警财欲》《拒强暴闺中贞烈》《班童倒撞藁草中》《结芳缘二八娘子》《营产业夫妇异房》《讽吝客吴物音善谐》《善欺骗猾胥弄痴倅》《骗乡儒林灵城登科》《衔使命李尚书争春》《被室谪露直斋折简》《语消长偷儿说富客》《得贤妇贫士成家业》《金卫将恤旧主尽诚》《听良妻慧吏保令名》《崔昆仑登第背芳盟》《责荆妻清士化邻氓》《李节度穷途遇佳人》《永嘉金氏夫妇积阴德》《於于野谈》

卷9　笔记　野谈类

（1）传奇志怪类

《盗婿》《掷剑》《蝴蝶》《大豆》《盐》《墓》《安东郎》《明火贼》《淮阳峡》《蒋生传》《蒋生传》《宴鬼取富》《虚风堂》《三难金玉》《自愿裨将》《吓美酣僧》《岭南寒士》《每事从宽》《秋斋纪异》《天乙交人》《生别死逢》《赌佛得妻》《海西丐者》《柳五乘传》《山灵庵记》《朴秀才传》《曹神仙传》《张天镛传》《浮穆汉传》《申兵传使》《张山人传》《南宫先生传》《五台剑侠传》《崔生遇真记》《太白山狐庵记》《郑氏奇遇记》《宣川金进士》《歌者宋蟋蟀传》《要路院夜话记》

（2）侠义人物类

《婚阀》《归乡》《剑女》《顽强》《丐师》《扫雪》《巫云》《义岛记》《申哑传》《银爱传》《万德传》《剑僧传》《温达传》《柳渊传》《李泓传》《边士行》《朴长脚》《葛处士》

《朴突梦》《林俊元》《金洛瑞》《郑寿铜》《金圣基》《柳松年》《郑起龙》《原州吏》《卢同知》《张五福》《举扇更高》《假称镇基》《龙山车夫》《忍忿积阴》《金风宪传》《金光泽传》《李廷楷传》《索囊子传》《贾秀才传》《严处世传》《柳遇春传》《李忠伯传》《成进士传》《张福先传》《朴天然传》《荪谷山人传》《竹带先生传》《顺兴万石君》《水原——李同知》《鬻书曹生传》《四友》

（3）社会世态类

《马》《鲸》《江景》《恋盗》《彦阳》《炭幕》《孀女》《解放》《沈生》《离情》《泽泻》《朝报》《义宦》《白文光》《轿前婢》《市奸记》《官员戏》《三兄弟》《秋吏弄法》《还纳退木》《囊钱落茬》《乃写汝母》《受恩殖货》《勒生小敛》《北京丐者》《深深堂闲话》《梅轩互花堂》

（4）开化期作品

《满江红》《岑上台》《一捻红》《神断公案》

二、韩国学者金兴圭等编《韩国汉文小说目录》[1]

该书共收录在韩国现存汉文小说共274部，计有：

（一）传奇小说

《调信》《金现感虎》《崔致远》《王郎迫魂传》《万福寺樗蒲记》《李生窥墙传》《醉游浮碧亭记》《南炎浮洲志》《龙宫赴宴录》《崔生遇真记》《何生奇遇传》《崔陟传》《周生传》《韦敬天传》《云英传》《相思洞记》《王庆龙传》《凭虚子访花录》《白云仙玩春结缘录》

① 汪燕岗：韩国汉文小说研究，上海古籍出版社，2010年，第263—269页。

（二）寓言小说

《书斋夜会录》、《愁城志》、《花史》、《天君纪Ⅰ》、《天君纪Ⅱ》、《四代纪》、《玉皇纪》、《天君演义》、《四代春秋》、《女容国传》（《孝庄皇帝妆台纪功录》）、《虎叱》、《心史》（《天君本纪》）、《天君实录》、《兔公传》、《鼠大州传》、《鼠狱说》、《鹦鸠鹜讼卧渴先生传》、《蛙蛇狱案》、《鹊与鸟相讼文》、《鸟对卞讼文》

（三）传记小说（传系小说）

《柳渊传》、《安尚书传》、《姜虏传》、《张顺孙传》、《田禹治传》、《洪相国传》、《孙舜孝传》、《蒋生传》（许筠）、《南宫先生传》、《张山人传》、《青阳义妇传》、《烈女洪氏传》、《薛生传》（吴道一）、《李突传》、《孝子传》、《金英哲传》、《林将军庆业传》、《洪烈妇传》、《清风义妇传》、《郑孝子传》、《剑僧传》、《朴孝娘传》、《清风义妇传》（蔡济恭）、《剑客某小传》、《两班传》、《许生传》、《柳遇春传》、《朴烈妇传》、《香娘传》、《李将军传》、《捕虎妻传》、《浮穆汉传》、《沈生传》、《申兵使传》、《成进士传》、《李泓传》、《峡孝妇传》、《崔生员传》、《五台剑侠传》、《蒋生传》、《贾秀才传》、《茶母传》、《岭南孝烈妇传》、《金申夫妇传》

（四）笔记小记（野谈系小说）

野谈集所载作品

1. 《溪西杂录》所载

《梁士彦之母》（假题）、《郑孝俊》（假题）、《郑蕴》（假题）、《禹夏亨与水汲婢》（假题）、《柳成龙之堂叔》（假题）、《许泓》（假题）、《金千镒之妻》（假题）、《卢禛》（假题）、《安东权进士》（假题）、《李浣》（假题）、《廉喜道之奇事》（假题）、《金进士》（假题）

2. 《锦溪笔谈》所载

《申从濩》（假题）、《赵忠义》（假题）、《宋铁之女》（假题）、《李□起筑》（假题）、《高庾》（假题）、《丙子年之奇事》（假题）

3. 《绮里丛话》所载

《抱川异闻》《金生传》

4. 《纪闻丛话》所载

《崔生》（假题）

5. 《东厢记纂》所载

《金安国》

6. 《东野汇辑》所载

《学士赘隐柳器匠》《授简书老妇垂诫》《责失信警罚布衣》《漂万里十人全还》《寻宿盟三妇同室》《愿见一色得成婚》《合玉环逢妻得胤》《勇将啸引赤鬣骑》《绣衣给防茶母家》《啖牛气试椎免祸》《薪奴担李得郎村》《云妓家广文观舞》《感旧恩墨倅发褒》《南楼举朱旗诉冤》《勇弁袖椎耆悖民》《作良媒俱受晚祸》《贤妇智纳彩轿女》《脱祸纲玉环践约》《矗石楼两妓接陟》《获奇遇二妾列屋》《历三国一家团聚》《南国接仙娥谋归》《导射夫执仇话恩》《戏衲友发奸置法》《返归妻换魂持家》

7. 《扬隐阐微》所载

《金英娘用智嫁贵门》《高世希因妇获报》《凤凰台会金刚春月》《崔晚玉知恩报德》《赵夫人感义解奇冤》《申忠壮弃德被阴报》《金清城观相成少婢》《崔晚玉知恩报德》《读书生抱儿献叔母》《秋香爱死沈密阳》《李应虚梦甘黄粱》《朴灵城假妆天神》

8. 《杂记古谈》所载

《义妓》《盗隐》

9.《此山笔谈》所载

《受恩殖货》《洪家女贱致贵禄》《吓美酣僧》

10.《天倪录》所载

《智异山路迷逢真》《关东道遭雨登仙》《扫雪因窥玉箫仙》《簪桂重逢一朵红》《御史巾帼登筵上》《提督裸裎出柜中》《沈进士行怪辞花》《金秀才谋拙折玉》《刀代珠扁为正室》

11.《青丘野谈》所载

《斗剑术李禆将斩僧》《李武弁穷峡击猛兽》《乞父命忠婢完三节》《大人岛商客逃残命》《过东郊白纳认父》《听骤雨药商得子》《识宝气许生取铜炉》《李节度穷途遇佳人》《宋班穷途优旧仆》《权斯文避雨逢佳人》《得美妻居士占穴》《获重宝慧妇择夫》《逢丸商穷儒免死》《被室适露真斋折简》《结芳缘二八娘子》《崔昆仑登第背芳盟》《贷万金许生行货》《择夫婿慧婢识人》《老媪女患纳小室》《语消长偷儿说富客》《雪幽怨夫人识朱旗》《产营业夫妇异房》《识丹丘刘郎漂海》《行胸臆尹弁背义》《李东皋为傔择佳郎》《金丞相穷途遇义妓》《拒强暴闺中贞烈》《义男临水唤俞铁》《洪尚书受梃免刀》《吕绣衣移花接木》《绿林客诱致沈上舍》《代雪久冤厚得善报》

12.《清野谈薮》所载

《换衣寻郎谐宿约》《南溟曹植媒大虎嫁妻弟》

单行本

《金氏征征记》《仙游记洞》《廉丞传》《要路院夜话记》《月团团》《李长伯传》《李进士者智取三科说》《王秀才娶妻得龙说》《崔猿亭画讽南台说》《洪彦阳千金涓义说》

（五）梦游录

《大观斋记梦》《安凭梦游录》《元生梦游录》《琴生异闻录》《皮生冥梦录》《醉隐梦游录》《龙门梦游录》《江都梦游

录》《浮碧梦游录》《金华寺梦游录》《奈城志》《何生梦游录》《锦山梦游录》《王会传》《南湖梦录》《谩翁梦游录》《诸马武传》《乌有居传》《晚河梦游录》《鄹梦寡记》

（六）英雄小说

《崔孤云传》《九云梦》《月峰记》《林将军传》《翻薛卿传》《崔玄传》《壬辰录》《三韩拾遗》《玉楼梦》《玉树记》《九云记》《汉唐遗事》《赵武传》《蓬莱新说》《六美堂记》《兴武王演义》《玉仙梦》《韦岛王传》《云香传》《九逢记》《南洪量传》

（七）家庭、家门小说

《谢氏南征记》《彰善感义录》《玉麟梦》《金铨传》《蔷花红莲传》《一乐亭记》《鸾鹤梦》《孝烈志》《斗色志演义》

（八）爱情小说

《洞仙记》《淑香传》《歌词春香歌二百句》《春香新说》《广寒楼记》《广寒楼乐府》《益夫传》《春香传》《汉文演本春香传》《春梦缘》《丁生传》《折花奇谈》《红白花传》《布衣交集》《崔娘传》《宗生传》《刘生传》

（九）世态小说

《丁香传》《芝峰传》《钟玉传》《乌有兰传》《陈大方传》《一捻红》《龙含玉》《神断公案》《岑上苔》《少侍从偷新香老参领润旧缘》《梦梅夜翠羽传信　散花天石佛生嗔》《满江红》《杂剧沈青王后传》《尹仁镜传》《万家春说》《文九梦传》

从上述两个朝鲜汉文小说目录来看，我国台湾学者林明德编的《韩国汉文小说全集》为369部，韩国学者金兴圭等编的《韩国汉文小说目录》为274部，两者共计643部。这两者之中有少量汉文小说篇目是重复的。去掉这些重复的，朝鲜汉文小说总数当在600部左右，可见朝鲜汉文小说之多。

从600部左右的朝鲜汉文小说来看，有以下几个特点：

其一，朝鲜汉文小说题材十分广泛，既有梦幻，又有讽刺，既有伦理道德，又有男女爱情。

其二，朝鲜汉文小说主题思想多为劝善惩恶。

其三，朝鲜汉文小说多为文人创作，民间流传作品不多。

其四，朝鲜汉文小说体裁绝大多数为散文，但也有诗歌体裁。如，柳振汉的《歌词春香歌200句》，有七言诗400句，共2800字；又如，尹达善的《广寒楼乐府》，七言绝句108句，3024字。

其五，朝鲜汉文小说不仅数量众多，而且版本很多。

其六，朝鲜汉文小说多创作于李朝。

其七，朝鲜汉文小说以中国为背景的很多，尤其以中国明朝为背景的居多。

第二节　以中国为背景之李朝汉文小说

一、概况

朝鲜古代小说有两种，一是用汉文写的，称之为汉文小说，另一是用朝鲜文写的，称之为国语小说。朝鲜汉文小说和国语小说皆为朝鲜古代小说之组成部分，为朝鲜古代小说之瑰宝。无论是汉文小说，还是国语小说，有很多是以中国为背景的，这也是朝鲜古代小说特点之一。

我国著名朝鲜文学研究专家韦旭升教授在《中国文学在朝鲜》一书中指出，朝鲜古代小说（汉文小说和国语小说）以中国为背景的占总数的三分之二以上。[①]远自中国之殷商，其后之秦、汉、

① 韦旭升：中国文学在朝鲜，花城出版社，1990年，第355页。

唐、宋、元、明，直至清朝，皆为朝鲜古代小说的故事背景，其中，尤以中国明朝为背景者为最。

如朝鲜汉文小说《彰善感义录》，开头写道："却说大明初年将军夏云死于太平府……"

又如，朝鲜汉文小说《谢氏南征记》，开头亦写道："大明嘉靖年间，北京顺天府有一名……"

以中国为背景的朝鲜古代小说中，皆借用中国地名、人名、朝代名、官职名等。

朝鲜古代小说以中国为背景的，最早的是新罗时期的《新罗殊异传》中的《仙女红袋》，描写江苏省溧水县为吏的朝鲜男子，与张姓两姐妹谈情说爱、同床共衾的故事。高丽时期的《曲先生传》《孔方传》《曲醇传》《竹夫人传》《丁侍者传》等亦是以中国为背景的小说。如《竹夫人传》中的主人公竹夫人即为中国人。此外，这部作品中还出现周文王、姜太公、秦相、李斯、汉代蔡伦、宋代苏东坡等人。

李朝时期以中国为背景的小说更是多得不可计数。

总之，朝鲜古代小说以中国为背景的数量众多，几乎中国历代王朝皆成为朝鲜古代小说之背景。

以周朝为背景者：《姜太公传》等；以汉朝为背景者：《梁风云传》《诸马武传》等；以晋朝为背景者：《史大将军传》等；以唐朝为背景者：《郭汾阳传》《华山奇遇》《锦香亭记》《九云梦》《唐太宗传》《杨贤门直节记》《鼠同知传》等；以宋朝为背景者：《河阵雨门录》《灵异录》《妇将军传》《淑香传》《鱼龙传》《丹英娘子传》《张庆传》《张丰云传》《玄寿文传》《赵雄传》《林虎隐传》《玉麟梦》《金鹤公传》《尹河郑三门聚录》《明珠宝月聘》等；以元朝为背景者：《郭海友传》《柳文星传》《张伯传》《张人杰传》等；以明朝为背景者：《蟾同知传》《陈

圣运传》《梁山伯传》《潘氏传》《权龙仙传》《壬辰录》《申遗腹传》《苏大成传》《彰善感义录》《张国镇传》《赵生员传》《刘忠烈传》《李大凤传》《金振玉传》《洪桂月传》《报心录》《红白花传》《玉楼梦》《刘李两门录》《报恩奇遇录》《白鹤扇传》《圣贤公淑烈记》《明行正义录》《玩月会盟宴》等；以清朝为背景者：《惩世丕泰录》《金山寺梦游录》等。

此外，朝鲜古代小说还有不少未指明中国朝代，但言明在中国某地发生者，如《双美奇遇》《泗水梦游录》《谢角传》《谢氏南征记》《玉仙梦》等。

朝鲜古代小说（汉文小说和国语小说）以中国为背景者，大都以中国某一朝代及该朝代之中国人物为故事背景和展开情节。但是也有的小说不是以中国某一朝代为故事背景，而以中国几个朝代乃至多个朝代的著名人物展开故事情节。

如朝鲜小说《金华寺梦游录》，描述在梦中见到中国历代君臣大聚会，其中有汉高祖、汉武帝、唐太宗、宋太祖、宋神宗、明太祖等帝王，还有汉将张良、韩信，三国之诸葛亮、关羽，唐之魏征、李靖，宋朝岳飞等名臣武将等。

朝鲜古代小说（汉文小说和国语小说）有的虽以中国为背景，但也有朝鲜人物出现。如《泗水梦游录》，则描绘中国、朝鲜两国著名人物之聚会。与会的有中国的孔子、孟子、诸葛亮、张载等。朝鲜文人与会的有薛聪、崔致远、郑梦周等。又如《申遗腹传》，作品前半部，描述申遗腹在朝鲜由乞儿当上高官之经历，而后半部，则描写中国明朝国势衰弱遭到敌国入侵，求救于朝鲜，朝鲜国王任命申遗腹为援军元帅，率兵到明朝，和明军共同作战，攻打敌国军队。申遗腹遂被明帝封为魏国公。最后，申遗腹率援军胜利回到朝鲜。

此外，朝鲜小说《李泰景传》《柳文星传》《张伯传》等，亦是以中国为背景，并以中国、朝鲜两国人士为主人公展开故事情节的。

二、朝鲜历代小说以中国为背景之原因

朝鲜古代小说（汉文小说、国语小说）以中国为背景者很多。究其原因，不外有二。

其一，中国文化源源传入朝鲜，历史悠久，影响深刻，朝鲜文人素来仰慕中国文化。1592至1598年间，日本军队两次侵略朝鲜。朝鲜国势危急，京都沦陷，国王宣祖避难义州，遂求援于明。明廷应邀两次派援军援助朝鲜，与朝鲜军民共御倭寇，最终获得胜利，使朝鲜转危为安。朝鲜为报明朝“再造”之恩，对明朝更加尊敬和友好，甚至其后当后金（清）将明灭亡之后，朝鲜君臣亲明排清思想仍十分浓厚。

这方面最明显的例子便是朝鲜小说《申遗腹传》《李泰景传》《柳文星传》《张伯传》等，皆为反映朝鲜与明朝友好互助之小说。

其二，朝鲜一些文人不满朝鲜君王和贵族之行为，但又不敢直书笔端，为避免遭受文字狱，就借用中国背景，对中国君王与贵族加以嘲讽和抨击，即指桑骂槐。

当然，也有异国历史地理风俗人情易满足人们之好奇心理之因素在内。

三、李朝汉文小说之背景

李朝是汉文小说创作最繁荣的时代，其中很多汉文小说以中国为背景。篇幅所限，仅列举李朝几部以中国为背景的汉文小说。

（一）以周代为背景

《姜太公传》，创作于李朝时期，具体年代不详，作者亦不详。故事主要讲：纣王无道，暴虐荒淫，姜子牙辅佐周武王讨伐纣王。最后灭商兴建周朝，姜子牙封为宰相。书中详细描绘战斗历

程，姜子牙运用神术和道术打败纣王军队。

（二）以汉代为背景

《诸马武传》，又名《马武传》《梦决楚汉讼》。创作于李朝，但具体年代和作者均不详。故事主要讲：东汉末年，年已40岁的儒生诸马武参加科考，不中落榜。为宣泄愤恨，书写文章斥责玉皇大帝之不公和地府十王不保佑。一天夜里，诸马武进入梦乡，梦见被抓进阴曹地府。但他不仅没遭斥责和毒打，反而成为统率千军万马的大将军，横扫中原，最终成为统治晋国的国王，实现一生的愿望。正当诸马武兴高采烈心满意足之时，忽然失足跌入万丈深渊。诸马武大惊，狂呼救命。此时梦醒，原是南柯一梦。

（三）以晋代为背景

《史大将军传》，又名《史安传》。创作于李朝，但具体年代和作者均不详。故事主要讲：晋朝之史安，生于官宦之家。自幼习武，十八般武艺无不精通，尤善骑射，且胸怀大志。史安长大成人后，为避灾离家出走，四处流浪。在流浪生涯中，偶与黄丞相之女邂逅，互相爱慕。其后，史安应试武举，得中状元。不久，蛮军大举入侵。晋帝任史安为元帅，统率大军出征。史安在疆场身先士卒，英勇善战，杀得蛮军大败而逃。史安率军胜利回京师，晋帝封史安高官。与之同时，史安与黄丞相之女喜结良缘。

（四）以唐代为背景

1.《唐太宗传》创作于李朝，具体年代和作者均不详。故事主要讲：在人世英武一世的唐太宗因说谎，被抓到阴曹地府。唐太宗在阴曹地府看到地狱和极乐世界。生前作恶者下地狱，生前行善者升入极乐世界。唐太宗由此大悟，决心行善。阎王放唐太宗返回人间。回到人世的唐太宗遵照阎王指令，从此信佛教，大做善事。

2.《郭汾阳传》创作于李朝，但具体年代与作者均不详。故事主要讲：唐朝名将郭子仪英勇善战，为武科状元。唐帝授予郭子仪武将军职。其后，契丹入侵唐朝。唐帝令郭子仪率大军御敌。郭子仪不仅英勇作战，更擅兵法，屡战屡胜，大败契丹军。郭子仪率军胜利回京，唐帝赐郭子仪高官厚禄。奸臣安禄山为之嫉妒，遂向唐帝诬告郭子仪有反心。唐帝遂将郭子仪贬为庶民。被贬回乡的郭子仪一心务农。奸臣安禄山反。唐帝悔恨不已，复命郭子仪回朝，官复原职，率大军征讨逆贼安禄山。郭子仪率官军大败安禄山之叛军，最终平息叛乱。郭子仪率官军凯旋京师。唐帝大悦，封郭子仪为汾阳王。

3. 《华山奇遇》创作于李朝，但具体年代及作者均不详。故事主要讲：唐太宗时代，书生李晟不堪继母虐待，被迫入山修道。其后，李晟应试，喜中状元。李晟与姜小姐青梅竹马，此时两人欲成婚，唐帝却赐华阳公主与李晟成婚。李晟继母闻讯，先后设计陷害姜小姐和华阳公主，但均未得逞。其后，西蕃侵犯唐境。李晟奉命率军西征。李晟所率唐军大获全胜，大败西蕃军队。李晟率唐军班师回朝。唐帝喜极，封李晟为都巡察使。李晟与姜小姐、华阳公主成婚，共享人间荣华富贵。

4. 《杨贤门直节记》创作于李朝，但具体年代和作者均不详。故事主要讲：唐朝时的书生杨宽之父横遭陷害，被捕入狱。杨宽为救父亲，冒死向唐帝申冤辩诬。杨宽孝子之诚，深深感动唐帝。唐帝不仅将杨宽之父赦罪，而且招杨宽为驸马，将公主许配杨宽。其后，杨宽又与丞相之女、张小姐、淑娟成婚。一夫四妻，享受人间富贵荣华。

（五）以宋代为背景

1. 《河陈雨门录》创作于李朝，但具体年代和作者均不详。故事主要讲：宋朝时，陈世伯生于官宦之家，与河公之女玉珠订有婚约。陈世伯继母周氏之女，暗恋陈世伯。一天夜里，周氏之女偷进陈世伯屋内，进行非礼。河公事后闻讯，大怒，欲责陈世伯。在玉珠的帮助下，陈世伯得以逃脱。玉珠见心中恋人陈世伯被迫逃走，心灰意冷，投河自尽，但为黄龙救之升天。玉珠在仙界，习就一身高超武艺。其后，玉珠下到人间，女扮男装，得中文、武两科状元，被封为大元帅。此时，陈世伯亦被封为副元帅。外敌入侵，玉珠和陈世伯率宋军御敌，大获全胜。玉珠和陈世伯率宋军班师回朝。宋帝大悦，嘉奖玉珠和陈世伯。其后，玉珠和陈世伯结婚，有情人终成眷属。

2.《丹英娘子传》创作于李朝，但具体年代及作者均不详。故事主要讲：宋朝时，李尚书之女丹英频遭不幸。父母先后病故，生活陷于困境。丹英幼年依父母之命，许配崔希星。丹英成人后，依早年婚约，与崔希星结婚，二人十分恩爱。但是，遭原配夫人嫉妒。她制造谣言，搬弄是非，终于使丹英被捕入狱。当丹英验明正身将被处以极刑时，冤案得以昭雪。此时，丹英又与丈夫崔希星过上幸福美好生活。

3.《灵异录》创作于李朝，但具体年代和作者均不详。故事主要讲：宋真宗时代，孙奇受玉皇大帝所派，降于人间，以安定天下。其后孙奇与邢桂娥成婚。但因孙奇相貌丑陋，又不擅交际，遭到亲友轻视与嘲笑。一次，亲戚苏云星之子遇险，被孙奇所救，始得亲友的重视和善待。其后，宋真宗患病，太医们医之无效。只好求助于孙奇。孙奇医术高超，治愈宋真宗之病。宋真宗遂封孙奇为护国天士，与夫人邢桂娥享受富贵荣华。50年后，孙奇抛妻儿和家业，骑着白鹤飞进千圣山修道去了。

4.《鱼龙传》创作于李朝，但具体年代及作者均不详。故事主要讲：宋代时，冀州鱼处士的女儿鱼月和儿子鱼子龙，被继母姜氏逐出家门，流浪街头。鱼月为尹侍郎所救，收为养女，不久，鱼月嫁给任尚书之子。鱼子龙为通天道士所救。在通天道士教育下，学得道术和武艺，成为名将。其后，北夷侵宋，鱼子龙奉命率军御敌，大败北夷军队。鱼子龙班师回朝。宋帝封以高官。功成名就的鱼子龙与丞相之女婚配。最终鱼子龙与鱼月兄妹团聚，两家均过上幸福团圆生活。

（六）以元代为背景

1. 《张伯传》创作于李朝，但具体年代和作者均不详。故事主要讲：元朝时，稜州张伯为张丞相之子，武艺高强，人才出众。一次，张伯赴中原，途中与杨小姐、李小姐邂逅。彼此一见钟情，张伯遂与杨小姐、李小姐订立婚约。其后，张伯纠集各路英雄好汉，率众攻打元朝。张伯率众大获全胜，推翻元朝皇帝。但张伯并未登基当元朝皇帝，而是让与姐姐。张伯则去安南国，就任安南国王。杨小姐、李小姐则远赴安南国，与张伯喜结良缘。

2. 《柳文星传》创作于李朝，但具体年代和作者均不详。故事主要讲：元朝末年，柳丞相之子柳文星赴京科考。途中邂逅李小姐。李小姐为李丞相之女。柳文星迷恋李小姐，遂放弃科考，返回家中。柳文星昼思夜想李小姐，最终得了相思病。柳丞相遂向李丞相代子求婚。不料，李丞相之女李小姐被元帝看中，将迎之入宫成婚。柳文星闻讯，遂造反，杀死李丞相，并救出生于朝鲜黄海道的朱元璋，使之建立明朝。而柳文星却只当上燕王，最终和李小姐成婚。

（七）以明代为背景

1. 《陈圣运传》创作于李朝，但具体年代和作者均不详。故事主要讲：明代时，家住零陵的林姑娘，因无力还清其父生前欠的官债，被卖给一个商贩。出使琉球的明使陈功弼恰遇此事，遂出银万两为林姑娘赎身。陈功弼遂与林姑娘成婚。一年后，两人喜得一子，名叫陈圣运。其后，陈功弼遭奸臣柳京万陷害，被流放外地。陈圣运自幼习武，长大成人后，率兵征战，屡立战功。明帝大悦，招陈圣运为驸马。陈圣运与公主成婚，并与父母团聚，全家团圆。

2.《梁山伯传》创作于李朝，但具体年代与作者均不详。《梁山伯传》之故事情节与我国之《梁山伯与祝英台》相同，只是其结局不同。故事主要讲：祝英台在被迫嫁人途中，跳入梁山伯坟墓。不久，两人复活，结成恩爱夫妻，白头偕老。最终两人同时成仙，升入天堂。

3.《朴龙仙传》创作于李朝，但具体年代和作者均不详。故事主要讲：朴龙仙为明朝丞相之子，任巡抚御史。一次，朴龙仙在叔父家与吴小姐邂逅。两人一见钟情，订立婚盟。其后，朴龙仙被明帝招为驸马，朴龙仙不敢违背，只好与公主成婚，但婚后并不与公主亲近。太后和奸臣合谋，怂恿明帝派朴龙仙出使外国，并逼迫吴小姐嫁与他人。其后，朴龙仙回国，在途中喜遇吴小姐。最终，朴龙仙与吴小姐结婚，并与公主和好。一夫二妻，共享荣华富贵。

（八）以清代为背景

《惩世丕泰录》创作于李朝，但具体年代和作者均不详。故事主要讲：清代时，宰相安景弹劾一个奸臣，但未得清帝批准。安景遂愤而辞官，隐居乡里。此后，清朝发生叛乱。这个奸臣向清帝举荐安景的两个儿子大厚、大顺率军征伐，意在借刀杀人。但是大厚、大顺武艺高超，治军有方，率军征伐叛军，大获全胜，班师回朝。其后，清帝病故。新帝继承王位。新帝诛杀这个奸臣，并重用安景的两个儿子大厚、大顺，升任尚书。新帝令大厚、大顺二人记录此事，以儆世人，书名为《惩世丕泰录》。

李朝还有的汉文小说，虽以中国为背景，却不明确说明其朝代。

第二十九章　李朝前期的汉文小说

第一节　金时习的《金鳌新话》

金时习的汉文小说集《金鳌新话》，共收入5篇短篇小说：《万福寺樗蒲记》《李生窥墙传》《醉游浮碧亭记》《南炎浮州志》《龙宫赴宴录》。

（一）《万福寺樗蒲记》

《万福寺樗蒲记》这篇汉文小说描写人鬼相恋的故事。

内容简介

南原有个书生叫梁生，独自住在万福寺的东边。一天，梁生吟诗，感叹生活寂寞，孤独无伴。忽然听见上空传来话语声："君欲好逑，何忧不遂。"梁生闻此，喜出望外。翌日恰逢燃灯节。梁生遂到寺中佛像前祈福，表示要和佛斗樗蒲，若是获胜，请佛恩赐美女为伴。结果如愿以偿，梁生获胜。不一会儿，一个美女领着丫鬟进殿，来到佛像祈福，自称姓何，前些年倭寇侵略，社会动乱，不敢远走他乡，只得潜伏草丛，如今已有三载，恳求佛恩赐良缘。梁生和何女相见，一见钟情，相见恨晚。是夜，两人饮酒赋诗，最后媾欢，喜结良缘。其后，梁生又到何女家住了三夜，并和何女的邻居郑氏、吴氏、金氏和柳氏相见，感情融洽，彼此赋诗唱和。这四个邻女都是年轻貌美的富贵人家女儿，因战乱遭不幸，渴望爱情幸福。郑氏吟诗曰：“一春心事已无聊，寂寞空山几度宵。不见蓝桥经过客，何年裴航遇云翘。”吴氏吟诗悲叹人生之不幸：“一层楼在碧山中，连理枝头花正红。却恨人生不如树，青年薄命泪凝瞳。”

柳氏则吟诗祝福梁生与何女的美好姻缘：“晴江日暖鸳鸯并，碧落云霄翡翠游。好是同心双绾结，莫将纨扇怨清秋。”而后，梁生与何女分别。分别时何女送给梁生一个银碗，并且叮嘱梁生明天在路旁等候，她父母将到宝莲寺为她送饭。第二天，梁生早早拿着银碗站在路旁等候何女的父母。何女父母来了，梁生与之相见。何氏父母告诉梁生说，你手中的银碗是我们女儿的陪葬品，女儿死于几年前的倭乱。梁生大惊，告诉何女父母说，她约好今天还和我相见。一会儿，何女果然来了，和梁生相见。两人再次亲切交谈和同桌吃饭。可是何女父母虽然听见两人交谈声，却看不见死去的女儿。何女和梁生欢聚后告别。梁生循何女足迹前行，见一荒坟，知何女已入墓穴，放声痛哭。其后，梁生卖掉何女父母赠送的房舍，招僧人为之超度亡魂。这时，何女在空中告诉梁生说，多谢超度，已投胎他国男性。梁生失却心爱的何女，万念俱灰，誓不再娶，入智异山采药，终日逍遥于山中，与草木相伴，了此一生。

这部短篇小说的主旨在于描述1592—1598年间日本侵略朝鲜，给朝鲜人民造成的空前灾难：“边关失御，倭寇来侵，干戈满目，烽燧连年，焚荡室庐，掳掠生民，东西奔窜，左右逋逃，亲戚童仆，各相乱离。”

（二）《李生窥墙传》

内容简介

松都骆驼桥附近，住着李氏一家。这家有个年轻书生，叫李生，每天到私塾去读书。松都善竹里，住着崔氏一家，有个美丽女儿叫崔娘。崔娘不仅貌美，而且能歌善舞，尤擅诗文。一天，李生从私塾回家，途经善竹里的崔氏家院。李生从墙缝中窥见崔家美丽女儿崔娘，惊喜异常。李生遂作诗一首，将此诗系在瓦砾，扔进墙内。崔娘见李生之诗，同样惊喜，亦作诗表达对李生的爱慕之情："路上谁家白面郎？青衿大带映垂杨，何方可化堂中燕？低掠珠帘斜度墙。"不仅如此，崔娘还大胆主动约李生相见。李生虽逾墙与崔娘相见，但因"情密事秘，毛发尽竖"，深有顾虑。崔娘却大胆勇敢，热情表白说："妾虽女类，心意泰然，丈夫意气，肯作此语乎？他日闺中事泄，亲庭谴责，妾以身当之。"自此以后，李生与崔娘每晚幽会，男欢女爱，情意日浓，最后订立婚约，白头偕老。好事多磨，不久，李生父母发现儿子行踪诡秘，严厉斥责，并令李生前往岭南，离开松都。崔娘不见情郎李生幽会，偷偷派人打听，始知李生也被迫前往岭南。多情的崔娘自此茶不思，饭不想，终日卧床不起。崔娘父母焦急万分，询问女儿病因。崔娘以实相告，并向父母表白自己非李生不嫁的决心："父母如从我愿，终保余生；倘违情款，毙而有已，当与李生重游黄泉之下，誓不登他门也。"为了成全爱女的心愿，崔娘父母只得亲自登门李家，主动求婚。李家父母深受感动，令李生返回松都。旋即，李生与崔娘成婚，有情人终成眷属。婚后夫妻恩爱，幸福美满，欢乐无穷。

天有不测风云，人有旦夕祸福。不久，元末红巾军攻打松都，百姓遭殃，李生和崔娘在战乱中不幸离散。更为不幸的是，崔娘在避乱途中，为红巾军所获。头目欲强暴崔娘。崔娘怒骂道："虎鬼杀啖，我宁死于豺狼之腹中，安能作狗彘之匹乎？"头目被骂得满脸通红，恼羞成怒，遂将崔娘"杀而剐之"。红巾军退，李生回到被毁坏的家园，更加思念心爱的妻子崔娘。这时，崔娘亡灵出现在李生面前。李生不知崔娘已死，惊喜异常，久别胜新婚，夫妻恩爱如初，又共同生活数年。一天，崔娘亡灵道别李生，哭诉说，我早在数年前惨遭红巾军杀害，因为思念夫君，才又和你生活了几年。但是不能久留人间。望夫君今后好好生活，并说出自己的尸骨埋藏之地，要李生好好照料。说完，崔娘亡灵瞬即消逝。李生痛哭欲绝，然不见崔娘踪影。翌日，李生按崔娘亡魂所言，找到爱妻尸骨，予以厚葬。失去爱妻的李生，痛不欲生，昼夜思念爱妻，期盼爱妻亡灵再现，盼眼欲穿，但崔娘亡灵不复出现。李生终日思念，抑郁成疾，不久也离开人世，去寻觅爱妻崔娘亡灵。

短篇汉文小说《李生窥墙传》，描写一对青年男女自愿结合的真挚爱情，歌颂了男女爱情自由，但为当时封建社会所不容，所不耻。作者在这篇汉文小说中，塑造了一个敢爱敢恨敢与红巾军斗争、英勇不屈的女性——崔娘。这在当时的封建社会是很难得的，在封建社会礼教束缚下，女人要遵守三从四德，婚姻不能自主，须遵父母之命。

（三）《醉游浮碧亭记》

内容简介

松都有一美少年洪生，生于富豪之家，聪慧过人，才华出众。一年中秋之夜，洪生醉游松都永明寺之浮碧亭。松都昔日为箕氏朝鲜之都城。沧海桑田，物是人非，感叹之余，洪生吟诗一首："故国已销龙虎气，荒城犹带凤凰形。沙汀月白迷归雁，庭草烟收点露萤。风景萧条人事换，寒山寺里听钟鸣。……千年文物衣冠尽，万古山河城郭非，圣帝朝天今不返，闲谈落世竟谁依？金舆麟马无行踪，辇路草荒僧独归。"半夜三更，忽有一美女，在丫鬟簇拥下，来到洪生面前。二人相见，欣喜异常，互为寒暄，彼此爱慕，两人吟诗唱和。美女自称为殷王后裔，箕氏之女："我先祖实封于此，礼乐典刑悉遵汤制，以八条教民，文物鲜华，千有余年；一旦天步艰难，灾患奄至，先考败绩匹夫之手，遂失宗社。卫满乘窃其宝位，而朝鲜之业坠矣。”并且说自己已入海岛为仙。今夜特来拜祭祖墓。洪生闻之，惊喜异常，请仙女为之题诗。仙女慨然应允，才思敏捷，一挥而就。而后掷笔凌空，瞬间仙女亦消失不见，踪影皆无。洪生遍寻仙女不见，茫然若失，悻悻回家。终日思念仙女，抑郁成疾，卧床不起。一日梦见仙女丫鬟说，玉帝已准仙女所奏，任命才华横溢的洪生为仙官。九月望日，洪生溘然长逝，面容如生。

表面看来，这篇汉文小说不过是描写一对富有才华的男女彼此爱慕相互吟诗唱和。其实作者是醉翁之意不在酒。细细思索，就可感受到这篇汉文小说实乃影射文学作品。1456年，李朝世祖篡夺其侄端宗之位，称帝。其后又将端宗杀害。正在书堂读书的金时习对此十分愤慨，遂焚书出家为僧，成为“生六臣”之一。作者借仙女之口，责骂卫满篡夺王位，灭亡箕氏朝鲜，自立为王，创建卫满朝鲜。实是影射攻击李朝世祖篡夺王位杀害端宗之罪行。

（四）《南炎浮州志》

内容简介

朴生为庆州地区的书生。虽饱读诗书，但命运多舛，屡次应试不中，未能入仕。一夜，朴生做梦来到阴曹地府，见到阎王。阎王热情款待。朴生和阎王热烈交谈关于宗教、政治等诸多问题。朴生问阎王，佛教说有天堂地狱，人死后若忏悔千日即可赎罪。阎王说：既未闻听过，更未见过。朴生问阎王，如何看儒家？如何看佛教？阎王说：周公、孔子之教，是以正去邪。而释迦牟尼之教，是设邪去邪。以正去邪，则言论正直，君子易从；设邪去邪，则言论荒诞，小人易信。同为救世，而儒高于佛。朴生又问阎王，何以成为阎王？阎王说，在人世时，“尽忠于王，发愤讨贼，乃誓曰：‘死当以厉鬼以杀贼’。当了阎王以后，严厉惩处‘前世弑逆奸凶之徒’。”临别时，阎王设宴热情款待朴生。并下诏书任朴生为阎王，继承其位。宴毕，朴生起身回家，梦醒。梦醒的朴生，自知将不久于人世。果然不久病逝。死后成为新阎王。

《南炎浮州志》为梦幻小说，亦可称为志怪小说。作者通过作品中的阎王之口，表达自己的政治观点和思想感情。金时习通过这部作品表达作者自己的尊儒抑佛思想。与之同时，也在暗示篡夺侄子端宗王位的世祖为“前世弑逆奸凶之徒”，死后必遭阴曹地府阎王殿之严厉惩处。

《南炎浮州志》有6个版本。有的版本为朴生梦中到阴曹地府，与阎王对话。而有的版本则为朴生梦中来到一个岛屿——南炎浮州，并与南炎王进行对话。在对话中，南炎王感叹说：“有国者，不可以暴劫民。民若瞿瞿从从，内怀悖逆，积日至月，则坚冰之祸起矣。无德者，不可以力进位，天虽不谆以语，示以行事，自始至终，而上帝之命严矣。盖国者，民之国；命者，天之命也。天命已去，民心已离，则虽欲保身，将何为哉？”作者实是借南炎王这番话表达对世祖篡位之强烈不满。

（五）《龙宫赴宴录》

内容简介

高丽王朝时期，松都有一书生，名叫韩生。韩生聪慧过人，擅长诗文，名扬四海。一天晚上，“忽有青衫璞头官二人，从空中而下，俯伏于庭曰：‘瓢渊神龙奉邀’。”“［韩］生愕然变色曰：‘神人路隔，安能相及？且水府汗漫，波浪相啮，安可利往？’”“二人曰：有骏足在门，顾勿辞也。”韩生随二人进入龙王宫。“神王（即龙王）曰：‘久望令闻，仰屈尊仪，幸毋见讶。’遂挥手揖坐。”“‘［韩］生三让而登……［韩］生让座曰：尊神贵重，仆乃一介寒儒，敢当高坐。’固辞。”继之，龙王告之请韩生之原因：“‘今欲别构一阁，命名嘉会，工匠已集，木石咸具，而所以乏者，上梁文耳。侧闻秀才，名著三韩，才冠百家，故特远招，幸为寡人制之。’言未既，有二丫童，一捧碧玉之砚，湘竹之管；一捧冰绡一丈，跪进于前。［韩］生挽伏而起。”韩生文思泉涌，执笔书写，一挥而就。神王（龙王）大喜，为韩生举行润笔宴，并邀请祖江、洛河、碧澜三江的神王作陪。宴会上，神王（龙王）和三个神王对韩生的诗文、书法倍加称赞。宴会时，饮酒赋诗，既歌又舞，甚是热烈。“神王（龙王）喜忭，洗爵捧觥，致［韩］生于前，自吹玉龙之笛，歌《水龙吟》一阕，以尽欢娱之情。……（韩生）诗进，满座皆叹赏不已。”宴毕，韩生告别回府，“神王（龙王）以珊瑚盘盛明珠二颗，冰绡二匹，为赆行之资。……复命二使者，持穿山簸水之角挥以送之。”“其后，［韩］生以不名利为怀，入名山不知所终。”

这篇短篇小说描写一个才华横溢的书生韩生“士为知己者死”的典型形象，感激龙王知遇之恩，自此不再为名利奔走，而是进入深山，淡泊名利，终其一生。这个短篇汉文小说的主旨是，人要忠于信念，坚持信念，不应为名利荣辱而改变。

从上述5篇短篇小说来看，可以说《金鳌新话》乃是愤世之作。作者金时习文才出众，但是怀才不遇，更为甚者，世祖篡位，实施暴政，愤慨至极，一度削发为僧。作者通过上述5篇小说，表达对当今社会之不满，通过人物的嘴，表达对世祖篡位之愤恨，与之同时，描绘作者憧憬的美好世界。

《金鳌新话》是部思想性和艺术性高的成熟的短篇小说集。其重大意义在于它是李朝第一部具有真正小说意义的汉文短篇小说集，上承高丽朝的传奇，下启金万重的《九云梦》等浪漫主义小说的先河。

第二节　徐居正　蔡　寿　成　侃　李　陆　普　雨　丁寿岗　沈　义　宋世琳

一、徐居正的汉文小说《蔡生》

徐居正的汉文小说《蔡生》（又名《月团团》），载于所著《太平闲话滑稽传》，成书于1482年。小说文长4000余字。

内容简介

京师有个两班（即贵族），叫蔡生。一次，蔡生来到忠州，在忠州的一次宴会上，与妓女月团团邂逅。两人相互爱慕，最后两人月下定盟："时孟夏十六日，月色婵妍，花影扶疏，夜几三鼓，……四顾无人，情不自已，（月）团团啮（蔡）生臂几出血，指天语曰：'此时此心谁复知者'。……相与攒手向月，（月）团团先拜，（蔡）生后拜，百拜。（月）团团屈指算数，自一至百了，无怠色。"两人并得鱼水之欢，二人情义缠绵，信誓旦旦而别。此后蔡生日夜思念月团团，遂返回忠州，与月团团相会。两人亲热数日后，赠诗送别。数月后，蔡生携家眷乘舟返京，途经忠州。在忠州逗留数日，寻找月团团。蔡生费九牛二虎之力，终于找到月团团，并带她离开忠州，不幸，月团团被数十恶吏掠走。其后，蔡生再次来至忠州，找到月团团，第二次领她出逃，但不幸月团团第二次被官府掠走。丧魂落魄的蔡生只身回到京师，日夜思念月团团，最后忧郁成病，病势沉重，奄奄一息。

这篇汉文小说塑造了一个敢于追求爱情幸福的妓女月团团形象，但因社会地位的低下，无力解脱自己的悲惨境遇。而她所爱的两班蔡生胆怯怕事，无法将自己心爱的女人从苦海中解救出来。这篇汉文小说最终以悲剧结束。封建礼教严酷束缚下的李朝社会，是绝对不会允许男女自由恋爱的，小说具有抨击李朝封建社会的重要的社会意义，是一篇优秀的汉文小说。

在《太平闲话滑稽传》中，还有多篇汉文小说，但多为数百字的短篇小说。

二、蔡寿的汉文小说《薛公瓒传》

（一）作者生平

蔡寿（1449—1515），李朝文臣。字耆之，号懒斋。

1470年文科状元。历任都承旨、刑曹参判。

1506年，因功封为仁川君。

1515年，逝世，终年66岁。

（二）代表作《薛公瓒传》

内容简介

全罗道顺昌的薛忠兰，有个儿子叫薛公瓒。薛公瓒年满20岁，风华正茂，尚未娶妻，突然夭亡。薛忠兰的弟弟薛忠寿，也有个儿子，叫薛公针，在他地居住。一天，薛公针上厕所时，突患奇病，跌倒在地，过了好长时间，才苏醒过来。苏醒过来的薛公针举止反常，神志怪异。家人催问原因，但是薛公针默不作声，从不回答。家人以为他中邪，想请巫婆驱鬼。这时薛公瓒亡灵附在薛公针身上，对薛公针家人说，他在天上能飞来飞去，你们根本赶不走我。薛公针家人遂未请巫婆驱邪。但是，薛公瓒的亡魂经常在薛公针家中出现。一天，薛公瓒亡魂又在薛公针家出现。薛公针家人问他，人死去的去向。薛公瓒亡魂告诉他们说，人死后要到很远很远的地方，叫檀越国。这个国家的国王叫昆沙天王。人死后，都要到檀越国受审，要是在人间是公正廉洁的丞相，在这个国家也可以当丞相。要是生前是忠诚正直的忠臣，在这个国家也可以当大臣。要是在人间积德行善的人，在这个国家也可以做高官。要是在人间作恶多端、罪行累累的人，在这个国家就要被打入地狱，遭受严厉的惩罚。

蔡寿这篇汉小说旨在宣扬佛法，劝诫人们要多行善事，切勿害人作恶，否则死后将被打入地狱，遭受严厉惩罚。宣扬佛法的轮回祸福说，自然遭到当时尊儒排佛的李朝社会严厉谴责。蔡寿不仅被罢官革职，甚至有的官员建议国王将其处死，幸而国王未允，得以保全性命。对此，李朝文人鱼叔权之《稗官杂记》（2）载："若《薛公瓒还魂传》极怪异，末云：'公瓒借人之身，淹留数月，能言己怨及冥闻事甚详，令一从所言及所书，书之，不易一字也，欲其传言耳。'言官见之，驳曰：'蔡某著荒诞不经之书，以惑人听，请置之死。'上不允，只罢其职。"

三、成侃的汉文小说《慵夫传》

内容简介

汉文小说《慵夫传》为寓言体小说。

有个慵夫即懒汉，他认为世道黑暗。他憎恨富豪和势利小人，却无力改变，因之看破红尘，对所有的事都没有兴趣。一天，他对文学有了兴趣，可是没过多久，又失去兴趣。好心的人请来巫师，为他治心病，但丝毫没有效果。有个颇多学识的勤须子毛遂自荐，为他治心病。可是这个慵夫却与勤须子辩论起来，说懒惰如何如何比勤快好。勤须子万般无奈，只好用酒色诱惑他。果然有效，慵夫立刻兴高采烈，准备外出，寻欢作乐。

这篇汉文小说主旨是劝导人们要勤劳，不要懒惰。

四、李陆的汉文小说《浮休子传》

（一）作者生平

李陆（1438—1498），李朝文臣、学者。字放翁，号青坡。擅汉文汉诗，尤擅史学。著有《青坡文集》《青坡剧谈》。

1464年别试文科状元及第。历任大司宪、兵曹参判、同知春秋。曾两次出使明朝。

1498年，逝世，终年60岁。

（二）代表作《浮休子传》

内容简介

有个书生叫浮休子，埋头读书，不问世事。周围人嘲笑他愚不可及，但浮休子毫不介意。浮休子喜欢写诗，但人们认为他心胸狭隘。浮休子喜欢弹琴，但人们认为他放浪。但是他说，弹琴奏乐，可以洗涤人的心灵，陶冶情操，不去追逐名利，成为境界高尚的正人君子。人们问他，为什么叫浮休子？他说：人生犹如浮云，人死犹如休息；官职不是强求买来的，是偶然得到的。人生一口气，咽气即是归真。

李陆这篇汉文小说的主旨，讽刺世人追逐名利、急功近利的市侩风气，劝诫人们应当踏踏实实做事，认认真真读书。

五、普雨的汉文小说《王郎返魂记》

（一）作者生平

普雨，生卒年不详，李朝中宗、明宗年间高僧。李朝崇儒排佛。普雨不畏权势，为佛教中兴四处奔波，后被捕杖杀。

（二）代表作《王郎返魂记》

内容简介

咸镜道吉州有个男子，叫王思机。王思机妻子宋氏已于十多年前病故。一夜，王恩机做梦，梦见亡妻宋氏。宋氏告诉他说，明天早晨阎王派五个差人抓你，你要赶快到佛寺佛像面前念佛烧香。第二天清早王思机赶忙跑到佛寺，向佛像烧香叩头。果然不久，阎王派五个差人赶到佛寺来抓王思机。王思机被五个差人带到阎王殿。五个差人禀报王思机到佛寺给佛像烧香叩头之事。阎王一听大喜，允许王思机和亡妻宋氏返回人间。此时，月氏国翁主寿命已尽，宋氏亡魂附于月氏田翁主肉身，成为翁主。王思机两人重新开始夫妻生活，吃斋念佛，多做善事。死后往极乐净土。

《王郎返魂记》主旨是弘扬佛教因果论和三世轮回说，自然为尊儒排佛的李朝社会所不容，作者最终被李朝官府权杀就是最明显例证。

六、丁寿岗的汉文小说《抱节君传》

（一）作者生平

丁寿岗（1454—1527），李朝文臣。字不崩，号月轩。擅汉文汉诗，尤擅汉文小说，著有《月轩集》。

1474年，考取进士。历任江原道观察使、成均馆大司成、兵曹参判、同知中枢府事官。

1527年，逝世，终年73岁。

（二）代表作《抱节君传》

内容简介

抱节君的祖先叫篁。篁长年隐居昆仑山北坡。其后子孙繁衍，逐渐移居渭川、首阳山等地。抱节君酷爱读书，文才出众，为人正直，淡泊名利，长年隐居山里。一日，竹林七贤慕名来访，抱节君盛情接待。但抱节君发现竹林七贤嗜酒如命，行止放荡，不愿与之为伍，遂移居黄州石假山。这时，适值黑帝（冬天）与东君（春天）激烈斗争，抱节君在这场危难中，坚守节操。国王闻讯，大喜，封其为抱节君。至宋代，王安石推行变法政策时，抱节君患病而逝。其子之品德，亦如其父。

这篇小说是以中国为背景描述竹子之挺直有节，实为歌颂人之高风亮节。

可以看作是作者丁寿岗政治生涯的真实写照。丁寿岗在世期间，历经1495年乙卯士祸、1498年戊午士祸和1504年甲子士祸，在三次士祸中他之所以侥幸生存，与其清廉自守、坚守文士气节、闭门不出、明哲保身不无关系。

七、沈义的汉文小说《记梦》

（一）作者生平

沈义（1475—？），李朝文臣。字义之。文科及第，曾任微职。著有《大观赋》《小观赋》《记梦》。

（二）代表作《记梦》

内容简介

一天夜里，沈义进入梦乡：

沈义来到文章国。文章国国王是崔致远，宰相为乙支文德。左相为李奎报，右相为李齐贤。沈义被文章国国王崔致远宠爱，封以高官。文章国国王崔致远酷爱唐诗，对唐诗造诣深的文人会被提拔重用。金时习对此不满，愤愤不平，遂揭竿而起，率叛军攻打文章国。沈义单枪匹马，抗击叛军，大获全胜，胜利而归。文章国国王崔致远大喜，更加重用沈义。此时，中国天子杜甫和其好友李白相聚，吟诗唱和，友谊深厚。文章国国王崔致远闻讯，亲自率领大臣和沈义前往中国。文章国国王崔致远、众大臣和沈义与中国天子杜甫、李白相见，宾主吟诗唱和，愉快异常。文章国国王崔致远等回国后，认为沈义仍是世间俗人，遂罢其官职，令其返回人间。沈义被迫离开天国，返回人间前，李穑突将其腹部剖开，注入大量墨汁，并说要和沈义40年后吟诗唱和，共享文人之乐。猛然大惊，沈义梦醒，文章国国王崔致远和诸大臣以及李穑均不见，见到的是卧病在床呻吟不止的老妻。

小说主旨是怀才不遇的文人只有到天国方能实现自己的理想。其实，也是作者在李朝社会怀才不遇的真实写照。

八、宋世琳的汉文小说《御眠楯》

（一）作者生平

宋世琳（1479—？），李朝文臣，字献仲，号醉隐、孤菘、纳庵。

1498年，进士及第。

1502年，谒圣文科状元。历任绫城县令、校理等职。后因病辞职，隐居山林。

（二）代表作《御眠楯》

《御眠楯》载有82则短小故事，皆是描述社会底层人们的故事，内容多猥亵之词。《御眠楯》在朝鲜汉文学史上有较大影响，为李朝较早出现的一部汉文学色情作品。李朝文人成汝学曾写《续御眠楯》。

第三节　无名氏之汉文小说《水山广寒楼记》

无名氏著之汉文小说《水山广寒楼记》，即汉文《春香传》。

《春香传》的版本有数十种之多，其中有朝鲜国语本的《谚文春香传》《广寒楼记》《烈女春香守节歌》等。汉文版则有《水山广寒楼记》《汉文春香传》。

关于《春香传》的产生时期和来源，有诸多说法。

《春香传》中提及的广寒楼位于朝鲜全罗南道南原，建于1419年。初建时名为广通楼。1444年郑麟趾改称为广寒楼。1582年南原府使张义国重修广寒楼，同时修建乌鹊桥。广寒楼和乌鹊桥皆为《春香传》中男女主人公李梦龙与春香邂逅结缘的地方。由此，可以认定《春香传》出现在15世纪中叶。

内容简介

高丽恭愍王时期，文臣李弘（一题作李震元）在南原府为官。李弘有个儿子叫李桃邻（一题作李梦龙），文才甚好。一次，李桃邻在广寒楼与教坊妓春香邂逅。两人一见钟情，互相爱慕，经常幽会，情意缠绵，长达一年之久。最后，两人海誓山盟，订立终身。

其后，李弘调任丰海道观察使，前往京城任职。李桃邻亦随父前往京城。一别三年，李桃邻和春香失去联系，两人相思甚苦，但无缘相见。继任南原府官吏的元崇，本为好色之徒，得知春香十分美丽，遂动邪心，逼春香入侍，但遭到春香的坚拒。元崇恼羞成怒，遂将春香打入大牢，并欲置之死地。李桃邻旧日好友金汉闻讯，急忙赶赴京城，告诉李桃邻，赶快搭救春香。却说李桃邻到京城后，刻苦读书，在廷试时喜中状元。这时，适值南原地区发生饥荒，李桃邻以御史身份前往南原监赈。李桃邻前往南原途中，恰遇从南原赶向京城的金汉。金汉告之春香被捕，即将被处死。李桃邻心急如焚，立刻与金汉一起急急赶往南原。恼羞成怒的好色之徒元崇正欲处死春香时，李桃邻及时赶到。春香得救，和心爱的李桃邻终成眷属。

《水山广寒楼记》主旨歌颂春香对爱情的忠贞，面对好色之徒元崇的威逼，毫不屈服，最终获得幸福的爱情。应指出的是，《水山广寒楼记》也有多种版本。还有《汉文春香传》。

第四节　申光汉的汉文小说集《企斋记异》

汉文小说集《企斋记异》有4篇小说：《安凭梦游录》《书斋夜会录》《崔生遇真记》《何生奇遇记》。

（一）《安凭梦游录》

内容简介

书生安凭在南山别业闲居，喜爱花卉，在园中种植各种奇花异草。春季一天，安凭在园中倚在一棵槐树上吟诵唐朝李公佐的《南柯太守传》，自言自语说：“世传槐安之说甚诞。吁，亦怪哉！”而后进入梦乡。在一只蝴蝶引导下，安凭来到一个村庄。两个美丽侍女热情迎接。一个侍女说：“妾姓绛名乐，第十二，汉世绛侯婴之后，以先世封于绛，因以袭姓焉。”另一侍女说：“妾名留，第十八，与客同姓，系出金谷。”在两个侍女引领下，安凭来到朝元殿，拜见女王。继之，女王令侍女请来李夫人和班姬。稍后，徂徕先生、首阳处士、东篱隐逸、芙蓉城主周氏也都来到。于是，开始盛大宴会。酒过三巡，菜过五味，诗兴大发，纷纷吟诗。

徂徕先生诗曰：“徂徕山下老髯公，不为风霜改旧容，最恨周王东狩后，谩留虚誉污秦封。”

首阳处士诗曰：“少小生头尖，锦□初裹身。先君多让德，后裔未成人。尚保千年节，休夸九十春。无心闻凤鸟，薇蕨与为邻。”东篱隐逸诗曰：“乐道厌纷华，东篱还是家。夕英秋后少，白露夜深多。栗里悲陶令，龙山恨孟嘉。年年风雨日，无复满头花。”诸人吟诗后，继之进行歌舞。宴会结束，女王送给安凭许多礼物。安凭拜谢，起身回家。安凭刚一出门，遇见一个美女。美女哭诉说，因在唐开元末得罪杨贵妃，以致今天未能升堂。美女话音刚落，突然一声惊梦。安凭为之惊醒，方知刚才做梦。醒后的安凭，遍看园草木花卉，皆盛繁茂，只有僻静处的黜堂花凋落在地。安凭猛然醒悟到，园中草木花卉，与梦中所见颇多关联。

小说结尾写道：“又思门外美人，则生尝得，俗所谓‘黜堂花’者，戏谓护花童曰：‘此花得罪杨贵妃，故名黜堂花，植诸外阶可也。’童果植阶下矣。（安）生自是下帷读书，不复窥园云。”

这篇小说表面在写一个美女因得罪杨贵妃不能入殿参加女王宴会，而其实质意在表述国王暴政，士祸连连，正直的文人遭受的厄运。《安凭梦游录》中的主人公安凭，又称安冯。恐系不同版本所致。

（二）《书斋夜会录》

内容简介

有个书生，不求仕途，不追逐名利，隐居乡里，以读书为乐。“杜门往还，唯以书史自娱”。一天夜里，书生到院里休闲散步。皓月当空，晴空万里。书生欣赏夜景后，转身回书房，当走到窗前时，忽然听见书房里有人说话声。书生在窗外，往屋里偷看，只见有四个人在促膝谈心。“其一人缁衣玄冠，厚重少文，年最长；一人班衣脱帽，露髻而仰，器宇甚锐；一人白衣纶巾，容仪玉雪；一人黑衣黑帽，面若蓝漆，极丑而短。”四个人纷纷诉说自己年老的苦恼。书生十分惊奇，就进入书房，四个人十分惊愕。书生首先自我介绍，而后询问四个人姓名。缁衣玄冠者说姓陶，班衣脱帽者说姓墨，白衣纶巾者说姓蒿，黑衣黑帽者说姓毛。书生此时醒悟，原来这四个人就是和自己朝夕相处的砚、墨、纸、笔。书生十分喜悦，提议每人作诗一首，表述情怀。于是，书生和四个人分别作诗。四个人和书生分别时，请求书生不要抛弃他们。次日，书生查看屋里的纸、笔、墨、砚。只见砚台有泥土，毛笔没了头匣，墨已磨尽，纸盖过酱缸。书生遂将笔、砚、墨包在楮纸中，并作祭文。在祭文中，书生将纸、笔、墨、砚比作老朋友，绝不会在朋友无用时予以抛弃：“天赋性命，与之物则，伦有五伦，德有五德……二五之一，夕死尚可，无信不立。茫茫坠绪，大道斯塞，死生贵贱，云雨轻薄。无故而合，庄周所讥，利尽则疏，达人之悲。孰是同心，谁与同声……不形之形，形于不形，不际之际，际于不际。百年交契，重以论世，生为莫逆，死则同穴。矧伊人矣，不如物乎？”并为纸、笔、墨、砚举行葬礼。当天夜里，纸、笔、墨、砚之灵向书生表达谢意。书生因此而多活40年，书房也再无此类事情发生。

（三）《崔生遇真记》

内容简介

故事发生在头陀山，“真珠府之西，有山曰头陀。山之势，北控金刚（山），南挹太白（山），其磅礴穹窿，中豁天衢者，界为岭东西”。“（头陀山）其间有洞，洞有湫焉，不知其深几丈也。湫之上有玄鹤巢焉，不知其来几年也，或名‘鹤巢洞’，或名‘龙湫洞’，世指以为真境，莫有寻其源者”。江陵崔生淡泊名利，无心求仕，和证空禅师一起在头陀山无主庵隐居，潜心研究“青襄秘诀”。一天，崔生和证空禅师进入龙湫洞。崔生不慎，失足跌入万丈深渊。证空禅师以为崔生跌入深渊，必死无疑，只好独自返回无主庵。数月后，崔生驾鹤从天而降，向证空禅师讲述跌入深渊后之经历：崔生进入龙宫，见到龙王。龙王设宴款待崔生。在宴席上，崔生还见到洞仙、岛仙、山仙、玄夫人、介士等，还和他们饮酒吟诗，唱歌跳舞，享受仙界快乐。应龙王之请，崔生作《龙宫会真诗》三十韵。其中有：“九年水唐尧，七载旱商汤。无非恭帝命，一一为黔苍。于万亿斯年，阳德久弥昌。嗟余蠢蠕资，迥隔泥涂望。常怀致风云，脱身参翱翔……愿言从此会，高蹈出大方。蓬莱与丹丘，水仙天仙乡。王前我复后，三仙同在旁。浮游大千界，眼见波成桑。归来吊蜉蝣，阅世何茫茫。笙箫拥鹤驭，白日朝玉皇。”龙王对崔生之诗十分赞赏，“再吟九年水，七载旱之句”，并说：“崔生可谓达理者，非耶？世儒有谄其君者，多以水旱委诸天数。如以水旱为天数而修人事，则何贵乎？尧汤尧汤，能御水旱，则何患乎天数？故治教休明，而有元阳衍阴者，是以尧汤勉之；作为暗昧，而有水竭山崩者，是以幽厉戒之。皆出于帝心之仁爱，而寡德之所寅也。时君不察，乃绝于天，可不谓大哀欤？自世教衰，道德微，图书之秘久矣，二五之应，恶得若乎？则民之生悯矣。”宴会结束后，洞仙送给崔生仙药，还相约十年后，在蓬岛相聚。此后，崔生更加潜心修道，后不知所终。

（四）《何生奇遇录》

内容简介

高丽时期，太学生何生家境贫寒，虽有文才，却屡试不中。中秋佳节，何生到骆驼桥下，向算命先生询问吉凶。算命先生告诉他说，今日必定与一女子结成良缘。何生将信将疑来到一家投宿。这家主人为一美女，同侍婢一起居住。何生与美女一见钟情，当晚两人行云雨之欢。次日天明，美女向何生诉说身世："吾父久居权要，以睚眦中伤人甚众，初有五子一女，而五男皆先父夭折。"并说自己是三年前死去的亡魂，奉玉帝之命降临人间。临别时，美女送给何生一把金尺，希望何生不要忘记她。美女言毕而别，何生遍找不见踪影。何生此时一看，原来自己站在一座坟前。何生按照美女所言，找到一座佛寺，便在寺门挂上这把金尺。不久，美女家里的奴仆来到佛寺，见到寺门挂的那把金尺，误以为何生为盗贼，便把何生带到美女父母面前。何生遂将与美女相遇之事细说明白。美女父母派人掘开美女坟墓。棺中美女如同活人。不久，美女死而复生，并说和何生有一世姻缘。于是，何生与复活的美女正式结成夫妻。此后，何生应试，金榜题名。与美女幸福生活四十年。

从申光汉的《企斋记异》所载的四篇汉文小说来看，可以说，申光汉的《企斋记异》是继金时习的《金鳌新论》之后的第二部汉文小说集，意义十分重要。

第五节　林悌的汉文小说

一、《元生梦游录》

内容简介

“书生元子虚慷慨之士也，气宇磊落，不容于世。屡抱罗隐之冤，难堪原宪之贫。朝出而耕，暮归读古人书。穿壁囊萤，无所不至，……尝阅古史，至历代危亡运移势去，则未尝不掩卷而流涕，若身处其时，汲汲焉如见其垂亡而力不能扶者也。”

某年仲秋之夜，元子虚夜读史书，忽而进入梦乡。梦见被世祖篡位和被杀害的端宗和企图恢复端宗王位不慎事泄而被杀害的死六臣朴彭年、成三问、河纬地、李垲、柳诚源、俞应孚。俞应孚责骂中国尧、舜、汤、武为千古罪人。因为一些包藏祸心的人打着这些圣主的旗号为“以臣代君”的篡位作掩护。而端宗则不同意这种看法，认为这些古代圣君无辜，有罪的是那些打着圣君旗号进行篡位夺权的坏人。其后，死六臣纷纷吟诗，抒发忠臣蒙冤、正义不得伸张的愤慨。这时，忽有一个奇男子出现，慷慨悲歌，挥剑起舞。而后，他拔剑指责死六臣道：“哀哀腐儒，不足与成大事。”忽然一声惊雷，元子虚从梦中惊醒。

《元生梦游录》实是借梦幻世界影射人世间之历史，即严厉谴责篡夺王位并杀害端宗的李朝世祖。这篇汉文小说的主题思想是宣扬忠君思想，维护封建王朝的正常秩序。

二、《鼠狱说》

内容简介

一只大老鼠带领一群小老鼠，经常偷吃国家粮仓里的粮食，长达十余年之久，致使粮仓空虚。看守粮仓的司库神发现后，急忙派神兵把大老鼠抓来审问。大老鼠拒不承认，反而说自己是受猫、狗、牛、马、蟑螂、乌鸦、喜鹊、老虎、狮子、龙、麒麟还有桃花、柳树等的怂恿和指使才偷吃粮仓里的粮食。于是，司库神又把猫、狗等一一拘来审问。可是，猫、狗等矢口否认。这只奸猾的大老鼠仍然抵赖自己罪行，反而声称是奉上帝之命偷吃粮食："天之神，地之祇，野之魍魉，山之夔魖，苍苍之松、郁郁之柏……皎皎之日月皆承上帝之命使我恣食仓中之粟矣，老身亦何罪焉。"大老鼠并指责猫、狗等其罪有倍于自己："所援众兽犷狎狞猾，自掩其罪，不肯吐实，苟且甚矣，情状痛矣，固不欲与较而所恨。神之至明，犹有所蔽，众物之凶奸吝性，未尽洞悉。"又说，"明神惟知老身之奸，而不知群物之奸，有倍于老身者。"还一一列举众物之罪行，如门神户灵则"惊动愚民，私享淫祀，冷炙残杯，以充馋欲，窃簿盗粟，而慢不省悟，恬不为意"。如獐则"柔茅足以充饥，密林足以藏身，而夜下山溪，遍踏阡陌，龁其麦芽，伤其禾苗，使田夫无食，农人阻饥，比之老物，拾吞囷中渗漏之粒，其祸孰烈？其害孰深？"对于大老鼠这种谴责，猫、狗等众多物种，愤怒至极。于是，"猛犬垂涎而吐舌，恶猫欲啮而瞋目"。大老鼠见此，吓得"肉战心惊，不知所为"。这时，司库神也对大老鼠进行斥责道："造化翁多事，生此恶种，公然贻害于上穹，……且其还道之言，诬及上帝，此大逆也。"可是，上帝对此并未责怪大老鼠偷吃粮仓粮食之事，只是责怪大老鼠诬陷万物之罪："下界小虫奸猾之罪，不足烦我之听，而既言其罪，则不可不降天之罚，行天之诛，以射灵禽异兽之被诬者。"

《鼠狱说》文章结尾，以"太史氏"名义发表感想说："火不扑则延，狱不断则蔓。向使库神案其罪而即磔之，则其祸不必炽也。噫，吝气所钟，岂独穴仓一虫也哉？吁，可畏也。"这篇汉文小说实为一篇寓言，指出李朝王廷出现的问题，远非处置鼠窃狗偷之辈可以解决的。形象生动，手法细腻，讽刺辛辣，写法夸张，笔调幽默，为其主要特色。

三、《花史》

内容简介

花王国的第一个王朝是“陶”王朝。“陶”王朝的国王是陶烈王。“陶烈王，姓梅，名华，字先春，罗浮人也。其先有佐商者，为高宗调鼎羹，以功封于陶。中世为楚大夫屈原所摈，避居阖卢城，子孙因家焉。数世，至古公楂，娶武陵桃氏女，生三子，王其长也。”陶烈王任人唯贤，任命乌筠为相，“（乌）筠字此君，楚湘州人，清虚寡欲，直节自守，号为圆通居士。”任命秦封为将。秦封“偃蹇长身，苍髯若戟，有栋梁折冲之才”。陶烈王政治清明，国家安定。陶烈王死后，其弟英王继位，建立“东陶”王朝。英王昏庸，不听忠臣谏言，迁都东原，任人唯亲，致使朝政混乱，武臣掌权。英王昏庸无能，在位仅五年，就被将军杨絮派遣之武将石尤杀害。石尤拥戴姚黄为君，国号“夏”。姚黄“幼有异质，及长，颜如渥丹，风采动人”。夏国王姚黄封石尤为风伯，并娶石尤之女为妃。姚黄治国无方，导致朝廷内部红、白、黄三党激烈竞争，继之民众起义造反。后来，姚黄为野鹿咬伤，而其妃子又暗中下毒，姚黄遂中毒死亡。此后，水中君在钱塘即位，建立南唐，号唐明王。唐明王“姓白，名莲，字芙蓉”。唐明王迷信巫术，设立水陆道场，终日念经，以致朝政混乱。其后，唐明王又听信方士之言，为求长生饮用白露。不料却因之得病，猝死。

《花史》描述花王国四个王朝兴衰的历史，是借花和相关形象反映人间政治。作者虽是描述花园的历史，实是影射李朝当时党争十分激烈的紊乱朝政。

这篇汉文小说以中国为背景。正如史臣所评：“英王之世，与昔唐玄宗之时酷似也。玉衡之奸，似林甫。杨絮之横，似国忠。密人之乱，似吐蕃。石尤之事，似禄山。梅妃废，而杨妃宠，且先明后暗之致，似开元天宝之乱，何其似甚也。”

四、《愁城志》

内容简介

“天君即位之初，乃降衷元年也。曰仁、曰义、曰礼、曰智，各充其端，率职惟勤。”天君在仁、义、礼、智、喜、怒、哀、乐诸大臣辅佐下，国势强盛，国泰民安。一天，哀公禀报天君说，现在国家形势不好，民心不稳。天君听后忧心忡忡。这时，忽有二人禀报天君，请准许他们二人筑座城。天君准许二人筑城，于是历史上众多冤死之魂、忠义之士皆来筑城。城池很快筑成，名曰“愁城”。愁城有四座城门：忠义门、壮烈门、无辜门、别离门。天君亲自观看修筑的愁城，只见城内聚集大量含冤而死的英烈冤魂。天君观后心情愁苦不已。于是想外出周游八荒：“命驾意马，周流八极，欲效周穆王故事”，但被大臣主公翁叩马苦谏而止。翌年春天，大臣主公翁建议天君不能久处愁城。于是，天君任命曲醣将军为瓮、瓶、盏三州大都督兼驱愁大将军。曲醣很快攻克愁城。天君再度登灵台遥望，只见云消雾散，万里晴空。

《愁城志》是借古讽今之作，是对当时李朝朝政的谴责与抨击，对当时许多正直多才之士报效无门现象的愤慨，也是对作者当时怀才不遇的感慨。

综上所述，林悌的上述四篇汉文小说因其大胆而辛辣的讽刺，精巧而独特的艺术构思而著称，并对后世有深远影响。

第三十章　李朝中期的汉文小说

第一节　爱情题材的汉文短篇小说

一、《相思洞记》

汉文小说《相思洞记》又名《英英传》《相思洞饯客记》《桧山君传》。创作于李朝，但具体年代和作者均不详。

内容简介

故事讲李朝成宗时期，书生金生才华横溢，相貌出众。一天，金生与美女英英邂逅。金生为美女英英所迷恋，但无法接近，遂相思成病。金生童仆莫同再三追问，金生以实相告。金生听从莫同的建议，专门走访英英的姨母。英英姨母告诉金生说，英英为桧山君的侍女，可自由出入王府。金生哀求英英姨母设法使自己与美女英英相见。姨母设计在端午节金生与英英相见。端午节至，金生果然得在王府与美女英英再次相见，别时相约某日在王府幽会。某日深夜，金生与英英再次见面，二人行云雨之欢。此后两人一别三年。彼此虽深深思念，但未得相见一面。金生发愤读书，终于应试得中状元。金生骑马巡游京城，途经桧山君王府。但已是物是人非，桧山君已死去三年。金生在巡游途中，恰与桧山君夫人相遇。金生仔细观看随从桧山君夫人出游的多名侍女，但未见英英。金生心生计，假意醉酒落马。桧山君夫人遂将金生抬入府中，好生招待。金生在府中终于与仍作为侍女的英英再次相见，欣喜异常。英英暗中交给金生一封信，倾诉三年思念之情。但是，喜中状元的金生仍然无法与英英团圆相聚，再次为思念英英而病。好友李正宇探望金生病情，金生如实相告病因。李正宇恰是桧山君夫人的亲友，于是他将金生患病原因告诉桧山君夫人。桧山君夫人甚是感动，准允侍女英英成婚。于是，金生和英英终成眷属。

《相思洞记》的主题是歌颂男女自主爱情的自由与幸福。

二、《芝峰传》

汉文短篇小说《芝峰传》，创作于李朝，但具体年代和作者皆不详。

内容简介

故事讲的是孝宗宠臣金福相，某日深夜在宫中为一宫女引诱，与之行云雨之欢。东窗事发，重臣李晬光（号芝峰）建议重惩，孝宗遂将金福相发配济州，宫女发配江界。一日，孝宗临朝，设置一个指定座位，只准没有外遇的官员去坐。李晬光坦然上前，坐在这个座位上。孝宗和众大臣钦佩李晬光的高贵品德。其后，孝宗派李晬光到关西巡视，并赐给他一把扇子。与之同时，孝宗密令平壤监司派一妓女勾引李晬光。李晬光到平壤后，果被一美貌妓女白玉引诱，与之行云雨之欢。分别时，应白玉之恳求，李晬光将扇子送给白玉。于是，孝宗令白玉进入京城皇宫。李晬光回到京城，再次进入皇宫，朝拜孝宗，却没去坐那个座位，而是向孝宗请罪，诉说在平壤与妓女偷欢之事。孝宗赞赏李晬光的坦白胸襟，遂令妓女白玉与之相见，并分别赐物予两人。

这篇汉文小说主旨是赞颂李晬光的坦白胸襟，同时也是表达

“色界无英雄，亦无节士”，性爱需求为人之本能，绝非封建礼教的清规戒律所能束缚住的。

三、《洞仙记》

汉文短篇小说《洞仙记》创作于李朝，但具体年代和作者均不详。

内容简介

以中国为背景，故事讲的是北宋时，京城书生西门勣，屡试不中，心灰意冷，在母亲和妻子刘氏的劝告下，离家出外散心，游览山水。在杭州，西门勣与美妓洞仙邂逅结缘。洞仙劝西门勣回京，赡养寡母和妻子。西门勣回到京城，不久，女真侵犯。西门勣遂和寡母、妻子避往一个海岛。与西门勣分别后，洞仙十分思念西门勣，期望与之团聚。此时，朝廷渴求赴女真使者，洞仙女扮男装，到官府，推荐西门勣为赴女真使者。于是，朝廷任命西门勣为出使女真使节。西门勣同时与洞仙重逢。两人喜悦异常。不料，副将安琦迷恋洞仙美色，密告女真人，把西门勣劫走。同时告诉洞仙，谎称西门勣已死于女真人手中。于是刘氏和洞仙结伴去女真寻找西门勣。此时，女真人闻听北宋名将岳飞率领大军征讨，遂将俘虏的北宋人全部杀死，而后仓皇而逃。洞仙找到西门勣的尸体。经多方治疗，西门勣起死回生。其后，西门勣遂和洞仙回到杭州。后又避难到一个海岛，两人白头偕老，终此一生。

《洞仙记》的主旨是歌颂妓女洞仙对爱情的忠贞。

四、《柳绿传》

汉文短篇小说《柳绿传》创作于李朝，但具体年代和作者均不详。有汉文本和朝鲜语文本。

内容简介

故事讲的是礼曹左郎郑梦世，文才出众，擅诗文。一年春天，郑梦世和友人举行饯春宴。在宴席上，郑梦世与妓女柳绿相识，两人皆生爱慕之情。数月后，郑梦世出任海州府使，遂与柳绿告别，只身赴任。未久，清兵入境。柳绿听说郑梦世被清兵俘获，遂只身来到鸭绿江，在石壁上写下遗书，正欲投江自尽时，壬辰倭乱中殉国的义妓月香现身将其解救。其后，柳绿到义州妙法庵安身。不久，柳绿又女扮男装上路寻找郑梦世。在途中遭劫，柳绿脱逃到清川江，投江自尽。幸被路过清川江的郑梦世救获。此后，郑梦世和柳绿同返京城。不久，郑梦世调任义州府尹，夫唱妇随，柳绿又随郑梦世到义州，夫妻恩爱，幸福一生。

《柳绿传》表达的主题仍然是爱情的自由，不受门第差别所限。作为礼曹左郎的郑梦世竟然娶妓女柳绿为正室夫人，实是当时李朝社会所不多见。

五、《丁生传》

汉文短篇小说《丁生传》创作于李朝，但是具体年代和作者均不详。

内容简介

故事讲的丁生是京畿道杨根地区的一个书生。丁生自幼父母双亡，寄养于姑夫权尚书家中。一年春天，丁生游览三清洞，遇雨躲进中门，适与一美女邂逅。美女为书吏之女，幼年丧母。其后，丁生应美女之约再度相会，并得云雨之欢。数月后，丁生再次与美女幽会。美女告之丁生，已有身孕，要丁生寻觅住所，以便安家分娩。此时，丁生姑夫调任清风府使，丁生与美女不辞而别，随其姑夫赴清风府。美女苦待丁生，但仍未见丁生，分娩生子，托付婢女代为抚养，而后自缢身亡。丁生到清风府后，与另一美女结婚。早已忘却昔日的美女。数月后的一天深夜，美女亡魂出现在丁生面前，严厉斥责丁生的背信，并告诉丁生，三年后的某日，到广通桥上寻找背着小孩的婢女，那个小孩子就是丁生的儿子。三年后的某天，丁生来到广通桥，见到背自己儿子的婢女，但并没有将儿子带回家。由此，丁生事事失意，终至无以为生，只好借住在姑表兄处，且郁闷成疾。其后，丁生到俗离山佛寺静养。一次在法会上见到名僧宗匠。宗匠即为丁生之儿子。宗匠认父，并还俗，孝顺父亲丁生。丁生其后皈依道教，无疾而终。宗匠孝心虔诚，为父守墓三年，后不知所终。

《丁生传》既是爱情小说，亦是宗教小说，融儒教、佛教、道教于一体。

六、《凭虚子传》

小说《凭虚子传》创作于李朝，但具体年代和作者均不详。

内容简介

故事讲的是书生凭虚子文才出众，却无心求仕。时，清军攻打李朝，凭虚子避乱岭东。凭虚子在岭东与两个挚友李春茂、朴时碓相遇，并与美女梅英邂逅。凭虚子喜欢美女梅英，但无再见机会，遂相思成疾。两个好友李春茂、朴时碓赶来探病。凭虚子如实相告。两个好朋友决定助凭虚子与梅英再次相会。三月三日夜，凭虚子终于与梅英再次相见，并向梅英求婚。二人遂得云雨之欢。数月后，梅英全家返回京城。离别时，二人再次幽会，互赠别诗和信物。梅英赠玉指环，凭虚子赠斑竹扇。梅英随全家返回京城后，长期不得凭虚子音信，抑郁成疾，终于一病不起，离开人世。与梅英分别后，凭虚子赴京城赶考，并遍寻梅英。梅英父母遂将梅英遗书交给凭虚子。翌日，凭虚子为梅英举行葬礼。梅英亡灵出现，要凭虚子在坟前立碑，上书凭虚子之妻。

《凭虚子传》的主题仍是主张男女婚姻自由，这自与当时李朝社会男女婚姻是“父母之命”背道而驰。

七、《白云仙玩春结缘录》

小说《白云仙玩春结缘录》创作于李朝，但具体年代和作者均不详。

内容简介

故事讲的是书生白云仙自幼失去双亲，在赶考途中，喜遇美女李玉燕，经一老妇撮合，二人喜结良缘。白云仙应试，喜中状元，但为妓女池月莲所诱，两人亦相爱结缘。其后，李玉燕和池月莲同程共赴蜀都。光阴荏苒，李玉燕、池月莲分别让人捎信给白云仙。白云仙分别复信给李玉燕、池月莲。与之同时，白云仙奏禀国王，李玉燕之父李尚书的冤情和池月莲之父池万年之才华。国王准奏，升任李尚书为右丞相，池万年为礼曹判书。此后，白云仙与李玉燕、池月莲正式婚配。

这篇汉文小说主题同样是歌颂男女婚姻自由。

八、《周生传》

（一）作者生平

权韠（1569—1612），李朝诗人、小说家。字汝章，号石洲。文才出众，曾任“意蒙教官”的小官，生活清贫。

1592—1598年，壬辰卫国战争期间，投笔从戎，并创作许多汉诗。还与明援军将领吴宗道、胡庆元、娄凤鸣等结交，互有诗作唱和。壬辰战后，李朝王廷党争仍然激烈。权韠为人正直，作诗讽刺外戚柳氏家族，被国王光海君流放边塞。

1612年，被杀，时年43岁。

（二）内容简介

明神宗万历年间，书生周生屡试不举，遂弃学经商，走南闯北。一次周生到故乡钱塘，与儿时女友裴俳桃相遇。但此时的俳桃已沦为妓女，告诉周生说：“祖某提举泉州市舶司，因有罪废为庶人，自此贫困，不能振起。妾早失父母，见养于人以至于今，虽欲守净自洁，名已载于妓籍，不得已而强与人宴乐。”俳桃还恳求周生救自己出火坑：“妾虽陋质，愿一荐枕席，永奉巾栉。望郎君他日立身，早登要路，拔妾于妓簿之中，使不忝先人之名，则贱妾之愿毕矣。”于是周生和俳桃盟誓婚约。俳桃能歌善舞，丞相夫人慕名邀俳桃至相府。周生闻讯，也潜入相府。周生在相府窥见丞相之女仙花。仙花年轻貌美，能诗词，会刺绣。周生为仙花美色倾倒，遂对俳桃日益冷落。丞相夫人听说周生富有才学，遂聘其教授儿子国英。于是，周生得以进入相府，并很快与仙花有了私情。仙花送给周生半块镜子、绸扇作为信物。俳桃得知周生变心，忧郁成疾，一病不起，临终前含泪对周生说：“妾以葑菲之体依松柏之余荫，岂料芳菲未歇，鶗鴂先鸣，今与郎君便永诀矣。绮罗管弦从此毕矣，夙昔之愿已缺然矣，但望妾死后，郎君娶仙花为配，埋我骨于郎君往来之侧，则虽死之日，犹生之年。”言讫气绝，良久乃苏，开眼视生曰：“周郎周郎！珍重！”连言数次而死。其后，丞相之子国英早逝，周生无法进入相府，只得投靠族人张公，遂不得见仙花。而此时的仙花也思念周生，因不得相见，忧郁成病。周生亦因思念仙花而患病，张公问其病因，周生以实相告。张公遂至相府，恳求丞相夫人成全周生与仙花的婚事。丞相夫人准允周生和仙花的婚事，并将婚期定于九月。仙花喜极，写信告诉周生父母和周生。周生回信要求婚期提前。但此信尚未寄出，周生就被征入伍，随军赴朝鲜。最终周生也未得与仙花成婚。

《周生传》颂扬俳桃对爱情的忠贞，谴责周生的喜新厌旧、见异思迁的不道德行为。

九、《崔陟传》

汉文短篇小说《崔陟传》又名《奇遇录》。

内容简介

全罗道南原书生崔陟，在郑上舍家中求学。崔陟天资聪慧。郑上舍表侄女李玉英暗恋崔陟，投诗相寄，表达爱慕之情。崔陟遂与李玉英私下定情。其后，双方家长同意此婚事，并约定婚期。不料，“壬辰倭乱”，边士贞组织义兵抗敌，崔陟亦参加义兵，离开南原赴岭南抗击倭寇。崔陟走后，富家子弟梁生闻李玉英貌美，向李玉英父母求婚。李玉英父母毁前婚约，逼李玉英与梁生成婚。李玉英以死相抗，李玉英父母只得罢休。崔陟闻讯，自岭南前线回到南原。其后，崔陟与李玉英成亲。夫妻恩爱，一年后生子，名叫梦释。不料，倭寇再次来侵，并攻占南京。崔陟全家逃难，不幸崔陟与妻、儿失散。崔陟无奈，只好随明将余有文前往中国。而其子梦释初为燕谷寺僧人所救，后幸为崔陟父亲和李玉英母亲发现，领家中抚养。失散的李玉英女扮男装被倭寇所获，押往日本。光阴荏苒，数年后，崔陟与中国友人乘船赴安南做生意。在安南崔陟喜遇随日本商人一起来安南贸易的李玉英，夫妻重逢。崔陟与李玉英在中国杭州定居，又生一子，名曰梦仙。其后，梦仙长大成人，娶中国姑娘红桃为妻。红桃之父陈伟庆作为明军，前往朝鲜，至今未归，生死不卜。己未年（1619），后金（清）军队攻打辽阳。崔陟应征参加明军，不幸战败被俘。此时，崔陟长子梦释作为朝鲜援军也战败被俘。在战俘营崔陟父子相认，并逃离战俘营。在逃亡途中，崔陟患重病，幸为红桃之父陈伟庆所救。崔陟之妻李玉英和次子梦仙、儿媳红桃决心回朝鲜寻夫，历经千难万险，终于回到朝鲜。最终崔陟和长子梦释与妻李玉英、次子梦仙、儿媳红桃全家大团圆，红桃还与失散多年的父亲陈伟庆父女团圆。

《崔陟传》最后作者感叹道："噫！父母、夫妻、兄弟、舅姑分离四国，怅望三纪，经营贼所，出没死地，毕竟图会，无一零落，此岂人力云所致，皇天后土必感于至诚，而能致此奇异之事。匹妇有诚，天且不违，诚之不可掩，如是夫！"

《崔陟传》真实描写了崔陟一家在战乱中悲欢离合的故事，时空久远，领域广阔，人物众多，情节曲折起伏，堪称一篇出色的汉文短篇小说。

十、《韦敬天传》

汉文短篇小说《韦敬天传》，创作于李朝。关于作者，有人认为作者为权韠，但也有人不同意此说。这篇汉文小说以中国为背景。

内容简介

故事讲述在明朝神宗万历年间，金陵人书生韦生才华出众。一日，韦生和朋友张生同游洞庭湖。两人饮酒吟诗，醉卧舟中。韦生醒后下船上岸，忽然听见美妙歌声。韦生寻声来到一个阁楼，此时宴毕，众人皆散。韦生与一美丽少女苏淑英邂逅。两人一见钟情，订立婚约。其后，双方父母允诺，韦生与苏淑英成婚。夫妻恩爱，甚是幸福。某年八月，倭寇侵朝，明帝应求派明军援朝，任命韦生之父率明军赴朝参战。韦生之父命韦生从军，韦生遂随父出征。其后，韦生患病，死于军中，灵柩运回故里。苏淑英闻夫君去世，自尽身亡。苏淑英之父遂将韦生、苏淑英合葬于九嶷山下。

这篇汉文短篇小说是典型的才子佳人一见钟情结成夫妻的爱情小说，却以悲剧结束。

十一、《云英传》

汉文短篇小说《云英传》又名《柳泳传》《柳生传》《寿圣宫梦游录》。创作于李朝，但具体年代和作者均不详。

内容简介

故事讲述在李朝世宗时期，文人柳泳携酒游览安平大君的旧宅寿圣营，饮酒醉卧。酒醒已是深夜，忽见一少年与一美女对坐。柳泳应邀与之入席，三人饮酒赋诗。忽见美女失声痛哭，柳泳问其原委。少年与美女告之实情：少年名金生，美女名云英，为安平大君宫女。一日，金生应邀赴安平大君王府，并与宫女云英邂逅。二人一见钟情，互赠诗作传情。云英在好友宫女紫鸾等帮助下，趁中秋外出之机与金生见面，并约金生夜晚入宫幽会。金生在仆人特的建议下，是夜跳墙进入宫中，与云英相会，并享云雨之欢。分别时，金生将云英财物带出宫外。殊不知仆人特阴险毒辣，想杀死金生，吞得云英财物，并将云英掠为自己妻室。仆人特的阴谋虽未能得逞，却大肆散布金生和云英的私情。安平大君亦闻此事，大怒，遂将云英囚禁。坚贞不屈的云英当夜自缢身亡。金生闻知，为云英举行祭奠仪式，而后绝食，四天后亦亡。柳泳至此处，方知金生、云英这对情侣皆死，自己看到的皆为二人的鬼魂，现在只是鬼魂显灵。于是柳泳问两人是否愿重返人间，金生痛哭说："吾两人皆含怨而死。冥司怜其无罪，欲使再生人世，而地下之乐，不减人间，况天上之乐乎！是以不愿出世矣。但今昔之悲伤，大君一败，故宫无主人，鸟雀哀鸣，人亦不到，已极悲矣。况新经兵火之后，华屋成灰，粉墙摧毁，而唯有阶花芬茀，庭草薮荣，春光不改昔时之景，而人事亦易如此，重来忆旧，宁不悲哉！"柳泳闻此言后，酒醒，举目回望，全无一人。

《云英传》描写书生金生和宫女云英的真挚爱情。但是这种婚姻为当时李朝封建社会所不容，金生与云英的爱情以悲剧结束，是当时封建社会使然。

这篇汉文小说还塑造云英的好友同为宫女紫鸾的美好形象，并揭露金生的仆人特的丑恶灵魂。此外，这篇小说的结尾，借金生之口，描述频繁的倭寇入侵，频繁的战乱给当时李朝社会造成的巨大灾难。

十二、《王庆龙传》

汉文短篇小说《王庆龙传》，创作于李朝，但具体年代和作者皆不详，以中国为背景。

内容简介

故事讲述在明神宗万历年间，书生王庆龙勤奋攻读，无心婚事。王庆龙之父获罪，革职还乡。王庆龙其后亦返乡。王庆龙在返乡途中，在一酒楼，与美女朝云邂逅，继之，又与朝云之妹玉嬗相见。朝云和玉嬗皆为妓女。三人饮酒吟诗尽欢而罢。其后，王庆龙酷爱玉嬗，二人盟誓，并得雨云之欢。王庆龙在妓家滞留多年，财产荡尽，鸨母遂带玉嬗远走他乡。不幸的是，王庆龙又遭抢，沦为乞丐。万幸的是，王庆龙又恰与玉嬗相遇。玉嬗送给王庆龙许多金银，并劝其早日返乡，刻苦攻读，应试中举才有可能重逢。狠毒的鸨母又将玉嬗卖给商人赵某。殊不知赵某之妻与他人通奸，将赵某毒死。玉嬗等人遂被捕入狱。回到家乡的王庆龙刻苦攻读，应试高中状元，并出任徐州御史。王庆龙审问赵某毒死案，赵某之妻与其奸夫获罪，玉嬗无罪获释。王庆龙终与玉嬗重逢。王庆龙此前依父母之命已娶妻，再娶玉嬗，一夫二妻幸福美满。

这篇汉文小说颂扬玉嬗对爱情的坚贞，如她在与王庆龙分别时说“妾当以死为君秉节，誓不再媚他人”，“忠不事二，烈岂独异。若有权道，则固不可徒死，至欲相渎，则有死而已，不可从也”。还应提及的是，李朝汉文短篇小说《王庆龙传》与中国的小说《玉堂春落难逢夫》有诸多相似之处。

第二节　伦理题材的汉文短篇小说

《彰善感义录》

（一）作者生平

赵圣期（1638—1689），李朝文人。字成卿，号拙修斋，曾应试及第，但因病未进入仕途。在家潜心研究学术和性理之学，著有《拙修斋集》。

1689年，逝世，时年51岁。

（二）内容简介

汉文小说《彰善感义录》又名《倡善感义录》《昌善感义录》《彰孝录》《花氏孝行记》。

《彰善感义录》以中国为背景，故事讲述在明世宗嘉靖年间，兵部尚书花名郁娶有沈氏、姚氏、郑氏三位夫人。沈夫人生子，名花椿。姚夫人生女名花太姜，后姚夫人病故。郑夫人生子，名花珍。花珍聪明伶俐，深得花尚书的宠爱。花尚书和郑夫人分别为儿子花珍、女儿花太姜订立婚约。不久，花尚书和郑夫人相继病故。其后，花太姜与柳生成亲，花珍也迎娶尹小姐、南小姐。沈夫人虐待尹小姐、南小姐这两个儿媳妇。与之同时，沈夫人之子花椿品德不端，常与无赖范汉、张平交往。花椿不仅将贤妻林氏休弃，并将与之私通的赵女迎娶入门。花珍刻苦攻读，应试高中状元，成为翰林学士。花椿买通奸臣严嵩，将花珍革职流放，并将花珍的两个夫人驱出家门。花珍在谪所拜师习武，武艺高强。海盗徐山海率众侵扰海防，花珍布衣从军，大败海盗。明帝大喜，升花珍为上将军，并封为征南大元帅，出征安南国。花珍凯旋回朝，又为明帝晋升为晋国公，并和两个夫人重逢。尽管遭受过沈夫人的虐待，但是花珍和两个夫人对沈夫人仍然十分孝顺。沈夫人和其子花椿终于良心发现，痛改前非。于是，全家团聚，和睦相处，以喜剧结尾。而两个无赖范汉、张平和花椿之妻赵氏受到应有惩罚。

这篇汉文小说为李朝家庭伦理小说的优秀代表作。作品颂扬忠孝思想，彰善惩恶。应提及的是，《彰善感义录》有手抄本、活字本、石印本等多种版本。

第三节　梦游题材的汉文短篇小说

一、《达川梦游录》

（一）作者生平

尹继善（1577—1604），李朝文臣，字而述，号坡潭。1590年，文科及第，历任典籍、玉堂、编撰、礼曹佐郎、兵曹佐郎。

1604年，逝世，年仅27岁。

（二）内容简介

故事讲述李朝宣祖年间，某年春天，文人坡潭子来到湖西达川地方。他在达川江边发现壬辰倭乱时战死疆场的累累白骨，惨不忍睹："或无头者，或断右臂者左臂者，或刖左足右足者，或腰存而无脚者，或脚存而无腰者，或腹胀而蹒跚者，盖溺水者也。被（披）发满面，腥血相射，而四肢残酷，惨不忍见。"坡潭子感慨万千，悲愤地吟诗一首，而后进入梦乡：坡潭子见到一群在壬辰倭乱时英勇战死的将领和士兵。他们各自诉说战死的经过和对家人的怀念。有的说："生既不用，死且何为？生我者父，死我者谁？休养恩深，公家事急。丈夫有一死，固不足惜。叹将军之易言兮，胡至此极。"有的说："高堂白发，甘旨谁供？小闺红颜，怨泪空多……言念至此，能不郁悒？"而英勇殉国的李舜臣将军则说："既听君等之言，亦告予怀之悲。生长太平，未效小勇，解竹符而登坛，深为圣明之知。值卉服之越海，自分一死之轻，聚舟师而横截，置湖路于奠居。火贼艘二百余数，势莫能当，拥闲岛五六年，其虏不敢窥。将忽易于临阵，功竟亏于为山。残兵败舸，再受于败军之后；维橹下帆，七捷于急湍之上。遇逋贼于曳桥，陨将星于露梁。鸣鼓挥旗之令，分付豚儿；誓海盟山之句，感动鱼龙。"梦醒后，坡潭子含泪作祭文，沉痛悼念在壬辰倭乱英勇抗敌壮烈殉国的名将李舜臣和许多将领以及士兵。

汉文小说《达川梦游录》高度赞扬壮烈殉国的李舜臣将军等的爱国精神，严厉抨击怕死鬼元均之恶行为。

二、《皮生冥梦录》

汉文短篇小说《皮生冥梦录》创作于李朝，但具体年代及作者均不详。

内容简介

故事讲述书生皮生生性喜游，周游四方。一日，皮生来到圆寂山下，见到死难于壬辰倭乱的累累白骨，遂悲愤地赋诗一首，而后进入梦乡：一个老人向他哭诉。老人自称是李宪，壬辰倭乱时死于非命，至今尸骨仍埋于荒野，他的三个儿子都没将他归葬。尤其是长子不仅不为他归葬，反而归葬驿吏金俭孙之尸："长子克信，念不及吾，经自手录，未及数年，又登科第，趋又权门，历事清显，而吾骨尚暴于此山之阳，是可忍也，孰不可忍也？顷者有人言，此以收葬，多为观美之具，少无哀戚之心，……而只欲防是口者乎？不得已收得驿吏金俭孙之尸，指为吾骨而依礼殓袭，择日归葬，窆非其父，以欺其天，祭非其鬼，以丑其母。彼则无子而有子，我则有子而无子……郁结之怀，悲痛之情，未尝不丁宁于克信之梦，而惟以仕宦为重，不以葬父为念，置之相忘之域者，已逾一纪……为子之道，固如是乎！"这时，突然来了一个中年汉子自称是金俭孙，为李克信前生之父，也死于倭乱，因之，李克信理应为其收尸归葬。其后，老人李宪悄然消失。此时，传来寺中钟声。皮生惊醒，始知方才做梦。

《皮生冥梦录》对身为官吏的李克信不孝行为进行严厉抨击。这篇小说宣扬了佛教的三世轮回和道教的虚无思想，小说还描述壬辰倭乱给李朝社会和普通民众造成的巨大灾难。

三、《龙门梦游录》

（一）作者生平

慎绰（1518—？），李朝文人。字而任，号黄溪子，擅汉文汉诗。

（二）内容简介

书生黄溪子外出游山玩水，在龙门住宿。是夜，进入梦乡。只见一个亭子里，聚集不少人，黄溪子走近他们，互相寒暄，方知这些人皆是“丁酉战乱”中为国捐躯的将领和官员。这些人纷纷议论，一致谴责临阵脱逃的主将白士霖的卑劣行径。此时，有个人来到跟前，自称为高丽朝人，死于战乱，并夸奖黄溪子富有文采，还建议大家为黄溪子祝寿。众人一致赞同。高兴之极的黄溪子遂赋诗以谢众人。突然一声鸡啼，黄溪子梦醒，方知梦中所见众人皆为鬼魂。

汉文小说《龙门梦游录》歌颂丁酉战乱中为国捐躯的将领、官员的高尚气节和英勇精神，而对临阵脱逃的主将白士霖的卑劣行径予以严厉抨击。

四、《江都梦游录》

汉文小说《江都梦游录》创作于李朝，但具体年代和作者均不详。

内容简介

故事发生在李朝仁祖十五年，清军攻打江华岛，谓之丙子之役。李朝将士战死，百姓遭殃。其中不少妇女坚贞不屈，毅然殉节。寂灭寺的清虚禅师慈悲善良，渡海来到江华岛，只见“川流者血，山积者骨，啄之有乌，葬之无人”。清虚禅师收敛尸骸，夜宿荒野，进入梦乡。有群妇女围坐，“或红颜已凋，白发垂鬓，或青云未老，绿云冷鬘，……悲怆之气不有矣！”这群妇女皆是死于丙子之役的鬼魂，“丈余之索，尺许之锋，或系于纤颈，或血于硬骨，或头脑尽破，或口腹含水，其惨恻之形，不可忍视。”这些妇女纷纷诉说悲惨遭遇和倾诉不平。有的怒斥丈夫之无能和丑行：“乐醉花月，远虑浑忘，军务何如？……生无辅国，死且有罪，千载恶名，鸿海何洗，叠恨盈襟，无日可忘！”有的怒斥丈夫的贪生怕死投降变节：“独恨夫洞开城门，延入羯奴，拜以手跪，以膝救其死。”有的痛骂其舅：“舅也舅也，生逢此辰，不成勋业，而返致负国，谁怨谁咎？余是女子，而有愧焉。”有的谴责贪生怕死的将领：“然李敏求同时一任，而有何忠义，能保性命，以终天年。都元帅金自点雄海内威，挟海内兵，战无一合、无一血，而偷身岩穴，逃存性命。”与之同时，女人们还各自诉说坚贞不屈以身殉国的经过：有的说“嗟余殒命，甘为自决，固所宜矣”；有的说“城汤失险，风雨鸿洞，则花飞玉碎，少无自怜”；有的说“贼锋在前，舍义求生，不若一死，投于绝壁，白骨为尘，是所甘也，无足恨矣”；有的说“大祸既迫，求不可生，投身碧海，魂骨浮沉，则嗟于死节，既无其证，知之者天，照之者日，而一片丹心，郎独不知”。最后，有个妓女说：“幸听玉音，其所节义之高，贞烈之美，天必感动，人所难服，则死而不死，何恨之有？江都陷没，南汉危急，主辱如何，国耻方深，而忠臣节义，万无一人，贞操凛然，惟有妇女，其死荣矣：何用戚戚！”清虚禅师闻之感动异常，高声称赞。醒来方知是梦。

《江都梦游录》高度赞扬在丙子之役时，江华岛一些妇女坚贞不屈，以节殉国的高尚情操，与之同时对一些贪生怕死的官员、将领进行猛烈抨击。

五、《何生梦游录》

（一）作者生平

李渭辅（1694—？），李朝文臣。字钓叟，号纯窝。1739年，文科及第，历任司宪府执义、司谏院司谏，曾因多次谏言遭贬职。

（二）内容简介

书生何生一日酒醉，进入梦乡。在一仙童引领下，何生来到清虚集灵府。清华真君正在讲述儒、佛、道三教学说和因果报应之说。玉皇大帝邀清华真君到玄圃赴宴，何生亦随之前往。在玄圃，林庆业、尹集、洪翼汉、吴达济四人正在饮酒吟诗。何生遂与四人饮酒吟诗。酒宴结束时，玉皇大帝赐尹集、洪翼汉、吴达济以官职。应林庆业之请求，清华真君将谋害林庆业的奸臣金自点抓来治罪。此时南华老仙突然出现，并请何生赋诗。何生出口成章，成诗一首，众人十分赞赏，而后各自离去。在归途中，清华真君对何生说，30年后，两人必在金刚山毕庐峰重逢。何生梦醒后，大彻大悟，摆脱世俗观念，皈依道门。

这篇汉文小说赞扬林庆业和尹集、洪翼汉、吴达济三学士的高尚情操。

六、《琴生异闻录》

（一）作者生平

崔睍（1563—1640），李朝文臣。字季升，号讱斋。1590年，文科及第，历任副提学、江原道观察使。擅汉文汉诗，并精通经学，著有《讱斋集》（13卷）。

1640年，逝世，终年77岁。

（二）内容简介

故事讲述书生琴生喜外出游览山水。某年，琴生游至南海，饮酒吟诗，而后进入梦乡。只见高丽朝和李朝著名的学者吉再、金宗直、郑鹏、朴英、郑梦周、金澍、河纬地、李梦专、金叔滋、朴云、金就成等人饮酒赋诗，琴生也应邀入席。席间，琴生气愤地说，正直善良的人遭迫害，而心地歹毒的小人却飞黄腾达，真是苍天无眼。郑梦周平淡地说，君子坦荡，荣辱不惊。继之，众人各赋诗一首，而后各自散去。琴生回顾无人，大惊，于是梦醒。

《琴生异闻录》主旨是赞扬郑梦周等文人学士的高尚品德。

七、《金华寺梦游录》

汉文小说《金华寺梦游录》，又名《金华寺记》《金山寺梦游录》《金山寺梦会录》《金山寺创业宴会录》《帝王宴会录》。有汉文本，也有朝鲜语文本。创作于李朝，但具体年代和作者均不详。

内容简介

《金华寺梦游录》以中国为背景。故事讲述成生喜游山逛水。一日，在金华寺劳累入睡，进入梦乡。汉高祖、唐太宗、宋太祖、明太祖等开国皇帝及开国功臣举行盛宴。继之，汉光武帝、唐肃宗、宋高宗等皇帝应邀入席。还邀请汉武帝、唐宪宗、晋元帝、宋神宗就座东楼，邀请曹操等重臣就座西楼。其后，秦始皇、晋武帝、隋文帝、项羽也要求入席，但被拒。陈胜、袁绍、孙策、李密也要求入席，亦遭拒。参加宴会的帝王将相，由诸葛亮依每人的忠勇才智排定座次，而后全部入席。宴会间，开国之君谈论治国之道。继之，明太祖评论这些君王的功绩。此时，元太祖因未被邀请，率兵进攻。秦始皇则率军迎击，大胜。众人皆喜，而后离去。至此，成生梦醒。

这篇汉文小说旨在宣扬中华正统观点。之所以如此，因李朝壬辰倭乱时，明派大军援朝，驱走倭寇。李朝认为明对李朝有“再造之恩”，兼之清两次派大军入朝。所以，明被清灭亡后，李朝王廷仍然是“尊明排清”。

八、《浮碧梦游录》

汉文小说《浮碧梦游录》创作于李朝，但具体年代和作者皆不详。

内容简介

《浮碧梦游录》以中国为背景，故事讲述某个书生游历平壤，陶醉于平壤和大同江的秀丽风光，而后进入梦乡。永明寺后的松林里聚集一群女人。其中有杨贵妃、李夫人、虞夫人，还有关西妍色将军以及多名仙女。杨贵妃、李夫人、虞夫人相继诉说在人间的悲惨遭遇以及遭世人的误解。杨贵妃首先说，我真心爱唐明皇，真诚侍奉唐明皇，结果在逃往西蜀途中，被迫自尽。可是世人将一切罪过归咎于我。李夫人说，最初汉武帝十分宠爱我，后来遭受诬陷，囚禁冷宫，以致抑郁而死。虞夫人则说，我与楚霸王项羽南征北战，所向披靡，但最后大败，无奈之下，只好自刎乌江。关西妍色将军好言劝慰，杨贵妃、李夫人、虞夫人遂转悲为喜，与众仙女欢歌笑语。这时，忽然传来永明寺钟声，书生遂梦醒。

《浮碧梦游录》主题思想很明确，为杨贵妃、李夫人、虞夫人生前的遭遇鸣不平。

第四节　寓言题材的汉文短篇小说

一、《天君记》

（一）作者生平

黄中允（1577—1648），李朝文臣。字道光，号东溟。1604年，文科及第，历任春秋馆修官、持平、左、右副承旨。

曾任使赴明。因力主与后金（清）议和而遭贬、流配。

1648年，逝世，终年71岁。

（二）内容简介

汉文短篇小说《天君记》故事讲述天君姓朱，名明，字明之。天君即位后，先后封耳、目、口、鼻和喜、怒、哀、乐、爱、恶、欲等以官职。其后，笔、砚、墨、纸等四人与喜、怒、哀、乐、爱、恶、欲七人勾结，又向天君引荐己私。在这些人诱惑下，天君不理朝政，日益昏庸。立有汗马功劳的惺惺翁劝谏天君，反被天君革职流配。越白趁机侵犯，天君命目官率军征讨，大败而归。爱卿、欲卿与越白沟通，怂恿天君亲征，结果大败。欢白闻讯也对天君发动进攻。越白、欢白联合攻打天君，天君不敌，再遭惨败。两次惨败，促使天君省悟，遂召回惺惺翁，令其恢复原职。惺惺翁向天君荐举主一翁和诚意伯。天君命诚意伯和惺惺翁主内政，令主一翁率军御敌。其后惺惺翁又向天君推举仁、义、礼、智、信五人，天君任此五人为侍卫。此时，越白和欢白撤兵自退。天君转危为安。天君给惺惺翁等人加官进爵，惩处耳、口、鼻等官。

《天君记》这篇汉文小说，将人体器官拟人化，描述天君治理国政中的波折。作品赞扬惺惺翁和仁、义、礼、智、信的忠诚正直，鞭挞爱卿、欲卿、越白、欢白等之丑恶。

二、《天君演义》

（一）作者生平

郑泰齐（1612—？），李朝文臣。字东望，号三堂、菊堂。1636年，文科及第。历任副应教、承旨。曾两次任使赴中国。1646年，因“丙戌狱事”牵连，革职放逐西塞。

（二）内容简介

《天君演义》与上述的《天君记》故事内容大体相同，故事讲述天君姓朱，名明，字明之。天君即位后封目官、鼻官、耳官、口官等五官和喜、怒、哀、乐、爱、恶、欲七情为近臣。天君听信奸臣谗言，排挤和打击惺惺翁、主一翁、诚意伯等忠臣。天君在奸臣越白、欢伯的怂恿诱惑下，沉湎于酒色，身体日趋衰弱。忠臣惺惺翁等人忧心如焚，冒死劝谏。天君终于省悟，远离酒色，专心治理朝政。由此政治清明国家富强。

《天君演义》的主旨亦是赞扬忠良，抨击邪恶。

三、《义胜记》

（一）作者生平

林泳（1649—1696），李朝文臣。号沧溪。历任司宪府献纳、吏曹左郎、工曹参判、大司谏、大司成、大司宪。

1696年，逝世，年仅47岁。

（二）内容简介

故事讲述天君即位后开始治理朝政。朝廷内群臣众多，忠臣有惺惺翁、孟浩然等，奸臣有盗跖等。盗跖利欲熏心，发动叛乱。天君遂命大将军克己率军征伐，最后平定叛乱，天下太平。

《义胜记》的主题同样是赞扬忠良，抨击邪恶。

四、《东家食西家宿》

（一）作者生平

郑载苍（1648—1723），李朝孝宗之驸马。字秀远，号竹轩。著有《公私见闻录》《闲居漫录》。

与孝宗之女淑静公主成婚后，封为东平尉。颇有文采，曾三次任使赴清。

1723年，逝世，终年75岁。

（二）内容简介

汉文短篇小说《东家食西家宿》载于郑载苍之《闲居漫录》。

开国后，赐宰臣宴于政府，皆前朝宰相入任新朝者也。妓雪梅，才貌过人，喜淫深。政丞醉而戏之曰："闻女朝食东家，暮宿西家，亦为老夫为荐枕？"雪梅对曰："以东家食西家暮之贱躯，得侍事王氏、事李氏之政丞，岂不宜哉？"政丞面赤低头，座中嘘唏，或堕泪。

政丞讥笑妓女雪梅没有贞操，而被妓女雪梅反唇相讥。政丞虽贵为朝中大臣，却道貌岸然，一肚子男盗女娼。

五、《野鼹求婿》

汉文短篇小说《野鼹求婿》载于洪万宗之《旬五志》。

内容简介

野鼹欲为其子择高婿。初谓惟天最高，遂求之于天。天曰：“我虽兼包万有，非日月则无以显吾德。”野鼹求之于日月，日月曰：“我虽普照，惟云蔽之，彼居吾上乎？”野鼹求之于云，云曰：“我虽使日月失明，惟风吹散，彼居吾上乎！”野鼹求之于风，风曰：“我虽能拨云，惟田间石佛，吹之不倒。”野鼹求之于石佛，石佛曰：“我虽不畏风，惟野鼹，穿我足底则无不倾覆，彼居吾上乎！”野鼹于是傲然自诧曰：“天下之尊，莫我若也。短尾铦嘴，实惟我仪。”遂婚于野鼹，世以始求高婚，而终归侪类者为比。

这篇汉文小说警示世人，为人不应好高骛远，不应自卑，要脚踏实地，诚恳做事。寓意深刻，影响深远。还应提及的是此类寓言日本、印度亦有。

第五节　传记体汉文短篇小说

一、《蒋生传》

内容简介

汉文小说《蒋生传》载于许筠之《惺所覆瓿稿》。故事讲述蒋生生于官宦之家，但自幼被逐出家门，在奴婢的抚养下长大成人。曾娶妻室，不幸妻子亡故，孑然一身。四处流浪的蒋生来到京城，成为丐帮头目。虽已沦为乞丐，但蒋生期望有朝一日实现自己的伟大理想。其后，蒋生寄宿于乐工李汉家。一天，李家婢女丢失玉钗。是夜，蒋生和婢女逾墙进入景福宫，并找到一枚玉钗。其后，蒋生喝酒，醉死于一座桥上。尸体腐烂，化为飞虫，飘向空中。

这篇汉文小说描述李朝社会底层民众的穷困生活，揭露封建社会之不公。

二、《张山人传》

《张山人传》亦为许筠所作，载于其《惺所覆瓿稿》。

内容简介

故事讲述家境贫寒的张山人，入智异山拜师学习方术。一日，张山人和两个僧人外出，经一山谷时，突遇两只猛虎。张山人施用方术，两只猛虎驯如家犬，三人遂骑虎回寺。张山人在智异山隐居18年，而后回京城。“壬辰倭乱”时，倭寇将张山人砍伤。张山人伤口流出的竟是白色油脂，吓得倭寇仓皇逃走。张山人其后圆寂，但不久又死而复生，朝金刚山而去。

这篇汉文小说描述出身贫贱的张山人却有超群非凡的能力。

三、《严处士传》

内容简介

《严处士传》同样为许筠创作，载于《惺所覆瓿稿》。故事讲述严处士幼年丧父，由其母抚养成人。他天资聪慧，刻苦攻读，终于得中进士。但好景不长，其母病故，严处士伤心至极，遂隐居乡里。他学识渊博，有治国安邦之才；为人正直，道德高尚，彰善斥恶。临终时，他仍正襟危坐，安然逝世。

这篇汉文小说赞赏严处士的孝道和正直品德。

四、《荪谷山人传》

内容简介

《荪谷山人传》同样为许筠所作，载于《惺所覆瓿稿》。故事讲述李朝诗人李达文才出众，被喻为“三唐诗人”，但因其母为妾，未得重用。李达为此心情郁闷，经常表示愤慨和不满，因之遭受一些人的愤恨，乃至诽谤，但是因为李达才华出众，享誉全国，这些人也奈何不得。

汉文小说《荪谷山人传》主题鲜明，抨击李朝社会的嫡庶差别制度。

五、《柳渊传》

（一）作者生平

李恒福（1556—1618），李朝文臣。字子常，号弼云、白沙。文才出众，擅汉文汉诗，著述甚丰，著有《白沙集》《北迁日记》《四礼训蒙》。

1580年，文科及第，历任吏曹参判、刑曹判书、兵曹判书、吏曹判书、领议政。在壬辰卫国战争期间，立有功勋。

1617年，因反对废仁穆大妃金氏被革职发配北青。翌年，逝世，时年62岁。

（二）内容简介

汉文短篇小说《柳渊传》载于李恒福的《白沙集》。故事讲述柳渊和哥哥柳游皆勤奋读书，皆擅诗文。一天，哥哥柳游突然失踪。李禔、堂妹夫沈陭和柳游妻子串通一气，为霸占家产，诬告柳渊谋害柳游。柳渊虽力辩清白，但官府仍将柳渊处死。柳渊妻子为冤死的丈夫洗冤四处奔波。此时，柳游突然回家。真相大白，柳渊冤案得到洗雪，恶人李禔、沈陭、柳游之妻得到应得的惩罚。

《柳渊传》描写书生柳渊遭受不白之冤，最终得到雪洗。小说主旨是彰善惩恶，邪恶纵然逞凶一时，但最终会得到严厉惩罚。

六、《崔孤云传》

汉文短篇小说《崔孤云传》创作于李朝，但具体年代和作者皆不详。崔孤云即新罗著名诗人崔致远，字孤云。

内容简介

《崔孤云传》为汉文本，其后译成朝鲜文。故事讲述崔致远天资聪明，文才出众，有神童之誉。一天夜晚崔致远在月光之下吹笛吟诗。中国皇帝当晚也在赏月，听见远方传来吟诗声，遂问声音来自何方。侍臣说是来自新罗。中国皇帝遂派两个文人赴新罗，与新罗神童崔致远赛诗。中国皇帝遣使赴新罗，带去密封的石函，内装一个鸡蛋，让新罗人猜测石函中所装物并赋诗一首。此时，崔致远已至新罗京城。新罗国王令新罗之罗丞相猜石函中之物。罗丞相无法猜测，乃至卧病不起。崔致远以与罗丞相之女成婚为条件，作诗一首："团团石中物，半白半黄金。夜夜知时鸣，含情未吐音。"新罗国王遂将崔致远所作之诗送往中国。与之同时，罗丞相遂将女儿嫁与崔致远。中国皇帝遂令新罗作诗之人送往中国。崔致远遂赴中国。中国皇帝问崔致远，你怎么知道石函内装的东西。崔致远回答说："臣闻贤哲者虽天上之物，犹能达之。臣鄙而不敏，岂不知函中之物乎？"中国皇帝大悦，设宴款待崔致远。继之，崔致远参加中国皇帝举行的诗会。崔致远在会上作诗，中国皇帝大加称赞，封其为文信侯。其后，黄巢起义，中国皇帝任崔致远为大将，征讨黄巢。崔致远作檄文，不战而胜。中国皇帝对崔致远大加封赏。中国皇帝恩宠崔致远，自然遭到一些大臣的不满。这些大臣向中国皇帝进谗言，诬告崔致远。中国皇帝遂将崔致远罢职，发配一海岛。此时，安南使者来中国，路过崔致远流放的海岛，见到崔致远，并向崔索诗。安南使臣见到中国皇帝时言及崔致远所写之诗。中国皇帝遂派使者前往该岛，召回崔致远。崔致远怒斥使者说："中国之臣，不治职务，猜才嫉妒，诬主毁议，帝所信之，岂君子所留之国乎？往告皇帝，宜归故国。"崔致远来至中国京都洛阳，面见中国皇帝。崔致远说："听信小人之谗，令臣置死之地，不仁之君，不识人之贤否，可谓此也。"言毕，崔致远乘青狮升空回到新罗。崔致远回国后，其岳父罗丞相已故，遂与妻子，入伽倻山隐居，白头偕老，终此一生。

汉文小说《崔孤云传》实为崔致远之传记，但文中有实有虚，如崔致远入唐求学，后应试登第，作“讨黄巢檄”，回国后隐居伽倻山，皆为史实。此外均为虚构，皆来自神话、民间故事等。

七、《金应河传》

金应河（1580—1619），李朝将领。1619年，后金（清）与明交战于萨尔浒。李朝应明之要求，派遣援军助明，金应河将军亦为援军将领，不幸死于疆场。

汉文小说《金应河传》载于柳梦寅之《於于野谭》。

作品选读

金将军应河，字景羲。铁原人也。万历乙卯中武科，由宣传官超授庆源判官，六镇不得尽室而行。将行，或来言：“贵家女，年少且艳，可为妾。”将军怃然辞曰：“吾家货，贵家女畜之不易，待之如妻，名分紊矣。贱之以妾，彼心憾矣。凡人之福如布帛、布幅。尺寸有定限，缘妾致贵，非丈夫美事也。”丁巳，遇热疫，将死。其友持冷药，大呼曰：“子尝自许死国事。今因一病寂寞而死，谁其知乎？”将军即张目，饮尽三碗乃苏。戊午，兵判朴承宗遭亲丧，将军即其亲戚也。会葬于高阳，自内遣中使护丧，或劝将军接遇曰：“中官见子好风采，必延誉于内。”将军喟然叹曰：“有所希冀，款接阉寺，非士夫事，独不愧心乎？”座客或异之。

秋，建州努尔哈赤犯顺。天朝征我兵，将军以助防，将仍授宣川郡守。临行谓军官吴宪曰：“夜梦吾首为贼所斫，吾将多杀贼不枉死，尔其知之。”遂佩二弓白箭而行，诸将以为怯。己未三月三日，天兵三万至虏地深河部落，全军败没。我军左右营亦相继败衄。乔游击一骑从壁上出，观将军战，弹指而叹曰：“平地以步军支吾铁骑，乃如此，贵国兵可谓强勇。”称不容口。未几，大风忽起，铜药飘散，不得放丸，贼兵乘之大破我军。将军下马，独倚柳树下，用长剑，所击杀又无数。剑柄折，三易剑击之。忽有一贼从后以槊刺之仆地，剑尚在手。其后被虏人逃还者，继踵皆言胡人相与言曰："柳树下一将军，雄勇无双，朝鲜若要有此辈数人，不可敌也。"又曰："奴酋收瘗天兵及朝鲜军战死者，日已久，尸皆烂，唯柳下一尸，颜色如生，右手握刀不可解，即将军也。"胡人射尸中目睛，盖恨其多杀其虏兵也。先是弘立先遣胡译河世国于胡中，至是胡兵先呼通使，欲止其战，与弘立降也。将军闻之愈怒，厮杀虏兵如敌，朝廷嘉其节，追赠兵曹判书，立祠于天朝人往来之冲。

敧欤休哉！将军忠义，打贼压营，寡众悬殊，而从容摆阵，飐旗督战，一奇也；胡兵来呼通使，意在讲好，闻若不闻，终始力战，二奇也；下马倚树，示以必死，数千之众血战不降，三奇也；手中长剑，死且不释，有若更起而杀贼，四奇也；方春暖节死肉不朽，怒气勃勃如生，五奇也。领相朴承宗作传以褒之。

《金应河传》真实描述金应河之英勇善战最终战死疆场宁死不降的壮烈行为。

第六节　汉文长篇小说

一、《谢氏南征记》

《谢氏南征记》亦为金万重所著，但金万重用朝鲜文写就，其后由其堂孙金春泽译成汉文。此后，汉文本、朝鲜语文本并行于世。

内容简介

《谢氏南征记》是以中国贵族家庭嫡庶之争为题材的家庭小说。故事讲述明朝世宗嘉靖年间，翰林刘延寿娶谢贞玉为妻。谢贞玉十分贤淑，惜婚后十年未育。谢贞玉有意劝刘延寿娶妾，但遭到刘延寿姑母杜夫人的劝阻。

> 杜夫人说："家有姬妾，乱之本也。一马无两鞍，一器无两匙，虽丈夫欲之，犹如谏，而况自求乎？"谢贞玉说："一妻一妾，人之伦常，妾虽无《关雎》之德，亦不效世俗妇女之妒耳。"杜夫人说："君笑我言耶！夫《关雎》《樛木》固是太姒不妒之德，而亦因文王不好色，众妾自无怨故也。若使文王耽于美色，爱憎不均，则太姒虽不妨忌，而宫中岂无怨言？内政岂不能乱乎？古今异宜，圣凡不相及，而徒欲以不妒致二南之化，真所谓慕虚名而受实祸也。"谢贞玉说："妾何敢望古人，窃见近代妇女蔑伦侮圣，不顺舅姑，不敬丈夫，惟以妒忌为事，乱人家而殄人祀，妾诚忿而耻之。虽人微不能化俗，又何忍效尤哉？丈夫若自贱其身，溺于不正之色，则妾虽驽，当冒嫌而力谏，此则道德然也。"

于是谢贞玉仍力劝丈夫刘延寿纳妾，并物色乔彩鸾作为小妾。乔彩鸾果生一子，名叫掌珠。可是，谢贞玉也生子，名叫麟儿。麟儿聪慧，刘延寿十分喜爱。乔彩鸾对此十分不满，决心陷害谢贞玉。不久，因母病，谢贞玉遂带儿子麟儿前往探视，刘延寿也奉命赴外地抚慰灾民。乔彩鸾遂与刘延寿之门客董清、婢女雪梅和流氓冷振等合谋，捏造谢贞玉红杏出墙。乔彩鸾与董清通奸，生有一子凤儿。两人又密谋杀害掌珠，并嫁祸于谢贞玉。不明真相的刘延寿遂将谢贞玉逐出家门。谢贞玉悲愤至极，投江自尽，幸为故人妙姬所救，其后，遂暂居水月庵。

一日，妙姬再三请谢贞玉为观音画像题词。谢贞玉遂为之题词：

吾闻大师，古之圣女。想象其德，如周妊姒。《关雎》《葛覃》，妇人之事。孤在空山，岂其本意？稷、契补世，夷、齐饿死。非道不同，所遇之异。吾观遗像，衣白抱子。因图思人，吾知其概。古之节妇，截发毁体。离群绝世，惟取其义。西文残缺，流俗好异。附会新奇，有害伦纪。嗟惟大师，胡为在此？修竹天寒，海波万里。何以自慰，芳名百祀。我赞其文，流泪湿地。

时朝廷奸相严嵩乱政，谏议大夫海瑞弹劾严嵩，反被明帝罢职流配。刘延寿为此不平，吟诗抒怀。刘之门客董清遂偷此诗献与严嵩。于是，刘延寿被罢官流配幸州，而董清成为严嵩心腹，出任陈留县令。董清遂与乔彩鸾、婢女雪梅以及麟儿、凤儿前往陈留。行船途中，乔彩鸾命雪梅将麟儿推入水中，雪梅不忍，遂将麟儿丢弃芦苇中。不久，明帝册封太子，大赦。刘延寿获释，返乡途中与董清、乔彩鸾、雪梅等相遇。雪梅遂将乔彩鸾迫害谢贞玉之事如实告之刘延寿。刘延寿悔恨至极。雪梅因惧乔彩鸾迫害自尽身亡。董清密派家丁行刺刘延寿。刘延寿逃跑途中为水月庵尼姑所救。由此，刘延寿得以与谢贞玉重逢团圆。此时，严嵩恶行败露，明帝将其罢职流配。同时，将董清处斩。遂令海瑞官复原职，任命刘延寿为吏部侍郎。其后，刘延寿又娶村女林氏为妾。幸运的是林氏当年收养了弃儿麟儿。于是刘延寿夫妻、父子团圆，而乔彩鸾则被处死。

《谢氏南征记》主题是劝善惩恶。贤淑善良的谢贞玉为这篇小说肯定的正面人物，乔彩鸾则为否定的反面人物。书中描写的人物多达20个，上自明帝、丞相、贵族、官僚，下至夫人、姬妾、丫鬟、仆人、书吏、无行文人、流氓、尼姑，还有菩萨、仙子、鬼魂。书中还提及大量中国人名、地名、历史典故。地名如北京、朝阳门、西郊、通县、广西、山东、武昌、长沙、洞庭湖、湘江；人名如严嵩、海瑞、刘基、屈原、伍子胥、贾谊等。

总之，《谢氏南征记》结构复杂，人物众多，主题鲜明，表彰忠良，惩治奸邪，为李朝汉文小说中的优秀之作，对其后的汉文小说有深远影响。

最后应提及的是，金万重先写的是朝鲜语文本，计为第1章“成婚”、第2章“妖妾”、第3章“奸恶的门客”、第4章“家祸”、第5章“南征（一）”、第6章“南征（二）”、第7章“家运恢复”。而金万重堂孙金春泽将其译成的汉文本，则将其扩为12章，并采取中国章回小说形式。如第3章题为“妾欺丈夫谗正室，多谋门客窃爱妾”；第5章题为“宽耳君子信谗言，奸婢妖人戕爱子”；第8章题为“妇人依止空门，群山构成诗案”，较原来之朝鲜语文本标题鲜明。

二、《洪吉童传》

汉文长篇小说《洪吉童传》作者为许筠。

内容简介

《洪吉童传》有汉文本和朝鲜语文本。故事讲述李朝世宗年间，宰相洪某与妻生子，名叫仁衡。其后，洪某又与婢女奉纤生子，名叫吉童。吉童不是嫡生，在家遭歧视。不甘受辱的洪吉童立志学武，习得一身好武功。洪某另一宠妾初兰意欲加害洪吉童，洪吉童杀死刺客后离家出走。洪吉童来到贼窝，众贼拥戴洪吉童为头领。洪吉童率领这些人劫富济贫，并打败来讨的官军。国王遂将洪吉童之父、兄抓起来，当作人质，迫洪吉童投降。洪吉童施用法术，八个洪吉童来到王宫，向国王说明造反原因，是为了惩治贪官污吏，说完八个洪吉童变成草人。国王不甘心，仍执意捉拿洪吉童。洪吉童遂真的出现，被缚于囚车，押往京城。到了京城，洪吉童施用法术挣脱囚车，飞向云霄。国王为加害洪吉童，假意封洪吉童为兵部判书。但为洪吉童识破，对国王说从此将离开朝鲜，言毕腾空而去。其后，洪吉童率众多盗贼来到济岛，边习武，边务农。洪吉童娶妻，安葬父亲，赡养老母。其后洪吉童率众征服硉岛国，自立为国王。洪吉童治国30年，70岁时，仙翁自空而降，将洪吉童国王和王妃带往天国。

汉文长篇小说《洪吉童传》主题思想是反对李朝当时的嫡庶身份制度，反对官府和贪官污吏对百姓的残酷剥削。

三、《南宫先生传》

汉文长篇小说《南宫先生传》亦为许筠创作。

内容简介

故事讲述全罗道富豪南宫斗长期在京城居住，家乡农事由小妾管理。一次南宫斗回故乡，发现小妾与堂侄通奸，遂将两人杀害。因人告密，南宫斗被捕。南宫斗之妻买通狱卒，使其越狱逃走。南宫斗逃亡途中，遇见一个和尚。南宫斗请和尚告知如何避难。和尚告诉他，可去武州雉裳山去找长老。南宫斗找到长老，拜其为师，学习法术。其后，南宫斗回到海南，恰与被革发配的许筠相遇。南宫斗遂向许筠传授一些法术。最终南宫斗隐居乡里，怀才不遇，遗恨终生。

汉文长篇小说《南宫先生传》主题思想是揭露李朝封建社会的等级制度，使得虽有才华但出身低微的文人无法施展才能。

四、《壬辰录》

《壬辰录》有两种版本，一为汉文本，一为朝鲜语文本。汉文本中，手抄本就有十余种。《壬辰录》并非某一个人所创作，而是由民众以口头和书面形式逐渐完成的。

内容简介

汉文小说《壬辰录》讲述的故事分为三个部分。

第一部分描述李朝国内状况和日本图谋侵略李朝、中国。李朝国内状况是长年和平全国上下思想麻痹；频繁党争，朝政混乱。日本丰臣秀吉野心勃勃妄图侵略李朝和中国："我现拟率领大军，先去朝鲜，继而击明都北京，灭其国而取天下。"

第二部分讲述日本入侵，李朝遭难。日本丰臣秀吉下令入侵李朝，40万倭寇攻占釜山，继之攻占汉城、平壤。国王出逃义州，被迫迁都义州，诸王子被俘。

第三部分讲述李朝军民抗击，明军大举援朝，获得全胜。李朝名将李舜臣率水军英勇抗击倭寇。

舜臣倚棹，怒气犹勃，有血自肩腑下至足踝。诸将惊起视之，铁丸穿甲，而入皮肉二寸。舜臣命诸将割肉出丸，观者失色，而舜臣自若而起，统诸军向寒山岛。

……

舜臣大怒，急放船追万虎郎。船尾相接。舜臣挥剑登倭船，乱斩倭头。万虎郎大怒，亦以剑接。人影散乱，剑光闪烁，两军视之，不见其人，但闻两剑之铮铮相鸣。俄而，一剑坠船，而舜臣持（万）虎郎之头立于船，号令军中追倭余船。

义兵将领郭再祐、郑文孚、西山大师等也英勇抗击倭寇。明将李如松率大军来援：李如松等五万大军进入朝鲜。旌旗蔽空，剑戟如林，首尾百余里。前后历时三天，渡江始毕。屯兵于义州城，战马成群，伸展绵延达五六十里之远。

在李朝军民和明军抗击下，倭寇败退逃回日本。壬辰战争以李朝全胜而结束。舜臣顾诸将曰："国恩庶报于今日，而更无望于世上。吾今得死地而死于国，则不虚事也。"脱甲胄挥体，出坐船头，向贼督战。贼之铁丸中其脑，出于背。舜臣退卧帐中，急呼兄子李浣，尽破余贼，因而殒命。

李朝遂转危为安，李朝国王对明将李如松感激万分，说：“赖将军河海之恩，得以消灭强敌，令人至死难忘。”

汉文长篇小说《壬辰录》主题思想十分明确，宣扬爱国主义精神。这部作品塑造了李舜臣、郭再祐、金应瑞等英雄形象，揭露了李朝国王、官僚、大臣的怯懦和无能，描述了明军援朝，歌颂了中朝友谊。《壬辰录》为李朝首部反映战争的长篇小说，开创军谈小说或军功小说之先河。在李朝汉文学史上具有重大和深远意义，受其影响，李朝其后出现《朴氏夫人传》《林庆业传》。

五、《林庆业传》

《林庆业传》又名《林将军传》《林忠臣传》《忠臣林庆业实记》，有汉文本，也有国语文本。创作于李朝，但具体年代和作者均不详。

内容简介

故事讲述林庆业早年丧父，喜武。后得中武状元，历任多种武职。后随吏曹判书李时白出使明朝。时，胡国屡遭加达侵犯，求助于明。明遂命林庆业率军攻打加达，大获全胜。其后，胡国大举入侵李朝，直袭李朝国都，李朝国王乞降，胡军挟李朝世子和大君回国。胡国要求林庆业赴胡国，帮助攻打明朝，实际想加害林庆业。林庆业赴胡国途中，向胡国兵卒责骂胡王说：“汝之主君乃若禽兽者，南京天子以我为大将讨灭加达，使安汝国，其恩其德，实难忘之。而反破中国，侵我东方，古今天下，岂有若是不义无道者乎？”

而后，林庆业中途逃脱，削发为僧。继之，林庆业又赴明朝。明帝任命林庆业为大将军，讨伐胡国。不料，林庆业为同行的和尚出卖，被绑赴胡国。胡王为林庆业之忠义感动，释放林庆业，与之同时，李朝世子、大君亦得以回国。林庆业回国，反遭领议政金自点暗害。其后，李朝国王夜间做梦，梦见林庆业亡灵，始知林庆业被害经过。翌日，李朝国王祭奠林庆业亡灵，同时处决奸臣金自点。

汉文长篇小说《林庆业传》歌颂后金（清）攻打李朝时，名将林庆业抗击清军的英勇事迹。

六、《九逢记》

汉文长篇小说《九逢记》创作于李朝，但具体年代和作者均不详。作品分为上、下两篇，为章回体小说，共23回。

内容简介

故事讲述高成幼年丧父，为人放羊。一天，高成遇一仙人。仙人传授他秘术。其后，高成武艺超群，被任为宛州太守。高成娶李氏为妻，九年未孕。遂娶郑氏为妾。郑氏生子，名为达云。继之，李氏生一女，名叫玉汝，后又生一子，名叫达天。达天深得高成宠爱，并与崔太史之女定亲。郑氏与奸臣狄生勾搭成奸，两人设计加害李氏。为狄生和郑氏所蒙蔽，高成将李氏逐出家门。李氏被迫寄宿于一对老夫妇家。时，北狄入侵，国王封高成为大元帅，令其率军御敌。高成获胜，班师回朝，晋升为左丞相。奸臣狄生向国王诬告高成。高成遂被革职流配。郑氏与狄生命令奴婢将玉汝、达天投入河中。幸运的是，玉汝、达天分别为李阁老和李刺史所救。其后，玉汝长大成人，嫁与太子。达天遂任中郎将。时，楚国来犯，国王任命达天为大元帅，率军御敌，大胜。其间达天与亲母李氏相遇，母子团圆。达天与母李氏回京，又与玉汝重逢，母子三人团圆。奸臣狄生派刺客暗杀达天，却为一女侠所救，女侠即为达生幼年定婚的崔太史之女。郑氏的女婢春云，向达天揭露郑氏和狄生的诸多罪行。高成向国王揭发奸臣狄生和郑氏罪行。国王遂将狄生和刁妇郑氏处死。高成回到京师，夫妻、父子、父母团圆。此后，高成父子皆任高官，尽忠报国。

汉文长篇小说《九逢记》为家庭伦理小说，也可认定为军谈小说。应该指出的是，《九逢记》深受金万重的《谢氏南征记》影响。

七、《淑香传》

《淑香传》又名《梨花亭记》《再生奇遇记》《李太乙传》《梨花亭奇遇记》《梨花亭奇迹》《小娥记》。创作于李朝，但具体年代和作者均不详。《淑香传》以中国为背景，有汉文本，也有朝鲜语文本。既有手抄本，又有活字本。

内容简介

故事讲述南宋高宗绍兴年间，南阳文士金钿娶妻蒋氏，生有一女，名叫淑香。金人入侵南宋，金钿全家逃难，不幸5岁的淑香失散。流浪街头的淑香幸为张丞相所救，并收为养女。淑香聪明伶俐，张丞相十分宠爱。招致婢女四香忌恨。四香设计诬陷淑香。不明真相的张丞相遂将淑香逐出家门。生活无着的淑香投河自尽，幸为龙女所救，后又被一老妇（实为麻姑仙）收养。一日夜，淑香进入梦乡。淑香在瑶池见到玉帝和王母，并遇少年太乙。淑香梦醒后，依梦中所见景色织成锦。老妇将此锦卖给富商赵章。时，少年太乙降临人世，成为魏公之子，名叫李仙。赵章求李仙在锦上题字。其后李仙以重金购得此锦。继之，李仙寻觅淑香，终于重逢，海誓山盟，结成夫妻。魏公得知李仙私自与淑香成亲，大怒，不仅禁锢李仙，且命知县惩处淑香。知县夫人怜悯淑香的不幸身世，免其一死。其后，淑香又幸被魏公夫人收养。时，李仙赴京应试，中举，被任为颍川太守。继之，李仙与淑香夫妻重逢，不仅与亲生父母金钿团聚，而且与养父母张丞相夫妇重逢。而恶婢四香被雷劈死。李仙与淑香夫妻恩爱，最终双双升天。

《淑香传》为描述李仙与淑香爱情的家庭题材小说。小说表彰淑香的善良，鞭挞四香的邪恶。

第三十一章　李朝后期的汉文小说

第一节　李钰的汉文短篇小说

一、作者生平

李钰，生卒年不详，字其相，号文无子、梅史、梅庵、文溪子、梅花外史。李朝小说家。早年就学成均馆，曾应试未中。著述颇丰，有《文无子文抄》《梅花外史》《花石子文抄》《重兴游记》《桃花流水小藁》《絅绵小语》传世。

1795年，贬谪边塞。翌年再次应试，虽高中状元，但不为朝廷录用。李钰文才出众，但怀才不遇，布衣终生。

李钰最擅汉文小说，小说真实反映了18世纪末李朝的社会面貌。他创作的23篇汉文短篇小说：《申哑传》《蒋奉事传》《成进士传》《歌者宋蟋蟀传》《捕虎妻传》《浮穆汉传》《柳光亿传》《沈生传》《张福先传》《申兵士传》《李泓传》《峡孝妇传》《崔生员传》《尚娘传》《烈女李氏传》《生烈女传》《文庙二义仆传》《车崔二义士传》《宋则传》《郑运昌传》《所骑马传》《南灵传》《却老先生传》。

二、《沈生传》

故事讲述京城学子沈生一日逛街，在小广通桥遇到一美丽少女。沈生思念少女，多次跳墙进入少女家，偷看少女。

作品选读

（沈生）遂候人定往，逾墙而入，则初月淡黄，见窗外花木雅整，灯火照窗纸甚亮。靠壁依檐而坐，屏息以俟。室中有二梅香，女则低声读谚解稗语，呖呖如雏莺声。至三鼓许，丫鬟已熟寐，女始吹灯就寝，而犹不寐者久，若辗转有所思者。（沈）生不敢寐，亦不敢声，直至晓钟已动，复爬墙而出。自是习为常，暮而往，罢漏而归，如是者二十日，生犹不怠。女始则或读小说，或针指，至半夜灯火，则或寐，或烦而寐矣。

第二十天夜里，少女大胆走出闺房，来到偷看的沈生面前。沈生大胆拥抱少女。少女对沈生说："郎莫非是少广通桥邂逅者耶。妾固已知郎之来已二十夜矣。毋持我，一出声不复出矣。若纵我，我当开此户以迎之，速纵我。"沈生遂松手，任少女回房。此后，沈生仍如以前，继续跳墙，偷看少女。第三十天夜，少女再次出屋，将沈生引入屋内。继之，少女又将父母请到房内，将沈生跳墙偷看之事告知父母，同时表露自己爱慕沈生之情："毋惊，听儿语。儿生年十七，足未尝过门矣。月前，偶往观，驾动，归到小广通桥。风吹袱卷，适与一草笠郎君相面矣。自其夕，郎君无夜不至，屏俟于此户之下，今已三十日矣。雨亦至，寒亦至，锁户以绝之而亦至。儿料已久矣，万一声闻外播，邻里知之，则夕而入，晨而出，谁知其独倚于窗壁外乎？是无其实而被恶名也。儿必为犬咋之雉矣。彼以士夫家郎君，年方青，血气未定，只知蜂蝶之贪花，不顾风露之可忧，能几日而病不作耶？病则不起，是非我杀之，而我杀之死。虽人不知，必有阴报。且儿身不过一中路家处子也，非有倾堞绝世之色，沉鱼羞花之容，而郎君见鸱为鹰，其致诚于我。若是其动，然而不从郎君者，天必厌之，福不及于儿矣。儿之意决矣。顾父母勿以为忧。噫！儿亲老而无兄弟，嫁而得一赘婿，生而尽其养，死而奉其祀，儿之愿足矣。”

《沈生传》描写少女对爱情的大胆追求和忠贞。这篇爱情小说大胆描述了男女青年追求爱情自由婚姻自主，实是否定李朝封建社会婚姻由父母之命媒妁之言决定。

三、《李泓传》

汉文短篇小说《李泓传》描写江湖骗子李泓的丑恶行径。

作品选读

李泓，汉阳人也。好风神，有言辩才，初得者不知为骗人也。性轻财，好侈华衣食以自度，而其家固贫也。（李）泓尝游巨室，谈名利，以钱累万，从事于清川江。

（李泓）日击牛酾酒，勾远近名妓，所招无不至。惟安州一人，妓色为关西最，节度使昵之，虽别星过者莫得窥其间，泓无以致。泓以其徒赌，约游安十日，必狎而归。遂驮而乘，肩锦褂子，只从笠者一人。鸣鞭入安州城，物色者皆以为松都大贾也。抵妓家馆焉。妓之父，军校之老而开店者也。泓约曰：“吾所挟重货也。所馆勿许人更入。吾行待人也。迟速未可卜，归日当清账。自来食不健，朝夕必精，勿忧直多也。烟债任主人。”妓父视其人贾也，视其所驮，不浮而重，盖银也。曰：“此好客也。”遂归室而授之。泓入室环顾，膑蹙者久，呼其从，买壮纸来。人虽一日居，安能卧此间。涂既成，安所驮于枕，铺羊褥紫锦被，行囊中出账簿一大卷及珠筹小砚。闭户，与其从日会计不足。妓父从门隙听之，锦缎香药之数也。妓父与其妇老妓谋曰：“客巨商也，见儿必悦，悦必多所获，岂止为节度使德也。”遂潜呼妓出衙，至则拜于户曰：“尊客人留陋地，少主人敢现。”泓忙谢曰：“无，女主人何必乃尔。”复置筹，若目无见者。妓父以为是巨商眼傲，且为重货然也。夕遂从容谢曰：“儿陋耶，客人太冷淡，儿至今羞也。”泓屡谢无意，若勤勉而后从者。妓设酒肴，歌舞尽欢，幸而得伴寝焉。自此，乘间抵隙，与客者三四日，泓始蹙眉作忧虑状，呼主人，问曰：“西路近无火汉乎？”曰：“无。”“自义州，几日可到此？”曰：“然则过矣，马病耶。”主人曰：“客何忧？”曰：“货之自燕来，某日渡江，某日与吾约于此。尚不来，是以忧。从人，汝可往城西门见候。”夕又以不来告。自是忧日烦，至三日，嘱主人曰：“吾之所以不得更进，以重货故也。今则主人一家也。吾郁欲病，不能坐此等。吾货烦主人善看守，吾且前进，探以归。”遂锁其室，飘然去，从间路归清川，果十日也。妓家疑其久不归，发其橐，皆鹅卵水磨也。

《李泓传》描述李朝当时社会的世风日下，道德沦丧，所以李泓这种骗子才得以屡屡得手。

四、《尚娘传》

作品选读

尚娘朴氏烈女者，岭之尚州人也。年及字，适善山崔氏。崔氏子冲且暴，不想容。尚娘贤而出，既归。后母谋兄弟，将夺其志。尚娘觉之，间行复归崔氏。崔氏不悔，尚娘乃蹙蹙，靡所自容。计溺波死，次于洛水上。

崔氏之邻有未笄而薪者遇焉，问曰：“崔新妇何因于此？”尚娘为悉其由，泣曰：“若之来，天也，幸为我明白也。”解髻脱履以为验。歌《山有花》一曲，叹曰：“天乎高，地乎广，哀我一身，莫乎往耶！”嘘唏良久，又起而噫曰：“余心之背，无死而何？”遂反裙加面，跳水而下。

《尚娘传》描述尚娘是个敢作敢为的女人，命运却是非常悲惨，夫君凶悍，后母不容，终将善良的尚娘逼上绝路，投河自尽。作品真实描述李朝封建社会底层民众的生活艰辛，命运悲惨。

五、《柳光亿传》

作品选读

下乡之俗，多以卖举子业为生者，而（柳）光亿亦利之。尝中岭南解，将试于京有司，有以妇人要于路。至，则朱门数重，华堂数十所。面白而疏髯者数人，方展试腕力，以听其进退。馆光亿于内，日五供珍馐。主人公三回朝敬之，若子之能善者。自既经会闱，主人子果以光亿文，登进士。乃装送之，一马一仆，归其家，有以二万钱来会者，其所代邑余，监司已贵之矣。

由于柳光亿文才出众，妙笔生花，科场考官明知应试文章为柳光亿所替写，但也无可奈何。

试官读之曰：“此（柳）光亿也。”以朱乱点，等二下，擢为魁。又有一卷，颇合作，置之二。又得一卷为第三。及坼糊，无（柳）光亿名。阴谋之，皆光亿受人钱货，以货之多少，而先后之也。试官虽知之，而恐监司不信己，欲得光亿招，以为契。

汉文短篇小说《柳光亿》描述书生柳光亿一生怀才不遇，只得卖文替人应试为生。作品真实反映了李朝封建社会底层民众的贫困处境。

第二节　金𬬻的汉文短篇小说

一、《贾秀才传》

作品选读

贾秀才卖干鱼为生，常来往清源寺。该寺有诸多学子读书。

一日，天大雪新霁。贾足淋漓，陷泥潭中。直上坐诸生间，诸生怒斥之。贾睨曰："尔威过秦始皇，我贾不及吕不韦，怕也怕也。"遂倒卧齁。诸生益怒，使僧牵出之，坚不可扛。翌日，闻佛殿上有人读李白远别离诗，音甚浏亮。诸生往视之，乃贾也。诸生始怪之，问贾："能诗乎？"曰："能。""能笔乎？"曰："能。"诸生给笔札使赋。贾就砚池上狂磨墨，左手蘸秃毫，向纸背乱草如飞，题曰："青山好绿水好，绿水青山十里道。卖鱼沽酒归去来，百年长在山中老。"掷笔，笑吃吃不止。字画似孤山黄耆老，诸生始敬重之。

还有一次：

贾秀才大醉持鳆鱼，供如来佛桌上，合掌礼拜，诸僧惊逐之。贾曰："尔不读佛经，经道，'如来啖鳆鱼。'"僧曰："在甚经？"曰："在《菩提经》，我能诵。"辄向佛桌下，跏趺坐，说道：“如是我闻。一时佛在西洋海中。尔时如来向大众中，淡婆娑国献大鳆鱼。佛于顶上，放千万丈无畏光明。惟时比丘及诸大众，拜佛顶礼，钦听慈旨。佛告大众，惟是鳆鱼居大海中，饮清净水，吃清净土，是为如来无上妙味。”闻者皆大笑。

其后，贾秀才在寺庙居住一年后，悄然离寺。

汉文小说《贾秀才传》描述贾秀才怀才不遇的困境，真实反映了李朝封建社会底层民众生活的困境。

二、《韩淑媛传》

汉文短篇小说《韩淑媛传》中韩淑媛名保香，原为京师良家女子，后选入宫，成为宫女。仁祖反正时，宫中大乱，韩淑媛等宫女陪护王妃柳氏。小说中褒扬了宫女韩淑媛的勇敢和忠贞。

作品选读

癸亥，靖社兵入大内，烧咸春苑中积柴。宫中火光冲天，呼声鼎沸。废主方在通明殿，与金、任二尚宫开小北门逃去。废王妃柳氏曰亡走，匿后苑鱼水堂中，淑媛及宫女十余人从之。靖社兵围之数匝，既三日矣。柳氏曰：“我岂终隐匿，图生者乎。”令宫女出告皆怖，淑媛自请。往立阶上，宣曰：“中殿在此，不得无理。”靖社兵少退。将申公景祯下胡床拱手。淑媛宣曰：“主上既已失社稷，新立者谁欤？”曰：“昭敬王孙绫阳君矣。”淑媛曰：“今日只举，为宗社乎？为富贵乎？”曰：“前王斁灭彝伦，宗社几亡。吾等兴义兵，拨乱反正，岂意富贵？”淑媛曰：“兵以义名，何为逼前王之妃也。”申既驰命，上撤其围。

三、《蒋生传》

内容简介

蒋生三岁丧母，其父将其扔到街上，弃之不管。蒋生幸为邻居收养，成人后，又娶得妻子。不幸的是，其妻病故，蒋生遂流落街头。蒋生眉清目秀，更有一副好歌喉，每当饮酒至酣，“延咙徐讴，响彻云霄，已忽凭栏恸绝，旁人者皆悲泣雨下”。蒋生还擅口技：“时或效盲卜、醉巫、懒儒、弃妇、丐儿、老奶，能瞅面变十八罗汉像，又蹙口作笙声、箫声、琵琶、杼柚、缫车诸声，及百禽言。”蒋生还乐于助人，“朝则行乞于街。日获米三斗，自炊饭数升，余散之乞子，故生出，群乞子随之，以为常人莫测其意也。”蒋生还擅奏乐器，和乐工李乔年友谊甚笃。李家一丫鬟，拜其为师，学习拉胡琴。一日，丫鬟外出上街，头饰为小偷偷走。蒋生找小偷，将头饰索回，此后蒋生离开李家。此后，蒋生复流落街头。一个月后，蒋生“忽奈酒数斗，痛饮拦街而舞，唱歌不绝，殆夜，倒卧水标桥下，鼾鼾然睡矣”。蒋生死矣。娼家出资，将蒋生葬于北邙山下。蒋生生前与武将洪世熹友谊深厚。四月，洪世熹随李镒抗击倭寇。一日，洪世熹在行军途中，突遇蒋生。蒋生说：“我没死，现正前往海东蓬丘山。”并劝告洪世熹说：“你临阵时须上山，勿下水；今年千万不要南行；还有，千万不要登城。”言毕，飘然而逝。其后达川之战，洪世熹上山而未死。但后来进入黄石城，不久，城陷，死于倭寇刀下。

汉文短篇小说《蒋生传》描述蒋生多才多艺，却怀才不遇，沦为流落街头的流浪汉。这篇汉文短篇小说描述李朝封建社会底层民众生活之困境。

四、《索囊子传》

内容简介

索囊子生于两班家庭，自幼受到良好教育，不幸，家道中落，沦为乞丐。索囊子精通围棋，“棋品甚妙当世”。士大夫们“召之使围，与第一手对着，只赢一子。与最下者对着，亦只赢一子。故当是时，棋局赢一子者，名为‘索囊棋法’”。索囊子不仅精通围棋，还与人为善，乐施善事，救助其他乞丐：他“常衣蔽单布，曳一木屐，往来都下乞米。多得到分诸丐者”。若“人与之衣，不受。强之则衣而如市，与他乞子”。

汉文短篇小说《索囊子传》描述一个没落两班子弟沦为乞丐，但他聪慧，且十分善良，令人十分同情。此篇同样是描述李朝封建社会底层民众的生活困境。

除上述4篇汉文短篇小说外，金鑢还创作了汉文短篇小说《李安民》《安黄中传》《琉球王世子外传》《炮手李士龙传》等。

第三节　朴趾源的汉文短篇小说

一、《两班传》

汉文短篇小说《两班传》讲述一个破落的两班无力偿还借贷的官粮，被迫把自己的两班称号卖给富有的庶民，尖锐讽刺了李朝两班贵族卖官卖职的丑恶行径。

作品选读

两班者，士族之尊称也。旌善郡有一两班，贤而好读书。每郡守新至，必亲造其庐而礼之。然家贫，岁食郡粜，积岁至千石。观察使巡行郡邑，阅粜籴，大怒曰：“何物两班，乃乏军兴。”命囚其两班。郡守意哀其两班，贫无以为偿，不忍囚之，亦无可奈何。两班日夜泣，计不知出，其妻骂曰：“生平子好读书，无益县官籴。咄，两班，两班不值一钱。”

其里之富人，私相议曰："两班虽贫，常尊荣；我虽富，常卑贱。不敢骑马，见两班则局蹜屏营，匍匐拜庭，曳鼻膝行。我常如此，其僇辱也。今两班，贫不能偿籴，方大窘，其势诚不能保其两班，我且买而有之。"遂踵门而情偿其籴，两班大喜许诺。

于是，富人立输其籴于官，郡守大惊异之，自往劳其两班，且问偿籴状，两班毡笠，衣短衣，伏涂谒，称小人，不敢仰视。郡守大惊，下扶曰："足下何自贬辱若是？"两班益恐惧，顿首俯伏曰："惶悚，小人非敢自辱，已自其鬻两班以偿籴，里之富人乃两班也。小人复安敢冒其旧号，而自尊乎？"郡守叹曰："君子哉，富人也。两班哉，富人也。富而不吝，义也；急人之难，仁也；恶卑而慕尊，智也。此真两班！虽然私自交易，而不立券，讼之端也。我与汝约郡人而证之，立券而信之，郡守当自署之。"

于是，郡守旧府，悉召郡中之士及农、工、商、贾，悉至于庭。富人坐乡所之右，两班立于公兄之下，乃为立券曰："乾隆十年，右明文段，为偿官谷，其直千斛。维厥两班，名谓多端，读书曰士，从政为大夫，有德为君子。从阶列西，文秩叙东，是为两班。任尔所从，绝弃鄙事，希古尚志，东莱博议，涌如冰瓢。忍饥耐寒，口不说贫。叩齿弹脑，细漱咽津，袖刷毳冠，拂尘生波，盥无擦拳，漱口毋过，长声唤婢，缓步曳履。古文真宝，唐诗品汇，钞写如荏，一行百字。手毋执线，不问米价，暑毋跣袜，饭毋徒髻，食毋先羹，饮毋流声，下箸毋舂，饵毋生葱。饮醪毋撮须，吸烟毋辅窳。忿毋搏妻，怒毋踢器，毋拳殴儿女，毋詈死奴仆，叱牛马毋辱鬻主，病毋招巫，祭不斋僧，炉不煮手，语不齿唾，毋屠牛，毋赌钱。凡此百行，有违两班，持此文记，下正于官。城主旌善守押，座首别监证署。”

于是，通引拓印错落，声中严鼓，斗纵参横。户长读既毕，富人怅然久之曰：“两班，只此而已耶？吾闻两班，如神仙。审如是太乾没，愿改为可利。”于是，乃更作券曰：“维天生民，其民维四。四民之中，最贵者士，称以两班，利莫大矣。不耕不商，初涉文史，大决文科，小成进士。文科红牌，不过二尺，百物具备，维钱之橐。进士三十，乃箍初仕，犹为名荫，善事雄南，耳白伞风，腹皤铃诺。室珥冶妓，庭谷鸣鹤。穷士居乡，犹能武断，先耕邻牛，借耕里氓，孰敢慢我？灰灌汝鼻，晕髻汰鬓，无敢怨咨。”

富人中其券，而吐舌曰：“已之，已之。孟浪哉！将使我为盗耶。”掉头而去，终身不复言两班事。

二、《虎叱》

内容简介

北郭先生是“天子嘉其义，诸侯慕其名”的儒生。“行年四十，手自校书者万卷，敷衍九经之义，更著书一万五千卷。”年轻寡妇东里子是“天子嘉其节，诸侯慕其贤”的贞节烈女，然而她生有“各有其姓”的五个儿子。一天夜晚，北郭先生与东里子在屋里幽会，却被东里子的五个儿子发现，五个儿子以为屋内的北郭先生定是狐鬼变的。他们认为“礼不入寡妇之门，北郭先生，贤者也”。于是五个儿子拿着棍棒冲进屋内暴打北郭先生。北郭先生吓得屁滚尿流逃出屋外。北郭先生忙着逃路，不幸掉进粪坑。北郭先生费了全身之力，好不容易爬上来时，却遇见一只正在觅食的老虎。北郭先生吓得魂飞天外，不住地求饶，“顿首匍匐而前，三拜以跪”，并说“下士贱臣，敢在下风”。而这只老虎怒骂道“儒乎臭矣”。并斥责北郭先生说：“汝千言万语不离五常，戒之劝之恒在四纲，然都邑之间，无鼻无趾、文面而行者，皆不逊五品之人也。然而徽墨斧巨，日不暇给，莫能止其恶。”还揭露两班士大夫“呼钱为兄，杀妻求将”的本性，斥责这些西两班士大夫是“天下之巨盗，仁义之大贼”。说完远离而去。一个农夫看到丧魂失魄的北郭先生，问道：“先生何早敬于野？”北郭先生恢复旧态，道貌岸然地说：“吾闻之，谓天盖高，不敢不局；谓地盖厚，不敢不蹐。”

汉文短篇小说《虎叱》将李朝封建社会两班士大夫的虚伪和丑恶刻画得入木三分。这些两班士大夫衣冠楚楚，道貌岸然，而肚子里却是男盗女娼。

三、《许生传》

汉文短篇小说《许生传》讲述京城没落两班许生“好读书”，“其妻为人缝刺，以糊口”。许生胸怀大志，计划苦读十年，一举成名。他虽读书，却不去应试，实是表达作者的实学思想及治国安邦之策。许生实是作者倡导社会改革、富国裕民的化身。

内容简介

其妻责问说：“子平生不赴举，读书何为？”许生说：“吾读书未熟。”其妻恼怒说：“昼夜读只学奈何？不工不商，何不温贼？”许生恼羞成怒，说道：“惜乎！吾读书本期十年，今七年矣。”

气愤至极的许生遂向富豪卞承业借十万两白银，做起生意。精明能干的许生生意兴隆，日进斗金，数年以后，家财百万，成为巨富。此时，盗贼群起，许生找到贼首，给每人一百金，娶一女，而后与两千名贼盗来到一个无人空岛。许生与众盗开垦荒岛，造屋耕田，长达三年之久。许生将收获的粮食出售日本，又获银百万两。许生感叹说：“今吾小试矣。”于是，许生离开小岛，返回京城。临行前嘱托众说：“吾姓于汝等人，此岛先富之，然后别造文字，创制衣冠。地小德薄，吾近去矣。儿女执匙，教已右手；一日之长，让之先食。”许生回到京城后，偿还卞承业十万两白银，又将四十万白银救济贫民。卞承业问为何如此，许生说：“我欲富也。辞百万而取十万乎？吾从今得君饿活矣。君数视我计口，给粮度，身授布，一生如此足矣。就骨以财劳神。”卞承业十分钦佩许生，遂向御营大将军李浣推荐许生。

李浣登门拜访许生，请教治国之策。许生指出三点：其一，重用人才：“我当荐卧龙先生，汝能请于朝，三顾茅庐乎？”其二，破华夷观：“明将士以朝鲜有旧恩，子孙多脱身东来，流离茕鳏。汝能请于朝，出宗室女，遍女嫁之，夺勋戚权贵家，以处之乎？”其三，与清朝交往：“夫欲声大义于天下，而不先交结天下之豪杰者。……若求朱氏而不得，率天下诸侯荐人于天，进可为大国师退不失伯鲁之国矣。”然而许生这三条建议，均遭李浣的否定。于是，许生“左右顾，索剑欲刺之。（李）公大惊而起，跃出后牖，疾走归”。翌日，李浣再次来访，但许生已离家出走，不知去向。

四、《烈女咸阳朴氏传》

作品选读

齐人有言曰：“烈女不更二夫。”如诗之《柏舟》是也。然而国典“改嫁子孙，勿叙正职”。此岂为庶姓黎氓而设哉。乃国朝四百年来，百姓既沐久道之化，则女无贵贱，族无微显，莫不守寡，遂以成俗。古之所称烈女，今之所在寡妇也。至若田舍少妇，委衖青霜，非有父母不谅之逼，非有子孙勿叙之耻，而不守寡不足为节，则往往自灭画烛，祈殉夜台，水火鸩缳，如蹈乐地，烈则烈矣，岂非过欤。

昔有昆弟名宦，将枳人清路，议于母前，母问：“奚累而枳？”对曰：“其先有寡妇，外议颇喧。”母愕然曰：

“事在闺房，安从而知之？”对曰：“风闻也。”母曰：“风者，有声而无形也，目视之而无睹也，手执而无获也。徒空而起，能使万物浮动，奈何以无形之事，论人于浮动之中乎？且若乃寡妇之子。寡妇子尚能论寡妇耶？吾有以视若。”出怀中铜钱一枚，曰：“此有轮廓乎？”曰：“无矣。”“此有文字乎？”曰：“无矣。”母垂泪曰：“此汝母忍死符也。十年手摸，磨之尽矣。大抵人之血气，根于阴阳，情欲钟于血气，思想生于幽独，伤悲因于思想。寡妇者，幽独之处而伤悲之至也。血气有时而旺，则宁或寡妇而无情哉？残灯吊影，独夜难晓，若复檐雨淋铃，窗月流素，一叶飘庭，只雁叫天，远鸡无响，稚婢牢鼾，耿耿不寐，诉谁苦衷？吾出此钱而转之，遍摸室中，圆者善走，遇域则止，吾索而复转，夜常五六转，天亦曙矣。十年之间，岁减其数，十年以后，则或五夜一转，或十夜一转。血气既衰，而吾不复转此钱矣。然，吾犹十袭而藏之者二十余年，所以不忘其功，而时有所自警也。”遂子母相持而泣。

君子闻之曰：“是可谓烈女矣。”噫，其苦节清修若此也。无以表见于当世，名湮而不传，何也。寡妇之守义，乃通过之常经，故惟一死，无以见殊节于寡妇之门。

余视事安义之越明年癸丑月日。夜将晓，余睡微醒，闻厅事前，有数人隐喉密语，复有惨怛叹息之声，盖有警急而恐扰余寝也。余道高声问：“鸡鸣未？”左右对曰：“已三四号矣。”“外有何事？”对曰：“通引朴相孝之兄之子之嫁咸阳而早寡者，毕其三年之丧，饮药将殊，急报来救，而相孝方守番，惶恐不敢私去。”余命之疾去。

及晚，为问：“咸阳寡妇得苏否？”左右言：“闻已死矣。”喟然长叹曰：“烈哉，斯人！”乃招群吏而询之曰：

“咸阳有烈女，其本安义出也。女年方几何，嫁咸阳谁家，自幼年志行如何，若曹有知者乎？”群吏唏嘘而进曰：“朴女家世县吏也，其父名相一，早歿，则幼养于其大父母尽子道。及年十九，嫁为咸阳林述曾妻，亦家世郡吏也。述曾羸弱，一与之醮，归来半岁而歿。朴女执夫丧，尽其礼，事舅姑，尽妇道，两邑之亲戚邻里，莫不称其贤。今而后，果验之矣。”有老吏感慨曰：“女未嫁时，隔数月，有言述曾病入髓，万无人道之望，盍退期。”其大父母密讽其女，女默不应。迫期，女家使人观述曾，述曾虽美姿貌，病劳且咳。家大惧，拟招他媒，女敛容曰：“曩所裁缝，为谁称体，又号谁衣也？女愿守初制。”家知其志，遂如期迎婿。虽命合卺，其实竟守空衣云。

既而咸阳郡守尹侯光硕夜得异梦，感而作烈妇传，而山清县李侯勉齐亦为之立传，居昌慎敦恒立言士也。为朴氏撰次其芦义始终。其心岂不曰：“弱龄嫠妇之留于世，长为亲戚之所嗟怜，未免邻里之所妄忖，不如速无此身也。”

噫，成服而死者为窀穸也，既葬而忍死者为有小祥也，小祥而忍死者为有大祥也。既大祥则丧期尽，而同日同时之殉，竟遂其初志，岂非烈也。

《烈女咸阳朴氏传》描述一个老年寡妇的“节”和一个青年寡妇的“烈”，控诉了李朝封建社会“烈女不更二夫”封建礼教的残忍。

五、《马驵传》

内容简介

宋旭、赵阘拖、张德弘在一起谈起交友之道。三个人关于君子之交，议论纷纷，各抒己见。有的认为，君子讳言名、利、势，只不过是想独占：“天下之所趋者，势也。所共谋者，名与利也，杯不与口谋，而臂自屈者，应至之势也。相和以鸣，非名乎？夫好爵，利也。然趋之者多则势分，谋之者众，则名利无功。故君讳言此三者矣。”有的认为，“故忠义者，贫贱之常事，而非论于富贵耳！”有的认为，“夫贫者多所望，故慕义无穷。何则？视天莫莫，犹思其雨粟，闻人咳声，延颈三尺。夫积财者，不耻其吝名，所以绝人之望我也。夫贱者无所惜，故忠不辞难。何则？水涉不塞，衣弊袴也。乘车者，靴加坌套，犹恐沾泥，履底尚爱，而况于身乎？”而后，三人表示“吾宁无友于世，不能为君子之交”。最后，三个人毁冠裂衣，蓬发垢面，在大街高歌狂舞。

《马驵传》揭露了李朝封建社会所谓“君子之交”的虚伪性。

六、《秽德先生传》

内容简介

蝉橘子有个朋友叫严行首，是个粪夫。蝉橘子的弟子认为，师父不应与作为贱民粪夫的严行首交朋友。对此，蝉橘子对弟子说：严行首虽为粪夫，“其处身也至鄙污”，但是“其守义也至抗高”。与之相较，一些两班、士大夫“苟非其义，虽万钟之禄，有不洁者耳”。最后，蝉橘子说，粪夫身上虽臭，但有德行。“洁者不洁，而秽者不秽”。

汉文短篇小说《秽德先生传》歌颂了有道德的粪夫，抨击了失德的封建官僚。

七、《广文者传》

内容简介

广文是汉城丐帮的牌头，一次众丐上街乞讨，只留广文在窝棚照顾病重的小乞丐。不幸小乞丐病死，众丐以为是广文所害，遂将其逐出丐帮。广文只好背着小乞丐的尸首，到西门外，埋葬好尸体。其后，广文又被误认为贼，被捉，但他并不辩白，最后真相大白，获释。广文为人正直善良，得到世人称道。广文“貌极丑，言语不能动人”，但他为人仗义：“行遇斗者，文亦解衣与斗，哑哑俯划地，若辩曲直状，一市皆笑，斗者亦笑之，皆解去。”有人劝他娶妻，他以貌丑为由拒绝说：“夫美色，众所嗜也。然非男所独也，唯女亦然也，故吾而不能自为容也。”广文擅击鼓奏乐，汉城诸多名妓乐在广文击鼓声中表演歌舞。

汉文短篇小说《广文者传》，描述乞丐广文的善良、正直与仗义，揭露了李朝封建社会底层民众生活的困境。

八、《虞裳传》

内容简介

汉文短篇小说《虞裳传》讲述应日本之请，李朝选派使者赴日。虞裳作为赴日使者的译官，随行赴日。虞裳文才出众，擅诗和书画。日本人慕名，请虞裳当场赋诗，并挥笔书法，当场作画。日本人惊叹不已。虞裳虽有才华，擅诗且擅书画，碍于译官身份，在李朝并未为世人所知，对其才学不予认同。虞裳为此抑郁成疾，含憾而逝，时年27岁。小说描述了富有才华的译官虞裳怀才不遇，郁郁而逝的悲惨故事。

朴趾源除创作上述8篇汉文短篇小说外，还创作有《闵翁传》《金神仙传》。揭露了当时李朝封建社会的消极、腐化现象，皆为现实主义作品，代表朝鲜古代汉文小说的最高思想艺术成就。

第四节　《北京丐者》等汉文短篇小说

一、《北京丐者》

（一）作者简介

安锡儆（1718—1774），李朝文人。字淑华，号完阳、雪桥。

虽有文采，但数次应试不中，遂隐居江原道横城雪桥。著有《雪桥漫录》。

1774年，逝世，终年56岁。

（二）作品选读

我东译官之随使入燕都也，繁贷户部白金而行，贸唐货以来，发卖以偿户部十二，余利不赀，以之致富。

有一译官，轻财好施，每行，卖庄土以偿户部，不足则取足于宗族以偿，故宗族为之请上使，而每尼其行。其译官老穷无以为生，乃告宗族曰："吾今则悔前之为，必悭啬而不浪费。"遂自请于上使而行，贷户部白金五千两而入燕都，与同僚皆持白金，往市楼，将贸香药锦绮诸奇货。

市有一丐者，赤身，以半尺布裹其阴而已，诉于诸译官曰："与我万金，我往还南地，输君所须，当倍于此市之价，而我亦得以余赀自饶，此两便之道也。如何？"译官皆不应而亦不视。

丐者曰："朝鲜，小国也，又无礼。我虽丐者，发言不答，无酬酢之礼。且万金何足道？而看作重宝，不能试之于成败利钝之间，诚小国人也。"

其老译官曰："汝求万金，而吾以老衰不能多赍，只五千金。故吾不能答而且思之。汝何遽讥吾辈，而并辱我国乎？"遂投白金之封，盖初不改户部之封也，曰："此只五千金，若犹可用，则惟汝所为也。"

丐者拜曰："小人果轻躁失言，而大夫既不深罪之，又收任路旁之弃物，使得展其才而免于饥寒，幸莫大焉，恩莫盛焉！"

市人皆惊其疏阔而颇议多之，诸译官入告其事于上副使，皆惊叹发责曰："汝之前者负缺，而犹有好施之名，今汝在道悭用，既败好施之名，而顾以全封都付一丐者，吾不知汝义果何居？汝之宗族皆以汝耗败，将何以偿六千于户部？"老译官曰："以微物之故，而举国将蒙耻，奈之何？所失不过五千金，而大国之人，不敢眇视朝鲜，我国之所得，不亦多乎？使吾见欺于丐者，而全失五千金，户部不当责报于我，须上闻而禀处。此事虽人微物细，而其关国体则大矣。"

居一两日，丐者轻裘快马。来谢老译官，且邀与游宴于名园胜地，普请诸译官。诸译官意谓一涉斯游，将来输金户部时，不得不同偿。然彼既以名胜之游邀我，而我若不参，必以我为鄙人也。遂皆往焉。饮食女乐一宴之费，不下数百金，诸译官相谓曰："丐者亦智矣。欲使老译官得添吾辈之金，以偿其失也。"如是者亘四五宴，而丐者遂发南行，言于才能译官曰："大人所须何物？而归期当在何日？"老译官具以告。丐者南去，绝不闻消息者六十余日，而归期已迫，不可独留而待矣。

行至凤凰城，距朝鲜之境不能百里，而一出栅门，不可与中国人相见。临出门，顾见车尘甚高而锐，才能译官请于上使曰："愿少踌躇，无亟出栅，彼其尘必丐者来也。"上使笑曰："少止何妨？但丐者不来，汝勿待之。"

有顷，车上摇扇高声，声不可辨而扇可见。老译官曰："此必丐者也。"俄而丐者到，把老译官之衣而头触之，啼泣不可止。良久，收泣而呜咽曰："几不见大人矣。"退而出其装，自上使以下至译官一行，皆有饷，皆南方之名酒异馔，而有桂蠹。先陈礼币于老译官，奇香殊药怪珍之物，可值数千金，次输香药锦绣绮纨，可值万金。老译官却其半不受曰："此分外之物也。"丐者泣请曰："赖大人之惠，而营贩如计，得十倍之利，吾之所享，乃三倍于此矣。吾已拔贫而富足翁矣。利岂可专乎！此不当辞。”遂之而辞去。老译官不得已尽载而归，既偿之户部。而所余盖倍于同僚，乃以分诸宗族之由己而破业者，已亦为富家云。

方栅门见丐者之时，自上以下，皆发惭，悔其轻发不信之言。

《北京丐者》描述李朝老译官的心地善良，乐善好施和中国乞丐的忠实诚信，使人读后，感叹至极，人间美德，尽在此篇。

二、《解放》

汉文短篇小说《解放》亦为安锡儆所作，载于《雪桥漫录》。

作品选读

陕川伽倻山海印寺僧至诚者，少日承其师之令，受钱千五百，而往平海贸藿。

到平海，见一士人携一童男一童女而行者，童男女啼泣而行，至诚意哀之，问于士人曰：“所携童男女，何为者也？”士人曰：“吾自京师之平海，为督奴婢之贡，奴婢皆死，只余此稚，故挈归京师，将以役之也。”至诚曰：“海边童稚，卒入京师，四无亲知，只仰主家之衣食，何能耐城中之饥冻乎！愿受贫僧之钱而卖之也。”士人曰：“汝买二稚，将以何用？”至诚曰：“欲买而放之，使得自便，而为慵赁于亲戚故归之乡耳。”士人曰：“汝钱几何？”至诚曰：“千五百矣。”士人曰：“汝钱恨少，然如意其善，不可违也。”遂受钱成文而与二稚，至诚旋为放良之文，而俾二稚任其所之，二稚歌舞而去。至诚空手归，见其师曰：“中路失钱而来矣。”

后十余年，二稚嫁娶成产业，相谓曰：“僧恩不可不报也。”皆装而行，女则男服，马行二日，晓发有碍于足，视之有锁之柜也。二人曰："为僧报恩之行而得此，此中未知有何物，然必天之所以付我而报僧恩者也。"遂不开柜而载于马。

既至海印寺，见至诚，至诚问何人，何为而来乎？二人曰："我居平海，乃禅师所买而放者也。"至诚曰："汝能成立如是乎？"至诚之师，大喜惊叹至诚之贤，二人解装献馔，而又纳其柜曰："此拾于道者也，未知其中所盛，而意天之所与禅师者，故不开其锁而谨纳之矣。"至诚曰："汝之所拾于道者，乃汝货也，何关于我？"二人曰："为报禅师而发行，二日方得此柜，天意可知，愿师勿却也。"寺中皆曰："二人之言果然，禅师必受之。"至诚受而掊锁，其中皆黄金也。至诚分其半，买沃田以畀二人，使皆富，自用其半，而富甲于寺中云。

汉文短篇小说《解放》描述心地善良的和尚至诚和两个知恩图报的奴婢，人世间真诚之心，令人敬佩。

三、《丁香传》

汉文短篇小说《丁香传》创作于李朝，但具体年代和作者均不详。

内容简介

故事讲述让宁大君为太宗长子，主动让位于三弟，即世宗。一日，让宁大君游历平壤，并发誓要戒绝酒色，但是感到寂寞太甚，无一分兴味矣。作为三弟的世宗，认为，"（让宁）大君以年少风度，关西佳丽之地，虽有山川之风物，不能饮一杯，不能把一女而空还，则必有一生之遗恨矣。"于是为解长兄之寂寞，令关西列邑推荐一美妓以解让宁大君客怀。色冠关西的美妓丁香奉命前往。让宁大君为妓女丁香美色打动，但又碍于身份，顾虑重重。

让宁大君最终还是向美妓丁香表示爱意。美妓丁香则谎称自己是寡妇，应该为夫守节，加以拒绝。让宁大君信以为真，称赞丁香说："高哉，节乎！惜哉，容乎！年今几何，作此可怜之人生乎？汝今青春也，我也少年也，如汝二八之年，岂忍虚老于百年，而以余少年豪气，亦何虚过于良夜乎？"

丁香为让宁大君真情打动，于是让宁大君与丁香日夜欢聚，其乐融融。好景不长，让宁大君终于要返回京城。让宁大君和丁香惜别，丁香悲痛万分，泣不成声。临别时，丁香向让宁大君索诗为念。让宁大君遂在丁香裙子上题诗一首，而后二人洒泪而别。让宁大君返京后，世宗设宴欢迎让宁大君，席间诸妓歌唱让宁大君写给丁香之诗，另一妓则穿着丁香的衣裳跳舞。世宗不解，遂问让宁大君何以如此。让宁大君告罪，如实禀报。世宗大喜，遂召丁香赴京，赐与让宁大君。让宁大君与丁香重逢，夫妻百年偕老。

汉文短篇小说《丁香传》描述让宁大君与美妓丁香的爱情故事。作品中两个主人公自由恋爱，虽情意缠绵，但为当时李朝封建社会所不容。此作亦是对封建礼教的背叛与抗争。

四、《钟玉传》

（一）作者生平

睦台林（1782—1840），李朝文人。字膺一，号云窝居士，生平事迹不详。著有《云窝集》。

1840年，逝世，时年58岁。

（二）内容简介

原州牧使金声震有个侄子名金钟玉，随其在原州居住。一年，钟玉父亲致信钟玉，令其回京成婚。钟玉勤奋攻读，表示未中举前不谈婚配。金声震为试探钟玉是否真心攻读不近女色，令美妓香兰勾引钟玉。一天深夜，美妓香兰进入钟玉书房，香兰虽百般挑逗，但钟玉不理不睬，仍专心攻读经书。香兰未获成功。如是，香兰几天夜来晨退，亦未成功。数日后，钟玉自忖，若再不理会，恐将香兰逼上绝路。于是在一日深夜香兰再来时，钟玉与香兰相拥，同寝共眠，共尝雨云之欢。翌日，香兰将昨夜与钟玉共眠之事告之金声震。金声震大喜，又生一计，伪造一信，假说钟玉之父病重。钟玉匆忙赴京。途中又接家信称，其父病已愈。钟玉遂又返回原州。钟玉途经原州西门外，见路旁新增一坟。钟玉询问，有人告之是香兰之坟。数日后，钟玉到香兰坟前，痛哭祭奠。是日夜，香兰再次来到钟玉书房，自称已死，仍与之同眠共寝。此后，钟玉和香兰日夜欢聚，感情日深。一日，金声震如实告诉钟玉，香兰并未死，此前只是试探你的心。此时，京城家书至，令钟玉回京成婚。钟玉至京城后与鲁氏成婚，其后又纳香兰为妾。翌年，钟玉应试，金榜题名，任命为翰林学士。钟玉与鲁氏、香兰情意深厚。其后，鲁氏生五男一女，香兰生三男一女，家族兴旺，名声显赫。

《钟玉传》主旨是讽刺两班阶级之虚伪，钟玉初则声称专心攻读，未中举前不成婚，不近女色，其后却沉湎于女色之中。

五、《乌有兰传》

作者为李朝文人金麟夏，生卒年和生平事迹均不详。

内容简介

李生和金生为同窗好友。金生首先及第，任平壤监司，李生随金生赴平壤。金生为李生建一别堂，供李生攻读之用。金生整日与妓女寻欢作乐。李生则专心致志读书。金生设计，令妓女乌有兰勾引李生。李生经不住勾引，向乌有兰求爱，两人遂同寝共眠，同享云雨之欢。继之，金生伪造假信，称李生家亲病重。李生遂匆忙回京。途中又知家亲病愈，李生遂返回平壤监营。一日，李生在大同江边发现路旁有一新坟。经询问，有人告之为乌有兰之坟。翌日，李生到乌有兰坟前祭奠。是夜，乌有兰来到李生书房，自称已死。李生仍与乌有兰同寝共眠。其后，金生如实相告，乌有兰为其指使。李生大惭。翌日，李生不辞而别，返回京城，专心攻读诗书。其后李生应试，金榜题名，任为平安道暗行御使。李生遂潜行平壤，当夜抓获正与妓女鬼混的平壤监司的金生。

《乌有兰传》主旨仍是讽刺两班阶级的虚伪及好色。

六、《金铨传》

汉文短篇小说《金铨传》，为手抄本，约1100余字。依据文后题记，可知创作于1797年，但作者不详。

内容简介

《金铨传》以中国为背景，故事发生在中国明朝，吏部尚书金辖，忠良正直，不满奸臣当道，有意辞官隐退。金辖夫妇四十方有子嗣，名叫金铨。金铨自幼聪慧。八岁时遭贼乱，避难时与父母失散，幸为前丞相魏之烈救护，遂寄居魏家。魏之烈对金铨甚是宠爱，却遭夫人薛氏嫉恨。金铨成人后，魏之烈又将前妻所生之女荆玉嫁其为妻。不幸，魏之烈去世。魏之烈夫人薛氏百般虐待金铨夫妇。金铨被迫离家出走，其妻荆玉则赴金铨的故乡浙江，与婆婆相依为命。金铨在流浪中，为前翰林许昱收留，聘其为私塾先生。其后，金铨应试，高中状元，并与失散多年在京为官的父亲相见。于是，父子返归故里，与母亲、妻子相聚，一家团圆。

《金铨传》是典型家庭小说，以大团圆结束。

七、《孝烈志》

汉文短篇小说《孝烈志》创作于李朝，但具体年代及作者亦不详。《孝烈志》为残本，仅存1万余字，为手抄本，亦以中国为背景。

内容简介

故事讲述在中国明朝，吏部尚书张弘，因朝政混乱，愤而辞官隐居故乡会稽。张弘与夫人荀氏，年过四十，始得一子，名叫淑英。淑英十岁时，母亲病故。淑英自幼勤奋攻读诗书，同时习武。三年后，张弘娶赵氏为妻。赵氏亦生一子。赵氏与婢女彩云设计谋害淑英。淑英离家赴京应试，赵氏先是派刺客行刺。不料，刺客反被淑英杀死。继之，派歹人劫杀，但亦被淑英打死。淑英得知此两起事件，皆为继母所为，但也无可奈何。淑英来到京城，偶遇花侍郎之女花小姐，二人一见钟情，私订终身。淑英应试，高中状元，任为翰林。淑英回家省亲，并告之父亲，已与花小姐订婚。其父表示允准，并请会稽周太守赴京，代向花侍郎提亲。但是，继母赵氏阻挠。婢女彩云派其表妹赴花府，向花侍郎进谗言。花侍郎信以为真，遂对周太守提亲之事予以拒绝。花侍郎之女花小姐闻之，甚是伤心。

其后情节如何进展，因抄本其后断缺，不得而知。小说明显为家庭才子佳人小说。

八、《扫雪》

（一）作者生平

李羲准（1775—1842），李朝文臣。字平汝，号溪西。著有《溪西野谈》（6卷）。

1805年，文科及第。历任大司宪、礼曹判书。曾两次任使赴清。

1842年，逝世，终年67岁。

（二）作品选读

汉文短篇小说载于李羲准所著之《溪西野谈》。

古有一宰相为关西伯，有独子而率居。时有童妓，与之同庚，而容貌佳丽，与之相狎，恩情之笃，如山如海。箕伯递归，其父母忧其不能断情而别妓，问曰："汝与某妓有情，今日倘能割情而决然归去否？"其子对曰："此不过风流好事，有何系恋之可言乎？"其父母幸而喜之。发行之日，其子别无惜别之意。

及归，使其子负笈山寺，俾勤三余之工。生读书山房，而一日之夜，大雪初霁，皓月满庭，独依栏杆，悄然回顾，万籁收声，千林阒寂，若云间独鹤，失群而悲鸣，岩穴孤猿，唤侣而哀号。生于此时，心怀愀然，关西某妓，忽然入想，其妍美之态，端丽之容，森然如在目前。相思之怀，如泉如涌，欲忘而未忘，终不可抑。因坐而苦候晨钟，不使旁人知之，独自草履结綦，佩如干盘费，步出山门，直向关西路而行。翌日，诸僧及同窗之人，大惊搜索，终无形影，告于其家。举家惊惶，遍寻山谷而不得，意为虎豹所啖，其冤痛之状，无以形言矣。

生间关作行，行仅数日，到坝城。即访其妓之家，则妓不在焉，只有妓母见生之行色草草，冷眼相对，全无欣欸之意。生问曰："君之女何在？"对曰："方入于新使子弟守厅，一入之后，尚不得出来。然而书房主何为千里徒步而来也？"生曰："吾因女思想之故，柔肠欲断，不远千里而来者。全为一面之地。"老妓冷笑曰："千里他乡，突然作虚行矣。吾女在此，而吾亦不得相面，何况书房主乎？不如早归。"言罢还入房中，少无迎接之意。

生乃慨叹出门，而无可向处，乃念营吏房曾亲热，且多受恩于其父者，乃问其家而往见，则其吏大惊，起而迎之座曰："书房主此何事乎？以贵价公子，千里长程，徒步作行，诚是梦外。敢问此来何意？"生告之其故。其吏掉头曰："大难大难！是今巡使子弟，宠爱此妓，跬步不暂离，实无相面之道。然姑留小人之家几日，庶图可见之机。"乃接待款洽。

生留数日，天忽大雪，吏曰："今则有一面之会，而未知书房主能行与否？"生曰："若使吾一见其妓之面，则死且不避，何况其外事乎？"吏曰："明朝调发邑底人丁，将扫雪营庭，小人以书房主充于册房扫雪之役，则或可瞥眼相面矣。"生欣然从之。换着常贱衣冠，混入于扫雪役丁之丛，拥帚而扫册室之庭，时以眼频偷视厅上，终不得见面。过食顷之后，房门开处，厥女凝妆而出，立于曲栏之上，玩雪景而立。生停扫而瞩目视之，厥女忽然色变，转而入房，更不出来。生心甚恨之，无聊而出。吏问曰："见其妓乎？"生曰："霎时见面。"道其一入不出之状。吏曰："妓儿情态，本自如此，较冷暖而送旧迎新，何足责乎？"生自念行色，心甚闷然。

厥妓一见生之面目，心知其下来，欲出一面，而其奈册室，暂不得使离，何哉？乃心思脱身之计，忽尔挥泪作悲哀之状，册室惊问曰："汝何作此状耶？"妓掩抑而对曰："小人家无他兄弟，故小人在家之日，亲自扫雪于亡父之坟墓矣。今日大雪，无人扫雪，是以悲矣！"册室曰："然则吾使一隶扫之矣。"妓止之曰："此非官事，当此寒冱，使渠扫雪于不当之小人先山，则小人之亡父，必得无限辱说，此则大不可，小人暂往而扫之，旋即入来，无妨矣。且父坟在于城东十里之地，去来之间，不过数食顷矣。"册室怜其情事而许之。厥妓即往其家，问母曰："某处书房主，岂不下来乎？"母曰："数日而来。"厥妓曰："数日而来，则母亲何不挽留而通我乎？母以冷落之心相接，彼肯留此乎？"乃挥涕不已，欲访其所在处，而无处可问，忽念前营吏房每亲近于册室，无或寄宿于其家耶？乃忘步往寻，则果在矣。相与执手，悲喜交切。妓曰："妾既一见书房主，则断无相舍之意，不如从此相携逃避矣。"因还至其家，则母适不在。曰："贳马往来之际，踪迹易露，吾有数匹健马可以贶之。"又出四五十两，俾作路需。与厥妓即地发行，向阳德孟山之境，买舍于静僻处居焉。

伊日营中怪其妓到晚不来，使人探之，无去处矣。问于其母，则母亦惊惶而不知去向，使人四索，终莫能知矣。厥妓一日谓生曰："郎既背亲而此行，则可谓父母之罪人也。赎罪之道，惟在登科，登科之道，在乎勤课，衣食之忧，付之于妾，自今用力于课读，然后可以有为矣。"使之遍求书册，买之，不计其价。自此勤业，科工日就。过四五年之后，邦国有庆，方设科取士，女勤生作科行，准备斧资而送之。生之京，不得往其家，寓于旅舍，及其赴场，悬题后一笔挥洒，呈券而待榜，榜出，生嵬参第一人矣。

自上招吏判近榻前而教曰：“曾闻卿之独子读书山寺，为虎所噉去云矣。今见新榜状元封内，则的是卿之子，而职衔何为而书大司宪也。是可讶！而父子之同名，亦是异事，且朝班宰列，宁有卿名之二人乎？诚莫晓其故也。”上使呼新恩来，吏判俯伏榻下而俟之。及新恩入侍，则果是其子，父子相持，暗暗流泪，不忍相舍。上异之，使之近前，详问其委折，新恩俯伏而起，以其背亲逃走之事，扫雪营庭之举，以至与妓逃避，做工登科之由，一一详达。上拍案称奇曰：“汝非悖子，乃孝子也。汝妻之节概志虑，卓越于他，不知贱娼流乃有如此人物，此则不可以贱娼待之，可陞副室。”即日下渝关西道臣，使之治送其妓。新恩谢恩而退，随其父还家，家中欢喜之状，溢于内外。

封内职衔之书以大司宪者，盖是上山时所带职故也。妓名紫鸾，字玉箫仙云。

《扫雪》主旨是肯定宰相之子书生与妓女紫鸾的婚事，是对当时李朝封建社会婚姻由父母之命、媒妁之言的否定。

九、《女容国传》

（一）作者生平

安鼎福（1712—1791），李朝文臣、学者。字百顺，号顺庵、汉山病隐、虞夷子、橡轩。文才出众，著述甚丰，著有《东史纲目》《橡轩随笔》《地理考》《覆瓿》。创作有汉文短篇小说《女容国传》《洪生远游记》。

1790年，升任同知中枢府使，封为广成君。一生经历多次宦海沉浮。

1791年，逝世，终年79岁。

（二）内容简介

《女容国传》又名《妆台记功录》《女荣国平乱记》。故事讲述女容国建国之初，有15位大臣辅佐国王执政，他们忠心耿耿，不时向国王进谏忠言，女容国国势日盛。其后，国王自满怠政，15位大臣遂辞官隐退。国内亦盗贼四起。遂召集这些大臣商讨对策。国王采纳忠言，大臣忠君报国，平息贼乱。国王遂对这15位大臣评功加赏。此后，君清臣忠，女容国复又强盛。

《金容国传》是篇假传体小说、寓言体小说，阐述一个道理，国王能纳臣子之忠言，国势必强，反之必弱，乃至亡国。

十、《鼠大州传》

小说创作于李朝，但具体年代和作者均不详。

内容简介

故事讲述在中国陇西小兔山一个洞穴里有群老鼠，鼠大州是这群老鼠的头领。一天，鼠大州与群鼠商议如何越冬计划，决计到南岳山石窟中的鼫南州盗粮。此时，鼫南州和群鼠已备好越冬之粮，摆酒庆贺。酒醉不醒。鼠大州领群鼠趁机盗走鼫南州50石精粟。其后，鼫南州向官府控告鼠大州盗粮。官府遂令刑吏捉拿鼠大州。而鼠大州却向刑吏行贿。继之，鼠大州来到官府。官府将鼠大州投入监狱。鼠大州又向狱卒行贿。官府对鼠大州进行审判。在审判中，鼠大州花言巧语，官府信以为真，无罪释放鼠大州。与之同时，官府以鼫南州诬陷罪，予以流放。

《鼠大州传》亦是假传体小说、寓言小说，旨在揭露李朝封建社会贪官污吏之丑恶行为。

十一、《轿前婢》

（一）作者生平

张汉宗（1768—1815），李朝文臣、画家、小说家。字广叟，号玉山、阅清斋。曾任监牧官。

1815年，逝世，年仅47岁。

（二）作品选读

小说载于张汉宗之《御睡新话》。

一士人娶妻，则其率来婢子，年可十五六，容貌端正，作人敏捷。士人每欲私之，言语形色，有见于厥婢。婢自思曰："吾与娘子，名虽奴主之分，而自离襁褓，至今同胞，义同兄弟。今来为其敌人，则冥冥之中，天必有殃。久居此处，则拘于威怯，必不得免，如是而岂有同胞同衣，而至今相爱之旧义乎！不如逃躲自避，而若告娘子，必不肯许。"乃换着男衣，不告而逃。

路上逢酒媪，察其家无男子，乃作雇工，则事伶俐，难以形言，四五朔后，酒婆始知女子，换着女服，爱之如出。

又数月后，科客过去者，望见其姿色，恳请通婚于酒婆，则婆告女。女曰："吾虽流离于此，本是班族处子，则宁为贫士妻，不作富贵妾。"科客亦是未婚者也，乃即成婚矣。科客幸得科名，率其妻去，历高官，生三子而死焉。

其后，三子连为登科，皆在名宦。一日，其兄弟相言曰："某也可以堂录？某也何可持掌？某也何可弘使？"其母曰："以汝之家地，何敢论评他人乎？吾拘于家中耳目之烦多，不即言于汝矣。今幸子妇辈适不在旁，吾试言之，吾则某乡居李生员宅某班之婢，名某而假称李妹者也。"因前言事，思其主而泣之。

适贼汉伏在厅下，细听其事，乃曰："吾每蹈危机咨人财物，苟苟充腹，宁告此事于李生，而分其赎身之钱，则岂不妙哉！"即往渠所，优盘钱，卜得一驮，而往访李生，细告其由。则生欣然宽待，喜若不胜，言曰：“切勿漏泄，使邻人知之。”即择日发行京城，使盗汉牵马乃以其子佯作陪行之状，而行至大江边，暗推盗汉，投水灭口。

入于京城，访寻某家，通其姓名，言于婢仆曰：“吾乃汝宅大夫人之甥也。”奴辈入告，旋即请入，甥妹相见大哭，以叙积阻之怀，与甥侄及侄妇等，行初见礼，而留之数月。主人请诠曹，付除监役，数日行公而不仕还乡，则甥侄中一人已为宰相。多买田宅而给之，付托于其邑倅与道伯，使之厚其存问，其生色荣幸，甲于一道。

大抵李生之称妹，得职致富，此乃施恩于老夫人之洗其贱名而快为士族，可谓幸矣。

《轿前婢》真实描述轿前婢由婢女转变为主人的经历，真实反映了当时李朝封建社会等级制度即将瓦解的社会现实。

第五节　短篇小说集《青丘野谈》

《青丘野谈》为汉文短篇小说集。创作于李朝后期。《青丘野谈》共7卷，共载汉文短篇小说158篇。其中卷一14篇，卷二31篇，卷三22篇，卷四27篇，卷五11篇，卷六17篇，卷七36篇。《青丘野谈》作者及具体创作年代均不详。

一、《论义理群盗化良民》

《论义理群盗化良民》载于《青丘野谈》。

作品选读

岭南一进士，以文章智谋，为一世所称，皆许以都元帅材木。

一日初昏，适独坐，有一人骑骏马，率健奴而来，与主人叙话曰："吾在海岛万里之外，其徒数千，而天性不幸，取人盈余之物，用人堆职之财，之食之衣，皆资他人之物，而挥挥管领只有大元帅一员。今遭丧变，襄礼才毕，青油遽空，殆同龙亡虎逝，三千徒党，散无纪律，不农不商，生涯无路。及闻主人蕴不世之智，有济人之才。今吾来此，非为他也，为邀足下坐大元帅之位，未知意下如何？苟或越趄，则灭口在于反手。"遂拔长剑，促膝威胁之。主人自思曰："吾以士族清类投身盗贼之魁，非不羞辱，而与其性于壮士之剑，不若暂辱身名。一以免目前之祸，一以化凶徒之习，不亦权而中者耶？"遂快诺之。

厥客即称小人，于窗外吩咐来隶曰："牵来外系之马。"盖有二马之来，而一则系外矣。请其人上马联辔而出。疾如飘风。俄顷已到于海口，有一大红船一只备待矣。下马乘船，船疾如飞，遂抵一岛，下舟升陆，城郭楼阁，宛一监兵营样矣。自此坐之于肩舆，前后拥护，而一入大门之中，坐于大厅中交椅上，数个徒众，以次现谒。礼毕，进茶啖一桌。明日朝仕后，初来者以行首军官从容跪告曰："见今财力罄竭，未知处分如何？"主将吩咐如此如此。

其时，全罗道有万石君一人，先茔在于三十里也，守护禁养，无异卿相家。一日，丧制行次，入于山直家，而后有服者二人，地官二人，鞍马仆从，极其豪健，必是巨家求山之行也。山直自下问之，则京居某宅行次，而丧制主已行校理，服者亦皆名士云。小憩后，一行齐上墓后，放铁于最上冢脑后一金井地，指挥评论，置标而下来。坐定后，行匣中出四大简四五张，挥洒修书，即令一奴传于某某邑及监营，一一受答以来。招山直谓曰："宅新山定于俄坐之地，非不知彼墓之为某宅山所，汝之为某宅墓奴，而禁山也否？用山与否？在于彼此之强弱，非汝所知。葬日择在某日，而酒饭当为预备，先给三十金，以此先为贸米酿酒而待之。”遂即地驰去。

山直虽欲拒之，无可奈何，即驰告缘由于山主宅，山主笑曰：“彼虽势家，吾若禁断，则何敢用之？当于彼葬之日，如是如是，汝辈勿为出他以待之。”至是日早，主人率家丁七百余名，方圆十里内民丁作者，举皆闻风而会者，亦五六百人矣。各持一索一杖，向山所而来，漫山遍野，便一白衣行军，领之于山上，饮之以彼家所酿之酒，结阵而待之。终日无所见，至三更末，遥见万余炬从大野陆续而来。柩歌喧天，势若万军之躯来，停柩于相望而不见之地，山上军举皆纳履荷杖，鼓勇奋臂以待。一饷之后，喧哗渐息，火光亦灭，悄悄若无人。山上军大疑之，急使觇之，则果虚无一人，而火则皆一枝四五头地，忙报是状。山主大悟曰：“吾家财谷，尽为见失矣！”率大军急急驰还，则家内人命幸无所伤，财物则荡尽无余，此是元帅声东击西之谋也。

其财物尽为劫来后，明日酿酒杀牛，大犒群徒，并今行所得，及库中财物积聚于前庭。即令掌筹者，计其多寡，分属三个人，各名之下，皆为百余金许矣。将军乃一张传令，轮示晓谕之曰：“人之异于禽兽者，以其有五伦四端，而汝辈以化外顽氓，隐伏海岛，离亲去国，游手衣食，以劫掠为生，剽夺为业，啸聚徒党，凡不知几人，构灾积孽，亦不知几年矣。余之来此，非为助尔为恶，将欲化尔归善。人虽有过，改之为善。从今以往，革面革心，东西南北，各归故乡。父母焉养之，坟墓焉守之，浴于圣人之化，归于乐民之域，则其与海上明火贼何如哉！矧又所分之物，足以当中人一家产，则于农于商，何患无资乎？”于是，众徒一时叩头称谢曰：“诚如吩咐云云。”其中一二汉不尊令者，即以军令斩之。烧其城郭室居。领三千从徒，涉海出陆，各送于其道其乡，自家则从容还家，离家不久，一朔半矣。邻近之人来问，则答以间作京行云云。

汉文短篇小说《论义理群盗化良民》反映李朝社会当时朝政混乱、农民起义频发的状况。作品塑造岭南进士忠君的士子形象。

二、《大人岛商客逃残命》

《大人岛商客逃残命》载于《青丘野谈》。

作品选读

清州商人以年前贸藿事入于济州。有一人着地盘旋而来，当船则以手趺把船阈而弹跳入，白发韶颜，无脚男子也。商人问曰：“翁胡然而无两股乎？”曰：“吾少日漂风时，两股为鱼所食故而。”曰：“请问详。”曰：“漂泊于一岛，则崖上有高门大屋，故船中二十余人，屡日漂流之余，腹空喉渴，一齐下船，入去厥家，则其中有一人，长过数十余丈，腰大且十余围，黧黑其面，深环其目，其言语似驴子声，不可解晓矣。吾等指口而请饮，厥者无一言，而直向大门牢闭之，入后庭持柴木一负，堆积场中热火，火势方炽，忽然入吾辈丛中，提其最长一个总角，直投火中，炙吃之。吾等见之，不胜惊恐，心魂飞散，毛发凛悚，只得面面顾而待死。厥者尽吃后，又上轩开瓮痛饮，必是酒也。饮后，为胡乱声，少顷黑面尽赤，乃醉轩上，鼻息如雷。吾等为逃出计，欲开大门，而一只之大，几为三间，而高且重厚，尽力开之，不可动摇，墙垣高可三十丈，亦难超越。

伊是身世，如釜中鱼，俎上肉，相与痛苦。忽一人出计曰：“吾行中有刀子，乘其烂醉，刺其两目，从后刺喉如何？”吾等曰：“然矣。死则一也，败亦何妨？”一齐上轩，先刺两目，厥者一声而起，挥手欲捉，而渠既失明，东走西避，无以捉得。吾等尽散入后庭，则一栅有羊豚五六十头矣。吾等尽逐羊豚，遍散一家。厥者下庭挥手，四面追寻吾等，终不得捉一焉。盖其时，羊豚与吾等混于一场，厥者向大门开之，出送羊豚，吾辈背负一个羊豚而出，则厥者以手摩之，认以羊豚，必出送之，故尽得出来，急急上船。少顷，厥者立崖上，忽作大叫，俄然三个大汉，自一隅来，一举足几乎五六间，暂时来立船头，手着船阈，吾等以斧尽力斫其指，急急摇橹而来。中流毕竟遇恶风，船触一岩石，尽为破碎，舟中之人皆淹死，惟吾一人幸得船片而来。游泳时又为恶鱼所啮，竟失两股，幸至本家。伊时光景，至今思之余悸尚存，冷而骨颤。都是八字之凶恶。乃长呼发叹云云。

《大人岛商客逃残命》写得惊心动魄，读之令人胆战心惊，世间竟有食人者。

三、《怜孀女宰相嘱穷弁》

《怜孀女宰相嘱穷弁》载于《青丘野谈》。

作品选读

有一宰相之女，出嫁未暮而丧夫，孀居于父母之侧矣。

一日，宰相自外而入，见其女在下房而凝妆盛饰，对镜自照，已而掷镜而掩面大哭。宰相见其状，心甚恻然，出外而坐，数食顷无语。适有亲知武弁之出入门下者，无家无妻之人，而年小壮健者也，来拜问候，宰相屏人言之曰：“子之身也，如是其穷困，君为吾之女婿否？”其人惶蹙曰：“是何教也，小人不知教意之如何，而不敢奉命矣。”宰相曰：“吾非戏言耳。”乃自柜中出一封银子给之，曰：“持此而往，贳健马待今夜罢漏后，来待于吾后门之外，切不可失期。”其人半信半疑，第受之而依其言，备轿马待之于后门矣。自暗中，宰相携一女子，使入轿中，而戒之曰：“直往北关而居生也。”其人不知如何委折，而第随轿出城而去。

宰相入内，至下房而哭曰：“吾女自决矣。”家人惊惶而皆举哀，宰相乃言曰：“吾女平生不欲见人，吾可袭敛，虽渠之男儿，不必入见矣。”乃独自敛衾而裹之，作尸体样，而覆以衾，始通于其舅家。入棺后，送葬于舅家先山之下矣。

过几年后，其宰相子某，以绣衣按廉关北行到一处，入一人家，则主人起迎，而又两儿在旁读书，状样清修，颇类自家之颜面。心窃怪之，日势已晚，又惫困，乃留宿矣。至夜深，自内忽有一女子出来，把手而泣，惊而熟视，则即其已死之妹，不胜怪讶而问之，则以为因亲教而居于此，已生二子，此是其儿矣。绣衣口噤，半晌无语，略叙阻怀，而待晓辞去，复明还家。夜待其大人宰相而坐，适从容低声而言曰：“今番之行，有可怪讶之事矣。”宰相张目熟视而不言，其子不敢发说而退。

其宰相之姓名，不记之。

《怜孀女宰相嘱穷弁》描述了李朝封建社会禁止寡妇再嫁法令之残酷，迫使无数寡妇不能再嫁的悲惨命运。这篇小说中的宰相可怜女儿设计使其再嫁，重获夫妻恩爱之幸福，实是对李朝封建社会禁止寡妇再嫁法令之反抗。

四、《崔昆仑登第背芳盟》

《崔昆仑登第背芳盟》载于《青丘野谈》。

崔副学昌大，非但文华夙就，才名溢世，且容貌出众，风采动人。未第时节，属暮春，谒圣有命，因事骑驴而出，行过某坊，忽有不知何许人，趋诣驴前纳头便拜。崔问：“汝是何人？吾未记得也。”其人曰：“小人即纸廛市人姓名某也。未曾一次问安，而窃有衷曲可白之事，非从容则无以尽情。小人之家，即此家也。极知惶悚，而敢请行次暂入休憩焉。”崔异其言，遂下驴，入其外舍。房屋潇洒，图书满壁，坐定，其廛人鞠躬前进曰：“小人有一女息，年才二八，薄有姿色，略具才识，而平生所愿，欲为少年名士之副室，故尚未订婚处矣。昨夜渠梦，正草一张，忽地飞扬，乃化作黄龙，向云飞腾而去，觉而异之，搜得梦中化龙之纸，十袭封置，自以为今番科举，以此纸观光者，必占高第将自择而授之，乃作小室云。而小人家，适在大路旁，自早朝，净扫行廊一间，垂帘于外窗，终日而出，观往来之人，适见书房主行次过去，急招小人，愿邀行次，故所以唐突敢请也。”

少焉，进一大桌，饮食皆奢丽，又出现其女子，花容月态，真是倾城之色，而眉目清朗，举止娴雅，类非闾阎家贱物。其廛人又跪进一张正草曰：“此是小人之女，梦龙之纸也。科日，行且近矣。书房主以此呈卷必当嵬捷。须于唱名之日，勿以卑微为嫌。即备轿军，率去此女，永作箕帚之奉，遂平生之愿，千万至祝！”崔既慕女色之出群，且喜梦兆之非常，遂满口许之，丁宁申约而去。

及当科日，崔携其正草入场，抽思挥毫，顷刻写呈，遂占魁元。御前唱名，插花赐乐，其大人议政公后出来，仙乐喧天，荣光耀世。至其家，轩招填门，贺客盈堂，歌童舞女，罗列前后，珍馐绮馔，交错左右，管弦助欢，倡优呈技，观者如堵，盈庭溢巷。于焉之间，日色向昏，宾客稍散。

崔虽心不忘向日丁宁之约，而终是小年人事，知虑未周，严不敢告其于大人，且缘纷忙忽扰，自下周旋，亦未及焉。方且趑趄，恨欢之际，自大门外，忽有哭声甚哀，只见一人，推胄放声，直奔入大门内，下隶百般驱逐，而其人且哭且语，谓有至冤之事，将白话于先达主云，而限死钻入，其大人议政公闻之，不胜骇怪，使其人止哭而近前，问：“以汝有何冤痛之事耶？而当此宅中庆贺之日，作此骇怪抹杀之举乎！”其人且泣且拜，吞声而对曰：“小人即纸廛市人，姓名谁某者也。”因将渠女梦龙之事，及与崔相约之事，细述始末。且曰：“小人女，及当科日，自朝不食，惟榜声是待，频探其书房主登科与否。故小人连为探之道路，则宅书房主果为状元及第，的实无疑，仍转喜报于渠。渠乃欢天喜地，惟待备轿率去之报。看看日将暮而无消息，则小人女，乍卧乍起，如痴如狂，更无他语，唯长叹数声。”小人不忍其状，多般晓之曰：“唱名之日，例多纷扰，贺客盈门，酬应浩繁，无暇念及于闲漫之事。其书房主之暂为忘却，固不是异事，虽或不忘而缘忙未及周旋，亦无怪焉。吾当往贺某宅，仍挥动静，亦未晚矣。”其女曰：“如或中心藏之，则宁有因忧忘却之理；如有深情，则虽有匆忙，备轿率去，不过一分付间事，岂无其暇乎？其书房主心中，已无小女。人既忘我，无率去之意，则自我先探，不亦羞乎？缘我往探，虽或黾勉率去，亦有何滋味之可言乎？百年同欢，情义是恃，而芳盟未寒，有此渝变，更又何望于他日乎？吾意已决，勿复更言。仍入房内，自结而死。小人悲恨填膺哀怨彻天，敢此奔告云云。”

崔相闻之，大致惊骇，不胜惨恻，良久无言，乃招其子，责之曰："此是何等大事，而汝既与彼相约，有此背信，世岂有如此没交流无信义之人乎？薄情甚矣，积冤极矣。吾初意则期汝以远到，以此事见之，生足可观，何事之可辩，何官之可做乎？"咄咄不已。又曰："即为盛奠备述知罪、摧谢、追悔莫及之意，往哭于尸前，其殡验之节，亦为穷俭，俾无余憾，赎负约之罪，用慰上瞑之恨，至可。"又优给棺椁衣衾葬埋之需，使之厚埋。

其后，崔官至副学而早卒。

汉文短篇小说《崔昆仑登第背芳盟》旨在揭露书生崔昌大背信弃义之卑鄙行为。

五、《老学究借胎生男》

《老学究借胎生男》载于《青丘野谈》。

作品选读

古有京居一士人，因事往岭南地，转入太白山中，迷路越店，日色向昏，遂投宿于一村舍。其家内外，俱是瓦屋，无异京第，求见主人，请寄宿。其主人，仪容甚伟，鬓发半白，快许之，馈以夕饭。主人曰："年岁几何？而有子女否？"士人曰："年未三十，而子则殆近十，盖一房事，则辄生子矣。家素清贫，而子姓满屋，不为忧患矣。"其主人显有钦艳之色，仍叹曰："何许人，有如许福力耶！"士人笑曰："忧患中大忧患，何足以福力称之耶？"主人曰："年过六十，尚未产育，虽积谷万石，有何世况乎？使若有一子，则朝饭夕粥，亦无恨矣。今闻尊言，岂无钦慕之意乎！"

今翌，士人欲为辞去，主人挽之烹鸡磔狗，丰其供馈，至夜屏退左右，引士人入狭室，从容语之曰："吾有衷曲可告之事矣，吾生长于富家，今至老白首，不识艰窘之状，复何所愿？而第子宫奇穷，平生不育一子，为其广嗣，偏房副室亦非不多矣。祈祷、医药，靡不用极。虽平日宜子之女，亦未有娠。桑榆渐迫，奄成穷独。今亦家蓄三妾，年皆二十内外，而亦无喜消息。虽他人一子，一闻呼爷之声，死可瞑目矣。今闻尊座，一交即孕云，愿借客主之福力，欲施借胎之方，未知如何？”士人惊谢曰：“是何言欤？男女之别，礼防之重，有夫通奸，法意莫严。虽一生素昧之间，不敢萌心。况数日主客之谊，何忍发口？逆旅常汉之妇，犹不可。况士夫之别室乎？”

其主人曰：“渠虽贱物，且自我发说，则少无可嫌。夜深人静，日后生子谁得知之。言由心腹，毫无饰诈。幸怜此汉之身世，即赐俯从，使无子之穷老得闻生子之喜报，则生生世世，此恩如可报，在尊为积善之事，在我为无穷之恩。事之两便，莫过于此。安用固辞为也？”士人寻思良久，以为渠既恳请，异于自己潜通，且既出渠之真情，似无他考虑。虽以外面人事，再三辞拒，男女大欲，人孰无之。乃曰：“揆诸道理，万万不可，而主人之请，如是恳挚，惟命是从，而吾心则极不安矣。”

主人听罢大喜拱手称谢曰：“今赖客主之德，可闻呼爷之声矣。”遂语其诸妾。三夜三妾，轮回侍寝，其三妾，亦意必生子，问士人之姓名、居住，暗记于心。三宿之后，仍为告别，主人厚有赠遗，皆辞以卜重，仍为出山，还京第。

其士以多子之故，调度极艰，有妇有孙，食口恰过三十，数间茅屋，无以容膝，三旬九食，十年一冠，亦难变通。送分散诸子，使之赘居，只老夫妻及长子同居，居然过二十春秋。

一日，无聊闲坐，忽妙少年三人，骑骏马，联翩而来，升阶上堂，纳头便拜。士人见其衣服华丽，举止端雅，乃慌忙荅拜。问曰：“客主自何而来？前日似无一而之雅矣。”三少年曰："我等即生员之子。生员主不记某年某地，如是如是之事乎？吾辈俱是伊夜所孕之子也。并皆同月生，而日子稍有先后。今年为十九岁矣。幼小时，只知为老人之子。乃至十余岁。母亲细言其曲折，始知为生员主之子。然生员主，既不知住在何处，且十余年养育之恩，极为隆重，不忍一朝背之，欲待老人之下世，为归待之计。十五岁，同日娶妇，行新妇礼于其家。再昨年而月，其老人八十一，无病而化，厚其殡敛，择吉地依礼营窆。服丧三年以报其恩。今则祥禫已讫故，滋凭母亲之所记，兄弟三人，联辔上京，今才来谒矣。"

士人恍然大悟，细察颜色，则果酷肖。遂将此事，言于妻子及子妇等，使之各拜现。且曰："汝之母，今年为几何？而皆得无恙否？"三子各各对之。又曰："略察生员主家计，万不成说，行中适有携来者。"使奴子解行囊，出钱几两，使之贸米贸柴，以为朝夕之需。其夜三子从容语曰："生员主春秋已高，书房主亦早年失学，科宦似无其望，又地无立锥，秋空磅石，赤手白地，何以资生？不如落乡以度余年如何？"士人曰："吾亦有意落乡，而其于无田土、庄舍，何哉？"三子曰："某村老人是屡巨万富，人身故而无他族戚，其财产尽为吾辈之有，斥卖家舍，尽室行次，则可以裕足无忧矣。"士人听罢大喜曰："然则何妨！"遂贳马贳轿，卜日启程，至其家，见三妾三妇。其士人入处大家，其三子各奉其母，析居于邻舍。过数日后，士人备祭物，往哭于富翁之墓。其他赘居之子，次次率来，分产同居，前后左右，总数十家。其士人周回轮宿三妾之家，以续旧缘，好衣好食，发度余年。其富翁之祭，终三子之身，不废云。

《老学究借胎生男》描述当时李朝封建社会存在的借胎生子的奇风异俗。

六、《营产业夫妇异房》

《营产业夫妇异房》载于《青丘野谈》。

作品选读

尚州有姓金者，年过二十，早孤贫窭，作雇于人，积年蓄雇价，二十六岁始娶妇。为营产业之计，聘妇后一宿，其妻语其夫曰：“自今日，必塞上间房门也。盖三间屋子，而其上房门则有上下间相通门故也。”生曰：“何谓也？”曰：“吾夫妇两穷相合，同寝则自然生产。若今年生子，明年生女，子孙之乐，好则好矣！这间食口之添，疾病之苦，其所损财，当如何哉？君处上房而捆履，吾处下房而织纴。以十年为限，日吃一器粥，以成家如何？”生善其言，遂塞其门。

夫妇各处，而且于昏后，夫与妻必凿土坑于后园，每户以六七坑为定。又当穷腊，制囊许多，播及于大村雇奴，以狗粪一石定价。春初解冰时，尽填狗粪于所凿土坑，以种春牟。当年大稔，殆近百余负，仍继种南草，又得数十两钱。如是勤业，至六七年，钱谷充满，而食粥则如一。至九年之终，腊月之晦，其夫请其妻曰：“今为十年矣，顾得吃饭。”其妻曰：“吾辈既以十年吃粥为限，则不忍一宿之间，轻先破戒，可乎？”生怃然退。

十年以后，果成大富，甲于一道。

生久未生鳏，欲为同寝，则其妻曰：“吾辈既已成家，则薄陋之室，不可同寝。则少俟之。”遂营大家舍而入处。生之内外，初已过晨而逢，又经十年，生产已断望矣。生以是为忧叹，其妻曰：“吾之产业如此，则必有主者，君须周览远近宗人家，择其稍可者以为己子，则得不愈于自己所生之不合意者乎？”及其托情抚育，则与已出无间矣。终得同姓子为螟嗣，乃是商山金也。其后裔昌大，簪缨出世云。

《营产业夫妇异房》描述一对夫妻为了金钱和财富，勤俭持家，辛勤劳作，乃至于禁欲，终于获得金钱和财富。但此种以获得金钱和财富为目的的人生实是过于残酷。

《青丘野谈》除载有上述6篇汉文短篇小说外，尚载有252篇汉文短篇小说。

第六节　李朝后期的汉文长篇小说

一、《玉楼梦》

（一）作者简介

《玉楼梦》作者有两种说法：有人认为作者为李庭卓，有的则认为是南永鲁。

1. 李庭卓生平简介

李庭卓（1678—1758），李朝文臣，字景裕，号晦轩。擅诗文，创作有汉文长篇小说《玉楼梦》。

1714年，增广文科及第。

1727年，文科重试高中状元。历任兵曹参议、礼曹参议、礼曹参判、刑曹参判、兵曹参判、工曹判书。

1758年，逝世，终年80岁。

2. 南永鲁生平简介

南永鲁（1810—1857），李朝文人。号潭樵。曾多次应举，皆名落孙山。其后潜心研究学术，创作有汉文小说《玉楼梦》等。

（二）内容简介

汉文长篇小说《玉楼梦》又名《梦麟记》《永垂彰善记》《梦

麟奇观》。《玉楼梦》版本众多，多达10余种，有朝鲜语文本，也有汉文本。《玉楼梦》以中国为背景，共64回，40余万字。

故事讲述中国明朝时，南方玉莲峰下有位处士叫杨贤，与妻许氏成婚多年，年过40岁，始得一子，名叫昌曲。杨昌曲自幼聪慧过人，富有文采。16岁时，杨昌曲赴京城赶考。路过杭州时，杨昌曲参加刺史黄汝玉举办的诗酒宴会。杨昌曲文思泉涌，出口成章，不料招致与会一些文人的忌恨，欲加害杨昌曲。参加诗会的美妓江南红救护杨昌曲出险，并以身相许。江南红自觉妓女身份低贱，情愿做妾，向杨昌曲推荐刺史尹衡文之女尹小姐为未来的夫人。获救的杨昌曲继续上路，赴京都应试。而美妓江南红不堪刺史黄汝玉逼婚，投江自尽，幸为尹小姐所遣之孙三娘搭救，二人遂逃亡他乡，幸为白云道长收留。其后，江南红和孙三娘拜白云道长为师，学习武艺。杨昌曲科考中举，任为官吏。闻知美妓江南红亡故，杨昌曲悲痛万分。应依江南红生前之愿，娶尹小姐为妻。朝廷奸臣黄义炳欲逼杨昌曲娶其女为妻，被拒。恼羞成怒的黄义炳捏造罪名将杨昌曲流配江州。杨昌曲在江州与艺妓碧成仙邂逅，一见钟情，订立婚约。数月后，明帝赦免杨昌曲，但令其与黄义炳之女黄小姐成婚。迫于帝命，杨昌曲只得娶黄小姐为第二夫人。此时，交趾、南蛮犯边，明帝任杨昌曲为元帅率军御敌。艺妓碧成仙巧遇率军南征的杨昌曲，遂被护送至杨府，待凯旋时完婚。孰料第二夫人黄氏不容碧成仙，诬陷碧成仙与人通奸。杨昌曲南征，得诸葛亮显灵暗助，打败南蛮王哪吒。哪吒遂求助于白云道长。白云道长令美妓江南红女扮男装以助哪吒。江南红在战场与杨昌曲相遇，喜出望外，反戈一击，助明军大破哪吒。哪吒又向云南国祝融大王求助，祝融遂率军相助，与明军作战。于是祝融与江南红疆场相遇，彼此斗法：（祝融）更斛斗而变身，身长百余尺，挥剑而向明阵。红司马（即江南红）望见，微笑起身入帐中，垂帷于四面，寂然无动静，忽然一条白气自帐中起，变为红司马，身长百余尺，手中鞭蓉剑亦为百余尺，对峙相敌。

祝融变作如豆小人，挥如剑而来，红司马亦变作如尘小人，挥如毫芙蓉剑，凝于祝融之剑刃不移。

祝融更为变身，人与剑忽无去处，化作一条黑气接天际，红司马更作一条青气，青黑两气相接于半空，但闻铿然剑声相接于云霄，忽然黑气变为白猿而走，青气变为弹丸追白猿……

最终祝融不敌江南红，败下阵来。此时，祝融之女一枝莲归顺明军，并说服其父罢兵言和。哪吒见大势已去，无计可施，只得投降明军。杨昌曲正欲凯旋返京，南方红桃国又来犯边。杨昌曲遂与江南红率军攻打敌军。此时，京城杨府之第二夫人黄氏令丫鬟春月觅得一刺客行刺在府中待婚的艺妓碧成仙。孰料刺客乃一七旬老翁。心地善良的老翁得知事情原委，反将丫鬟春月鼻子割掉以示警告。恶婢春月唆使主母将艺妓碧成仙逐出杨府，令其返回原籍江州。碧成仙在返乡途中幸遇官人贾氏，将其安置于散花庵。恶婢春月遣人抢劫碧成仙，幸为杨昌曲两个偏将所救，安置于维摩山一道观。杨昌曲、江南红作战英勇，俘虏获红桃国国王脱解，令云南国王祝融为红桃国国王。祝融之女一枝莲随杨昌曲、江南红胜利回京。杨昌曲回京途中，与艺妓碧成仙喜遇。杨昌曲令碧成仙仍暂居一道观。杨昌曲则继续前行。杨昌曲班师回朝，明帝大悦，封杨昌曲为燕王、右丞相，江南红亦封为侯。奸臣卢均愚弄明帝紊乱朝政，杨昌曲苦谏明帝，反被贬，流放云南，江南红随行护卫。卢均密令刺客刺杀杨昌曲，但未得逞。艺妓碧成仙闻知杨昌曲再次被贬，遂赴云南与杨相会。孰知碧成仙在途中被卢均爪牙劫至山东的明帝行宫，并迫其为明帝抚琴。碧成仙借机向明帝揭露奸臣卢均罪恶。明帝醒悟，决定再次起用杨昌曲，并任命碧成仙为女御史。碧成仙遂返京都。此时，匈奴入侵，直逼明都。太后率众出逃，途中与碧成仙相遇。胡兵闯入，危急时刻，碧成仙着太后衣饰，决心一死，太后得以脱险。幸有一枝莲率兵来救。胡兵进攻，奸臣卢均投敌。山东行宫的明帝亦为胡兵所围。杨昌曲率兵解围，击退胡兵。其后，杨昌曲随明帝御驾亲征蒙古、吐蕃、女真。获胜。回京后的杨昌曲与江南红、碧成仙、一枝莲完婚，第二夫人黄氏悔过自新。杨昌曲与两妻（尹氏、黄氏）三妾（江南红、碧成仙、一枝莲）共享夫妻之欢，荣华富贵。杨昌曲子女甚多，均有所成。此后，杨昌曲辞官隐退乡里。

小说结尾指出，杨昌曲原为被贬人间的文昌星，后又返回天庭。小说宣扬爱国主义思想，表彰正直忠诚敢于直谏的精神。《玉楼梦》人物众多，杨昌曲为作品主人公，为人正直、忠诚英勇。江南红、碧成仙两个妓女的正面形象，亦生动出色。应提出的是作品中的一夫多妻制，自是当时李朝封建社会所决定，应予否定。

二、《玉麟梦》

《玉麟梦》作者李庭卓以中国为背景创作，共53回，20余万字。

故事讲述宋朝时，江西按察使柳政，有一女一子。女儿名叫柳惠兰，儿子名叫柳原。柳政与范丞相莫逆之交，并为柳政之女惠兰与范丞相之三子范景文订婚。不料，为儿女订婚后，柳政与范丞相先后病故。范景文长大成人，才华出众，相貌堂堂。宋帝之妹太原公主以宋帝旨意逼范景文娶自己女儿吕娇兰。范景文被迫迎娶吕娇兰，即为吕夫人。后娶柳惠兰，即为柳夫人。其后，柳夫人生子名叫范澄，吕夫人设计谋害柳夫人，但未得逞。此时柳原应试中副状元，任为翰林学士，并与张丞相之女订婚。谏议大夫谢仆欲招柳原为婿，被拒。其后，柳原与张小姐成婚，生子名在郊。继之，柳原升任吏部侍郎。范景文也升任兵部尚书。一日，柳原去父墓地扫墓，途中将一孤儿薛忆带回家中。范景文来访柳原，并将孤儿薛忆带回自家。其后，吕夫人生一女，柳夫人又生一子，名清。吕夫人怀恨在心，诬陷柳夫人与薛忆通奸。柳夫人被逐出家门，薛忆亦被赶出。柳夫人走投无路，决心自杀，但未果。时契丹国内乱，宋帝派范景文赴契丹商议和约。契丹迫其投降，范景文坚拒，被发配边塞。吕夫人向宋帝告发柳夫人通奸之事，柳夫人被发配。吕夫人派刺客暗杀柳夫人，却误杀他人。柳夫人幸免一死，遂藏身七宝山鹤林院。此时南方盗贼蜂起，宋帝封柳原为按察使巡视南方。柳原奉命赴任，吕夫人派刺客魏格暗杀柳原。柳原受伤，柳原之妻张氏和幼子柳在郊投水自尽。后为人所救。其后，柳原与其姐柳夫人重逢。柳原平息贼乱，宋帝升任柳原为礼部尚书。契丹再次入侵，柳原任征北大元帅率军御敌，大胜，攻入契丹，救获被流配的范景文。柳原带范景文凯旋回朝，宋帝大悦，厚赏柳原。此时，刺客魏格误将婢女云鸿当作柳夫人劫到边塞，并迫其成婚。一次，魏格酒醉吐真话，云鸿始知真相，遂赶往京城，揭发吕夫人之恶行。吕夫人遂被流配。其后，获救的柳原之妻张氏及其子柳在郊也与柳原重逢。柳家与范家重新团圆。柳夫人不计前嫌，上奏赦免吕夫人，获准。吕夫人痛悔前非，改恶行善。

《玉麟梦》的主旨是彰善惩恶。柳夫人为作品的正面人物，吕夫人为反面人物，而侍女云鸿为人善良，对柳夫人忠心耿耿，形象十分生动。

三、《三韩拾遗》

（一）作者生平

金绍行（1765—1859），李朝文臣。字平仲，号竹溪。曾为吏，官至寿阶佥知中枢。

1859年，逝世，时年94岁。

（二）内容简介

汉文长篇小说《三韩拾遗》，又名《义烈女传》《香娘传》。

故事讲述新罗姑娘香娘异常美丽，求婚者众多。香娘选中虽贫但有才华的孝廉为夫，而其父母却迫其嫁与一个毫无文才的富家子弟。婚后，香娘不堪公婆虐待，返回娘家。不幸的是，香娘父母不久相继过世。香娘只得寄居舅家。舅母迫香娘再嫁。香娘坚拒，遂投莲池自尽。此时，孝廉虽已成亲，但闻香娘投莲池自尽，十分悲痛，遂至莲池，祭奠香娘。是日深夜，香娘亡魂告之孝廉，前世姻缘，今世必成佳缘，不久的将来必定能与孝廉成婚。此后，香娘向上天的后土夫人请求返回人间与孝廉成亲。上天众仙官决定令香娘重返人间再嫁孝廉，并令金庾信负责此事。而魔王反对香娘重返人间再嫁孝廉，遂与众仙官展开激战。中国历代英雄助战，魔王大败，遂降。负责香娘婚事的金庾信也粉碎百济的进攻。香娘终于重返人间，并与孝廉成婚。孝廉还被新罗国王封为大阿飡。数十年后，孝廉辞官隐退。其后，百济进攻新罗，新罗不支，节节败退。香娘闻讯，建议新罗国王向唐朝求援。新罗国王任命孝廉为赴唐请兵使。唐帝准允，派苏定方为元帅率唐兵出援新罗。金庾信率领的新罗兵与苏定方率领的唐兵并肩作战，击灭百济。此时，高句丽盖苏文三个儿子发生内讧，香娘复向新罗国王建议，再向唐请兵，联合攻打高句丽。新罗国王再次命孝廉为赴唐请兵使。唐帝复派苏定方率唐兵出援。在新罗军和唐军打击下，高句丽灭亡，新罗遂得以统一三国。孝廉、香娘功不可没，但两人功成身退，隐居伽倻山。其后，香娘先逝，孝廉后亡。

《三韩拾遗》着重描述新罗才女香娘在新罗统一三国中的功绩。这部长篇小说可以视为军谈小说。

四、《玉树记》

（一）作者生平

沈能述（1782—1840），李朝文人，字英叟。生平事迹不详。1840年，逝世，终年58岁。

（二）内容简介

小说共14回，为章回体汉文长篇小说，并有朝鲜语文本。

故事讲述曾任吕州郡守的花景春与当地文士嘉云、前尚书耿九畴三人结成莫逆之交。嘉云之子嘉楠与耿九畴之女喜结良缘。其后嘉楠科举高中状元，花景春之子花义实为榜眼。嘉楠任为翰林学士，奸臣梁芳欲加害于他。嘉楠遂辞官隐退乡里。嘉楠夫妇育有四子（有晋、有升、有谦、有咸）二女（惠英、瑞英）。嘉有晋与花义实之女定亲。时，奸臣梁芳欲拆民房以建造寺院。嘉楠和花义实联名上奏国王，弹劾梁芳。不料，嘉楠、花义实双双被流放。花义实之妻趁夫流放之际，嫌嘉家贫穷，迫女儿改嫁他家。花小姐不从，遂与丫鬟红乔离家，到白石祠藏身。其后又寄宿于父亲老友汪尚书之家。此时，李五率众谋反，花景春推荐嘉楠率军征讨，但为奸臣梁芳反对而止。嘉楠之妻耿氏命有晋三兄弟赴京，参加外祖父寿宴。途中，嘉有晋与杜红莺、薛绛云相遇，并结佳缘。还得知花小姐遇盗被害。其后，嘉有晋三兄弟参加科考。嘉有晋高中状元，两个兄弟也金榜题名。因李五谋反，国王召回嘉楠，并任其为征西大元帅。封嘉有晋为征西别驾、嘉有谦为征西司马，命父子三人率军征伐李五。嘉楠元帅兵败，退往山谷，幸遇陈处士，为其所救。嘉楠和陈处士命嘉有晋与陈处士之女陈小姐成婚。陈小姐深得道术。嘉有晋运用从陈小姐处学得的道术，大破李五之妖术。嘉楠及二子率军班师回朝。国王封嘉楠为丞相、嘉有晋为都御史、嘉有谦为兵部尚书。此时，汪尚书奏请国王赐婚，将女儿许配嘉有晋。嘉有晋遂又与汪尚书之女汪小姐成婚。寄居汪尚书家里的花小姐目睹嘉有晋与汪小姐成婚，悲痛至极。一日，嘉有晋在汪尚书府邸散步，喜遇花小姐。心地善良的汪尚书又奏请国王赐婚。于是嘉有晋又与花小姐成亲，花小姐丫鬟云娥也与之成婚。国王封花氏为正室夫人、陈氏为左夫人、汪氏为右夫人。此时，嘉楠之妻耿夫人有儿子有咸、两个女儿惠英、瑞英赴京途中，又遇杜小姐、薛小姐，一起赶至京城。其后，嘉有晋又娶杜小姐、薛小姐，遂拥有三妻三妾。嘉有谦被选为驸马，嘉有咸应试中举，任为文渊阁大学士。此时北胡入侵，国王任嘉有晋为征大元帅率军出征。嘉有谦亦随兄出征。寄居在嘉家的梁氏也随军出征。两军相遇，展开激战。梁氏诈降，投入北胡军中。并说服北胡王的两个女儿，与嘉有谦暗结佳缘。北胡王两个女儿说服父王投降。嘉有晋、嘉有谦兄弟二人率军班师回朝。国王大喜，封嘉有晋为北平王，允准驸马嘉有谦与北胡王两个女儿成婚。此时汪尚书之子汪信与一美少年相遇。与之交谈，始知美少年为忠臣林芸之女。林芸遭奸臣梁芳诬陷，被流放边塞。林芸为报父仇，女扮男装，杀死奸臣梁芳。其后，汪信科考高中状元，任为都御使。汪信遂上奏国王，为忠臣林芸辩诬。国王遂赦免林芸，并封为吏部尚书。林芸之女林小姐亦与汪信成婚。此后，以嘉府为首的嘉、花、耿、汪、林、陈等六个家族欢聚一堂，其乐融融。

《玉树记》真实描述了嘉、花、耿、汪、林、陈六个家族的相互联姻关系。可以称之为家庭伦理小说，其中亦描述朝廷内的忠奸之争和抵御外敌入侵的战斗情节。

五、《布衣交集》

小说创作于李朝，但具体年代和作者均不详。

内容简介

故事讲述年已四十岁的李生来到京城，住进朋友张进士的养父家。在朋友养父家，李生结识了杨婆。杨婆名叫楚玉，原为南宁尉官侍婢，天资聪明，富有文采，却嫁给目不识丁的文盲。李生和杨婆一见钟情，互相爱慕。继之，两人幽会私通。李生为参加科考，到山寺读书。杨婆给山寺读书的李生送去酒肉，还有自己写的诗。

科考临近，李生回到朋友养父家，却不见杨婆。经询问，始知杨婆丈夫发现其与李生私通，将其暴打一顿。杨婆毫不屈服，执意跳井自杀，幸为其公公劝服。李生朋友劝李生将杨婆接出，秘密同居。李生顾忌妻子，未允。其后，李生得知落榜，未与杨婆道别，径自返回故乡。李生返乡途中，遇见朋友张进士之侄仲约。仲约向李生表露爱慕杨婆之情。数月后，李生又来京城，复至张进士养父家，却不见杨婆。原来仲约来到京城，对杨婆百般勾引，但未得逞。恼羞成怒的仲约，遂将杨婆逐出家门。其后，李生终于又见杨婆，两人旧情复燃，多次幽会。不料，杨婆与李生幽会之事再次被其丈夫发觉，再次被暴打。杨婆仍不屈服，以绝食相抗。李生闻讯，赶来看望。在李生劝告下，杨婆不复绝食。仲约对杨婆仍不死心，求李生为之劝说杨婆。李生竟然答应，来劝杨婆。杨婆听完李生之劝，怅然说："郎君欲戏耶？实耶？……"继之，垂泪说："吾与郎君虽非结发，所以交情，胜于结发者以其心也。今何语之妄率耶？自此以后，不与殷勤。丘山之情，雪散云散，金石之约，风飞雹零，谁可复合？"杨婆言毕，转身而别。李生也返回故乡。李生与杨婆就这样凄惨诀别。

《布衣交集》真实描写李生与杨婆相爱。李生作为有妇之夫与杨婆相恋幽会，他却自私、胆怯，最后竟背信弃义。与之相反，有夫之妇的杨婆却对李生一片真心，大胆追求爱情，遭其夫暴打亦不屈服。相形之下，一个自私卑鄙，视爱情为儿戏，视女人为玩物，另一个则坚贞不屈敢于追求爱情自由。

六、《崔玄传》

小说创作于李朝，但具体年代和作者不详。小说以中国为背景，有汉文本，也有朝鲜语文本。

故事讲述在明朝时，崔允成辞官隐退乡里。崔允成年过四十岁，喜得一子，名叫崔玄。其后，明帝召崔允成复出，并加恩宠。

不料遭奸臣诬陷，崔允成被革职流配伊州岛。崔之妻子石氏带着崔玄赶往探视。途中不幸遭劫，母子失散。石氏幸遇尼姑，暂居水月庵。幼子崔玄为刘少师救获，寄居刘家。崔玄在刘家刻苦攻读。不久，刘少师病故，崔玄只好四处流浪。其后，崔玄与严丞相之女相遇，互相爱慕，私订终身。继之，崔玄又遇一道士。道士赠崔玄宝剑和“玉甲经”。崔玄应试高中状元，任为翰林学士。此时，荆州灾荒，民心不稳，明帝命崔玄赴荆州安抚民心。崔玄赴荆州途中，先与母亲石氏重逢，后又至严丞相府，与严小姐成婚。其后，崔玄返回京城，明帝大加封赏。此时西韃来侵，明帝任命崔玄为征西大将军，率军御敌。在疆场崔玄念道士所赠的“玉甲经”，而后挥道士所赠之剑，英勇杀敌，将敌将费雄斩于马下。获胜。继之，崔玄又至父亲流放地，与父亲崔允成一起凯旋回朝。明帝大喜，封崔允成为王，封崔玄为忠烈侯、左丞相。此时，西韃又侵明朝，崔玄之子崔宏率军御敌，获胜，班师回朝。明帝大悦，封崔玄为魏王，封崔宏为楚王。自此，崔允成一家，祖孙三代，共享天伦之乐。

《崔玄传》描写崔允成、崔玄、崔宏祖孙三代悲欢离合故事，可以视之为家庭小说。但从崔玄、崔宏父子二人率军出征御敌来看，又可视为军谈小说。

七、《帷幄龟鉴》

小说创作于李朝，但具体年代和作者均不详。以中国为背景，描述刘邦与项羽争霸，刘邦最终建立汉朝。其中以张良为主线。全书共28回，深受中国《西汉通俗演义》之影响，主要描述张良在辅佐刘邦战胜项羽创建汉朝中的巨大功勋。

这部小说在第一回就高度赞美张良之功绩：噫！汉兴于蜀，而时则有若留侯。……若留侯祖述素书也，故前后筹策，或无形而有影，又或无声而有臭，此班马二史之阙文也。高帝尝曰：“运筹之中，决胜千里之外，吾不如子房。”……运筹之士从古何限，然自我观之，留侯，子牙后一人。

继之，这部长篇小说详尽描述刘邦如何战胜项羽，创建汉朝之历程，其中突出描述张良在此过程中之巨大贡献。小说最后更赞扬张良之功绩说：“先生佐高帝定天下，居帷幄之中，奇策神算，非直兵谋，亦多治平之策，而秘不布，外史不得书，传于世者止是汉史所载，良可叹息！”

八、《一乐亭记》

李颐淳为李朝文人，生平事迹不详。

内容简介

小说《一乐亭记》创作于李朝，但具体年代不详，以中国为背景，约5万字，共10回。

故事讲述中国明世宗嘉靖年代，徐阁老名弼，有一子名梦祥。礼部尚书权铨有一女。徐阁老和权尚书不满奸臣严嵩弄权，双双辞官隐居乡里。徐阁老和权尚书为两人子女订立婚约，但未及两人子女成婚便相继离开人世。奸臣严嵩闻权尚书之女美貌贤淑，多次为其子向权府求婚，均遭拒绝。权尚书去世后，严嵩又向权尚书之弟权侍郎为其求婚，又遭拒绝。严嵩恼羞成怒，罗织罪名，将权侍郎逮捕入狱。与之同时，向权小姐逼婚。权小姐无奈只得允诺嫁与严嵩之子。于是权侍郎获释，而权小姐则女扮男装逃往他乡。权小姐在逃亡途中，与郑驸马之子郑光玉相遇。权小姐佯称自己是与自己定亲的徐梦祥。信以为真的郑驸马，决定将女儿嫁与权小姐。权小姐只得应允与郑驸马之女成婚。其后，权小姐以实相告郑小姐，并约定两人共同嫁与徐梦祥。与之同时，徐梦祥赴京赶考途中，与韦弘之女相遇，二人一见钟情，订立婚约。徐梦祥科考喜中状元，任为翰林学士。继之，徐梦祥与权小姐、郑小姐成婚，并娶韦氏为妾。徐梦祥与权小姐、郑小姐夫妻恩爱，却冷落了韦氏。韦氏为此怀恨在心，暗地勾结奸臣严嵩门客赵平，诬告徐梦祥。徐梦祥被革职流放。继之，韦氏又设计陷害权小姐与他人通奸。权小姐被捕入狱，幸为白衣天使救出，避难于白莲花庵。徐梦祥闻权小姐被捕，痛苦异常。一日，徐梦祥乘船，突遇大风，漂流大海，最后登岸，幸遇一位仙人。仙人向他传授兵书。在仙人的传授下，徐梦祥学得一身好武艺。这时，北方强敌入侵，明帝任命徐梦祥为征北大元帅，率大军御敌，大获全胜。继之，南疆海盗蹶起，徐梦祥又奉命征南，旋即平定海盗。幸运的是，徐梦祥与隐匿在白莲花庵的权小姐重逢，夫妻团圆，胜利而归。闻此消息的赵平遂与韦氏携带徐府财物出逃。恶贯满盈的赵平、韦氏终于被捕入狱。徐梦祥凯旋回京师，明帝晋封其为晋国公。徐梦祥与权小姐、郑小姐合家团圆，白头偕老。

《一乐亭记》描述徐梦祥一家夫妻离散最终重逢团圆，以喜剧形式结束。这篇汉文小说阐述家庭伦理，主题是彰善惩恶。

九、《红白花传》

小说创作于李朝，但具体年代和作者均不详，共10回，3万余字，有12种版本。

内容简介

《红白花传》以中国为背景。故事讲述中国明朝宪宗成化年间，在河南洛阳，桂一枝和荀织素为姨表兄妹。桂一枝幼年丧母，荀织素之母遂将其收养。桂一枝和荀织素两人自幼聪慧，富有文采，二人青梅竹马，私订终身。数年后，荀织素母亲病故，临终遗言将荀织素许配给桂一枝。荀织素之父亦表示赞同。但节外生枝，吕丞相之子闻荀织素貌美，托人向荀府求亲。荀织素之父畏惧吕家权势，又嫌桂一枝之父桂冬荣为平民百姓，遂表示许亲。但是荀织素忠于爱情，坚决拒悔婚约。此时，浙江督府魏公招桂冬荣为幕僚。桂冬荣遂携子桂一枝赴任。桂冬荣赴任途中，桂一枝进入女观玉观，遂在观中所悬美女图题诗一首。桂冬荣父子二人至浙江。魏公喜爱桂一枝才学，欲将侄女许配桂一枝，但为其婉拒。此时，荀织素之父升任兵部尚书，但荀织素因病未随父赴京，而停留开封。一日，荀织素偶入玉清观，见壁上美人图之题诗，又见一首和诗。询问女尼，方知美人为薛幽兰，为郡主之女，和诗即为美女薛幽兰自己所题。此时，荀织素忽接父亲来信，称其边事失利，幸为吕丞相相救，遂答应吕丞相之子求婚，并要求荀织素与吕丞相之子成亲。于是，荀织素决定成全桂一枝与薛幽兰之婚事。薛幽兰之母为其女招婿，荀织素遂女扮男装冒充桂一枝应试。薛幽兰准允，命其女与荀织素成亲。荀织素遂进入薛府成亲，但拒不与薛幽兰同床。旋即，荀织素以赴京应试为由，离开薛府。此时，桂一枝应试中举，任为官吏。薛幽兰之母派人进京，找到桂一枝，始知事情原委。于是，薛幽兰进京，与桂一枝成婚，继之，桂一枝又与来京之荀织素成婚。此后，桂一枝与薛幽兰、荀织素一夫二妻相亲相爱，相敬如宾，子孙满堂，共享天伦之乐。

《红白花传》为一部才子佳人小说，此书颇受中国古代才子佳人小说《宛如约》之影响。

十、《月峰记》

小说创作于李朝后期，但具体年代和作者均不详。其有4种抄本，以中国为背景，9万字。

内容简介

故事讲述在中国明成祖永乐年间，浙江兰溪县知县苏云带着家眷赴任。途中苏云等人误上贼人徐能之船。徐能将苏云及其随从投入河中，并欲霸占苏云之妻郑氏，徐能之弟徐容为人善良，私将郑氏放走。身怀六甲的郑氏逃到庵堂，生子，求尼姑代为抚养，并留下罗衫、金钗作为信物。郑氏遂逃奔月峰山紫霞庵。其后，郑氏之幼子被追杀郑氏的贼人徐能收养，取名为徐继祖。此时苏云亦被人救获，无以为生，遂四处流浪。其后徐继祖长大成人，赴京应试，高中状元，任为南京按察使。兵部尚书为其女与徐继祖订亲。徐继祖之母郑氏闻听笔御史清正廉明，断案如神，赶来申冤。与之同时，徐继祖之父苏云也来申冤。徐继祖经过审问和调查了解，始知事情真相，下堂拜认双亲。其后，贼人徐能被斩。徐继祖也改名为苏泰。苏泰回京赴任，明帝招其为驸马，并封为南平侯。继之苏泰又与王尚书之女成亲。于是，苏云、苏泰父子共同为吏，忠君报国。其后，苏泰所生诸子，勤奋攻读，皆金榜题名，任为官吏。

《月峰记》为家庭伦理小说，与中国古代小说《警世通言》中的《苏知县罗衫再合》甚是相似。

十一、《万家春说》

小说创作于李朝，具体年代和作者皆不详，为手抄本，残本，4万余字。

内容简介

故事讲述御史李寅巡行各地。在桂林县审破12年未破之悬案，惩治凶犯许汤，为无辜被杀女子报仇。至安城县，李御史水土不服患病，时为父报仇的许汤之子许述欲行刺李御史，不幸被捉。李御史念其孝心，予以释放。李御史痊愈后，继续前行。时值大旱，李御史为之祈雨。李御史结束巡行，回至京都，国王升任其为礼部尚书。这时，梁州泗川县大灾，盗贼蜂起。李尚书奉命前往救灾，平息贼乱。李尚书回京后，升任平章事兼太子太师。继之，边疆遭外敌入侵，国王任命李尚书之妻廖氏、孟氏为正副元帅率军御敌，大获全胜，班师回朝。此后，李尚书与二妻四妾相亲相爱，相敬如宾，共享富贵荣华。

《万家春说》塑造了朝廷官员李寅忠君爱民的正面形象。

十二、《云香传》

小说创作于李朝后期，但具体年代和作者皆不详。2万字，以中国为背景。

内容简介

故事讲述中国唐玄宗年间，潮州府权处士颇有文采。权处士50岁时始获一女，名叫云香。河间府李丞相有二妻，夫人杜氏生一女名叫云香。左夫人钱氏生一子，名叫庆生。云香自幼聪慧，10岁时，父母随仙人而去，遂四处流浪。其后，李丞相找到云香，将其带回家中。数年后，云香与庆生长大成人，结为夫妻。又过数年，李丞相与夫人杜氏相继病故，庆生进京任吏。李丞相之左夫人钱氏遂迫害云香。云香被迫服毒自杀，幸为云月庵尼姑救获，遂避难该庵。十余年后，胡酋入侵，唐帝避难巴蜀。唐帝任庆生为兵马大元帅，抵御胡酋。时，观音托梦云香，令其助夫君作战。云香遂带龙王赠给的战马、枪剑来到战场，夫妻英勇作战，大获全胜，班师回朝。唐帝大喜，对庆生、云香封功行赏，云香封侯。此时，李丞相之左夫人钱氏也悔过自新，全家团圆，和睦如初。

《云香传》主旨是宣扬儒家之道，即作品中人物所说："人生世间，幼学孔孟之言，以长事尧舜之君，立身扬名，以显父母，昌大门户，人子之职分。"还应指出的是，《云香传》深受《谢氏南征记》之影响，多个情节雷同。

十三、《南洪亮传》

小说创作于李朝后期，具体年代和作者皆不详。

内容简介

故事讲述南鲽越国皇帝开科取士，遴选人才，解遇春等被选中，人才济济，国势强盛。三年后，西突厥与北獯鬻国通婚，结成兄弟之盟。两国联合攻打南鲽越国。南鲽越国皇帝任命潭洙霸为都元帅，解遇春为副元帅率兵御敌。双方激战，南鲽越国不敌。北宫子羽回京求援，并推荐南继瓒、徐鹏举、李万兴、裴仁平、龙天为将。双方再次交战，南鲽越国大胜，龙天将军功劳最巨。他不仅灭西突厥，并迫北獯鬻降服。南鲽越国军凯旋返京。龙天封为英阳王，南继瓒封为安西王。西突厥王之子黠利迨外出，躲过一劫，回国后发愤图强，誓报此仇。十余年后，黠利率西突厥大军攻打南鲽越国。此时龙天将军遭诬陷，贬为庶人。南鲽越国军力不支，西突厥军攻至京城。南鲽越国王弃城逃难。国势危急时刻，时任翰林的南继瓒之子南洪亮与徐鹏举之子徐齿遇找到被贬为庶民的龙天将军。其后，龙天官复原职，出任元帅，南洪亮任副元帅，再次率军御敌，大获全胜，班师回朝。龙天将军、南洪亮、徐齿遇皆封为王，其子孙亦在朝为官，家丁兴旺。

《南洪亮传》是部描写战争的军谈小说。应指出的是，作品将南鲽越国隐喻朝鲜，将西突厥、北獯鬻隐喻为夷狄。这既反映了李朝当时思明仇清的思想的反映，又体现了李朝当时的华夷观。

十四、《金英哲传》

小说创作于李朝，但具体年代及作者均不详，近2万字。

内容简介

故事讲述李朝国王应明廷诏谕，任姜弘立为元帅，金景瑞为副元帅，率军援明朝，与后金（即清）作战。金英哲与其从祖父金永华皆为援明之士兵。不幸的是明军大败，姜弘立、金景瑞被俘投降，金英哲及其从祖父金永华成为俘虏。后金对李朝被俘士兵残加杀害，金英哲从祖父金永华被杀，金英哲侥幸躲过一劫。金英哲和明军俘虏被后金押至建州，开始苦难的奴隶生活。后金将领阿罗那认为金英哲酷似战死的弟弟，遂将金英哲收做下人，并让金英哲与其弟之寡妻结婚。数年后，金英哲夫妇生有二子，一名得北，一名得建。又过四年，阿罗那令金英哲和八名明军俘虏，负责饲养三匹战马。是年秋，金英哲与两名明军俘虏骑马逃跑。最后，逃至明军管控的宁远卫。此后，金英哲寄居山东登州田有年家，并与田有年妹妹结婚，又生二子，一名得达，一名得吉。一天，李朝进贺使一行所乘之船停泊登州海口港。金英哲思乡心切，赶往探视，恰遇船主，一看竟是同乡李连生。金英哲决计借乘此船返回祖国。李连生也助人为乐："（李连生）拔舡底板子，藏英哲于其中，复钉其板，舟中人无知者矣。英哲潜伏于板子之下，不敢喘息矣。"最后，多年流浪异国他乡的金英哲终于返回祖国，回到故乡。金英哲回到故里后，又与李君秀之女结婚，并育有三子。其后，后金攻打明之锦州，并迫李朝出兵助攻，金英哲被征为李朝军队之译官。幸运的是金英哲遇见以前的主人阿罗那，更幸运的是金英哲又与儿子得北相遇，父子相见，相拥而泣。战争结束后，金英哲定居平安道慈母山城，虽与本国妻儿终日相聚，但是无时无刻不在思念在建州和登州的两个中国妻子和四个儿子，终日唉声叹气，以泪洗面，最后含恨而逝。

《金英哲传》真实描写了金英哲夫妻分离的悲剧，用大量篇幅描述了战争给金英哲等平民百姓带来的巨大灾难。还应指出的是，这部作品真实描述了当时李朝与明、后金（清）之间的关系，也是李朝思明仇清思想的真实反映。从这个角度来说，也可以说这部汉文长篇小说是历史题材小说。

总之，这部汉文长篇小说时间跨度大，场面宏伟，人物繁多，情节曲折，故事十分感人，可以称之为李朝后期汉文长篇小说的优秀代表作。

李朝后期汉文长篇小说除上述者外，尚有多部。

第四编

近现代汉文学

第三十二章　近现代汉文学

第一节　概　述

1876年2月，日本迫使朝鲜签订《朝日修好条规》（亦称《江华条约》），由此开始朝鲜进入近代时期。1905年日本迫使朝鲜签订《韩日协约》（又称《乙巳保护条约》），朝鲜沦为日本的保护国。1910年8月，日本迫使朝鲜签订《韩日合并条约》，朝鲜遂亡，成为日本殖民地。

1919年3月，朝鲜全境爆发以推翻日本殖民统治恢复朝鲜独立为目的的三一运动，由此朝鲜进入现代时期。在日本殖民统治期间，大批朝鲜民众移居中国东北，不少反日志士移居中国上海和中国东北。移居中国境内的朝鲜反日志士，在从事反日独立运动的同时，创作了大量汉文学作品，成为近现代朝鲜汉文学的重要组成部分，成就卓著，硕果累累。

1945年，日本战败，朝鲜民族获得解放，由此开始朝鲜当代时期。朝鲜当代汉文学已绝迹于朝鲜半岛地区。

第二节　近现代汉文散文

一、《二八独立宣言书》

1919年2月8日，朝鲜留学生崔八镛等600余人，在日本东京集会，会上发表《独立宣言书》，宣布朝鲜独立。东京朝鲜留日学生的二八集会，为朝鲜全国爆发的反日的三一运动的先导。《二八独立宣言书》2万余字，主要内容包括：

1. 宣布朝鲜独立

“朝鲜青年党代表我二千万民族，据正义自由期成我独立，宣言于世界万国。……今兹吾族对于日本及世界各国要求自决之机会，而如其不然者，吾族为其生存取自由行动，期成吾族之独立。”

2. 谴责日本对朝鲜之侵略罪行

宣言书谴责日本对朝鲜之侵略：“日本持其优越之兵力，违反韩国独立保全之旧约，威胁韩国皇帝及政府，欺罔以韩国国力之充实，为定得独立之时期，勒施条件，夺韩国之外交权，成日本之保护国。……夫缔《保护条约》也，除贼臣外，皇帝与诸大臣均极力反对。及其发表也，我全国人民皆以赤手反抗。……韩日合并，非韩民族之意思，而吾族之命运，乃在日本军国主义的野心家诈欺暴力之下矣。”

3. 历数日本吞并朝鲜后实行“武断政治”之诸多罪行

“且自合并以来，以日本之统治政策观之，彼合并之宣言者，所谓增进吾族之幸福利益，尽属欺人之言。而惟以征服者对于被征服者袭用古代非人道的政策，对于吾族。而参政权、集会结社会之自由、言论出版之自由等，一切不许，甚至于信教、企业之自由亦加拘束。行政、司法、警察等诸机关无有不侵害朝鲜民族之私权者。公私上，吾族与日人间优劣之差别很大，施吾族以劣等之教育，永使吾族为日本人之奴役者而已。改造历史，破坏我神圣之传统与威严，加以凌侮。……吾族在如此武断专制不正不平之政治下，决不能享受其生存发展也。”

4．号召民众为推翻日本殖民统治，实现朝鲜独立奋斗

“日本之合并韩国，实为扰乱东洋之祸源矣。吾族唯一正当之方法，追究吾族之自由。而若不能以此成功，则吾族为生存权利，取自由行动，至最后一人，必为自由而溅其热血，讵非东洋和平之祸源耶？吾族以兵力乎，则虽无抵抗日本之实力，然日本若不应吾族之正当要求者，不得不对日本宣布永远血战而已。”

《二八独立宣言书》，从史学角度来说，无疑是珍贵的历史文献。单从朝鲜汉文学角度来看，也是一篇义正词严的十分珍贵的汉文学文献，使我们从中可以了解到，近现代朝鲜人民运用汉文的高超和熟练。

二、《三一独立宣言书》

1919年3月1日，朝鲜人民在汉城（今首尔）举行反日独立集会，宣读《独立运动宣言》，宣布朝鲜独立。由此爆发朝鲜全境的反日独立运动，即“三一运动”。《三一独立宣告书》签名者为民族主义者孙秉熙等33人，起草者为崔南善。主要内容包括：

1．宣布朝鲜独立

“吾等兹宣言：我朝鲜之为独立国，朝鲜人为自由民，以此告于世界万邦，而阐明人类平等之大义；以此诰于子孙万代，而永有民族自存之正权。”

2．谴责日本侵略朝鲜之罪行

“乃牺牲于旧时代遗物侵略主义强权主义之下，备尝有史以来累千年未有之异族钳制之痛苦者，已十年矣。凡剥夺我生存权者几

何？障碍我心灵上发展者几何？毁损我民族的尊荣者几何？我以新锐独创而得世界文化大潮流之寄与补裨之机者，被其遗失几何？”

3．号召民众为实现朝鲜独立而奋斗

“明矣，今日吾人之谋独立，使朝鲜人获逐正当之尊荣也……吾等今兹奋起矣！良心与我共存，真理与我并进。无论男女老幼皆活发奋起于阴郁之古巢，与万汇群象得遂欣快之复活，千百世祖灵佑我于冥冥，全世界气运为我外护，着乎即成功也。第向前头之光明，而蓦进也哉！”

三、《大韩独立宣言书》

1919年1月，朝鲜赵素昂等人在中国东北吉林成立大韩独立义军府，正领为吕准，副领为赵素昂，军务为金佐镇。同年2月，赵素昂受托起草《大韩独立宣言书》，签名者共39人。主要内容包括：

1．宣布朝鲜独立

“我大韩为了使黎民子孙享完全自由独立和平等福利，并世代相传，兹宣布：摆脱异族专制之压迫，大韩民主自立！”

2．谴责日本侵略朝鲜之罪行

“日本武孽自壬辰以来积恶于半岛者历万世亦难消掩，甲午以后作恶于大陆者为万国难容。彼借口自保自卫施其嗜战恶习，终使其反天理逆人德之‘保护 合并’得以达逞。”

3．阐述朝鲜独立之使命

“正义的独立以正义的方式进行，尽一切办法消除军国专制，在全球实施民族平等，此乃我独立之第一义也。根绝武力兼并，实行平均天下之公道，此乃我独立之宗旨。严禁密盟私战，宣传大同和平，此乃我复国之使命。施同权同富于一切同胞，男女贫富一视同仁，智愚老幼等贤等寿，四海人类和平共处，此乃我立国之旗帜。”

4．号召民众为实现朝鲜独立奋斗

号召全国民众，争取国家独立，要不怕流血牺牲英勇奋斗，开展武装斗争，通过“以肉弹血战完成独立大业”。

四、《朝鲜革命宣言》

1923年1月，申采浩为朝鲜反日独立运动团体义烈团撰写《朝鲜革命宣言》。全文6000余字，共五个部分。

第一部分，揭露日本殖民统治朝鲜之野蛮和残酷，历数朝鲜人民亡国遭受之悲惨境遇。第二部分，批驳日帝和卖国贼散布的“内政独立论”“参政论”“自治论”“文化运动”等谬论。第三部分，批驳大韩民国临时政府不进行反日独立斗争的“外交论”“准备论”等谬论。第四部分，正面提出“民众直接革命”论，阐明只有促进朝鲜全国人民觉悟，积极开展暴力斗争，使用武力，坚决与日本帝国主义进行武力斗争，才能推翻日帝在朝鲜的殖民统治，恢复朝鲜独立。第五部分，提出“五破坏”“五建设”。“五破坏”，为义烈团的反日斗争目标；“五建设”即为义烈团恢复朝鲜独立的建设目标。五破坏、五建设为：破坏异族统治，建设固有朝鲜；破坏特权阶级，建设自由朝鲜；破坏经济掠夺制度，建设民众经济组织；破坏社会之不平均现象，建设全体民众之幸福；破坏奴隶文化，建设民众性文化。文之最后为结论。

结论中阐明义烈团之宗旨，即通过暗杀、破坏等暴力斗争，以促进朝鲜民众之觉醒，促进全国民众奋起反抗，开展暴力革命，进行武装斗争，从而推翻日帝在朝鲜之殖民统治，恢复朝鲜之独立。

申采浩为义烈团撰写的《朝鲜革命宣言》，既反映义烈团的宗旨，也是申采浩关于反日独立之主张。

五、《新韩青年》创刊词

侨居中国的朝鲜反日独立运动人士结成新韩青年党，并于1920年3月创办《新韩青年》。

创刊词如下：

吾韩族以五千年祖国历史之神力为中坚，以二十世纪人道主义为前茅，忠信甲胄，礼义干橹，以徒手抉铁网，以赤血抗炮火，而求吾独立自由。皓发之叟，黄口之儿，弱体之女子，胥骈首致命于敌锋之下而少无悔意。前仆后继，以最后一人必战为誓，此前古之未有革命也。于是乎，九年间入于寂灭之韩国，复为世界之研究问题。虽无以公式认我独立者，而其予以赞叹之词，示以爱助之意，则全球舆情几乎一致。且日人之蛮虐大襮于天下，殆为舆论之集矢。多方外交陷于困难，则吾族之革命事业已做到几分。苟此血之总续增长者，种豆得豆，收完全独立之结果，确系无疑矣。

自宣言独立以来，有几种报纸之行于各处者，而均用国文为之者，为供我人之览也。惟中国与吾韩极有密切之关系，故今日独立运动之影响，触其脑筋者尤深，而学界之青年要得其详者多，而非行汉字之报则不可。适自新韩青年党嘱余操觚，不能以病为解也。

夫日本对于吾韩则曰言确保独立而竟行合并；对中国则曰言中日亲善而实行侵略，已为历史上不可掩者则毋庸多辩。而余尝谓日人之武非可畏也，而其谲最可畏也。武可适用于宣战之场，而谲则使用于平常交际，败人于不知不觉之中。故彼之吞吾国实以谲，而不以武也。今中国被他侵略，已经创甚痛巨，故排日之热渐臻高度。而但恐彼之弄谲极巧，假亲善二字之口头禅以败中国于谈笑之际也。殷鉴自在，可以勿忘矣。且彼得志以来，骄横忒甚，对吾同洲同种凌虐极其无状。吾韩族之无辜被杀勿论，而现于满洲、山东及福建等地华人受辱之状，果何如耶？今又进兵西伯利亚而虐待俄民亦复如是。故俄民之排日热，日以激腾矣。噫！彼一进而与韩族二千万为仇，再进而与中国四万万为仇，三进而与俄国二万万为仇。彼虽强武乎，而为世界民意之公仇，能保无败乎？吾见岛儿受其业报也不远矣！

创刊词主要内容有三：其一，阐述朝鲜独立必定实现；其二，阐述创办《新韩青年》之原因和目的；其三，指出日本帝国主义侵略朝鲜、中国、俄国之罪行，多行不义必自毙。指出朝鲜、中、俄必胜，日本帝国主义必定败亡。

《新韩青年》创刊词文笔甚好，显示作者对汉文掌握之熟练与高超。

六、《天鼓》创刊词

《天鼓》亦为在中国境内从事朝鲜反日独立运动的朝鲜革命志士们所创办杂志。创刊于1920年前后，创刊词甚长，阐述《天鼓》创刊之目的，主要有四：

其一，日倭不惟吾国之世仇，抑亦东洋之仇敌也。自叔世以还，侵凌我沿海州郡，俾我祖先，壮者膏锋刃，老弱转沟壑，历世不遑宁处者，非倭也耶？李朝壬辰，大举入寇，鱼肉人民，血染八域之山河，发掘陵墓，祸及百年之骸骨，使后之读史者，犹为之骨战血跃者，非倭也耶？自丙子通商以来，前后出其鬼蜮之手段，累次立约，罔不大书特书保障我独立，增进我幸福，而夺我国权、夷我国号、涂炭我生灵者，非倭也耶？限制教育，以障我民智，攘夺利益以胁我生存，劓刵族诛等专制之蛮刑，罔不复以杀我义士，鸡狗羊豕百一等杂税之恶税，罔不兴以困我民产者，非倭也耶？三千里疆域，既为彼大锢矣。而今凶锋毒刃，竟及乎海外侨居之地，焚烧村落，屠杀妇孺，甚至于斩断手足，割弃耳目，野蛮行为，惨无天日者，非倭也耶？

彼又欲以所施于吾国者，施诸中国，累结密约，攘有利权，派遣策士，离间南北。今又无名出师，蹂躏东省，草菅人命，无恶不作，试问居亚洲而祸亚洲者，有先于倭者耶？

嗟夫！我亚黄族，不下四五百兆，而彼欲以区区数千万之众垄断全亚，蹂躏邻邦，无视民族之自决，力抗世界潮流，以图蒙古帝国之重视于今日。其志，可谓奢矣；而其罪，亦不容诛矣。短楮寸笔，虽非却贼之利器，然声罪致讨，诛元恶于方张，提醒唇齿，济急难于同舟，此《天鼓》之第一义也。

其二，自古与我对峙之悍族，虽其类不一，其强梁凶毒无过乎。不防倭，无以自存。故我先民，于此亦竞竞致精。几乎舍对倭外，无国是。舍拒倭外，无国防。舍杀倭外，无勇士。舍讨倭外，无英雄。

自新罗以来，数千年史，虽直谓之“与倭血战史”，可也。故彼虽痞寐大陆，若蚁慕膻，而困守海，曲终不敢出雷池一步者，未始非我之力也。后昆恬嬉，昧于此义，锦绣山河，遂至拱手与人。然亦既有多数先烈，前后奋起，以徒手，搏狮虎；以空拳，敌枪炮。拼颅断脰，百战强寇，冷风凄血，洗涤乾坤，成仁取义，诏示来者，逮至丁未独立运动之前后而极矣。

昔明将刘綎，率师东援，累与虏战，以为中国兵十，不能当日本兵一；日本兵十，不能当朝鲜兵一。此非谓三国人勇怯之情，至有若此之殊也，抑亦以言乎惯悉倭性善攫戎机者，我有独长乎人也。

居今论古，事情虽异，公愤私仇，在在郁结，三户亡秦，当有其日。旁搜广采彼族对我之阴谋虐政，及我族对抗之烈，以绍介于邻邦同仇之人民，此《天鼓》之第二义也。

其三，古者，中华人之传朝鲜者，始自司马迁、班固。然其地理，不出于坝水以北，此乃朝鲜之一隅，而非其全部也。其事实，不过记卫满一人割据一迹，此又一时僭寇之例，而非其本史也。自曹魏以还，使贾频繁，传闻稍详。然本国，往往不肯以自家之秘藏视人，故中华史家所采辑，不过缀搭撙俎酬酢之余，以备交邻故事而已。

其外，以外国人讲朝鲜事者，当无出倭右。彼其谋我深，故知我亦最详。……探求往迹，发掘及于地中，亦可谓勤矣。然彼所以勤究朝鲜者，将以祸朝鲜，而非欲以爱朝鲜也；将以诬朝鲜蔑朝鲜，而非欲以发挥弘布真正之朝鲜也。故不但广布蜚说，厚辱现人，并且伪撰史书，上诬先代，写生叶绘，偏述穷巷之陋俗，以证我民俗之蛮昧。图书编著，专摘叔季之弱点，以断我国性之卑弱。缩短年代，则檀君与神武为兄弟。涂改故典，则新罗于日本为附庸。齐书郢说，毁为耳目之所熟习。中西学习，抑或信之为正史。旁推曲引，以辩其诬，订误正谬，以返其真。昭日星于长夜，息邪说于方炽，又岂吾人之所得已哉？此《天鼓》之第三义也。

其四，自三一运动以后，国中秉简者，稍稍抬头。日刊月刊，计可数十种。然处于合并后积弱之势，又怵于十年来倭督专制之威，可言者，不言；当笔者，反削；其为状，至可怜悯。而报章，犹时遭押收，报馆亦累被封禁。三月以上续刊之纸，几乎如凤毛麟角。而独彼总督府机关纸如《每日申报》等，附贼为伥，天良全泯。称义兵为暴徒，号烈士为凶汉。凡有参加独立运动之列者，无不诛之为乱民，贬之为不逞之徒，王贼之倒置，忠逆为易位，至于如此，甚矣倭之祸也。不惟欲网打生存之人，殄灭其种子，抑亦恶地下之鬼，犹带爱国之号。既以刀锯鼎爜戮之于其前，又以凶名恶谥加诸其死。国不能以荣辱褒贬，而有移转，颠倒善恶，诟骂先民，抑岂非吾人之深痛哉。海外漫辑，虽不敢望普及域内，若夫申明大义，传示邻邦，则又不可舍此他图。此《天鼓》之第四义也。

创刊词最后表示将为推翻日本殖民统治，实现朝鲜独立而大声疾呼，以唤起朝鲜民众，奋起抗日，最终实现朝鲜独立：

《天鼓》乎，《天鼓》乎！将为云为雨，以涤秽德之腥膻欤；将为鬼为厉，以咒敌运之将终欤；将为刀钩为枪炮，扫荡寇氛欤；将为炸弹为匕首，震惊贼人欤。内则民气日张，暗杀暴动之壮举，层见不绝；外则世运日新，孱邦弱族之自立运动，续出不已。

《天鼓》乎，《天鼓》乎！汝鼓我舞，作我同胞，执彼凶残，还我山河。

《天鼓》乎，《天鼓》乎！乃奋乃勉，毋忘乃职。

刊物创刊词气势宏伟，义正词严，是一篇反日绝好檄文，除思想性极强外，其文章之艺术性亦高超。尤其是作者大量运用排比句式。例如：

声罪致讨，诛元恶于方张；提醒唇齿，济急难于同舟。

舍对倭外，无国是；舍拒倭外，无国防；舍杀倭外，无勇士；舍讨倭外，无英雄。

以徒手，搏狮虎；以空拳，敌枪炮。

旁推曲引，以辩其诬；订误正谬，以返其真。

（怵于敌威）可言者，不言；当笔者，反削。

（倭寇）称义兵为暴徒，号烈士为凶汉。（倭寇）即以刀锯鼎擭戮之于生前，又以凶名恶谥加诸其死后。

将为云为雨，以涤秽德之腥膻欤；将为鬼为厉，以咒敌运之将终欤；将为刀钩为枪炮，扫荡寇氛欤；将为炸弹为匕首，震惊贼人欤。

内则民气日张，暗杀暴动之壮举，层见不绝；外则世运日新，孱邦弱族之自立，续出不已。

综上所述，《天鼓》创刊词实是一篇非常优秀汉文散文，真可谓巅峰之作。

除上述刊物创刊词外，尚有《光明》发刊词、《韩民》发刊词、《光复》创刊词、《韩国青年》发刊词、《朝鲜民族战线》创刊词等。

七、《余之来华后感想》

汉文散文《余之来华后感想》作者为安定根，即朝鲜著名反日志士安重根之弟，此文载于《新韩青年》第1卷第1号。

安定根此文，首先叙述作者为反日独立运动而奋斗：

余以亡国逋踪飘零海外，寤寐于祖国独立，歌咏于祖国独立，醉醒于祖国独立，岂有念及于他者乎？

继之阐述朝鲜与中国为共同抗击日寇同舟共济之亲密战友：

惟其对于中华，不啻有地理上、历史上、政治上、种族上特殊观念，而至于今日尤同舟遇风，同室遭焚之势也。

最后转达其兄安重根临终前之遗言：

余之先兄重根，在旅顺狱中最后临终时，以数言遗嘱于余：一对于祖国同胞；二对于中华同胞是也。一、余为祖国杀国仇今日身死，无所余恨，但不见国家之恢复而先死为遗憾也。幸我同胞兄弟尽诚协力以恢复祖国之消息传达于天国，则余之在天灵魂、在地骸骨当欣喜踊跃矣！二、我国之敌即中华之国敌也，余为两国关系东洋大势，杀伊藤而身死，中华民族谅此鄙衷，深思两国运命并进无退以救我韩二千万与中国四亿万于水火之中。余虽死矣，而可永远立证者，韩国独立未复之前，中华民族必无高枕之日云。

此文情真意切、感人至深，是一篇出色的汉文散文。

八、《韩国魂》

（一）作者生平

申圭植（1880—1922），朝鲜反日独立运动家、文人。字么执，号睨观。有文采，擅汉文汉诗，创作有汉诗和汉文散文《韩国魂》。

1899年，入官立外国学校。毕业后，入陆军武官学校。毕业后入伍，历任参尉、副尉。

1905年，日本迫朝鲜签订《乙巳保护条约》，愤而自杀，获救。后参加大韩自强会、大韩协会，积极从事思想启蒙运动。

1910年，日本迫朝鲜签订《日韩合并条约》，朝鲜遂亡。

1911年，申圭植流亡上海，参加孙中山领导的辛亥革命，后又与中国国民党人成立同济社。

1915年，与朴殷植在上海成立大同辅国团，创办《震坛》。

1919年，朝鲜“三一运动”后，大韩民国临时政府在上海成立。申圭植历任临时议政院副议长、法务总长、代理国务总理兼外务总长。后赴广州，晋谒广东护法政府大元帅孙中山，谋得护法政府对大韩民国临时政府之承认。

1922年，因大韩民国临时政府内部矛盾日益激化，为独立复国事业担忧，绝食而亡，年仅42岁。

（二）内容简介

申圭植于1920年10月撰写《韩国魂》，7万余字，主要内容包括：

1. 序言

庚戌（即公元1910年）国变后，余亡命来华。故宫禾黍，我心伤悲！屈子离骚之泪，包胥秦庭之哭，鸡鸣风雨，有余痛焉。《韩国魂》之作，盖所以志痛，而晓国人以民族主义，与复仇之大义耳。然迫于时势，未能成篇。壬子（即公元1912年），曾将斯义演讲于某社创立时。甲寅（即公元1914年）始脱稿，间示同人，未敢付梓也。自客岁（即己未年，公元1919年）宣布独立以来，国人再接再厉，风起云涌，始幸余言之不谬。同人以此篇付梓请者。余以世变万端，有明日黄花之感，婉言谢之。历有年所，《震坛》同人又索之。无已，谨将原文汇订，不加增减，间有不合时宜者，读者不以辞害意可也。

2. 叙述亡国之痛

白山瑟瑟，天地为愁。碧波洸洸，龟龙起舞。长夜不旦，风雨晦暝。五千年之故国，夷为郡县；三千万之庶民，降为舆台。呜呼哀哉！吾国亡矣！我人其长为亡国之民乎！

哀莫大于心死。我国之亡，以人心死也。今既为亡国之民，备受惨毒。而犹冥然罔觉，是死而又死也。嗟呼！吾国其终亡矣！

3. 探讨亡国之原因

设我人之心而犹未死也，虽舆图异其色，历史异其称，我大韩虽亡，我人之心，自有一大韩在。我人之心大韩之魂也。人心不死，魂兮尚有归来之日。勉哉吾同胞！共宝大韩之魂！毋使之灭，先救个人之心，毋使之死。

呜呼！吾同胞！今兹既为亡国之民，同受奴隶牛马之辱；形势迫于外，而饥寒切于身；回思未亡国之前，忍能伈伈伣伣，无所动于衷乎？

……

我作痛言，我心中蕴有无限之痛苦，不知从何处说起。我就我之感想而书之，亦不知是血是泪。顾我同胞读者，人人将所感受之痛苦，永远藏诸心中，至脱离亡国之辱而后已。

呜呼！我亡国之积因：曰法治荒乱，曰元气衰弱，曰智识不开，曰媚外苟安，曰自大自卑，曰植党营私，种种皆足以致亡。然吾思此种种之所由，总不外“丧尽天良”四字。由“丧尽天良”发生一种麻木不仁之症，名曰善忘。一忘先祖之教化及其宗法；二忘先民之功烈及其利器；三忘国史；四忘国耻，人善忘而国亡矣。

4. 深入分析忘先祖之教化及宗法

何言乎？国人忘先祖之教化及宗法也！体天之极，论道经邦，开辟鸿濛，传诸子孙，非我五千年前神降东方太白之始祖檀君乎？化人设神道之教，祭天立报本之礼，驱虫兽，奠山川，服九族，和万方，衣之食之，政之教之，皆我祖之赐也。圣哲继承，土地日拓，文化隆昌，武治强盛。古昔所称：曰神人国，曰君子国，曰扶余大国，曰礼义东邦，曰海东胜国，曰父母国，曰上国，曰神圣族，曰尚武族。种种徽号，皆吾祖之赐也。忠于国，孝于家，信于友，临阵无退，杀生有择之五条教，我业守之宗法也。欲报之德，昊天罔极，子孙万世，所当永世勿谖者也。乃世变纷乘，国有妖孽，妄自菲薄，弁髦典章，酝酿数百年，遂结成万恶之果。宗社为屋，神灵弗歆，当日临下有赫之三神祠崇灵殿，尽埋没于荒烟蔓草之中矣。“传”有之曰：“国于天地，必有与主。礼义是也。”又曰：“本实先拨，而枝叶从之。岂不痛哉！”回首阿斯达之巅，王俭城之址，吾不禁泪洒滂沱矣。

5. 深入分析忘先民之功烈及利器

何言乎忘先民之功烈及利器也？英武天纵，绝世伟人，当万难之冲，成中兴之业，非我三百年前杀敌殉难于碧波亭闲山岛之李忠武公舜臣乎？牺牲一身，昭苏百姓。剧虏殄灭，邻邦赖安。功烈巍巍，焜耀千古。……

中国不忘李舜臣，日本不忘李舜臣，世界不忘李舜臣，下至鱼龙草目，亦感其精诚忠义。独吾国人忘之。不独忘之，且从而厄之。……

其后，又列举朝鲜历代之名臣武将之功绩。

6. 深入分析忘国史

何言乎忘国史也？国之文献，国之精神也。文献何征？征诸国史。痛哀吾韩，后此不复能有史，前此亦虽有若无矣。

……

无我人五千年生长于斯，衣食于斯，巍然立国，与世争雄，夫岂无礼义无教育，无巨人长德，而能光大绵延至若斯久哉？独奈何舍他国庖代之记述，我人竟懵然无所知，则甚矣，国人之善忘也，并国史而亦忘之矣。……

7. 深入分析忘国耻

何言乎忘国耻也？我人不共戴天之仇，非彼万恶之日本耶？上溯三国时代，寇我侵我者屡矣。逮至壬辰，则侍强权以蹂躏我矣。乙未则弑我皇后矣。甲辰、乙巳则削我主权矣。丙午、丁未则勒逼我君主让位，解散我军队，杀戮我义兵，鱼肉我生灵矣。庚戌则夷灭我国，牛马我同胞矣。我人试一念及，彼人之前后罪恶，罄木觅之竹，倾汉江之水，莫能述其万一也。呜呼！国人之健忘也！身受其荼毒者，事过境迁，则漠然处之。吾国耻辱史之所记载，我之读之者，未尝不瞋目切齿，太息痛恨。瞥然一过，则淡然置之。甚矣，其健忘也！

8. 阐述救国之策

呜呼！亡国之因，如上所述。我人知亡国之因，将何以为救国之策乎?

我敢为我同胞曰：收拾未死之心，悔悟前此之健忘，自今永矢，不忘而已。大武以蕞尔一隅，矢志蓄锐，统一诸邦……温祚氏以十人百人之团结，能成十济百济之国家。夏少康以一成一旅而中兴。齐田单以莒即墨二城而复国。普鲁士以坚忍沈鸷而迁法人之迹。美利坚以强毅不屈而拒英人之师。但使人卧薪尝胆，刻骨镌仇，万众一心，誓死救国，我大韩前途，固大有希望也。

申圭植的《韩国魂》是一篇出色的政论，优秀的汉文散文，充分显示申圭植对汉文之娴熟，几达神化之境。文中沉痛之语，哀婉之词，字字血泪，句句缠绵，甚是感人，令人不忍卒读。

第三节　近现代汉诗（一）

一、姜玮

（一）生平

姜玮（1820—1884），李朝近代文人、诗人。字仲武、韦玉、尧草，号秋琴、古欢子、慈屺。擅汉文、汉诗，著有《东文字母分解》《庸学解》《古欢堂集》，为朝鲜近代时期四位著名汉诗人之一。

1876年，创办《汉城旬报》，后改称《汉城周报》。曾三次随使赴清，两次随使赴日。曾为吏，官至监役。

1884年，逝世，时年64岁。

（二）代表作

舟行一日夜闻过朝鲜

风雨连宵浪接天，
卧闻舟路绕朝鲜。
可能辽鹤归来早，
城廓人民胜昔年。

按，“辽鹤”，指重游旧地之人。

姜玮曾三次赴清，两次赴日本。此诗作于赴日本或中国之舟中，表达对处于风雨飘摇的祖国命运的担忧。

再过姜女祠

秦帝城边女子祠，
峥嵘千载斗奇悲。
槎枒水塞沙中骨，
宛转春闺梦里姿。
天上君臣谈远略，
人间夫妇死相思。
骊山秋草无人过，
此地征夫涕尽滋。

按，“姜女祠”，位于河北省山海关。

“骊山”，位于陕西省临潼县东南。山北有秦始皇陵。

此诗为姜玮在中国所作。谴责秦始皇修建劳民伤财的长城，对孟姜女的不幸遭遇表示深切同情。

二、李建昌

（一）生平

李建昌（1852—1898），李朝近代文臣、学者。字凤藻，号宁斋、淡宁斋。擅汉文汉诗，著有《党义通略》《明美堂集》。为近代四位著名汉诗人之一。

1866年，文科及第，任为官吏。

1874年，任使赴清。

1898年，逝世，年仅46岁。

（二）内容简介

无忘楼感怀

百济宫边雪满城，
三田渡外少人行。

穿仓老鼠长搜粟，
绕堞寒鸦大点兵。
弱国君臣千载恨，
异时中外一家情。
登临此日重惆怅，
汉上高楼已失名。

按，“无忘楼”，位于朝鲜京城汉城。汉城曾为百济初建时之都城。

“三田渡”，为李朝京都汉城汉江之渡口。

此诗为李建昌游历汉城之作。此时之朝鲜国势日危，作者不由得感叹“弱国君臣千载恨，异时中外一家情”。

六月二十日闻兵变即日奔向行至沃川榆桥店小歇见其溪山深秀慨然有叹走笔题壁

时危不得恋身安，
六月栖栖行路难。
忧国无言惟有泪，
思亲力疾且加餐。
沃州云鹤三间屋，
锦水风烟一尺竿。
此计区区犹未遂，
筼筜那暇念金丹。

按，“兵变”，指1882年6月朝鲜军队发生的兵变，史称壬午兵变。

“沃州”，即沃川，位于忠清南道。

“锦水”，即锦江。

作者在此诗中，表达对日益危急的国势的深切担忧：“时危不得恋身安，六月栖栖行路难。忧国无言惟有泪”。

三、黄玹

（一）生平

黄玹（1855—1910），李朝近代文人、诗人。字云卿，号梅泉。擅汉文汉诗，创作有大量汉诗，著有《梅泉集》《梅泉野录》。为朝鲜近代四位著名汉诗人之一。

1888年，生员试状元及第，但未入仕，隐居乡里。晚年移居中国。

1910年7月，日本迫朝鲜签订《韩日合并条约》，朝鲜遂亡，成为日本殖民地。黄玹闻此噩耗，悲痛万分，泪书《绝命诗》和遗言：“吾无可死之义，但国家养士五百年，国亡之日，无一人死难者，宁不痛哉？”于同年8月6日，吞食鸦片，自杀身亡，时年55岁。

（二）代表作

黄玹文才出众，创作有大量汉诗，可分为以下五类：

1. 热爱祖国

绝命诗（四首）

（一）

乱离滚到白头年，
几合捐生却未然。
今日真成无可奈，
辉辉风烛照苍天。

（二）

妖氛掩翳帝星移，
九阙沉沉昼漏迟。

诏敕从今无复有，
琳琅一纸泪千丝。

（三）

鸟兽哀鸣海岳嚬，
槿花世界已沉沦。
秋灯掩卷怀千古，
难作人间识字人。

（四）

曾无支厦半椽功，
只是成仁不是忠。
止竟仅能追尹谷，
当时愧不蹑陈东。

上述四首《绝命诗》充分表达了黄玹对祖国的热爱和对祖国被灭亡之悲愤。

闻变（三首）

（一）

幽兰轩毁亦奇哉，
万岁亭摧宇宙哀。
屈指千秋亡国史，
几人能得快心来。

（二）

庙堂磨墨日寻盟，

一夜天崩九庙惊。
瞻彼齐山松柏老，
遗民歌哭不成声。

（三）

洌水吞声白岳嚬，
红尘依旧簇簪绅。
请看历代奸臣传，
卖国元无死国人。

按，“幽兰轩”，金朝哀宗吊死于幽兰轩。

“万岁亭”，明帝崇祯自杀之亭。

《闻变》描述朝鲜人民得知国家被日本灭亡时的悲痛与愤慨心情，作者充分表达了反抗日本的坚定意志。

祭　乌

乌啼哑哑复角角，
驱之复来墙头啄。
寄语儿童莫浪驱，
此乌不是凡鸦鹊。
新罗宫中衔书来，
能为君王捍大灾。
糯饭成俗过千年，
家家施食如僧斋。
举世聋瞶无真聪，
……
人不如乌世多有，

窃国者侯印如斗。
援琴欲弹乌夜啼，
北望长安泪眼枯。

诗中赞美了乌鸦“能为君王捍大灾”，而有的人却卖国求荣。因之感叹“人不如乌世多有”，只能“北望长安泪眼枯”。

2．缅怀先烈

李忠武公龟船歌

天狗蚀月沧溟竭，
罡风万里扶桑折。
主屹雄关已倒地，
舟师十万仍豕突。
无家老将一肉袋，
孤甲栖岛蛇蜉绝。
封疆重守无尔我，
苇航讵可秦视越。
左水营南门大开，
渊渊伐鼓龟船出。
似龟非龟船非船，
板屋穹然碾鲸沫。
四足环转为东轮，
两肋鳞张作枪穴。
二十四棹波底舞，
棹夫坐卧阳侯窟。
鼻射黑烟眼抹丹，
伸如游龙缩如鳖。

蛮子喁喁哭且愁，
露梁闲山涨红血。
赤壁少年逢时幸，
采石书生夸胆决。
孰能横海经百战，
截蛟斩鳄铓不缺。
……
熨平震土虎入羊，
火器掀天杀机发。
九原可作忠武公，
囊底恢奇应有术。
创智制胜如龟船，
倭人乞死洋人灭。

按，“赤壁少年”，指三国时期东吴主帅周瑜。

“采石书生”，指唐朝著名诗人李白。

黄玹在这首诗中高度赞扬在壬辰卫国战争中立下巨大功绩的李舜臣将军，详尽描述李舜臣发明的龟船在战争中的巨大作用。当朝鲜国势危急时刻，诗人深切地缅怀李舜臣这位先烈。

义妓论介碑

枫川渡口水犹香，
濯我须眉拜义娘。
蕙质何由能杀贼，
藁砧已自使编行。
长溪父老夸乡产，
矗石丹青祭国殇。

追想穆陵人物盛，
千秋妓籍一辉光。

此诗高度赞扬义妓论介在壬辰卫国战争英勇杀敌的爱国主义精神。

哀茂长义士郑时海四绝

（一）

肉食何人秉国成，
壑舟全徒不曾掠。
十年养得貔貅队，
只管腾腾杀义兵。

（二）

仗剑从军死固常，
义旗况复表堂堂。
惜君空有常山舌，
未把群凶骂一场。

（三）

环尸热泪洒苍旻，
盟墨嶙峋十二人。
千古潮阳兵散日，
文山幕下尽忠臣。

（四）

藁殡凄凉寄路傍，

行人驻马为沾裳。
赤城江水流无尽，
春草年年祭国殇。

按，“郑时海”，全罗道反日义兵运动首领，后为李朝封建政府所杀，与其同时被杀的还有12名反日义兵。

黄玹缅怀先烈的汉诗还有多首，如《哭勉罨奄先生》《燕谷吊高义将光洵》《五哀诗》等。

3. 追思前贤

孤云吹笛台有感

国末难容黼黻才，
鸡林黄叶足兴衰。
仙家何管兴亡事，
勤向新朝献谶语。

诗中追思新罗著名诗人崔致远，为其怀才不遇深为感叹。

红流洞见石刻题名甚多

苍崖丹刻日纷纷，
此事惟堪下土闻。
别有人间真不朽，
至今岩壑尽孤云。

按，“红流洞”，位于伽倻山南侧。崔致远当年隐居伽倻山。红流洞壁上刻有崔致远诗句。诗人在诗中表示，诗人崔致远虽早已逝世，但其诗文永留人间。

此外，黄玹还创作有《读国朝诸家诗》，诗中高度赞扬朝鲜著名诗人权韠、白光勋、李达、许兰雪轩、金昌协、金宗直、卢守慎等人的优美诗文。

4. 关心民间疾苦

见量田

谁倒洪河实漏卮，
经邦端合俭为基。
秦强谩道开阡日，
鲁削还从税亩时。
雁户荒凉天亦悯，
鱼鳞合沓鬼犹疑。
磻溪不作茶山死，
十村尘编发欲丝。

按，日本灭亡朝鲜后，公布《土地调查法》，进行土地调查，将朝鲜农民的土地掠为己有。

“磻溪”，指柳磻溪。“茶山”，指丁茶山。二人曾提出过公田制和闾田制。

此诗愤怒谴责日本帝国主义的掠夺罪行，深切同情失去土地的农民的悲惨处境。

夏　晴

迥似离人境，
溪声最壮时。
榴薰催晚稼，
桐溜滴新诗。

积雨牛羊倦，
穷村蓏果迟。
一回清昼梦，
端不许人知。

此诗描述农民担心多雨可能导致歉收。

卖　暑

农家天时暑不农，
水热如汤长禾黍。
五月六月日当午，
头上无云汗滴土。
……

此诗描述酷暑天气，农民辛勤劳作之辛苦，深切同情农民的悲惨处境。

5．悼念故友

哭秋琴先生四首（选二）

（一）

童时雷闻想魁梧，
及我见云山泽癯。
局外双瞳通万国，
书中寸舌破群儒。
飘飘五岳黄精饭，
洪荡千场白玉壶。
深树花开江月堕，

一番来往世应无。

（二）

龙钟七尺五须眉，
游戏人间老更奇。
倚剑西云天下小，
扬帆东海日轮迟。
文章有悟终依佛，
经济违心晚托诗。
身后凄凉丹旐重，
一官虽薄圣明知。

按，“秋琴”，即姜玮，号秋琴。

第一首，认为姜玮富有远见，不但能洞察国内形势也能洞察国际风云，且有舌战群儒的经世之才。

第二首，认为姜玮晚年将心思寄托于诗，实是无法实现经世济民之志。

梦宁斋

天下伤心事，
梦见平生友。
欢欣不多时，
觉来怅恨久。
萧骚风敲竹，
晃虚雪映牖。
振衣独出门，
寒天灿星斗。

此诗为悼亡故友李建昌（号宁斋）之作。诗中描述梦见故友，十分欢欣，一觉醒来，万分惆怅，情真意切。“天下伤心事，梦见平生友。欢欣不多时，觉来怅恨久”。

6. 思念至交

寄沧江

两口妻儿一束书，
天涯遥访季鹰居。
停舟笑举鲈鱼网，
枫晚吴淞夜大疏。
说到中州也杳然，
梦中那得见山川。
闻君手弄淮心月，
万里萍篷不足怜。

按，“沧江”，指金泽荣（号沧江）。金泽荣亦为黄玹之挚友。1905年金泽荣全家移居中国江苏南通。

此诗为思念挚友之作，既有对身居异国他乡的挚友的思念，也有为挚友有国难回悲惨处境的哀伤。

又和沧江寄季方之作

我梦昨夜随飞龙，
枕上栩然海溯江。
鼓浪直入南通州，
石龙飓母纷迎降。

翰墨林开人影颀，

……

间附拙诗为骥蝇，

不愧土壁施金缸。

觉来人事堕虚妄，

晓灯愁杀青幢幢。

诗人思念挚友金泽荣的诗尚有《除夜忆沧江》《闻沧江去国作》《春间沧江还驰书要见，至秋余始入都，则沧江已归矣，怅然有作》等。

沙谷访李耕斋

人生难自料，

我又到沙谷。

溪山一依旧，

风物颇殊瞩。

四围千丈松，

濯濯惟网麓。

门颓峙散楚，

径暗翳乔木。

望之疑无人，

破窗谺老屋。

岁暮怀人诸作二十首

怀念金泽荣

文章类珍瑰，

不许鱼目识。

世见杨子云，
白首终执戟。
谁知千载下，
太玄能配易。
神菘有祥禽，
羽毛具五色。
四海秋萧瑟，
竹实不可得。
飞飞俯一啄，
竟为罗者获。
羡彼周冈梧，
春风满王国。

诗人在《岁暮怀人诸作二十首》中，深切描述作者对20位知心朋友的怀念。金泽荣与黄玹关系最为亲密，因而怀念金泽荣之诗更为情真意切。

怀念李沂

落拓杜樊川，
悲壮陈同甫。
耻炫文字技，
高谈霸王辅。
直当从吾好，
亦不畏人怒。
局蹐风尘下，
长啸望千古。
熊熊匣中剑，

思一刳兕虎。
笑割雏盗首，
聂之啖作膊。
近著妄言书，
屈就申商伍。
岁暮得一官，
脱帽踏作土。
我为生民谋，
何曾恋簪组。
举手谢公卿，
自制续金镂。

按，李沂，朝鲜近代学者。字伯曾，号海鹤，与罗寅永组织敢死队自新会，暗杀签订《日韩保护条约》的李朝五个卖国大臣失败，被判7年徒刑，流配海岛。著有《海鹤遗书》。

7. 歌颂祖国河山

海金刚

入海蓬山更可怜，
嵌岩峰壑倍依然。
佛头仙掌三千叠，
蜃雨鳌霜一万年。
难道泡沤能化石，
强求形气是凝烟。
无由遍照青苔底，
只算沧桑劫后田。

渡洛东江

洛东东渡眼初开，
表里河山锦片裁。
积水漾春鸥浩荡，
短篷聆雨客徘徊。
一区风气乡音别，
首起封疆海燧来。
极目烟波更怀古，
五伽卿国尽蒿莱。

诗人在上述三首诗中热情歌颂祖国的大好河山，充分表达作者对祖国山河的热爱。

幽居信笔

（二）

庭院深深树影宠，
游丝横缀晓帘风。
怪来蝴蝶欺花甚，
自去团飞芳草中。

此诗作于1878年。时日本于1876年迫使朝鲜签订《江华条约》。诗人将日本比喻为蝴蝶，芳草为朝鲜。此诗亦是反抗日本侵略，热爱祖国之作。

四、金泽荣

（一）生平

金泽荣（1850—1927），现代学者、诗人。字于霖，号沧江、韶护堂主人。

1890年，应试中举。历任中枢院书记官、史礼所辅佐员、弘文馆纂辑所文献备考续撰委员，授正三品通政大夫。

1905年，辞官隐退。

1908年（一说为1905年），移居中国南通。在墨林印书局任编校。擅汉文汉诗，亦擅文史。著述甚丰。主要有《沧江稿》《韶濩堂集》《东史辑略》《箕氏逸事》《历史辑略》《新高丽史》《韩国历代小史》《韩史綮》等。整理编辑出版大量文集《丽韩文选》、《燕岩集》、《梅泉集》、《申纬诗集》、《李齐贤诗文集》、《箕子国历代诗选》（4卷）等，为弘扬传统文化做出重大贡献。

1927年3月，因贫病交加，吞食鸦片自杀身亡，时年77岁。

（二）代表作

金泽荣创作有大量汉诗，可分为六类。

1. 谴责日帝侵朝罪行

呜呼歌

惟上世之淳朴兮，
各守邦而谧民。
国无问其大小兮，
德惟论夫醲醇。
自厥朴之日散兮，
纷虎夺而狼攘。

戈已长而恐其或短兮，
疆已辟而犹患其不广。
嗟我弹丸黑子之邦兮，
处斯际也良难。
恭雌伏以自免兮，

箠于人而仆臣。
夫惟如此而为国兮，
岂云贤于纪纲三家之村。
然其运之极盛兮，
天或授以其人。
摧西锋于萨水兮，
褫东魄于龟船。
呜呼哀哉！
衰莫衰于今日兮，
畴能不令辱及于吾君。
竞迎虎而饷肉兮，
从而乞其余膻。
欲以延其须臾命兮，
庸讵知夫吾身亦肉也旃。
……
独祖宗之崇儒兮，
其终也得一义士安重根。
彼生气之凛然兮，
孰云国之尽圮。
庶英灵之顾我兮，
搴秋兰以俟乎江之涘。

诗人此诗作于1910年，时日本灭亡朝鲜，朝鲜沦为日本殖民地。诗人悲愤至极，含泪写就此诗。诗人爱国之心，跃然纸上。

追感本国十月之事

半夜狂风海上来，

玄冬霹雳汉城摧。
朝衣鬼泣稽公血，
犀甲天悭范蠡才。
炉底死灰心共冷，
天涯芳草首难回。
兰成识字知何用，
空赋江南一段哀。

除上述两首外，金泽荣于1907年8月日本迫使李朝国王高宗退位时，创作有《伏闻皇上内禅感赋》。这三首诗皆是愤怒谴责日本侵朝罪行之诗篇。

2. 歌颂反日之民族英雄

义妓歌

（一）

江水罗裙碧，
江花魂气迟。
愿收江里骨，
千岁傍要离。

此诗歌颂壬辰卫国战争为国牺牲的义妓论介。论介在前江大石上，抱着一个倭寇将领坠江而死。后人纪念论介，为之修建祠堂。

赠　人

咸山天下雄，
厥产多壮士。
恒恒青海伯，

余风五百祀。
左手搏猛虎，
右手落飞雉。
夫君生其间，
宛如好女子。
秉心无襮衷，
爱物存终始。

此诗歌颂李朝太宗时代名将金宗瑞之丰功伟绩，期望这位名将复生，重返战场，消灭日本侵略者。

闻义兵将安重根报国仇事（三首）

（一）

平安壮士目双张，
快杀邦仇似杀羊。
未死得闻消息好，
狂歌乱舞菊花旁。

（二）

海参崴上鹘摩空，
哈尔滨头霹火红。
多少六洲豪杰士，
一时匙箸落秋风。

（三）

从古何尝国不亡，
纤儿一倒坏金汤。

但令得此撑天手，
却是亡时也有光。

此诗高度赞扬安重根杀敌报国的英雄壮举，将其视为“撑天手”。

金泽荣此外还撰有《拟祭安海州文》《安重根》《安重根传》等。

3. 关心民间疾苦

田家叹

生来治百谷，
黄尘蒙白首。
瓶器无余粟，
见人颜色苟。
繁霜昨夜来，
嘉禾化稂莠。
租税有常程，
何当少缓否。
民生三代时，
天下皆绿亩。
困廪苟同视，
凶险亦容有。
愿持藜藿羹，
寄谢膏粱口。

此诗表达诗人对辛勤耕耘农民的无限同情。

4. 歌颂祖国河山

浿江别曲次郑知常韵

白马翩翩归思多，
江城三月动悲歌。
不辞妾地生秋草，
只怕郎心似去波。
大同江水水空多，
长送欢舟唱棹歌。
啼尽红莲花两颊，
只今无泪可添波。

按，“浿江”，系古称，即今大同江。

“郑知常”，李朝汉诗人。

诗人此诗描绘大同江之广阔。

5. 歌颂中朝友谊

金泽荣自朝鲜亡后，即移居中国，最后终老于中国，创作有多首歌颂中朝友谊的汉诗。

（1）游历中国山水

姑苏怀古

吴王日日奈欢何，
越女如花唱艳歌。
未洗千年亡国耻，
姑苏城下水空多。

此诗为怀吊春秋时期吴国亡国之作，进而怀念被日帝灭亡的故国朝鲜。

晚乘小轮船向苏州

水割平芜玄字流，
缘堤金碧画中浮。
满船明月凭虚梦，
卧向江南第一州。

金陵（二首）

（一）

绿锦江流万里长，
钟山飞舞辟天阊。
江山如此甘分割，
笑煞孙家第二郎。

（二）

北风哀泪吊春申，
更向金陵放眼新。
山势盘回三匝堞，
江流明灭六朝人。
周郎雄略波犹怒，
陈主纤歌树已薪。
愁煞数行城下柳，
含霜戴雪傍遗民。

望扬州

隔水寒芜一望悠，

依傲城郭是扬州。
忽忽未向瓜洲渡，
烟月只应笑不休。

西湖（四首）

（一）

春风飞舸到杭城，
河草青青向我生。
苦忆西湖眠未得，
船窗兀坐数鸡声。

（二）

一片相思四十年，
湖光始此照华颠。
鼻根桂子荷花气，
不到秋风已黯然。

（三）

神仙楼阁水之滨，
酒气茶香泥煞人。
游艇归来笙管闹，
涌金门上月如银。

（四）

孤山处士出尘才，
妙咏园林半树梅。
怡怅梅花无主久，

春风岁岁为谁来。

金泽荣在上述五首汉诗中，描写中国城市之雄伟，历史之悠久；描写中国西湖之美丽风光。

（2）与中国友人之唱和

金泽荣久居中国与中国文人广为结交，友谊深厚，经常相聚，饮茶喝酒，诗文唱和。故此金泽荣有多首与中国友人唱和诗。

赠王少屏、渚真长二君

人生落地皆兄弟，
何必区区问界疆。
我逐飞云来海道，
君如明月在江声。
轩渠共谢风尘苦，
笔墨时兼橘柚香。
此夜于喁无限意，
鬓边深欲减秋霜。

诗人此诗开头两句“人生落地皆兄弟，何必区区问界疆”，将中朝两国人民一家亲的感情描述得淋漓尽致。

此外，金泽荣还创作有与张謇、俞樾等人之唱和诗。

（3）歌颂中国援朝将领

朝鲜壬辰卫国战争时，应李朝国王之请求，明廷派明军援朝，最终获得胜利。时为明援军将领的曹项（号公亭）不幸战死疆场。金泽荣遂创作汉诗歌颂曹项。

曹公亭歌

往者万历倭寇东，
韩臣有李忠武公。
奇韬妙略似神鬼，
杀倭满海波涛红。
当时倭儿患疟疾，
背书其名胜药功。
三百年后汉江竭，
修罗蚀月凶肠充。
使我奔赴淮之侧，
白头欲举盖苍穹。
奈何今日中州彦，
籧篨之病颇相同。
慨然共思曹壮士，
沫血击贼卫南通。
奇功垂成身径殒，
愤气化为青色虹。
叱工筑亭安厥像，
横刀立马生长风。
请君且揽新亭涕，
与我赊酒向新丰。
一杯酹我李兵仙，
一杯酹君曹鬼雄。
巫阳与抬魂飞返，
旂光剑色摩虚空。
雷鼓鼓动两国气，
人间何代无勇忠。

诗中满怀豪情，号召中朝两国人民团结起来，继承李舜臣、曹公亭等先烈的遗志共同打击日本侵略者，恢复朝鲜独立，振兴中华民族。

（4）关心中国时局

金泽荣非常关心中国时局，中国革命顺利发展，取得胜利，金为之欢呼称颂。中国革命遭受挫折，金为之忧愁伤悲。

感中国义兵事（五首）

（一）

武昌城里一声雷，
倏忽层阴荡八垓。
三百年间天帝醉，
可怜今日始醒来。

（二）

宁塔山空秋复春，
好归毡帐扫埃尘。
玄猿苍鹿应相怪，
一去长为借宅人。

（三）

山羞海辱我东邦，
三士空留碧血香。
四万万军今日举，
洗冤非独为轩皇。

（四）

龙腾虎掷万豪英，
叱落天河沦北京。
箕域地灵应愧死，
寥寥仅只产安生。

（五）

还我河山竟未还，
岳王愤血沸朱殷。
知否黄陂大男子，
如今还得好河山。

1911年辛亥革命，以孙中山为首的革命党人推翻清王朝封建统治，建立民主共和政体。金泽荣欣喜之余，故有此作。此外中国革命遭受挫折，如窃国大盗袁世凯称帝，1927年蒋介石制造“四一二”事变，使北伐夭折，令金泽荣忧心如焚，愤而写作汉诗，予以严厉谴责。

第四节　近现代汉诗（二）

申圭植

申圭植文才出众，擅汉文汉诗。一生创作有汉诗160首，载于《儿目泪》（亦称《睨观诗集》）。移居中国后，参加著名诗人柳亚子创办的南社，成为南社唯一的外籍社员。

申圭植的汉诗可分为以下七类：

1. 抒发亡国之痛

发汉城渡鸭绿江

大江如被逝，
何日更归东。
无数宜阳子，
声声搏浪中。

诗中描述了仇敌日本吞并朝鲜，国破家亡，流浪异国他乡之愤恨和惆怅。此番去国，不知“何日更归东”。

到安东县城留诚一号

鬼面频涂墨，
蓬头不着冠。
三片对窗纸，
数色保命丹。
最痛丧邦恨，
何忧行路难。
及时安东县，
亲朋不识颜。

诗中描述了流亡异国他乡之苦难和狼狈：“鬼面频涂墨，蓬头不着冠。”何以至此呢？皆因日本侵略灭亡朝鲜，“最痛丧邦恨”，愤怒谴责日本灭亡朝鲜之罪恶。

自 悯

胸海泖相吐，

疑云拥不开。
岂是潜藏祸，
又非自存才。
断断无他意，
区区有此来。
始知丧国物，
累累独悲哀。

诗中描述了亡国之痛，丧邦之恨，“始知丧国物，累累独悲哀”。

2. 悼念爱国先烈

痛哭闵忠正公

万古贞忠争日月，
一生大义仗春秋。
扶倾未遂身先没，
长使人人血泪流。

此诗为悼念爱国将领闵泳焕之作。闵泳焕为李朝侍从武官。1905年日本迫使朝鲜签订《乙巳保护条约》，闵泳焕愤而自杀殉国。

哈尔滨即事

白日晴天霹雳声，
六洲诸子胆魂惊。
英雄一怒奸雄毙，
独立三呼祖国生。

此诗悼念在哈尔滨刺杀日酋伊藤博文的朝鲜著名抗日志士安

重根。

挽义士安重根

挥泪辞母也，
断指誓众也。
痛恨未酬素志，
不辞杀敌捐躯。
寰宇一时尽震，
惊先生不愧真烈士。

维持和平乎？
恢复独立乎？
未免辜负遗言，
竟容大盗移国。
江山无地埋骨，
问后死何以慰英灵。

3. 歌颂中国伟人

赠孙中山

荆天棘地一身轻，
楚天吴山路不平。
铁血疆场当日愿，
数千万口是同声。

诗人此诗歌颂中国资产阶级革命先驱孙中山之丰功伟绩。

祝孙总统

共和新日月，
重关旧乾坤。
四海群生乐，
中山万世尊。

此诗亦是歌颂孙中山。

4. 赠诗中国友人

赠黄克强

义鼓一声轰四境，
高风十月到中原。
日下萤芒无少补，
河边马革有衷言。
大陆欢呼春布德，
青山痛哭夜抬魂。
汉兴秦灭惟公理，
此世谁知沧海君。

又：

山河逢再造，
日月见重新。
成功功不取，
千秋一伟人。

按，“黄克强”，即黄兴，协助孙中山发动辛亥革命。

赠宋渔父

风云开革幕，
雪月满渔矶。
汉运中兴日，
秦仇未报时。
松茂能和悦，
猩亡还可悲。
倘记龙公馆，
青丘血泪儿。

按，“宋渔父”，即宋教仁，追随孙中山发动辛亥革命。

抵燕京访晴蓑

汉城一别三千里，
落日燕京访故人。
有泪无言相视久，
中华消息倘是真。

按，“燕京”，指北京。

“中华消息”，指中国爆发辛亥革命。

诗人描述与友人晴蓑相见时的情景。此前在朝鲜相见时，朝鲜尚未被日本灭亡，而现在北京重逢时，朝鲜已被日本灭亡。因之两个人相见，痛感亡国之痛，“有泪无言相视久”。

5. 挽中国友人

挽黄克强

继渔父英士血流黄歇，

义烈千秋，
泪洒难干，
旧雨凋零悲故我。
同逸仙宋卿在共和，
名齐一世，
功成不竟，
中原寥落哭斯人。

英士我兄灵右

生耳死耳，
勋业已耀千古，
于公个人可谓了事，
暂且莫论中国前途，
结辅东盟同志已多年，
相期共造生灵福。
梦耶真耶，
哀声忽起四方，
问彼老天究竟何心，
不敢重过新民故宅，
接邮筒筒计时才一旦，
岂意遽我永诀音。

按，“英士”，即陈其美，号英士。

绶卿、渔父我兄灵右

吴绶卿，
宋渔夫，

生与齐名，
死与同归，
壮成未酬，
留取丹心照千古。
大革命，
真共和，
创之维艰，
久之靡定，
万方多难，
空余热血到黄泉。

按，“吴绶卿”，即吴禄真。
“宋渔父”，即宋教仁。
6. 赠南社社友

寄南社

东风猎猎浪相惊，
中夜沉沉苦未醒。
从古燕南多慷慨，
只今沪上最文明。
秘密丧权哀后撤，
鼓吹无力借时名。
痛苦不干五年泪，
茫茫何处觅秦庭。

诗中殷切劝勉中国诗友吸取历史教训，切莫重蹈朝鲜亡国覆辙。

南社十一次雅集示亚子

满城风雨此良辰，
绝景江湖谁与亲。
南社相逢名下士，
亚庐不见意中人。
冥心堪信前生缪，
白眼放观大块尘。
遥指蓬莱今日会，
几多新橘谢恩臣。

按，“亚子”，即柳亚子。

7. 游历中国山水

杭州高丽寺题感

赤山斜日访沙门，
玄会西林似狭村。
石象千年瞻佛祖，
萍踪万里泣王孙。
四时香火群生福，
一片净土故国魂。
最是难堪回首处，
可怜数间古庙存。

按，“高丽寺”，位于杭州，又称慧因禅院。始建于927年。内供高丽赴宋求法的高丽义天大师。诗人观看甚叹寺之荒凉：“最是难堪回首处，可怜数间古庙存。”

自寿诗

法轮常转运，
前土几变迁。
不知为何物，
三十八纪前。
庚辰是月也，
降于钟山巅。
云最灵最贵，
曰人格人权。
神圣谁敢犯，
人人自保全。
呱呱如昨日，
局局到今年。
抚躬愧七尺，
不若百足蚿。
孤愤漫浮海，
悲歌忽起燕。
剑心磨霍霍，
苇力撑戋戋。
江河日夜下，
旧恨犹未煎。
虽生等死日，
顾影极凄然。
我亦为人子，
劬劳情暗牵。
睽违依闾望，

时诵蓼莪篇。
今日乾清殿，
孤儿正可怜。
同情无限泪，
不觉下涟涟。
明朝柏公子，
解甲登寿筵。
吾翁今八耋，
何日绦衣旋。
我闻大春树，
能享寿八千。
丛桂家何在，
白云天一边。
惟有精一棣，
秘密设孤悬。
探囊无余物，
绕膝探空拳。
侦知禁不得，
苦在其志坚。
竟谋诸厨子，
生日并希宣。
玉盘称觞菜，
璞橐沽酒钱。
二价守古礼，
罗拜克颛颛。
普本赠灵草，
殷勤祈寿筵。

丹生理高曲，
白云自翩翩。
独醒能勇迈，
皆一时俊贤。
少年豪气发，
一唱大朝鲜。
睨观强欢笑，
几哀在迍邅。
神兄曾话我，
何以报埃涓。
缧绁非其罪，
友在抚松县。
金圵白日暮，
魍魉肆黠儇。
无端思崇替，
辗转不成眠。
人生诚不偶，
先哲语真诠。
既在人间世，
万事担双肩。
景光须自爱，
夜起题新笺。
岁德春方希，
天心月未圆。

申圭植这首《自寿诗》苍凉激越，蕴藉深厚，格调高古，气魄豪迈。

申圭植一生忧国忧民，感叹民族命运之蹇，仰慕捐躯之先烈，满怀复兴民族国家之伟大理想。其汉诗豪迈俊爽，感情炽烈豪放，格调缠绵悲切，大有魏晋风格，不愧为朝鲜现代著名汉诗人。

第五节　近现代汉诗（三）

一、李尚迪

（一）生平

李尚迪（1804—1889），李朝近代文臣、学者。字惠吉，号藕船。文科及第，历任温阳郡守、知中枢府事。擅汉文汉诗，著有《恩诵堂集》。曾任译官，随使赴清12次。

1889年，逝世，终年85岁。

（二）代表作

题路旁去思碑

去思横敛刻碑钱，
编户流亡孰使然。
片石无言当路立，
新官何以旧官贤。

按，“去思碑”，又称颂德碑。官吏离任，建碑纪念其政绩、功德。

诗中无情揭露封建官吏的恶行，在任时残酷剥削百姓，离任时却立颂德碑。

车中记梦

坐拥貂裘少睡温，
依依旧梦访家园。
雪晴浔馆无人扫，
一树梅花鹤守门。

诗人此作描绘梦中返乡，见到故乡之凄凉景象。

二、朴文逵

（一）生平

朴文逵（1805—1888），李朝近代文臣。字霁鸿，号天游子、云巢子。擅汉文汉诗，著有《云巢山房集》《天游集古》。

文科及第，历任兵曹参议、嘉善大夫、行龙骧卫护军。

1888年，逝世，终年83岁。

（二）代表作

过振威县素沙坪

八月湖南宿雨晴，
黄沙漠漠展归程。
皂臾故国江山在，
麻贵新营草树平。
地向烟尘皆廓落，
秋高云日倍清晶。
自怜芳碌终何事？
白首为儒愧此行。

按，“振威县素沙坪”，位于京畿道。

“湖南”，指全罗南道、全罗北道。

三、玄镒

（一）生平

玄镒（1807—1876），李朝近代文臣。字万汝，号皎亭。文科及第，曾任涟川郡守。著有《皎亭诗集》。

1876年，逝世，终年69岁。

（二）代表作

山　居

落絮缤纷日欲斜，
门前种柳是谁家。
山中富贵无人管，
个个樵童一担花。

此诗描绘山村景色。

四、李象秀

（一）生平

李象秀（1820—1882），李朝近代文臣，字汝人，号峿堂，诗号文简。著有《峿堂集》。

司马试合格，曾任经筵官。

1882年，逝世，终年62岁。

（二）代表作

竹　笋

昨夜雷声破竹胎，
方从出土见奇才。
怜渠幼有凌云性，
不管檐低向上来。

此诗描写竹之挺拔，抒发内心努力向上之意愿。

五、洪英植

（一）生平

洪英植（？—1884），近代开化派主要成员。

1884年12月4日，洪英植与金玉均等发动甲申政变，成立以开化派为主的新政府。洪英植出任左议政要职。甲申政变失败后，被杀。

（二）代表作

咏　志

我落地时，
地没我血。
我死之时，
天鉴我心。
惟我同心，
同我誓心。
君背我心，
天必诛戮。

此诗为绝命诗。诗中表达发动甲申政变，拯救国家的宏愿。

六、韩章锡

（一）生平

韩章锡（1832—1894），李朝近代文臣。字稚绥、稚由，号经香、眉山，诗号孝文、文简。著有《眉山集》。

文科及第，历任吏曹判书、大提学。

1894年，逝世，终年62岁。

（二）代表作

送林鼎汝

西风吹动白蘋花，
山日冥冥十里沙。
细柳驿亭三四店，
故人今夜宿谁家。

按，“林鼎汝”，为其挚友。

七、白乐观

（一）生平

白乐观（1846—1883），近代爱国志士。字景教，号秋江。

1882年，上疏国王高宗，力主抗击日本入侵，未果。遂登汉城南山点燃烽火，以示抗敌决心。遂被捕入狱。后获释。

1882年8月，朝鲜爆发反日的壬午兵变，复受牵连，再度被捕，翌年被处死，年仅37岁。

（二）代表作

所安岛发船前夜作誓死韵

朝天浦近泣孤臣，
万古烈风吹白蘋。
沧波浩浩葬鱼客，
老树森森抉目神。
回首鲽城无君子，
此去龙宫有故人。
三十七年冬至日，
任他白骨化为尘。

按，“所安岛”，位于全罗南道南端。

“朝天浦”，位于济州岛朝天面。

诗人因抗敌被捕后，押离所安岛前夜所作之绝命诗。诗中充满仇恨日帝、热爱祖国的豪情壮志，至死不屈的顽强革命精神。

八、全琫准

（一）生平

全琫准（1854—1895），近代农民起义军领袖。初名明叔。

1893年，全琫准在古阜白山组织农民起义军，攻克全罗道首府全州。其后与李朝官军、日本军队展开激战。战败退往淳昌，继续坚持斗争。

1895年为叛徒出卖，被捕，坚贞不屈、英勇就义，时年41岁。

（二）代表作

就义诗

时来天地皆同力，
运去英雄不自谋。
爱民正义我无失，
爱国丹心谁有知？

此诗为全琫准就义前的绝命诗。诗中表达自己为了黎民百姓而起义“爱民正义我无失”，死而无憾，真是惊天地泣鬼神的英雄壮举，为了百姓起义而死，死得其所。

九、崔益铉

（一）生平

崔益铉（1833—1906），近代著名反日义兵将领。字赞谦，号勉庵。

1855年，文科及第，历任掌令、宫内府特进官。不满朝政腐败，三次上书，三次被革职流配。获释，隐居乡里。

1905年，日本迫使朝鲜签订《乙巳保护条约》，朝鲜沦为日本保护国。

1906年，年过七旬的崔益铉在全罗道首揭义旗，并于淳昌率义军与日军展开激战。不幸被俘，流放对马岛，英勇不屈，绝食而亡，时年73岁。

（二）代表作

对马岛述怀

起瞻北斗拜琼楼，
白首蛮衫愤涕流。
万死不贪秦富贵，
一生长读鲁春秋。

此诗为诗人被俘流放对马岛时所作之绝命诗。激昂慷慨，视死如归，“万死不贪秦富贵，一生长读鲁春秋”。

日狱中默念五绝十四首

（其一）

言　志

皓首奋畎亩，
草野愿忠心。
乱贼人皆讨，
何须问古今。

诗中表达组织义兵抗击日本侵略之决心：“乱贼人皆讨，何须问古今。”

十、全海山

（一）生平

全海山（？—1910），近代反日义兵将领。

1905年，日本迫使朝鲜签订《乙巳保护条约》，朝鲜沦为日本保护国。朝鲜人民英勇反抗，掀起轰轰烈烈的反日义兵运动。全海山组织反日义兵，在光州等地与日本侵略军英勇作战，不幸于1910年被俘，惨遭杀害。

（二）代表作

狱中吟

书生误着战征衣，
太息空囚素志违。
痛哭朝廷臣作孽，
忍论海外贼侵围。
白日吞声江水逝，
青天洒泪雨丝飞。
从无忘却荣山路，
化作啼鹃带血归。

按，“荣山”，为作者之故乡。

此诗为全海山被捕入狱时之作。诗中谴责朝廷奸臣与日本侵略者签订《乙巳保护条约》之罪行，表达了作者坚贞不屈视死如归的英雄气概：“从无忘却荣山路，化作啼鹃带血归”。

十一、李殷赞

（一）生平

李殷赞（1878—1909），近代反日义兵将领。

1905年日本迫使朝鲜签订《乙巳保护条约》，朝鲜沦为日本保护国。朝鲜人民奋起反抗，掀起反日义兵运动。李殷赞组织义兵，反抗日本侵略。与其他义兵部队合攻汉城，战败。

1909年，率义兵部队转移中国东北，继续反日复国斗争。后为叛徒出卖，被捕。在狱中坚贞不屈，英勇就义，年仅31岁。

（二）代表作

就义诗

一枝李树作为船，
欲济苍生泊海边。
未功未立身先溺，
谁算东洋乐百年。

此诗为诗人就义前写的绝命诗，表达有志救国抗击日本之决心和“出师未捷身先死”的遗憾。

十二、安重根

（一）生平

安重根（1879—1910），近代著名反日爱国志士，又名应七。著有《安应七自传》《东洋和平论》。

1905年，日本迫使朝鲜签订《乙巳保护条约》，朝鲜沦为日本保护国。朝鲜人民奋起反抗，掀起轰轰烈烈的反日义兵运动。安赴中国东北、俄国远东地区，组织义兵，进行反日复国斗争，并率部返回国内作战，战败，复返俄领远东地区。

1909年10月，安重根在中国东北哈尔滨车站击伤日本侵朝元凶伊藤博文，当场被捕，囚于旅顺监狱，坚贞不屈。1910年3月，英勇就义，时年31岁。

（二）代表作

示众弟

男儿有志出阳关，
生不成功死不还。
埋骨岂肯先墓下，
人间到处皆青山。

此诗为安重根写给其弟的诗，表达有志报国视死如归的决心。

明　志

男儿有志出洋外，
事不入谋难处身。
望须同志誓流血，
莫作世间无义神。

安重根自俄领远东率义兵部队回国作战，不幸战败。逃至山顶，山下有日兵围困。士气不振，有的要自刎，有的要投降。安重根则誓与日本侵略军决一死战。

此诗为安重根鼓励全体士兵不要动摇，共同向日本侵略军决一死战。

大韩独立歌（又名《哈尔滨歌》）

又夫处世兮，
蓄志当奇。
时造英雄兮，
英雄造时。

北风其冷兮，
我血则热。
慷慨一去兮，
必屠鼠贼。
凡我同胞兮，
毋忘功业。
万岁万岁兮，
大韩独立。
万岁万岁兮，
大韩独立。

此诗为安重根自俄领远东地区前往中国哈尔滨时所作，充分表达为恢复国家独立誓杀敌酋伊藤博文的雄心壮志。

绝命诗

天地翻覆，
义士慨叹。
大厦将倾，
一木难支。

此为安重根的绝命诗，既充分表达其爱国救民的雄心壮志，又为国势危亡大势所趋的哀叹。

东洋和平

东洋大势思杳玄，
有志男儿岂安眠？
和局未成犹慷慨，

政略不改真可怜。

安重根在狱中撰写《东洋和平论》。安重根在文中痛斥日本伙同欧美列强共同侵略亚洲之罪行，提出亚洲被压迫民族与国家团结起来，共同反抗侵略：“合则成功，散则失败，这是万古以来的天经地义。”

第六节　近现代汉诗（四）

一、闵泳焕

（一）生平

闵泳焕（1861—1905），近代爱国官吏。字文若，号桂庭。

文科及第，历任兵曹判书、学部大臣。曾出使俄国。

1905年，日本迫使朝鲜签订《乙巳保护条约》，朝鲜沦为日本保护国。朝鲜人民举国抗议，闵泳焕自绝以示抗议，时年44岁。

（二）代表作

在俄京思乡

宜家未信有贤方，
先养真元得自强。
饭餐无节添新祟，
惫劳难夸任小康。
长生灵药三山远，
济众神草百草香。
举世皆知为己学，
欲苏痼瘼适阴阳。

此诗为作者出使俄国思乡之作。诗中表达期望祖国富强的愿望："先养真元得自强。"

二、柳麟锡

（一）生平

柳麟锡（1842—1915），近代著名反日义兵将领。字汝圣，号毅庵。

为反抗日本侵略朝鲜，柳麟锡组织义兵，率部在忠州等地与敌作战。战败，被迫移居中国东北，继续从事反日复国斗争。

1915年，病逝于中国东北宽甸，时年73岁。

（二）代表作

谕义员

端心尽力唯吾尔，
利刃钝兵且次之。
只患浅深诚未到，
莫云强兹势难为。
有名礼义朝鲜国，
徒尚欺邪海岛夷。
倾否亏盈无可待，
克修人事念言兹。

此诗为柳麟锡告谕义兵之作，号召奋起反抗日本侵略者："有名礼义朝鲜国，徒尚欺邪海岛夷。"

三、郑昌时

（一）生平

郑昌时（1833—？），近代文人。字公期，号兰屋。饱读经书，无心求仕，终生务农，吟诗自娱。

（二）代表作

通州途中

通州馌妇烂成群，
熨着翻翻白布裙。
问路含羞不能对，
回身遥指岭头云。

按，“通州”，为江原道通川之旧名。

此诗为郑昌时游历通州途中触情之作。“问路含羞不能对，回身遥指岭头云”，描写妇人含羞状态非常入神。

苍峰途中

茉莉花开夹岸香，
岸头女伴折花忙。
阿郎贩米忠州去，
布谷声声劝插秧。

此诗为田园诗，描述田间男女辛勤劳作情景。

四、李偰

（一）生平

李偰（1850—1911），近代爱国官吏。字舜命，号复庵。

文科及第，官至右副丞旨。后见朝政混乱，辞官隐退。

1905年，日本迫使朝鲜签订《乙巳保护条约》，李偰上书王廷，坚决反对此约，并要求诛杀卖国大臣。由是被捕，长期被囚。

1911年，逝世，时年61岁。

（二）代表作

善竹桥

善竹桥边血，
人悲我亦然。
孤臣亡国后，
不死竟何为。

按，“善竹桥”，位于开城。高丽末期，高丽文臣郑梦周因反对权臣李成桂篡立，被刺死于善竹桥。

李偰因见日本侵略国势日危，联想到高丽末期文臣郑梦周被害之遭遇。

五、琴恪

杨柳词

送君心逐狂风去，
去挂江头绿柳枝。
绿柳能知心里事，
烟丝强欲系郎衣。

此诗描述妻子送夫君之作，情真意切，“绿柳能知心里事，烟丝强欲系郎衣”，将妻子舍不得夫君远行的心情，隐喻得非常细腻。

六、崔永年

（一）生平

崔永年，生卒年不详，近代文人。字汝长，号竹下。擅汉诗，著有《海东竹枝》。

（二）代表作

不倒翁

形如人类类非真，
人岂不如此偶人。
百倒千颠还自立，
自家能有自精神。

此诗表达国家遭日帝侵略，朝鲜民族应奋起反抗，争取恢复祖国独立。

七、李容白

（一）生平

李容白，生卒年不详，近代文人，字俊白，号又清。

（二）代表作

别舍弟

凄恻复凄恻，
岁暮将别离。
聚首无多日，
忽忽欲何之。
山中少鸡黍，
一樽未相持。
家贫已如此，
亲发又加丝。
出门重踯躅，
执手问手裘。
北风卷长道，

落日下山头。
瞻彼双鸿鹄，
一举各悠悠。
岂不恋同群，
各为稻粱谋。

此诗为李容白与兄弟离别时所作。作为兄长时刻惦记兄弟，分别之际，难舍难分。此去一别，天各一方，各奔前程，十分惆怅。

第七节　近现代汉诗（五）

一、申采浩

（一）生平

申采浩（1880—1936），现代启蒙思想运动家、反日独立运动家、学者、诗人。号丹斋。文才出众，知识渊博，擅诗文。著作甚丰。著有《朝鲜上古史》《朝鲜史研究》《朝鲜上古文化史》《乙支文德传》《李舜臣传》《六伽罗考》。创作多篇国文小说和汉文小说、汉诗。

1907年，参加新民会，参加国债报偿运动。

1910年，亡命俄国远东，创办《海潮新闻》。后移居中国上海、北京等地，从事反日独立运动。

1919年，大韩民国临时政府在上海成立时，在议政院任要职。后去北京，创办《天鼓》《中华日报》，发表大量文章，宣传反日复国思想。

1928年，创办《夺还》杂志。

1928年，在中国大连被捕，判10年徒刑。

1936年2月，死于狱中，时年56岁。

（二）代表作

渡鸭绿江亡命中国

人生四十太支离，
贫病相随暂不离。
最恨山穷水尽处，
任情歌曲亦难为。

此诗为诗人渡鸭绿江移居中国之作，表达了国破家亡的悲愤之情。

癸亥年十月初二

孤灯耿耿伴人愁，
烧尽丹心不自由。
未得天戈回赫日，
盖将毛笔画青丘。
殊方十载霜侵鬓，
病枕三更月入楼。
莫说江东鲈烩美，
如今无地系渔舟。

诗中描述自己不能拿起武器为复国战斗的焦虑心情。

申采浩一生创作有17首汉诗，如《除夕逢友述怀》《壬戌秋作》《故园》《故乡》《长兄忌日》《无题》等。

二、尹奉吉

（一）生平

尹奉吉（1908—1932），现代革命志士。

1930年，在故乡从事农村启蒙运动。

后来华，在上海参加金九领导的韩人爱国团。

1932年4月29日，在上海虹口公园投弹袭击日本上海派遣军司令官白川义则等多名军政要员，使其死伤惨重。尹奉吉当场被捕，同年被押往日本，壮烈殉国，年仅24岁。

（二）代表作

意有所感

世艰歧路似危桥，
百感诗歌戎抹萧。
屈子放行仍独醒，
田公贫贱敢言骄。
鸟虫随节声相报，
天地为秋气不消。
园里苍官持本色，
雪风寒岁未应凋。

按，“屈子”，指战国时代楚国著名诗人屈原。

“田公”，指战国时代魏国人田子方。

此诗为尹奉吉来华后所作。

三、李建芳

（一）生平

李建芳（1861—1939），现代文人，江华学派代表人物。字春世，号兰谷。生平事迹不详。遗有《兰谷存稿》13卷。

1939年，逝世，时年78岁。

（二）代表作

祭黄梅泉文

我性蹇拙，
与世寡合。
一日晤君，
若响于答。
城西白屋，
木落风飒。
灯地酒阑，
谈屑调叠。
如花之敷，
如电之烨。
君文文章，
岂余踵踏。
居然参商，
三十其腊。
时得玉音，
喜极涕杂。
噫噫一夕，
天地崩塌。
崔卢拜庭，
尾摇耳帖。
惟君慷慨，
陨于一歃。
星月其浩，

天香其浥，
烈烈之气，
垂于万劫。
呜呼君乎，
伟矣树立。
独此之生，
胡然不溘。
匪孤菲乌，
罹此百跲。
有汗泚颡，
有泪盈颊。
尚君哀之，
少留去蹀。

此诗为诗人哀悼好友黄玹（号梅泉）之作，情真情切，十分感人。

黄梅泉墓

梅翁久作道山游，
宿草荒坟石径幽。
径欲相携人不见，
凤城山色望中愁。
大地茫茫劫正阑，
西台日落暮江寒。
只今笔下愁无土，
但画春风莫画兰。

按，“只今笔下愁无土，但画春风莫画兰”句系典故。中国宋朝画家郑所南，于宋亡后，改名为思肖，字忆翁。因宋亡后，其地已为元朝所有，遂作画时既不画兰，也不画土。诗人以此典故，表达朝鲜亡国后的悲痛心情。

此诗为作者悼念好友黄玹（号梅泉）之作。

送士薰

自爱幽居水木清，
儒冠从古误平生。
兼旬病起惊春晚，
落日伤神送客行。
海阔人随孤帆影，
路长驴蹇暮钟声。
殷勤记取临歧语，
但务真心莫近名。

此诗为作者哀悼亡友吕士薰之作。

四、韩龙云

（一）生平

韩龙云（1879—1944），现代僧侣、诗人、反日独立运动家。原名裕天，法名龙云，法号万海，在江原道百潭寺皈依佛门。擅汉文汉诗，著有诗集《君之沉默》、长篇小说《黑风》。

1908年，以全国寺刹代表在元兴寺成立园宗宗务院。

1919年3月，作为佛教代表签名《三一朝鲜独立宣言》，积极参加反抗日本统治恢复朝鲜独立革命运动。

1944年，逝世，终年65岁。

（二）代表作

安海州

万斛热血十斗胆，
淬尽一剑想有韬。
霹雳忽破夜寂寞，
铁花乱飞秋色高。

此诗为作者怀念刺杀日酋伊藤博文的著名朝鲜反日志士安重根之作，高度赞扬安重根为国杀敌的崇高革命精神。

黄梅泉

就义从容永报国，
一瞑万古劫花新。
莫留不尽泉台恨，
大慰苦中自有人。

此诗为作者悼念爱国诗人黄玹之作，高度赞扬其爱国精神。

思　乡

岁暮寒窗方夜永，
低头不眠几惊魂。
抹云淡月成孤梦，
不向沧州向故园。

此诗为作者思念故乡之作，情真意切。

五、林圭

（一）生平

林圭（1867—1948），现代反日独立运动家。1919年1月发表之《大韩独立宣言书》签名者之一。后在日本下关被捕，后获释回国。擅汉文汉诗。1948年，逝世，终年81岁。

（二）代表作

在狱中闻姜烈士宇奎狙击朝鲜总督斋藤实，感而赋之

飞弹一个一朝鲜，
白首姜公报国年。
暗暗携来千里外，
明明掷去万人前。
残留魂魄生犹死，
义士奋身碎亦全。
叩壁相传消息好，
铁窗终日舞翩翩。

按，“姜烈士”，为朝鲜著名反日志士姜宇奎。1919年9月2日，朝鲜老人同盟团团员64岁的姜宇奎在汉城南大门车站向日本新任朝鲜总督斋藤实投掷炸弹，炸伤37人。后被捕。1920年11月，姜宇奎在汉城监狱英勇就义。

诗中高度赞扬姜宇奎老人的高尚爱国精神“义士奋身碎亦全”。

独　掩

独掩西风涧上扉，
苍苔满地客来稀。

如能日醉何辞病，
不为时妆自易求。
老圃经秋残菊在，
虚檐乘暖小虫飞。
宁翁不作矩翁在，
摇落寒小空夕晖。

诗中描述了隐居乡里，“客来稀”的无奈和惆怅。

六、郑寅普

（一）生平

郑寅普（1893—？），现代文人、史学家。字经业，号为堂。擅汉文汉诗，并擅朝鲜语文学，尤擅时调。著述甚丰。著有时调集《薝园时调》《朝鲜史研究》《阳明学演论》《月南李商在先生传》等。

1910年，日本灭亡朝鲜后，移居中国上海。与朴殷植等成立同济社，开展反日独立运动。

1919年，返回朝鲜，潜心研究史学，并在延禧专科学校、梨花女子专科学校等任教，讲授史学。同时在《时代日报》《东亚日报》任述评委员，经常发表文章。

（二）代表作

词脑歌笺注题词五首

（一）

阏川川水清且绿，
东厚送唱花满谷。
长短自与仁性宜，
不屑为变调相属。

一从玄文烧残后，
篇籍寥寥仅寄蠋。
吏读借写已诘屈，
又兼古言殊今读。
有如玉笛过岭哑，
青引无人发宫角。
谁欤健者梁柱东，
双瞳的的不移瞩。
谍然一夕惊四解，
繁音雅奏随所触。
为君起作为意舞，
言之叹之俱未足。

按，“词脑歌”，又名斯卢歌、舍罗歌，为6世纪末至7世纪前半叶的新罗乡歌。

“阏川”，位于庆尚南道庆州附近。

“吏读”，为利用汉字的音、义表记朝鲜语的文字。

“梁柱东”，朝鲜现代文人，对新罗乡歌研究颇深。

七、卞荣晚

（一）生平

卞荣晚（1889—1955），现代文人。字谷明，号山康。曾在大丘从事律师事务。著有《山康斋文集》。

1955年，逝世，终年66岁。

（二）代表作

雨夜见趁小蝶始终有感

澒洞中宵雨，

媒明小蝶来。
斑斑裳饰好，
促促舞姿哀。

面壁俄成泾，
迎风兀不回。
安禅渠自有，
波浪愧吾颓。

诗中抒发雨夜独居一室的孤单和寂寞，幸有蝴蝶飞来，略解惆怅无聊之苦。

第八节　近现代汉赋、小说

一、《清川江赋》

作者李建昌为李朝近代文人，其生平前文已有介绍。

清川江赋

二月壬寅，洁堂居士奉诏宥还朝。自博陵，将至安西，于时春也。冰雪尽消，卉木将芽。天晴云媚，风细日和。江流新绿，其容可嘉。萦回宛转，如縠如纱。平无起浪，浅不藏沙。拄篙知底，回舷见涯。偏舟一渡，曾不顷俄。顾谓仆夫：

“是何水耶？”仆夫告曰：“此清川江也。畴昔之夏，吾与夫子，共济于斯。子宁不知，奚以问为？”余莞尔而笑曰：“吾岂真不知耶？将以有言也。”

吾想夫盛阳之月，伏阴乃雨。祝融赫威，丰隆凭怒。百川时至，八表伊阻。溪牝骤涨，涔蹄暴注。矧兹水之浩淼兮，吁可畏而可惊。集众派之奔赴兮，亘千里而汜行。挟鱼龙之光怪兮，纷闪烁其难名。天吴嶷其九首兮，阳侯起而扬精尔。乃湍濑迅驶，波涛冲决。横抵直捧，雄吞深啮。郛浸十版，闾漂百室。田淤畴溃，柂倾橵折，行旅不顺，旷至旬日，时余涉此，几危仅脱。

曾日月之几何，而险夷之不同。此余所以临流发叹，有所感于中者也。且吾闻之，四时有变，万物无常。盛极必衰，柔久亦刚。君子立名，道修且长。小人姑息，志以卒荒。

故知一时之侈汰，不足以加乎人。一日之摧败，不足以沮乎身。惟勉勉而不舍，庶斯善之日新。彼江汉之朝宗，望沧海而必臻。而况清川之小小兮，亦何足以拟伦。

按，“清川江”，位于朝鲜半岛西北部，发源于狼林山。

李建昌描述了两次渡清川江的感受，借喻宦海沉浮的感想，同时展示作者的豁达心情。此赋借景抒情，融景、情、理于一体。

二、《吹鹤胫丹山脱祸》

（一）作者生平

李源命（1808—1887），李朝文臣。字羼明，号钟山。著有《东野汇集》（8卷）。

1829年，文科及第，历任京畿道观察使、刑曹判书、吏曹判书。

1861年，任正使赴清。

1887年，逝世，终年79岁。

（二）作品选读

小说载于李源命之《东野汇集》。

林巨正，扬州白丁也，性狡黠骁勇，与其徒数十皆极矫捷。起而为贼，焚烧民居，乱抢牛马，若有抗之者，则剐裂屠剪，极其残酷。自畿甸至海西一路吏民，与之密结，官欲揖捕，辄先漏通，以此横行无忌，官不能禁。朝廷使宣传官哨探，贼居九月山，宣传官来到贼窟而径还，贼在射杀之。

又使瓮津等五六邑武臣守令，领兵往捕，聚于如瑞兴。吏民已通之，贼夜率百余骑，乘高俯射，乱箭如雨，五官军不能支，溃而归。

尹之淑为凤山守，行到临津，有十数商人，载物而驱，冲撞不顾而上船。之淑怒欲捕治，商人开其里，皆弓矢刀枪也。之淑始知为贼，既下船，诸贼追之仅免。

丹山守周卿，宗室也。善吹玉笛，有名闻。因事之海西，到开城青石岭，有贼数十人挟弓箭，当路掠辎车及丹山而去。入山谷数十里，见彩幕葳蕤，徒众各执供具，持兵戟而卫拥，中有大将，朱冠锦袍，箕裾红衣上，即巨正也。令跪之地，问若名为谁？曰：“宗室丹山守也。”巨正笑曰：“然则金枝玉叶，得非善吹笛丹山守耶？”曰：“然。”曰：“尔行有笛乎？”曰：“有之。”巨正使左右进杯盘，悉陆海珍馐，举金觞而属之，令取笛吹之。

时月正明，笛是鹤胫，骨短而韵响清越，丹山不得已出自袖中，弄之作羽调。贼徒环听之，曲涌飞动，有冲天之势；徐变作界面调，未终，皆歔欷叹息，巨正愀然掩涕。盖朝家扑渠甚急，虽延岁月之命，自知终不能免也，闻腔调悲甚，不胜悲激于中也。曲罢，连劝四五杯，以不能饮辞。巨正曰：“留之无用，可使送还。”乃解其所用小刀与之曰：“道路有梗，以此示之。”翌日，到前站，果有数骑欲犯之，观其刀，啧啧而散曰：“何从得此耶？”

朝廷以南致勤为讨扑使，盛率军马，渐进山下，使一贼不敢出，贼之谋主徐霖知其不免，遂下山来降，尽言其虚实。乃进军，搜林剔薮而上，诸贼皆降。巨正越壑而走，匿民家，竟死于乱箭。

按，“林巨正”，朝鲜李朝明宗时期农民起义军领袖。

小说描写林巨正充满人情味的一面。

三、《历三国一家团聚》

小说载于李源命著之《东野汇集》。

作品选读

郑生者，失其名，南原人也。少时，善吹箫，善歌词。意气豪宕，不羁于学问，求媛于同邑良家女，名红桃。两家议结亲，吉日已迫，红桃父以红桃不学辞之。红桃闻而言于父母曰：“婚者，天定也。业已定日，当行于初定之人中，背之可乎？”其父感其言，遂与郑生结婚，第二年生子，名梦锡。

万历壬辰之变，郑生以射军防倭于顺天。丁酉，倭寇再逞，杨总兵元守南原，生名系军官在城中，红桃男服随夫军中，莫之知也。其子梦锡，随祖父入智异山避祸，及城陷，生随总兵得出，而与红桃相失，意谓其妻随天兵而去。

遂跟天兵转入中国，行乞遍求不得，乃航黄河、扬子江，历齐韩之垌，而达于江南，过苏杭州，览钱塘、金陵之胜，转而繇闽入楚，如洞庭、潇湘、岳阳楼、黄陵庙，皆历览焉。其间奇观壮游，虽博望子长无以过之，而生一念红桃期于获遇，不以游览为幸，又随南藩商人船转至南海，其地多绫罗锦绣，珍禽异兽，五谷所生，稻粱极贵。朝夕用切鱼数斤和面饼而食之，与中国通货商船之往来不绝。生更随商船而还到浙江。

一日，同天官道主泛舟西湖，月夜吹箫，邻船有人言曰："此洞箫似是前日朝鲜所听之调也。"生疑之曰："无乃吾妻耶！若非吾妻，何以知此调也？"乃复吟前日与妻相和之歌词，其人抵掌大号曰："此真吾夫！"生大惊，即欲乘小船往追，道主固止之曰："此南蛮商船，与倭相杂者也，尔如往无益反省害，俟明发吾有以处之。"黎明，道主给银数十两，并家丁数人，谕以求之，果其妻也。相与握手，失声号哭，舟中莫不惊异悲欢者。

盖南原陷时，红桃为倭所虏，入日本，见男服，不知妇也，充之男子。凡男子之役，或能或不能，而所善助刺船也，恒与被掳诸人密图逃还故国，日勤佣作，私储银钱，欲乘其便者四五年。诸人相与谋，偷倭小船，将由对马岛渡釜山，红桃曰："不可，对马岛属日本，日本命令无大小奉承，吾侪出对马岛，岛主括而还之，事益危矣！吾意南蛮国与倭交货，其船之到倭舳橹相接，吾因商贩交接南蛮人，随其船入南蛮，达于中州，转还故国，万全之策。"诸人然其言。

红桃遂从蛮船入其国，转至浙江者，意欲因之还朝鲜也。生与红桃固居浙江，浙江之人咸怜之，各与银钱米粟以糊口，生子梦贤，年十七，求婚，以朝鲜人，故华人不许。有一华人处子，求嫁梦贤，曰："吾父东征，往朝鲜不还，吾愿嫁此人往朝鲜，见父死所，招父魂而祭之。父如不死，万一再逢。"遂嫁梦贤，居焉。

戊午北征，生募入刘红綎军征奴贼，刘公败死，胡兵歼天兵殆尽，生高声曰：“我非中国人，乃朝鲜人也。”胡释不杀，遂逃回朝鲜也。下南原，行到公忠道尼山县脚肿求针医，即天兵，而天兵撤还时落后者也，问姓名居止，乃其子梦贤之妻父也。问所由相持痛哭，皆归南原，访生所居，其父尚无恙，梦锡娶妻生子。居故宅，生既与父子遇，复遇梦贤之妻父，稍慰孤寂，而但与红桃相遇而旋失，犹郁悒无悰。

既一年，红桃转卖生产，凭小船与子梦贤及其妇，作华倭鲜三色服，自浙江发船，见华人以华人称之，见倭人以倭人称之，浃一月二十有五日，泊济州之楸子岛外洋可佳岛，见其粮只余六合，红桃谓梦贤曰：“吾等在船饥死，则终必为鱼食，不如登岛自缢而死。”其妇固止之曰：“吾等一合之未煮粥饮以疗一日之饥，则足支六日。且见东方隐然有了陆地，不如忍饥求生，幸遇行船济陆地则十八九生矣。”梦贤母子如其言，夜于舟中相枕而眠，红桃梦得一环，觉而未解其兆，梦贤解曰：“环者，回旋之物也。或者回旋故乡之兆耶！”适五六日，统制使斜水船来泊，红桃俱说与其夫南原相离之故，浙江相和之事，其夫死北征之由，其船人闻而悲之，将红桃小船袭之舡尾，下于顺天地，红桃挈男妇访南原归址，则其夫与其父子及梦贤之聘父华人同居焉，非但举家俱全，并与婚媾而团会，其乐融融曳曳也。南原人至今有道其事者。

外史氏曰：“郑生失其妻，远求之中国，红桃再失其夫于兵戈中，入三国易服变容以全身，梦贤妻自求与异国人婚，求见父死所，卒皆相和于一处，一家七人不期而合者，皆在万里风涛别境之外，虽出于理外万一之幸，而庸非所谓至诚感神者耶？”

小说描述“壬辰倭乱”“丁酉再乱”“萨尔浒之战争”给朝鲜人民和中国人民带来的巨大灾难，故事情节曲折，十分感人。

四、《六美堂记》

（一）作者生平

徐有英（1801—1874），李朝文臣。字子直，号云皋。著有《锦溪笔谈》《云皋诗选》。

1851年司马试及第。曾任宜宁县监。

1874年，逝世，终年73岁。

（二）内容简介

新罗昭圣王太子箫仙，自幼聪慧过人，尤擅吹箫。贵人朴氏所生之世徵为人奸诈。

新罗国王患病。道师告之南海普陀山中之灵笋可治。

箫仙吃尽辛苦，采来灵笋，回归途中遭世徵袭击，双眼失明，被弃于孤岛。

世徵回京，谎称采来灵笋。

箫仙失明，勉强度日。后为出使的中国礼部尚书白文贤救护，并将其带往中国。

白尚书见箫仙相貌堂堂又有文才，欲招其为婿。

时，丞相裴延龄向白府求婚，白尚书婉拒。恼羞成怒的裴丞相陷害白尚书。

白尚书革职发配边塞。箫仙只得离开白府，四处流浪。

一日，箫仙偶遇中国皇帝，为之吹箫。皇帝大悦，命箫仙留居宫中。

箫仙遂得与擅吹箫的玉星公主相识。

某日，一只鸿雁捎来箫仙母后给他的信。玉星公主给他读信，箫仙欣喜异常，突然复明。

白尚书之女白小姐女扮男装化名白云庆，与侍婢秋香回归故里，途中遭裴丞相派来的刺客袭击，幸为杭州刺史薛贤救助。

薛刺史喜爱女扮男装的白小姐，令其与女儿薛小姐定亲。

女扮男装的白小姐到普陀山，向太虚真人修炼道术。继之赴京应试，高中状元，任为翰林学士。

此时，箫仙与玉星公主完婚。

吐蕃大举来犯，皇帝任箫仙为晓谕使，赴吐蕃，却为吐蕃入狱。

女扮男装的白小姐任命为大元帅，率军征吐蕃，将箫仙救出，并向其说明真相，而后班师回朝，并寻找失散的父母。

箫仙得知大元帅白小姐竟是此前订过亲的未婚妻，甚是思念，以致卧床不起。

经玉星公主之恳求，皇帝封白小姐为金星公主，并准箫仙娶白小姐为次夫人。

其后，薛刺史夫妇双亡，薛小姐四处奔波，寻找与自己订亲的白云庆。后闻白云庆就是金星公主，并与箫仙成亲。薛小姐悲痛至极，万念俱焚，遂削发为尼。

金星公主得知此事，劝箫仙娶薛小姐。

于是，箫仙拥有三妻：玉星公主、金星公主、薛小姐，并纳婢女秋香、雪香、春莺为三妾，修建六美堂，同居一处。

其后，皇帝准箫仙带三妻三妾回故国。

箫仙回国，新罗国王始知一切，遂严惩世徵。经箫仙恳切求情，予以免除。世徵也痛改前非，重新做人。

此时，倭国入侵，新罗国王命箫仙、金星公主率军抗敌，大胜，渡海至倭国，倭王投降，胜利回京。

其后，箫仙带三妻三妾复去中国。

回国后，箫仙继承王位。最后，箫仙与三妻三妾到普陀山升天成仙。

小说故事曲折，情节生动，着重描写了白小姐这一正面形象。

五、《晚河梦游录》

（一）作者生平

金光洙（1883—1915），近现代文人。字仲宣，号晚河。著有《晚河遗稿》。

1915年，逝世，年仅32岁。

（二）内容简介

《晚河梦游录》全文4万余字，以第一人称叙述故事。

一日，夜半三更，我进入梦乡。

我化为蝴蝶，游山玩水。至太华山，遇见仙官。仙官送我一只小船，我就乘舟先到茂陵桃源。遇见秦时避战乱的朱某、陈某二位老翁。

我向二位老翁讲述中国历朝变迁。二位老翁十分感叹，而后各自回家。

继之，我来到紫霞岛。青衣少年向我介绍紫霞岛风土人情。

其后，我到洞庭湖，登岳阳楼，悼念大诗人屈原。又到浔阳江，怀念陶渊明、白居易。至滕王阁，思王勃。继之，遇见汉代张骞，并随他入天宫。

途中遇到牛郎、织女、嫦娥、王母娘娘。后随太乙真人进宫，我向玉帝奏本，述说国家危亡。玉帝好言安慰。

其后，张骞送我八荒纵意马。我乘马一直飞奔，直至巴蜀，与一美人吟诗唱和。

一少年邀我至其家，吟诗唱和，并以其妹玉桂花许配与我。始知方才与我吟诗之美女即其妹玉桂花。

于是，我与美女玉桂花白日吟诗唱和，夜晚同床共寝，共享云雨之乐。

其后，玉桂花怀孕，我又不得不登程继续前行。经金陵、燕京、沈阳，祭奠死于丙子之役的三义士。

三义士邀我赴地府。我又与多个义士论国事，并寄书给阎王。

继之，我乘马渡鸭绿江回到祖国，返回故乡。

忽然梦醒，遂提笔叙述梦中情景。

小说描述朝鲜和中国皆国势危急，不失为忧国忧民之作。

六、《万家春说》

长篇小说《万家春说》作者不详，为残本，仅存4万余字。

御史李寅拥有二妻廖氏、孟氏，二妾竹叶、莲香。

李寅奉命巡视各地。

在桂林县审破积案，惩治凶犯许鎏，为被害处女兰报仇。

继之，至韶州，遇一仙翁。二人饮酒吟诗。

至安城县，李寅不幸患病，但捉住为父报仇的许鎏之子许述。念其孝心，李寅将其释放。病好后，李寅继续前行。

时天下大旱，李寅为之求雨，至海上，得神箭，助龙王斩恶蛟，求雨成功。

完成巡视后回京，升任礼部尚书。

时梁州大灾，盗贼蜂起，李寅奉命前往赈灾。回京后，李寅升任平章事兼太子太师。

边疆又告危急，国王命李寅之妻廖氏为正元帅，孟氏为副元帅率军御敌，大获全胜，凯旋回朝。

小说塑造了一个为国尽忠为民谋福的正直官吏李寅的正面形象。

七、《梦天》

汉文长篇小说《梦天》为申采浩所作。

《梦天》有序、正文5章。序中称：“此作品具有诗、神话的性格，其中并参照《古记》《三国遗事》《高丽史》《广史》《铎史》等作品。”由此可见，该作品为具有虚构与事实的史话小说，亦可称之为政治小说。其目的在于使读者增强民族意识，从事反日独立运动，推翻日帝殖民统治，恢复朝鲜独立。

《梦天》全文共5章。

第一章，描述1907年的一天，主人公梦见高句丽大将乙支文德。

其中之对话为："胜者上天堂，败者下地狱。"引申弱肉强食适者生存的道理，并以乙支文德的丰功伟绩唤起国魂，启示国人应奋起抗争，恢复朝鲜独立。

第二章，描述高句丽萨水大捷，启示国人应振作起来，奋勇杀敌，推翻日本殖民统治。

第三章、第四章，描写神与魔之激战，"我生则敌死，敌生则我死，大敌当前，勿怠勿忽，挥刀向前，迈向成功之路"。

"神"比喻朝鲜的英雄豪杰；"敌"比喻灭亡朝鲜之日帝。

第五章，描述下地狱之罪状，违背对国尽忠、侍亲以孝、交友有信、临阵无退、杀生有择等五戒者，并指出7种国敌应下地狱：李完用等卖国贼、贪官污吏、赞扬日本政策、为日本搜集情报、表面爱国实则卖国、学习日语而忘本、与日本人结婚等。12种亡国奴亦应下地狱：独善其身隐居山林、朋党相争、同化为外国人、仅靠外交生存而不求振作、渐进准备论、享乐主义伪君子、模仿主义、机会主义、自暴自弃、利用别人、只崇拜外国英雄而不知本国英雄等。

作者借梦中述怀，警示国人应奋起反抗，推翻日帝殖民统治，恢复朝鲜独立。申采浩将现实中无法实现的理想和朝鲜独立愿望，通过这部小说充分表达出来。《梦天》不愧为促进民族觉醒的爱国主义小说。

申采浩还创作有《"一目大王"的铁锤》《龙和龙的大激战》两部小说。

参考书目

一、文献

崔致远《桂苑笔耕》
李仁老《破闲集》
崔　滋《补闲集》
李奎报《东国李相国集》
李齐贤《栎翁稗说》
郑麟趾等《高丽史》
金宗瑞等《高丽史节要》
徐居正《东文选》
李晬光《芝峰集》
金万重《西浦漫笔》
李　瀷《星湖塞说类选》
洪大容《湛轩集》
朴趾源《燕岩集》
朴齐家《贞蕤集》
李德懋《清庄馆全书》
申　纬《申紫霞诗集》
丁若镛《与犹堂全书》

李尚迪《恩诵堂集》
金泽荣《韶濩堂集》
林基中主编《燕行录全集》
林明德编《韩国汉文小说全集》
崔成德主编《朝鲜文学艺术大辞典》

二、研究著作

（一）中国

韦旭升《朝鲜文学史》
《中国文学在朝鲜》
《抗倭演义（壬辰录）及其研究》
李　岩《中韩文学关系史论》
李岩、俞成云《朝鲜文学通史》（上、中、下）
金英今《韩国文学简史》
何镇华《朝鲜文学论集》
《朝鲜现代文学史》
杨昭全《韩国文化史》
《中国—朝鲜、韩国文化交流史》
刘顺利《朝鲜半岛汉学史》
朱云影《中国文化对日韩越的影响》
金炳珉《朝鲜—韩国文学的近代转型与比较文学》
张伯伟《域外汉籍研究论集》
金程宇《东亚汉文学论考》
王晓平《东亚文学经典的对话与重读》
《东亚汉文学》
王宝平主编《东亚视域中的汉文学研究》
李　强《韩国书法丛考》
祁庆富校注《朝鲜诗选校注》

李海山、杨昭全《韩国汉诗选》
陈景福《中朝历史交往诗辑注》
赵季等《明洪武至正德中朝诗歌交流系年》
王国彪《朝鲜车天辂汉诗研究》
郑日男《楚辞与朝鲜古代文学之关联研究》
崔雄权《陶渊明与韩国古典山水田园文学》
李宝龙《韩国高丽词文学研究》
于春海主编《古代朝鲜辞赋解析》（一）
马金科《朝鲜诗学对中国江西诗派的接受——以高丽后期至李朝前期朝鲜诗话为中心》
邝健行等选编《韩国诗话中论中国诗资料选粹》
邝健行《韩国诗话探珍录》
徐东日《朝鲜使臣眼中的中国形象——以〈燕行录〉〈朝天录〉为中心》
杨雨蕾《燕行与中朝文化关系》
杜慧月《明代文臣出使朝鲜与〈皇华集〉》
刘顺利《朝鲜文人李海应〈蓟山纪程〉细读》
葛振家《崔溥〈漂海录〉——中国行记研究》
金宽雄、金昌银《韩国古代汉文小说史略》
汪燕岗《韩国汉文小说研究》
谭红梅《朝鲜汉文小说中的女性形象研究》
李　花《明清时期中朝小说比较研究——以婚恋为主》
金宽雄、李官福《中朝古代小说比较研究》
（二）韩国
赵润济著、张琏瑰译《韩国文学史》
金台俊著、张琏瑰译《朝鲜汉文学史》
宋载邵著、李学堂译《韩国汉文学思想研究》

闵宽东《中国古典小说在韩国之传播》
《中国古典小说在韩国的研究》
许世旭《韩中诗话渊源考》
朴元镐校注《崔溥漂海录校注》

后　　记

当这部撰写历时三年的大型学术著作《朝鲜汉文学史》完成时，我终于可以松一口气了。

朝鲜汉文学是一座蕴藏丰富资源的宝山，我愿与我国同行共同挖宝，以促进我国的朝鲜、韩国学研究，促进中朝、中韩文化交流，增进中朝、中韩人民的友谊。

我这部书借鉴、吸收我国前辈、同辈乃至后辈同行的大作中的精华，才得以完成。在此我向这些同行致以深谢。学术研究是要薪火相传的。学术的火炬也是要传递的，学术之光才能得以光照千秋。

这部书得到诸多领导、师友和同行的鼓励与支持。恩师白锐先生特地从北京寄来题词。省社科院前院长、省社科联前党组书记邴正教授特地为本书写序。

省社科院党组书记、院长邵汉明教授、副院长刘亚政曾予以鼓励与支持。省社科院《东北亚研究》编辑马维英同志为这部手稿变成打印稿，多处奔波，十分辛苦。省社科院朝鲜·韩国研究所所长谭红梅同志为此书的出版付出很多辛苦。

我虽努力钻研，认真写作，但这部书定会有不足、缺点，乃至错误，恳请专家学者和广大读者批评指正，我预先致谢。

感谢中央民族大学李岩老师对书稿的审读，提出了诸多中恳意见。

感谢吉林人民出版社领导、编辑对此书稿的重视，为保证此书稿顺利出版，从2017年至2019年的三年多时间，书稿经过了多次的修改，不仅校正了书稿中引文的错误，而且对篇章结构做了较大的调整。

在此，我一并致以深深谢意。

杨昭全

2019年12月30日

于长春寓所